*Autor*

Sidney Sheldon, 1917 in Chicago geboren, schrieb schon früh für die Studios in Hollywood. Bereits mit 25 Jahren hatte er große Erfolge am Broadway. Am bekanntesten aus dieser Zeit ist wohl sein Drehbuch zu dem Musical »Annie, Get Your Gun«. Seit über einem Jahrzehnt veröffentlicht Sheldon Romane, die auch in Deutschland Bestseller wurden.

Außerdem liegen von Sidney Sheldon als Goldmann-Taschenbücher vor:

Das nackte Gesicht. Roman (6680)
Blutspur. Roman (6342)
Ein Fremder im Spiegel. Roman (6314)
Im Schatten der Götter. Roman (9263)
Jenseits von Mitternacht. Roman (6325)
Kalte Glut. Roman (8876)
Kirschblüten und Coca-Cola. Roman (9144)

# SIDNEY SHELDON

## Zorn der Engel
## Diamanten-Dynastie
### Zwei Bestseller in einem Band

Aus dem Amerikanischen von
Claus Fischer

GOLDMANN VERLAG

Der Goldmann Verlag
ist ein Unternehmen der Verlagsgruppe Bertelsmann

Made in Germany · 6/90 · 3. Auflage
Genehmigte Taschenbuchausgabe

*Zorn der Engel*
© 1980 by The Sheldon Literary Trust
Alle deutschsprachigen Rechte 1980 by Blanvalet-Verlag GmbH,
München

*Diamanten-Dynastie*
© 1982 by Sidney Sheldon
Alle deutschsprachigen Rechte by C. Bertelsmann Verlag GmbH,
München 1983
Umschlaggestaltung: Design Team München
Umschlagfoto: The Image Bank, Brett Froomer, München
Druck: Elsnerdruck, Berlin
Verlagsnummer: 11946
AR · Herstellung: Gisela Ernst/Voi
ISBN 3-442-11946-4

# Zorn der Engel

Für Mary
das achte Weltwunder
in Liebe

Titel der Originalausgabe: Rage of Angels
Originalverlag: William Morrow and Company, Inc., New York

# ERSTES BUCH

1

*New York, 4. September 1969*

Die Jäger bereiteten sich auf den Fangschuß vor.
Im Rom der Soldatenkaiser wäre der Wettkampf im Circus Neronis oder dem Kolosseum veranstaltet worden. Eine Meute hungriger Löwen hätte sich in einer blutbefleckten Arena an das Opfer herangeschlichen, begierig darauf, es in Stücke zu reißen. Aber wir leben im zivilisierten zwanzigsten Jahrhundert, und das Schauspiel fand im Sitzungssaal sechzehn des Gerichtsgebäudes von Downtown Manhattan statt.
An Stelle von Sueton hielt ein Gerichtsstenograf das Ereignis für die Nachwelt fest, und die täglichen Schlagzeilen über den Mordprozeß hatten Dutzende Journalisten und Schaulustige angelockt, die schon um sieben Uhr morgens vor dem Gerichtssaal eine Schlange bildeten, um einen Sitzplatz zu ergattern.
Das Opfer saß auf der Anklagebank. Michael Moretti, ein schweigsamer, gutaussehender Mann Anfang Dreißig, war groß und schlank. Sein flächiges, durchfurchtes Gesicht verlieh ihm einen rauhen, fast etwas groben Ausdruck. Das schwarze Haar war modisch geschnitten, er hatte ein vorspringendes Kinn mit einem Grübchen, das gar nicht zu ihm zu passen schien, und tiefliegende, olivschwarze Augen. Er trug einen maßgeschneiderten grauen Anzug, ein hellblaues Hemd mit dunkelblauem Seidenschlips und frisch geputzte, handgemachte Schuhe. Abgesehen von seinen Augen, die ununterbrochen durch den Gerichtssaal schweiften, bewegte Michael Moretti sich kaum.
Der Löwe, der auf ihn losging, war Robert Di Silva, der hitzige Bezirksstaatsanwalt von New York, der hier als Vertreter des Volkes auftrat. Im Gegensatz zu der Ruhe, die Michael

Moretti ausstrahlte, schien Di Silva vor dynamischer Energie zu vibrieren. Er hastete durch das Leben, als hätte er sich schon bei der Geburt um fünf Minuten verspätet. Er war ständig in Bewegung, ein Sparringspartner unsichtbarer Gegner. Di Silva war von kleiner, kräftiger Statur und hatte graues, altmodisch kurzgeschnittenes Haar. In seiner Jugend war er Boxer gewesen, woran die Narben in seinem Gesicht und die gebrochene Nase noch heute erinnerten. Einmal hatte er einen Mann im Ring getötet. Er hatte es nie bedauert. Auch in den Jahren danach war Mitleid für ihn ein Fremdwort geblieben.
Robert Di Silva war von brennendem Ehrgeiz erfüllt, und er hatte sich bei dem Kampf um seine gegenwärtige Position weder auf Geld noch auf Beziehungen stützen können. Im Zuge seines Aufstiegs hatte er sich den Anstrich eines zivilisierten Beamten gegeben; aber unter der Tünche war er ein Straßenschläger geblieben, der weder vergaß noch vergab.
Unter normalen Umständen hätte sich der Staatsanwalt heute nicht im Gerichtssaal sehen lassen. Er verfügte über einen großen Stab, und jeder seiner gehobenen Assistenten wäre fähig gewesen, die Anklage zu vertreten. Aber im Fall von Moretti hatte Di Silva von Anfang an gewußt, daß er die Sache selber in die Hand nehmen würde.
Michael Moretti machte Schlagzeilen; er war der Schwiegersohn von Antonio Granelli, dem *capo di tutti capi*, dem Don der größten östlichen Mafia-Familie. Antonio Granelli wurde alt, und überall hieß es, Moretti werde den Platz seines Schwiegervaters einnehmen. Moretti war an zahllosen Verbrechen von Körperverletzung bis zum Mord beteiligt gewesen, aber kein Staatsanwalt hatte ihm jemals etwas nachweisen können. Zu viele gute Anwälte standen zwischen Moretti und den Männern, die seine Befehle ausführten. Di Silva hatte selber drei frustrierende Jahre mit dem Versuch verbracht, Beweismaterial gegen Moretti zusammenzutragen. Dann hatte er auf einmal Glück gehabt.
Camillo Stela, einer von Morettis *soldati*, war bei einem Mord während eines Raubüberfalls verhaftet worden. Um seinen Kopf zu retten, hatte Stela gesungen. Es war die schönste Musik, die Di Silva je gehört hatte — ein Lied, das die mächtigste Mafia-Familie des Ostens in die Knie zwingen, Michael Moretti auf den elektrischen Stuhl und Robert Di Silva auf den

Gouverneurssessel des Staates New York bringen würde. Schon andere Gouverneure hatten den Sprung ins Weiße Haus geschafft: Martin Van Buren, Grover Cleveland, Teddy Roosevelt und Franklin Roosevelt. Di Silva hatte fest vor, der nächste zu sein.
Das Timing war perfekt. Im nächsten Jahr standen Gouverneurswahlen an, und der einflußreichste politische Boß des Staates war schon bei Di Silva vorstellig geworden. »Mit der Publicity, die Ihnen dieser Fall einbringen wird, haben Sie alle Chancen, für die Wahl zum Gouverneur aufgestellt zu werden und auch die nötigen Stimmen zu kriegen, Bobby. Nageln Sie Moretti fest, und Sie sind unser Kandidat.«

Robert Di Silva war kein Risiko eingegangen. Er hatte den Fall Moretti mit peinlicher Sorgfalt vorbereitet, seine Assistenten auf jedes Beweisstück, jedes lose Ende, jeden juristischen Fluchtweg angesetzt, die Morettis Anwalt vielleicht benutzen konnte, um ihnen ein Bein zu stellen. Nach und nach waren alle Schlupflöcher versiegelt worden.
Die Auswahl der Geschworenen hatte fast zwei Wochen gedauert, und der Staatsanwalt hatte darauf bestanden, sechs Ersatzgeschworene zu bestimmen, damit der Prozeß nicht noch mittendrin platzte. Es wäre nicht das erste Mal gewesen, daß Mitglieder der Jury in einem Verfahren gegen einen wichtigen Mafioso verschwanden oder tödliche Unfälle erlitten. Di Silva hatte höllisch genau darauf geachtet, daß die Geschworenen von Anfang an völlig isoliert waren, daß sie jeden Abend an einem sicheren Ort eingeschlossen wurden, wo niemand sie finden konnte.
Der Schlüssel im Fall gegen Michael Moretti war Camillo Stela, und als Di Silvas Starzeuge wurde er besser bewacht als der Direktor des FBI. Der Staatsanwalt erinnerte sich nur zu gut daran, wie Abe »Kid Twist« Reles als Zeuge der Anklage aus einem Fenster im sechsten Stock des Half Moon Hotels auf Coney Island »gefallen« war, obwohl er von einem halben Dutzend Polizeibeamten bewacht wurde. Di Silva hatte Camillo Stelas Wächter persönlich ausgesucht, und vor Prozeßbeginn war Stela jede Nacht in ein anderes Versteck gebracht worden. Jetzt und für die Dauer der Verhandlung wurde Stela, bewacht von vier bewaffneten Deputies, in einer isolier-

ten Zelle unter Verschluß gehalten. Niemand durfte in seine Nähe, denn Stela war nur deswegen bereit, auszusagen, weil er glaubte, Staatsanwalt Di Silva sei fähig, ihn vor Michael Morettis Rache zu schützen.
Es war der Morgen des fünften Verhandlungstages.

Jennifer Parker wohnte der Verhandlung an diesem Tag zum erstenmal bei. Zusammen mit fünf anderen jungen Assistenten der Staatsanwaltschaft, die an diesem Morgen mit ihr vereidigt worden waren, saß sie am Tisch des Anklägers.
Sie war eine schlanke, dunkelhaarige Frau von vierundzwanzig Jahren. Sie hatte einen blassen Teint, ein intelligentes, lebhaftes Gesicht und grüne, nachdenkliche Augen. Es war ein eher attraktives als schönes Gesicht, ein Gesicht, das Stolz, Mut und Sensibilität widerspiegelte und schwer zu vergessen war. Steif wie ein Ladestock saß sie auf ihrem Stuhl, als stemme sie sich gegen unsichtbare Geister aus der Vergangenheit.

Jennifer Parkers Tagesbeginn war eine Katastrophe gewesen. Da die Vereidigungszeremonie im Büro des Staatsanwalts auf acht Uhr morgens angesetzt worden war, hatte Jennifer bereits am Abend zuvor ihre Kleidung zurechtgelegt und den Wecker auf sechs Uhr gestellt, damit sie noch genug Zeit hatte, sich die Haare zu waschen.
Der Wecker klingelte nicht. Jennifer wurde erst um halb acht wach. In panischer Hast zog sie sich an. Dann brach ihr ein Absatz ab, und schließlich riß sie sich eine Laufmasche in den Strumpf, so daß sie sich noch einmal umziehen mußte. Sie schlug die Tür ihres winzigen Appartements zu — eine Sekunde bevor ihr einfiel, daß sie ihren Schlüssel drinnen vergessen hatte. Ursprünglich hatte sie den Bus zum Gericht nehmen wollen, aber daran war jetzt nicht mehr zu denken. So hetzte sie sich nach einem Taxi ab, das sie sich nicht leisten konnte, und fiel zu allem Überfluß einem Fahrer in die Hände, der ihr während der ganzen Fahrt erzählte, warum es mit der Welt zu Ende gehe.
Als Jennifer schließlich völlig außer Atem das Gerichtsgebäude in der Leonard Street Nr. 155 erreichte, war sie eine Viertelstunde zu spät dran.

Im Büro des Staatsanwalts hatten sich fünfundzwanzig Anwälte versammelt, die meisten frisch von der Universität, jung, zu allem bereit und begierig, für den Staatsanwalt von New York zu arbeiten.

Das Büro war eindrucksvoll. Es war mit einer getäfelten Wandverkleidung versehen und ruhig und geschmackvoll eingerichtet. Es gab einen riesigen Schreibtisch mit drei Stühlen davor und einem komfortablen Ledersessel dahinter, einen mit einem guten Dutzend Stühlen bestückten Konferenztisch und mit juristischer Fachliteratur gefüllte Wandregale. An den Wänden hingen handsignierte Bilder von J. Edgar Hoover, John Lindsay, Richard Nixon und Jack Dempsey.

Als Jennifer in das Büro platzte, den Kopf voller Entschuldigungen, unterbrach sie Di Silva in der Mitte eines Satzes. Er hielt inne, blickte sie an und sagte: »Für was, zum Teufel, halten Sie das hier? Eine Teeparty?«

»Es tut mir furchtbar leid, ich...«

»Ich pfeife darauf, ob es Ihnen leid tut. Wagen Sie es nicht noch einmal, zu spät zu kommen!«

Die anderen sahen Jennifer ausdruckslos an, bemüht, ihr Mitgefühl zu verbergen.

Di Silva wandte sich wieder der Gruppe zu und sagte scharf: »Ich weiß, warum Sie alle hier sind. Sie werden mir so lange an den Fersen kleben, bis Sie glauben, mir alles abgeschaut und sämtliche Tricks im Gerichtssaal gelernt zu haben. Und wenn Sie sich dann für reif halten, werden Sie die Fronten wechseln und einer von den teuren, naßforschen Strafverteidigern werden. Aber vielleicht ist unter Ihnen ein einziger, der gut genug ist, um — vielleicht — eines Tages meinen Platz einzunehmen.« Di Silva nickte seinem Assistenten zu. »Vereidige sie.«

Mit gedämpfter Stimme leisteten die Anwälte den Eid.

Als die Zeremonie vorbei war, sagte Di Silva: »In Ordnung, Sie sind jetzt vereidigte Justizbeamte, möge Gott uns beistehen. Es konnte Ihnen nichts Besseres passieren als dieses Büro, aber erwarten Sie nicht zuviel. Sie werden in Akten und Papierkrieg ersticken — Vorladungen, Zwangsvollstreckungen — all die wunderbaren Dinge, die man Ihnen auf der Uni beigebracht hat. Eine Verhandlung werden Sie frühestens in ein oder zwei Jahren führen.«

Di Silva unterbrach sich, um eine kurze, dicke Zigarre anzuzünden. »Zur Zeit vertrete ich die Anklage in einem Fall, von dem einige von Ihnen vielleicht schon gehört haben.« Seine Stimme war scharf vor Sarkasmus. »Ich kann ein halbes Dutzend von Ihnen als Laufburschen gebrauchen.«
Jennifers Hand war als erste oben. Di Silva zögerte einen Augenblick, dann wählte er sie und fünf andere.
»Geht runter in Sitzungssaal sechzehn.«
Als sie den Raum verließen, wurden ihnen Ausweise ausgehändigt. Jennifer hatte sich von der Art des Staatsanwalts nicht einschüchtern lassen. *Er muß hart sein*, dachte sie. *Schließlich hat er einen harten Job.* Und jetzt arbeitete sie für ihn. Sie gehörte zum Stab des Staatsanwalts von New York! Die scheinbar endlosen Jahre der Schinderei an der juristischen Fakultät waren vorbei. Irgendwie hatten ihre Dozenten es geschafft, das Gesetz abstrakt und verstaubt wirken zu lassen, aber Jennifer hatte das versprochene Paradies dahinter dennoch nicht aus den Augen verloren: die wirkliche Rechtsprechung über menschliche Wesen und ihre Torheiten. Jennifer hatte als zweitbeste in ihrer Klasse abgeschnitten. Sie bestand das Examen im ersten Anlauf, während ein Drittel ihrer Kommilitonen, die es mit ihr versucht hatten, durchgefallen waren. Sie hatte das Gefühl, Robert Di Silva zu verstehen, und sie war sicher, daß sie jeder Aufgabe gewachsen war, die er ihr geben würde.
Jennifer hatte ihre Hausaufgaben erledigt. Sie wußte, daß dem Staatsanwalt vier verschiedene Büros unterstellt waren, und sie fragte sich, welchem sie zugeteilt werden würde. Es gab über zweihundert Assistenten der Staatsanwälte und fünf Staatsanwälte, einen für jeden Bezirk. Aber der bedeutendste Bezirk war natürlich Manhattan, und den beherrschte Robert Di Silva.
Jetzt, im Gerichtssaal, saß Jennifer am Tisch des Anklägers und erlebte Di Silva bei der Arbeit, einen energischen, unbarmherzigen Inquisitor.
Jennifer warf einen flüchtigen Blick auf den Angeklagten, Michael Moretti. Trotz allem, was sie über ihn gelesen hatte, konnte Jennifer ihn sich nicht als Mörder vorstellen. *Er sieht wie ein junger Filmstar in einer Gerichtsszene aus*, dachte sie. Er bewegte sich nicht, nur seine tiefliegenden, dunklen Augen ver-

rieten seine innere Unruhe. Unaufhörlich blickten sie hin und her, drangen in jeden Winkel des Raums, als suchten sie nach Fluchtmöglichkeiten. Aber es gab keine. Darauf hatte Di Silva geachtet.

Camillo Stela wartete im Zeugenstand. Wäre Stela ein Tier geworden, dann hätte er als Wiesel das Licht der Welt erblickt. Er hatte ein schmales, ausgemergeltes Gesicht mit dünnen Lippen und gelben, vorstehenden Zähnen. Sein Blick war unstet, und man hielt ihn schon für einen Lügner, ehe er auch nur den Mund geöffnet hatte. Robert Di Silva war sich der Mängel seines Zeugen bewußt, aber sie zählten nicht. Das einzige, was zählte, war seine Aussage. Er hatte grauenvolle Geschichten zu erzählen, Geschichten, die noch nie erzählt worden waren, und sie hatten den unmißverständlichen Klang der Wahrheit.
Der Staatsanwalt trat an den Zeugenstand, wo Camillo Stela vereidigt worden war.
»Mr. Stela, ich möchte, daß sich die Jury darüber im klaren ist, daß Sie sich nicht freiwillig als Zeuge zur Verfügung gestellt haben und daß der Staat Sie nur deshalb zu dieser Aussage überreden konnte, weil er Ihnen gestattet hat, sich nur wegen Totschlags und nicht, wie ursprünglich, wegen Mordes zu verantworten. Ist das richtig?«
»Ja, Sir.« Stelas rechter Arm zuckte.
»Mr. Stela, ist der Angeklagte, Michael Moretti, Ihnen bekannt?«
»Ja, Sir.« Stela vermied es, zum Tisch des Angeklagten hinüberzublicken.
»Welcher Art war Ihre Beziehung?«
»Ich habe für Mike gearbeitet.«
»Wie lange kennen Sie Michael Moretti?«
»Ungefähr zehn Jahre.« Stelas Stimme war fast unhörbar.
»Könnten Sie bitte etwas lauter sprechen?«
»Ungefähr zehn Jahre.« Jetzt begann sein Nacken zu zucken.
»Würden Sie sagen, Sie waren ein Vertrauter des Angeklagten?«
»Einspruch!« Thomas Colfax, Morettis Verteidiger, sprang auf. Er war ein großer, silberhaariger Mann in den Fünfzigern, der *consigliere* des Syndikats und einer der gerissensten

Strafverteidiger des Landes. »Der Staatsanwalt versucht, den Zeugen zu beeinflussen.«
Richter Lawrence Waldman sagte: »Stattgegeben.«
»Ich formuliere die Frage neu. In welcher Eigenschaft arbeiteten Sie für Mr. Moretti?«
»Man könnte sagen ich war eine Art Feuerwehrmann für leichte Fälle.«
»Würden Sie das etwas genauer erklären?«
»Nun ja, also, wenn sich ein Problem stellte, wenn jemand aus der Reihe tanzte, dann beauftragte Mike mich damit, die Sache wieder in Ordnung zu bringen.«
»Wie haben Sie das gemacht?«
»Nun ja — mit Gewalt, wissen Sie.«
»Könnten Sie der Jury ein Beispiel geben?«
Thomas Colfax war wieder auf den Beinen. »Einspruch, Euer Ehren! Dieser Teil des Verhörs ist unerheblich.«
»Abgelehnt. Der Zeuge kann die Frage beantworten.«
»Also, Mike verleiht zum Beispiel Geld zu einem bestimmten Zinssatz, klar? Vor 'n paar Jahren liegt Jimmy Serrano mit seinen Zahlungen im Rückstand, und da schickt Mike mich hin, damit ich Jimmy eine Lektion erteile.«
»Worin bestand diese Lektion?«
»Ich hab' ihm die Beine gebrochen. Verstehen Sie«, erklärte Stela ernsthaft, »wenn man einem so was durchgehen läßt, probieren alle anderen es auch.«
Aus den Augenwinkeln konnte Robert Di Silva den schokkierten Ausdruck auf den Gesichtern der Geschworenen erkennen.
»Abgesehen davon, daß Michael Moretti ein Kredithai war — in welche anderen Geschäfte war er noch verwickelt?«
»Ach Gott, in alles, was es so gibt. Was Sie auch aufzählen, er war dabei.«
»Ich möchte aber, daß *Sie* die Geschäfte aufzählen, Mr. Stela.«
»Ja, gut. Also, im Hafen, da macht Mike einen ganz guten Schnitt bei der Gewerkschaft. Genauso in der Textilbranche. Na ja, dann war Mike noch im Glücksspiel, kassierte bei den Musikboxen, der Müllabfuhr und den Wäschereien. Das war's so ungefähr.«
»Mr. Stela, Michael Moretti steht vor Gericht wegen der Morde an Eddie und Albert Ramos. Kannten Sie die?«

»Klar.«
»Waren Sie dabei, als sie getötet wurden?«
»Ja.« Stelas ganzer Körper schien zu zucken.
»Wer genau hat sie getötet?«
»Mike.« Für eine Sekunde kreuzten sich Stelas und Morettis Blicke, dann sah Stela rasch in eine andere Richtung.
»Michael Moretti?«
»Richtig.«
»Warum wollte der Angeklagte, daß die Brüder Ramos sterben sollten?«
»Na ja, Eddie und Al nahmen Wetten an...«
»Sie waren Buchmacher? Illegale Wetten?«
»Ja. Mike hatte herausgefunden, daß sie für sich selber absahnten. Er mußte ihnen eine Lektion erteilen, weil, nun schließlich arbeiteten sie für ihn, verstehen Sie? Er dachte...«
»Einspruch!«
»Stattgegeben. Der Zeuge soll sich an die Tatsachen halten.«
»Nun, tatsächlich hat Mike mir befohlen, die Jungs einzuladen...«
»Eddie und Albert Ramos?«
»Genau, zu einer Party im *Pelikan*. Das ist ein Privatclub am Strand.« Sein Arm begann erneut zu zucken. Als Stela das bemerkte, versuchte er, ihn mit der anderen Hand festzuhalten. Jennifer Parker warf einen Blick auf Michael Moretti. Er verfolgte das Verhör teilnahmslos, ohne sich zu bewegen.
»Was geschah dann, Mr. Stela?«
»Ich habe Eddie und Al in den Wagen geladen und zum Parkplatz gefahren. Als die Jungs aus dem Wagen stiegen, hab' ich gemacht, daß ich aus dem Weg kam, und Mike begann loszuballern.«
»Haben Sie die Brüder Ramos hinfallen gesehen?«
»Ja, Sir.«
»Und sie waren tot?«
»Zumindest wurden sie beerdigt, als wären sie tot gewesen.«
Ein Raunen ging durch den Gerichtssaal. Di Silva wartete, bis wieder Stille herrschte. »Mr. Stela, sind Sie sich bewußt, daß Ihre Aussage in diesem Saal Sie selbst belastet?«
»Ja, Sir.«
»Und daß Sie unter Eid stehen und daß es um das Leben eines Menschen geht?«

»Ja, Sir.«
»Sie haben mit eigenen Augen gesehen, wie der Angeklagte, Michael Moretti, kaltblütig zwei Männer erschossen hat, weil sie ihn übers Ohr gehauen hatten?«
»Einspruch! Der Staatsanwalt beeinflußt den Zeugen.«
»Stattgegeben.«
Staatsanwalt Di Silva betrachtete die Gesichter der Geschworenen, und ihre Mienen sagten ihm, daß er den Fall gewonnen hatte.
Er wandte sich wieder an Camillo Stela. »Mr. Stela, ich weiß, daß es Sie sehr viel Mut gekostet hat, hier in den Zeugenstand zu treten und auszusagen. Ich möchte Ihnen im Namen der Bürger dieses Staates danken.«
Di Silva wandte sich an Thomas Colfax. »Ihr Zeuge.«
Thomas Colfax erhob sich beinahe anmutig. »Ich danke Ihnen, Mr. Di Silva.« Er warf einen kurzen Blick auf die Uhr an der Wand und wandte sich dann zur Richterbank. »Wenn Sie gestatten, Euer Ehren, es ist jetzt fast Mittag. Ich würde mein Kreuzverhör gern ohne Unterbrechung durchführen. Darf ich vorschlagen, daß das Gericht sich jetzt zum Mittagessen zurückzieht und ich mein Kreuzverhör am Nachmittag abhalte?«
»Einverstanden.« Richter Lawrence Waldman ließ den Hammer auf die Richterbank fallen. »Die Verhandlung wird auf zwei Uhr vertagt.«
Alle Anwesenden im Gerichtssaal standen auf, als sich der Vorsitzende erhob und durch eine Seitentür ins Richterzimmer ging. Im Gänsemarsch verließen die Geschworenen den Saal. Vier bewaffnete Deputies umgaben Camillo Stela und eskortierten ihn durch eine Tür an der Stirnseite des Raums zum Aufenthaltsraum der Zeugen.
Fast sofort war Di Silva von Reportern umzingelt.
»Wollen Sie eine Erklärung abgeben?«
»Wie sind Sie mit dem Verlauf bis jetzt zufrieden, Herr Staatsanwalt?«
»Wie wollen Sie Stelas Sicherheit gewährleisten, wenn alles vorbei ist?«
Normalerweise hätte Robert Di Silva einen solchen Aufruhr im Gerichtssaal nicht toleriert, aber in Anbetracht seiner politischen Ambitionen wollte er sich mit der Presse gutstellen, und so beschloß er, höflich zu ihnen zu sein.

Jennifer Parker beobachtete, wie der Staatsanwalt die Fragen der Reporter parierte.

»Glauben Sie, daß Sie eine Verurteilung erreichen?«

»Ich bin kein Wahrsager«, hörte sie Di Silva bescheiden antworten. »Ich will der Jury nicht vorgreifen, meine Damen und Herren. Die Geschworenen werden entscheiden müssen, ob Mr. Moretti unschuldig oder schuldig ist.«

Jennifer bemerkte, wie sich Michael Moretti erhob. Er wirkte ruhig und entspannt. *Jungenhaft* war das Wort, das ihr einfiel. Es fiel ihr schwer, zu glauben, daß er all der schrecklichen Dinge, deren er angeklagt war, schuldig sein sollte. *Wenn ich einen Schuldigen bestimmen müßte,* dachte sie, *wäre es Stela mit seinem ewigen Zucken.*

Die Reporter waren abgezogen, und Di Silva beriet sich mit den Angehörigen seines Stabs. Jennifer hätte ihren rechten Arm dafür gegeben, zu hören, worüber sie sprachen. Sie bemerkte, wie einer der Männer etwas zu Di Silva sagte, sich aus der Gruppe um den Staatsanwalt löste und zu ihr eilte. Er hielt einen großen Manilaumschlag in der Hand. »Miß Parker?«

Überrascht sah Jennifer auf. »Ja.«

»Der Chef möchte, daß Sie dies Mr. Stela geben. Er soll sein Gedächtnis mit den Papieren etwas auffrischen. Colfax wird heute nachmittag versuchen, seine Aussage in der Luft zu zerfetzen, und der Chef möchte sicher sein, daß er sich nicht in Widersprüche verwickelt.«

Er händigte Jennifer den Umschlag aus, und sie sah zu Di Silva hinüber. *Ein gutes Omen,* dachte sie, *er erinnert sich an meinen Namen.*

»Am besten beeilen Sie sich. Der Chef hält Stela nicht gerade für schnell von Begriff.«

»Ja, Sir.« Jennifer sprang auf. Sie ging zu der Tür, durch die Stela verschwunden war. Ein bewaffneter Deputy versperrte ihr den Weg.

»Kann ich Ihnen helfen, Miß?«

»Büro des Staatsanwalts«, sagte Jennifer trocken. Sie förderte ihren Ausweis zutage und wies ihn vor. »Ich habe Mr. Stela einen Umschlag von Mr. Di Silva zu übergeben.«

Der Uniformierte prüfte den Ausweis sorgfältig, dann öffnete er die Tür, und Jennifer stand im Aufenthaltsraum des Zeugen. Es war ein kleines, ungemütlich wirkendes Zimmer, das

lediglich einen abgenutzten Tisch, ein altes Sofa und ein paar Holzstühle enthielt. Stela saß auf einem der Stühle, sein Arm zuckte unkontrolliert. Außer ihm befanden sich noch vier bewaffnete Deputies in dem Zimmer.
Als Jennifer eintrat, sagte einer von ihnen: »He, hier hat niemand Zutritt.«
Die Wache draußen rief: »Das geht in Ordnung, Al. Büro des Staatsanwalts.«
Jennifer übergab Stela das Kuvert. »Mr. Di Silva möchte, daß Sie Ihr Gedächtnis hiermit etwas auffrischen.«
Stela blinzelte. Er hörte nicht auf, zu zucken.

2

Auf ihrem Weg zum Mittagessen kam Jennifer an der offenen Tür des verlassenen Sitzungssaals vorbei. Sie konnte nicht widerstehen und betrat den Raum für einen Moment.
Im hinteren Teil des Saals standen fünfzehn Zuschauerbänke zu beiden Seiten des Mittelgangs. Gegenüber der Richterbank gab es zwei lange Tische, der linke trug ein Schild mit der Aufschrift *Kläger*, der rechte eins mit dem Wort *Angeklagter*. Der Geschworenenstand enthielt zwei Reihen von je acht Stühlen. *Ein ganz gewöhnlicher Gerichtssaal*, dachte Jennifer, *ganz schlicht — sogar häßlich, aber dennoch das Herz der Freiheit*. Dieser Raum und alle anderen Gerichtssäle auf der ganzen Welt stellten nichts Geringeres dar als den Unterschied zwischen Zivilisation und Barbarei. Das Recht auf einen Prozeß vor einer Jury von Gleichgestellten war das Kernstück einer jeden freien Nation.
Sie war jetzt ein Bestandteil dieses Justizsystems, und in diesem Augenblick, da sie allein im Gerichtssaal stand, war Jennifer von überwältigendem Stolz erfüllt. Sie würde alles tun, um sich dieses Systems würdig zu erweisen und es zu erhalten. Lange Zeit blieb sie bewegungslos stehen, dann wandte sie sich zum Gehen.
Vom anderen Ende der Halle drang plötzlich ein leises Summen an ihr Ohr, das lauter und lauter wurde und sich in einen Höllenlärm verwandelte. Alarmglocken schrillten. Jennifer

hörte das Geräusch von rennenden Füßen im Korridor und sah Polizeibeamte mit gezogenen Waffen zum Eingang des Gerichtsgebäudes rennen. Ihr erster Gedanke war, daß Michael Moretti geflohen war, daß er es irgendwie geschafft hatte, den Wächtern zu entwischen. Sie stürzte auf den Korridor. Es war wie in einem Irrenhaus. Menschen liefen wie Ameisen durcheinander, versuchten, den Lärm der Klingeln zu überbrüllen. Wachen mit Schnellfeuergewehren hatten die Ausgänge besetzt. Reporter, die ihren Redaktionen telefonisch ihre Stories durchgegeben hatten, rannten auf den Korridor, um herauszufinden, was los war. Am Ende der Halle sah Jennifer Staatsanwalt Di Silva, der mit hochrotem Gesicht einem halben Dutzend Polizisten Instruktionen erteilte.
*Mein Gott, gleich hat er einen Herzanfall,* dachte sie.
Sie bahnte sich einen Weg durch die Menge, in der Annahme, sie könnte vielleicht von Nutzen sein. Als sie sich näherte, blickte einer der Deputies, die Camillo Stela bewacht hatten, auf. Er hob seinen Arm und deutete auf sie. Fünf Sekunden später war sie mit Handschellen gefesselt und unter Arrest gestellt.

Nur vier Leute hielten sich in Richter Lawrence Waldmans Zimmer auf: der Richter, Staatsanwalt Di Silva, Thomas Colfax und Jennifer.
»Sie haben das Recht auf die Anwesenheit eines Anwalts, bevor Sie eine Aussage machen«, informierte der Richter Jennifer, »und Sie haben das Recht, die Aussage zu verweigern. Falls Sie...«
»Ich brauche keinen Anwalt, Euer Ehren! Ich kann erklären, was passiert ist.«
Robert Di Silva beugte sich so dicht zu ihr, daß Jennifer eine Ader an seiner Schläfe pochen sehen konnte. »Wer hat Sie dafür bezahlt, daß Sie Camillo Stela das Kuvert gegeben haben?«
»Mich bezahlt? Niemand hat mich bezahlt!« Jennifers Stimme zitterte vor Empörung.
Di Silva ergriff einen vertraut aussehenden Manilaumschlag auf Richter Waldmans Tisch. »*Niemand* hat Sie bezahlt? Waren Sie nicht gerade bei meinem Zeugen und haben ihm *dies* gegeben?« Er schüttelte den Umschlag, und ein gelber Kanarienvogel fiel auf den Tisch. Sein Genick war gebrochen.

Entsetzt starrte Jennifer den Vogel an. »Ich... aber einer Ihrer Männer... gab mir...«
»Welcher meiner Männer?«
»Ich — ich weiß nicht.«
»Aber Sie wissen, daß es sich um einen meiner Männer handelte.« Di Silvas Stimme klang ungläubig.
»Ich habe ihn mit Ihnen sprechen gesehen, und dann kam er zu mir, gab mir den Umschlag und sagte, Sie wollten, daß ich ihn Mr. Stela gebe... Er — er wußte sogar meinen Namen.«
»Davon bin ich überzeugt. Wieviel haben sie Ihnen bezahlt?«
*Ein Alptraum*, dachte Jennifer, *es ist alles nur ein Alptraum. Ich werde jeden Augenblick aufwachen, und dann ist es sechs Uhr morgens, und ich ziehe mich an und mache mich auf den Weg, um in den Stab des Staatsanwalts aufgenommen zu werden.*
»Wieviel?« Der Zorn in Di Silvas Stimme war so heftig, daß Jennifer aufsprang.
»Werfen Sie mir vor...?«
»Ihnen vorwerfen!« Robert Di Silva ballte die Fäuste. »Lady, ich habe noch nicht einmal angefangen. Wenn Sie aus dem Gefängnis herauskommen, werden Sie zu alt sein, um auch nur einen Penny von dem Geld auszugeben.«
»Es gibt kein Geld.«
Jennifer starrte ihn herausfordernd an.
Thomas Colfax hatte die ganze Zeit ruhig zugehört. Jetzt unterbrach er das Gespräch und sagte: »Entschuldigen Sie, Euer Ehren, aber ich fürchte, das hier führt zu nichts.«
»Der Meinung bin ich auch«, erwiderte Richter Waldman. Er wandte sich an den Staatsanwalt. »Wie sieht's aus, Bobby? Ist Stela immer noch bereit, sich dem Kreuzverhör zu stellen?«
»Kreuzverhör? Er ist ein Wrack. Hat die Hosen gestrichen voll. Er wird das nicht noch einmal durchhalten.«
Thomas Colfax sagte glatt: »Wenn ich den Hauptzeugen der Anklage nicht ins Kreuzverhör nehmen kann, Euer Ehren, muß ich auf die Einstellung des Prozesses dringen.«
Jeder in dem Raum wußte, was das bedeutete. Michael Moretti würde den Gerichtssaal als freier Mann verlassen.
Richter Waldman sah den Staatsanwalt an. »Haben Sie Ihrem Zeugen mitgeteilt, daß er wegen Mißachtung des Gerichts festgenagelt werden kann?«
»Ja. Aber Stela hat vor denen mehr Angst als vor uns.« Er warf

Jennifer einen giftigen Blick zu. »Er glaubt nicht mehr daran, daß wir ihn beschützen können.«
Richter Waldman sagte langsam: »Dann gibt es, fürchte ich, keine Alternative, als dem Wunsch der Verteidigung zu folgen und den Prozeß einzustellen.«
Robert Di Silva stand da und hörte, wie seinem Fall der Garaus gemacht wurde. Ohne Stela hatte er nichts in der Hand. Michael Moretti war jetzt außerhalb seiner Reichweite, aber nicht Jennifer Parker. Er würde sie für das bezahlen lassen, was sie ihm angetan hatte.
Richter Waldman sagte: »Ich werde Anweisung geben, den Angeklagten auf freien Fuß zu setzen und die Jury zu entlassen.«
Thomas Colfax sagte: »Danke, Euer Ehren.« Sein Gesicht drückte nicht den geringsten Triumph aus.
»Falls nichts anderes anliegt...«, begann Richter Waldman.
»Es *liegt* etwas anderes an!« Robert Di Silva deutete auf Jennifer Parker. »Ich möchte, daß sie belangt wird — wegen Behinderung der Justiz, wegen Bestechung eines Zeugen bei der Hauptverhandlung, wegen Verschwörung...« Vor lauter Wut verhaspelte er sich.
Endlich fand Jennifer ihre Stimme wieder. »Sie können keinen einzigen dieser Vorwürfe beweisen, weil sie nicht wahr sind. Ich... ich mag dumm gewesen sein, aber das ist auch alles, dessen ich schuldig bin. Niemand hat mich bestochen, damit ich irgend etwas tue. Ich war der festen Meinung, ein Paket für Sie abzugeben.«
Richter Waldman blickte Jennifer an und sagte: »Was auch immer Ihre Motive gewesen sein mögen, die Folgen waren äußerst unglückselig. Ich werde darauf dringen, daß die Disziplinarabteilung eine Untersuchung in die Wege leitet und Ihnen, falls die Umstände es erfordern, Ihren Titel entzieht.«
Jennifer fühlte sich plötzlich schwach. »Euer Ehren, ich...«
»Das ist soweit alles, Miß Parker.«
Jennifer blieb noch einen Augenblick stehen und starrte in ihre feindseligen Gesichter. Es gab nichts mehr, was sie noch hätte sagen können. Mit dem gelben Kanarienvogel auf dem Tisch war alles gesagt.

# 3

Jennifer Parker erschien nicht bloß in den Abendnachrichten — sie war *die* Nachricht des Abends. Eine junge Frau, die dem Starzeugen des Staatsanwalts einen toten Kanarienvogel brachte, lieferte eine unwiderstehliche Story. Jeder Fernsehsender hatte Bilder von Jennifer, wie sie Richter Waldmans Büro verließ und sich, belagert von Presse und Publikum, ihren Weg aus dem Gerichtsgebäude erkämpfte.
Jennifer stand dem plötzlichen, schrecklichen Ruhm, mit dem sie überschüttet wurde, fassungslos gegenüber. Von allen Seiten wurde auf sie eingehämmert: Kameraleute des Fernsehens, Rundfunkreporter und Zeitungsleute. Sie wünschte nichts sehnlicher, als vor ihnen zu fliehen, aber ihr Stolz ließ das nicht zu.
»Wer hat Ihnen den gelben Kanarienvogel gegeben, Miß Parker?«
»Haben Sie Michael Moretti jemals getroffen?«
»Wußten Sie, daß Di Silva diesen Fall als Sprungbrett benutzen wollte, um zum Gouverneur gewählt zu werden?«
»Der Staatsanwalt sagt, daß er Sie aus der Anwaltskammer ausschließen lassen will. Werden Sie sich dagegen zur Wehr setzen?«
Jede Frage beantwortete Jennifer mit einem schmallippigen: »Kein Kommentar.«
Die CBS-Abendnachrichten nannten sie »Blindgänger-Parker«, das Mädchen, das in die falsche Richtung losgegangen war. Ein Kommentator der ABC bezeichnete sie als den »Gelben Kanarienvogel«. Bei der NBC verglich ein Sportreporter sie mit einem Fußballspieler, der ein Eigentor schießt.

In »Tony's Place«, einem Restaurant, das Michael Moretti gehörte, wurde der Sieg gefeiert. Der Raum war mit Dutzenden von trinkenden und lärmenden Männern gefüllt. Moretti saß allein an der Bar und betrachtete Jennifer Parker im Fernsehen. Er hob das Glas, prostete ihr stumm zu und trank.
Rechtsanwälte im ganzen Land diskutierten den Fall Jennifer Parker. Die eine Hälfte von ihnen glaubte, sie sei von der Mafia bestochen worden, die andere meinte, daß sie unschuldig war und man sie hereingelegt hatte. Aber auf welcher Seite sie

auch standen, alle stimmten in einem Punkt überein: Jennifer Parkers kurze Karriere als Anwältin war zu Ende.
Sie hatte genau vier Stunden gedauert.

Jennifer stammte aus Kelso im nördlichen Bundesstaat Washington, einer kleinen Holzfällerstadt, die 1847 von einem heimwehkranken schottischen Landvermesser gegründet und nach seiner Vaterstadt in Schottland benannt worden war.
Jennifers Vater arbeitete als Anwalt, zuerst für die Holzfabriken, die die Stadt beherrschten, später für die Arbeiter in den Sägemühlen. Jennifers früheste Kindheitserinnerungen waren von Licht und Freude erfüllt. Für ein Kind war der Staat Washington ein Bilderbuch aus hohen Bergen, Gletschern und Nationalparks. Man konnte Ski laufen, Kanu fahren und später, wenn man älter war, auf dem Eis der Gletscher herumklettern und mit dem Rucksack Fußmärsche nach Orten mit wundervollen Namen unternehmen.
Ihr Vater hatte stets Zeit für sie, während ihre Mutter, schön und ruhelos, auf geheimnisvolle Weise immer beschäftigt und selten zu Hause war. Jennifer vergötterte ihren Vater. In Abner Parkers Adern floß eine Mischung aus englischem, irischem und schottischem Blut. Er war mittelgroß, hatte schwarzes Haar und blaugrüne Augen. Er war ein stets hilfsbereiter Mann mit einem tiefverwurzelten Sinn für Gerechtigkeit. Stundenlang konnte er bei Jennifer sitzen und mit ihr reden. Er erzählte ihr von seinen Fällen und den Problemen der Leute, die in sein schlichtes, kleines Büro kamen, und erst Jahre später begriff Jennifer, daß er in erster Linie mit ihr gesprochen hatte, weil er sein Leben mit niemand anderem teilen konnte.
Nach der Schule pflegte Jennifer zum Gericht zu laufen, um ihren Vater bei der Arbeit zu beobachten. Wenn gerade keine Sitzung stattfand, saß sie in seinem Büro und hörte ihm zu, wenn er über seine Fälle und Mandanten sprach. Sie redeten nie darüber, daß sie eines Tages Jura studieren sollte; das war selbstverständlich.
Mit fünfzehn begann Jennifer, in den Sommerferien für ihren Vater zu arbeiten. In einem Alter, in dem andere Mädchen Verabredungen und feste Freunde hatten, war Jennifer voll ausgelastet mit Zivilprozessen und Testamenten.

Obwohl Jungen Interesse an ihr zeigten, ging sie selten aus. Wenn ihr Vater sie nach dem Grund dafür fragte, antwortete sie: »Sie sind alle so jung, Papa.« Sie wußte, daß sie eines Tages einen Anwalt wie ihren Vater heiraten würde.
An Jennifers sechzehntem Geburtstag verließ ihre Mutter mit dem achtzehnjährigen Sohn ihres Nachbarn die Stadt, und Jennifers Vater begann lautlos zu sterben. Sein Herz brauchte noch sieben Jahre bis zu seinem letzten Schlag, aber von dem Augenblick, in dem er die Nachricht vom Verschwinden seiner Frau erhielt, war er tot. Die ganze Stadt wußte Bescheid, hatte Mitleid, und das machte es natürlich noch schlimmer, denn Abner Parker war ein stolzer Mann. Er begann zu trinken. Jennifer tat, was sie konnte, um ihn zu trösten, aber es half nichts, und nichts war mehr wie früher.
Als im nächsten Jahr die Zeit kam, aufs College zu gehen, sagte Jennifer, sie würde lieber zu Hause bei ihrem Vater bleiben, aber er wollte davon nichts hören. »Wir werden Partner, du und ich, Jennie«, sagte er. »Beeil dich, damit du deinen Titel bekommst.«

Nachdem sie die Abschlußprüfung bestanden hatte, schrieb sich Jennifer an der Juristischen Fakultät der University of Washington ein. Während des ersten Studienjahrs, als ihre Kommilitonen in einem Sumpf aus Verträgen, Delikten, Eigentumsrecht, Verfahrensordnung und Strafrecht zu ersticken drohten, fühlte Jennifer sich, als wäre sie nach Hause zurückgekehrt.
Zwei Jungen machten Jennifer den Hof: ein junger, attraktiver Medizinstudent namens Noah Larkin und ein Jurastudent namens Ben Munro. Hin und wieder ging Jennifer mit ihnen aus, aber sie war viel zu beschäftigt, um an eine ernsthafte Romanze zu denken.

Das Wetter war rauh, feucht und windig, und es schien ununterbrochen zu regnen. Jennifer trug einen blaugrün karierten Lumberjack, der die Regentropfen in seiner rauhen Wolle auffing und ihre Augen wie Smaragde blitzen ließ. Sie wanderte durch den Regen, verloren in ihren geheimen Gedanken, ohne zu wissen, daß ihr Gedächtnis sie alle aufbewahrte und abheftete.

Im Frühling schienen die Studentinnen in ihren leuchtenden Baumwollkleidern zu erblühen. Die Jungen lungerten auf dem Rasen herum und beobachteten die vorbeischlendernden *Mädchen*, aber Jennifer hatte etwas an sich, das sie alle einschüchterte. Sie hatte eine bestimmte Ausstrahlung, die sie schwer einordnen konnten. Sie fühlten, daß Jennifer schon erreicht hatte, wonach sie immer noch suchten.

Jeden Sommer besuchte Jennifer ihren Vater zu Hause. Er hatte sich sehr verändert. Er war niemals wirklich betrunken, aber auch nie nüchtern. Er hatte sich in eine innere Festung zurückgezogen, in der ihn nichts mehr berühren konnte.

Er starb, als Jennifer im letzten Semester war. Die Stadt hatte ein gutes Gedächtnis, und zu Abner Parkers Beerdigung fanden sich fast hundert Menschen ein, Menschen, denen er im Laufe der Jahre geholfen, die er beraten und unterstützt hatte. Jennifer trug ihre Trauer nicht zur Schau. Sie hatte mehr als einen Vater verloren. Sie hatte einen Lehrer und treuen Ratgeber beerdigt.

Nach dem Begräbnis kehrte sie nach Seattle zurück, um ihr Studium zu beenden. Ihr Vater hatte ihr weniger als tausend Dollar hinterlassen, und sie mußte sich nun entscheiden, wie es weitergehen sollte. Sie wußte, daß sie nicht nach Kelso zurückkehren und ihren Beruf ausüben konnte, denn dort würde sie immer das kleine Mädchen sein, dessen Mutter mit einem Halbwüchsigen weggelaufen war.

Ihr hoher Notendurchschnitt hatte Jennifer Vorstellungsgespräche in einem Dutzend der besten Anwaltskanzleien ermöglicht, und sie erhielt verschiedene Angebote. Warren Oakes, ihr Strafrechtsprofessor, erklärte: »Das ist eine große Ehre, junge Dame. Nur wenige Frauen stoßen jemals in eine gute Kanzlei vor.«

Jennifers Dilemma bestand darin, daß sie kein Zuhause und keine Wurzeln mehr hatte. Sie wußte nicht, wo sie leben wollte.

Kurz vor dem Schlußexamen wurde dieses Problem für sie gelöst. Professor Oakes bat sie, nach dem Seminar noch dazubleiben.

»Ich habe hier einen Brief vom Büro des Staatsanwalts in Manhattan. Sie bitten mich, ihnen meinen besten Prüfling für ihren Stab zu empfehlen. Würde Sie das interessieren?«

*New York.* »Ja, Sir.« Jennifer war so überrascht, daß ihr die Antwort einfach herausrutschte.
Sie flog nach New York, um sich der Zulassungsprüfung zu unterziehen, und kehrte anschließend nach Kelso zurück, um die Anwaltspraxis ihres Vaters zu schließen. Es war ein bittersüßes Erlebnis, überschattet von Erinnerungen. Es schien Jennifer, als wäre sie in diesem Büro aufgewachsen.
Sie nahm einen Job in der Fakultätsbücherei der Universität an, um die Zeit zu überbrücken, bis sie erfuhr, ob sie die Prüfung in New York bestanden hatte.
»Es ist eine der härtesten im ganzen Land«, hatte Professor Oakes sie gewarnt.
Aber Jennifer war sicher, daß sie es schaffen würde.
Sie erhielt die Mitteilung, daß sie bestanden hatte, und ein Angebot vom New Yorker Staatsanwaltsbüro am gleichen Tag. Eine Woche später war sie unterwegs nach Osten.

Sie fand ein winziges Appartement an der unteren Third Avenue (*geräumig, Kamin, gute Lage,* hatte es in der Anzeige geheißen), aber der Kamin war nur eine Imitation, und im Haus gab es keinen Fahrstuhl. Eine steile Treppe führte zu der Wohnung im vierten Stock. *Das Treppensteigen wird mir guttun,* sagte sich Jennifer. Schließlich gab es in Manhattan weder Berge, die man besteigen, noch Stromschnellen, über die man mit dem Kanu rasen konnte. Das Appartement bestand aus einem kleinen Wohnzimmer mit einer Couch, die sich in ein zerbeultes Bett verwandeln ließ, und einem winzigen Badezimmer, dessen Fenster vor langer Zeit von einem der Vormieter mit schwarzer Farbe überstrichen worden war, um einen Vorhang zu sparen. Das Mobiliar hätte gut und gern eine Spende der Heilsarmee sein können. *Was soll's, lange werde ich hier sowieso nicht wohnen,* dachte Jennifer. *Es ist nur eine vorübergehende Lösung, bis ich mir einen Namen als Anwalt gemacht habe.*

Soweit der Traum. Die Wirklichkeit sah so aus, daß sie noch keine zweiundsiebzig Stunden in New York war, als man sie bereits aus dem Stab des Staatsanwalts gefeuert hatte. Und jetzt stand ihr noch der Ausschluß aus der Anwaltskammer bevor.

Jennifer hörte auf, Zeitungen oder Illustrierte zu lesen, und verzichtete aufs Fernsehen, denn überall begegnete ihr nur ihr eigenes Antlitz. Sie hatte das Gefühl, daß die Leute sie anstarrten, auf der Straße, im Bus, beim Einkaufen. Sie begann, sich regelrecht zu verstecken, ging nicht ans Telefon und weigerte sich zu öffnen, wenn an der Tür geklingelt wurde. Sie erwog, ihre Koffer zu packen und nach Washington zurückzugehen. Sie erwog, sich eine andere Tätigkeit in einem anderen Beruf zu suchen. Sie erwog, sich umzubringen. Ganze Stunden verbrachte sie damit, Briefe an Staatsanwalt Di Silva zu entwerfen. Mal griff sie seine Gefühllosigkeit und seinen Mangel an Verständnis mit beißender Schärfe an, mal bat sie mit kriecherischen Entschuldigungen um eine neue Chance. Keiner dieser Briefe wurde je abgeschickt.

Zum erstenmal in ihrem Leben wurde Jennifer von Verzweiflung überwältigt. Sie hatte keine Freunde in New York, mit denen sie hätte sprechen können. Tagsüber schloß sie sich in ihrem Appartement ein. Erst spät nachts schlüpfte sie hinaus und wanderte durch die verlassenen Straßen der Stadt. Sie wurde nie belästigt. Vielleicht erblickte das menschliche Strandgut der Nacht seine eigene Einsamkeit und Verzweiflung in ihren Augen wie in einem Spiegel.

Während sie ging, erlebte Jennifer im Geist wieder und wieder die Szene im Gerichtssaal, und jedesmal versah sie sie mit einem anderen Ende.

*Ein Mann löste sich aus der Gruppe um Di Silva und kam an ihren Tisch. Er hielt einen Manilaumschlag in der Hand.*
*Miß Parker?*
*Ja?*
*Der Chef möchte, daß Sie das zu Stela bringen.*
*Jennifer musterte ihn mit einem kühlen Blick. Könnte ich bitte Ihren Ausweis sehen?*
*Der Mann erschrak und stürzte davon.*

*Ein Mann löste sich aus der Gruppe um Di Silva und kam an ihren Tisch. Er hielt einen Manilaumschlag in der Hand.*
*Miß Parker?*
*Ja?*
*Der Chef möchte, daß Sie das zu Stela bringen. Er reichte ihr den Umschlag.*

*Sie öffnete ihn und entdeckte den toten Kanarienvogel. Ich verhafte Sie!*

*Ein Mann löste sich aus der Gruppe um Di Silva und näherte sich ihrem Tisch. Er hielt einen Manilaumschlag in der Hand. Er ging an ihr vorbei zu einem anderen jungen Assistenzanwalt und übergab ihm den Umschlag. Der Chef möchte, daß Sie das zu Stela bringen.*

Sie konnte die Szene umschreiben, so oft sie wollte, an den Tatsachen änderte es nichts. Ein einziger Fehler hatte ihr Leben zerstört. Andererseits — wer sagte, daß es wirklich zerstört war? Die Presse? Di Silva? Noch war sie nicht ausgeschlossen, und bis das geschah, war sie immer noch Anwältin. Sie dachte an die ganzen Kanzleien, die ihr einmal Angebote gemacht hatten.
Sobald sie wieder zu Hause war, förderte Jennifer die Liste mit den Firmen zutage, bei denen sie sich vorgestellt hatte. Am nächsten Morgen begann sie zu telefonieren. Aber keiner der Männer war zu sprechen, und keiner rief zurück. Nach vier Tagen hatte sie endlich begriffen, daß sie ein Paria ihrer Zunft war. Der Staub, den der Moretti-Fall aufwirbelte, hatte sich wieder gelegt, aber jeder erinnerte sich noch daran.
Jennifer hörte nicht auf, mögliche Arbeitgeber anzurufen, und aus ihrer Verzweiflung wurde Empörung, dann Niedergeschlagenheit und schließlich wieder Verzweiflung. Sie überlegte, was sie mit dem Rest ihres Lebens anfangen sollte, aber sie drehte sich im Kreis. Sie wollte Rechtsanwältin sein und sonst nichts. Und sie *war* Anwältin, und, bei Gott, sie würde diesen Beruf auch ausüben, bis man es ihr verbot.
Als nächstes stellte sie sich persönlich bei den Anwaltspraxen und Kanzleien in Manhattan vor. Sie tauchte unangemeldet auf, nannte am Empfang ihren Namen und verlangte, einen der Seniorpartner zu sprechen. Gelegentlich wurde sie sogar vorgelassen, aber sie hatte das Gefühl, daß es mehr aus Neugier geschah. Sie war ein Monster, und man wollte sehen, wie sie in natura war. Aber meistens wurde ihr lediglich bedeutet, die Kanzlei sei komplett.

Nach sechs Wochen ging Jennifers Geld zu Ende. Sie wäre ja in ein billigeres Appartement umgezogen, nur *gab* es keine noch billigeren. Sie ließ Frühstück und Mittagessen aus, und ihr Abendessen nahm sie nur noch in einem kleinen Eckimbiß ein, wo das Essen zwar schlecht, die Preise aber gut waren. Sie entdeckte Lokale, wo sie eine ganze Mahlzeit für eine bescheidene Summe bekam — so viel Salat, wie sie essen, so viel Bier, wie sie trinken konnte. Jennifer konnte Bier nicht ausstehen, aber es machte satt.

Nachdem sie die Liste der großen Anwaltspraxen durchgegangen war, bewaffnete sie sich mit einer Aufstellung der kleineren und rief diese ebenfalls an, aber ihr Ruf war ihr sogar dorthin vorausgeeilt. Sie erhielt einen Haufen Anträge von den verschiedensten Männern, aber keinen Job. *Gut*, sagte sie sich schließlich, *wenn mich niemand anstellen will, eröffne ich meine eigene Praxis*. Der Haken war bloß, daß sie dafür Geld brauchte. Mindestens zehntausend Dollar, für Miete, Telefon, eine Sekretärin, Gesetzbücher, einen Schreibtisch, Stühle und Büromaterial. Zur Zeit hätte sie sich nicht einmal die Briefmarken leisten können.

Sie hatte auf ihr Gehalt vom Staatsanwaltsbüro gezählt, aber damit konnte sie jetzt natürlich nicht mehr rechnen. Eine Abfindung brauchte sie ebenfalls nicht zu erhoffen. Wenn jemand enthauptet wird, erhält er ja auch keine Entschädigung. Nein, es war ihr einfach nicht möglich, eine eigene Praxis zu eröffnen, nicht einmal eine kleine. Die einzige Lösung war ein gemeinsames Büro mit jemand anderem.

Jennifer kaufte die *New York Times* und ging die Anzeigen durch. Am Ende der letzten Spalte entdeckte sie schließlich eine Zeile, die lautete: *Gesucht: Dritter Mann für kleine Bürogemeinschaft. Geringe Restmiete*. Die beiden letzten Worte gefielen Jennifer außerordentlich gut. Sie war zwar kein Mann, aber bei einer Bürogemeinschaft spielte das Geschlecht ja auch keine Rolle. Sie riß die Anzeige heraus und fuhr mit der U-Bahn zur angegebenen Adresse.

Es war ein verwahrlostes, baufälliges Gebäude am unteren Broadway. Das Büro lag im zehnten Stock, und auf dem abblätternden Schild an der Tür stand:

KENNETH BAILEY<br>AUSKUNFTEI

Und darunter:

ROCKEFELLER INKASSOBÜRO

Jennifer holte tief Luft, stieß die Tür auf und trat ein. Ihr erster Schritt brachte sie in die Mitte eines kleinen, fensterlosen Büros. In den Raum hatte man drei wackelige Tische und Stühle gezwängt. Zwei davon waren besetzt.
An einem der Tische saß ein kahlköpfiger, schäbig gekleideter Mann mittleren Alters über einen Stapel Papiere gebeugt. An einem zweiten Tisch an der gegenüberliegenden Wand arbeitete ein zweiter Mann, den Jennifer auf Anfang Dreißig schätzte. Er hatte ziegelrotes Haar und leuchtendblaue Augen. Seine Haut war blaß und mit Sommersprossen übersät. Er trug hauteng Jeans, ein T-Shirt und weiße Tennisschuhe ohne Socken. Er telefonierte.
»Keine Sorge, Mrs. Desser, zwei meiner besten Leute arbeiten an Ihrem Fall. Wir rechnen jeden Tag mit Informationen über Ihren Mann. Allerdings müßte ich Sie um einen weiteren kleinen Spesenvorschuß bitten... Nein, Sie brauchen es mir nicht zu schicken. Sie wissen ja, wie das mit der Post ist. Ich habe heute nachmittag in Ihrer Nähe zu tun. Ich schaue kurz bei Ihnen vorbei und hole es ab.«
Er legte den Hörer auf und bemerkte Jennifer.
Er stand auf, lächelte und streckte ihr eine kräftige Hand entgegen. »Ich bin Kenneth Bailey. Was kann ich an diesem schönen Tag für Sie tun?«
Jennifer blickte sich in dem kleinen, stickigen Raum um und sagte unsicher: »Ich — ich bin wegen Ihrer Anzeige hier.«
»Oh.« Die blauen Augen wirkten erstaunt.
Der kahlköpfige Mann starrte Jennifer an.
Kenneth Bailey stellte ihn vor: »Das ist Otto Wenzel, das Rockefeller Inkassobüro.«
Jennifer nickte. »Hallo.« Dann wandte sie sich wieder Kenneth Bailey zu. »Und Sie sind die Auskunftei Bailey?«
»Richtig. Und was tun Sie?«
»Ich? Oh, ich bin Anwältin.«
Kenneth Bailey betrachtete sie skeptisch. »Und Sie wollen *hier* ein Büro eröffnen?«
Jennifer musterte noch einmal den trostlosen Raum und sah sich selber zwischen diesen beiden Männern an dem dritten Tisch sitzen. »Vielleicht sollte ich noch ein bißchen weitersuchen«, meinte sie. »Ich bin nicht sicher...«
»Die Miete würde nur neunzig Dollar im Monat betragen.«

»Für neunzig Dollar im Monat könnte ich das ganze Haus kaufen«, gab Jennifer zurück und wandte sich zum Gehen.
»Warten Sie einen Moment.«
Jennifer blieb stehen.
Kenneth Bailey rieb sich das bleiche Kinn. »Ich mache Ihnen einen Vorschlag — sechzig! Wenn Ihr Geschäft angelaufen ist, sprechen wir über eine Erhöhung, okay?«
Es war wirklich ein Vorschlag. Jennifer wußte, daß sie nirgendwo anders einen Raum für diesen Betrag finden würde. Andererseits sah sie keine Möglichkeit, jemals einen Mandanten in dieses Loch zu locken. Und dann gab es noch einen weiteren Punkt, der sie beschäftigte. Sie hatte die sechzig Dollar nicht. »Ich nehme es«, sagte sie.
»Sie werden es nicht bereuen«, versprach Kenneth Bailey. »Wann wollen Sie Ihre Sachen herbringen?«
»Die sind schon da.«

Kenneth Bailey malte ihr Geschäftsschild selber auf die Tür.
JENNIFER PARKER<br>RECHTSANWALT
Jennifer betrachtete das Schild mit gemischten Gefühlen. Selbst in ihren dunkelsten Stunden hatte sie sich ihren Namen nicht unter denen eines Privatdetektivs und eines Geldeintreibers gesehen. Und doch, wenn sie sich das leicht gebogene Schild ansah, konnte sie einem Gefühl des Stolzes nicht widerstehen. Sie war Anwältin. Das Schild bewies es.

Jetzt, wo Jennifer einen Büroraum hatte, fehlten ihr nur noch Mandanten.
Zur Zeit konnte sie sich nicht einmal mehr die Eckkneipe leisten. Ihr Frühstück bestand aus Toast und Kaffee, zubereitet auf einer Wärmplatte, die sie auf den Heizkörper in dem winzigen Badezimmer gestellt hatte. Auf das Mittagessen verzichtete sie ganz, und das Abendessen verlegte sie in das »Zum Zum«, wo es vorzugsweise große Wurstscheiben, Brotschwarten und heißen Kartoffelsalat gab.
Um Punkt neun Uhr morgens ließ sie sich an ihrem Schreibtisch nieder, aber ihre einzige Tätigkeit bestand darin, Ken Bailey und Otto Wenzel beim Telefonieren zuzuhören.
Ken Baileys Fälle bestanden in erster Linie aus verschwunde-

nen Ehemännern oder Kindern, und am Anfang war Jennifer davon überzeugt, daß er ein Betrüger war, der hauptsächlich Versprechungen machte und dafür hohe Vorschüsse kassierte. Aber sie merkte schnell, daß Bailey hart arbeitete und oft Erfolg hatte. Er war intelligent und gewitzt.
»Otto arbeitet für Kreditgesellschaften«, erklärte er Jennifer einmal. »Sie beauftragen ihn damit, nicht abbezahlte Autos, Fernsehapparate oder Waschmaschinen zurückzuholen. Und Sie?«
»Ich?«
»Haben Sie nicht wenigstens einen Mandanten?«
»Ich habe einiges in petto«, antwortete Jennifer ausweichend.
Er nickte. »Lassen Sie sich nicht unterkriegen. Jeder kann mal einen Fehler machen.«
Jennifer fühlte, wie sie rot wurde. Also wußte sogar er über sie Bescheid.
Ken Bailey packte ein großes, dickes Roastbeef-Sandwich aus. »Wollen Sie einen Bissen?«
Es sah köstlich aus. »Nein, danke«, lehnte Jennifer fest ab. »Ich esse nie zu Mittag.«
»Wie Sie wollen.«
Sie sah ihm zu, wie er in das saftige Sandwich biß. Er bemerkte ihren Gesichtsausdruck und fragte noch einmal: »Sind Sie sicher, daß Sie nicht...«
»Nein, wirklich nicht. Ich habe eine Verabredung.«
Ken Bailey blickte Jennifer nach, als sie das Büro verließ, und sein Gesicht wirkte besorgt. Er war stolz auf seine Menschenkenntnis, aber Jennifer Parker verwirrte ihn. Auf Grund der Fernseh- und Zeitungsberichte war er sicher gewesen, jemand habe sie bezahlt, damit sie die Anklage gegen Michael Moretti zu Fall bringe. Aber jetzt, nachdem er sie kennengelernt hatte, war er davon nicht mehr so überzeugt. Er war einmal verheiratet gewesen und hatte die Hölle auf Erden erlebt. Er hatte wirklich keine allzu hohe Meinung von Frauen. Aber etwas sagte ihm, daß Jennifer etwas Besonderes war. Sie war schön, intelligent und sehr stolz. *Jesus*, warnte er sich, *sei kein Idiot. Ein Mord auf deinem Gewissen ist mehr als genug.*

*Kommt zu mir, ihr, die ihr hungrig, arm und verzweifelt seid,* dachte Jennifer zynisch, *mein Gott, die Inschrift auf der Freiheitsstatue war schon eine sentimentale Angelegenheit. In New York kümmert sich niemand darum, ob du lebst oder krepierst. Hör auf, dich selber zu bemitleiden!*

Aber es war schwer. Ihre Barschaft war auf achtzehn Dollar geschrumpft, die Miete für das Appartement überfällig und die für ihren Büroanteil in zwei Tagen ebenfalls. Sie hatte nicht genug Geld, um noch länger in New York zu bleiben, und auch nicht genug, um der Stadt den Rücken zu kehren. Noch einmal hatte sie anhand der gelben Seiten im Telefonbuch in alphabetischer Reihenfolge alle Anwaltsbüros angerufen, um einen Job zu bekommen. Sie tätigte die Gespräche von einer Zelle aus, denn sie wollte nicht, daß Ken Bailey und Otto Wenzel mithörten. Das Ergebnis war immer gleich. Niemand war an ihren Diensten interessiert. Es würde ihr nichts anderes übrigbleiben, als nach Kelso zurückzugehen und als Rechtshilfe oder Sekretärin für einen der Freunde ihres Vaters zu arbeiten. Wie unglücklich er darüber gewesen wäre. Es war eine bittere Niederlage, aber sie hatte keine Wahl. Sie würde als Versager nach Hause zurückkehren. Das Problem dabei war nur die Reise. In der Nachmittagsausgabe der *New York Post* fand sie eine Anzeige, in der ein zahlender Mitfahrer nach Seattle gesucht wurde. Jennifer wählte die angegebene Nummer, aber niemand hob ab. Sie beschloß, es am nächsten Morgen noch einmal zu versuchen.

Am folgenden Tag ging Jennifer zum letztenmal ins Büro. Otto Wenzel war nicht da, aber Ken Bailey hing wie üblich am Telefon. Er trug Blue jeans und einen Kaschmir-Pullover mit V-Ausschnitt.
»Ich habe Ihre Frau gefunden«, sagte er gerade. »Das einzige Problem ist, daß sie nicht wieder nach Hause will, alter Junge. Ich weiß ... wer versteht schon die Frauen? Okay ... ich sage Ihnen, wo sie sich aufhält, und dann können Sie ja Ihren Charme spielen lassen, um sie zurückzuholen.« Er gab eine Hoteladresse durch. »Nichts zu danken.« Er hängte auf und drehte sich zu Jennifer um. »Sie sind heute spät dran.«
»Mr. Bailey, ich — ich fürchte, ich muß abreisen. Ich überweise Ihnen das Geld für die Miete, sobald ich kann.«
Ken Bailey lehnte sich in seinem Stuhl zurück und sah sie nachdenklich an. Sein Blick verunsicherte Jennifer.

»Geht das in Ordnung?« fragte sie.
»Zurück nach Washington?« wollte er wissen.
Sie nickte.
Ken Bailey fragte: »Könnten Sie mir einen kleinen Gefallen tun, ehe Sie abreisen? Ein Freund von mir, ein Rechtsanwalt, bekniet mich die ganze Zeit, damit ich einige Vorladungen für ihn zustelle, aber ich habe keine Zeit. Er zahlt zwölf Dollar fünfzig für jede Vorladung, plus Kilometergeld. Würden Sie das für mich tun?«

Eine Stunde später stand Jennifer in den feudalen Büroräumen von Peabody & Peabody. Es war genau die Art von Kanzlei, in der sie sich immer arbeiten gesehen hatte, als vollwertiger Partner mit einer luxuriösen Ecksuite. Sie wurde in ein kleines Hinterzimmer geführt, wo eine geplagte Sekretärin ihr einen Stapel Vorladungen aushändigte.
»Hier. Achten Sie darauf, Ihre Kilometerzahl zu notieren. Sie haben doch einen Wagen, oder?«
»Nein, ich fürchte, ich...«
»Gut, wenn Sie die U-Bahn nehmen, heben Sie die Tickets auf.«
»Gut.«
Den Rest des Tages verbrachte Jennifer damit, Vorladungen zuzustellen — in der Bronx, Brooklyn und Queens, bei strömendem Regen. Um acht Uhr abends hatte sie fünfzig Dollar verdient. Durchfroren und erschöpft kehrte sie in ihr Appartement zurück. Aber immerhin hatte sie *Geld* verdient, das erste, seit sie in New York eingetroffen war. Und die Sekretärin hatte ihr erklärt, daß noch ein ganzer Haufen Vorladungen zugestellt werden müsse. Es war harte Arbeit, so durch die ganze Stadt zu rennen, und es war demütigend. Man hatte Jennifer Türen vor der Nase zugeschlagen, sie verflucht, bedroht und zweimal belästigt. Die Aussicht auf einen weiteren solchen Tag war erschreckend; dennoch, solange sie in New York bleiben konnte, bestand Hoffnung, egal, wie entfernt die auch sein mochte.
Jennifer ließ sich ein heißes Bad ein und stieg in das Wasser. Langsam ließ sie sich auf den Boden der Wanne gleiten und genoß den Luxus des über ihrem Körper zusammenschwappenden Wassers. Sie hatte gar nicht bemerkt, wie erschöpft

sie war. Jeder Muskel schien zu schmerzen. Sie beschloß, daß sie außerdem noch ein gutes Abendessen brauchte, um sich aufzuheitern. Sie würde schlemmen. *Ich verschreibe mir ein richtiges Restaurant,* dachte sie, *ein Lokal mit Tischtüchern und Gedecken. Vielleicht gibt es dort leise Musik, und ich werde ein Glas Weißwein trinken und...*
Ihre Gedanken wurden von der Klingel an der Tür unterbrochen. Es war ein ungewohntes Geräusch. Seit sie hier vor zwei Monaten eingezogen war, hatte sie nicht einen einzigen Besucher gehabt. Es konnte sich nur um die mürrische Wirtin handeln, die die überfällige Miete kassieren wollte. Zu müde, sich zu bewegen, rührte Jennifer sich nicht, in der Hoffnung, die Vermieterin würde wieder verschwinden.
Das Klingelzeichen wiederholte sich. Widerstrebend stieg Jennifer aus dem warmen Bad. Sie streifte ein samtenes Hauskleid über und ging zur Tür. »Wer ist da?«
Auf der anderen Seite der Tür fragte eine männliche Stimme: »Miß Jennifer Parker?«
»Ja.«
»Mein Name ist Adam Warner. Ich bin Anwalt.«
Verwirrt legte Jennifer die Sicherheitskette vor und öffnete die Tür einen Spaltbreit. Der Mann vor der Tür war in den Dreißigern, groß, blond und breitschultrig. Er hatte graublaue, neugierige Augen und trug eine horngerahmte Brille. Sein maßgeschneiderter Anzug mußte ein Vermögen gekostet haben.
»Darf ich eintreten?« fragte er.
Einbrecher pflegten keine maßgeschneiderten Anzüge, Gucci-Schuhe und Seidenschlipse zu tragen. Sie hatten im allgemeinen auch keine langen, sensiblen Hände mit manikürten Fingernägeln.
»Einen Moment, bitte.« Jennifer hakte die Sicherheitskette aus und öffnete die Tür. Während Adam Warner eintrat, blickte Jennifer sich rasch in ihrem Appartement um. Sie versuchte, es mit seinen Augen zu sehen, und zuckte zusammen. Er sah aus, als sei er Besseres gewohnt.
»Womit kann ich Ihnen helfen, Mr. Warner?«
Mit einem Schlag wußte Jennifer, warum er da war. Aufregung durchfuhr sie. Es handelte sich um eine der Stellen, um die sie sich beworben hatte. Sie wünschte sich, ein schönes,

dunkelblaues Modellkleid anzuhaben, gut frisiert zu sein und...

Adam Warner sagte: »Ich gehöre dem Disziplinarausschuß der New Yorker Anwaltschaft an, Miß Parker. Staatsanwalt Robert Di Silva und Richter Lawrence Waldman haben die Beschwerdeabteilung aufgefordert, Ihren Ausschluß aus der Anwaltskammer in die Wege zu leiten.«

4

Die Anwaltskanzlei Needham, Finch, Pierce und Warner lag in der Wall Street und umfaßte das gesamte oberste Stockwerk des Gebäudes Nr. 30. Hundertfünfundzwanzig Anwälte arbeiteten für die Kanzlei. Die Büroräume rochen nach altem Geld und waren mit der ruhigen Eleganz eingerichtet, die einer Firma anstand, die einige der größten Namen in der Industrie vertrat.

Adam Warner und Stewart Needham tranken ihren rituellen Morgentee. Stewart Needham war Ende Sechzig, adrett und in bester Verfassung. Er hatte einen kleinen Van-Dyke-Bart und trug einen Tweedanzug mit Weste. Er sah aus, als gehörte er in eine frühere Zeit, aber sein Verstand arbeitete, wie Hunderte von Gegnern zu ihrem Leidwesen im Lauf der Jahre hatten erfahren müssen, blendend unter den Gegebenheiten des zwanzigsten Jahrhunderts. Man konnte ihn nur als einen Titan bezeichnen, aber sein Name war lediglich in den Kreisen bekannt, die wirklich zählten. Er zog es vor, im Hintergrund zu bleiben und seinen beträchtlichen Einfluß in erster Linie dazu zu benutzen, die Gesetzgebung, Berufungen in hohe Regierungsämter und die Innenpolitik zu steuern. Er stammte aus Neuengland und war schon wortkarg erzogen worden.

Adam Warner hatte Needhams Nichte Mary Beth geheiratet und wurde von ihm protegiert. Adams Vater war ein angesehener Senator gewesen, er selber hatte sich zu einem brillanten Anwalt entwickelt. Nachdem er die juristische Ausbildung an der Harvarduniversität *magna cum laude* abgeschlossen hatte, war er mit Angeboten der angesehensten Kanzleien des Landes überschüttet worden. Er hatte sich für Needham,

Finch und Pierce entschieden und war sieben Jahre später als Partner in die Firma aufgenommen worden. Adam sah gut aus, besaß Charme, und seine Intelligenz schien seiner Ausstrahlung eine weitere Dimension zu verleihen. Seine lässige Selbstsicherheit stellte für jede Frau eine Herausforderung dar. Schon seit langem hatte er ein System entwickelt, sich weibliche Klienten mit übergroßem amourösen Interesse vom Leib zu halten. Er war seit vierzehn Jahren mit Mary Beth verheiratet und hielt nichts von Seitensprüngen.
»Noch etwas Tee, Adam?« fragte Stewart Needham.
»Nein, danke.« Adam Warner haßte Tee, und seit acht Jahren trank er ihn nur deshalb jeden Morgen, weil er seinen Partner nicht kränken wollte. Needham kochte das Gebräu selber, und es war schauerlich.
Stewart Needham wollte über zwei Angelegenheiten sprechen. Es war typisch für ihn, daß er mit den angenehmen Neuigkeiten begann. »Gestern abend habe ich ein paar alte Freunde getroffen«, sagte er. *Alte Freunde* war eine Umschreibung für eine Gruppe der mächtigsten Männer des Landes. »Sie erwägen, dich um eine Kandidatur für den Senat zu bitten, Adam.«
Adam war freudig überrascht. Da er um Needhams vorsichtige Natur wußte, war ihm klar, daß das Gespräch mehr als nur zufällig gewesen war.
»Die große Frage ist natürlich, ob es dich überhaupt interessiert. Es würde einige Umstellungen für dich bedeuten.«
Adam Warner wußte das. Gewann er die Wahl, würde er nach Washington D. C. ziehen, seine Anwaltstätigkeit aufgeben und ein völlig neues Leben beginnen müssen. Mary Beth würde es sicher genießen; ob es auch ihm gefallen würde, war Adam nicht ganz klar. Trotzdem, er war in dem Bewußtsein erzogen worden, Verantwortung zu übernehmen. Außerdem mußte er zugeben, daß Macht ihm eine gewisse Genugtuung bedeutete.
»Ich wäre sehr interessiert, Stewart.«
Stewart Needham nickte zufrieden. »Gut, sie werden sich freuen, das zu hören.« Er schenkte sich eine weitere Tasse des schauerlichen Gebräus ein und brachte nebenbei das Gespräch auf die andere Sache, die ihn beschäftigte. »Der Disziplinarausschuß der Anwaltskammer möchte, daß du eine

kleine Geschichte für sie regelst, Adam. Es sollte dich nicht mehr als eine oder zwei Stunden kosten.«
»Worum geht es?«
»Es handelt sich um diesen Moretti-Prozeß. Anscheinend hat jemand einen von Bobby Di Silvas jungen Assistenten bestochen.«
»Ich habe davon gelesen. Der Kanarienvogel.«
»Genau. Richter Waldman und Bobby möchten ihren Namen aus der Liste unseres ehrenwerten Berufsstands getilgt haben. Ich ebenfalls. Er stinkt.«
»Was soll ich tun?«
»Nur eine schnelle Überprüfung der Sachlage, nachweisen, daß dieses Mädchen Parker sich illegal oder unethisch verhalten hat, und ihren Ausschluß empfehlen. Sie wird eine Aufforderung erhalten, ihre Gründe anzugeben, und den Rest erledigen die dann. Nur eine Routineangelegenheit.«
Adam war verwirrt. »Warum ich, Stewart? Wir haben ein paar Dutzend junger Anwälte hier, die das übernehmen könnten.«
»Unser geschätzter Staatsanwalt hat speziell um dich gebeten. Er will sicher sein, daß nichts schiefläuft. Wie wir beide wissen«, fügte er trocken hinzu, »ist Bobby nicht gerade der nachsichtigste Mann der Welt. Er möchte den Skalp der Parker an seiner Wand hängen sehen.«
Adam dachte an seinen vollen Terminkalender.
»Wir können nicht wissen, wann wir das nächstemal einen Gefallen vom Staatsanwaltsbüro brauchen können, Adam. Quid pro quo, eine Hand wäscht die andere.«
»In Ordnung, Stewart.« Adam stand auf.
»Du möchtest bestimmt keinen Tee mehr?«
»Nein, danke. Er war wie immer sehr gut.«
Als Adam wieder in seinem Büro war, klingelte er nach seiner Assistentin Lucinda, einer intelligenten jungen Schwarzen.
»Cindy, ich brauche alle Informationen über eine Anwältin namens Jennifer Parker.«
Sie grinste und sagte: »Der gelbe Kanarienvogel.«
Jeder wußte Bescheid.

Am späten Nachmittag studierte Adam Warner die Abschrift der Verhandlung im Fall *Das Volk von New York gegen Michael Moretti*. Robert Di Silva hatte es ihm durch einen Kurier über-

mitteln lassen. Erst weit nach Mitternacht war Adam damit fertig. Er hatte Mary Beth gebeten, ohne ihn zu einer Dinnerparty zu gehen, zu der sie beide eingeladen waren, und sich ein paar Sandwiches bringen lassen. Nach der Lektüre gab es für Adam keinen Zweifel, daß Michael Moretti von der Jury für schuldig befunden worden wäre, wenn das Schicksal nicht in Gestalt von Jennifer Parker interveniert hätte. Di Silva hatte die Anklage makellos vertreten.
Adam wandte sich zu der Abschrift des Verhörs, das später in Richter Waldmans Räumen stattgefunden hatte.

*Di Silva: Sie haben das College absolviert?*
*Parker: Ja, Sir.*
*Di Silva: Und die Universität?*
*Parker: Ja, Sir.*
*Di Silva: Und ein Fremder übergibt Ihnen ein Paket und bittet Sie, es dem Schlüsselzeugen in einem Mordprozeß zu übergeben, und Sie tun es auch prompt? Würden Sie mir nicht beipflichten, wenn ich sage, daß dies die Grenzen der Dummheit weit überschreitet?*
*Parker: So ist es nicht passiert.*
*Di Silva: Das haben Sie aber behauptet.*
*Parker: Ich meine, ich hielt ihn nicht für einen Fremden. Ich dachte, er gehöre zu Ihrem Stab.*
*Di Silva: Und wie sind Sie darauf gekommen?*
*Parker: Wie ich Ihnen schon sagte, ich sah ihn mit Ihnen sprechen, und dann kam er zu mir mit diesem Umschlag, und er nannte meinen Namen und sagte, Sie wollten, daß ich ihn dem Zeugen brächte. Es geschah alles so schnell...*
*Di Silva: Ich glaube nicht, daß alles so schnell ging. Ich glaube eher, daß es eine ganze Zeit gedauert hat, alles einzufädeln. Und es dauerte seine Zeit, die Frage Ihrer Bezahlung dafür zu regeln, daß Sie...*
*Parker: Das ist nicht wahr.*
*Di Silva: Was ist nicht wahr? Daß Sie nicht wußten, daß Sie den Umschlag übergaben?*
*Parker: Ich wußte nicht, was darin war.*
*Di Silva: Also stimmt es, daß jemand Sie bezahlt hat.*
*Parker: Ich lasse mir von Ihnen nicht die Worte im Mund herumdrehen. Niemand hat mir irgend etwas bezahlt.*
*Di Silva: Sie haben es als Gefallen getan?*

*Parker:* Nein. Ich dachte, ich handelte nach Ihren Anweisungen.
*Di Silva:* Sie haben gesagt, der Mann hat Sie mit Ihrem Namen angesprochen?
*Parker:* Ja.
*Di Silva:* Woher kannte er den?
*Parker:* Ich weiß nicht.
*Di Silva:* Na, hören Sie, Sie müssen doch irgendwelche Vorstellungen haben. Vielleicht hat er bloß geraten? Vielleicht hat er sich im Gerichtssaal umgesehen und gedacht, da ist jemand, der sieht aus, als könnte er Jennifer Parker heißen. Glauben Sie, so könnte es gewesen sein?
*Parker:* Ich habe Ihnen schon gesagt, ich weiß es nicht.
*Di Silva:* Seit wann stecken Sie und Moretti unter einer Decke?
*Parker:* Mr. Di Silva, das haben wir doch alles schon einmal durchgekaut. Sie verhören mich jetzt seit fünf Stunden. Ich bin müde. Ich habe nichts mehr zu sagen. Lassen Sie mich gehen.
*Di Silva:* Wenn Sie den Stuhl da verlassen, lasse ich Sie verhaften. Sie stecken im Dreck, Miß Parker, und es gibt nur eine Möglichkeit für Sie, da herauszukommen. Hören Sie auf zu lügen und sagen Sie endlich die Wahrheit.
*Parker:* Ich sage nichts als die Wahrheit, die ganze Zeit schon. Ich habe Ihnen alles erzählt, was ich weiß.
*Di Silva:* Abgesehen von dem Namen des Mannes, der Ihnen den Umschlag gegeben hat. Ich will diesen Namen, und ich will wissen, wieviel er Ihnen bezahlt hat.

Die Abschrift umfaßte noch dreißig weitere Seiten. Robert Di Silva hatte ungefähr jedes Mittel angewandt, außer das Mädchen mit einem Gummischlauch zu bearbeiten. Sie war nicht einen Millimeter von ihrer Geschichte abgewichen.
Adam legte die Abschrift beiseite und rieb sich müde die Augen. Es war zwei Uhr morgens. Morgen würde er diese leidige Angelegenheit abschließen.

Zu Adam Warners Überraschung ließ sich der Fall Jennifer Parker aber nicht so leicht erledigen. Da Adam ein methodischer Mann war, überprüfte er auch Jennifer Parkers Vergangenheit. Soweit er feststellen konnte, hatte sie keine Kontakte zur Unterwelt, und nichts stellte eine Verbindung zwischen ihr und Michael Moretti her.

Irgend etwas an dem Fall störte Adam. Jennifer Parkers Verteidigung war zu dürftig. Hätte sie für Moretti gearbeitet, hätte er zu ihrem Schutz eine vernünftigere Geschichte erfunden. So wie die Dinge standen, war ihre Geschichte aber so naiv, daß sie nur wahr sein konnte.
Gegen Mittag erhielt Adam einen Anruf vom Staatsanwalt.
»Wie kommen Sie voran, Adam?«
»Gut, Robert.«
»Wie ich höre, haben Sie die Rolle des Scharfrichters in der Angelegenheit Jennifer Parker übernommen.«
Adam Warner zuckte zusammen. »Ich habe zugestimmt, eine Empfehlung abzugeben, ja.«
»Ich werde sie für eine ganze Weile aus dem Verkehr ziehen.«
Adam war abgestoßen von dem Haß in der Stimme des Staatsanwalts.
»Immer mit der Ruhe, Robert. Noch ist sie nicht ausgeschlossen.«
Di Silva lachte vergnügt in sich hinein. »Da habe ich volles Vertrauen zu Ihnen, mein Freund.« Sein Tonfall änderte sich. »Man munkelt, daß Sie vielleicht bald nach Washington gehen. Ich möchte, daß Sie wissen, daß Sie auf meine volle Unterstützung zählen können.«
Und die war beträchtlich, wie Adam wußte. Der Staatsanwalt war schon eine ganze Weile im Geschäft. Er wußte, in welchen Kellern die Leichen lagen und wie man aus diesem Wissen das Beste machen konnte.
»Danke, Robert. Ich weiß das zu schätzen.«
»Nichts zu danken, Adam. Ich höre ja dann von Ihnen.«
Das war auf Jennifer Parker gemünzt. Das *quid pro quo*, das Stewart Needham erwähnt hatte. Adam Warner dachte an Robert Di Silvas Worte: *Ich werde sie für eine ganze Weile aus dem Verkehr ziehen*. Nach der Lektüre der Abschrift zu urteilen, gab es keinen richtigen Beweis gegen Jennifer Parker. Wenn sie nicht gestand oder wenn nicht jemand mit Informationen auftauchte, die ihre Komplizenschaft bewiesen, konnte Di Silva dem Mädchen nichts anhaben... Adam sollte ihm nun als Werkzeug seiner Rache dienen.
Die kalten, schroffen Worte der Abschrift waren eindeutig, und doch wünschte Adam, er hätte den Klang von Jennifer Parkers Stimme gehört, als sie ihre Schuld bestritt.

Es gab noch andere, eiligere Angelegenheiten, die seine Aufmerksamkeit verlangten, wichtige Fälle guter Mandanten. Es wäre leicht gewesen, sich einfach darauf zu beschränken, nach Stewart Needhams, Richter Lawrence Waldmans und Robert Di Silvas Wünschen zu handeln, aber sein Instinkt ließ Adam Warner zögern. Er griff noch einmal nach Jennifer Parkers Akte, kritzelte einige Notizen an den Rand und führte eine Reihe von Ferngesprächen.

Ihm war Verantwortung übertragen worden, und er gedachte, im Rahmen seiner Fähigkeiten nach bestem Wissen und Gewissen zu handeln. Er erinnerte sich nur zu gut an die lange Schinderei, die es bedeutete, Anwalt zu werden und in die Standesvereinigung aufgenommen zu werden. Es war ein Preis, um den man Jahre kämpfen mußte, und Adam wollte ihn Jennifer nur dann wieder wegnehmen, wenn es wirklich gerechtfertigt war.

Am nächsten Morgen flog Adam nach Seattle. Er traf sich mit Jennifers Professoren an der Universität, dem Vorstand der Kanzlei, in der Jennifer zwei Sommer lang ihr Praktikum absolviert hatte, und mit einigen ihrer Studienkollegen.

Stewart Needham rief ihn an und fragte: »Was hast du da oben zu suchen, Adam? Hier wartet jede Menge wichtiger Arbeit auf dich. Die Parker-Sache ist doch mit einem Fingerschnippen zu erledigen.«

»Ein paar Punkte sind noch nicht geklärt«, sagte Adam behutsam. »Morgen oder übermorgen bin ich zurück, Stewart.«

Eine kleine Pause entstand. »Ich verstehe. Laß uns mit ihr nicht mehr Zeit als unbedingt nötig verschwenden.«

Als Adam Seattle verließ, hatte er das Gefühl, Jennifer Parker fast so gut zu kennen, wie sie sich selbst kannte. Das Bild, das er nach all den Gesprächen von ihr hatte, besaß nicht mehr die geringste Ähnlichkeit mit dem, das Robert Di Silva entworfen hatte. Falls Jennifer Parker nicht die beste Schauspielerin aller Zeiten war, konnte sie unmöglich an dem Komplott zu Michael Morettis Befreiung beteiligt gewesen sein.

Jetzt, fast zwei Wochen nach dem morgendlichen Gespräch mit Stewart Needham, stand Adam vor dem Mädchen, mit dessen Vergangenheit er sich so intensiv beschäftigt hatte.

Die Zeitungsbilder, die er von ihr gesehen hatte, hatten ihn nicht auf den Eindruck vorbereitet, den sie auf ihn machte. Sogar in dem alten Kleid, ohne Make-up und mit feuchtem Haar war sie atemberaubend.
Adam sagte: »Ich bin beauftragt, Ihre Rolle im Moretti-Prozeß zu untersuchen, Miß Parker.«
»Sind Sie das!« Jennifer fühlte Wut in sich aufsteigen, die sie rasch mit lodernden Flammen erfüllte. Sie waren immer noch nicht fertig mit ihr. Sie würden sie ihr Leben lang bezahlen lassen. Allmählich hatte sie genug.
Als sie sprach, zitterte ihre Stimme. »Ich habe Ihnen nichts zu sagen, Sir. Erzählen Sie dem Ausschuß, was Sie wollen. Ich habe eine Dummheit begangen, aber soweit ich weiß, gibt es kein Gesetz gegen Dummheit. Der Staatsanwalt glaubt, jemand hätte mich bestochen.« Höhnisch warf sie die Hände in die Höhe. »Glauben Sie, ich würde in diesem Loch leben, wenn ich auch nur ein bißchen Geld hätte?« Ihre Stimme klang plötzlich erstickt. »Es... es ist mir egal, was Sie tun. Lassen Sie mich in Ruhe, mehr will ich nicht. Gehen Sie!«
Sie drehte sich um, floh ins Badezimmer und schlug die Tür hinter sich zu.
Tiefatmend lehnte sie sich gegen das Waschbecken und wischte sich die Tränen aus den Augen. Sie wußte, daß sie sich dumm benommen hatte. Wieder einmal, dachte sie trokken. Sie hätte Adam Warner anders behandeln sollen. Statt ihn anzubrüllen, hätte sie versuchen müssen, ihm alles zu erklären. Vielleicht wäre sie dann nicht ausgeschlossen worden. Aber sie wußte, daß es sich dabei nur um Wunschträume handelte. Es war Augenwischerei, daß sie jemanden geschickt hatten, der sie befragen sollte. Als nächstes würden sie sie schriftlich auffordern, sich zu rechtfertigen, und dann würden sich die Zahnräder in Bewegung setzen. Man würde ihr verbieten, im Staat New York zu praktizieren. Bitter dachte Jennifer: *Ich werde ins Guinness Buch der Rekorde eingehen — wegen der kürzesten Anwaltskarriere in der Geschichte.*
Sie stieg wieder in die Badewanne und lehnte sich zurück, um sich von dem noch immer warmen Wasser beruhigen zu lassen. In diesem Augenblick war sie zu müde, um sich Gedanken darüber zu machen, was aus ihr werden würde. Sie schloß die Augen und war schon beinahe eingeschlafen, als das kalte

Wasser sie wieder aufweckte. Sie wußte nicht, wie lange sie in der Badewanne gelegen hatte. Widerwillig stieg sie heraus und trocknete sich ab. Jetzt hatte sie keinen Hunger mehr. Das Gespräch mit Adam Warner hatte ihr den Appetit verdorben.
Jennifer kämmte sich, trug Nachtcreme auf und beschloß, ohne Abendessen ins Bett zu gehen. Morgen würde sie noch einmal wegen der Mitfahrgelegenheit nach Seattle telefonieren. Sie öffnete die Badezimmertür und ging in das Wohnzimmer.
Adam Warner saß in einem Stuhl und blätterte in einem Magazin. Er sah auf, als Jennifer den Raum betrat — nackt.
»Ich bitte um Entschuldigung«, sagte er. »Ich...«
Jennifer stieß einen kleinen Schrei aus und floh ins Badezimmer, wo sie ihr Kleid überstreifte. Als sie ins Wohnzimmer zurückkehrte, kochte sie vor Wut.
»Das Verhör ist vorbei. Ich habe Sie gebeten, zu gehen.«
Adam legte das Magazin weg und sagte ruhig: »Miß Parker, wäre es vielleicht möglich, daß wir einen Moment lang wie vernünftige Menschen miteinander reden?«
»Nein!« Der alte Zorn stieg wieder in Jennifer hoch. »Ich habe Ihnen oder Ihrem verdammten Disziplinarausschuß nichts mehr zu sagen. Ich bin es leid, wie ein... wie ein Verbrecher behandelt zu werden.«
»Habe ich behauptet, Sie seien ein Verbrecher?« fragte Adam ruhig.
»Sie... sind Sie nicht deswegen hier?«
»Ich habe Ihnen gesagt, weswegen ich hier bin. Ich bin ermächtigt, meine Untersuchungen anzustellen und mich dann für oder gegen ein Ausschlußverfahren auszusprechen. Ich möchte gern Ihre Version der Geschichte hören.«
»Ich verstehe. Und was wollen Sie dafür haben?«
Adams Gesichtsausdruck gefror. »Entschuldigen Sie, Miß Parker.« Er stand auf und ging zur Tür.
»Einen Augenblick!« Adam drehte sich um. »Bitte verzeihen Sie mir«, sagte Jennifer. »Ich... ich halte schon jeden für einen Feind. Ich möchte mich entschuldigen.«
»Ich nehme Ihre Entschuldigung an.«
Jennifer wurde sich plötzlich ihres schäbigen Kleides bewußt.
»Wenn Sie immer noch bereit sind, mir Ihre Fragen zu stellen, ziehe ich mir etwas anderes an, und dann können wir reden.«

»Einverstanden. Haben Sie schon gegessen?«
Sie zögerte. »Ich...«
»Ich kenne ein französisches Restaurant, das für Verhöre wie geschaffen ist.«

Es war ein kleines, anheimelndes Bistro auf der East Side. »Dieses Lokal ist ein Geheimtip«, sagte Adam Warner, als sie saßen. »Es gehört einem jungen französischen Ehepaar, das früher im *Les Pyrénées* gearbeitet hat. Das Essen ist exzellent.« Jennifer mußte sich mit Adams Wort zufriedengeben, denn sie war unfähig, die Speisen auch nur zu kosten. Sie hatte den ganzen Tag nichts gegessen, aber sie war so nervös, daß sie nicht einen einzigen Bissen heruntergekriegt hätte. Sie versuchte, sich zu entspannen, aber es war unmöglich. Was auch immer er behaupten mochte, der charmante Mann auf der anderen Seite des Tisches war ihr Feind. Charmant war er wirklich, wie Jennifer zugeben mußte. Er war amüsant, attraktiv, und unter anderen Bedingungen hätte Jennifer den Abend ungeheuer genossen; aber es gab keine anderen Bedingungen. Ihre ganze Zukunft lag in den Händen dieses Fremden. In der nächsten Stunde mußte sich entscheiden, wie ihr weiteres Leben verlaufen würde. Adam setzte alles daran, sie zu entspannen. Er erzählte, daß er erst kürzlich von einer Japanreise zurückgekehrt sei, wo er sich mit hohen Regierungsbeamten getroffen habe. Zu seinen Ehren sei ein feierliches Bankett veranstaltet worden.
»Haben Sie jemals Ameisen mit Schokoladenguß gegessen?« fragte er.
»Nein.«
Er grinste. »Sie schmecken besser als Grashüpfer mit Schokoladenguß.«
Er erzählte von einem Jagdausflug in Alaska, auf dem er von einem Bären angegriffen worden war. Er sprach über alles, nur nicht über das, weswegen sie hier waren.
Jennifer hatte sich für den Augenblick gewappnet, wenn Adam anfangen würde, sie auszufragen, aber als es schließlich soweit war, versteifte sich ihr ganzer Körper.
Er war mit dem Dessert fertig und sagte ruhig: »Ich stelle Ihnen jetzt ein paar Fragen, und ich möchte nicht, daß Sie sich aufregen. Okay?«

In Jennifers Kehle saß plötzlich ein Kloß. Sie war nicht sicher, ob sie imstande war, zu sprechen. Sie nickte.
»Ich möchte, daß Sie mir genau erzählen, was an jenem Tag im Gerichtssaal passierte. Alles, woran Sie sich erinnern, alles, was Sie gefühlt haben. Lassen Sie sich Zeit.«
Jennifer hatte vorgehabt, ihn herauszufordern, ihm zu sagen, er könne mit ihr tun, wozu immer er Lust habe. Aber irgendwie war ihr ganzer Widerstand wie weggeblasen. Der Vorfall war noch immer so lebendig für sie, daß es weh tat, auch nur daran zu denken. Sie hatte mehr als einen Monat lang versucht, alles zu vergessen. Nun verlangte er von ihr, alles noch einmal zu durchleben.
Sie holte tief Luft und sagte: »In Ordnung.«
Stockend fing sie an, ihm über die Ereignisse im Gerichtssaal Bericht zu erstatten, und als alles wieder zum Leben erwachte, sprach sie schneller und immer schneller. Adam saß schweigend auf der anderen Seite des Tisches, hörte zu und ließ sie dabei nicht aus den Augen.
Als sie geendet hatte, fragte er: »Der Mann, der Ihnen den Umschlag gegeben hat — war er im Büro des Staatsanwalts, als Sie am Morgen vereidigt worden waren?«
»Darüber habe ich auch schon nachgedacht. Ich kann mich wirklich nicht daran erinnern. Es waren so viele Leute im Büro an diesem Morgen, und ich kannte keinen von ihnen.«
»Haben Sie den Mann schon mal irgendwo anders gesehen?«
Jennifer schüttelte hilflos den Kopf. »Ich kann mich nicht erinnern. Ich glaube nicht.«
»Sie haben gesagt, er hätte mit dem Staatsanwalt gesprochen, bevor er Ihnen den Umschlag gab. Haben Sie gesehen, wie der Staatsanwalt ihm den Umschlag aushändigte?«
»Ich — nein.«
»Haben Sie tatsächlich gesehen, wie dieser Mann mit dem Staatsanwalt sprach, oder stand er nur in der Gruppe um Di Silva?«
Jennifer schloß für eine Sekunde die Augen, versuchte, den Moment zurückzubringen. »Es tut mir leid. Alles ging so durcheinander. Ich... ich weiß es einfach nicht mehr.«
»Haben Sie eine Ahnung, woher er Ihren Namen kannte?«
»Nein.«
»Oder warum er gerade Sie ausgesucht hat?«

»Das ist nicht schwer zu erraten. Wahrscheinlich erkannte er einen Idioten, wenn er einen zu Gesicht bekam.« Sie schüttelte noch einmal den Kopf. »Nein. Es tut mir leid, Mr. Warner, aber ich habe keine Ahnung.«
Adam sagte: »In dieser Angelegenheit wird eine ganze Menge Druck ausgeübt. Staatsanwalt Di Silva war schon eine Ewigkeit hinter Michael Moretti her. Bis Sie auftauchten, hatte er einen wasserdichten Fall. Er ist nicht besonders gut auf Sie zu sprechen.«
»Ich bin auf mich selber nicht gut zu sprechen.« Jennifer konnte Adam Warner nicht übelnehmen, was er vorhatte. Er tat nur seine Arbeit. Sie wollten ihr den Fangschuß versetzen, und sie würden es tun. Adam Warner war nicht dafür verantwortlich; er war nur das Werkzeug, dessen sie sich bedienten. Jennifer fühlte einen plötzlichen, überwältigenden Drang, allein zu sein. Sie wollte nicht, daß irgend jemand sie in ihrem Elend sah.
»Es tut mir leid«, entschuldigte sie sich. »Ich... ich fühle mich nicht sehr gut. Ich würde gern nach Hause gehen.«
Adam betrachtete sie einen Moment lang. »Würde es Ihnen besser gehen, wenn ich Ihnen sagte, daß ich empfehlen werde, Sie nicht auszuschließen?«
Es dauerte einige Sekunden, bis sie begriff, was er gesagt hatte. Jennifer starrte Adam an, versuchte, den Ausdruck seines Gesichts zu ergründen, blickte in diese graublauen Augen hinter den Brillengläsern. »Meinen... meinen Sie das im Ernst?«
»Ihr Beruf ist Ihnen sehr wichtig, nicht wahr?« fragte Adam.
Jennifer dachte an ihren Vater und seine gemütliche kleine Praxis, sie dachte an ihre Gespräche, die langen Jahre an der Universität, an ihre gemeinsamen Hoffnungen und Träume. *Wir werden Partner, du und ich, Jennie. Beeil dich, damit du deinen Titel bekommst.* »Ja«, flüsterte Jennifer.
»Wenn Sie den rauhen Wind am Start überstehen, dann werden Sie, glaube ich, eine sehr gute Anwältin sein.«
Jennifer lächelte ihn dankbar an. »Danke. Ich werde es zumindest versuchen.«
Sie wiederholte die Worte in ihrem Kopf. *Ich werde es zumindest versuchen.* Es war unerheblich, daß sie ein kleines, schäbiges Büro mit einem heruntergekommenen Privatdetektiv und ei-

nem Mann, der unbezahlte Autos zurückholte, teilen mußte. Es war das Büro eines Anwalts. Sie war ein Mitglied des Anwaltsstandes, und man ließ sie weiter praktizieren. Jubel stieg in ihr auf. Sie blickte Adam an und wußte, daß sie diesem Mann ihr Leben lang dankbar sein würde.
Der Kellner räumte das schmutzige Geschirr vom Tisch. Jennifer wollte etwas sagen, aber heraus drang nur ein Geräusch, das halb Lachen und halb Schluchzen war. »Mr. Warner...«
Er sagte würdevoll: »Nach allem, was wir gemeinsam durchgemacht haben, sollte das Adam heißen.«
»Adam...«
»Ja?«
»Hoffentlich bedeutet es nicht das Ende unserer Bekanntschaft«, stöhnte Jennifer, »aber ich komme um vor Hunger.«


5

Die nächsten Wochen vergingen wie im Flug. Jennifer war vom frühen Morgen bis spät in die Nacht damit beschäftigt, Vorladungen aller Art zuzustellen. Sie wußte, daß sie keine Chance hatte, jemals in einer großen Kanzlei zu arbeiten, denn nach dem Fiasko, an dem sie beteiligt gewesen war, dachte niemand im Traum daran, sie zu beschäftigen. Sie konnte nur darauf hinarbeiten, sich selber einen Namen zu machen, und dabei mußte sie ganz von vorn beginnen.
In der Zwischenzeit häuften sich Vorladungen von Peabody & Peabody auf ihrem Schreibtisch. Sie verrichtete zwar nicht gerade die Arbeit eines Anwalts, aber sie verdiente zwölf Dollar fünfzig plus Spesen.

Gelegentlich, wenn Jennifer bis in die Nacht zu arbeiten hatte, lud Ken Bailey sie zum Abendessen ein. Oberflächlich betrachtet, war er ein Zyniker, aber Jennifer hatte das Gefühl, daß es sich dabei nur um eine Fassade handelte. Sie spürte, daß er einsam war. Er hatte die Brown-Universität absolviert, war intelligent und belesen. Sie konnte nicht verstehen, warum er damit zufrieden war, in einem billigen Büro zu sitzen und sein Leben damit zu verbringen, streunende Ehemän-

ner und Ehefrauen aufzuspüren. Es war, als hätte er sich damit abgefunden, ein Versager zu sein, als hätte er Angst davor, um den Erfolg zu kämpfen.
Einmal hatte Jennifer versucht, mit ihm über seine Ehe zu sprechen, aber er hatte nur geknurrt, »Das geht Sie nichts an«, und sie hatte das Thema nie wieder erwähnt.
Otto Wenzel war völlig anders. Der kleine, schmerbäuchige Mann war glücklich verheiratet. Er behandelte Jennifer wie eine Tochter und brachte ihr dauernd Suppen und Kuchen, die seine Frau zubereitet hatte. Leider war seine Frau eine miserable Köchin, aber Jennifer zwang sich, alles zu essen, was Otto Wenzel ihr gab, weil sie ihn nicht verletzen wollte. Eines Freitagabends wurde sie zu den Wenzels zum Abendessen eingeladen. Mrs. Wenzel hatte gefüllten Kohlkopf gekocht, ihre Spezialität. Der Kohl war matschig, die Fleischfüllung zu hart und der Reis nur halbgar. Die ganze Mahlzeit schwamm in einem See aus Fett. Jennifer nahm wacker den Kampf mit dem Kohl auf, konnte sich aber nur zu kleinen Bissen überwinden und schob die Speisen auf ihrem Teller hin und her, damit es so aussah, als lange sie kräftig zu.
»Wie schmeckt es Ihnen?« strahlte Mrs. Wenzel.
»Es ist... es ist eins meiner Lieblingsgerichte.«
Von da an wurde Jennifer jeden Freitag zu den Wenzels zum Abendessen eingeladen, und Mrs. Wenzel kochte ihr stets ihre Lieblingsmahlzeit.

Das Telefon klingelte. Es war noch ziemlich früh. Am anderen Ende sagte die persönliche Sekretärin von Mr. Peabody, jr.: »Mr. Peabody möchte Sie heute morgen um elf Uhr sehen. Seien Sie bitte pünktlich.«
»Ja, Ma'am.«
In der Vergangenheit hatte Jennifer im Büro Peabody immer nur mit Sekretärinnen und Praktikanten zu tun gehabt. Es war eine große, angesehene Kanzlei, eine, in die jeder junge Anwalt für sein Leben gern eingetreten wäre. Auf dem Weg zu der Verabredung begann Jennifer zu phantasieren. Wenn Mr. Peabody persönlich sie sehen wollte, mußte es sich um etwas Wichtiges handeln. Vielleicht hatte er eine Erleuchtung gehabt und wollte ihr einen Job in seiner Kanzlei anbieten, um ihr die Chance zu geben, zu zeigen, was sie konnte. Sie würde

alle in Erstaunen setzen. Vielleicht würde es eines Tages sogar Peabody, Peabody & Parker heißen.
Jennifer wartete eine halbe Stunde im Flur vor dem Büro, ehe sie um punkt elf Uhr den Empfangsraum betrat. Sie wollte nicht zu willfährig wirken. Man ließ sie zwei Stunden warten und führte sie dann ins Büro von Mr. Peabody junior. Der Anwalt war ein großer, dünner Mann im Anzug mit Weste und Schuhen, die extra für ihn in London gefertigt worden waren.
Er forderte sie nicht auf, Platz zu nehmen. »Miß Potter...« Er hatte eine unangenehme, hohe Stimme.
»Parker.«
Er nahm ein Blatt Papier von seinem Schreibtisch. »Dies ist eine Vorladung. Ich möchte, daß Sie sie zustellen.«
In diesem Augenblick hatte Jennifer eine Ahnung, daß sie doch noch nicht in die Kanzlei aufgenommen werden würde. Mr. Peabody junior reichte Jennifer die Vorladung und sagte: »Ihr Honorar beträgt fünfhundert Dollar.«
Jennifer glaubte, sich verhört zu haben. »Sagten Sie fünfhundert?«
»Das ist richtig. Natürlich nur, wenn Sie Erfolg haben.«
»Die Sache hat einen Haken«, riet Jennifer.
»Nun ja«, gab Mr. Peabody junior zu. »Wir versuchen diesen Mann seit über einem Jahr vorzuladen. Sein Name ist William Carlisle. Er lebt auf einem Besitz in Long Island und setzt keinen Fuß vor die Tür. Um die Wahrheit zu sagen, vor Ihnen haben schon ein Dutzend Leute versucht, ihm einen Gerichtsbefehl zuzustellen. Er hat einen bewaffneten Butler, der ihm jeden Besucher von der Haut hält.«
Jennifer meinte: »Ich kann mir nicht vorstellen, wie ich...«
Mr. Peabody junior lehnte sich vor. »Bei dieser Sache steht eine ganze Menge Geld auf dem Spiel. Aber ich kann William Carlisle nicht vor den Kadi zerren, ohne ihm eine Vorladung zu schicken, Miß Potter.« Jennifer korrigierte ihn nicht. »Glauben Sie, Sie schaffen das?«
Jennifer dachte daran, was sie mit fünfhundert Dollar alles anfangen könnte. »Ich werde einen Weg finden.«

Um zwei Uhr nachmittags stand Jennifer vor dem imponierenden Besitz von William Carlisle. Das Haus in der Mitte ei-

nes mindestens zehn Morgen umfassenden, sorgfältig gepflegten Grundstücks hätte auf einer Plantage in Georgia stehen können. Eine gewundene Auffahrt endete an der Front des von anmutigen Tannen eingerahmten Hauses. Jennifer hatte lange über ihr Problem nachgedacht. Da in das Haus nicht hineinzugelangen war, mußte sie Mr. William Carlisle dazu bringen, daß er herauskam.
Einen halben Block die Straße hinunter stand der Kombi einer Gärtnerei. Jennifer betrachtete den Kombi einen Moment lang, dann begab sie sich auf die Suche nach den Gärtnern. Es waren drei Japaner, und sie arbeiteten hinter dem Kombi. Jennifer ging auf sie zu und fragte: »Wer hat hier zu entscheiden?«
Einer von ihnen richtete sich auf. »Ich.«
»Könnten Sie vielleicht eine kleine Aufgabe für mich...«, begann Jennifer.
»Nichts zu machen, Miß. Zuviel Arbeit.«
»Es dauert nur fünf Minuten.«
»Nein, ganz unmöglich...«
»Ich zahle Ihnen hundert Dollar.«
Die drei Männer starrten sie an. Der Obergärtner fragte: »Sie zahlen hundert Dollar für fünf Minuten Arbeit?«
»So ist es.«
»Was sollen wir tun...?«

Fünf Minuten später rollte der Kombi der Gärtnerei in die Auffahrt von William Carlisles Besitz, Jennifer und die drei Gärtner stiegen aus. Jennifer blickte sich um, entschied sich für eine wunderschöne Tanne in der Nähe der Eingangstür und sagte: »Grabt sie aus!«
Sie holten ihre Spaten aus dem Wagen und begannen zu graben. Es war noch keine Minute vergangen, da flog die Eingangstür auf, und ein riesiger Mann in einer Butleruniform stürmte heraus.
»Was, zum Teufel, tun Sie da?«
»Long Island Baumschule«, sagte Jennifer kurz. »Wir graben die ganzen Bäume aus.«
Der Butler starrte sie an. »*Was* machen Sie?«
Jennifer wedelte mit einem Blatt Papier. »Ich habe den Auftrag, die ganzen Bäume auszugraben.«

»Das ist unmöglich! Mr. Carlisle würde einen Anfall kriegen!« Er wandte sich den Gärtnern zu. »Aufhören!«
»Hören Sie, Mister«, sagte Jennifer, »ich tue nur meine Arbeit.« Sie nickte den Gärtnern zu. »Grabt weiter, Leute.«
»Nein!« schrie der Butler. »Ich sage Ihnen, das ist ein Mißverständnis! Mr. Carlisle hat niemals den Auftrag gegeben, die Bäume auszugraben.«
Jennifer zuckte die Achseln und sagte: »Mein Boß ist anderer Ansicht.«
»Wo kann ich Ihren Boß erreichen?«
Jennifer blickte auf ihre Uhr. »Er hat in Brooklyn zu tun. Gegen sechs müßte er wieder im Büro sein.«
Der Butler funkelte sie wütend an. »Eine Minute! Tun Sie nichts, bis ich wieder hier bin.«
»Grabt weiter«, sagte Jennifer zu den Gärtnern.
Der Butler lief ins Haus und schlug die Tür hinter sich zu. Einige Sekunden später sprang sie wieder auf, und der Butler kehrte zurück, begleitet von einem kleinen Mann mittleren Alters.
»Würde es Ihnen etwas ausmachen, mir zu erklären, was, zum Teufel, hier vorgeht?«
»Was geht Sie das an?« fragte Jennifer.
»Ich will Ihnen sagen, was mich das angeht«, schnappte der kleine Mann. »Ich bin William Carlisle, und dies ist zufälligerweise mein Besitz.«
»In diesem Fall, Mr. Carlisle«, sagte Jennifer, »habe ich etwas für Sie.« Sie griff in die Tasche und drückte ihm die Vorladungen in die Hand. Dann wandte sie sich an die Gärtner. »Ihr könnt aufhören, zu graben.«

Am nächsten Morgen rief Adam Warner an. Jennifer erkannte seine Stimme auf Anhieb.
»Ich dachte, es würde Sie interessieren«, sagte er, »daß das Ausschlußverfahren gegen Sie offiziell eingestellt wurde. Sie brauchen sich keine Sorgen mehr zu machen.«
Jennifer schloß die Augen und sprach ein stummes Dankgebet. »Ich... ich kann Ihnen gar nicht sagen, wie dankbar ich Ihnen bin.«
»Justitia ist nicht immer blind.«
Adam sagte kein Wort über den Krach, den er mit Stewart

Needham und Robert Di Silva gehabt hatte. Needham war enttäuscht, hatte es aber mit philosophischer Ruhe getragen. Der Staatsanwalt dagegen hatte sich aufgeführt wie ein wütender Stier. »Sie lassen dieser Nutte das durchgehen? Herrgott im Himmel, sie gehört zur Mafia, Adam! Sind Sie denn blind? Sie hat Sie aufs Kreuz gelegt!«
Schließlich war Adam es leid gewesen, und er hatte gesagt: »Das ganze Beweismaterial gegen sie war zufällig, Robert. Sie war zur falschen Zeit am falschen Ort und wurde hereingelegt. Das sieht mir nicht nach Mafia aus.«
»Okay, sie bleibt also Anwältin«, hatte Di Silva endlich gesagt. »Ich hoffe nur zu Gott, daß sie in New York praktiziert, denn in dem Augenblick, in dem sie den Fuß in einen meiner Gerichtssäle setzt, werde ich sie vernichten!«
Von all dem erwähnte Adam nichts. Jennifer hatte sich einen tödlichen Feind geschaffen, aber das ließ sich nicht mehr ändern. Robert Di Silva war ein rachsüchtiger Mann, und Jennifer war eine verwundbare Zielscheibe. Sie war intelligent, idealistisch und geradezu schmerzlich jung und reizend.
Adam wußte, daß er sie nie wiedersehen durfte.
Es gab Tage, Wochen und Monate, während deren Jennifer am liebsten alles hingeworfen hätte. Das Schild mit der Aufschrift *Jennifer Parker, Rechtsanwalt*, hing immer noch an der Tür, aber es führte niemanden hinters Licht, am wenigsten sie selber. Ihre Arbeit hatte nichts mit der eines Anwalts zu tun. Sie verbrachte ihre Tage damit, in Regen, Graupelschauern und Schnee herumzurennen und Vorladungen an Leute zuzustellen, die sie dafür verabscheuten. Hin und wieder übernahm sie unentgeltlich einen Fall, verhalf alten Menschen zu Essensmarken oder löste für Schwarze, Puertoricaner und andere Unterprivilegierte juristische Probleme. Aber sie fühlte sich wie in einer Falle.
Die Nächte waren noch schlimmer als die Tage. Sie schienen endlos, denn Jennifer litt an Schlaflosigkeit, und wenn sie schließlich einschlief, hatte sie Alpträume. Die Schlaflosigkeit hatte in der Nacht begonnen, in der Jennifers Mutter sie und ihren Vater verlassen hatte, und was immer es war, das die Alpträume verursachte, Jennifer konnte es nicht vertreiben. Sie war einsam. Gelegentlich ging sie mit jungen Rechtsanwälten aus, aber unausweichlich verglich sie die Männer mit

Adam Warner, und sie alle verblaßten gegen ihn. Die Abende verliefen immer gleich: man ging essen, ins Kino oder ins Theater, und dann folgte ein Ringkampf vor ihrer Wohnung. Jennifer war nie ganz sicher, ob die Männer erwarteten, daß sie mit ihnen ins Bett ging, weil sie ihr ein Essen bezahlt hatten oder weil sie vier steile Treppen hinauf- und hinuntergeklettert waren. Es gab Zeiten, in denen sie versucht war, ja zu sagen, nur um jemanden für die Nacht zu haben, jemanden, an dem sie sich festhalten konnte. Aber sie brauchte mehr im Bett als eine Sprechpuppe; sie brauchte einen Menschen, der sich um sie kümmerte, um den sie sich kümmern konnte.
Die interessantesten Anträge kamen von verheirateten Männern, und Jennifer lehnte sie rundheraus ab. Sie erinnerte sich an eine Zeile aus Billy Wilders Film »Das Appartement«: »Wenn du in einen verheirateten Mann verliebt bist, solltest du keine Wimperntusche benutzen.« Ihre Mutter hatte die Ehe ihrer Eltern zerstört und ihren Vater getötet. Das konnte sie niemals vergessen.
Weihnachten und Silvester verbrachte Jennifer allein.
Heftige Schneefälle hatten die Stadt in eine riesige Weihnachtskarte verwandelt. Jennifer wanderte durch die Straßen, sah, wie jedermann der Wärme seines Heims und seiner Familie zustrebte, und spürte ein schmerzliches Gefühl der Leere in sich aufsteigen. Sie hatte ihren Vater nie mehr vermißt. Sie war froh, als die Ferien vorüber waren. *Neunzehnhundertsiebzig wird ein besseres Jahr,* sagte sie sich.
An ihren schlimmsten Tagen heiterte Ken Bailey sie auf. Er nahm sie zum Football in den Madison Square Garden mit, in Diskotheken oder gelegentlich ins Kino. Jennifer wußte, daß er sich von ihr angezogen fühlte und dennoch eine Schranke zwischen ihnen errichtet hatte.

Im März entschloß Otto Wenzel sich, mit seiner Frau nach Florida zu ziehen. »Meine Knochen werden zu alt für die New Yorker Winter«, erklärte er Jennifer.
»Sie werden mir fehlen.« Jennifer meinte es ehrlich. Otto Wenzel war ihr ans Herz gewachsen.
»Kümmern Sie sich ein wenig um Ken.«
Jennifer blickte ihn fragend an.
»Er hat es Ihnen erzählt, oder?«

»Was erzählt?«
Wenzel zögerte eine Sekunde. »Seine Frau hat Selbstmord begangen. Er gibt sich die Schuld daran.«
Jennifer war schockiert. »Wie entsetzlich! Warum... warum hat sie das getan?«
»Sie überraschte Ken im Bett mit einem jungen Mann.«
»Oh, mein Gott!«
»Sie schoß auf Ken und richtete die Waffe dann auf sich selber. Er überlebte es, sie nicht.«
»Wie furchtbar! Ich hatte keine Ahnung, daß... daß...«
»Ich weiß. Er wirkt immer fröhlich, aber er trägt seine private Hölle mit sich herum wie ein Hund seine Kette.«
»Danke, daß Sie es mir erzählt haben.«
Als Jennifer wieder im Büro war, sagte Ken: »Der gute, alte Otto wird uns also verlassen.«
»Ja.«
Bailey grinste. »Ich schätze, jetzt heißt es, jeder für sich, und wir gegen alle.«
»Das schätze ich auch.«
*Und irgendwie*, dachte Jennifer, *stimmt es sogar.*

Sie sah Ken jetzt mit anderen Augen. Sie aßen zusammen zu Mittag und zu Abend, und sie konnte an nichts erkennen, daß er homosexuell war, aber sie wußte, daß Otto Wenzel ihr die Wahrheit gesagt hatte: Ken Bailey schleppte seine eigene Privathölle mit sich herum.

Gelegentlich verirrten sich ein paar Mandanten in Jennifers Büro. Sie waren im allgemeinen ärmlich gekleidet, konfus und manchmal durch und durch psychopathologische Fälle. Prostituierte baten sie, bei der Festsetzung ihrer Kaution aufzutreten, und Jennifer war erstaunt, wie jung und attraktiv einige von ihnen waren. Sie wurden eine kleine, aber regelmäßige Einkommensquelle. Jennifer konnte nicht herausfinden, wer sie zu ihr schickte. Wenn sie es Ken Bailey gegenüber erwähnte, zuckte er mit den Schultern und kümmerte sich nicht weiter darum.
Immer wenn Jennifer Klientenbesuch hatte, verschwand Ken diskret. Er war wie ein stolzer Vater, der sie ermutigte, am Ball zu bleiben.

Gelegentlich wurden ihr Scheidungsfälle angeboten, aber die lehnte sie ab. Sie konnte nicht vergessen, was einer ihrer Professoren einmal gesagt hatte: *Scheidung ist für einen Anwalt, was Abtreibung für einen Arzt ist.* Die meisten Scheidungsanwälte hatten einen schlechten Ruf. Wenn ein Ehepaar rot sah, rochen sie Geld. Hochkarätige Scheidungsanwälte hatten den Spitznamen *Bomber*, denn um einen Fall zu gewinnen, scheuten sie nicht davor zurück, juristischen Sprengstoff zu benutzen, und sie zerstörten nicht selten Mann, Frau und Kinder mit einem einzigen Knopfdruck.
Aber einige der Mandanten, die Jennifer aufsuchten, unterschieden sich so deutlich von den anderen, daß es sie verwirrte. Sie waren gut gekleidet, hatten einen Flair von Reichtum, und ihre Aufträge waren nicht von der Art der billigen Fälle, die Jennifer gewöhnlich handhabte. Es ging um Nachlaßfragen von beträchtlichem Streitwert und Prozesse, die jede renommierte Anwaltskanzlei mit Vergnügen vertreten hätte.
»Wo haben Sie von mir gehört?« fragte Jennifer regelmäßig, aber die Antworten waren ausweichend. Von einem Freund... ich habe von Ihnen gelesen... Ihr Name fiel auf einer Party. Erst als einer dieser Mandanten Adam Warner erwähnte, als er sein Problem erklärte, begriff sie.
»Mr. Warner hat Sie hergeschickt, nicht wahr?«
Der Klient geriet in Verlegenheit. »Nun, tatsächlich hat er gesagt, es wäre besser, ich ließe seinen Namen nicht fallen.«
Jennifer entschloß sich, Adam anzurufen. Schließlich verdankte sie ihm einiges. Sie würde freundlich, aber formell sein. Natürlich würde sie ihn nicht merken lassen, daß sie ihn aus irgendeinem anderen Grund anrief, als um ihre Dankbarkeit zum Ausdruck zu bringen. In ihrer Phantasie probte sie das Gespräch wieder und immer wieder. Als sie schließlich allen Mut zusammennahm und seine Nummer wählte, informierte seine Sekretärin sie, Mr. Warner sei in Europa und werde erst in einigen Wochen zurückerwartet.
Nach dieser Enttäuschung wurde Jennifer von Niedergeschlagenheit befallen.

Sie merkte, daß sie öfter und öfter an Adam dachte. Sie erinnerte sich immer wieder an den Abend, an dem er sie in ihrem

Appartement besucht und sie sich so unmöglich aufgeführt hatte. Es war großartig gewesen, wie er auf ihr kindisches Benehmen reagierte, als sie ihre Wut an ihm ausließ. Und zu allem Überfluß schickte er ihr jetzt auch noch Mandanten.
Jennifer wartete drei Wochen und rief ihn dann noch einmal an. Diesmal war er in Südamerika.
»Soll ich ihm eine Nachricht ausrichten?« fragte die Sekretärin.
Jennifer zögerte. »Keine Nachricht«, sagte sie dann.
Sie versuchte, nicht mehr an Adam zu denken, aber es war unmöglich. Sie fragte sich, ob er verheiratet oder verlobt sein mochte. Sie fragte sich, wie es wohl war, Mrs. Adam Warner zu sein. Und sie fragte sich, ob sie den Verstand verloren hatte.
Gelegentlich stieß sie in den Zeitungen auf den Namen Michael Moretti. Im *New Yorker* stand eine Hintergrundgeschichte über Antonio Granelli und die östlichen Mafia-Familien. Es hieß, mit Granellis Gesundheit gehe es abwärts, und Moretti bereite sich darauf vor, sein Reich zu übernehmen. *Life* brachte eine Story über Michael Morettis Lebensstil, an deren Ende der Moretti-Prozeß erwähnt wurde. Camillo Stela saß in Leavenworth hinter Gittern, während Michael Moretti frei herumlief. Der Artikel erinnerte die Leser daran, wie Jennifer Parker den Fall zum Platzen gebracht hatte, der für Moretti Gefängnis oder elektrischen Stuhl bedeutet hätte. Jennifers Magen kribbelte, als sie den Artikel las. Der elektrische Stuhl? Sie selber hätte Moretti mit Freuden unter Strom gesetzt.

Die meisten ihrer Klienten waren unbedeutend, aber die Erfahrungen, die sie sammelte, waren unbezahlbar. Im Laufe der Zeit lernte Jennifer jeden Raum im Gerichtsgebäude an der Centre Street kennen — genau wie die Leute, die diese Säle bevölkerten.
Wenn einer ihrer Mandanten wegen Einbruchs, Diebstahls, Prostitution oder Drogenmißbrauchs verhaftet wurde, setzte sie sich in Bewegung, um die Kautionsfrage zu regeln, und Feilschen gehörte dazu.
»Die Kaution wird auf fünfhundert Dollar festgesetzt.«
»Euer Ehren, der Angeklagte verfügt nicht über soviel Geld.

Wenn das Gericht die Kaution auf zweihundert Dollar heruntersetzt, kann er wieder arbeiten und seine Familie ernähren.«
»Einverstanden. Zweihundert.«
»Danke, Euer Ehren.«

Jennifer war ein vertrauter Gast des Leiters der Beschwerdestelle, an die Kopien aller Verhaftungsberichte gesandt wurden.
»Sie schon wieder, Parker. Um Himmels willen, schlafen Sie eigentlich nie?«
»Hallo, Lieutenant. Einer meiner Klienten wurde wegen Landstreicherei hopsgenommen. Könnte ich den Arrestzettel sehen? Sein Name ist Connery. Clarence Connery.«
»Geben Sie mir einen Tip, Schätzchen. Warum tauchen Sie hier um drei Uhr nachts auf, um einen Landstreicher zu verteidigen?«
Jennifer grinste. »Das hilft mir, sauber zu bleiben.«

Sie war allmählich mit den nächtlichen Schnellverfahren vertraut, die in Raum 218 des Centre-Street-Gerichtsgebäudes abgehalten wurden. Es war eine übelriechende, überfüllte Welt mit einem ganz eigenen Geheimslang, der Jennifer am Anfang verwirrt hatte.
»Parker, Ihr Klient ist wegen Ebewan dran.«
»Wegen *was* ist er dran?«
»Ebewan. Wie Einbruch, Brechen, Eindringen, Wohnung, Bewaffnet, Absicht zu töten, Nachts. Mitgekommen?«
»Mitgekommen!«

»Ich vertrete Miß Luna Tarner.«
»Jesus Christus!«
»Würden Sie mir mitteilen, wie die Anklage lautet?«
»Einen Moment, ich muß ihre Karteikarte suchen. Luna Tarner. Das ist ein Früchtchen... da haben wir's schon. Pross. Geschnappt von der SOZUVE, da unten.«
»Was für eine Fee?«
»Sie sind neu hier, was? *SOZUVE* ist die Sondereinheit zur Verbrechensbekämpfung. *Pross* ist gleich Prostituierte, und *da unten* heißt südlich der 42. Straße. Capito?«
»Capito.«

Nachtverfahren deprimierten Jennifer. Menschliches Strandgut flutete in das Gericht, angespült auf dem Sandstrand der Justiz.
Jede Nacht wurden mehr als hundertfünfzig Fälle verhandelt. Da erschienen Huren und Transvestiten, abgewrackte Säufer und Drogensüchtige, Puertoricaner, Mexikaner, Juden und Iren, Griechen und Italiener, und sie waren angeklagt der Vergewaltigung, des Diebstahls, wegen illegalen Waffenbesitzes, Rauschgiftdelikten, Körperverletzung oder Prostitution. Und sie alle hatten etwas gemeinsam: sie waren arm. Sie waren arm, vom Leben besiegt und hoffnungslos. Sie waren der Abschaum, die Ausgestoßenen, die die Überflußgesellschaft vergessen hatte. Ein großer Teil von ihnen kam aus Central Harlem, und weil in den Gefängnissen kein Platz mehr war, wurden sie, mit Ausnahme der wirklich schweren Fälle, mit einer Geldstrafe belegt und entlassen.
Sie wurden zurückgestoßen auf die Straßen von Morningside und Manhattan, wo auf dreieinhalb Quadratmeilen zweihundertdreiunddreißigtausend Neger, achttausend Puertoricaner und ungefähr eine Million Ratten hausten.
Die Mehrheit von Jennifers Klienten bestand aus Leuten, die von der Armut, dem System und ihrem eigenen Charakter zugrunde gerichtet worden waren. Es waren Leute, die sich schon seit langem aufgegeben hatten. Jennifer stellte fest, daß die Ängste dieser Menschen ihr Selbstvertrauen stärkten. Sie fühlte sich ihnen nicht etwa überlegen. Sie konnte sich selber beim besten Willen nicht als leuchtendes Beispiel für große Erfolge anführen, und doch bestand zwischen ihr und ihren Klienten ein großer Unterschied: sie würde niemals aufgeben.

Ken Bailey stellte Jennifer Pater Francis Joseph Ryan vor. Pater Ryan war Ende Fünfzig, ein energischer, vitaler Mann mit krausem, grauschwarzem Haar, das um die Ohren leicht gelockt war und ständig die Hand eines Friseurs zu benötigen schien. Jennifer mochte ihn auf Anhieb.
Hin und wieder, wenn eins seiner Pfarrkinder verschwunden war, erschien Pater Ryan bei Ken und nahm seine Dienste in Anspruch. Ohne Ausnahme trieb Ken den verirrten Ehemann, die verlorengegangene Frau oder die ausgebrochenen Kinder wieder auf. Eine Rechnung wurde dabei weder gestellt noch

bezahlt. »Ich betrachte das als Anzahlung auf den Himmel«, erklärte Ken.
Eines Nachmittags, als Jennifer allein war, sah Pater Ryan zur Tür herein.
»Ken ist nicht da, Pater Ryan. Er kommt heute auch nicht mehr.«
»Eigentlich wollte ich mit Ihnen sprechen, Jennifer«, sagte Pater Ryan. Er setzte sich auf den unbequemen alten Holzstuhl vor Jennifers Schreibtisch. »Ein Freund von mir hat ein kleines Problem.«
Genauso begann er immer, wenn er einen Anschlag auf Ken vorhatte.
»Ja, Pater?«
»Eine der älteren Frauen aus meiner Gemeinde hat Ärger mit der Sozialversicherung. Sie erhält ihre Rente nicht mehr, seit sie in mein Viertel gezogen ist. Irgendein verdammter Computer — möge er in der Hölle verrosten! — hat ihre ganzen Daten verloren.«
»Ich verstehe.«
»Ich wußte, daß ich mich auf Sie verlassen kann.« Pater Ryan stand auf. »Ich fürchte, Sie werden nicht viel dabei verdienen. Gar nichts, um genau zu sein.«
Jennifer lächelte. »Keine Sorge. Ich werde versuchen, die Sache in Ordnung zu bringen.«
Sie hatte gedacht, es würde sie vielleicht einen oder zwei Anrufe kosten, aber tatsächlich dauerte es drei Tage, bis der Computer die neuen Daten gespeichert hatte.

Einen Monat später tauchte Pater Ryan in Jennifers Büro auf und sagte: »Ich belästige Sie nur ungern, meine Liebe, aber ein Freund von mir hat ein kleines Problem. Und ich fürchte, er hat kein...« Er zögerte.
»...Geld«, riet Jennifer.
»Ah, so ist es. Genau. Aber der arme Bursche braucht dringend Hilfe.«
»In Ordnung. Schießen Sie los!«
»Er heißt Abraham Wilson. Er ist der Sohn eines meiner Pfarrkinder. Abraham sitzt in Sing Sing, lebenslänglich. Er hat einen Spirituosenladen überfallen und den Besitzer getötet.«

»Wenn er verurteilt worden ist und seine Strafe absitzt, verstehe ich nicht, wie ich ihm helfen könnte, Pater.«
Pater Ryan seufzte. »Das ist auch nicht Abrahams Problem.«
»Was dann?«
»Vor ein paar Wochen hat er einen weiteren Mann getötet — einen Mitgefangenen namens Raymond Thorpe. Jetzt wollen sie ihn wegen Mordes vor Gericht stellen und die Todesstrafe fordern.«
Jennifer hatte etwas über den Fall gelesen.
»Wenn ich mich richtig erinnere, hat er den Mann zu Tode geprügelt.«
»So heißt es.«
Jennifer griff nach Block und Bleistift. »Wissen Sie, ob es irgendwelche Zeugen gab?«
»Ich fürchte, ja.«
»Wie viele?«
»Oh, hundert oder mehr. Es geschah im Gefängnishof, müssen Sie wissen.«
»Schreckliche Geschichte. Und was soll ich tun?«
»Abraham helfen«, sagte Pater Ryan schlicht.
Jennifer legte den Bleistift wieder aus der Hand. »Pater, Abraham kann nur einer helfen — Ihr Boß.« Sie lehnte sich zurück. »Wenn er den Gerichtssaal betritt, sprechen schon drei Punkte gegen ihn: Er ist schwarz, er ist bereits einmal des Mordes für schuldig befunden worden, und er hat einen weiteren Mann vor hundert Zeugen getötet. Ich sehe nicht den geringsten Ansatz für eine Verteidigung. Wenn der andere Häftling ihn bedroht hat, hätte er die Wärter bitten können, ihm zu helfen. Statt dessen hat er das Recht in die eigene Hand genommen. Auf der ganzen Welt gibt es keine Jury, die ihn nicht verurteilen würde.«
»Er ist immer noch ein menschliches Wesen. Könnten Sie nicht wenigstens mit ihm sprechen?«
Jennifer seufzte. »Ich rede mit ihm, wenn Sie wollen, aber ich verspreche Ihnen nichts.«
Pater Ryan nickte. »Ich verstehe. Es könnte vielleicht ziemlich viel Wirbel verursachen.«
Sie hatten beide denselben Gedanken. Abraham Wilson war nicht der einzige, der den Aufschlag gegen sich hatte.

Sing Sing liegt in der Nähe von Ossining, dreißig Meilen oberhalb von Manhattan am östlichen Ufer des Hudson River. Jennifer nahm den Bus. Sie hatte mit dem stellvertretenden Direktor telefoniert, und er hatte dafür gesorgt, daß sie mit Abraham Wilson, der in Einzelhaft gehalten wurde, sprechen konnte.
Während der Busfahrt fühlte Jennifer eine Entschlossenheit, die sie lange nicht mehr gespürt hatte. Sie war auf dem Weg nach Sing Sing, um einen des Mordes verdächtigten Mandanten zu treffen. Für einen solchen Fall hatte sie studiert, darauf hatte sie sich vorbereitet. Zum erstenmal in ihrem Leben fühlte sie sich wie ein Rechtsanwalt, und dennoch wußte sie, daß sie unrealistisch war. Sie fuhr nicht nach Sing Sing, um einen Mandanten zu sprechen, sondern um einem Mann mitzuteilen, daß sie ihn nicht vertreten konnte. Sie konnte es sich nicht leisten, in das Rampenlicht eines solchen Prozesses zu treten, wenn sie keine Chance hatte zu gewinnen.
Abraham Wilson würde jemand anderen finden müssen, der seine Verteidigung übernahm.

Ein schäbiges Taxi brachte Jennifer von der Busstation zur Strafanstalt. Sie klingelte am Seiteneingang, und ein Wärter öffnete die Tür, suchte ihren Namen auf seiner Liste und führte sie dann zum Büro des stellvertretenden Direktors.
Der stellvertretende Direktor war ein großer, stämmiger Mann. Sein Haar war militärisch kurzgeschnitten und das Gesicht von Akne entstellt. Er hieß Howard Patterson.
»Ich bin für alles dankbar, was Sie mir über Abraham Wilson erzählen können«, begann Jennifer.
»Falls Sie Trost suchen, hier werden Sie keinen finden.« Patterson streifte das Dossier auf dem Schreibtisch vor ihm mit einem Blick. »Wilson hat praktisch sein ganzes Leben im Gefängnis verbracht. Mit elf wurde er geschnappt, als er Wagen stahl, mit dreizehn wegen eines Raubüberfalls verhaftet. Mit fünfzehn wurde er wegen Vergewaltigung hopsgenommen, mit achtzehn war er bereits Zuhälter und verbüßte wenig später eine Haftstrafe, weil er eins seiner Mädchen ins Krankenhaus gebracht hatte...« Patterson blätterte im Dossier. »Was immer Sie wollen, hier ist es — Messerstecherei, bewaffneter Raubüberfall und als Krönung ein fetter Mord.«

Es war eine deprimierende Aufzählung.
»Besteht auch nur die leiseste Möglichkeit, daß Abraham Wilson Raymond Thorpe *nicht* getötet hat?« fragte Jennifer.
»Vergessen Sie das. Wilson ist der erste, der seine Tat zugibt, aber es würde nicht den geringsten Unterschied bedeuten, wenn er alles abstritte. Wir haben hundertzwanzig Zeugen.«
»Kann ich Mr. Wilson sehen?«
Howard Patterson stand auf. »Sicher, aber Sie vergeuden Ihre Zeit.«

Abraham Wilson war das häßlichste menschliche Wesen, das Jennifer je gesehen hatte. Er war pechschwarz. Seine Nase schien mehrmals gebrochen zu sein. Er hatte kleine, unstete Augen, und ihm fehlten die Vorderzähne. Sein Gesicht trug die Narben zahlreicher Messerstechereien. Er war ungefähr einen Meter neunzig groß und von bulliger Statur. Er bewegte sich schleppend, denn er hatte riesige, flache Füße. Wenn Jennifer Abraham Wilson in einem Worte hätte beschreiben müssen, sie hätte ihn *bedrohlich* genannt. Sie konnte sich gut vorstellen, wie dieser Mann auf Geschworene wirken würde.
Abraham und sie saßen in einem mit allen Sicherheitsvorkehrungen ausgestatteten Besuchszimmer, ein dickes Drahtnetz zwischen sich. An der Tür stand ein Wärter. Wenn Jennifer noch die geringsten Zweifel gehabt hätte, ob sie diesen Fall nicht doch übernehmen sollte, so wären sie jetzt, bei Abraham Wilsons Anblick, weggefegt worden. Sie saß ihm nur gegenüber, aber sie spürte, wie der Haß aus ihm hervorströmte.
Jennifer sagte: »Mein Name ist Jennifer Parker. Ich bin Rechtsanwältin. Pater Ryan bat mich, Sie aufzusuchen.«
»Dieser gottverdammte, verfickte Apostel!« spie Wilson durch das Drahtnetz und besprühte Jennifer dabei mit Speichel.
*Ein wundervoller Anfang*, dachte sie. Mit Bedacht verzichtete sie darauf, sich den Speichel vom Gesicht zu wischen. »Brauchen Sie etwas, Mr. Wilson?«
Wilson bedachte sie mit einem zahnlosen Grinsen. »Einen Weiberarsch, Baby. Ham Se Lust?«
Sie reagierte nicht. »Wollen Sie mir erzählen, was hier passiert ist?«

»He, meine Lebensgeschichte krieg'n Se nich' umsonst, da müss'n Se was ausspuck'n. Die verkauf' ich noch an'n Film. Vielleicht spiel' ich selber die Hauptrolle.«
Die Wut, die aus ihm hervorquoll, war angsteinflößend. Jennifer wollte nichts wie heraus aus diesem Raum. Der stellvertretende Direktor hatte recht gehabt. Sie vergeudete ihre Zeit.
»Ich fürchte, daß ich nichts für Sie tun kann, Mr. Wilson, wenn Sie mir nicht helfen. Ich habe Pater Ryan versprochen, daß ich wenigstens mit Ihnen reden würde.«
Wieder grinste Wilson sein zahnloses Grinsen. »Mächtig toll von dir, Schätzchen! Willste dir das mit'm Arsch nich' noch mal überleg'n?«
Jennifer stand auf. Sie hatte genug. »Hassen Sie eigentlich jeden?«
»Sag dir was, Puppe — du kriechs' in meine Haut, un' ich kriech' in deine, un' dann klopp'n wir Sprüche über Haß.«
Jennifer stand da, starrte in das häßliche schwarze Gesicht, verdaute, was Wilson gesagt hatte, und setzte sich dann langsam wieder hin. »Wollen Sie mir Ihre Seite der Story erzählen, Abraham?«
Er bohrte seine Augen wortlos in die ihren. Jennifer wartete, erwiderte den Blick und fragte sich, wie man sich in dieser schwarzen, narbenübersäten Haut fühlen mochte. Sie überlegte, wie viele unsichtbare Narben die Seele dieses Mannes wohl hatte.
Das Schweigen dauerte lange. Schließlich sagte Abraham Wilson: »Ich hab' den Hundesohn gekillt.«
»Warum?«
Er zuckte mit den Schultern. »Der Mutterficker ging mit dies'm groß'n Fleischerdolch auf mich los un'...«
»Erzählen Sie mir keine Geschichten. Häftlinge wandern nicht mit Fleischermessern herum.«
Wilsons Gesicht verfinsterte sich, und er sagte: »Zieh Leine, Lady. Ich hab' nich' um deine Hilfe gebet'n.« Er stand auf. »Un' laß dich hier nicht' mehr blick'n, verstanden! Ich bin'n beschäftigter Mann.«
Er wandte ihr den Rücken zu und ging zu dem Wärter. Eine Sekunde später hatten beide den Raum verlassen. Damit hatte es sich. Wenigstens konnte Jennifer Pater Ryan jetzt sagen,

daß sie mit Wilson gesprochen hatte. Mehr vermochte sie nicht zu tun.
Ein Wärter führte sie aus dem Gebäude. Sie überquerte den Gefängnishof in Richtung Haupttor und dachte an Abraham Wilson und ihre Reaktion auf ihn. Sie mochte den Mann nicht, und deshalb tat sie etwas, wozu sie kein Recht hatte: Sie richtete ihn. Sie hatte ihn bereits schuldig gesprochen, obwohl er noch keinen Prozeß gehabt hatte. Vielleicht hatte Thorpe ihn *wirklich* angegriffen, natürlich nicht mit einem Messer, aber mit einem Stein zum Beispiel. Jennifer blieb stehen und zögerte. Ihr Instinkt riet ihr, nach Manhattan zurückzufahren und Abraham Wilson zu vergessen.
Statt dessen drehte sie um und ging noch einmal zum Büro des stellvertretenden Direktors.

»Wilson ist ein harter Fall«, sagte Howard Patterson. »Wenn die Voraussetzungen es zulassen, ziehen wir Rehabilitierung der Bestrafung vor, aber in seinem Fall haben wir keine Chance. Das einzige, was Wilson beruhigen kann, ist der elektrische Stuhl.«
*Was für eine erschreckende Logik*, dachte Jennifer. »Er hat mir erzählt, der Mann, den er getötet hat, hätte ihn mit einem Fleischermesser angegriffen.«
»Das kann stimmen.«
Die Antwort verwunderte sie. »Was meinen Sie damit? Wollen Sie behaupten, ein Häftling könnte hier im Gefängnis an ein Messer kommen? Ein Fleischermesser?«
Howard Patterson zuckte mit den Schultern. »Miß Parker, in diesen Mauern befinden sich zwölfhundertvierzig Häftlinge, und einige von ihnen sind äußerst erfinderisch. Kommen Sie, ich zeige Ihnen etwas.«
Patterson führte Jennifer einen langen Korridor hinunter an eine verschlossene Tür. Er öffnete die Tür mit einem Schlüssel aus einem großen Bund und schaltete das Licht an. Jennifer betrat einen kleinen, kahlen Raum mit eingebauten Regalen.
»Hier bewahren wir die Bonbondose der Gefangenen auf.« Er ging zu einem großen Kasten und öffnete den Deckel.
Ungläubig starrte Jennifer in den Kasten.
Dann blickte sie Howard Patterson an und sagte: »Ich möchte noch einmal mit meinem Mandanten sprechen.«

# 6

Jennifer bereitete sich auf Abraham Wilsons Verhandlung vor, wie sie sich noch nie im Leben auf etwas vorbereitet hatte. Sie verbrachte endlose Stunden über Gesetzbüchern, informierte sich über Verfahrensweisen und Verteidigungsstrategien. In langen Sitzungen versuchte sie, ihrem Mandanten näherzukommen und alle Informationen zu sammeln, die sie kriegen konnte. Es war kein leichtes Unterfangen. Wilson war von Anfang an gehässig und sarkastisch.
»Woll'n Se was von mir wiss'n, Schätzchen? Mit zehn hab' ich zum erst'nmal gefickt. Wie alt war'n Sie?«
Jennifer zwang sich, seinen Haß und seine Verachtung zu ignorieren, denn sie merkte, daß sich dahinter tiefe Furcht verbarg. Und so ließ Jennifer nicht locker. Sie wollte wissen, wie Wilsons Kindheit gewesen war, sie fragte ihn nach seinen Eltern und den Erfahrungen, die aus dem Jungen einen Mann geformt hatten. Im Verlauf einiger Wochen wurde aus Wilsons Widerstand Interesse, und das Interesse wich Faszination. Noch nie in seinem Leben hatte er einen Anlaß gehabt, über sich selber nachzudenken — was für ein Mensch er war und warum.
Jennifers bohrende Fragen erweckten Erinnerungen, einige davon nur unangenehm, andere unerträglich schmerzhaft. Während der Sitzungen, in denen Jennifer Wilson über seinen Vater ausfragte, der ihn regelmäßig brutal verprügelt hatte, konnte es passieren, daß Wilson ihr befahl, ihn allein zu lassen. Dann stand sie auf und ging, aber sie kehrte immer wieder zurück.
Vorher hatte Jennifer schon wenig Privatleben gehabt, nun hatte sie gar keines mehr. Wenn sie nicht bei Abraham Wilson war, hielt sie sich im Büro auf, sieben Tage in der Woche, vom frühen Morgen bis weit nach Mitternacht, und studierte alles, was sie über Mord und vorsätzlichen oder unbeabsichtigten Totschlag finden konnte. Nachdem sie Hunderte von Gerichtsentscheidungen, Präzedenzfällen und Verhandlungsprotokollen analysiert hatte, beschäftigte sie sich in erster Linie damit, wie man die Anklage in Totschlag umändern konnte.

Abraham hatte den Mann nicht vorsätzlich getötet. Aber würde eine Jury das glauben? Vor allem Geschworene aus der Umgebung? Die Nachbarn von Sing Sing haßten die Sträflinge in ihrer Mitte. Jennifer setzte sich für eine Verlegung des Gerichtsortes ein, und die wurde gewährt. Der Prozeß würde in Manhattan stattfinden.
Dann mußte sie eine wichtige Entscheidung treffen: sollte sie Abraham Wilson in den Zeugenstand rufen? Er erweckte einen durch und durch negativen Eindruck, aber wenn die Geschworenen die Geschichte aus seinem eigenen Mund hörten, konnte sie das vielleicht für ihn einnehmen. Das Problem bestand darin, daß sie damit der Anklage die Möglichkeit gab, Wilsons Vergangenheit und die Liste seiner Straftaten aufzurollen, darunter den Mord, für den er bereits verurteilt war. Sie fragte sich, welchen seiner Assistenten Di Silva gegen sie ins Feld schicken würde. Er verfügte über ein halbes Dutzend qualifizierter Männer, die Mordanklagen vertraten, und Jennifer machte sich mit ihren Techniken vertraut.
Sie verbrachte soviel Zeit wie möglich in Sing Sing, besichtigte den Schauplatz des Mordes, sprach mit Abraham, den Wärtern und interviewte Dutzende von Häftlingen, die Thorpes Tod miterlebt hatten.
»Raymond Thorpe hat Abraham Wilson mit einem Messer angegriffen«, sagte Jennifer. »Einem großen Fleischermesser. Sie müssen es doch bemerkt haben.«
»Ich? Ich habe kein Messer gesehen.«
»Sie *müssen*. Sie standen direkt daneben.«
»Lady, ich hab' wirklich nichts gesehen.«
Niemand wollte in die Geschichte verwickelt werden.

Manchmal nahm Jennifer sich die Zeit für eine richtige Mahlzeit, aber meistens schlang sie hastig ein Sandwich am Imbißstand des Gerichtsgebäudes herunter. Sie begann, Gewicht zu verlieren und unter Schwindelanfällen zu leiden.
Ken Bailey machte sich Sorgen. Er führte sie zu »Forlini's« gegenüber dem Gericht und bestellte eine ausgiebige Mahlzeit für sie. »Beabsichtigst du, dich umzubringen?«
»Natürlich nicht.«
»Hast du in letzter Zeit mal in den Spiegel geschaut?«
»Nein.«

Er betrachtete sie und sagte: »Wenn du einen Funken Verstand hast, läßt du die Finger von dem Fall.«
»Warum?«
»Weil du die reinste Tontaube sein wirst. Jennifer, ich höre doch, was auf der Straße gesprochen wird. Die Presse macht sich schon in die Hose, so wild ist sie darauf, sich wieder auf dich einzuschießen.«
»Ich bin Rechtsanwältin«, sagte Jennifer störrisch. »Abraham Wilson hat ein Recht auf einen fairen Prozeß, und ich werde mich darum kümmern, daß er einen bekommt.« Sie bemerkte den besorgten Ausdruck in Ken Baileys Gesicht. »Keine Sorge, *soviel* Aufmerksamkeit wird der Prozeß auch wieder nicht bekommen.«
»Ach nein? Weißt du, wer die Anklage vertreten wird?«
»Nein.«
»Robert Di Silva.«

Jennifer betrat das Gerichtsgebäude am Eingang Leonard Street und bahnte sich ihren Weg durch die Menschen, die sich durch die Wandelhalle wälzten, vorbei an uniformierten Polizisten, wie Hippies gekleideten Kriminalbeamten und Anwälten mit Aktentaschen. Sie ging auf den großen, kreisförmig angelegten Informationstisch zu und nahm dann den Aufzug in den sechsten Stock. Ihr Ziel war das Büro des Staatsanwalts. Seit ihrem letzten Zusammentreffen mit Robert Di Silva war beinahe ein Jahr vergangen, und Jennifer freute sich nicht gerade auf das Wiedersehen. Sie beabsichtigte, ihn darüber zu informieren, daß sie Abraham Wilsons Verteidigung niederlegte.

Es hatte Jennifer drei schlaflose Nächte gekostet, eine Entscheidung zu treffen. Den endgültigen Ausschlag hatte die Überlegung gegeben, daß in erster Linie die Interessen ihres Klienten berücksichtigt werden mußten. Normalerweise wäre der Fall Wilson nicht wichtig genug gewesen, daß Di Silva sich selber darum kümmerte. Der einzige Grund für die Aufmerksamkeit des Staatsanwalts lag daher in Jennifers Erscheinen vor Gericht. Di Silva wollte Rache. Er wollte ihr eine Lehre erteilen. Und so blieb ihr keine andere Wahl, als sich von Wilsons Verteidigung zurückzuziehen. Sie konnte nicht

zulassen, daß er hingerichtet wurde, nur weil sie einmal einen Fehler begangen hatte. Wenn sie nicht mehr mit dem Fall zu tun hatte, würde Robert Di Silva vielleicht nachsichtiger mit Wilson umgehen. Sie war hier, um Abraham Wilsons Leben zu retten.
Es war ein seltsames Gefühl, die Vergangenheit noch einmal zu durchleben, als sie im sechsten Stock ausstieg und auf die Tür mit dem Schild *Staatsanwalt, Staat von New York* zuging. Dahinter saß dieselbe Sekretärin am selben Tisch wie damals.
»Ich bin Jennifer Parker. Ich habe eine Verabredung mit...«
»Sie können gleich hineingehen«, sagte die Sekretärin. »Der Staatsanwalt erwartet Sie.«
Robert Di Silva stand hinter seinem Schreibtisch, kaute auf einer nassen Zigarre herum und gab zwei Assistenten Instruktionen. Er verstummte, als Jennifer eintrat.
»Ich hätte gewettet, Sie würden nicht kommen.«
»Ich bin da.«
»Ich dachte, Sie hätten den Schwanz eingezogen und längst die Stadt verlassen. Was wollen Sie?«
Vor seinem Schreibtisch standen zwei Stühle, aber er forderte Jennifer nicht auf, Platz zu nehmen.
»Ich bin hier, um mit Ihnen über meinen Mandanten zu sprechen, Abraham Wilson.«
Robert Di Silva setzte sich, lehnte sich in seinem Stuhl zurück und gab vor, nachzudenken. »Abraham Wilson... ach ja. Das ist der Killernigger, der einen Mann im Gefängnis zu Tode geprügelt hat. Es sollte Ihnen keine Schwierigkeiten bereiten, ihn zu verteidigen.« Er warf seinen beiden Assistenten einen Blick zu, und sie verließen den Raum.
»Nun, Frau Kollegin?«
»Ich möchte über einen Rechtseinwand sprechen.«
Robert Di Silva betrachtete sie mit übertriebenem Erstaunen. »Sie meinen, Sie sind hier, um einen Handel abzuschließen? Sie setzen mich in Erstaunen. Ich dachte, daß jemand mit Ihrem großen juristischen Talent fähig wäre, Wilson aus dem Stand heraus zu einem Freispruch zu verhelfen.«
»Mr. Di Silva, ich weiß, es sieht wie ein offen zutage liegender Fall aus«, begann Jennifer, »aber es gibt mildernde Umstände. Abraham Wilson war —«
Staatsanwalt Di Silva unterbrach sie. »Lassen Sie es mich Ih-

nen mit juristischen Ausdrücken erklären, die auch Sie verstehen können, Frau Kollegin. Sie können Ihre mildernden Umstände nehmen und sie sich in den Arsch stecken!« Er sprang auf, seine Stimme zitterte vor Wut. »Mit Ihnen einen Handel abschließen, Lady? Sie haben mein Leben versaut! In Sing Sing hat es eine Leiche gegeben, und Ihr Kleiner wird dafür grillen. Verstehen Sie mich? Ich werde persönlich dafür sorgen, daß er auf den elektrischen Stuhl kommt.«
»Ich bin mit der Absicht hergekommen, mich von dem Fall zurückzuziehen. Sie könnten die Anklage in Totschlag umändern. Wilson hat bereits lebenslänglich. Sie können —«
»Nein, niemals! Er ist des Mordes schuldig!«
Jennifer versuchte, ihren Zorn zu zügeln. »Ich dachte, das hätte die Jury zu entscheiden.«
Robert Di Silva lächelte sie ohne Fröhlichkeit an. »Sie können sich gar nicht vorstellen, wie herzerwärmend es ist, wenn ein Experte wie Sie in mein Büro kommt und mir das Gesetz erklärt.«
»Können wir nicht wie zwei vernünftige Menschen miteinander reden?«
»Nicht, solange ich lebe. Grüßen Sie Ihren Spezi Michael Moretti von mir.«

Eine halbe Stunde später trank Jennifer mit Ken Bailey Kaffee.
»Ich weiß nicht mehr weiter«, gestand sie. »Ich dachte, wenn ich mit dem Fall nichts mehr zu tun hätte, würde es für Abraham Wilson besser aussehen. Aber Di Silva ist zu keinem Handel bereit. Er will nicht Wilsons Kopf — er will meinen!«
Bailey sah sie nachdenklich an. »Vielleicht versucht er, dich mit psychologischer Kriegführung kleinzukriegen. Er will dir Angst machen.«
»Ich *habe* Angst.« Sie nahm einen Schluck Kaffee. Er schmeckte bitter. »Es ist ein hoffnungsloser Fall. Du solltest Abraham Wilson einmal sehen. Die Geschworenen brauchen ihn bloß anzuschauen, dann ist er schon verurteilt.«
»Wann wird die Verhandlung eröffnet?«
»In vier Wochen.«
»Kann ich irgend etwas tun, um dir zu helfen?«
»Sicher. Laß Di Silva umlegen.«

»Siehst du irgendeine Chance, einen Freispruch für Wilson zu erreichen?«

»Wenn man es vom Standpunkt eines Pessimisten aus betrachtet, führe ich meine erste Verhandlung gegen den gerissensten Staatsanwalt des Landes, der wiederum eine Privatfehde gegen mich führt, und mein Mandant ist ein bereits verurteilter schwarzer Mörder, der vor hundertzwanzig Zeugen einen weiteren Mord begangen hat.«

»Schauerlich. Was könnte ein Optimist für eine Möglichkeit sehen?«

»Daß ich heute nachmittag von einem Lastwagen überfahren werde.«

Der Verhandlungstermin war nur noch drei Wochen entfernt. Jennifer sorgte dafür, daß Abraham Wilson in das Gefängnis von Riker's Island verlegt wurde. Er wurde in die Haftanstalt für Männer gesteckt, das größte und älteste Gefängnis auf der Insel. Fünfundneunzig Prozent der Insassen erwarteten dort Verhandlungen wegen Kapitalverbrechen: Mord, Brandstiftung, Vergewaltigung, bewaffneter Raubüberfall.

Privatwagen waren auf der Insel nicht zugelassen, und Jennifer wurde in einem kleinen grünen Bus zu dem grauen Kontrollgebäude gebracht, wo sie ihren Ausweis vorzeigte. In einer grünen Bude links von dem Gebäude hielten sich zwei bewaffnete Wärter auf, und dahinter versperrte ein Tor allen unbefugten Besuchern den Weg. Von dem Kontrollgebäude wurde Jennifer auf der Hazen Street, einer schmalen Straße, die durch das Gefängnisgelände führte, zum Anna-M.-Kross-Gebäude gefahren, wohin Abraham Wilson gebracht worden war, um sich mit ihr in einer der acht würfelförmigen Zellen des Beratungsraums zu treffen.

Als sie den langen Korridor zum Besprechungszimmer entlangging, dachte Jennifer: *So muß der Warteraum zur Hölle aussehen.* Sie hatte das Gefühl, durch einen Sumpf aus unvorstellbarem Lärm zu waten. Das Gefängnis war aus Ziegeln, Stahl, Steinen und Kacheln erbaut. Ständig wurden Eisentore geöffnet und geschlossen. In jedem Zellenblock waren über hundert Männer untergebracht, die alle gleichzeitig zu reden und zu brüllen schienen, dazu waren zwei Fernsehapparate auf verschiedene Programme eingestellt, und eine Musikanlage spielte Country Rock. Dreihundert Wärter waren auf die

Blöcke verteilt, und ihr Geschrei lieferte den Kontrapunkt zu der Gefängnissymphonie.

Jennifer saß Abraham Wilson gegenüber und dachte: *Das Leben diesen Mannes liegt in meiner Hand. Wenn er stirbt, dann nur, weil ich versagt habe.* Sie blickte in seine Augen und sah die Verzweiflung darin.
»Ich werde tun, was in meiner Macht steht«, versprach sie.
Drei Tage vor Prozeßbeginn erfuhr sie, daß der Ehrenwerte Richter Lawrence Waldman den Vorsitz führen würde — der Mann, der den Moretti-Prozeß geleitet und anschließend versucht hatte, sie aus der Anwaltskammer zu entfernen.

# 7

Ende September 1970, an dem Montag, an dem der Prozeß gegen Abraham Wilson beginnen sollte, erwachte Jennifer um vier Uhr morgens. Sie fühlte sich müde und zerschlagen. Sie hatte schlecht geschlafen und von der Verhandlung geträumt. In einem der Träume hatte Robert Di Silva sie in den Zeugenstand gerufen und über Michael Moretti befragt. Immer wenn sie zu antworten versuchte, fielen die Geschworenen ihr mit dem Schrei *Lügnerin! Lügnerin! Lügnerin!* ins Wort.
Im letzten Traum wurde Abraham Wilson auf den elektrischen Stuhl geschnallt, und als Jennifer sich über ihn beugte, um ihn zu trösten, spuckte er ihr ins Gesicht. Jennifer war zitternd aufgewacht und konnte nicht wieder einschlafen. Bis zur Morgendämmerung saß sie aufrecht in einem Sessel und beobachtete den Sonnenaufgang. Sie war zu nervös, um zu frühstücken. Sie wünschte sich, sie hätte besser geschlafen. Sie wünschte sich, nicht so angespannt zu sein. Und sie wünschte sich, daß der Tag schon vorbei wäre.
Während sie badete und sich anzog, wurde sie von unheilvollen Ahnungen geplagt. Am liebsten hätte sie Schwarz getragen, aber sie entschied sich für ein grünes, Chanel nachgeahmtes Kleid, das sie bei Loehmann's im Ausverkauf erstanden hatte.
Um acht Uhr dreißig traf sie im Gerichtsgebäude ein, um die

Verteidigung im Fall *Das Volk von New York gegen Abraham Wilson* anzutreten. Vor dem Eingang drängte sich eine Menschenmenge, und ihr erster Gedanke war, daß es einen Unfall gegeben habe. Sie bemerkte eine Batterie von Fernsehkameras und Mikrofonen. Ehe sie begriffen hatte, was vorging, war sie von Reportern umzingelt.
Einer der Reporter sagte: »Miß Parker, dies ist Ihr erster Auftritt vor Gericht, seit Sie den Moretti-Fall zum Platzen gebracht haben, nicht wahr?«
Ken Bailey hatte sie gewarnt. *Sie* war die Hauptattraktion, nicht ihr Mandant. Die Reporter waren keine objektiven Beobachter. Sie waren Raubvögel, und Jennifer war ihre Beute.
Eine junge Frau in Jeans stieß Jennifer ein Mikrofon ins Gesicht. »Stimmt es, daß Staatsanwalt Di Silva es auf Sie abgesehen hat?«
»Kein Kommentar.« Jennifer begann, sich zum Eingang des Gebäudes durchzukämpfen.
»Der Staatsanwalt hat gestern abend eine Verlautbarung abgegeben, nach der Ihnen verboten werden sollte, an New Yorker Gerichten als Anwalt tätig zu sein. Haben Sie dazu etwas zu sagen?«
»Kein Kommentar.« Sie hatte den Eingang beinahe erreicht.
»Richter Waldman hat letztes Jahr versucht, Sie aus der Anwaltskammer zu entfernen. Werden Sie ihn auffordern, sich wegen Befangenheit...«
Jennifer hatte es geschafft. Sie war im Gericht.

Der Prozeß fand in Raum 37 statt. Obwohl der Saal bereits voll war, drängten sich immer noch Leute auf dem Korridor und versuchten, hineinzugelangen. Es herrschte eine regelrechte Karnevalsatmosphäre in dem vor Lärm dröhnenden Raum. Für Mitglieder der Presse waren zusätzliche Reihen reserviert worden. *Darum hat sich Di Silva persönlich gekümmert*, dachte Jennifer.

Abraham Wilson saß am Angeklagtentisch und überragte seine Umgebung wie ein bedrohlicher Berg. Er trug einen dunkelblauen Anzug, der ihm zu klein war, und ein weißes Hemd mit einem blauen Schlips, den Jennifer ihm gekauft hatte. Es half alles nichts. Abraham Wilson sah aus wie ein

häßlicher Killer in einem dunkelblauen Anzug. Er könnte genausogut seine Sträflingskombination anhaben, dachte Jennifer entmutigt.
Wilson blickte sich herausfordernd im Sitzungssaal um und starrte jeden finster an, der seinem Blick begegnete. Jennifer kannte ihren Mandanten inzwischen gut genug, um zu wissen, daß seine Streitlust nur seine Angst verbergen sollte; aber jeder andere — der Richter und die Jury eingeschlossen — würde den Eindruck haben, einem feindseligen, haßerfüllten Mann gegenüberzusitzen. Dieser schwarze Riese war eine Bedrohung. Sie würden ihn als jemanden betrachten, den man fürchten und daher zerstören müsse.
An Wilsons Persönlichkeit war kein einziger liebenswerter Zug. Nichts an seiner Erscheinung rief Sympathie hervor. Es gab nur das häßliche, zernarbte Gesicht mit der gebrochenen Nase und den fehlenden Zähnen, diesen mächtigen Körper, der angsteinflößend wirkte.
Jennifer ging zu Abraham Wilson und setzte sich neben ihn. »Guten Morgen, Abraham.«
Er sah sie an und sagte: »Dachte nich', daß Se komm'n würd'n.«
Jennifer dachte an ihren Traum. Sie blickte ihm in die kleinen Augen und sagte: »Sie wußten, daß ich hier sein würde.«
Er zuckte gleichgültig mit den Schultern. »Is' so oder so egal. Die krieg'n mich, Baby. Die verurteil'n mich weg'n dem Mord, und dann mach'n se 'n Gesetz, dasses legal is', wenn se mich in Öl koch'n, und dann koch'n se mich in Öl. Das wird nie 'n Prozeß hier. Das wird 'ne Show. Hamm Se Ihr Popcorn mit?«
Am Tisch des Anklägers entstand Unruhe, und Jennifer sah Staatsanwalt Di Silva neben einer Armee von Assistenten Platz nehmen. Er blickte Jennifer an und lächelte. Jennifer fühlte Panik in sich aufsteigen.
Ein Gerichtsdiener rief: »Alles aufstehen«, und Richter Lawrence Waldman trat aus seinem Ankleidezimmer herein.
»Der Ehrenwerte Richter Lawrence Waldman.«
Der einzige, der sich weigerte, aufzustehen, war Abraham Wilson. Jennifer zischte ihm zu: »Stehen Sie auf!«
»Eins geschissen, Baby. Die müss'n schon komm'n un' mich hochzieh'n.«

Jennifer nahm seine riesige Hand in die ihre. »Hoch mit Ihnen, Abraham. Wir werden sie schlagen!«
Er betrachtete sie nachdenklich, dann erhob er sich gemächlich.
Richter Waldman nahm auf der Richterbank Platz. Die Zuschauer ließen sich wieder auf ihren Stühlen nieder. Der Gerichtsdiener reichte Waldman den Prozeßkalender.
»Das Volk des Staates von New York gegen Abraham Wilson, angeklagt des Mordes an Raymond Thorpe.«

Normalerweise hätte Jennifer sich instinktiv dafür entschieden, bei einer solchen Verhandlung schwarze Geschworene auszusuchen, aber bei Abraham Wilson war sie sich nicht sicher. Wilson gehörte nicht wirklich zu ihnen. Er war ein Abtrünniger, ein Killer, eine »Schande für ihre Rasse«. Sie würden vielleicht noch eher dazu neigen, ihn zu verurteilen, als Weiße. Das einzige, was Jennifer tun konnte, bestand darin, die Jury von offensichtlichen Heuchlern freizuhalten. Aber Heuchler machten keine Reklame für sich selber. Sie verheimlichten ihre Vorurteile, warteten still auf ihre Gelegenheit zur Rache.
Am Ende des zweiten Tages hatte Jennifer von ihrem Recht, Geschworene abzulehnen, zehnmal Gebrauch gemacht und es damit erschöpft. Die Silva hatte keinen einzigen Einspruch erhoben. Unter den letzten zur Befragung eingeladenen, möglichen Geschworenen befanden sich ein Privatdetektiv, ein Bankmanager und die Mutter eines Arztes. Jetzt begriff Jennifer, daß Di Silva sie hereingelegt hatte, denn sie hatte keine Chance zum Einspruch mehr. Der Detektiv, der Manager und die Arztmutter würden auf der Geschworenenbank sitzen. Die ganze gute Gesellschaft.

Robert Di Silva stand auf und gab seine einleitende Darlegung des Falles.
»Wenn das Hohe Gericht —«, er wandte sich an die Jury, »— und Sie meine Damen und Herren Geschworenen gestatten, so möchte ich Ihnen allen zunächst dafür danken, daß Sie Ihre wertvolle Zeit geopfert haben, um dieser Verhandlung beizuwohnen.« Er lächelte freundlich. »Ich weiß, wie lästig es sein kann, als Geschworener seinem Land zu dienen. Sie alle

haben einen Beruf und Familien, die Ihrer Aufmerksamkeit bedürfen.«

*Er tut, als sei er einer von ihnen,* dachte Jennifer, *der dreizehnte Geschworene.*

»Ich verspreche Ihnen, Ihre Zeit und Geduld so kurz wie nur möglich in Anspruch zu nehmen. Es handelt sich wirklich um einen äußerst einfachen Fall. Der Mann an dem Tisch dort ist der Angeklagte — Abraham Wilson. Der Angeklagte wird vom Staat New York beschuldigt, im Gefängnis von Sing Sing einen Mithäftling, Raymond Thorpe, ermordet zu haben. Es bestehen keine Zweifel an seiner Schuld. Er hat gestanden. Mr. Wilsons Rechtsbeistand wird auf Selbstverteidigung plädieren.«

Der Staatsanwalt wandte sich um, warf einen Blick auf die riesige Gestalt Abraham Wilsons, und die Augen der Geschworenen folgten ihm automatisch. Jennifer konnte die Reaktion auf ihren Gesichtern sehen. Sie zwang sich, auf Di Silvas Worte zu achten.

»Vor einer Reihe von Jahren haben zwölf Bürger, Männer und Frauen wie Sie, sich dafür entschieden, Abraham Wilson in ein Zuchthaus bringen zu lassen. Bestimmte juristische Paragraphen erlauben mir leider nicht, mit Ihnen das Verbrechen zu diskutieren, das Wilson damals begangen hat. Andererseits erlauben Sie mir wohl, Ihnen zu versichern, daß die Geschworenen aufrichtig überzeugt waren, Abraham Wilson einzusperren, würde ihn daran hindern, weitere Verbrechen zu begehen. Tragischerweise hatten sie sich in diesem Punkt geirrt. Denn selbst hinter Gittern war Abraham Wilson fähig, zu morden, seinen Blutdurst zu stillen. Inzwischen wissen wir endlich, daß es nur einen einzigen Weg gibt, Abraham Wilson daran zu hindern, daß er weiter tötet. Er muß hingerichtet werden. Es wird Raymond Thorpe nicht wieder zum Leben erwecken, aber es kann das Leben der Männer retten, die sonst vielleicht die nächsten Opfer des Angeklagten werden können.«

Di Silva ging am Geschworenenstand entlang, sah jedem Geschworenen in die Augen. »Ich habe vorhin erwähnt, daß dieser Fall nicht sehr viel Zeit kosten würde. Jetzt will ich Ihnen erklären, warum ich das gesagt habe. Der Angeklagte dort, Abraham Wilson, hat kaltblütig einen Mann ermordet. Er hat den Mord gestanden. Aber selbst, wenn er nicht gestanden hätte, so verfügen wir über hundert Zeugen, die gesehen haben, wie er kaltblütig diesen Mord beging. Ich verabscheue Mord — ganz gleich aus *welchen* Motiven — genauso wie Sie. Manchmal aber werden Morde aus Gründen begangen, die wir wenigstens verstehen können. Stellen Sie sich vor, jemand bedroht mit einem Messer einen Ihrer Lieben — Ihr Kind, Ihren Ehemann oder Ihre Frau. Nun, falls Sie zufällig einen Revolver bei sich hätten, könnte es passieren, daß Sie abdrückten, um das Leben Ihrer Lieben zu retten. Sie und ich würden eine solche Handlungsweise vielleicht nicht *entschuldigen*, aber wir könnten sie sicherlich verstehen. Oder, um ein anderes Beispiel zu nehmen, wenn Sie mitten in der Nacht von einem Einbrecher geweckt werden, der Ihr Leben bedroht, und Sie hätten eine Chance, Ihr Leben zu retten, und müßten ihn dafür töten — nun, ich denke, wir alle können verstehen, wie so was passieren mag. Deswegen wären wir aber noch keine Kriminellen oder schlechte Menschen, nicht wahr? Wir haben in der Hitze des Augenblicks gehandelt.« Di Silvas Stimme wurde hart. »*Kaltblütiger* Mord ist dagegen etwas ganz anderes. Einem menschlichen Wesen das Leben zu nehmen, ohne auch nur die Entschuldigung eines Angstgefühls oder einer leidenschaftlichen Reaktion zu haben, dieses Leben nur für Drogen oder Geld oder wegen des reinen Vergnügens am Töten...«

Geschickt und absichtlich beeinflußte er die Jury gegen Abraham Wilson, aber er überschritt seine Grenzen nicht, um Jennifer keine Handhabe zu geben, wegen eines Formfehlers einen fehlerhaft geführten Prozeß nachweisen oder Revision beantragen zu können.

Jennifer beobachtete die Gesichter der Geschworenen. Robert Di Silva hatte sie in der Tasche, ohne jeden Zweifel. Sie stimmten jedem seiner Worte zu. Sie schüttelten den Kopf, nickten oder zuckten zusammen. Es fehlte nur noch, daß sie applaudiert hätten. Er war ein Dirigent, und die Jury war sein Orchester. Jennifer hatte noch nie etwas Ähnliches erlebt. Jedesmal, wenn der Staatsanwalt Abraham Wilsons Namen erwähnte — und er erwähnte ihn in beinahe jedem Satz —, blickten die Geschworenen automatisch den Angeklagten an. Jennifer hatte Wilson eingebläut, auf keinen Fall zur Jury hin-

überzusehen. Immer und immer wieder hatte sie ihm eingeschärft, überall hinzuschauen, nur nicht zu den Geschworenen, denn die Herausforderung, die er ausstrahlte, konnte einen rasend machen. Zu ihrem Entsetzen stellte Jennifer jetzt fest, daß seine Blicke geradezu am Geschworenenstand klebten und sich tief in die Augen der Jurymitglieder bohrten. Aggression schien aus ihm hervorzuquellen.
Leise sagte Jennifer: »Abraham...«
Er reagierte nicht.
Der Staatsanwalt näherte sich dem Ende seiner Ausführungen. »Die Bibel sagt: ›Auge um Auge, Zahn um Zahn.‹ Das ist Rache. Der Staat verlangt nicht nach Rache. Er verlangt Gerechtigkeit. Gerechtigkeit für den armen Mann, den Abraham Wilson kaltblütig — *kaltblütig* — ermordet hat. Ich danke Ihnen.«
Der Staatsanwalt nahm wieder Platz.
Als Jennifer aufstand, um sich an die Geschworenen zu wenden, konnte sie ihre Ablehnung und Ungeduld spüren. Sie hatte Bücher über Anwälte gelesen, die fähig waren, die Gedanken der Geschworenen zu lesen, und sie war skeptisch gewesen. Jetzt nicht mehr. Die Botschaft der Jury an sie war klar und deutlich. Die Geschworenen hatten ihren Mandanten bereits schuldig gesprochen, und jetzt vergeudete Jennifer nur noch ihre Zeit und hielt sie im Gericht fest, wo sie doch längst draußen wichtigeren Beschäftigungen nachgehen konnten, wie ihr Freund, der Staatsanwalt, sehr richtig erkannt hatte. Jennifer und Abraham Wilson waren der Feind.
Sie holte tief Luft und sagte: »Wenn Euer Ehren gestatten«, ehe sie sich wieder den Geschworenen zuwandte. »Meine Damen und Herren, es gibt nur deshalb Gerichte, und wir sind nur deshalb heute alle hier, weil das Gesetz in seiner Weisheit erkannt hat, daß jeder Fall zwei Seiten hat. Wenn man hört, wie der Staatsanwalt meinen Mandanten angreift, wie er ihn bereits schuldig spricht, ohne sich dabei auf das Urteil einer Jury — auf *Ihr Urteil* — stützen zu können, dann müßte man fast einen gegenteiligen Eindruck gewinnen.«
Sie blickte in die Gesichter der Geschworenen, suchte nach einem Zeichen der Sympathie oder Zustimmung, aber es gab keines. Sie zwang sich fortzufahren. »Staatsanwalt Di Silva hat einen Satz immer und immer wieder benutzt — ›*Abraham*

*Wilson ist schuldig*‹. Das ist eine Lüge. Richter Waldman wird Ihnen erklären, daß ein Angeklagter so lange unschuldig ist, bis ein Richter oder eine Jury das Gegenteil befindet. Und deswegen sind wir alle hier, um diese Frage zu klären, nicht wahr? Abraham Wilson wird beschuldigt, einen Mithäftling in Sing Sing umgebracht zu haben. Aber Abraham Wilson hat nicht für Geld oder Rauschgift getötet. Er tötete, um sein eigenes Leben zu retten. Sie werden sich so gut wie ich an die geschickten Beispiele erinnern, mit denen der Staatsanwalt den Unterschied zwischen kaltblütigem Mord und Totschlag im Affekt erklärt hat. Um Totschlag im Affekt handelt es sich, wenn Sie jemanden, den Sie lieben, beschützen oder wenn Sie sich Ihrer Haut wehren. Abraham Wilson hat getötet, um sich selber zu schützen, und ich sage Ihnen hier und jetzt, daß jeder von uns hier im Gerichtssaal unter denselben Umständen genauso gehandelt hätte.
Der Staatsanwalt und ich stimmen in einem Punkt überein: Jeder Mensch hat das Recht, sein eigenes Leben zu schützen. Wenn Abraham Wilson sich anders verhalten hätte, als er es getan hat, wäre er jetzt tot.« Jennifers Stimme klang aufrichtig. Ihre leidenschaftliche Überzeugung hatte sie alle Nervosität vergessen lassen. »Ich bitte jeden von Ihnen, eines nicht zu vergessen: nach den Gesetzen dieses Staates muß die Anklage über jeden Zweifel hinaus beweisen, daß Raymond Thorpes Tod nicht in einem Akt der Selbstverteidigung herbeigeführt wurde. Und bevor dieser Prozeß vorbei ist, werden wir Ihnen klare Beweise dafür liefern, daß Thorpe getötet wurde, damit er meinen Mandanten nicht umbringen konnte. Ich danke Ihnen.«

Die Parade der Zeugen der Anklage begann. Robert Di Silva hatte keine Möglichkeit außer acht gelassen. Seine Leumundszeugen für Raymond Thorpe umfaßten einen Geistlichen, Gefängniswärter und ein paar Mithäftlinge. Einer nach dem anderen bestiegen sie den Zeugenstand und bestätigten den tadellosen Charakter und die friedliche Veranlagung des Getöteten.
Jedesmal, wenn der Staatsanwalt mit einem Zeugen fertig war, wandte er sich an Jennifer und sagte: »Ihr Zeuge.«
Und jedesmal antwortete Jennifer: »Kein Kreuzverhör.«

Sie wußte, daß es keinen Sinn hatte, die Leumundszeugen in ein schiefes Licht zu rücken. Als sie fertig waren, hätte man denken können, daß Raymond Thorpe nur um ein Haar der Heiligsprechung entgangen war. Die Wärter, von Di Silva sorgfältig gelenkt, sagten aus, Thorpe sei ein Mustergefangener gewesen, der durch Sing Sing gewandelt war und eine Spur von guten Taten hinter sich gelassen hatte, immer auf dem Sprung, seinem Nächsten zu helfen. Die Tatsache, daß Raymond Thorpe des Bankraubs und der Vergewaltigung überführt war, schien nur ein verschwindend kleiner Makel an einem ansonsten vollkommenen Charakter zu sein.
Jennifers ohnehin auf schwachen Beinen stehende Verteidigung wurde durch die Beschreibung von Thorpes Äußerem zusätzlich erschüttert. Er war ein schwächlich gebauter Mann und kaum einen Meter sechzig groß gewesen. Robert Di Silva ritt auf dieser Tatsache herum und ließ sie die Geschworenen niemals vergessen. Er schuf ein plastisches Bild davon, wie Abraham Wilson den kleineren Mann brutal und bösartig angefallen, seinen Kopf gegen eine Zementmauer des Gefängnishofes geschmettert und damit seinen sofortigen Tod verursacht habe. Während Di Silva sprach, hingen die Augen der Geschworenen an dem Koloß am Angeklagtentisch, der jeden in seiner Umgebung wie einen Zwerg erscheinen ließ.

Der Staatsanwalt sagte: »Wir werden wahrscheinlich nie erfahren, was Abraham Wilson dazu veranlaßte, diesen harmlosen, unbewaffneten kleinen Mann...«
Und plötzlich tat Jennifers Herz einen Sprung. Eines der Worte, die Di Silva gesagt hatte, gab ihr die Chance, die sie so verzweifelt brauchte.
»...wir werden vielleicht nie wissen, was den Angeklagten zu seinem bösartigen Überfall hingerissen hat, aber wir wissen mit Sicherheit, meine Damen und Herren, der Grund ist nicht darin zu suchen, daß der Ermordete eine Bedrohung für Abraham Wilson dargestellt hätte.« Er wandte sich an Richter Waldman. »Euer Ehren, würden Sie den Angeklagten bitten, aufzustehen?«
Richter Waldman blickte Jennifer an. »Hat der Vertreter der Verteidigung irgendwelche Einwände?«
Jennifer ahnte, was nun folgen würde, aber sie wußte, daß je-

der Einwand sich nur nachteilig auswirken würde. »Nein, Euer Ehren.«
Richter Waldman sagte: »Würde der Angeklagte bitte aufstehen.«
Abraham Wilson blieb einen Moment lang mit trotzigem Gesicht sitzen; dann richtete er sich langsam zu seiner vollen Größe auf.
Di Silva sagte: »Unter den Anwesenden befindet sich ein Gerichtsdiener, Mr. Galin, der genau die Größe des ermordeten Mannes hat. Mr. Galin, würden Sie sich bitte neben den Angeklagten stellen?«
Der Gerichtsdiener ging zu Abraham Wilson und stellte sich neben ihn. Der Größenunterschied zwischen den beiden Männern war absurd. Jennifer wußte, daß sie wieder ausgetrickst worden war, aber sie konnte nichts dagegen unternehmen. Der optische Eindruck war nie mehr wegzuwischen. Der Staatsanwalt betrachtete die beiden Männer für eine Weile, dann sagte er, beinahe flüsternd, zu der Jury: »*Selbstverteidigung?*«

Der Prozeß lief schlechter als in Jennifers wildesten Alpträumen. Sie konnte spüren, wie ungeduldig die Geschworenen das Ende der Verhandlung erwarteten, damit sie ihren Schuldspruch abgeben konnten.
Ken Bailey saß unter den Zuschauern, und während einer Pause konnte Jennifer ein paar Worte mit ihm wechseln.
»Kein leichter Fall«, meinte Ken teilnahmsvoll. »Ich wünschte, du hättest nicht gerade King Kong als Mandanten. Jesus, sein Anblick allein genügt schon, um jeden vor Angst zittern zu lassen.«
»Ich kann nichts dafür.«
»Du kennst den alten Witz: Er hätte zu Hause bleiben können. Wie kommst du mit unserem geschätzten Staatsanwalt aus?«
Jennifer lächelte ihn freudlos an. »Mr. Di Silva hat mir heute morgen eine Botschaft zukommen lassen. Er beabsichtigt, mich aus dem Berufsstand zu fegen.«

Als die Parade der Zeugen der Anklage vorüber war und Di Silva die Beweisaufnahme abgeschlossen hatte, stand Jennifer

auf und sagte: »Ich bitte Mr. Howard Patterson in den Zeugenstand.«
Der stellvertretende Direktor von Sing Sing stand widerstrebend auf und ging zum Zeugenstand. Alle Augen hingen an ihm. Robert Di Silva beobachtete gespannt, wie Patterson vereidigt wurde. Sein Verstand raste, berechnete alle Möglichkeiten. Er wußte, daß er den Prozeß gewonnen hatte. Seine Siegesrede war bereits vorbereitet.
Jennifer wandte sich an den Zeugen: »Würden Sie den Geschworenen bitte ein paar Informationen über sich geben, Mr. Patterson?«
Staatsanwalt Di Silva sprang auf. »Der Staat verzichtet auf den Hintergrund des Zeugen, um Zeit zu sparen, und wir kommen überein, daß Mr. Patterson der stellvertretende Direktor von Sing Sing ist.«
»Ich danke Ihnen«, sage Jennifer. »Ich glaube, die Jury sollte darüber informiert werden, daß Mr. Patterson unter Strafandrohung vorgeladen werden mußte und daß er ein unfreiwilliger Zeuge ist.« Sie wandte sich an Patterson. »Als ich Sie bat, sich aus freien Stücken hier einzufinden und für meinen Mandanten auszusagen, haben Sie sich geweigert. Ist das richtig?«
»Ja.«
»Würden Sie der Jury erklären, *warum* Sie vorgeladen werden mußten?«
»Mit Vergnügen. Ich hatte mein ganzes Leben mit Männern wie Abraham Wilson zu tun. Sie sind geborene Unruhestifter.«
Robert Di Silva lehnte sich grinsend in seinem Stuhl vor, die Augen auf die Gesichter der Geschworenen geheftet. Er flüsterte dem Assistenten neben sich zu: »Jetzt werden Sie Zeuge, wie sie selber ihren Kopf in die Schlinge legt.«
Jennifer sagte: »Mr. Patterson, Abraham Wilson steht nicht vor Gericht, weil er ein Unruhestifter ist. Es geht um sein Leben. Wären Sie nicht bereit, einem menschlichen Wesen zu helfen, das zu Unrecht eines Kapitalverbrechens angeklagt ist?«
»Wenn es zu Unrecht angeklagt wäre, ja.« Die Betonung auf *zu Unrecht* ließ einen wissenden Ausdruck auf den Gesichtern der Geschworenen erscheinen.

»Schon vor diesem Fall wurden Menschen innerhalb von Gefängnismauern getötet, nicht wahr?«
»Wenn Sie Hunderte gewalttätige Menschen in einer künstlichen Umgebung einsperren, entwickelt sich ganz automatisch eine außerordentliche Feindseligkeit und...«
»Nur ja oder nein bitte, Mr. Patterson.«
»Ja.«
»Würden Sie sagen, daß es für die Morde, die Sie in Ihrer Praxis erlebt haben, eine Vielzahl von Motiven gab?«
»Nun, ich nehme es an. Manchmal...«
»Ja oder nein, bitte.«
»Ja.«
»War jemals Selbstverteidigung der Grund für einen dieser Morde im Gefängnis?«
»Nun, manchmal...« Er bemerkte den Ausdruck auf Jennifers Gesicht. »Ja.«
»Also ist es nach Ihrer großen Erfahrung durchaus möglich, nicht wahr, daß Abraham Wilson tatsächlich sein Leben verteidigt hat, als er Raymond Thorpe tötete?«
»Ich glaube nicht, daß...«
»Ich habe gefragt, ob die Möglichkeit besteht. Ja oder nein?«
»Es ist äußerst unwahrscheinlich«, sagte Patterson verstockt.
Jennifer wandte sich an Richter Waldman. »Euer Ehren, würden Sie den Zeugen bitte auffordern, die Frage zu beantworten?«
Richter Waldman sah zu Howard Patterson hinunter. »Der Zeuge soll die Frage beantworten.«
»Ja«, sagte Patterson, aber die Tatsache, daß seine ganze Haltung *nein* bedeutete, war den Geschworenen nicht verborgen geblieben.
Jennifer fuhr fort: »Wenn das Gericht gestattet, ich habe den Zeugen unter Strafandrohung aufgefordert, einiges Material mitzubringen, das ich nun als Beweisstück registrieren lassen möchte.«
Staatsanwalt Di Silva erhob sich: »Was für Material?«
»Beweismaterial, das unsere Behauptung der Selbstverteidigung untermauern wird.«
»Einspruch, Euer Ehren.«
»Wogegen erheben Sie Einspruch?« fragte Jennifer. »Sie haben es noch gar nicht gesehen.«

Richter Waldman sagte: »Das Gericht wird seine Entscheidung zurückstellen, bis es das Beweismaterial gesehen hat. Es geht um das Leben eines Mannes. Der Angeklagte hat einen Anspruch auf Berücksichtigung jedes möglichen Aspekts.«
»Danke, Euer Ehren.« Jennifer blickte Howard Patterson an. »Haben Sie das Material mitgebracht?« fragte sie.
Er nickte mit schmalen Lippen. »Ja. Aber ich habe es unter Protest getan.«
»Ich glaube, Sie haben das ausreichend klargemacht, Mr. Patterson. Könnte ich es jetzt bitte haben?«
Howard Patterson blickte zum Zuschauerraum hinüber, wo ein Mann in der Uniform eines Gefängniswärters saß. Er nickte ihm zu. Der Wärter stand auf und kam nach vorn. Er trug einen verschlossenen Holzkasten.
Jennifer übernahm ihn von dem Beamten. »Die Verteidigung möchte dies als Beweisstück A registrieren lassen, Euer Ehren.«
»Um was handelt es sich?« wollte Staatsanwalt Di Silva wissen.
»Im Gefängnis wird es *Bonbondose* genannt.«
Im Zuschauerraum erklang Gekicher.
Richter Waldman starrte Jennifer an und fragte langsam: »Sagten Sie *Bonbondose*? Was befindet sich in dem Kasten, Miß Parker?«
»Waffen. Waffen, die von den Häftlingen in Sing Sing in der Absicht hergestellt wurden...«
»Einspruch!« Der Staatsanwalt war auf den Beinen, seine Stimme ein Schrei. Er stürmte zur Richterbank. »Ich bin bereit, Rücksicht auf die Unerfahrenheit meiner Kollegin zu nehmen, Euer Ehren, aber wenn Sie beabsichtigt, Strafrecht zu praktizieren, dann würde ich vorschlagen, daß sie die Grundregeln der Beweisführung studiert. Es gibt keinen Beweis dafür, daß irgend etwas in dieser sogenannten *Bonbondose* in Verbindung mit dem Fall steht, der vor diesem Gericht verhandelt wird.«
»Dieser Kasten beweist...«
»Er beweist gar nichts.« Der Staatsanwalt wandte sich an Richter Waldman. »Der Staat erhebt Einspruch gegen die Einführung dieses Beweisstücks. Es ist unerheblich und belanglos.«
»Stattgegeben.«

Und Jennifer stand da und sah ihren Fall in sich zusammenbrechen. Alles war gegen sie: der Richter, die Jury, Di Silva, die Zeugenaussagen. Ihr Mandant würde auf den elektrischen Stuhl geschickt werden, es sei denn...
Sie holte tief Luft. »Euer Ehren, dieses Beweisstück ist absolut wichtig für unsere Verteidigung. Ich will —«
Richter Waldman unterbrach sie. »Miß Parker, dieses Gericht hat weder die Zeit noch die Lust, Ihnen das Gesetz zu erklären, aber der Staatsanwalt hat recht. Bevor Sie diesen Verhandlungssaal betreten haben, hätten Sie sich mit den Grundregeln der Beweisführung vertraut machen sollen. Die erste Regel ist, daß man kein Beweismaterial einführen kann, für das der Boden nicht vorbereitet worden ist. Niemand hat bisher eine maßgebliche Äußerung darüber gemacht, ob der Getötete bewaffnet oder unbewaffnet war. Daher ist die Frage der Waffen unbedeutend. Das Gericht weist Ihr Ansinnen zurück!«
Das Blut schoß Jennifer ins Gesicht. »Entschuldigen Sie«, sagte sie hartnäckig, »aber die Frage ist nicht unbedeutend.«
»Das reicht! Sie können schriftlich einen Einwand vorlegen.«
»Ich will keinen Einspruch einlegen, Euer Ehren. Sie leugnen die Rechte meines Mandanten!«
»Miß Parker, wenn Sie nur einen Schritt weitergehen, werde ich Sie wegen Mißachtung des Gerichts belangen.«
»Es ist mir egal, was Sie mit mir tun«, sagte Jennifer. »Der Boden ist sehr wohl für die Einführung meines Beweismaterials vorbereitet worden. Der Staatsanwalt selber hat dafür gesorgt.«
Di Silva rief: »Was? Ich habe nie...«
Jennifer drehte sich zum Gerichtsstenografen um. »Würden Sie bitte Mr. Di Silvas Darlegung vorlesen, angefangen mit ›Wir werden wahrscheinlich nie erfahren, was Abraham Wilson dazu veranlaßte...‹?«
Der Staatsanwalt blickte zu Richter Waldman hoch. »Euer Ehren, wollen Sie wirklich erlauben, daß...?«
Richter Waldman hob die Hand. Er wandte sich an Jennifer. »Dieses Gericht hat es nicht nötig, sich von Ihnen über das Gesetz belehren zu lassen, Miß Parker. Wenn diese Verhandlung zu Ende ist, werden Sie wegen Mißachtung des Gerichts bestraft. Da es sich hier aber um einen wichtigen Fall handelt,

will ich Ihnen Ihre Ausführungen gestatten.« Er blickte den Gerichtsstenografen an. »Sie können fortfahren.«

Der Mann blätterte zurück und begann zu lesen. »Wir werden wahrscheinlich nie erfahren, was Abraham Wilson dazu veranlaßte, diesen harmlosen, unbewaffneten kleinen Mann anzugreifen ...«

»Das reicht«, unterbrach Jennifer ihn. »Danke.« Sie blickte Di Silva an und sagte langsam: »Das waren Ihre Worte, Mr. Di Silva. *Wir werden wahrscheinlich nie erfahren, was Abraham Wilson dazu veranlaßte, diesen harmlosen, unbewaffneten kleinen Mann anzugreifen...*« Sie wandte sich an Richter Waldman. »Das Schlüsselwort, Euer Ehren, ist *unbewaffnet*. Da der Staatsanwalt selber der Jury erklärt hat, das Opfer sei unbewaffnet gewesen, hat er uns die Tür geöffnet, der Tatsache nachzugehen, daß das Opfer vielleicht *nicht* ohne Verteidigung war, daß es tatsächlich vielleicht sogar eine Waffe hatte. Was im direkten Verhör zur Sprache gebracht wird, ist auch im Kreuzverhör zulässig.«

Ein langes Schweigen folgte. Dann wandte Richter Waldman sich an Robert Di Silva. »Miß Parkers Standpunkt ist rechtmäßig. Sie selber haben ihr die Tür geöffnet.«

Robert Di Silva erwiderte seinen Blick ungläubig. »Aber ich habe nur...«

»Das Gericht erlaubt die Einführung des Materials als Beweisstück A.«

Jennifer atmete erleichtert auf. »Danke, Euer Ehren.« Sie ergriff den verschlossenen Kasten, hielt ihn erhoben in ihren Händen und wandte sich der Jury zu. »Meine Damen und Herren Geschworenen, der Staatsanwalt wird Ihnen in seinem Schlußplädoyer erklären, daß das, was Sie in diesem Kasten sehen werden, kein direktes Beweismaterial ist. Damit hat er recht. Er wird Ihnen erklären, daß es nicht erwiesen ist, daß irgendeine dieser Waffen mit dem Toten in Verbindung gebracht werden kann. Auch damit hat er reht. Ich lege dieses Beweisstück aus einem anderen Grund vor. Seit Tagen haben Sie gehört, wie der grausame, sadistische Angeklagte, der beinahe zwei Meter groß ist, willkürlich einen Mann angegriffen hat, der kaum einen Meter sechzig groß ist. Die Anklage hat äußerst sorgfältig und äußerst falsch das Bild eines unbarmherzigen, blutdurstigen Monsters gezeichnet, das grundlos einen anderen Insassen des Gefängnisses angegriffen hat. Aber fragen Sie sich einmal selber: Gibt es nicht immer *irgendein* Motiv? Gier, Haß, Lust, was auch immer? Ich glaube — und ich setze das Leben meines Mandanten darauf —, daß es ein Motiv für Thorpes Tod *gab*. Und zwar das einzige Motiv, wie der Staatsanwalt selber Ihnen erklärt hat, das den Tod eines anderen Menschen rechtfertigt: Selbstverteidigung. Ein Mann hat um sein eigenes Leben gekämpft. Sie haben gehört, wie Howard Patterson ausgesagt hat, daß in seiner Praxis Morde in Gefängnissen vorgefallen *sind*, daß die Häftlinge *tatsächlich* tödliche Waffen anfertigen. Das bedeutet, daß es möglich ist, daß Raymond Thorpe mit einer solchen Waffe versehen war, daß sogar ein Mann wie er den Angeklagten angegriffen haben kann, und der Angeklagte, bemüht, sein Leben zu schützen, war gezwungen, ihn zu töten — *Selbstverteidigung*. Wenn Sie entscheiden, daß Abraham Wilson Raymond Thorpe bösartig und ohne jedes Motiv umgebracht hat, dann müssen Sie ihn, der Anklage entsprechend, schuldig sprechen. Wenn Sie aber auch nur den geringsten Zweifel haben, nachdem Sie einen Blick auf dieses Beweismaterial geworfen haben, dann ist es Ihre Pflicht, ihn als nicht schuldig im Sinne der Anklage zu bezeichnen.« Der verschlossene Kasten wurde allmählich schwer in ihren Händen. »Als ich das erste Mal in diese Kiste blickte, habe ich meinen Augen nicht getraut. Auch Ihnen könnte es unglaublich erscheinen, aber ich bitte Sie, daran zu denken, daß die Kiste vom stellvertretenden Direktor von Sing Sing zur Verfügung gestellt worden ist — unter Protest. Dies, meine Damen und Herren Geschworenen, ist eine Sammlung konfiszierter Waffen, die heimlich von den Insassen von Sing Sing hergestellt wurden.« Als Jennifer sich auf den Geschworenenstand zu bewegte, schien sie zu stolpern und die Balance zu verlieren. Der Kasten glitt ihr aus den Händen, der Deckel sprang auf, und der Inhalt ergoß sich auf den Boden des Gerichtssaals. Jedermann im Raum schnappte nach Luft. Die Geschworenen begannen aufzustehen, damit sie besser sehen konnten. Sie starrten auf die Sammlung abscheulicher Waffen, die aus dem Kasten gefallen waren. Es waren mindestens hundert, von jeder Größe, Form und Gattung. Selbstgefertigte Beile und Fleischermesser, Stilette und mörderisch aussehende Scheren mit geschlif-

fenen Enden, Schrotgewehre und ein riesiges, angsteinflößend wirkendes Entermesser. Es gab dünne Drähte mit Holzgriffen, mit denen man einem Mann die Luft abdrehen konnte, einen Lederknüppel, einen zugespitzten Eispickel und eine Machete.
Zuschauer und Reporter waren aufgesprungen und reckten sich die Hälse aus, um einen besseren Blick auf das Waffenarsenal auf dem Boden werfen zu können. Richter Waldman trommelte ärgerlich mit seinem Hammer auf die Richterbank, um die Ordnung wiederherzustellen. Er starrte Jennifer mit einem unergründlichen Ausdruck an. Ein Gerichtsdiener eilte herbei, um den Inhalt des Kastens aufzuheben. Jennifer winkte ihn beiseite. »Danke. Ich hebe es selber auf.«
Vor den Augen der Geschworenen und Zuschauer ging sie in die Knie und begann, die Waffen aufzuheben und wieder in den Kasten zu legen. Sie arbeitete langsam, behandelte die Waffen vorsichtig und bedachte jede mit einem ausdruckslosen Blick, bevor sie sie in den Kasten zurücklegte. Die Geschworenen hatten sich wieder hingesetzt, aber sie achteten auf jede ihrer Bewegungen. Jennifer brauchte volle fünf Minuten, um alle Waffen wieder einzusammeln, während Staatsanwalt Di Silva beinahe in Rauch aufging vor Wut.

Als Jennifer die letzte Waffe aus dem tödlichen Arsenal in dem Kasten verstaut hatte, stand sie auf, blickte Patterson an und wandte sich dann an Di Silva. »Ihr Zeuge.«
Es war zu spät, den angerichteten Schaden wieder auszubügeln. »Kein Kreuzverhör«, sagte der Staatsanwalt.
»Dann möchte ich Abraham Wilson in den Zeugenstand rufen.«

8

»Ihr Name?«
»Abraham Wilson.«
»Würden Sie bitte lauter sprechen?«
»Abraham Wilson.«
»Mr. Wilson, haben Sie Raymond Thorpe getötet?«

»Ja, Ma'am.«
»Würden Sie dem Gericht erzählen, warum?«
»Er wollte mich töt'n.«
»Raymond Thorpe war wesentlich schmaler als Sie. Hielten Sie ihn wirklich für fähig, Sie zu töten?«
»Er ging mit 'm Messer auf mich los, un' das machte ihn ziemlich groß.«
Jennifer hatte zwei Gegenstände aus der Bonbondose genommen. Einer war ein sorgsam zugespitztes Fleischermesser; der andere war eine große Zange. Sie hielt das Messer hoch. »Ist dies das Messer, mit dem Raymond Thorpe Sie bedroht hat?«
»Einspruch! Der Angeklagte kann auf keinen Fall wissen...«
»Ich formuliere die Frage neu. Ist dieses Messer jenem ähnlich, mit dem Thorpe Sie bedroht hat?«
»Ja, Ma'am.«
»Und diese Zange?«
»Ja, Ma'am.«
»Hatten Sie schon vorher Ärger mit Thorpe gehabt?«
»Ja, Ma'am.«
»Und als er mit diesen beiden Waffen auf Sie losging, waren Sie gezwungen, ihn zu töten, um Ihr eigenes Leben zu retten?«
»Ja, Ma'am.«
»Ich danke Ihnen.«
Jennifer wandte sich an Di Silva. »Ihr Zeuge.«
Robert Di Silva erhob sich und bewegte sich langsam auf den Zeugenstand zu. »Mr. Wilson, Sie haben schon einmal getötet, oder? Ich meine, dies war nicht Ihr erster Mord?«
»Ich hab' nen Fehler gemacht, un' ich zahl' dafür. Ich...«
»Ersparen Sie uns Ihre Predigt. Nur ja oder nein.«
»Ja.«
»Also hat ein Menschenleben nicht viel Wert für Sie.«
»Das is' nich' wahr. Ich...«
»Wollen Sie behaupten, daß zwei Morde Ihre Art sind, den Wert des menschlichen Lebens zu schätzen? Wie viele Menschen hätten Sie getötet, wenn Ihnen ihr Leben nicht so wertvoll wäre? Fünf? Zehn? Zwanzig?«
Er köderte Abraham Wilson, und Wilson ging in die Falle. Seine Kinnmuskeln traten hervor, und sein Gesicht verfinsterte sich vor Wut. *Achtung, Abraham!*

»Ich hab' nur zwei Leute umgelegt.«
»Nur! Sie haben *nur* zwei Menschen ermordet!« Der Staatsanwalt schüttelte den Kopf in gespielter Bestürzung. Er trat dicht an den Zeugenstand heran und sah zu dem Angeklagten auf. »Ich wette, es gibt Ihnen ein Gefühl der Macht, so groß zu sein. Sie fühlen sich beinahe wie Gott, was? Wann immer Sie wollen, können Sie sich ein Menschenleben nehmen — eins hier, eins da...«
Abraham Wilson sprang auf und streckte sich zu seiner vollen Größe. »Sie Hundesohn!«
*Nein!* flehte Jennifer. *Nicht!*
»Hinsetzen!« donnerte Di Silva. »Haben Sie bei Raymond Thorpe genauso die Beherrschung verloren, bevor Sie ihn getötet haben?«
»Thorpe wollte mich umleg'n.«
»Hiermit?« Di Silva hob das Messer und die Zange hoch. »Ich bin sicher, Sie hätten ihm das Messer wegnehmen können.« Er wedelte mit der Zange herum. »Und hiervor hatten Sie Angst?« Er wandte sich an die Jury und hielt mißbilligend die Zange hoch. »Dies Ding sieht nicht besonders tödlich aus. Wenn der Ermordete in der Lage gewesen wäre, Ihnen damit einen Schlag auf den Kopf zu versetzen, hätten Sie allenfalls eine kleine Beule davongetragen. Wozu dient diese Zange genau, Mr. Wilson?«
Abraham Wilson antwortete sanft: »Damit zerquetsch'n se einem die Eier.«

Die Beratung der Jury dauerte acht Stunden.
Robert Di Silva und seine Assistenten verließen den Gerichtssaal, um eine Pause einzulegen, aber Jennifer blieb auf ihrem Platz. Sie war unfähig, sich davon loszureißen.
Als die Jury den Raum verlassen hatte, war Ken Bailey zu ihr gekommen. »Wie wär's mit einem Schluck Kaffee?«
»Ich könnte nichts herunterbringen.«
Sie saß im Gerichtssaal. Sie hatte Angst, sich zu bewegen, und war sich der Leute um sie herum kaum bewußt. Es war vorbei. Sie hatte ihr Bestes gegeben. Sie schloß die Augen und versuchte zu beten, aber ihre Angst war zu stark. Sie fühlte sich, als würde sie zusammen mit Abraham Wilson zum Tode verurteilt werden.

Die Geschworenen marschierten wieder in den Raum. Ihre Gesichter waren düster und vielsagend, Jennifers Herz klopfte schneller. Sie konnte an den Gesichtern erkennen, daß sie Wilson schuldig sprechen würden. Sie glaubte, sie würde gleich in Ohnmacht fallen. Ihretwegen würde ein Mann hingerichtet werden. Sie hätte diesen Fall niemals übernehmen dürfen. Was für ein Recht hatte sie, das Leben eines Menschen in ihre Hand zu nehmen? Sie muß wahnsinnig gewesen sein, zu glauben, daß sie gegen einen so erfahrenen Anwalt wie Robert Di Silva gewinnen könnte. Sie wollte aufspringen und zu den Geschworenen laufen, ehe sie ihren Schuldspruch abgeben konnten, und sagen, *Halt! Abraham Wilson hat keinen fairen Prozeß gehabt. Bitte, lassen Sie ihn von einem anderen Anwalt verteidigen, einem besseren als mir.*
Aber es war zu spät. Jennifer blickte verstohlen zu Abraham Wilson hinüber. Unbeweglich wie eine Statue saß er auf seinem Stuhl. Jetzt schien kein Haß mehr in ihm zu stecken, nur tiefe Verzweiflung. Sie wollte ihn trösten, aber sie fand keine Worte.
Richter Waldman sprach. »Haben die Geschworenen sich auf ein Urteil geeinigt?«
»Sie haben, Euer Ehren.«
Der Richter nickte. Sein Gehilfe ging zum Vorsitzenden der Jury, nahm ihm einen Papierstreifen ab und reichte ihn dem Richter. Jennifer hatte das Gefühl, das Herz müsse ihr aus der Brust springen. Sie bekam keine Luft. Sie wollte, daß die Zeit stehenblieb, jetzt und für immer, bevor das Urteil verlesen werden konnte.
Richter Waldman studierte den Papierstreifen in seiner Hand; dann blickte er sich langsam im Gerichtssaal um. Seine Augen ruhten auf den Geschworenen, auf Robert Di Silva, auf Jennifer und schließlich auf Abraham Wilson.
»Der Angeklagte möge sich erheben.«
Abraham Wilson stand auf, seine Bewegungen waren langsam und müde, als wäre alle Energie aus ihm herausgesickert.
Richter Waldman las von dem Papierstreifen ab: »Diese Jury hält den Angeklagten, Abraham Wilson, für nicht schuldig im Sinne der Anklage.«
Eine Sekunde lang herrschte Totenstille. Dann gab es einen Aufschrei des Publikums, der die weiteren Worte des Richters

davonspülte. Jennifer stand da wie betäubt, unfähig zu glauben, was sie hörte. Sprachlos drehte sie sich zu Abraham Wilson um. Er starrte sie einen Moment lang aus seinen kleinen, aggressiven Augen an. Und dann brach das breiteste Grinsen, das Jennifer je gesehen hatte, auf dem häßlichen Gesicht aus. Er bückte sich und preßte sie an sich, während sie mit den Tränen kämpfte.
Die Reporter drängten sich um Jennifer, baten um einen Kommentar, bestürmten sie mit Fragen.
»Wie fühlt man sich, wenn man den Staatsanwalt geschlagen hat?«
»Hätten Sie erwartet, diesen Fall zu gewinnen?«
»Was hätten Sie getan, wenn Abraham Wilson auf den elektrischen Stuhl geschickt worden wäre?«
Jennifer schüttelte nur den Kopf. Sie konnte sich nicht überwinden, mit ihnen zu sprechen. Sie waren gekommen, um eine Show zu sehen. Sie waren gekommen, um Zeuge zu sein, wie ein Mann zu Tode gehetzt wurde. Wenn das Urteil anders ausgefallen wäre... sie wagte nicht, daran zu denken. Jennifer begann, ihre Unterlagen zusammenzusuchen und in die Aktentasche zu stopfen.
Ein Gerichtsdiener näherte sich ihr. »Richter Waldman möchte Sie in seinem Zimmer sehen, Miß Parker.«
Sie hatte vergessen, daß ihr noch eine Strafe wegen Mißachtung des Gerichts bevorstand, aber das schien nicht länger wichtig. Das einzige, was zählte, war, daß sie Abraham Wilsons Leben gerettet hatte.
Jennifer streifte den Tisch des Anklägers mit einem Blick. Staatsanwalt Di Silva stopfte wütend seine Papiere in eine Aktentasche und beschimpfte seine Assistenten. Er fing Jennifers Blick auf. Seine Augen bohrten sich in ihre, und er brauchte keine Worte.

Richter Lawrence Waldman saß an seinem Schreibtisch, als Jennifer eintrat. »Setzen Sie sich, Miß Parker«, sagte er kurz angebunden. Jennifer nahm Platz. »Ich werde weder Ihnen noch sonst jemandem erlauben, meinen Gerichtssaal in einen Zirkus zu verwandeln.«
Jennifer errötete. »Ich bin gestolpert. Ich konnte nichts dafür, daß...«

Richter Waldman hob die Hand. »Bitte, ersparen Sie mir das.« Jennifer preßte die Lippen zusammen.
Richter Waldman beugte sich in seinem Stuhl vor. »Eine andere Sache, die ich in meinem Gericht nicht toleriere, ist Anmaßung.« Jennifer sah ihn vorsichtig an. Sie sagte nichts. »Sie haben heute nachmittag Ihre Grenzen überschritten. Mir ist klar, daß Ihr Übereifer der Verteidigung eines Menschenlebens diente. Deswegen habe ich beschlossen, Ihnen die Mißachtung des Gerichts nachzusehen.«
»Ich danke Ihnen, Euer Ehren.« Jennifer mußte die Worte herauspressen.
Das Gesicht des Richters war undurchdringlich, als er fortfuhr: »Beinahe unausweichlich habe ich am Ende eines Prozesses ein Gespür dafür, ob der Gerechtigkeit ein Dienst erwiesen worden ist oder nicht. Offen gesagt — in diesem Fall bin ich nicht sicher.« Jennifer wartete darauf, daß er weitersprach.
»Das ist alles, Miß Parker.«

In den Abendausgaben der Zeitungen und den Fernsehnachrichten beherrschte Jennifer Parker erneut die Schlagzeilen, aber dieses Mal war sie die Heldin. Sie war der David der Rechtsprechung, der Goliath besiegt hatte. Die Titelseiten waren mit Bildern von ihr, Abraham Wilson und Staatsanwalt Di Silva gepflastert. Hungrig verschlang Jennifer jedes Wort der Artikel, kostete jede Silbe aus. Nach all der Schande, die sie durchlitten hatte, war der Sieg unglaublich süß.
Ken Bailey führte sie zu Luchow's zum Abendessen, und Jennifer wurde vom Oberkellner und einigen der Gäste erkannt. Völlig Fremde sprachen sie mit ihrem Namen an und gratulierten ihr. Es war ein berauschendes Erlebnis.
»Wie fühlt man sich als Berühmtheit?« fragte Ken grinsend.
»Ich bin wie betäubt.«
Jemand schickte eine Flasche Wein an ihren Tisch.
»Ich brauche nichts zu trinken«, meinte Jennifer. »Ich fühle mich, als hätte ich einen Vollrausch.«
Aber sie hatte Durst und trank drei Gläser Weißwein, während sie den Prozeß mit Ken wieder aufwärmte.
»Mein Gott, hatte ich eine Angst! Hast du eine Ahnung, wie man sich fühlt, wenn man ein fremdes Leben in seiner Hand

hält? Es ist, als spielte man Gott. Kannst du dir etwas Erschreckenderes vorstellen? Ich meine, ich komme aus *Kelso*... Können wir noch eine Flasche Wein haben, Ken?«
»Was immer du willst.«
Ken bestellte ein Festmahl für sie beide, aber Jennifer war zu aufgeregt zum Essen.
»Weißt du, was Abraham Wilson zu mir sagte, als ich ihn das erste Mal getroffen habe? Er sagte, ›Sie kriechen in meine Haut, und ich krieche in Ihre, und dann unterhalten wir uns über Haß‹. Ken, heute war ich in seiner Haut, und weißt du was? Ich dachte, die Jury würde *mich* verurteilen. Ich fühlte mich, als würde ich hingerichtet. Ich liebe Abraham Wilson. Könnten wir noch etwas Wein haben?«
»Du hast keinen Bissen gegessen.«
»Ich bin durstig.«
Ken sah besorgt zu, wie Jennifer ein Glas nach dem anderen füllte und leerte. »Immer mit der Ruhe«, sagte er sanft.
Sie beruhigte ihn mit einer munteren Handbewegung. »Das ist kalifornischer Wein. Du könntest genausogut Wasser trinken.« Sie nahm einen weiteren Schluck. »Du bist mein bester Freund. Weißt du auch, wer nicht mein bester Freund ist? Der große Robert Di Sliva. Di Sivla.«
»Di Silva.«
»Der auch. Er haßt mich. Hast du sein Gesicht heute geseh'n? Oh, Mann, war der wütend! Er sagte, er wollte mich aus dem Gerichtssaal fegen. Aber das hat er nicht geschafft, oder?«
»Nein, er...«
»Weißt du, was ich glaube? Was ich *wirklich* glaube?«
»Ich...«
»Di Sliva denkt, ich bin Ahab, und er is' der weiße Wal.«
»Ich glaube, du hast das durcheinandergebracht.«
»Danke, Ken. Auf dich kann ich mich immer verlassen. Laß uns noch 'ne Flasche Wein trinken.«
»Glaubst du nicht, daß du genug hast?«
»Wale haben Durst.« Jennifer kicherte. »Das bin ich. Der dicke, alte, weiße Wal. Hab ich dir schon gesagt, daß ich Abraham Wilson liebe? Er ist der schönste Mann, den ich je getroffen habe. Ich habe in seine Augen gesehen, Ken, mein Freund, und er ist einfach schön. Hast du je in Di Sivlas Augen geblickt? Oh, Mann sind die kalt! Ich meine, er is'n Eisberg.

Aber er ist kein schlechter Mensch. Habe ich dir schon von Ahab un' dem groß'n weißen Wal erzählt?«
»Ja.«
»Ich liebe den alten Ahab. Ich liebe alle und jeden. Un' weißt du, warum, Ken? Weil Abraham Wilson heute nacht am Leben ist. Er ist lebendig. Laß uns noch eine Flasche Wein bestellen, zum Feiern...«

Um zwei Uhr morgens brachte Ken Jennifer nach Hause. Er half ihr die vier steilen Treppen hinauf und in ihr kleines Appartement. Sein Atem ging heftig vom Klettern. »Ich glaube«, sagte Ken, »ich spüre den Wein.«
Jennifer blickte ihn voll Mitleid an. »Weißt du, wenn man nichts vertragen kann, sollte man nicht trinken.«
Und sie verlor das Bewußtsein.

Sie erwachte vom Schrillen des Telefons. Vorsichtig tastete sie nach dem Apparat. Die leiseste Bewegung sandte schmerzhafte Raketen durch jedes Nervenende in ihrem Körper.
»'lo...«
»Jennifer? Hier spricht Ken.«
»'lo, Ken.«
»Du klingst furchtbar. Geht es dir gut?«
Sie dachte darüber nach. »Ich glaube nicht. Wie spät ist es?«
»Es ist beinahe Mittag. Du solltest besser sehen, daß du herkommst. Hier ist die Hölle ausgebrochen.«
»Ken — ich glaube, ich sterbe.«
»Hör zu. Steh auf — langsam —, nimm zwei Asipirin und eine kalte Dusche, trink eine Tasse heißen, schwarzen Kaffee, und du bleibst vielleicht am Leben.«
Als Jennifer eine Stunde später das Büro erreichte, fühlte sie sich besser. *Nicht gut*, dachte sie, *aber besser.*
Als sie eintrat, klingelten beide Telefone.
»Das ist für dich«, sagte Ken grinsend. »Sie klingeln, seit ich hier bin. Du brauchst eine Schalttafel.«
Zeitungen, Illustrierte, Fernsehsender und Radiostationen riefen an und wollten Hintergrundstories über Jennifer bringen. Über Nacht war sie eine Berühmtheit geworden. Es gab noch andere Anrufe — die, von denen sie geträumt hatte. Anwaltskanzleien, die sie zuvor kurz abgefertigt hatten, riefen an, um

zu fragen, ob es ihr möglich wäre, ihnen einen Gesprächstermin einzuräumen...

In seinem Büro brüllte Robert Di Silva seinen ersten Assistenten an: »Ich möchte, daß Sie eine vertrauliche Akte über Jennifer Parker anlegen. Ich möchte über jeden Mandanten, den sie annimmt, Bescheid wissen. Verstanden?«
»Ja, Sir.«
»Los, an die Arbeit!«

9

»Wenn der kein Killer mehr ist, bin ich eine gottverdammte Jungfrau. Er hat sein ganzes Leben mit der Waffe in der Hand verbracht.«
»Das Arschloch kam angekrochen und wollte, daß ich bei Mike ein Wort für ihn einlege. Ich hab' gesagt, ›He, *paesano*, ich bin nur ein Soldat, weißt du?‹ Wenn Mike noch einen Revolvermann braucht, hat er es nicht nötig, in einem Scheißehaufen danach zu suchen.«
»Er hat versucht, dich reinzulegen, Sal.«
»Na, ich hab' ihm ganz schön eins gehustet. Er hat keine Verbindungen, und wenn du in diesem Geschäft keine Verbindungen hast, bist du ein Dreck.«
Sie unterhielten sich in der Küche eines dreihundert Jahre alten Farmgebäudes in New Jersey. Sie waren zu dritt: Nick Vito, Joseph Colella und Salvatore »Pusteblume« Fiore.
Nick Vito war ein leichenblasser Mann mit beinahe unsichtbaren, dünnen Lippen und toten, tiefgrünen Augen. Er trug weiße Socken und Zweihundert-Dollar-Schuhe.
Joseph »Big Joe« Colella war ein Berg von einem Mann, ein Granitblock, und wenn er ging, sah er aus wie ein wandelnder Wolkenkratzer. Jemand hatte ihn einmal einen menschlichen Gemüsegarten genannt. »Colella hat eine Kartoffelnase, Blumenkohlohren und ein Gehirn von der Größe einer Erdnuß.«
Colella hatte eine sanfte, hohe Stimme und täuschend höfliche Manieren. Er besaß ein eigenes Rennpferd und hatte einen untrüglichen Sinn dafür, auf Gewinner zu setzen. Er war Familienvater mit einer Frau und sechs Kindern. Seine Spezia-

litäten waren Schußwaffen, Säure und Ketten. Joes Frau, Carmelina, war eine strenge Katholikin, und sonntags, wenn er nicht gerade arbeitete, ging Colella regelmäßig mit seiner Familie in die Kirche.
Der dritte Mann, Salvatore Fiore, war fast ein Liliputaner. Er war einen Meter dreiundfünfzig groß und wog hundertfünfzehn Pfund. Er besaß das unschuldige Gesicht eines Chorknaben und konnte mit dem Revolver genausogut umgehen wie mit dem Messer. Auf Frauen besaß der kleine Mann eine unwiderstehliche Anziehungskraft, und er rühmte sich einer Ehefrau, eines halben Dutzends Freundinnen und einer wunderschönen Geliebten. Früher war Fiore ein Jockey gewesen und hatte von Pimlico bis Tijuana auf allen Rennbahnen gearbeitet. Nachdem der Rennleiter des Hollywood Parks Fiore disqualifiziert hatte, weil Fiore ein Pferd gedopt haben sollte, war die Leiche des Rennleiters eine Woche später als Treibgut im Lake Tahoe gefunden worden.
Die drei Männer waren *soldati* in Antonio Granellis Familie, aber Michael Moretti hatte sie hineingebracht, und sie gehörten mit Leib und Seele nur ihm.

Im Eßzimmer des Farmhauses fand ein Familientreffen statt. Am Kopfende saß Antonio Granelli, *capo* der mächtigsten Mafia-Familie der Ostküste. Mit zweiundsiebzig Jahren war er immer noch ein eindrucksvoll aussehender Mann mit den Schultern und der breiten Brust eines Arbeiters und weißem Haarschopf. In Palermo auf Sizilien geboren, war Antonio Granelli mit fünfzehn nach Amerika gekommen und hatte auf den Kais an der West Side von Manhattan gearbeitet. Mit einundzwanzig war er der Stellvertreter des Mannes, der auf den Docks den Ton angab. Die beiden Männer hatten einen Streit, und als der andere auf geheimnisvolle Weise verschwand, übernahm Granelli die Docks. Jeder, der im Hafen arbeiten wollte, mußte ihm einen Teil seines Lohns abtreten. Er benutzte das Geld, um seinen Weg zur Macht zu pflastern, und er hatte schnell expandiert, seine Tätigkeit auf andere Branchen erweitert, Geld zu Wucherzinsen verliehen, Lieferungen verschoben und sich schließlich der Prostitution, dem Glücksspiel, Drogenhandel und Mord zugewandt. Im Lauf der Jahre war er zweiunddreißigmal unter Anklage gestellt, aber nur

ein einziges Mal verurteilt worden — wegen Körperverletzung. Granelli war ein unbarmherziger, völlig amoralischer Mann mit der erdverbundenen Verschlagenheit eines Bauern.
Links von ihm saß Thomas Colfax, der *consigliere* der Familie. Vor fünfundzwanzig Jahren hatte Colfax eine brillante Zukunft als Firmenanwalt vor sich gehabt, aber nachdem er einmal eine kleine Olivenöl-Gesellschaft verteidigt hatte, die, wie sich herausgestellt hatte, von der Mafia kontrolliert wurde, war er Schritt für Schritt dazu verleitet worden, andere Fälle für die Mafia zu übernehmen, bis die Granelli-Familie im Lauf der Jahre schließlich sein einziger Mandant geworden war. Sie war ein sehr einträglicher Auftraggeber, und Thomas Colfax war ein wohlhabender Mann geworden.
Zu Antonio Granellis Rechten saß Michael Moretti, sein Schwiegersohn. Michael war sehr ehrgeizig, ein Charakterzug, der Granelli nervös machte. Michael paßte nicht in die Schablone der Familie. Sein Vater, Giovanni, ein entfernter Cousin von Antonio Granelli, war nicht in Sizilien, sondern in Florenz geboren. Das allein ließ die Familie Moretti schon suspekt wirken — jeder wußte, daß man Florentinern nicht trauen konnte.
Giovanni Moretti war nach Amerika ausgewandert, hatte ein Schuhgeschäft eröffnet und es ehrlich und anständig geführt. Es hatte nicht einmal ein Hinterzimmer, in dem gespielt oder Geld verliehen wurde, geschweige denn leichte Mädchen zu finden waren. Ein Dummkopf.
Giovannis Sohn Michael war ganz anders. Er hatte Yale und die Wirtschaftsfakultät von Wharton absolviert. Als Michael mit der Ausbildung fertig war, hatte er sich mit einer einzigen Bitte an seinen Vater gewandt: er wollte seinen entfernten Verwandten Antonio Granelli treffen. Der alte Schuhmacher hatte seinen Cousin aufgesucht und das Treffen arrangiert. Granelli war sicher, daß Michael sich Geld leihen wollte, um ein eigenes Geschäft zu eröffnen, vielleicht ein Schuhgeschäft wie sein tumber Vater. Aber das Treffen war äußerst überraschend verlaufen. »Ich weiß, wie ich Sie reich machen kann«, hatte Michael angefangen.
Antonio Granelli hatte den anmaßenden jungen Mann angesehen und nachsichtig gelächelt: »Ich bin reich.«
»Nein. Sie glauben nur, Sie seien reich.«

Das Lächeln war erstorben. »Wovon, zum Teufel, sprichst du, Kleiner?«
Und Michael Moretti hatte es ihm erklärt.

Am Anfang war Antonio Granelli behutsam vorgegangen, als er Michaels Ratschläge ausprobierte. Aber die Erfolge übertrafen alle seine Erwartungen. Unter Michaels Aufsicht expandierte die Granelli-Familie, die sich bis dato auf profitable, aber illegale Aktivitäten beschränkt hatte. Innerhalb von fünf Jahren hatte die Familie einen zweiten, diesmal legalen Fuß in den Türen von Restaurants, Transportgesellschaften, Apotheken und Wäschereien. Michael spürte kränkelnde Firmen auf, die einer Finanzspritze bedurften, die Familie stieg in kleinerem Umfang ein und schluckte dann mehr und mehr, bis sie alle Aktiva kontrollierte. Alte Firmen mit einwandfreiem Ruf waren plötzlich bankrott. Mit den Unternehmen, die einen zufriedenstellenden Profit erwirtschafteten, beschäftigte Michael sich ausführlicher und vervielfachte diesen Profit, denn die Arbeiter in diesen Unternehmen wurden von seinen Gewerkschaften kontrolliert, und die Firma wickelte ihre Versicherung über eine der familieneigenen Agenturen ab, und sie erstanden ihre Wagen von einem der Gebrauchtwagenhändler der Familie. Michael erschuf einen symbiotischen Giganten, eine Reihe von Unternehmen, von denen der Käufer unablässig gemolken wurde, und diese Milch floß in die Kanäle der Familie.

Trotz seiner Erfolge war sich Michael Moretti darüber klar, daß er ein gewichtiges Problem hatte. Wenn er Antonio Granelli erst einmal den Weg in das üppige Paradies der legalen Wirtschaft gewiesen hatte, würde Granelli ihn nicht mehr brauchen. Er war teuer, denn er hatte Granelli am Anfang ihrer Zusammenarbeit dazu überredet, ihn prozentual an den Gewinnen zu beteiligen, die damals noch niemand als sehr groß eingestuft hatte. Aber nachdem Michaels Ideen begonnen hatten, Früchte zu tragen, und das Geld hereinströmte, hatte Granelli noch einmal darüber nachgedacht. Durch Zufall hatte Michael erfahren, daß ein Familientreffen abgehalten worden war, auf dem man darüber diskutiert hatte, was mit ihm geschehen solle.

»Es gefällt mir nicht, mit ansehen zu müssen, wie der Kleine

soviel von unserem Geld einsteckt«, hatte Granelli gesagt. »Wir sollten ihn loswerden.«
Michael war diesen Plan umgangen, indem er in die Familie eingeheiratet hatte. Rosa, Antonio Granellis einzige Tochter, war neunzehn Jahre alt. Ihre Mutter war bei ihrer Geburt gestorben, und Rosa war in einem Kloster aufgezogen worden und nur während der Ferien nach Hause gekommen. Ihr Vater vergötterte sie, und er achtete darauf, daß sie beschützt und abgeschirmt wurde. Während der Osterferien hatte Rosa Michael Moretti getroffen. Als sie wieder ins Kloster zurückkehrte, war sie bis über beide Ohren verliebt in ihn. Die Erinnerung an seine düstere Schönheit trieb sie in der Einsamkeit ihres Zimmers zu Taten, die die Nonnen immer als Sünden gegen Gott bezeichnet hatten.
Antonio Granelli lebte in dem Irrglauben, seine Tochter halte ihn für nichts weiter als einen erfolgreichen Geschäftsmann, aber im Lauf der Jahre hatten Klassenkameradinnen Rosa Zeitungsartikel und Magazinbeiträge über ihren Vater und seine wirklichen Geschäfte gezeigt, und wann immer die Behörden versuchten, ein Mitglied der Granelli-Familie unter Anklage zu stellen und zu verurteilen, war Rosa auf dem laufenden. Mit ihrem Vater sprach sie niemals darüber, und so blieb er in dem glücklichen Glauben, seine Tochter sei unschuldig, der Schock, die Wahrheit zu erfahren, bleibe ihr erspart.
Hätte er die Wahrheit erfahren, wäre Granelli mehr als erstaunt gewesen, denn Rosa fand die Geschäfte ihres Vaters furchtbar aufregend. Sie haßte die Disziplin des Nonnenklosters, und daher haßte sie bald jede Form von Autorität. Sie stellte sich ihren Vater als eine Art Robin Hood vor, der die Behörden herausforderte und die Mächtigen in die Schranken wies. Die Tatsache, daß Michael Moretti ein wichtiger Mann in der Organisation ihres Vaters war, ließ ihn noch erregender auf sie wirken.

Von Anfang an war Michael sehr vorsichtig im Umgang mit Rosa. Wenn es ihm gelang, mit ihr allein zu sein, tauschten sie glühende Küsse und Umarmungen aus, aber er ließ es nie zu weit kommen. Rosa war Jungfrau, und nichts hätte sie lieber getan, als sich dem Mann, den sie liebte, hinzugeben. Es war Michael, der die Bremse zog.

»Ich empfinde zu tiefen Respekt für dich, Rosa, um vor unserer Hochzeit mit dir ins Bett zu gehen.«
In Wirklichkeit war es Antonio Granelli, den er respektierte. *Er würde mir die Eier abhacken*, dachte er.
Und so geschah es, daß zum gleichen Zeitpunkt, als Antonio Granelli über die beste Möglichkeit, Michael loszuwerden, nachdachte, Rosa und Michael erklärten, sie seien ineinander verliebt und wollten heiraten. Der alte Mann schrie und tobte und nannte hundert Gründe, warum das nur über jemandes Leiche passieren würde. Aber am Ende siegte die wahre Liebe, und Michael und Rosa feierten eine prunkvolle Hochzeit.
Nach der Hochzeit hatte der alte Mann Michael beiseite genommen. »Rosa ist alles, was ich habe, Michael. Du wirst gut zu ihr sein, nicht?«
»Das werde ich, Tony.«
»Ich lasse dich nicht aus den Augen. Du tätest gut daran, sie glücklich zu machen. Du verstehst, was ich sagen will, Mike?«
»Ich weiß, was du meinst.«
»Keine Nutten, keine Flittchen, verstanden? Rosa kocht gern. Achte darauf, jeden Abend zum Essen zu Hause zu sein. Du wirst ein Musterschwiegersohn sein, auf den man stolz sein kann.«
»Ich werde mein Bestes tun, Tony.«
Nebenbei hatte Antonio Granelli noch gesagt: »Ach, wo wir gerade dabei sind, Mike — jetzt bist du Mitglied der Familie, und wir sollten vielleicht deinen Anteil ändern...«
Michael hatte ihm auf die Schulter geklopft. »Danke, Papa, aber es ist genug für uns beide. Ich werde Rosa alles kaufen können, was sie haben möchte.« Und er war gegangen, während der alte Mann ihm sprachlos nachstarrte.

Das war sieben Jahre her, und die folgenden Jahre waren für Michael phantastisch gewesen. Rosa vergötterte ihn, und es ließ sich angenehm und leicht mit ihr leben, aber Michael wußte, daß er es überleben würde, wenn sie ihn verließe oder stürbe. Er würde einfach jemand anderen finden, der Rosas Stelle einnehmen konnte. Er liebte sie nicht. Er glaubte nicht einmal, daß er fähig war, überhaupt ein menschliches Wesen lieben zu können; es schien, als fehlte etwas in ihm.
Er brachte Menschen keine Gefühle entgegen, nur Tieren. Zu

seinem zehnten Geburtstag hatte er einen Colliewelpen geschenkt bekommen. Der Hund und er waren unzertrennlich. Sechs Wochen später war das Tier bei einem Unfall mit Fahrerflucht getötet worden, und als sein Vater Michael anbot, ihm einen anderen Hund zu kaufen, hatte Michael den Kopf geschüttelt. Danach hatte er nie wieder einen Hund besessen.
In seiner Jugend war Michael Zeuge gewesen, wie sich sein Vater für ein paar Pennies zu Tode gerackert hatte, und er hatte beschlossen, daß es ihm nie so gehen würde. Von dem Zeitpunkt an, da er zum erstenmal von seinem berühmten Verwandten Antonio Granelli gehört hatte, wußte er, was er wollte. Es gab sechsundzwanzig Mafia-Familien in den Vereinigten Staaten, davon fünf in New York, und die seines Cousins Antonio war die mächtigste. Von frühester Kindheit an waren Geschichten über die Mafia für ihn wie ein warmer Schauer für eine Blume gewesen. Sein Vater hatte ihm von der Nacht der Sizilianischen Vesper am 10. September 1931 erzählt, als die Macht in andere Hände gelangt war. In dieser einzigen Nacht hatten die *Jungtürken* eine blutige Revolte inszeniert und dabei mehr als vierzig *Mustache Petes* ausgerottet — die ganze alte Garde, die noch aus Italien und Sizilien eingewandert war.
Michael gehörte zur neuen Generation. Er hatte das alte Gedankengut abgeschüttelt und frische Ideen entwickelt. Eine nationale Kommission von neun Männern kontrollierte inzwischen alle Familien, und Michael wußte, daß er diese Kommission eines Tages in der Tasche haben würde.

Er studierte die beiden Männer, die mit ihm am Eßzimmertisch saßen. Antonio Granelli würde noch ein paar Jahre zu leben haben, aber, mit etwas Glück, nicht mehr allzu viele.
Der eigentliche Feind war Thomas Colfax. Der Anwalt war von Anbeginn gegen Michael gewesen. Im gleichen Verhältnis, in dem Michaels Einfluß bei dem Alten gewachsen war, hatte der von Colfax abgenommen.
Michael hatte mehr und mehr von seinen eigenen Männern in die Organisation gebracht, Männer wie Nick Vito, Salvatore Fiore und Joseph Colella, die ihm treu ergeben waren. Thomas Colfax war davon nicht begeistert.
Als Michael wegen der Morde an den Brüdern Ramos unter

Anklage gestellt wurde und Camillo Stela sich als Zeuge zur Verfügung stellte, hatte der Anwalt geglaubt, Michael endlich loszuwerden, denn der Fall des Staatsanwalts war wasserdicht. Aber Michael hatte mitten in der Nacht einen Weg aus der Falle gefunden. Um vier Uhr morgens war er zu einer Telefonzelle gegangen und hatte Joseph Colella angerufen. »In der nächsten Woche werden einige frischgebackene Anwälte im Büro des Staatsanwalts vereidigt. Kannst du mir ihre Namen besorgen?«
»Sicher, Mike. Leicht.«
»Noch was: Ruf Detroit an und sorg dafür, daß sie ein Schneewittchen einfliegen — einen ihrer Jungs, der noch nie festgenagelt worden ist.« Und Michael hängte auf.

Und dann hatte Michael Moretti im Gerichtssaal gesessen und die neuen Assistenten des Staatsanwalts beobachtet. Er sah sich jeden genau an, seine Augen wanderten von Gesicht zu Gesicht, suchten und beurteilten. Was er vorhatte, war gefährlich, aber gerade, weil es so gewagt war, konnte es funktionieren. Er hatte es mit Anfängern zu tun, die zu nervös sein würden, um viele Fragen zu stellen; im Gegenteil, sie würden begierig sein, zu helfen und hervorzustechen. Nun, einer von ihnen *würde* hervorstechen.
Michael hatte sich schließlich für Jennifer Parker entschieden. Es gefiel ihm, daß sie unerfahren und gespannt war und daß sie es zu verbergen suchte. Es gefiel ihm, daß sie eine Frau war und sich stärkerem Druck ausgesetzt fühlte als Männer. Als Michael seine Entscheidung getroffen hatte, drehte er sich zu einem Mann im grauen Anzug im Publikum um und deutete mit einem Kopfnicken auf Jennifer. Das war alles.
Michael beobachtete, wie der Staatsanwalt sein Verhör des Hurensohns Camillo Stela zu Ende führte. Di Silva wandte sich an Thomas Colfax und sagte: *Ihr Zeuge.* Thomas Colfax stand auf. *Wenn Sie gestatten, Euer Ehren, es ist jetzt fast Mittag. Ich würde mein Kreuzverhör gern ohne Unterbrechung durchführen. Darf ich vorschlagen, daß das Gericht sich jetzt zurückzieht und ich mein Kreuzverhör am Nachmittag durchführe?*
Die Verhandlung war unterbrochen worden. Jetzt oder nie! Michael sah, daß sein Mann sich wie zufällig zu den Leuten gesellte, die den Staatsanwalt umgaben. Er fügte sich in die

Gruppe ein. Einige Sekunden später ging er zu Jennifer und überreichte ihr einen großen Umschlag. Michael saß bewegungslos und hielt den Atem an, versuchte Jennifer mit aller Willenskraft dazu zu bringen, daß sie den Umschlag nahm und zum Raum des Zeugen ging. Es funktionierte. Erst als er sie ohne den Umschlag zurückkommen sah, entspannte Michael Moretti sich.

Das war vor einem Jahr gewesen. Die Zeitungen hatten das Mädchen ans Kreuz geschlagen, aber das war ihr Problem. Michael hatte nicht mehr an Jennifer gedacht, bis die Zeitungen vor kurzem über den Abraham-Wilson-Prozeß berichteten. Sie gruben den alten Moretti-Fall wieder aus — und die Rolle, die Jennifer darin gespielt hatte. Sie veröffentlichen Bilder von ihr. Sie sah umwerfend aus, aber da war noch mehr an ihr — eine Aura von Unabhängigkeit, die etwas in ihm anrührte. Er hatte die Bilder lange angestarrt.
Er verfolgte den Wilson-Prozeß mit steigendem Interesse. Bei der Siegesfeier nach dem Ausgang seines Falls hatte einer von Michaels Leuten, Salvatore Fiore, einen Toast ausgebracht. »Die Welt ist wieder einen gottverdammten Anwalt losgeworden.« *Aber die Welt war sie nicht losgeworden*, dachte Michael. Jennifer Parker war wieder im Ring und kämpfte. Er mochte das. Gestern nacht hatte er sie im Fernsehen gesehen, als sie über ihren Sieg über Di Silva sprach, und Michael hatte eine seltsame Freude empfunden.
»War die Kleine nicht der Knebel, den du Stela verpaßt hast?« hatte Antonio Granelli gefragt.
»Richtig. Sie hat Köpfchen, Tony. Vielleicht können wir sie in absehbarer Zeit noch mal gebrauchen.«

## 10

Am Tag nach dem Urteil über Abraham Wilson klingelte das Telefon. Es war Adam Warner. »Ich rufe nur an, um Ihnen zu gratulieren.«
Jennifer erkannte seine Stimme auf Anhieb, und ihr Klang erregte sie mehr, als sie je für möglich gehalten hätte.

»Hier spricht...«
»Ich weiß.« *Mein Gott,* dachte Jennifer, *warum habe ich das gesagt?* Es gab wirklich keine Veranlassung, Adam wissen zu lassen, wie oft sie in den vergangenen Monaten an ihn gedacht hatte.
»Ich wollte Ihnen sagen, daß Sie den Fall Abraham Wilson brillant vertreten haben. Sie haben den Sieg verdient.«
»Danke schön.« *Gleich hängt er auf,* dachte Jennifer. *Ich werde ihn nie wiedersehen. Er ist wahrscheinlich viel zu beschäftigt mit seinem Harem.*
Aber Adam Warner sagte: »Hätten Sie vielleicht irgendwann einmal Zeit, mit mir zu Abend zu essen?«
*Männer hassen Mädchen, die zu schnell ja sagen,* dachte Jennifer und fragte: »Wie wär's mit heute abend?«
Jennifer hörte an seiner Stimme, daß er lächelte. »Ich fürchte, vor nächsten Freitag habe ich keinen Abend frei. Haben Sie da schon etwas vor?«
»Nein.« Beinahe hätte sie gesagt: *Natürlich nicht.*
»Soll ich Sie von Ihrer Wohnung abholen?«
Jennifer dachte an ihr trostloses kleines Appartement mit dem schäbigen Sofa und dem in die Ecke gelehnten Bügelbrett. »Es wäre einfacher, wenn wir uns irgendwo treffen.«
»Schmeckt Ihnen das Essen bei Lutèce?«
»Darf ich das beantworten, nachdem ich es probiert habe?«
Er lachte. »Wie wär's mit acht Uhr?«
»Acht ist mir sehr recht.«
Jennifer legte den Hörer auf. Sie saß da und schien vor Glück zu strahlen. *Das ist doch lächerlich,* sagte sie sich. *Wahrscheinlich ist er verheiratet und hat zwei Dutzend Kinder.* Als sie mit Adam beim Essen gewesen war, hatte sie beinahe als erstes bemerkt, daß er keinen Ehering trug. *Nicht sehr überzeugender Beweis,* dachte sie. Es sollte wirklich ein Gesetz geben, das alle verheirateten Männer verpflichtete, Eheringe zu tragen.
Ken Bailey betrat das Büro. »Wie geht's der Staranwältin?« Er betrachtet sie genauer. »Du siehst aus, als hättest du gerade einen Mandanten verspeist.«
Jennifer zögerte einen Moment, dann sagte sie: »Ken, würdest du jemanden für mich überprüfen?«
Er trat an ihren Schreibtisch, ergriff Papier und Bleistift und sagte: »Schieß los. Um wen handelt es sich?«

Sie wollte Adams Namen sagen, aber dann hielt sie inne. Sie kam sich wie ein Idiot vor. Was für ein Recht hatte sie, in Adams Privatleben herumzuschnüffeln? *Um Himmels willen,* sagte sie sich, *er hat dich nur zum Essen eingeladen, nicht dazu, mit ihm vor den Traualtar zu treten.* »Vergiß es.«
Ken legte den Bleistift weg. »Wie du willst.«
»Ken...«
»Ja?«
»Adam Warner. Sein Name ist Adam Warner.«
Ken blickte sie erstaunt an. »Zum Teufel, dafür benötigst du keinen Privatdetektiv. Du brauchst bloß in die Zeitungen zu schauen.«
»Was weißt du von ihm?«
Ken Bailey ließ sich in einen Stuhl vor Jennifers Schreibtisch fallen und legte die Fingerspitzen gegeneinander. »Laß mich überlegen. Er ist ein Partner von Needham, Finch, Pierce und Warner; hat in Harvard Jura studiert; stammt aus einer reichen, prominenten Familie; er ist Mitte Dreißig...«
Jennifer blickte ihn neugierig an. »Wie kommt es, daß du soviel über ihn weißt?«
Er blinzelte ihr zu. »Ich habe einflußreiche Freunde. Man behauptet, daß Mr. Warner für den Senat kandidieren will. Mit dem richtigen Rückenwind könnte er es sogar bis ins Weiße Haus schaffen. Er hat das, was die Leute Charisma nennen.«
*Das kann man wohl sagen,* dachte Jennifer. Sie versuchte, die nächste Frage beiläufig klingen zu lassen. »Was weißt du über sein Privatleben?«
Ken Bailey blickte sie sonderbar an. »Er ist mit der Tochter eines verstorbenen hohen Tiers bei der Navy verheiratet. Sie ist die Nichte von Stewart Needham, einem von Warners Partnern.«
Jennifers Stimmung kippte um. Das war also geklärt.
Verwirrt betrachtete Ken sie. »Woher dieses plötzliche Interesse an Adam Warner?«
»Reine Neugier.«
Noch lange, nachdem Ken Bailey gegangen war, saß Jennifer da und dachte an Adam. *Er hat mich aus Höflichkeit zum Abendessen eingeladen. Er will mir gratulieren. Aber das hat er doch schon am Telefon getan. Ist ja auch egal, warum. Ich werde ihn wiedersehen. Ich frage mich, ob er daran denken wird, mir zu sagen, daß er verhei-*

*ratet ist. Natürlich nicht. Wie auch immer — ich werde Freitag mit ihm zu Abend essen, und damit hat es sich.*

Am späten Nachmittag erhielt Jennifer einen Anruf von Peabody & Peabody. Der Seniorpartner persönlich war am Apparat. »Ich habe schon lange vorgehabt«, sagte er, »mit Ihnen zu Mittag zu essen. Würde es Ihnen in der nächsten Zeit passen?«
Sein beiläufiger Ton konnte Jennifer nicht täuschen. Sie war sicher, die Idee, mit ihr zu essen, war ihm erst gekommen, als er den Ausgang des Abraham-Wilson-Prozesses erfahren hatte. Er wollte sie bestimmt nicht sehen, um die Zustellung von Vorladungen mit ihr zu diskutieren.
»Wie wär's mit morgen?« fragte er. »In meinem Club.«

Sie trafen sich am folgenden Tag zum Mittagessen. Der ältere Peabody war ein blasser, zimperlicher Mann, eine ergraute Version seines Sohnes. Unter seiner Weste wölbte sich ein kleiner Bauch. Jennifer mochte den Vater genauso wenig wie den Sohn.
»Wir hätten einen freien Platz für eine aufstrebende junge Prozeßanwältin, Miß Parker. Wir können Ihnen ein Anfangsgehalt von fünfzehntausend Dollar im Jahr bieten.«
Jennifer saß ihm gegenüber und lauschte seinen Worten. Sie überlegte, wieviel ihr dieses Angebot vor einem Jahr bedeutet hätte, als sie verzweifelt einen Job brauchte — einen Job und jemanden, der an sie glaubte.
Peabody fuhr fort: »Ich bin sicher, daß wir in ein paar Jahren auch über eine Partnerschaft sprechen können.«
*Fünfzehntausend im Jahr und ein Partnerschaftsangebot.* Jennifer dachte an das kleine Büro, das sie mit Ken teilte, und ihr winziges, schäbiges Appartement mit dem unechten Kamin.
Mr. Peabody nahm ihr Schweigen als Einverständnis. »Gut. Wir möchten, daß Sie so früh wie möglich anfangen. Vielleicht ging es schon am Montag. Ich...«
»Nein.«
»Oh, nun, wenn Montag Ihnen nicht zusagt...«
»Ich meine, nein, ich kann Ihr Angebot nicht annehmen, Mr. Peadoby«, sagte Jennifer, erstaunt über sich selber.
»Ich verstehe.« Eine Pause entstand. »Vielleicht könnten wir

Ihr Gehalt auf zwanzigtausend Dollar im Jahr erhöhen.« Er bemerkte den Ausdruck auf ihrem Gesicht. »Fünfundzwanzigtausend. Warum denken Sie nicht in Ruhe darüber nach?«
»Ich habe schon darüber nachgedacht. Ich werde in diesem Geschäft weiterhin allein arbeiten.«

Nach und nach kamen die ersten Mandanten. Nicht allzu viele und nicht allzu wohlhabende, aber immerhin Mandanten. Das Büro wurde langsam zu klein für Jennifer.
Eines Morgens, nachdem sie zwei Klienten draußen im Flur warten lassen mußte, während sie mit einem dritten beschäftigt war, sagte Ken: »So geht das nicht weiter. Du mußt hier ausziehen und dir ein anständiges Büro in einer besseren Gegend zulegen.«
Jennifer nickte. »Ich weiß. Ich habe auch schon daran gedacht.«
Ken beschäftigte sich mit einigen Papieren, um sie nicht ansehen zu müssen. »Du wirst mir fehlen.«
»Was redest du für einen Unsinn? Du mußt mit mir kommen.«
Es dauerte einen Moment, bis er ihre Worte begriff. Dann blickte er auf, und ein breites Grinsen kräuselte sein sommersprossiges Gesicht.
»Mit dir gehen?« Er sah sich in dem beengenden, fensterlosen Raum um. »Mit dir gehen und all das hier aufgeben?«

In der folgenden Woche zogen Jennifer und Ken Bailey in größere Büroräume weiter oben an der Fifth Avenue. Das neue Quartier bestand aus drei kleinen, einfach möblierten Zimmern: eins für Jennifer, eins für Ken und eins für eine Sekretärin. Die Sekretärin, die sie anstellten, war ein junges Mädchen, frisch von der New Yorker Universität. Sie hieß Cynthia Ellman.
»Am Anfang werden Sie nicht viel zu tun haben«, entschuldigte sich Jennifer, »aber mit der Zeit werden die Dinge in Gang kommen.«
»Oh, ich weiß, daß sie das werden, Miß Parker.« Ein Ton von Heldenverehrung schwang in der Stimme des Mädchens mit.
*Sie will wie ich sein*, dachte Jennifer. *Gott behüte!*
Ken Bailey marschierte herein und sagte: »He, ich fühle mich

einsam so ganz allein in einem großen Büro. Wie wäre es mit Essen und Theater heute abend?«
»Ich fürchte, ich...« Jennifer war müde und mußte noch einige Aktennotizen lesen, aber Ken war ihr bester Freund, und sie konnte es ihm nicht abschlagen. »Gern, Ken.«

Sie sahen sich »*Applause*« an, und Jennifer war begeistert. Lauren Bacall in der Hauptrolle war umwerfend. Hinterher aßen sie bei Sardi's zu Abend.
Als sie bestellt hatten, sagte Ken: »Ich habe zwei Karten fürs Ballett Freitagabend. Ich dachte, wir könnten...«
»Das tut mir leid, Ken«, erwiderte Jennifer, »aber Freitag habe ich schon etwas vor.«
»Oh.« Seine Stimme war merkwürdig flach.
Hin und wieder ertappte Jennifer Ken dabei, wie er sie anstarrte, wenn er sich unbeobachtet fühlte, und dann stand auf seinem Gesicht ein Ausdruck, der schwer zu definieren war, wie sie fand. Sie wußte, daß er einsam war, obwohl er nie über seine Freunde sprach oder sein Privatleben vor ihr ausbreitete. Sie konnte nicht vergessen, was Otto Wenzel ihr erzählt hatte, und sie fragte sich, ob Ken selber wußte, was er vom Leben erwartete. Sie wünschte, ihm helfen zu können.

Jennifer hatte den Eindruck, daß es nie mehr Freitag werden würde. Je näher die Verabredung zum Abendessen mit Adam Warner rückte, desto schwieriger fiel es ihr, sich auf die Arbeit zu konzentrieren. Sie dachte unablässig an Adam. Sie wußte, daß sie sich lächerlich aufführte. Sie hatte den Mann erst einmal im Leben gesehen, und dennoch war sie unfähig, ihn zu vergessen. Vom Verstand her sagte sie sich, daß es daran lag, daß Adam sie gerettet hatte, als es um den Ausschluß aus der Anwaltskammer ging, und daß er ihr später Mandanten geschickt hatte. Obwohl das der Wahrheit entsprach, wußte Jennifer, daß es nicht alles war. Ihr Gefühl für Adam hatte eine weitere Dimension, die sie nicht erklären konnte, nicht einmal sich selber. Es war ein Gefühl, das sie nie zuvor empfunden hatte, bei keinem anderen Mann. Sie fragte sich, wie Adams Frau wohl sein mochte. Zweifellos handelte es sich um eine dieser erwählten Frauen, die jeden Mittwoch zu einer Kopf-bis-Fuß-Renovierung durch die rote Tür bei Elizabeth Arden verschwanden. Sie würde glatt und weltklug sein, eingehüllt in die gepflegte Aura wohlhabender Prominenz.

Um zehn Uhr am Morgen des magischen Freitag ließ sich Jennifer einen Termin bei einem neuen italienischen Coiffeur geben, der nach Cynthias Auskunft von allen Fotomodellen frequentiert wurde. Um zehn Uhr dreißig sagte sie ihn wieder ab. Um elf ließ sie sich den Termin bestätigen.
Ken Bailey lud sie zum Mittagessen ein, aber sie war zu nervös, um zu essen. Statt dessen ging sie zu Bendel's, wo sie ein kurzes, dunkelgrünes Chiffonkleid kaufte, das zu ihren Augen paßte, ein Paar schlanke braune Stiefel und eine passende Tasche. Sie wußte, daß sie ihr Budget weit überschritten hatte, aber sie konnte einfach nicht aufhören. Auf dem Weg nach draußen kam sie an der Parfumabteilung vorbei und erstand in einem Anfall von Wahnsinn eine Flasche Joy. Es war wahnsinnig, weil Adam verheiratet war.
Um fünf verließ Jennifer das Büro und ging nach Hause, um sich umzuziehen. Sie verbrachte zwei Stunden damit, zu baden und sich für Adam anzuziehen, und als sie fertig war, betrachtete sie sich kritisch im Spiegel. Dann kämmte sie sich trotzig das sorgfältig frisierte Haar aus und faßte es mit einem grünen Band hinter dem Kopf zusammen. *So ist es besser*, dachte sie. *Ich bin ein Anwalt, der sich mit einem andern Anwalt zum Essen trifft.* Aber als sie die Tür hinter sich schloß, ließ sie einen schwachen Duft nach Rosen und Jasmin zurück.

Lutèce war ganz anders, als Jennifer erwartet hatte. Die Trikolore flatterte über dem Eingang des unscheinbaren Hauses. Innen führte ein schmaler Gang zu einer kleinen Bar, und jenseits befand sich ein sonnenlichterfüllter Eßraum, hell und heiter, mit Korbstühlen und buntkarierten Tischdecken. Jennifer wurde am Eingang von André Soltner, dem Eigentümer, empfangen. »Kann ich Ihnen helfen?«
»Ich bin mit Mr. Adam Warner verabredet. Ich glaube, ich bin etwas früh dran.«
Er führte Jennifer zu der kleinen Bar. »Warum trinken Sie nicht eine Kleinigkeit, während Sie warten, Miß Parker?«
»Gern«, sagte Jennifer. »Danke.«

»Ich schicke Ihnen einen Kellner.«
Jennifer nahm Platz und vertrieb sich die Zeit damit, die neu eintreffenden, mit Juwelen und Pelzen behängten Frauen und ihre Begleiter zu beobachten. Jennifer hatte schon von Lutèce gehört und gelesen. Es hieß, daß es Jacqueline Kennedys Lieblingsrestaurant sei und hervorragendes Essen biete.
Ein distinguiert aussehender, grauhaariger Herr trat auf Jennifer zu und sagte: »Hätten Sie etwas dagegen, wenn ich mich für einen Moment zu Ihnen setzen würde?«
Jennifer versteifte sich. »Ich erwarte jemanden«, begann sie. »Er müßte jeden Augenblick hier...«
Er lächelte und setzte sich. »Dies ist kein Aufreißschuppen, Miß Parker.« Jennifer blickte ihn erstaunt an, unsicher, wo sie ihn einordnen sollte. »Ich bin Lee Browning, von Holland und Browning.« Holland und Browning war eine der angesehensten Kanzleien von New York. »Ich wollte Ihnen nur zu der Art gratulieren, wie Sie den Abraham-Wilson-Prozeß gehandhabt haben.«
»Danke schön, Mr. Browning.«
»Sie haben sich auf ein großes Risiko eingelassen. Es war ein aussichtsloser Fall.« Einen Augenblick lang studierte er ihr Gesicht. »Sie kennen ja die Regel in unserem Gewerbe: Wenn du auf der falschen Seite eines aussichtslosen Falles stehst, achte darauf, daß es keiner ist, um den viel Wirbel gemacht wird. Der Trick besteht darin, die Sieger herauszustellen und die Verlierer unter den Teppich zu kehren. Sie haben uns alle ganz schön hereingelegt. Haben Sie schon einen Drink bestellt?«
»Nein...«
»Darf ich?« Er winkte den Kellner herbei. »Victor, würden Sie uns bitte eine Flasche Champagner bringen? Dom Perignon.«
»Sofort, Mr. Browning.«
Jennifer lächelte. »Versuchen Sie, mich zu beeindrucken?«
Er lachte laut. »Ich versuche, Sie zu engagieren. Ich kann mir vorstellen, daß Sie eine ganze Menge Angebote in der letzten Zeit bekommen haben.«
»Ein paar.«
»Unsere Firma beschäftigte sich hauptsächlich mit Wirtschaftsrecht, Miß Parker, aber einige unserer etwas wohlhabenderen Klienten gehen manchmal etwas zu weit und brau-

chen dann einen Strafverteidiger. Ich glaube, wir könnten Ihnen einen recht attraktiven Vorschlag unterbreiten. Würde es Ihnen etwas ausmachen, gelegentlich einmal bei mir im Büro vorbeizuschauen und mit mir darüber zu sprechen?«
»Danke, Mr. Browning, ich fühle mich wirklich geschmeichelt, aber ich habe gerade meine eigene Kanzlei eröffnet. Ich hoffe, es rentiert sich.«
Er musterte sie mit einem langen Blick. »Es *wird* sich rentieren.« Er blickte auf, weil jemand zu ihnen getreten war, erhob sich dann und streckte seine Hand aus. »Adam, wie geht's?«
Jennifer sah auf, und da stand Adam Warner und schüttelte Lee Browning die Hand. Ihr Herz begann schneller zu schlagen, und sie fühlte, wie sie errötete. *Idiotisches Schulmädchen!*
Adam Warner blickte auf Jennifer und Browning und sagte: »Ihr beide kennt euch?«
»Wir haben gerade begonnen, uns zu beschnuppern«, sagte Lee Browning leichthin. »Du bist etwas zu früh aufgetaucht.«
»Oder gerade rechtzeitig.« Adam nahm Jennifers Arm. »Mehr Glück beim nächstenmal, Lee.«
Der Oberkellner näherte sich Adam. »Wollen Sie gleich zu Ihrem Tisch, Mr. Warner, oder möchten Sie erst einen Drink an der Bar?«
»Wir nehmen den Tisch, Henri.«
Als sie saßen, blickte Jennifer sich im Raum um und erkannte ein halbes Dutzend Berühmtheiten.
»Dieses Lokal ist wie das *Who's Who*«, meinte sie.
Adam blickte sie an. »Ja, aber erst, seit Sie hier sind.«
Jennifer fühlte, daß sie wieder rot wurde. *Aufhören, dumme Gans!* Sie fragte sich, wie viele andere Mädchen Adam Warner hierher geführt hatte, während seine Frau zu Hause saß und auf ihn wartete. Sie fragte sich, ob eins von ihnen jemals erfahren hatte, daß er verheiratet war, oder ob er es immer geheimzuhalten verstand. Nun, sie jedenfalls war im Vorteil. *Du wirst eine Überraschung erleben, Mr. Warner*, dachte sie.
Sie bestellten die Getränke, das Essen und unterhielten sich über Belanglosigkeiten. Jennifer überließ Adam die Konversationsführung. Er war witzig und charmant, aber sie war gegen seinen Charme gewappnet. Es war dennoch nicht leicht. Sie ertappte sich dabei, wie sie über seine Anekdoten lächelte und seine Geschichten zum Lachen fand.

*Es wird ihm nichts nützen,* redete sie sich ein. Sie war nicht auf der Suche nach einem Abenteuer. Der Geist ihrer Mutter ließ ihr keine Ruhe. In ihr ruhte tiefe Leidenschaftlichkeit, aber sie hatte Angst, sie zu erforschen, sie zu befreien.

Sie waren bereits beim Dessert, und noch immer hatte Adam kein einziges mißverständliches Wort gesagt. Jennifer hatte ihren Schutzwall umsonst errichtet, sich gegen eine Attacke zur Wehr gesetzt, die niemand führte, und sie kam sich vor wie ein Dummkopf. Sie überlegte, was Adam gesagt haben würde, wenn er gewußt hätte, woran sie den ganzen Abend gedacht hatte. Jennifer lächelte über ihre nutzlosen Anstrengungen. »Ich hatte nie die Gelegenheit, Ihnen für die Mandanten zu danken, die Sie mir geschickt haben«, sagte sie. »Ich habe ein paarmal versucht, Sie anzurufen, aber...«
»Ich weiß.« Adam zögerte, dann fügte er verlegen hinzu: »Ich wollte Sie nicht zurückrufen.« Jennifer blickte ihn erstaunt an. »Ich hatte Angst«, sagte er schließlich.
Da war es. Er hatte sie durch einen Überraschungsangriff genommen, sie in einem unachtsamen Moment gepackt. Seine Worte waren unmißverständlich. Sie wußte, was als nächstes folgen würde. Und sie wollte nicht, daß er es sagte. Sie wollte nicht, daß er wie all die anderen war, diese verheirateten Männer, die vorgaben, Junggesellen zu sein. Sie verachtete sie, und sie wollte diesen Mann auf der anderen Seite des Tisches nicht auch verachten müssen.
Adam sagte ruhig: »Jennifer, ich möchte, daß Sie wissen, daß ich verheiratet bin.« Sie saß da und starrte ihn mit offenem Mund an.
»Es tut mir leid. Ich hätte es Ihnen eher sagen müssen.« Er lächelte trocken. »Es gab bloß keine Gelegenheit dazu, oder?« Jennifer fühlte sich verwirrt. »Warum — warum haben Sie mich zum Essen eingeladen, Adam?«
»Weil ich Sie wiedersehen mußte.«
Alles schien unwirklich. Jennifer fühlte sich, als schlüge eine riesige Flutwelle über ihr zusammen. Sie saß da und hörte, wie Adam all die Dinge ansprach, die er fühlte, und sie wußte, daß jedes Wort stimmte. Sie wußte es, weil sie genauso fühlte. Sie wollte, daß er aufhörte, bevor er zuviel sagte. Sie wollte, daß er weitersprach und noch mehr sagte.

»Ich hoffe, ich bin Ihnen jetzt nicht zu nahe getreten«, sagte er plötzlich, und seine Schüchternheit rührte Jennifer.
»Adam — ich — ich...«
Er sah sie an, und obwohl sie sich nicht berührten, war es, als läge sie in seinen Armen.
Unsicher sagte sie: »Erzählen Sie mir etwas von Ihrer Frau.«
»Mary Beth und ich sind fünfzehn Jahre verheiratet. Wir haben keine Kinder.«
»Ich verstehe.«
»Sie — wir haben uns gegen Kinder entschieden. Wir waren beide sehr jung, als wir heirateten. Ich hatte sie schon eine lange Zeit gekannt. Unsere Familien waren Nachbarn. Als sie achtzehn war, kamen ihre Eltern bei einem Flugzeugunglück ums Leben. Mary Beth wurde fast wahnsinnig vor Schmerz. Sie war ganz allein. Ich — wir haben geheiratet.«
*Er hat sie aus Mitleid geheiratet und ist zu sehr Gentleman, um es zuzugeben*, dachte Jennifer.
»Sie ist eine wundervolle Frau. Wir hatten immer ein sehr gutes Verhältnis zueinander.«
Er erzählte Jennifer mehr, als sie wissen wollte, mehr, als sie ertragen konnte. Ihr Instinkt riet ihr, zu gehen, zu fliehen, so lange noch Zeit war. In der Vergangenheit war sie mit den verheirateten Männern, die eine Affäre mit ihr wollten, stets fertig geworden, aber sie wußte, daß es diesmal anders war. Wenn sie sich jemals in diesen Mann verliebte, würde sie nicht mehr herauskommen. Es wäre Wahnsinn, jemals etwas mit ihm anzufangen.
Sie wählte ihre Worte sorgfältig: »Adam, ich mag Sie sehr. Und ich lasse mich niemals mit verheirateten Männern ein.«
Er lächelte, und seine Augen hinter der Brille waren ehrlich und warm. »Ich bin nicht auf der Suche nach einer Hintertreppenaffäre. Ich genieße es, bei Ihnen zu sein. Ich bin sehr stolz auf Sie. Ich würde mich gern hin und wieder mit Ihnen treffen.«
Jennifer wollte sagen: *Was hätten wir davon?*, aber tatsächlich sagte sie: »Das wäre schön.«
*Also werden wir einmal im Monat zusammen essen*, dachte Jennifer. *Das wird niemandem weh tun.*

# 11

Einer von Jennifers ersten Besuchern in ihrem neuen Büro war Pater Ryan. Er schlenderte durch die drei kleinen Räume und sagte: »Sehr nett, wirklich. Wir sind auf dem Weg nach oben, Jennifer.«
Jennifer lachte. »Das ist nicht direkt der Weg nach oben, Pater. Ich habe noch ein ganz schönes Stück vor mir.«
Er sah sie scharf an. »Sie werden es schaffen. Übrigens, letzte Woche habe ich Abraham Wilson besucht.«
»Wie geht es ihm?«
»Gut. Er arbeitet jetzt in der Maschinenwerkstatt des Gefängnisses. Er bat mich, Sie zu grüßen.«
»Ich muß ihn bald einmal selber besuchen.«
Pater Ryan setzte sich in einen Stuhl und blickte sie an, bis Jennifer fragte: »Kann ich irgend etwas für Sie tun, Pater?«
Er strahlte. »Ah, nun, ich weiß, Sie müssen sehr beschäftigt sein, aber jetzt, wo Sie die Sprache darauf gebracht haben, nun, eine Freundin von mir hat ein kleines Problem. Sie hatte einen Unfall. Ich glaube, Sie sind der einzige, der ihr helfen könnte.«
Automatisch erwiderte Jennifer: »Sagen Sie ihr, sie soll mich aufsuchen, Pater.«
»Ich glaube, Sie müssen zu ihr gehen. Sie ist vierfach amputiert.«

Connie Garrett lebte in einem kleinen, sauberen Appartement an der Houston Street. Die Tür wurde von einer älteren, weißhaarigen Frau geöffnet, die eine Schürze trug.
»Ich bin Martha Steele, Connies Tante. Ich lebe bei ihr. Bitte treten Sie ein. Sie erwartet Sie.«
Jennifer betrat ein dürftig möbliertes Wohnzimmer. Connie Garrett saß, gestützt von Kissen, in einem Armsessel. Ihre Jugend schockierte Jennifer. Irgendwie hatte sie eine ältere Frau erwartet. Connie Garrett war ungefähr vierundzwanzig, so alt wie Jennifer. Ihr Gesicht war von einem wunderbaren Glanz erfüllt, und Jennifer empfand es als obszön, daß es auf einem Torso ohne Arme und Beine saß. Sie unterdrückte ein Schaudern.
Connie Garretts Lächeln war voller Wärme, als sie sagte:

»Bitte setzen Sie sich, Jennifer. Ich darf Sie doch Jennifer nennen? Pater Ryan hat mir soviel von Ihnen erzählt. Und ich habe Sie natürlich im Fernsehen gesehen. Ich bin so froh, daß Sie kommen konnten.«
Jennifer wollte sagen, *Das Vergnügen ist ganz auf meiner Seite*, aber sie spürte, wie albern das geklungen hätte. Sie nahm in einem bequemen Sessel gegenüber der jungen Frau Platz.
»Pater Ryan sagte, Sie hätten vor ein paar Jahren einen Unfall gehabt. Wollen Sie mir erzählen, was passiert ist?«
»Es war mein Fehler, fürchte ich. Ich überquerte eine Kreuzung, trat vom Bürgersteig, rutschte aus und stürzte direkt vor einen Lastwagen.«
»Wie lange ist das her?«
»Drei Jahre im letzten Dezember. Ich war auf dem Weg zu Bloomingdale, um Weihnachtseinkäufe zu erledigen.«
»Was geschah, nachdem der Lastwagen Sie angefahren hatte?«
»Ich kann mich an nichts mehr erinnern. Ich erwachte in einem Krankenhaus. Die Ambulanz hatte mich dorthin gebracht. Meine Wirbelsäule war verletzt. Dann stellten sie fest, daß meine Knochen beschädigt waren, und es wurde immer schlimmer, bis...« Sie hörte auf zu reden und versuchte, mit den Schultern zu zucken. Es war eine mitleiderweckende Geste. »Sie wollten mir künstliche Gliedmaßen geben, aber sie funktionierten bei mir nicht.«
»Haben Sie Klage erhoben?«
Connie blickte Jennifer verwirrt an. »Hat Pater Ryan Ihnen das nicht erzählt?«
»Was erzählt?«
»Mein Anwalt hat die Firma, der der Wagen gehörte, verklagt. Aber wir haben verloren. Wir haben Berufung eingelegt und wieder verloren.«
Jennifer sagte: »Er hätte das erwähnen sollen. Wenn das Berufungsgericht Sie abgewiesen hat, fürchte, ich, daß man nichts mehr tun kann.«
Connie Garrett nickte. »Ich habe auch nicht wirklich daran geglaubt. Ich dachte nur — nun, Pater Ryan sagte, Sie könnten Wunder wirken.«
»Das ist *sein* Gebiet. Ich bin nur Anwältin.«
Sie war wütend auf Pater Ryan, weil er Connie Garrett falsche

Hoffnung gegeben hatte. Sie würde ein Wörtchen mit ihm reden müssen, beschloß sie ärgerlich.
Die ältere Frau fragte aus dem Hintergrund: »Kann ich Ihnen etwas anbieten, Miß Parker? Etwas Tee und Kuchen vielleicht?«
Jennifer merkte plötzlich, daß sie hungrig war, denn sie hatte keine Zeit gehabt, zu Mittag zu essen. Aber dann stellte sie sich vor, zusehen zu müssen, wie Connie Garrett mit der Hand gefüttert wurde. Sie konnte den Gedanken nicht ertragen.
»Nein, danke«, log sie. »Ich habe gerade gegessen.«
Sie wollte nur fort, so schnell wie möglich. Sie suchte nach einer aufmunternden Bemerkung, die ihr das Gehen erleichtern konnte, aber es gab keine. *Verdammt sei Pater Ryan!*
»Es — es tut mir wirklich leid. Ich wünschte, ich...«
Connie Garrett lächelte und sagte: »Bitte, machen Sie sich keine Gedanken deswegen.«
Es war das Lächeln. Jennifer war sicher, daß sie an Connies Stelle niemals fähig gewesen wäre, zu lächeln.
»Wer war Ihr Anwalt?« hörte sie sich fragen.
»Melvin Hutcherson. Kennen Sie ihn?«
»Nein, aber ich werde mit ihm reden.« Ohne es zu wollen, sprach sie weiter. »Ich werde ihn besuchen.«
»Das wäre wirklich nett von Ihnen.« Dankbarkeit schwang in Connie Garretts Stimme mit.
Jennifer dachte, was für ein schreckliches Leben das Mädchen hatte, hilflos in seinem Stuhl, Tag für Tag, Monat für Monat, Jahr für Jahr, unfähig, irgend etwas allein zu tun.
»Ich kann Ihnen nichts versprechen, fürchte ich.«
»Natürlich nicht. Aber wissen Sie was, Jennifer? Ich fühle mich besser, bloß weil Sie gekommen sind.«
Jennifer stand auf. Normalerweise hätte man sich jetzt die Hand gegeben, aber da war keine Hand zum Schütteln.
Schüchtern sagte sie: »Es hat mich gefreut, Sie kennenzulernen, Connie. Sie hören von mir.«
Auf dem Rückweg zu ihrem Büro dachte Jennifer an Pater Ryan und beschloß, daß sie seinen Schmeicheleien nie wieder erliegen würde. Es gab nichts, das man für das arme verkrüppelte Mädchen tun konnte, und es war unanständig, ihr irgendeine Art von Hoffnung zu vermitteln. Aber sie würde ihr

Versprechen halten. Sie würde mit Melvin Hutcherson sprechen.
Als Jennifer im Büro anlangte, fand sie eine lange Liste von Nachrichten vor. Sie sah sie rasch durch, auf der Suche nach einer Botschaft von Adam. Es war keine dabei.


## 12

Melvin Hutcherson war ein kleiner, zur Kahlköpfigkeit neigender Mann mit einer winzigen Knopfnase und verwaschenen blauen Augen. Er hatte eine schäbige Bürosuite an der West Side, die Armut ausdünstete. Der Tisch der Empfangssekretärin war leer. »Zum Essen«, erklärte Hutcherson.
Jennifer fragte sich, ob er überhaupt eine Sekretärin hatte. Er führte sie in seinen Privatraum, der kaum größer war als jener der Sekretärin. »Am Telefon sagten Sie, Sie wollten mit mir über Connie Garrett sprechen.«
»Das ist richtig.«
Er zuckte mit den Schultern. »Da gibt es nicht viel zu sagen. Wir haben geklagt und verloren. Glauben Sie mir, ich habe Himmel und Hölle für sie in Bewegung gesetzt.«
»Haben Sie auch Berufung eingelegt?«
»Ja. Die haben wir auch verloren. Ich fürchte, Sie bemühen sich umsonst.« Er betrachtete sie. »Warum verschwenden Sie Ihre Zeit mit so was? Sie sind heiß. Sie könnten an den ganz großen Fällen arbeiten und sich eine goldene Nase verdienen.«
»Ich tue einem Freund einen Gefallen. Würde es Ihnen etwas ausmachen, wenn ich mir die Abschriften der Verhandlungen anschaue?«
»Bedienen Sie sich«, meinte Hutcherson mit einem Achselzucken. »Sie sind jedem zugänglich.«

Jennifer verbachte den Abend damit, die Abschriften von Connie Garretts Prozeß zu studieren. Zu ihrer Überraschung hatte Melvin Hutcherson die Wahrheit gesagt: Er hatte wirklich gute Arbeit geleistet. Er hatte sowohl die Stadt wie auch die *Nationwide Motors Corporation* beklagt und einen Geschwo-

renenprozeß verlangt. Die Jury hatte beide Angeklagten freigesprochen.
Die Straßenbehörde hatte getan, was sie konnte, um mit einem Schneesturm fertig zu werden, der die Stadt in jenem Dezember heimsuchte; ihre gesamte Ausrüstung war im Einsatz gewesen. Die Stadt hatte argumentiert, daß der Schneesturm höhere Gewalt war und daß — wenn überhaupt jemand — Connie Garrett der Fahrlässigkeit zu beschuldigen sei.
Jennifer wandte sich den Klagen gegen die Lastwagenfirma zu. Drei Augenzeugen hatten ausgesagt, daß der Fahrer den Wagen zu stoppen versucht hatte, bevor er das Opfer anfuhr, und daß der Wagen zu schleudern begonnen und Connie dann getroffen hatte. Das Urteil zugunsten der Beklagten war vom Berufungsgericht aufrechterhalten und der Fall abgeschlossen worden.
Um drei Uhr morgens war Jennifer mit der Lektüre der Abschrift fertig. Sie knipste das Licht aus, war aber unfähig, zu schlafen. Auf dem Papier war der Gerechtigkeit Genüge getan worden. Aber der Anblick von Connie Garrett ging ihr nicht aus dem Kopf. Ein Mädchen von Anfang Zwanzig ohne Arme und Beine. Jennifer stellte sich vor, wie der Lastwagen das junge Mädchen getroffen hatte, wie sehr es gelitten haben mußte, und dann die Reihe von Operationen, eine schrecklicher als die vorhergegangene, und nach jeder war etwas weniger von ihrem Körper übriggeblieben. Jennifer drehte das Licht wieder an. Sie wählte Melvin Hutchersons Nummer.
»In den Abschriften steht nichts über die Ärzte«, sagte Jennifer in den Hörer. »Haben Sie die Möglichkeit einer fehlerhaften Behandlung überprüft?«
Eine verschlafene Stimme fragte: »Wer, zum Teufel, ist da?«
»Jennifer Parker. Haben Sie...«
»Um Himmels willen. Es ist — es ist vier Uhr morgens! Haben Sie keine Uhr?«
»Es ist wichtig. Das Krankenhaus tauchte in dem Prozeß überhaupt nicht auf. Was ist mit diesen Operationen, die man an ihr durchgeführt hat? Haben Sie sich damit beschäftigt?«
Eine Pause entstand, während derer Melvin Hutcherson seine Gedanken zu sammeln suchte. »Ich habe mit den Oberärzten in der neurologischen und der orthopädischen Abteilung des Krankenhauses gesprochen. Die Operationen waren notwen-

dig, um ihr Leben zu retten. Sie wurden von den besten Ärzten dort ausgeführt, und zwar korrekt. Deswegen habe ich das Krankenhaus nicht beklagt.«
Jennifer fühlte einen scharfen Stich der Enttäuschung. »Ich verstehe.«
»Hören Sie, ich habe Ihnen schon einmal gesagt, Sie vergeuden Ihre Zeit mit dieser Sache. Warum versuchen wir beide nicht einfach, noch ein bißchen zu schlafen?«
Und Hutcherson legte auf. Jennifer schaltete das Licht aus und legte sich wieder zurück. Aber an Schlaf war noch weniger zu denken als vorher. Nach einiger Zeit gab Jennifer den Kampf auf, stieg aus dem Bett und kochte sich Kaffee. Sie setzte sich auf das Sofa, nahm kleine Schlucke und sah zu, wie die aufgehende Sonne die Skyline von Manhattan bemalte und sich das schwache Rosa allmählich in strahlendes, explosives Rot verwandelte.
Jennifer war verwirrt. Für jedes Unrecht sollte es theoretisch ein juristisches Pflaster geben. War in Connie Garretts Fall Gerechtigkeit geschehen? Sie blickte auf die Uhr an der Wand. Es war sechs Uhr dreißig. Noch einmal griff Jennifer nach dem Telefon und wählte Melvin Hutchersons Nummer.
»Haben Sie sich die Vorgeschichte des Lastwagenfahrers angesehen?« fragte sie.
Eine verschlafene Stimme fragte: »Jesus! Sind Sie eigentlich noch normal? Wann schlafen Sie?«
»Der Fahrer des Lastwagens. Haben Sie ihn überprüft?«
»Lady, Sie fangen an, mich zu belästigen.«
»Es tut mir leid«, sagte Jennifer, »aber ich muß es wissen.«
»Die Antwort lautet ja. Er hatte einen hervorragenden Ruf. Es war sein erster Unfall.«
Also ebenfalls eine Einbahnstraße. »Ich verstehe.« Jennifer dachte intensiv nach.
»Miß Parker«, sagte Melvin Hutcherson, »tun Sie mir einen großen Gefallen, wollen Sie? Falls Sie noch mehr Fragen haben sollten, rufen Sie mich während der Bürozeit an.«
»Entschuldigung«, erwiderte Jennifer geistesabwesend.
»Schlafen Sie weiter.«
»Herzlichen Dank!«
Jennifer legte auf. Es war Zeit, sich anzuziehen und an die Arbeit zu gehen.

# 13

Es war drei Wochen her, seit Jennifer mit Adam bei Lutèce zu Abend gegessen hatte. Sie versuchte, ihn zu vergessen, aber alles erinnerte sie an Adam: eine zufällige Redewendung, der Hinterkopf eines Fremden, ein Schlips, der dem ähnelte, den er getragen hatte. Es gab eine Menge Männer, die sich mit ihr verabreden wollten. Sie erhielt Anträge von Mandanten, von Anwälten, mit denen sie im Gericht die Klingen gekreuzt hatte, sogar von einem Nachtschnellrichter, aber Jennifer war an keinem von ihnen interessiert. Sie strahlte eine Selbständigkeit aus, die auf Männer herausfordernd wirkte.
Ken Bailey war immer da, aber diese Tatsache linderte ihre Einsamkeit nicht. Es gab nur einen, der das konnte, hol' ihn der Teufel!
Er rief am Montag an. »Ich dachte, ich versuche mein Glück und erkundige mich, ob Sie zum Mittagessen noch frei sind.«
Sie war nicht frei. Sie sagte: »Natürlich bin ich frei.«
Sie hatte sich geschworen, freundlich und doch von distanzierter Höflichkeit zu sein, falls Adam noch einmal anriefe — aber auf keinen Fall würde sie zu seiner Verfügung stehen. In dem Augenblick, in dem sie seine Stimme hörte, vergaß sie alle Vorsätze und sagte: *Natürlich bin ich frei.*
Genau das, was sie als Allerletztes hatte sagen wollen.

Sie aßen in einem kleinen Restaurant in Chinatown zu Mittag und unterhielten sich zwei Stunden lang, die wie zwei Minuten schienen. Sie sprachen über ihren Beruf, Politik und Theater und lösten all die komplexen Probleme der Welt, die noch einer Lösung bedurften. Adam war brillant, scharfsinnig und faszinierend. Er war aufrichtig daran interessiert, was Jennifer tat, und freute sich mit kindlichem Stolz über jeden ihrer Erfolge. *Mit gutem Grund,* dachte Jennifer. *Ohne ihn wäre ich längst wieder in Kelso, Washington.*

Als Jennifer wieder ins Büro zurückkehrte, wartete Ken Bailey auf sie. »Gut gegessen?«
»Ja, danke.«
»Wird Adam Warner ein Klient?« Sein Ton war zu beiläufig.
»Nein, Ken. Wir sind nur Freunde.« — Das stimmte.

In der nächsten Woche lud Adam Jennifer zum Essen in den privaten Speiseraum seiner Kanzlei ein. Sie war beeindruckt von dem riesigen, hochmodernen Bürokomplex. Adam stellte sie verschiedenen Mitgliedern des Unternehmens vor, und Jennifer fühlte sich wie eine kleine Berühmtheit, denn sie schienen alles von ihr zu wissen. Sie traf auch Stewart Needham, den Seniorpartner. Er war von distanzierter Höflichkeit ihr gegenüber, und ihr fiel ein, daß Adam mit seiner Nichte verheiratet war.
Adam und Jennifer speisten in dem walnußgetäfelten Eßzimmer, das von einem Ober und zwei Kellnern regiert wurde.
»Hier werden die Probleme der Partner gelöst«, sagte Adam.
Jennifer fragte sich, ob er auf sie anspielte.
Es fiel ihr schwer, sich auf das Essen zu konzentrieren.

Den ganzen Nachmittag über dachte sie an Adam. Sie wußte, daß sie ihn vergessen mußte und ihn nicht mehr sehen durfte. Er gehörte einer anderen Frau.

Am Abend ging Jennifer mit Ken Bailey ins Theater. Sie sahen *Two by Two*, die neue Show von Richard Rogers.
Sie traten gerade ins Foyer, als ihnen ein aufgeregtes Raunen von der Menge entgegenscholl, und Jennifer drehte sich neugierig um. Eine lange, schwarze Limousine war unter das Vordach gefahren. Ein Mann und eine Frau stiegen aus.
»Er ist es!« rief eine Frau, und die Leute drängten sich um den Wagen. Der stämmige Chauffeur trat zur Seite, und Jennifer erblickte Michael Moretti und seine Frau. Die Augen der Menge konzentrierten sich auf ihn. Er war eine Art Volksheld, attraktiv genug, um ein Filmstar sein zu können, und wagemutig genug, um jedermanns Phantasie zu beschäftigen. Jennifer beobachtete, wie Michael Moretti und seine Frau sich ihren Weg durch die Menge bahnten. Michael ging kaum einen Meter von Jennifer entfernt vorbei, und für einen Moment trafen sich ihre Augen. Sie bemerkte, daß seine Augen so dunkel waren, daß sie kaum die Pupillen sehen konnte. Ein paar Sekunden später war er im Zuschauerraum verschwunden.
Jennifer konnte sich nicht mehr auf die Show konzentrieren. Der Anblick von Michael Moretti hatte eine Flut demütigen-

der Erinnerungen zurückgebracht. Nach dem ersten Akt bat sie Ken, sie nach Hause zu bringen.

Adam rief Jennifer am nächsten Tag an, und Jennifer nahm ihre ganze Kraft zusammen, um sich gegen die erwartete Einladung zu wappnen. *Danke schön, Adam, aber ich habe furchtbar viel Arbeit.*
Aber Adam sagte nur: »Ich verlasse das Land für eine Weile.«
Es war wie ein Schlag in den Magen. »Wie — wie lange werden Sie fort sein?«
»Nur ein paar Wochen. Ich rufe Sie an, wenn ich zurück bin.«
»Gut«, sagte Jennifer freundlich. »Gute Reise!«
Sie fühlte sich, als wenn jemand gestorben wäre. Sie sah Adam am Strand von Rio, umlagert von halbnackten Mädchen, oder in einem Penthouse in Mexiko City, wo er Margaritas mit einer eingeborenen, dunkelhäutigen Schönheit trank, oder in einem Schweizer Chalet, auf einem Bett mit... *Halt!* Jennifer rief sich zur Ordnung. Sie hätte ihn fragen sollen, wohin er fuhr. Vielleicht war es nur eine Geschäftsreise an irgendeinen langweiligen Ort, wo er keine Zeit für Frauen hatte, vielleicht mitten in der Wüste, wo er vierundzwanzig Stunden am Tag arbeiten mußte.
Sie hätte die Rede ganz beiläufig darauf bringen sollen. *Werden Sie einen langen Flug haben? Sprechen Sie irgendwelche Fremdsprachen? Wenn Sie nach Paris kommen, bringen Sie mir Vervaine-Tee mit. Ich nehme an, solche Blitzreisen sind grauenvoll, nicht? Nehmen Sie Ihre Frau mit? Schnappe ich langsam über?*
Ken hatte ihr Büro betreten und starrte sie an. »Du führst Selbstgespräche. Geht es dir gut?«
*Nein!* wollte Jennifer schreien. *Ich brauche einen Arzt. Ich brauche eine kalte Dusche. Ich brauche Adam Warner.* Sie sagte: »Danke, es geht schon. Ich bin nur ein bißchen müde.«
»Warum gehst du heute nicht mal früh schlafen?«
Sie fragte sich, ob Adam Warner heute früh zu Bett gehen würde.

Pater Ryan rief an. »Ich habe Connie Garrett besucht. Sie erzählte, Sie hätten ein paarmal bei ihr vorbeigeschaut.«
»Ja.« Die Besuche dienten dazu, ihre Schuldgefühle zu betäuben, weil sie Connie nicht helfen konnte. Es war frustrierend.

Jennifer stürzte sich in Arbeit, und dennoch schienen die Wochen dahinzuschleichen. Fast jeden Tag war sie im Gericht, und jeden Abend saß sie über Akten.
»Tritt kürzer, Jennifer. Du bringst dich noch um«, warnte Ken sie.
Aber Jennifer mußte sich körperlich und geistig bis an den Rand der Erschöpfung bringen. Sie durfte keine Zeit zum Nachdenken haben. *Ich bin eine Idiotin,* dachte sie. *Eine reine, unverfälschte Idiotin.*
Vier Wochen vergingen, bevor Adam anrief.

»Ich bin gerade zurückgekehrt«, sagte er. Seine Stimme traf sie wie ein Stromstoß. »Können wir uns irgendwo zum Essen treffen?«
»Ja, das wäre schön, Adam.« Sie dachte, daß sie das gut formuliert hatte. Ein einfaches *Ja, das wäre schön, Adam.*
»Der Oak Room im Plaza?«
»Gut.«
Es war der unromantischste Speisesaal der Welt, voll von mittelalterlichen, wohlhabenden Börsenmaklern und Bankiers. Lange Zeit war er eines der letzten Reservate der Männer gewesen, aber kürzlich waren seine Türen auch für Frauen geöffnet worden.
Jennifer war etwas zu früh dran und erhielt einen Platz zugewiesen. Einige Minuten später erschien Adam Warner. Jennifer sah die große, schlanke Gestalt auf sich zukommen, und ihr Mund wurde plötzlich trocken. Er sah braungebrannt aus, und Jennifer fragte sich, ob ihre Phantasie von Adam an einem von Mädchen überfluteten Strand der Wahrheit entsprochen hatte. Er lächelte sie an und ergriff ihre Hand. In diesem Augenblick wußte sie, daß ihr ganzes System in Sachen Adam und verheiratete Männer ihr nichts nützen würde. Sie hatte keine Kontrolle mehr über sich. Es war, als würde sie von jemand anderem geführt, der ihr sagte, was sie tun sollte, tun mußte. Sie konnte nicht erklären, was mit ihr geschah, denn sie hatte noch nie etwas Ähnliches erlebt. *Nenn es Natur,* dachte sie. *Nenn es Karma. Nenn es das Paradies.* Alles, was Jennifer wußte, war, daß sie in Adam Warners Armen liegen wollte. Es war der stärkste Wunsch ihres Lebens. Wenn sie ihn ansah, stellte sie sich vor, wie er mit ihr schlief, wie er sie

hielt, wie sein harter Körper auf ihr war, in ihr war, und sie spürte, wie sie rot wurde.
Adam entschuldigte sich: »Es tut mir leid, daß ich Sie so kurzfristig überfallen habe. Ein Mandant hat eine Verabredung zum Mittagessen abgesagt.«
Jennifer würde den Mandanten in ihre Nachtgebete einschließen.
»Ich habe Ihnen etwas mitgebracht«, sagte Adam. Es war ein wunderschöner, grüngoldener Seidenschal. »Er ist aus Mailand.«
Also *da* war er gewesen. *Italienische Frauen.* »Er ist sehr schön, Adam, danke.«
»Waren Sie je in Mailand?«
»Nein. Ich habe Bilder vom Mailänder Dom gesehen. Er ist sehr eindrucksvoll.«
»Ich halte nicht viel von Stadtrundfahrten. Meine Theorie ist, daß man alle Kirchen kennt, wenn man eine gesehen hat.«
Wenn Jennifer später an dieses Mittagessen dachte, versuchte sie sich daran zu erinnern, worüber sie gesprochen, was sie gegessen hatten, wer am Tisch stehengeblieben war, um Adam zu begrüßen, aber alles, was ihr einfiel, war Adams Nähe, seine Berührung, sein Aussehen. Es war, als hätte er sie mit einem Bann belegt, und sie war gelähmt, unfähig, ihn zu durchbrechen.
An einem Punkt dachte Jennifer, *ich weiß, was ich tun werde. Ich werde mit ihm ins Bett gehen. Einmal. Es kann nicht so überwältigend werden wie in meiner Phantasie. Dann werde ich in der Lage sein, mich von ihm zu befreien.*
Als ihre Hände sich zufällig berührten, war es wie ein elektrischer Schlag. Sie saßen da, sprachen über alles und nichts, und ihre Worte hatten keine Bedeutung. Sie waren gefangen in einer unsichtbaren Umarmung, liebkosten einander, liebten sich in entfesselter Leidenschaft, nackt und ausgelassen. Keiner von ihnen hatte die geringste Ahnung, was sie aßen oder sagten. Sie waren besessen von einem anderen, wilderen Hunger, der größer und stärker wurde, bis sie es beide nicht mehr aushalten konnten.
Mitten während des Essens legte Adam seine Hand auf Jennifers und sagte heiser: »Jennifer...«
Sie flüsterte: »Ja, laß uns von hier verschwinden.«

Jennifer wartete im überfüllten Foyer, während Adam die Eintragung an der Rezeption erledigte. Sie erhielten ein Zimmer im alten Teil des Plaza-Hotels, oberhalb der 58. Straße. Sie nahmen einen der hinteren Fahrstühle, und es schien Jennifer, daß es eine Ewigkeit dauerte, bis er ihren Stock erreichte. Wenn Jennifer auch unfähig war, sich an irgendein Detail des Essens zu erinnern, so blieb ihr dafür jede Einzelheit ihres Zimmers im Gedächtnis. Noch Jahre später konnte sie sich die Aussicht, die Farbe der Bezüge und Teppiche, jedes Bild und jedes Möbelstück vor Augen rufen. Sie erinnerte sich an die Geräusche der Stadt weit unten, die durch das Fenster in den Raum drangen. Die Bilder dieses Nachmittags sollten sie für den Rest ihres Lebens begleiten. Es war eine verzauberte, vielfarbige Explosion in Zeitlupe. Es war Adam, der sie auszog, es war Adams starker, schlanker Körper im Bett, seine Brutalität und seine Zärtlichkeit. Es war Lachen und Leidenschaft. Aus ihrem Hunger war eine Gier geworden, die nach Befriedigung schrie. In dem Augenblick, in dem Adam sie zu lieben begann, blitzten die Worte hinter Jennifers Stirn auf: *Ich bin verloren.*
Sie liebten sich wieder und immer wieder, und jedesmal hüllte eine beinahe unerträgliche Ekstase sie in ein Flammenmeer.

Stunden später, als sie erschöpft nebeneinander lagen, sagte Adam: »Ich fühle mich, als wäre ich das erste Mal in meinem Leben wirklich lebendig.«
Jennifer strich zärtlich über seine Brust und lachte leise.
Adam blickte sie verwirrt an und fragte: »Warum lachst du?«
»Weißt du, was ich mir eingeredet hatte? Daß ich dich vergessen könnte, wenn ich erst mit dir geschlafen hätte.«
Er drehte sich um und sah sie an. »Und?«
»Ich habe mich geirrt. Ich fühle mich, als wärst du ein Teil von mir. Oder wenigstens...«, sie zögerte, »als gehörte ein *Teil* von dir zu mir.«
Er wußte, was sie dachte.
»Wir werden ein Arrangement ausarbeiten«, sagte Adam. »Mary Beth fährt Montag für einen Monat mit einer Tante nach Europa.«

# 14

Jennifer und Adam Warner verbrachten fast jede Nacht miteinander.
Die erste Nacht war er bei ihr in ihrem unbequemen kleinen Appartement, und am Morgen erklärte er: »Wir nehmen uns heute frei und finden eine anständige Wohnung für dich.«
Zusammen begaben sie sich auf Wohnungssuche, und am späten Nachmittag unterzeichnete Jennifer einen Mietvertrag in einem neuen Hochhaus am Sutton Place. Das Schild am Eingang des Gebäudes hatte nur zwei Worte aufgewiesen: *Alles belegt*.
»Warum überhaupt hineingehen?« fragte Jennifer.
»Das wirst du gleich sehen.«
Sie besichtigten ein wunderschönes, erlesen eingerichtetes Appartement mit fünf Zimmern auf zwei Stockwerken. Es war die luxuriöseste Wohnung, die Jennifer je gesehen hatte. Sie umfaßte ein großes Schlafzimmer mit Bad im ersten Stock, ein Gästeschlafzimmer mit Bad unten und ein Wohnzimmer mit einer überwältigenden Aussicht auf den East River und die Stadt. Eine große Terrasse, eine Küche und ein Eßzimmer vervollständigten die Wohnung.
»Wie gefällt es dir?« fragte Adam.
»Wie es mir gefällt? Ich liebe die Wohnung«, rief Jennifer aus, »aber es gibt zwei kleine Probleme, Liebling. Erstens kann ich sie mir wahrscheinlich nicht leisten. Und zweitens gehört sie schon jemand anderem.«
»Sie gehört unserer Kanzlei. Wir haben sie für wichtige Klienten auf der Durchreise gemietet. Ich werde dafür sorgen, daß sie eine andere Wohnung suchen.«
»Und die Miete?«
»Darum kümmere ich mich.«
»Nein.«
»Das ist Unsinn, Liebling. Ich kann es mir leicht leisten und...«
Sie schüttelte den Kopf. »Du verstehst nicht, Adam. Ich kann dir nichts geben außer mir. Ich möchte ein Geschenk sein.«
Er nahm sie in seine Arme, und sie schmiegte sich an ihn und sagte: »Ich weiß was — ich werde auch noch nachts arbeiten.«

Am Samstag unternahmen sie einen Einkaufsbummel. Adam kaufte Jennifer ein hinreißendes Seidennachthemd und ein Kleid bei Bonwit Teller, und Jennifer kaufte Adam ein Hemd von Turnbull & Asser. Sie erstanden ein Schachspiel bei Gimbel's und einen Käsekuchen bei Junior's in der Nähe von Abraham & Straus. Sie kauften einen Fortnum & Mason-Plumpudding bei Altmann's und Bücher bei Doubleday. Dann aßen sie um die Ecke von Jennifers Appartement zu Abend.

Nach der Arbeit trafen sie sich stets in Jennifers Wohnung, besprachen die Ereignisse des Tages, und Jennifer kochte das Essen, während Adam den Tisch deckte. Anschließend lasen sie oder sahen fern oder spielten Rommé oder Schach. Jennifer kochte ausschließlich Adams Lieblingsgerichte.
»Ich bin schamlos«, verriet sie Adam. »Ich schrecke vor nichts zurück.«
Adam hielt sie fest. »Das hoffe ich auch.«

Es war seltsam, dachte Jennifer. Bevor ihre Affäre begann, hatten sie sich in aller Öffentlichkeit sehen lassen. Aber jetzt, da sie Liebende waren, wagten sie nicht, gemeinsam irgendwo aufzutauchen. Sie suchten Orte auf, wo es unwahrscheinlich war, daß sie Bekannte trafen: kleine, im Familienbetrieb geführte Restaurants, ein Kammermusikkonzert in der Musikhochschule, ein neues Stück im Omni-Theater-Club.
Nach einem Abendessen in der Grotta Azzurra in der Broome Street schworen sie italienischem Essen für einen Monat ab, weil sie beinahe geplatzt wären. *Wir haben bloß keinen Monat mehr*, dachte Jennifer. In vierzehn Tagen würde Mary Beth zurückkehren.
Einmal gingen sie in den Half-Note-Club im Village, um Avantgarde-Jazz zu hören, und bummelten anschließend an den Fenstern der kleinen Kunstgalerien vorbei.
Adam war ein Sportfan. Er nahm Jennifer zu einem Footballspiel mit, und Jennifer wurde so mitgerissen, daß sie schrie, bis sie heiser war.
Sonntags faulenzten sie, frühstückten im Morgenrock, tauschten Teile der *Times* aus, lauschten dem Läuten der Kir-

chenglocken überall in Manhattan und sprachen jeder ein lautloses Gebet für den anderen.
Jennifer betrachtete Adam, der in ein Kreuzworträtsel vertieft war, und dachte: *Sprich ein Gebet für mich!* Sie wußte, daß das, was sie tat, falsch war. Es konnte nicht von Dauer sein. Und doch hatte sie niemals ein solches Glück, eine solche Euphorie erlebt. Liebende existieren in einer besonderen Welt, wo jedes Gefühl überhöht war, und die Freude, die Jennifer jetzt mit Adam erlebte, war jeden Preis wert, den sie später dafür bezahlen mußte. Und sie wußte, daß die Rechnung kommen würde.

Die Zeit hatte eine andere Dimension angenommen. Vorher war Jennifers Leben in Bürostunden und Treffen mit Mandanten unterteilt gewesen. Jetzt zählten nur die Minuten, die sie mit Adam verbringen konnte. Sie dachte an ihn, wenn sie bei ihm war, und sie dachte an ihn, wenn sie getrennt waren.
Sie hatte von Männern gelesen, die in den Armen ihrer Geliebten Herzattacken erlitten, deshalb notierte sie die Nummer von Adams Hausarzt in ihr privates Telefonbuch und bewahrte es unter dem Kopfkissen auf, so daß, falls etwas passierte, alles diskret ablaufen konnte und Adam nicht in Verlegenheit geriet.
Jennifer wurde von Emotionen beherrscht, deren sie sich nie für fähig gehalten hätte. Sie hatte sich nie vorstellen können, häuslich zu sein, aber für Adam wollte sie alles tun. Sie wollte für ihn kochen, die Wohnung für ihn säubern, seine Kleider für den nächsten Tag zurechtlegen. Sie wollte für ihn sorgen. Adam hatte einen Teil seiner Kleidung in ihre Wohnung geschafft, und er verbrachte die meisten Nächte mit Jennifer. Sie lag neben ihm, beobachtete ihn beim Einschlafen und versuchte, so lange wie möglich wach zu bleiben, aus Angst, eine Sekunde ihrer kostbaren gemeinsamen Zeit zu verlieren. Wenn sie ihre Augen schließlich nicht mehr länger offenhalten konnte, schmiegte sie sich in seine Arme und schlief ein, zufrieden und sicher. Die Schlaflosigkeit, die sie so lange gequält hatte, war verschwunden. Wenn sie sich in Adams Armen zusammenrollte, fand sie augenblicklich Frieden.
Sie genoß es, in seinen Hemden im Appartement herumzu-

laufen, und nachts trug sie das Oberteil von seinem Schlafanzug. Wenn sie morgens noch im Bett blieb, nachdem er gegangen war, rollte sie sich auf seine Seite des Betts. Sie liebte seine Wärme und seinen Geruch.
Am Anfang hatte Jennifer gedacht, daß die überwältigende körperliche Anziehungskraft, die sie aufeinander ausübten, mit der Zeit verschwinden würde, aber statt dessen wurde sie immer stärker.
Sie teilte Adam Dinge über sich mit, die sie noch nie einem anderen menschlichen Wesen erzählt hatte. Bei Adam und ihr gab es keine Masken. Sie war Jennifer Parker, entblößt bis aufs Mark, und er liebte sie immer noch. Es war ein Wunder.
Obwohl es unmöglich schien, liebte sie Adam jeden Tag mehr. Sie wünschte, daß ihr Glück niemals enden möge. Aber sie wußte, es würde enden. Zum erstenmal in ihrem Leben wurde sie abergläubisch. Adam bevorzugte eine spezielle Mischung Kenya-Kaffee. Alle paar Tage kaufte Jennifer sie für ihn. Aber sie kaufte immer nur eine kleine Dose.
Eine von Jennifers Schreckensvisionen war, daß Adam etwas zustoßen könnte, wenn sie nicht bei ihm war, und sie würde es nicht erfahren, bis sie davon las oder es in den Nachrichten hörte. Sie weihte Adam nie in ihre Ängste ein.
Jedesmal wenn Adam später kam, versteckte er vorher überall in der Wohnung kleine Nachrichten für Jennifer, auf die sie an den unerwartetsten Stellen stieß. Sie fand sie in der Brotdose, im Kühlschrank oder in ihren Schuhen, freute sich darüber und hob jede einzelne auf.

Die letzten gemeinsamen Tage rasten in einem Strudel glücklicher Aktivitäten vorbei. Schließlich war der Vorabend von Mary Beths Rückkehr da. Jennifer und Adam aßen in ihrer Wohnung zu Abend, hörten Musik und liebten sich. Jennifer lag die ganze Nacht wach und hielt Adam in den Armen. Sie dachte an all das Glück, das sie miteinander geteilt hatten. Der Schmerz würde später kommen.

Beim Frühstück sagte Adam: »Was immer auch geschieht, du darfst nie vergessen — du bist die einzige Frau, die ich jemals wirklich geliebt habe.«
Der Schmerz war da.

# 15

Das Betäubungsmittel war Arbeit, und Jennifer lud sich immer mehr auf, damit sie keine Zeit zum Nachdenken hatte. Sie war der Liebling der Presse geworden, und ihre Erfolge im Gerichtssaal beherrschten die Schlagzeilen. Sie hatte mehr Mandanten, als sie vertreten konnte, und obwohl ihr Hauptinteresse auf dem Strafrecht lag, nahm sie auf Kens Drängen auch die verschiedensten anderen Fälle an.
Ken Bailey war für sie wichtiger denn je. Er kümmerte sich um die Ermittlungsarbeiten in ihren Fällen, und er war hervorragend. Aber sie konnte auch andere Probleme mit ihm besprechen, und sie lernte seinen Rat schätzen.
Sie zogen erneut um, diesmal in eine große Bürosuite an der Park Avenue. Jennifer engagierte zwei intelligente junge Anwälte, Dan Martin und Ted Harris, beide aus Robert Di Silvas Büro, sowie zwei weitere Sekretärinnen.
Dan Martin war ein ehemaliger Football-Spieler von der Northwestern-Universität. Er hatte die Figur eines Athleten und den Verstand eines Gelehrten. Ted Harris war ein schmächtiger, schüchterner junger Mann, der eine Brille mit milchflaschendicken Gläsern trug und außerdem ein Genie war. Martin und Harris übernahmen die Beinarbeit, während Jennifer vor Gericht auftrat.
Das Schild an der Tür lautete: *Jennifer Parker & Partner.*

Die Fälle, die die Kanzlei vertrat, reichten von der Verteidigung eines großen Industriekonzerns gegen die Anklage der Umweltverschmutzung bis zur Vertretung eines Säufers, der sich verletzt hatte, als er aus einer Kneipe geworfen wurde.
Der Säufer war natürlich ein Geschenk von Pater Ryan.
»Er hat ein kleines Problem«, teilte Pater Ryan Jennifer mit. »Er ist wirklich ein anständiger Familienvater, aber der arme Kerl steht so sehr unter Druck, daß er manchmal einen Tropfen zuviel trinkt.«
Jennifer konnte nicht anders, sie mußte lächeln. Was Pater Ryan betraf, so war keines seiner Schäfchen je schuldig, und seine ganze Sorge bestand darin, ihnen aus den Schwierigkeiten zu helfen, in die sie unachtsamerweise geraten waren. Einer der Gründe, warum Jennifer den Priester so gut verstehen

konnte, war, daß sie im Grunde ganz ähnlich fühlte wie er. Sie hatten es mit Menschen zu tun, die niemanden hatten, der ihnen aus ihren Schwierigkeiten half, die weder über genügend Geld noch Macht verfügten, um sich gegen die Mächtigen zur Wehr zu setzen, die sie am Ende zerschmetterten.
Das Wort Gerechtigkeit spielte nur im Lexikon eine Rolle. Im Gerichtssaal suchte der Ankläger genausowenig wie der Verteidiger nach Gerechtigkeit. Jeder wollte nur gewinnen.
Von Zeit zu Zeit sprachen Jennifer und Pater Ryan von Connie Garrett, aber dieses Thema ließ Jennifer regelmäßig deprimiert zurück. Sie wußte, daß Connie nicht gerecht behandelt worden war, und das nagte an ihr.

Michal Moretti saß in seinem Büro im Hinterzimmer von *Tony's Place* und beobachtete Nick Vito, der den ganzen Raum mit einer Art Geigerzähler nach versteckten Wanzen absuchte. Von seinen Polizeikontakten wußte Michael, daß eine elektronische Überwachung seiner Wohnung nicht genehmigt worden war, aber hin und wieder konnte es geschehen, daß ein übereifriger junger Detektiv eine illegale Wanze anbrachte, in der Hoffnung, die eine oder andere Information aufzuschnappen. Michael war ein vorsichtiger Mann. Seine Wohnung und sein Büro wurden jeden Morgen und jeden Abend gründlich abgesucht. Er wußte, daß er für ein halbes Dutzend Behörden und Kanzleien die Zielscheibe Nummer eins war, aber er war nicht beunruhigt. Er wußte, was sie taten, aber sie wußten nicht, was er tat, und auch wenn sie es wußten, konnten sie es nicht beweisen.
Manchmal sah Michael spät in der Nacht durch den Spion in der Hintertür zu, wie FBI-Agenten seinen Müll zur Analyse mitnahmen und anderen Müll dafür dalielßen.
Einmal sagte Nick Vito: »Jesus, Boß, was machen wir, wenn die Witzbolde wirklich mal was finden?«
Michael lachte. »Ich hoffe, sie haben mal Glück. Bevor sie hier sind, tauschen wir einfach den Müll mit dem Restaurant nebenan.«
Nein, die FBI-Männer konnten ihm nichts anhaben. Die Geschäfte der Familie expandierten weiter, und Michael entwarf Pläne, die er noch nicht einmal den anderen verriet. Das einzige Hindernis war Thomas Colfax. Michael wußte, daß er ihn

loswerden mußte. Er brauchte einen frischen, jungen Verstand. Und immer wieder drehten seine Gedanken sich um Jennifer Parker.

Adam und Jennifer trafen sich einmal in der Woche zum Mittagessen, und es war für beide eine Qual, denn sie hatten keine Gelegenheit, miteinander allein zu sein. Sie telefonierten jeden Tag miteinander und benutzten Decknamen dabei. Er war Mr. Adams, und sie war Mrs. Jay.
»Ich hasse diese Heimlichtuerei«, sagte Adam.
»Ich auch.« Aber der Gedanke, Adam zu verlieren, erschreckte Jennifer.
Im Gerichtssaal gelang es Jennifer manchmal, ihren schmerzlichen Gedanken zu entrinnen. Der Gerichtssaal war eine Bühne, eine Arena, in der sie ihren Verstand mit den klügsten Köpfen der Gegenseite maß. Und er war eine Schule für sie, in der sie unglaubliche Fortschritte erzielte. Ein Prozeß ähnelte einem Spiel, das innerhalb gewisser, unnachgiebiger Regeln gespielt und von dem besseren Spieler gewonnen wurde, und Jennifer war fest entschlossen, dieser Bessere zu sein. Ihre Kreuzverhöre waren bühnenreif, ihr Tempo, Rhythmus und Effekte meisterhaft. Sie lernte, die stärkste Persönlichkeit in einer Jury zu erkennen und sich auf sie zu konzentrieren, denn sie wußte, daß sie die anderen auf ihre Seite bringen konnte.
Die Schuhe eines Mannes sagten einiges über seinen Charakter aus. Jennifer hielt Ausschau nach Geschworenen mit bequemen Schuhen, denn die neigten zur Gutmütigkeit. Sie begriff den Wert einer Strategie für den ganzen Prozeß und den Sinn taktischer Manöver. Sie verbrachte endlose Stunden damit, jeden Fall vorzubereiten, denn sie wußte, daß die meisten Prozesse gewonnen oder verloren waren, bevor sie begonnen hatten.
Das Gericht zog sich gewöhnlich um vier Uhr nachmittags bis zum nächsten Morgen zurück, und wenn Jennifer einen Zeugen am Nachmittag ins Kreuzverhör genommen hatte, drosselte sie das Tempo, bis nur noch wenige Minuten Zeit blieben, und dann versetzte sie dem Zeugen einen verbalen Fangschuß, den die Geschworenen die ganze Nacht über nicht vergaßen.

Sie lernte die Signale der Körpersprache deuten. Wenn ein Zeuge im Zeugenstand log, konnte man das an einigen Gesten erkennen, etwa daran, daß er sein Kinn rieb, die Lippen zusammenpreßte, den Mund bedeckte, an den Ohrläppchen zupfte oder sich durch das Haar fuhr. Jennifer erkannte diese Zeichen, hörte auf zu kreisen und stieß zu.
Eine Frau zu sein war von Nachteil, wenn man Strafrecht praktizierte. Sie befand sich auf männlichem Territorium. Es gab noch immer sehr wenige weibliche Strafverteidiger, und einige der männlichen Kollegen begegneten Jennifer mit Ressentiments.
Auch die meisten Geschworenen waren am Anfang voreingenommen gegen Jennifer, denn viele ihrer Fälle waren schmutzig, und die Geschworenen tendierten dazu, sie mit ihren Mandanten gleichzusetzen. Man erwartete von ihr, daß sie sich züchtig wie Jane Eyre kleidete, und dagegen wehrte sie sich; aber sie achtete darauf, sich so anzuziehen, daß sie nicht den Neid der weiblichen Geschworenen erregte und dennoch feminin genug wirkte, um auf die Männer nicht einen lesbischen Eindruck zu machen, der sie gegen sie eingenommen hätte. Früher hätte Jennifer über diese Erwägungen gelacht. Aber im Gerichtssaal waren sie harte Realität. Weil sie sich in ein männliches Universum gewagt hatte, mußte sie doppelt soviel arbeiten und doppel so gut wie die Konkurrenten sein. Sie bereitete nicht nur ihre eigenen Züge vor, sondern auch die der Gegenseite. Sie lag nachts wach im Bett oder saß im Büro am Schreibtisch und entwickelte die Strategie ihres Widersachers. Was würde sie tun, wenn sie auf seiner Seite stünde? Was für Überraschungen würde sie in petto haben? Sie war ein General, der beide Fronten einer tödlichen Schlacht inspizierte.

Cynthia meldete sich über die Sprechanlage. »In Leitung drei ist ein Mann, der mit Ihnen sprechen will, aber er will seinen Namen nicht sagen und auch nicht, worum es geht.«
Sechs Monate früher hätte Cynthia einfach aufgehängt, aber Jennifer hatte ihr beigebracht, niemanden abzuweisen.
»Stellen Sie ihn durch«, sagte Jennifer.
Einen Augenblick später hörte sie eine Männerstimme vorsichtig fragen: »Spreche ich mit Jennifer Parker?«

»Ja.«
Er zögerte. »Kann niemand mithören?«
»Nein. Was kann ich für Sie tun?«
»Nicht für mich. Für — für eine Freundin von mir.«
»Ich verstehe. Was hat Ihre Freundin für ein Problem?«
»Dieses Gespräch ist streng vertraulich, verstehen Sie?«
»Ich verstehe.«
Cynthia kam herein und reichte Jennifer die Post. »Warten Sie«, formte Jennifer mit den Lippen.
»Die Familie meiner Freundin hat sie in ein Irrenhaus gesperrt. Aber sie ist gesund. Es ist eine Verschwörung. Die Behörden sind auch daran beteiligt.«
Jennifer hörte nur halb zu. Sie preßte das Telefon in die Schulterbeuge, während sie die Morgenpost durchsah.
Der Mann sagte: »Sie ist reich, und die Familie ist hinter ihrem Geld her.«
Jennifer sage: »Weiter«, und fuhr fort, sich mit der Post zu beschäftigen.
»Vielleicht würden sie mich auch einzusperren versuchen, wenn sie herausfänden, daß ich ihr helfen will. Es könnte gefährlich für mich werden, Miß Parker.«
*Ein Verrückter*, dachte Jennifer. Sie sagte: »Ich fürchte, ich kann nichts für Ihre Freundin tun, aber ich schlage vor, daß Sie einen guten Psychoanalytiker damit beauftragen.«
»Sie verstehen nicht. Die sind auch an der Verschwörung beteiligt.«
»Ich verstehe durchaus«, sagte Jennifer besänftigend. »Ich...«
»Werden Sie ihr helfen?«
»Es gibt nichts, was ich — ich will Ihnen etwas sagen. Warum geben Sie mir nicht den Namen und die Adresse Ihrer Freundin, und wenn ich Zeit habe, kümmere ich mich darum.«
Ein langes Schweigen entstand. Schließlich sagte der Mann: »Dies ist vertraulich, denken Sie daran.«
Jennifer wünschte, er würde endlich auflegen. Ihr erster Mandant wartete im Empfangsraum. »Ich denke daran.«
»Cooper. Helen Cooper. Sie hatte eine große Besitzung in Long Island, aber sie haben sie ihr weggenommen.«
Widerstrebend kritzelte Jennifer eine Notiz auf den Block vor ihr. »Fein. In welchem Sanatorium war sie noch, sagten Sie?«
Es gab ein Klicken, und die Leitung war tot. Jennifer warf die

Notiz in den Papierkorb. Sie und Cynthia tauschten einen Blick. »Eine merkwürdige Welt da draußen«, sagte Cynthia.
»Miß Marshal wartet auf Sie.«
Jennifer hatte mit Loretta Marshal bereits eine Woche zuvor telefoniert. Miß Marshal hatte Jennifer gebeten, sie in einer Vaterschaftsklage gegen Curtis Randall, einen reichen Unternehmer, zu vertreten.
Jennifer hatte mit Ken Bailey gesprochen. »Wir brauchen Informationen über Curtis Randall. Er lebt in New York, aber soweit ich weiß, verbringt er ziemlich viel Zeit in Palm Beach. Ich möchte etwas über seine Vergangenheit wissen und ob er mit einem Mädchen namens Loretta Marshal geschlafen hat.«
Sie hatte Ken die Namen der Palm-Beach-Hotels gegeben, die Loretta Marshal ihr genannt hatte. Zwei Tage später hatte Ken Bailey Bericht erstattet.
»Es trifft zu. Sie haben zwei Wochen zusammen in Hotels in Palm Beach, Miami und Atlantic City verbracht. Vor acht Monaten hat Loretta Marshal eine Tochter bekommen.«
Jennifer lehnte sich zurück und blickte ihn nachdenklich an.
»Das klingt nach einem Fall für uns.«
»Glaube ich nicht.«
»Warum nicht?«
»Die Sache hat einen Haken. Loretta Marshal hat ungefähr mit jedem, einschließlich der Mannschaft der New York Yankees, geschlafen.«
»Du meinst, als Vater kommt eine ganze Anzahl von Männern in Frage?«
»Ich meine, die halbe Welt kommt als Vater in Frage.«
»Ist irgendeiner der anderen reich genug, um das Kind unterstützen zu können?«
»Nun, ich schätze, die Yankees sind ziemlich reich, aber an Curtis Randall kommt keiner ran.«
Er überreichte ihr eine lange Namensliste.

Loretta Marshal betrat das Büro. Jennifer war nicht sicher gewesen, was sie erwartete. Eine hübsche, hohlköpfige Prostituierte aller Wahrscheinlichkeit nach. Aber Loretta Marshal war eine echte Überraschung. Sie war nicht nur nicht hübsch, sondern beinahe hausbacken. Ihre Figur war gewöhnlich. Von der Zahl ihrer romantischen Eroberungen her hatte Jennifer eine sinnliche, hinreißende Schönheit erwartet. Loretta Marshal war der Prototyp der Volksschullehrerin. Sie trug einen karierten Wollrock, eine Bluse mit Kragenknöpfen, eine dunkelblaue Strickjacke und einfache Schuhe. Am Anfang war Jennifer sicher gewesen, daß Loretta Marshal plante, Curtis Randall für ein Kind zahlen zu lassen, das gar nicht von ihm war. Nach einem einstündigen Gespräch mit der jungen Frau hatte ihre Meinung sich geändert. Loretta Marshal war offensichtlich ehrlich.

»Natürlich habe ich keinen Beweis, daß Curtis Melanies Vater ist«, sagte sie mit einem schüchternen Lächeln. »Curtis ist nicht der einzige Mann, mit dem ich geschlafen habe.«

»Weswegen glauben Sie dann, daß er der Vater Ihres Kindes ist, Miß Marshal?«

»Ich *glaube* es nicht. Ich bin sicher. Es ist schwer zu erklären, aber ich weiß sogar, in welcher Nacht Melanie gezeugt wurde. Manchmal kann eine Frau so was fühlen.«

Jennifer beobachtete sie, auf der Suche nach irgendeinem Zeichen von Schuld oder Falschheit. Es gab keins. Das Mädchen war ohne jede Verstellung. Vielleicht, dachte Jennifer, ist das ein Grund für ihre Anziehungskraft auf Männer.

»Lieben Sie Curtis Randall?«

»O ja, und Curtis hat gesagt, er liebt mich auch. Natürlich bin ich nicht mehr sicher, daß er es immer noch tut, nachdem das passiert ist.«

*Wenn Sie ihn geliebt haben,* dachte Jennifer, *wie konnten Sie dann mit all den anderen Männern ins Bett gehen?* Die Antwort mochte in dem traurigen, hausbackenen Gesicht und der einfachen Figur liegen.

»Können Sie mir helfen, Miß Parker?«

Jennifer sagte vorsichtig: »Vaterschaftsklagen sind immer schwierig. Ich habe eine Liste von über einem Dutzend Männern, mit denen Sie im vergangenen Jahr geschlafen haben. Vielleicht gibt es noch mehr. Wenn ich eine solche Liste habe, können Sie Gift darauf nehmen, daß Curtis Randalls Anwalt auch eine hat.«

Loretta Marshal erstarrte. »Was ist mit Blutproben, all diesen Dingen...?«

»Blutgruppentests sind in der Beweisführung nur dann zuge-

lassen, wenn sie beweisen, daß der Beklagte nicht der Vater sein kann. Ansonsten sind sie juristisch nicht entscheidend.«
»Es geht mir wirklich nicht um mich. Ich möchte nur Melanie beschützt wissen. Es ist nur gerecht, daß Curtis sich um seine Tochter kümmern muß.«
Jennifer zögerte, wog ihre Entscheidung ab. Sie hatte Loretta Marshal die Wahrheit gesagt. Vaterschaftsfälle waren schwierig, um nicht zu sagen, unangenehm und schmutzig. Mit dieser Frau im Zeugenstand hatten die Verteidiger ein gefundenes Fressen. Sie würden eine Parade ihrer Liebhaber vor Gericht auftreten lassen, und ehe alles vorbei war, würde sie als Hure dastehen. Es war nicht gerade die Art Fall, in die Jennifer hineingezogen werden wollte. Auf der anderen Seite glaubte sie Loretta Marshal. Sie war keine gewöhnliche Goldgräberin, die einen Liebhaber ausnehmen wollte. Sie war davon überzeugt, daß Curtis Randall der Vater ihres Kindes war. Jennifer traf eine Entscheidung.
»Einverstanden«, sagte sie, »wir werden's mal versuchen.«

Jennifer traf eine Verabredung mit Roger Davis, dem Rechtsanwalt von Curtis Randall. Davis war Partner in einer großen Wall-Street-Kanzlei, und die Bedeutung seiner Position ließ sich an seiner geräumigen Ecksuite ablesen. Er war aufgeblasen, arrogant und Jennifer auf Anhieb unsympathisch.
»Was kann ich für Sie tun?« fragte er.
»Wie ich schon am Telefon ausführte, bin ich wegen Loretta Marshal hier.«
Davis sah sie an und fragte ungeduldig: »Und?«
»Sie bat mich, eine Vaterschaftsklage gegen Curtis Randall anzustrengen. Ich würde es vorziehen, das nicht zu tun.«
»Sie wären verdammt blöd, wenn Sie es täten.«
Jennifer hielt sich unter Kontrolle. »Wir wollen den Namen Ihres Mandanten nicht vor Gericht zerren. Sie wissen sicher, daß solche Fälle immer ziemlich ekelhaft werden. Deswegen sind wir bereit, einen vernünftigen außergerichtlichen Vergleich zu akzeptieren.«
Roger Davis bedachte Jennifer mit einem eisigen Lächeln. »Darauf gehe ich jede Wette ein. Weil Sie nämlich nichts in der Hand haben. Gar nichts.«
»Ich denke, schon.«

»Miß Parker, ich habe keine Zeit, Süßholz zu raspeln. Ihre Mandantin ist eine Nutte. Sie schläft mit allem, was sich bewegt. Ich habe eine Liste von Männern, mit denen sie im Bett war. Sie ist so lang wie mein Arm. Sie glauben, mein Klient könnte ramponiert werden? Ihr Klient wird zerstört, Miß Parker. Sie ist Lehrerin, soweit ich weiß. Gut, wenn wir mit ihr fertig sind, wird sie nirgendwo mehr lehren können, solange sie lebt. Und ich sage Ihnen noch etwas. Randall glaubt, daß er der Vater des Babys ist. Aber Sie werden es nie beweisen können, nicht in einer Million Jahren.«
Jennifer saß zurückgelehnt, das Gesicht ausdruckslos, und hörte zu.
»Nach meiner Meinung hätte Ihre Klientin von jedem Mitglied der Dritten Armee geschwängert werden können. Sie wollen einen Vergleich? Gut. Ich sage Ihnen, was wir tun werden. Wir kaufen Ihrer Klientin Anti-Baby-Pillen, damit es nicht noch mal vorkommt.«
Jennifer stand auf. Ihre Wangen brannten. »Mr. Davis«, sagte sie, »diese kleine Rede wird Ihren Mandanten eine halbe Million Dollar kosten.« Und sie verließ den Raum.

Ken Bailey und drei Gehilfen konnten nichts über Curtis Randall herausfinden, das sich gegen ihn verwenden ließ. Er war Witwer, eine Stütze der Gesellschaft, und er hatte kaum sexuelle Abenteuer.
»Der Hurensohn ist der reinste Puritaner«, beklagte sich Ken Bailey. Sie saßen um Mitternacht im Konferenzraum, wenige Stunden bevor der Vaterschaftsprozeß beginnen sollte. »Ich habe mit einem der Anwälte in Davis' Büro gesprochen, Jennifer. Sie werden unsere Klientin in der Luft zerreißen. Sie bluffen nicht.«
»Warum hältst du deinen Hals für dieses Mädchen hin?« fragte Dan Martin.
»Ich bin nicht hier, um ihr Geschlechtsleben zu beurteilen, Dan. Sie glaubt, daß Curtis Randall der Vater ihres Babys ist. Ich meine, sie *glaubt* wirklich daran. Sie will das Geld für ihre Tochter — nicht für sich. Ich denke, Sie verdient ihren Prozeß.«
»Wir denken nicht an sie«, antwortete Ken. »Wir denken an dich. Du hast eine Glückssträhne. Jedermann beobachtet dich.

Ich glaube, dies ist ein aussichtsloser Fall. Du stellst dir selber ein schlechtes Zeugnis aus.«
»Laßt uns ins Bett gehen«, sagte Jennifer. »Ich sehe euch morgen im Gericht.«

Die Verhandlung lief noch schlechter, als Ken vorhergesagt hatte. Jennifer hatte Loretta Marshal ihr Baby mit in den Gerichtssaal bringen lassen, aber jetzt fragte sie sich, ob das nicht ein taktischer Fehler gewesen war. Hilflos mußte sie zusehen, wie Roger Davis einen Zeugen nach dem anderen in den Stand rief und jeden von ihnen zwang, zuzugeben, daß er mit Loretta Marshal geschlafen hatte. Jennifer wagte nicht, sie ins Kreuzverhör zu nehmen. Sie waren Opfer, und sie machten ihre Aussage in aller Öffentlichkeit nur, weil man sie dazu gezwungen hatte. Jennifer konnte nichts tun, als dabeizusitzen, während der Name ihrer Mandantin in den Schmutz gezogen wurde. Sie beobachtete die Gesichter der Geschworenen und bemerkte die wachsende Feindseligkeit darin. Roger Davis war zu klug, um Loretta Marshal zur Hure zu stempeln. Er mußte es auch nicht. Die Geschworenen taten es für ihn.
Jennifer hatte ihre eigenen Leumundszeugen herbeigeschafft, deren Aussagen Loretta Marshals gute Arbeit als Lehrerin hervorhoben, die bestätigten, daß sie regelmäßig zur Kirche ging und eine gute Mutter war; aber all das wirkte gegenstandslos angesichts der Schar ihrer Liebhaber. Jennifer hatte gehofft, die Sympathie der Jury dadurch gewinnen zu können, daß sie die hoffnungslose Lage einer jungen Frau, die von einem reichen Playboy betrogen und dann verlassen worden war, als sie ein Kind bekommen hatte, in den dramatischsten Farben schilderte. Aber der Verlauf der Verhandlung machte ihr diesen Schachzug unmöglich.

Curtis Randall saß am Tisch des Angeklagten. Er hätte von einem Besetzungsbüro ausgewählt sein können. Er war ein elegant aussehender Mann Ende Fünfzig, mit grauen Haarsträhnen und einem sonnengebräunten, ebenmäßigen Gesicht. Er stammte aus einer gehobenen Gesellschaftsschicht, gehörte den richtigen Clubs an, war reich und erfolgreich. Jennifer ahnte, wie die weiblichen Geschworenen ihn im Geist auszogen.

*Sicher,* dachte Jennifer. *Sie denken, daß sie es wert wären, mit unserem Charmebolzen ins Bett zu gehen, aber nicht diese Was-findet-er-bloß-an-ihr-Schlampe mit ihrem zehn Monate alten Baby im Arm.*
Unglücklicherweise sah das Kind nicht im geringsten aus wie sein Vater. Nicht einmal wie seine Mutter, was das betraf. Es hätte jedem gehören können.
Als hätte er ihre Gedanken gelesen, sagte Roger Davis zu der Jury: »Da sitzen sie, meine Damen und Herren, Mutter und Kind. Ja, aber *wessen* Kind? Sie haben den Beklagten gesehen. Ich fordere jeden hier im Saal auf, *eine einzige Ähnlichkeit* zwischen dem Angeklagten und dem Kind nachzuweisen. Wenn mein Klient der Vater des Kindes wäre, gäbe es doch wenigstens *ein* Zeichen dafür. Irgend etwas in den Augen, der Nase, dem Kinn. Wo ist die Ähnlichkeit? Es gibt keine, und zwar aus einem ganz einfachen Grund. Der Angeklagte ist nicht der Vater des Kindes. Nein, ich fürchte, wir haben hier den klassischen Fall eines losen Frauenzimmers, das nicht aufgepaßt hat, schwanger geworden ist und sich dann überlegt hat, welcher Liebhaber am ehesten in der Lage wäre, die Rechnungen zu bezahlen.«
Seine Stimme wurde sanfter. »Nun, niemand von uns ist hier, um über sie zu richten. Wie Loretta Marshal ihr Privatleben gestaltet, ist ihre eigene Sache. Die Tatsache, daß sie Lehrerin ist und die Entwicklung kleiner Kinder beeinflussen kann, nun, auch das gehört nicht zu meinem Wirkungsbereich. Ich bin nicht hier als Moralapostel. Ich bin lediglich hier, um die Interessen eines unschuldigen Mannes zu schützen.«
Jennifer betrachtete die Jury, und sie hatte das deprimierende Gefühl, daß sie völlig auf Curtis Randalls Seite war. Jennifer glaubte Loretta Marshal immer noch. Wenn das Baby wenigstens wie sein Vater ausgesehen hätte! Aber Roger Davis hatte recht. Es bestand nicht die geringste Ähnlichkeit. Und er hatte darauf geachtet, daß es jedem auffiel.

Jennifer rief Curtis Randall in den Zeugenstand. Es war ihre einzige Chance, den Schaden wieder auszumerzen, der bereits angerichtet war, und dem Prozeß eine andere Wendung zu geben. Sie betrachtete den Mann im Zeugenstand einen Augenblick lang.
»Sind Sie je verheiratet gewesen, Mr. Randall?«

»Ja. Meine Frau kam bei einem Brand ums Leben.« Die Sympathie der Geschworenen stieg noch.
*Verflucht!* Jennifer fuhr schnell fort. »Sie haben nicht noch einmal geheiratet?«
»Nein. Ich habe meine Frau sehr geliebt, und ich...«
»Hatten Sie und Ihre Frau Kinder?«
»Nein. Leider konnte sie keine haben.«
Jennifer deutete auf das Baby. »Dann ist Melanie Ihr einziges...«
»Einspruch!«
»Stattgegeben. Der Vertreter der Klägerin sollte es besser wissen.«
»Entschuldigung, Euer Ehren. Es war ein Ausrutscher.« Jennifer wandte sich wieder an Curtis Randall. »Mögen Sie Kinder?«
»Ja, sehr sogar.«
»Sie sind der Aufsichtsratsvorsitzende Ihrer eigenen Firma, Mr. Randall?«
»Ja.«
»Haben Sie sich nie einen Sohn gewünscht, der Ihren Namen trägt?«
»Ich nehme an, jeder Mann wünscht sich das.«
»Angenommen, Melanie wäre ein Junge statt eines...«
»Einspruch!«
»Stattgegeben.« Der Richter wandte sich an Jennifer. »Miß Parker, ich fordere Sie noch einmal auf, das zu unterlassen.«
»Entschuldigung, Euer Ehren.« Jennifer wandte sich wieder Curtis Randall zu. »Mr. Randall, ist es Ihre Gewohnheit, fremde Frauen aufzugabeln und in Hotels mitzunehmen?«
Curtis Randall leckte sich nervös über die Unterlippe. »Nein.«
»Dann stimmt es nicht, daß Sie Loretta Marshal in einer Bar kennengelernt und sie dann in Ihr Hotelzimmer mitgenommen haben?«
Wieder bearbeitete seine Zunge die Lippen. »Doch, Ma'am, aber da ging es — da ging es nur um Sex.«
Jennifer starrte ihn an. »Sie sagen das, als hätten Sie das Gefühl, Sex sei etwas Schmutziges.«
»Nein, Ma'am.« Seine Zunge stieß wieder hervor.
Jennifer beobachtete fasziniert, wie sie über seine Lippen strich. Plötzlich spürte sie eine wilde Hoffnung. Sie wußte

jetzt, was sie tun mußte. Sie mußte ihn weitertreiben. Dennoch konnte sie ihn nicht so heftig bearbeiten, daß es die Jury gegen sie einnahm.
»Wieviel Frauen haben Sie in Bars aufgegabelt?«
Roger Davis war auf den Füßen. »Unerheblich, Euer Ehren. Und ich erhebe Einspruch gegen diese Art der Befragung. Die einzige Frau, um die es in diesem Fall geht, ist Loretta Marshal. Wir haben bereits festgestellt, daß der Angeklagte Geschlechtsverkehr mit ihr hatte. Davon abgesehen hat sein Privatleben keine Bedeutung in diesem Prozeß.«
»Ich bin anderer Ansicht, Euer Ehren. Wenn der Angeklagte zu den Männern gehört, die...«
»Stattgegeben. Bitte unterlassen Sie solche Fragen, Miß Parker.«
Jennifer zuckte mit den Schultern. »Ja, Euer Ehren.« Sie wandte sich wieder an Curtis Randall. »Lassen Sie uns zu der Nacht zurückkehren, in der Sie Loretta Marshal in einer Bar aufgegabelt haben. Was war das für eine Bar?«
»Ich — ich weiß es wirklich nicht. Ich war nie vorher da.«
»Es war eine *Singles-Bar*, oder?«
»Ich habe keine Ahnung.«
»Nun, zu Ihrer Information, das *Play Pen* war und ist eine *Singles-Bar*. Es hat den Ruf, ein Aufreißschuppen zu sein, ein Treffpunkt für Männer und Frauen, die jemanden fürs Bett suchen. Sind Sie nicht selber deswegen dort gewesen, Mr. Randall?«
Curtis Randall begann erneut, seine Lippen abzulecken. »Es — es kann sein. Ich weiß nicht mehr.«
»Sie wissen nicht mehr?« Jennifers Stimme troff vor Sarkasmus. »Erinnern Sie sich zufällig noch an das Datum, wann Sie Loretta Marshal das erste Mal in dieser Bar trafen?«
»Nein. Nicht genau.«
»Dann lassen Sie mich Ihr Gedächtnis auffrischen.«
Jennifer ging zum Tisch der Anklage und sichtete einige Papiere. Sie kritzelte eine Notiz, als schriebe sie ein Datum ab, und reichte sie Ken Bailey. Er studierte sie, einen verwirrten Ausdruck auf dem Gesicht.
Jennifer ging wieder zum Zeugenstand. »Es war der achtzehnte Januar, Mr. Randall.« Aus den Augenwinkeln sah sie Ken Bailey den Gerichtssaal verlassen.

»Es könnte stimmen, nehme ich an. Wie ich schon sagte, ich erinnere mich nicht.«
In den nächsten fünfzehn Minuten fuhr Jennifer mit der Befragung von Curtis Randall fort. Es war ein zielloses, sanftes Kreuzverhör, und Roger Davis verzichtete auf Unterbrechungen, denn er merkte, daß Jennifer bei den Geschworenen keine Punkte gewann. Sie wirkten sogar leicht gelangweilt. Jennifer sprach weiter und hielt aus den Augenwinkeln Ausschau nach Ken Bailey. Mitten in einer Frage sah sie ihn hereineilen, unter dem Arm ein kleines Paket.
Jennifer wandte sich an den Richter. »Euer Ehren, darf ich um eine Viertelstunde Pause bitten?«
Der Richter blickte auf die Uhr an der Wand. »Da es fast Zeit zum Mittagessen ist, wird die Verhandlung bis halb zwei vertagt.«

Um ein Uhr dreißig war die Sitzung wieder eröffnet. Jennifer hatte Loretta Marshal näher an die Geschworenenbank gesetzt, das Baby auf ihrem Schoß.
Der Richter sagte: »Mr. Randall, Sie stehen immer noch unter Eid. Sie werden nicht noch einmal vereidigt. Treten Sie bitte in den Zeugenstand.«
Jennifer sah zu, wie Curtis Randall sich in den Zeugenstand setzte. Dann trat sie zu ihm und fragte: »Mr. Randall, wie viele uneheliche Kinder haben Sie gezeugt?«
Roger Davis sprang auf. »Einspruch! Das ist empörend, Euer Ehren. Ich lasse nicht zu, daß mein Mandant einer solchen Demütigung ausgesetzt wird.«
Der Richter sagte: »Einspruch stattgegeben.« Er wandte sich an Jennifer. »Miß Parker, ich habe Sie gewarnt...«
Jennifer sagte zerknirscht: »Es tut mir leid, Euer Ehren.«
Sie blickte auf Curtis Randall und sah, daß sie erreicht hatte, was sie wollte. Nervös leckte er sich über die Lippen. Jennifer wandte sich an Loretta Marshal und ihr Baby. Das Baby war eifrig damit beschäftigt, seine Lippen abzulecken. Langsam ging Jennifer zu dem Baby und blieb lange Zeit vor ihm stehen, um die Aufmerksamkeit der Jury zu sammeln.
»Sehen Sie sich das Kind an«, sagte sie weich.
Alle starrten auf die kleine Melanie, deren rosa Zunge ihre Unterlippe ableckte.

Jennifer drehte sich um und ging zurück zum Zeugenstand.
»Und betrachten Sie diesen Mann!«
Zwölf Augenpaare richteten sich auf Curtis Randall. Er saß da, leckte nervös an seiner Unterlippe, und plötzlich war die Ähnlichkeit unübersehbar. Vergessen war die Tatsache, daß Loretta Marshal mit Dutzenden anderer Männer geschlafen hatte. Vergessen war die Tatsache, daß Curtis Randall ein Pfeiler der Gesellschaft war.
»Dies ist ein Mann«, sagte Jennifer traurig, »von Einfluß und Bedeutung. Ein Mann, zu dem jeder aufsieht. Ich stelle Ihnen nur eine Frage: Was für ein Mann ist das, der sein eigenes Kind verleugnet?«
Die Jury war nicht einmal eine Stunde im Beratungsraum. Als sie zurückkehrte, gab sie der Klägerin recht. Loretta Marshal würde zweihunderttausend Dollar in bar und weitere zweitausend Dollar monatlich zur Unterstützung ihres Kindes erhalten.
Als das Urteil gefällt war, näherte sich Roger Davis Jennifer mit vor Wut gerötetem Gesicht. »Was haben Sie mit dem Baby angestellt?«
»Wie meinen Sie das?«
Roger Davis zögerte, seiner selbst nicht sicher. »Diese Sache mit den Lippen. Das hat die Jury überzeugt, das Baby, das sich genau wie Randall die Lippen abgeleckt hat. Können Sie das erklären?«
»Nun«, sagte Jennifer hochmütig, »das kann ich in der Tat. Man nennt es Vererbung.« Und sie ging davon.

Jennifer und Ken Bailey entledigten sich auf dem Weg zurück ins Büro der Maissirupflasche.

## 16

Beinahe von Anfang an hatte Adam Warner gewußt, daß seine Heirat mit Mary Beth ein Fehler gewesen war. Er hatte impulsiv und idealistisch gehandelt. Er hatte versucht, ein junges Mädchen zu beschützen, das verloren und verletzlich der Welt ausgeliefert schien.

Er hätte alles dafür gegeben, Mary Beth nicht weh tun zu müssen, aber er war von tiefer Liebe zu Jennifer erfüllt. Er brauchte jemanden, mit dem er sprechen konnte, und schließlich entschied er sich für Stewart Needham. Stewart hatte immer für alles Verständnis gehabt. Er würde Adams Lage begreifen. Aber ihr Gespräch verlief etwas anders, als Adam geplant hatte. Als er Needhams Büro betrat, sagte der Seniorpartner: »Gerade im richtigen Moment. Ich habe eben mit dem Wahlgremium telefoniert. Sie fordern dich offiziell auf, für den Senat der Vereinigten Staaten zu kandidieren. Du hast die volle Unterstützung der Partei.«
»Ich — das ist großartig«, sagte Adam.
»Wir haben noch eine Menge Arbeit vor uns, mein Junge. Wir müssen alles durchorganisieren. Ich stelle ein Komitee zusammen, das sich um die Wahlspenden kümmert. Ich glaube, hiermit sollten wir beginnen...«
Die nächsten zwei Stunden verbrachten sie damit, Pläne für die Wahlkampagne zu diskutieren. Als sie fertig waren, sagte Adam: »Stewart, ich möchte gern noch über etwas Privates mit dir sprechen.«
»Ich muß schnell zu einem Mandanten, Adam.«
Und Adam hatte das plötzliche Gefühl, daß Stewart die ganze Zeit gewußt hatte, worüber er mit ihm reden wollte.

Adam war mit Jennifer in einem kleinen Restaurant an der West Side verabredet. Energiegeladen betrat er den Raum. Schon an seinem Gesichtsausdruck konnte Jennifer erkennen, daß etwas geschehen war.
»Ich habe eine kleine Neuigkeit für dich«, sagte Adam. »Ich bin gebeten worden, für den Senat zu kandidieren.«
»Oh, Adam!« Jennifer war plötzlich aufgeregt. »Das ist ja wunderbar. Du wirst einen phantastischen Senator abgeben.«
»Der Wahlkampf wird heiß werden. New York ist ein harter Staat.«
»Das ist unwichtig. Dich kann niemand aufhalten.« Und Jennifer wußte, daß ihre Worte wahr waren. Adam war intelligent und beherzt, bereit, für das zu kämpfen, woran er glaubte. So wie er einmal für sie gekämpft hatte.
Sie ergriff seine Hand und sagte leise: »Ich bin so stolz auf dich, Liebling.«

»Langsam, noch bin ich nicht gewählt. Du weißt, was noch alles passieren kann.«
»Das ändert nichts daran, daß ich stolz auf dich bin. Ich liebe dich so sehr, Adam.«
»Ich liebe dich auch.«
Adam erwog, ihr von dem Gespräch mit Needham zu erzählen, aber er entschied sich dagegen. Das konnte warten, bis er die Dinge in Ordnung gebracht hatte.
»Wann wirst du deine Kandidatur bekanntgeben?«
»Sie wollen, daß ich sofort anfange. Ich habe die einhellige Unterstützung der Partei.«
»Das ist ja phantastisch!«
Aber es gab noch etwas, das *nicht* phantastisch war, und es saß wie ein verdeckter Schmerz in Jennifers Kopf. Jennifer wollte es noch nicht in Worte kleiden, aber sie wußte, daß sie sich früher oder später damit auseinandersetzen mußte. Sie wollte, daß Adam gewann, aber das Rennen um einen Sitz im Senat würde wie ein Damoklesschwert über ihrem Kopf hängen. Wenn Adam gewann, würde sie verlieren — ihn verlieren. Bei allem, wofür er eintrat, konnte er sich keine Skandale im Privatleben leisten. Er war ein verheirateter Mann, und wenn bekannt wurde, daß er eine Geliebte hatte, kam das politischem Selbstmord gleich.
In dieser Nacht litt Jennifer zum erstenmal, seit sie sich in Adam verliebt hatte, wieder an Schlaflosigkeit. Sie lag wach bis zur Dämmerung und kämpfte mit den Dämonen der Nacht.

Cynthia sagte: »Da ist ein Anrufer für Sie in der Leitung. Es ist wieder der Marsmensch.«
Jennifer sah sie verwundert an.
»Sie wissen schon, der mit der Geschichte vom Irrenhaus.«
Jennifer hatte den Mann völlig vergessen. Er gehörte offensichtlich in psychiatrische Behandlung.
»Sagen Sie ihm, er soll...« Sie seufzte. »Ach was, ich sag's ihm selber.«
Sie nahm den Hörer auf. »Jennifer Parker.«
Die bereits vertraute Stimme fragte: »Haben Sie die Informationen überprüft, die ich Ihnen gegeben habe?«
»Ich hatte noch keine Zeit dafür.« Ihr fiel ein, daß sie ihre No-

tizen weggeworfen hatte. »Ich möchte Ihnen gerne helfen. Würden Sie mir bitte Ihren Namen geben?«
»Ich kann nicht«, flüsterte er. »Dann bin ich auch dran. Überprüfen Sie nur, was ich gesagt habe. Helen Cooper. Long Island.«
»Ich kann einen Arzt empfehlen, der...« Die Leitung war stumm.
Jennifer saß einen Moment nachdenklich am Tisch, und dann bat sie Ken Bailey in ihr Büro.
»Was gibt's, Chef?«
»Nichts — glaube ich. Ich hatte ein paar seltsame Anrufe von jemandem, der seinen Namen nicht sagen will. Könntest du einmal versuchen, etwas über eine Frau namens Helen Cooper herauszufinden? Angeblich hatte sie einen großen Besitz in Long Island.«
»Wo befindet sie sich jetzt?«
»Entweder in einem Irrenhaus oder auf dem Mars.«

Zwei Stunden später kehrte Ken zurück und überraschte Jennifer mit den Worten: »Dein Marsmensch ist gelandet. In das Heathers-Krankenhaus in Westchester ist eine Helen Cooper eingeliefert worden.«
»Bist du sicher?«
Ken Bailey sah verletzt aus. Jennifer entschuldigte sich: »So war's nicht gemeint, Ken.« Er war der beste Detektiv, den sie je gekannt hatte. Er sagte nichts, das er nicht dreimal nachgeprüft hatte, und war absolut verläßlich.
»Was interessiert uns an der Dame?« fragte Ken.
»Jemand glaubt, daß man sie zu Unrecht in das Irrenhaus gesteckt hat. Ich möchte dich bitten, ihren Hintergrund, ihre Vergangenheit zu überprüfen. Ich möchte etwas über ihre Familie wissen.«

Am nächsten Morgen lagen die Informationen auf Jennifers Schreibtisch. Helen Cooper war eine Edelwitwe, der von ihrem letzten Ehemann ein Vermögen von vier Millionen Dollar hinterlassen worden war. Ihre Tochter hatte den Hausmeister des Gebäudes, in dem sie lebten, geheiratet, und sechs Wochen nach der Hochzeit war das Paar vor Gericht gezogen, um ihre Mutter für unzurechnungsfähig erklären und den Be-

sitz unter ihre Obhut stellen zu lassen. Sie hatten drei Psychiater gefunden, die Helen Cooper Unzurechnungsfähigkeit attestierten, und das Gericht hatte sie in die psychiatrische Klinik einliefern lassen.
Jennifer las den Bericht durch und blickte Ken Bailey an. »Die ganze Sache scheint mir etwas faul, was meinst du, Ken?«
»Faul? Die stinkt wie ein vier Wochen nicht geleerter Mülleimer. Was hast du vor?«
Das war eine schwierige Frage. Jennifer hatte keinen Mandanten. Wenn Mrs. Coopers Familie sie hatte einsperren lassen, würden sie von Jennifers Einmischung nicht gerade beglückt sein, und da die Frau selber für krank erklärt worden war, konnte sie Jennifer nicht engagieren. Jennifer wußte nur eins: Ob mit oder ohne Mandanten, sie würde nicht tatenlos zusehen, wie jemand in eine Anstalt geworfen wurde.
»Ich werde Mrs. Cooper einen Besuch abstatten«, beschloß Jennifer.

Das Heathers-Sanatorium lag auf einem weitläufigen, baumbestandenen Gelände in Westchester. Das Grundstück war eingezäunt, und der einzige Zutritt bestand in einem bewachten Tor. Jennifer war noch nicht bereit, die Familie über ihre Absicht zu informieren, deswegen hatte sie so lange herumtelefoniert, bis sie einen Bekannten gefunden hatte, der Verbindungen zu dem Sanatorium hatte. Er hatte dafür gesorgt, daß sie Mrs. Cooper besuchen konnte.
Die Leiterin der Anstalt, Mrs. Franklin, war eine strenge Frau mit einem harten Gesicht.
»Offen gesagt«, schnüffelte Mrs. Franklin, »sollte ich Sie nicht mit Mrs. Cooper sprechen lassen. Wie auch immer, wir wollen es einen inoffiziellen Besuch nennen. Dann brauche ich ihn nicht einzutragen.«
»Ich danke Ihnen.«
»Ich werde Sie zu ihr bringen lassen.«

Helen Cooper war eine schlanke, attraktive Frau in den späten Sechzigern. Sie hatte lebhafte, intelligente blaue Augen, und sie war so anmutig, als empfinge sie Jennifer in ihrem eigenen Haus.
»Es ist nett von Ihnen, daß Sie hergekommen sind und mich

besuchen«, sagte sie, »aber ich fürchte, ich kann mir nicht vorstellen, weswegen Sie hier sind.«
»Ich bin Anwältin, Mrs. Cooper. Ich habe zwei anonyme Anrufe erhalten, und der Anrufer erklärte mir, daß Sie hier seien, aber nicht hierher gehörten.«
Mrs. Cooper lächelte leise. »Das muß Albert gewesen sein.«
»Albert?«
»Er war fünfundzwanzig Jahre lang mein Butler. Als meine Tochter Dorothy heiratete, hat sie ihn entlassen.« Sie seufzte. »Der arme Albert. Er gehört der Vergangenheit an, einer anderen Welt. Ich vermute, das gilt in gewisser Weise auch für mich. Sie sind sehr jung, meine Liebe, deswegen haben Sie vielleicht nicht bemerkt, wie sehr alles sich verändert hat. Wissen Sie, was heutzutage fehlt? Güte. Ich fürchte, Gier ist an ihre Stelle getreten.«
Jennifer fragte vorsichtig: »Ihre Tochter?«
Mrs. Coopers Augen wurden traurig. »Ich mache Dorothy keinen Vorwurf. Es liegt an ihrem Mann. Er ist kein sehr attraktiver Mann, zumindest nicht moralisch. Und ich fürchte, meine Tochter ist körperlich nicht sehr attraktiv. Herbert heiratete Dorothy wegen ihres Geldes und mußte dann herausfinden, daß aller Besitz allein in meiner Hand war. Das gefiel ihm nicht.«
»Hat er Ihnen das gesagt?«
»Oh, ja, in der Tat. Mein Schwiegersohn hat aus seinem Herzen keine Mördergrube gemacht. Er war der Meinung, ich sollte meiner Tochter das Vermögen gleich geben und sie nicht warten lassen, bis ich tot bin. Ich hätte es auch getan, wenn ich ihm nicht mißtraut hätte. Ich wußte, was geschehen würde, wenn er das ganze Geld in die Finger bekäme.«
»Hatten Sie in Ihrer Vergangenheit je eine Störung Ihrer Gehirnfunktionen, Mrs. Cooper?«
Helen Cooper sah Jennifer an und sagte trocken: »Nach Meinung der Ärzte leide ich an Schizophrenie und Paranoia.«
Jennifer hatte das Gefühl, daß sie nie in ihrem Leben mit einer gesünderen Frau gesprochen hatte.
»Sie wissen, daß drei Ärzte Ihnen Unzurechnungsfähigkeit attestiert haben?«
»Das Cooper-Vermögen wird auf vier Millionen Dollar geschätzt, Miß Parker. Damit kann man eine ganze Menge Ärzte

beeinflussen. Ich fürchte, Sie vergeuden Ihre Zeit. Mein Schwiegersohn verwaltet jetzt das Vermögen. Er wird mich hier nie herauslassen.«
»Ich würde Ihren Schwiegersohn gern einmal kennenlernen.«

Die Plaza-Towers lagen an der 72. Straße in einer der schönsten Wohngegenden von New York. Helen Cooper besaß darin ein eigenes Penthouse. Nun stand *Mr. und Mrs. Herbert Hawthorne* an der Tür.
Jennifer hatte sich bei der Tochter, Dorothy, telefonisch angemeldet, und als sie in das Appartement trat, warteten sowohl Dorothy als auch ihr Ehemann auf sie. Helen Cooper hatte Jennifer richtig informiert. Dorothy war nicht attraktiv. Sie hatte kein Kinn, und auf dem rechten Auge schielte sie. Ihr Ehemann, Herbert, war mindestens zwanzig Jahre älter als sie.
»Kommen Sie rein«, grunzte er.
Er begleitete Jennifer vom Eingangsraum in ein riesiges Wohnzimmer, an dessen Wände Gemälde französischer und holländischer Meister hingen.
»Vielleicht erklären Sie mir mal, was das ganze Theater eigentlich soll«, sagte er barsch zu Jennifer.
Jennifer wandte sich an das Mädchen. »Es geht um Ihre Mutter.«
»Was ist mit ihr?«
»Wann zeigte sie zum erstenmal Anzeichen einer Krankheit?«
»Sie...«
»Gleich nachdem Dorothy und ich geheiratet haben«, unterbrach Herbert Hawthorne sie. »Die alte Dame konnte mich nicht ausstehen.«
*Das ist wohl eher ein Beweis für ihre Vernunft*, dachte Jennifer.
»Ich habe die Berichte der Ärzte gelesen«, sagte Jennifer. »Sie schienen etwas tendenziös.«
»Was meinen Sie damit, tendenziös?« Sein Ton war streitsüchtig.
»Damit meine ich, daß die Berichte erkennen ließen, daß die Ärzte es mit Grauzonen zu tun hatten, in denen es keine eindeutigen Kriterien gab, um das nachzuweisen, was die Gesellschaft Gesundheit nennt. Ihre Entscheidung wurde zum Teil durch das beeinflußt, was Sie und Ihre Frau ihnen über Mrs. Coopers Benehmen erzählt hatten.«

»Was wollen Sie damit sagen?«
»Ich sage, daß das Ergebnis nicht eindeutig ist. Drei andere Ärzte könnten zu einem völlig anderen Schluß kommen.«
»Jetzt hören Sie mal zu«, sagte Herbert Hawthorne. »Ich habe keine Ahnung, was Sie sich da eingebildet haben, aber die alte Dame ist plemplem. Die Ärzte sagen das, und das Gericht sagt es auch.«
»Ich habe die Verhandlungsabschriften gelesen«, antwortete Jennifer. »Das Gericht hat auch angeregt, daß der Fall von Zeit zu Zeit neu betrachtet werden soll.«
Herbert Hawthorne blickte konsterniert. »Sie meinen, die lassen sie vielleicht heraus?«
»Sie werden sie herauslassen«, versprach Jennifer. »Ich werde dafür sorgen.«
»Warten Sie einen Moment! Was, zum Teufel, geht hier vor?«
»Genau das möchte ich herausfinden.« Jennifer wandte sich an das Mädchen. »Ich habe mir die Krankheitsgeschichte Ihrer Mutter angesehen. Sie war immer gesund, sowohl geistig wie auch psychisch. Sie...«
Herbert Hawthorne unterbrach sie. »Das besagt noch gar nichts! Diese Dinge können ganz plötzlich entstehen. Sie...«
»Außerdem«, fuhr Jennifer an Dorothy gewandt fort, »habe ich mich mit den sozialen Aktivitäten Ihrer Mutter beschäftigt. Sie führte ein völlig normales Leben.«
»Mir ist scheißegal, was Sie oder sonst jemand sagen. Die Alte ist verrückt!« schrie Herbert Hawthorne.
Jennifer betrachtete ihn einen Augenblick. »Haben Sie Mrs. Cooper aufgefordert, Ihnen das Vermögen zu überantworten?«
»Das geht Sie überhaupt nichts an!«
»Sie werden schon sehen, wieviel mich das angeht. Ich denke, für heute ist alles gesagt.« Jennifer bewegte sich auf die Tür zu.
Herbert Hawthorne sprang ihr in den Weg. »Warten Sie einen Augenblick! Sie stecken Ihre Nase in Sachen, die Sie nichts angehen. Sie wollen für sich selber einen kleinen Schnitt machen, oder? Okay, dafür habe ich Verständnis, Schätzchen. Ich mache Ihnen einen Vorschlag. Ich gebe Ihnen hier und jetzt einen Scheck über tausend Dollar für geleistete Dienste, und Sie vergessen die ganze Geschichte. Okay?«

»Tut mir leid«, sagte Jennifer. »Ich bin nicht käuflich.«
»Sie glauben, die alte Dame bezahlt Ihnen mehr?«
»Nein«, sagte Jennifer und blickte ihm in die Augen. »Von uns beiden geht es hier nur einem um Geld.«

Es dauerte sechs Wochen voller Anhörungen, psychiatrischer Konsultationen und Besprechungen mit vier verschiedenen Behörden. Jennifer stützte sich auf Psychiater ihrer eigenen Wahl, und als ihre Untersuchungen abgeschlossen waren und Jennifer alle ihr zur Verfügung stehenden Fakten auf den Tisch gelegt hatte, hob der Richter seine frühere Entscheidung auf. Helen Cooper wurde entlassen und ihr Vermögen wieder unter ihre Verfügung gestellt.

Am Morgen von Mrs. Coopers Entlassung rief sie Jennifer an.
»Ich möchte Sie ins 21 zum Essen einladen.«
Jennifer blickte auf ihren Kalender. Sie hatte einen ausgebuchten Vormittag, eine Verabredung zum Mittagessen, und am Nachmittag mußte sie im Gericht sein, aber sie wußte, wieviel diese Geste der alten Frau bedeutete. »Einverstanden«, sagte Jennifer.
Helen Coopers Stimme klang erfreut. »Wir werden eine kleine Feier veranstalten.«

Das Essen verlief sehr angenehm. Mrs. Cooper war eine sorgfältige Gastgeberin und offensichtlich gut bekannt im 21. Jerry Berns begleitete sie zu einem Tisch im ersten Stock, wo sie in der Gesellschaft wunderschöner Antiquitäten und georgianischer Silberarbeiten speisten. Essen und Service waren überwältigend.
Helen Cooper wartete, bis sie beim Kaffee angelangt waren. Dann sagte sie zu Jennifer: »Ich bin Ihnen sehr zu Dank verpflichtet, meine Liebe. Ich weiß nicht, wie hoch Ihre Rechnung ausfallen wird, aber ich möchte Ihnen etwas mehr geben.«
»Meine Gebühren sind hoch genug.«
Mrs. Cooper schüttelte den Kopf. »Das spielt keine Rolle.« Sie beugte sich vor, schloß Jennifers Hand in die ihre und senkte ihre Stimme zu einem Flüstern.
»Ich werde Ihnen den Staat Wyoming schenken.«

# 17

Die Titelseite der *New York Times* erschien mit zwei Aufmachern nebeneinander. Einer verkündete, daß Jennifer Parker einen Freispruch für eine Frau erreicht hatte, die des Mordes an ihrem Mann angeklagt war. Der andere war ein Artikel über Adam Warners Kandidatur für den Senat der Vereinigten Staaten.
Jennifer las die Story über Adam wieder und immer wieder. Sie enthielt seine Lebensgeschichte, berichtete über seine Leistungen als Pilot im Vietnamkrieg und führte seine Tapferkeitsauszeichnungen auf. Sie war voll des Lobes und enthielt Zitate von einer Anzahl prominenter Politiker, die der Meinung waren, Adam Warner würde dem Senat und der ganzen Nation zur Ehre gereichen. Am Ende des Artikels hieß es, ein siegreicher Wahlkampf werde Adam gewiß den Weg zur Präsidentschaftskandidatur ebnen.

Michael Moretti und sein Schwiegervater beendeten ihr Frühstück auf Antonio Granellis Farm in New Jersey. Michael las den Artikel über Jennifer Parker.
Er blickte auf und sagte zu seinem Schwiegervater: »Sie hat es schon wieder geschafft, Tony.«
Antonio Granelli schob sich einen Löffel Rührei in den Mund. »Wer hat was schon wieder geschafft?«
»Diese Anwältin. Jennifer Parker. Sie ist ein Naturtalent.«
Antonio Granelli grunzte. »Ich mag den Gedanken nicht, daß Frauen für uns arbeiten. Frauen sind schwach. Du weißt nie, was ihnen gerade einfällt.«
Michael sagte vorsichtig: »Du hast recht. Eine Menge Frauen sind unberechenbar, Tony.«
Es lohnte sich nicht, seinem Schwiegervater zu widersprechen. Solange Antonio Granelli lebte, war er gefährlich; aber wenn er ihn betrachtete, wußte Michael, daß er nicht mehr lange warten mußte. Der alte Mann hatte eine Reihe leichter Schlaganfälle hinter sich, und seine Hände zitterten. Er hatte Schwierigkeiten beim Sprechen, und beim Gehen brauchte er einen Stock. Seine Haut erinnerte an trockenes, gelbes Pergament. Er war saft- und kraftlos geworden. Der Mann, den die FBI-Agenten zum Staatsfeind Nummer eins erklärt hatten,

war ein zahnloser Tiger. Sein Name hatte zahllose *Mafiosi* in Angst und Schrecken versetzt, ihre Witwen mit Haß erfüllt. Jetzt sahen nur noch wenige Menschen Antonio Granelli von Angesicht zu Angesicht. Er versteckte sich hinter Michael, Thomas Colfax und ein paar anderen, denen er vertraute. Michael war noch nicht zum Oberhaupt der Familie ernannt worden, aber es war nur eine Frage der Zeit. »Drei-Finger-Brown« Lucchese war der mächtigste der fünf Mafia-Häuptlinge an der Ostküste gewesen, dann Antonio Granelli und bald... Michael konnte es sich leisten, Geduld zu haben. Er hatte einen weiten, weiten Weg hinter sich gebracht, seit er als frecher, unverdorbener Junge vor den wichtigsten Dons von New York gestanden und mit einem brennenden Stück Papier in der Hand geschworen hatte: »So werde auch ich verbrennen, wenn ich die Geheimnisse der Cosa Nostra verrate.«
Jetzt, beim Frühstück mit dem alten Mann, sagte er: »Vielleicht könnten wir die Parker für kleine Sachen gebrauchen. Nur, um zu sehen, wie sie sich anstellt.«
Granelli zuckte mit den Schultern. »Sei vorsichtig, Mike. Ich möchte nicht, daß Fremde mit Familiengeheimnissen zu tun haben.«
»Laß mich nur machen.«
Michael erledigte den Anruf noch an diesem Nachmittag.
Als Cynthia verkündete, Michael Moretti sei am Telefon, brach eine Flut unangenehmer Erinnerungen über Jennifer herein. Sie konnte sich nicht vorstellen, warum Moretti sie anrufen sollte.
Aus Neugier nahm sie den Hörer ab. »Was wollen Sie?«
Die Schärfe in ihrer Stimme verblüffte Michael. »Ich möchte Sie treffen. Ich glaube, wir sollten uns einmal unterhalten.«
»Worüber, Mr. Moretti?«
»Nichts, was ich gern am Telefon erklären würde. Ich kann Ihnen nur soviel verraten, Miß Parker — es handelt sich um etwas, das sehr in Ihrem Interesse läge.«
Jennifer sagte schroff: »Ich kann Ihnen auch etwas verraten, Mr. Moretti. Nichts, was Sie tun oder sagen, könnte mich auch nur im geringsten interessieren.« Und sie knallte den Hörer auf.

Michael Moretti saß an seinem Schreibtisch und starrte den stummen Hörer in seiner Hand an. Er fühlte einen Aufruhr in sich, aber es war nicht Wut oder Zorn. Er war nicht sicher, um was es sich handelte, und er war nicht sicher, daß er es mochte. Er hatte Frauen sein Leben lang benutzt, und sein gutes Aussehen und seine angeborene Skrupellosigkeit hatten ihm mehr willige Betthäschen verschafft, als er aufzählen konnte.
Grundsätzlich verachtete Michael Moretti Frauen. Sie waren zu weich. Sie hatten keinen Verstand. *Rosa, zum Beispiel. Sie ist nicht mehr als ein kleiner Hund, der tut, was man ihm sagt,* dachte er. *Sie hält mein Haus in Ordnung, kocht für mich, fickt mich, wenn ich gefickt werden will, und hält den Mund, wenn ich ihn ihr verbiete.*
Michael hatte nie eine Frau mit Verstand gekannt, eine Frau, die den Mut hatte, ihm zu trotzen. Jennifer Parker hatte es gewagt, ihn einfach abzuhängen. Was hatte sie noch gesagt? *Nichts, was Sie tun oder sagen, könnte mich auch im geringsten interessieren.* Michael Moretti dachte darüber nach und lächelte vor sich hin. Sie irrte sich. Er würde ihr zeigen, wie sehr sie sich irrte. Er lehnte sich zurück und dachte daran, wie sie im Gericht ausgesehen hatte, an ihr Gesicht, an ihren Körper. Er fragte sich plötzlich, wie sie wohl im Bett war. Eine Wildkatze, vielleicht. Er stellte sich ihren nackten Körper unter dem seinen vor, wie sie sich gegen ihn wehrte. Er hob den Hörer ab und wählte eine Nummer.
Als sich am anderen Ende eine Mädchenstimme meldete, sagte er: »Zieh dich aus. Ich bin auf dem Weg zu dir.«

Als Jennifer auf dem Rückweg vom Mittagessen ins Büro die Third Avenue überquerte, wäre sie beinahe von einem Lastwagen überfahren worden. Der Fahrer trat auf die Bremsen, und das Heck des Lasters schlug aus und verfehlte sie nur um Haaresbreite.
»Herr im Himmel, Lady!« schrie der Fahrer. »Warum passen Sie nicht auf, wohin, zum Teufel, Sie gehen!«
Jennifer hörte überhaupt nicht hin. Sie starrte die Aufschrift am Heck des Lasters an. *Nationwide Motors Corporation.* Noch lange, nachdem der Lastwagen aus ihrem Gesichtskreis verschwunden war, stand sie da und starrte ihm nach. Dann drehte sie sich um und eilte zurück ins Büro.

»Ist Ken da?« fragte sie Cynthia.
»Ja, in seinem Büro.«
Sie ging zu ihm. »Ken, könntest du die *Nationwide Motors Corporation* überprüfen? Wir brauchen eine Liste aller Unfälle, in die ihre Laster in den letzten fünf Jahren verwickelt waren.«
»Das wird eine Weile dauern.«
»Nimm LEXIS.« LEXIS war der Zentralcomputer des Justizministeriums.
»Willst du mir nicht sagen, worum es geht?«
»Ich bin noch nicht sicher, Ken. Es ist nur eine Ahnung. Ich lasse es dich wissen, wenn etwas dabei herausgekommen ist.«
Sie hatte etwas im Fall Connie Garrett übersehen, dem Fall des Mädchens, das als vierfach Amputierte den Rest ihres Lebens verkrüppelt verbringen mußte. Der Fahrer mochte einen tadellosen Ruf gehabt haben, aber wie stand es mit den *Wagen*? Vielleicht war doch noch jemand verantwortlich zu machen. Am nächsten Morgen legte Ken Bailey einen Bericht auf ihren Schreibtisch. »Wohinter du auch immer her bist, es sieht so aus, als hättest du ins Schwarze getroffen. Die *Nationwide Motors Corporation* war in den letzten fünf Jahren in fünfzehn Unfälle verwickelt, und einige ihrer Laster mußten aus dem Verkehr gezogen werden.«
Jennifer spürte, wie sie von Aufregung erfaßt wurde. »Was war mit ihnen los?«
»Ein Defekt im Bremssystem, der das Heck des Wagens ausscheren ließ, wenn die Bremsen heftig getreten wurden.«
Es war das Heck des Lasters, das Connie Garrett getroffen hatte.
Jennifer rief eine Konferenz mit Dan Martin, Ted Harris und Ken Bailey ein. »Wir gehen im Fall Connie Garrett vor Gericht«, verkündete sie.
Ted Harris starrte sie durch seine Milchflaschenbrille an. »Warte mal, Jennifer, ich habe das überprüft. Sie hat die Berufung verloren. Sie werden uns *res judicata* um die Ohren schlagen.«
»Was ist *res judicata*?« wollte Ken Bailey wissen.
Jennifer erklärte: »Das ist im Zivilrecht, was zweifache Straffälligkeit im Strafrecht bedeutet. Es heißt, daß irgendwann ein Schlußpunkt beim Prozessieren erreicht sein muß.«
Ted Harris fügte hinzu: »Wenn in einem bestimmten Fall ein-

mal ein endgültiges Urteil gefällt worden ist, kann er nur unter ganz bestimmten Umständen wieder aufgerollt werden. Wir haben keine Gründe für eine Wiederaufnahme.«
»Doch, haben wir. Wir verlangen eine *zwangsweise Aufdeckung.*«

Das Prinzip der zwangsweisen Aufdeckung lautete: *Gegenseitige Kenntnis aller von beiden Parteien gesammelten relevanten Tatsachen ist unerläßlich für einen einwandfreien Prozeß.*
»Der Angeklagte in diesem Sinn ist *Nationwide Motors.* Sie haben vor Connie Garretts Anwalt Informationen geheimgehalten. Das Bremssystem ihrer Laster weist einen Defekt auf, den sie nicht zu Protokoll gegeben haben.«
Sie sah ihre beiden Assistenten an. »Ich glaube, wir sollten so vorgehen...«

Zwei Stunden später saß Jennifer bei Connie Garrett.
»Ich möchte einen neuen Prozeß anstrengen. Ich glaube, wir haben etwas in der Hand.«
»Nein.«
»Nein — was?«
»Nicht noch einen Prozeß.«
»Connie —«
»Sehen Sie mich an, Jennifer. Sehen Sie mich genau an. Ich bin ein Krüppel. Jedesmal wenn ich in den Spiegel schaue, kann ich sehen, wie ich auf andere Menschen wirke.« Connie Garrett schüttelte den Kopf. »Nein. Ich kann das nicht noch einmal durchstehen.«
Beschämt und erschüttert saß Jennifer auf ihrem Stuhl. Wie hatte sie nur so gefühllos sein können? *Irgendwie werde ich für dieses Mädchen einen Sieg erringen,* dachte sie.
»Angenommen, ich versuche, einen Vergleich zu erreichen? Ich kann mir vorstellen, daß sie bereit sind, die Sache ohne Gericht beizulegen, wenn sie sehen, was wir in der Hand haben.«

Die Kanzlei von Maguire und Guthrie, den Anwälten der *Nationwide Motors Corporation,* war an der oberen Fifth Avenue in einem modernen Gebäude aus Glas und Chrom mit einem Springbrunnen davor. Jennifer stellte sich am Empfangstisch vor. Die Empfangsdame bat sie, Platz zu nehmen, und fünf-

zehn Minuten später wurde Jennifer in das Büro von Patrick Maguire geführt. Maguire war der Seniorpartner, ein harter, mit allen Wassern gewaschener Ire mit Augen, denen nichts entging.
Er bot Jennifer einen Stuhl an. »Ich freue mich, Sie kennenzulernen, Miß Parker. Sie haben einen ziemlichen Ruf in den Gerichtssälen dieser Stadt.«
»Hoffentlich keinen allzu schlechten.«
»Man sagt, Sie seien hart. Sie sehen nicht so aus.«
»Das hoffe ich auch.«
»Kaffee? Oder einen guten irischen Whisky?«
»Kaffee, bitte.«
Patrick Maguire klingelte, und eine Sekretärin brachte auf einem Tablett aus Sterlingsilber zwei Tassen Kaffee herein.
Maguire fragte: »Nun, was kann ich für Sie tun?«
»Es geht um den Connie-Garrett-Fall.«
»Ah, ja. Wenn ich mich recht erinnere, verlor sie den Prozeß und die Berufung.«
*Wenn ich mich recht erinnere!* Jennifer hätte ihr Leben darauf verwettet, daß Patrick Maguire jede Statistik aus diesem Fall auswendig kannte.
»Ich werde mich um einen neuen Prozeß bemühen.«
»Wirklich? Auf welcher Grundlage?« fragte Maguire höflich.
Jennifer öffnete ihren Diplomatenkoffer und nahm das Memorandum heraus, das sie vorbereitet hatte. Sie reichte es Maguire.
»Ich verlange eine Wiederaufnahme wegen unterlassener Information der klagenden Partei.«
Maguire blätterte die Papiere durch, unbeeindruckt. »Oh, ja«, meinte er. »Diese Bremsengeschichte.«
»Sie wußten davon?«
»Natürlich.« Er tippte den Ordner mit einem stämmigen Finger an. »Miß Parker, damit kommen Sie nicht weit. Sie müßten beweisen, daß genau der Lastwagen, der in den Unfall verwickelt war, ein defektes Bremssystem hatte. Er wurde aber inzwischen schon ein dutzendmal überholt, so daß Sie kaum beweisen können, in welcher Verfassung er damals war.« Er schob ihr den Ordner wieder zu. »Sie haben nichts in der Hand.«

Jennifer nahm einen Schluck von ihrem Kaffee. »Ich brauche nur nachzuweisen, was der schlechte Zustand dieser Wagen in den letzten Jahren für Unfälle herbeigeführt hat. Ganz gewöhnliche Sorgfalt hätte Ihrem Mandanten klarmachen müssen, daß sie defekt waren.«
Maguire fragte beiläufig: »Was schlagen Sie vor?«
»Ich habe eine Mandantin von Anfang Zwanzig, die in einem Zimmer sitzt, das sie für den Rest ihres Lebens nicht mehr verlassen kann, weil sie weder Arme noch Beine hat. Ich bin auf einen Vergleich aus, der sie wenigstens etwas für die Qual entschädigt, die sie durchleidet.
Patrick Maguire nahm einen Schluck Kaffee. »Was für eine Vorstellung haben Sie da?«
»Zwei Millionen Dollar.«
Er lächelte. »Das ist eine ganze Menge Geld für jemanden mit leeren Händen.«
»Wenn ich vor Gericht gehe, Mr. Maguire, dann habe ich keine leeren Hände, das verspreche ich Ihnen. Und ich werde eine ganze Menge mehr als das gewinnen. Wenn Sie uns zwingen, zu klagen, dann werden wir fünf Millionen Dollar verlangen.«
Wieder lächelte er. »Sie jagen mir ganz schön Angst ein. Noch etwas Kaffee?«
»Nein, danke.« Jennifer stand auf.
»Warten Sie einen Augenblick. Setzen Sie sich, bitte. Ich habe noch nicht nein gesagt.«
»Sie haben auch nicht ja gesagt.«
»Trinken Sie noch etwas Kaffee. Wir kochen ihn selber.«
Jennifer dachte an Adam und den Kenya-Kaffee.
»Zwei Millionen Dollar sind viel Geld, Miß Parker.«
Jennifer schwieg.
»Ich meine, wenn wir über einen geringeren Betrag sprächen, könnte ich vielleicht...« Er fuchtelte ausdrucksvoll mit den Händen herum.
Jennifer schwieg immer noch.
Schließlich sagte Patrick Maguire: »Sie wollen wirklich zwei Millionen, wie?«
»In Wirklichkeit will ich fünf Millionen, Mr. Maguire.«
»In Ordnung. Ich nehme an, da läßt sich was arrangieren.«
*Das war leicht!*

»Ich muß morgen nach London fliegen, aber ich bin in der nächsten Woche wieder hier.«
»Ich möchte diese Sache abschließen. Ich wüßte es sehr zu schätzen, wenn Sie so bald wie möglich mit Ihrem Mandanten sprechen würden. Ich möchte meiner Klientin gern in der nächsten Woche einen Scheck geben können.«
Patrick Maguire nickte. »Das läßt sich eventuell einrichten.«
Auf dem ganzen Weg zurück ins Büro fühlte Jennifer sich unwohl. Es war zu einfach gewesen.
Am Abend auf dem Nachhauseweg kaufte sie eine Kleinigkeit in einem Drugstore. Als sie herauskam und über die Straße gehen wollte, bemerkte sie Ken an der Seite eines hübschen blonden Mannes. Sie zögerte, dann trat sie in eine Seitenstraße, um nicht gesehen zu werden. Kens Privatleben war seine Sache.

An dem Tag, an dem sie mit Patrick Maguire verabredet war, erhielt Jennifer einen Anruf von seiner Sekretärin.
»Mr. Maguire bat mich, ihn bei Ihnen zu entschuldigen, Miß Parker. Er ist heute den ganzen Tag in Besprechungen. Aber es würde ihn freuen, sich morgen mit Ihnen zu treffen, wenn es Ihnen paßt.«
»Gut«, sagte Jennifer. »Danke.«
Der Anruf ließ eine Alarmglocke in ihrem Kopf schrillen. Ihr Instinkt hatte sie nicht getrogen. Patrick Maguire hatte etwas vor.
»Keine Anrufe mehr«, ließ Jennifer Cynthia wissen. Dann schloß sie sich in ihrem Raum ein, ging unruhig auf und ab und versuchte herauszufinden, was sie übersehen hatte. Zuerst hatte Patrick Maguire sie glauben machen wollen, sie hätte nichts in der Hand. Dann mußte er gar nicht groß überredet werden und willigte ein, Connie Garrett zwei Millionen Dollar zu bezahlen. Jennifer dachte daran, wie unwohl sie sich in dem Augenblick gefühlt hatte. Seit jenem Zeitpunkt war Patrick Maguire nicht zu erreichen gewesen. Zuerst London — falls er überhaupt dort gewesen war — und dann die Konferenzen, die ihn die ganze Woche daran gehindert hatten, Jennifers Anrufe zu erwidern. Und jetzt eine weitere Verzögerung.
*Aber warum? Der einzige Grund konnte darin liegen, daß...* Jenni-

fer blieb plötzlich stehen, hob den Hörer des Hausapparats ab und rief Dan Martin an. »Könntest du einmal nachsehen, wann genau Connie Garretts Unfall war, Dan? Ich muß wissen, wann das Verjährungsgesetz in Kraft tritt.«
Zwanzig Minuten später betrat Dan Martin Jennifers Büro. Sein Gesicht war weiß.
»Wir haben es verpatzt«, sagte er, »deine Ahnung war richtig. Heute war der letzte Tag, an dem wir noch etwas hätten unternehmen können.«
Jennifer fühlte sich plötzlich krank. »Bist du sicher?«
»Ja. Es tut mir leid, Jennifer. Einer von uns hätte das vorher überprüfen müssen. Ich — ich habe nicht daran gedacht.«
»Ich auch nicht.« Jennifer wählte eine Nummer. »Patrick Maguire, bitte. Jennifer Parker.«
Sie wartete eine halbe Ewigkeit, dann sagte sie strahlend in den Hörer: »Hallo, Mr. Maguire, wie war's in London?« Sie lauschte. »Nein, ich war noch nie da... ja, wer weiß, irgendwann vielleicht einmal... Der Grund, aus dem ich anrufe«, fuhr sie beiläufig fort, »ist Connie Garrett. Ich habe gerade mit ihr gesprochen. Wie ich schon sagte, will sie nur vor Gericht gehen, wenn sie unbedingt muß. Deshalb dachte ich, wenn wir heute zu einer Übereinkunft...«
Patrick Maguires Lachen schien den Hörer sprengen zu wollen. »Netter Versuch, Miß Parker. Heute tritt das Verjährungsgesetz in Kraft. Niemand wird mehr irgend jemanden verklagen. Wenn Sie sich mit einem Mittagessen irgendwann zufriedengeben, können wir gern ein wenig über den launischen Finger des Schicksals plaudern.«
Jennifer versuchte, ihren Ärger nicht durchklingen zu lassen, als sie sagte: »Das war ein ziemlich mieser Trick, Freundchen.«
»Wir leben in einer ziemlich miesen Welt, Freundchen«, erwiderte Maguire und lachte in sich hinein.
»Es geht nicht darum, wie man spielt — es geht darum, zu gewinnen oder nicht, richtig?«
»Sie sind nicht schlecht, Schätzchen, aber ich bin schon etwas länger im Geschäft als Sie. Sagen Sie Ihrer Mandantin, ich wünsche ihr mehr Glück beim nächsten Mal.«
Und er hängte auf.
Jennifer starrte den Hörer in ihrer Hand an. Sie dachte an

Connie Garrett. Jennifers Herz begann zu schlagen, und ein feiner Schweißfilm bildete sich auf ihrer Stirn. Sie nahm ein Aspirin aus der Schublade und blickte auf die Uhr an der Wand. Es war vier. Sie hatten nur bis fünf Uhr Zeit, um ihren Antrag beim Obersten Gerichtshof einzureichen.
»Wie lange würde es dauern, den Antrag zu formulieren?« fragte Jennifer Dan Martin, der mit ihr litt.
Er folgte ihrem Blick. »Mindestens drei Stunden. Wenn nicht vier. Es gibt keine Möglichkeit.«
*Es muß eine geben*, dachte Jennifer.
Sie fragte: »Hat *Nationwide Motors* nicht überall in den Vereinigten Staaten Filialen?«
»Ja.«
»In San Francisco ist es erst ein Uhr. Wir könnten dort gegen sie klagen und später eine Verlegung des Gerichtsstandes beantragen.«
Dan Martin schüttelte den Kopf. »Jennifer, alle Unterlagen sind hier. Selbst wenn wir eine Kanzlei in San Francisco fänden und sie darüber ins Bild setzen könnten, was wir erreichen wollen, damit sie dort neue Unterlagen vorbereiten — selbst dann haben wir keine Chance, die Maschine vor fünf Uhr in Gang zu setzen.«
Aber sie wollte nicht aufgeben. »Wie spät ist es in Hawaii?«
»Elf Uhr morgens.«
Jennifers Kopfschmerzen verschwanden wie durch Zauberei, und sie sprang auf. »Wir kriegen sie! Versuch herauszufinden, ob *Nationwide Motors* dort eine Geschäftsstelle unterhält. Sie müssen doch eine Fabrik, ein Verkaufsbüro oder eine Garage — irgend etwas dort haben. Wenn ja, klagen wir dort gegen sie.«
Dan Martin starrte sie einen Moment lang an, und dann leuchteten seine Augen auf. »Kapiert!« Er war schon auf dem Weg zur Tür.
Jennifer hatte noch immer Patrick Maguires selbstgefälligen Ton im Ohr. *Sagen Sie Ihrer Mandantin, ich wünsche ihr mehr Glück beim nächstenmal.* Es würde kein nächstes Mal für Connie Garrett geben. Es mußte *diesmal* sein.
Dreißig Minuten später summte der Hausapparat auf Jennifers Schreibtisch, und Dan Martin sagte aufgeregt: »*Nationwide Motors* stellt Lenksäulen auf der Insel Oahu her.«

»Wir haben sie! Setz dich mit einer Anwaltskanzlei dort in Verbindung und sorg dafür, daß sie sofort tätig werden.«
»Denkst du an irgendeine bestimmte Firma?«
»Nein. Kümmere dich nur darum, daß sie dem örtlichen Anwalt von *Nationwide* die Klage rechtzeitig zustellen. Sie sollen uns sofort anrufen, wenn sie alles erledigt haben. Ich warte hier im Büro.«
»Kann ich sonst noch etwas tun?«
»Beten!«
Der Anruf aus Hawaii kam um zehn Uhr am selben Abend. Jennifer riß den Hörer hoch, und eine sanfte Stimme sagte: »Ich möchte gern Miß Jennifer Parker sprechen.«
»Am Apparat.«
»Hier ist Miß Sung von der Kanzlei Gregg und Hoy in Oahu. Wir möchten Ihnen mitteilen, daß wir vor fünfzehn Minuten dem Anwalt der *Nationwide Motors Corporation* Ihre Klage zugestellt haben, wie Sie gewünscht hatten.«
Jennifer atmete langsam aus. »Danke. Ich danke Ihnen von Herzen.«

Cynthia schickte Joey La Guardia herein. Jennifer hatte den Mann noch nie in ihrem Leben gesehen. Er hatte angerufen und sie gebeten, ihn in einem Fall von Körperverletzung zu vertreten. Er war klein, kräftig gebaut und trug einen teuren Anzug, der aussah, als wäre er mit aller Sorgfalt für jemand anderen geschneidert worden. Auf seinem linken Finger steckte ein riesiger Diamantring.
La Guardia lächelte, zeigte gelbe Zähne und sagte: »Ich brauche Hilfe. Jeder kann mal einen Fehler machen, richtig, Miß Parker? Die Bullen haben mich aufgegabelt, weil ich ein paar Jungs die Hucke versohlt habe, aber ich dachte, die Kerle wären hinter mir her gewesen, verstehen Sie? Die Straße war dunkel, und als ich sie so auf mich zukommen sah — nun, da unten geht's manchmal ein bißchen rauh zu. Ich hab's ihnen gegeben, bevor sie den Spieß umdrehen konnten.«
Irgend etwas an seinem Benehmen fand Jennifer abstoßend und falsch. Er bemühte sich zu sehr, gewinnend zu wirken. Er zog eine große Geldrolle heraus.
»Hier. Einen Tausender jetzt gleich und den anderen, wenn wir vor Gericht gehen. Okay?«

»Mein Terminkalender ist voll für die nächsten Monate. Ich werde Ihnen gern einen anderen Anwalt empfehlen.«
Seine Stimme wurde eindringlich. »Nein. Ich will keinen anderen. Sie sind die Beste.«
»Bei einem simplen Körperverletzungsfall brauchen Sie nicht den Besten.«
»Hören Sie«, sagte er, »ich leg' noch 'was drauf!« Seine Stimme klang fast verzweifelt. »Zwei Tausender jetzt und...«
Jennifer drückte auf den Knopf unter ihrem Tisch, und Cynthia trat ein.
»Mr. La Guardia möchte gehen, Cynthia.«
Joey La Guardia starrte Jennifer sekundenlang an, dann schnappte er nach seinem Geld und stieß es in die Tasche zurück. Wortlos verließ er das Büro. Jennifer drückte den Knopf der Sprechanlage.
»Ken, würdest du bitte für eine Minute herkommen?«
Ken brauchte weniger als eine halbe Stunde, um einen vollständigen Bericht über Joey La Guardia zusammenzustellen. »Sein Vorstrafenregister ist eine Meile lang«, erzählte er Jennifer. »Seit seinem sechzehnten Lebensjahr war er Stammgast im Knast. Er ist auf Bewährung entlassen worden. Letzte Woche wurde er wegen Körperverletzung und Mißhandlung festgenommen. Er hat zwei alte Männer zusammengeschlagen, die der Organisation Geld schuldeten.«
Plötzlich fügte sich das Puzzle zusammen. »Joey La Guardia arbeitet für die Organisation?«
»Er ist einer von Michael Morettis Schlägern.«
Kalte Wut stieg in Jennifer auf. »Kannst du mir die Telefonnummer von Michael Moretti besorgen?«
Fünf Minuten später sprach sie mit Moretti.
»Das ist aber ein unerwartetes Vergnügen, Miß Parker. Ich...«
»Mr. Moretti, ich lasse mich nicht kaufen.«
»Worüber sprechen Sie?«
»Hören Sie zu. Hören Sie gut zu. Ich bin nicht käuflich. Weder jetzt noch irgendwann. Ich werde weder Sie noch irgend jemanden, der für Sie arbeitet, vertreten. Alles, was ich von Ihnen will, ist, in Ruhe gelassen zu werden. Haben Sie mich verstanden?«
»Darf ich Ihnen eine Frage stellen?«

»Raus damit.«
»Wollen Sie mit mir zu Mittag essen?«
Jennifer hängte auf.

Cynthias Stimme drang aus dem Lautsprecher der Sprechanlage. »Ein Mr. Patrick Maguire möchte Sie sprechen, Miß Parker. Er hat keinen Termin, aber er sagte...«
Jennifer lächelte vor sich hin. »Lassen Sie ihn warten.«
Sie erinnerte sich an ihr Telefongespräch. *Es geht nicht darum, wie man spielt — es geht darum, zu gewinnen oder nicht, richtig? Sie sind nicht schlecht, Schätzchen, aber ich bin schon etwas länger im Geschäft als Sie. Sagen Sie Ihrer Mandantin, ich wünsche Ihr mehr Glück beim nächstenmal.*
Jennifer ließ Patrick Maguire eine Dreiviertelstunde warten, ehe sie Cynthia klingelte.
»Schicken Sie Mr. Maguire herein, bitte.«
Patrick Maguires herzliche Art war verschwunden. Er war ausgetrickst worden und scheute sich nicht, das zuzugeben. Er ging auf Jennifers Tisch zu und blaffte: »Sie machen mir eine Menge Ärger, Freundchen.«
»Tue ich das, Freundchen?«
Er setzte sich hin, ohne daß sie ihn dazu aufgefordert hätte.
»Hören wir mit der Spiegelfechterei auf. Ich habe einen Anruf vom Generalanwalt der *Nationwide Motors* bekommen. Sie sind bereit, die Sache beizulegen.« Er griff in seine Tasche, holte einen Umschlag hervor und reichte ihn Jennifer. Sie öffnete ihn. Der Umschlag enthielt einen Scheck, ausgestellt auf Connie Garrett. Er lautete auf einhunderttausend Dollar.
Jennifer schob den Scheck wieder in den Umschlag und gab ihn Patrick Maguire zurück.
»Das ist nicht genug. Wir klagen auf fünf Millionen Dollar.«
Maguire grinste. »Nein, das tun Sie nicht. Weil sich Ihre Mandantin nämlich nicht in den Gerichtssaal traut. Ich habe sie gerade besucht. Sie haben keine Aussicht, sie zu einem Auftritt vor Gericht zu bewegen. Und ohne sie haben Sie keine Chance.«
Jennifer sagte verärgert: »Sie hatten kein Recht, mit Connie Garrett zu sprechen, ohne daß ich dabei war.«
»Ich habe uns allen damit nur einen Gefallen getan. Nehmen Sie das Geld und rennen Sie, Freundchen.«

Jennifer stand auf. »Machen Sie, daß Sie rauskommen. Bei Ihrem Anblick dreht sich mir der Magen um.«
Patrick Maguire erhob sich. »Ich wußte gar nicht, daß irgend etwas Ihren Magen dazu bringen kann, sich umzudrehen.« Und er verließ den Raum mitsamt dem Scheck.
Während sie ihm nachsah, fragte Jennifer sich, ob sie nicht vielleicht einen schrecklichen Fehler begangen hatte. Sie dachte daran, was hunderttausend Dollar für Connie Garrett bedeuten konnten. Aber es war nicht genug. Nicht für das, was das Mädchen jeden Tag durchmachen mußte — für den Rest ihres Lebens.
Jennifer wußte, daß Patrick Maguire in einer Sache recht gehabt hatte. Ohne Connie Garrett im Gerichtssaal bestand keine Chance, daß die Geschworenen ihr fünf Millionen Dollar zusprechen würden. Worte würden sie niemals von der Hölle überzeugen, in der Connie Garrett lebte. Jennifer brauchte die Wirkung von Connies Gegenwart im Verhandlungssaal, wo die Geschworenen sie Tag für Tag ansehen mußten. Aber Connie würde sich nicht mit Geld und guten Worten dazu bringen lassen, vor Gericht zu erscheinen. Sie mußte eine andere Lösung finden.

Adam rief an.
»Es tut mir leid, daß ich mich nicht früher gemeldet habe«, entschuldigte er sich. »Ich hatte eine Besprechung nach der anderen wegen des Wahlkampfs und...«
»Schon gut, Liebling. Ich verstehe es.« *Ich muß es verstehen,* dachte sie.
»Du fehlst mir so sehr.«
»Du fehlst mir auch, Adam.« *Du wirst nie wissen, wie sehr du mir fehlst.*
»Ich möchte dich sehen.«
Jennifer wollte fragen, *wann?*, aber sie wartete.
Adam fuhr fort. »Ich muß nach Albany heute nachmittag. Ich rufe dich an, wenn ich zurück bin.«
»Gut.« Sie konnte nichts anderes sagen. Sie konnte nichts tun.
Um vier Uhr morgens erwachte Jennifer aus einem Alptraum und wußte, wie sie die fünf Millionen Dollar für Connie Garrett gewinnen würde.

# 18

»Wir haben eine Reihe von Abendessen überall im Staat geplant, die uns einige Spenden einbringen werden. Wir gehen nur in die größeren Städte. Die kleinen Nester erreichen wir über die nationalen Fernsehshows. Wir erwarten ungefähr — Adam, hörst du zu?«
Adam wandte sich Stewart Needham und den anderen drei Männern im Konferenzraum zu — die besten Medienexperten, hatte Needham ihm versichert — und sagte: »Ja, natürlich, Stewart.«
In Wirklichkeit hatte er an etwas ganz anderes gedacht. Jennifer. Er wollte sie hier an seiner Seite haben, sie sollte an der Erregung der Kandidatur teilhaben, an diesem Moment, an seinem Leben.
Verschiedene Male hatte Adam versucht, seine Situation mit Stewart Needham zu besprechen, aber immer war es seinem Partner gelungen, das Thema zu wechseln.
Adam saß da und dachte über Jennifer und Mary Beth nach. Er wußte, daß es unfair war, sie zu vergleichen, aber es ließ sich unmöglich vermeiden.
*Jennifer ist eine ständige Anregung. Sie interessiert sich für alles und bereichert mein Leben. Mary Beth lebt in ihrer eigenen kleinen Welt...*
*Jennifer und ich haben tausend Dinge gemeinsam. Mary Beth und ich haben nichts gemeinsam außer unserer Ehe...*
*Ich liebe Jennifers Sinn für Humor. Sie kann über sich selber lachen. Mary Beth nimmt alles ernst...*
*Bei Jennifer fühle ich mich jung. Mary Beth wirkt älter, als sie ist...*
*Jennifer steht auf eigenen Füßen. Mary Beth läßt mich alle ihre Entscheidungen treffen...*
*Fünf große Unterschiede zwischen der Frau, die ich liebe, und der, mit der ich verheiratet bin.*
*Fünf Gründe, warum ich Mary Beth niemals verlassen kann.*

# 19

An einem Mittwochmorgen im frühen September begann der Prozeß *Connie Garrett gegen Nationwide Motors Corporation*. Normalerweise wäre er den Zeitungen nur eine halbe Spalte, maximal zwei, wert gewesen, aber weil Jennifer Parker die Klägerin vertrat, waren die Medien ohne Ausnahme vollzählig versammelt.
Patrick Maguire saß am Tisch der Verteidigung, umgeben von einer Schar Assistenten in konservativen grauen Anzügen. Zuerst wurden die Geschworenen ausgewählt. Maguire war nachlässig bis zur Gleichgültigkeit, denn er wußte, daß Connie Garrett nicht im Gericht erscheinen würde. Der Anblick einer schönen, jungen, vierfach amputierten Frau wäre ein machtvoller emotionaler Hebel gewesen, mit dem man eine beträchtliche Geldsumme aus der Jury hätte herauspressen können — aber die Frau würde nicht da sein, also auch kein Hebel.
*Dieses Mal,* dachte Maguire, *hat Jennifer sich selber hereingelegt.*
Die Geschworenen waren ernannt, und der Prozeß nahm seinen Verlauf. Patrick Maguire hielt sein Eröffnungsplädoyer, und Jennifer mußte zugeben, daß er sehr gut war. Er hielt sich lange bei der hoffnungslosen Lage der armen, jungen Connie Garrett auf, sagte all die Dinge, die Jennifer hatte sagen wollen, und stahl ihr damit den ganzen emotionalen Zündstoff. Er sprach von dem Unfall und strapazierte die Tatsache, daß Connie ausgerutscht war und den Fahrer keine Schuld traf, über Gebühr.
»Die Klägerin fordert von Ihnen, meine Damen und Herren, ihr fünf Millionen Dollar zuzusprechen.« Maguire schüttelte ungläubig den Kopf. »*Fünf Millionen Dollar!* Haben Sie je soviel Geld gesehen? Ich nicht. Meine Kanzlei berät einige sehr wohlhabende Mandanten, aber ich muß Ihnen sagen, daß ich in all den Jahren, die ich jetzt schon als Anwalt tätig bin, nicht einmal eine Million Dollar gesehen habe — oder auch nur eine halbe.« Er konnte an den Gesichtern der Geschworenen erkennen, daß es ihnen genauso ging.
»Die Verteidigung wird Zeugen präsentieren, die Ihnen erzählen werden, wie der Unfall passiert ist. Es war ein Unfall. Bevor dieser Prozeß abgeschlossen ist, werden wir Ihnen be-

weisen, daß *Nationwide Motors* keine Schuld in dieser Sache trifft. Sie werden bemerkt haben, daß die Person, die die Klage eingereicht hat — Connie Garrett —, heute nicht hier ist. Ihre Anwältin hat Richter Silverman darüber informiert, daß sie überhaupt nicht auftreten wird. Connie Garrett ist heute nicht hier, wohin sie gehört, aber ich kann Ihnen sagen, wo sie ist. In diesem Augenblick, in dem ich zu Ihnen spreche, sitzt Connie Garrett zu Hause und zählt das Geld, von dem sie glaubt, daß Sie es ihr schenken werden. Sie wartet darauf, daß ihr Telefon klingelt und ihre Anwältin ihr mitteilt, wie viele Millionen Dollar sie Ihnen abgeknöpft hat.
Sie und ich wissen, daß es bei jedem Unfall, in den eine große Firma — egal, wie indirekt — verwickelt ist, Menschen gibt, die sich sofort sagen: ›Warum nicht, diese Firma ist reich, sie kann es sich leisten. Holen wir soviel wie möglich heraus.‹«
Maguire legte eine Pause ein.
»Connie Garrett ist nicht in diesem Saal, weil sie Ihnen nicht in die Augen sehen kann. Sie weiß, daß das, was sie vorhat, unmoralisch ist. Nun, wir werden sie mit leeren Händen fortschicken — als Lektion für andere Leute, die versucht sein könnten, dasselbe zu versuchen. Ein Mensch muß bereit sein, die Verantwortung für sein Schicksal zu übernehmen. Wenn man auf der Straße auf Eis ausrutscht, kann man nicht ›die Bonzen‹ dafür verantwortlich machen. Und man sollte nicht versuchen, fünf Millionen Dollar von ihnen zu erschwindeln. Ich danke Ihnen.«
Er verbeugte sich vor Jennifer und ließ sich dann wieder am Tisch der Verteidigung nieder.
Jennifer stand auf und näherte sich der Jury. Sie studierte die Gesichter der Geschworenen und versuchte, den Eindruck, den Patrick Maguire hinterlassen hatte, abzuschätzen.
»Mein geschätzter Kollege hat Ihnen gesagt, daß Connie Garrett während der Verhandlung nicht bei uns im Gerichtssaal sein wird. Das trifft zu.« Jennifer deutete auf einen leeren Stuhl am Klägertisch. »Dort würde Connie Garrett sitzen, wenn sie hier wäre. Nicht in diesem Stuhl, sondern in einem speziell angefertigten Rollstuhl. Der Stuhl, in dem sie lebt. Connie Garrett wird nicht im Gerichtssaal auftauchen, aber bevor der Prozeß zu Ende ist, werden Sie Gelegenheit erhalten, sie kennenzulernen, so wie ich sie kennengelernt habe.«

Ein verwirrter Ausdruck trat auf Patrick Maguires Gesicht. Er beugte sich zu einem seiner Assistenten herab und flüsterte ihm etwas ins Ohr.
Jennifer fuhr fort: »Ich habe Mr. Maguire so beredt argumentieren gehört, und ich möchte Ihnen mitteilen, daß ich gerührt war. Mein Herz blutete angesichts dieser Multi-Milliarden-Dollar-Gesellschaft, die so gnadenlos von einer vierundzwanzigjährigen Frau ohne Arme und Beine attackiert wird. Dieser Frau, die in eben diesem Augenblick zu Hause sitzt und gierig auf den Anruf wartet, der ihr mitteilt, daß sie reich ist.« Jennifers Stimme wurde leiser. »Was wird sie mit diesem Reichtum anfangen? Ausgehen und Diamanten für die Hände kaufen, die sie nicht hat? Tanzschuhe für die Füße, die sie nicht hat? Wunderschöne Kleider kaufen, die sie niemals tragen kann? Einen Rolls-Royce, der sie auf Parties bringt, zu denen sie nicht eingeladen wird? Stellen Sie sich nur vor, wieviel Spaß sie mit diesem Geld haben wird!«
Jennifer sprach sehr leise und aufrichtig, während ihre Augen über die Gesichter der Geschworenen glitten. »Mr. Maguire hat niemals fünf Millionen Dollar auf einem Haufen gesehen. Ich auch nicht. Aber eins kann ich Ihnen sagen: Wenn ich einem von Ihnen hier und jetzt fünf Millionen Dollar in bar anbieten würde, und als Gegenleistung wollte ich dafür nicht mehr verlangen, als Ihnen beide Arme und beide Beine abschneiden zu dürfen — ich glaube nicht, daß fünf Millionen Dollar dann noch wie so viel Geld erscheinen würden...
Das Gesetz in diesem Fall ist klar und eindeutig«, erklärte Jennifer. »In einem früheren Prozeß, den die Klägerin verloren hat, verschwiegen die Angeklagten vor Kläger und Gericht einen Defekt im Bremssystem ihrer Lastwagen, obwohl sie darüber informiert waren. Damit handelten sie rechtswidrig. Das ist die Grundlage für diesen neuen Prozeß. Nach einer kürzlich veröffentlichten Studie der Regierung gehen die meisten Lastwagenunfälle auf Räder und Reifen, Bremsen und defekte Steuersysteme zurück. Betrachten Sie sich diese Zahlen für einen Augenblick...«
Patrick Maguire taxierte die Geschworenen. Jennifer bombardierte sie mit Statistiken, und Maguire konnte sehen, daß sie gelangweilt waren. Der Prozeß wurde zu technisch. Er ging nicht länger um ein verkrüppeltes Mädchen, sondern um

Lastwagen, Bremszeiten und defekte Bremstrommeln. Die Geschworenen verloren das Interesse.
Maguire blickte zu Jennifer hinüber und dachte: *Sie ist nicht so clever, wie man behauptet.* Er wußte, daß er an ihrer Stelle die Statistiken vergessen, die mechanischen Probleme ignoriert und statt dessen mit den Emotionen der Geschworenen gespielt hätte. Jennifer Parker tat genau das Gegenteil.
Patrick Maguire lehnte sich zurück und entspannte sich.
Jennifer näherte sich dem Richtertisch. »Euer Ehren, mit Erlaubnis des Gerichts möchte ich gern ein Beweisstück ins Protokoll aufnehmen lassen.«
»Was für ein Beweisstück?« fragte Richter Silverman.
»Zu Anfang dieses Prozesses habe ich der Jury versprochen, daß sie Connie Garrett kennenlernen würde. Da sie nicht persönlich hier sein kann, würde ich den Geschworenen gern einige Bilder von ihr zeigen.«
Richter Silverman sagte: »Dagegen sehe ich keine Einwände.« Er wandte sich an Patrick Maguire. »Hat der Verteidiger irgendwelche Einwände?«
Patrick Maguire stand auf. Er bewegte sich langsam, aber sein Gehirn lief auf Hochtouren. »Was für Bilder?«
Jennifer erwiderte: »Einige Bilder, die in Connie Garretts Wohnung aufgenommen worden sind.«
Patrick Maguire hätte es lieber gesehen, wenn keine Bilder gezeigt worden wären; aber auf der anderen Seite wirkten Fotografien von einem verkrüppelten Mädchen in einem Rollstuhl wesentlich weniger dramatisch, als es ein persönlicher Auftritt des Mädchens getan hätte. Und es galt noch einen weiteren Faktor zu berücksichtigen: Wenn er Einspruch erhob, würde ihn das in den Augen der Jury unsympathisch wirken lassen. Großzügig sagte er: »Wenn Sie unbedingt wollen, zeigen Sie die Bilder.«
»Danke.«
Jennifer wandte sich an Dan Martin und nickte. Zwei Männer im Hintergrund bewegten sich mit einer tragbaren Leinwand und einem Filmprojektor nach vorn und stellten sie auf.
Überrascht sprang Patrick Maguire auf: »Warten Sie mal! Was soll das?«
Unschuldig antwortete Jennifer: »Wir zeigen nur die Bilder, zu denen Sie eben Ihre Zustimmung gegeben haben.«

Patrick Maguire rauchte vor Wut, aber er schwieg. Jennifer hatte nichts von *bewegten* Bildern gesagt. Aber jetzt war es zu spät, Einspruch zu erheben. Er nickte knapp und setzte sich wieder hin.

Jennifer hatte die Leinwand so aufstellen lassen, daß Richter und Geschworene gut sehen konnten.

»Könnten wir den Raum verdunkeln, Euer Ehren?«

Der Richter gab dem Gerichtsdiener ein Zeichen, und das Licht wurde ausgeschaltet. Jennifer ging zu dem 16-mm-Projektor und stellte ihn an.

Die nächsten dreißig Minuten hielt jeder im Gerichtssaal den Atem an. Jennifer hatte einen professionellen Kameramann und einen jungen Werbefilmregisseur engagiert. Sie hatten einen Tag im Leben von Connie Garrett gefilmt, und es war ein Film wie ein Faustschlag geworden. Nichts blieb der Einbildung überlassen. Der Film zeigte die schöne, junge Amputierte, wie sie morgens aus dem Bett gehoben und auf die Toilette getragen wurde, wie sie, einem kleinen, hilflosen Baby gleich, gesäubert, gebadet, gefüttert und angezogen werden mußte. Jennifer hatte den Film wieder und immer wieder gesehen, und jetzt, als sie ihn erneut erlebte, fühlte sie denselben Klumpen im Hals wie beim erstenmal, ihre Augen füllten sich mit Tränen, und sie wußte, daß der Film auf den Richter, die Jury und die Zuschauer im Gerichtssaal genauso wirken mußte.

Als der Film zu Ende war, wandte sich Jennifer an Richter Silverman. »Die Klagevertretung hat die Beweisaufnahme abgeschlossen?«

Die Jury war bereits über zehn Stunden draußen, und mit jeder verstreichenden Stunde sank Jennifers Mut. Sie hatte ein sofortiges Urteil erwartet. Wenn die Geschworenen von dem Film so berührt gewesen wären wie sie, hätte die Urteilsfindung nicht länger als eine oder zwei Stunden dauern können.

Als die Jury den Raum verlassen hatte, war Patrick Maguire außer sich vor Wut gewesen, sicher, daß er den Fall verloren und Jennifer Parker unterschätzt hatte. Aber als die Stunden vergingen und die Jury nicht zurückkehrte, stiegen seine Hoffnungen wieder. Für eine von Emotionen geprägte Entscheidung hätten die Geschworenen nicht so lange gebraucht. »Wir werden mit einem blauen Auge davonkommen. Je länger sie da draußen herumstreiten, desto mehr wird die Erinnerung an den Film verblassen«, sagte er zu einem seiner Assistenten.

Einige Minuten vor Mitternacht sandte der Vorsitzende der Jury Richter Silverman eine Notiz, in der er um eine Rechtsbelehrung bat. Der Richter studierte die Bitte, dann blickte er auf. »Würden die beiden Anwälte bitte an den Richtertisch treten.«
Als Jennifer und Patrick Maguire vor ihm standen, sagte der Richter: »Ich möchte Sie über eine Nachricht in Kenntnis setzen, die ich gerade vom Vorsitzenden der Jury erhalten habe. Die Geschworenen fragen, ob sie vom Gesetz her die Erlaubnis haben, Connie Garrett mehr als die fünf Millionen Dollar zuzusprechen, auf die ihre Anwältin geklagt hat.«
Jennifer fühlte sich schwindlig. Ihr Herz schien zu schweben. Sie blickte Patrick Maguire an. Sein Gesicht war leichenblaß.
»Ich teile der Jury mit«, sagte Richter Silverman, »daß es ihrem Ermessen überlassen bleibt, welche Summe sie für gerechtfertigt hält.«
Dreißig Minuten später kehrten die Geschworenen in den Gerichtssaal zurück. Der Vorsitzende gab bekannt, daß ihr Urteil zugunsten der Klägerin ausgefallen war. Die Höhe des Connie Garrett zugesprochenen Schadensersatzes belief sich auf sechs Millionen Dollar. Es war die höchste Schadensersatzsumme in der Geschichte des Staates New York.

## 20

Als Jennifer am nächsten Morgen ihr Büro betrat, fand sie ein Arsenal von Zeitungen auf ihrem Schreibtisch ausgebreitet. Sie war auf jeder Titelseite. Vier Dutzend wunderschöne Rosen standen in einer Vase daneben. Jennifer lächelte. Adam hatte die Zeit gefunden, ihr Blumen zu schicken.
Sie blickte auf das Kärtchen: *Herzliche Glückwünsche. Michael Moretti.*

Die Sprechanlage summte, und Cynthia sagte: »Mr. Adams ist in der Leitung.«
Jennifer griff hastig nach dem Hörer. Sie bemühte sich, ruhig zu klingen. »Hallo, Liebling.«
»Du hast es schon wieder geschafft.«
»Ich hatte Glück.«
»Deine Mandantin hatte Glück. Glück, eine Anwältin wie dich zu haben. Du mußt dich jetzt doch wunderbar fühlen.«
*Einen Prozeß zu gewinnen, gab ihr ein gutes Gefühl. Aber wunderbar fühlte sie sich nur, wenn sie bei Adam war.* »Ja.«
»Ich muß dir etwas Wichtiges sagen«, meinte Adam. »Kannst du dich am Nachmittag auf einen Drink mit mir treffen?«
Jennifers Herz wurde schwer. Es konnte nur eins sein, das Adam ihr zu sagen hatte: Er würde sie in Zukunft nicht mehr sehen können.
»Ja. Ja, natürlich.«
»Bei Mario? Um sechs?«
»Gut.«
Sie gab Cynthia die Rosen.

Adam wartete an einem Tisch ganz hinten im Raum. *Damit er keinen Ärger bekommt, wenn ich hysterisch werde,* dachte Jennifer. Nun, sie war fest entschlossen, nicht zu weinen. Nicht vor Adam. Sie konnte an seinem hageren, abgespannten Gesicht erkennen, was er durchgemacht hatte, und sie wollte es ihm so leicht wie möglich machen. Jennifer setzte sich hin, und Adam ergriff ihre Hand.
»Mary Beth hat in die Scheidung eingewilligt«, sagte Adam, und Jennifer starrte ihn sprachlos an.

Mary Beth hatte das Gespräch darauf gebracht, nicht er. Sie waren auf dem Rückweg von einem Wahlessen, bei dem Adam als Hauptredner aufgetreten war. Der Abend war ungeheuer erfolgreich verlaufen. Mary Beth blieb auf der ganzen Fahrt schweigsam, wie von einer seltsamen Spannung erfaßt.
Adam sagte: »Ich glaube, der Abend hat ganz gut geklappt, nicht wahr?«
»Ja, Adam.«
Davon abgesehen fielen keine Worte mehr, bis sie das Haus erreicht hatten.

»Möchtest du noch einen Schlummertrunk?« fragte Adam.
»Nein, danke. Ich denke, wir sollten uns einmal unterhalten.«
»Oh? Worüber?«
Sie sah ihn an und sagte: »Über dich und Jennifer Parker.«
Die Worte wirkten wie ein Faustschlag. Adam zögerte einen Moment. Sollte er alles leugnen oder...?
»Ich weiß seit einiger Zeit Bescheid. Ich habe nichts gesagt, weil ich mir darüber klarwerden mußte, wie es weitergehen soll.«
»Mary Beth, ich...«
»Bitte, laß mich ausreden. Ich weiß, daß unsere Beziehung nicht ganz so verlaufen ist, wie wir es erhofft hatten. Vielleicht war ich keine so gute Ehefrau, wie ich hätte sein sollen.«
»Dich trifft keine Schuld, glaub mir. Ich...«
»Bitte, Adam. Das alles ist nicht gerade einfach für mich. Ich habe eine Entscheidung getroffen. Ich werde dir nicht im Weg stehen.«
Er sah sie ungläubig an. »Ich verstehe nicht...«
»Ich liebe dich zu sehr, um dir weh zu tun. Du hast eine glänzende politische Zukunft vor dir. Ich möchte nicht, daß irgend etwas dir das verdirbt. Offensichtlich mache ich dich nicht vollständig glücklich. Wenn Jennifer Parker es kann, dann sollst du sie haben.«
Das ganze Gespräch erschien ihm so unwirklich, als fände es unter Wasser statt. »Und was wird aus dir?«
Mary Beth lächelte. »Mir wird es gutgehen, Adam. Mach dir keine Sorgen um mich. Ich habe meine eigenen Pläne.«
»Ich — ich weiß nicht, was ich sagen soll.«
»Du brauchst nichts zu sagen. Ich habe alles gesagt, für uns beide. Wenn ich mich an dich klammern und dich unglücklich machen würde, wäre das für uns beide keine Hilfe, nicht? Ich bin sicher, Jennifer ist wunderbar, sonst würdest du nicht so für sie empfinden.« Mary Beth ging zu ihm und nahm ihn in die Arme. »Sieh nicht so betroffen aus, Adam. Es ist am besten so, für alle Beteiligten.«
»Du bist wundervoll.«
»Danke.« Zart fuhr sie mit den Fingerspitzen über sein Gesicht. »Mein Liebster. Ich werde immer deine beste Freundin sein. Immer.« Dann trat sie näher heran und legte ihren Kopf an seine Schulter. Er konnte ihre leise Stimme kaum verste-

hen. »Es ist so lange her, seit du mich zum letztenmal in den Armen gehalten hast, Adam. Du brauchst mir nicht zu sagen, daß du mich liebst, aber könntest du — wenn du willst —, könntest du mich noch einmal in den Armen halten und mit mir schlafen? Ein einziges Mal noch, du und ich?«

An all das dachte Adam jetzt, als er zu Jennifer sagte: »Die Scheidung war Mary Beths Idee.« Er sprach weiter, aber Jennifer vernahm die Worte nicht mehr; alles, was sie hörte, war Musik. Sie fühlte sich, als triebe sie auf dem Rücken auf dem Meer. Sie hatte sich dagegen gewappnet, daß Adam ihr mitteilte, er könne sie nicht mehr sehen — und jetzt das! Es war zu viel, um alles gleich zu verarbeiten. Sie wußte, wie schmerzlich die Szene mit Mary Beth für Adam gewesen sein mußte, und sie hatte ihn nie mehr geliebt als in diesem Moment. Sie fühlte sich, als wäre eine schwere Last von ihrer Schulter genommen, als könnte sie wieder atmen.
Adam sagte: »Mary Beth hat sich wundervoll verhalten. Sie ist eine unglaubliche Frau. Sie freut sich wirklich für uns beide.«
»Das ist schwer zu glauben.«
»Du verstehst das nicht. Wir haben schon seit einiger Zeit mehr wie... wie Bruder und Schwester gelebt. Ich habe nie mit dir darüber gesprochen, aber...« Er zögerte einen Augenblick und sagte dann bedächtig, »Mary Beth hat kein... kein sehr starkes Triebleben.«
»Ich verstehe.«
»Sie möchte dich gern kennenlernen.«
Der Gedanke beunruhigte Jennifer. »Ich glaube nicht, daß ich das könnte, Adam. Ich würde mich unwohl fühlen.«
»Vertrau mir.«
»Wenn — wenn du willst, natürlich, Adam.«
»Schön, Liebling. Wir werden zum Tee kommen. Ich fahre dich hinaus.«
Jennifer dachte einen Moment nach. »Wäre es nicht besser, wenn ich allein ginge?«

Am nächsten Morgen fuhr Jennifer den Saw Mill River Parkway hinauf. Es war ein klarer, trockener Morgen, ein schöner Tag für eine Autofahrt. Jennifer stellte das Autoradio an und versuchte, ihre Nervosität zu überspielen.

Das Haus der Warners war ein großartig erhaltenes Gebäude holländischen Ursprungs, das sich inmitten grüner Hügelwellen erhob und den Fluß überblickte. Jennifer lenkte den Wagen die Auffahrt hinauf zu dem imponierenden Vordereingang. Sie klingelte, und einen Moment später wurde die Tür von einer attraktiven Frau Mitte Dreißig geöffnet. Jennifer hatte alles andere erwartet als diese schüchterne, aus dem Süden stammende Frau, die ihre Hand ergriff, sie freundlich anlächelte und sagte: »Ich bin Mary Beth. Adam ist Ihnen nicht gerecht geworden. Bitte, treten Sie ein.«
Adams Frau trug einen beigen Wollrock und eine Seidenbluse, die gerade so weit geöffnet war, daß die Ansätze reifer, aber immer noch schöner Brüste zu sehen waren. Ihr beigeblondes Haar war lang und um das Gesicht herum leicht gelockt. Es bildete einen umwerfenden Kontrast zu ihren blauen Augen. Die Perlen um ihren Hals konnten schwerlich für Zuchtprodukte gehalten werden. Eine Aura jahrhundertealter Würde umgab Mary Beth Warner.
Das Innere des Hauses war phantastisch. Weite, luftige Räume beherbergten kostbare Antiquitäten und wertvolle Gemälde.
Ein Butler servierte Tee im Salon. Als er den Raum verlassen hatte, sagte Mary Beth: »Ich bin sicher, daß Sie Adam sehr lieben.«
Jennifer sagte ungeschickt: »Ich versichere Ihnen, Mrs. Warner, daß keiner von uns...«
Mary Beth Warner legte eine Hand auf Jennifers Arm. »Das müssen Sie mir nicht sagen. Ich weiß nicht, ob Adam es Ihnen gegenüber erwähnt hat, aber unsere Ehe hat eigentlich nur noch aus Höflichkeit bestanden. Adam und ich kennen uns, seit wir Kinder waren. Ich glaube, ich habe mich in Adam verliebt, als ich ihn zum erstenmal gesehen habe. Wir gingen zu denselben Parties, und ich nehme an, es war unvermeidlich, daß wir eines Tages geheiratet haben. Verstehen Sie mich nicht falsch. Ich bewundere Adam immer noch, und ich bin sicher, er mich auch. Aber Menschen verändern sich, nicht wahr?«
»Ja.«
Jennifer sah Mary Beth an, und sie fühlte eine tiefe Dankbarkeit. Was eine häßliche und schmutzige Szene hätte werden

können, war ein freundliches, wunderbares Zusammensein geworden. Adam hatte recht. Mary Beth war eine unglaubliche Frau.
»Ich bin Ihnen sehr dankbar«, sagte Jennifer.
»Und ich bin Ihnen dankbar«, vertraute Mary Beth ihr an. Sie lächelte schüchtern und sagte: »Wissen Sie, ich bin auch sehr verliebt. Ich hatte an eine sofortige Scheidung gedacht, aber in Adams Interesse warten wir am besten bis nach den Wahlen.«
Jennifer war mit ihren Gefühlen so beschäftigt gewesen, daß sie die Wahlen ganz vergessen hatte.
Mary Beth fuhr fort: »Alle Welt scheint sicher zu sein, daß Adam unser nächster Senator sein wird, und eine Scheidung zum gegenwärtigen Zeitpunkt würde seine Chancen sehr beeinträchtigen. Es dauert nur noch sechs Monate, also habe ich beschlossen, daß es besser für ihn wäre, wenn ich es bis dahin hinauszögere.« Sie sah Jennifer an. »Aber entschuldigen Sie — ist Ihnen das auch recht?«
»Selbstverständlich«, sagte Jennifer.
Sie würde ihre Gedankenwelt völlig umstellen müssen. Ihre Zukunft würde nun mit der Adams verbunden sein. Wenn er Senator wurde, würde sie mit ihm in Washington leben. Es würde bedeuten, daß sie ihre Kanzlei hier aufgeben mußte, aber das spielte keine Rolle. Nichts spielte eine Rolle — außer, daß sie zusammen sein konnten.
Jennifer sagte: »Adam wird ein wunderbarer Senator sein.«
Mary Beth hob den Kopf und lächelte. »Meine Liebe, eines Tages wird er ein wunderbarer Präsident sein.«

Das Telefon klingelte, als Jennifer wieder in ihrem Appartement war. »Wie hast du dich mit Mary Beth verstanden?« fragte Adam.
»Adam, sie war phantastisch.«
»Sie hat dasselbe über dich gesagt.«
»Man liest dauernd über den alten Südstaatencharme, aber man begegnet ihm nicht oft. Mary Beth hat ihn. Sie ist eine richtige Dame.«
»Du auch, Liebling. Wo möchtest du gern heiraten?«
Jennifer sagte: »Auf dem Times Square, was mich betrifft. Aber ich glaube, wir sollten noch warten, Adam.«
»Worauf warten?«

»Bis nach den Wahlen. Deine Karriere ist wichtig. Eine Scheidung könnte dir jetzt schaden.«
»Mein Privatleben ist...«
»...in Zukunft auch dein öffentliches Leben. Wir dürfen nichts tun, was deine Chancen verderben würde. Wir können sechs Monate warten.«
»Ich will nicht warten.«
»Ich auch nicht, Liebling.« Jennifer lächelte. »Wir werden auch nur so tun, als ob wir warteten, nicht wahr?«

## 21

Jennifer und Adam aßen fast jeden Tag zusammen zu Mittag, und ein- oder zweimal verbrachte Adam die Nacht in ihrer Wohnung. Sie mußten vorsichtiger sein denn je, denn Adams Wahlkampagne hatte begonnen, und er war jetzt im ganzen Land bekannt. Er hielt Reden auf politischen Versammlungen, und seine Meinungen zu Fragen von nationalem Interesse wurden immer öfter in der Presse zitiert.

Adam und Stewart Needham nahmen ihren rituellen Morgentee zu sich. »Ich habe dich heute morgen im Fernsehen gesehen«, sagte Needham. »Gute Arbeit, Adam. Du hast in jedem Punkt überzeugt. Ich verstehe, daß sie dich noch einmal eingeladen haben.«
»Stewart, ich hasse diese Shows. Ich fühle mich da oben wie ein gottverdammter Schauspieler in einem Film.«
Stewart nickte unbeeindruckt. »Das sind Politiker nun einmal, Adam — Schauspieler. Sie spielen eine Rolle und sind so, wie die Öffentlichkeit sie haben will. Zum Teufel, wenn Politiker sich in der Öffentlichkeit benähmen, wie sie wollten, dann wäre dieses Land nichts weiter als eine verdammte Monarchie.«
»Ich mag die Tatsache nicht, daß die Kandidatur für ein öffentliches Amt zu einer Probeaufnahme degradiert worden ist.«
Stewart Needham lächelte. »Du solltest dankbar sein, daß du so gut wirkst, mein Junge. Deine Werte in den Umfragen stei-

gen von Woche zu Woche.« Er hielt inne, um sich Tee nachzuschenken. »Glaub mir, das ist jetzt erst der Anfang. Erst der Senat, dann die Zielscheibe Nummer eins. Nichts kann dich aufhalten.« Er nahm einen Schluck Tee. »Es sei denn, du begehst eine Dummheit.«
Adam sah auf. »Was meinst du?«
Stewart Needham tupfte sich die Lippen mit einem Damasttaschentuch ab. »Dein Gegenkandidat teilt mit Vorliebe Tiefschläge aus. Ich wette, daß er in diesem Augenblick dein Leben mit einer Lupe betrachtet. Er wird doch hoffentlich keine Munition finden, oder?«
»Nein.« Das Wort glitt Adam automatisch über die Lippen.
»Gut«, sagte Stewart Needham. »Wie geht es Mary Beth?«

Jennifer und Adam verbrachten ein geruhsames Wochenende in einem Landhaus in Vermont, das einer von Adams Freunden ihnen zur Verfügung gestellt hatte. Die Luft war trocken und frisch, sie ließ schon Vorahnungen auf den Winter aufkommen. Es war ein vollkommenes Wochenende, das sie am Tag mit langen Wanderungen, am Abend mit Spielen und Gesprächen vor dem Kaminfeuer verbrachten.
Sie hatten alle Sonntagszeitungen sorgfältig durchgelesen. Adam lag in allen Umfragen vorn. Mit wenigen Ausnahmen standen die Medien auf seiner Seite. Sie mochten seine Art, seinen Anstand, seine Intelligenz und seine Offenheit. Immer wieder verglichen sie ihn mit John F. Kennedy.
Adam rekelte sich vor dem Kamin und beobachtete den Widerschein der Flammen auf Jennifers Gesicht. »Was würdest du davon halten, die Frau des Präsidenten zu sein?«
»Tut mir leid. Ich bin schon in einen Senator verliebt.«
»Wärst du enttäuscht, wenn ich nicht gewinne, Jennifer?«
»Nein. Der einzige Grund, warum ich will, daß du gewinnst, besteht darin, daß du gewinnen willst, Liebling.«
»Wenn ich es schaffe, bedeutet das, daß wir in Washington leben müssen.«
»Wenn wir zusammen sind, spielt nichts anderes eine Rolle.«
»Was ist mit deiner Kanzlei?«
Jennifer lächelte. »Soweit ich weiß, gibt es in Washington auch Anwälte.«
»Und wenn ich dich bitten würde, es aufzugeben?«

»Dann würde ich es aufgeben.«
»Das will ich nicht. Dazu bist du zu gut in deinem Beruf.«
»Mir ist nur das Zusammensein mit dir wichtig. Ich liebe dich so sehr, Adam.«
Er streichelte ihr weiches, dunkelbraunes Haar und sagte: »Ich liebe dich auch sehr.«
Sie gingen ins Bett und später schliefen sie ein.
Sonntagnacht fuhren sie nach New York zurück. Sie holten Jennifers Wagen in der Garage, wo sie ihn untergestellt hatte, und Adam fuhr nach Hause. Jennifer ging wieder in ihre Wohnung.

Jennifers Tage waren unglaublich ausgefüllt. Wenn sie sich vorher schon für beschäftigt gehalten hatte, so wurde sie jetzt regelrecht belagert. Sie vertrat internationale Konzerne, die dabei erwischt worden waren, als sie sich ein paar Gesetze zurechtbogen, Senatoren, die ihre Finger in die Parteikasse gesteckt hatten, Filmschauspieler, die in Schwierigkeiten geraten waren. Sie vertrat Bankpräsidenten und Bankräuber, Politiker und Gewerkschaftsführer.
Das Geld strömte nur so herein, aber das war Jennifer nicht wichtig. Sie verteilte großzügige Prämien an ihre Mitarbeiter und machte verschwenderische Geschenke.

Die Firmen, die gegen Jennifer antraten, waren längst davon abgekommen, die zweite Garde ihrer Anwälte ins Gefecht zu schicken, so daß Jennifer sich oft mit den größten juristischen Talenten der Welt zu messen hatte.
Sie wurde in das Kollegium amerikanischer Prozeßanwälte aufgenommen, und sogar Ken Bailey war beeindruckt.
»Herrgott«, sagte er, »weißt du, daß es nur ein Prozent der Anwälte dieses Landes jemals bei denen zur Mitgliedschaft bringt?«
»Ich bin ihre Renommierfrau«, lachte Jennifer.

Wenn sie einen Angeklagten in Manhattan verteidigte, konnte sie sicher sein, daß Robert Di Silva entweder selber die Anklage vertrat oder zumindest die Strategie seiner Assistenten überwachte. Sein Haß auf sie war mit jedem ihrer Siege gewachsen.

Während eines Prozesses, in dem Jennifer dem Staatsanwalt gegenüberstand, hatte Di Silva ein Dutzend der besten Experten als Zeugen der Anklage aufgefahren.
Jennifer hatte auf Sachverständige verzichtet. Sie sagte zu den Geschworenen: »Wenn wir ein Raumschiff bauen oder die Entfernung zu einem Stern berechnen wollen, dann brauchen wir Experten. Aber wenn wir etwas wirklich Wichtiges erledigen müssen, dann rufen wir zwölf normale Menschen zusammen. Wenn ich mich richtig erinnere, hat der Begründer des Christentums nichts anderes getan.«
Jennifer gewann den Fall.

Eine von Jennifers erfolgreichsten Techniken bestand darin, den Geschworenen zu sagen: »Ich weiß, daß die Worte *Gesetz* und *Gerichtssaal* etwas einschüchternd und weit entfernt von Ihrem täglichen Leben klingen, aber wenn Sie aufhören, darüber nachzudenken, stellen Sie fest, daß wir hier nichts anderes tun, als uns mit dem Recht und Unrecht zu beschäftigen, das menschlichen Wesen wie uns allen angetan wurde. Vergessen wir, daß wir in einem Gerichtssaal sind, meine Freunde. Stellen wir uns vor, wir säßen in meinem Wohnzimmer und sprächen darüber, was diesem Angeklagten, unserem Mitmenschen, passiert ist.«
Und in ihrer Einbildung *saßen* die Geschworenen in Jennifers Wohnzimmer wie verzaubert von ihrer Ausstrahlung.
Dieser Kniff wirkte so lange, bis Jennifer eines Tages wieder einmal einen Mandanten gegen Robert Di Silva verteidigte. Der Staatsanwalt stand auf und hielt sein Eröffnungsplädoyer.
»Meine Damen und Herren«, sagte Di Silva, »vergessen Sie, daß Sie in einem Gerichtssaal sitzen. Ich möchte, daß Sie sich vorstellen, Sie befänden sich zu Hause in meinem Wohnzimmer, und wir alle sitzen entspannt herum und plaudern über die schrecklichen Dinge, die der Angeklagte getan hat.«
Ken Bailey beugte sich zu Jennifer und flüsterte: »Hörst du, was dieser Bastard tut? Er klaut dir deinen Mäusespeck.«
»Keine Sorge«, antwortete Jennifer kühl.
Als Jennifer aufstand, wandte sie sich mit den Worten an die Jury: »Meine Damen und Herren, ich habe noch niemals etwas so Empörendes wie die Bemerkungen des Staatsanwalts

gehört.« Ihre Stimme zitterte vor rechtschaffener Betroffenheit. »Ein paar Minuten lang konnte ich gar nicht glauben, daß ich ihn richtig verstanden habe. Wie kann er von Ihnen verlangen, zu *vergessen*, daß Sie in einem Gerichtssaal sitzen! Dieser Gerichtssaal ist eines der kostbarsten Besitztümer unserer Nation. Es ist der Grundstock der Freiheit. Ihrer, meiner und der des Angeklagten. Ich finde es gleichzeitig niederträchtig und erschreckend, daß der Staatsanwalt Ihnen vorschlägt, zu vergessen, wo Sie sind — die Pflicht zu vergessen, auf die Sie vereidigt wurden. Ich bitte Sie, meine Damen und Herren, sich unbedingt in Erinnerung zu rufen, wo Sie sind, sich in Erinnerung zu rufen, daß wir alle hier sind, um darauf zu achten, daß der Gerechtigkeit Genüge getan wird und daß der Angeklagte darauf ein Recht hat.«
Die Geschworenen nickten zustimmend.
Jennifer blickte zu Robert Di Silvas Tisch hinüber. Er starrte geradeaus, einen stieren Blick in den Augen.
Jennifers Mandant wurde freigesprochen.

Nach jedem Sieg standen vier Dutzend rote Rosen auf Jennifers Schreibtisch mit einer Karte von Michael Moretti. Jedesmal zerriß Jennifer die Karte und ließ Cynthia die Blumen wegnehmen. Irgendwie wirkten sie aus Morettis Händen obszön. Schließlich schickte Jennifer Michael Moretti eine Notiz und forderte ihn auf, die Blumengrüße einzustellen.
Nach dem nächsten Sieg warteten fünf Dutzend Rosen auf sie.


## 22

Der Fall des »Regenmantel-Überfalls« brachte Jennifer neue Schlagzeilen. Der Angeklagte war ihr von Pater Ryan vermittelt worden.
»Ein Freund von mir hat ein kleines Problem«, fing er an, und beide brachen in Gelächter aus.
Der Freund stellte sich als Paul Richards heraus. Richards war angeklagt, eine Bank um hundertfünfzigtausend Dollar erleichtert zu haben. Ein Räuber hatte die Bank in einem langen, schwarzen Regenmantel betreten. Unter dem Regenmantel

war eine Schrotflinte mit abgesägtem Lauf verborgen. Der Kragen des Mantels war hochgeklappt, so daß das Gesicht des Räubers großenteils verdeckt war. In der Bank hatte er die Schrotflinte gezückt und einen Kassierer aufgefordert, ihm alles verfügbare Bargeld auszuhändigen. Anschließend war er in einem wartenden Wagen geflohen. Verschiedene Zeugen hatten den Fluchtwagen, einen grünen Sedan, gesehen, aber das Nummernschild war schmutzverklebt gewesen.
Da Banküberfälle Sache der Bundesbehörden waren, hatte das FBI die Aufklärung des Falls übernommen. Es hatte den *modus operandi* durch einen Zentralcomputer laufen lassen und als Ergebnis den Namen Paul Richards erhalten.

Jennifer besuchte Paul Richards auf Riker's Island.
»Ich schwöre bei Gott, daß ich es nicht gewesen bin«, stieß Richards hervor. Er war Ende Fünfzig, ein Mann mit einem roten Gesicht und himmelblauen Augen, zu alt, um in der Gegend herumzulaufen und Banken zu berauben.
»Es ist mir egal, ob Sie es getan haben oder nicht«, erklärte Jennifer, »aber ich habe einen Grundsatz. Ich vertrete keine Mandanten, die mich belügen.«
»Ich schwöre beim Leben meiner Mutter, daß ich es nicht gewesen bin.«
Jennifer hatte längst aufgehört, sich von Schwüren beeindrucken zu lassen. Mandanten hatten sie beim Leben ihrer Mütter, Frauen und Kinder ihrer Unschuld versichert. Wenn Gott alle diese Schwüre ernstgenommen hätte, wäre ein bedenklicher Bevölkerungsrückgang eingetreten.
Jennifer fragte: »Warum hat das FBI Sie dann festgenommen?«
Paul Richards antwortete, ohne zu zögern: »Weil ich vor zehn Jahren eine Bank beraubt habe und dumm genug war, mich schnappen zu lassen.«
»Haben Sie damals eine abgesägte Schrotflinte unter einem Regenmantel benutzt?«
»Genau. Ich habe gewartet, bis es regnete, und dann die Bank geknackt.«
»Aber diesmal waren Sie's nicht?«
»Nein. Irgendein cleverer Bastard hat meine Nummer kopiert.«

Die Vorverhandlung wurde von Richter Fred Stevens geleitet, einem rigorosen Zuchtmeister. Man sagte, er sei dafür, alle Verbrecher auf eine unzugängliche Insel zu schaffen und dort für den Rest ihres Lebens festzuhalten. Richter Stevens war der Überzeugung, man solle jedem Dieb, der zum erstenmal verhaftet wurde, die rechte Hand abhacken, und wenn es wieder passierte, sollte nach guter islamischer Tradition auch die linke Hand abgehackt werden. Er war der ungünstigste Richter, den Jennifer sich in diesem Fall vorstellen konnte.
Sie schickte nach Ted Harris. »Ted, ich will, daß du alles über Richter Stevens ausgräbst, was man nur ausgraben kann.«
»Richter Stevens? Der ist aufrecht wie ein Fahnenmast. Er...«
»Ich weiß. Geh an die Arbeit, bitte.«

Der Staatsanwalt in diesem Fall war ein alter Profi namens Carter Gifford. »Auf was plädieren Sie?« wollte er wissen.
Jennifer bedachte ihn mit einem kunstvollen Blick unschuldiger Überraschung. »Nicht schuldig, natürlich.«
Er lachte sarkastisch. »Daran wird Richter Stevens seine Freude haben. Ich nehme an, Sie verlangen einen Geschworenenprozeß?«
»Nein.«
Gifford studierte Jennifer argwöhnisch. »Sie meinen, Sie legen Ihren Mandanten in die Hände des Galgenrichters?«
»Genau.«
Gifford grinste. »Ich wußte, daß Sie eines Tages über die Klinge springen würden, Jennifer. Ich kann's gar nicht erwarten, das endlich mitzuerleben.«

»Die Vereinigten Staaten von Amerika gegen Paul Richards. Ist der Angeklagte anwesend?«
Der Gerichtsdiener sagte: »Ja, Euer Ehren.«
»Würden die Anwälte bitte an den Richtertisch treten und sich vorstellen?«
Jennifer und Carter Gifford näherten sich Richter Stevens.
»Jennifer Parker, Vertreter des Angeklagten.«
»Carter Gifford, Vertreter der Regierung der Vereinigten Staaten.«
Richter Stevens wandte sich an Jennifer und sagte brüsk: »Ich bin mir über Ihren Ruf im klaren, Miß Parker. Deswegen sage

ich Ihnen hier und jetzt, daß ich nicht beabsichtige, die Zeit dieses Gerichts zu verschwenden. Ich nehme keine Verzögerungen hin, gleich welcher Art. Ich möchte diese Vorverhandlung so schnell wie möglich abschließen und die Untersuchungsverhöre hinter mich bringen. Ich nehme an, Sie wollen einen Prozeß vor einer Jury und...«
»Nein, Euer Ehren.«
Richter Stevens blickte sie verblüfft an. »Sie verlangen keine Geschworenen?«
»Nein. Weil ich nämlich nicht glaube, daß es überhaupt zur Anklageerhebung kommt.«
Carter Gifford starrte sie an. »Was?«
»Nach meiner Meinung haben Sie nicht genug Beweismaterial, um meinen Mandanten in eine Hauptverhandlung zu bringen.«
Carter Gifford brauste auf: »Dann sollten Sie sich schnellstens eine andere Meinung zulegen!« Er wandte sich an Richter Stevens. »Euer Ehren, die Anklage hat klares Beweismaterial. Der Angeklagte wurde schon einmal wegen eines auf genau die gleiche Weise begangenen Verbrechens verurteilt. Unser Computer hat ihn aus über tausend möglichen Verdächtigen herausgesucht. Wir haben den schuldigen Mann mitten unter uns hier im Gerichtssaal, und die Anklage hat nicht die geringste Absicht, seine Strafverfolgung fallenzulassen.«
Richter Stevens wandte sich an Jennifer. »Es scheint dem Gericht, daß wir *prima facie* genügend Beweismaterial haben, das eine Anklageerhebung und einen Prozeß rechtfertigt. Haben Sie sonst noch etwas zu sagen?«
»Allerdings, Euer Ehren. Es gibt nicht einen einzigen Zeugen, der Paul Richards eindeutig identifizieren kann. Das FBI war unfähig, auch nur einen Dollar von dem gestohlenen Geld wiederzufinden. Tatsächlich ist das einzige Bindeglied zwischen dem Angeklagten und dem Verbrechen die Phantasie des Anklägers.«
Der Richter starrte auf Jennifer herab und fragte mit unheilvoller Zurückhaltung: »Und was ist mit dem Computer, der ihn ausgespuckt hat?«
Jennifer seufzte. »Da kommen wir zu einem Problem, Euer Ehren.«

Richter Stevens sagte grimmig: »Allerdings. Es ist leicht, einen lebendigen Zeugen durcheinanderzubringen, aber bei einem Computer dürfte das ziemlich schwierig sein.«
Carter Gifford nickte selbstgefällig. »Genau, Euer Ehren.«
Jennifer wandte sich an Gifford. »Das FBI hat den IBM 370/168 benutzt, nicht wahr?«
»Das stimmt. Es ist die modernste, präziseste Anlage der Welt.«
Richter Stevens fragte Jennifer: »Will die Verteidigung die Fähigkeiten dieses Computers in Frage stellen?«
»Im Gegenteil, Euer Ehren. Ich habe einen Computerexperten mitgebracht, der für die Gesellschaft arbeitet, die den 370/168 herstellt. Er hat das Programm eingespeichert, das den Namen meines Klienten ausgespuckt hat.«
»Wo ist er?«
Jennifer drehte sich um und winkte einem großen, dünnen Mann, der auf einer der Bänke saß. Nervös trat er vor.
Jennifer sagte: »Dies ist Mr. Edward Monroe.«
»Wenn Sie mit meinem Zeugen herumgepfuscht haben«, explodierte der Bundesanwalt, »dann...«
»Ich habe Mr. Monroe nur gebeten, den Computer zu fragen, ob es noch andere mögliche Verdächtige gäbe. Ich habe zehn Leute ausgewählt, die in bestimmten wichtigen Charakteristiken meinem Mandanten ähneln. Zum Zweck der Identifizierung hat Mr. Monroe den Computer mit Angaben bezüglich Alter, Größe, Gewicht, Augenfarbe, Geburtsort und so weiter gefüttert — genau jene Art von Daten, die dazu geführt hatten, daß der Computer den Namen meines Mandanten ausspuckte.«
Ungeduldig fragte Richter Stevens: »Worauf wollen Sie hinaus, Miß Parker?«
»Ich will darauf hinaus, daß der Computer einen der zehn Leute als Hauptverdächtigen des Banküberfalls identifizierte.«
Richter Stevens wandte sich an Edward Monroe. »Stimmt das?«
»Ja, Euer Ehren.« Edward Monroe öffnete seine Aktentasche und holte einen Computerbogen heraus.
Der Gerichtsdiener nahm ihn entgegen und reichte ihn Richter Stevens. Stevens warf einen Blick darauf, und sein Gesicht

wurde rot. Er blickte Edward Monroe an. »Soll das ein Witz sein?«
»Nein, Sir.«
»Der Computer hat *mich* als möglichen Verdächtigen genannt?« fragte Richter Stevens.
»Ja, Sir. So ist es.«
Jennifer erklärte: »Der Computer hat keinen Verstand, Euer Ehren. Er kann nur auf die Informationen antworten, mit denen er gefüttert wird. Zufälligerweise haben Sie und mein Mandant das gleiche Gewicht, die gleiche Größe und sind im gleichen Alter. Sie beide fahren einen grünen Sedan, und sie stammen beide aus demselben Staat. Das sind die gleichen Beweise, die der Ankläger hat. Der einzige andere Faktor ist die Art, auf die der Raub begangen wurde. Als Paul Richards vor zehn Jahren jenen Bankraub ausgeführt hat, haben Millionen Menschen davon gelesen. Jeder von ihnen könnte seinen *modus operandi* nachgeahmt haben. Und jemand hat es auch getan.« Jennifer deutete auf den Papierbogen in Richter Stevens' Hand. »Das beweist, wie löcherig die Anklage des Staates ist.«
»Euer Ehren...«, sprudelte Carter Gifford hervor und hielt inne. Er wußte nicht, was er noch sagen sollte.
Richter Stevens blickte auf den Computerbogen in seiner Hand und dann auf Jennifer.
»Was hätten Sie getan?« fragte er, »wenn der Richter ein jüngerer Mann von dünnerer Statur mit einem blauen Wagen gewesen wäre?«
»Der Computer hat mir noch zehn andere mögliche Verdächtige gegeben«, antwortete Jennifer. »Meine nächste Wahl wäre Staatsanwalt Robert Di Silva gewesen.«

Jennifer saß in ihrem Büro und las die Schlagzeilen, als Cynthia ankündigte: »Mr. Paul Richards ist da.«
»Schicken Sie ihn herein, Cynthia.«
Er betrat das Büro in einem schwarzen Regenmantel und trug eine Plätzchendose mit einem rosa Band darum in den Händen.
»Ich wollte mich nur bei Ihnen bedanken.«
»Sehen Sie, manchmal siegt wirklich die Gerechtigkeit.«
»Ich verlasse die Stadt. Ich habe beschlossen, einen kleinen

Urlaub anzutreten.« Er gab Jennifer die Dose. »Ein kleines Zeichen meiner Wertschätzung?«
»Danke schön, Paul.«
Er sah sie bewundernd an. »Ich finde Sie sagenhaft!«
Und dann war er gegangen.
Jennifer blickte auf die Plätzchendose auf ihrem Tisch und lächelte. Bei den meisten Fällen, die sie für Pater Ryan erledigt hatte, war ihr Honorar noch bescheidener gewesen. Wenn sie jetzt dick wurde, war es Pater Ryans Schuld.
Jennifer löste das Band und öffnete die Dose. Sie blickte auf zehntausend Dollar in gebrauchten Scheinen.

Als Jennifer eines Nachmittags das Gerichtsgebäude verließ, bemerkte sie einen großen, schwarzen, von einem Chauffeur gelenkten Cadillac am Straßenrand. Sie wollte daran vorbeigehen. Eine Tür öffnete sich, und Michael Moretti sprang heraus.
»Ich habe auf Sie gewartet.«
Er strahlte überwältigende Vitalität aus.
»Gehen Sie mir aus dem Weg«, sagte Jennifer. Ihr Gesicht war vor Zorn gerötet, und sie war sogar noch schöner, als Michael Moretti sie in Erinnerung hatte.
»He«, sagte er lachend, »regen Sie sich nicht auf. Ich will nur mit Ihnen reden. Sie brauchen mir bloß zuzuhören. Ich bezahle Sie für Ihre Zeit.«
»Dazu haben Sie nicht genug Geld, niemals.«
Sie wollte sich wieder in Bewegung setzen. Michael Moretti legte ihr versöhnlich die Hand auf den Arm. Allein die Berührung ließ seine Erregung wachsen.
Er wandte seinen ganzen Charme auf. »Seien Sie doch vernünftig. Sie wissen ja gar nicht, was Sie ablehnen, solange Sie nicht gehört haben, was ich Ihnen sagen will. Zehn Minuten, mehr brauche ich nicht. Ich setze Sie an Ihrem Büro ab. Wir können auf der Fahrt reden.«
Jennifer musterte ihn eine Sekunde lang und sagte dann: »Unter einer Bedingung fahre ich mit. Ich möchte, daß Sie mir eine Frage beantworten.«
Michael nickte. »Klar. Schießen Sie los.«
»Wessen Idee war es, mich mit dem toten Kanarienvogel hereinzulegen?«

Ohne zu zögern, antwortete er: »Meine.«
Jetzt wußte sie also Bescheid. Und sie hätte ihn am liebsten ermordet. Grimmig bestieg sie die Limousine, und Michael Moretti glitt neben sie. Jennifer bemerkte, daß er dem Fahrer die Adresse ihres Büros gab, ohne sie fragen zu müssen.
Als die Limousine sich in den Verkehr einfädelte, sagte er: »Ich bin froh, daß bei Ihnen alles so großartig läuft.«
Jennifer gab sich nicht die Mühe, zu antworten.
»Das ist meine ehrliche Meinung.«
»Sie haben mir noch nicht gesagt, was Sie von mir wollen.«
»Ich will Sie reich machen.«
»Danke. Ich bin reich genug.« Ihre Stimme konnte die Verachtung, die sie für ihn empfand, nicht verbergen.
Michael Morettis Gesicht rötete sich. »Ich will Ihnen einen Gefallen tun, und Sie wehren sich dagegen!«
Jennifer blickte ihn an. »Ich will keine Gefallen von Ihnen.«
Er ließ seine Stimme versöhnlich klingen. »Okay. Vielleicht möchte ich das, was ich Ihnen angetan habe, wiedergutmachen. Sehen Sie, ich kann Ihnen einen Haufen Klienten schicken. Wichtige Klienten. Das große Geld. Sie haben keine Ahnung...«
Jennifer unterbrach ihn: »Mr. Moretti, tun Sie uns beiden einen Gefallen. Sagen Sie kein Wort mehr.«
»Aber ich kann...«
»Ich werde weder Sie noch einen Ihrer Freunde vertreten.«
»Warum nicht?«
»Weil Sie mich dann in der Hand hätten.«
»Sie haben mich falsch verstanden«, protestierte Michael. »Meine Freunde sind in ganz seriösen Geschäftszweigen. Ich meine Banken, Versicherungsgesellschaften...«
»Sparen Sie sich Ihre Puste. Meine Dienste stehen der Mafia nicht zur Verfügung.«
»Wer hat etwas von der Mafia gesagt?«
»Nennen Sie es, wie Sie wollen. Ich gehöre niemandem. Und ich möchte, daß es so bleibt.«
Die Limousine hielt an einer roten Ampel.
Jennifer sagte: »Das ist nah genug. Danke fürs Mitnehmen.« Sie öffnete die Tür und stieg aus.
Michael fragte: »Wann kann ich Sie wiedersehen?«
»Nie, Mr. Moretti.«

Michael sah ihr nach, als sie davonging.
*Mein Gott,* dachte er, *was für eine Frau!* Er merkte plötzlich, daß er eine Erektion hatte, und grinste, denn er wußte, daß er Jennifer auf die eine oder andere Weise doch noch kriegen würde.

## 23

Es war Ende Oktober, zwei Wochen vor der Wahl, und das Rennen um den Sitz im Senat war in vollem Gange. Adam trat gegen den Amtsinhaber an, Senator John Trowbridge, einen politischen Veteranen, und die Fachleute sagten übereinstimmend ein Kopf-an-Kopf-Rennen voraus.
Jennifer saß abends zu Hause und sah sich im Fernsehen eine Debatte zwischen Adam und seinem Gegenspieler an. Mary Beth hatte recht gehabt. Eine Scheidung hätte Adams wachsende Siegesaussichten leicht zerstören können.

Als Jennifer nach einem langen Geschäftsessen in ihr Büro zurückkehrte, fand sie eine dringende Nachricht von Rick Arlen vor. Sie sollte ihn umgehend zurückrufen.
»Er hat in der letzten halben Stunde mindestens dreimal angerufen«, sagte Cynthia.
Rick Arlen war ein Rockstar, der beinahe über Nacht zum heißesten Sänger der Welt geworden war. Jennifer hatte schon vorher gehört, daß Musikstars enorme Summen verdienten, aber ehe sie in die Angelegenheiten von Rick Arlen verwickelt wurde, hatte sie keine Ahnung, was das wirklich bedeutete. Mit Schallplatten, Live-Auftritten, Reklame und, neuerdings, Filmen nahm Rick Arlen mehr als fünfzehn Millionen Dollar im Jahr ein. Rick war fünfundzwanzig Jahre alt, ein Farmjunge aus Alabama, der mit einer Goldmine in der Kehle geboren worden war.
»Versuchen Sie, ihn zu erreichen«, sagte Jennifer.
Fünf Minuten später war er in der Leitung. »He, Schatz, ich hab seit Stunden versucht, Sie zu erreichen.«
»Entschuldigung, Rick, ich war in einer Besprechung.«
»Ich hab 'n Problem. Muß Sie sehen.«
»Können Sie heute nachmittag in mein Büro kommen?«

»Glaube ich nicht. Ich bin in Monte Carlo, geb 'n Wohltätigkeitskonzert für Grace und den Fürsten. Wie schnell können Sie hier sein?«
»Ich kann unmöglich hier weg«, protestierte Jennifer. »Ich habe einen Haufen Arbeit auf meinem Tisch und...«
»Baby, ich *brauche* Sie. Sie müssen heute nachmittag noch einen Vogel nehmen.«
Und er hängte auf.
Jennifer dachte nach. Rick Arlen hatte sein Problem nicht am Telefon erörtern wollen. Es konnte sich um alles handeln, Drogen, Mädchen, Jungen. Sie erwog, Ted Harris oder Dan Martin nach Monte Carlo zu schicken, um sich des Problems anzunehmen, aber sie mochte Rick Arlen. Schließlich entschied sie sich dafür, selber zu fliegen.
Sie versuchte, Adam zu erreichen, bevor sie abreiste, aber er war nicht in seinem Büro. Sie bat Cynthia, ihr einen Air-France-Flug nach Nizza zu buchen und für einen Wagen zu sorgen, der sie nach Monte Carlo bringen würde.
Zwanzig Minuten später hatte sie eine Reservierung für einen Flug am selben Abend.
»Es gibt eine Hubschrauberverbindung von Nizza direkt nach Monte Carlo«, sagte Cynthia. »Ich habe einen Platz für Sie gebucht.«
»Sehr gut. Danke.«

Als Ken Bailey hörte, warum Jennifer verreiste, sagte er: »Für was, zum Teufel, hält dieser Knilch sich eigentlich?«
»Er hält sich für das, was er ist, Ken? Einen unserer wichtigsten Mandanten.«
»Wann wirst du zurück sein?«
»Es dürfte nicht länger als drei oder vier Tage dauern.«
»Hier sieht alles anders aus, wenn du nicht da bist. Ich werde dich vermissen.«
Jennifer fragte sich, ob er sich immer noch mit dem blonden jungen Mann traf.
»Halt die Stellung, bis ich wieder da bin.«

Normalerweise genoß Jennifer das Fliegen. In der Luft war sie frei von Zwängen. Die Zeit zwischen Himmel und Erde war wie eine Flucht vor den Problemen, die sie auf der Erde be-

drängten, eine ruhige Oase, die ihr Schutz vor den Mandanten mit ihren endlosen Forderungen und Wünschen gewährte. Dieser Flug über den Atlantik aber verlief, aus welchen Gründen auch immer, unangenehm. Das Flugzeug schaukelte und fiel, ihr Magen revoltierte.
Als sie am nächsten Morgen in Nizza gelandet waren, fühlte sie sich ein wenig besser. Der Hubschrauber wartete bereits, um sie nach Monte Carlo zu bringen. Jennifer war nie zuvor in einem Hubschrauber geflogen, und sie hatte sich darauf gefreut. Aber durch das plötzliche Abheben und die ruckartigen Bewegungen wurde ihr wieder schlecht, und sie konnte dem majestätischen Anblick der Alpen und der Grande Corniche mit ihren Miniaturautos, die an den Bergen entlangkrochen, keine rechte Freude abgewinnen.
Die Häuser von Monte Carlo tauchten auf. Einige Minuten später landete der Hubschrauber vor dem modernen weißen Sommercasino an der Küste.
Cynthia hatte Jennifer telefonisch angekündigt, und Rick Arlen erwartete sie bereits.
Er umarmte sie herzlich. »Wie war die Reise?«
»Etwas rauh.«
Er betrachtete sie genauer. »Sie sehen nicht besonders gut aus. Ich nehme Sie mit in mein Haus, dort können Sie sich für die große Feier heute abend ausruhen.«
»Welche große Feier?«
»Die Gala. Deswegen sind Sie ja hier.«
»Was?«
»Ja, Mann. Grace hat mir gesagt, ich könne einladen, wen ich möchte. Ich wollte Sie.«
»Oh, Rick!«
Jennifer hätte ihn mit Freuden erwürgt. Er hatte ja keine Ahnung, wie sehr er ihr Leben auseinandergerissen hatte. Sie war dreitausend Meilen von Adam entfernt, sie hatte Mandanten, die sie brauchten, Gerichtsverhandlungen — und sie war nach Monte Carlo gelockt worden, um auf eine Party zu gehen.
Jennifer sagte: »Rick, wie konnten Sie...?«
Sie sah sein strahlendes Gesicht und mußte lachen.
Na gut, sie war da. Abgesehen davon, vielleicht würde die Gala ja ganz lustig werden.

Die Gala war hinreißend. Sie fand im Freien vor dem Sommercasino statt. Ihre fürstlichen Hoheiten Gracia und Rainier Grimaldi hatten die Schirmherrschaft übernommen, der Erlös kam Waisenkindern zugute.
Es war ein milder Abend. Die Nachtluft war lau, und eine schwache, vom Mittelmeer landeinwärts wehende Brise raschelte in den hohen Palmen. Jennifer wünschte, Adam könnte bei ihr sein, um den Abend gemeinsam mit ihr zu genießen.
Die fünfzehnhundert Plätze waren ausverkauft, und das Publikum schrie vor Begeisterung. Ein halbes Dutzend internationaler Stars trat auf, aber Rick Arlen war die Hauptattraktion. Er wurde von einer wilden Dreimannband begleitet. Psychedelische Lichtblitze stachen in den samtenen Himmel. Als Rick geendet hatte, sprang das Publikum auf und applaudierte ihm stehend.

Hinterher fand eine Privatparty im *Piscine*, unterhalb des Hotel de Paris, statt. Neben dem überdimensionalen Swimmingpool, in dem Dutzende von brennenden Kerzen auf lilienweißen Untersätzen trieben, wurden Cocktails und ein kaltes Buffet serviert.
Jennifer schätzte, daß sich mehr als dreihundert Menschen um den Pool drängten. Sie hatte kein Abendkleid mitgebracht, und sie brauchte die teuer herausgeputzten Frauen nur anzuschauen, um sich wie die arme kleine Schwester aus dem Märchen zu fühlen. Rick stellte sie Fürsten, Herzoginnen und Prinzessinnen vor. Ihr schien, daß sich der halbe Adel Europas hier versammelt hatte. Sie traf Vorsitzende multinationaler Konzerne und berühmte Opernsänger, Couturiers, reiche Erbinnen und sogar den großen Fußballspieler Pélé. Jennifer unterhielt sich gerade mit zwei Schweizer Bankiers, als eine Welle von Übelkeit sie zu verschlingen drohte.
»Bitte entschuldigen Sie mich«, sagte sie.
Sie suchte Rick Arlen. »Rick, ich...«
Er warf einen Blick auf sie und sagte: »Sie sind leichenblaß, Baby. Kommen Sie, wir hauen ab.«
Dreißig Minuten später lag Jennifer in einem Bett in der Villa, die Rick Arlen gemietet hatte.
»Der Arzt ist unterwegs«, sagte Rick.

»Ich brauche keinen Arzt. Es ist nur ein Virus oder so was.«
»Genau. Und das Sowas schaut sich der Doktor jetzt an.«

Dr. André Monteux war ein reisigdürrer Mann von ungefähr achtzig Jahren. Er hatte einen sauber gestutzten Vollbart und trug eine schwarze Arzttasche.
Er wandte sich an Rick Arlen: »Würden Sie uns bitte allein lassen?«
»Klar. Ich warte draußen.«
Der Arzt trat näher an das Bett heran. »*Alors*, was haben wir denn?«
»Wenn ich das wüßte«, antwortete Jennifer, »dann lägen Sie hier und ich würde Sie besuchen.«
Er setzte sich auf den Bettrand. »Wie fühlen Sie sich?«
»Als hätte ich die Beulenpest.«
»Strecken Sie die Zunge heraus, bitte.«
Jennifer streckte die Zunge heraus und sagte Aaah. Dr. Monteux nahm ihren Puls und maß die Temperatur.
Als er fertig war, fragte Jennifer: »Was ist es Ihrer Meinung nach, Doktor?«
»Es kann eine ganze Menge sein, schöne Frau. Wenn Sie sich morgen wohl genug fühlen, würde ich Sie bitten, in meine Praxis zu kommen, wo ich eine genauere Untersuchung vornehmen kann.«
Jennifer fühlte sich zu krank, um zu widersprechen. »Gut«, sagte sie. »Ich werde kommen.«

Am nächsten Morgen fuhr Rick Arlen Jennifer nach Monte Carlo, und Dr. Monteux untersuchte sie gründlicher.
»Es handelt sich um irgendeinen Bazillus, nicht?« wollte Jennifer wissen.
»Wenn Sie eine Prophezeiung haben wollen, dann lasse ich einen Wahrsager kommen«, antwortete der Arzt. »Wenn Sie aber erfahren wollen, was Ihnen fehlt, dann werden wir uns gedulden müssen, bis die Laborberichte da sind.«
»Wann ist das?«
»Normalerweise dauert es zwei oder drei Tage.«
Jennifer wußte, daß sie auf keinen Fall zwei oder drei Tage hier bleiben konnte. Adam könnte sie brauchen. Sie wußte, daß sie ihn brauchte.

»In der Zwischenzeit sollten Sie im Bett bleiben und sich ausruhen.« Er gab ihr ein Fläschchen mit Pillen. »Das wird Ihnen helfen, sich zu entspannen.«
»Danke.« Jennifer kritzelte etwas auf ein Blatt Papier. »Unter dieser Nummer können Sie mich erreichen.«
Erst als Jennifer die Praxis verlassen hatte, blickte Dr. Monteux auf das Papier. Jennifer hatte eine New Yorker Telefonnummer aufgeschrieben.

Auf dem Flugplatz Charles De Gaulle in Paris, wo sie in ein anderes Flugzeug umstieg, nahm Jennifer zwei von den Pillen, die Dr. Monteux ihr gegeben hatte, und eine Schlaftablette. Sie schlief fast den ganzen Rückflug nach New York über, aber als sie das Flugzeug verließ, fühlte sie sich nicht besser. Sie hatte niemanden gebeten, sie abzuholen, so daß sie ein Taxi zu ihrer Wohnung nehmen mußte. Am späten Nachmittag klingelte das Telefon. Es war Adam.
»Jennifer! Wo bist du...?«
Sie versuchte, ihrer Stimme einen energischen Klang zu geben. »Es tut mir leid, Liebling. Ich mußte wegen eines Klienten nach Monte Carlo, und ich konnte dich vorher nicht erreichen.«
»Ich habe mich halb zu Tode geängstigt. Geht es dir gut?«
»Ja, danke. Ich — ich bin nur etwas erschöpft wegen der ganzen Rennerei.«
»Mein Gott, ich hatte schon die schrecklichsten Dinge befürchtet.«
»Es besteht kein Grund zur Sorge«, versicherte Jennifer. »Wie läuft der Wahlkampf?«
»Gut. Wann kann ich dich sehen? Ich sollte eigentlich nach Washington fahren, aber ich kann das verschieben und...«
»Nein, fahr du nur«, sagte Jennifer. Sie wollte nicht, daß Adam sie so sah. »Ich habe viel zu tun. Wir verbringen das nächste Wochenende miteinander.«
»In Ordnung.« Er zögerte. »Falls du um elf nichts zu tun hast, ich bin in den CBS-Nachrichten.«
»Ich schaue es mir an, Liebling.«
Fünf Minuten, nachdem sie den Hörer aufgelegt hatte, war Jennifer eingeschlafen.

Am nächsten Morgen rief sie Cynthia an, um ihr mitzuteilen, daß sie nicht ins Büro kommen würde. Sie hatte schlecht geschlafen und fühlte sich beim Aufwachen immer noch nicht besser. Sie versuchte zu frühstücken, konnte aber nichts bei sich behalten. Sie fühlte sich schwach. Seit drei Tagen hatte sie fast nichts gegessen.
Widerstrebend überlegte sie sich die Krankheiten, von denen sie befallen sein könnte. Krebs, zum Beispiel. Sie tastete ihre Brüste nach Knoten ab, spürte aber nichts. Allerdings konnte der Krebs überall zuschlagen. Es konnte auch ein Virus sein, aber das hätte der Doktor bestimmt sofort gemerkt. Das Problem war, daß es sich um beinahe alles handeln konnte. Jennifer fühlte sich verloren und hilflos. Sie war kein Hypochonder, denn sie war immer in blendender Verfassung gewesen, und jetzt fühlte sie sich, als ob ihr Körper sie betrogen hätte. Sie hätte es nicht ertragen können, wenn es etwas Ernstes gewesen wäre. Nicht jetzt, wo alles so wundervoll war.
Nein, sie würde gesund werden. Ganz bestimmt.
Eine neue Übelkeitswelle überkam sie.

Um elf Uhr am selben Morgen rief Dr. Monteux aus Monte Carlo an. Eine Stimme sagte: »Einen Moment, bitte. Ich stelle den Doktor durch.«
Aus dem Moment wurden hundert Jahre, und Jennifer umklammerte den Hörer. Das Warten war unerträglich.
Schließlich vernahm sie die Stimme des Arztes. »Wie fühlen Sie sich?«
»Noch genauso«, antwortete Jennifer nervös. »Haben Sie die Ergebnisse der Untersuchungen?«
»Gute Neuigkeiten. Es ist nicht die Beulenpest.«
Jennifer hielt es nicht mehr aus. »Was fehlt mir?«
»Fehlen? Eher das Gegenteil. Sie bekommen ein Baby.«
Wie betäubt starrte Jennifer das Telefon an. Als sie ihre Stimme wiedergefunden hatte, fragte sie: »Sind — sind Sie sicher?«
»Störche lügen nicht. Ich nehme an, das ist Ihr erstes Baby?«
»Ja.«
»Ich würde vorschlagen, daß Sie so schnell wie möglich einen Gynäkologen aufsuchen. Die Heftigkeit der ersten Symptome läßt auf einige Schwierigkeiten bei der Geburt schließen.«

»Einverstanden«, sagte Jennifer. »Danke für Ihren Anruf, Dr. Monteux.«
Sie legte den Hörer auf und saß nur da, völlig durcheinander. Sie war nicht sicher, wann das passiert sein mochte und was sie davon halten sollte. Sie konnte nicht klar denken.
Sie trug Adams Baby in sich. Und plötzlich wußte Jennifer, wie sie sich fühlte. Sie fühlte sich fabelhaft; sie fühlte sich, als hätte sie ein unschätzbar wertvolles Geschenk erhalten.
Der Zeitpunkt war perfekt, als wären die Götter auf ihrer Seite. Bald würde die Wahl vorüber sein, sie und Adam würden heiraten. Es würde ein Junge werden. Jennifer wußte es. Sie konnte es gar nicht erwarten, Adam die Neuigkeit zu eröffnen.
Sie rief sein Büro an.
»Mr. Warner ist nicht da«, informierte sie seine Sekretärin. »Versuchen Sie es doch bei ihm zu Hause.«
Es widerstrebte ihr, Adam zu Hause anzurufen, aber sie platzte beinahe. Sie wählte seine Nummer. Mary Beth hob ab.
»Es tut mir leid, daß ich Sie belästige«, entschuldigte sich Jennifer. »Hier ist Jennifer Parker. Ich hätte etwas mit Adam zu besprechen.«
»Es freut mich, daß Sie angerufen haben«, sagte Mary Beth. Die Wärme in ihrer Stimme war ermutigend. »Adam muß einen Vortrag halten, aber gegen Abend wird er wieder hier sein. Warum kommen Sie nicht heraus? Wir könnten zusammen zu Abend essen. Sagen wir, um sieben?«
Jennifer zögerte einen Moment. »Das wäre schön.«

Es war ein Wunder, daß Jennifer auf der Fahrt nach Crotonon-Hudson keinen Unfall hatte. Sie war völlig geistesabwesend, beschäftigt mit Träumen von der Zukunft. Sie und Adam hatten oft davon gesprochen, Kinder zu haben. Sie konnte sich genau an seine Worte erinnern. *Ich möchte einen Jungen und ein Mädchen, die genau wie du aussehen.*
Als Jennifer die Straße entlangfuhr, glaubte sie, eine leichte Bewegung in ihrem Schoß zu spüren, aber sie sagte sich, daß sie phantasierte. Es war viel zu früh. Aber es würde nicht mehr lange dauern. Adams Baby wuchs in ihr. Es war am Leben und würde bald zu treten beginnen. Es war ehrfurchtgebietend, überwältigend. Sie...

Jennifer hörte, wie jemand sie dröhnend anhupte. Sie blickte auf und sah, daß sie beinahe einen Lastwagen von der Straße gedrängt hätte. Sie lächelte den Fahrer entschuldigend an und fuhr weiter. Nichts konnte diesen Tag verderben.

Es war dunkel, als Jennifer den Wagen vor dem Haus der Warners ausrollen ließ. Feiner Schnee rieselte vom Himmel und bestäubte die Bäume. Mary Beth, gekleidet in ein langes, blaues Brokatkleid, öffnete die Haustür, begrüßte Jennifer, nahm ihren Arm und führte sie ins Haus. Ihre Wärme erinnerte Jennifer an den Tag, da sie sich zum erstenmal gesehen hatten.
Mary Beth wirkte sehr glücklich. Sie plauderte über dies und das, damit Jennifer sich wohl fühlte. Sie gingen in die Bibliothek, wo ein Begrüßungsfeuer im Kamin brannte.
»Ich habe noch nichts von Adam gehört«, sagte Mary Beth. »Er ist vielleicht irgendwo festgehalten worden. In der Zwischenzeit können wir beide uns in aller Ruhe unterhalten. Sie haben am Telefon so aufgeregt geklungen.« Mary Beth lehnte sich verschwörerisch vor. »Was ist die große Neuigkeit?«
Jennifer blickte die freundliche Frau ihr gegenüber an und platzte heraus: »Ich bekomme ein Kind von Adam.«
Mary Beth lehnte sich in ihrem Stuhl zurück und lächelte. »Na, wenn das nichts ist! Ich übrigens auch!«
Jennifer starrte sie an. »Ich — ich verstehe nicht.«
Mary Beth lachte. »Es ist eigentlich ganz einfach, meine Liebe. Adam und ich sind verheiratet, wie Sie wissen.«
Jennifer sagte langsam: »Aber — aber Sie und Adam lassen sich doch scheiden.«
»Mein gutes Kind, warum, um alles in der Welt, sollte ich mich von Adam scheiden lassen sollen? Ich verehre ihn.«
Jennifer fühlte, wie ihr schwindlig wurde. Das Gespräch war so unsinnig.
»Sie — Sie lieben doch jemand anderen. Sie haben selber zu mir gesagt, daß...«
»Ich sagte, ich sei verliebt. Und das bin ich auch. Ich bin in Adam verliebt. Ich habe Ihnen gesagt, daß ich Adam geliebt habe, seit ich ihn zum erstenmal gesehen habe.«
Sie konnte ihre Worte nicht ernst meinen. Sie nahm Jennifer auf den Arm, spielte irgendein dummes Spiel mit ihr.

»Hören Sie auf!« sagte Jennifer. »Sie sind wie Bruder und Schwester zueinander. Adam schläft nicht mehr mit...«
Mary Beths Stimme schien vor unterdrücktem Gelächter zu klingeln. »Mein armes Kind! Ich bin verwundert, daß eine so intelligente Person wie Sie auf so was hereinfallen...« Sie lehnte sich vor, beinahe betroffen. »Sie haben ihm geglaubt! Das tut mir leid. Das tut mir wirklich leid.«
Jennifer kämpfte um ihre Selbstbeherrschung. »Adam liebt mich. Wir werden heiraten.«
Mary Beth schüttelte den Kopf. Ihre blauen Augen trafen Jennifers Blick, und der nackte Haß darin ließ Jennifers Herzschlag aussetzen. »Dann wäre Adam ein Bigamist. Ich werde niemals in die Scheidung einwilligen. Wenn ich Adam erlaubte, sich von mir scheiden zu lassen und Sie zu heiraten, würde er die Wahl verlieren. So wie es aussieht, wird er sie gewinnen. Dann werden wir auf das Weiße Haus zusteuern, Adam und ich. In seinem Leben ist kein Platz für jemanden wie Sie. Das war auch nie so. Er glaubt nur, Sie zu lieben. Aber er wird wieder vernünftig werden, wenn er erfährt, daß ich sein Kind trage. Adam wollte immer ein Kind haben.«
Jennifer kniff die Augen zusammen und versuchte, der grauenhaften Schmerzen in ihrem Kopf Herr zu werden.
»Soll ich Ihnen etwas bringen?« fragte Mary Beth besorgt.
Jennifer öffnete die Augen. »Haben Sie ihm schon von dem Kind erzählt?«
»Noch nicht.« Mary Beth lächelte. »Ich dachte, ich erzähle es ihm heute nacht, wenn er nach Hause kommt und wir im Bett sind.«
Jennifer war von Ekel erfüllt. »Sie sind eine Bestie...«
»Das ist alles eine Frage des Standpunkts, nicht wahr, Schätzchen? Ich bin Adams Frau. Sie sind seine Hure.«
Jennifer stand auf. Sie fühlte sich schwindlig. Ihre Kopfschmerzen hatten sich zu unerträglichem Hämmern gesteigert. Ihre Ohren dröhnten, und sie hatte Angst, das Bewußtsein zu verlieren. Auf unsicheren Beinen bewegte sie sich zum Eingang.
An der Tür hielt sie inne, lehnte sich dagegen und versuchte, nachzudenken. Adam hatte gesagt, er liebe sie, aber dennoch hatte er mit dieser Frau geschlafen, ihr ein Kind gemacht.
Jennifer trat hinaus in die kalte Nachtluft.

# 24

Adam war auf der letzten Wahlreise durch den Staat. Er rief Jennifer ein paarmal an, aber er war immer von seiner Begleitung umgeben, und sie konnten nicht reden.
Jennifer hatte eine Erklärung für Mary Beths Schwangerschaft gefunden: Mary Beth hatte ihn dazu verführt, mit ihr zu schlafen. Aber Jennifer wollte es aus Adams Mund hören.
»In ein paar Tagen bin ich zurück, dann können wir uns unterhalten«, sagte Adam.
Die Wahl war nur noch fünf Tage entfernt. Adam verdiente den Sieg; er war der bessere Mann. Jennifer hatte das Gefühl, daß Mary Beth richtig lag, wenn sie sagte, diese Wahl könne das Sprungbrett zur Präsidentschaft sein. Sie zwang sich, abzuwarten und die Dinge auf sich zukommen zu lassen.
Wenn Adam zum Senator gewählt wurde, würde sie ihn verlieren. Adam würde mit Mary Beth nach Washington ziehen. Auf keinen Fall konnte er sich eine Scheidung leisten. Ein frisch gewählter Senator, der sich von seiner schwangeren Frau scheiden ließ, um seine schwangere Geliebte zu heiraten, lieferte damit einen derart saftigen Skandal, daß er sich alle weiteren Hoffnungen aus dem Kopf schlagen konnte. Aber wenn Adam das Rennen verlor, war er frei. Frei, wieder seinem Anwaltsberuf nachzugehen; frei, Jennifer zu heiraten und sich nicht darum zu kümmern, was irgend jemand darüber denken mochte. Sie würden den Rest ihres Lebens gemeinsam verbringen können. Sie würden ihr Kind haben.

Der Wahltag war kalt und regnerisch. Wegen des großen Interesses am Ausgang des Rennens wurde trotz des schlechten Wetters eine große Wahlbeteiligung erwartet.
Am Morgen fragte Ken Bailey: »Gehst du heute zur Urne?«
»Ja.«
»Sieht nach einem Kopf-an-Kopf-Rennen aus, was?«
»Allerdings.«

Sie ging am späten Vormittag ins Wahllokal, und als sie die Kabine zur Stimmabgabe betrat, dachte sie trocken: *Eine Stimme für Adam Warner ist eine Stimme gegen Jennifer Parker.* Sie kreuzte Adams Namen an und verließ die Kabine. Sie konnte es nicht ertragen, zurück ins Büro zu gehen. Den ganzen Nachmittag schlenderte sie durch die Straßen, versuchte, an nichts zu denken und nichts zu fühlen; nicht zu denken oder zu fühlen, daß die nächsten Stunden über den Rest ihres Lebens entschieden.

## 25

»Dies ist eine der spannendsten Wahlen der letzten Jahre«, sagte der Fernsehkommentator.
Jennifer saß allein zu Hause und verfolgte die Berichterstattung der NBC. Sie hatte sich ein leichtes Abendessen aus Rührei und Toast bereitet, war aber zu nervös, um etwas herunterzubringen. Sie saß in einem Hauskleid auf der Couch und wurde Zeuge, wie ihr Schicksal für Millionen Menschen übertragen wurde. Jeder Zuschauer hatte seine eigenen Gründe, den Fernsehapparat anzuschalten und einem der Kandidaten Sieg oder Niederlage zu wünschen, aber Jennifer war sicher, daß keiner von ihnen so tief von dem Ergebnis der Wahlen betroffen sein würde wie sie. Wenn Adam gewann, bedeutete dies das Ende ihrer Beziehung... und das Ende des Kindes in ihrem Schoß.
Eine kurze Einstellung brachte Adam auf die Mattscheibe, Mary Beth an seiner Seite. Für gewöhnlich war Jennifer stolz auf ihre Menschenkenntnis, aber Mary Beth, dieses Biest mit der honigsüßen Stimme, hatte sie mit ihrer Mondschein-und-Magnolien-Nummer völlig eingewickelt. Jennifer versuchte die Vorstellung zu verdrängen, daß Adam mit dieser Frau ins Bett ging, ihr sein Kind schenkte.
Edwin Newman sagte: »Hier sind die letzten Ergebnisse des Rennens um den Senatssitz zwischen dem bisherigen Statthalter John Trowbridge und seinem Herausforderer Adam Warner. In Manhattan beträgt die Summe der für John Trowbridge abgegebenen Stimmen 221375. Adam Warner erhielt 214895 der abgegebenen Stimmen. Im Wahlbezirk Queens hat John Trowbridge einen Vorsprung von ungefähr fünf Prozent.

Jennifers Leben wurde in Prozenten gemessen.

»Die Gesamtergebnisse der Bronx, von Brooklyn, Queens, Richmond und der Bezirke Nassau, Rockland, Suffolk und Westchester addieren sich zu zwei Millionen dreihunderttausend Stimmen für John Trowbridge, zwei Millionen einhundertzwanzigtausend für Adam Warner, wobei die Stimmen aus dem Norden des Staates zum Teil noch ausgezählt werden. Adam Warner hat sich überraschend gut gegen Senator Trowbridge gehalten, der seine dritte Amtszeit absolviert. Den Meinungsumfragen nach hatten beide von Anfang an beinahe die gleiche Popularität. Den letzten Ergebnissen nach — zweiundsechzig Prozent der Stimmen sind bereits ausgezählt — ist Senator Trowbridge allmählich in Führung gegangen. Nach den Hochrechnungen lag Senator Trowbridge noch vor einer Stunde um nur etwa zwei Prozent vorn. Die letzten Ergebnisse zeigen, daß er seinen Vorsprung auf vier Prozent ausgebaut hat. Wenn dieser Trend anhält, sagte der NBC-Computer Senator Trowbridge den Sieg in diesem Kampf um die nächste Amtszeit im Senat der Vereinigten Staaten voraus. Das Wettrennen zwischen...«

Jennifer saß da und starrte auf den Fernsehapparat, ihr Herz klopfte. Es war, als wenn Millionen von Menschen zur Wahl darüber aufgerufen seien, ob es Adam und Jennifer oder Adam und Mary Beth heißen sollte. Jennifer fühlte sich hohl und schwach. Sie mußte daran denken, irgendwann etwas zu essen. Aber nicht jetzt. Im Augenblick spielten nur die Geschehnisse auf dem Fernsehschirm vor ihr eine Rolle. Minute für Minute, Stunde für Stunde wuchs die Spannung.

Um Mitternacht lag Senator Trowbridge um dreieinhalb Prozent in Führung. Um zwei Uhr morgens, nachdem achtundsiebzig Prozent der Stimmen ausgezählt waren, führte er immer noch, allerdings nur um zweieinhalb Prozent. Der Hochrechnung des Computers nach hatte Senator Trowbridge die Wahl gewonnen.

Jennifer starrte auf den Fernsehapparat. Jedes Gefühl, jede Empfindung schienen sie verlassen zu haben. Adam hatte verloren. Jennifer war der Sieger. Sie hatte Adam und ihren Sohn gewonnen. Jetzt konnte sie es ihm sagen, jetzt konnte sie ihm von dem Kind erzählen und Pläne für die Zukunft schmieden. Jennifers Herz blutete für Adam, denn sie wußte, wieviel die

Wahl ihm bedeutet hatte. Aber mit der Zeit würde er darüber hinwegkommen. Eines Tages würde er es noch einmal versuchen, und sie würde ihm helfen. Er war noch jung. Die Welt lag vor ihnen, und sie waren zu dritt.

Jennifer schlief auf der Couch ein. Sie träumte von Adam, der Wahl und dem Weißen Haus. Sie, Adam und ihr Sohn befanden sich im ovalen Zimmer. Adam hielt seine Jungfernrede. Mary Beth trat ein und begann, ihn zu unterbrechen. Adam schrie sie an, und seine Stimme wurde lauter und lauter. Jennifer erwachte. Die Stimme gehörte Edwin Newman. Der Fernsehapparat lief noch immer. Es dämmerte.
Edwin Newman sah erschöpft aus. Er las die endgültigen Wahlergebnisse vor. Noch immer im Halbschlaf lauschte Jennifer seinen Worten.
Als sie gerade aufstehen wollte, um den Apparat auszustellen, hörte sie Newman sagen: »Und hier das endgültige Ergebnis der Senatswahlen im Staat New York. In einem der spannendsten Rennen der letzten Jahre hat Adam Warner seinen Vorgänger Senator John Trowbridge mit einer Spanne von weniger als einem Prozent geschlagen.«
Es war vorbei. Jennifer hatte verloren.

## 26

Als Jennifer am späten Vormittag das Büro betrat, sagte Cynthia: »Mr. Adams ist in der Leitung, Miß Parker. Er hat schon den ganzen Morgen angerufen.«
Jennifer zögerte, dann sagte sie: »Gut, Cynthia, stellen Sie ihn durch.« Sie ging in ihr Büro und nahm den Hörer ab. »Hallo, Adam. Herzlichen Glückwunsch.«
»Danke. Ich muß mit dir reden. Bist du zum Mittagessen noch frei?«
Jennifer zögerte. »Ja.«
Früher oder später mußte sie es hinter sich bringen.

Sie sahen sich das erste Mal seit drei Wochen. Sie studierte sein Gesicht. Adam sah hager und erschöpft aus. Eigentlich

hätte er vor Siegesfreude strahlen sollen, aber statt dessen wirkte er seltsam nervös und beunruhigt. Sie bestellten etwas zu essen, ließen es aber beide stehen, und sie sprachen über die Wahl, aber ihre Worte sollten nur ihre Gedanken verschleiern.
Die Charade war beinahe unerträglich geworden, als Adam schließlich begann: »Jennifer...« Er holte tief Luft und ließ sich dann ins kalte Wasser fallen: »Mary Beth bekommt ein Kind.« Diese Worte aus seinem Mund zu hören, verlieh ihnen grauenhafte Endgültigkeit. »Es — es ist einfach passiert. Es ist schwer zu erklären.«
»Du brauchst nichts zu erklären.« Jennifer konnte die Szene klar und deutlich vor sich sehen. Mary Beth in einem aufreizenden Negligée — oder nackt — und Adam...
»Ich komme mir vor wie der größte Dummkopf der Welt«, sagte Adam. Unbehagliches Schweigen kam auf, und er fuhr fort. »Heute morgen habe ich einen Anruf vom Nationalen Komitee der Partei erhalten. Man spricht davon, mich zum nächsten Präsidentschaftskandidaten aufzubauen.« Er zögerte. »Das Problem ist, daß es für mich sehr ungünstig wäre, wenn ich mich scheiden ließe, solange Mary Beth schwanger ist. Ich weiß einfach nicht, was ich tun soll. Ich habe drei Nächte lang nicht geschlafen.« Er blickte Jennifer an und sagte: »Ich finde es grauenhaft, dich darum bitten zu müssen, aber — wäre es möglich, daß wir noch etwas warten, bis die Dinge sich von selbst beruhigt haben?«
Jennifer blickte Adam über den Tisch an und fühlte einen so tiefen Schmerz, ein so unerträgliches Gefühl von Verlust, daß sie glaubte, es nicht ertragen zu können.
»In der Zwischenzeit sehen wir uns so oft wie möglich«, sagte Adam. »Wir...«
Jennifer zwang sich, etwas zu sagen. Sie sagte: »Nein, Adam. Es ist aus.«
Er starrte sie an. »Das meinst du doch nicht im Ernst, Liebling. Wir werden einen Weg finden...«
»Es gibt keinen Weg. Deine Frau und dein Kind werden nicht einfach vom Erdboden verschwinden. Zwischen dir und mir ist alles zu Ende. Es war schön, Adam. Ich habe jede Minute genossen.«
Sie stand auf, denn sie wußte, daß sie zu schreien beginnen

würde, wenn sie nicht auf der Stelle das Restaurant verließ.
»Wir werden uns nie wiedersehen.«
Sie konnte es nicht ertragen, in seine von plötzlichem Schmerz erfüllten Augen zu blicken.
»Um Himmels willen, Jennifer! Tu das nicht. Bitte, tu das nicht! Wir...«
Den Rest verstand sie nicht mehr. Sie hastete auf die Tür zu, hinaus aus dem Restaurant, hinaus aus Adams Leben.

## 27

Adams Anrufe wurden weder angenommen noch erwidert. Seine Briefe wurden ungeöffnet zurückgesandt. Auf den letzten Brief, den Jennifer erhielt, schrieb sie das Wort »Verstorben« und warf ihn wieder in den Briefkasten. *Das stimmt auch,* dachte Jennifer. *Ich bin tot.*
Sie hatte nie gewußt, daß Schmerz so heftig sein konnte. Sie mußte allein sein, und dennoch war sie nicht allein. Ein anderes menschliches Wesen wuchs in ihr heran, ein Teil von ihr, ein Teil von Adam. Und sie würde es zerstören.
Sie zwang sich, darüber nachzudenken, wo sie die Abtreibung vornehmen lassen würde... Vor ein paar Jahren hätte eine Abtreibung irgendeinen Quacksalber in einem schäbigen Hinterzimmer über einer schmutzigen Seitengasse bedeutet, aber wenigstens das war jetzt nicht mehr unumgänglich. Sie konnte sich in eine Klinik begeben und die Operation von einem angesehenen Chirurgen durchführen lassen. Irgendwo außerhalb von New York City. Jennifers Foto war zu oft in der Zeitung erschienen, sie war zu häufig im Fernsehen aufgetreten. Sie brauchte Anonymität, irgendeinen Ort, an dem keine Fragen gestellt wurden. Es durfte nie, nie eine Verbindung zwischen ihr und Adam Warner hergestellt werden können. *Senator* Adam Warner. Ihr Baby mußte unbekannt sterben.
Einmal versuchte Jennifer sich vorzustellen, wie das Baby wohl ausgesehen hätte, und sie begann so heftig zu weinen, daß sie beinahe erstickt wäre.
Es hatte zu regnen begonnen. Jennifer blickte zum Himmel und fragte sich, ob Gott für sie weinte.

Ken Bailey war der einzige Mensch, an den Jennifer sich um Hilfe wenden konnte.
»Ich muß eine Abtreibung machen lassen«, sagte sie ohne Einleitung. »Kennst du irgendeinen guten Arzt?«
Er versuchte, seine Reaktion zu verbergen, aber Jennifer konnte den Widerschein einer Vielzahl von Gefühlen auf seinem Gesicht sehen.
»Irgendwo außerhalb der Stadt, Ken. An einem Ort, wo man mich nicht kennt.«
»Wie wäre es mit den Fidschi-Inseln?« Seine Stimme klang zornig.
»Ich meine es ernst.«
»Entschuldige. Ich... du hast mich einfach überrascht.« Die Neuigkeit hatte ihn völlig umgeworfen. Er verehrte Jennifer. Er wußte, daß er sie gern hatte, und es gab Zeiten, in denen er sie zu lieben glaubte; aber er war nie sicher, und das quälte ihn. Mit Jennifer könnte er niemals das tun, was er mit seiner Frau gemacht hatte. *Gott*, dachte Ken, *warum, zum Teufel, konntest du dich ausgerechnet bei mir nicht entscheiden?*
Er fuhr sich mit den Händen durch das rote Haar und sagte: »Wenn du es nicht in New York gemacht haben willst, dann würde ich Nordcarolina vorschlagen. Das ist nicht so weit weg.«
»Kannst du mir dort etwas suchen?«
»Ja, sicher. Ich...«
»Ja?«
Er sah weg. »Nichts.«

Die nächsten drei Tage war Ken Bailey verschwunden. Als er am vierten Tag in Jennifers Büro kam, war er unrasiert, und seine Augen lagen tief in den Höhlen und hatten rote Ränder. Jennifer warf nur einen Blick auf ihn und fragte: »Geht es dir gut?«
»Ich glaube, schon.«
»Kann ich irgend etwas für dich tun?«
»Nein.« *Wenn Gott mir schon nicht helfen kann, Liebes, dann kannst du es noch weniger.*
Er gab Jennifer einen Zettel. Darauf stand: *Dr. Eric Linden, Memorial Hospital, Charlotte, Nordcarolina.*
»Ich danke dir, Ken.«

»*De nada.* Wann willst du es machen lassen?«
»Ich werde dieses Wochenende hinfahren.«
Verlegen fragte er: »Soll ich mitkommen?«
»Nein, danke. Ich schaff's schon allein.«
»Und die Rückfahrt?«
»Ich schaffe es.«
Er zögerte noch einen Moment, ehe er ging. »Es geht mich ja nichts an, aber bist du sicher, daß du das Richtige tust.«
»Ja. Ich bin sicher.«
Sie hatte keine Wahl. Nichts auf der Welt wünschte sie sich mehr, als Adams Baby behalten zu können, aber sie wußte, daß es Wahnsinn wäre, das Kind allein großzuziehen.
Sie blickte Ken an und sagte noch einmal: »Ich bin sicher.«

Das Hospital war ein freundlich aussehendes, altes, zweistöckiges Ziegelgebäude in den Außenbezirken von Charlotte.
An der Pforte saß eine grauhaarige, etwa sechzigjährige Frau.
»Kann ich Ihnen helfen?«
»Ja«, sagte Jennifer. »Ich bin Mrs. Parker. Ich habe einen Termin bei Dr. Linden für — für...« Sie konnte die Worte nicht über ihre Lippen bringen.
Die Frau nickte verständnisvoll. »Der Doktor erwartet Sie, Mrs. Parker. Ich hole jemanden, der Ihnen den Weg zeigt.«
Eine tüchtige junge Schwester führte Jennifer zu einem Untersuchungsraum am Ende des Flurs. »Ich sage Dr. Linden, daß Sie hier sind. Würden Sie sich schon einmal ausziehen? Auf dem Bügel hängt ein Krankenhemd.«
Langsam zog Jennifer sich aus und legte das weiße Klinikgewand an. Ein Gefühl von Unwirklichkeit erfüllte sie. Sie kam sich vor, als binde sie eine Metzgerschürze um. Sie stand kurz davor, das Leben in ihrem Schoß zu töten. Sie sah Blutspritzer auf der Schürze, das Blut ihres Babys. Sie begann zu zittern.
Eine Stimme sagte: »Aber, aber. Entspannen Sie sich.«
Jennifer blickte auf und sah einen stämmigen, kahlköpfigen Mann mit einer horngerahmten Brille, die seinem Gesicht einen eulenhaften Ausdruck gab.
»Ich bin Dr. Linden.« Er blickte auf die Karte in seiner Hand. »Sie sind Mrs. Parker.«
Jennifer nickte.
Der Doktor berührte ihren Arm und sagte beruhigend: »Set-

zen Sie sich.« Er ging zum Waschbecken und füllte einen Pappbecher mit Wasser. »Trinken Sie das.«
Jennifer gehorchte. Dr. Linden saß in seinem Stuhl und beobachtete sie, bis das Zittern aufgehört hatte.
»So. Sie wollen also eine Abtreibung durchführen lassen.«
»Ja.«
»Haben Sie darüber mit Ihrem Mann gesprochen?«
»Ja. Wir... wir wollen es beide.«
Er studierte sie. »Sie scheinen gesund zu sein.«
»Es... es geht mir gut.«
»Ist es ein wirtschaftliches Problem?«
»Nein«, sagte Jennifer scharf. Warum behelligt er sie mit diesen Fragen? »Wir... wir können es einfach nicht bekommen.«
Dr. Linden förderte eine Pfeife zutage. »Stört es Sie, wenn ich rauche?«
»Nein.«
Dr. Linden zündete die Pfeife an und sagte: »Dumme Angewohnheit.« Er lehnte sich zurück und paffte ein paar Rauchwolken in die Luft.
»Können wir es nicht endlich hinter uns bringen?«
Ihre Nerven waren bis zum äußersten gespannt. Sie fühlte, daß sie jeden Augenblick zu schreien beginnen könnte.
Dr. Linden zog noch einmal lang an seiner Pfeife. »Ich glaube, wir sollten uns ein paar Minuten unterhalten.«
Mit übermenschlicher Willenskraft beherrschte Jennifer ihre Ungeduld. »Wie Sie meinen.«
»Das Dumme an Abtreibungen«, sagte Dr. Linden, »ist ihre Endgültigkeit. Jetzt können Sie es sich noch anders überlegen, hinterher nicht mehr — wenn das Baby tot ist.«
»Ich werde es mir nicht anders überlegen.«
Er nickte und paffte weiter vor sich hin. »Das ist gut.«
Der süße Geruch des Tabaks ließ Jennifer müde werden. Sie wünschte, er würde die Pfeife weglegen. »Dr. Linden...«
Er stand widerstrebend auf und sagte: »Na gut, junge Frau, dann wollen wir Sie einmal anschauen.«
Jennifer legte sich im Untersuchungsstuhl zurück, die Füße auf den kalten Metallsteigbügeln. Sie fühlte seine Finger in ihrem Körper herumtasten. Sie waren sanft und erfahren, und Jennifer fühlte keine Verlegenheit, nur ein unbeschreibliches Gefühl der Verlorenheit, einen tiefen Kummer. Uner-

wünschte Visionen tauchten vor ihren Augen auf, Bilder von ihrem Sohn, denn sie war sicher, es wäre ein Sohn geworden, wie er spielte, im Garten herumlief und lachte, wie er aufwuchs, ein Abbild seines Vaters.
Dr. Linden hatte seine Untersuchung beendet. »Sie können sich jetzt anziehen, Mrs. Parker. Wenn Sie wollen, können Sie die Nacht über hierbleiben, und morgen früh werden wir dann die Operation durchführen.«
»Nein!« Jennifers Stimme klang schärfer als beabsichtigt. »Ich möchte es sofort gemacht haben.«
Dr. Linden studierte sie noch einmal, einen verwirrten Ausdruck auf dem Gesicht.
»Ich habe noch zwei Patientinnen vor Ihnen. Ich schicke die Schwester zu Ihnen, damit sie ein paar Laboruntersuchungen durchführt, und lasse Sie dann in Ihr Zimmer bringen. In etwa vier Stunden nehmen wir dann den Eingriff vor. Einverstanden?«
Jennifer flüsterte: »Einverstanden.«

Sie lag auf dem schmalen Krankenhausbett, die Augen geschlossen, und wartete auf Dr. Lindens Rückkehr. An der Wand hing eine altmodische Uhr, und ihr Ticken erfüllte den ganzen Raum. Aus dem Tick-Tack wurden Worte: *Adams Sohn, Adams Sohn, Adams Sohn, unser Kind, unser Kind, unser Kind.*
Jennifer konnte sich einfach nicht gegen das Bild des Babys wehren, das in diesem Augenblick in ihrem Leib war, das es gemütlich und warm hatte, das, geschützt gegen die Welt, in der Fruchthülle in ihrem Schoß lebte. Sie fragte sich, ob es irgendeine instinktive, urzeitliche Furcht vor dem empfand, was mit ihm geschehen würde. Sie fragte sich, ob es Schmerz empfinden würde, wenn das Messer es tötete. Sie preßte die Hände gegen die Ohren, um das Ticken der Uhr abzuschalten. Sie stellte fest, daß sie begonnen hatte, heftig zu atmen, und daß ihr Körper schweißbedeckt war. Sie hörte ein Geräusch und öffnete die Augen.
Dr. Linden stand über sie gebeugt, einen besorgten Ausdruck auf dem Gesicht. »Geht es Ihnen gut, Mrs. Parker?«
»Ja«, flüsterte Jennifer. »Ich möchte es nur hinter mich bringen.«

Dr. Linden nickte. »Genau das werden wir jetzt tun.« Er nahm eine Spritze von dem Tisch neben ihrem Bett und bewegte sich auf Jennifer zu.
»Was ist darin?«
»Demerol und Phenergan, damit Sie sich entspannen. In ein paar Minuten gehen wir in den Operationssaal.« Er injizierte Jennifer den Inhalt der Spritze. »Ist das Ihre erste Abtreibung?«
»Ja.«
»Dann will ich Ihnen erklären, wie wir vorgehen. Es ist eine schmerzlose und relativ einfache Prozedur. Im Operationssaal erhalten Sie eine vollständige Narkose. Wenn Sie bewußtlos sind, werden wir einen Spiegel in Ihre Vagina einführen, damit wir sehen können, was wir tun. Dann werden wir den Gebärmutterhals mit verschieden großen Metalldilatatoren erweitern und anschließend den Uterus mit einer Kürette auskratzen. Noch irgendwelche Fragen?«
»Nein.«
Ein warmes Gefühl von Schläfrigkeit beschlich sie. Sie konnte spüren, wie ihre Spannung wie durch Zauberei verschwand und die Wände des Zimmers zu verschwimmen begannen. Sie hatte den Arzt noch etwas fragen wollen, aber sie wußte nicht mehr, was es war... irgend etwas wegen des Babys... es schien nicht länger wichtig. Wichtig war einzig und allein, daß sie tat, was sie zu tun hatte. In ein paar Minuten würde alles vorbei sein, und sie konnte ein neues Leben beginnen. Sie glitt in einen wundervollen, traumhaften Zustand hinein... ein paar Leute traten in ihr Zimmer und hoben sie auf einen Operationswagen... durch das dünne Krankenhemd an ihrem Rücken spürte sie die Kälte des Metalls. Sie wurde den Flur entlanggerollt und zählte die Lampen an der Decke. Es schien ihr wichtig, daß sie sich nicht verzählte, aber sie wußte nicht genau warum. Sie wurde in den weißen, antiseptischen Operationssaal gefahren und dachte: *Hier wird mein Baby sterben. Keine Angst, kleiner Adam. Ich lasse nicht zu, daß sie dir weh tun.* Und ohne es zu wollen, begann sie zu weinen.
Dr. Linden berührte ihren Arm. »Keine Sorge. Es wird nicht weh tun.«
*Tod ohne Schmerzen*, dachte Jennifer. *Das ist schön.* Sie hatte ihr Baby lieb. Sie wollte nicht, daß man ihm weh tat.

Jemand legte ihr eine Sauerstoffmaske aufs Gesicht, und eine Stimme sagte: »Tief einatmen.«
Jennifer fühlte, wie Hände ihr Klinikhemd hochschoben und ihre Beine spreizten.
*Gleich passiert es. Es passiert hier und jetzt. Mein kleiner Adam, mein kleiner Adam, mein kleiner Adam.*
»Entspannen Sie sich«, sagte Dr. Linden.
Jennifer nickte. *Lebe wohl, mein Baby.* Sie spürte, wie sich ein Stahlinstrument zwischen ihren Schenkeln zu bewegen begann und langsam in sie hineinschlüpfte. Es war der Finger des Todes, der ihr Baby ermorden würde, wenn er es berührte. Sie hörte eine fremde Stimme schreien. »Aufhören! Aufhören! Aufhören!«
Und Jennifer blickte auf zu den überraschten Gesichtern über ihr und merkte, daß es ihre eigene Stimme war. Die Maske wurde fester gegen ihr Gesicht gepreßt. Sie wollte sich aufsetzen, aber die Lederriemen hielten sie unten. Sie wurde in einen Strudel gezogen, tiefer und immer tiefer. Sie ertrank.
Das letzte, an das sie sich erinnerte, war das große, weiße Licht an der Decke, das um seine eigene Achse wirbelte, sich dann herabsenkte und in ihren Schädel eindrang.

Jennifer erwachte in ihrem Zimmer im Krankenhausbett. Durch das Fenster konnte sie sehen, daß es draußen dunkel war. Ihr Körper fühlte sich zerschlagen an, und sie fragte sich, wie lange sie bewußtlos gewesen war. Sie war am Leben, aber ihr Baby... Sie tastete nach dem Klingelknopf an ihrem Bett und drückte ihn. Von Panik erfüllt, fuhr sie fort, den Knopf zu drücken. Sie konnte nicht aufhören.
Eine Schwester erschien im Türrahmen, dann verschwand sie schnell wieder. Einige Sekunden später eilte Dr. Linden herein. Er trat an das Bett und zog Jennifers Finger sanft von dem Klingelknopf.
Jennifer griff wild nach seinem Arm und keuchte: »Mein Baby... es ist tot...!«
Dr. Linden sagte: »Nein, Mrs. Parker. Es lebt. Ich hoffe, es wird ein Junge werden. Sie haben immer wieder seinen Namen gerufen: Adam!«

# 28

Weihnachten nahte und ging vorüber, und das neue Jahr, 1973, brach an. Der Februarschnee wurde von den Märzstürmen davongeweht, und Jennifer merkte, daß es an der Zeit war, mit der Arbeit aufzuhören.
Sie berief eine Konferenz der Mitarbeiter im Büro ein.
»Ich nehme Urlaub«, verkündete sie. »Während der nächsten fünf Monate werde ich nicht dasein.«
Überraschtes Gemurmel erhob sich. Dan Martin fragte: »Aber wir können dich erreichen, nicht wahr?«
»Nein, Dan. Ich werde nicht zu erreichen sein.«
Ted Harris blickte sie durch seine dicken Brillengläser an.
»Jennifer, du kannst doch nicht einfach...«
»Ich fahre Ende der Woche.« Ihr Ton war so bestimmt, daß keine weiteren Fragen kamen. Der Rest der Konferenz war den noch anhängigen Fällen gewidmet.
Als alle anderen gegangen waren, fragte Ken Bailey: »Hast du dir das wirklich genau überlegt?«
»Ich habe keine Wahl, Ken.«
»Ich weiß nicht, wer der Hurensohn ist, aber ich hasse ihn.«
Jennifer legte ihm die Hand auf den Arm. »Dank' dir. Ich werde es schaffen.«
»Es wird verdammt hart werden, weißt du das? Kinder werden erwachsen. Sie stellen Fragen. Er wird wissen wollen, wer sein Vater ist.«
»Damit werde ich fertig.«
»Okay.« Seine Stimme wurde sanft. »Wenn ich irgend etwas für dich tun kann, egal was — ich bin immer für dich da.«
Sie umarmte ihn. »Danke, Ken. Ich — ich danke dir.«

Jennifer saß noch lange, nachdem alle anderen gegangen waren, allein im Dunkel des Büros und dachte nach. Sie wußte, daß sie Adam immer lieben würde. Nichts konnte das jemals ändern. Und sie war sicher, daß auch er sie noch liebte. *Irgendwie,* dachte sie, *wäre es einfacher, wenn er mich nicht mehr liebte.* Es war eine unfaßbare Ironie des Schicksals, daß sie einander liebten und nicht zusammen sein konnten, daß ihrer beider Leben sich weiter und weiter voneinander entfernen würden. Adams Leben würde von nun an in Washington mit Mary

Beth und ihrem Kind weitergehen. Vielleicht würde er eines Tages ins Weiße Haus ziehen. Jennifer dachte an ihren eigenen Sohn, der heranwuchs und dann wissen wollte, wer sein Vater war. Sie würde es ihm nie sagen können, so wie Adam nie erfahren durfte, daß sie ihm ein Kind geboren hatte, denn das würde ihn zerstören.
Und wenn es irgend jemand sonst erfuhr, würde es Adam ebenfalls zerstören, nur auf eine andere Weise.

Jennifer hatte beschlossen, ein Haus auf dem Land zu kaufen — irgendwo außerhalb von Manhattan, wo sie und ihr Sohn zusammen in ihrer eigenen kleinen Welt leben konnten.
Sie fand das Haus durch reinen Zufall. Sie war auf dem Weg zu einem Mandanten in Long Island gewesen und hatte den Long Island Expressway bei der Abfahrt 36 verlassen, war dann falsch abgebogen und hatte sich in Sands Point wiedergefunden. Die Straßen waren ruhig und von schlanken, anmutigen Bäumen überschattet, die Häuser standen nicht direkt an der Straße, sondern lagen alle inmitten eines eigenen kleinen Gartens. An einem dieser weißen, im Kolonialstil erbauten Häuser in der Sands Point Road hing ein Schild mit der Aufschrift *Zu verkaufen.* Das Grundstück war eingezäunt, und ein schönes, schmiedeeisernes Tor versperrte den Zugang zu einer von Lampenpfosten gesäumten Auffahrt. Zu beiden Seiten der Auffahrt erstreckte sich Rasen, und Eiben verbargen das Haus. Von der Straße aus sah es hinreißend aus. Jennifer notierte den Namen des Maklers und machte für den nächsten Nachmittag einen Besichtigungstermin aus.

Der Makler war einer jener kernigen, ständig unter Hochdruck stehenden Geschäftsleute, die Jennifer verabscheute. Aber sie kaufte ja nicht sein Wesen, sondern ein Haus.
Er sagte: »Es ist eine Perle. Jawoll, eine richtige Perle. Mindestens hundert Jahre alt, und dazu noch in Tipptopp-Verfassung. Absolut Tipptopp.«
Tipptopp war in jedem Fall eine Übertreibung. Die Zimmer waren luftig und geräumig, aber sie bedurften dringend einiger Reparaturen. *Es wäre schön, dieses Haus wiederherzustellen und einzurichten,* dachte Jennifer.
Im ersten Stock, gegenüber vom großen Schlafzimmer lag ein

Raum, der gut in ein Kinderzimmer verwandelt werden konnte. Sie würde ihn in Blau und...
»Wollen Sie mal durch den Garten gehen?«
Das Baumhaus gab den Ausschlag. Es erhob sich auf einer Plattform hoch oben in einer stämmigen Eiche. Das Baumhaus ihres Sohnes. Das ganze Grundstück umfaßte etwa drei Morgen, und der Rasen hinter dem Haus fiel sacht ab bis zum Sund, in den ein Anlegeplatz ragte. Es war eine wundervolle Umgebung für ein heranwachsendes Kind, mit viel Platz zum Herumtollen. Später würde er ein kleines Boot bekommen. Hier hatten sie alle Abgeschlossenheit, die sie brauchten, denn Jennnifer war entschlossen, daß dies eine Welt ausschließlich für sie und ihr Kind bleiben sollte.
Am nächsten Tag kaufte sie das Haus.

Jennifer hatte keine Vorstellung gehabt, wie schmerzlich es sein würde, die Wohnung in Manhattan zu verlassen, die sie mit Adam geteilt hatte. Sein Bademantel und die Pyjamas waren noch da, ebenso seine Slipper und der Rasierpinsel. Jeder Raum war bewohnt von hundert Erinnerungen an Adam, Erinnerungen an eine schöne, tote Vergangenheit. Jennifer packte so schnell wie möglich und verließ die Wohnung.

Im neuen Haus beschäftigte sie sich vom frühen Morgen bis spät in den Abend, damit sie keine Zeit hatte, an Adam zu denken. Sie besuchte Geschäfte in Sands Point und Port Washington, um Möbel und Vorhänge zu bestellen. Sie ließ ortsansässige Handwerker kommen, die die defekten Installationen, das undichte Dach und die altersschwachen elektrischen Leitungen reparierten. Von der Morgenröte bis zur Dämmerung wimmelte es im Haus von Malern, Teppichlegern, Elektrikern und Tapezierern. Jennifer war überall zugleich und überwachte den Fortschritt der Arbeiten. Sie trieb sich selbst tagsüber bis zur Erschöpfung an, in der Hoffnung, nachts schlafen zu können, aber die Dämonen waren wieder da und folterten sie mit unaussprechlichen Alpträumen.
Sie suchte Antiquitätengeschäfte heim, kaufte Lampen, Tische und Kunstwerke. Sie kaufte einen Springbrunnen und Statuen für den Garten, einen Lipschitz, einen Noguchi und einen Miro.

Langsam nahm das Innere des Hauses Gestalt an.
Bob Clement war einer von Jennifers kalifornischen Mandanten, und der Teppichboden, den er für das Wohnzimmer und die Kinderstube entworfen hatte, ließ die Räume in milden Farben erstrahlen.
Jennifers Bauch schwoll an, und sie erstand Umstandskleider im Ort. Sie ließ ein Telefon mit einer Geheimnummer installieren. Es war nur für den Notfall da, und sie gab niemandem die Nummer und erwartete keine Anrufe. Der einzige Mensch im Büro, der wußte, wo sie wohnte, war Ken Bailey, und er war zur Verschwiegenheit verpflichtet.
Eines Nachmittags kam er herausgefahren, um Jennifer zu besuchen, und sie führte ihn in Haus und Garten herum und freute sich überschwenglich, daß es ihm gefiel.
»Es ist wunderschön, Jennifer, wirklich wunderschön. Du hast großartige Arbeit geleistet.« Er blickte auf ihren geschwollenen Bauch. »Wie lange noch?«
»Zwei Monate.« Sie drückte seine Hand gegen ihren Bauch und sagte: »Fühl mal.«
Er spürte einen Stoß.
»Er wird jeden Tag stärker«, sagte Jennifer stolz.
Beim Abendessen wartete Ken bis zum Dessert, ehe er sagte: »Ich will nicht neugierig sein, aber sollte der stolze Vater, wer immer es ist, nicht auch ein wenig tun, um...«
»Thema abgeschlossen.«
»Okay, tut mir leid. Du fehlst der Firma ganz schön. Wir haben einen neuen Mandanten...«
Jennifer hob die Hand. »Ich möchte nichts davon hören.«
Sie unterhielten sich, bis es für Ken Zeit zum Gehen war, und Jennifer sah ihn nur ungern davonfahren. Er war ein guter Freund.

Jennifer hatte jeden Kontakt zwischen sich und der Welt unterbunden. Sie las keine Zeitungen, sah nicht fern und hörte auch keine Sendungen im Radio. Ihr Universum existierte innerhalb der vier Hauswände. Sie waren ihr Nest, ihr Schoß, der Platz, wo sie ihren Sohn in die Welt setzen würde.
Sie las jedes Buch über Kindererziehung, das sie in die Hände kriegen konnte. Nachdem sie das Kinderzimmer fertig eingerichtet hatte, stopfte sie es mit Spielzeug voll. Sie besuchte ein

Sportgeschäft und sah sich Fußbälle, Baseballschläger und Handschuhe an. Sie mußte über sich selber lachen. *Ich benehme mich völlig lächerlich. Er ist noch nicht einmal geboren.* Natürlich kaufte sie den Baseballschläger und den Handschuh für den Fänger. Der Fußball führte sie auch in Versuchung, aber sie dachte: *Das kann noch warten.*

Der Mai kam und dann der Juni.
Die Handwerker waren fertig, und im Haus wurde es still und friedlich. Zweimal in der Woche fuhr Jennifer in den Ort und kaufte im Supermarkt ein, und alle zwei Wochen besuchte sie ihren Gynäkologen, Dr. Harvey. Gehorsam trank sie mehr Milch, als sie mochte, nahm Vitamine ein und aß nur noch Reformkost. Langsam wurde sie unförmig und schwerfällig, und es fiel ihr schwerer, sich zu bewegen.
Sie war ihr Leben lang aktiv und unternehmungslustig gewesen, und sie hatte erwartet, sie würde sich davor ekeln, schwerfällig und ungeschickt zu werden, aber irgendwie störte es sie jetzt doch nicht. Es gab keinen Grund zur Eile mehr. Die Tage waren lang, verträumt und friedlich geworden. Ihre innere Uhr hatte das Tempo gedrosselt. Es war, als sparte sie ihre Energie auf und pumpte sie in den anderen Körper, der in ihr lebte.

Eines Morgens untersuchte Dr. Harvey sie und sagte: »Noch zwei Wochen, Mrs. Parker.«
So bald schon. Jennifer hatte gedacht, sie könnte es vielleicht mit der Angst kriegen. Sie hatte die ganzen Altweibergeschichten über Schmerzen, die Zufälligkeiten, die mißgestalteten Kinder gehört, aber sie spürte keine Furcht, nur Sehnsucht danach, ihr Baby zu sehen, und die Ungeduld, die Geburt endlich hinter sich zu bringen, damit sie es in ihren Armen halten konnte.
Ken Bailey kam jetzt fast jeden Tag zum Haus heraus und brachte Bilderbücher mit, *»Die kleine rote Henne«*, *»Pat, das Häschen«* und *»Dick und Jane«*.
»Die werden ihm gefallen«, sagte Ken.
Und Jennifer lächelte, weil er *ihm* gesagt hatte. *Ein Omen.*
Sie schlenderten über das Grundstück, picknickten mittags am Wasser und saßen in der Sonne. Jennifer war befangen

wegen ihres Aussehens. Sie dachte: *Warum verbringt er nur seine Zeit mit der fetten, häßlichen Frau vom Zirkus?*
Und Ken blickte Jennifer an und dachte: *Sie ist die schönste Frau, die ich je gesehen habe.*

Die ersten Wehen kamen um drei Uhr morgens. Sie waren so stechend, daß Jennifer nach Luft schnappen mußte. Einige Sekunden später wiederholten sie sich, und Jennifer dachte frohlockend: *Es geht los!*
Sie begann, die Zeit zwischen den Schmerzanfällen abzuschätzen, und als sie in Intervallen von je zehn Minuten auftauchten, rief Jennifer ihren Gynäkologen an. Sie fuhr zum Hospital und lenkte den Wagen jedesmal nach rechts an den Bürgersteig, wenn die Kontraktionen erfolgten. Ein Pfleger stand bereits draußen und wartete auf sie, als sie eintraf, und wenige Minuten später wurde sie von Dr. Harvey untersucht. Als er fertig war, sagte er beruhigend: »Nun, das wird eine einfache Geburt, Mrs. Parker. Sie brauchen sich bloß zu entspannen, der Rest geht ganz von selber.«
Es wurde nicht einfach, aber auch nicht unerträglich. Jennifer konnte die Schmerzen aushalten, weil sie der Rahmen eines wunderbaren Geschehens waren. Sie kämpfte fast acht Stunden, und am Ende dieser Spanne, als ihr Körper seine Dimension verloren zu haben schien, von den Krämpfen verzerrt war und sie schon dachte, es würde nie aufhören, fühlte sie eine plötzliche Erleichterung, dann eine brausende Leere und einen unerwarteten, gesegneten Frieden.
Sie hörte ein dünnes Quietschen, und Dr. Harvey hielt ihr Baby hoch und sagte: »Möchten Sie einen Blick auf Ihren Sohn werfen, Mrs. Parker?«
Jennifers Lächeln erleuchtete den Raum.

## 29

Sein Name war Joshua Adam Parker, und er brachte sieben Pfund und dreihundert Gramm auf die Waage, ein vollkommenes Baby. Jennifer wußte, daß es hieß, Neugeborene seien häßlich, rot und verschrumpft, sie ähnelten kleinen Affen.

Aber nicht Joshua Adam. Er war wunderschön. Die Schwestern im Hospital erzählten Jennifer ununterbrochen, was für ein hübscher Junge Joshua war, und sie konnte es nicht oft genug hören. Die Ähnlichkeit mit Adam war überwältigend. Joshua Adam hatte die graublauen Augen seines Vaters und den schön geformten Kopf. Wenn Jennifer ihn ansah, erblickte sie seinen Vater. Es war ein seltsames Gefühl, eine schmerzliche Mischung aus Freude und Traurigkeit. Wie glücklich Adam über seinen hübschen Sohn gewesen wäre!

Als Joshua zwei Tage alt war, lächelte er Jennifer an, und sie klingelte aufgeregt nach der Schwester.
»Sehen Sie! Er lächelt!«
»Das sind Blähungen, Mrs. Parker.«
»Bei anderen Babys mögen es Blähungen sein«, sagte Jennifer trotzig. »Mein Sohn lächelt.«
Sie hatte sich gefragt, welche Gefühle sie dem Baby gegenüber hegen, ob sie eine gute Mutter sein würde. Bestimmt waren Babys eine ziemlich langweilige Gesellschaft. Sie beschmutzten ihre Windeln, hatten dauernd Hunger, schrien und schliefen. Man konnte sich mit ihnen nicht unterhalten.
*Echte Gefühle werde ich für ihn wahrscheinlich erst entwickeln, wenn er vier oder fünf Jahre alt ist,* hatte Jennifer gedacht. Wie falsch, wie völlig falsch. Von dem Augenblick der Geburt an liebte Jennifer ihren Sohn mit einer Heftigkeit, die sie bei sich nie vermutet hätte. Es war eine leidenschaftliche, beschützende Liebe; Joshua war so klein und die Welt so groß.
Als Jennifer mit Joshua das Krankenhaus verlassen konnte, bekam sie eine lange Liste mit Instruktionen, aber die stürzte sie nur in Verwirrung. Die ersten zwei Wochen hatte sie die Hilfe einer Schwester, die bei ihnen im Haus lebte. Danach war Jennifer auf sich gestellt, und sie hatte Angst, sie könnte etwas Falsches tun, das das Baby umbrachte. Sie fürchtete, es könne jeden Augenblick zu atmen aufhören.
Als Jennifer Joshua zum erstenmal sein Fläschchen bereitete, stellte sie fest, daß sie vergessen hatte, den Schnuller zu sterilisieren. Sie goß den Brei in den Abfluß und begann noch einmal von vorne. Als sie fertig war, fiel ihr ein, daß sie diesmal die Flasche zu sterilisieren vergessen hatte. Sie fing noch ein-

mal an. Als Joshuas Brei endlich fertig war, schrie er bereits vor Zorn.

Es gab Zeiten, in denen Jennifer das Gefühl hatte, sie sei der Lage nicht mehr gewachsen. Ganz plötzlich wurde sie von unerklärlichen Depressionen überwältigt. Sie sagte sich, daß das ganz normal sei nach den Aufregungen der Schwangerschaft und der Geburt, aber deswegen fühlte sie sich nicht besser. Es kam ihr vor, als verbringe sie die ganze Nacht damit, Joshua zu füttern, und wenn es ihr schließlich gelang, einzuschlafen, wurde sie von Joshuas Geschrei wieder aufgeweckt.
Zu jeder Tages- und Nachtstunde rief sie den Arzt an.
»Joshua atmet zu schnell... Er atmet zu langsam... Joshua hustet... Er hat seinen Brei nicht geschluckt... Joshua hat sich übergeben.«
In einem Akt von Selbstverteidigung fuhr der Arzt schließlich zu Jennifer hinaus und hielt ihr eine Predigt.
»Mrs. Parker, ich habe noch nie ein gesünderes Baby gesehen als Ihren Sohn. Er mag zerbrechlich aussehen, aber er ist stark wie ein Ochse. Freuen Sie sich lieber, statt sich andauernd Sorgen zu bereiten. Denken Sie immer daran — er wird uns beide überleben.«
Also begann Jennifer sich zu entspannen. Sie hatte Joshuas Zimmer mit Kattunvorhängen und einer Tagesdecke dekoriert, die auf blauem Untergrund weiße Blumen und gelbe Schmetterlinge zeigten. Es gab eine Kinderkrippe, ein Spielställchen, eine kleine Spielzeugkiste, einen Tisch, einen Stuhl und ein Schaukelpferd. Die Kiste war bis obenhin voll Spielzeug. Jennifer liebte es, Joshua im Arm zu halten, ihn zu baden, seine Windeln zu wechseln und ihn in seinem glänzenden, neuen Kinderwagen spazierenzufahren. Sie redete ununterbrochen mit ihm, und als er vier Wochen alt war, belohnte er sie mit einem Lächeln. *Keine Blähungen*, dachte Jennifer glücklich. *Ein Lächeln!*

Als Ken Bailey das Baby zum erstenmal erblickte, starrte er es lange schweigend an. In einem Anfall plötzlicher Panik dachte Jennifer: *Er wird es erkennen. Er wird erkennen, daß es Adams Baby ist.*

Aber Ken sagte nur: »Er ist eine richtige Schönheit. Er kommt ganz nach seiner Mutter.«
Sie ließ Ken Joshua auf den Arm nehmen und lachte über seine Schüchternheit. Aber sie mußte die ganze Zeit denken: *Joshua wird nie einen Vater haben, der ihn in die Arme nimmt.*

Sechs Wochen waren verstrichen, und es war allmählich an der Zeit, wieder zu arbeiten. Jennifer haßte den Gedanken, von ihrem Sohn getrennt zu sein, selbst für ein paar Stunden am Tag, aber die Aussicht, wieder ins Büro zurückzukehren, erfüllte sie mit Vorfreude. So lange hatte sie sich von allen Vorgängen außerhalb des Hauses abgeschlossen. Es war Zeit, wieder in die andere Welt einzutreten.
Sie blickte in den Spiegel und beschloß, daß sie sich als erstes wieder in Form bringen mußte. Schon kurz nach Joshuas Geburt hatte sie begonnen, Diät zu halten und zu turnen, aber jetzt verstärkte sie ihren Einsatz, und bald ähnelte sie wieder ihrem alten Ich.
Danach begann sie, eine Haushälterin zu suchen. Sie prüfte die Kandidatinnen, als wären sie Geschworene, stellte sie auf die Probe, suchte nach Schwächen, Lügen, Unfähigkeit. Mehr als zwanzig Anwärterinnen gingen durch ihr Verhör, bis sie eine gefunden hatte, die sie mochte und der sie vertraute — eine Schottin mittleren Alters namens Mrs. Mackey, die fünfzehn Jahre für dieselbe Familie gearbeitet hatte und erst gegangen war, als die Kinder erwachsen waren.
Jennifer ließ Ken ihre Vergangenheit überprüfen, und als er ihr versicherte, daß mit Mrs. Mackey alles in Ordnung war, stellte Jennifer sie ein.
Eine Woche später ging sie wieder ins Büro.

## 30

Jennifer Parkers plötzliches Verschwinden hatte eine Flut von Gerüchten in den Kanzleien in und um Manhattan ausgelöst. Die Nachricht, daß sie wieder zurück war, wurde mit ungeheurem Interesse aufgenommen. Der Empfang, der Jennifer am Morgen ihrer Rückkehr zuteil wurde, hatte bald den Cha-

rakter eines Volksfestes, als auch noch Anwälte von benachbarten Büros vorbeikamen, um sie zu besuchen.
Cynthia, Dan und Ted hatten Papierschlangen in den Räumen aufgehängt, dazwischen ein großes Schild mit der Aufschrift: *Willkommen daheim!* Es gab Champagner und Kuchen.
»Um neun Uhr morgens?« protestierte Jennifer.
Aber sie ließen nicht locker.
»Hier ging es zu wie im Irrenhaus ohne dich«, teilte Dan Martin ihr mit. »Du hast so was nicht noch einmal vor, oder?«
Jennifer blickte ihn an und sagte: »Nein, so was habe ich nicht noch einmal vor.«
Mehr und mehr unerwartete Gäste trafen ein, um sich zu vergewissern, daß es Jennifer gut ging, und um ihr Glück zu wünschen. Fragen danach, wo sie gesteckt hatte, parierte sie mit einem Lächeln und dem Satz: »Wir haben keine Erlaubnis, darüber zu sprechen.«
Sie hielt den ganzen Tag Konferenzen mit ihren Mitarbeitern ab. Hunderte von telefonischen Mitteilungen hatten sich angesammelt.
Als Ken Bailey mit Jennifer allein in ihrem Büro war, sagte er: »Weißt du, wer uns wahnsinnig gemacht hat, weil er dich unbedingt erreichen wollte?«
Jennifers Herz tat einen Sprung. »Wer?«
»Michael Moretti.«
»Ach.«
»Er ist wirklich lästig. Als wir ihm nicht erzählen wollten, wo du bist, ließ er uns schwören, daß es dir gutgeht.«
»Vergiß Michael Moretti.«
Jennifer informierte sich über alle Fälle, die die Kanzlei übernommen hatte. Das Geschäft ging blendend. Sie hatten eine Menge wichtiger neuer Mandanten bekommen. Einige der älteren Klienten weigerten sich, mit irgend jemand außer Jennifer zusammenzuarbeiten, und hatten auf ihre Rückkehr gewartet.
»Ich rufe sie so bald wie möglich an«, versprach Jennifer.
Sie sah den Rest der telefonischen Nachrichten durch. Ein Dutzend Anrufe von Mr. Adams waren verzeichnet. Vielleicht hätte sie Adam wissen lassen sollen, daß es ihr gutging und daß ihr nichts zugestoßen war. Aber sie wußte, daß sie es nicht ertragen konnte, seine Stimme zu hören, zu wissen, daß

er in der Nähe war, daß sie ihn aber nicht sehen, berühren, umarmen konnte. Oder ihm von Joshua erzählen.
Cynthia hatte einige Zeitungsartikel ausgeschnitten und zusammengeheftet, von denen sie glaubte, sie könnten Jennifer interessieren. Unter den Ausschnitten befand sich eine Fortsetzungsserie über Michael Moretti, in der er als der wichtigste Mafiaboß des Landes bezeichnet wurde. Unter einem Foto von ihm stand die Legende: Ich bin nur ein Versicherungskaufmann.

Es dauerte drei Monate, bis Jennifer ihren Rückstand aufgearbeitet hatte. Sie hätte es schneller schaffen können, aber sie legte Wert darauf, das Büro jeden Tag um vier Uhr zu verlassen, was auch immer anstand. Joshua wartete.
Morgens, bevor Jennifer ins Büro ging, bereitete sie persönlich Joshuas Frühstück und spielte so lange wie möglich mit ihm, ehe sie das Haus verließ.
Wenn sie nachmittags nach Hause zurückkehrte, widmete sie Joshua ihre ganze Zeit. Sie zwang sich, ihre beruflichen Sorgen im Büro zurückzulassen, und lehnte alle Fälle ab, die sie von ihrem Sohn fernhalten könnten. Nichts durfte in ihre private Welt eindringen. Sie liebte es, Joshua laut vorzulesen.
»Er ist ein Säugling, Mrs. Parker«, protestierte Mrs. Mackey. »Er versteht nicht ein einziges Wort von dem, was Sie sagen.«
Aber Jennifer antwortete nur: »Joshua versteht.«
Und sie las weiter.

Joshua war ein niemals endendes Wunder. Als er drei Monate alt war, begann er zu gurren und versuchte, mit Jennifer zu sprechen. Er spielte in seiner Krippe mit einem großen, rasselnden Ball und einem Spielzeughasen, den Ken ihm mitgebracht hatte. Als er sechs Monate war, versuchte er bereits aus seiner Krippe zu krabbeln, neugierig auf die Welt außerhalb. Jennifer hielt ihn in den Armen, und er griff mit seinen winzigen Händen nach ihren Fingern, und sie führten lange, ernsthafte Gespräche.

Jennifers Tage im Büro waren ausgefüllt. Eines Morgens erhielt sie einen Anruf von Philip Redding, dem Präsidenten einer großen Ölgesellschaft.

»Ich würde mich gern mit Ihnen treffen«, sagte er. »Ich habe ein Problem.«
Jennifer brauchte ihn nicht zu fragen, um welches Problem es sich handelte. Seine Gesellschaft war beschuldigt worden, Bestechungsgelder gezahlt zu haben, um im Nahen Osten ihren Geschäften nachgehen zu können. Die Vertretung der Firma würde ihr ein hohes Honorar einbringen, aber Jennifer hatte einfach keine Zeit.
»Es tut mir leid«, sagte sie. »Ich stehe nicht zur Verfügung, aber ich kann Ihnen einen Kollegen empfehlen, der sehr gut ist.«
»Man hat mir gesagt, ich dürfe kein Nein akzeptieren«, erwiderte Philip Redding.
»Wer hat das gesagt?«
»Ein Freund von mir. Richter Lawrence Waldman.«
Jennifer glaubte, sich verhört zu haben. »Richter Waldman hat Sie gebeten, mich anzurufen?«
»Er sagte, Sie seien der beste Anwalt, den ich kriegen könnte, aber das wußte ich schon vorher.«
Jennifer hielt den Hörer in der Hand und dachte an ihre früheren Erfahrungen mit Richter Waldman und daran, wie sicher sie gewesen war, daß er sie haßte und erledigen wollte.
»Einverstanden. Wir können morgen miteinander frühstücken«, sagte Jennifer.
Nach dem Gespräch mit Redding rief sie Richter Waldman an.
»Nanu, wir haben ja schon lange nicht mehr miteinander gesprochen, junge Dame«, klang die vertraute Stimme aus dem Hörer.
»Ich möchte mich bedanken, weil Sie Philip Redding an mich verwiesen haben.«
»Ich wollte nur sichergehen, daß er sich in guten Händen befindet.«
»Ich weiß das zu schätzen, Euer Ehren.«
»Was würden Sie von einem Abendessen mit einem alten Mann halten?«
Jennifer war sprachlos vor Überraschung. »Darüber würde ich mich sehr freuen.«
»Gut. Ich nehme Sie mit in meinen Klub. Ein Haufen alter Knöpfe, die nicht mehr an den Anblick einer schönen jungen Frau gewöhnt sind. Es wird sie ein bißchen aufrütteln.«

Richter Waldman gehörte der *Century Association* in der 43. Straße an, und als er und Jennifer sich zum Essen trafen, stellte sie fest, daß er sich bezüglich der alten Knöpfe einen Scherz geleistet hatte. Der Speisesaal wimmelte von Schriftstellern, Künstlern, Anwälten und Schauspielern.
»Auf Vorstellung wird hier verzichtet«, erklärte Richter Waldman. »Man geht davon aus, daß jede Person sofort zu erkennen ist.«
Privat war Richter Waldman völlig anders, als Jennifer erwartet hatte. Während der Cocktails sagte er: »Ich wollte Sie damals ausgeschlossen sehen, weil ich dachte, Sie hätten unseren Stand in Verruf gebracht. Jetzt bin ich davon überzeugt, daß ich mich geirrt habe. Ich habe Ihren Weg genau verfolgt. Ich glaube, Sie gereichen unserem Beruf zur Ehre.«
Jennifer war erfreut. Sie kannte Richter, die bestechlich, dumm oder unfähig waren. Lawrence Waldman respektierte sie. Er war sowohl ein brillanter Jurist als auch ein integrer Mensch. »Danke, Euer Ehren.«
»Warum gehen wir außerhalb des Gerichtssaals nicht zu Lawrence und Jennie über?«
Ihr Vater war der einzige Mann, der sie je Jennie genannt hatte.
»Gern, Lawrence.«
Das Essen war ausgezeichnet, und mit diesem Abend begann ein monatliches Ritual, das beide sehr genossen.

## 31

Es war Sommer 1974. Unglaublicherweise war schon ein ganzes Jahr seit Joshua Adam Parkers Geburt verstrichen. Er hatte seine ersten schwankenden Schritte getan und verstand die Worte für Nase und Mund und Kopf.
»Er ist ein Genie«, teilte Jennifer Mrs. Mackey schlicht mit.
Jennifer plante Joshuas erste Geburtstagsparty, als würde sie im Weißen Haus stattfinden. Am Samstag ging sie Geschenke einkaufen. Sie besorgte Joshua Kleider und Bücher und Spielzeug und ein Dreirad, mit dem er frühestens in einem oder

zwei Jahren fahren konnte. Sie erstand kleine Gaben für die Nachbarskinder, die sie zu der Party eingeladen hatte, und sie verbrachte den Nachmittag damit, Papierschlangen aufzuhängen und Luftballons aufzublasen. Eigenhändig buk sie den Geburtstagskuchen und ließ ihn auf dem Küchentisch stehen. Irgendwie kam Joshua an den Kuchen heran, grapschte eine Handvoll davon und schob sie sich in den Mund, so daß Jennifers Meisterwerk ruiniert war, bevor die anderen Gäste eintrafen.

Neben einem Dutzend Nachbarkindern hatte Jennifer auch deren Mütter eingeladen. Der einzige erwachsene männliche Gast war Ken Bailey. Er brachte Joshua ein Dreirad mit, ein Duplikat von Jennifers Geschenk.

Jennifer lachte und sage: »Du bist aber dumm, Ken. Joshua ist doch noch viel zu klein für so was.«

Die Party dauerte nur zwei Stunden, aber sie war ein glanzvolles Ereignis. Die Kinder aßen zuviel, lagen krank auf dem Teppich, stritten sich um das Spielzeug und weinten, wenn ihre Ballons platzten, aber alles in allem, fand Jennifer, war es ein Triumph. Joshua war der perfekte Gastgeber gewesen und hatte sich, abgesehen von einigen unbedeutenden Zwischenfällen, als ein Mann von Selbstsicherheit und Würde gezeigt.

In dieser Nacht saß Jennifer, nachdem alle Gäste gegangen waren und sie Joshua ins Bett gebracht hatte, an seinem Bettchen und betrachtete ihren schlafenden Sohn, staunte über dieses wunderbare Wesen, das aus ihrem Körper und Adam Warners Lenden gekommen war. Adam wäre stolz gewesen, wenn er gesehen hätte, wie Joshua sich entwickelte. Irgendwie war es nur eine halbe Freude, weil sie sie allein erlebte. Jennifer dachte an alle noch bevorstehenden Geburtstage. Joshua würde zwei werden, dann fünf, dann zehn und zwanzig. Er würde ein Mann werden und sie verlassen. Er würde sein eigenes Leben führen.

*Hör auf!* schalt Jennifer sich. *Du ergehst dich in Selbstmitleid.* In dieser Nacht lag sie hellwach im Bett und durchlebte jedes Detail der Party noch einmal, um keines davon zu vergessen. Vielleicht konnte sie Adam eines Tages davon erzählen.

## 32

In den folgenden Monaten wurde Senator Adam Warner allgegenwärtig. Seine Präsenz, seine Fähigkeiten und sein Charisma hatten ihn von Anfang an im Senat zu einer auffälligen Erscheinung gemacht. Er wurde in verschiedene wichtige Ausschüsse gewählt und brachte einen wichtigen Gesetzesentwurf ein, der schnell und ohne Schwierigkeiten verabschiedet wurde. Adam Warner hatte mächtige Freunde im Kongreß. Viele hatten seinen Vater gekannt und geschätzt. Allgemein ging man davon aus, daß Adam eines Tages zum Kampf um das Präsidentenamt antreten würde. Jennifer fühlte einen bittersüßen Stolz.

Immer wieder wurde sie von Mandanten, Partnern und Freunden zum Abendessen, ins Theater oder zu Wohltätigkeitsveranstaltungen eingeladen, aber sie lehnte fast alles ab. Hin und wieder verbrachte sie einen Abend mit Ken. Sie genoß seine Gesellschaft außerordentlich. Er war lustig und selbstironisch, aber hinter der amüsanten Fassade verbarg sich ein sensibler, gequälter Mensch. Manchmal kam er am Wochenende zum Mittag- oder Abendessen heraus und spielte stundenlang mit Joshua. Die beiden liebten sich.
Einmal, als Jennifer und Ken in der Küche zu Abend aßen, nachdem Joshua ins Bett gebracht worden war, starrte Ken Jennifer so auffällig an, daß sie fragte: »Stimmt irgend etwas nicht?«
»Himmel, ja«, stöhnte Ken. »Entschuldige. Was für eine beschissene Welt!«
Aber er verlor kein weiteres Wort darüber.
Adam hatte seit beinahe neun Monaten nicht mehr versucht, Kontakt mit Jennifer aufzunehmen, aber sie verschlang gierig jeden Zeitungsartikel über ihn und sah jede Fernsehsendung, in der er auftrat. Sie dachte unablässig an ihn. Wie sollte es auch anders sein? Ihr Sohn war eine ständige Erinnerung an ihn. Joshua war jetzt zwei Jahre und hatte eine unglaubliche Ähnlichkeit mit seinem Vater. Er hatte die gleichen ernsthaften blauen Augen und die gleichen Eigenarten. Joshua war ein winziges, liebes Abziehbild, warm, zärtlich und voller Wißbegier.

Zu Jennifers Überraschung waren Joshuas erste Worte *Auto-Auto*, als sie ihn eines Tages im Wagen mitnahm.
Er sprach bereits in Sätzen und sagte *Danke* und *Bitte*. Als Jennifer ihn einmal in seinem Stühlchen zu füttern versuchte, sagte er: »Mama, geh mit deinem Spielzeug spielen.«
Ken hatte ihm einen Malkasten gekauft, und Joshua begann, emsig die Wände des Wohnzimmers zu bemalen.
Als Mrs. Mackey ihm dafür einen Klaps geben wollte, protestierte Jennifer: »Nicht, das kann man abwaschen. Er versucht nur, sich auszudrücken.«
»Mehr wollte *ich* auch nicht«, bemerkte Mrs. Mackey, »mich ausdrücken. Sie werden das Kind höllisch verwöhnen.«
Aber Joshua war nicht verwöhnt. Er war ausgelassen und anspruchsvoll, aber das war normal für einen Zweijährigen. Er hatte Angst vor dem Staubsauger, wilden Tieren, Zügen und der Dunkelheit.
Joshua war von Natur aus sportlich veranlagt. Einmal sagte Jennifer zu Mrs. Mackey, während er mit einigen seiner Freunde spielte: »Obwohl ich seine Mutter bin, sehe ich ihn durchaus objektiv, Mrs. Mackey. Ich glaube, er ist die Wiederauferstehung.«

Sie hatte es sich angewöhnt, alle Fälle zu vermeiden, die sie aus der Stadt und fort von Joshua führten, aber eines Morgens erhielt sie einen dringlichen Anruf von Peter Fenton, dem Besitzer einer großen Industriefirma.
»Ich stehe im Begriff, eine Fabrik in Las Vegas zu kaufen, und möchte, daß Sie hinfliegen und sich mit den Anwälten treffen.«
»Ich werde Dan Martin schicken«, schlug Jennifer vor. »Sie wissen, ich verlasse die Stadt nicht gern, Peter.«
»Jennifer, Sie können die ganze Geschichte in vierundzwanzig Stunden erledigen. Ich fliege Sie im Firmenflugzeug hin, und am nächsten Tag sind Sie wieder zurück.«
Jennifer zögerte. »Na gut.«
Sie war schon einmal in Las Vegas gewesen und hegte dem Ort gegenüber gemischte Gefühle. Es war unmöglich, Las Vegas zu lieben oder zu hassen. Man mußte es als ein Phänomen betrachten, eine fremdartige Zivilisation mit ihrer eigenen Sprache und Moral, ihren eigenen Gesetzen. Es ließ sich mit

keiner anderen Stadt in der Welt vergleichen. Riesige Neonlichter flimmerten die ganze Nacht über und verkündeten den Ruhm der glänzenden Paläste, die errichtet worden waren, die Geldbörsen der Touristen zu erleichtern, die wie Lemminge hereinströmten und sich anstellten, um sich ihre sorgsam gehorteten Ersparnisse abnehmen zu lassen.
Jennifer gab Mrs. Mackey eine lange, ausführliche Liste mit Anweisungen für Joshuas Behandlung.
»Wie lange werden Sie fort sein, Mrs. Parker?«
»Morgen bin ich wieder zurück.«
»Mütter!«

Am nächsten Morgen bestieg Jennifer Peter Fentons Lear Jet und flog nach Las Vegas. Sie verbrachte Nachmittag und Abend damit, die Einzelheiten des Vertrags auszuarbeiten. Als sie fertig waren, bat Peter Fenton sie, mit ihm zu Abend zu essen.
»Danke, Peter, aber ich glaube, ich gehe lieber früh zu Bett. Ich fliege morgen nach New York zurück.«
Jennifer hatte Mrs. Mackey im Verlauf des Tages dreimal angerufen, und dreimal war ihr versichert worden, daß es dem Kleinen gut gehe. Er hatte seine Mahlzeiten zu sich genommen, hatte kein Fieber und schien glücklich zu sein.
»Vermißt er mich?« fragte Jennifer.
»Darüber hat er nichts gesagt«, seufzte Mrs. Mackey.
Jennifer wußte, daß Mrs. Mackey sie für überkandidelt hielt, aber das war ihr egal.
»Sagen Sie ihm, daß ich morgen wieder zu Hause bin.«
»Ich werde ihm Ihre Nachricht übermitteln, Mrs. Parker.«
Ursprünglich hatte Jennifer vorgehabt, ein ruhiges Abendessen in ihrer Suite einzunehmen, aber plötzlich deprimierten sie die Räume, die Wände schienen ihr die Luft abzuschneiden. Sie konnte nicht aufhören, an Adam zu denken.
*Wie konnte er nur mit Mary Beth ins Bett gehen und sie schwängern, wenn...*
Sie mußte ausgehen, irgendwohin, wo Lärm herrschte und viele Menschen waren. *Vielleicht*, dachte Jennifer, *könnte ich mir sogar eine Show ansehen.* Sie duschte rasch, zog sich an und ging hinunter.
Eine lange Schlange wartete am Eingang zum Showsaal, wo

Marty Allen auftrat, und Jennifer bedauerte, daß sie Peter Fenton nicht gebeten hatte, ihr einen Platz zu reservieren. Sie ging zum Oberkellner am Kopfende der Schlange und fragte: »Wie lange dauert es, bis man einen Tisch bekommen kann?«
»Wie viele Personen sind Sie?«
»Ich bin allein.«
»Es tut mir leid, Miß, aber ich fürchte...«
Eine Stimme neben ihr sagte: »Mein Tisch, Abe.«
Der Oberkellner strahlte und sagte: »Natürlich, Mr. Moretti. Hier entlang, bitte.«
Jennifer drehte sich um und blickte in die dunklen Augen von Michael Moretti.
»Nein, danke«, sagte Jennifer. »Ich fürchte, ich...«
»Sie müssen etwas essen.« Michael Moretti nahm Jennifers Arm, und sie ging neben ihm hinter dem Oberkellner her, zu einem Vorzugstisch in der Mitte des großen Raums. Jennifer empfand nur Widerwillen bei dem Gedanken, mit Michael Moretti zu speisen, aber sie wußte nicht, wie sie dem entgehen konnte, ohne eine Szene zu machen. Sie wünschte sich inständig, sie hätte Peter Fentons Einladung angenommen.
Sie wurden an die Tafel gegenüber der Bühne gesetzt, und der Oberkellner sagte: »Genießen Sie den Abend, Mr. Moretti, Miß.«
Jennifer spürte Michael Morettis Augen auf sich ruhen, und sie fühlte sich unwohl. Er sagte nichts. Michael Moretti war ein Mann des Schweigens, er mißtraute Worten, als wären sie eine Falle und nicht eine Form der Kommunikation. An seinem Schweigen war etwas Fesselndes. Er benutzte es, um auf seine Weise zu erreichen, was andere Männer mit Worten erreichten.
Als er schließlich etwas sagte, fühlte Jennifer sich in einem Moment der Unachtsamkeit überrascht.
»Ich hasse Hunde«, sagte Michael Moretti. »Sie sterben.«
Und es war, als lege er einen geheimen Teil seines Wesens bloß, der aus einer dunklen Quelle gespeist wurde. Jennifer wußte nicht, was sie darauf antworten sollte.
Ihre Drinks wurden gebracht, und sie saßen da und tranken schweigend. Jennifer lauschte dem Gespräch, das nicht stattfand.

Sie dachte über seine Worte nach: *Ich hasse Hunde. Sie sterben.*
Sie fragte sich, wie Michaels Kindheit verlaufen sein mochte.
Sie ertappte sich dabei, wie sie ihn studierte. Er war auf eine gefährliche, erregende Weise attraktiv. Eine Aura von Gewalttätigkeit umgab ihn, als könne er jeden Augenblick explodieren.
Jennifer konnte nicht sagen, warum, aber in der Gesellschaft dieses Mannes fühlte sie sich wie eine Frau. Vielleicht lag es an der Art, auf die seine ebenholzfarbenen Augen sie musterten, ehe sie wegblickten, als hätten sie Angst, zuviel preiszugeben. Jennifer stellte fest, daß es lange her war, seit sie sich zuletzt so weiblich gefühlt hatte. Seit dem Tag, an dem sie Adam verloren hatte. *Eine Frau benötigt einen Mann, damit sie sich weiblich fühlt*, dachte Jennifer, *damit sie sich schön und begehrenswert fühlt.*
Sie war froh, daß er ihre Gedanken nicht lesen konnte.
Die verschiedensten Leute näherten sich ihrem Tisch, um Michael Moretti ihre Reverenz zu erweisen: Geschäftsleute, Schauspieler, ein Richter, ein Senator. Macht erwies Macht ihren Tribut, und Jennifer hatte plötzlich eine Ahnung davon, welchen Einfluß Michael Moretti ausübte. »Ich bestelle für uns«, sagte er. »Das Menü des Tages wird für achthundert Personen zubereitet. Es schmeckt wie in einem Flugzeug.«
Er hob die Hand, und sofort war der Oberkellner an ihrem Tisch. »Ja, Mr. Moretti? Was hätten Sie gern heute abend, Sir?«
»Wir möchten ein Chateaubriand, innen rosa, außen schwarz.«
»Sehr wohl, Mr. Moretti.«
»Pommes soufflées und Endiviensalat.«
»Jawohl, Mr. Moretti.«
»Das Dessert bestellen wir später.«
Eine Flasche Champagner wurde an den Tisch geschickt, mit den Empfehlungen der Geschäftsleitung.
Jennifer begann, sich zu entspannen und beinahe gegen ihren Willen wohl zu fühlen. Es war lange her, seit sie das letzte Mal einen Abend mit einem attraktiven Mann verbracht hatte. Und als dieser Gedanke in ihr auftauchte, fragte sie sich: *Wie kann ich Michael Moretti als attraktiv bezeichnen? Er ist ein Killer, ein amoralisches Tier ohne Gefühle.*

Jennifer hatte Dutzende von Menschen gekannt und verteidigt, die schreckliche Verbrechen begangen hatten, aber sie hatte das Gefühl, daß keiner von ihnen so gefährlich gewesen war wie dieser Mann. Er war bis an die Spitze des Syndikats aufgestiegen, und es hatte etwas mehr erfordert, als Antonio Granellis Tochter zu heiraten, um das zu erreichen.
»Ich habe ein- oder zweimal bei Ihnen angerufen, als Sie fort waren«, sagte Michael. Laut Ken Bailey hatte er fast jeden Tag angerufen. »Wo waren Sie?« Er ließ die Frage beiläufig klingen.
»Weg.«
Ein langes Schweigen. »Erinnern Sie sich an das Angebot, das ich Ihnen gemacht habe?«
Jennifer nahm einen Schluck von ihrem Champagner. »Fangen Sie nicht wieder damit an, bitte.«
»Sie können alles haben, was...«
»Ich sagte Ihnen bereits, ich bin nicht interessiert. Angebote, die man nicht abschlagen kann, gibt es nicht. Nur in Büchern, Mr. Moretti. Ich schlage es ab.«

Michael Moretti dachte an eine Szene, die vor ein paar Wochen im Haus seines Schwiegervaters stattgefunden hatte. Sie hatten eine Familienkonferenz abgehalten, und sie war nicht gut gelaufen. Thomas Colfax hatte sich gegen alles gestellt, das Michael vorgeschlagen hatte.
Nachdem Colfax gegangen war, hatte Michael zu seinem Schwiegervater gesagt: »Colfax verwandelt sich langsam in ein altes Weib. Es ist Zeit, ihn aufs Altenteil zu schicken.«
»Tommy ist ein guter Mann. Er hat uns im Lauf der Jahre eine Menge Ärger erspart.«
»Das war einmal. Er hält nicht mehr Schritt, Tony.«
»Wen sollten wir auf seinen Platz stellen?«
»Jennifer Parker.«
Antonio Granelli hatte den Kopf geschüttelt. »Ich habe es dir schon einmal gesagt, Michael. Es ist nicht gut, wenn eine Frau etwas von unseren Geschäften erfährt.«
»Sie ist nicht nur eine Frau. Sie ist die beste Anwältin zur Zeit.«
»Wir wollen abwarten«, hatte Antonio Granelli gesagt. »Wir wollen abwarten.«

Michael Moretti war daran gewöhnt, zu kriegen, was er haben wollte, und je länger Jennifer sich ihm widersetzte, desto mehr war er entschlossen, sie zu bekommen. Jetzt, wo er neben ihr saß, blickte Michael Jennifer an und dachte: *Eines Tages wirst du mir gehören, Baby — mit Haut und Haaren.*
»Woran denken Sie?«
Michael Moretti bedachte Jennifer mit einem lässigen, langsamen Lächeln, und sie bedauerte die Frage sofort. Es war Zeit, zu gehen.
»Ich danke Ihnen für ein wunderbares Essen, Mr. Moretti. Ich muß früh aufstehen, deshalb...«
Die Lichter verdunkelten sich, und das Orchester intonierte eine Ouvertüre. »Sie können jetzt nicht gehen. Die Show beginnt. Marty Allen wird Ihnen gefallen.«
Es war Unterhaltung von einem Kaliber, das sich nur Las Vegas leisten konnte, und Jennifer genoß es von A bis Z. Sie sagte sich, daß sie sofort nach Ende der Show gehen würde, aber als sie vorbei war und Michael Moretti Jennifer zum Tanze aufforderte, beschloß sie, daß es undankbar sei, sich zu weigern. Davon abgesehen mußte sie zugeben, daß sie sich gut amüsierte. Michael Moretti war ein begabter Tänzer, und Jennifer entspannte sich in seinen Armen. Einmal, als ein anderes Paar mit ihnen zusammenstieß, wurde Michael gegen Jennifer gestoßen, und für einen Augenblick spürte sie seine Erektion, aber dann zog er sich sofort zurück, sorgsam darauf bedacht, sie in diskreter Entfernung zu halten.

Hinterher gingen sie in ein Casino, ein Meer aus Lichtern und Lärm, überflutet mit Spielern, die völlig von den verschiedensten Glücksspielen in Anspruch genommen waren und sich ihnen mit einer Hingabe widmeten, als hinge ihr Leben davon ab, daß sie gewannen. Michael führte Jennifer zu einem der Würfeltische und gab ihr ein Dutzend Chips.
»Auf das Glück«, sagte er.
Die Angestellten des Casinos begegneten Michael mit Ehrerbietung. Sie nannten ihn »Mr. M.« und gaben ihm große Stapel Hundert-Dollar-Chips, wobei sie seine Unterschrift an Stelle von Bargeld akzeptierten. Michael spielte mit hohen Einsätzen und verlor kräftig, aber es schien ihn nicht zu irritieren. Mit Michaels Chips gewann Jennifer dreihundert Dol-

lar, aber sie bestand darauf, ihm das Geld zu geben. Sie wollte ihm auf keinen Fall irgendwie verpflichtet sein.
Von Zeit zu Zeit kamen verschiedene Frauen an den Tisch, um Michael zu begrüßen. Alle waren jung und attraktiv, wie Jenniver bemerkte. Michael begegnete ihnen höflich, aber es war offensichtlich, daß er sich nur für Jennifer interessierte. Gegen ihren Willen fühlte sie sich geschmeichelt.
Zu Beginn des Abends war Jennifer müde und deprimiert gewesen, aber Michael Moretti strahlte eine solche Vitalität aus, daß sie überzuschäumen schien, die Luft auflud und Jennifer einhüllte.
Michael führte sie in eine kleine Bar mit einer Jazzgruppe, und danach gingen sie in den Salon eines anderen Hotels, um eine neue Vokalgruppe zu hören. Wo immer sie auftauchten, wurde Michael zuvorkommend, beinahe unterwürfig behandelt. Jeder versuchte, seine Aufmerksamkeit zu erregen, ihm guten Abend zu sagen, ihn zu berühren und darauf hinzuweisen, daß man da war.
Während der ganzen Zeit, die sie zusammen verbrachten, sagte Michael kein einziges Wort, das Jennifer als zudringlich hätte auslegen können. Und dennoch fühlte sie eine derart starke Sexualität von ihm ausgehen, daß es sie wie Schockwellen traf. Ihr Körper fühlte sich geschlagen, vergewaltigt. Sie hatte noch nie etwas Ähnliches erlebt. Es war beunruhigend und gleichzeitig erregend.

Um vier Uhr morgens brachte Michael Jennifer schließlich wieder zu ihrer Suite. Als sie die Tür erreicht hatten, ergriff Michael ihre Hand und sagte: »Gute Nacht. Ich möchte Ihnen sagen, daß dies die schönste Nacht meines Lebens war.«
Seine Worte jagten Jennifer Angst ein.

## 33

In Washington wuchs Adam Warners Popularität. Zeitungen und Magazine nahmen sich seiner immer häufiger an. Er leitete eine Untersuchung der Zustände in Ghettoschulen ein und reiste an der Spitze eines Senatsausschusses nach Moskau, um sich mit Dissidenten zu treffen. In den Zeitungen waren Bilder von seiner Ankunft auf dem Scheremetjevo-Flughafen zu sehen, auf denen er von einer russischen Delegation mit unbewegten Gesichtern begrüßt wurde. Als er zehn Tage später zurückkehrte, waren die Zeitungen voll des Lobs über die Ergebnisse seiner Reise.

Die Berichterstattung wurde immer ausführlicher. Die Öffentlichkeit wollte über Adam Warner informiert werden, und die Medien stillten ihren Hunger. Adam wurde die Speerspitze einer Gruppe von Senatoren, die für Reformen eintraten. Er übernahm den Vorsitz eines Komitees, das die Zustände in den Bundesgefängnissen untersuchte, und besuchte Strafanstalten im ganzen Land. Er sprach mit den Häftlingen, den Wärtern und Aufsehern, und als das Komitee seinen Bericht vorstellte, wurden umfassende Reformen eingeleitet.

Zusätzlich zu den Nachrichtenmagazinen brachten auch die Frauenzeitungen Artikel über ihn. In *Cosmopolitan* entdeckte Jennifer ein Foto von Adam, Mary Beth und ihrer kleinen Tochter Samantha. Jennifer saß vor dem Kamin in ihrem Schlafzimmer und betrachtete das Bild lange Zeit. Mary Beth lächelte in die Kamera und strahlte warmen, süßen Südstaatencharme aus. Die Tochter war eine Miniaturausgabe ihrer Mutter. Jennifer wandte sich dem Bild von Adam zu. Er sah müde aus. Kleine Falten, die vorher nicht dagewesen waren, hatten sich um seine Augen gebildet, und seine Schläfen wiesen die ersten grauen Schatten auf. Für einen Moment erlag Jennifer der Illusion, das Gesicht eines erwachsenen Joshua zu betrachten. Die Ähnlichkeit war unheimlich. Der Fotograf hatte Adam direkt in die Kamera blicken lassen, und Jennifer hatte das Gefühl, daß er sie ansah. Sie versuchte, den Ausdruck in seinen Augen zu deuten, und fragte sich, ob er jemals an sie dachte.

Jennifer blickte noch einmal auf das Bild von Mary Beth und ihrer Tochter. Dann warf sie das Magazin in den Kamin und sah zu, wie es verbrannte.

Adam Warner saß am Kopfende seines Eßtisches und versuchte, Stewart Needham und ein halbes Dutzend anderer Gäste zu unterhalten. Mary Beth war am anderen Ende des Tisches in eine Unterhaltung mit einem Senator aus Oklahoma

und seiner juwelengeschmückten Frau vertieft. Washington hatte auf Mary Beth wie ein Stimulans gewirkt. Hier war sie in ihrem Element. Im Rahmen von Adams wachsender Bedeutung war Mary Beth eine der ersten Gastgeberinnen geworden, und sie kostete diese Rolle aus. Die gesellschaftliche Seite Washingtons langweilte Adam, und er war froh, daß er sie Mary Beth überlassen konnte. Sie hatte ein natürliches Geschick dafür.
Stewart Needham sagte: »In Washington wird mehr Politik beim Essen gemacht als in den geheiligten Hallen des Senats.«
Adam wünschte sich, daß der Abend endlich vorüber sein möge. Oberflächlich betrachtet, war alles in bester Ordnung. Unter dem Lack stimmte nichts. Er war mit einer Frau verheiratet, und er liebte eine andere. Er lag in den Ketten einer Ehe, aus der es kein Entkommen gab. Wenn Mary Beth nicht schwanger geworden wäre, hätte er weiterhin die Scheidung betrieben. Jetzt war es zu spät, er war für seine Familie verantwortlich. Mary Beth hatte ihm eine wunderschöne kleine Tochter geschenkt, und er liebte sie, aber es war ihm unmöglich, Jennifer zu vergessen.
Die Frau des Senators aus Oklahoma sagte zu ihm: »Sie müssen so glücklich sein, Adam. Sie haben alles, was sich ein Mann nur wünschen kann, nicht wahr?«
Adam brachte keine Antwort über die Lippen.

## 34

Die Jahreszeiten kamen und gingen, und sie alle drehten sich um Joshua. Er war der Mittelpunkt von Jennifers Welt. Sie sah, wie er wuchs und sich entwickelte, Tag für Tag, und als er zu sprechen, zu gehen und zu denken begann, schien ihr das wie ein unendliches Wunder. Seine Stimmungen wechselten dauernd. Er war abwechselnd wild und aggressiv, schüchtern und zärtlich. Er wurde wütend, wenn Jennifer ihn nachts verlassen mußte, und er hatte immer noch Angst vor der Dunkelheit, so daß Jennifer nachts immer ein Licht für ihn anließ. Mit zwei Jahren war Joshua unerträglich. Er war zerstörerisch,

trotzig und ungestüm. Sein liebstes Spiel war »Reparieren«. Er machte Mrs. Mackeys Nähmaschine kaputt, ruinierte die beiden Fernsehapparate im Haus und nahm Jennifers Arbanduhr auseinander. Er schüttete Salz in die Zuckerdose und streichelte sich selbst, wenn er allein war. Ken Bailey brachte Jennifer einen jungen Schäferhund namens Max mit, und Joshua biß ihn.
Als Ken einmal zu Besuch kam, begrüßte Joshua ihn mit den Worten: »Hi! Hast du auch ein Ding-Dong? Darf ich es anschauen?«
In diesem Jahr hätte Jennifer Joshua mit Freuden dem erstbesten Fremden geschenkt.
Mit drei aber wurde er plötzlich ein Engel, höflich, zärtlich und liebevoll. Er hatte die körperliche Harmonie seines Vaters und war sehr geschickt mit den Händen. Er hörte auf, Dinge kaputtzumachen. Er spielte gern im Freien, kletterte, lief herum und fuhr auf seinem Dreirad durch den Garten.
Jennifer nahm ihn mit in den Zoo und zum Marionettentheater. Sie gingen am Strand spazieren und sahen sich gemeinsam ein Festival mit Filmen der Marx Brothers in Manhattan an. Danach nahmen sie Eiscremesodas im neunten Stock von Bonwit Teller zu sich.
Joshua war ein Gefährte geworden. Zum Muttertag lernte er das Lieblingslied von Jennifers Vater — *Shine On, Harvest Moon* — auswendig und sang es ihr vor. Es war der rührendste Moment ihres Lebens.
*Es ist wahr,* dachte sie, *wir erben die Welt nicht von unseren Eltern; wir leihen sie uns von den Kindern aus.*

Joshua ging in den Kindergarten und hatte Freude daran. Abends, wenn Jennifer nach Hause gekommen war, setzten sie sich vor den Kamin und lasen gemeinsam. Jennifer las Fachzeitungen für Anwälte, und Joshua sah sich seine Bilderbücher an. Jennifer beobachtete ihren Sohn, wie er auf dem Boden lag, die Augenbrauen zusammengezogen vor Konzentration, und plötzlich wurde sie wieder an Adam erinnert, und es war immer noch wie eine offene Wunde. Sie fragte sich, wo er sein und was er tun mochte.
Was er, Mary Beth und Samantha tun mochten.

Es gelang Jennifer, Privatleben und Beruf auseinanderzuhalten, die einzige Verbindung zwischen beiden war Ken Bailey. Er brachte Joshua Spielzeug und Bücher mit, widmete ihm seine Zeit, und war, in gewisser Hinsicht, ein Ersatzvater.
An einem Sonntagnachmittag standen Jennifer und Ken in der Nähe des Baumhauses und sahen Joshua zu, der den Stamm hinaufkletterte.
»Weißt du, was er braucht?« fragte Ken.
»Nein.«
»Einen Vater.« Er wandte sich an Jennifer. »Sein wirklicher Vater muß ein schöner Scheißkerl sein.«
»Bitte, Ken, nicht!«
»Entschuldige. Es geht mich ja auch nichts an. Schließlich ist es Vergangenheit. Ich mache mir mehr Sorgen um die Zukunft. Es ist nicht normal, daß du allein wie eine...«
»Ich bin nicht allein. Ich habe Joshua.«
»Darüber spreche ich nicht.« Er nahm Jennifer in die Arme und küßte sie zärtlich. »O verdammt, Jennifer, es tut mir leid...«

Michael Moretti hatte Jennifer ein dutzendmal zu erreichen versucht. Sie rief nicht zurück. Einmal hatte sie geglaubt, sie habe ihn in der letzten Reihe sitzen sehen, als sie vor Gericht als Verteidigerin auftrat, aber als sie wieder hinsah, war er verschwunden.

## 35

An einem späten Nachmittag, als Jennifer gerade das Büro verlassen wollte, sagte Cynthia: »Ein Mr. Clark Holman ist am Telefon und möchte Sie sprechen.«
Jennifer zögerte, dann sagte sie: »Okay, stell ihn durch.«
Clark Holman war ein Anwalt der *Legal Aid Society*, die sich der Menschen annahm, die juristischen Beistand brauchten, aber aus irgendwelchen Gründen nicht in der Lage waren, ihn sich auch zu beschaffen.
»Es tut mir leid, daß ich Sie belästigen muß, Jennifer«, sagte er, »aber wir haben hier einen Fall, mit dem sich niemand beschäftigen will, und ich wüßte es wirklich sehr zu schätzen,

wenn Sie uns aushelfen könnten. Ich weiß, wie beschäftigt Sie sind, aber...«
»Wer ist der Angeklagte?«
»Jack Scanlon.«
Als sie den Namen hörte, klingelte es bei Jennifer sofort. Er war seit zwei Tagen auf den Titelseiten aller Zeitungen. Jack Scanlon wurde beschuldigt, ein vierjähriges Mädchen entführt und Lösegeld erpreßt zu haben. Er war nach einer Phantomzeichnung identifiziert worden, die die Polizei nach den Angaben von Augenzeugen der Entführung angefertigt hatte.
»Warum ich, Clark?«
»Scanlon hat um Sie gebeten.«
Jennifer blickte auf die Uhr an der Wand. Sie würde zu spät zu Joshua kommen. »Wo ist er jetzt?«
»Im Metropolitan-Gefängnis.«
Jennifer traf eine schnelle Entscheidung. »Ich gehe zu ihm und spreche mit ihm. Treffen Sie die Vorbereitungen, bitte.«
»Gut. Tausend Dank. Ich schulde Ihnen einen Gefallen.«
Jennifer rief Mrs. Mackey an. »Ich komme heute etwas später. Geben Sie Joshua sein Essen und sagen Sie ihm, er soll aufbleiben, bis ich da bin.«
Zehn Minuten später war Jennifer auf dem Weg.

Kidnapping war für sie das scheußlichste aller Verbrechen, vor allem, wenn ein hilfloses, kleines Kind entführt wurde; aber jeder Beschuldigte hatte ein Recht darauf, daß man ihn anhörte, ganz egal, wie schrecklich sein Verbrechen gewesen war. Das war der Grundstock des Rechts: Gerechtigkeit für die Großen wie für die Kleinen.
Jennifer wies sich an der Pforte aus, und ein Wärter führte sie zum Besuchszimmer für Anwälte.
Er sagte: »Ich hole Ihnen Scanlon.«
Einige Minuten später wurde ein dünner, gutaussehender Mann von Ende Dreißig mit einem blonden Bart und feinem, blondem Haar in den Raum gebracht. Er sah beinahe aus wie Jesus Christus.
Er sagte: »Ich danke Ihnen, daß Sie gekommen sind, Miß Parker.« Seine Stimme war weich und sanft. »Danke, daß Sie sich um mich kümmern.«
»Setzen Sie sich.«

Er nahm einen Stuhl gegenüber von Jennifer.
»Sie haben darum gebeten, daß ich Sie aufsuche?«
»Ja. Obwohl ich glaube, daß nur Gott mir helfen kann. Ich habe eine Dummheit begangen.«
Sie betrachtete ihn voll Abscheu. »Sie nennen es eine ›Dummheit‹, wenn jemand ein vierjähriges Mädchen kidnappt und für Lösegeld festhält?«
»Ich habe Tammy nicht wegen des Lösegelds entführt.«
»Oh? Warum haben Sie sie dann entführt?«
Nach einer langen Pause begann Jack Scanlon zu sprechen. »Meine Frau, Evelyn, starb im Kindbett. Ich habe sie mehr als alles andere auf der Welt geliebt. Wenn es auf Erden je eine Heilige gegeben hat, dann sie. Evelyn war keine sehr starke Frau. Der Doktor riet ihr, kein Baby zu bekommen, aber sie wollte nicht hören.« Er blickte verlegen zu Boden. »Es — es ist vielleicht schwer zu verstehen für Sie, aber sie sagte, sie wolle es auf jeden Fall, weil es so wäre, als hätte sie dann noch mehr von mir.«
Wie gut Jennifer das verstand.
Jack Scanlon hatte aufgehört, zu sprechen, er schien in Gedanken weit fort.
»Sie bekam das Baby?«
Jack Scanlon nickte. »Sie starben beide.« Es fiel ihm schwer, weiterzusprechen. »Eine Zeitlang, dachte ich — dachte ich, daß ich... Ich wollte ohne sie nicht weiterleben. Ich fragte mich immer wieder, wie unser Kind wohl geworden wäre. Ich stellte mir vor, wie es gewesen wäre, wenn sie am Leben geblieben wären. Ich versuchte, die Uhr zurückzudrehen bis zu dem Moment, bevor Evelyn...« Er hielt inne, seine Stimme klang tränenerstickt. »Ich fand Rettung bei der Bibel. *Denn siehe, ich habe dich vor eine offene Tür gestellt, die niemand schließen kann.* Dann, vor ein paar Tagen, sah ich ein kleines Mädchen auf der Straße. Es spielte. Es war, als sei Evelyn wiedergeboren worden. Sie hatte ihre Augen, ihr Haar. Sie blickte zu mir auf und lächelte, und ich — ich weiß, es klingt verrückt, aber ich hatte das Gefühl, als lächelte Evelyn mich an. Ich muß völlig den Verstand verloren haben. Ich dachte: Dies ist die Tochter, die Evelyn bekommen hätte. Dies ist unser Kind.«
Jennifer bemerkte, wie sich seine Fingernägel in die Handballen gruben.

243

»Ich weiß, es war falsch, aber ich habe sie mitgenommen.« Er blickte Jennifer in die Augen. »Ich hätte dem Kind um nichts in der Welt etwas angetan.«
Jennifer beobachtete ihn scharf, achtete auf einen falschen Ton. Es gab keinen. Scanlon war ein verzweifelter Mann.
»Was ist mit der Lösegeldforderung?«
»Ich habe kein Lösegeld verlangt. Geld war etwas, das ich zuletzt gewollt hätte. Ich wollte nur die kleine Tammy.«
»Irgend jemand hat aber ein Lösegeldforderung geschickt.«
»Die Polizei behauptet, ich war es, aber ich war's nicht.«
Jennifer saß ihm gegenüber und versuchte, die losen Enden zusammenzufügen. »Wann erschien die Nachricht über die Entführung in den Zeitungen? Bevor oder nachdem Sie von der Polizei festgenommen wurden?«
»Vorher. Ich weiß noch, daß ich mir wünschte, sie sollten doch aufhören, darüber zu schreiben. Ich wollte mit Tammy weggehen, und ich hatte Angst, jemand könnte uns aufhalten.«
»Also könnte jeder von der Entführung gelesen und ein Lösegeld herauszuschlagen versucht haben?«
Jack Scanlon rang hilflos die Hände. »Ich weiß nicht. Ich weiß nur, daß ich tot sein möchte.«
Sein Schmerz war offensichtlich, daß Jennifer bewegt war. Wenn er die Wahrheit sagte — und die war eindeutig aus seinem Gesicht abzulesen —, dann verdiente er für seine Tat nicht den Tod. Er sollte bestraft werden, ja, aber nicht hingerichtet.
Jennifer traf ihre Entscheidung. »Ich werde versuchen, Ihnen zu helfen.«
Er sagte leise: »Ich danke Ihnen, aber in Wirklichkeit ist es mir gleich, was aus mir wird.«
»Aber mir nicht.«
Jack Scanlon sagte: »Ich fürchte, ich — ich habe kein Geld, um Sie zu bezahlen.«
»Lassen Sie das meine Sorge sein. Bitte, erzählen Sie mir von sich.«
»Was wollen Sie wissen?«
»Alles, von Anfang an. Wo wurden Sie geboren?«
»In Norddakota, vor fünfunddreißig Jahren. Ich wurde auf einer Farm geboren. Ich glaube, man kann es eine Farm nennen,

auch wenn es nur ein armseliges Stück Land war, auf dem nicht viel wuchs. Wir waren arm. Ich ging von zu Hause weg, als ich fünfzehn war. Meine Mutter habe ich geliebt, aber meinen Vater haßte ich. Ich weiß, die Bibel sagt, man soll nicht schlecht von seinen Eltern reden, aber er war ein böser Mensch. Es machte ihm Spaß, mich auszupeitschen.«
Jennifer konnte sehen, wie sich sein Körper anspannte, als er fortfuhr.
»Ich meine, es machte ihm wirklich Spaß. Wenn ich den kleinsten Fehler beging, schlug er mich mit einem Ledergürtel mit einer großen Eisenschnalle am Ende. Dann mußte ich niederknien und Gott um Vergebung anflehen. Lange Zeit habe ich Gott genauso gehaßt wie meinen Vater.« Er schwieg, von seinen Erinnerungen überwältigt.
»Sie sind von zu Hause weggerannt?«
»Ja. Per Anhalter bin ich nach Chicago getrampt. Ich hatte nicht viel gelernt, aber zu Hause habe ich immer viel gelesen. Wenn mein Vater mich erwischte, war das ein weiterer Grund für eine Auspeitschung. In Chicago bekam ich einen Job in einer Fabrik. Da traf ich Evelyn. Ich geriet mit der Hand zu nah an eine Fräse und verletzte mich. Sie brachten mich zur Poliklinik, und da war sie. Sie war Krankenschwester.« Er lächelte Jennifer an. »Sie war die schönste Frau, die ich je gesehen habe. Es dauerte ungefähr zwei Wochen, bis meine Hand verheilt war, und ich ging jeden Tag zur Behandlung zu Evelyn. Danach gingen wir miteinander. Wir sprachen davon, zu heiraten, aber die Firma verlor einen großen Auftrag, und ich wurde zusammen mit dem Rest meiner Abteilung entlassen. Evelyn machte das nichts aus. Wir heirateten, und sie kümmerte sich um mich. Das war die einzige Sache, über die wir jemals gestritten haben. Ich wurde in dem Glauben erzogen, daß ein Mann seine Frau ernähren muß. Ich kriegte einen Job als Lastwagenfahrer, und die Bezahlung war gut. Das einzige, was ich daran furchtbar fand, war, daß wir oft getrennt waren, manchmal eine ganze Woche lang. Abgesehen davon war ich unheimlich glücklich. Wir waren beide glücklich. Und dann wurde Evelyn schwanger.«
Ein Schauder durchlief ihn. Seine Hände begannen zu zittern. »Evelyn und das Kind starben.« Tränen rannen über seine Wangen. »Ich weiß nicht, warum Gott das getan hat. Er muß

einen Grund gehabt haben, aber ich weiß nicht, welchen.« Er wiegte sich in seinem Stuhl vor und zurück, ohne es zu merken, die Arme gegen die Brust gepreßt, als wollte er seinen Kummer daran hindern, hervorzubrechen. »*Ich will dir den Weg weisen, den du gehen mußt; ich werde an deiner Seite sein.*«
Jennifer dachte: *Den wird der elektrische Stuhl nicht kriegen.*
»Ich komme morgen wieder«, versprach sie ihm.

Die Kaution war auf zweihunderttausend Dollar festgesetzt worden. Jack Scanlon hatte kein Geld, so daß Jennifer es für ihn auftrieb. Scanlon wurde aus dem Gefängnis entlassen, und Jennifer suchte ihm ein kleines Hotel an der West Side. Sie gab ihm hundert Dollar, damit er sich über Wasser halten konnte.
»Ich weiß nicht, wie, aber ich zahle Ihnen jeden Cent zurück«, sagte Jack Scanlon. »Ich werde mir einen Job suchen, ganz egal, was für einen. Ich werde alles annehmen.«
Als Jennifer ihn verließ, las er gerade die Stellenangebote.

Der Staatsanwalt Earl Osborne war ein großer, stämmiger Mann mit einem weichen, runden Gesicht und täuschend sanften Manieren. Zu Jennifers Überraschung hielt sich auch Robert Di Silva in Osbornes Büro auf.
»Ich habe gehört, daß Sie den Fall übernommen haben«, sagte Di Silva. »Ihnen ist nichts zu dreckig, was?«
Jennifer wandte sich an Earl Osborne. »Was hat der hier zu suchen? Dies ist Bundessache.«
Osborne erwiderte: »Scanlon hat das Mädchen im Wagen ihrer Eltern entführt.«
»Autodiebstahl«, sagte Di Silva.
Jennifer fragte sich, ob er auch dann hier gewesen wäre, wenn sie nichts mit dem Fall zu tun hätte. Sie wandte sich wieder an Earl Osborne.
»Ich schlage Ihnen einen Handel vor«, sagte Jennifer. »Mein Mandant...«
Earl Osborne hob die Hand. »Vergessen Sie's. Diese Sache ziehen wir bis zum Ende durch.«
»Es gibt Umstände...«
»Darüber können Sie uns alles bei der Voruntersuchung erzählen.«

Di Silva grinste sie an.
»Gut«, sagte Jennifer. »Ich sehe Sie vor Gericht.«

Jack Scanlon fand einen Job in einer Werkstatt an der West Side in der Nähe seines Motels, und Jennifer schaute auf einen Sprung herein.
»Die Voruntersuchung ist übermorgen«, informierte sie ihn. »Ich werde versuchen, die Anklage dazu zu bringen, daß sie einem Schuldbekenntnis in einem geringeren Vergehen zustimmt. Sie werden einige Jahre sitzen müssen, Jack, aber ich werde dafür sorgen, daß es so kurz wie möglich ausfällt.«
Die Dankbarkeit in seinem Gesicht war Belohnung genug.
Auf Jennifers Vorschlag hatte Scanlon einen Anzug gekauft, damit er bei der Voruntersuchung einen respektablen Eindruck machte. Er hatte sich das Haar schneiden lassen und den Bart gestutzt, Jennifer war mit seiner Erscheinung zufrieden.
Earl Osborne hatte sein Beweismaterial vorgelegt und um eine formelle Anklageverfügung gebeten. Richter Barnard wandte sich an Jennifer.
»Möchten Sie irgend etwas dazu sagen, Miß Parker?«
»Ja, Euer Ehren. Ich möchte der Regierung die Kosten für einen Prozeß sparen. Es gibt mildernde Umstände, über die noch nicht gesprochen wurde. Ich möchte die Anklage in eine weniger schwere Beschuldigung abgemildert sehen, derer mein Mandant sich schuldig bekennen würde.«
»Auf keinen Fall«, sagte Earl Osborne. »Die Regierung verweigert ihre Zustimmung.«
Jennifer wandte sich an Richter Barnard. »Könnten wir das in Ihren Räumen besprechen, Euer Ehren?«
»Einverstanden. Ich setze den Termin für die Verhandlung fest, nachdem ich gehört habe, was die Verteidigung zu sagen hat.«
Jennifer wandte sich an Jack Scanlon, der verwirrt auf seinem Platz stand.
»Sie können wieder an Ihre Arbeit gehen«, erklärte Jennifer ihm. »Ich komme vorbei und lasse Sie wissen, wie es ausgegangen ist?«
Er nickte und sagte leise: »Danke, Miß Parker.«
Jennifer sah ihn den Gerichtssaal verlassen.

Jennifer, Earl Osborne, Robert Di Silva und Richter Barnard saßen im Büro des Richters.

Osborne sagte zu Jennifer: »Ich verstehe nicht, wie Sie mich auch nur fragen konnten, ob ich mit einem solchen Handel einverstanden wäre. Kidnapping für Lösegeld ist ein Kapitalverbrechen. Ihr Mandant ist schuldig, und er wird für seine Tat bezahlen.«

»Glauben Sie doch nicht alles, was Sie in den Zeitungen lesen, Earl. Jack Scanlon hat nichts mit der Lösegeldforderung zu tun.«

»Wen wollen Sie denn jetzt auf den Arm nehmen? Wenn es nicht wegen des Lösegeldes war, weswegen dann?«

»Das werde ich Ihnen sagen«, meinte Jennifer.

Und sie erzählte ihnen von der Farm und den Prügeln und der Liebe zwischen Jack und Evelyn und ihrer Heirat und dem Tod seiner Frau und des Babys bei der Geburt.

Sie hörten schweigend zu, und als Jennifer fertig war, fragte Di Silva:

»Also hat Jack Scanlon das Mädchen entführt, weil es ihn an das Kind erinnerte, das er bekommen hätte? Und Jack Scanlons Frau starb im Kindbett?«

»Das ist richtig.« Jennifer wandte sich an Richter Barnard. »Euer Ehren, ich kann mir nicht vorstellen, daß das ein Mann ist, den Sie hinrichten würden.«

Di Silva sagte unerwartet: »Ich stimme Ihnen zu.«

Jennifer blickte ihn überrascht an.

Di Silva holte einige Papiere aus einer Aktentasche. »Ich möchte Sie etwas fragen«, sagte er. »Wie würden Sie es finden, wenn man *diesen* Mann hinrichtete?« Er las aus einem Dossier vor. »Frank Jackson, Alter 38. Geboren in Nob Hill, San Francisco. Vater Arzt, Mutter eine Dame der Gesellschaft. Mit vierzehn geriet Jackson in eine Drogengeschichte, rannte von zu Hause fort, wurde in Haight-Ashbury aufgegriffen und nach Hause zurückgebracht. Drei Monate später brach Jackson in die Klinik seines Vaters ein, stahl alle Drogen, die er kriegen konnte, und rannte weg. In Seattle aufgegriffen wegen Besitzes und Handels mit Drogen, in eine Besserungsanstalt gesteckt, mit achtzehn entlassen und einen Monat später wegen eines bewaffneten Raubüberfalls mit Tötungsabsicht erneut aufgegriffen...«

Jennifer fühlte, wie sich ihr Magen zusammenzog. »Was hat das mit Jack Scanlon zu tun?«
Earl Osborne bedachte sie mit einem frostigen Lächeln. »Jack Scanlon ist Frank Jackson.«
»Das glaube ich nicht.«
Di Silva sagte: »Dieses Dossier kam vor einer Stunde vom FBI herein. Jackson ist ein Hochstapler und psychopathischer Lügner. Im Verlauf der letzten zehn Jahre ist er von Zuhälterei über Brandstiftung bis zu bewaffnetem Raubüberfall wegen fast allem verhaftet worden. Er hat eine Zuchthausstrafe in Joliet abgesessen. Vor fünf Jahren wurde er vom FBI unter dem Verdacht einer Entführung festgenommen. Er hat ein dreijähriges Mädchen gekidnappt und Lösegeld gefordert. Der Körper des kleinen Mädchens wurde zwei Monate später in einem Waldstreifen gefunden. Dem Bericht des Leichenbeschauers zufolge war der Körper bereits zum Teil verwest, aber es ließ sich dennoch feststellen, daß er über und über mit kleinen Messerwunden bedeckt war. Das Mädchen war vergewaltigt worden — von einem Sadisten.«
Jennifer fühlte sich plötzlich krank.
»Jackson wurde aufgrund der Tricks eines ausgekochten Verteidigers freigesprochen.« Di Silvas Stimme war voller Verachtung, als er sagte: »Und diesen Mann wollen Sie frei herumlaufen lassen.«
»Kann ich bitte das Dossier sehen?«
Schweigend reichte Di Silva es ihr, und Jennifer begann zu lesen. Es war Jack Scanlon, daran konnte kein Zweifel bestehen. Ein Erkennungsfoto der Polizei war an das Dossier geheftet. Er war damals jünger gewesen und hatte keinen Bart gehabt, aber es konnte kein Mißverständnis geben. Jack Scanlon — Frank Jackson — hatte sie von A bis Z belogen. Er hatte seine ganze Lebensgeschichte erfunden, und Jennifer hatte jedes Wort geglaubt. Er war so überzeugend gewesen, daß sie nicht einmal Ken Bailey damit beauftragt hatte, seine Geschichte zu überprüfen.
Richter Barnard fragte: »Kann ich das einmal sehen?«
Jennifer gab ihm das Dossier. Der Richter überflog es und sah Jennifer an. »Nun?«
»Ich lege die Verteidigung nieder.«
Di Silva hob in gespielter Überraschung die Augenbrauen.

»Sie schockieren mich, Miß Parker. Sie haben immer gesagt, daß jeder das Recht auf einen Anwalt hat.«
»Das hat auch jeder«, antwortete Jennifer gleichmütig, »aber ich habe ein einfaches Prinzip: Ich verteidige niemanden, der mich belügt. Mr. Jackson wird sich einen anderen Anwalt suchen müssen.«
Richter Barnard nickte. »Das Gericht wird dafür sorgen.«
Osborne sagte: »Ich möchte, daß die Freilassung auf Kaution sofort widerrufen wird, Euer Ehren. Ich halte es für zu gefährlich, ihn frei herumlaufen zu lassen.«
Richter Barnard wandte sich an Jennifer: »Im Augenblick sind Sie noch sein Anwalt, Miß Parker. Haben Sie irgendwelche Einwände?«
»Nein«, sagte Jennifer fest. »Keine.«
Richter Barnard sagte: »Ich werde die Freilassung auf Kaution aufheben.«

Richter Lawrence Waldman hatte Jennifer für diesen Abend zu einem Wohltätigkeitsessen eingeladen. Sie fühlte sich nach den Ereignissen des Nachmittags so ausgelaugt, daß sie lieber nach Hause gegangen wäre und einen ruhigen Abend mit Joshua verbracht hätte, aber sie wollte den Richter nicht enttäuschen. Sie wechselte die Garderobe im Büro und traf Richter Waldman im Waldorf Astoria, wo das Essen stattfand. Es war ein Galaereignis mit einem halben Dutzend Hollywoodstars auf der Bühne, aber Jennifer konnte es nicht genießen. Ihre Gedanken waren woanders. Richter Waldman hatte sie beobachtet und fragte: »Stimmt irgend etwas nicht, Jennifer?«
Sie brachte ein Lächeln zustande. »Nein, nur ein geschäftliches Problem, Lawrence.«
*Und wirklich, was ist das für ein dreckiges Geschäft?* dachte Jennifer, *wo man mit dem Abschaum der Menschheit zu tun hat, mit Killern, Kidnappern und Sadisten!* Sie beschloß, daß es genau der richtige Abend war, um sich zu betrinken.
Der Oberkellner näherte sich der Tafel und flüsterte in Jennifers Ohr: »Entschuldigen Sie, Miß Parker, ein Anruf für Sie.«
Jennifer hörte eine innere Alarmglocke. Außer Mrs. Mackey wußte niemand, wo sie sich aufhielt. Sie konnte nur anrufen, weil mit Joshua etwas nicht stimmte.

»Entschuldigen Sie mich«, sagte Jennifer.
Sie folgte dem Oberkellner in ein kleines Büro neben dem Foyer. Sie hob den Hörer auf, und die Stimme eines Mannes flüsterte: »Du Hure! Du hast mich reingelegt!«
Jennifer fühlte, wie sie zu zittern begann. »Wer ist da?« fragte sie.
Aber sie wußte es.
»Du hast die Bullen auf mich gehetzt, damit sie mich schnappen.«
»Das stimmt nicht. Ich...«
»Du hast versprochen, mir zu helfen.«
»Ich werde Ihnen helfen. Wo sind...«
»Du verlogene Fotze.« Seine Stimme wurde so leise, daß sie ihn kaum verstehen konnte. »Dafür wirst du bezahlen. O ja, du wirst bezahlen!«
»Warten Sie einen Augen...«
Das Telefon war stumm. Ein eisiger Schauer durchlief Jennifer. Sie hatte eine Gänsehaut am ganzen Körper. Irgend etwas war grauenhaft schiefgelaufen. Frank Jackson alias Jack Scanlon war entwischt, und er gab Jennifer die Schuld an dem, was vorgefallen war. Woher hatte er wissen können, wo sie sich befand? Er mußte ihr gefolgt sein. Vielleicht wartete er in diesem Augenblick draußen auf sie...
Jennifer versuchte, ihr Zittern zu kontrollieren, nachzudenken, herauszufinden, was passiert sein konnte. Jackson hatte die Polizei anrücken sehen und war weggerannt. Oder vielleicht hatten sie ihn verhaftet, und er war danach erst entwischt. Aber das Wie war nicht wichtig. Wichtig war, daß er ihr an allem die Schuld gab.
Frank Jackson hatte schon einmal getötet, und er konnte wieder töten. Jennifer ging auf die Damentoilette und blieb dort, bis sie wieder ruhig war. Als sie sich unter Kontrolle hatte, kehrte sie an den Tisch zurück.
Richter Waldman warf nur einen Blick auf ihr Gesicht. »Was, um Himmels willen, ist passiert?«
Jennifer gab ihm einen kurzen Bericht. Er war bestürzt.
»Allmächtiger! Wollen Sie, daß ich Sie nach Hause begleite?«
»Ich schaffe es schon, Lawrence. Wenn Sie nur dafür sorgen, daß ich sicher zu meinem Wagen gelange, dann schaffe ich es schon.«

Sie schlüpften unbemerkt aus dem großen Ballsaal, und Richter Waldman blieb bei Jennifer, bis der Portier ihren Wagen gebracht hatte.
»Sind Sie sicher, daß ich Sie nicht begleiten soll?«
»Danke, ich bin überzeugt, daß die Polizei ihn noch vor dem Morgengrauen festnimmt. Es gibt nicht viele Leute, die ihm ähnlich sehen. Gute Nacht.«
Jennifer fuhr los und achtete darauf, daß ihr niemand folgte. Als sie dessen sicher war, bog sie auf den Long Island Expressway und fuhr nach Hause.
Immer wieder blickte sie in den Rückspiegel, behielt die Wagen hinter ihr im Auge. Einmal fuhr sie an den Straßenrand, ließ den gesamten Verkehr vorbei und fuhr erst weiter, als die Straße hinter ihr leer war. Jetzt fühlte sie sich wohler. Es konnte nicht allzu lange dauern, bis die Polizei Frank Jackson aufgriff. Inzwischen hatten sie wahrscheinlich schon eine Großfahndung nach ihm eingeleitet.
Jennifer bog in ihre Auffahrt. Grundstück und Haus, die hellerleuchtet hätten sein müssen, lagen in völliger Dunkelheit. Jennifer saß im Wagen, starrte ungläubig das Haus an, und in ihrem Kopf begann eine Alarmglocke zu schrillen. Sie stieß die Autotür auf und rannte zur Eingangstür. Sie war nur angelehnt. Einen Augenblick erstarrte Jennifer zur Salzsäule, von Entsetzen gelähmt, dann stolperte sie in die Halle. Ihr Fuß stieß gegen etwas Warmes und Weiches, und sie keuchte erschrocken. Sie schaltete das Licht ein. Max lag auf dem blutgetränkten Teppich. Die Kehle des Schäferhundes war von einem Ohr zum anderen durchtrennt.
»Joshua!« Der Schrei verhallte. »Mrs. Mackey!«
Jennifer lief von Raum zu Raum, drehte alle Lichter an und rief die Namen ihres Sohnes und der Haushälterin. Ihr Herz schlug so rasend, daß es ihr schwerfiel, zu atmen. Sie stürzte die Treppe zu Joshuas Schlafzimmer hinauf. In seinem Bett hatte jemand geschlafen, aber es war leer.
Jennifer durchsuchte jedes Zimmer. Dann lief sie wieder hinunter. Sie war wie betäubt. Frank Jackson mußte genau gewußt haben, wo sie wohnte. Er mußte ihr eines Abends gefolgt sein, entweder von ihrem Büro oder von der Werkstatt. Er hatte Joshua entführt, und er würde ihn töten, um sie zu bestrafen.

Sie ging gerade an der Wäschekammer vorbei, als sie ein schwaches Kratzen hörte. Jennifer näherte sich langsam der Tür und öffnete sie. Es war dunkel dahinter.
Jennifer schaltete das Licht an. Mrs. Mackey lag auf dem Boden. Ihre Hände und Füße waren mit Kupferdraht gefesselt. Sie war halb bewußtlos.
Jennifer kniete rasch bei ihr nieder. »Mrs. Mackey!«
Die Haushälterin blickte zu Jennifer auf, ihre Augen verloren langsam den verwirrten Blick.
»Er hat Joshua mitgenommen«, schluchzte sie.
So vorsichtig, wie sie konnte, löste Jennifer den Draht, der in Mrs. Mackeys Arme und Beine schnitt. Das Fleisch war aufgeschnurrt und blutete. Jennifer half der Haushälterin auf die Beine.
Mrs. Mackey weinte hysterisch. »Ich — ich konnte ihn nicht aufhalten. Ich — ich habe es versucht. Ich...«
Das Klingeln des Telefons drang in den Raum. Die beiden Frauen waren sofort still. Das Telefon schrillte und schrillte, und irgendwie hatte es einen bösen Klang. Jennifer ging zum Apparat und hob ab.
Die Stimme sagte: »Ich wollte nur sicher sein, daß Sie gut nach Hause gekommen sind.«
»Wo ist mein Sohn?«
»Er ist ein wunderschöner Junge, nicht wahr?« fragte die Stimme.
»Bitte! Ich tue alles — was immer Sie wollen!«
»Sie haben schon alles getan, Mrs. Parker.«
»Nein, bitte!« Sie schluchzte hilflos.
»Es gefällt mir, Sie weinen zu hören«, flüsterte die Stimme.
»Sie erhalten Ihren Sohn zurück, Mrs. Parker. Lesen Sie morgen die Zeitungen!«
Und die Leitung war stumm.
Jennifer kämpfte mit der Bewußtlosigkeit. Sie versuchte, nachzudenken. Frank Jackson hatte gesagt: »Er ist ein wunderschöner Junge, nicht wahr?« Das konnte bedeuten, daß Joshua noch am Leben war. Hätte er sonst nicht gesagt, *war* wunderschön? Sie wußte, daß sie nur Wortklauberei betrieb, um nicht den Verstand zu verlieren. Sie mußte etwas unternehmen, ganz schnell.
Ihr erster Impuls war, Adam anzurufen, ihn um Hilfe zu bit-

ten. Es war sein Sohn, der entführt worden war, der getötet werden würde. Aber sie wußte, daß Adam nichts tun konnte. Er lebte zweihundertfünfunddreißig Meilen entfernt. Sie hatte nur zwei Möglichkeiten: Die eine bestand darin, Robert Di Silva anzurufen, ihm zu erzählen, was passiert war, und ihn zu bitten, sein Schleppnetz auszuwerfen und Frank Jackson zu schnappen. *Oh, mein Gott, das dauert zu lange!*
Die zweite Möglichkeit war das FBI. Das FBI hatte Erfahrung mit Kidnapping. Das Problem bestand nur darin, daß es sich diesmal nicht um eine normale Entführung handelte. Es würde keine Lösegeldforderung geben, der sie nachgehen konnten, keine Gelegenheit, Frank Jackson eine Falle zu stellen und Joshuas Leben zu retten. Das FIB hielt sich starr an seine gewohnte Routine. In diesem Fall konnte es mehr schaden als nützen. Sie mußte schnell eine Entscheidung treffen... solange Joshua noch lebte. Robert Di Silva oder das FBI. Es fiel ihr schwer, nachzudenken.
Sie holte tief Luft. Die Entscheidung war gefallen. Sie suchte eine Telefonnummer heraus. Ihre Finger zitterten, und sie mußte dreimal Anlauf nehmen, bis sie die Nummer richtig getippt hatte.
Als sich ein Mann am anderen Ende meldete, sagte Jennifer: »Ich möchte Michael Moretti sprechen.«

# 36

»Tut mir leid, Lady. Sie haben *Tony's Place* gewählt. Ich kenne keinen Michael Moretti.«
»Warten Sie!« schrie Jennifer. »Legen Sie nicht auf!« Sie zwang sich, ruhig zu klingen. »Es ist dringend. Ich bin — ich bin eine Freundin von ihm. Mein Name ist Jennifer Parker. Ich muß sofort mit ihm sprechen.«
»Hören Sie, Lady, ich sagte doch...«
»Geben Sie ihm meinen Namen und diese Telefonnummer.«
Sie nannte die Nummer des Anschlusses. Sie stotterte so heftig, daß sie sich kaum verständlich machen konnte. »Sa-sa-sagen Sie ihm —«
Am anderen Ende wurde die Verbindung unterbrochen.

Wie betäubt legte Jennifer den Hörer auf. Sie war wieder auf ihre ersten beiden Möglichkeiten angewiesen. Es gab keinen Grund, warum Robert Di Silva und das FBI nicht gemeinsam versuchen sollten, Joshua zu finden. Das einzige, was sie daran wahnsinnig machte, war, daß sie wußte, wie gering die Chancen waren, daß sie Frank Jackson aufspürten. Sie hatten zu wenig Zeit. *Lesen Sie morgen die Zeitungen!* Die Endgültigkeit dieser Worte ließ keinen Zweifel daran, daß er nicht noch einmal anrufen würde, um niemandem die Gelegenheit zu geben, ihn aufzuspüren. Sie mußte irgend etwas tun. Sie würde Di Silva anrufen. Sie griff erneut nach dem Telefon. Als sie es berührte, begann es zu klingeln. Sie schrak zusammen.

»Hier spricht Michael Moretti.«

»Michael! O Michael, helfen Sie mir, bitte! Ich...« Sie begann unkontrolliert zu schluchzen. Sie ließ den Hörer fallen und hob ihn schnell wieder auf. Sie hatte Angst, er könnte aufgehängt haben. *»Michael?«*

»Ich bin noch dran.« Seine Stimme war ruhig. »Fassen Sie sich, und erzählen Sie mir, was los ist.«

»Ich — ich...« Sie holte tief Luft, um das Zittern in ihrer Stimme zu beruhigen. »Es handelt sich um meinen Sohn, Joshua. Er — er ist entführt worden. Sie — sie wollen ihn umbringen.«

»Wissen Sie, wer dahintersteckt?«

»Ja, ja. Sein Name ist Frank Jackson.« Ihr Herz schlug wie wild.

»Erzählen Sie mir, was passiert ist.« Seine Stimme war ruhig und vertrauenerweckend.

Jennifer zwang sich, langsam zu sprechen und die Ereignisse in der richtigen Reihenfolge zu erzählen.

»Können Sie Jackson beschreiben?«

Jennifer rief sich Jacksons Aussehen in Erinnerung, dann kleidete sie es in Worte, und Michael sagte: »Sie machen das sehr gut. Wissen Sie, wo er gesessen hat?«

»In Joliet. Er hat gesagt, er wird Joshua...«

»Wo ist die Werkstatt, in der er gearbeitet hat?«

Sie gab Michael die Adresse.

»Wissen Sie den Namen des Hotels, in dem er gewohnt hat?«

»Ja. Nein.« Sie konnte sich nicht mehr daran erinnern. Sie bohrte die Fingernägel in ihre Stirn, bis sie zu bluten begann,

als wollte sie die Erinnerung hervorkratzen. Er wartete geduldig.
Plötzlich fiel es ihr ein. »Es war das Travel Well Hotel. Es liegt an der 10. Straße. Aber ich bin sicher, da ist er nicht mehr.«
»Wir werden sehen.«
»Ich will meinen Jungen lebendig wiederhaben.«
Michael Moretti antwortete nicht, und Jennifer verstand, warum.
»Wenn wir Jackson finden...«
Jennifer holte tief Luft und erschauerte. »*Tötet ihn!*«
»Bleiben Sie in der Nähe des Telefons.«
Die Verbindung war unterbrochen. Jennifer legte den Hörer auf. Seltsamerweise fühlte sie sich ruhiger, als wenn schon etwas erreicht wäre. Es gab keinen Grund für das Vertrauen, das sie zu Michael Moretti hatte. Vernünftig betrachtet, hatte sie in ihrer Verzweiflung eine Wahnsinnstat begangen; aber Vernunft spielte im Augenblick keine Rolle. Es ging um das Leben ihres Sohnes. Vorsätzlich hatte sie einen Killer auf einen Killer gehetzt. Wenn es nicht funktionierte... Sie dachte an das kleine Mädchen, dessen von einem Sadisten vergewaltigten Körper man im Wald gefunden hatte.

Jennifer kümmerte sich um Mrs. Mackey. Sie verarztete ihre Schnittwunden und Prellungen und brachte sie ins Bett. Sie bot ihr ein Beruhigungsmittel an, aber Mrs. Mackey stieß es weg.
»Wie könnte ich jetzt schlafen«, rief sie. »O Mrs. Parker! Er hat dem Kind Schlaftabletten gegeben.«
Jennifer starrte sie entsetzt an.

Michael Moretti saß an seinem Schreibtisch und musterte die sieben Männer, die er zusammengerufen hatte. Die ersten drei hatten ihre Instruktionen bereits erhalten. Jetzt wandte er sich an Thomas Colfax. »Tom, du benutzt deine Beziehungen. Geh zu Captain Notaras, er soll sich Jacksons Akte besorgen. Ich will alles wissen, was sie über ihn haben.«
»Wir sollten eine so gute Verbindung nicht wegen einer solchen Sache bemühen, Mike. Ich glaube nicht...«
»Keine Widerrede! Tu, was ich sage!«
Colfax sagte steif: »Wie du willst.«

Michael wandte sich an Nick Vito. »Kümmere dich um die Werkstatt, wo Jackson gearbeitet hat. Finde heraus, ob er sich in einer der Bars dort herumgetrieben hat. Ob er irgendwelche Freunde hatte. Ich will ihre Namen haben.« Er blickte auf seine Uhr. »Jetzt ist es Mitternacht. Ich gebe euch acht Stunden Zeit, Jackson zu finden.«
Die Männer strebten der Tür zu. Michael rief ihnen nach. »Ich möchte nicht, daß dem Kind irgendwas geschieht. Haltet telefonisch Verbindung mit mir. Ich warte.«
Michael Moretti wartete, bis sie gegangen waren, dann griff er nach einem der Telefone auf seinem Schreibtisch und begann zu wählen.

*Ein Uhr morgens*
Das Motelzimmer war nicht groß, aber es war ordentlich und sauber. Frank Jackson mochte es, wenn alles reinlich war. Es gehörte zu einer guten Erziehung, sauber zu sein. Die Jalousien waren heruntergelassen und gekippt, so daß niemand hereinsehen konnte. Die Tür war abgeschlossen, mit einer Kette gesichert, und außerdem hatte er einen Stuhl dagegengestellt. Er ging zum Bett, auf dem Joshua lag. Frank Jackson hatte den Jungen gezwungen, drei Schlaftabletten herunterzuwürgen, und sie wirkten immer noch. Da Jackson stolz darauf war, daß er kein Risiko einging, hatte er die Hände und Füße des Jungen mit demselben Draht zusammengebunden, den er auch bei der alten Frau im Haus verwandt hatte. Jackson betrachtete den schlafenden Jungen und fühlte eine Art Trauer.
*Warum, in Gottes Namen, zwangen ihn die Menschen immer wieder dazu, so furchtbare Dinge zu tun? Er war ein sanfter, friedlicher Mensch, aber wenn jeder gegen einen war und einen angriff, dann mußte man sich verteidigen. Das Problem der Leute war, daß sie ihn immer unterschätzten. Sie begriffen erst, wenn es zu spät war, daß er sie alle in die Tasche steckte.*

Er hatte schon eine halbe Stunde vor Ankunft der Polizei gewußt, daß sie hinter ihm her waren. Er hatte gerade einen Chevrolet Camaro vollgetankt, als er seinen Boß ins Büro und ans Telefon gehen gesehen hatte. Jackson hatte die Unterhaltung nicht mithören können, aber das war auch nicht notwen-

dig gewesen. Er hatte die versteckten Blicke gesehen, die sein Boß ihm zugeworfen hatte, als er in den Hörer sprach. Er hatte sofort begriffen, was vorging. Die Polizei war wieder hinter ihm her. Die Parker-Nutte hatte ihn hereingelegt, hatte die Bullen auf ihn gehetzt. Sie war wie alle anderen. Sein Boß telefonierte immer noch, als er schon seine Jacke geschnappt hatte und abgehauen war. In weniger als drei Minuten hatte er einen unverschlossenen Wagen gefunden und ihn kurzgeschlossen. Sekunden später war er auf dem Weg zu Jennifer Parkers Haus gewesen.
Jackson mußte seine Intelligenz wirklich bewundern. Wer außer ihm hätte schon daran gedacht, ihr zu folgen, um herauszufinden, wo sie wohnte? Er hatte das schon an dem Tag getan, an dem sie ihn auf Kaution freibekommen hatte. Er hatte auf der anderen Straßenseite vor ihrem Haus geparkt und war sehr überrascht, als sie am Tor von einem kleinen Jungen begrüßt wurde. Er beobachtete die beiden und hatte das Gefühl, daß der Junge gerade recht kam, sozusagen eine unerwartete Zugabe.
Jackson lächelte darüber, wie erschrocken die alte Hexe von einer Haushälterin gewesen war. Er hatte es genossen, ihr den Draht in Handgelenke und Fesseln zu drehen. Nein, nicht wirklich genossen. Er tat sich Unrecht. Es war *notwendig*. Die Haushälterin dachte, er wolle sie vergewaltigen. Sie verabscheute ihn. Alle Frauen taten das, außer seiner geliebten Mutter. Frauen waren schmutzig, unsauber, sogar seine Schwester, diese Hure. Nur die Kinder waren rein. Er dachte an das kleine Mädchen, das er sich genommen hatte. Sie war wunderschön gewesen, mit langen blonden Locken, aber sie hatte für die Sünden ihrer Mutter bezahlen müssen. Ihre Mutter hatte Jackson gefeuert. Die Leute hielten einen davon ab, sich auf anständige Weise den Lebensunterhalt zu verdienen, und dann bestraften sie einen, wenn man ihre dämlichen Gesetze brach. Die Männer waren schlimm genug, aber die Frauen waren noch schlimmer. Schweine, die den Tempel deines Körpers beschmutzen wollen. Wie diese Kellnerin Clara, die er nach Kanada mitnehmen wollte.
Sie liebte ihn. Sie hielt ihn für einen Gentleman, weil er sie nie berührt hatte. Wenn die wüßte! Der Gedanke, mit ihr zu schlafen, machte ihn krank. Aber er würde mit ihr das Land

verlassen, weil die Polizei nach einem einzelnen Mann ohne Begleitung suchte. Er würde sich den Bart abnehmen und das Haar schneiden lassen, und hinter der Grenze würde er Clara beseitigen. Darauf freute er sich schon jetzt.
Frank Jackson ging zu einem ramponierten Koffer auf dem Gepäckhocker, öffnete ihn und holte einen Werkzeugkasten heraus. Er entnahm ihm einen Hammer und Nägel. Er legte sie auf den Nachttisch. Dann ging er ins Badezimmer und hob einen Zweiliterkanister Benzin aus der Badewanne. Er trug ihn ins Schlafzimmer und stellte ihn auf dem Boden ab.
Joshua würde in Flammen aufgehen.
Aber erst nach der Kreuzigung.

*Zwei Uhr morgens*
In ganz New York und über seine Grenzen hinaus breitete sich die Nachricht aus. Es begann in Bars und Bordellen. Ein vorsichtiges Wort hier und da, ein Flüstern in ein bereitwillig lauschendes Ohr. Zuerst war es nur ein Tröpfeln, aber nach und nach erreichte es billige Restaurants, laute Diskotheken und Zeitungsstände. Es erreichte Taxifahrer, Lasterkapitäne und die Mädchen an den Straßenecken. Es war wie ein Kiesel, der in einen tiefen, dunklen See geworfen wurde und immer größere Kreise zog. Innerhalb weniger Stunden wußte jeder auf den Straßen, daß Michael Moretti eine Information brauchte, und zwar schnell. Nicht viele Leute hatten jemals Gelegenheit, Moretti einen Gefallen zu erweisen. Diese Gelegenheit war Gold wert, denn Michael Moretti war ein Mann, der wußte, wie man sich dankbar erweist. Es hieß, daß er einen dünnen, blonden Burschen suchte, der wie Jesus Christus aussah. Die Leute begannen, ihr Gedächtnis zu durchforsten.

*Zwei Uhr fünfzehn*
Joshua Adam Parker seufzte im Schlaf, und Frank Jackson setzte sich neben ihn. Noch hatte er dem Jungen den Schlafanzug nicht ausgezogen. Jackson vergewisserte sich, daß Hammer und Nägel bereitlagen. Bei solchen Dingen konnte man nicht übergenau genug sein. Er würde Hände und Füße des Jungen an den Boden nageln, bevor er den Raum in Brand setzte. Natürlich könnte er das auch tun, während der Junge noch schlief, aber es wäre falsch gewesen. Es war wichtig, daß

der Junge wach war und sehen konnte, was geschah, damit er wußte, daß er für die Sünden seiner Mutter bestraft wurde. Frank Jackson blickte auf seine Uhr. Um halb acht würde Clara ihn im Motel abholen. Noch fünf Stunden und fünfzehn Minuten. Jede Menge Zeit.
Frank Jackson studierte Joshua. Zärtlich strich er über eine widerspenstige Locke im Haar des Jungen.

*Drei Uhr morgens*
Michael bekam die ersten Telefonanrufe. Auf seinem Schreibtisch standen zwei Apparate, und es schien, daß in dem Augenblick, da er den Hörer des einen abhob, der andere zu klingeln begann.
»Ich habe eine Spur des Burschen, Mike. Vor ein paar Jahren hat er in Kansas City mit Big Joe Ziegler und Mel Cohen gesessen.«
»Scheiß auf das, was er vor ein paar Jahren getan hat. Wo ist er *jetzt?*«
»Big Joe behauptet, seit sechs Monaten nichts mehr von ihm gehört zu haben. Ich versuche, Mel Cohen zu erwischen.«
»Tu das!«

Der nächste Anruf brachte auch nicht mehr.
»Ich war bei Jacksons Motel. Er ist ausgezogen. Er trug einen braunen Koffer und einen Zweiliterkanister. Könnte Benzin drin gewesen sein. Der Portier hat keine Ahnung, wohin er gegangen ist.«
»Was ist mit den Bars in der Gegend?«
»Einer der Bartender hat ihn nach der Beschreibung erkannt, aber er sagt, Jackson war kein Stammgast. Er kam zwei- oder dreimal nach der Arbeit.«
»Allein?«
»Dem Bartender zufolge, ja. Er schien sich nicht für die Mädchen da zu interessieren.«
»Kümmere dich um die Schwulenkneipen.«

Kaum hatte Michael aufgehängt, da klingelte das Telefon schon wieder. Es war Salvatore Fiore.
»Colfax hat mit Captain Notaras gesprochen. In der persönlichen Habe Jacksons soll sich die Quittung einer Pfandleihe

befunden haben. Ich habe die Nummer der Quittung und den Namen des Pfandleihers. Ein Grieche, Gus Stavros. Nebenbei betätigt er sich als Hehler für heißen Schmuck.«
»Hast du das überprüft?«
»Das kann ich erst morgen früh, Mike. Jetzt haben die geschlossen. Ich...«
»Wir können nicht bis morgen warten!« explodierte Michael Moretti. »Beweg deinen Arsch zu der Pfandleihe, aber Tempo!«

Der nächste Anruf kam aus Joliet. Es fiel Michael schwer, etwas zu verstehen, denn der Anrufer hatte eine Kehlkopfoperation hinter sich, und seine Stimme klang, als käme sie aus einer Blechdose.
»Jacksons Zellengenosse war ein Mann namens Mickey Nicola. Sie haben sich ziemlich gut verstanden.«
»Irgendeine Vorstellung, wo Nicola jetzt ist?«
»Der letzten Information nach wieder irgendwo im Osten. Er ist mit Jacksons Schwester befreundet. Wir haben aber ihre Adresse nicht.«
»Weswegen hat Nicola gesessen?«
»Einbruch in einen Schmuckladen.«

*Drei Uhr dreißig*
Die Pfandleihe lag an der Ecke Secon Avenue und 124. Straße in Spanish Harlem. Es war ein heruntergekommenes, zweistöckiges Gebäude. Das Geschäft lag im ersten Stock, die Wohnungen darüber.
Gus Stavros erwachte davon, daß der Strahl einer Taschenlampe in sein Gesicht leuchtete. Instinktiv tastete er nach dem Alarmknopf neben seinem Bett.
»Das würde ich lieber lassen«, sagte eine Stimme.
Der Strahl wanderte weiter, und Gus Stavros setzte sich im Bett auf. Er sah zwei Männer zu beiden Seiten des Betts stehen und wußte, daß der Rat gut gewesen war. Ein Riese und ein Liliputaner. Stavros spürte, wie sich sein Asthmaanfall vorbereitete.
»Ihr könnt alles nehmen, was ihr wollt. Es ist unten«, keuchte er. »Ich werde mich nicht bewegen.«
Der Riese, Joseph Colella, sagte: »Steh auf. Langsam.«

Gus Stavros erhob sich, bedacht darauf, keine plötzlichen Bewegungen zu machen.
Der kleine Mann, Salvatore Fiore, hielt ihm ein Stück Papier unter die Nase. »Dies ist die Nummer einer Quittung. Wir wollen die Ware sehen.«
»Ja, Sir.«
Gus Stavros ging nach unten, gefolgt von den beiden Besuchern. Erst vor sechs Monaten hatte Stavros ein ausgeklügeltes Alarmsystem einbauen lassen. Er hätte bloß auf einige Knöpfe zu drücken oder auf bestimmte Stellen im Fußboden zu treten brauchen, und schon wäre Hilfe unterwegs gewesen. Er tat nichts davon, denn sein Instinkt sagte ihm, daß er dann tot gewesen wäre, bevor jemand ihn erreicht hätte. Seine einzige Chance bestand darin, den beiden Männern zu geben, was sie haben wollten. Er hoffte nur, daß er nicht an einem gottverdammten Asthmaanfall sterben würde, ehe er sie los war.
Er schaltete das Licht im Erdgeschoß ein, und sie gingen in den vorderen Teil des Geschäfts. Gus Stavros hatte keine Ahnung, worum es sich drehte, aber er wußte, es hätte wesentlich schlimmer kommen können. Wenn diese Männer nur hier gewesen wären, um ihn zu berauben, hätten sie die Pfandleihe ausräumen und längst wieder weg sein können. Anscheinend interessierten sie sich nur für ein bestimmtes Stück. Er fragte sich, wie sie das neue Alarmsystem an Türen und Fenster umgangen hatten, aber er zog es vor, nicht zu fragen.
»Beweg deinen Hintern«, sagte Colella.
Gus blickte noch einmal auf die Nummer der Quittung und sah dann seine Unterlagen durch. Er fand, was er suchte, nickte zufrieden, ging zu einem großen Tresorraum und öffnete ihn, die beiden Männer dicht hinter sich. Stavros suchte ein Regal ab, bis er einen schmalen Umschlag gefunden hatte. Er wandte sich den beiden Männern zu, öffnete den Umschlag und nahm einen großen Diamantring heraus, der im Licht der Deckenlampe funkelte.
»Das ist er«, sagte er. »Ich habe ihm fünfhundert dafür gegeben.« Der Ring war mindestens zwanzigtausend Dollar wert.
»Wem hast du fünfhundert gegeben?« fragte Salvatore Fiore.

Gus Stavros zuckte mit den Schultern. »Hier kommen jeden Tag Hunderte von Kunden herein. Der Name auf dem Umschlag lautet John Doe.«
Fiore zauberte ein Bleirohr aus dem Nichts hervor und schmetterte es Gus Stavros gegen die Nase. Brüllend vor Schmerzen stürzte Stavros zu Boden. Er drohte, in seinem eigenen Blut zu ertrinken.
Fiore fragte sanft: »Wer, sagtest du, hat ihn dir gebracht?«
Um Atem ringend, keuchte Stavros: »Ich kenne seinen Namen nicht. Er hat ihn mir nicht gesagt. Ich schwöre es bei Gott.«
»Wie sah er aus?«
Das Blut rann in Gus Stavros Kehle, daß er kaum sprechen konnte. Er kämpfte mit der Bewußtlosigkeit, aber er wußte, wenn er in Ohnmacht fiel, würde er nie wieder aufwachen.
»Lassen Sie mich überlegen«, flehte er.
Stavros versuchte, sich zu konzentrieren, aber er war so benebelt vor Schmerzen, daß es ihm schwerfiel. Er zwang sich, das Bild des Kunden, der eintrat, den Ring hervorholte und ihm zeigte, wieder vor sein inneres Auge zu holen. Langsam nahm es Konturen an.
»Er — er war blond und mager...« Er würgte etwas Blut herunter. »Helfen Sie mir hoch.«
Salvatore Fiore trat ihn in die Rippen. »Sprich weiter.«
»Er hatte einen Bart, einen blonden Bart...«
»Erzähl uns von dem Stein. Woher stammt er?«
Trotz der wilden Schmerzen zögerte Gus Stavros. Wenn er redete, würde er ein toter Mann sein — später. Wenn er nicht redete, würde er jetzt sterben. Er entschloß sich, seinen Tod so lange wie möglich hinauszuschieben.
»Er stammt aus dem Tiffany-Job.«
»Wer war bei dem Job außer dem blonden Burschen noch dabei?«
Das Atmen fiel Gus Stavros immer schwerer. »Mickey Nicola.«
»Wo können wir Nicola finden?«
»Keine Ahnung. Er — er wohnt mit einem Mädchen in Brooklyn.«
Fiore hob den Fuß und versetzte Stavros' Nase einen leichten Stoß. Gus Stavros brüllte vor Schmerz.

Joseph Colella fragte: »Wie heißt die Schlampe?«
»Jackson. Blanche Jackson.«

*Vier Uhr dreißig*
Das Haus war etwas von der Straße zurückgesetzt. Ein niedriger weißer Lattenzaun umgab einen gepflegten Garten. Salvatore Fiore und Joseph Colella trampelten durch die Blumen und bahnten sich ihren Weg zur Hintertür. Sie brauchten weniger als fünf Sekunden, um sie zu öffnen. Sie traten ein und bewegten sich auf die Treppe zu. Aus dem Schlafzimmer über ihren Köpfen konnten sie das Quietschen von Bettfedern und die Stimmen eines Mannes und einer Frau hören. Sie zogen ihre Revolver und stiegen lautlos die Treppe hinauf.
Die Frauenstimme sagte: »Oh, mein Gott, du bist großartig, Mickey! Tu mir weh, Baby, bitte, tu mir weh.«
»Das ist alles für dich, Schätzchen, jeder Zentimeter. Komm noch nicht.«
»Oh, nein«, stöhnte die Frau. »Wir wollen zusammen kom...«
Sie öffnete die Augen und schrie. Der Mann wirbelte herum, wollte unter das Kissen greifen, entschied dann aber dagegen.
»Okay«, sagte er. »Meine Geldbörse ist in der Hose auf dem Stuhl. Nehmt sie und verpißt euch. Ich bin beschäftigt.«
Salvatore Fiore sagte: »Wir wollen deine Geldbörse gar nicht, Mickey.«
Der ärgerliche Ausdruck auf Mickey Nicolas Gesicht veränderte sich. Er setzte sich im Bett auf. Er bewegte sich vorsichtig und versuchte, die Situation zu begreifen. Die Frau hatte das Bettlaken über ihre Brüste gezogen. Ihr Gesicht war eine Mischung aus Wut und Furcht.
Nicola schwang vorsichtig seine Beine aus dem Bett und blieb auf dem Rand sitzen, bereit zu einem Blitzstart. Sein Glied war schlaff geworden. Er beobachtete die beiden Männer. Er wartete auf eine Gelegenheit.
»Was wollt ihr?«
»Arbeitest du mit Frank Jackson?«
»Soll das ein Witz sein? Fickt euch selber!«
Joseph Colella blickte seinen Partner an. »Schieß ihm die Eier ab!«
Salvatore Fiore hob den Revolver und zielte.

Mickey Nicola schrie: »Warte eine Minute! Ihr müßt verrückt sein!« Er blickte in die Augen des kleinen Mannes und sagte rasch: »Ja, Mann, ich habe mit Jackson gearbeitet.«
Die Frau rief ärgerlich: »Mickey!«
Er fuhr wütend zu ihr herum. »Halt's Maul! Glaubst du, ich will ein gottverdammter Eunuch werden?«
Salvatore Fiore wandte sich der Frau zu und fragte: »Du bist Jacksons Schwester, oder nicht?«
Ihr Gesicht war rot vor Wut: »Ich habe den Namen noch nie gehört.«
Fiore hob seinen Revolver und bewegte sich näher an das Bett heran. »Du hast genau zwei Sekunden, und wenn du dann das Maul nicht aufmachst, findet ihr euer Gehirn an die Wand gespritzt wieder.«
Etwas in seiner Stimme ließ einen eisigen Schauer über ihren Rücken laufen. Er hob seinen Revolver noch mehr, und das Blut wich aus dem Gesicht der Frau.
»Sag ihnen, was sie wissen wollen,«, schrie Mickey Nicola. Der Revolverlauf preßte sich gegen die linke Brust der Frau.
»Nicht! Frank Jackson ist mein Bruder, ja!«
»Wo können wir ihn finden?«
»Ich weiß nicht. Ich habe keinen Kontakt zu ihm. Ich schwöre bei Gott, daß ich es nicht weiß! Ich...«
Der Zeigefinger spannte sich am Abzug.
»*Clara!*« schrie sie. »Clara muß es wissen! Fragen Sie Clara!«
Joseph Colella fragte: »Wer ist Clara?«
»Eine — eine Kellnerin, die Frank kennt.«
»Wo können wir sie finden?«
Jetzt gab es kein Zögern mehr. Die Worte sprudelten hervor. »Sie arbeitet in einer Bar namens *The Shakers* in Queens.« Ihr Körper begann zu zittern.
Salvatore Fiore betrachtete die beiden, nickte und sagte dann höflich: »Ihr könnt jetzt weiterficken. Guten Tag.«
Und damit verschwanden die beiden Killer.

*Fünf Uhr dreißig*
Clara Thomas, geborene Thomaschevsky, stand im Begriff, die Erfüllung ihres Lebenstraums zu erleben. Sie summte fröhlich vor sich hin, als sie die Kleider, die sie in Kanada brauchen würde, in ihren Pappkoffer packte. Sie war schon

vorher mit Männern verreist, aber diesmal war es anders. Diesmal würde es ihre Hochzeitsreise werden. Frank Jackson war anders als alle Männer, die sie gekannt hatte. Die Kerle, die in die Bar kamen, sie betatschten und ihr in den Hintern kniffen, waren nichts anderes als Tiere. Frank Jackson war anders. Er war ein echter Gentleman. Clara hielt beim Packen inne und dachte über das Wort nach: *gentle man*, vornehmer Mann. Sie hatte es noch nie vorher so gesehen, aber genau das war Frank Jackson. Sie hatte ihn erst viermal in ihrem Leben gesehen, aber sie wußte, daß sie in ihn verliebt war. Und sie wußte, daß auch er sich von Anfang an von ihr angezogen gefühlt hatte, denn er hatte immer an einem der Tische gesessen, für die sie zuständig gewesen war. Und nach dem zweiten Mal hatte er sie nach Hause gebracht, als die Bar geschlossen hatte.
*An mir muß noch was dran sein,* dachte Clara selbstgefällig, *wenn ich einen hübschen jungen Burschen wie den kriegen kann.* Sie ließ den Koffer für einen Moment liegen und trat vor den Schrankspiegel, um sich zu begutachten. Vielleicht war sie etwas zu kräftig und ihr Haar einige Schattierungen zu rot, aber etwas Diät würde das Problem der Extrapfunde lösen, und wenn sie sich das nächste Mal die Haare färbte, mußte sie einfach etwas besser aufpassen. Alles in allem aber konnte sie mit ihrem Aussehen zufrieden sein. *Das alte Mädchen liegt immer noch ziemlich gut im Rennen,* sagte sie sich. Sie wußte, daß Frank Jackson mit ihr ins Bett gehen wollte, auch wenn er sie nie berührt hatte. Er war wirklich etwas Besonderes. Er hatte etwas — Clara runzelte die Stirn, auf der Suche nach dem richtigen Wort —, etwas *Geistliches* an sich. Clara war als gute Katholikin erzogen worden, und sie wußte, daß es ein Sakrileg war, so was auch nur zu denken, aber Frank Jackson erinnerte sie ein wenig an Jesus Christus. Sie fragte sich, wie Frank wohl im Bett sein mochte. Nun, wenn er schüchtern war, dann würde sie ihm den einen oder anderen Trick zeigen. Er hatte davon gesprochen, daß sie heiraten würden, sobald sie in Kanada waren. Ihr Traum wurde Wirklichkeit. Clara blickte auf ihre Uhr und stellte fest, daß sie sich beeilen mußte. Sie hatte Frank versprochen, ihn um halb acht an seinem Motel abzuholen.

Sie erblickte die beiden Männer, als sie in ihr Schlafzimmer traten. Sie waren aus dem Nichts gekommen. Ein Riese und ein kleiner Bursche. Clara musterte sie, als die beiden sich ihr näherten.
Der kleine Mann blickte auf den Koffer und fragte: »Wohin gehst du, Clara?«
»Geht dich einen Dreck an. Nehmt, was ihr wollt, und haut ab. Wenn es irgend etwas in diesem Loch gibt, das mehr als zehn Dollar wert ist, verspeise ich es vor euren Augen.«
»Ich hätte da was, das du essen könntest«, sagte der große Mann.
»Am Arsch, Freundchen«, schnappte Clara. »Falls ihr eine kleine Vergewaltigung im Sinn haben solltet, darf ich euch mitteilen, daß ich wegen Tripper in Behandlung bin.«
Salvatore Fiore sagte: »Wir tun dir nicht weh, Baby. Wir wollen bloß wissen, wo Frank Jackson ist.«
Sie konnten sehen, wie sie sich veränderte. Ihr Körper versteifte sich plötzlich, und ihr Gesicht wurde zur Maske.
»Frank Jackson?« Ein Unterton tiefer Verwirrung schwang in ihrer Stimme mit. »Ich kenne keinen Frank Jackson.«
Salvatore Fiore holte ein Bleirohr aus der Tasche und ging einen Schritt auf sie zu.
»Sie können mir keine Angst einjagen«, sagte Clara, »ich...«
Sein Arm schoß wie eine Peitschenzunge über ihr Gesicht, und inmitten einer Explosion stechenden Schmerzes konnte sie ihre Zähne im Mund zerbröckeln fühlen wie kleine Kieselsteine. Sie öffnete den Mund, um zu sprechen, und Blut strömte hervor. Der Mann hob das Bleirohr noch einmal.
»Nein, bitte nicht!« rief sie erstickt.
Joseph Colella fragte höflich: »Wo können wir also diesen Frank Jackson finden?«
»Frank ist — ist...«
Clara stellte sich den süßen, sanften Mann in den Händen dieser beiden Monster vor. Sie würden ihm weh tun, und instinktiv wußte sie, daß Frank die Schmerzen nicht aushalten würde. Er war zu sensibel. Wenn sie einen Weg fand, ihn zu retten, würde er ihr für immer dankbar sein.
»Ich weiß nicht.«
Salvatore Fiore schoß vor, und Clara hörte ihr Bein zersplittern, einen Sekundenbruchteil, bevor sie den unerträglichen

Schmerz spürte. Sie stürzte zu Boden, unfähig zu schreien, wegen des Bluts in ihrem Mund.
Joseph Colella stand über ihr und sagte freundlich: »Vielleicht verstehst du nicht ganz. Wir werden dich nicht töten. Wir machen dich nur kaputt, Stück für Stück. Wenn wir mit dir fertig sind, wirst du wie der Inhalt eines Mülleimers aussehen, nachdem die Katzen dran waren. Glaubst du mir?«
Clara glaubte ihm. Frank Jackson würde sie nie mehr anschauen wollen. Sie hatte ihn an diese beiden Bastarde verloren. Kein erfüllter Traum, keine Heirat. Der kleine Mann mit dem Bleirohr näherte sich schon wieder.
»Nicht«, stöhnte Clara, »bitte nicht! Frank ist im Brookside Motel an der Prospect Avenue. Er...«
Sie verlor das Bewußtsein.
Joseph Colella ging zum Telefon und wählte eine Nummer. Michael Moretti meldete sich. »Ja?«
»Brookside Motel an der Prospect Avenue. Sollen wir ihn uns schnappen?«
»Nein. Ich treffe euch da. Achtet darauf, daß er nicht abhaut.«
»Der geht nirgendwo mehr hin.«

*Sechs Uhr dreißig*
Der Junge seufzte erneut. Der Mann sah, wie Joshua die Augen öffnete. Der Junge blickte auf die Drähte an seinen Handgelenken und Füßen, dann auf Frank Jackson, und jetzt erinnerte er sich wieder.
Das war der Mann, der ihm diese Tabletten in den Mund geschoben und ihn entführt hatte. Joshua wußte aus dem Fernsehen alles über Kidnapping. Die Polizei würde ihn retten und den Mann ins Gefängnis stecken. Joshua war entschlossen, seine Angst nicht zu zeigen, denn er wollte seiner Mutter erzählen können, wie tapfer er gewesen war.
»Meine Mutter wird bald mit dem Geld da sein«, versicherte Joshua dem Mann. »Sie brauchen mir also nicht weh zu tun.«
Frank Jackson lächelte den Jungen an. Es war wirklich ein schönes Kind. Er wünschte, er könnte den Jungen an Claras Stelle mit nach Kanada nehmen. Widerstrebend blickte er auf die Uhr. Es war Zeit, anzufangen.
Der Junge hielt seine gefesselten Gelenke hoch. Das Blut war

getrocknet. »Würde es Ihnen etwas ausmachen, den Draht abzumachen, bitte?« fragte er höflich. »Ich laufe auch nicht weg.«
Es gefiel Frank Jackson, daß der Junge »bitte« gesagt hatte. Es war ein Zeichen von gutem Benehmen. Heutzutage hatten die meisten Kinder überhaupt keine Manieren. Sie liefen auf den Straßen herum wie wilde Tiere.
Frank Jackson ging ins Badezimmer. Er hatte den Benzinkanister wieder in die Badewanne zurückgestellt, damit es keine Flecken auf dem Teppich gab. Er war stolz, daß er auf solche Kleinigkeiten achtete. Er trug den Kanister ins Schlafzimmer und setzte ihn ab. Er hob den gefesselten Jungen vom Bett und legte ihn auf den Boden. Dann nahm er den Hammer und zwei große Nägel und kniete neben dem Jungen nieder.
Joshua Parker beobachtete ihn mit großen Augen. »Was wollen Sie damit tun?«
»Etwas, das dich sehr glücklich machen wird. Hast du jemals von Jesus Christus gehört?« Joshua nickte. »Weißt du, wie er gestorben ist?«
»Am Kreuz.«
»Das ist sehr gut. Du bist ein kluger Junge. Wir haben leider kein Kreuz hier, deswegen müssen wir uns auf andere Weise behelfen.«
Angst stieg in den Augen des Jungen auf.
Frank Jackson sagte: »Du brauchst keine Angst zu haben. Jesus hatte auch keine Angst.«
»Ich will nicht Jesus sein«, flüsterte der Junge. »Ich will nach Hause.«
»Ich schicke dich ja nach Hause«, versprach Frank Jackson. »Nach Hause zu Jesus.«
Er zog ein Taschentuch heraus und wollte es Joshua in den Mund schieben. Joshua preßte die Zähne gegeneinander.
»Mach mich nicht wütend.«
Frank Jackson drückte Daumen und Zeigefinger in Joshuas Wangen und zwang seinen Mund auf. Er stopfte ihm das Taschentuch zwischen die Lippen und klebte einen Streifen Leukoplast darüber. Joshua riß an den Drähten, die seine Handgelenke und Füße zusammenhielten, und das Fleisch begann wieder zu bluten. Frank Jackson strich über die frischen Wunden.

»Das Blut des Heilands«, sagte er sanft.
Dann ergriff er eine von Joshuas Händen und hielt sie gegen den Fußboden. Er nahm einen der Nägel. Mit der linken Hand hielt er ihn gegen den Handteller des Jungen, während er mit der rechten den Hammer hob. Er schlug den Nagel durch Joshuas Hand in den Boden.

*Sieben Uhr fünfzehn*
Michael Morettis schwarze Limousine steckte im Morgenverkehr auf dem Brooklyn-Queens Expressway fest. Ein Gemüsetransporter war umgekippt und hatte seine Ladung auf die Straße ergossen. Der Verkehr war stehengeblieben.
»Fahr auf die andere Straßenseite und überhol den Laster«, befahl Michael Moretti Nick Vito.
»Da vorne ist ein Polizeiwagen, Mike.«
»Dann lauf vor und sag dem verantwortlichen Beamten, daß ich ihn sprechen möchte.«
»Gut, Boß.«
Nick Vito stieg aus und lief zu dem Polizeiwagen. Wenig später kehrte er mit einem Sergeanten zurück. Michael Moretti öffnete das Fenster des Wagens und streckte seine Hand hinaus. Zwischen seinen Fingern befanden sich fünf Hundertdollarnoten.
»Ich habe es eilig, Sergeant.«
Zwei Minuten später bahnte der Polizeiwagen mit blitzendem Rotlicht der Limousine einen Weg an dem Lkw-Wrack auf der Straße vorbei. Als sie den freien Teil der Straße erreicht hatten, stieg der Sergeant aus und ging zu der Limousine.
»Soll ich Sie irgendwohin eskortieren, Mr. Moretti?«
»Nein, danke«, sagte Michael. »Schauen Sie Montag bei mir herein.« An Nick Vito gewandt, sagte er: »Fahr weiter.«

*Sieben Uhr dreißig*
Joseph Colella und Salvatore Fiore saßen in ihrem Wagen gegenüber von Bungalow Nummer sieben des Brookside Motels. Vor ein paar Minuten hatten sie drinnen einen Schrei gehört, deshalb wußten sie, daß Frank Jackson noch da war.
*Wir sollten reingehen und ihn etwas abkühlen*, dachte Fiore. Aber Michael Moretti hatte ganz klare Instruktionen gegeben.
Sie lehnten sich zurück und warteten.

*Sieben Uhr fünfundvierzig*
Innerhalb des Bungalows schloß Frank Jackson die letzten Vorbereitungen ab. Der Junge hatte ihn enttäuscht. Er hatte das Bewußtsein verloren. Jackson hatte mit den anderen Nägeln warten wollen, bis Joshua wieder zu sich kam, aber die Zeit wurde langsam knapp. Er ergriff den Benzinkanister und spritzte den Inhalt über den Körper des Jungen, achtete aber darauf, daß er das wunderschöne Gesicht nicht benetzte. Er stellte sich den Körper unter dem Schlafanzug vor und wünschte, er hätte noch die Zeit, ihn — aber nein, das wäre dumm gewesen. Clara mußte jeden Augenblick hier sein. Er mußte aufbruchbereit sein, wenn sie eintraf. Er griff in die Tasche, förderte ein Streichholzschächtelchen hervor und legte es ordentlich neben den Benzinkanister, den Hammer und die Nägel. Die Leute begriffen einfach nicht, wie wichtig Ordnung war.
Frank Jackson blickte auf seine Uhr und fragte sich, wo Clara blieb.

*Sieben Uhr fünfzig*
Die schwarze Limousine hielt mit quietschenden Reifen vor Bungalow sieben, und Michael Moretti sprang heraus. Die beiden Männer in dem Sedan liefen zu ihm.
Joseph Colella deutete auf Bungalow sieben. »Da ist er drin.«
»Und das Kind?«
Der große Mann zuckte mit den Achseln. »Weiß nicht. Jackson hat die Vorhänge zugezogen.«
»Sollen wir jetzt reingehen und ihn schnappen?« fragte Salvatore Fiore.
»Ihr bleibt hier.«
Die beiden Männer blickten Moretti verwirrt an. Er war ein *caporegime*. Er hatte seine Soldaten, die für ihn töteten, während er in Sicherheit abwarten sollte. Und doch ging er selber hinein. Das war nicht richtig.
Joseph Colella sagte: »Boß, Sal und ich können...«
Aber Michael Moretti bewegte sich bereits auf die Tür von Bungalow sieben zu, eine Pistole mit Schalldämpfer in der Hand. Er hielt eine Sekunde inne, um zu lauschen, dann nahm er Anlauf und sprengte die Tür mit einem mächtigen Tritt auf. Moretti nahm die Szene in einem einzigen, glasklaren Mo-

ment auf: Der bärtige Mann, der auf dem Boden neben dem kleinen Jungen kniete; die an den Boden genagelte Hand des Jungen und den Benzingestank.
Der bärtige Mann wandte sich zur Tür um und starrte Michael an. Die letzten Worte seines Lebens waren: »Sie sind nicht Cl...«
Michaels erste Kugel traf ihn mitten in die Stirn. Die zweite Kugel zerfetzte seine Rachenhöhle, und die dritte traf ihn ins Herz. Aber da spürte er schon nichts mehr.
Michael Moretti winkte den beiden Männern draußen. Sie liefen herbei. Michael Moretti kniete neben dem Jungen nieder und fühlte seinen Puls. Er war dünn und unstet, aber Joshua lebte noch. Moretti wandte sich an Joseph Colella.
»Ruf Doc Petrone an. Sag ihm, wir sind auf dem Weg.«

*Neun Uhr dreißig*
Das Telefon klingelte, und Jennifer packte den Hörer im selben Moment. »Hallo!«
Michael Morettis Stimme sagte: »Ich bringe Ihnen Ihren Sohn zurück.«

Joshua wimmerte im Schlaf. Jennifer beugte sich vor und legte sanft ihre Arme um ihn. Er hatte geschlafen, als Michael ihn ins Haus trug. Als Jennifer ihren bewußtlosen Sohn erblickte, die Hand- und Fußgelenke bandagiert, den ganzen Körper in Verbandsmull gewickelt, hatte sie beinahe den Verstand verloren. Michael hatte den Arzt mitgebracht, und es dauerte eine halbe Stunde, bis es ihnen gelungen war, Jennifer zu überzeugen, daß Joshua bald wieder gesund sein würde.
»Seine Hand wird heilen«, versicherte der Doktor ihr. »Glücklicherweise sind keine Nerven oder Sehnen verletzt worden, so daß nur eine kleine Narbe zurückbleiben wird. Die Benzinverbrennungen sind nur oberflächlich. Ich habe seinen Körper in Mineralöl gebadet. Ich werde die nächsten paar Tage nach ihm sehen. Glauben Sie mir, bald geht es ihm wieder gut.«
Bevor der Arzt ging, bat Jennifer ihn noch, einen Blick auf Mrs. Mackey zu werfen.
Joshua war zu Bett gebracht worden, und Jennifer war bei ihm

geblieben, um ihn zu trösten, wenn er wach wurde. Jetzt seufzte er und öffnete die Augen. Als er seine Mutter erblickte, sagte er müde: »Ich wußte, daß du kommen würdest, Mama. Hast du dem Mann das Lösegeld gegeben?«
Jennifer nickte, denn sie hatte Angst, daß ihre Stimme brechen könnte.
Joshua lächelte. »Ich hoffe, er kauft sich so viele Bonbons von dem Geld, daß er Bauchweh kriegt. Wäre das nicht komisch?«
Sie flüsterte: »Sehr komisch, mein Liebling. Weißt du, was wir beide nächste Woche machen? Ich nehme dich mit in...«
Er war wieder eingeschlafen.

Stunden später ging sie wieder ins Wohnzimmer. Sie war überrascht, daß Michael immer noch da war. Irgendwie erinnerte es sie an das erste Mal, als sie Adam Warner getroffen und er in ihrem kleinen Appartement auf sie gewartet hatte.
»Michael...« Sie wußte nicht, was sie sagen sollte. »Ich kann Ihnen gar nicht sagen, wie — wie dankbar ich Ihnen bin.«
Er sah sie an und nickte.
Zu der nächsten Frage mußte sie sich zwingen. »Und — und Frank Jackson?«
»Der wird niemanden mehr belästigen.«
Also war es wirklich vorbei. Joshua war in Sicherheit. Alles andere spielte keine Rolle.
Jennifer blickte Michael Moretti an und dachte: *Ich schulde ihm soviel! Wie kann ich das je wieder gutmachen?*
Michael beobachtete sie, in Schweigen gehüllt.

# ZWEITES BUCH

## 37

Jennifer Parker stand nackt am Fenster und blickte auf die Bucht von Tanger hinunter. Es war ein herrlicher, trockener Herbsttag, und die Bucht war voller dahinstreichender weißer Segel und röhrender Motorboote. Ein halbes Dutzend großer Yachten dümpelte an ihren Ankern im Hafen.
Jennifer spürte seine Nähe und drehte sich um.
»Gefällt dir die Aussicht?«
»Ich liebe sie.«
Er blickte ihren nackten Körper an. »Ich auch.« Seine Hände legten sich auf ihre Brüste und liebkosten sie. »Komm zurück ins Bett.«
Seine Berührung ließ Jennifer erzittern. Er verlangte Dinge von ihr, um die sie noch kein Mann gebeten hatte, und er tat mit ihr, was niemand zuvor zu tun gewagt hatte.
»Ja, Michael.«
Sie gingen zurück ins Schlafzimmer, und dort dachte Jennifer einen Herzschlag lang an Adam Warner, ehe sie alles vergaß, außer, was mit ihr geschah.
Jennifer hatte nie jemanden wie Michael Moretti kennengelernt. Er war unersättlich. Sein Körper war athletisch, schlank und hart, er wurde ein Teil von Jennifers Körper, hüllte sie in seine Raserei, riß sie mit sich auf einer anschwellenden Woge hämmernder Erregung, die über ihr zusammenschlug, bis sie vor wilder Lust schreien wollte. Wenn die Ekstase vorüber war und Jennifer erschöpft auf dem Rücken lag, begann Michael von vorn, und wieder und wieder vereinigte sie sich mit ihm in einer Leidenschaft, die beinahe unerträglich war.
Jetzt lag er auf ihr, blickte in ihr gerötetes, glückliches Gesicht und fragte: »Das gefällt dir, nicht, Baby?«
»Ja.«

Es war beschämend — beschämend, wie sehr sie ihn brauchte, seine Leidenschaft brauchte.
Wieder erinnerte sie sich an das erste Mal.

Es war an dem Morgen, als Michael Moretti Joshua sicher heimgebracht hatte. Jennifer wußte, daß Frank Jackson tot war und daß Michael ihn getötet hatte. Der Mann, der vor ihr stand, hatte ihren Sohn gerettet und für sie getötet. Eine tiefe, atavistische Erregung hatte sie erfüllt.
»Wie kann ich Ihnen danken?« hatte sie gefragt.
Und Michael Moretti war auf sie zugegangen, hatte sie in die Arme genommen und geküßt. Aus alter Loyalität zu Adam hatte Jennifer sich vorgemacht, daß es bei dem Kuß bleiben würde; statt dessen war es ein Anfang geworden. Sie wußte, wer Michael Moretti war, und doch hatte all das keine Bedeutung angesichts dessen, was er für sie getan hatte. Sie hörte auf zu denken und gab sich ihren Gefühlen hin.
Sie gingen nach oben ins Schlafzimmer, und Jennifer sagte sich, daß sie Michael für seine Hilfe bezahlte, und dann waren sie im Bett, und es war ein Erlebnis, das all ihre Träume überstieg.
Adam Warner hatte mit ihr geschlafen, aber Michael Moretti ergriff Besitz von ihr. Er erfüllte jeden Teil ihres Körpers mit berauschenden Empfindungen. Es war, als wäre jede seiner Berührungen eine helle, leuchtende Farbe, und die Farben veränderten sich von einem Moment zum nächsten wie bei einem wunderschönen Kaleidoskop. In der einen Sekunde war er zärtlich und empfindsam, in der nächsten brutal, verlangend, und der ständige Wechsel trieb Jennifer zur Raserei. Er zog sich aus ihr zurück, reizte sie, bis sie mehr und mehr wollte, und wenn sie auf dem Höhepunkt der Erregung war, hielt er inne.
Als sie es nicht mehr aushalten konnte, bettelte sie: »Nimm mich, Michael! Bitte, nimm mich!«
Und sein hartes Glied begann wieder in sie zu stoßen, bis sie vor Vergnügen schrie. Sie war längst keine Frau mehr, die eine Schuld zurückzahlte. Sie war eine Sklavin, Gefühlen ausgeliefert, die sie nie zuvor gekannt hatte. Michael blieb vier Stunden bei ihr, und als er ging, wußte Jennifer, daß sich ihr Leben verändert hatte.

Sie lag im Bett und versuchte, darüber nachzudenken, was mit ihr geschehen war, versuchte es zu verstehen. Wie konnte sie Adam lieben und dennoch von Michael Moretti so überwältigt sein? Thomas von Aquin hat gesagt, daß man nur Leere vorfand, wenn man ins Herz des Bösen vorstieß. Jennifer fragte sich, ob es mit der Liebe genauso war. Sie war sich bewußt, daß der Grund für ihr Verhalten zum Teil in ihrer Einsamkeit zu suchen war. Zu lange hatte sie mit einem Phantom gelebt, einem Mann, den sie weder sehen noch anfassen konnte, und dennoch wußte sie, daß sie Adam immer lieben würde. Oder war dieses Gefühl nur eine Erinnerung an jene Liebe?
Jennifer war nicht sicher, was sie für Michael empfand. Dankbarkeit, ja. Aber das war nur ein kleiner Teil. Da war mehr. Viel mehr. Sie wußte, wer Michael Moretti war und was er darstellte. Er hatte für sie getötet, aber er hatte auch für andere getötet. Er hatte Menschen für Geld, für Macht oder aus Rache umgebracht. Wie konnte sie so für einen solchen Mann empfinden? Wie konnte sie zulassen, daß er mit ihr schlief und daß sie mit solcher Erregung reagierte? Eine Art Scham erfüllte sie, und sie dachte: *Was für ein Mensch bin ich?*
Sie fand keine Antwort.

In den Abendzeitungen stand ein Bericht über einen Motelbrand in Queens. In den Ruinen waren die Überreste eines unidentifizierten Mannes gefunden worden. Man vermutete Brandstiftung.

Als Joshua aufwachte, bereitete Jennifer sein Essen und brachte es ihm ans Bett. Es war eine lächerliche Mahlzeit, die aus all dem wertlosen Zeug bestand, das er liebte: ein Hot Dog, ein Erdnußbuttersandwich, Kartoffelchips und Malzbier. »Du hättest ihn sehen müssen, Mama«, sagte Joshua mit vollem Mund. »Er war verrückt!« Er hielt seine bandagierte Hand hoch. »Glaubst du, daß er mich wirklich für Jesus Christus gehalten hat?«
Jennifer unterdrückte ein Schaudern. »Ich — ich weiß nicht, Liebling.«
»Warum wollen Menschen andere Menschen umbringen?«
»Nun...« Jennifers Gedanken wanderten plötzlich zu Michael

Moretti zurück. Hatte sie das Recht, ihn zu verurteilen? Sie wußte nicht, welche schrecklichen Kräfte sein Leben geformt, ihn zu dem gemacht hatten, was er geworden war. Sie mußte mehr über ihn erfahren, um ihn kennenlernen und verstehen zu können.
Joshua fragte: »Muß ich morgen in die Schule?«
Jennifer umarmte ihn. »Nein, Liebling. Wir bleiben beide zu Hause und schwänzen die ganze Woche. Wir...«
Das Telefon klingelte.
Es war Michael. »Wie geht's Joshua?«
»Es geht ihm prächtig, danke.«
»Und wie fühlst du dich?«
Jennifer hatte vor Verwirrung plötzlich einen Frosch im Hals.
»Ich — ich fühle mich gut.«
Er lachte in sich hinein. »Gut. Ich treffe dich morgen zum Mittagessen. Bei Donato in der Mulberry Street. Halb eins.«
»In Ordnung, Michael. Halb eins.«
Nach diesen Worten gab es kein Zurück mehr.

Der Oberkellner bei Donato kannte Michael und hatte ihm den besten Tisch im Restaurant reserviert. Ständig kamen Leute vorbei und begrüßten Michael, und wieder war Jennifer erstaunt darüber, wie sie um ihn herumscharwenzelten. Es war seltsam, wie sehr Michael Moretti sie an Adam Warner erinnerte. Jeder hatte auf seine Weise eine Aura von Macht.
Jennifer begann Michael nach seiner Vergangenheit zu fragen, weil sie wissen wollte, wie und warum er sich in ein Leben wie das seine verstrickt hatte.
Er unterbrach sie. »Du glaubst, ich bin so, weil meine Familie oder sonst jemand mich dazu gezwungen hat?«
»Nun — ja, Michael. Natürlich.«
Er lachte. »Ich habe mir den Arsch aufgerissen, um dahin zu gelangen, wo ich bin. Ich bin gerne dort. Ich liebe das Geld. Ich liebe die Macht. Ich bin ein König, Baby, und ich genieße es.«
Jennifer blickte ihn an und versuchte, zu verstehen. »Aber es kann dir doch nicht wirklich Spaß bereiten...«
»Hör zu!« Sein Schweigen hatte sich plötzlich in Worte, Sätze und Mitteilungen verwandelt, die aus ihm herausströmten, als hätte er sie jahrelang für jemand aufgehoben, der sie

mit ihm teilen konnte. »Mein Vater war eine Coca-Cola-Flasche.«
»Eine Coca-Cola-Flasche?«
»Richtig. Es gibt Milliarden davon auf der Welt, und man kann eine nicht von der anderen unterscheiden. Er war Schuhmacher. Er arbeitete sich die Finger wund, damit etwas zu essen auf dem Tisch stand. Wir hatten nichts. Armut ist nur in Büchern romantisch. In Wirklichkeit bedeutet sie stinkende Räume mit Ratten oder Küchenschaben und schlechtes Essen, von dem nie genug da ist. Als ich ein junges Bürschchen war, habe ich alles, aber auch alles getan, um einen Dollar zu verdienen. Ich erledigte Botengänge für die großen Bonzen, brachte ihnen Kaffee und Zigarren, besorgte ihnen Mädchen — alles, nur um zu überleben. Nun, einmal bin ich nach Mexico City getrampt, im Sommer. Ich hatte kein Geld, nichts. Der Arsch ging mir auf Grundeis. Eines Abends lud mich ein Mädchen, das ich getroffen hatte, in ein teures Restaurant zu einer Party ein. Wir saßen alle beim Essen, und dann wurde der Nachtisch gebracht. Es war ein spezieller mexikanischer Kuchen, in den eine Tonpuppe eingebacken war. Einer der anderen am Tisch erklärte, daß dem Brauch nach derjenige das Essen zu bezahlen hätte, in dessen Stück sich die Tonpuppe befand. Die Puppe war in meinem Stück.« Er machte eine Pause. »Ich habe sie heruntergeschluckt.«
Jennifer schob ihre Hand über seine. »Michael, andere Leute sind auch arm gewesen, und...«
»Laß mich mit anderen Leuten in Ruhe.« Seine Stimme klang hart und kompromißlos. »Ich bin ich. Ich weiß, wer ich bin. Ich frage mich, ob du weißt, wer du bist.«
»Ich glaube, schon.«
»Warum bist du mit mir ins Bett gegangen?«
Jennifer zögerte. »Nun, ich — ich war dankbar und...«
»Blödsinn! Du wolltest mich haben.«
»Michael, ich...«
»Ich brauche mir Frauen nicht zu kaufen. Weder mit Geld noch mit Dankbarkeit.«
Jennifer gestand sich ein, daß er recht hatte. Sie *hatte* ihn gewollt, genau wie er sie gewollt hatte. *Und doch*, dachte sie, *hat dieser Mann einmal versucht, mich zu vernichten. Wie kann ich das vergessen?*

Michael beugte sich vor und ergriff Jennifers Hand, die Innenfläche nach oben. Langsam liebkoste er jeden Finger, jede Kuppe, ohne die Augen von ihr zu nehmen.
»Versuch nicht, mit mir zu spielen. Niemals, Jennifer.«
Sie fühlte sich hilflos. Was immer im Augenblick zwischen ihnen passierte, es verdrängte die Vergangenheit.

Beim Dessert sagte Michael es dann. »Ach, übrigens, ich habe einen Fall für dich.«
Es war, als hätte er ihr eine Ohrfeige verpaßt.
Jennifer starrte ihn an. »Was für einen Fall?«
»Einer meiner Jungen, Vasco Gambutti, ist verhaftet worden, weil er einen Bullen umgelegt hat. Ich möchte, daß du ihn verteidigst.«
Jennifer spürte Schmerz und Wut darüber, daß er sie immer noch zu benutzen versuchte, in sich aufsteigen.
Gleichmütig sagte sie: »Es tut mir leid, Michael. Ich habe dir schon einmal gesagt, ich kann mich nicht mit — mit deinen... Freunden einlassen.«
Michael lächelte kalt. »Kennst du die Geschichte von dem kleinen Löwenjungen in Afrika? Es läßt seine Mutter zum erstenmal allein, um zum Fluß hinunterzulaufen und zu trinken, und noch ehe es angekommen ist, wird es von einem Gorilla niedergeschlagen. Während es noch versucht, wieder auf die Beine zu kommen, wird es von einem Leoparden beiseitegestoßen. Eine Elefantenherde trampelte es halb zu Tode. Das Junge taumelt schließlich völlig erschüttert nach Hause und sagt: ›Weißt du was, Mama — das da draußen ist ein Dschungel!‹«
Er schwieg. Auch Jennifer schwieg. Das war tatsächlich ein Dschungel da draußen, dachte Jennifer, aber sie hatte sich immer herausgehalten oder nur bis zum Rand vorgewagt, und sie hatte die Möglichkeit zur Flucht besessen, wann immer sie wollte. Sie hatte die Regeln aufgestellt, und ihre Klienten mußten sie befolgen. Aber jetzt hatte Michael Moretti das alles über den Haufen geworfen. Es war *sein* Dschungel. Jennifer hatte Angst davor, nicht mehr herauszufinden. Und doch, wenn sie daran dachte, was er für sie getan hatte, verlangte er nicht allzu viel.
Sie würde ihm diesen einen Gefallen erweisen.

# 38

»Wir übernehmen den Fall Vasco Gambutti«, informierte Jennifer Ken Bailey.
Ken blickte Jennifer ungläubig an. »Gambutti gehört zur Mafia! Er ist einer von Michael Morettis Killern. Solche Mandanten nehmen wir gewöhnlich nicht.«
»Diesen nehmen wir.«
»Jennifer, wir können es uns nicht leisten, uns mit der Organisation einzulassen.«
»Gambutti hat wie jeder andere das Recht auf einen fairen Prozeß.« Die Worte klangen sogar in ihren eigenen Ohren hohl.
»Ich lasse nicht zu, daß du...«
»So lange dies meine Firma ist, treffe ich die Entscheidungen.« Sie sah, wie ein überraschter und verletzter Ausdruck in seine Augen trat.
Ken nickte, drehte sich um und verließ das Büro. Jennifer hätte ihn am liebsten zurückgerufen, um ihm alles zu erklären. Aber wie? Sie war nicht einmal sicher, daß sie es sich selbst erklären konnte.
Als Jennifer sich das erste Mal mit Vasco Gambutti traf, versuchte sie, in ihm nur einen weiteren Mandanten zu sehen. Sie hatte schon vorher Klienten vertreten, die des Mordes beschuldigt waren, aber irgendwie war es diesmal etwas anderes. Dieser Mann war ein Mitglied des organisierten Verbrechens, eines Syndikats, das das Land um Milliarden Dollar zur Ader ließ, eines Geheimbundes, der, um sich zu schützen, auch vor Mord nicht zurückschreckte.
Die Beweislast gegen Gambutti war überwältigend. Er war bei einem Überfall auf ein Pelzgeschäft überrascht worden und hatte einen Polizeibeamten getötet, der ihn festzunehmen versuchte. Die Morgenzeitungen verkündeten, daß Jennifer Parker die Verteidigung übernehmen würde.
Richter Lawrence Waldman rief sie an und fragte: »Stimmt das, Jennifer?«
Jennifer wußte sofort, worauf er sich bezog. »Ja, Lawrence.«
Eine Pause. »Ich bin überrascht. Sie wissen natürlich, wer er ist.«
»Ja, ich weiß Bescheid.«

»Sie begeben sich auf gefährlichen Boden.«
»Nicht wirklich. Ich tue nur einem Freund einen Gefallen.«
»Ich verstehe. Seien Sie vorsichtig.«
»Das werde ich«, versprach Jennifer.
Erst hinterher fiel ihr auf, daß er kein Wort über ihr gemeinsames Abendessen verloren hatte.

Nachdem sie das Material, das ihr Stab zusammengetragen hatte, durchgegangen war, stellte Jennifer fest, daß sie überhaupt nichts in der Hand hatte.
Vasco Gambutti war auf frischer Tat bei einem Raubüberfall in Tateinheit mit Mord ertappt worden, und es gab keine mildernden Umstände. Darüber hinaus hatten Geschworene immer eine starke Aversion gegen Polizistenmörder.
Sie rief Ken Bailey zu sich und gab ihm Instruktionen.
Er sagte nichts, aber Jennifer spürte seine Mißbilligung und war betrübt. Sie schwor sich, daß sie nie wieder für Michael arbeiten würde.
Ihr Privatapparat klingelte, und sie hob ab. Michael sagte: »Hallo, Baby. Ich habe Lust auf dich. Sei in einer halben Stunde bei mir.«
Sie saß da, lauschte und fühlte bereits seine Umarmung, den Druck seines Körpers gegen den ihren.
»Ich komme«, sagte sie. Der Schwur war vergessen.

Der Gambutti-Prozeß dauerte zehn Tage. Die Presse war in voller Stärke aufmarschiert, um Staatsanwalt Di Silva und Jennifer Parker wieder einmal in offener Schlacht zu sehen. Di Silva hatte seine Hausaufgaben sorgfältig erledigt. Er vertrat seine Position bewußt unterkühlt und überließ es den Geschworenen, aus den Andeutungen, die er fallenließ, sich in ihrer Phantasie noch größere Schreckensszenen auszumalen als die von ihm beschriebenen.
Jennifer hörte den Zeugenaussagen schweigend zu und gab sich nur selten die Mühe, Einspruch zu erheben.
Sie wartete mit ihrem Zug bis zum lezten Verhandlungstag. Es gab eine Faustregel im Strafrecht, nach der man den Spieß umdrehen und dem Kläger den Prozeß machen mußte, wenn man eine schwache Verteidigungsposition hatte. Da Jennifer keine Möglichkeit sah, Vasco Gambutti wirklich zu verteidi-

gen, schlug sie Scott Norman, den getöteten Polizeibeamten, ans Kreuz. Ken Bailey hatte alles nur Wissenswerte über Scott Norman ausgegraben. Sein Führungszeugnis war nicht gerade gut, aber Jennifer ließ es noch zehnmal schlechter aussehen. Norman war zwanzig Jahre bei der Polizei gewesen, und während dieser zwanzig Jahre war er dreimal wegen unnötiger Gewaltanwendung vom Dienst suspendiert worden. Er hatte einen unbewaffneten Verdächtigen angeschossen und beinahe getötet, er hatte einen Betrunkenen in einer Bar zusammengeschlagen, und ein dritter Mann mußte im Krankenhaus zusammengeflickt werden, nachdem Norman eine häusliche Streitigkeit geschlichtet hatte. Obwohl diese Zwischenfälle sich über ein Periode von zwanzig Jahren verteilten, ließ Jennifer es aussehen, als hätte der Verstorbene eine verachtenswerte Handlung nach der anderen begangen. Jennifer hatte eine ganze Reihe von Zeugen aufgeboten, die gegen Scott Norman aussagten, und Robert Di Silva konnte nichts dagegen tun.
In seinem Schlußplädoyer sagte er: »Bitte vergessen Sie nicht, meine Damen und Herren Geschworenen, daß nicht der Beamte Scott Norman hier vor Gericht stand. Scott Norman ist das Opfer. Er wurde von dem Angeklagten, Vaso Gambutti, getötet.«
Aber noch während der Staatsanwalt sprach, wußte er, daß seine Bemühungen sinnlos waren. Jennifer hatte Scott Norman als genauso verachtenswert und wertlos hingestellt wie Vasco Gambutti. Er war nicht mehr der anständige Polizeibeamte, der sein Leben gegeben hatte, um ein Verbrechen zu verhindern. Jennifer Parker hatte das Bild so verzerrt, daß das Opfer nicht besser wirkte als der angeklagte Killer.
Die Jury sprach den Angeklagten nicht schuldig des Mordes ersten Grades und verurteilte ihn wegen Totschlags. Es war eine betäubende Niederlage für Staatsanwalt Di Silva, und die Medien verkündeten mit Freuden einen weiteren Sieg für Jennifer Parker.

»Zieh dein Chiffonkleid an. Wir feiern«, wies Michael sie an.
Sie aßen in einem Fischrestaurant im Village zu Abend. Der Eigentümer schickte eine Flasche seltenen Champagners an den Tisch, und Michael und Jennifer prosteten sich zu.

»Ich bin sehr zufrieden.«
Aus Michaels Hand war das wie ein Ritterschlag.
Er legte eine kleine, rotweiß verpackte Schachtel in ihre Hände. »Mach es auf.«
Er sah zu, wie sie die goldene Kordel aufknüpfte und den Deckel der Schachtel abhob. Innendrin lag ein Ring mit einem großen, von Diamanten eingefaßten, viereckig geschliffenen Smaragd.
Jennifer starrte ihn an. Sie wollte protestieren. »Oh, Michael!«
Sie sah den stolzen, vergnügten Ausdruck auf seinem Gesicht.
»Michael — was soll ich nur mit dir machen?«
Und sie dachte: *Oh, Jennifer, was mache ich erst mit dir?*
»Du brauchst ihn zu dem Kleid.« Er schob den Ring auf den dritten Finger ihrer linken Hand.
»Ich — ich weiß nicht, was ich sagen soll. Ich — danke dir. Das ist wirklich eine Feier!«
Michael grinste. »Die Feier hat noch gar nicht begonnen. Dies ist nur das Vorspiel.«

Sie fuhren in der Limousine zu der Wohnung, die Michael oben in Manhattan unterhielt. Michael drückte einen Knopf. Die Glasscheibe, die den hinteren Teil des Wagens vom Fahrer trennte, glitt nach oben.
*Wir sind eingeschlossen in unsere eigene kleine Welt*, dachte Jennifer. Michaels Nähe erregte sie.
Sie blickte in seine dunklen Augen. Er rückte heran und strich ihr mit der Hand über die Schenkel, und Jennifers Körper stand augenblicklich in Flammen.
Michaels Lippen fanden die ihren. Ihre Körper preßten sich gegeneinander. Jennifer fühlte seine Erektion, und sie glitt auf den Boden des Wagens. Sie begann ihn zu liebkosen und zu küssen, bis Michael zu stöhnen begann, und Jennifer stöhnte mit ihm, bewegte sich schneller und schneller, bis sie die Zuckungen seines Körpers spürte.
Die Feier hatte begonnen.

All dies fiel Jennifer wieder ein, als sie in ihrem Hotelzimmer in Tanger im Bett lag und Michaels Geräusche unter der Dusche vernahm. Sie fühlte sich befriedigt und glücklich. Das

einzige, was ihr fehlte, war ihr Sohn. Sie hatte daran gedacht, Joshua auf einige ihrer Reisen mitzunehmen, aber ihr Instinkt riet ihr, ihn und Michael Moretti nicht miteinander in Berührung kommen zu lassen. Von diesem Teil ihres Lebens mußte Joshua unberührt bleiben. Jennifer hatte das Gefühl, daß ihr Leben in eine Reihe von Abteilungen gegliedert war: da war Adam, da war ihr Sohn, und da war Michael Moretti. Und jeder mußte von den anderen ferngehalten werden.
Michael kam aus dem Badezimmer, nur mit einem Handtuch bekleidet. Die Haare an seinem Körper glitzerten vom Wasser. Er war ein herrliches, aufregendes Tier.
»Zieh dich an. Wir haben noch zu arbeiten.«

## 39

Es geschah so allmählich, daß es überhaupt nicht zu geschehen schien. Angefangen hatte es mit Vasco Gambutti, und kurz danach hatte Michael Jennifer gebeten, einen anderen Fall zu übernehmen, dann einen weiteren, bis es sich schließlich zu einem stetigen Strom entwickelt hatte.
Michael rief Jennifer an und sagte: »Ich brauche deine Hilfe, Baby. Einer meiner Jungs hat ein Problem.«
Und Jennifer dachte an Pater Ryans Worte: *Einer meiner Freunde hat ein kleines Problem.* Bestand da wirklich ein so großer Unterschied? Amerika hatte sich damit abgefunden, daß es den Paten wirklich gab und daß die Mafia ein Teil des täglichen Lebens war. Jennifer sagte sich, daß sie jetzt nichts anderes tat, als sie schon immer getan hatte. In Wahrheit aber gab es einen Unterschied — einen großen Unterschied.
Sie befand sich im Mittelpunkt einer der mächtigsten Organisationen der Welt.

Michael lud Jennifer in das Farmhaus in New Jersey ein, wo sie zum erstenmal die Bekanntschaft von Antonio Granelli und einigen anderen Mitgliedern der Organisation machte. An dem großen Tisch in der Küche saßen Nick Vito, Arthur »Speckartie« Scotto, Salvatore Fiore und Joseph Colella. Als Jennifer und Michael eintraten und im Türrahmen stehen-

blieben, sagte Nick Vito gerade: ».. . wie damals, als ich in Atlanta gesessen habe. Ich war ganz gut mit Heroin im Geschäft. Plötzlich kommt dieser Schmalspurzuhälter daher und versucht mich übers Ohr zu hauen, weil er eine Scheibe vom Kuchen abhaben will.«
»Kanntest du den Burschen!« fragte Speckartie Scotto.
»Da brauchte man nichts zu kennen. Er wollte, daß man ihm ein Licht aufsteckt. Er versuchte, mich unter Druck zu setzen.«
*»Dich?«*
»So isses. Er hatte nich' alle Tassen im Schrank.«
»Was hast du gemacht?«
»Eddie Fratelli und ich, wir haben ihn in eine Ecke des Hofs gezogen und ihm eins aufgebrannt. Zum Teufel, er war so oder so fällig.«
»He, was ist eigentlich aus Little Eddie geworden?«
»Der sitzt vorübergehend in Lewisburg.«
»Und seine Kleine? Die war 'ne tolle Nummer.«
»Verdammt, ja. Der würde ich gern mal das Höschen naß machen.«
»Die ist immer noch scharf auf Eddie. Nur der Papst weiß, warum.«
»Ich mochte Eddie. Der packte den Stier immer bei den Hörnern.«
»Jetzt hat er weiche Knie gekriegt. Wo wir gerade davon sprechen, wißt ihr, wer jetzt auch unter die Dealer gegangen ist...?«
Fachsimpelei.
Michael grinste über Jennifers verwirrtes Gesicht und sagte: »Komm, ich stelle dich Papa vor.«

Der Anblick Antonio Granellis traf Jennifer wie ein Schock. Er saß in einem Rollstuhl, zum Skelett abgemagert, und es fiel schwer, sich vorzustellen, wie er einmal gewesen sein mußte.
Eine attraktive Brünette mit einer fülligen Figur betrat den Raum, und Michael sagte: »Das ist Rosa, meine Frau.«
Jennifer hatte sich vor diesem Augenblick gefürchtet. In manchen Nächten hatte sie, nachdem Michael gegangen war und sie auf jede nur denkbare Weise befriedigt zurückgelassen hatte, eine beinahe überwältigende Schuld gefühlt. *Ich möchte*

*keiner anderen Frau weh tun. Ich bin ein Dieb. Ich muß damit aufhören.* Sie hatte die Schlacht jedesmal verloren.
Rosa blickte Jennifer mit wissenden Augen an. *Sie weiß Bescheid*, dachte Jennifer.
Eine kleine Verlegenheitspause entstand, und dann sagte Rosa sanft: »Ich freue mich, Sie kennenzulernen, Mrs. Parker. Michael sagte mir, Sie seien sehr intelligent.«
Antonio Granelli grunzte. »Es ist nicht gut für eine Frau, zu klug zu sein. Gehirn ist bei Männern besser aufgehoben.«
Mit ernstem Gesicht sagte Michael: »Für mich ist Mrs. Parker wie ein Mann, Pa.«
Sie aßen in dem großen Eßzimmer zu Abend.
»Sie sitzen neben mir«, befahl Antonio Granelli Jennifer.
Michael saß neben Rosa. Thomas Colfax, der *consigliere*, saß Jennifer gegenüber, und sie konnte seine Feindseligkeit spüren.
Das Essen war hervorragend. Zuerst wurde eine Unmenge Antipasti serviert, und dann *pasta fagioli*. Es gab einen Salat mit *Garbanzo* und Champignons, *Piccata*, Linguini und gebackenes Huhn. Es schien, als nähmen die Speisen überhaupt kein Ende.
Im ganzen Haus waren keine Diener zu sehen, und Rosa sprang ununterbrochen auf, um den Tisch abzuräumen und Nachschub aus der Küche zu holen.
»Meine Rosa ist eine hervorragende Köchin«, erzählte Antonio Granelli Jennifer. »Sie ist beinahe so gut wie ihre Mutter. Nicht, Mike?«
»Ja«, antwortete Michael höflich.
»Seine Rosa ist eine wundervolle Ehefrau«, fuhr Antonio Granelli fort, und Jennifer fragte sich, ob es sich um eine beiläufige Bemerkung oder eine Warnung handelte.
Michael bemerkte: »Du hast dein Kalbfleisch nicht aufgegessen.«
»Ich habe noch nie in meinem Leben so viel gegessen«, protestierte Jennifer.
Und es war noch nicht vorbei. Eine Schale mit frischem Obst wurde hereingetragen, eine Käseplatte, Eiscreme mit heißer Zabaglione, Zuckerplätzchen und Pfefferminzlikör.
Jennifer wunderte sich, daß es Michael bei solchem Essen gelungen war, seine Figur zu halten.

Die Konversation war leicht und angenehm und hätte in jedem anderen italienischen Haushalt stattfinden können. Es fiel Jennifer schwer, zu glauben, daß diese Familie anders als andere Familien war.
Bis Antonio Granelli fragte: »Wissen Sie über die *Unione Siciliana* Bescheid?«
»Nein«, sagte Jennifer.
»Lassen Sie mich ein paar Worte darüber verlieren, Lady.«
»Pop — ihr Name ist Jennifer.«
»Das ist kein italienischer Name, Mike. Ich kann ihn mir nicht merken. Ich nenne Sie Lady, Lady. Okay?«
»Okay«, erwiderte Jennifer.
»Die *Unione Siciliana* fand sich in Sizilien zusammen, um die Armen gegen Unrecht und Ungerechtigkeiten zu schützen. Verstehen Sie, die Mächtigen haben die Armen ausgeraubt. Die Armen hatten nichts — kein Geld, keine Arbeit, keine Gerechtigkeit. Also wurde die *Unione* gebildet. Wenn irgendwo ein Unrecht geschah, gingen die Geschädigten zu den Mitgliedern der geheimen Bruderschaft, und sie wurden gerächt. Ziemlich bald wurde die *Unione* stärker als das Gesetz, denn sie war das Gesetz des *Volkes*. Wir glauben an die Worte der Bibel, Lady.« Er blickte Jennifer in die Augen. »Wenn jemand uns betrügt, rächen wir uns.«
Die Botschaft war unmißverständlich.

Jennifer hatte immer geahnt, daß sie ein großes Risiko eingehen würde, wenn sie für die Organisation arbeitete, aber, wie die meisten Außenseiter, hatte sie eine falsche Vorstellung von der Beschaffenheit dieser Organisation. Die meisten Menschen stellten sich die Mafia als einen Haufen von Schurken vor, die im Hinterzimmer einer Kneipe herumsaßen, Mordaufträge vergaben und das Geld zählten, das Bordelle und Buchmacher ihnen einbrachten. Aber das war nur ein Teil des Bildes. Die Konferenzen, bei denen Jennifer anwesend war, verschafften ihr Einblicke in den Rest: Sie hatte es mit Geschäftsleuten zu tun, die auf einer atemberaubenden Bandbreite operierten. Ihnen gehörten Hotels und Banken, Restaurants und Casinos, Versicherungsgesellschaften und Fabriken, Baufirmen und ganze Krankenhausketten. Sie kontrollierten Gewerkschaften und Schiffahrtslinien. Sie waren im

Plattengeschäft und verkauften Automaten. Ihnen gehörten Beerdigungsinstitute, Bäckereien und Ingenieurbüros. Ihr jährliches Einkommen bezifferte sich auf Milliarden. Wie sie sich all diese Geschäftszweige angeeignet hatten, ging Jennifer nichts an. Sie war nur für die Verteidigung zuständig, wenn einer von ihnen Ärger mit dem Gesetz bekam.

Robert Di Silva erhob gegen drei von Michael Morettis Männern Anklage, weil sie eine Gruppe von Imbißstuben um Schutzgebühren angegangen waren. Sie wurden der Verschwörung zum Zweck der Geschäftsstörung durch Erpressung beschuldigt sowie sieben weiterer Anklagepunkte der Rubrik Einmischung in den Handelsverkehr. Die einzige Zeugin gegen die Männer war eine Frau, der einer der Imbißstände gehört hatte.
»Sie wird uns aus den Schuhen pusten«, sagte Michael zu Jennifer. »Wir müssen uns ihrer annehmen.«
»Dir gehört doch ein Teil von einem Zeitschriftenverlag, oder?« wollte Jennifer wissen.
»Ja. Aber was hat das mit Imbißständen zu tun?«
»Das wirst du schon merken.«
Jennifer kümmerte sich darum, daß ein Magazin der Zeugin eine große Summe für ihre Geschichte anbot. Die Zeugin ging darauf ein. Vor Gericht benutzte Jennifer das, um die Motive der Frau ins Zwielicht zu rücken, und die Beschuldigungen wurden fallengelassen.

Jennifers Verhältnis zu ihren Partnern in der Kanzlei hatte sich verändert. Als das Büro immer mehr Mafiafälle übernahm, kam Ken Bailey eines Tages in ihr Büro und sagte: »Was geht hier eigentlich vor? Du kannst nicht dabei bleiben, diese Halunken zu verteidigen. Sie werden uns ruinieren.«
»Mach dir darüber keine Sorgen, Ken. Sie werden bezahlen.«
»Du kannst doch nicht so naiv sein. Am Ende wirst du bezahlen müssen. Spätestens dann, wenn sie dich am Haken haben.«
Weil sie wußte, daß er im Recht war, sagte Jennifer ärgerlich: »Ich will nichts mehr darüber hören, Ken.«
Er sah sie lange an und sagte dann: »Einverstanden. Du bist der Boß.«

Die Gerichtsszene war eine kleine Welt, und Neuigkeiten verbreiteten sich schnell. Als bekannt wurde, daß Jennifer Parker Mitglieder der Organisation verteidigte, tauchten wohlmeinende Freunde bei ihr auf und wiederholten dasselbe, was ihr schon Richter Lawrence Waldman und Ken Bailey erzählt hatten.
»Wenn du dich mit solchen Leuten einläßt, wirst du mit derselben Bürste gestriegelt werden.«
Jennifer sagte allen das gleiche: »Jeder hat ein Recht auf einen fairen Prozeß.«
Sie wußte ihre Warnungen zu schätzen, aber sie fand sie in ihrem Fall nicht zutreffend. Sie gehörte nicht zur Organisation, sie verteidigte lediglich einige ihrer Mitglieder. Sie war ein Anwalt wie ihr Vater und sie würde nichts tun, das ihn dazu gebracht hätte, sich für sie zu schämen. Es gab den Dschungel, natürlich, aber sie war immer noch draußen.

Pater Ryan war zu Besuch gekommen. Diesmal bat er nicht um Hilfe für eines seiner Schäfchen.
»Ich mache mir Sorgen um Sie, Jennifer. Ich habe gehört, daß Sie — nun, die falschen Leute vertreten.«
»Wer sind die falschen Leute? Haben Sie die Menschen gerichtet, die Sie um Hilfe gebeten haben? Halten Sie Leute von Gott fern, weil sie gesündigt haben?«
Pater Ryan schüttelte den Kopf. »Natürlich nicht. Aber es ist eine Sache, wenn ein Mensch einen Fehler begeht. Eine ganz andere Sache ist es dagegen, wenn Korruption und Verbrechen organisiert sind. Wenn Sie diesen Leuten helfen, billigen Sie damit ihr Tun. Sie tragen dazu bei.«
»Nein, Pater Ryan. Ich bin Anwalt. Ich helfe Leuten aus ihren Schwierigkeiten.«

Jennifer lernte Michael Moretti besser kennen als jeder vor ihr. Ihr gegenüber gab er sich Blößen, die er niemals zuvor jemandem gezeigt hatte. Im Grunde war er ein einsamer, verschlossener Mann, und Jennifer hatte es als einzige geschafft, ihn aus seinem Schneckenhaus hervorzulocken.
Sie hatte das Gefühl, daß er sie brauchte, und dieses Gefühl hatte sie bei Adam nie gehabt. Michael hatte sie auch dazu gebracht, zuzugeben, wie sehr sie ihn brauchte. Er hatte Regun-

gen in ihr bloßgelegt — wilde, atavistische Leidenschaften —, die sie immer unterdrückt und vor denen sie Angst gehabt hatte. Bei Michael hatte sie keine Hemmungen. Wenn sie zusammen im Bett waren, gab es kein Halt, keine Barrieren. Nur Lust und Befriedigung in einem Ausmaß, das Jennifer nie für möglich gehalten hätte.

Michael hatte Jennifer gestanden, daß er Rosa nicht liebte, aber es war offensichtlich, daß Rosa ihn verehrte. Sie war ihm immer zu Diensten und stand bereit, wenn er etwas brauchte.

Jennifer traf die Frauen anderer Mafiosi und war fasziniert von ihrem Leben. Ihre Ehemänner gingen in Restaurants und Bars, trieben sich mit Geliebten herum, während sie zu Hause blieben und auf sie warteten.

Die Frau eines Mafioso erhielt immer ein großzügig bemessenes Haushaltsgeld, aber sie mußte sehr genau aufpassen, wie und wofür sie es ausgab, damit sie nicht die Aufmerksamkeit des Finanzamtes auf sich zog.

Es gab eine Hackordnung, die vom einfachen *soldato* bis zum *capo di tutti capi* reichte, und eine Frau besaß niemals einen teureren Pelz oder Wagen als die Frau des unmittelbaren Vorgesetzten ihres Mannes.

Die Frauen gaben Parties für die Geschäftsfreunde ihrer Männer, aber sie durften niemals verschwenderischer sein, als ihre Position es ihnen im Vergleich zu den anderen gestattete.

Bei Hochzeiten oder Kindstaufen durfte eine Frau nie mehr Geld für Geschenke ausgeben als die Frau eine Stufe über ihr in der Hierarchie. Die Etikette war nicht weniger streng als die von *U. S. Steel* oder einem anderen großen Konzern.

Die Mafia bestand aus zwei gleichwertigen Elementen: Geld und Macht.

»Die Organisation ist größer als die meisten Regierungen der Welt«, sagte Michael oft. »Wir setzen mehr um als ein halbes Dutzend der bedeutendsten amerikanischen Konzerne zusammen.«

»Es gibt nur einen Unterschied«, meinte Jennifer. »Sie stehen auf dem Boden der Gesetze, während...«

Michael lachte. »Du meinst, die sind noch nicht geschnappt worden. Dutzende der größten Konzerne dieses Landes haben schon vor Gericht gestanden, weil sie ein Gesetz gebrochen haben. Mach dir nichts vor, Jennifer. Der Durchschnitts-

amerikaner kann dir keine zwei Astronauten nennen, die im Weltall waren, aber jeder kennt die Namen Al Capone und Lucky Luciano.«
Auf seine Weise setzte Michael sich für seine Ziele mit der gleichen Entschlossenheit ein wie Adam Warner für die Seinen. Der Unterschied bestand darin, daß ihre Wege in entgegengesetzter Richtung verliefen.
Wenn es um Geschäfte ging, war Michael völlig gefühllos, und darin lag seine Stärke. Er traf Entscheidungen ausschließlich auf der Basis, ob sie der Organisation nützten oder nicht.
In der Vergangenheit hatte Michael sich ausschließlich darum gekümmert, seine Ziele zu erreichen und seine Ambitionen zu erfüllen. Für Gefühle einer Frau gegenüber war in seinem Leben kein Platz gewesen. Weder Rosa noch seine Freundinnen hatte er jemals wirklich gebraucht.
Bei Jennifer verhielt es sich anders. Er brauchte sie, wie er noch nie eine Frau gebraucht hatte. Er hatte niemals jemanden wie sie gekannt. Sie erregte ihn körperlich, aber das hatten auch Hundert andere getan. Das Besondere an Jennifer war ihre Intelligenz, ihre Unabhängigkeit. Rosa gehorchte ihm; andere Frauen fürchteten ihn; Jennifer forderte ihn heraus. Sie war ein gleichberechtigter Partner. Er konnte mit ihr reden, Geschäfte mit ihr diskutieren. Sie war mehr als intelligent. Sie war klug.
Er wußte, daß er sie nie gehen lassen würde.

Gelegentlich unternahm Jennifer Geschäftsreisen mit Michael, aber sie vermied lange Abwesenheiten, wenn sie konnte, weil sie soviel Zeit wie möglich mit Joshua verbringen wollte. Er war jetzt sechs und wuchs unglaublich schnell. Jennifer hatte ihn in eine nahe gelegene Privatschule gegeben, und der Unterricht bereitete ihm Spaß. Er hatte ein Fahrrad, besaß eine Flotte von Spielzeugautos und führte lange, ernsthafte Gespräche mit Jennifer und Mrs. Mackey.
Jennifer wollte, daß Joshua als Erwachsener stark und unabhängig war, und deswegen wog sie ihr Verhalten ihm gegenüber sorgfältig ab, ließ ihn wissen, wie sehr sie ihn liebte und daß sie immer für ihn da war, wenn er sie brauchte, und ließ ihn dennoch ein Gefühl eigener Unabhängigkeit entwickeln.
Sie lehrte ihn die Liebe zu guten Büchern und die Freude an

der Musik. Sie nahm ihn mit ins Theater, mied aber Premierenabende, um den Fragen ihrer vielen Bekannten zu entgehen. Am Wochenende hatten sie und Joshua ihren Kinotag. Sie sahen sich am Samstagnachmittag einen Film an, gingen in ein Restaurant essen und sahen sich danach einen zweiten Film an. Am Sonntag unternahmen sie Segelturns oder Fahrradtouren. Jennifer gab ihrem Sohn alle Liebe, derer sie fähig war, aber sie achtete darauf, ihn nicht zu verwöhnen. Sie plante seine Erziehung achtsamer, als sie je einen Prozeß vorbereitet hatte, entschlossen, nicht in die Fallen zu gehen, die überall lauerten, wenn nur ein Elternteil zu Hause war.
Es war kein Opfer für sie, so viel Zeit mit Joshua zu verbringen, im Gegenteil. Immer wieder erfreute sie sich an seinem schnellen Auffassungsvermögen. Er war Klassenbester und ein hervorragender Sportler, aber er nahm sich selber nicht zu ernst. Er hatte einen ausgeprägten Sinn für Humor.
Wenn es sich mit der Schule vereinbaren ließ, verreiste sie mit Joshua. Im Winter nahm sie sich Zeit, um mit ihm zum Wintersport in die Poconos zu fahren. Im Sommer nahm sie ihn nach London zu einer Geschäftsreise mit, und sie verbrachten zwei Wochen auf dem Land. Joshua war begeistert von England.
»Kann ich hier zur Universität gehen?« fragte er.
Jennifer fühlte einen Stich. Es würde nicht mehr lange dauern, dann würde er sie verlassen, zur Uni gehen, sein Glück suchen, heiraten und seine eigene Familie gründen. War es nicht genau das, was sie sich für ihn wünschte? Natürlich. Wenn es soweit war, würde sie Joshua mit offenen Armen gehen lassen, und doch wußte sie, wie schwer es ihr fallen würde.
Joshua blickte sie an, wartete auf eine Antwort. »Darf ich, Mama?« fragte er. »Vielleicht nach Oxford?«
Jennifer umarmte ihn. »Natürlich. Sie werden dich mit Freuden nehmen.«

An einem Sonntagmorgen, als Mrs. Mackey frei hatte, mußte Jennifer nach Manhattan, um die Abschrift einer Zeugenaussage abzuholen. Joshua besuchte einige Freunde. Als Jennifer zurück war, begann sie, für Joshua und sich Abendessen zu bereiten. Sie öffnete den Kühlschrank — und wäre beinahe tot umgefallen. Zwischen zwei Milchflaschen steckte ein Zet-

tel. Auf diese Weise hatte Adam ihr immer kleine Botschaften zukommen lassen. Wie gelähmt starrte Jennifer den Zettel an, unfähig, ihn zu berühren. Schließlich zog sie ihn langsam heraus und faltete ihn auseinander. *Überraschung!* stand darauf. *Ist es in Ordnung, wenn Alan mit uns zu Abend ißt?*
Es dauerte eine halbe Stunde, bis sich Jennifers Puls wieder beruhigt hatte.
Hin und wieder fragte Joshua sie nach seinem Vater.
»Er ist in Vietnam gefallen, Joshua. Er war ein tapferer Mann.«
»Haben wir nicht irgendwo ein Bild von ihm?«
»Nein, leider nicht, Liebling. Wir — wir waren noch nicht sehr lange verheiratet, als er gestorben ist.«
Sie haßte es, zu lügen, aber sie hatte keine Wahl.
Michael Moretti hatte sich nur einmal nach Joshuas Vater erkundigt.
»Es ist mir egal, was war, bevor du mir gehört hast — ich bin nur neugierig.«
Jennifer überlegte, was für eine Macht Michael über Senator Adam Warner haben würde, wenn er je die Wahrheit erführe.
»Er ist in Vietnam gefallen. Sein Name ist nicht wichtig.«

## 40

In Washington, D. C., war ein Untersuchungsausschuß des Senats unter der Führung von Adam Warner ins letzte Stadium einer intensiven Prüfung des neuen XK-1-Bombers getreten, für den die Air Force die Zustimmung des Senats haben wollte. Wochenlang hatten sich Experten auf dem Capitol Hill die Klinke in die Hand gegeben. Die eine Hälfte war der Meinung, daß der neue Bomber ein kostspieliger Albatros war, der das Verteidigungsbudget sprengen und das Land ruinieren würde, während die andere die Überzeugung vertrat, daß die Verteidigungsbereitschaft des Landes ohne die Zustimmung des Senats zu dem neuen Bomber so geschwächt würde, daß die Russen die Vereinigten Staaten schon am nächsten Sonntag erobern könnten.
Adam hatte sich bereit erklärt, einen Prototyp des neuen Bombers zu testen, und seine Kollegen hatten sein Angebot er-

freut angenommen. Adam war einer von ihnen, ein Mitglied ihres Clubs, und er würde ihnen die Wahrheit sagen.
Adam war an einem Sonntagmorgen mit der Stammbesatzung des Bombers in die Luft gestiegen und hatte das Flugzeug einer Reihe von rigorosen Tests unterzogen. Der Flug war ein uneingeschränkter Erfolg geworden, und Adam hatte den Untersuchungsausschuß wissen lassen, daß der neue Bomber ein wichtiger Fortschritt für die militärische Luftfahrt sei. Er empfahl, den XK 1 sofort in Produktion gehen zu lassen. Der Senat gab seine Zustimmung.
Die Presse spielte die Geschichte begeistert hoch. Sie beschrieb Adam als Mitglied einer neuen Generation von Senatoren, als Gesetzgeber, der selber auszog, um die Fakten zu recherchieren, statt sich auf das Wort von Lobbyisten und anderen Interessengruppen zu verlassen.
Sowohl *Newsweek* als auch *Time* brachten Titelgeschichten über Adam, und der Artikel in *Newsweek* endete mit den Worten: *Der Senat hat einen anständigen und fähigen neuen Wächter gefunden, der ein Auge auf die lebenswichtigen Probleme hat, die dieses Land heimsuchen, und sie mit dem Verstand statt mit Leidenschaft betrachtet. Mehr und mehr wächst unter den Königmachern das Gefühl, daß Adam Warner über die Eigenschaften verfügt, die einen Präsidenten schmücken würden.*

Jennifer verschlang die Artikel über Adam und war erfüllt von Stolz. Und Schmerz. Sie liebte Adam immer noch, sie liebte aber auch Michael Moretti, und sie verstand nicht, wie das möglich war, wie sie sich so verändern konnte. Adam hatte in ihr Leben eine Bresche für die Einsamkeit geschlagen. Michael hatte sie gefüllt.

Der Drogenschmuggel von Mexiko in die Vereinigten Staaten hatte ungeheuer zugenommen, und ganz offensichtlich stand das organisierte Verbrechen dahinter. Adam wurde gebeten, den Vorsitz eines Untersuchungsausschusses zu übernehmen. Er koordinierte die Bemühungen eines halben Dutzends von Regierungsstellen, flog nach Mexiko und erreichte die Zusammenarbeit der mexikanischen Behörden. Innerhalb von drei Monaten reduzierte sich der Drogenstrom auf ein Tröpfeln.

Im Wohnzimmer des Farmhauses in New Jersey sagte Michael Moretti: »Wir haben ein Problem.«
In dem großen, komfortablen Raum hielten sich Jennifer, Antonio Granelli und Thomas Colfax auf. Antonio Granelli hatte einen weiteren Schlaganfall erlitten und war um zwanzig Jahre gealtert. Er wirkte geschrumpft, wie die Karikatur eines Mannes. Die rechte Seite seines Gesichts war gelähmt, und wenn er sprach, rann ihm Speichel aus den Mundwinkeln. Er war alt und senil, mehr und mehr verließ er sich auf Michaels Urteil. Widerstrebend hatte er sogar Jennifer akzeptiert.
Nicht so Thomas Colfax. Der Konflikt zwischen ihm und Michael war stärker geworden. Colfax wußte, daß Michael beabsichtigte, ihn durch diese Frau zu ersetzen. Er mußte zugeben, daß Jennifer Parker eine gerissene Anwältin war, aber was konnte sie schon über die Tradition der *borgata* wissen? Davon, was die Organisation all die Jahre so glatt und effektiv hatte arbeiten lassen? Wie konnte Michael einen völlig Fremden — schlimmer, eine Frau! — einführen und ihr Geheimnisse von Leben und Tod anvertrauen? Es war eine unhaltbare Situation. Colfax hatte mit den *caporegime* und den *soldati* gesprochen, hatte jedem einzelnen seine Befürchtungen mitgeteilt und versucht, sie auf seine Seite zu bringen, aber sie hatten Angst, sich gegen Michael zu stellen. Wenn er dieser Frau vertraute, dann mußten sie ihr genauso trauen.
Thomas Colfax beschloß, weiter auf den richtigen Augenblick zu warten. Aber irgendwie würde er sie loswerden.
Jennifer war sich seiner Antipathien bewußt. Sie hatte ihn ersetzt, und sein Stolz würde ihr das nie verzeihen. Seine Loyalität dem Syndikat gegenüber würde ihn auf Vordermann halten und sie schützen, aber wenn sein Haß jemals stärker als seine Loyalität werden sollte...
Michael wandte sich an Jennifer. »Hast du je von Adam Warner gehört?«
Jennifers Herzschlag stockte. Sie bekam plötzlich keine Luft mehr. Michael beobachtete sie und wartete auf eine Antwort.
»Du — du meinst diesen Senator?« brachte sie schließlich heraus.
»Ja. Wir werden diesem Hundesohn eine kalte Dusche verpassen müssen.«
Jennifer fühlte, wie sie blaß wurde. »Warum, Michael?«

»Er stört unsere Kreise. Seinetwegen hat die mexikanische Regierung Fabriken geschlossen, die unseren Freunden gehören. Alles bricht zusammen. Ich will diese Laus aus unserem Pelz haben. Er muß weg.«

Jennifers Gedanken überschlugen sich. »Wenn du Senator Warner antastest«, sagte sie und wählte ihre Worte sorgfältig, »zerstörst du dich selber.«

»Ich bin nicht bereit, zuzulassen...«

»Hör mir zu, Michael. Beseitige ihn, und sie werden zehn an seine Stelle setzen. Oder hundert. Jede Zeitung im ganzen Land wird hinter dir her sein. Die Untersuchung, die zur Zeit stattfindet, ist ein Ringelreihen gegen das, was passieren wird, wenn Senator Warner etwas zustößt.«

Michael sagte ärgerlich: »Ich sagte nicht zustoßen, ich sagte *weh tun*!«

Jennifer schlug einen anderen Ton an. »Michael, denk nach. Das ist nicht die erste Untersuchung, die du erlebst. Wie lange dauern sie? Fünf Minuten, nachdem der Senator fertig ist, wird er sich einer anderen Sache annehmen, und diese ist vergessen. Die Fabriken, die sie geschlossen haben, werden wieder eröffnet, und wir sind wieder im Geschäft. Auf diese Weise hat es keine Nachwirkungen. Wenn wir es auf deine Weise handhaben, wird es kein Ende nehmen.«

»Ich bin anderer Meinung«, sagte Thomas Colfax. »Ich glaube...«

Michael Moretti fuhr ihn an: »Niemand hat dich um deine Meinung gebeten.«

Thomas Colfax zuckte zusammen, als wäre er geschlagen worden. Michael achtete nicht darauf. Colfax wandte sich an Antonio Granelli, um seine Unterstützung zu erbitten. Der alte Mann war eingeschlafen.

Michael sagte zu Jennifer: »Einverstanden, wir lassen Warner fürs erste in Ruhe.«

Jennifer merkte, daß sie den Atem angehalten hatte. Langsam atmete sie aus.

»Sonst noch was?«

»Ja.« Michael zündete sich eine Zigarette mit einem schweren Goldfeuerzeug an. »Einer unserer Freunde, Marco Lorenzo, ist wegen Erpressung und Raubüberfall verurteilt worden.«

Jennifer hatte davon gelesen. Den Zeitungen nach war Lo-

renzo ein geborener Verbrecher mit einer langen Liste von Festnahmen wegen Gewaltverbrechen.
»Möchtest du, daß ich Berufung einlege?«
»Nein, ich möchte, daß du dafür sorgst, daß er ins Gefängnis kommt.«
Jennifer blickte ihn überrascht an.
Michael legte das Feuerzeug wieder auf den Tisch. »Ich habe gehört, daß Di Silva ihn zurück nach Sizilien deportieren lassen will. Marco hat Feinde dort unten. Wenn er zurückgeschickt wird, bleibt er keine vierundzwanzig Stunden am Leben. Der sicherste Ort für ihn ist Sing Sing. Wenn sich in ein oder zwei Jahren alles abgekühlt hat, holen wir ihn heraus. Kannst du dich darum kümmern?«
Jennifer zögerte. »Wenn wir in einem anderen Gerichtsbezirk wären, vielleicht. Aber Di Silva wird sich mit mir auf keinen Handel einlassen.«
Thomas Colfax sagte rasch: »Vielleicht sollte jemand anderer das in die Hand nehmen.«
»Wenn ich jemand anderen gewollt hätte«, blaffte Michael, »hätte ich das gesagt.« Er wandte sich wieder an Jennifer. »Ich möchte, daß du es übernimmst.«

Michael Moretti und Nick Vito sahen Thomas Colfax vom Fenster aus in seinen Wagen steigen und davonfahren.
Michael sagte: »Nick, ich möchte, daß du ihn aus dem Weg räumst.«
»*Colfax?*«
»Ich kann ihm nicht mehr vertrauen. Er lebt mit dem alten Mann in der Vergangenheit.«
»Wie du willst, Mike. Wann soll ich es erledigen?«
»Bald. Ich sage dir Bescheid.«

Jennifer saß in Richter Lawrence Waldmans Büro. Sie hatte ihn über ein Jahr lang nicht mehr gesehen. Die freundschaftlichen Telefonanrufe und Einladungen zum Essen hatten aufgehört. Nun, das ließ sich nicht ändern, dachte Jennifer. Sie mochte Lawrence Waldman, und sie bedauerte es, seine Freundschaft verloren zu haben, aber sie hatte ihre Wahl getroffen.
In unbehaglichem Schweigen warteten sie auf Robert Di Silva

und gaben sich nicht die Mühe, unverbindlich miteinander zu plaudern. Als der Staatsanwalt eintraf, begann die Unterredung.

Richter Waldman sage zu Jennifer: »Bobby sagt, Sie wollen einen Handel vorschlagen, ehe ich das Urteil über Lorenzo verkünde.«

»Das ist richtig.« Jennifer wandte sich an Staatsanwalt Di Silva. »Ich glaube, es wäre ein Fehler, Marco Lorenzo nach Sing Sing zu schicken. Er gehört nicht dorthin. Er ist ein illegaler Einwanderer. Ich finde, er sollte nach Sizilien deportiert werden, wo er herkam.«

Di Silva sah sie überrascht an. Er hatte die Deportierung empfehlen wollen, aber wenn Jennifer Parker das auch wollte, dann mußte er seine Entscheidung umstoßen.

»Warum schlagen Sie das vor?« fragte er.

»Aus verschiedenen Gründen. Erstens wird ihn das davon abhalten, hier noch weitere Verbrechen zu begehen, und...«

»Eine Zelle in Sing Sing hätte den gleichen Effekt.«

»Lorenzo ist ein alter Mann. Er wird es nicht aushalten, eingesperrt zu werden. Er wird durchdrehen, wenn man ihn ins Gefängnis steckt. Seine ganzen Freunde sind in Sizilien. Dort kann er in der Sonne leben und in Frieden in den Armen seiner Familie sterben.«

Di Silvas Mund wurde schmal vor Wut. »Wir reden von einem Verbrecher, der sein Leben damit zugebracht hat, zu rauben, zu töten und Frauen zu vergewaltigen, und Sie machen sich darüber Sorgen, ob er auch bei seinen Freunden in der Sonne sein kann?« Er wandte sich an Richter Waldman. »Sie ist phantastisch!«

»Marco Lorenzo hat ein Recht auf...«

Di Silva schlug mit der Faust auf den Tisch. »Er hat überhaupt keine Rechte! Er ist der Erpressung und des Raubes schuldig gesprochen worden.«

»Wenn in Sizilien ein Mann...«

»Er ist nicht in Sizilien, verdammt noch mal!« schrie Di Silva. »Er ist hier! Er hat die Verbrechen hier begangen, und hier wird er auch dafür bezahlen.« Er stand auf. »Euer Ehren, wir verschwenden Ihre Zeit. Der Staat lehnt jeden Handel in diesem Fall ab. Wir bitten darum, daß Marco Lorenzo nach Sing Sing geschickt wird.«

Richter Waldman wandte sich an Jennifer. »Haben Sie noch etwas zu sagen?«
Sie blickte Robert Di Silva ärgerlich an. »Nein, Euer Ehren.«
Richter Waldman sagte: »Das Urteil wird morgen verkündet werden. Sie sind beide entlassen.«
Di Silva und Jennifer erhoben sich und verließen das Büro. Im Korridor wandte sich der Staatsanwalt an Jennifer und lächelte. »Scheint nicht mehr alles zu Gold zu werden, was Sie berühren, Frau Kollegin.«
Jennifer zuckte mit den Schultern. »Man kann nicht immer gewinnen.«
Fünf Minuten später rief sie Michael Moretti aus einer Telefonzelle an.
»Du brauchst dir keine Sorgen mehr zu machen. Marco Lorenzo wird nach Sing Sing kommen.«

## 41

Die Zeit floß dahin wie ein Fluß ohne Ufer, Quelle oder Mündung. Sie zerfiel nicht mehr in Winter, Frühling, Herbst oder Sommer, sondern in Geburtstage und freudige, traurige oder schmerzliche Ereignisse. Es gab gewonnene und verlorene Prozesse, die Wirklichkeit Michaels und die Erinnerung an Adam. Aber in erster Linie war Joshua das Maß der Zeit, ein täglicher Kalender, an dem sich ablesen ließ, wie schnell die Jahre verstrichen.
Er war unglaublicherweise schon sieben. Über Nacht, so schien es, hatten Sport und Modellflugzeuge die Buntstifte und Bilderbücher ersetzt. Joshua war groß geworden, und er ähnelte seinem Vater jeden Tag mehr, aber nicht nur in der körperlichen Erscheinung. Er war sensibel, höflich, und er hatte einen ausgeprägten Sinn für Fairneß. Wenn Jennifer ihn für etwas bestrafte, protestierte Joshua trotzig: »Ich bin zwar erst einen Meter zwanzig groß, aber ich habe auch meine Rechte.«
Er war eine Miniaturausgabe von Adam, mit der gleichen Vorliebe für Sport. Am Wochenende sah er sich jede Sportsendung im Fernsehen an — Football, Baseball, Basketball,

egal was. Am Anfang hatte Jennifer ihn allein zuschauen lassen, aber als er hinterher versucht hatte, mit ihr über die Spiele zu diskutieren, und als sie dabei vollständig ins Schwimmen geraten war, hatte sie beschlossen, in Zukunft auch zuzuschauen. Und so saßen sie nebeneinander vor dem Fernsehapparat, mampften Popcorn und feuerten die Spieler an.
Eines Tages kehrte Joshua von einem Ballspiel nach Hause zurück, einen nachdenklichen Ausdruck auf dem Gesicht, und fragte: »Mama, können wir uns mal von Mann zu Mann unterhalten?«
»Sicher, Joshua.«
Sie setzten sich an den Küchentisch, und Jennifer bereitete ihm ein Erdnußbuttersandwich und goß ein Glas Milch ein.
»Was hast du für Kummer?«
Seine Stimme klang ernsthaft und sehr besorgt. »Nun, ich habe die anderen Jungs reden gehört, und ich habe mich nur gefragt — glaubst du, daß es noch Sex gibt, wenn ich groß bin?«

Jennifer hatte einen schmalen Newport-Segler gekauft, und am Wochenende unternahmen sie und Joshua Segelturns auf dem Sund. Jennifer beobachtete gern sein Gesicht, wenn er im Bug des Boots saß. Er trug ein aufgeregtes kleines Lächeln, er war ein geborener Segler wie sein Vater. Der Gedanke brachte Jennifer ruckartig wieder in die Wirklichkeit zurück. Sie fragte sich, ob sie ihr Leben mit Joshua als Adams Stellvertreter zu leben versuchte. Alles, was sie mit ihrem Sohn unternahm — segeln, Theater, Sport im Fernsehen —, hatte sie auch schon mit seinem Vater getan. Jennifer sagte sich, daß sie nur das tat, was Joshua Spaß bereitete, aber sie war nicht sicher, ob sie sich selbst gegenüber völlig aufrichtig war. Sie beobachtete Joshua beim Einholen des Segels, seine Haut gebräunt von Wind und Sonne, ein glückliches Glühen auf dem Gesicht, und sie wußte, daß die Gründe unwichtig waren. Wichtig war allein, daß ihr Sohn mit dem Leben an ihrer Seite zufrieden war. Er war kein Abziehbild seines Vaters. Er war eine eigene Persönlichkeit, und Jennifer liebte ihn mehr als alles andere auf der Welt.

## 42

Antonio Granelli starb, und Michael übernahm sein Königreich. Die Beerdigung war so pompös, wie es einem Mann vom Format des Paten anstand. Die Dons und Mitglieder aller Familien des Landes erschienen, um ihrem verblichenen Freund den Tribut zu zollen und den neuen *capo* ihrer Loyalität und Unterstützung zu versichern. Das FBI, im Schlepptau ein halbes Dutzend anderer Behörden, war ebenfalls da und fotografierte.
Rosa war erschüttert, denn sie hatte ihren Vater sehr geliebt, aber die Tatsache, daß ihr Ehemann den Platz ihres Vaters an der Spitze der Familie übernahm, war ihr Trost und Stolz.

Jennifer wurde für Michael von Tag zu Tag wertvoller. Wenn es irgendwo ein Problem gab, konsultierte er sie und niemand anderen. Thomas Colfax war nur noch ein lästiges Anhängsel.
»Mach dir um ihn keine Sorgen«, sagte Michael zu Jennifer. »Er wird bald in den Ruhestand gehen.«

Das leise Summen des Telefons weckte Jennifer. Sie lag im Bett, lauschte einen Moment, dann setzte sie sich auf und warf einen Blick auf die Digitaluhr auf dem Nachttisch. Es war drei Uhr morgens. Sie hob den Hörer ans Ohr. »Hallo.«
Es war Michael. »Kannst du dich rasch anziehen?«
Jennifer blinzelte und versuchte, sich den Schlaf aus den Augen zu wischen. »Was ist los?«
»Eddie Santini wurde gerade wegen bewaffneten Raubüberfalls verhaftet. Es ist bereits das zweite Mal wegen des gleichen Vergehens. Wenn er schuldig gesprochen wird, schmeißen sie die Schlüssel weg.«
»Irgendwelche Zeugen?«
»Drei, und alle haben ihn genau gesehen.«
»Wo ist er jetzt?«
»Im 17. Revier.«
»Ich bin auf dem Weg, Michael.«
Jennifer zog sich ein Kleid an, ging hinunter in die Küche und kochte sich eine Tasse Kaffee. Sie trank den Kaffee im Frühstückszimmer, starrte in die Nacht hinaus und dachte nach.
*Drei Zeugen. Und alle haben ihn genau gesehen.*

Sie hob den Hörer des Telefons ab und wählte. Sie verlangte die Stadtverwaltung und dort den Raum, wo die Gerichtsreporter auf Neuigkeiten warteten. Dann sagte sie hastig: »Ich habe eine Information für euch. Ein Bursche namens Eddie Santini ist gerade wegen bewaffneten Raubüberfalls verhaftet worden. Sein Anwalt ist Jennifer Parker. Sie wird versuchen, ihn rauszuholen.«

Sie hängte auf und wiederholte den Anruf bei zwei Zeitungsredaktionen und einem Fernsehsender. Als sie fertig war, blickte sie auf die Uhr und trank in aller Ruhe noch eine zweite Tasse Kaffee. Sie wollte sicher sein, daß die Reporter genug Zeit hatten, um das 17. Revier zu erreichen. Sie ging wieder nach oben und zog sich fertig an.

Bevor sie das Haus verließ, warf sie noch einen Blick in Joshuas Schlafzimmer. Sein Nachtlicht brannte. Er schlief fest, die Bettlaken hatten sich um seinen ruhelosen Körper geschlungen. Jennifer glättete vorsichtig die Laken, küßte Joshua auf die Stirn und bewegte sich auf Zehenspitzen aus dem Raum.

»Wohin gehst du?«

Sie drehte sich um. »Ich gehe zur Arbeit. Schlaf schön weiter.«

»Wie spät ist es?«

»Es ist vier Uhr morgens.«

Joshua kicherte. »Für eine Dame arbeitest du zu ziemlich seltsamen Zeiten.«

Sie ging zurück zu ihm ans Bett. »Und für einen Mann schläfst du zu ziemlich seltsamen Zeiten.«

»Schauen wir uns heute abend das Spiel der Mets an?«

»Darauf kannst du wetten. Und jetzt zurück ins Reich der Träume.«

»Okay, Mama. Viel Erfolg.«

»Danke, Kumpel.«

Einige Minuten später saß Jennifer im Wagen und war unterwegs nach Manhattan.

Als Jennifer eintraf, wartete der Fotograf der *Daily News* als einziger einsam und allein vor dem Revier. Er starrte Jennifer an und sagte: »Es stimmt tatsächlich! Übernehmen Sie den Fall Santini?«

»Woher wissen Sie das?« fragte Jennifer.

»Ein kleines Vögelchen hat's gezwitschert.«

»Sie verschwenden Ihre Zeit. Keine Bilder.«
Sie ging hinein und kümmerte sich um Eddie Santinis Kaution, wobei sie die Prozedur in die Länge zog, bis sie sicher sein konnte, daß ein Kameramann des Fernsehens sowie ein Reporter und Fotograf der *New York Times* eingetroffen waren. Auf die *Post* konnte sie nicht mehr warten.
Der Captain vom Dienst sagte: »Da draußen sind einige Reporter und Fernsehleute, Miß Parker. Wenn Sie wollen, können Sie hinten 'rausgehen.«
»Danke«, sagte Jennifer. »Mit denen werde ich schon fertig.«
Sie führte Eddie Santini zum Haupteingang, wo die Fotografen und Reporter warteten.
Sie sagte: »Bitte Herrschaften, keine Bilder.«
Und trat zur Seite, während das Blitzlichtgewitter losbrach.
Ein Reporter fragte: »Was ist an diesem Fall so Besonderes, daß Sie ihn übernehmen?«
»Das werden Sie morgen herausfinden. In der Zwischenzeit möchte ich Ihnen den guten Rat geben, diese Bilder nicht zu verwenden.«
Einer der Reporter rief: »Aber, aber, Jennifer! Haben Sie noch nie was von Pressefreiheit gehört?«

Gegen Mittag erhielt Jennifer einen Anruf von Michael Moretti. Seine Stimme klang verärgert. »Hast du die Zeitungen gesehen?«
»Nein.«
»Eddie Santinis Bild ist auf allen Titelseiten und in den Fernsehnachrichten. Ich habe dir nicht gesagt, daß du diese Sache in einen verdammten Zirkus verwandeln sollst.«
»Ich weiß. Es war meine eigene Idee.«
»Jesus! Weswegen?«
»Wegen der drei Zeugen, Michael.«
»Was ist mit ihnen?«
»Du hast gesagt, sie haben ihn genau gesehen. Nun, wenn ich sie im Zeugenstand habe, werden sie erst mal beweisen müssen, daß sie ihn nicht anhand der Bilder in den Zeitungen und dem Fernehen identifiziert haben.«
Michael schwieg lange, und dann sagte er bewundernd: »Ich bin vielleicht ein idiotischer Hurensohn!«
Jennifer mußte lachen.

Als sie an diesem Nachmittag in ihr Büro ging, wartete Ken Bailey schon auf Jennifer. Sie merkte sofort an seinem Gesichtsausdruck, daß etwas nicht stimmte.
»Warum hast du es mir nicht gesagt?« wollte Ken wissen.
»Was nicht gesagt?«
»Das mit dir und Michael Moretti.«
Jennifer unterdrückte die Antwort, die ihr auf den Lippen lag. Nur *Das geht dich nichts an* zu sagen, wäre zu einfach gewesen. Ken war ihr Freund; er sorgte sich um sie. Es *ging* ihn etwas an. Sie hatte nichts vergessen — das kleine, schäbige Büro, das sie geteilt hatten, und wie hilfreich er ihr gewesen war. *Ein Freund von mir, ein Rechtsanwalt, bekniet mich die ganze Zeit, damit ich einige Vorladungen für ihn zustelle, aber ich habe keine Zeit. Er zahlt zwölf Dollar fünfzig für jede Vorladung, plus Kilometergeld. Würden Sie das für mich tun?*
»Ken, laß uns dieses Thema vergessen.«
Seine Stimme war voll kalter Wut. »Warum? Jeder andere spricht darüber. Man sagt, du seist Morettis Freundin.« Sein Gesicht war blaß. »Mein Gott!«
»Mein Privatleben...«
»Er lebt in einer Kloake, und du hast die Kloake in unser Büro gebracht. Du hast uns alle für Moretti und seine Gangster arbeiten lassen.«
»Hör auf!«
»Das werde ich auch tun. Deswegen bin ich hier. Ich gehe.«
Seine Worte trafen Jennifer wie ein Faustschlag. »Das kannst du nicht tun. Du hast eine falsche Meinung von Michael. Wenn du ihn kennen würdest, müßtest du...«
Im gleichen Augenblick wußte Jennifer, daß sie einen Fehler begangen hatte.
Ken blickte sie traurig an und sagte: »Er hat dich wirklich eingewickelt, was? Es gab eine Zeit, da wußtest du, wer du warst. Das ist das Mädchen, das ich in Erinnerung behalten möchte. Sag Joshua in meinem Namen auf Wiedersehen.«
Und Ken Bailey war verschwunden.
Jennifer spürte, wie ihr Tränen in die Augen traten, und ihre Kehle zog sich zusammen, so daß sie kaum atmen konnte. Sie legte den Kopf auf den Tisch und schloß die Augen, um den Schmerz zu verbannen.

Als sie die Augen wieder öffnete, war die Nacht hereingebrochen. Das Büro lag im Dunkeln, abgesehen von dem unheimlichen roten Glühen der Lichter der Stadt vor dem Fenster. Jennifer ging ans Fenster. Die Stadt sah aus wie ein Dschungel bei Nacht, kaum erhellt von einem verlöschenden Lagerfeuer, das die herankriechenden Schrecken fernhalten sollte. Es war Michaels Dschungel, und kein Weg führte heraus.

## 43

Der mit lärmenden, singenden Delegierten aus dem ganzen Land gefüllte Cow Palace in San Francisco erinnerte an ein Irrenhaus. Drei Kandidaten wetteiferten um die Nominierung zum Präsidentschaftskandidaten, und jeder hatte sich in den Vorwahlen gut geschlagen. Aber der Star, der alle anderen übertraf, war Adam Warner. Im fünften Durchgang war er einstimmig nominiert worden. Seine Partei hatte endlich einen Kandidaten, auf den sie stolz sein konnte. Der amtierende Präsident und Führer der Oppositionspartei hatte den Tiefpunkt seiner Glaubwürdigkeit erreicht und wurde von der Mehrheit des Volkes abgelehnt.
»Falls du nicht gerade in den Abendnachrichten deinen Schwanz rausholst und die Kamera anpinkelst«, meinte Stewart Needham zu Adam, »wirst du der nächste Präsident der Vereinigten Staaten sein.«

Nach der Nominierung flog Adam nach New York, um sich im Regency Hotel mit Needham und verschiedenen einflußreichen Mitgliedern der Partei zu treffen. Ebenfalls anwesend war ein Mann namens Blair Roman, Chef der zweitgrößten Werbeagentur des Landes. Stewart Needham sagte: »Blair wird für die Öffentlichkeitsarbeit während deines Wahlkampfes verantwortlich sein, Adam.«
»Kann Ihnen gar nicht sagen, wie froh ich bin, an Bord zu sein«, grinste Blair Roman. »Sie werden mein dritter Präsident.«
»Wirklich?« Adam war nicht sonderlich beeindruckt von Roman.

»Lassen Sie mich einen kurzen Überblick über die Spielregeln geben.« Blair Roman begann im Raum auf und ab zu marschieren, wobei er einen imaginären Golfstock schwang. »Wir werden das Land mit Fernsehspots überschwemmen und von Ihnen das Image des Mannes aufbauen, der Amerikas Probleme lösen kann. Big Daddy — allerdings ein junger, gutaussehender Big Daddy. Mitgekommen, Mr. President?«
»Mr. Roman...«
»Ja.«
»Würde es Ihnen etwas ausmachen, mich nicht *Mr. President* zu nennen?«
Blair Roman lachte. »Entschuldigung. Kleiner Ausrutscher, A. W. Ich sehe Sie schon jetzt im Weißen Haus. Glauben Sie mir, ich weiß, Sie sind der Richtige für den Job, sonst würde ich bei dieser Kampagne gar nicht mitmachen. Ich bin zu reich, um für Geld zu arbeiten.«
*Achtung vor Leuten, die behaupten, zu reich zu sein, um für Geld zu arbeiten,* dachte Adam.
»*Wir* wissen, daß Sie der Richtige für den Job sind, nun müssen wir es nur noch dem Volk beibringen. Wenn Sie bitte einmal einen Blick auf die Tabellen werfen, die ich vorbereitet habe, so werden Sie feststellen, daß ich das Land in verschiedene ethnische Territorien aufgeteilt habe. Wir schicken Sie an die Schlüsselplätze, wo Sie auf die Tränendrüsen drücken können.«
Er beugte sich vor und sagte Adam ernsthaft ins Gesicht: »Ihre Frau ist dabei ein großer Aktivposten. Die Frauenzeitschriften werden verrückt nach Material über Ihr Familienleben sein. Wir werden Sie *vermarkten,* A. W.«
Adam fühlte, wie er langsam gereizt wurde. »Und wie stellen Sie sich das vor?«
»Ganz einfach. Sie sind ein Produkt, A. W. Wir werden Sie verkaufen wie jedes andere Produkt. Wir...«
Adam wandte sich an Stewart Needham. »Stewart, könnte ich dich einen Moment allein sprechen?«
»Sicher.« Needham blickte die anderen an und sagte: »Wir legen eine Pause zum Abendessen ein. Um neun Uhr treffen wir uns wieder hier. Wir reden dann weiter.«
Als die beiden Männer allein waren, sagte Adam: »Jesus, Stewart! Dieser Mann macht einen Zirkus aus der Sache. ›Sie

sind ein Produkt, A. W. Wir werden Sie verkaufen wie jedes andere Produkt.‹ Er widert mich an.«
»Ich weiß, wie du dich fühlst, Adam«, sagte Stewart Needham beschwichtigend, »aber Blair erzielt Erfolge. Als er sagte, du seist sein dritter Präsident, hat er keinen Witz gemacht. Jeder Präsident seit Eisenhower hat seine Kampagne von einem Werbebüro steuern lassen. Ob es dir gefällt oder nicht, ein Wahlkampf muß verkauft werden. Blair Roman kennt die Psychologie der Massen. So geschmacklos es sein mag, die Wirklichkeit ist, daß du verkauft, vermarktet werden mußt, wenn du in ein öffentliches Amt gewählt werden willst.«
»Ich hasse das.«
»Es ist ein Teil des Preises, den du bezahlen mußt.« Er trat zu Adam und legte ihm einen Arm um die Schulter. »Du darfst nie das Ziel aus den Augen verlieren. Du willst das Weiße Haus? Einverstanden. Wir tun alles, was wir können, um dich hineinzubringen. Aber du mußt auch etwas dazu beitragen. Und wenn es unumgänglich ist, mußt du als Clown in einem Zirkus auftreten.«
»Brauchen wir diesen Blair Roman wirklich?«
»Wir brauchen *einen* Blair Roman. Blair ist der Beste, den wir kriegen können. Laß mich das machen, Adam. Ich halte ihn so weit wie möglich von dir fern.«
»Das wüßte ich sehr zu schätzen.«

Die Kampagne begann. Am Anfang standen ein paar TV-Spots und persönliche Auftritte, aber nach und nach wurde das ganze Land umspannt. Wohin man auch ging, Senator Adam Warner war bereits in Farbe und Breitwand da. In jedem Bundesstaat konnte man ihn im Fernsehen sehen, im Radio hören oder an Plakatwänden bewundern. Gesetz und Ordnung waren eines der Hauptanliegen der Kampagne, und Adams Ausschuß zur Untersuchung des organisierten Verbrechens wurde stark in Anspruch genommen.
Adam nahm Fernsehspots von sechzig Sekunden, drei und fünf Minuten Länge auf, die für verschiedene Teile des Landes bestimmt waren. Die für West Virginia produzierten Spots hatten die Arbeitslosigkeit und die großen unterirdischen Kohlevorkommen zum Inhalt, die das Land wohlhabend machen konnten; für Detroit wurden Kommentare über

die Zerstörung der Städte ausgewählt; in New York war das Thema die steigende Kriminalität.
Blair Roman vertraute Adam an: »Sie brauchen die wunden Punkte nur zu berühren. Sie müssen die Schlüsselthemen gar nicht ausführlich diskutieren. Wir verkaufen das Produkt, und das sind *Sie*.«
Adam erwiderte: »Mr. Roman, es interessiert mich nicht, was Ihre verdammten Statistiken sagen. Ich bin keine Erdnußbutter, und ich möchte auch nicht so verkauft werden. Ich *werde* ausführlich über diese Dinge reden, weil ich das amerikanische Volk für intelligent genug halte, daß es mehr darüber hören will.«
»Ich wollte nur...«
»Ich möchte, daß Sie versuchen, eine Diskussion zwischen mir und dem Präsidenten zu arrangieren.«
Blair Roman sagte: »Gut. Ich werde mich sofort mit den Jungs des Präsidenten in Verbindung setzen, A. W.«
»Noch etwas«, sagte Adam.
»Ja? Was?«
»Hören Sie auf, mich A. W. zu nennen.«

## 44

Bei der Post war eine Einladung der Amerikanischen Anwaltsvereinigung zu ihrem jährlichen Konvent in Acapulco. Jennifer steckte mitten in einem halben Dutzend Fälle, und normalerweise hätte sie die Einladung ignoriert, aber der Konvent fand während Joshuas Ferien statt, und sie dachte, daß Joshua Acapulco bestimmt gefallen würde.
Sie trug Cynthia auf: »Sagen Sie zu. Ich will drei Reservierungen.«
Sie würde Mrs. Mackey mitnehmen.
Beim Abendessen teilte sie Joshua die Neuigkeiten mit. »Wie würde es dir gefallen, nach Acapulco zu fahren?«
»Das ist in Mexiko«, verkündete er. »An der Westküste.«
»Genau.«
»Können wir an einen Oben-ohne-Strand gehen?«
»Joshua!«

»Wieso, da gibt es so was. Nacktsein ist nur normal.«
»Ich überlege es mir.«
»Und Hochseefischen?«
Jennifer stellte sich vor, wie Joshua einen riesigen Marlin über Bord zu ziehen versuchte, und unterdrückte ein Lächeln. »Wir werden sehen. Einige dieser Fische werden ziemlich groß.«
»Das macht es ja gerade so aufregend«, erklärte Joshua ernsthaft. »Wenn es einfach ist, bereitet es keinen Spaß. Es ist nicht sehr sportlich.«
Genauso hätte Adam geredet.
»Ich bin ganz deiner Meinung.«
»Was können wir da noch machen?«
»Nun, wir können reiten, wandern, die Gegend besichtigen...«
»Bloß keinen Haufen alter Kirchen, ja? Sie sehen alle gleich aus.«
Adam hatte gesagt: *Wenn man eine Kirche gesehen hat, kennt man alle.*

Der Kongreß begann an einem Montag. Jennifer, Joshua und Mrs. Mackey flogen am Freitagmorgen nach Acapulco. Joshua war schon oft geflogen, aber Flugzeuge faszinierten ihn immer noch. Mrs. Mackey war vor Furcht wie versteinert. Joshua beruhigte sie. »Betrachten Sie es einfach so: Selbst wenn wir abstürzen, tut es nur eine Sekunde weh.«
Mrs. Mackey wurde bleich.

Das Flugzeug landete um vier Uhr nachmittags in Acapulco, und eine Stunde später kamen die drei in Las Brisas an. Das Hotel lag acht Meilen von Acapulco entfernt und bestand aus einer Reihe schöner rosa Bungalows auf einem Hügel, und jeder hatte seine eigene Terrasse. Jennifers Bungalow verfügte wie einige der anderen über einen privaten Swimming-pool. Die Reservierung war etwas schwierig gewesen, weil Acapulco wegen des Konvents überfüllt war, aber Jennifer hatte einen ihrer einflußreichen Mandanten angerufen und erhielt eine Stunde später die Nachricht, daß Las Brisas sie ungeduldig erwarte.

Als sie ausgepackt hatten, fragte Joshua: »Können wir in die Stadt gehen und die Leute reden hören? Ich war noch nie

in einem Land, wo niemand Englisch spricht.« Er dachte einen Moment nach und fügte hinzu: »Abgesehen von England.«
Sie gingen in die Stadt und flanierten durch den Zocalo, das hektische Zentrum des Ortes, aber zu Joshuas Enttäuschung hörten sie nichts als Englisch, denn die Stadt war von amerikanischen Touristen überflutet.
Sie wanderten über den farbenprächtigen Markt gegenüber von Sanborn's in der Altstadt, wo an Hunderten von Ständen eine verwirrende Vielfalt von Waren verkauft wurde.
Am späten Nachmittag nahmen sie eine *calandria*, eine Pferdekutsche, nach Pie de la Cuesta, dem Strand des Sonnenuntergangs, und kehrten danach in die Stadt zurück.

Sie aßen in Armando's Le Club zu Abend. Die Speisen waren hervorragend.
»Ich *liebe* mexikanisches Essen«, erklärte Joshua.
»Das freut mich«, sagte Jennifer. »Bloß ist dies hier französisch.«
»Na gut, aber es hat einen mexikanischen Geschmack.«

Der Samstag war vom Morgen bis Abend ausgefüllt. Am Vormittag gingen sie an der Quebrada einkaufen, wo die schöneren Geschäfte lagen, und anschließend nahmen sie ein mexikanisches Mittagessen im Coyuca 22 ein, und Joshua sagte: »Ich vermute, du willst mir erzählen, dies ist auch französisch, oder?«
»Nein, dies ist original mexikanisch, Gringo.«
»Was ist ein Gringo?«
»Du bist einer, Amigo.«

Als Jennifer vorschlug, ins Hotel zurückzugehen, fragte Joshua: »Können wir nicht vorher noch die Felsenspringer anschauen?«
Der Geschäftsführer des Hotels hatte sie am Morgen erwähnt.
»Bist du sicher, daß du dich nicht ausruhen möchtest, Joshua?«
»Ach so, wenn du müde bist, sicher. Ich vergesse immer, wie alt du schon bist.«

»Vergiß mein Alter«, sagte Jennifer. Sie wandte sich an Mrs. Mackey. »Sind Sie dabei?«
»Klar«, stöhnte Mrs. Mackey.

Die Vorstellung fand bei den Klippen von La Quebrada statt. Jennifer, Joshua und Mrs. Mackey standen auf einer Aussichtsplattform, während sich die Springer mit brennenden Fackeln fünfzig Meter tief in eine schmale Felsenbucht warfen, wobei sie ihren Sprung genau auf die anrollenden Brecher abstimmten. Der kleinste Fehler in der Berechnung hätte ihren sofortigen Tod bedeutet.
Als die Vorstellung vorbei war, ging ein Junge herum und sammelte für die Springer.
»*Un peso, por favor.*«
Jennifer gab ihm fünf Pesos.
In dieser Nacht träumte sie von den Felsenspringern.

Las Brisas hatte seinen eigenen Strand, La Concha, und früh am Sonntagmorgen fuhren Jennifer, Joshua und Mrs. Mackey in einem der rosafarbenen, mit Baldachinen überdeckten Jeeps, die das Hotel seinen Gästen zur Verfügung stellte, hinunter zum Meer. Das Wetter war vollkommen. Der Hafen war eine glitzernde blaue Leinwand, besprenkelt mit Segeln und Motorbooten.
Joshua stand am Geländer der Terrasse und beobachtete die vorbeirasenden Wasserskifahrer.
»Wußtest du, daß Wasserski in Acapulco erfunden wurde, Mama?«
»Nein. Wo hast du das gehört?«
»Entweder habe ich es in einem Buch gelesen oder erfunden.«
»Ich tippe auf ›erfunden‹.«
»Soll das heißen, daß ich nicht Wasserski fahren darf?«
»Diese Motorboote sind ziemlich schnell. Hast du keine Angst?«
Joshua blickte zu den Skifahrern hinaus, die über das Wasser flogen. »Dieser Mann hat gesagt, ›Ich schicke dich nach Hause zu Jesus‹. Und dann hat er einen Nagel in meine Hand geschlagen.«
Es war die erste Anspielung, die er auf die schrecklichen Qualen machte, die er durchlitten hatte.

Jennifer kniete nieder und legte ihre Arme um den Jungen. »Wie kommt es, daß du gerade jetzt daran gedacht hast, Joshua?«
Er zuckte mit den Achseln. »Ich weiß nicht. Ich schätze, weil Jesus auf dem Wasser gegangen ist und die da draußen auch alle auf dem Wasser gehen.« Er sah den erschreckten Ausdruck auf dem Gesicht seiner Mutter. »Entschuldige, Mama. Ich denke nicht oft daran, ehrlich.«
Sie umarmte ihn fest und sagte: »In Ordnung, Liebling. Natürlich kannst du Wasserski fahren. Aber zuerst essen wir zu Mittag.«

Das Restaurant von La Concha hatte schmiedeeiserne Tische mit rosa Decken und rosaweiß gestreifte Sonnenschirme im Freien. Es gab ein Büffet, und der Selbstbedienungstisch war mit einer unglaublichen Auswahl von Speisen bedeckt. Frischer Hummer, Krabben und Lachs wechselten mit kaltem und warmem Fleisch ab, umgeben von Salaten, einer Vielfalt von rohem und gekochtem Gemüse, Käse und Früchten. Ein Extratisch bot eine Reihe frisch zubereiteter Desserts an. Joshua füllte und leerte seinen Teller dreimal, ehe er sich endlich gesättigt zurücklehnte.
»Es ist ein sehr gutes Restaurant«, betonte er, »ganz egal, *was* für Essen es ist.« Er stand auf. »Ich sehe mich jetzt mal um wegen des Wasserskis.«
Mrs. Mackey hatte ihr Essen kaum berührt.
»Fühlen Sie sich nicht gut?« fragte Jennifer. »Sie haben noch keinen Bissen gegessen, seit wir angekommen sind.«
Mrs. Mackey beugte sich vor und flüsterte düster: »Ich möchte nicht das Opfer von Montezumas Rache werden.«
»Ich glaube nicht, daß Sie sich an einem Ort wie diesem deswegen Sorgen bereiten müssen.«
»Ich halte nichts von ausländischem Essen«, schnüffelte Mrs. Mackey.
Joshua kam an den Tisch gerannt und sagte: »Ich habe ein Boot bekommen. Können wir jetzt gehen, Mama?«
»Möchtest du nicht noch eine Weile warten?«
»Weswegen?«
»Joshua, du wirst wie ein Stein untergehen, nach allem, was du gegessen hast.«

»Laß es mich probieren«, bettelte er.
Während Mrs. Mackey am Strand zurückblieb, stiegen Jennifer und Joshua in das Motorboot, und Joshua hatte seine erste Wasserskistunde. Die ersten fünf Minuten fiel er fortwährend um, aber danach zeigte er die Leistung eines geborenen Wasserskifahrers. Bevor der Nachmittag vorbei war, vollführte er Kunststücke auf einem Ski und glitt schließlich sogar ohne Bretter auf den Fersen über das Wasser.
Den Rest des Nachmittags verbrachten sie damit, faul im Sand zu liegen oder zu schwimmen.
Auf dem Rückweg nach Las Brisas im Jeep kuschelte sich Joshua an Jennifer und sagte: »Weißt du was, Mama? Ich glaube, heute war wahrscheinlich der schönste Tag meines ganzen Lebens.«
Michaels Bemerkung blitzte in ihr auf: *Ich möchte Ihnen sagen, daß dies die schönste Nacht meines Lebens war.*

Am Montag stand Jennifer früh auf und zog sich an, um zum Kongreß zu gehen. Sie entschied sich für einen fließenden, langen dunkelgrünen Rock und eine schulterfreie, mit großen roten Rosen bestickte Bluse, die ihre Sonnenbräune sehen ließ. Sie musterte sich im Spiegel und war zufrieden. Trotz der Tatsache, daß Joshua sie bereits für jenseits von Gut und Böse hielt, wirkte sie eigentlich eher wie seine schöne, vierunddreißig Jahre alte Schwester. Sie lachte über sich und dachte, daß dieser Urlaub eine gute Idee gewesen war. Mrs. Mackey trug sie auf, sich um Joshua zu kümmern, während sie arbeitete, und ihn nicht zu lange in die Sonne zu lassen.

Der riesige Kongreßkomplex bestand aus einer Gruppe von fünf Gebäuden, die durch überdachte Terrassen miteinander verbunden waren. Er erhob sich auf einer leuchtenden Grünanlage von über fünfunddreißig Morgen, deren gepflegte Rasenflächen mit präkolumbianischen Statuen geschmückt waren. Der Konvent des Anwaltsvereins wurde im *Teotihuacan*, der Haupthalle, abgehalten, die rund siebentausendfünfhundert Menschen faßte.
Jennifer ging zur Rezeptionstheke, trug sich ein und betrat die riesige Halle. In der Menge erblickte sie Dutzende von Freunden und Bekannten. Fast alle hatten sich statt konservativer

Geschäftsanzüge für bunte Freizeithemden und Hosen entschieden, so daß es wirkte, als verbringe hier jeder seinen Urlaub.
Jennifer hatte an der Tür ein Programm erhalten, aber nicht hineingeschaut, weil sie in ein Gespräch mit Bekannten vertieft gewesen war.
Eine tiefe Stimme drang aus dem Lautsprecher. »Achtung, bitte! Würden Sie sich bitte alle hinsetzen? Achtung, bitte! Wir würden gern anfangen. Würden Sie sich bitte hinsetzen!«
Nur zögernd lösten sich die kleinen Gruppen auf, als die einzelnen Teilnehmer ihre Sitze suchten. Jennifer blickte auf und sah, daß ein halbes Dutzend Männer auf das Podium gestiegen waren. In der Mitte war Adam Warner.
Jennifer stand wie erstarrt, als Adam zu dem Stuhl am Mikrofon ging und sich hinsetzte. Ihr Herz schlug wild. Sie hatte Adam das letzte Mal in dem kleinen italienischen Restaurant gesehen, an dem Tag, an dem er ihr gesagt hatte, daß Mary Beth schwanger war.
Ihr erster Impuls war, zu fliehen. Sie hatte keine Ahnung gehabt, daß Adam hier sein würde, und sie konnte den Gedanken nicht ertragen, ihm plötzlich gegenüberzustehen. Daß Adam und sein Sohn in derselben Stadt waren, erfüllte sie mit Panik. Sie wußte, daß sie die Halle schnell verlassen mußte.
Sie wollte sich gerade umdrehen, als der Vorsitzende über den Lautsprecher verkündete: »Wenn sich auch die letzten von Ihnen noch setzen könnten, wären wir soweit.«
Alle anderen hatten sich hingesetzt, nur Jennifer stand noch. Um nicht aufzufallen, glitt sie in einen Sitz, fest entschlossen, bei der ersten Gelegenheit hinauszuschlüpfen.
Der Vorsitzende sagte: »Wir fühlen uns geehrt, als Gastredner heute einen Kandidaten für das Präsidentenamt der Vereinigten Staaten unter uns zu haben. Er ist Mitglied der New Yorker Anwaltskammer und einer der profiliertesten Männer im amerikanischen Senat. Meine Damen und Herren, ich bin stolz, Ihnen unseren prominenten Gast vorstellen zu dürfen: *Senator Adam Warner!*
Adam Warner stand auf, von warmem Applaus begrüßt, trat ans Mikrofon und ließ seine Augen über das Auditorium schweifen. »Danke, meine Damen und Herren.«

Adams Stimme war voll und kräftig. Eine hypnotisierende Aura von Autorität umgab ihn. Die Stille in der Halle war vollkommen.
»Es gibt eine Vielzahl von Gründen, aus denen wir heute hier versammelt sind.« Adam machte eine Pause. »Einige von uns schwimmen gern, andere tauchen lieber...« Eine Welle anerkennenden Gelächters rollte zum Rednerpult vor. »Aber der Hauptgrund für unsere Anwesenheit liegt im Austausch von Ideen, Erfahrungen und neuen Vorstellungen. Rechtsanwälte sind heute mehr Angriffen ausgesetzt als zu irgendeiner Zeit, an die ich mich erinnern könnte. Sogar der Vorsitzende des Obersten Gerichtshofes hat unseren Berufsstand scharf kritisiert.«
Jennifer war begeistert davon, wie er sich durch das kleine Wort *uns* zu einem Teil der im Saal versammelten Männer und Frauen machte. Sie ließ seine Worte an sich vorbeirauschen, zufrieden, ihn nur ansehen, seine Stimme, seine Bewegungen wahrnehmen zu können. An einer Stelle hielt er inne und fuhr sich mit den Fingern durch das Haar, und Jennifer fühlte einen Stich. Genauso fuhr sich Joshua oft durch das Haar. Adams Sohn war nur wenige Meilen entfernt, und Adam würde es nie erfahren.
Seine Stimme schwoll an. »Einige von Ihnen sind Strafverteidiger. Ich muß gestehen, daß ich diesen Zweig immer als den aufregendsten unseres Berufsstandes betrachtet habe. Strafverteidiger haben es nicht selten mit Leben und Tod zu tun. Es ist ein sehr ehrenwerter Beruf, auf den wir alle stolz sein können. Allerdings...«, seine Stimme wurde hart, »...sind einige von ihnen auch eine Schande für den Eid, den sie geleistet haben.« Jennifer bemerkte, daß Adam sich jetzt distanzierte, indem er *sie* statt uns sagte. »Das amerikanische System der Rechtsprechung basiert auf dem Recht eines jeden Bürgers auf einen fairen Prozeß. Aber wenn man sich über das Gesetz lustig macht, wenn Anwälte ihre Zeit und Energie, ihre Phantasie und ihr Talent darauf verschwenden, dieses Recht herauszufordern und die Gerechtigkeit zu pervertieren, dann ist es an der Zeit, daß etwas getan wird.« Jedes Gesicht im Raum war nach vorn gerichtet, wo Adam mit flammenden Augen seine Rede hielt. »Meine Damen und Herren, ich spreche aus persönlicher Erfahrung und aus tiefer Sorge über eini-

ges, was um mich herum passiert. Gegenwärtig führe ich den Vorsitz in einem Senatsausschuß zur Untersuchung des organisierten Verbrechens in den Vereinigten Staaten. Mein Komitee ist immer wieder enttäuscht und frustriert worden von diesen Menschen, die sich für mächtiger halten als die höchste unserer Behörden. Ich habe bestochene Richter gesehen, habe die Angst in den Gesichtern der Familien von Zeugen bemerkt und miterlebt, wie Schlüsselzeugen plötzlich verschwunden sind. Das organisierte Verbrechen in unserem Land ist wie eine tödliche Python, die unsere Wirtschaft erwürgt, unsere Gerichte verschlingt und unser aller Leben bedroht. Die große Mehrheit aller Anwälte sind ehrliche Männer und Frauen, die ihre Arbeit auf anständige Weise erledigen. Aber ich warne diejenigen, die glauben, ihr Recht sei besser als unser Recht. Sie begehen einen schweren Fehler, und Sie werden für diesen Fehler bezahlen. Danke.«
Als Adam sich setzte, brach tobender Applaus los, der sich zu einer stehenden Ovation steigerte. Jennifer sprang mit den anderen auf und klatschte, aber die letzten Worte gingen ihr nicht aus dem Kopf. Es war, als hätte Adam sie ganz persönlich angesprochen. Jennifer wandte sich um und drängte sich durch die Menge zum Ausgang.
Als sie die Tür fast erreicht hatte, wurde sie von einem mexikanischen Kollegen begrüßt, mit dem sie vor einem Jahr zusammengearbeitet hatte. Galant küßte er ihr die Hand und sagte: »Welch eine Ehre, Sie wieder einmal in unserem Land zu haben, Jennifer. Ich bestehe darauf, daß Sie heute abend mit mir essen.«
Jennifer und Joshua wollten an diesem Abend ins Maria Elena gehen, um sich die einheimischen Tänzer anzusehen. »Es tut mir leid, Luis. Ich bin schon verabredet.«
Sein großen, feuchten Augen zeigten seine Enttäuschung. »Dann morgen?«
Bevor Jennifer antworten konnte, war ein Staatsanwalt aus New York an ihrer Seite.
»Hallo Sie«, sagte er. »Wieso treiben Sie sich mit dem einfachen Volk herum? Wie wär's, wenn Sie heute mit mir zu Abend essen würden? Ich kenne eine mexikanische Disco namens Nepentha mit einem von unten beleuchteten Glasboden und einem Spiegel an der Decke.«

»Klingt faszinierend, danke. Aber ich habe schon etwas vor.«
Wenige Augenblicke später fand sie sich umgeben von Anwälten aus dem ganzen Land, mit denen und gegen die sie im Lauf der Zeit gearbeitet hatte. Sie war eine Berühmtheit, und jeder wollte mit ihr sprechen. Es dauerte eine halbe Stunde, ehe sie sich freimachen konnte. Sie eilte durch die Lobby, und als sie auf einen der Ausgänge zuging, sah sie plötzlich, wie Adam sich inmitten eines Pulks von Journalisten und Sicherheitsbeamten auf sie zubewegte. Sie versuchte, sich zurückzuziehen, aber es war zu spät. Adam hatte sie entdeckt.
»Jennifer!«
Für einen Moment erwog sie, so zu tun, als hätte sie ihn nicht gehört, aber sie konnte ihn nicht vor allen anderen in Verlegenheit bringen. Sie würde ihn kurz begrüßen und dann schnell wieder verschwinden.
Sie sah Adam auf sich zukommen, hörte, wie er die Presse abwimmelte. »Mehr habe ich nicht zu sagen, meine Damen und Herren.«
Einen Herzschlag später berührte er ihre Hand, blickte ihr in die Augen, und es war, als hätten sie sich nie getrennt. Sie standen in der Lobby, umgeben von all den Menschen, und dennoch waren sie völlig allein.
Endlich sagte Adam: »Ich glaube, wir brauchen einen Drink.«
»Ich glaube, wir sollten darauf verzichten.« Sie mußte weg von diesem Ort.
Adam schüttelte den Kopf. »Abgelehnt.«
Er nahm ihren Arm und führte sie in die überfüllte Bar. Sie fanden einen Tisch ganz hinten im Raum.
»Ich habe dir geschrieben und versucht, dich anzurufen«, sagte Adam. »Du hast nie reagiert.«
Seine Augen standen voller Fragen. »Es gab nicht einen Tag in der Vergangenheit, an dem ich nicht an dich gedacht habe. Warum bist du verschwunden?«
»Es gehörte zu meinem Zaubertrick«, sagte Jennifer leichthin.
Ein Kellner nahm ihre Bestellung auf. »Was möchtest du haben?« fragte Adam.
»Nichts. Ich muß wirklich gehen, Adam.«
»Du kannst jetzt nicht gehen. Dies ist ein Anlaß zum Feiern. Der Jahrestag der Revolution.«
»Ihrer oder unserer?«

»Wo liegt der Unterschied?« Er wandte sich an den Kellner. »Zwei Margaritas.«
»Nein, ich...« *Na gut,* dachte sie, *einen Drink.* »Einen doppelten für mich«, sagte sie tollkühn.
Der Kellner nickte und verschwand.
»Ich habe viel über dich gelesen«, sagte Jennifer. »Ich bin stolz auf dich, Adam.«
»Danke.« Adam zögerte. »Ich habe auch über dich gelesen.«
Jennifer ging auf den Ton in seiner Stimme ein. »Aber du bist nicht stolz auf mich.«
»Du scheinst eine Menge Mandanten aus dem Syndikat zu haben.«
Jennifer nahm eine abwehrende Haltung ein. »Ich dachte, dein Vortrag wäre zu Ende.«
»Dies ist kein Vortrag, Jennifer. Ich mache mir Sorgen um dich. Mein Ausschuß ist hinter Michael Moretti her, und wir werden ihn kriegen.«
Jennifer blickte sich um. »Um Himmels willen, Adam, wir sollten uns nicht über dieses Thema unterhalten, schon gar nicht hier.«
»Wo dann?«
»Nirgendwo. Michael Moretti ist mein Mandant. Ich kann nicht mit dir über ihn sprechen.«
»Ich will mit dir reden. Wo?«
Sie schüttelte den Kopf. »Ich habe dir gesagt, ich...«
»Ich muß über uns mit dir reden.«
»Es gibt kein ›uns‹ mehr.« Jennifer wollte aufstehen.
Adam legte seine Hand auf ihren Arm. »Bitte, geh nicht. Ich kann dich nicht gehen lassen. Nicht jetzt.«
Zögernd setzte Jennifer sich wieder.
Adams Augen hingen an ihrem Gesicht. »Denkst du jemals an mich?«
Jennifer blickte ihn an und wußte nicht, ob sie lachen oder weinen sollte. Ob sie je an ihn dachte? Er lebte bei ihr zu Hause! Sie gab ihm jeden Tag einen Gutenmorgenkuß, bereitete ihm das Frühstück, ging mit ihm segeln, liebte ihn.
»Ja«, sagte Jennifer schließlich. »Ich denke an dich.«
»Das freut mich. Bist du glücklich?«
»Natürlich.« Sie wußte, daß sie zu schnell geantwortet hatte. Sie ließ ihre Stimme beiläufiger klingen. »Ich habe eine er-

folgreiche Kanzlei, ich verdiene viel Geld, ich reise oft und treffe mich mit einer Menge attraktiver Männer. Wie geht es deiner Frau?«
»Gut, danke.« Seine Stimme klang düster.
»Und deine Tochter?«
Er nickte mit stolzem Gesicht. »Samantha ist ein prächtiges Kind. Sie wird nur zu schnell größer.«
*Sie muß in Joshuas Alter sein.*
»Du hast nie geheiratet?«
»Nein.«
Eine lange Pause entstand, und Jennifer versuchte, fortzufahren, aber sie hatte zu lange gezögert. Es war zu spät. Adam hatte ihr in die Augen geblickt und sofort Bescheid gewußt.
Er umfaßte ihre Hand. »Oh, Jennifer. Oh, mein Liebling!«
Jennifer fühlte, wie ihr das Blut ins Gesicht stieg. Sie hatte die ganze Zeit gewußt, daß es ein Fehler sein würde.
»Ich muß gehen, Adam. Ich habe eine Verabredung.«
»Laß sie sausen«, drängte er sie.
»Es tut mir leid. Das kann ich nicht.« Sie wollte nur noch hier heraus, ihren Sohn von diesem Ort wegbringen, nach Hause fliehen.
Adam sagte: »Eigentlich sollte ich heute nachmittag ein Flugzeug nach Washington nehmen. Ich könnte bis morgen bleiben, wenn du mich heute abend sehen willst.«
»Nein. Nein!«
»Jennifer, ich kann dich nicht noch einmal gehen lassen. Nicht so. Wir müssen miteinander reden. Iß wenigstens mit mir zu Abend.«
Er hielt ihre Hand fest. Sie sah ihn an und wehrte sich mit aller Kraft gegen ihn, aber sie spürte sich schwächer werden.
»Bitte, Adam«, sagte sie. »Wir sollten nicht zusammen gesehen werden. Wenn du hinter Michael Moretti her...«
»Das hier hat nichts mit Moretti zu tun. Ein Freund hat mir sein Boot angeboten. Es heißt *Paloma Blanca*. Es liegt im Yachtclub vor Anker. Acht Uhr.«
»Ich werde nicht kommen.«
»Ich schon. Ich werde auf dich warten.«

Auf der anderen Seite des Raums saß Nick Vito mit zwei mexikanischen *putanas,* die ihm ein Freund verschafft hatte, an

der überfüllten Bar. Beide Mädchen waren hübsch, dumm und minderjährig, genau wie Nick Vito sie mochte. Sein Freund hatte ihm etwas Besonderes versprochen, und er hatte Wort gehalten. Sie preßten sich an ihn und flüsterten erregende Versprechungen in sein Ohr, aber er hörte nicht zu. Er starrte zu dem Tisch hinüber, an dem Jennifer Parker und Adam Warner saßen.
»Warum gehen wir nicht jetzt in dein Zimmer hinauf, Querido?« fragte eins der Mädchen Nick Vito.
Nick Vito war versucht, zu Jennifer und dem Fremden zu gehen und sie zu begrüßen, aber die beiden Mädchen hatten ihre Hände zwischen seinen Beinen und streichelten ihn. Es würde einen verdammt flotten Dreier geben.
»Gut, gehen wir hoch«, sagte Nick Vito.

## 45

Die *Paloma Blanca* war ein Motorsegler. Stolz und weiß leuchtete sie im Mondschein. Jennifer näherte sich ihr vorsichtig. Sie blickte immer wieder über die Schulter, um sicherzugehen, daß niemand sie beobachtete. Adam hatte ihr gesagt, er würde den Sicherheitsbeamten entwischen, und offensichtlich hatte er Erfolg gehabt. Nachdem Jennifer Joshua und Mrs. Mackey beim Maria Elena abgesetzt hatte, war sie in ein Taxi gestiegen und hatte den Fahrer zwei Blocks vom Pier entfernt halten lassen.
Im Lauf des Nachmittags hatte sie wiederholt den Hörer abgehoben, um Adam anzurufen und ihm abzusagen. Sie hatte einen Brief begonnen, dann aber wieder zerrissen. Seit sie Adam in der Bar verlassen hatte, durchlitt sie den brennenden Schmerz der Entschlußlosigkeit. Sie hatte sich alle möglichen Gründe überlegt, warum sie Adam nicht sehen konnte. Ein Treffen würde nichts Positives bewirken, konnte aber ungeheuer viel Schaden bringen. Es konnte Adams Karriere aufs Spiel setzen. Er stand auf dem Höhepunkt seiner Popularität, ein Idealist in einer zynischen Zeit, die Hoffnung des Landes für die Zukunft. Er war der Liebling der Medien, aber dieselben Leute, die mitgeholfen hatten, ihn aufzubauen, würden

ihn nur zu gern wieder in den Abgrund stoßen, wenn er ihr Bild von sich zerstörte. Also hatte Jennifer beschlossen, ihn nicht zu sehen. Sie war eine andere Frau geworden, lebte ein anderes Leben und gehörte jetzt zu Michael Moretti...

Adam erwartete sie am anderen Ende des Landungsstegs.
»Ich hatte solche Angst, du würdest nicht kommen«, sagte er.
Sie lag in seinen Armen, und sie küßten sich.
»Was ist mit der Mannschaft, Adam?« fragte sie endlich.
»Ich habe sie weggeschickt. Weißt du noch, wie man segelt?«
»Ich habe es nicht vergessen.«
Sie hißten die Segel, und zehn Minuten später durchschnitt die *Paloma Blanca* das Hafenwasser in Richtung auf die offene See. Die erste halbe Stunde waren sie mit der Navigation beschäftigt, aber es gab nicht eine Sekunde, in der sich jeder von ihnen nicht voll der Gegenwart des anderen bewußt gewesen wäre. Die Spannung stieg ununterbrochen, und beide wußten, was unausweichlich kommen mußte.
Als sie den Hafen endlich verlassen hatten und auf den vom Mond mit silbrigem Glanz überzogenen Pazifik segelten, stellte sich Adam neben Jennifer und legte den Arm um sie.
Sie liebten sich auf dem Deck unter den Sternen, und eine sanfte, aromatische Brise kühlte ihre nackten Körper.
Die Vergangenheit und die Zukunft waren ausgelöscht, allein die Gegenwart umfing sie, hielt sie in kurzen, flüchtigen Momenten zusammen. Jennifer wußte, daß diese Nacht in Adams Armen kein Anfang, sondern ein Ende war. Keine Brücke führte über die Kluft zwischen den Welten, die sie trennten. Sie hatten sich zu weit voneinander entfernt, und es gab keinen Weg zurück. Weder jetzt noch jemals sonst. Sie würde in Joshua immer einen Teil von Adam haben, und das würde ihr genügen. Hatte ihr zu genügen.
Diese Nacht mußte für den Rest ihres Lebens vorhalten.
Sie lagen zusammen auf dem Deck und lauschten dem Flüstern der See am Bootskörper.
Adam sagte: »Morgen...«
»Sag nichts«, flüsterte Jennifer. »Liebe mich, das genügt, Adam.«
Sie bedeckte seine Lippen mit kleinen Küssen und ließ ihre Finger zärtlich über seinen starken, schlanken Körper gleiten.

Sie bewegte ihre Hand in kleinen Kreisen abwärts, bis sie ihn fand und zu streicheln begann.
»O Gott, Jennifer«, flüsterte Adam, und sein Mund glitt langsam an ihrem nackten Körper hinab.

## 46

»Dieser Arschficker starrte mich weiter mit seinem *malocchio* an, mit seinem bösen Blick«, sagte der kleine Salvatore Fiore, »so daß ich ihm schließlich eins aufbrennen mußte.«
Nick Vito lachte, denn jeder, der so dumm war, sich mit der Pusteblume anzulegen, verdiente, was ihm geschah. Nick Vito vertrieb sich die Zeit in der Küche des Farmhauses mit Salvatore Fiore und Joseph Colella. Sie sprachen über alte Zeiten und warteten darauf, daß die Konferenz im Wohnzimmer endete. Der Liliputaner und der Riese waren seine besten Freunde. Sie waren miteinander durchs Feuer gegangen. Nick Vito betrachtete die beiden Männer und dachte glücklich: *Für mich sind sie wie Brüder.*
»Wie geht es deinem Cousin Pete?« fragte Nick Colella.
»Er hatte Krebs, und sie haben ziemlich an ihm herumgeschnippelt, aber er wird es schaffen.«
»Er ist sagenhaft.«
»Ja. Pete ist wirklich ein guter Typ. Er hat nur ein bißchen Pech gehabt. Er war bei einem Banküberfall dabei, hatte aber nicht gerade seinen guten Tag, und die verdammten Cops haben ihn geschnappt und weggesteckt. Das war hart für ihn. Sie versuchten, ihn umzudrehen, aber da waren sie bei ihm an der falschen Adresse.«
»Ja, Pete hat Klasse.«
»Das kann man wohl sagen. Großes Geld, große Weiber und große Autos — das ist sein Stil.«
Aus dem Wohnzimmer drang das Geräusch wütender, lauter Stimmen. Die drei Männer hörten einen Augenblick zu.
»Klingt, als hätte Colfax eine Zecke im Hintern.«

Thomas Colfax und Michael Moretti waren allein im Wohnzimmer. Sie diskutierten eine umfangreiche Operation, die das Glücksspiel auf den Bahamas weitgehend in die Hände der Familie bringen sollte. Michael hatte Jennifer damit beauftragt, die geschäftlichen Arrangements zu treffen.

»Das kannst du nicht machen, Mike«, protestierte Colfax. »Ich kenne jeden da unten, sie niemanden. Diese Sache kann nur ich übernehmen.« Er wußte, daß er zu laut redete, aber er konnte sich nicht mehr beherrschen.

»Zu spät«, sagte Michael.

»Ich traue dem Mädchen nicht. Tony auch nicht.«

»Tony ist nicht mehr unter uns.« Michaels Stimme war gefährlich leise.

Thomas Colfax wußte, daß er jetzt besser zurücksteckte. »Sicher, Mike. Ich sage ja nur, daß ich das Mädchen für einen Fehler halte. Natürlich, sie ist klug, aber ich warne dich, sie könnte uns alle auffliegen lassen.«

Aber Michael machte sich mehr Sorgen wegen Thomas Colfax. Die Untersuchung der Warner-Kommission lief auf vollen Touren. Wenn die Welle Colfax erfaßte, wie lange würde er standhalten können? Er wußte mehr über die Familie, als Jennifer Parker je erfahren konnte. Colfax war es, der sie alle zerstören konnte, und Michael vertraute ihm nicht.

Thomas Colfax sagte: »Schick sie für eine Weile weg. Nur, bis die Untersuchung sich etwas abgekühlt hat. Sie ist eine Frau. Wenn sie anfangen, sie unter Druck zu setzen, wird sie reden.«

Michael betrachtete ihn und traf eine Entscheidung. »Vielleicht hast du in dem Punkt recht. Jennifer ist vielleicht nicht gefährlich, aber andererseits ist sie nicht hundertprozentig auf unserer Seite. Warum ein unnötiges Risiko eingehen?«

»Mehr wollte ich auch nicht vorschlagen, Mike.« Colfax erhob sich von seinem Stuhl. »Glaub mir, du tust das Richtige.«

»Ich weiß.« Michael sah zur Küche hinüber und rief: »Nick!«

Eine Sekunde später erschien Nick Vito.

»Fahr den *consigliere* nach New York zurück, Nick, ja?«

»Natürlich, Boß.«

»Ach, bei der Gelegenheit kannst du ein Päckchen für mich abgeben.« Er wandte sich an Colfax. »Das macht dir doch nichts aus?«

»Natürlich nicht, Mike.« Der *consigliere* war ganz von seinem Sieg in Anspruch genommen.

Michael Moretti sagte zu Vito: »Komm mit, es ist oben.«

Nick folgte Michael nach oben in sein Schlafzimmer. Michael schloß die Tür hinter ihnen.
»Ich möchte, daß du einen Halt einlegst, bevor du New Jersey verläßt.«
»Sicher, Boß.«
»Ich möchte, daß du etwas Müll rauswirfst.«
Nick Vito blickte verwirrt.
»Den *consigliere*«, erklärte Michael.
»Oh. Okay. Was immer du willst.«
»Fahr ihn hinaus zur Müllhalde. Um diese Zeit wird dort niemand sein.«

Eine Viertelstunde später war die Limousine auf dem Weg nach New York. Nick Vito saß am Steuer, Thomas Colfax auf dem Beifahrersitz.
»Ich bin froh, daß Mike diese Nutte auf das Abstellgleis geschoben hat«, sagte Thomas Colfax.
Nick warf einen Seitenblick auf den ahnungslosen Anwalt neben sich. »Ja.«
Thomas Colfax konsultierte seine goldene Armbanduhr von Baum & Mercier. Es war drei Uhr morgens, schon lange Schlafenszeit. Es war ein langer Tag gewesen, und er war müde. *Ich werde langsam zu alt für solche Schlachten*, dachte er.
»Wie weit fahren wir hinaus?«
»Nicht weit«, murmelte Nick.
Nick Vitos Gedanken befanden sich in Aufruhr. Töten war ein Teil seines Jobs, ein Teil, den er genoß, denn es gab ihm ein Gefühl der Macht. Wenn er tötete, fühlte Nick Vito sich wie ein Gott; er war allmächtig. Aber heute nacht war er beunruhigt. Er konnte nicht verstehen, warum er beauftragt worden war, Thomas Colfax auszulöschen. Colfax war der *consigliere*, der Mann, an den sich alle wandten, wenn es Ärger gab. Nach dem Paten war der *consigliere* der wichtigste Mann in der Organisation. Er hatte Nick ein dutzendmal aus der Klemme geholfen.
*Scheiße!* dachte Nick. Colfax hatte recht. *Mike hätte niemals eine Frau in Berührung mit den Geschäften bringen sollen. Männer dachten mit dem Verstand, Frauen mit der Fotze. Oh, wie gern er sich einmal mit dieser Jennifer Parker beschäftigt hätte! Er hätte sie gefickt, bis es ihr zum Hals herauskam, und dann...«*

»Achtung, du kommst von der Straße ab!«
»Entschuldigung.« Nick steuerte den Wagen rasch wieder in die Mitte der Spur.
Die Müllhalde war nicht mehr weit weg. Nick spürte, wie er unter den Armen zu schwitzen begann. Er warf einen weiteren Seitenblick auf Thomas Colfax.
*Ihn auszulöschen, würde ein Kinderspiel sein. Nicht schwerer, als ein Baby ins Bett zu bringen, aber, verdammt, es war das falsche Baby. Jemand hatte Mike falsch gepolt. Es war eine Sünde. Es war, als legte man seinen Vater um.*
Er wünschte sich, er hätte darüber mit Salvatore und Joe reden können. Sie hätten ihm sagen können, was er tun sollte.
Nick konnte die Müllhalde rechts vom Highway auftauchen sehen. Seine Nerven begannen zu vibrieren, wie sie es immer taten, bevor er abdrückte. Er preßte seinen linken Arm gegen seinen Körper und konnte den beruhigenden Druck des kurzläufigen 38er Smith & Wesson unter seiner Achsel fühlen.
»Ich freue mich auf das Bett und einen guten Schlaf«, gähnte Colfax.
»Ja.« Es würde ein langer, langer Schlaf werden.
Der Wagen näherte sich der Müllhalde. Nick blickte in den Rückspiegel und auf die Straße vor sich. Weit und breit keine anderen Autos.
Er bremste scharf und sagte: »Verdammter Mist, sieht fast so aus, als hätten wir einen Platten.«
Er ließ den Wagen ausrollen, öffnete die Tür und stieg aus. Er zog den Revolver aus dem Holster und preßte ihn gegen den Oberschenkel. Dann drehte er sich zu Colfax um und fragte: »Können Sie mir helfen?«
Thomas Colfax öffnete seine Tür und sagte: »Ich habe nicht viel Ahnung von...« Er bemerkte den erhobenen Revolver in Nicks Hand und hielt inne. Er versuchte, zu schlucken. »Was — was soll das, Nick?« Seine Stimme brach. »Was habe ich getan?«
Das war genau die Frage, die Nick Vito während der ganzen Fahrt auf den Fingerspitzen gebrannt hatte. Irgend jemand hatte Mike aufs Glatteis geführt. Colfax war auf *ihrer* Seite, er war einer von ihnen. Als Nicks jüngerer Bruder Ärger mit dem FBI hatte, war es Colfax gewesen, der dazwischen ge-

sprungen war und den Jungen gerettet hatte. Er hatte ihm sogar einen Job verschafft. *Ich stehe in seiner Schuld, gottverdammt!* dachte Nick.
Er ließ seine Revolverhand sinken.
»Ich schwöre bei Gott, ich weiß es nicht, Mr. Colfax. Es ist nicht recht.«
Thomas Colfax blickte ihn einen Moment lang an und seufzte dann. »Tu, was du tun mußt, Nick.«
»Jesus, ich kann es nicht. Sie sind mein *consigliere*.«
»Mike wird dich umbringen, wenn du mich laufenläßt.«
Nick wußte, daß Colfax die Wahrheit sagte. Michael Moretti ließ einem keinen Ungehorsam durchgehen. Nick dachte an Tommy Angelo. Angelo war Fahrer bei einem Bruch in ein Pelzgeschäft gewesen. Michael hatte ihm aufgetragen, den Wagen, den sie benutzt hatten, zu einem Schrottplatz der Familie zu fahren und dort zerstampfen zu lassen. Tommy Angelo aber war wegen einer Verabredung in Eile gewesen und hatte den Wagen einfach an einer Straße auf der East Side stehengelassen, wo ihn die Untersuchungsbeamten gefunden hatten. Angelo war am nächsten Tag verschwunden, und dem Gerücht nach war sein Körper in dem Kofferraum eines alten Chevy verstaut und dann eingestampft worden. Niemand legte Mike aufs Kreuz und blieb am Leben. *Doch, es gibt eine Möglichkeit*, dachte Nick.
»Mike braucht es ja nicht zu erfahren«, sagte Nick. Sein gewöhnlich etwas schwerfälliger Verstand arbeitete auf Hochtouren, und er sah alles mit seltener Klarheit. »Schauen Sie«, sagte er, »Sie brauchen bloß aus dem Land zu verschwinden. Ich sage Mike, ich hätte Sie unter dem Müll begraben, also wird man Sie nie finden. Sie können sich irgendwo in Südamerika verstecken. Sie haben doch sicher einen Notgroschen beiseite gesteckt.«
Thomas Colfax versuchte, die plötzliche Hoffnung nicht in seiner Stimme durchklingen zu lassen. »Ich habe eine ganze Menge, Nick. Ich gebe dir soviel wie...«
Nick schüttelte leidenschaftlich den Kopf. »Ich tu das nicht für Geld. Ich tu es, weil...« *Wie sollte er es ausdrücken?* »...weil ich Respekt vor Ihnen habe. Sie müssen mich aber beschützen. Können Sie ein Morgenflugzeug nach Südamerika kriegen?«

Thomas Colfax sagte: »Kein Problem, Nick. Setz mich bei meinem Haus ab, damit ich meinen Paß holen kann.«

Zwei Stunden später saß Thomas Colfax in einem Jet der Eastern Airlines. Der Zielflughafen war Washington, D.C.

## 47

Es war ihr letzter Tag in Acapulco, ein vollkommener Morgen. Eine warme, sanfte Brise ließ Melodien in den Palmen erklingen. Der Strand war mit Touristen übersät, die gierig Sonne tankten, bevor sie wieder zur blassen Routine des Alltags zurückkehrten.
Joshua kam in der Badehose an den Frühstückstisch gerannt. Sein athletischer kleiner Körper war braungebrannt. Mrs. Mackey versuchte ächzend, mit ihm Schritt zu halten.
Joshua sagte: »Ich hatte mehr als genügend Zeit, mein Essen zu verdauen, Mama. Kann ich jetzt Wasserski fahren?«
»Joshua, du hast gerade erst aufgehört zu essen.«
»Ich habe eine sehr hohe Stoffwechselquote«, erklärte er ernsthaft. »Ich verdaue schnell.«
Jennifer lachte. »Einverstanden. Viel Spaß.«
»Danke. Du mußt mir aber zuschauen.«
Jennifer sah Joshua den Pier entlang zu einem wartenden Rennboot laufen. Sie sah ihn den Fahrer in ein ernstes Gespräch verwickeln, und dann blickten beide zu Jennifer herüber. Sie signalisierte ihre Zustimmung, der Fahrer nickte, und Joshua legte die Wasserski an.
Das Motorboot erwachte zum Leben, und Jennifer beobachtete, wie Joshua sich auf seinen Skiern aufrichtete.
Mrs. Mackey sagte stolz: »Er ist der geborene Sportler, nicht?«
In diesem Augenblick drehte Joshua sich um, winkte Jennifer und verlor das Gleichgewicht. Er stürzte gegen die Planken des Stegs. Jennifer sprang auf und rannte auf den Pier zu. Aber einen Augenblick später sah sie Joshuas Kopf aus dem Wasser auftauchen, und er blickte sie grinsend an.
Sie blieb stehen. Ihr Herz raste. Sie sah zu, wie Joshua die Ski

erneut anlegte. Das Boot zog einen Kreis und gewann allmählich genug Geschwindigkeit, um Joshua auf die Füße zu ziehen. Er drehte sich noch einmal um und winkte Jennifer, dann jagte er auf den Kämmen der Wellen davon. Sie stand da und sah ihm zu, und ihr Herz schlug immer noch heftig vor Angst. Wenn ihm irgend etwas geschah... Sie fragte sich, ob andere Mütter ihre Kinder so sehr liebten, wie sie ihren Sohn liebte, aber das schien nicht sehr wahrscheinlich. Sie wäre für Joshua gestorben, hätte für ihn getötet. *Ich habe für ihn getötet,* dachte sie, *mit Michael Morettis Hand.*
Mrs. Mackey sagte: »Das hätte ein häßlicher Sturz werden können.«
»Gott sei Dank war es keiner.«
Joshua war eine Stunde lang draußen auf dem Wasser. Als das Boot sich wieder dem Land näherte, ließ er das Schleppseil los und glitt graziös auf den Sandstrand.
Er lief auf Jennifer zu, noch ganz aufgeregt. »Du hättest den Unfall da draußen sehen sollen, Mama. Es war unwahrscheinlich! Ein großes Segelboot ist gekentert, und wir haben angehalten und ihr Leben gerettet.«
»Das ist ja großartig, Sohn. Wie viele Leben hast du gerettet?«
»Sie waren zu sechst.«
»Und du hast sie aus dem Wasser gezogen?«
Joshua zögerte. »Na ja, ich habe sie nicht direkt aus dem Wasser gezogen. Sie saßen sozusagen auf der Seite des Boots. Aber sie wären vielleicht verhungert, wenn wir nicht vorbeigekommen wären.«
Jennifer biß sich auf die Lippen, um nicht zu lächeln. »Ich verstehe. Die hatten ganz schön Glück, daß du aufgetaucht bist, was?«
»Das würde ich auch sagen.«
»Hast du dir weh getan, als du gefallen bist, Liebling?«
»Natürlich nicht.« Er betastete seinen Hinterkopf. »Ich habe eine kleine Beule.«
»Laß mich mal fühlen.«
»Warum? Du weißt doch, wie sich eine Beule anfühlt.«
Jennifer strich vorsichtig über Joshuas Hinterkopf. Ihre Finger fanden eine große Schwellung. »Das ist so groß wie ein Ei, Joshua.«
»Es ist nichts.«

Jennifer stand auf. »Ich glaube, wir sollten besser ins Hotel zurückgehen.«
»Können wir nicht noch ein Weilchen bleiben?«
»Ich fürchte, nein. Wir müssen packen. Du willst doch das Ballspiel am Samstag nicht verpassen, oder?«
Er seufzte. »Nein. Old Terry Waters wartet nur darauf, meinen Platz einzunehmen.«
»Keine Chance. Er wirft wie ein Mädchen.«
Joshua nickte grinsend. »Ja, findest du auch, nicht?«

Als sie wieder in Las Brisas waren, rief Jennifer den Manager an und bat ihn, einen Arzt auf das Zimmer zu schicken. Der Doktor traf eine halbe Stunde später ein, ein behäbiger Mexikaner mittleren Alters in einem altmodischen weißen Anzug. Jennifer bat ihn in den Bungalow.
»Womit kann ich Ihnen dienen?« fragte Dr. Raul Mendoza.
»Mein Sohn ist heute morgen gestürzt. Er hat eine häßliche Beule am Kopf. Ich möchte nur sichergehen, daß ihm nichts fehlt.«
Jennifer führte Mendoza in Joshuas Schlafzimmer, wo der Junge gerade seinen Koffer packte.
»Joshua, das ist Doktor Mendoza.«
Joshua blickte auf und fragte: »Ist jemand krank?«
»Nein. Niemand ist krank, Kleiner. Ich möchte nur, daß der Doktor sich einmal deinen Kopf ansieht.«
»Oh, das darf doch nicht wahr sein, Mama! Was hast du bloß mit meinem Kopf?«
»Nichts. Ich würde mich nur wohler fühlen, wenn Doktor Mendoza einen Blick darauf würfe. Tu mir den Gefallen, ja?«
»Frauen!« sagte Joshua. Er blickte den Arzt mißtrauisch an. »Sie fangen doch nicht an, mich mit Nadeln zu spicken oder so was?«
»Nein, Señor, ich bin ein äußerst schmerzloser Doktor.«
»Das ist die Art, die ich mag.«
»Setz dich bitte.«
Joshua setzte sich auf den Bettrand, und Dr. Mendoza ließ seine Finger über den Hinterkopf des Jungen gleiten. Joshua blinzelte vor Schmerz, aber er gab keinen Laut von sich. Der Arzt öffnete seine Tasche und holte ein Ophtalmoskop heraus. »Die Augen weit auf, bitte.«

Joshua gehorchte. Doktor Mendoza starrte durch das Instrument.
»Sehen Sie da drin irgendwelche nackten Mädchen tanzen?«
»Joshua!«
»Ich habe ja nur gefragt.«
Dr. Mendoza untersuchte das andere Auge. »Du bist so gesund wie ein Fisch im Wasser.« Er richtete sich wieder auf und schloß seine Arzttasche. »Tun Sie etwas Eis auf die Beule«, sagte er zu Jennifer. »Morgen geht es dem Jungen schon wieder bestens.«
Es war, als würde eine schwere Last von Jennifers Herz genommen. »Danke«, sagte sie.
»Ich werde meine Bemühungen auf die Hotelrechnung setzen lassen, Señora. Auf Wiedersehen, junger Mann.«
»Auf Wiedersehen, Doktor Mendoza.«
Als der Arzt fort war, wandte sich Joshua an seine Mutter. »Dir macht es ganz schön Spaß, dein Geld zum Fenster herauszuwerfen, Mama.«
»Ich weiß. Ich verschwende es für Dinge wie Essen, deine Gesundheit...«
»Ich bin der gesündeste Mann im ganzen Team.«
»Bleib so.«
Er grinste. »Versprochen.«
Sie nahmen die Sechs-Uhr-Maschine nach New York und waren spät in der Nacht wieder in Sands Point. Joshua schlief während der ganzen Rückreise.

## 48

Der Raum war von Geistern bevölkert. Adam Warner saß in seinem Arbeitszimmer und bereitete sich auf einen wichtigen Fernsehauftritt vor, aber er konnte sich nicht konzentrieren. Er dachte an Jennifer. Seit seiner Rückkehr aus Acapulco konnte er an nichts anderes mehr denken. Das Wiedersehen hatte Adam nur in seinem Wissen bestärkt: Er hatte die falsche Wahl getroffen. Er hätte Jennifer nie aufgeben dürfen. Das Wiedersehen, das Zusammensein mit ihr, erinnerte ihn an alles, was er einmal besessen und weggeworfen hatte, und er konnte es nicht ertragen, daran zu denken. Er war in einer ausweglosen Situation. Eine *Null-Chancen-Situation* hätte Blair Roman sie genannt.

Es klopfte an der Tür, und Chuck Morrison, Adams Assistent, trat ein, in der Hand eine Cassette. »Kann ich eine Minute mit dir sprechen, Adam?«

»Hat das nicht Zeit, Chuck? Ich bin mitten in...«

»Ich glaube nicht.« Chucks Stimme klang aufgeregt.

»Na gut. Was ist so dringend?«

Chuck Morrison trat an den Tisch. »Ich habe gerade einen Anruf erhalten. Es könnte sich um einen Verrückten handeln, aber wenn nicht, dann hat sich der Weihnachtsmann dieses Jahr ganz schön verfrüht. Hör dir das an.«

Er schob die Cassette in den Recorder auf Adams Tisch, schaltete ihn ein, und das Band lief ab.

*Wie war noch Ihr Name?*

*Mein Name spielt keine Rolle. Ich spreche nur mit Senator Adam Warner.*

*Der Senator ist beschäftigt. Warum hinterlassen Sie ihm nicht eine Nachricht, und ich sorge dafür...*

*Nein! Hören Sie zu, es ist äußerst wichtig. Sagen Sie Senator Warner, ich kann ihm Michael Moretti auf einem Silbertablett servieren. Ich riskiere mein Leben mit diesem Anruf. Richten Sie das Senator Warner aus.*

*Gut. Wo sind Sie?*

*Ich bin im Capitol-Motel an der 32. Straße. Zimmer 14. Sagen Sie ihm, er soll nicht vor Anbruch der Dunkelheit kommen und darauf achten, daß niemand ihn verfolgt. Ich weiß, daß Sie unser Gespräch mitschneiden. Wenn Sie das Band irgend jemand anderem als ihm vorspielen, bin ich ein toter Mann.*

Ein Klicken ertönte. Chuck Morrison stoppte das Band und fragte: »Was meinst du?«

»Die Stadt ist voller Verrückter. Andererseits weiß der Bursche ziemlich genau, wo er den Hebel ansetzen muß, was? Mein Gott, Michael Moretti!«

Um zehn Uhr nachts erschien Adam Warner, begleitet von vier Sicherheitsbeamten, vor Zimmer 14 im Capitol-Motel. Er klopfte. Die Tür wurde einen Spalt geöffnet.

Als Adam das Gesicht des Mannes in dem Zimmer erblickte,

wandte er sich an seine Begleiter und sagte: »Bleibt draußen. Niemand darf in die Nähe dieses Raums.«
Die Tür wurde weiter geöffnet, und Adam trat ein.
»Guten Abend, Senator Warner.
»Guten Abend, Mr. Colfax.«
Die beiden Männer musterten sich.
Thomas Colfax sah älter aus, als Adam ihn in Erinnerung hatte, aber es gab einen weiteren, beinahe undefinierbaren Unterschied. Und dann erkannte Adam, worum es sich handelt. Angst. Thomas Colfax hatte Angst. Er war immer ein selbstsicherer, beinahe arroganter Mann gewesen, und jetzt war diese Selbstsicherheit verschwunden.
»Danke, daß Sie gekommen sind, Senator.« Colfax' Stimme klang erschöpft und nervös.
»Ich habe gehört, Sie wollen mit mir über Michael Moretti reden?«
»Ich kann ihn Ihnen frei Haus liefern.«
»Sie sind Morettis Anwalt. Warum sollten Sie das tun wollen?«
»Ich habe meine Gründe.«
»Nehmen wir mal an, ich ziehe mit Ihnen am gleichen Strang. Was erwarten Sie dafür?«
»Zunächst einmal vollkommene Immunität. Dann möchte ich das Land verlassen können. Ich brauche Papiere, einen Paß — eine neue Identität.«
Also hatte Michael Moretti Thomas Colfax auf die Todesliste gesetzt. Es war die einzige Erklärung. Adam konnte sein Glück kaum fassen. Es war der beste Zufall, der ihm passieren konnte.
»Falls ich Immunität für Sie erreichen kann«, sagte Adam, »... und ich verspreche Ihnen wohlgemerkt noch nichts, dann erwarte ich dafür, daß Sie vor Gericht auftreten und eine rückhaltlose Aussage machen. Ich will dann alles hören, was Sie wissen.«
»Das werden Sie.«
»Weiß Moretti, wo Sie sind?«
»Er hält mich für tot.« Colfax lächelte nervös. »Wenn er mich findet, werde ich auch tot sein.«
»Er wird Sie nicht finden. Nicht, wenn wir ins Geschäft kommen.«

»Ich lege mein Leben in Ihre Hände, Senator.«
»Offen gesagt«, informierte Adam ihn, »ist Ihr Leben mir völlig egal. Ich will Moretti. Wir legen jetzt die Spielregeln fest. Wenn wir eine Übereinkunft erreichen, kriegen Sie allen Schutz, den die Regierung Ihnen gewähren kann. Wenn ich mit Ihrer Aussage zufrieden bin, erhalten Sie von uns so viel Geld, daß Sie in jedem Land, das Ihnen gefällt, unter einem angenommenen Namen leben können. Als Gegenleistung erklären Sie sich mit dem Folgenden einverstanden: Ich möchte von Ihnen alles über Michael Morettis Aktivitäten wissen. Sie müssen vor einer Anklagekammer aussagen, und wenn wir Moretti den Prozeß machen, erwarte ich, daß Sie als Belastungszeuge für die Regierung auftreten. Einverstanden?«
Thomas Colfax blickte zur Seite. Schließlich sagte er: »Tony Granelli muß sich im Grab umdrehen. Was ist nur aus den Menschen geworden? Was ist aus Ehre und Anstand geworden?«
Adam hatte keine Antwort. Vor ihm stand ein Mann, der Hunderte von Malen das Gesetz übertreten, der dutzendweise bezahlte Killer eingesetzt und mitgeholfen hatte, die Unternehmungen der bösartigsten Verbrecherorganisation zu steuern, die die Zivilisation je gekannt hatte. Und er fragte, was aus Ehre und Anstand geworden war.
Thomas Colfax sah Adam an. »Wir sind im Geschäft. Ich will es schriftlich, und ich will es mit der Unterschrift des Generalstaatsanwalts.«
»Sie kriegen es.« Adam blickte sich in dem schäbigen Motelzimmer um. »Lassen Sie uns von hier verschwinden.«
»Ich gehe nicht in ein Hotel. Moretti hat überall Augen und Ohren.«
»Nicht da, wo ich Sie jetzt hinbringe.«
Zehn Minuten nach Mitternacht fuhren ein Militärlastwagen und zwei Jeeps mit schwerbewaffneten Marineinfanteristen vor dem Capitol-Motel auf. Vier Militärpolizisten gingen in Zimmer 14 und erschienen kurz darauf mit Thomas Colfax, den sie zur Ladefläche des Lastwagens eskortierten. Der Konvoi setzte sich in Bewegung. Ein Jeep fuhr an der Spitze, der andere hinter dem Laster. Das Ziel war Quantico, Virginia, fünfunddreißig Meilen südlich von Washington. Die drei

Wagen der Karawane fuhren schnell und trafen vierzig Minuten später in dem US-Marinestützpunkt Quantico ein.
Der Kommandant des Stützpunktes, Generalmajor Roy Wallace, und eine Abteilung schwerbewaffneter Marinesoldaten warteten am Tor. Als die Karawane anhielt, sagte Wallace zu dem Captain: »Der Gefangene wird direkt in den Bau gebracht. Kein Wort darf mit ihm gewechselt werden.«
Roy Wallace beobachtete den Konvoi, der auf das Gelände fuhr. Er hätte einen Monatslohn dafür gegeben, wenn er gewußt hätte, wer sich in dem Laster befand. Seinem Kommando unterstand der dreihundertzehn Morgen große Marinestützpunkt und ein Teil der FBI-Akademie. Es war das Hauptquartier der Trainingsoffiziere der Marine der Vereinigten Staaten. Wallace hatte noch nie zuvor einen Zivilisten als Gefangenen beherbergt. Es war außerhalb jeder Vorschrift. Vor zwei Stunden hatte er einen Anruf vom Oberkommando der Marinestreitkräfte erhalten. »Ein Mann befindet sich auf dem Weg zu Ihrem Stützpunkt, Roy. Ich möchte, daß Sie das gesamte Militärgefängnis räumen und ihn dabehalten, bis Sie weitere Befehle erhalten.«
Wallace glaubte, falsch verstanden zu haben. »Sagten Sie, den *ganzen Bau räumen*, Sir?«
»Richtig. Der Mann muß völlig allein bleiben. Niemand darf in seine Nähe. Verdoppeln Sie die Zahl der Wachtposten. Verstanden?«
»Jawohl, General.«
»Und noch was, Roy. Wenn dem Mann irgend etwas passiert, während Sie für ihn verantwortlich sind, esse ich Ihren Arsch auf Toast zum Frühstück.«
Und der General hatte aufgehängt.
Generalmajor Wallace sah den Laster auf den Bau zurollen und ging dann in sein Büro zurück und klingelte nach seinem Adjutanten, Captain Alvon Giles.
»Wegen dieses Mannes, den wir in den Bau stecken...«, begann Wallace.
»Ja, Sir?«
»Unsere wichtigste Aufgabe ist seine Sicherheit. Sie selber suchen die Wachen aus, und zwar mit der Lupe. Niemand anderer kommt in seine Nähe. Keine Besucher, keine Post, keine Pakete. Verstanden?«

»Ja, Sir.«
»Ich möchte, daß Sie persönlich in der Küche sind, wenn sein Essen gekocht wird.«
»Ja, Sir.«
»Falls jemand sich übertrieben für ihn interessiert, möchte ich sofort darüber informiert werden. Irgendwelche Fragen?«
»Nein, Sir.«
»Sehr schön, Al. Bleiben Sie am Ball. Wenn irgend etwas schiefläuft, esse ich Ihren Arsch auf Toast zum Frühstück.«

## 49

Jennifer erwachte von dem leisen Trommeln eines leichten Morgenregens. Sie lag im Bett und lauschte, wie er das Haus mit zarten Schlägen bearbeitete.
Sie blickte auf den Wecker. Es war Zeit, aufzustehen.
Eine halbe Stunde später ging sie hinunter ins Eßzimmer, um mit Joshua zu frühstücken. Er war nicht da.
Mrs. Mackey trat aus der Küche. »Guten Morgen, Mrs. Parker.«
»Guten Morgen. Wo ist Joshua?«
»Er wirkte so müde, daß ich ihn etwas länger schlafen ließ. Er muß erst morgen wieder in die Schule.«
Jennifer nickte. »Gute Idee.«
Sie frühstückte und ging hinauf, um sich von Joshua zu verabschieden. Er lag im Bett und schlief fest.
Jennifer setzte sich auf die Bettkante und sagte leise: »He, Schlafmütze, möchtest du auf Wiedersehen sagen?«
Langsam öffnete er die Augen. »Sicher, Freund, Ciao.« Seine Stimme war schlaftrunken. »Muß ich aufstehen?«
»Nein. Weißt du was? Warum faulenzt du heute nicht ein bißchen? Du kannst hierbleiben und dich amüsieren. Es regnet zu stark, um draußen zu spielen.«
Er nickte schläfrig. »Okay, Mama.« Seine Augen schlossen sich, und er war wieder eingeschlafen.

Jennifer verbrachte den Nachmittag im Gericht, und als sie fertig war und nach Hause zurückkehrte, war es bereits nach

sieben. Der Nieselregen, der den ganzen Tag gefallen war, hatte sich in eine Sturmflut verwandelt. Als Jennifer den Wagen die Zufahrt hinauflenkte, sah das Haus wie eine belagerte Burg aus, umgeben von einem grauen, schäumenden Festungsgraben.
Mrs. Mackey öffnete die Vordertür und half Jennifer aus dem tropfenden Regenmantel. Jennifer schüttelte die Feuchtigkeit aus ihrem Haar und fragte: »Wo ist Joshua?«
»Er schläft.«
Jennifer blickte Mrs. Mackey besorgt an. »Hat er den ganzen Tag geschlafen?«
»Himmel, nein. Er ist aufgestanden und hat hier rumgeturnt. Ich habe ihm Abendessen gemacht, aber als ich hinaufgegangen bin, um ihn herunterzuholen, war er schon wieder eingedöst, und da habe ich ihn schlafen lassen.«
»Ich verstehe.« Sie ging nach oben in Joshuas Zimmer und trat leise ein. Joshua schlief. Sie beugte sich vor und berührte seine Stirn. Er hatte kein Fieber; seine Farbe war normal. Sie fühlte seinen Puls. Alles war in bester Ordnung, abgesehen von ihrer Phantasie. Die ging wieder mal mit ihr durch. Joshua hatte wahrscheinlich den ganzen Tag über wie ein Wilder gespielt, und es war nur normal, daß er jetzt müde war. Sie schlüpfte aus dem Zimmer und ging wieder nach unten.
»Warum bereiten Sie ihm nicht ein paar Sandwiches, Mrs. Mackey? Stellen Sie sie ihm ans Bett. Dann kann er sie essen, wenn er aufwacht.«
Jennifer aß an ihrem Schreibtisch zu Abend und bereitete den morgigen Prozeßtag vor. Sie dachte daran, Michael anzurufen und ihm zu sagen, daß sie zurück war, aber sie zögerte, so kurz nach der Nacht mit Adam mit ihm zu sprechen... Spät nach Mitternacht hörte sie auf zu lesen. Sie stand auf und reckte sich, um die Spannung in Rücken und Nacken zu lockern. Sie legte die Unterlagen in ihren Diplomatenkoffer, schaltete das Licht aus und ging nach oben. Sie blickte zu Joshua ins Zimmer. Er schlief noch immer.
Die Sandwiches neben seinem Bett waren unberührt.

Als Jennifer am folgenden Morgen zum Frühstück hinunterging, saß Joshua am Tisch, bereits für die Schule angezogen.
»Morgen, Mama.«

»Guten Morgen, Liebling. Wie fühlst du dich?«
»Großartig. Ich war wirklich müde. Muß die mexikanische Sonne gewesen sein.«
»Ja, muß wohl.«
»Acapulco ist wirklich schön. Können wir in meinen nächsten Ferien wieder hinfahren?«
»Ich wüßte nicht, warum wir das nicht können sollten. Freust du dich, wieder in die Schule zu gehen?«
»Ich verweigere die Aussage, weil sie mich belasten könnte.«

Mitten am Nachmittag unterbrach Cynthia bei einer Zeugenbefragung.
»Entschuldigen Sie, daß ich Sie störe, aber Mrs. Stout ist in der Leitung und...«
Joshuas Hauslehrerin. »Stellen Sie durch.«
Jennifer hob den Hörer ab. »Hallo, Mrs. Stout. Stimmt irgend etwas nicht?«
»O nein, alles ist in bester Ordnung, Mrs. Parker. Ich wollte Sie nicht beunruhigen. Ich wollte Ihnen nur vorschlagen, daß es nicht schlecht wäre, wenn Joshua etwas mehr Schlaf bekäme.«
»Was meinen Sie damit?«
»Er ist heute fast während jeder Stunde eingeschlafen. Sowohl Miß Williams wie auch Mrs. Toboco haben es erwähnt. Vielleicht könnten Sie darauf achten, daß er etwas früher ins Bett kommt.«
Jennifer starrte das Telefon an. »Ich — ja, das werde ich tun.«
Langsam legte sie den Hörer wieder auf und wandte sich an die Leute im Raum, die sie beobachteten.
»Es — es tut mir leid«, sagte sie. »Entschuldigen Sie mich.«
Sie lief hinaus in den Empfangsraum. »Cynthia, such Dan! Bitte ihn, die Zeugenbefragung für mich zu Ende zu führen. Mir ist etwas dazwischengekommen.«
»Einver...«
Jennifer war schon aus der Tür.
Sie fuhr nach Hause wie eine Wahnsinnige, übertrat die Geschwindigkeitsbegrenzung, ignorierte rote Ampeln. Visionen von einem schrecklichen Unglück stiegen in ihr auf. Die Fahrt schien unendlich, und als das Haus in der Ferne auftauchte, erwartete Jennifer halb und halb, eine Armee von Krankenwa-

gen und Polizeifahrzeugen auf dem Bürgersteig stehen zu sehen. Die Zufahrt war verwaist. Jennifer fuhr bis zum Vordereingang und hastete ins Haus.
»Joshua!«
Er saß im Wohnzimmer und sah sich ein Baseballspiel im Fernsehen an. »Hi, Mama. Du bist aber früh zu Hause. Haben sie dich gefeuert?«
Jennifer stand im Türrahmen, starrte ihn an und spürte, wie sie von Erleichterung durchflutet wurde. Sie fühlte sich wie eine Idiotin.
»Du hättest die letzte Halbzeit sehen sollen. Craig Swan war phantastisch!«
»Wie fühlst du dich, Sohn?«
»Großartig.«
Jennifer legte die Hand auf seine Stirn. Er hatte kein Fieber.
»Bist du sicher, daß du in Ordnung bist?«
»Natürlich. Warum schaust du so komisch? Hast du Kummer? Möchtest du dich von Mann zu Mann unterhalten?«
Sie lächelte. »Nein, Liebling. Ich habe nur — tut dir irgend etwas weh?«
Er stöhnte. »Das kann man wohl sagen. Die Mets verlieren sechs zu fünf. Weißt du, was in der ersten Halbzeit passiert ist?«
Aufgeregt begann er, die Heldentaten seiner Lieblingsmannschaft zu rekapitulieren. Jennifer stand da, betrachtete ihn hingerissen und dachte: *Meine verdammte Einbildung! Natürlich ist er gesund.*
»Schau dir den Rest des Spiels an. Ich kümmere mich um das Abendessen.«
Erleichtert ging Jennifer in die Küche. Sie beschloß, einen Bananenkuchen zu machen, eines von Joshuas Lieblingsgerichten.
Als Jennifer dreißig Minuten später wieder in das Fernsehzimmer ging, lag Joshua bewußtlos auf dem Boden.

Die Fahrt zum Blinderman Memorial Hospital schien eine Ewigkeit zu dauern. Jennifer saß hinten im Ambulanzwagen und preßte Joshuas Hand. Ein Sanitäter hielt eine Sauerstoffmaske gegen das Gesicht des Jungen. Er hatte das Bewußtsein nicht wiedererlangt. Die Sirene des Krankenwagens heulte

durchdringend, aber der Verkehr war zähflüssig, und der Wagen konnte nur langsam fahren, während neugierige Passanten durch die Scheiben auf die bleiche Frau und den bewußtlosen Jungen gafften.
»Warum gibt es in Krankenwagen keine Einwegfenster?« fragte Jennifer.
Der Sanitäter blickte irritiert auf. »Bitte?«
»Nichts... nichts.«
Nach einer scheinbar unendlichen Fahrt hielt die Ambulanz am Noteingang hinter dem Hospital. Zwei Assistenzärzte warteten bereits an der Tür. Hilflos sah Jennifer zu, wie Joshua aus dem Krankenwagen auf eine fahrbare Bahre gehoben wurde.
Ein Pfleger fragte: »Sind Sie die Mutter des Jungen?«
»Ja.«
»Hier lang, bitte.«
Danach erschien Jennifer alles wie ein verwischter, kaleidoskopartiger Eindruck von Geräuschen, Licht und Bewegungen. Sie sah, wie Joshua einen langen weißen Korridor hinunter in einen Röntgenraum gerollt wurde. Sie wollte ebenfalls hineingehen, aber der Pfleger sagte: »Sie müssen ihn erst eintragen.«
Eine dünne Frau am Empfangstisch fragte Jennifer: »Wie wollen Sie für die Behandlung aufkommen? Sind Sie im Blauen Kreuz oder in einer anderen Versicherung?«
Jennifer mußte sich davon abhalten, die Frau anzubrüllen. Sie wollte zurück an Joshuas Seite, aber sie zwang sich, die Fragen zu beantworten. Als sie vorbei waren und Jennifer verschiedene Formulare ausgefüllt hatte, erlaubte die Frau ihr, zu gehen.
Sie lief zum Röntgensaal und ging hinein. Der Raum war leer. Joshua war weg. Jennifer lief zurück in den Flur und blickte gehetzt in beide Richtungen. Eine Schwester näherte sich. Jennifer packte ihren Arm. »Wo ist mein Sohn?«
Die Schwester sagte: »Ich weiß nicht. Wie heißt er?«
»Joshua. Joshua Parker.«
»Wo haben Sie ihn verlassen?«
»Er — er sollte geröntgt werden... er...« Sie war unfähig, zusammenhängend zu reden. »Was haben sie mit ihm gemacht? Sagen Sie es mir!«

Die Schwester sah Jennifer genauer an und sagte dann: »Warten Sie hier, Mrs. Parker. Ich werde versuchen, es herauszufinden.«
Ein paar Minuten später kehrte sie zurück. »Dr. Morris würde gern mit Ihnen sprechen. Kommen Sie bitte mit.«
Jennifer stellte fest, daß ihre Beine zitterten. Das Laufen fiel ihr schwer.
»Geht es Ihnen gut?« Die Schwester starrte sie an.
Jennifers Mund war trocken vor Angst. »Ich will meinen Sohn.«
Sie gelangten zu einem Raum, der mit fremdartig aussehenden Instrumenten gefüllt war. »Warten Sie hier, bitte.«
Dr. Morris kam ein paar Augenblicke später. Er war sehr dick, hatte ein rotes Gesicht und Nikotinflecken an den Fingern. »Mrs. Parker?«
»Wo ist Joshua?«
»Treten Sie einen Augenblick herein, bitte.« Er führte Jennifer in einen kleinen Büroraum.
Jennifer nahm Platz. »Joshua ist... ist es... es ist doch nichts Ernstes, oder, Doktor?«
»Das wissen wir noch nicht.« Seine Stimme war überraschend hell für einen Mann seines Umfangs. »Ich brauche einige Informationen. Wie alt ist Ihr Sohn?«
»Er ist erst sieben.«
Das *erst* war ihr herausgerutscht, ein Verweis für Gott.
»Hatte er kürzlich einen Unfall?«
Blitzartig stieg vor Jennifers Augen das Bild von Joshua auf, wie er ihr zuwinkte, das Gleichgewicht verlor und gegen die Planken stürzte. »Er — er ist beim Wasserski gestürzt. Er hat sich eine Beule am Kopf geholt.«
Der Arzt kritzelte Notizen. »Wie lange ist das her?«
»Ich... ein paar... ein paar Tage. In Acapulco.« Es war schwierig, logisch zu denken.
»Wirkte er nach dem Unfall normal?«
»Ja. Er hatte eine Beule am Hinterkopf, aber davon abgesehen wirkte er in Ordnung.«
»Haben Sie irgendeinen Gedächtnisverlust bemerkt?«
»Nein.«
»Keine Veränderungen in seinem Wesen?«
»Nein.«

»Keine Krämpfe? Ein steifer Nacken oder Kopfschmerzen?«
»Nein, nichts.«
Der Arzt hörte auf zu schreiben und blickte Jennifer an. »Ich habe ihn röntgen lassen, aber das Ergebnis war nicht befriedigend. Ich möchte sein Gehirn gern fotografieren lassen.«
»Sein...?«
»Mit einer neuen, computergesteuerten Maschine aus England, die das Innere des Gehirns ablichten kann. Es kann sein, daß ich danach noch ein paar weitere Tests mit ihm machen möchte. Sind Sie damit einverstanden?«
»We-we-wenn...«, stotterte sie, »wenn es notwendig ist. Es — es wird ihm nicht weh tun, oder?«
»Nein. Eventuell muß ich auch eine Punktion des Rückgrats vornehmen.«
Er jagte ihr Angst ein.
Sie zwang sich zu fragen: »Was hat er, Ihrer Meinung nach? Was ist mit meinem Sohn?« Sie erkannte den Klang ihrer eigenen Stimme nicht wieder.
»Ich würde es vorziehen, keine Vermutungen zu äußern, Mrs. Parker. In einer oder zwei Stunden wissen wir Bescheid. Er ist jetzt wach, falls Sie ihn sehen wollen.«
»O ja, bitte!«

Eine Krankenschwester führte sie zu Joshuas Zimmer. Er lag im Bett, eine blasse, kleine Gestalt. Als Jennifer eintrat, öffnete er die Augen.
»Hallo, Mama.«
»Hallo, du da.« Sie setzte sich auf die Kante seines Betts. »Wie fühlst du dich?«
»Irgendwie komisch. So, als wäre ich gar nicht hier.«
Jennifer ergriff seine Hand. »Du bist hier, Liebling. Und ich bin bei dir.«
»Ich sehe alles doppelt.«
»Hast du — hast du das dem Doktor gesagt?«
»Ja. Ich habe ihn doppelt gesehen. Hoffentlich schickt er dir nicht zwei Rechnungen.«
Jennifer legte ihre Arme um Joshua und drückte ihn an sich. Sein Körper wirkte geschrumpft und zerbrechlich.
»Mama?«
»Ja, Liebling?«

»Du läßt mich nicht sterben, oder?«
Ihre Augen brannten plötzlich. »Nein, Joshua, ich lasse dich nicht sterben. Die Ärzte machen dich wieder gesund, und dann nehme ich dich mit nach Hause.«
»Okay. Außerdem hast du versprochen, daß wir irgendwann wieder nach Acapulco fahren.«
»Ja. Sobald du...«
Er war schon wieder eingeschlafen.

Dr. Morris betrat den Raum, begleitet von zwei Männern in weißen Jacketts.
»Wir würden jetzt gern mit dem Test beginnen, Mrs. Parker. Sie dauern nicht lange. Warum warten Sie nicht hier und machen es sich bequem?«
Jennifer sah zu, wie sie Joshua aus dem Raum trugen. Sie hockte auf der Kante des Betts und fühlte sich, als hätte man sie zusammengeschlagen. Jegliche Energie hatte sie verlassen. Sie saß da wie in Trance und starrte die weiße Wand an.
Einen Augenblick später sagte eine Stimme: »Mrs. Parker...«
Jennifer blickte auf. Dr. Morris stand vor ihr.
»Bitte, gehen Sie und machen Sie die Tests.«
Er blickte sie seltsam an. »Wir sind schon fertig.«
Jennifer blickte auf ihre Armbanduhr. Sie hatte zwei Stunden so dagesessen. Wo war die Zeit geblieben? Sie blickte den Arzt an, suchte nach den kleinen, verräterischen Zeichen, die preisgaben, ob er gute oder schlechte Nachrichten für sie hatte. Wie oft hatte sie das nicht schon getan, hatte in den Gesichtern von Geschworenen gelesen und schon vorher an ihrem Ausdruck erkannt, wie das Urteil lauten würde. Hundertmal? Fünfhundert? Aber jetzt, geschüttelt von Panik, konnte sie überhaupt nichts erkennen. Ihr Körper begann unkontrolliert zu zittern.
Dr. Morris sagte: »Ihr Sohn leidet an einem subduralen Haematom. Allgemeinverständlich ausgedrückt, sein Gehirn hat eine schwere Verletzung erlitten.«
Ihre Kehle war plötzlich so trocken, daß sie nicht mehr sprechen konnte.
»Wa...« Sie schluckte und versuchte es noch einmal. »Was bedeu...?« Sie konnte den Satz nicht beenden.

»Ich möchte auf der Stelle operieren. Ich brauche Ihre Genehmigung.«
*Er spielte ihr irgendeinen grausamen Streich. Nur noch einen Augenblick, dann würde er lächeln und ihr sagen, daß es Joshua gut ging. Ich habe Sie nur dafür bestraft, daß Sie meine Zeit verschwendet haben, Mrs. Parker. Ihr Sohn ist kerngesund, er braucht nur etwas Schlaf. Er ist ein Heranwachsender. Sie sollten uns nicht die Zeit stehlen — wir haben schließlich Patienten, die uns wirklich brauchen. Gleich würde er sie anlächeln und sagen:* »Sie können Ihren Sohn jetzt mitnehmen.«
Dr. Morris fuhr fort: »Er ist jung und scheint kräftig zu sein. Wir haben allen Grund, zu hoffen, daß die Operation erfolgreich verlaufen wird.«
*Er würde das Gehirn ihres Babys aufschneiden, mit seinen scharfen Instrumenten hineindringen und vielleicht alles zerstören, was Joshua zu Joshua machte. Vielleicht — würde er ihn töten.*
»Nein!« Das Wort war ein wütender Schrei.
»Sie erlauben uns nicht, zu operieren?«
»Ich...« Sie war so verwirrt, daß sie nicht mehr denken konnte. »Was — was ist, wenn Sie ihn nicht operieren?«
Dr. Morris sagte schlicht: »Ihr Sohn wird sterben. Ist der Vater des Jungen hier?«
Adam! Oh, wie gern hätte sie ihn jetzt hier gehabt, seine Arme um sich gespürt, seinen Trost. Sie wollte, daß er ihr sagte, daß sich alles wieder einrenken, daß Joshua gesund werden würde.
»Nein«, antwortete Jennifer schließlich. »Er ist nicht hier. Ich — ich gebe Ihnen die Erlaubnis. Operieren Sie!«
Dr. Morris füllte ein Formular aus und reichte es ihr. »Würden Sie das bitte unterschreiben?«
Jennifer unterschrieb das Papier, ohne es anzuschauen. »Wie lange wird es dauern?«
»Das weiß ich erst, wenn ich seinen Kopf geöff..« Er sah den Ausdruck ihres Gesichts, »...wenn ich mit der Operation begonnen habe. Wollen Sie hier warten?«
»Nein!« Die Mauern zogen sich um sie zusammen, erstickten sie. Sie konnte kaum atmen. »Gibt es hier eine Kapelle?«

Die Krankenhauskapelle war klein. Über dem Altar hing ein Gemälde des Jesuskindes. Außer Jennifer befand sich niemand im Raum. Sie kniete, aber sie konnte nicht beten. Sie war nie sehr religiös gewesen; warum sollte Gott ihr jetzt zuhören? Sie versuchte sich zu beruhigen, so daß sie mit Gott sprechen konnte, aber ihre Furcht war zu stark; sie hatte sie vollkommen in ihre Gewalt gebracht. Jennifer beschuldigte sich selber mitleidlos. *Wenn ich Joshua nur nicht mit nach Acapulco genommen hätte, dachte sie... wenn ich ihn nicht Wasserski fahren gelassen hätte... wenn ich diesem mexikanischen Arzt nicht vertraut hätte... wenn. Wenn. Wenn.* Dann schlug sie Gott ein Tauschgeschäft vor. *Mach ihn gesund, und ich tue alles, was du willst.*

Anschließend leugnete sie ihn. *Wenn es einen Gott gäbe, würde er ein Kind, das niemandem etwas zuleide getan hat, so bestrafen? Was ist das für ein Gott, der unschuldige Kinder sterben läßt?*

Als sie völlig erschöpft und am Ende ihrer Kraft war, hörten ihre Gedanken auf zu rasen, und sie erinnerte sich an Dr. Morris' Worte: *Er ist jung und scheint kräftig zu sein. Wir haben allen Grund, zu hoffen, daß die Operation erfolgreich verlaufen wird. Alles würde wieder in Ordnung kommen. Natürlich würde es gelingen. Wenn alles vorbei war, würde sie mit Joshua irgendwohin fahren, wo er sich ausruhen konnte. Acapulco, wenn er wollte. Sie würden lesen, spielen und sich unterhalten...*

Als Jennifer schließlich nicht einmal mehr denken konnte, ließ sie sich auf die harte Holzbank zurücksinken. Ihr Kopf war benommen und leer. Jemand berührte sie am Arm, und sie sah auf, und Dr. Morris stand über sie gebeugt. Jennifer blickte in sein Gesicht und brauchte keine Fragen mehr zu stellen.

Sie fiel in Ohnmacht.

## 50

Joshua lag auf einem schmalen Metalltisch, sein Körper für immer reglos. Er wirkte wie in einem friedlichen Schlaf befangen, sein hübsches, junges Gesicht erleuchtet vom Widerschein geheimer, ferner Träume. Jennifer hatte diesen Ausdruck schon tausendmal gesehen, wenn Joshua sich in sein Bett kuschelte, während sie auf der Kante saß und sein Gesicht anschaute, erfüllt von einer Liebe, die sie mit ihrer Heftigkeit fast erstickte. Und wie oft hatte sie die Decke von allen

Seiten unter ihn geschoben, um ihn vor der Nachtkälte zu beschützen?
Jetzt war die Kälte tief in ihn eingedrungen. Er würde nie wieder warm sein. Seine strahlenden Augen würden sich nie wieder öffnen und sie ansehen, und sie würde niemals mehr das Lächeln auf seinen Lippen erblicken oder seine kleinen, starken Arme um sich fühlen. Er war nackt unter dem dünnen, weißen Tuch.
Jennifer sagte zu dem Arzt: »Ich möchte, daß Sie ihn zudecken. Er wird frieren.«
»Er kann nicht...« Dr. Morris blickte in Jennifers Augen, und was er da sah, ließ ihn sagen: »Ja, natürlich, Mrs. Parker.« Er wandte sich an die Schwester und sagte: »Holen Sie eine Decke.«
Anscheinend war mindestens ein halbes Dutzend Leute im Raum, die meisten in weißen Kitteln, und alle schienen mit Jennifer zu reden, aber sie konnte nicht verstehen, was sie sagten. Es war, als befände sie sich unter einer Glasglocke, getrennt von ihrer Umwelt. Sie konnte sehen, wie sich ihre Lippen bewegten, aber es gab kein Geräusch. Sie wollte sie anschreien, sie wegjagen, aber sie hatte Angst, Joshua zu erschrecken. Jemand schüttelte ihren Arm, und der Bann war gebrochen, der Raum war plötzlich von einer Geräuschexplosion erfüllt, und alle schienen gleichzeitig zu reden.
Dr. Morris sagte: »...unerläßlich, eine Autopsie vorzunehmen.«
Jennifer sagte ruhig: »Wenn Sie meinen Sohn noch einmal anrühren, bringe ich Sie um.«
Und sie lächelte alle ringsum an, weil sie nicht wollte, daß sie auf Joshua böse wurden.
Eine Schwester wollte Jennifer aus dem Zimmer führen, aber sie schüttelte den Kopf. »Ich kann ihn nicht allein lassen. Jemand könnte das Licht ausmachen. Joshua hat Angst im Dunkeln.«
Jemand preßte ihren Arm. Jennifer fühlte den Stich einer Nadel, und wenig später versank sie in ein Gefühl von Wärme und Frieden und schlief ein.
Sie erwachte am späten Nachmittag. Sie befand sich in einem kleinen Zimmer im Krankenhaus. Jemand hatte sie ausgezogen und in ein Spitalgewand gehüllt. Sie stand auf, zog sich

an und begab sich auf die Suche nach Dr. Morris. Sie war unnatürlich ruhig.
Dr. Morris sagte: »Wir kümmern uns um die Beerdigungsvorbereitungen, Mrs. Parker. Sie brauchen sich da...«
»Ich kümmere mich selber darum.«
»Wie Sie wollen.« Er zögerte verlegen. »Wegen der Autopsie — ich weiß, daß Sie das heute morgen nicht so gemeint haben. Ich...«
»Sie irren sich.«

Die nächsten beiden Tage waren mit den Ritualen des Todes ausgefüllt. Jennifer suchte einen örtlichen Leichenbestatter auf und traf die Vorbereitungen für das Begräbnis. Sie entschied sich für einen weißen, mit Satin ausgelegten Sarg. Sie war selbstbeherrscht und gelassen, und als sie später darüber nachzudenken versuchte, konnte sie sich an nichts mehr erinnern. Es war, als hätte sich jemand anderer in ihrem Körper und ihrem Verstand eingenistet und handelte an ihrer Stelle. Sie stand unter schwerem Schock und verbarg sich im Schutz dieses Schneckenhauses, um nicht wahnsinnig zu werden. Als Jennifer das Büro des Leichenbestatters verließ, sagte er: »Falls Sie Ihren Sohn in bestimmten Kleidern Ihrer Wahl beerdigt sehen möchten, Mrs. Parker, können Sie sie uns zukommen lassen, und wir ziehen sie ihm an.«
»Ich ziehe Joshua selber an.«
Er blickte sie erstaunt an. »Wenn Sie wollen, natürlich, aber...« Er blickte ihr nach und fragte sich, ob sie wußte, was es bedeutet, eine Leiche anzuziehen.

Jennifer fuhr nach Hause, stellte den Wagen auf der Zufahrt ab und ging ins Haus.
Mrs. Mackey befand sich in der Küche. Ihre Augen waren rot, das Gesicht von Kummer verzerrt. »Oh, Mrs. Parker. Ich kann gar nicht glauben, daß...«
Jennifer sah und hörte sie nicht. Sie ging an ihr vorbei, nach oben in Joshuas Zimmer. Es sah aus wie immer. Nichts hatte sich verändert, außer daß es leer war. Joshuas Bücher, seine Spiele, die Baseball- und Skiausrüstung waren da und warteten auf ihn. Jennifer stand im Türrahmen und starrte in den Raum und fragte sich, was sie hier gewollt hatte. *Ach ja, Klei-*

*der für Joshua.* Sie ging zum Schrank. Da hing ein dunkelblauer Anzug, den sie ihm zu seinem letzten Geburtstag gekauft hatte. Joshua hatte ihn getragen, als sie ihn zum Abendessen zu Lutèce geführt hatte. Der Abend war ihr noch lebhaft in Erinnerung. Joshua hatte so erwachsen ausgesehen, und Jennifer hatte einen Stich gefühlt und gedacht: *Eines Tages wird er hier mit dem Mädchen sitzen, das er heiraten will.* Dieser Tag würde niemals kommen. Es würde kein Erwachsenwerden geben. Kein Mädchen. Kein Leben.
Neben dem blauen Anzug hingen mehrere Blue jeans und T-Shirts, eins davon mit dem Namen von Joshuas Baseballmannschaft bedruckt. Jennifer ließ ihre Hände ziellos über die Kleider gleiten. Sie hatte jedes Zeitgefühl verloren.
Mrs. Mackey erschien. »Geht es Ihnen gut, Mrs. Parker?« Jennifer sagte artig: »Es geht mir gut, danke, Mrs. Mackey.«
»Kann ich Ihnen bei irgend etwas behilflich sein?«
»Nein, danke. Ich muß Joshua anziehen. Was, glauben Sie, würde er gern tragen?« Ihre Stimme klang hell und fröhlich, aber ihre Augen waren tot.
Mrs. Mackey hatte plötzlich Angst. »Warum legen Sie sich nicht ein wenig hin, Mrs. Parker? Ich rufe den Doktor.«
Jennifers Hände strichen über die Kleider im Schrank. Sie zog die Baseballuniform vom Bügel. »Ich glaube, das würde Joshua gefallen. So, was braucht er noch?«
Hilflos sah Mrs. Mackey zu, wie Jennifer zur Kommode ging und Unterwäsche, Socken und ein Hemd herausholte. *Joshua braucht diese Dinge, denn er fährt in die Ferien. Ganz lange Ferien.*
»Glauben Sie, daß er es darin warm genug haben wird?«
Mrs. Mackey brach in Tränen aus. »Bitte, nicht«, bettelte sie. »Lassen Sie die Sachen. Ich kümmere mich darum.«
Aber Jennifer war schon wieder auf dem Weg nach unten.

Der Körper lag in der »Schlummerkammer« der Leichenhalle. Man hatte Joshua auf einen langen Tisch gelegt, der seine kleine Gestalt wie die eines Zwergs wirken ließ.
Als Jennifer mit Joshuas Kleidern zurückkehrte, versuchte der Bestatter noch einmal, sie von ihrem Plan abzubringen. »Ich habe mit Dr. Morris gesprochen. Wir sind der Meinung, Mrs. Parker, daß es viel besser wäre, wenn Sie uns das überließen. Wir haben darin eine gewisse Übung und...«

Jennifer lächelte ihn an und sagte: »Raus!«
Er schluckte. »Jawohl, Mrs. Parker.«
Jennifer wartete, bis er den Raum verlassen hatte, und dann wandte sie sich ihrem Sohn zu.
Sie blickte in sein schlafendes Gesicht und sagte: »Deine Mutter wird sich um dich kümmern, mein Liebling. Du wirst deine Baseballuniform tragen. Das gefällt dir, nicht?«
Sie zog das Leichentuch beiseite und blickte auf seinen nackten, eingefallenen Körper, und dann begann sie ihn anzuziehen. Sie wollte ihm den Slip über den Körper streifen, und sie zuckte vor der eisigen Kälte seines Körpers zurück. Er war so hart und steif wie Marmor. Jennifer versuchte, sich weiszumachen, daß dieses eiskalte, leblose Stück Fleisch nicht ihr Sohn war, daß Joshua sich woanders befand, warm und glücklich, aber sie konnte sich nicht überzeugen. Es war Joshua da vor ihr auf dem Tisch. Ihr Körper begann zu zittern. Es war, als hätte Joshuas Kälte auf sie übergegriffen und wäre bis ins Knochenmark vorgedrungen. *Hör auf!* sagte sie zu sich selber. *Hör auf! Hör auf! Hör auf! Hör auf!*
Sie holte tief Luft, und als sie sich schließlich wieder beruhigt hatte, begann sie erneut, ihren Sohn anzuziehen und dabei mit ihm zu reden. Sie zog ihm frische Unterhosen an, danach eine Hose, und als sie ihn hochhob, um ihm das Hemd überzustreifen, rutschte ihre Hand ab, und sein Kopf fiel auf den Tisch, und Jennifer schrie: »Entschuldige, Joshua, vergib mir!« Und sie begann zu weinen.

Sie brauchte fast drei Stunden, um ihn anzuziehen. Er trug seine Baseballuniform, sein Lieblings-T-Shirt, weiße Strümpfe und Turnschuhe. Der Schirm der Baseballkappe überschattete sein Gesicht, so daß Jennifer sie schließlich auf seine Brust legte. »Du kannst sie so mitnehmen, mein Liebling.«
Als der Leichenbestatter hereinschaute, stand Jennifer über den angekleideten Körper gebeugt, hielt Joshuas Hand und redete mit ihm. Der Mann ging zu ihr und sagte sanft: »Wir kümmern uns jetzt um ihn.«
Jennifer blickte ihren Sohn ein letztes Mal an. »Bitte, gehen Sie vorsichtig mit ihm um. Er hat sich am Kopf verletzt, müssen Sie wissen.«

Die Beerdigung war schlicht. Jennifer und Mrs. Mackey gaben Joshua als einzige das letzte Geleit. Sie sahen zu, wie der schmale, weiße Sarg in das frisch ausgehobene Grab gesenkt wurde. Jennifer hatte daran gedacht, Ken Bailey zu informieren, denn Ken und Joshua hatten sich innig geliebt, aber Ken spielte keine Rolle mehr in ihrem Leben.
Als die erste Schaufel voll Dreck auf den Sarg geworfen wurde, sagte Mrs. Mackey: »Kommen Sie, ich bringe Sie nach Hause.«
Jennifer sagte höflich: »Es geht mir gut. Joshua und ich, wir brauchen Sie nicht mehr, Mrs. Mackey. Ich sorge dafür, daß Sie einen Jahreslohn ausgezahlt bekommen, und ich gebe Ihnen ein gutes Zeugnis. Joshua und ich danken Ihnen für alles.«
Sie drehte sich um, ließ Mrs. Mackey stehen und schritt davon. Sie ging vorsichtig und hielt sich sehr aufrecht, als ginge sie einen endlosen Korridor entlang, der gerade breit genug für eine Person war.

Das Haus war still und friedlich. Sie ging nach oben in Joshuas Zimmer, schloß die Tür und legte sich auf sein Bett. Sie betrachtete all die Dinge, die ihm gehört hatten, die er geliebt hatte. Ihre ganze Welt war in diesem Zimmer. Jetzt gab es nichts mehr zu tun für sie — nichts mehr zu tun und kein Ziel. Es gab nur Joshua. Jennifer begann mit dem Tag seiner Geburt und versank in einem Meer von Erinnerungen.
Joshua erste Schritte... Joshua, der *Auto-Auto* sagte und *Mama, geh mit deinem Spielzeug spielen*... Joshua, wie er zum erstenmal allein zur Schule ging, eine kleine, tapfere Gestalt... Joshua mit Masern im Bett... Joshua, der für seine Mannschaft ein Baseballspiel gewann... Joshua am Bug des Segelboots... Joshua, wie er einen Elefanten im Zoo fütterte... wie er am Muttertag *Shine On, Harvest Moon* sang..., die Erinnerungen zogen vorbei, Kurzfilme auf der Leinwand ihrer Seele. Sie endeten mit dem Tag, an dem sie nach Acapulco fuhren.
Acapulco... wo sie Adam getroffen und mit ihm geschlafen hatte. Gott strafte sie, weil sie nur an sich gedacht hatte. *Natürlich*, dachte Jennifer. *Joshuas Tod ist meine Strafe. Er ist meine Hölle.*

Und sie begann wieder von vorn, mit dem Tag, an dem Joshua geboren worden war... seine ersten Schritte... *Auto-Auto* und *Mama, geh mit deinem Spielzeug spielen*...
Die Zeit verstrich. Manchmal hörte Jennifer das Telefon in einem fernen Winkel des Hauses klingeln, und einmal klopfte jemand an die Vordertür, aber diese Geräusche hatten keine Bedeutung für sie. Sie war mit ihrem Sohn zusammen und ließ sich durch nichts dabei stören. Sie blieb in Joshuas Zimmer, aß und trank nichts, verloren in ihrer eigenen Welt mit Joshua. Sie hatte kein Gefühl mehr für Zeit, keine Ahnung, wie lange sie auf dem Bett lag und in der Vergangenheit lebte.

Fünf Tage später hörte Jennifer die Türklingel erneut. Dann hämmerte jemand an die Tür, aber sie kümmerte sich nicht darum. Wer es auch immer war, er würde gehen und sie in Ruhe lassen. Undeutlich vernahm sie das Geräusch von splitterndem Glas. Einige Sekunden später sprang die Tür von Joshuas Zimmer auf, und Michael Moretti erschien im Rahmen. Er warf einen Blick auf die hagere Gestalt, die aus tiefliegenden Augen vom Bett zu ihm hochstarrte und sagte: »Jesus Christus!«
Michael Moretti brauchte seine ganze Kraft, um Jennifer aus dem Raum zu schaffen. Sie wehrte sich hysterisch, schlug nach ihm und versuchte, ihm die Augen auszukratzen. Nick Vito wartete im Erdgeschoß, und sogar zu zweit hatten sie alle Hände voll zu tun, um Jennifer in den Wagen zu bringen. Jennifer hatte keine Ahnung, wer sie waren und warum sie da waren. Sie wußte nur, daß diese Männer sie von ihrem Sohn fortbrachten. Sie versuchte, ihnen zu erklären, daß sie sterben würde, wenn sie ihr das antaten, aber schließlich war sie zu erschöpft, um sich noch länger zu wehren. Sie schlief ein.

Jennifer erwachte in einem hellen, sauberen Zimmer mit einem großen Aussichtsfenster, durch das sie einen Berg und einen See in der Ferne erblicken konnte. Eine Krankenschwester saß in einem Stuhl neben dem Bett und las ein Magazin. Als Jennifer die Augen öffnete, sah sie auf.
»Wo bin ich?« Das Sprechen schmerzte in Jennifers Kehle.
»Sie sind bei Freunden, Mrs. Parker. Mr. Moretti hat Sie her-

gebracht. Er hat sich große Sorgen um Sie gemacht. Er wird sich freuen, wenn er hört, daß Sie wieder wach sind.«
Die Schwester eilte aus dem Raum. Jennifer lag da, gedankenblind, und wollte, daß ihr Verstand für immer leer bliebe. Aber die Erinnerungen kehrten zurück, ungebeten, unerwünscht, und es gab kein Versteck, keine Fluchtmöglichkeit vor ihnen. Jennifer begriff, daß sie versucht hatte, Selbstmord zu begehen, ohne wirklich den Mut dazu zu haben. Sie hatte einfach sterben und den Tod herbeizwingen wollen. Michael hatte sie gerettet. Welche Ironie! Nicht Adam, sondern Michael. Vermutlich war es unfair, Adam einen Vorwurf zu machen. Sie hatte ihm die Wahrheit verheimlicht, hatte ihm den Sohn, der geboren worden und nun tot war, vorenthalten. Joshua war tot. Jetzt konnte Jennifer der Tatsache ins Gesicht sehen. Der Schmerz war tief und quälend, und sie wußte, daß dieser Schmerz sie ihr Leben lang begleiten würde. Aber sie konnte es ertragen. Sie mußte. Es war die ausgleichende Gerechtigkeit, die ihr die Rechnung vorlegte.
Jennifer hörte Schritte und blickte auf. Michael hatte den Raum betreten. Er stand vor dem Bett und sah sie fragend an. Als Jennifer verschwunden war, hatte er sich wie ein Wilder aufgeführt. Aus Angst um sie hatte er beinahe den Verstand verloren. Er ging auf sie zu und blickte ihr in die Augen.
»Warum hast du mir nichts gesagt?« Er setzte sich auf die Bettkante. »Es tut mir so leid.«
Sie nahm seine Hand. »Danke, daß du mich hergebracht hast. Ich — ich glaube, ich war ein bißchen verrückt.«
»Ein bißchen.«
»Wie lange bin ich schon hier?'
»Vier Tage. Der Doktor hat dich intravenös ernährt.«
Jennifer nickte, und sogar diese kleine Bewegung kostete sie große Anstrengung.
»Dein Frühstück ist unterwegs. Er hat mir aufgetragen, dich zu mästen.«
»Ich bin nicht hungrig. Ich glaube, ich will nie wieder essen.«
»Du wirst.«
Und zu ihrer Überraschung hatte Michael recht. Als die Schwester ihr auf einem Tablett weichgekochte Eier, Toast und Tee brachte, stellte sie fest, daß sie ausgehungert war. Michael blieb bei ihr und beobachtete sie, und als sie fertig

war, sagte er: »Ich muß wieder zurück nach New York und mich um ein paar Angelegenheiten kümmern. In ein paar Tagen bin ich wieder da.«
Er beugte sich vor und küßte sie zärtlich. »Ich sehe dich am Freitag.« Langsam strich er mit einem Finger über ihr Gesicht. »Ich möchte, daß du schnell wieder gesund wirst, hörst du?«
Jennifer sah ihn an und sagte: »Ich höre.«

## 51

Der riesige Konferenzraum des Stützpunktes der US-Marineinfanterie platzte beinahe aus den Nähten. Vor der Tür stand eine Abteilung bewaffneter Wachen auf dem Posten. Hinter der Tür fand eine außergewöhnliche Versammlung statt. In Stühlen längs der Wand saßen die Mitglieder einer Anklagekammer. Auf der einen Seite eines langen Tisches saßen Adam Warner, Robert Di Silva und der stellvertretende Direktor des FBI. Ihnen gegenüber saß Thomas Colfax.
Die Geschworenen der Anklagekammer, die Grand Jury in den Stützpunkt zu schaffen, war Adams Idee gewesen. »Nur so können wir Colfax' Schutz gewährleisten.«
Die Grand Jury hatte Adams Vorschlag zugestimmt, und die Geheimsitzung konnte beginnen.
Adam forderte Thomas Colfax auf: »Würden Sie sich bitte identifizieren?«
»Mein Name ist Thomas Colfax.«
»Was sind Sie von Beruf, Mr. Colfax?«
»Ich bin Rechtsanwalt, zugelassen im Staat von New York und einigen anderen Staaten im ganzen Land.«
»Wie lange üben Sie diesen Beruf schon aus?«
»Über fünfunddreißig Jahre.«
»Haben Sie eine öffentliche Praxis?«
»Nein, Sir. Ich habe nur einen Mandanten.«
»Wer ist dieser Mandant?«
»Den größten Teil der fünfunddreißig Jahre handelte es sich um Antonio Granelli, der jetzt tot ist. Seinen Platz hat Michael Moretti eingenommen. Ich vertrete ihn und seine Organisation.«

»Beziehen Sie sich auf das organisierte Verbrechen?«
»So ist es, Sir.«
»Könnte man aufgrund der Position, die Sie so lange Jahre eingenommen haben, davon ausgehen, daß Sie einen einzigartigen Einblick in die Mechanismen dessen hatten, was wir die Organisation nennen wollen?«
»Es geschah nicht viel, wovon ich nichts wußte.«
»Und das umfaßt auch kriminelle Aktivitäten?«
»Ja, Senator.«
»Würden Sie uns etwas über diese Aktivitäten erzählen?«

Thomas Colfax redete zwei Stunden lang ununterbrochen. Seine Stimme war fest und sicher. Er nannte Namen, Orte und Daten, und zeitweise war sein Vortrag so faszinierend, daß die im Raum Anwesenden vergaßen, wo sie sich befanden, in Bann geschlagen von den Horrorgeschichten, die Colfax erzählte.
Er sprach von Mordaufträgen, von getöteten Zeugen, von Brandstiftungen, Vergewaltigungen, weißem Sklavenhandel — und vor den Augen der Anwesenden entstand ein Gemälde wie von Hieronymus Bosch. Zum erstenmal wurden die geheimsten Operationen des größten Verbrechersyndikats der Welt vor aller Augen bloßgelegt.
Gelegentlich stellten Adam oder Robert Di Silva eine Frage, soufflierten Colfax, hakten nach, wo immer es notwendig wurde, um die eine oder andere Lücke zu schließen.
Die Sitzung lief wesentlich besser, als Adam gehofft hatte. Da passierte plötzlich, kurz vor Schluß, die Katastrophe.
Einer der Männer in der Grand Jury hatte eine Frage gestellt. Es ging darum, wie die Organisation schmutziges Geld gewaschen hatte.
»Das geschah vor ungefähr zwei Jahren. Von einigen der späteren Unternehmungen hat Michael mich ferngehalten. Das war Jennifer Parkers Ressort.«
Adam erstarrte.
Robert Di Silva fragte: »Jennifer Parker?« Seine Frage hatte eine geradezu explosive Intensität.
»Ja, Sir.« Thomas Colfax' Stimme hatte plötzlich einen rachsüchtigen Klang. »Sie ist jetzt die Chefanwältin der Organisation.«

Adam wünschte sich verzweifelt, ihn zum Schweigen bringen zu können, seine weiteren Worte aus dem Protokoll herauszuhalten, aber es war zu spät. Di Silva hatte die Schlagader anvisiert, und nichts konnte ihn mehr zurückhalten.
»Erzählen Sie uns mehr über sie«, sagte Di Silva gespannt.
Thomas Colfax fuhr fort: »Jennifer Parkers Gebiete sind Briefkastenfirmen, neue Möglichkeiten, Geld weißzuwaschen...«
Adam versuchte, ihn zu unterbrechen. »Ich glaube nicht...«
»...Mord.« Das Wort hing im Raum.
Adam brach das Schweigen. »Wir — wir müssen uns an die Tatsachen halten, Mr. Colfax. Sie wollen doch wohl nicht behaupten, daß Jennifer Parker an einem Mord beteiligt war?«
»Genau das wollte ich sagen. Sie hat einem Mann den Bleistift schicken lassen, der ihren Sohn gekidnappt hatte. Der Name des Mannes war Frank Jackson. Sie bat Michael Moretti, ihn zu töten, und er hat es getan.«
Erstauntes Stimmengemurmel erhob sich.
Ihr Sohn! Adam dachte: *Irgendwo muß da ein Fehler liegen.*
Er sagte stockend: »Ich glaube — ich glaube, wir haben auch ohne Gerüchte genug Beweise. Wir...«
»Das ist kein Hörensagen«, versicherte Thomas Colfax ihm. »Ich war im selben Zimmer wie Moretti, als sie anrief.«
Adams Hände preßten sich unter dem Tisch so heftig gegeneinander, daß alles Blut aus ihnen wich. »Der Zeuge sieht müde aus. Ich glaube, für heute haben wir genug.«
Robert Di Silva sagte zu der Grand Jury: »Ich möchte einen Vorschlag zur Verfahrensweise machen...«
Adam hörte nicht zu. Er fragte sich, wo Jennifer sein mochte. Sie war schon wieder verschwunden. Er hatte wiederholt versucht, sie aufzuspüren, aber jetzt war er zu allem entschlossen. Er mußte sie erreichen, und zwar schnell.


## 52

Die umfassendste Geheimoperation in der Geschichte der Verbrechensbekämpfung in den Vereinigten Staaten wurde in die Wege geleitet.
Spezialeinheiten zur Bekämpfung des organisierten Verbre-

chens und Bandenunwesens arbeiteten Hand in Hand mit dem FBI, den Post- und Zollbehörden, dem Finanzamt, der Rauschgiftpolizei und einem halben Dutzend anderer Regierungsstellen.

Die Bandbreite der Untersuchungen umfaßte Mord, Verschwörung zum Zweck der Begehung eines Mordes, Bandenunwesen, Erpressung, Unterschlagung von Einkommenssteuern, Gewerkschaftskorruption, Brandstiftung, Geldwucher und Drogen.

Thomas Colfax hatte der Regierung den Schlüssel zur Büchse der Pandora gegeben, einer Büchse des Verbrechens und der Korruption, und dieser Schlüssel half mit, einen großen Teil des organisierten Verbrechens auszurotten.

Michael Morettis Familie wurde am schwersten getroffen, aber das Beweismaterial belastete Dutzende anderer Familien im ganzen Land.

Überall in den Vereinigten Staaten und außerhalb unterzogen Agenten der Regierung Freunde und Geschäftspartner der Männer auf ihrer Liste einer diskreten Befragung. Agenten in der Türkei, in Mexiko, San Salvador, Marseille und auf Honduras setzten sich mit ihren Anlaufstellen in Verbindung und gaben ihnen Informationen über illegale Unternehmungen in ihren Operationsgebieten. Kleine Fische, die ins Netz gingen, erhielten Straffreiheit zugesichert, wenn sie sangen und Beweismaterial gegen die Drahtzieher lieferten. Alles lief so unauffällig wie möglich ab, so daß die anvisierte Beute nicht vor dem Sturm gewarnt wurde, der sich über ihrem Kopf zusammenbraute.

Als Vorsitzender des Senatsausschusses empfing Adam Warner einen ständigen Strom von Besuchern in seinem Haus in Georgetown, und die Gespräche in seinem Arbeitsraum dauerten oft bis in die frühen Morgenstunden. Es bestanden wenig Zweifel, daß das Weiße Haus ein leichter Sieg für Adam Warner werden würde, wenn die Untersuchung vorbei und Michael Morettis Organisation zerschlagen war.

Er hätte ein glücklicher Mann sein müssen. Statt dessen fühlte er sich elend angesichts der größten moralischen Krise seines Lebens. Jennifer Parker war von den Vorgängen zutiefst betroffen, und er mußte sie warnen, ihr nahelegen, zu fliehen, so lange sie noch eine Chance hatte. Nichtsdestowe-

niger hatte er eine andere Pflicht, eine Pflicht gegenüber dem Ausschuß, der seinen Namen trug, eine Pflicht gegenüber dem Senat der Vereinigten Staaten. Er war Jennifers Ankläger, wie konnte er ihr Beschützer sein? Wenn er sie warnte und dabei ertappt wurde, würde es die Glaubwürdigkeit seines Ausschusses und alles, was er bisher erreicht hatte, gefährden. Es würde seine Zukunft und seine Familie zerstören.
Colfax' Bemerkung, daß Jennifer ein Kind hatte, war wie ein Schlag ins Gesicht gewesen.
Er wußte, daß er mit Jennifer sprechen mußte.
Adam wählte ihre Büronummer, und eine Sekretärin sagte: »Es tut mir leid, Mr. Adams, Miß Parker ist nicht da.«
Adam hielt sich im Arbeitszimmer auf und versuchte zum drittenmal an diesem Tag, Jennifer anzurufen, als Mary Beth in den Raum trat. Unauffällig legte Adam den Hörer wieder auf.
Mary Beth ging zu ihm und fuhr ihm mit den Fingern durch das Haar.
»Du siehst müde aus, Darling.«
»Es geht mir gut.«
Sie ging zu einem lederbezogenen Sessel auf der anderen Seite von Adams Schreibtisch und setzte sich. »Langsam fügt sich alles zusammen, nicht, Adam?«
»Sieht so aus, ja.«
»Ich hoffe, daß bald alles vorüber ist, in deinem Interesse. Der Streß muß schrecklich sein.«
»Ich kann es aushalten, Mary Beth. Mach dir um mich keine Sorgen.«
»Ich mache mir aber Sorgen. Jennifer Parkers Name steht auf der Liste, oder?«
Adam blickte sie scharf an. »Woher weißt du das?«
Sie lachte. »Mein Engel, du hast dieses Haus in einen Marktplatz verwandelt. Ich kann nichts dafür, daß ich manchmal ein wenig von dem höre, was vorgeht. Alle scheinen geradezu kopflos vor Aufregung. Jeder will Michael Moretti und seine Freundin fangen.« Sie beobachtete Adams Miene, aber es gab keine Reaktion.
Mary Beth betrachtete ihren Mann liebevoll und dachte: *Wie naiv Männer doch sind.* Sie wußte mehr über Jennifer Parker als er. Es hatte sie immer erstaunt, wie hervorragend ein Mann

im Geschäftsleben oder der Politik sein konnte und wie töricht, wenn es sich um Frauen handelte. Wie viele wirklich große Männer hatten billige kleine Dummchen geheiratet. Mary Beth verstand es völlig, daß ihr Ehemann eine Affäre mit Jennifer gehabt hatte. Schließlich war Adam ein sehr attraktiver und begehrenswerter Mann. Und wie alle Männer war er für neue Reize empfänglich. Ihre Philosophie war, zu vergeben, aber niemals zu vergessen.
Mary Beth wußte, was gut für ihren Ehemann war. Alles, was sie tat, geschah zu seinem Besten. Wenn dies alles vorbei war, würde sie mit ihm irgendwohin fahren. Er sah wirklich müde aus. Sie würden Samantha bei der Haushälterin lassen und in eine romantische Gegend fahren. Vielleicht nach Tahiti.
Mary Beth blickte aus dem Fenster und sah zwei Sicherheitsbeamte miteinander reden. Sie hatte diesen Männern gegenüber gemischte Gefühle. Einerseits mißbilligte sie das Eindringen in ihr Privatleben, aber andererseits erinnerten sie sie ständig daran, daß ihr Mann einmal Präsident der Vereinigten Staaten werden würde. Es gab keinen Zweifel daran, daß er es schaffen würde. Jeder sagte das. Die Vorstellung, im Weißen Haus zu leben, war so greifbar, daß ihr schon warm wurde, wenn sie nur daran dachte. Ihre Lieblingsbeschäftigung, während Adam mit seinen ganzen Konferenzen zu tun hatte, bestand darin, das Weiße Haus umzudekorieren. Stundenlang saß sie allein in ihrem Zimmer, rückte in ihrer Phantasie Möbel herum, wechselte ganze Einrichtungen aus und dachte an all die aufregenden Dinge, die sie tun würde, wenn sie First Lady wäre.
Schon jetzt hatte sie die Räume gesehen, in die die meisten Besucher gar nicht hereingelassen wurden: das chinesische Zimmer, die Bücherei mit ihren fast dreitausend Büchern, den Raum für diplomatische Empfänge und die Zimmer der Präsidentenfamilie mitsamt den sieben Gästeschlafzimmern im zweiten Stock.
Sie und Adam würden in diesem Haus wohnen und ein Teil seiner Geschichte werden. Mary Beth schauderte, wenn sie daran dachte, wie nahe Adam daran gewesen war, alle ihre Chancen zu verspielen, nur wegen dieser Parker. Nun, das war Gott sei Dank vorbei.

Sie betrachtete Adam, der erschöpft und abgemagert an seinem Schreibtisch saß.
»Kann ich dir eine Tasse Kaffee kochen, Liebling?«
Adam wollte schon nein sagen, aber dann entschied er sich anders. »Das wäre schön.«
»Es wird nur eine Sekunde dauern.«
Kaum hatte Mary Beth den Raum verlassen, da hob Adam den Hörer erneut auf und begann zu wählen. Es war Abend, und er wußte, daß niemand mehr in Jennifers Büro sein würde, aber sie mußte den Auftragsdienst eingeschaltet haben. Nach einer Ewigkeit meldete sich der Auftragsdienst.
»Hier spricht Mr. Adams«, sagte Adam. »Seit Tagen versuche ich, Jennifer Parker zu erreichen. Es ist äußerst dringend.«
»Einen Augenblick, bitte.« Dann meldete sich die Stimme wieder. »Es tut mir leid, Mr. Adams. Ich habe keine Ahnung, wo sich Mrs. Parker befindet. Wollen Sie eine Botschaft hinterlassen?«
»Nein.« Adam knallte enttäuscht den Hörer auf. Er wußte, daß sie unter Garantie nicht reagieren würde, selbst wenn er eine Nachricht für Jennifer hinterließ und sie bat, ihn anzurufen.
Er saß in seiner Höhle, starrte in die Nacht hinaus und dachte an die Dutzende von Haftbefehlen, die demnächst ausgestellt werden würden. Einige unter ihnen würden auf Mordverdacht lauten.
Und einer davon würde Jennifer Parkers Namen tragen.

Es dauerte fünf Tage, bis Michael Moretti wieder zu der Berghütte zurückkehrte, in der Jennifer sich aufhielt. Sie hatte sich ausgeruht, gegessen und lange Spaziergänge auf den Pfaden um das Haus unternommen. Als sie Michaels Wagen den Berg heraufkommen hörte, ging sie nach draußen, um ihn zu begrüßen.
Michael blickte sie an und sagte: »Du siehst schon wesentlich besser aus.«
»Ich fühle mich auch besser, danke.«
Sie gingen auf dem Pfad entlang, der zum See herunterführte. Michael sagte: »Ich habe Arbeit für dich.«
»Worum geht es?«
»Ich möchte, daß du morgen nach Singapur fliegst.«
»Singapur?«

»Ein Steward wurde dort auf dem Flughafen verhaftet, weil er eine Ladung Kokain bei sich hatte. Sein Name ist Stefan Bjork. Er sitzt im Gefängnis. Ich möchte, daß du ihn auf Kaution herausholst, ehe er zu singen anfängt.«
»In Ordnung.«
»Komm so schnell wie möglich zurück. Du wirst mir fehlen.«
Er zog sie an sich und küßte sie zärtlich auf die Lippen, dann flüsterte er: »Ich liebe dich, Jennifer.«
Und sie wußte, daß er diese Worte nie zuvor zu einer Frau gesagt hatte.
Aber es war zu spät. Es war vorbei. Irgend etwas in ihr war für immer gestorben, und sie war zurückgeblieben, für immer einsam, für immer schuldig. Sie hatte sich entschlossen, Michael zu sagen, daß sie ihn verlassen würde. Es würde keinen Adam und keinen Michael geben. Sie mußte irgendwohin gehen, allein, und von vorn anfangen. Sie mußte eine Rechnung begleichen. Sie würde diese eine Angelegenheit noch für Michael in Ordnung bringen und ihm nach der Rückkehr ihre Pläne mitteilen.
Am nächsten Morgen flog sie nach Singapur.

## 53

Nick Vito, Tony Santo, Salvatore Fiore und Joseph Colella aßen in *Tony's Place* zu Mittag. Sie saßen an einem der vorderen Tische, und jedesmal, wenn sich die Tür öffnete, blickten sie auf, um den Ankömmling zu mustern. Michael Moretti hielt sich im Hinterzimmer auf, und obwohl es zur Zeit keine Streitigkeiten zwischen den Familien gab, war es immer besser, auf Nummer Sicher zu gehen.
»Was ist Jimmy passiert?« fragte Joseph Colella.
»*Astutatu-morte*«, sagte Nick Vito. »Der blöde Hurensohn ist auf die Schwester eines Bullen reingefallen. Die Braut war nicht astrein, sage ich euch. Sie und ihr Bullenbruder haben Jimmy einen Floh ins Ohr gesetzt. Er hatte einen richtigen Höhenflug. Jimmy arrangierte ein Treffen mit Mike, und dabei trug er eine Drahtstange im Hosenbein.«
»Und dann?« fragte Fiore.

»Dann wurde Jimmy so nervös, daß er dringend pissen mußte. Als er seinen Hosenschlitz aufgemacht hat, ist der gottverdammte Draht rausgerutscht.«
»Oh, Scheiße!«
»Genau die hat Jimmy gebaut. Mike hat Gino auf ihn losgelassen. Der hat ihn mit seinem eigenen Draht stranguliert. Er wurde ganz langsam getötet — *suppilu suppilu.*«
Die Tür öffnete sich, und die Männer blickten auf. Es war der Zeitungsbote mit der Nachmittagsausgabe der *New York Post.*
Joseph Colella rief: »Hierher, Sonny!« Er wandte sich an die anderen. »Ich muß mir mal kurz die Sportseite ansehen. Ich habe heute in Hialeah ein Pferd am Start.«
Der Zeitungsjunge, ein wettergegerbter Mann in den Siebzigern, reichte Joseph Colella eine Nummer der *Post*, und Colella gab ihm einen Dollar. »Der Rest ist für dich.«
Genau das hätte Michael Moretti gesagt. Joseph Colella schlug die Zeitung auf, und Nick Vitos Aufmerksamkeit wurde von einem Foto auf der Titelseite angezogen.
»He«, meinte er. »Den Burschen kenne ich doch!«
Tony Santo warf einen Blick über Vitos Schulter. »Natürlich kennst du ihn, Witzbold. Das ist Adam Warner. Er bewirbt sich um die Präsidentschaft.«
»Nein, ich meine, ich habe ihn *persönlich* gesehen.« Er zog die Augenbrauen zusammen und versuchte, sich zu erinnern. Plötzlich fiel es ihm ein.
»Jetzt weiß ich's. Er war der Mann, den ich mit Jennifer Parker in einer Bar in Acapulco gesehen habe.«
»Wovon sprichst du eigentlich?«
»Weißt du noch, wie ich letzten Monat drüben war und eine Lieferung abgegeben habe? Ich habe diesen Burschen in Begleitung von Jennifer Parker gesehen. Sie haben zusammen was getrunken.«
Salvatore Fiore starrte ihn an. »Bist du sicher?«
»Ja. Warum?«
Fiore sagte langsam. »Ich glaube, du solltest vielleicht besser Mike davon erzählen.«

Michael Moretti starrte Nick Vito an und sagte: »Du hast wohl deinen verdammten Verstand verloren! Was sollte Jennifer Parker mit Senator Warner zu tun haben?«

»Keine Ahnung, und wenn Sie mich schlagen würden, Boß. Ich weiß nur, daß sie in dieser Bar saßen und Margaritas tranken.«
»Nur sie beide?«
»Ja.«
Salvatore Fiore schaltete sich ein: »Ich dachte, du solltest das wissen, Mike. Dieser Warner untersucht sogar noch unsere Scheiße. Er macht uns das Leben zur Hölle. Warum sollte Jennifer einen Drink mit ihm nehmen?«
Genau das wollte auch Michael wissen. Jennifer hatte von Acapulco und dem Konvent erzählt und ein halbes Dutzend Leute erwähnt, die sie getroffen hatte. Über Adam Warner hatte sie kein Wort verloren.
Michael wandte sich an Tony Santo. »Wer ist zur Zeit Geschäftsführer der Portiersgewerkschaft?«
»Charlie Corelli.«

Fünf Minuten später telefonierte Michael Moretti mit Charles Corelli. »Ein Freund von mir wohnte vor neun Jahren in den Belmont Towers«, sagte Michael. »Ich würde gern mit dem Mann sprechen, der damals dort Pförtner war.« Michael lauschte einen Moment. »Ich weiß das zu schätzen, mein Freund. Ich schulde Ihnen einen Gefallen.« Er hängte auf.
Nick Vito, Santo, Fiore und Colella beobachteten ihn.
»Habt ihr Bastarde nichts zu tun? Macht, daß ihr hier rauskommt, zum Teufel!«
Die drei Männer verließen eilig den Raum.
Michael saß an seinem Schreibtisch, dachte nach, stellte sich Jennifer und Adam Warner zusammen vor. *Warum hatte sie ihn nie erwähnt? Und Joshuas Vater, der in Vietnam gefallen war. Warum hatte Jennifer nie von ihm gesprochen?*
Michael Moretti begann in seinem Büro auf und ab zu gehen.

Drei Stunden später führte Tony Santo einen schüchternen, schlecht angezogenen Mann von etwa sechzig Jahren in den Raum. Der Mann hatte offensichtlich Angst.
»Das ist Wally Kawolski«, sagte Tony.
Michael stand auf und schüttelte Kawolski die Hand. »Danke, daß Sie vorbeikommen konnten. Ich weiß das zu schätzen. Setzen Sie sich. Möchten Sie etwas trinken? Eine Zigarre?«

»Nein, nein, danke, Mr. Moretti. Es geht mir gut, Sir, danke sehr.«
Fehlte nur noch, daß er sich verbeugte.
»Sie brauchen nicht nervös zu sein. Ich möchte Ihnen nur ein paar Fragen stellen, Wally.«
»Gern, Mr. Moretti. Alles, was Sie wissen wollen. Alles, was ich weiß. Alles.«
»Arbeiten Sie immer noch in den Belmont Towers?«
»Ich? Nein, Sir. Ich habe dort vor, oh, ungefähr fünf Jahren aufgehört. Meine Schwiegermutter hatte einen schweren ...«
»Erinnern Sie sich noch an die Mieter?«
»Ja, Sir. Zumindest an die meisten, schätze ich. Sie waren ziemlich ...«
»Erinnern Sie sich an eine Jennifer Parker?«
Walter Kawolskis Gesicht strahlte. »Oh, natürlich. Sie war eine vornehme Dame. Ich kann mich sogar an die Nummer ihrer Wohnung erinnern. 1929. Wie das Jahr mit dem großen Börsenkrach, wissen Sie? Ich mochte sie.«
»Hatte Miß Parker viele Besucher, Wally?«
Walter kratzte sich gemächlich den Kopf. »Nun, das ist schwer zu sagen, Mr. Moretti. Ich sah sie eigentlich nur, wenn sie hereinkam oder hinausging.«
»Haben manchmal Männer die Nacht in ihrer Wohnung verbracht?«
»O nein, Sir.«
Eine Welle der Erleichterung durchflutete Michael. Also war alles viel Lärm um nichts gewesen. Er hatte die ganze Zeit gewußt, daß Jennifer niemals ...
»Ihr Freund hätte ja auftauchen und sie erwischen können.«
Michael glaubte, nicht richtig gehört zu haben. »Ihr Freund?«
»Ja. Dieser Bursche, mit dem Miß Parker in der Wohnung gelebt hat.«
Die Worte trafen Michael wie ein Vorschlaghammer. Er verlor die Beherrschung. Er packte Walter Kawolski an den Aufschlägen und riß ihn hoch. »Du dämlicher Arschficker! Ich habe dich *gefragt*, ob ... wie hieß er?«
Der kleine Mann wurde von Entsetzen geschüttelt. »Ich weiß nicht, Mr. Moretti. Ich schwöre bei Gott, ich weiß es nicht.«
Michael stieß ihn weg. Er hob die Zeitung auf und hielt sie unter Kawolskis Nase.

Kawolski blickte auf das Foto von Adam Warner und sagte aufgeregt: »Das ist er. Das ist ihr Freund.«
Und Michael fühlte seine Welt auseinanderbrechen. Jennifer hatte ihn die ganze Zeit belogen; sie hatte ihn mit Adam Warner betrogen! Hinter seinem Rücken waren die beiden herumgeschlichen, hatten sich gegen ihn verschworen und einen Idioten aus ihm gemacht.
Sie hatte ihm Hörner aufgesetzt.
Wie reißende Ströme stiegen Gedanken an Rache in Michael Moretti auf, und er wußte, daß er sie beide töten würde.

## 54

Jennifer flog über London nach Singapur. In Bahrain hatte sie einen zweistündigen Aufenthalt. Der fast neue Flughafen des Ölemirats war bereits ein Slum geworden. Männer, Frauen und Kinder in den Kleidern der Eingeborenen schliefen auf Fluren und Bänken. Vor dem Spirituosenstand des Flugplatzes war ein Schild mit der Warnung angebracht, daß jeder, der in der Öffentlichkeit trank, ins Gefängnis gesteckt würde. Die Atmosphäre wirkte feindselig, und Jennifer war erleichtert, als ihr Flug aufgerufen wurde.
Die Boeing 747 landete um vier Uhr vierzig auf dem Changi-Flughafen von Singapur. Der Flugplatz war brandneu, vierzehn Meilen vom Zentrum der Stadt entfernt. Er hatte den alten International Airport ersetzt, und als das Flugzeug die Landebahn entlangrollte, konnte Jennifer sehen, daß noch immer gebaut wurde.
Das Zollgebäude war riesig, luftig und modern. Zur Bequemlichkeit der Passagiere gab es Reihen von Gepäckwagen. Die Zollbeamten waren tüchtig und höflich. Jennifer war bereits nach fünfzehn Minuten abgefertigt und auf dem Weg zum Taxistand.
Hinter dem Ausgang näherte sich ihr ein kräftiger Chinese mittleren Alters. »Miß Jennifer Parker?«
»Ja.«
»Ich bin Chu Ling.« Morettis Kontaktmann in Singapur. »Ich bin mit dem Wagen da.«

Chu Ling ließ Jennifers Gepäck in den Kofferraum seiner Limousine laden, und einige Minuten später waren sie bereits auf dem Weg in die City.
»Hatten Sie einen angenehmen Flug?« fragte Chu Ling.
»Ja, danke.« Aber Jennifers Gedanken waren bei Stefan Bjork. Als hätte er ihre Gedanken gelesen, nickte Chu Ling zu einem Gebäude vor ihnen. »Das ist das Changi-Gefängnis. Bjork befindet sich dort.«
Jennifer betrachtete es aufmerksam. Das Gefängnis war ein mächtiges Gebäude jenseits der Straße, umgeben von einem grünen Zaun und elektrisch geladenem Stacheldraht. An jeder Ecke erhob sich ein mit bewaffneten Posten bestückter Wachturm, und der Eingang wurde von einem weiteren Stacheldrahtverhau und noch mehr Wachen am Tor blockiert.
»Während des Krieges wurden hier alle Briten, die sich im Land aufhielten, interniert«, erklärte Chu Ling.
»Wann kann ich Bjork sehen?«
Chu Ling antwortete vorsichtig: »Die Lage ist äußerst delikat, Mrs. Parker. Die Regierung ahndet den Gebrauch von Drogen mit außerordentlicher Härte. Sogar Leute, die zum erstenmal straffällig werden, können auf eine gnadenlose Behandlung rechnen. Wenn jemand aber mit Drogen *handelt*...« Chu Ling zuckte ausdruckslos mit den Schultern. »Singapur wird von einigen wenigen, sehr mächtigen Familien beherrscht. Der Familie Shaw, C. K. Tang, Tan Chin Tuan und dem Premierminister. Diese Sippen kontrollieren Wirtschaft und Finanzen von Singapur. Sie wollen hier keine Drogen.«
»Wir müssen hier doch einige Freunde mit Einfluß haben.«
»Es gibt einen Polizeiinspektor, David Touh — ein sehr vernünftiger Mann.«
Jennifer fragte sich, wieviel dieses »vernünftig« sie kosten würde, sprach aber nicht mit Chu Ling darüber. Später würde noch Zeit genug sein. Sie lehnte sich zurück und betrachtete die Gegend. Sie fuhren jetzt durch die Vororte von Singapur. Überall erstreckten sich weitflächige Grünanlagen, betupft mit blühenden Blumen. Zu beiden Seiten der MacPherson Road lagen moderne Einkaufscenter neben alten Heiligtümern und Pagoden. Einige der Fußgänger trugen Turbane und einheimische Trachten, andere waren nach der neuesten westlichen Mode gekleidet. Die Stadt war eine farbenprächtige

Mischung aus der historischen Kultur des Landes und einer modernen Metropolis. Die Einkaufscenter wirkten neu und geradezu fleckenlos sauber. Als Jennifer eine Bemerkung darüber machte, lächelte Chu Ling. »Dafür gibt es eine ganz einfache Erklärung. Auf Umweltverschmutzung steht eine Geldbuße von mindestens fünfhundert Dollar, und sie wird auch rigoros verhängt.«
Der Wagen bog in die Stevens Road, und Jennifer erblickte ein schönes, völlig von Bäumen und Blumen eingefaßtes Gebäude auf einem Hügel.
»Das ist das Shangri-La, Ihr Hotel.«
Das Foyer war riesig, schneeweiß, peinlich sauber und bestand hauptsächlich aus Marmorsäulen und Glas.
Während Jennifer sich eintrug, sagte Chu Ling: »Inspektor Touh wird sich mit Ihnen in Verbindung setzen.« Er gab ihr seine Karte. »Unter dieser Nummer können Sie mich stets erreichen.«
Ein lächelnder Page bemächtigte sich Jennifers Gepäck und führte sie durch die Halle zum Lift. Jennifer bemerkte einen überwältigenden Garten unter einem Wasserfall und einen Swimming-pool. Das Shangri-La war das atemberaubendste Hotel, das sie je gesehen hatte. Ihre Suite im zweiten Stock bestand aus einem großen Wohnzimmer, einem Schlafzimmer und einer Terrasse, die auf einen farbenprächtigen See aus roten und weißen Blumen, purpurner Bougainvillea und kokosnußbehangenen Palmen ging. *Als befände man sich mitten in einem Gauguin-Gemälde,* dachte Jennifer.
Eine leichte Brise bauschte die Vorhänge. Es war ein Tag, wie Joshua ihn liebte. *Können wir heute nachmittag segeln gehen, Mama? Hör mit dem Unsinn auf,* schalt Jennifer sich selbst.
Sie ging zum Telefon. »Ich möchte ein Gespräch in die Vereinigten Staaten anmelden, nach New York City. Der Teilnehmer ist Michael Moretti.« Sie nannte seine Telefonnummer. Die Telefonistin sagte: »Es tut mir außerordentlich leid. Alle Leitungen sind belegt. Bitte versuchen Sie es später noch einmal.«
»Ich danke Ihnen.«
Im Erdgeschoß blickte die Telefonistin einen Mann neben dem Schaltbrett fragend an.
Der Mann nickte beifällig. »Gut«, sagte er. »Sehr gut.«

Der Anruf von Inspektor Touh erfolgte eine Stunde, nachdem Jennifer sich eingetragen hatte.
»Miß Jennifer Parker?«
»Am Apparat.«
»Hier spricht Inspektor David Touh.« Er hatte einen schwachen, undefinierbaren Akzent.
»Ich habe Ihren Anruf erwartet. Ich bin hier, um mit ...«
Der Inspektor unterbrach sie. »Ich frage mich, ob Sie mir heute abend beim Essen das Vergnügen Ihrer Gesellschaft bereiten würden.«
Eine Warnung. Er hatte wahrscheinlich Angst, daß das Telefon abgehört wurde.
»Ich wäre sehr erfreut.«

Das *Great Shanghai* war ein riesiges, lärmerfülltes Restaurant, das zum größten Teil von Eingeborenen bevölkert war, die laut aßen und redeten. Auf einer Bühne spielte eine Drei-Mann-Band, und ein attraktives Mädchen in einem Cheongsam sang amerikanische Schlager.
Der Oberkellner fragte Jennifer: »Ein Tisch für eine Person?«
»Ich bin hier verabredet. Mit Inspektor Touh.«
Das Gesicht des Oberkellners teilte sich in ein breites Lächeln. »Der Inspektor wartet bereits auf Sie. Hier entlang, bitte.« Er führte Jennifer zu einem Tisch in der Nähe der Band.
Inspektor David Touh war ein großer, schlanker, attraktiver Mann von Anfang Vierzig mit feinen Gesichtszügen und dunklen, feuchten Augen. Er trug einen dunklen, gutgeschnittenen Anzug.
Er hielt Jennifers Stuhl, dann setzte er sich selber. Die Band spielte einen ohrenbetäubenden Rocksong.
Inspektor Touh beugte sich vor und fragte: »Darf ich Ihnen einen Drink bestellen?«
»Ja, danke.«
»Sie müssen einen *chendol* versuchen.«
»Einen was?«
»Einen Drink mit Kokosnußmilch, Kokoszucker und kleinen Gelatinestückchen. Er wird Ihnen schmecken.«
Der Inspektor sah auf, und sofort war eine Kellnerin an ihrem Tisch. Der Inspektor bestellte die Drinks und *dim sum*, chine-

sische Appetitanreger. »Ich hoffe, es stört Sie nicht, wenn ich auch das Essen für Sie auswähle.«
»Ganz und gar nicht. Es wäre mir ein Vergnügen.«
»Ich weiß, daß in Ihrem Land die Frauen daran gewöhnt sind, das Ruder in die Hand zu nehmen. Hier hat noch immer der Mann zu sagen.«
*Ein männlicher Chauvinist,* dachte Jennifer, aber sie hatte keine Lust, sich zu streiten. Sie brauchte diesen Mann. Wegen des unvorstellbaren Getöses und der Musik war es fast unmöglich, ein Gespräch zu führen. Jennifer lehnte sich zurück und blickte sich im Raum um. Sie war schon in anderen orientalischen Ländern gewesen, aber die Menschen in Singapur waren außerordentlich schön, Männer und Frauen gleichermaßen.
Die Kellnerin stellte Jennifers Drink vor sie hin. Er erinnerte an ein Schokoladensoda, mit schlüpfrigen Klumpen darin. Inspektor Touh beobachtete sie. »Sie müssen ihn umrühren.«
»Ich kann Sie nicht verstehen.«
Er brüllte: »Sie müssen ihn umrühren!«
Gehorsam rührte Jennifer ihren Drink um. Sie kostete. Er war schrecklich, viel zu süß, aber sie nickte und sagte: »Er — er ist ungewöhnlich.«
Ein halbes Dutzend Teller mit *dim sum* erschienen auf dem Tisch. Einige dieser Köstlichkeiten hatten höchst ungewöhnliche Formen, die Jennifer noch nie gesehen hatte, aber sie beschloß, nicht zu fragen. Das Essen war hervorragend.
Inspektor Touh brüllte Erklärungen: »Dieses Restaurant ist bekannt für sein Essen im *Nonya*-Stil. Es handelt sich um eine Mischung aus chinesischen Zutaten und malayischen Soßen. Die Rezepte sind nirgendwo niedergeschrieben.«
»Ich möchte mit Ihnen über Stefan Bjork reden«, sagte Jennifer.
»Ich kann Sie nicht verstehen.« Der Lärm der Band hatte einen neuen Höhepunkt erreicht.
Jennifer beugte sich näher zu Touh. »Ich möchte wissen, wann ich Stefan Bjork sehen kann.«
Inspektor Touh zuckte mit den Schultern und gestikulierte, daß er sie nicht verstehen konnte. Jennifer fragte sich plötzlich, ob er diesen Tisch ausgewählt hatte, damit sie ungehört reden konnten oder damit jegliches Gespräch unmöglich war.

Eine endlose Prozession von Speisen folgte auf die *dim sum*, und es war ein überwältigendes Mahl. Das einzige, was Jennifer störte, war, daß sie nicht ein einziges Mal das Thema Stefan Bjork zur Sprache bringen konnte.

Als sie zu Ende gegessen hatten und wieder auf der Straße waren, sagte Inspektor Touh: »Ich habe meinen Wagen da.« Er schnippte mit den Fingern, und ein schwarzer Mercedes, der in der zweiten Reihe geparkt hatte, rollte heran. Der Inspektor öffnete Jennifer die Hintertür. Ein mächtiger, uniformierter Polizist saß am Steuer. Irgend etwas stimmte nicht. *Wenn Inspektor Touh vertrauliche Dinge mit mir besprechen wollte,* dachte Jennifer, *dann hätte er dafür gesorgt, daß wir alleine sind.*
Sie nahm auf dem Rücksitz Platz, und der Inspektor glitt neben sie.
»Sie sind das erste Mal in Singapur, nicht wahr?«
»Ja.«
»Ah, dann gibt es viel für Sie zu sehen.«
»Ich bin nicht als Tourist hier, Inspektor. Ich muß so schnell wie möglich wieder nach Hause zurück.«
Der Inspektor seufzte. »Ihr Amerikaner seid immer in einer solchen Hetze. Haben Sie schon einmal von der Bugisstraße gehört?«
»Nein.«
Jennifer veränderte ihre Stellung, so daß sie Inspektor Touh studieren konnte. Er hatte ein sehr bewegliches Gesicht, und seine Gesten waren ausdrucksvoll. Er wirkte extrovertiert und redselig, und dennoch schaffte er es, seit Stunden praktisch nichts zu sagen.
Der Wagen mußte wegen eines *betjaks* halten, eines dreirädrigen Fahrrads, mit dem eingeborene Fahrer Touristen beförderten. Inspektor Touhs Gesicht hatte einen verächtlichen Ausdruck angenommen.
»Eines Tages werden wir das verbieten.«

Jennifer und der Inspektor verließen den Wagen einen Block von der Bugisstraße entfernt.
»Hier sind keine Automobile erlaubt«, erklärte Touh.
Er nahm Jennifers Arm, und sie begannen, den belebten Bürgersteig entlangzugehen. Nach ein paar Minuten war die

Menge so dicht, daß es fast unmöglich wurde, sich zu bewegen. Die Bugisstraße war eng und zu beiden Seiten von Ständen gesäumt, an denen Obst, Gemüse, Fisch und Fleisch feilgeboten wurden. Es gab Terrassenrestaurants mit kleinen, von Stühlen umgebenen Tischen. Jennifer blieb stehen und sog Farben, Geräusche und Gerüche, die ganze fremdartige Szenerie ein. Inspektor Touh nahm ihren Arm und bahnte ihr einen Weg durch die Menge. Sie erreichten ein Restaurant mit drei Tischen davor, die alle besetzt waren. Der Inspektor ergriff den Arm eines vorbeieilenden Kellners, und einen Augenblick später war der Eigentümer an ihrer Seite. Der Inspektor sagte ein paar Worte auf chinesisch zu ihm. Der Chef ging zu einem der Tische und redete mit den Gästen. Sie sahen zu Inspektor Touh her und standen dann hastig auf, um zu verschwinden. Der Inspektor und Jennifer nahmen an dem Tisch Platz.
»Darf ich Ihnen etwas bestellen?«
»Nein, danke.« Jennifer beobachtete das Menschengewimmel, das sich auf der Straße und den Bürgersteigen drängte. Unter anderen Umständen hätte sie den Abend genossen. Singapur war eine faszinierende Stadt, eine Stadt, die man mit einem Menschen erleben mußte, der einem etwas bedeutete.
Inspektor Touh sagte: »Passen Sie auf. Es ist beinahe Mitternacht.«
Jennifer wußte zuerst nicht, was er meinte. Dann bemerkte sie, daß alle Geschäftsleute gleichzeitig ihre Stände zu schließen begannen. Innerhalb von zehn Minuten waren alle Stände abgesperrt, die Besitzer verschwunden.
»Was geht da vor?« fragte Jennifer.
»Das werden Sie gleich sehen.«
Vom Ende der Straße drang ein Murmeln, und die Menschen zogen sich auf die Bürgersteige zurück. Ein breiter Streifen der Straße war jetzt frei. Ein chinesisches Mädchen in einem langen, enganliegenden Abendkleid wandelte in der Mitte des Streifens. Sie war die schönste Frau, die Jennifer je gesehen hatte. Sie schritt stolz und langsam dahin und blieb hin und wieder an verschiedenen Tischen stehen, um Leute zu begrüßen, ehe sie weiterging.
Als das Mädchen sich dem Tisch näherte, an dem Jennifer und der Inspektor saßen, konnte Jennifer es genauer betrach-

ten, und aus der Nähe war es sogar noch attraktiver. Seine Gesichtszüge waren weich und feingeschnitten, die Figur war atemberaubend. Das an den Seiten hochgeschlitzte weiße Seidenkleid ließ hinreißend geschwungene Schenkel und kleine, perfekte Brüste erkennen.
Als Jennifer sich an den Inspektor wandte, um eine Bemerkung fallenzulassen, erschien ein zweites Mädchen. Es war womöglich noch schöner als das erste. Hinter ihr kamen zwei weitere, und binnen weniger Sekunden war die Straße mit jungen Mädchen überflutet. Sie waren eine Mischung aus malayischen, indischen und chinesischen Einflüssen.
»Es sind Prostituierte, nicht wahr?« rief Jennifer.
»Ja, Transsexuelle.«
Jennifer starrte ihn an. Das war doch nicht möglich. Sie beobachtete wieder die Mädchen. Sie konnte absolut nichts Männliches an ihnen erkennen.
»Sie nehmen mich auf den Arm.«
»Sie werden die *Billy Boys* genannt.«
Jennifer war verwirrt. »Aber sie . . .«
»Sie haben sich alle operieren lassen. Sie halten sich für Frauen.« Er zuckte mit den Schultern. »Warum auch nicht? Sie tun niemandem weh. Sie müssen wissen«, fügte er hinzu, »daß Prostitution bei uns verboten ist. Aber die *Billy Boys* locken Touristen an, und solange sie die Gäste nicht belästigen, drückt die Polizei ein Auge zu.«
Jennifer konnte ihre Blicke nicht von den vollkommenen jungen Leuten wenden, die sich die Straße hinunterbewegten und an den Tischen stehenblieben, um Kunden für sich zu interessieren.
»Es geht ihnen nicht schlecht. Sie berechnen bis zu zweihundert Dollar.«
Die meisten Mädchen saßen jetzt bei Männern an den Tischen und feilschten. Eine nach der anderen standen sie auf und verschwanden mit ihren Kunden.
»Die meisten bringen es auf zwei oder drei Transaktionen pro Nacht«, erklärte der Inspektor. »Sie übernehmen die Bugisstraße um Mitternacht, und um sechs Uhr morgens müssen sie verschwunden sein, damit die Stände wieder öffnen können. Wenn Sie soweit sind, können wir gehen.«
»Ich bin soweit.«

Während sie die Straße hinuntergingen, tauchte Ken Baileys Bild vor Jennifers innerem Auge auf, und sie dachte: *Ich hoffe, es geht dir gut und du bist glücklich.*

Auf dem Weg zurück zum Hotel entschloß sich Jennifer — Chauffeur hin, Chauffeur her —, die Rede auf Bjork zu bringen.
Als der Wagen sich ihrem Hotel näherte, sagte sie: »Wegen Stefan Bjork...«
»Ach ja. Ich habe dafür gesorgt, daß Sie ihn morgen früh um zehn Uhr besuchen können.«

## 55

In Washington wurde Adam Warner aus einer Konferenz gerufen, weil er telefonisch dringend aus New York verlangt wurde.
Staatsanwalt Di Silva war am Apparat. Er frohlockte. »Die Grand Jury hat gerade die Anklageverfügungen ausgesprochen, um die wir sie ersucht haben. In jedem einzelnen Fall. Wir können jederzeit losschlagen.«
Er erhielt keine Antwort. »Sind Sie noch dran, Senator?«
»Ja.« Adam zwang sich, begeistert zu klingen. »Das sind ja gute Nachrichten.«
»Innerhalb von vierundzwanzig Stunden müßten wir sie einkreisen können. Wenn Sie nach New York kämen, sollten wir morgen früh eine letzte Konferenz abhalten, damit wir unsere Züge koordinieren können. Wäre das möglich, Senator?«
»Ja«, sagte Adam.
»Ich bereite alles vor. Zehn Uhr morgen früh.«
»Bis dann.« Adam legte den Hörer auf.
*Die Grand Jury hat gerade die Anklageverfügungen ausgesprochen, um die wir sie ersucht haben. In jedem einzelnen Fall.*
Adam nahm den Hörer wieder auf und begann zu wählen.

## 56

Das Besuchszimmer im Changi-Gefängnis war ein kleiner, kahler Raum mit weißverputzten Wänden und einem langen Tisch mit harten Holzstühlen zu beiden Seiten. Jennifer saß auf einem der Stühle. Sie wartete. Als Stefan Bjork, begleitet von einem uniformierten Wärter, eintrat, blickte sie auf. Bjork war etwa dreißig, ein großer Mann mit einem düsteren Gesicht und hervorquellenden Augen. *Er hat es an den Schilddrüsen,* dachte Jennifer. Auf Bjorks Wangen und Stirn leuchteten Prellungen. Er nahm auf der anderen Seite des Tisches Platz.

»Ich bin Jennifer Parker, Ihre Anwältin. Ich werde versuchen, Sie hier herauszuholen.«

Er blickte sie an: »Am besten beeilen Sie sich etwas damit.« Es klang wie eine Drohung. Jennifer dachte an Michaels Worte: *Ich möchte, daß du ihn auf Kaution herausholst, ehe er zu singen anfängt.*

»Werden Sie gut behandelt?«

Er warf einen versteckten Blick zu dem Wärter an der Tür. »Ja. Es geht.«

»Ich habe beantragt, Sie auf Kaution freizulassen.«

»Wie stehen die Chancen?« Bjork war unfähig, die Hoffnung in seiner Stimme zu unterdrücken.

»Ich glaube, ganz gut. Es wird längstenfalls noch zwei oder drei Tage dauern.«

»Ich muß hier 'raus.«

Jennifer stand auf. »Wir werden uns bald wiedersehen.«

»Danke«, sagte Stefan Bjork. Er streckte seine Hand aus.

Der Wärter rief scharf: »Nein!«

Beide wandten sich um.

»Keine Berührung.«

Stefan Bjork warf Jennifer einen Blick zu und sagte heiser: »Beeilen Sie sich!«

Als Jennifer wieder im Hotel war, fand sie eine Nachricht vor. Inspektor Touh hatte angerufen. Während sie die Zeilen überflog, klingelte das Telefon. Es war der Inspektor.

»Ich dachte, daß Sie vielleicht gern eine kleine Stadtrundfahrt unternehmen würden, während Sie warten, Miß Parker.«

Zuerst wollte Jennifer ablehnen, aber dann überlegte sie, daß sie nichts tun konnte, bis sie Bjork sicher in einem Flugzeug aus Singapur herausgebracht hatte, und so lange war es wichtig, Inspektor Touh bei Laune zu halten.
Jennifer sagte: »Danke schön. Das würde mir Spaß machen.«

Sie aßen bei Kampachi zu Mittag und fuhren dann aufs Land hinaus. Sie nahmen die Bukit-Timan-Straße nach Malaysia und kamen durch eine Reihe farbenprächtiger kleiner Dörfer voller Lebensmittelstände und Geschäfte. Die Menschen waren gut gekleidet und wirkten wohlhabend. Jennifer und Inspektor Touh hielten am Friedhof von Kranji und stiegen die Stufen zu den großen blauen Toren hinauf. Vor ihnen erhob sich ein großes Marmorkreuz und im Hintergrund eine riesige Säule. Dazwischen erstreckte sich ein Meer weißer Kreuze.
»Der Krieg war sehr schlimm für uns«, sagte Inspektor Touh. »Wir alle haben viele Freunde und Familienmitglieder verloren.«
Jennifer sagte nichts. Vor ihrem inneren Auge stieg ein Grab in Sands Point auf. Aber sie durfte nicht daran denken, was unter dem kleinen Hügel lag.

Bei der Nachrichtendiensteinheit der Polizei in Manhattan fand eine Konferenz verschiedener Dienststellen zur Verbrechensbekämpfung statt. Eine Stimmung von Triumph und Aufregung hing in der Luft. Viele der Männer hatten die Tatsache einer weiteren Untersuchung lange Zeit mit Zynismus betrachtet. Jahr um Jahr hatten sie immer wieder überwältigendes Beweismaterial gegen Schläger, Mörder und Erpresser zusammengetragen, und in einem Fall nach dem anderen hatten teure, gerissene Anwälte Freispruch über Freispruch für die Verbrecher, die sie vertraten, erreicht.
Diesmal würde der Hase in die andere Richtung laufen. Sie hatten die Zeugenaussage von *consigliere* Thomas Colfax, und niemand würde das erschüttern können. Über fünfundzwanzig Jahre war Colfax die Radnabe der Mafia gewesen. Er würde vor Gericht auftreten und Namen, Daten, Fakten und Zahlen nennen. Und bald würden sie das Zeichen zum Losschlagen erhalten.

Adam hatte härter als alle anderen in diesem Raum gearbeitet, um zu diesem Punkt zu gelangen. Es hatte der Triumphwagen werden sollen, der ihn direkt ins Weiße Haus transportieren sollte. Und jetzt, wo der Augenblick da war, schmeckte der Sieg nach Asche. Vor Adam lag eine Liste mit Leuten, die von der Grand Jury unter Anklage gestellt worden waren. Der vierte Name auf der Liste war der von Jennifer Parker, und sie wurde des Mordes und der Verschwörung zu einem halben Dutzend anderer Kapitalverbrechen beschuldigt.
Adam Warner blickte sich im Raum um und zwang sich, ein paar Worte zu sagen. »Ich — ich möchte Ihnen allen gratulieren.«
Er versuchte, noch mehr zu sagen, aber er brachte kein weiteres Wort heraus. Er war von solchem Abscheu vor sich selber erfüllt, daß es fast körperlich schmerzte.

*Die Spanier haben recht,* dachte Michael Moretti. *Rache schmeckt am besten, wenn man sie kalt genießt.* Der einzige Grund, aus dem Jennifer Parker noch lebte, lag in ihrer Abwesenheit. Sie war außer Reichweite. Aber bald würde sie zurückkehren. Und in der Zwischenzeit konnte Michael sich ausmalen, was er mit ihr anstellen würde. Sie hatte ihn auf jede nur mögliche Weise betrogen. Deswegen würde er sie mit besonderer Aufmerksamkeit behandeln.

In Singapur versuchte Jennifer, zu Michael durchzukommen.
»Es tut mir leid«, sagte die Telefonistin, »aber alle Leitungen in die Vereinigten Staaten sind belegt.«
»Würden Sie es bitte weiter versuchen?«
»Natürlich, Miß Parker.«
Das Mädchen sah zu dem Mann neben dem Schaltbrett auf und lächelte ihm verschwörerisch zu.

In seinem Hauptquartier blickte Robert Di Silva auf einen Haftbefehl, der ihm gerade zugestellt worden war. Der Name auf dem Papier lautete Jennifer Parker.
*Endlich habe ich sie,* dachte er. Und er verspürte wilde Genugtuung.

Die Telefonistin verkündete: »Inspektor Touh wartet im Foyer auf Sie.«
Jennifer war überrascht, denn sie hatte den Inspektor nicht erwartet. Er mußte Neuigkeiten von Stefan Bjork haben.
Sie fuhr mit dem Fahrstuhl hinunter in die Halle.
»Verzeihen Sie, daß ich Sie nicht angerufen habe«, entschuldigte der Inspektor sich. »Ich dachte, ich rede am besten persönlich mit Ihnen.«
»Haben Sie Neuigkeiten für mich?«
»Wir können uns im Wagen unterhalten. Ich möchte Ihnen etwas zeigen.«
Sie fuhren die Yio-Chu-Kang-Straße entlang.
»Gibt es Probleme?« fragte Jennifer.
»Überhaupt nicht. Übermorgen wird die Kaution festgesetzt.«
*Wohin brachte er sie dann?*
Sie passierten einen Gebäudekomplex an der Jalan Goatopah-Straße, und der Fahrer hielt an.
Inspektor Touh wandte sich an Jennifer. »Ich bin sicher, das wird Sie interessieren.«
»Was denn?«
»Kommen Sie mit, Sie werden schon sehen.«
Das Innere des Gebäudes, das sie betraten, wirkte alt und heruntergekommen. Ein überwältigender, wilder und primitiver Moschusgestank hing in der Luft. Er war anders als alles, was Jennifer je gerochen hatte.
Ein junges Mädchen eilte auf sie zu und fragte: »Möchten Sie eine Begleitung haben? Ich . . .«
Der Inspektor winkte sie zur Seite. »Wir brauchen dich nicht.«
Er nahm Jennifers Arm, und sie gingen ins Freie auf ein Gelände hinter dem Gebäude. Vor ihnen lag ein halbes Dutzend in die Erde versenkter Becken, aus denen seltsame, gleitende Geräusche drangen. Jennifer und Inspektor Touh erreichten das erste Gehege. Auf einem Schild stand: *Nicht zu nah an die Becken treten. Gefahr!* Jennifer blickte hinein. In dem Becken wimmelte es von Krokodilen und Alligatoren, die sich in ständiger Bewegung befanden, über- und untereinander glitten. Es mußten mindestens dreißig sein.
Jennifer erschauerte. »Wo sind wir?«
»Das ist eine Krokodilfarm.« Er starrte zu den Reptilien hinein. »Wenn sie zwischen drei und sechs Jahre alt sind, werden

sie gehäutet und zu Handtaschen, Gürteln und Schuhen verarbeitet. Wie Sie sehen, haben die meisten ihre Mäuler offen. Auf diese Weise faulenzen sie. Erst wenn sie die Mäuler schließen, muß man vorsichtig sein.« Sie gingen zu einem anderen Becken, in dem zwei riesige Alligatoren lagen. »Die hier sind fünfzehn Jahre alt. Sie sind nur zur Fortpflanzung da.«
Jennifer schüttelte sich. »Mein Gott, sind die häßlich. Wie können die sich nur gegenseitig ertragen!«
Inspektor Touh sagte: »Tatsächlich können sie das auch nicht. Sie paaren sich nicht sehr oft.«
»Sie wirken richtig urzeitlich.«
»Genau. Sie sind Millionen Jahre alt und haben immer noch dieselben primitiven Verhaltensweisen wie zu Beginn der Zeiten.«
Jennifer fragte sich, warum Touh sie hergebracht hatte. Wenn er glaubte, diese scheußlich aussehenden Bestien interessierten sie, hatte er sich getäuscht. »Können wir gehen?« fragte sie.
»Gleich.« Der Inspektor sah zu dem jungen Mädchen hinüber, das sie am Eingang getroffen hatten. Es trug einen Eimer zu dem ersten Becken.
»Heute ist Futtertag«, sagte Touh. »Passen Sie auf.«
Er führte Jennifer zurück zum ersten Becken. »Alle drei Tage werden sie mit Fisch und Schweinelungen gefüttert.«
Das Mädchen begann, das Futter in das Gehege zu werfen, und sofort verwandelten sich die Bestien in eine kochende, brodelnde Masse. Sie stießen auf das rohe, blutige Fleisch zu und schlugen ihre Saurierfänge hinein. Vor Jennifers Augen stürzten sich zwei von ihnen auf dasselbe Stück und wandten sich sofort gegeneinander. Verbissen griffen sie sich mit Zähnen und Schwanzhieben an, und bald füllte sich das Becken mit Blut. Das eine Krokodil hatte seine Zähne tief in die Kiefer des anderen vergraben und ließ nicht mehr los, obwohl sein Augapfel halb herausgerissen war. Als das Blut stärker hervorströmte und das Wasser verfärbte, beteiligten sich die anderen Tiere an dem Kampf und fielen über ihre verwundeten Artgenossen her. Sie rissen an ihren Köpfen, bis das Fleisch bloßlag, und begannen, sie bei lebendigem Leib zu verspeisen.

Jennifer wurde übel. »Bitte, lassen Sie uns gehen.«
Inspektor Touh legte die Hand auf ihren Arm. »Einen Augenblick.«
Er konnte sich nicht abwenden, und erst nach einer Weile ließ er Jennifer gehen.
In der Nacht träumte Jennifer davon, wie die Krokodile miteinander gekämpft und sich in Stücke gerissen hatten. Zwei von ihnen verwandelten sich plötzlich in Michael und Adam, und in der Mitte des Alptraums erwachte sie zitternd und konnte nicht wieder einschlafen.

Die Razzien begannen. In einem Dutzend verschiedener Staaten und mindestens sechs fremden Ländern schlugen die Männer des Bundes und der lokalen Polizeibehörden gleichzeitig zu.
In Ohio wurde ein Senator verhaftet, während er gerade vor einem Frauenverein eine Rede über Redlichkeit in der Regierung hielt.
In New Orleans wurde ein illegales Buchmacherunternehmen geschlossen.
In Amsterdam wurden Diamantenschmuggler auf frischer Tat ertappt.
Ein Bankmanager in Gary, Indiana, wurde unter der Beschuldigung festgenommen, er habe schmutziges Geld der Organisation weißgewaschen.
In Kansas City fand eine Razzia in einem großen Diskontgeschäft statt, das bis unters Dach mit gestohlenen Waren gefüllt war.
In Phoenix, Arizona, wurde ein halbes Dutzend Detektive der Sittenpolizei unter Arrest gestellt.
In Neapel wurde eine Kokainfabrik beschlagnahmt.
In Detroit wurde ein im ganzen Land tätiger Ring von Autodieben geknackt.

Da er Jennifer telefonisch nicht erreichen konnte, suchte Adam Warner ihr Büro auf.
Cynthia erkannte ihn augenblicklich.
»Es tut mir leid, Senator Warner, Miß Parker ist außer Landes.«
»Wo hält sie sich auf?«

»Im Shangri-La Hotel in Singapur.«
Adams Hoffnungen stiegen wieder. Er konnte sie anrufen und davor warnen, zurückzukehren.

Der Etagenkellner betrat die Suite, als Jennifer gerade unter der Dusche hervorkam.
»Entschuldigen Sie. Wann reisen Sie heute ab?«
»Ich reise nicht heute ab, sondern morgen.«
Der Etagenkellner wirkte verwirrt. »Mir wurde aufgetragen, die Suite für eine heute abend eintreffende Reisegruppe fertigzumachen.«
»Wer hat Ihnen das gesagt?«
»Der Geschäftsführer.«

In der Telefonzentrale ging ein Anruf aus Übersee ein. Diesmal hatte eine andere Telefonistin Dienst, und ein anderer Mann stand bei ihr.
Die Telefonistin sprach in ihr Mundstück. »Ein Anruf aus New York City für Miß Jennifer Parker?«
Sie blickte den Mann neben der Schalttafel an. Er schüttelte den Kopf.
»Es tut mir leid. Miß Parker ist schon vor einiger Zeit abgereist.«

Die Razzien gingen weiter. Auf Honduras, in San Salvador, Mexiko und der Türkei, überall wurden Verhaftungen vorgenommen. Dealer, Killer, Bankräuber und Brandstifter wurden in das ausgeworfene Netz geschwemmt. Es gab Festnahmen in Fort Lauderdale, Atlantic City und Palm Springs.
Ein Ende war noch nicht in Sicht.

In New York verfolgte Robert Di Silva jeden Fortschritt, und sein Herz klopfte schneller, wenn er daran dachte, wie sich das Netz um Jennifer Parker und Michael Moretti zusammenzog.

Michael Moretti entkam dem Stahlnetz der Polizei durch reinen Zufall. Es war der Todestag seines Schwiegervaters, und er und Rosa waren zum Friedhof gegangen, um Antonio Granellis zu gedenken.

Fünf Minuten nach ihrem Aufbruch erreichte eine Wagenladung von FBI-Beamten Michael Morettis Haus und eine weitere sein Büro. Als sie feststellten, daß er weder am einen noch am anderen Ort war, richteten sie sich darauf ein, zu warten.

Jennifer fiel ein, daß sie vergessen hatte, für Stefan Bjork einen Rückflug in die Vereinigten Staaten zu buchen. Sie setzte sich mit den Singapore Airlines in Verbindung.
»Hier spricht Jennifer Parker. Ich habe eine Reservierung für Ihren Flug Eins-Zwölf morgen nachmittag nach London. Ich möchte gern eine zusätzliche Buchung vornehmen.«
»Würden Sie bitte einen Augenblick in der Leitung bleiben?«
Jennifer wartete, und nach einigen Minuten meldete sich die Stimme wieder. »Sagten Sie Parker? P-A-R-K-E-R?«
»Ja.«
»Ihre Reservierung ist storniert worden, Miß Parker.«
Jennifer war überrascht. »Storniert? Von wem?«
»Ich weiß nicht. Ihr Name ist aus der Passagierliste gestrichen.«
»Das muß ein Mißverständnis gewesen sein. Bitte setzen Sie mich wieder auf die Liste.«
»Es tut mir leid, Miß Parker. Der Flug ist ausgebucht.«

Inspektor Touh wird das alles in Ordnung bringen können, dachte Jennifer. Sie hatte sich bereit erklärt, mit ihm zu Abend zu essen. Dann würde sie herausfinden, was vorging.

Er erschien noch vor der ausgemachten Zeit, um sie abzuholen.
Jennifer berichtete dem Inspektor von dem Durcheinander im Hotel und den Flugreservierungen.
Er zuckte mit den Schultern. »Unsere berühmte Schlamperei, fürchte ich. Ich werde mich darum kümmern.«
»Was ist mit Stefan Bjork?«
»Alles ist vorbereitet. Er wird morgen früh entlassen.«
Der Inspektor sagte etwas auf chinesisch zu dem Fahrer, und der Wagen wendete mitten auf der Straße.
»Sie haben die Kallang-Straße noch nicht gesehen. Sie werden sie äußerst interessant finden.«

Der Wagen bog nach links in die Lavender Street, dann einen Block weiter nach rechts in Richtung Kallang Bahru. Große Abbildungen warben für Blumenzüchter und Sarghersteller. Einige Blocks weiter wendete der Wagen erneut.
»Wo sind wir?«
Inspektor Touh blickte sie an und sagte leise: »Wir sind auf der Straße ohne Namen und ohne Rückkehr.«
Der Wagen fuhr jetzt sehr langsam. Zu beiden Seiten der Straße gab es ausschließlich Bestattungsunternehmen, eins neben dem anderen— Tan Kee Seng, Clin Noh, Ang Yung Long, Goh Soon. Direkt vor ihnen fand eine Beerdigung statt. Die Trauernden waren weiß gekleidet, und eine aus Tuba, Saxophon und Schlagzeug bestehende Kapelle spielte. Der Leichnam lag auf einem von Blumengewinden umgebenen Tisch, und ein großes Foto des Verstorbenen stand auf einer Staffelei vor der Fassade. Die Trauergäste saßen vor dem Tisch und aßen.
»Was ist das?« fragte Jennifer den Inspektor.
»Dies sind die Häuser des Todes. Die Eingeborenen nennen sie Sterbehäuser. Das Wort Tod ist für sie zu schwer auszusprechen.«
Er sah Jennifer an und sagte: »Aber der Tod ist ja nur ein Teil des Lebens, nicht wahr?«
Jennifer blickte in seine kalten Augen und hatte plötzlich Angst.

Sie gingen ins *Golden Phoenix*, und erst als sie aßen, hatte Jennifer eine Gelegenheit, die Fragen zu stellen, die sie bewegten.
»Inspektor Touh, haben Sie mich aus einem bestimmten Grund zu der Krokodilfarm und den Sterbehäusern geführt?«
Er sah sie an und sagte geradeheraus: »Natürlich. Ich dachte, sie würden Sie interessieren. Besonders, da Sie hierher gekommen sind, um Ihren Klienten, Mr. Bjork, zu befreien. Viele unserer jungen Leute sterben an den Drogen, die in unser Land geschmuggelt werden, Miß Parker. Ich hätte Sie zu den Krankenhäusern führen können, wo wir sie zu behandeln versuchen, aber ich hielt es für informativer, Ihnen zu zeigen, wo sie enden.«
»All das hat nichts mit mir zu tun.«

»Das scheint mir eine Frage des Standpunkts zu sein.« Jede Freundlichkeit war aus seiner Stimme verschwunden.
Jennifer sagte: »Hören Sie, Inspektor Touh, ich bin sicher, Sie werden gut dafür bezahlt, daß . . .«
»Auf der ganzen Welt gibt es nicht genug Geld, um mich zu bezahlen.«
Er stand auf und nickte jemandem zu, und Jennifer drehte sich um. Zwei Männer in grauen Anzügen näherten sich dem Tisch.
»Miß Jennifer Parker?«
»Ja.«
Es bestand keine Notwendigkeit, daß sie ihre FBI-Ausweise zückten. Jennifer wußte Bescheid, bevor sie das erste Wort sagten. »FBI. Wir haben einen Auslieferungsbescheid sowie einen Haftbefehl gegen Sie. Wir bringen Sie mit der Mitternachtsmaschine nach New York zurück.«

## 57

Michael Moretti blickte auf die Uhr. Schon am Grab seines Schwiegervaters hatte er festgestellt, daß er eine Verabredung, die er für den späten Vormittag getroffen hatte, nicht mehr einhalten konnte. Er beschloß, sein Büro anzurufen und den Termin verlegen zu lassen. Er hielt auf dem Weg in die Stadt an einer Telefonzelle und wählte die Nummer. Das Telefon klingelte einmal, dann meldete sich eine Stimme: »Bauunternehmen Vollkommenheit.«
Michael sagte: »Hier spricht Mike. Sag . . .«
»Mr. Moretti ist nicht da. Rufen Sie später noch einmal an.«
Michaels Körper versteifte sich. Er sagte nur noch: »Tony's Place.« Dann hängte er auf und rannte zum Wagen. Rosa warf einen Blick auf sein Gesicht und fragte: »Ist alles in Ordnung, Michael?«
»Das wüßte ich selber gern. Ich setze dich bei deiner Cousine ab. Bleib da, bis du von mir hörst.«

Tony folgte Michael in das Büro im hinteren Teil des Restaurants.

»Ich habe gehört, daß es in deinem Haus und dem Büro in Manhattan von Bundespolizisten nur so wimmelt, Mike.«
»Danke«, sagte Michael. »Ich möchte nicht gestört werden.«
»Ich sorge dafür.«
Michael wartete, bis Tony den Raum verlassen und die Tür hinter sich geschlossen hatte. Dann hob er den Telefonhörer ab und begann wütend zu wählen.
Michael Moretti brauchte weniger als zwanzig Minuten, um herauszufinden, daß ein mittleres Erdbeben stattfand. Mit steigendem Unglauben empfing er die Berichte von den Razzien und Verhaftungen im ganzen Land. Seine Soldaten und Leutnants wurden von der Straße weg festgenommen. Bullen tauchten an geheimen Treffpunkten auf; Glücksspieloperationen wurden gesprengt, vertrauliche Hauptbücher und geheime Unterlagen beschlagnahmt. Ein Alptraum nahm seinen Lauf. Die Polizei mußte von jemandem innerhalb der Organisation mit Informationen versorgt werden.
Michael rief andere Familien im ganzen Land an, und alle wollten wissen, was eigentlich vorging. Ihnen wurden schwere Verluste zugefügt, und niemand wußte, wo das Leck war. Jeder vermutete es bei der Moretti-Familie.
Jimmy Guardino in Las Vegas stellte ihm sogar ein Ultimatum. »Ich rufe im Auftrag der Kommission an, Michael.« In Krisenzeiten war die Kommission die höchste Instanz, der sich jede einzelne Familie unterzuordnen hatte. »Die Polizei hebt alle Familien aus. Diesmal singt eins von den großen Tieren. Dem Gerücht nach soll es einer deiner Jungs sein. Wir geben dir vierundzwanzig Stunden, ihn ausfindig zu machen und zum Schweigen zu bringen.«
In der Vergangenheit waren bei Razzien immer nur die kleinen Fische, auf die man verzichten konnte, ins Netz gegangen. Jetzt wurden zum erstenmal die Männer an der Spitze an Land gezogen. *Diesmal singt eins von den großen Tieren. Dem Gerücht nach soll es einer von deinen Jungs sein.* Wahrscheinlich hatten sie recht. Seine Familie war am schwersten getroffen worden, und die Polizei war ihm auf den Fersen. Irgend jemand mußte ihnen hieb- und stichfestes Beweismaterial geliefert haben, sonst hätten sie es niemals gewagt, soviel Staub aufzuwirbeln. Aber wer konnte es sein? Michael lehnte sich zurück und dachte nach.

Wer immer die Behörden belieferte, verfügte über Insiderwissen, das nur ihm selber und seinen beiden Vertrauensmännern Joseph Colella und Salvatore Fiore zugänglich war. Nur sie drei wußten, wo die Bücher versteckt gewesen waren, und die Polizei hatte sie gefunden. Der einzige, der noch Bescheid gewußt haben könnte, war Thomas Colfax, aber Colfax lag unter einem Müllhaufen in New Jersey.
Michael dachte über Salvatore Fiore und Joseph Colella nach. Es fiel ihm schwer, zu glauben, daß einer von ihnen die *omertà*, das sizilianische Gesetz des Schweigens, gebrochen haben sollte. Sie waren von Anfang an dabei gewesen, er selber hatte sie mit der Lupe ausgesucht. Er hatte ihnen gestattet, nebenbei ihre eigenen Kreditgeschäfte zu betreiben und einen kleinen Prostituiertenring aufzuziehen. Warum sollten sie ihn verraten? Die Antwort war natürlich einfach: sein Stuhl. Sie wollten seinen Stuhl. Wenn er draußen war, konnten sie einziehen und den Laden übernehmen. Sie waren ein Team; sie steckten zusammen dahinter.
Michael war plötzlich von mörderischer Wut erfüllt. Diese verdammten Bastarde wollten ihn von seinem Thron stoßen, aber sie würden nicht mehr lange genug leben, um die Früchte ihrer Arbeit zu genießen.
Als erstes mußte er diejenigen unter seinen Männern, die verhaftet worden waren, auf Kaution herausholen. Er brauchte einen Anwalt, dem er vertrauen konnte. Colfax war tot, und Jennifer — Jennifer! Michael spürte wieder das eisige Gefühl in der Herzgegend. Er konnte sich noch sagen hören: *Komm so schnell wie möglich zurück. Du wirst mir fehlen. Ich liebe dich, Jennifer.* Er hatte so zu ihr gesprochen, und sie hatte ihn verraten. Dafür würde sie bezahlen.

Michael machte einen Anruf und wartete dann, bis fünfzehn Minuten später Nick Vito in den Raum geeilt kam.
»Wie sieht es aus?« fragte Michael.
»Die FBI-Kerle schwärmen immer noch im ganzen Haus herum, Mike. Ich bin ein paarmal um den Block gefahren, habe mich aber an deine Worte gehalten. Ich bin nicht hineingegangen.«
»Ich habe einen Job für dich, Nick.«
»Klar, Boß. Was kann ich für dich tun?«

»Kümmere dich um Salvatore und Joe.«
Nick Vito starrte ihn an. »Ich — ich verstehe nicht. Wenn du *kümmere dich um sie* sagst, meinst du doch nicht etwa...«
Michael brüllte: »Ich meine, blas ihnen das verdammte Gehirn aus dem Schädel! Soll ich es dir noch buchstabieren?«
»Nein«, stammelte Nick Vito. »Es ist nur, ich — ich — ich dachte — Sal und Joe sind deine besten Leute!«
Michael Moretti stand auf. Seine Augen blickten gefährlich. »Willst du mir erzählen, wie ich meine Geschäfte zu führen habe, Nick?«
»Nein, Mike. Ich — klar! Ich kümmere mich um sie. Wann...?«
»Jetzt. Jetzt gleich. Sie erleben den Mondaufgang heute abend nicht mehr. Hast du kapiert?«
»Ja. Kapiert, Boß.«
Michaels Hände ballten sich zu Fäusten. »Wenn ich die Zeit dazu hätte, würde ich es selber erledigen. Ich möchte, daß es ihnen weh tut. Mach es langsam, Nick. *Suppilu, suppilu.*«
»Klar. Okay.«
Die Tür flog auf, und Tony stürzte herein, aschgrau im Gesicht. »Da draußen sind zwei FBI-Beamte mit einem Haftbefehl gegen dich. Ich schwöre bei Gott, daß ich keine Ahnung habe, woher sie wissen, daß du hier bist.«
Michael Moretti wandte sich an Nick Vito und schnappte: »Los, hinten heraus. Beweg dich schon!« Er blickte Tony an. »Sag ihnen, ich bin auf der Toilette. Ich komme gleich.«
Michael hob den Hörer ab und wählte eine Nummer. Eine Minute später sprach er mit einem Richter des Obersten Gerichtshofs von New York.
»Draußen sind zwei FBI-Leute mit einem Haftbefehl gegen mich.«
»Wessen werden Sie beschuldigt, Mike?«
»Das weiß ich nicht, und es ist mir auch scheißegal. Ich rufe Sie an, damit Sie sich darum kümmern, daß ich auf Kaution freigelassen werde. Ich habe keine Lust, hinter Schloß und Riegel zu kommen. Ich habe einiges zu tun.«
Ein kurzes Schweigen folgte, und dann sagte der Richter vorsichtig: »Ich fürchte, dieses Mal werde ich Ihnen nicht helfen können, Mike. Überall ist die Hölle los, und wenn ich mich einmische...«

Als Michael antwortete, hatte seine Stimme einen unheilvollen Klang. »Hören Sie zu, Sie Arschloch, und hören Sie *gut* zu. Wenn ich auch nur eine einzige Stunde im Gefängnis verbringen muß, sorge ich dafür, daß Sie für den Rest Ihres Lebens hinter Gitter gebracht werden. Ich habe mich Ihrer sehr lange angenommen. Wollen Sie, daß ich dem Staatsanwalt erzähle, wie viele Fälle Sie für mich in Ordnung gebracht haben? Wollen Sie, daß ich dem Finanzamt die Nummer Ihres Schweizer Bankkontos gebe? Wollen Sie . . .«
»Um Himmels willen, Michael!«
»Dann setzen Sie Ihren Arsch in Bewegung.«
»Ich werde sehen, was ich tun kann«, sagte Richter Lawrence Waldman. »Ich werde versuchen . . .«
»Versuchen, Scheiße! Tun Sie es! Hören Sie mich, Larry? Tun Sie es!« Er schmetterte den Hörer auf den Apparat.
Sein Verstand arbeitete glatt und kühl. Er bereitete sich wegen der beiden FBI-Beamten keine Sorgen mehr. Er wußte, daß Richter Waldman tun würde, was er ihm befohlen hatte, und er konnte sicher sein, daß Nick Vito sich Fiores und Colellas annahm. Ohne ihre Aussagen konnte die Regierung ihm nichts, aber auch gar nichts nachweisen.
Michael blickte in den kleinen Wandspiegel, kämmte sich das Haar zurück, korrigierte den Sitz seines Krawattenknotens und ging dann zu den beiden FBI-Beamten hinaus.

Richter Lawrence Waldman hatte Erfolg, wie Michael es vorhergesehen hatte. Bei der Voruntersuchung verlangte ein von Richter Waldman ausgesuchter Anwalt, Moretti auf Kaution freizulassen, und die Höhe der Summe wurde auf fünfhunderttausend Dollar festgesetzt.
Wütend und enttäuscht sah Robert Di Silva Michael Moretti aus dem Gerichtssaal wandern.

## 58

Nick Vito war ein Mann von begrenzter Intelligenz. Sein Wert für die Organisation bestand darin, daß er Befehle ausführte, ohne Fragen zu stellen, und daß er effektiv arbeitete. Hun-

dertmal schon hatte er in Revolvermündungen gestarrt oder einen Lichtstrahl über eine Messerklinge huschen sehen, aber Furcht war ihm immer ein Fremdwort geblieben. Jetzt kannte er es. Jenseits seines Begriffsvermögens ging etwas vor, und er hatte das Gefühl, daß er irgendwie dafür verantwortlich war.
Den ganzen Tag hatte er von nichts anderem gehört als von Razzien und einer Welle von Verhaftungen. Den Gerüchten nach lief ein Verräter frei herum, jemand ganz hoch oben in der Organisation. Sogar mit seiner begrenzten Auffassungsgabe konnte Nick Vito die Tatsachen, daß er Thomas Colfax lebengelassen und daß kurz darauf jemand angefangen hatte, die Familie an die Behörden zu verraten, miteinander in Verbindung bringen. Vito wußte, daß es weder Fiore noch Colella sein konnten. Die beiden Männer waren wie Brüder für ihn, und Michael Moretti genauso loyal ergeben wie er. Aber es gab keine Möglichkeit, Michael das zu erklären, zumindest keine, die nicht bedeutete, daß er als Hackfleisch enden würde; denn der einzige, der noch als Verräter in Frage kam, war Thomas Colfax, und der war angeblich tot.
Nick Vito steckte in der Zwickmühle. Er liebte den Riesen und die Pusteblume. Fiore und Colella hatten ihm in der Vergangenheit Dutzende von Gefallen erwiesen, genauso wie Thomas Colfax; aber er hatte Colfax aus der Klemme geholfen, und das hatte er jetzt davon. Also beschloß Nick Vito, nicht noch einmal auf sein weiches Herz zu hören. Es ging um sein Leben, und jeder war sich selbst der nächste. Wenn er Fiore und Colella erst getötet hatte, war er aus den roten Zahlen. Aber weil er für sie wie für Brüder fühlte, würde er sie schnell sterben lassen.

Es war einfach für Nick Vito, herauszufinden, wo sie sich aufhielten, denn sie mußten immer erreichbar sein, für den Fall, daß Michael sie brauchte. Der kleine Salvatore Fiore war zu Besuch in der Wohnung seiner Geliebten an der 83. Straße in der Nähe des Naturkundemuseums. Nick wußte, daß er von dort regelmäßig um fünf zu seiner Frau nach Hause ging. Es war jetzt drei. Nick überlegte hin und her. Er konnte vor dem Eingang des Appartementhauses warten oder nach oben gehen und Salvatore innerhalb der Wohnung erledigen. Aber ei-

gentlich war er zu nervös, um zu warten. Und die Tatsache, daß er nervös war, ließ ihn noch nervöser werden. Die ganze Sache begann, ihm an die Nieren zu gehen. *Wenn alles vorbei ist,* dachte er, *werde ich Mike um einen Urlaub bitten. Vielleicht schnappe ich mir ein paar junge Mädchen und fahre auf die Bahamas.* Der Gedanke allein besserte seine Stimmung schon erheblich. Nick Vito parkte seinen Wagen um die Ecke und ging dann zu dem Appartementhaus. Er öffnete die Eingangstür mit einem Zelluloidstreifen, ließ den Fahrstuhl links liegen und ging die Treppe zum dritten Stock hinauf. Er näherte sich der Tür am Ende des Korridors und hämmerte mit der Faust dagegen.
»Aufmachen! Polizei!«
Er hörte hastige Geräusche hinter der Tür, und einige Momente später wurde sie geöffnet, soweit die schwere Sicherheitskette es zuließ. Vito sah das Gesicht und Teile des nackten Körpers von Marina, Salvatore Fiores Geliebter.
»Nick!« sagte sie. »Du verrückter Idiot. Du hast mir eine Heidenangst eingejagt!«
Sie nahm die Kette von der Tür und öffnete sie. »Sal, es ist Nick!«
Salvatore Fiore kam nackt aus dem Schlafzimmer. »He, Nick, Junge! Was, zum Teufel, machst du hier?«
»Sal, ich habe eine Nachricht von Mike für dich.«
Nick Vito hob eine 22er Automatic mit Schalldämpfer und drückte ab. Der Hammer traf die Patrone Kaliber 22 und schleuderte sie mit einer Geschwindigkeit von tausend Fuß in der Sekunde aus der Mündung. Die erste Kugel zerschmetterte Salvatore Fiores Nasenrücken. Die zweite Kugel ließ sein linkes Auge zerplatzen. Als Marina den Mund aufriß und schrie, wandte sich Nick Vito um und jagte ihr die dritte Kugel direkt in den Rachen. Sie stürzte zu Boden, und er schoß noch einmal auf ihre Brust, nur um sicherzugehen. *Eine Verschwendung, so ein tolles Weib umzulegen,* dachte Nick, *aber Mike würde es gar nicht gefallen, wenn ich irgendwelche Zeugen zurücklasse.*

Joseph Colellas Pferd startete im achten Rennen im Belmont Park auf Long Island. Die Distanz in Belmont betrug anderthalb Meilen, die ideale Länge für eine junge Stute wie seine. Er hatte Nick geraten, auf sie zu setzen. In der Vergangenheit

hatte Nick mit seinen Tips eine Menge Geld gewonnen, Colella setzte immer ein paar Dollar für Nick, wenn seine Pferde an den Start gingen. Als Nick Vito auf Colellas Box zuging, bedauerte er die Tatsache, daß er in Zukunft auf die Tips würde verzichten müssen. Das achte Rennen hatte gerade begonnen. Die Börse war hoch, und die Zuschauer schrien und johlten, als die Pferde zum erstenmal um die Bahn waren. Nick Vito trat hinter Colella in die Box und fragte: »Wie stehen die Aktien, Kumpel?«
»He, Nick! Du bist gerade rechtzeitig gekommen. *Beauty Queen* gewinnt, sage ich dir. Ich habe etwas Geld für dich gesetzt.«
»Prima, Joe.«
Nick Vito preßte die automatische Pistole gegen Joseph Colellas Wirbelsäule und feuerte dreimal durch den Mantelstoff. Die erstickten Geräusche gingen im Lärm der Menge unter. Nick sah Joseph Colella zu Boden sinken. Er überlegte einen Augenblick, ob er die Wettscheine aus Colellas Tasche nehmen sollte, entschied sich dann aber dagegen. Schließlich konnte das Pferd ja auch verlieren. Er drehte sich um und ging ohne Eile zum Ausgang, ein Mann ohne Gesicht unter tausend anderen.

Michael Morettis Privatapparat klingelte.
»Mr. Moretti?«
»Wer will mit ihm reden?«
»Hier spricht Captain Tanner.«
Michael brauchte eine Sekunde, um den Namen unterzubringen. Ein Captain. Revier in Queens. Auf der Gehaltsliste.
»Moretti am Apparat.«
»Ich habe gerade etwas erfahren, das Sie interessieren dürfte.«
»Von wo rufen Sie an?«
»Aus einer öffentlichen Telefonzelle.«
»Weiter.«
»Ich habe herausgefunden, von wem der ganze Ärger ausgeht.«
»Sie sind zu spät dran. Man hat sich ihrer bereits angenommen.«
»*Ihrer?* Oh. Ich habe nur von Thomas Colfax gehört.«
»Sie wissen ja gar nicht, was Sie reden. Colfax ist tot.«

Jetzt war Captain Tanner verwirrt. »Wovon reden *Sie* denn da? Thomas Colfax sitzt gerade jetzt im Marinestützpunkt Quantico und singt sich die Kehle aus dem Leib, sobald jemand nur den Taktstock hebt.«
»Sie müssen den Verstand verloren haben«, schnappte Michael. »Zufällig weiß ich . . .« Er hielt inne. Was *wußte* er eigentlich? Er hatte Nick Vito aufgetragen, Thomas Colfax umzulegen, und Vito hatte behauptet, er habe den Auftrag erledigt. Michael dachte nach. »Wie sicher sind Sie sich Ihrer Sache, Tanner?«
»Mr. Moretti, würde ich Sie anrufen, wenn ich nicht sicher wäre?«
»Ich prüfe das nach. Wenn Sie recht haben, schulde ich Ihnen einen Gefallen.«
»Danke, Mr. Moretti.«
Zufrieden mit sich selber legte Captain Tanner den Hörer auf. Bisher war Michael Moretti immer ein äußerst großzügiger Mensch gewesen. Diesmal konnte er den großen Schnitt machen, der es ihm ermöglichen würde, sich zurückzuziehen. Er trat aus der Telefonzelle in die kalte Oktoberluft.
Vor der Zelle standen zwei Männer, und als der Captain um sie herumgehen wollte, verstellte ihm einer von ihnen den Weg. Er hielt einen Ausweis hoch.
»Captain Tanner? Ich bin Lieutenant West, Abteilung für Innere Sicherheit. Der Polizeicommissioner möchte sich gern einmal mit Ihnen unterhalten.«

Michael Moretti legte langsam den Hörer auf. Mit geradezu animalischem Instinkt wußte er plötzlich, daß Nick Vito ihn belogen hatte. Thomas Colfax lebte noch. Das erklärte die ganzen Vorkommnisse. Er war der Verräter. Und Michael hatte Nick Vito losgeschickt, um Fiore und Colella umzulegen. Mein Gott, war er blöde gewesen.
Geleimt von einem stumpfsinnigen, bezahlten Revolvermann, der ihn dazu gebracht hatte, seine beiden besten Männer für nichts und wieder nichts zu verschwenden.
Eisiger Zorn stieg in ihm auf.
Er wählte eine Nummer und sprach kurz in den Hörer. Danach erledigte er einen weiteren Anruf, ehe er sich zurücklehnte und wartete.

Als Nick Vito anrief, mußte Michael sich dazu zwingen, seine Stimme frei von der Wut zu halten, die in ihm tobte. »Wie ist es gelaufen, Nick?«
»Gut, Boß. Wie du es haben wolltest. Die beiden haben ganz schön gelitten.«
»Ich kann mich immer auf dich verlassen, Nick, nicht wahr?«
»Das weißt du doch, Mike.«
»Nick, ich möchte dich noch um einen letzten Gefallen bitten. Einer der Jungs hat einen Wagen an der Ecke York 95. Straße stehenlassen. Es ist ein brauner Camaro. Die Schlüssel liegen hinter der Sonnenblende. Wir brauchen den Wagen für einen Job heute abend. Würdest du ihn herfahren?«
»Klar, Boß. Wie schnell brauchst du ihn? Ich wollte eigentlich...«
»Ich brauche ihn jetzt. Sofort, Nick.«
»Ich bin unterwegs.«
»Good-bye, Nick.«
Michael legte den Hörer wieder auf. Er wünschte sich, dabei sein und zusehen zu können, wie Nick sich selber in die Hölle sprengte, aber er hatte noch eine eilige Sache zu erledigen. Jennifer Parker würde bald auf dem Rückweg sein, und er wollte alles für sie vorbereitet haben.

## 59

*Hier geht es zu wie bei den Dreharbeiten zu einem gottverdammten Hollywoodfilm,* dachte Generalmajor Roy Wallace, *und mein Gefangener ist der Star.*
Der große Konferenzraum der Marinebasis war mit Technikern der Nachrichtentruppe überflutet, die Kameras, Scheinwerfer und Mikrofone aufstellten und sich dabei einer unverständlichen Geheimsprache bedienten. Sie bereiteten alles vor, um Thomas Colfax' Zeugenaussage aufzunehmen.
»Eine zusätzliche Sicherheitsvorkehrung«, hatte Staatsanwalt Di Silva argumentiert. »Wir wissen, daß niemand an ihn herankommen kann, aber es ist in jedem Fall gut, wenn wir ihn noch auf Film haben.« Die anderen hatten ihm zugestimmt. Der einzige, der nicht anwesend war, war Thomas Colfax. Er

würde erst in letzter Minute hereingebracht werden, wenn alles für ihn bereit war.
*Wie ein gottverdammter Filmstar.*

In seiner Zelle hatte Thomas Colfax ein Gespräch mit David Terry vom Justizministerium, dem Mann, der für Zeugen, die unterzutauchen wünschten, neue Identitäten schuf.
»Lassen Sie mich Ihnen das Sicherheitsprogramm des Bundes für seine Zeugen erläutern«, sagte Terry. »Wenn die Verhandlung vorbei ist, schicken wir Sie in jedes Land, das Ihnen gefällt. Ihre Wohnungseinrichtung und Ihr restlicher Besitz wird, mit einer Codenummer versehen, in ein Lagerhaus in Washington geschafft. Wir stellen sie Ihnen dann später zu. Es gibt keine Möglichkeit, für niemanden, Ihnen auf der Spur zu bleiben. Wir versorgen Sie mit einer neuen Identität, einer neuen Vergangenheit und, wenn Sie wollen, sogar mit einem neuen Äußeren.«
»Darum kümmere ich mich selber.« Colfax traute keinem. Er allein würde wissen, wie seine neue Erscheinung ausfallen würde.
»Normalerweise kümmern wir uns auch darum, für die Leute, denen wir eine neue Identität gegeben haben, Jobs zu finden, und wir versorgen sie mit etwas Geld. In Ihrem Fall dürfte das Geld kein Problem sein.«
Thomas Colfax fragte sich, was David Terry sagen würde, wenn er gewußt hätte, wieviel Geld der *consigliere* tatsächlich auf Konten in Deutschland, der Schweiz und Hongkong gehortet hatte. Sogar Colfax selber war nicht fähig gewesen, immer den Überblick zu behalten, aber eine vorsichtige Schätzung würde sich auf neun oder zehn Millionen Dollar belaufen. »Nein«, sagte er. »Ich glaube nicht, daß Geld ein Problem sein wird.«
»Um so besser. Zuerst müssen wir uns überlegen, wohin Sie wollen. Haben Sie eine bestimmte Gegend im Auge?«
Es war eine äußerst einfache Frage, und doch stand soviel dahinter. In Wirklichkeit fragte der Mann: *Wo wollen Sie den Rest Ihres Lebens verbringen?* Denn Colfax wußte, daß, wohin auch immer er ging, er nie wieder zurückkehren konnte. Es würde seine neue Heimat, sein Schutzschild werden, und nirgendwo sonst in der Welt würde er noch sicher sein.

»Brasilien.«
Es war eine logische Wahl. Er besaß dort bereits eine im Namen einer panamesischen Firma erworbene Zweihunderttausend-Morgen-Plantage, die nicht zu ihm zurückverfolgt werden konnte. Die Plantage selber war eine Festung. Er konnte es sich außerdem leisten, sich soviel Schutz zu kaufen, daß sogar Michael Moretti, sollte er jemals erfahren, wo er sich aufhielt, ihm nichts anzuhaben vermochte. Er konnte sich alles kaufen, inklusive jeder Frau, die er haben wollte. Er liebte lateinamerikanische Frauen. Die meisten Leute dachten, daß ein Mann sexuell am Ende war, wenn er die Sechzig erreicht hatte, daß Frauen ihn nicht mehr interessierten, aber Colfax hatte festgestellt, daß sein Appetit mit dem Alter noch gestiegen war. Sein Lieblingssport waren zwei oder drei schöne Frauen mit ihm im gleichen Bett, die ihm eine richtige Kopf-bis-Fuß-Behandlung gaben. Je jünger, desto besser.
»Brasilien wird sich leicht arrangieren lassen«, sagte David Terry. »Die Regierung wird Ihnen dort ein kleines Haus kaufen, und . . .«
»Das wird nicht nötig sein.« Colfax hätte beinahe laut gelacht über den Gedanken, in einem kleinen Haus leben zu müssen. »Alles, was ich von Ihnen will, ist eine neue Identität und sicherer Transport. Um alles andere kümmere ich mich selber.«
»Wie Sie wollen, Mr. Colfax.« David Terry stand auf. »Ich glaube, wir haben an alles gedacht.« Er lächelte aufmunternd. »Dies ist einer von den leichten Fällen. Ich bringe die Sache schon mal in Bewegung. Sobald Sie mit Ihrer Aussage fertig sind, werden Sie in einem Flugzeug nach Südamerika sitzen.«
»Danke.« Thomas Colfax sah seinen Besucher gehen, und er war von einem Gefühl freudiger Erregung beseelt. Er hatte es geschafft! Michael Moretti hatte den Fehler seines Lebens begangen, als er ihn unterschätzte, und es würde sein letzter Fehler werden. Colfax würde ihn so tief begraben, daß er nie wieder auferstehen konnte.
Und seine Zeugenaussage würde gefilmt werden. Nicht uninteressant. Er fragte sich, ob sie ihn vorher schminken würden. Er betrachtete sich in dem schmalen Spiegel an der Wand. *Nicht schlecht,* dachte er, *für einen Mann meines Alters sehe ich immer noch gut aus. Diese jungen südamerikanischen Mädchen lieben ältere Herren mit grauen Haaren.*

Er hörte, wie sich die Zellentür öffnete, und wandte sich um. Ein Marinesergeant brachte ihm sein Mittagessen. Er hatte noch viel Zeit, bevor die Filmaufnahmen begannen.
Am ersten Tag hatte sich Colfax über das Essen beschwert, das ihm serviert worden war, worauf Generalmajor Wallace dafür gesorgt hatte, daß seine Mahlzeiten aus dem Besten vom Besten bestanden. In den Wochen, die Colfax auf dem Stützpunkt verbracht hatte, war sein leisester Wunsch allen anderen Befehl gewesen. Sie taten, was sie konnten, um es ihm angenehm zu machen, und Colfax nutzte es nach Kräften aus. Er hatte komfortable Möbel erhalten, einen Fernsehapparat, und täglich wurden ihm die neuesten Zeitungen und Magazine gebracht.

Der Sergeant stellte das Tablett auf den für zwei Personen gedeckten Tisch und machte dieselbe Bemerkung wie jeden Tag.
»Scheint eßbar zu sein, Sir.«
Colfax lächelte höflich und setzte sich an den Tisch. Kaum durchgebratenes Roastbeef, genau wie er es mochte, Kartoffelpüree und Yorkshire-Pudding. Er wartete, bis sich der Sergeant einen Stuhl herangezogen und auf die andere Seite des Tisches gesetzt hatte. Der Sergeant ergriff Messer und Gabel, schnitt ein Stück Fleisch ab und begann zu essen. Auch eine von Generalmajor Wallaces Ideen. Thomas Colfax hatte seinen eigenen Vorkoster. *Wie die Könige vergangener Jahrhunderte,* dachte er. Er sah zu, wie der Marinesergeant das Roastbeef, die Kartoffeln und den Pudding probierte.
»Wie schmeckt es?«
»Um die Wahrheit zu sagen, Sir, habe ich mein Fleisch lieber gut durch.«
Colfax ergriff sein eigenes Besteck und begann zu essen. Der Sergeant hatte keinen Geschmack. Das Fleisch war perfekt zubereitet, das Püree cremig und heiß, der Yorkshire-Pudding ein Gedicht. Colfax griff nach dem Meerrettich und streute ihn dünn über das Fleisch.
Es passierte nach dem zweiten Bissen. Plötzlich merkte Colfax, daß etwas ganz und gar nicht stimmte. In seinem Mund schien plötzlich ein Feuer zu explodieren, das sich durch den ganzen Körper fraß. Seine Kehle zog sich zu, schockartig gelähmt, und er schnappte nach Luft. Thomas Colfax umklam-

merte seinen Hals und versuchte, dem Sergeant mitzuteilen, was passierte, aber er brachte kein Wort hervor. Das Feuer breitete sich immer schneller und weiter aus, erfüllte ihn mit unsäglichen Qualen. In einer grauenhaften Zuckung versteifte sich sein ganzer Körper, und er stürzte nach hinten zu Boden.
Der Sergeant betrachtete ihn einen Augenblick, ehe er sich vorbeugte und Thomas Colfax' Augenlid hochhob, um sicherzugehen, daß er tot war.
Dann erst schrie er nach Hilfe.

## 60

Der Flug 246 der Singapore Airlines landete um halb acht Uhr morgens auf dem Heathrow Airport in London. Die anderen Passagiere wurden gebeten, auf den Sitzen zu bleiben, bis Jennifer und die beiden FBI-Beamten das Flugzeug verlassen und das Sicherheitsbüro des Flughafens erreicht hatten.
Jennifer gierte geradezu nach einer Zeitung, um herauszufinden, was zu Hause los war, aber ihre beiden schweigenden Begleiter schlugen ihr die Bitte ab und weigerten sich auch, in ein Gespräch verwickelt zu werden.
Zwei Stunden später stiegen die drei Reisenden in ein Flugzeug der TWA, Ziel New York.

Im Gerichtsgebäude am Foley Square fand sich ein Krisenstab zusammen. Unter den Anwesenden waren Adam Warner, Robert Di Silva, Generalmajor Roy Wallace und ein halbes Dutzend weiterer Vertreter vom FBI, dem Justizministerium und dem Schatzministerium.
»Wie, zum Teufel, konnte das passieren?« Robert Di Silvas Stimme zitterte vor Wut. Er wandte sich an den Generalmajor. »Sie wußten genau, wie wichtig Colfax für uns war.«
Der Angesprochene breitete hilflos die Hände aus. »Wir haben jede nur mögliche Vorsichtsmaßnahme getroffen, Sir. Wir prüfen gerade nach, wie sie Zyanwasserstoffsäure in die...«
»Es ist mir scheißegal, wie sie es getan haben! Colfax ist tot!«

Der Mann vom Schatzministerium wollte wissen: »Was bedeutet Colfax' Tod für uns?«
»Eine ganze Menge«, antwortete Di Silva. »Einen Mann in den Zeugenstand zu holen, ist eine Sache. Einen Haufen Hauptbücher und Berichte vorzuzeigen, eine ganz andere. Sie können Ihren Arsch darauf verwetten, daß irgendein gerissener Anwalt behaupten wird, die Bücher seien gefälscht.«
»Wie machen wir jetzt also weiter?«
»Wir machen weiter wie bisher«, antwortete Di Silva. »Jennifer Parker ist auf dem Rückweg von Singapur. Wir haben genug in der Hand, um sie für immer wegzustecken. Und während sie untergeht, werden wir dafür sorgen, daß sie Michael Moretti mit sich reißt.« Er wandte sich an Adam. »Halten Sie das nicht auch für das Beste, Senator?«
Adam war übel geworden. »Entschuldigen Sie mich.«
Er verließ den Raum mit schnellen Schritten.

## 61

Der durch übergroße Ohrenschützer behütete Bodenlotse winkte den Jumbo 747 mit seinen beiden Signalkellen an die wartende Treppe. Das Flugzeug rollte bis zu einem auf den Asphalt gemalten Kreis, und auf ein Zeichen würgte der Pilot die vier Pratt & Whitney-Düsen ab.
Im Inneren des Flugzeugs drang die Stimme einer Stewardeß aus den Lautsprechern. »Meine Damen und Herren, wir sind soeben in New York Kennedy Airport gelandet. Wir danken Ihnen, daß Sie mit TWA geflogen sind. Wir bitten Sie, bis zur nächsten Ansage in Ihren Sitzen zu bleiben. Danke sehr.«
Protestgemurmel erhob sich. Einen Augenblick später wurden die Türen von der Bodencrew geöffnet. Die beiden FBI-Beamten, die mit Jennifer im vorderen Teil des Flugzeugs gesessen hatten, standen auf. Einer von ihnen wandte sich an Jennifer und sagte: »Gehen wir.«
Neugierig sahen die Passagiere zu, wie die drei Fluggäste die Maschine verließen. Einige Minuten später ertönte wieder die Stimme der Stewardeß aus den Lautsprechern. »Wir danken Ihnen für Ihre Geduld. Sie können jetzt aussteigen.«

Am Seiteneingang des Flughafens wartete eine Limousine der Regierung und fuhr geradewegs zum Metropolitan-Gefängnis an der Park Row 150, die mit dem Gerichtsgebäude am Foley Square verbunden war.
Nachdem Jennifer für das Album fotografiert worden war und ihre Fingerabdrücke hinterlassen hatte, sagte einer der FBI-Agenten: »Es tut uns leid, aber wir können Sie nicht hierbehalten. Wir haben Befehl, Sie nach Riker's Island zu bringen.«

Die Fahrt nach Riker's Island verlief schweigend. Jennifer saß auf dem Rücksitz zwischen den beiden FBI-Beamten. Sie sagte nichts. Nur ihr Verstand raste. Die beiden Männer hatten während der ganzen Reise über den Ozean kein Wort gesagt, so daß Jennifer nicht die geringste Ahnung hatte, in welchen Schwierigkeiten sie steckte. Sie wußte nur, daß es ernst war, denn einen Auslieferungsbescheid erreichte man nicht ohne weiteres.
Sie konnte nichts für sich tun, solange sie im Gefängnis saß. Deswegen mußte sie als allererstes auf Kaution freikommen.

Sie fuhren über die Brücke nach Riker's Island, und Jennifer blickte auf die vertraute Szenerie, die sie schon hundertmal auf dem Weg zu ihren Mandanten gesehen hatte. Jetzt war sie selbst die Gefangene.
*Aber nicht lange,* dachte Jennifer. *Michael wird mich rausholen.*
Die beiden FBI-Beamten begleiteten Jennifer in das Aufnahmegebäude, und einer von ihnen reichte dem Wärter den Haftbefehl.
»Jennifer Parker.«
Der Wärter warf einen Blick darauf. »Wir haben Sie erwartet, Miß Parker. Untersuchungszelle drei ist für Sie reserviert.«
»Ich habe das Recht auf einen Anruf.«
Der Wärter nickte zu dem Telefon auf dem Schreibtisch. »Klar.« Jennifer hob den Hörer ab und betete innerlich, daß Michael Moretti zu Hause sein möge. Sie begann zu wählen.

Michael Moretti hatte auf Jennifers Anruf gewartet. Während der letzten vierundzwanzig Stunden hatte er an nichts anderes denken können. Er hatte in jedem Augenblick gewußt, wo sie war — wann sie in London gelandet war, wann ihr Flugzeug Heathrow verlassen und in New York aufgesetzt hatte. Er hatte an seinem Schreibtisch gesessen und Jennifer im Geist auf ihrem Weg nach Riker's Island verfolgt. Er hatte sich ausgemalt, wie sie das Gefängnis betreten hatte. Er wußte, daß sie verlangen würde, ein Gespräch zu führen, ehe sie in die Zelle gesperrt wurde. Sie würde ihn anrufen. Mehr verlangte er nicht. Binnen einer Stunde würde er sie freihaben, und sie würde sich auf dem Weg zu ihm befinden. Michael Moretti lebte nur noch für den Augenblick, in dem sie durch die Tür trat.

Sie hatte das Unverzeihliche getan. Sie hatte sich dem Mann hingegeben, der ihn zu vernichten suchte. Und was hatte sie ihm noch gegeben? Welche Geheimnisse hatte sie ihm erzählt?

Adam Warner war der Vater von Jennifers Sohn, dessen war Michael sich jetzt sicher. Von Anfang an hatte Jennifer ihn belogen, hatte ihm weisgemacht, daß Joshuas Vater tot war. *Nun, diese Prophezeiung wird bald erfüllt sein,* dachte Michael. Er steckte in einer Klemme, die nicht ohne Ironie war. Auf der einen Seite hatte er eine mächtige Waffe, um Adam Warner zu diskreditieren und zu zerstören. Er konnte Warner mit der Drohung erpressen, seine Affäre mit Jennifer an die große Glocke zu hängen, aber wenn er das tat, stellte er sich selber bloß. Wenn die anderen Familien erfuhren — und sie *würden* es erfahren —, daß Michaels Geliebte auch die des Vorsitzenden des Senatsausschusses war, würde er die Zielscheibe ihres Spotts werden. Er würde seine Männer nicht mehr bei der Stange halten können. Ein Hahnrei hatte kaum die Qualifikation zu einem *Don*. Also war eine solche Erpressung ein zweischneidiges Schwert, und so verlockend es auch war, Michael wußte, daß er es nicht benutzen durfte. Er mußte seine Feinde auf andere Weise vernichten.

Er warf einen Blick auf die kleine, schlecht gezeichnete Skizze vor sich auf dem Tisch. Es war die Route, auf der Adam Warner heute abend zu einem Wahlessen fahren würde. Die Karte hatte Michael Moretti fünftausend Dollar gekostet. Adam Warner aber würde sie das Leben kosten.

Das Telefon klingelte, und unwillkürlich zuckte Michael zusammen. Er hob ab und hörte Jennifer Parkers Stimme in der

Leitung. Diese Stimme, die Zärtlichkeiten in sein Ohr geflüstert, die ihn angefleht hatte, mit ihr zu schlafen, die ...
»Michael — bist du's?«
»Ja. Wo bist du?«
»Sie halten mich in Riker's Island fest. Sie beschuldigen mich des Mordes. Bis jetzt ist noch keine Kaution festgesetzt worden. Wann kannst du ...«
»Ich hole dich sofort heraus. Du kannst schon auf dem Sprung sitzen. Okay?«
»Ja, Michael.« Er hörte die Erleichterung in ihrer Stimme.
»Ich sorge dafür, daß Gino dich abholt.«
Wenige Sekunden später wählte er eine Nummer und sprach einige Minuten in den Hörer.
»Es ist mir egal, wie hoch die Kaution ist. Ich will sie *sofort* draußen haben.«
Er legte den Hörer wieder auf und drückte einen Knopf an seinem Schreibtisch. Gino Gallo betrat den Raum.
»Jennifer Parker sitzt auf Riker's Island. Sie müßte in ein oder zwei Stunden entlassen werden. Hol sie ab und bring sie her.«
»Wird gemacht, Boß.«
Michael lehnte sich in seinem Stuhl zurück. »Sag ihr, daß wir uns ab heute wegen Adam Warner keine Sorgen mehr zu machen brauchen.«
Gino Gallos Gesicht leuchtete auf. »Nein?«
»Nein. Er ist auf dem Weg zu einem Vortrag, aber er wird nie ankommen. Er wird auf der Brücke bei New Canaan einen Unfall haben.«
Gino Gallo lächelte. »Großartig, Boß.«
Michael deutete auf die Tür. »Ab mit dir.«

Staatsanwalt Di Silva widersetzte sich dem Antrag, Jennifer auf Kaution freizulassen, mit jedem ihm zur Verfügung stehenden Mittel. Die Verhandlung fand vor Richter William Bennett, einem Mitglied des Obersten Gerichtshofs von New York, statt.
»Euer Ehren«, sagte Di Silva, »die Angeklagte wird eines Dutzends schwerer Verbrechen beschuldigt. Wir mußten sie von Singapur ausliefern lassen. Wenn sie gegen Kaution freigelassen wird, kann sie sich in ein Land absetzen, mit dem wir keinen Auslieferungsvertrag unterhalten.«

John Lester, ein ehemaliger Richter, der Jennifer vertrat, antwortete: »Der Staatsanwalt macht sich der böswilligen Verdrehung von Tatsachen schuldig, Euer Ehren. Meine Mandantin ist nirgendwohin geflohen. Sie war geschäftlich in Singapur. Wenn die Regierung sie aufgefordert hätte, zurückzukommen, hätte sie der Aufforderung freiwillig Folge geleistet. Sie ist eine angesehene Anwältin mit einer großen Kanzlei in dieser Stadt. Es wäre undenkbar, daß sie weglaufen würde.«
Der Streit ging noch länger als dreißig Minuten weiter.
Schließlich sagte Richter William Bennett: »Das Gericht setzt eine Kaution in Höhe von fünfhunderttausend Dollar fest.«
»Danke, Euer Ehren«, sagte Jennifers Anwalt. »Wir hinterlegen die Kaution.«

Eine Viertelstunde später half Gino Gallo Jennifer auf den Rücksitz einer Mercedes-Limousine. »Das ging schnell«, sagte er.
Jennifer antwortete nicht. Sie hatte gar nicht zugehört. Sie überlegte, was passiert sein konnte. Sie war in Singapur vollkommen isoliert gewesen. Sie hatte keine Ahnung, was in den Vereinigten Staaten vorgefallen war, aber zweifellos war ihre Verhaftung kein Zufall. Sie waren nicht allein hinter ihr her. Sie mußte unbedingt mit Michael sprechen und herausfinden, worum es ging. Di Silva mußte seiner verdammt sicher gewesen sein, wenn er ihre Auslieferung unter einer Mordanklage beantragt hatte. Er . . .
Gino Gallo sagte zwei Worte, die Jennifer aus ihren Gedanken rissen.
». . . Adam Warner . . .«
»Was haben Sie gesagt?«
»Ich sagte, um Adam Warner brauchen wir uns nicht mehr zu kümmern. Mike hat sich seiner angenommen.«
Jennifer spürte ihr Herz schlagen. »Hat er das? Wann?«
Gino Gallo nahm die Hand vom Lenkrad, um einen Blick auf seine Armbanduhr zu werfen. »In etwa fünfzehn Minuten. Es wird wie ein Unfall aussehen.«
Jennifers Mund war plötzlich wie ausgetrocknet. »Wo . . .«
Sie brachte die Worte kaum heraus. »Wo — wo wird es passieren.«

»New Canaan. An der Brücke.«
Sie fuhren durch Queens. Vor ihnen lag ein Einkaufszentrum mit einer Apotheke.
»Gino, könntest du vor dem Drugstore halten? Ich muß noch etwas besorgen.«
»Klar.«
Geschickt schwenkte er das Lenkrad herum und steuerte in die Einfahrt des Einkaufszentrums.
»Kann ich Ihnen helfen?«
»Nein, nein. Ich — ich bleibe nur eine Minute weg.«
Jennifer sprang aus dem Wagen und eilte mit vibrierenden Nerven in den Laden. Im hinteren Teil des Geschäfts befand sich eine Telefonzelle. Jennifer griff in ihre Geldbörse. Sie hatte kein Kleingeld, abgesehen von einigen Münzen aus Singapur. Sie lief zur Kasse und holte einen Dollar heraus.
»Könnten Sie mir den bitte wechseln?«
Die gelangweilte Kassiererin nahm Jennifers Dollar und gab ihr eine Handvoll Kleingeld. Jennifer eilte zurück zum Telefon. Eine stämmige Frau hatte den Hörer ergriffen und wählte.
Jennifer sagte: »Es handelt sich um einen Notfall. Könnte ich vielleicht . . .«
Die Frau starrte sie an und wählte weiter. »Hallo, Hazel«, keuchte sie dann. »Mein Horoskop stimmte genau! Ich hatte einen grauenhaften Tag. Erinnerst du dich noch an die Schuhe, die ich mir bei Delmans holen wollte? Kannst du dir vorstellen, daß sie das einzige Paar, das sie in meiner Größe hatten, schon verkauft haben?«
Jennifer berührte den Arm der Frau und sagte: »Bitte!«
»Besorgen Sie sich ein eigenes Telefon«, zischte die Frau. Sie wandte sich wieder dem Hörer zu. »Und erinnerst du dich noch an das Paar aus Wildleder, das wir gesehen haben? Weg! Willst du wissen, was ich getan habe? Ich habe zu der Bedienung gesagt . . .«
Jennifer schloß die Augen und vergaß alles außer dem Aufruhr in ihrem Inneren. Michael durfte Adam nicht umbringen. Sie mußte tun, was sie konnte, um ihn zu retten.
Die Frau hängte auf und wandte sich an Jennifer. »Ich sollte noch jemanden anrufen, nur um Ihnen Benehmen beizubringen.«

Dann ging sie davon, stolz auf ihren kleinen Sieg. Jennifer packte den Hörer. Als erstes rief sie Adams Büro an.
»Es tut mir leid«, sagte seine Sekretärin, »aber Senator Warner ist nicht da. Möchten Sie eine Nachricht hinterlassen?«
»Es ist dringend«, sagte Jennifer. »Wissen Sie, wo ich ihn erreichen kann?«
»Nein, es tut mir leid. Wenn Sie gern . . .«
Jennifer hängte auf. Sie stand da und dachte einen Augenblick nach, dann wählte sie eine andere Nummer. Robert Di Silva! Eine Ewigkeit verging, ehe sich eine Stimme meldete: »Büro des Staatsanwalts.«
»Ich muß mit Mr. Di Silva sprechen. Hier ist Jennifer Parker.«
»Es tut mir leid. Mr. Di Silva ist in einer Konferenz. Er darf nicht gestört . . .«
»Sie holen ihn jetzt ans Telefon, sofort! Es handelt sich um einen Notfall. Laufen Sie schon!« Jennifers Stimme zitterte.
Di Silvas Sekretärin zögerte. »Einen Moment bitte.«
Kurz darauf kam Robert Di Silva an den Apparat. »Ja?« Sein Ton war unfreundlich.
»Passen Sie auf, und passen Sie gut auf«, sagte Jennifer. »Adam Warner soll ermordet werden. Es soll in den nächsten zehn oder fünfzehn Minuten geschehen. Auf der Brücke von New Canaan.«
Sie hängte auf. Mehr konnte sie nicht tun. Sie stellte sich Adams Körper von einem Unfall zerfetzt vor und schauderte. Sie warf einen Blick auf ihre Uhr und betete innerlich, daß Di Silvas Männer schneller waren als Michaels Killer.

Robert Di Silva legte den Hörer auf und blickte die Männer in seinem Büro an. »Das war ein merkwürdiger Anruf.«
»Von wem?«
»Jennifer Parker. Sie behauptete, daß jemand Senator Warner ermorden will.«
»Warum hat sie Sie angerufen?«
»Das weiß der Teufel.«
»Halten Sie ihre Vermutung für möglich?«
Staatsanwalt Di Silva sagte: »Natürlich nicht.«

Jennifer trat durch die Tür, und trotz allem konnte Michael nicht anders, als auf ihre Schönheit reagieren. Es war die glei-

che Reaktion wie immer. Seine Gefühle hatten sich nicht verändert. Äußerlich war sie die entzückendste Frau, die er je gesehen hatte. Aber unter der schönen Schale war sie trügerisch, tödlich. Er blickte auf die Lippen, die Adam Warner geküßt hatten, und auf den Körper, der in Adam Warners Armen gelegen hatte.
Sie betrat den Raum und sagte: »Michael, ich bin so froh, dich zu sehen. Danke, daß du alles so schnell arrangiert hast.«
»Kein Problem. Ich habe auf dich gewartet, Jennifer.« Sie würde nie erfahren, wie sehr er auf sie gewartet hatte.
Sie ließ sich in einen Armsessel fallen. »Michael, was, in Gottes Namen, geht hier eigentlich vor? Was ist los?«
Beinahe bewundernd beobachtete er sie. Sie war mitverantwortlich dafür, daß sein Reich zusammenbrach, und nun saß sie ihm wie die Unschuld persönlich gegenüber und fragte, was eigentlich los sei.
»Weißt du, warum sie mich zurückgeholt haben?«
*Sicher*, dachte er. *Damit du ihnen noch etwas mehr vorsingen kannst.* Er dachte an den kleinen gelben Kanarienvogel mit dem gebrochenen Genick. Genauso würde Jennifer auch bald enden.
Jennifer blickte in seine schwarzen Augen. »Geht es dir gut?«
»Es ist mir nie besser gegangen.« Er lehnte sich in seinem Stuhl zurück. »In ein paar Minuten werden all unsere Probleme vorbei sein.«
»Wie meinst du?«
»Senator Warner wird einen Unfall haben. Das wird den Senatsausschuß etwas abkühlen.« Er blickte auf die Uhr an der Wand. »Ich erwarte den Anruf jeden Augenblick.«
Michaels Benehmen war seltsam, erschreckend. Jennifer hatte plötzlich eine Ahnung von Gefahr.
Sie stand auf. »Ich hatte noch gar keine Gelegenheit, auszupacken. Ich werde schnell...«
»Setz dich.« Der Unterton in Michaels Stimme ließ ihr einen Schauer über den Rücken laufen.
»Michael...«
Sie warf einen Blick zur Tür hinüber. Gino Gallo hatte sich mit dem Rücken dagegengelehnt und sah Jennifer ausdruckslos an.
»Du gehst nirgendwo hin«, erklärte Michael ihr.

»Ich verstehe nicht...«
»Sei still. Sag nichts mehr, kein Wort.«
Sie saßen einander gegenüber und starrten sich an, das einzige Geräusch im Raum war das Ticken der Uhr an der Wand. Jennifer versuchte, in Michaels Augen zu lesen, aber sie waren leer, verrieten nichts und zeigten keine Neugier.
Das plötzliche Schrillen des Telefons zerriß die Stille. Michael hob den Hörer ab.
»Hallo?... Bist du sicher?... In Ordnung. Verschwindet dort.« Er legte den Hörer wieder auf und blickte Jennifer an. »Die Brücke bei New Canaan wimmelt von Cops.«
Jennifer fühlte sich schwach vor Erleichterung. Michael beobachtete sie, und sie bemühte sich, ihre Gefühle zu verbergen. Sie fragte: »Was hat das zu bedeuten?«
Michael sagte langsam: »Gar nichts. Denn dort werden wir Adam Warner nicht umlegen.«

## 62

Die Zwillingsbrücken des Garden State Parkway waren auf keiner Karte verzeichnet. Der Garden State Parkway führte zwischen den Amboys über den Raritan und spaltete sich dort in zwei Brücken, von denen die eine nach Norden und die andere nach Süden führte.
Die Limousine des Präsidentschaftskandidaten befand sich westlich von Perth Amboy auf dem Weg zur südlichen Brücke. Adam Warner saß auf dem Rücksitz, einen Sicherheitsbeamten neben und die Rücken von zwei weiteren vor sich.
Agent Clay Reddin war der Wachtruppe des Senators bereits vor sechs Monaten zugeteilt worden, und er hatte Adam Warner ziemlich gut kennengelernt. Er hatte ihn immer für einen offenen, zugänglichen Mann gehalten, aber heute war der Senator den ganzen Tag über seltsam schweigsam und zurückgezogen. *Tief besorgt,* war das Wort, das Reddin einfiel. Für ihn war es keine Frage, daß Senator Warner der nächste Präsident der Vereinigten Staaten sein würde, und er, Reddin, trug die Verantwortung dafür, daß ihm nichts zustieß. Er durch-

dachte noch einmal die Vorkehrungen, die zur Sicherheit des Senators getroffen waren. Zufrieden stellte er fest, daß nichts schiefgehen konnte.
Er blickte noch einmal zu dem Präsidentschaftskandidaten hinüber und fragte sich, woran er denken mochte.
Adam Warner war von Di Silva informiert worden, daß Jennifer verhaftet worden war. Der Gedanke, daß sie wie ein Tier in einen Käfig gesperrt wurde, war qualvoll. Immer wieder mußte er an die wundervollen Stunden denken, die sie miteinander geteilt hatten. Er hatte Jennifer geliebt, wie er nie eine andere Frau geliebt hatte.
Einer der Sicherheitsbeamten auf den Vordersitzen sagte: »Wir müßten es rechtzeitig bis Atlantic City schaffen, Mr. President.«
*Mr. President.* Schon wieder dieses Wort. Den letzten Meinungsumfragen nach lag er weit vorn. Er war der neue Volksheld des Landes, und Adam wußte, daß nicht zuletzt der Ausschuß, dem er vorstand, dazu beigetragen hatte. Der Ausschuß, der Jennifer vernichten würde.
Adam blickte auf und bemerkte, daß sie sich den Zwillingsbrücken näherten. Kurz davor mündete eine Seitenstraße auf den Parkway. Ein großer Sattelschlepper mit Lastauflieger stand auf der anderen Seite der Straße gegenüber der Seitenmündung. Als die Limousine sich der Brücke näherte, setzte sich der Laster plötzlich in Bewegung, so daß die beiden Fahrzeuge gleichzeitig bei der Brücke eintrafen. Der Fahrer trat auf die Bremse und verlangsamte. »Seht euch diesen Idioten an.«
Die Funksprechanlage begann zu knistern. »Leuchtturm Eins! Kommen, Leuchtturm Eins!«
Der Lastwagen fuhr jetzt Seite an Seite mit der Limousine. Nebeneinander fuhren sie auf die Brücke. Die Sicht von der Fahrerseite der Limousine aus war vollständig versperrt. Der Sicherheitsbeamte am Steuer trat aufs Gaspedal, um den Laster zu überholen, aber der Sattelschlepper erhöhte ebenfalls die Geschwindigkeit.
»Was, zum Teufel, treibt der für ein Spielchen?« murmelte der Fahrer.
»Wir haben einen dringenden Anruf aus dem Büro des Staatsanwalts bekommen«, drang es aus der Funksprechanlage. »Fuchs Eins ist in Gefahr! Haben Sie mich verstanden?«

Ohne Warnung schwenkte der Laster nach rechts, traf die Seite der Limousine und drängte sie gegen das Geländer der Brücke. Eine Sekunde später hatten die Sicherheitsbeamten im Wagen ihre Revolver gezogen.
»Nach unten!«
Adam fand sich auf dem Boden der Limousine wieder, geschützt durch Clay Reddins Körper. Die Sicherheitsbeamten kurbelten die Fenster an der linken Seite der Limousine herunter, aber ihre Revolvermündungen fanden kein Ziel. Der Lastwagen ragte neben ihnen hoch wie eine Wand. Der Fahrer thronte weit oben, außerhalb ihrer Sicht. Es gab einen neuen Stoß und ein knirschendes Krachen, als die Limousine wieder gegen das Geländer gestoßen wurde. Der Fahrer riß das Lenkrad nach links, um den Wagen auf der Brücke zu halten, aber der Laster drängte ihn immer wieder zurück. Zweihundert Fuß unter ihnen schäumte das eiskalte Wasser des Raritan dahin.
Der Sicherheitsbeamte neben dem Fahrer schrie in das Mikrofon: »Hier ist Leuchtturm Eins! *Mayday! Mayday!* Alle Einheiten zur Zwillingsbrücke!«
Aber jeder in der Limousine wußte, daß die Hilfe nicht mehr rechtzeitig eintreffen würde. Der Fahrer versuchte anzuhalten, aber der mächtige Kotflügel des Lasters hatte sich in die Limousine verkeilt und schleifte sie mit. Es war nur noch eine Sache von Sekunden, bis der Laster sie über die Kante der Brücke stoßen würde. Der Beamte am Steuer bearbeitete abwechselnd das Gaspedal und die Bremse, um die Limousine von dem Druck des Lasters zu befreien, aber der Laster nagelte den Wagen gnadenlos gegen das Brückengeländer. Die Limousine hatte nicht den geringsten Spielraum. Der Laster blockierte auf der linken Seite jede Fluchtmöglichkeit, und auf der rechten Seite wurde der Wagen gegen das Eisengeländer gepreßt. Der Fahrer kämpfte verzweifelt mit dem Lenkrad. Der Laster warf sich mit neuer Wucht gegen die Limousine, und jeder in ihrem Inneren konnte spüren, wie das Brückengeländer nachzugeben begann.
Der Laster rammte immer heftiger gegen die Karosserie und drängte die Limousine von der Brücke. Plötzlich brachen die Vorderräder des Wagens durch das Geländer. Der Wagen hatte jetzt starke Schlagseite. Jemand im Inneren stieß einen

Schrei aus. Die Limousine schwankte auf der Kante der Brücke hin und her, und jeder im Wagen bereitete sich auf das Sterben vor.

Adam spürte keine Angst, nur ein Gefühl unbeschreiblichen Verlusts, Trauer über das verschwendete Leben. Mit Jennifer hätte er es teilen, Kinder haben sollen — und plötzlich wußte er von irgendwo aus der Tiefe seines Ich, daß sie ein Kind gehabt hatte.

Die Limousine neigte sich wieder dem Wasser zu, und Adam stieß einen einzigen lauten Schrei aus, eine Anklage gegen die Ungerechtigkeit dessen, was geschehen war und was noch geschah.

Aus dem Himmel über ihren Köpfen stießen plötzlich zwei Polizeihubschrauber herab. Das Hämmern von Maschinenpistolen erklang. Der Sattelschlepper schlingerte, und auf einen Schlag hörte alle Bewegung auf. Adam und die anderen konnten die Helikopter am Himmel kreisen hören. Die Männer rührten sich nicht, denn sie wußten, daß das kleinste Zucken den Wagen aus dem Gleichgewicht bringen und in die eisigen Fluten unter ihnen stürzen konnte.

Aus der Ferne näherten sich Polizeisirenen. Wenige Minuten später erklangen Stimmen, die Befehle brüllten. Der Motor des Sattelschleppers erwachte wieder zum Leben. Langsam, vorsichtig, setzte sich der Laster in Bewegung, kroch von der eingezwängten Limousine fort. Der Druck ließ nach. Der Wagen schwankte eine furchtbare Sekunde lang, dann stand er still. Der Laster gab den Blick aus dem linken Seitenfenster frei.

Streifenwagen und Polizisten in Uniform mit gezogenen Waffen schwärmten über die Brücke.

Ein Polizeicaptain tauchte neben dem verbeulten Wagen auf. »Es ist unmöglich, die Türen zu öffnen«, sagte er. »Wir holen Sie durch die Fenster heraus.«

Als erster wurde Adam aus dem Fenster gehoben, langsam und vorsichtig, um den Wagen nicht doch noch durch eine heftige Bewegung aus dem Gleichgewicht zu kippen. Nach ihm folgten die drei Sicherheitsbeamten.

Als alle Insassen aus der Limousine befreit waren, wandte sich der Captain an Adam und fragte: »Sind Sie in Ordnung, Sir?«

Adam blickte auf die Limousine, die über dem dunklen Wasser des Flusses weit unten hing.
»Ja«, sagte er. »Alles in Ordnung.«

Michael Moretti warf einen Blick auf die Uhr an der Wand. »Es ist vorbei«, sagte er. Er wandte sich an Jennifer. »Dein Geliebter dürfte jetzt im Fluß treiben.«
Sie starrte ihn an, bleich vor Entsetzen. »Du kannst doch nicht...«
»Keine Sorge. Du wirst einen fairen Prozeß bekommen.« Er blickte Gino Gallo an. »Hast du ihr erzählt, daß wir Adam Warner auf der Brücke von New Canaan erledigen wollten?«
»Genau wie Sie es mir aufgetragen hatten, Boß.«
Michael sah Jennifer an. »Der Prozeß ist vorbei.«
Er stand auf und ging zu ihr hinüber. Er packte ihre Bluse und riß sie hoch.
»Ich habe dich geliebt«, flüsterte er. Er schlug ihr heftig ins Gesicht. Jennifer zuckte mit keiner Wimper. Er schlug sie noch einmal, härter diesmal, dann ein drittes Mal, und sie stürzte zu Boden.
»Steh auf. Wir machen eine kleine Fahrt.«
Betäubt von den Schlägen, lag Jennifer auf dem Boden und versuchte, ihren Kopf freizubekommen. Michael riß sie brutal auf die Füße.
»Wollen Sie, daß ich mich um sie kümmere, Boß?« fragte Gino Gallo.
»Nein. Fahr den Wagen zum Hintereingang.«
»Sofort, Boß.« Er eilte aus dem Raum.
Jennifer und Michael waren allein.
»Warum?« fragte er. »Die Welt war unser, und du hast sie weggeworfen. *Warum?*«
Sie antwortete nicht.
»Willst du, daß ich noch einmal mit dir schlafe — um der alten Zeiten willen?« Michael bewegte sich auf sie zu und ergriff ihren Arm. »Willst du das?« Jennifer antwortete nicht.
»Du wirst nie mehr mit irgend jemandem schlafen, hörst du? Ich werde dich zu deinem Geliebten in den Fluß werfen. Dann könnt ihr euch für immer Gesellschaft leisten.«
Gino Gallo kam mit weißem Gesicht in den Raum gestürzt.
»Boß! Draußen sind...«

Von draußen drang ein Krachen herein. Michael war mit drei Schritten bei seinem Schreibtisch und riß die Schublade auf. Er hielt einen Revolver in der Hand, als die Tür aufsprang. Zwei FBI-Männer warfen sich mit gezogenen Waffen in den Raum.
»Keine Bewegung!«
In einem Sekundenbruchteil traf Michael seine Entscheidung. Er schwenkte den Revolver herum und feuerte auf Jennifer. Er sah die Kugeln einschlagen, dann begannen die FBI-Männer zu schießen. Er sah Blut aus Jennifers Brust sprudeln. Im nächsten Augenblick zerriß eine Kugel sein Fleisch, gefolgt von einer zweiten. Er sah Jennifer auf dem Boden liegen und wußte nicht, welche Qual größer war, ihr Tod oder der seine. Er spürte den Hammerschlag einer dritten Kugel, und dann fühlte er gar nichts mehr.

## 63

Zwei Pfleger rollten Jennifer aus dem Operationssaal in die Intensivstation. Ein uniformierter Polizist wich nicht von Jennifers Seite. Der Krankenhausflur wimmelte von Polizisten, Detektiven und Reportern.
Ein Mann ging auf den Empfangstisch zu und sagte: »Ich möchte zu Jennifer Parker.«
»Gehören Sie zur Familie?«
»Nein. Ich bin ein Freund.«
»Es tut mir leid. Keine Besucher. Sie liegt auf der Intensivstation.«
»Ich werde warten.«
»Es kann lange dauern.«
»Spielt keine Rolle«, sagte Ken Bailey.

Eine Seitentür wurde geöffnet, und Adam Warner, eingefallen und hager, trat ein, gefolgt von einem Trupp Sicherheitsbeamten.
Ein Arzt wartete bereits auf ihn. »Hier entlang, Senator Warner.« Er führte Adam in ein kleines Büro.
»Wie geht es ihr?« fragte Adam.

»Ich habe nicht viel Hoffnung. Wir mußten drei Kugeln herausoperieren.«
Die Tür öffnete sich, und Staatsanwalt Robert Di Silva eilte herein. Er blickte Adam Warner an und sagte: »Bin ich froh, daß Ihnen nichts passiert ist.«
Adam sagte: »Ich glaube, ich verdanke Ihnen eine ganze Menge. Wie haben Sie davon erfahren?«
»Jennifer Parker hat mich angerufen. Sie sagte, man wollte Sie auf der New-Canaan-Brücke ermorden. Ich dachte mir schon, daß es sich um ein Ablenkungsmanöver handeln könnte, aber ich durfte kein Risiko eingehen, so daß ich der Sache nachging. In der Zwischenzeit habe ich herausgefunden, welche Route Sie wirklich gefahren sind, und habe ein paar Hubschrauber hinter Ihnen hergejagt, um Sie zu schützen. Ich vermute, die Parker wollte Sie aus dem Weg räumen.«
»Nein«, sagte Adam. »Nein.«
Robert Di Silva zuckte mit den Schultern. »Wie Sie meinen, Senator. Hauptsache, Sie sind am Leben.« Wie aus einem nachträglichen Einfall heraus wandte er sich an den Arzt. »Wird sie durchkommen?«
»Ihre Chancen stehen nicht sehr gut.«
Der Staatsanwalt bemerkte Adams Gesichtsausdruck und deutete ihn falsch. »Keine Sorge. Wenn sie es schafft, haben wir sie in jedem Fall festgenagelt.« Er sah genauer hin und meinte: »Sie sehen aus wie eine aufgewärmte Leiche. Warum fahren Sie nicht nach Hause und ruhen sich aus?«
»Zuerst möchte ich Jennifer Parker sehen.«
Der Arzt sagte: »Sie liegt im Koma. Vielleicht wird sie nie wieder daraus erwachen.«
»Ich möchte sie sehen, bitte.«
»Natürlich, Senator. Folgen Sie mir.«
Der Arzt führte Adam und Robert Di Silva aus dem Zimmer. Sie gingen den Flur entlang, bis sie ein Schild erreichten, auf dem INTENSIVSTATION — KEIN ZUTRITT! stand. Der Arzt öffnete die Tür und hielt sie den beiden Männern auf. »Sie liegt im ersten Raum.«
Ein Polizist hielt vor der Tür Wache. Als er den Staatsanwalt bemerkte, nahm er Haltung an.
»Niemand kommt in die Nähe dieses Zimmers ohne meine schriftliche Erlaubnis. Haben Sie verstanden?« sagte Di Silva.

»Ja, Sir.«
Adam und Di Silva betraten den Raum. Es gab drei Betten, zwei davon leer. Jennifer lag im dritten. Schläuche führten in ihre Nasenlöcher und die Venen an den Handgelenken. Adam trat dicht an das Bett heran und starrte auf sie hinunter. Jennifers Gesicht auf dem weißen Kissen war sehr bleich. Ihre Augen waren geschlossen. Ihr Gesicht wirkte jetzt jünger und weicher. Vor Adams Augen lag das unschuldige Mädchen, das er vor Jahren getroffen hatte, das junge Mädchen, das ärgerlich zu ihm gesagt hatte: *Glauben Sie, ich würde in diesem Loch leben, wenn ich auch nur ein bißchen Geld hätte? Es ist mir egal, was Sie tun. Lassen Sie mich in Ruhe, mehr will ich nicht.* Er dachte an ihren Mut, ihren Idealismus und ihre Verletzlichkeit. Sie war auf der Seite der Engel gewesen, hatte an die Gerechtigkeit geglaubt und war bereit gewesen, dafür zu kämpfen. Was war falsch gelaufen? Er hatte sie geliebt und liebte sie immer noch. Er hatte eine einzige falsche Wahl getroffen, die ihrer beider Leben vergiftet hatte, und er wußte, daß er sich nie wieder schuldlos fühlen würde, solange er lebte.
Er wandte sich an den Arzt. »Lassen Sie es mich wissen, wenn sie . . .« Er konnte es nicht aussprechen. »Halten Sie mich über alles auf dem laufenden.«
»Natürlich«, sagte der Doktor.
Adam Warner warf einen langen, letzten Blick auf Jennifer und sagte ihr stumm Lebewohl. Dann drehte er sich um und ging hinaus zu den wartenden Reportern.

Durch den trüben, nebeligen Dunst des Komas hörte Jennifer die Männer gehen. Sie hatte nicht verstanden, was sie gesagt hatten, denn ihre Worte wurden verwischt durch die Schmerzen, die sie in ihrer Gewalt hatten. Sie glaubte, sie habe Adams Stimme gehört, aber das war unmöglich. Er war tot. Sie versuchte, die Augen zu öffnen, aber die Anstrengung war zu groß.
Jennifers Gedanken wirbelten davon . . . Abraham Wilson kam in den Raum gestürzt, einen Kasten in der Hand. Er stolperte, der Kasten öffnete sich, und ein gelber Kanarienvogel flatterte heraus . . . Robert Di Silva schrie: *Fangt ihn! Laßt ihn nicht entwischen!* . . . und Michael Moretti hielt ihn in der Hand und lachte, Pater Ryan sagte: *Seht alle her! Ein Wunder,* Connie

Garrett tanzte durch den Raum, und jeder applaudierte...
Mrs. Cooper sagte: *Ich schenke Ihnen den Staat Wyoming...
Wyoming... Wyoming...* Adam kam mit Dutzenden roter
Rosen herein, Michael sagte: *Sie sind von mir,* Jennifer sagte:
*Ich stelle sie in eine Vase...* sie verkümmerten und starben, und
das Wasser aus der Vase ergoß sich auf den Boden und wurde
ein See, auf dem sie und Adam segelten, Michael jagte sie auf
Wasserskiern, und dann verwandelte er sich in Joshua und lächelte Jennifer an und winkte und begann, das Gleichgewicht
zu verlieren, und sie schrie: *Fall nicht!... Fall nicht!... Fall
nicht!...* eine riesige Welle spülte ihn in die Luft, und er breitete seine Arme aus wie Jesus und verschwand.
Einen Augenblick lang wurde Jennifers Verstand klar.
Joshua war fort.
Adam war fort.
Michael war fort.
Sie war allein. Am Ende war jeder allein. Jeder Mensch mußte
seinen eigenen Tod sterben. Jetzt würde es ihr leichtfallen, für
immer zu gehen.
Gesegneter Friede erfüllte sie. Bald, sehr bald schon würde es
keine Schmerzen mehr geben.

## 64

An einem kalten Januartag wurde Adam Warner auf dem Capitol zum vierzigsten Präsidenten der Vereinigten Staaten vereidigt. Seine Frau trug eine Zobelmütze und einen dunklen
Zobelmantel, der wundervoll mit ihrem bleichen Teint kontrastierte und ihre Schwangerschaft beinahe verbarg. Sie
stand neben ihrer Tochter, beide sahen stolz zu, wie Adam
seinen Amtseid leistete, und das Land freute sich mit ihnen.
Sie waren die Edelsten Amerikas — anständig, ehrlich, gut,
und sie gehörten in das Weiße Haus.

In einer kleinen Anwaltspraxis in Kelso im Bundesstaat Washington saß Jennifer Parker allein vor dem Fernsehapparat
und sah sich den Amtsantritt des neuen Präsidenten an. Sie
wartete, bis die Zeremonie beendet war, bis Adam, Mary Beth

und Samantha das Podium verlassen hatten, umgeben von Sicherheitsbeamten. Dann schaltete sie den Apparat aus, und die Bilder verblichen. Es war, als schaltete Jennifer die Vergangenheit ab und verbannte damit alles, was ihr zugestoßen war, die Liebe und den Tod, die Freude und den Schmerz. Nichts hatte sie zerstören können. Sie hatte überlebt.
Sie zog ihren Mantel an, setzte einen Hut auf und ging nach draußen, wobei sie einen Augenblick lang stehenblieb und auf das Schild an ihrer Tür blickte. *Jennifer Parker, Rechtsanwältin.* Sie dachte an die Geschworenen, die sie freigesprochen hatten. Sie war noch immer eine Anwältin, so wie ihr Vater ein Anwalt gewesen war. Und sie würde fortfahren, nach diesem trügerischen Ding, genannt Gerechtigkeit, zu suchen. Sie wandte sich ab und ging in Richtung Gerichtsgebäude.
Langsam schritt sie durch die verlassene, windgepeitschte Straße. Leichter Schneefall hatte eingesetzt und breitete einen Chiffonschleier über die Welt. Aus einem nahegelegenen Appartmenthaus drang ein plötzlicher Ausbruch von Heiterkeit. Es war ein so fremdartiges Geräusch, daß Jennifer für einen Augenblick stehenblieb und lauschte. Dann zog sie ihren Mantel enger um sich und ging weiter die Straße entlang. Sie spähte in den Vorhang aus Schnee vor ihren Augen, als trachtete sie, in die Zukunft zu schauen.
Aber in Wirklichkeit blickte sie in die Vergangenheit und versuchte zu begreifen, wann alles Lachen verklungen und jede Fröhlichkeit für immer im Dunkeln erstorben war.

# Nachbemerkung

Die Personen und Ereignisse in diesem Roman sind frei erfunden. Der Hintergrund aber ist real, und ich bin tief in der Schuld derer, die mir auf großzügige Weise dabei geholfen haben, ihn auszumalen. An einigen Punkten habe ich mir notwendige künstlerische Freiheiten gestattet. Juristische oder faktische Irrtümer gehen allein auf mein Konto.

Meinen tiefen Dank dafür, daß sie mich an ihren Gerichtserfahrungen teilnehmen ließen, entrichte ich F. Lee Bailey, Melvin Belli, Paul Caruso, William Hundley, Luke McKissack, Louis Nizer, Jerome Shestack und Peter Taft.

In Kalifornien hat mir Richter William Matthew Bynre vom Distriktsgericht der Vereinigten Staaten sehr geholfen.

In New York bin ich Mary de Bourbon vom Büro des Staatsanwalts zu Dank verpflichtet, denn sie hat mir das Funktionieren des Gerichtssystems erklärt. Außerdem geht mein Dank an Phil Leshin, ehemals stellvertretender Beauftragter für Öffentlichkeitsarbeit der Gefängnisverwaltung von New York, der mir Zugang zu Riker's Island verschafft hat; und an Pat Perry, den stellvertretenden Direktor von Riker's Island.

Barry Dastins juristische Beratung hat sich als unschätzbar erwiesen.

Meine Wertschätzung möchte ich Alice Fisher aussprechen, die mir bei den Recherchen für dieses Buch geholfen hat.

Und schließlich ein Dankeschön an Catherine Munro, die mit Geduld und Freude beinahe drei Jahre lang ein Buch, das als tausendseitiges Manuskript begann, Dutzende Male abgeschrieben und getippt hat.

SIDNEY SHELDON

# Diamanten-Dynastie

»Daher entsteht, daß, wenn, im Herzen, ein Trieb vor andern stärker ist,
Er, so wie dorten Aarons Schlange, die übrigen verschlingt und frißt.«

*Alexander Pope*
Essay on Man, Epistel 2
(Übs. v. B. H. Brockes, Hamburg 1740)

». . . [Diamanten] verrathen sich auf dem Ambosse, indem sie die Schläge so abprallen lassen, daß das Eisen nach beiden Seiten auseinander fährt und sogar selbst der Amboß zerspringt . . .
. . . indem der Diamant mit seiner unbesiegten Kraft, welche die zwei gewaltsamsten Dinge der Natur, das Eisen und das Feuer, verachtet, sich durch Bocksblut sprengen läßt, jedoch nur, wenn er in dieses, solange es frisch und warm ist, eingeweicht wird, und nur durch viele Schläge . . .«

*Plinius*
Historia naturalis
(Hrg. C. R. v. Osiander und G. Schwab, Stuttgart 1856)

Für meinen Bruder Richard
mit dem Löwenherzen

Miß Geraldine Hunter spreche ich meinen Dank aus
für ihre endlose Geduld und Hilfe
bei der Vorbereitung dieses Manuskripts

Aus dem Amerikanischen von Christel Rost und Gabriel Conrad
Titel der Originalausgabe: Master of the Game
Originalverlag: William Morrow and Company, Inc., New York

# PROLOG
# Kate
# 1982

Der große Ballsaal war voll von vertrauten Geistern, die gekommen waren, um ihren Geburtstag mitzufeiern. Kate Blackwell beobachtete, wie sie sich unter die Menschen aus Fleisch und Blut mischten, und vor ihrem geistigen Auge wurde die Szene zu einer traumähnlichen Phantasie, in der die Besucher aus anderen Zeiten und Gefilden mit den arglosen Gästen in Smoking und langen, schimmernden Abendgewändern über den Tanzboden glitten. Zu der Feier im Cedar Hill House in Dark Harbor, Maine, hatten sich hundert Personen eingefunden. *Die Geister nicht eingerechnet,* dachte Kate Blackwell spöttisch.

Sie war schlank, klein und zierlich, wirkte aber durch ihre königliche Haltung größer. Sie hatte ein Gesicht, das man nicht so leicht vergaß – stolze Züge, dämmergraue Augen und ein eigensinniges Kinn, eine Mischung, die sie ihren schottischen und holländischen Vorfahren verdankte. Ihr feines weißes Haar war einst eine üppige schwarze Pracht gewesen, und ihr Kleid aus elfenbeinfarbenem Samt verlieh ihrer Haut jene zarte Durchsichtigkeit, wie sie das hohe Alter manchmal mit sich bringt.

*Ich fühle mich nicht wie neunzig,* dachte Kate Blackwell. *Wo sind all die Jahre nur hin?* Sie sah den tanzenden Geistern zu. *Sie wissen Bescheid. Sie waren dabei. Sie waren ein Teil jener Jahre, ein Teil meines Lebens.* Sie sah Banda, dessen stolzes schwarzes Gesicht strahlte. Und dort war David, ihr geliebter David, groß und jung und gutaussehend, so wie damals, als sie sich in ihn verliebt hatte. Er lächelte ihr zu, und sie dachte: *Bald, mein Liebling, bald.* Und sie wünschte, David hätte lange genug gelebt, um seinen Urenkel noch sehen zu können.

Kate suchte mit den Augen den Saal ab, bis sie ihn entdeckte. Er stand in der Nähe des Orchesters und sah den Musikern zu. Ein auffallend hübscher Achtjähriger, blond, in schwarzem Samtjackett und Schottenhosen: Robert, seinem Ururgroßvater Jamie McGregor, dessen Bildnis über dem Marmorkamin hing, wie

aus dem Gesicht geschnitten. Als hätte er ihren Blick gefühlt, drehte Robert sich um, und Kate winkte ihn mit einer Bewegung ihrer Hand zu sich, bei der sich die Strahlen des Kristallüsters in dem lupenreinen, zwanzigkarätigen Diamanten an ihrem Finger brachen, den ihr Vater vor beinahe hundert Jahren an einem Sandstrand aufgeklaubt hatte. Mit Freude sah Kate, wie Robert sich seinen Weg durch die Tanzenden bahnte. *Ich gehöre zur Vergangenheit,* dachte Kate, *ihm gehört die Zukunft. Eines Tages wird mein Urenkel Kruger-Brent International übernehmen.* Er trat zu ihr, und sie machte ihm neben sich Platz.
»Gefällt dir dein Geburtstag, Gran?«
»Ja, Robert. Danke.«
»Das Orchester ist super. Und der Dirigent – unheimlich.«
Kate war einen Moment lang verwirrt, dann glättete sich ihre Stirn wieder. »Aha. Das soll wohl heißen, daß er gut ist.«
Robert grinste sie an. »Genau. Du kommst mir wirklich nicht wie neunzig vor.«
Kate Blackwell lachte. »Ganz unter uns: Ich fühle mich auch nicht so.«
Seine Hand stahl sich in ihre, und eine Weile lang saßen sie schweigend und zufrieden da; der Altersunterschied von 82 Jahren ließ ein natürliches inneres Einverständnis zwischen ihnen entstehen. Kate schaute zu, wie ihre Enkelin tanzte. Sie und ihr Mann waren zweifellos das schönste Paar auf der Tanzfläche.
Roberts Mutter sah, daß ihr Sohn bei seiner Großmutter saß, und sie dachte: *Was für eine unglaubliche Frau. Sie ist einfach alterslos. Kein Mensch würde glauben, was sie alles durchgemacht hat.*
Die Musik hörte auf, und der Dirigent sagte: »Meine Damen und Herren, es ist mir eine Freude, Ihnen den jungen Master Robert anzukündigen.«
Robert drückte kurz die Hand seiner Großmutter und stand auf. Mit ernster und gesammelter Miene nahm er am Klavier Platz und ließ seine Finger behende über die Tasten gleiten. Er spielte Skriabin, es war wie im Mondlicht sanft sich kräuselndes Wasser.
Roberts Mutter lauschte dem Spiel und dachte: *Er ist ein Genie. Es wird noch einmal ein großer Musiker aus ihm.* Er war nicht mehr nur ihr Kind. Von nun an würde er der ganzen Welt gehören.
Als Robert seinen Vortrag beendet hatte, erntete er begeisterten und aufrichtigen Beifall.

Das Dinner am frühen Abend war draußen aufgetragen worden. Den weitläufigen, symmetrisch angelegten Garten hatte man mit Laternen, Bändern und Luftballons festlich geschmückt. Musiker spielten auf der Terrasse, während Butler und Serviermädchen leise und geschäftig um die Tische huschten und darauf achteten, daß die Baccarat-Gläser und die Limoges-Schüsseln stets gefüllt waren. Ein Telegramm vom Präsidenten der Vereinigten Staaten wurde verlesen, und ein Richter vom Obersten Gerichtshof brachte den Toast auf Kate aus.

Der Gouverneur hielt die Festrede: ». . . eine der bemerkenswertesten Frauen in der Geschichte dieser Nation. Kate Blackwells Stiftungen zugunsten Hunderter wohltätiger Zwecke auf der ganzen Welt sind schon Legende. Um den verstorbenen Sir Winston Churchill zu paraphrasieren: ›Nie zuvor hatten so viele einem einzigen Menschen so viel zu verdanken.‹ Mir war es vergönnt, Kate Blackwell zu begegnen...«

*So ein blöder Mist,* dachte Kate. *Niemand kennt mich. Das klingt ja, als redete er über eine Heilige. Was würden all diese Leute wohl dazu sagen, wenn sie die Wahrheit über Kate Blackwell wüßten? Gezeugt von einem Dieb und gekidnappt, noch bevor sie ein Jahr alt war. Was würden sie wohl denken, wenn ich ihnen meine Schußnarben zeigte?*

Sie wandte den Kopf und sah den Mann an, der einst versucht hatte, sie zu töten. Ihr Blick schweifte über ihn hinweg und blieb an einer Gestalt im Hintergrund hängen, die ihr Gesicht hinter einem Schleier verbarg. Aus der Ferne vernahm Kate einen Donnerschlag, gerade als der Gouverneur seine Rede beendete und die ihre ankündigte. Sie erhob sich und ließ den Blick über die versammelten Gäste gleiten. Mit klarer und fester Stimme ergriff sie das Wort: »Mein Leben währt nun schon länger als das irgendeines anderen hier. Was ist denn schon dabei, würde die heutige Jugend sagen. Aber ich bin glücklich darüber, daß ich dieses Alter erreicht habe, denn sonst könnte ich nicht mit all meinen lieben Freunden hier zusammensein. Ich weiß, daß etliche von Ihnen aus fernen Ländern angereist sind, um den heutigen Abend mit mir zu verbringen, und daß die Reise Sie ermüdet haben muß. Es wäre ungerecht, wollte ich von jedermann die gleiche Energie erwarten, die ich selbst besitze.« Es gab brüllendes Gelächter und Applaus für sie.

»Ich danke Ihnen dafür, daß Sie diesen Abend für mich zu einem denkwürdigen Ereignis machen. Für diejenigen, die sich zurückzuziehen wünschen, stehen die Zimmer bereits zur Verfügung. Für die anderen wird im Ballsaal zum Tanz aufgespielt.« Ein neuerlicher Donnerschlag. »Ich denke, wir begeben uns besser alle ins Haus.«

Nun waren Dinner und Tanz vorbei, die Gäste hatten sich zurückgezogen, und Kate war allein mit ihren Geistern. Sie saß in der Bibliothek, überließ sich ihren Erinnerungen und fühlte sich plötzlich niedergeschlagen. *Keiner ist mehr da, der mich Kate nennt,* dachte sie. *Sie sind alle gegangen.* Ihre Welt war klein geworden. War es nicht Longfellow gewesen, der sagte: »Die Blätter der Erinnerung rascheln voll Trauer in der Dunkelheit?« Bald würde auch sie in die Dunkelheit übergehen – aber nicht sogleich. *Das Wichtigste in meinem Leben habe ich immer noch zu erledigen,* dachte Kate. *Hab Geduld, David. Bald werde ich bei dir sein.*
»Gran . . .«
Kate öffnete die Augen. Ihre Familie war hereingekommen. Sie sah sie an, einen nach dem anderen, ihr Blick eine erbarmungslose Kamera, der nichts entging. *Meine Familie,* dachte sie. *Meine Unsterblichkeit. Mörder, groteske Gestalten und Irre. Die Blackwell-Leichen. Soll das denn alles sein, was die vielen Jahre voll Hoffnung, Schmerz und Leid eingebracht haben?*
Ihre Enkelin trat zu ihr. »Ist alles in Ordnung mit dir, Gran?«
»Ich bin ein bißchen müde, Kinder. Ich glaube, ich gehe jetzt zu Bett.« Sie erhob sich und ging zur Treppe, und im gleichen Moment ertönte gewaltiges Donnergrollen. Der Sturm brach los, und der Regen trommelte gegen die Fensterscheiben. Die Familienmitglieder sahen zu, wie die alte Frau den obersten Treppenabsatz erreichte – eine stolze, aufrechte Gestalt. Ein Blitz erhellte den Raum, und Sekunden später donnerte es krachend. Kate Blackwell drehte sich um und sah auf sie herab. »In Südafrika«, sagte sie, und aus ihren Worten hörte man den Akzent ihrer Vorfahren heraus, »pflegten wir so etwas einen *donderstorm* zu nennen.«

# ERSTES BUCH
# Jamie
# 1883–1906

## 1

»Das ist, weiß Gott, ein richtiger *donderstorm*!« sagte Jamie McGregor. Er war mit den wilden Stürmen des schottischen Hochlands aufgewachsen, aber so etwas Gewaltiges wie diesen hatte er noch nie erlebt. Am Nachmittagshimmel waren plötzlich riesige Sandwolken aufgezogen und hatten den Tag in Sekundenschnelle zur Nacht gemacht. Der staubige Himmel wurde von zuckenden Blitzen erhellt – *weerling* nannten die Afrikaner das –, die die Luft versengten, gefolgt vom *donderslag*, vom Donner. Dann kam die Sintflut: Regenmassen, die gegen das Heer aus Zelten und Blechhütten klatschten und die Staubstraßen von Klipdrift in wirbelnde Schlammströme verwandelten.
Der Himmel hallte wider von rollenden Donnerschlägen, die aufeinander folgten wie Artilleriefeuer in einem himmlischen Krieg.
Jamie McGregor trat schnell beiseite, als sich ein Haus aus ungebrannten Ziegeln in Schlamm auflöste, und er fragte sich, ob Klipdrift dieses Unwetter überstehen würde.
Klipdrift war keine richtige Stadt. Es war ein wucherndes Zeltdorf, eine brodelnde Masse aus Planen und Hütten und Wagen, die sich am Ufer des Vaal drängten, bewohnt von wild dreinschauenden Träumern, die aus aller Welt nach Südafrika gekommen waren, alle vom gleichen Gedanken besessen: Diamanten zu finden.
Auch Jamie McGregor gehörte zu den Träumern. Er war gerade achtzehn Jahre alt, ein hübscher Bursche, groß und blond, mit verblüffend hellen grauen Augen. Er war von einnehmender Arglosigkeit und bemühte sich, allen zu gefallen, was ihm auch gelang.
Von der Farm seines Vaters im schottischen Hochland aus war er beinahe achttausend Meilen weit gereist, über Edinburgh, London und Kapstadt bis nach Klipdrift. Er hatte auf seinen An-

teil an dem Land, das er, seine Brüder und sein Vater gemeinsam bestellt hatten, verzichtet, aber er bereute es nicht. Jamie McGregor wußte, daß er dafür tausendfach entschädigt würde. Er hatte die Sicherheit seines gewohnten Lebens hinter sich gelassen und war an diesen entlegenen, gottverlassenen Ort gekommen, weil er davon träumte, reich zu werden. Einmal war er auf einem Jahrmarkt in Edinburgh gewesen und hatte gesehen, was für Herrlichkeiten man für Geld kaufen konnte. Geld war dazu da, das Leben zu erleichtern, solange man gesund war, und die nötigen Bedürfnisse zu erfüllen, wenn man krank wurde. Jamie hatte zu viele Freunde und Nachbarn in Armut leben und sterben sehen.

Er entsann sich seiner Aufregung, als er zum erstenmal von einem Diamantenlager in Südafrika gehört hatte.

Dort war der größte Diamant der Welt gefunden worden, einfach so im Sand, und es ging das Gerücht, die ganze Gegend dort sei eine Schatzkammer, die nur darauf warte, geöffnet zu werden.

An einem Samstagabend nach dem Essen hatte er seiner Familie von seinen Plänen berichtet.

Fünf Augenpaare hatten ihn angestarrt, als sei er nicht ganz bei Trost.

»Auf Diamantenjagd willst du?« fragte sein Vater. »Du bist ja wohl verrückt, Junge. Das ist doch nur ein Märchen – eine Versuchung des Teufels, der Männer von ihrem ehrlichen Tagwerk abhalten will.«

»Verrätst du uns auch, wo du das Geld dazu hernehmen willst?« fragte sein Bruder Ian. »Das ist die halbe Strecke um die Welt. Du hast kein Geld.«

»Wenn ich Geld hätte«, gab Jamie zurück, »dann hätte ich es auch nicht nötig, nach Diamanten zu suchen, oder? Dort hat sowieso niemand Geld. Mir geht's also nicht anders als den anderen auch. Aber ich hab' Köpfchen und ein breites Kreuz. Ich werd's schon schaffen.«

Seine Mutter nahm wortlos die Platte mit den Resten des dampfenden Haggis vom Tisch und trug sie zum Ausguß.

Spät in dieser Nacht trat sie an Jamies Bett. Behutsam faßte sie ihn an der Schulter, und ihre Kraft übertrug sich auf ihn. »Tu, was du tun mußt, mein Sohn. Ich weiß nicht, ob's dort Diamanten gibt, aber wenn, dann wirst du sie auch finden.« Sie förderte eine abgegriffene Lederbörse zutage. »Ich hab' ein paar Pfund

auf die Seite gelegt. Sag den anderen aber nichts davon. Gott segne dich, Jamie.«
Als er nach Edinburgh aufbrach, hatte er fünfzig Pfund.

Die Reise nach Südafrika war mühselig, und Jamie McGregor brauchte fast ein ganzes Jahr dazu. In Edinburgh fand er eine Stelle als Kellner in einem Arbeiterlokal, wo er blieb, bis er weitere fünfzig Pfund zu den ersten legen konnte. Dann ging es weiter nach London. Die Größe der Stadt, die riesigen Menschenmengen, der Lärm und die großen Pferdebahnen schüchterten Jamie ein. Staunend sah er zu, wie Damen aus Kutschen stiegen, um einen Einkaufsbummel in der Burlington Arcade zu machen, einem verwirrenden Füllhorn voll Silber, Porzellan, Kleidern und Pelzen sowie Töpfereien und Apotheken, mit geheimnisvollen Fläschchen und Tiegeln.
In der Fitzroy Street 32 fand Jamie Unterkunft. Sie kostete ihn zehn Shilling die Woche, war aber weit und breit die billigste. Die Tage verbrachte er an den Docks, wo er ein Schiff suchte, das ihn nach Südafrika bringen sollte; an den Abenden bestaunte er die Wunderdinge in London Town. Doch trotz all der Schönheiten befand sich England in jenem Winter inmitten einer sich stetig verschlimmernden Wirtschaftskrise. Die Straßen waren voll von Arbeitslosen und Hungernden, und es gab Massendemonstrationen und Straßenkämpfe. *Ich muß hier unbedingt weg*, dachte Jamie. *Ich bin schließlich gekommen, um der Armut zu entrinnen.* Am nächsten Tag heuerte er als Steward auf der Walmer Castle mit Zielhafen Kapstadt in Südafrika an.

Die Seereise dauerte drei Wochen, einschließlich der Aufenthalte in Madeira und St. Helena, wo Kohlen für die Maschinen geladen wurden. Es war eine rauhe, stürmische Reise im tiefsten Winter, und Jamie wurde seekrank, sobald das Schiff abgelegt hatte. Doch nie verlor er seine gute Laune, denn jeder Tag brachte ihn seiner Schatzkammer näher, und je näher das Schiff dem Äquator kam, desto wärmer wurde es. Wie durch Zauberhand wurde der Winter zum Sommer, und die Tage und Nächte wurden heiß und schwül.
Die Walmer Castle erreichte Kapstadt in der ersten Morgendämmerung, schob sich vorsichtig durch den engen Kanal, der die große Aussätzigensiedlung auf Robben Island vom Festland trennte, und ging in der Table Bay vor Anker.

Jamie war schon vor Sonnenaufgang an Deck. Fasziniert sah er, wie sich der frühe Morgennebel hob und den Blick auf den grandiosen Tafelberg freigab, der über der Stadt aufragte. Jamie war angekommen.

Sobald das Schiff am Kai anlegte, wurden die Decks überflutet von einer Horde der seltsamsten Menschen, die Jamie je gesehen hatte. Aus allen Hotels waren Werber gekommen: Schwarze, Gelbe und Braune boten ungestüm ihre Dienste als Gepäckträger an, kleine Jungen rannten hin und her und wollten Zeitungen, Süßigkeiten und Früchte verkaufen. Die Luft war voller riesiger schwarzer Fliegen. Seeleute und Gepäckträger bahnten sich stoßend und schreiend ihren Weg durch die Menge, während die Passagiere vergeblich versuchten, ihre Habseligkeiten beisammen und in Sichtweite zu halten. Die Leute redeten miteinander in einer Sprache, die Jamie noch nie gehört hatte. Er verstand kein Wort.

Kapstadt war gänzlich anders als alle Städte, die Jamie kannte. Es gab keine zwei Häuser, die einander ähnelten.
Jamie war fasziniert von den Männern, Frauen und Kindern, die sich in den Straßen drängten. Er sah einen Kaffer, der eine alte 78er Hochländer-Hose trug und einen Sack, den er mit Schlitzen für Kopf und Arme zum Mantel gemacht hatte. Vor dem Kaffer gingen Hand in Hand zwei Chinesen in blauen Arbeitskitteln und mit sorgfältig geflochtenen Zöpfen unter ihren spitzen Strohhüten. Da gab es dicke, rotgesichtige Buren mit sonnengebleichtem Haar, deren Karren mit Kartoffeln, Mais und Blattgemüse beladen waren. Männer in braunen Manchesterhosen und -mänteln, mit breitkrempigen, weichen Filzhüten auf dem Kopf und langen Tonpfeifen im Mund schritten ihren ganz in Schwarz gekleideten *vraws* mit ihren dicken Tüchern und schwarzseidenen Schuten voran. Parsi-Waschfrauen, die riesige Bündel schmutziger Wäsche auf dem Kopf balancierten, schoben sich an Soldaten in roten Mänteln und Helmen vorbei. Es war ein hinreißendes Schauspiel.
Jamie suchte sich als erstes ein preiswertes Logierhaus, das ihm von einem der Seeleute auf dem Schiff empfohlen worden war. Die Wirtin war eine dralle, vollbusige Witwe mittleren Alters. Sie sah sich Jamie von oben bis unten an und lächelte. »*Zoek yulle goud?*«

Er errötete. »Entschuldigung – ich verstehe Sie nicht.«
»Engländer, ja? Sind Sie wegen Gold hier? Oder Diamanten?«
»Wegen Diamanten, Ma'am.«
Sie zog ihn ins Haus. »Es wird Ihnen hier gefallen. Bei mir gibt's alles, was ein junger Mann wie Sie braucht.«
Jamie fragte sich, ob sie zu einer gewissen Sorte gehörte. Hoffentlich nicht.
»Ich bin Mrs. Venster«, sagte sie kokett, »aber meine Freunde nennen mich Dee-Dee.« Sie lächelte, wobei ein Goldzahn sichtbar wurde. »Ich habe das Gefühl, daß wir schon bald sehr gute Freunde sein werden. Sie können mit allem zu mir kommen.«
»Das ist sehr nett von Ihnen«, sagte Jamie. »Können Sie mir sagen, wo ich einen Stadtplan kaufen kann?«

Mit dem Plan in der Hand erforschte Jamie die Stadt. Er spazierte durch das Wohngebiet der Reichen, durch die Strand Street und die Bree Street, und bewunderte die großen, zweistöckigen Gebäude mit ihren flachen Dächern, ihren stuckverzierten Fronten und steilen Terrassen, die zur Straße hin abfielen. Er lief herum, bis ihn schließlich die Fliegen vertrieben, die es offenbar besonders auf ihn abgesehen hatten. Sie waren groß und schwarz und griffen in Schwärmen an. Als Jamie ins Logierhaus zurückkam, sah er, daß sie sogar in die Häuser eindrangen: In seinem Zimmer waren Wände, Tisch und Bett schwarz von Fliegen. Er ging zu seiner Wirtin. »Mrs. Venster, könnten Sie vielleicht etwas gegen die Fliegen in meinem Zimmer tun? Sie sind –«
Sie brach in sattes, glucksendes Gelächter aus und kniff Jamie in die Wange. »*Myn magtig*. Sie werden sich schon noch daran gewöhnen. Warten Sie's ab.«

Die sanitären Anlagen in Kapstadt waren nicht nur primitiv, sondern auch unzureichend, und nach Sonnenuntergang hing ein fürchterlicher Gestank wie eine stickige Glocke über der Stadt. Es war unerträglich. Aber Jamie wußte, daß er es aushalten würde. Bevor er weiterziehen konnte, brauchte er noch mehr Geld. *Auf den Diamantenfeldern kannst du ohne Geld nicht überleben*, hatte man ihn gewarnt. *Da knöpfen sie dir schon fürs bloße Atemholen Geld ab.*
Am zweiten Tag in Kapstadt fand Jamie Arbeit als Kutscher bei einer Spedition. Am dritten Tag fing er in einem Restaurant an,

wo er nach dem Dinner Geschirr abwusch. Er ernährte sich von den Essensresten, die er flink beiseite brachte und mit ins Logierhaus nahm. Er war hoffnungslos einsam. Er kannte niemanden in dieser fremden Stadt, und er vermißte seine Freunde und seine Familie. Jamie war gern allein, diese Einsamkeit hier empfand er jedoch als ständigen Schmerz.

Endlich kam der wunderbare Tag: Seine Börse enthielt die phantastische Summe von zweihundert Pfund. Er war soweit. Am nächsten Morgen würde er Kapstadt verlassen und zu den Diamantenfeldern aufbrechen.

Einen Platz in den Kutschen, die zu den Diamantenfeldern bei Klipdrift fuhren, konnte man bei der Inland Transport Company in einem kleinen Holzmagazin unweit der Docks buchen. Als Jamie um sieben Uhr morgens ankam, drängte sich dort schon eine solche Menschenmenge, daß er nicht einmal in die Nähe des Depots gelangte. Hunderte von Glücksjägern balgten sich um einen Sitz in den Kutschen. Sie schrien in einem Dutzend verschiedener Sprachen herum und flehten die umlagerten Billettverkäufer an, ihnen noch ein Plätzchen zu geben. Jamie sah zu, wie ein stämmiger Ire sich zornig seinen Weg aus dem Büro zum Gehsteig freimachte, indem er sich durch den Mob kämpfte.

»Entschuldigung«, sagte Jamie. »Was geht denn vor da drinnen?«

»Nix«, grantelte der Ire voll Abscheu. »Die verfluchten Karren sind für die nächsten sechs Wochen alle schon ausgebucht.« Er sah den bestürzten Ausdruck auf Jamies Gesicht. »Und das ist noch nicht mal das Ärgste, Freundchen. Diese gottlosen Schweine kassieren fünfzig Pfund pro Nase.«

Es war nicht zu fassen! »Es muß doch noch eine andere Möglichkeit geben, zu den Diamantenfeldern zu kommen.«

»Sogar zwei: Du kannst den Dutch Express nehmen oder zu Fuß gehen.«

»Was ist denn der Dutch Express?«

»'n Ochsenkarren. Der macht zwei Meilen die Stunde. Bis du mit dem ankommst, sind die Diamanten alle weg.«

Jamie McGregor hatte nicht die Absicht, seine Reise aufzuschieben, bis die Diamanten weg waren. Den Rest des Vormittags verbrachte er mit der Suche nach anderen Transportmöglichkeiten. Kurz vor Mittag fand er eine. Er kam an einem Mietstall

vorbei, an dessen Eingang ein Schild besagte: MAIL DEPOT – Poststelle. Einem Impuls folgend, ging er hinein und fand dort den magersten Mann, den er je gesehen hatte, damit beschäftigt, große Postsäcke auf einen Dogcart zu verladen. Einen Moment lang sah Jamie ihm dabei zu.
»Entschuldigen Sie«, sagte er dann. »Bringen Sie auch Post nach Klipdrift?«
»Klar doch. Wird grade verladen.«
Jamie fühlte jäh Hoffnung in sich aufsteigen. »Nehmen Sie auch Passagiere mit?«
»Manchmal.« Der Magere sah auf und betrachtete Jamie prüfend. »Wie alt sind Sie?«
*Seltsame Frage.* »Achtzehn. Warum?«
»Wir nehmen keinen mit, der älter ist als 21 oder 22. Sind Sie gesund?«
*Eine noch seltsamere Frage.* »Yes, Sir.«
Der Dünne richtete sich auf. »Ich glaube, Sie sind in Ordnung. Ich fahre in einer Stunde los. Das macht zwanzig Pfund.«
Jamie konnte sein Glück kaum fassen. »Das ist ja herrlich! Ich hole nur meinen Koffer und –«
»Keinen Koffer. Der Platz reicht bloß für ein Hemd und 'ne Zahnbürste.«
Jamie besah sich den Dogcart etwas genauer. Er war klein und nur grob zusammengezimmert. Das Chassis bestand aus einer Wanne, in der die Post untergebracht wurde; darüber befand sich ein schmaler Platz, auf den sich gerade eine Person Rücken an Rücken zum Fahrer setzen konnte. Es würde eine unbequeme Fahrt werden.
»Einverstanden«, sagte Jamie. »Ich hol nur noch mein Hemd und meine Zahnbürste.«
Als er wiederkam, spannte der Fahrer soeben ein Pferd vor den offenen Karren. Daneben standen zwei kräftige junge Männer, einer klein und dunkel, der andere ein großer, blonder Schwede. Sie gaben dem Kutscher Geld.
»Moment mal«, rief Jamie dem Fahrer zu. »Sie haben versprochen, *mich* mitzunehmen.«
»Ich nehme Sie alle mit«, sagte der Fahrer. »Steigen Sie schon ein.«
»Uns alle drei?«
»Genau.«
Jamie hatte keine Ahnung, wie sie alle in den kleinen Wagen

passen sollten. Er wußte nur eins: Wenn es losging, würde er auf Biegen und Brechen drinsitzen.
Jamie stellte sich seinen beiden Mitreisenden vor. »Ich bin Jamie McGregor.«
»Wallach«, sagte der kleine Dunkle.
»Pederson«, sagte der große Schwede.
Jamie sagte: »Wir haben ein Glück, daß wir das hier entdeckt haben, nicht? Nur gut, daß kaum einer davon weiß.«
Pederson sagte: »Ach, die Postkarren sind allgemein bekannt, McGregor. Es gibt nur nicht so viele, die gesund oder verzweifelt genug wären, damit zu fahren.«
Bevor Jamie ihn noch fragen konnte, was er damit meinte, sagte der Kutscher: »Auf geht's.«
Die drei Männer, Jamie in der Mitte, quetschten sich in den Wagen und saßen aneinandergepreßt, mit angezogenen Knien, den Rücken an die harte Holzlehne gedrückt, auf dem Bänkchen. Es war kein Platz mehr übrig, der ihnen erlaubt hätte, sich zu bewegen oder tief zu atmen. *Alles halb so schlimm,* machte Jamie sich Mut.
»Festhalten!« kam es im Singsang vom Fahrer, und schon rasten sie durch die Straßen von Kapstadt und waren auf dem Weg zu den Diamantenfeldern von Klipdrift.
Im vollen Galopp ging es über unebene Straßen und Felder und Pfade mit tiefen Furchen. Der Karren war nicht gefedert, und jeder Stoß hatte etwa die gleiche Wirkung wie ein Pferdetritt. Jamie biß die Zähne zusammen und dachte: *Ich halte durch, bis wir übernachten. Dann esse ich was und schlafe ein bißchen, und morgen früh bin ich wieder auf dem Damm.* Aber als die Nacht hereinbrach, gab es nur einen zehnminütigen Aufenthalt, um Pferd und Fahrer zu wechseln, und schon waren sie wieder in vollem Galopp unterwegs.
»Wann halten wir und essen was?« fragte Jamie.
»Gar nicht«, brummte der Kutscher. »Wir fahren durch. Wir befördern schließlich die Post, Mister.«
Durch das ständige Rütteln war Jamies Körper bald mit Prellungen und blauen Flecken übersät. Er war todmüde, aber an Schlaf war nicht zu denken: Sobald er eindösen wollte, wurde er sofort wieder wachgeschüttelt. Er fühlte sich elend, und sein Körper war steif, aber es gab nicht genügend Platz, um sich auszustrekken. Er hatte Hunger und war reisekrank. Er hatte keine Ahnung, wie viele Tage vergehen würden, bis er wieder etwas zu

essen bekäme. Die Fahrt ging über 600 Meilen, und Jamie McGregor wußte nicht, ob er sie lebend überstehen würde. Er wußte nicht einmal, ob er sie überstehen wollte.
Nach zwei Tagen und zwei Nächten war aus dem Elend Verzweiflung geworden. Jamies Reisegefährten befanden sich im gleichen mitleiderregenden Zustand und waren nicht einmal mehr in der Lage, sich zu beklagen. Jamie begriff jetzt, warum die Gesellschaft ausdrücklich Wert darauf legte, daß die Passagiere jung und kräftig waren.
In der nächsten Morgendämmerung fuhren sie in die Große Karoo hinein, wo die Einöde erst richtig anfing. Das furchtbare Buschland dehnte sich bis ins Unendliche, eine weite, abweisende Ebene unter einer erbarmungslosen Sonne. Die Passagiere erstickten fast in Hitze, Staub und Fliegen.

Erst als der Postwagen den Oranje-Fluß überquert hatte, wandelte sich das bisher tödlich monotone Bild der Steppe. Das Buschwerk wurde allmählich höher und war mit Grün durchsetzt. Die Erde war jetzt von kräftigerem Rot, und ein leichter Wind strich über Grasdecke und Dornenbäume.
*Ich werde es schaffen,* dachte Jamie dumpf. *Ich werd's schaffen.*
Und er fühlte, wie sich in seinem erschöpften Körper wieder Hoffnung zu regen begann.
Als sie am Stadtrand von Klipdrift anlangten, waren sie vier Tage und Nächte lang ununterbrochen unterwegs gewesen.
Der junge Jamie McGregor hatte keine klare Vorstellung von Klipdrift gehabt, und die Szenerie, die sich jetzt vor seinen müden, blutunterlaufenen Augen auftat, überstieg alles, was er sich hätte ausmalen können: Die Stadt bestand aus einem unübersehbaren Meer von Zelten und Wagen, die die Hauptstraßen und die Ufer des Vaal säumten. Der staubige Fahrdamm wimmelte nur so von Menschen: Kaffer, die bis auf ihre grellfarbenen Jacken nackt waren; bärtige Digger; Metzger, Bäcker, Diebe, Lehrer. Im Zentrum von Klipdrift standen reihenweise Holz- und Blechhütten, die als Läden, Kantinen, Billardsäle, Speisehäuser, Büros für Diamantenkäufer und als Anwaltspraxen dienten. An einer Straßenecke stand das baufällige Royal Arch Hotel.
Jamie stieg aus dem Dogcart – und fiel prompt zu Boden, denn seine verkrampften Beine versagten ihm den Dienst. In seinem Kopf drehte sich alles, und er lag da, bis er genügend Kraft ge-

sammelt hatte, um sich wieder aufzurappeln. Er taumelte auf das Hotel zu und schob sich irgendwie durch die lärmende Menschenmenge, die sich auf Straßen und Gehsteigen drängte. Das Zimmer, das man ihm gab, war klein, zum Ersticken heiß und voller Fliegen. Aber Jamie sah nur das Bett. In voller Montur ließ er sich darauf fallen – und war sofort eingeschlafen. Er schlief achtzehn Stunden lang.

Beim Erwachen war Jamies Körper unglaublich steif und wund, doch seine Seele jubilierte: *Ich bin angekommen! Ich hab's geschafft!* Heißhungrig machte er sich auf die Suche nach etwas zu essen. Im Hotel wurden keine Mahlzeiten serviert, aber auf der anderen Straßenseite gab es ein kleines, überfülltes Restaurant, wo er gebratenen *snook,* einen großen, hechtähnlichen Fisch, hinunterschlang, gefolgt von *Karbonaatje,* dünnen, über einem Holzfeuer am Spieß gegrillten Hammelscheiben, einer *bok*-Keule und schließlich *koeksister* zum Nachtisch, einem in schwimmenden Fett gebackenen und in Sirup getränkten Krapfen.
An den Tischen um ihn herum saßen überall Digger und sprachen aufgeregt über das, was sie einzig und allein beschäftigte: über Diamanten.
Jamie war so aufgeregt, daß er seinen großen Becher Kaffee kaum austrinken konnte. Die Rechnung warf ihn fast um: zwei Pfund und drei Shilling für eine einzige Mahlzeit! *Ich muß sehr vorsichtig sein,* dachte er, als er auf die überfüllte, laute Straße hinaustrat. »Hast du noch immer vor, reich zu werden, McGregor?« hörte er eine Stimme hinter sich.
Jamie drehte sich um. Es war Pederson, der Schwede, der mit ihm im Dogcart angekommen war.
»Gewiß doch«, gab Jamie zurück.
»Na, dann laß uns doch mal zu den Diamanten gehen.« Er deutete auf den Fluß. »Zum Vaal geht's da lang.«
Sie machten sich auf den Weg.
Klipdrift lag in einer von Hügeln umgebenen Senke, und so weit das Auge reichte, war alles kahl, ohne einen einzigen Grashalm oder Busch. Dichter roter Staub stieg in die Luft und erschwerte das Atmen. Der Vaal war eine Viertelmeile entfernt, und als sie näher kamen, spürten sie, daß es hier kühler war. Hunderte von Diggern hatten sich an beiden Ufern des Flusses niedergelassen; manche buddelten nach Diamanten, andere siebten Kies durch rüttelnde Schwingtröge, wieder andere sor-

tierten Steine an wackeligen Tischchen. Die Ausrüstungen reichten von raffinierten Apparaturen zum Ausschlämmen der Erde bis zu alten Bottichen und Eimern. Die Männer waren sonnenverbrannt, unrasiert und nachlässig, ja absonderlich gekleidet, alle trugen breite Ledergürtel mit Taschen für Diamanten oder Geld.

Jamie und Pederson gingen bis ans Flußufer und sahen zu, wie sich ein Junge und ein älterer Mann abmühten, einen riesigen Findling aus Eisenstein wegzuwälzen, um an den Kies unter ihm zu gelangen. Ihre Hemden waren völlig durchgeschwitzt. Gleich daneben beluden zwei andere eine Karre mit Kies, der in einem Schwingtrog durchgesiebt werden sollte. Einer der Digger hielt den Trog in Bewegung, während der andere eimerweise Wasser hineingoß, um den Sand auszuschwemmen. Dann wurden die großen Kiesel auf einen wackeligen Sortiertisch geschüttet und aufgeregt inspiziert.

»Das sieht leicht aus.« Jamie grinste.

»Verlaß dich nicht drauf, McGregor. Ich hab' mich mit ein paar Diggern unterhalten, die schon eine Weile hier sind. Weißt du, wie viele Schürfer hier reich werden wollen? Zwanzigtausend, verdammt noch mal! Für alle gibt's gar nicht genügend Diamanten, Kumpel. Und selbst wenn, dann frag ich mich immer noch, ob das den ganzen Aufwand überhaupt lohnt. Im Winter schmorst du, im Sommer frierst du, ersäufst fast in diesen dämlichen *donderstormen* und plagst dich ständig mit Staub und Fliegen und Gestank ab. Baden kannste nicht, und ein ordentliches Bett kriegste auch nicht, und dann gibt's noch nicht mal Klos in diesem Kaff. Jede Woche fischen sie Leichen aus dem Vaal. Bei manchen ist's ein Unfall, aber ich hab' mir sagen lassen, daß es für viele die einzige Möglichkeit ist, aus dieser Hölle rauszukommen. Ich weiß auch nicht, warum die es hier so lange aushalten.«

»Ich weiß es schon.« Jamie beobachtete den erwartungsvollen Jungen in dem durchgeschwitzten Hemd.

Doch auf ihrem Weg zurück in die Stadt mußte sich Jamie eingestehen, daß Pederson nicht ganz unrecht hatte. Sie kamen an den Kadavern geschlachteter Ochsen, Schafe und Ziegen vorbei, die vor den Zelten gleich neben offenen Latrinengräben verfaulten. Es stank zum Himmel. Pederson musterte Jamie. »Was wirst du jetzt tun?«

»Mir eine Schürferausrüstung besorgen.«

In der Stadtmitte gab es einen Laden, an dem ein rostiges Schild hing mit der Aufschrift: SALOMON VAN DER MERWE. GEMISCHTWARENHANDLUNG. Vor dem Geschäft war ein großgewachsener Mann damit beschäftigt, einen Karren zu entladen. Er war ungefähr in Jamies Alter, breitschultrig und muskulös – einer der schönsten Männer, die Jamie je gesehen hatte. Er hatte kohlrabenschwarze Augen, eine Adlernase und ein stolzes Kinn. Eine gewisse Würde und vornehme Zurückhaltung umgaben ihn. Er hievte eine schwere Holzkiste voller Gewehre auf die Schulter, und als er sich umdrehte, rutschte er auf einem Blatt aus, das aus einer Kiste mit Kohlköpfen gefallen war. Unwillkürlich streckte Jamie die Hand aus, um ihn zu stützen. Doch der Schwarze nahm nicht einmal Notiz von ihm, drehte sich um und ging in den Laden. Ein Bure – ein Digger, der gerade sein Maultier aufzäumte – spuckte aus und sagte angewidert: »Das ist Banda vom Stamm der Barolong. Arbeitet bei van der Merwe. Ich weiß auch nicht, warum der diesen hochnäsigen Schwarzen behält. Diese beschissenen Bantu glauben alle, die Erde gehört ihnen allein.«
Im Laden war es kühl und dunkel – eine willkommene Erholung von der heißen, hellen Straße –, und exotische Düfte erfüllten den Raum. Staunend ging Jamie im Laden herum. *Wer das alles besitzt,* dachte Jamie, *der muß ein reicher Mann sein.*
»Womit kann ich Ihnen dienen?« fragte hinter ihm eine sanfte Stimme.
Jamie drehte sich um und stand einem jungen Mädchen gegenüber. Sie hatte ein interessantes Gesicht, zart und herzförmig, mit keckem Näschen und tiefgrünen Augen. Ihr Haar war dunkel und lockig. Als er ihre Figur betrachtete, entschied Jamie, sie müsse ungefähr sechzehn sein.
»Ich bin Schürfer«, verkündete er. »Ich möchte einiges für meine Ausrüstung kaufen.«
»Was brauchen Sie denn?«
Aus irgendeinem Grunde meinte Jamie, bei dem Mädchen Eindruck schinden zu müssen. »Ich – äh – Sie wissen schon, das Übliche.«
Sie lächelte, und in ihren Augen blitzte der Schalk. »Was ist denn das Übliche, Sir?«
»Nun ja . . .« Er zögerte. »Eine Schaufel.«
»Ist das dann alles?«
Jamie sah, daß sie ihn neckte. Er grinste und gestand: »Um die

Wahrheit zu sagen, ich bin ganz neu dabei. Ich weiß gar nicht, was ich alles brauche.« Sie lächelte ihn an, und diesmal war ihr Lächeln das einer erwachsenen Frau. »Das hängt davon ab, wo Sie schürfen wollen, Mr. – –?«
»McGregor, Jamie McGregor.«
»Ich bin Margaret van der Merwe.« Sie warf einen nervösen Blick in den hinteren Teil des Ladens.
»Ich freue mich, Sie kennenzulernen, Miß van der Merwe.«
»Sind Sie gerade erst angekommen?«
»Jawohl. Gestern, mit dem Postwagen.«
»Die hätten Sie davor warnen sollen. Bei dem Geschäft sind schon einige umgekommen.« Sie wirkte zornig.
Jamie grinste. »Ich kann's niemandem verdenken. Aber ich bin noch sehr lebendig, Gott sei Dank.«
»Und jetzt wollen Sie *mooi klippe* suchen gehen.«
»*Mooi klippe?*«
»Das ist unser holländisches Wort für Diamanten. Hübsche Steine.«
»Sind Sie Holländerin?«
»Meine Familie stammt aus Holland.«
»Ich komme aus Schottland.«
»Das habe ich mir gedacht.« Wieder sah sie sich vorsichtig um. »Es gibt schon Diamanten hier, Mr. McGregor, aber Sie sollten genau aufpassen, wo Sie danach suchen. Die meisten Digger drehen sich nur im Kreis und bringen es zu nichts. Wenn einer einen guten Fund tut, machen die anderen sich über die Reste her. Wenn Sie reich werden wollen, müssen Sie schon irgendwo der erste sein.«
»Und wie soll ich das anstellen?«
»Mein Vater könnte Ihnen dabei vielleicht helfen. Er weiß einfach alles. In einer Stunde können Sie mit ihm reden.«
»Dann komme ich zurück«, versicherte Jamie. »Vielen Dank, Miß van der Merwe.«
Er trat hinaus in den Sonnenschein, und ein Hochgefühl überkam ihn. Seine Wunden und Schmerzen waren vergessen. Wenn Salomon van der Merwe ihm einen Tip gab, wo Diamanten zu finden waren, dann konnte nichts mehr schiefgehen. Er würde allen den Rang ablaufen. Er lachte laut heraus vor lauter Freude darüber, jung und am Leben zu sein und auf dem besten Wege, reich zu werden.

Jamie ging die Hauptstraße hinunter, vorbei an einer Schmiede, einem Billardsaal und einem Dutzend Saloons. Vor einem Schild an einem heruntergekommenen Hotel blieb er stehen. Darauf stand:

R-D MILLER, HEISSE UND KALTE BÄDER.
GEÖFFNET TÄGLICH VON 6 BIS 20 UHR.
GEPFLEGTER UMKLEIDERAUM STEHT ZUR VERFÜGUNG.

Jamie dachte: *Wann habe ich eigentlich zum letztenmal gebadet? Richtig, auf dem Schiff habe ich mich über einem Eimer Wasser gewaschen. Das war* – Jäh kam ihm zu Bewußtsein, wie er riechen mußte. Kurzentschlossen betrat er das Bad. Drinnen gab es zwei Türen, eine für Frauen, eine für Männer. In der Männerabteilung wandte Jamie sich an den ältlichen Aufseher. »Was kostet ein Bad?«

»Ein kaltes zehn Shilling, ein heißes fünfzehn.«

Jamie zögerte. Ein heißes Bad nach der langen Reise kam ihm beinahe unwiderstehlich vor. »Ein kaltes«, sagte er. Er konnte es sich nicht leisten, sein Geld für derartigen Luxus hinauszuwerfen, er mußte schließlich noch seine Schürferausrüstung kaufen.

Der Aufseher reichte ihm ein kleines Stück gelber Kernseife und ein fadenscheiniges Handtuch und deutete auf eine Tür. »Da geht's rein, Kumpel.«

Jamie wartete, bis er allein war, bevor er sich auszog. Er sah an seinem schmutzbedeckten Körper herab und setzte einen Fuß in die Wanne. Das Wasser war, wie nicht anders zu erwarten, kalt. Jamie biß die Zähne zusammen und tauchte unter. Er seifte sich kräftig von Kopf bis Fuß ein, und als er schließlich aus der Wanne stieg, war das Wasser schwarz. So gut es ging, trocknete er sich mit dem abgenutzten Leinenhandtuch ab und zog sich wieder an. Hose und Hemd starrten vor Dreck; nur mit Widerwillen zog er sie an. Er würde sich Kleider kaufen müssen, und das erinnerte ihn erneut daran, wie wenig Geld er besaß. Und hungrig war er auch schon wieder.

Jamie verließ das Badehaus und bahnte sich seinen Weg durch die Menge. In einem Saloon, der The Sundowner hieß, bestellte er Bier und etwas zu essen: Lammkoteletts mit Tomaten, Würstchen mit Kartoffelsalat und eingelegtes Gemüse. Beim Essen lauschte er den zuversichtlichen Gesprächen um ihn herum.

An der Bar stand ein Gast mit kragenlosem Flanellhemd und

Kordhosen und spielte mit seinem großen Glas. »Ich bin in Hebron ausgenommen worden«, vertraute er dem Barmixer an. »Ich muß mir 'ne neue Ausrüstung besorgen.«
Der Barmixer war ein großer, fleischiger Kahlkopf mit einer schon mal gebrochenen, schiefen Nase und Frettchenaugen. Er lachte. »Mann, wem passiert das nicht? Warum, glauben Sie, steh ich hier am Tresen? Sobald ich genug Geld beisammen hab', zisch ich ab zum Oranje.« Er wischte mit einem schmuddeligen Lappen über die Theke. »Aber ich kann Ihnen sagen, was Sie am besten tun, Mister. Gehen Sie zu Salomon van der Merwe. Dem gehört hier der Laden gegenüber und die halbe Stadt dazu.«
»Und was hab' ich davon?«
»Wenn er Sie mag, greift er Ihnen vielleicht unter die Arme.« Der Gast sah ihn an. »Ach? Glauben Sie das wirklich?«
»Ich kenn ein paar Burschen, mit denen hat er das schon gemacht. Sie machen die Arbeit, er gibt das Geld. Und dann macht ihr halbe-halbe.«
Jamie McGregors Gedanken überschlugen sich. Er hatte darauf vertraut, daß die 120 Pfund, die er noch besaß, reichen würden, um die zum Überleben notwendigen Geräte und Nahrungsmittel zu kaufen, aber die Preise in Klipdrift waren erschreckend hoch. Da würde sein Geld nicht lange reichen. *Mein Gott,* dachte Jamie. *Zu Hause könnten wir ein ganzes Jahr lang von dem leben, was hier drei Mahlzeiten kosten.* Aber wenn es ihm gelang, von einem wohlhabenden Mann wie Mr. van der Merwe unterstützt zu werden . . .
Jamie zahlte hastig sein Essen und eilte in das Geschäft hinüber.
Salomon van der Merwe stand hinter dem Ladentisch und packte die Gewehre aus der Holzkiste. Er war ein kleiner Mann mit schmalem, verkniffenem Gesicht, das von einem Kaiserbart eingerahmt wurde. Er hatte sandfarbenes Haar, kleine schwarze Augen, eine Knollennase und dünne Lippen. *Seine Tochter muß der Mutter nachgeraten sein,* dachte Jamie. »Entschuldigen Sie bitte, Sir . . .« Van der Merwe sah auf. »Ja?«
»Mr. van der Merwe? Ich bin Jamie McGregor, Sir. Ich komme aus Schottland und will hier Diamanten suchen.«
»Ja? So?«
»Ich habe gehört, daß Sie manchmal einem Digger aushelfen.«
Van der Merwe knurrte: »*Myn magtig!* Wer erzählt denn so was?

Ich brauche bloß ein paar Diggern zu helfen, und schon denkt jeder, ich sei der Weihnachtsmann.«
»Ich habe 120 Pfund gespart«, sagte Jamie mit ernster Miene. »Aber wie ich sehe, kann man hier nicht viel dafür kaufen. Wenn mir nichts anderes übrigbleibt, ziehe ich auch nur mit einer Schaufel in den Busch, aber ich glaube, meine Chancen stünden wesentlich besser, wenn ich einen Maulesel und eine ordentliche Ausrüstung hätte.«
Van der Merwe betrachtete ihn eingehend mit seinen kleinen schwarzen Augen. »*Wat denk ye?* Was bringt Sie auf den Gedanken, ausgerechnet *Sie* könnten Diamanten finden?«
»Ich bin um die halbe Welt gereist, Mr. van der Merwe, und ich gehe hier nicht wieder weg, bevor ich nicht reich geworden bin. Wenn es hier Diamanten gibt, dann finde ich sie auch. Und wenn Sie mir helfen, werden wir alle beide reich.«
Van der Merwe grunzte, kehrte Jamie den Rücken zu und packte weiter seine Gewehre aus. Jamie stand verlegen herum und wußte nicht, was er noch sagen sollte. Van der Merwes nächste Frage traf ihn völlig unvorbereitet. »Sie sind hier im Ochsenwagen angekommen, ja?«
»Nein. Im Postwagen.«
Der alte Mann drehte sich um und sah den Jungen an. Schließlich sagte er: »Wir sprechen noch darüber.«

Die Besprechung fand noch am gleichen Abend beim Essen statt, und zwar im Hinterzimmer des Ladens, wo van der Merwe wohnte. Es war ein kleines Zimmer, das als Küche, Eßplatz und Schlafstelle diente; zwei Betten waren hinter einem Vorhang. Die untere Hälfte der Wände bestand aus Lehm und Stein, die obere Hälfte war mit Pappe von alten Warenkartons beklebt. Aus der Mauer war ein quadratisches Loch geschlagen worden, das nun als Fenster diente. Bei feuchtem Wetter konnte man es schließen, indem man ein Brett davor stellte. Der Eßtisch bestand aus einer langen, über zwei Holzkisten gelegten Planke. Eine große Kiste diente als Geschirrschrank. Jamie vermutete, daß van der Merwe zu den Leuten gehörte, die sich nicht leicht von ihrem Geld trennen.
Van der Merwes Tochter ging leise umher und bereitete das Essen zu. Von Zeit zu Zeit warf sie einen raschen Blick auf ihren Vater, während sie kein einziges Mal in Jamies Richtung sah.
*Warum ist sie so verängstigt?* fragte sich Jamie.

Als sie am Tisch saßen, hub van der Merwe an: »Lasset uns beten. Wir danken Dir, o Herr, für die Gaben, die wir aus Deiner Hand empfangen haben. Wir danken Dir dafür, daß Du uns unsere Sünden vergibst und uns den rechten Weg weist und uns erlösest von den Versuchungen des Lebens. Wir danken Dir für ein langes und fruchtbares Leben und dafür, daß Du all jene niederstreckst, die gegen Dein Gesetz verstoßen. Amen.« Und ohne auch nur einmal Luft zu holen, sagte er: »Reich mir das Fleisch« zu seiner Tochter.

Nachdem sie ihre Mahlzeit beendet hatten, sagte van der Merwe:

»Das war gut, meine Tochter«, und dabei klang seine Stimme stolz. Dann wendete er sich an Jamie: »Kommen wir zum Geschäftlichen, ja?«

»Ja, Sir.«

Van der Merwe nahm eine lange Tonpfeife von einer Holztruhe. Er stopfte sie mit Tabak aus einem Lederbeutelchen und setzte sie in Brand. Hinter seinen Rauchwolken nahmen seine scharfen Augen Jamie genauestens ins Visier.

»Die Digger hier in Klipdrift sind Narren. Zu wenig Diamanten, zu viele Schürfer. Hier kann sich einer ein Jahr lang totschuften und hat am Ende doch nichts anderes als *schlenters* vorzuweisen.«

»Ich – ich fürchte, Sir, dieses Wort ist mir nicht geläufig.«

»Narrendiamanten. Wertlos. Verstehen Sie?«

»Ich – ja, Sir, ich denke schon. Aber was ist die Lösung?«

»Die Griquas.«

Jamie sah ihn verwirrt an.

»Das ist ein afrikanischer Stamm im Norden. *Die* finden Diamanten – große Diamanten –, und manchmal bringen sie sie mir, und ich gebe ihnen Waren dafür.« Der Holländer senkte die Stimme zu einem verschwörerischen Flüstern. »Ich weiß, wo sie sie finden.«

»Und warum gehen Sie nicht selber dorthin, Mr. van der Merwe?«

Van der Merwe seufzte. »Unmöglich. Ich kann das Geschäft nicht allein lassen. Die Leute würden alles mitgehen lassen, was nicht niet- und nagelfest ist. Ich brauche jemanden, auf den ich mich verlassen kann, der hingeht und die Steine holt. Wenn ich den richtigen Mann finde, rüste ich ihn mit allem aus, was er dazu braucht.« Er machte eine Pause und nahm einen langen

Zug aus der Pfeife. »Und außerdem verrate ich ihm, wo die Diamanten sind.«
Jamie sprang auf. Sein Herz hämmerte wild. »Mr. van der Merwe – ich bin genau der Mann, den Sie suchen. Glauben Sie mir, Sir, ich werde Tag und Nacht arbeiten.« Seine Stimme schnappte fast über vor Aufregung. »Ich werde Ihnen mehr Diamanten bringen, als Sie zählen können.«
Van der Merwe musterte ihn schweigend, und Jamie kam es wie eine Ewigkeit vor. Und als er endlich den Mund auftat, sagte er nur ein einziges Wort: »Ja.«

Am nächsten Morgen unterschrieb Jamie den Vertrag, der in Afrikaans abgefaßt war.
»Das muß ich Ihnen erklären«, sagte van der Merwe. »Hier steht, daß wir gleichberechtigte Partner sind. Ich stelle das Kapital zur Verfügung, Sie die Arbeitskraft. Wir teilen alles gerecht.«
Jamie betrachtete den Vertrag in van der Merwes Hand. Inmitten all der unverständlichen Worte konnte er nur eine Zahl entziffern: *2 Pfund.*
Jamie deutete darauf. »Was hat das zu bedeuten, Mr. van der Merwe?«
»Das heißt, daß Sie zusätzlich zu Ihrem eigenen Anteil an den gefundenen Diamanten noch zwei Pfund pro Arbeitswoche bekommen, für Ihre Arbeit.«
Das war wirklich mehr als gerecht. »Danke, danke vielmals, Sir.« Jamie hätte ihn umarmen können.
Van der Merwe sagte: »Dann werden wir Sie jetzt mal ausrüsten.«

Sie brauchten zwei Stunden, um alles auszusuchen, was Jamie mit in den Busch nehmen wollte. Banda, der schwarze Diener, half Jamie schweigend, alles in Rucksäcken zu verstauen. Der riesige Mann würdigte Jamie keines Blickes und sprach kein Wort. *Er kann kein Englisch,* folgerte Jamie.
Margaret war im Laden und bediente Kunden, doch wenn sie Jamies Anwesenheit überhaupt wahrnahm, so ließ sie es sich nicht anmerken.
Van der Merwe trat zu Jamie. »Ihr Maultier steht vor dem Haus«, sagte er. »Banda wird Ihnen beim Aufladen helfen.«
»Danke sehr, Mr. van der Merwe«, sagte Jamie. »Ich –«

Van der Merwe studierte ein Stück Papier, das mit Zahlen vollgeschrieben war. »Das macht 120 Pfund.«
Jamie sah ihn entsetzt an. »Wie – wie bitte? Das gehört doch zu unserem Vertrag Wir –«
»*Wat bedui'di?*« Van der Merwes Gesicht lief dunkel an vor Wut. »Erwarten Sie etwa, daß ich Ihnen das alles *schenke*?! Daß ich Ihnen ein prima Maultier gebe, Sie zum Teilhaber mache und Ihnen obendrein noch zwei Pfund die Woche zahle? Wenn Sie meinen, Sie kriegen hier was umsonst, dann sind Sie bei mir an der falschen Stelle.« Er fing an, die Rucksäcke wieder auszupacken.
»Nein!« sagte Jamie schnell. »Bitte, Mr. van der Merwe. Ich – ich hatte das nur nicht verstanden. Es hat schon alles seine Richtigkeit. Ich habe das Geld dabei.« Er griff in seine Börse und legte den Rest seiner Ersparnisse auf den Ladentisch.
Van der Merwe zögerte. »In Ordnung«, sagte er dann widerwillig. »Vielleicht war's ein Mißverständnis, *nah*? In dieser Stadt gibt es lauter Betrüger. Ich muß schon aufpassen, mit wem ich mich einlasse.«
»Ja, Sir. Natürlich müssen Sie das«, stimmte Jamie ihm zu. In seiner Aufregung mußte er die Abmachung falsch verstanden haben. *Ich kann von Glück sagen, daß er mir noch eine Chance einräumt*, dachte er.
Van der Merwe förderte aus seiner Tasche einen kleinen, zerknitterten, von Hand gezeichneten Plan zutage. »Hier ist die Stelle, wo Sie *mooi klippe* finden können. Nördlich von hier in Magerdam, am Nordufer des Vaal.«
Jamie studierte die Karte, und sein Herz begann rascher zu schlagen. »Wie viele Meilen sind es bis dahin?«
»Hier messen wir Entfernungen in Tagen. Mit dem Maultier sollten Sie es in vier oder fünf Tagen schaffen. Zurück brauchen Sie länger – die Diamanten wiegen ja einiges.«
Jamie grinste. »*Ja*«, sagte er auf holländisch.

Als Jamie McGregor wieder auf die Straßen von Klipdrift hinaustrat, war er kein Tourist mehr. Er war nun ein Schürfer, ein Digger auf seinem Weg ins Glück. Banda hatte mittlerweile die restlichen Sachen auf den Rücken eines schwächlich wirkenden Maultiers gepackt, das an einem Pfosten vor dem Laden angebunden war.
»Danke.« Jamie lächelte.

Banda drehte sich um und sah ihm in die Augen, dann ging er wortlos weg. Jamie nahm die Zügel vom Pfosten und sagte zu dem Maultier: »Auf geht's, mein Freund. Zeit für *mooi klippe.*«
Sie zogen nach Norden.

Bei Einbruch der Nacht schlug Jamie sein Lager in der Nähe eines Flusses auf, entlud den Maulesel, tränkte und fütterte ihn und gönnte sich selbst eine Mahlzeit aus getrocknetem Rindfleisch, gedörrten Aprikosen und Kaffee. Die Nacht hallte wider von unbekannten Geräuschen. Er hörte das Knurren, Heulen und Tappen der wilden Tiere, die zur Wasserstelle kamen. Schutzlos, umgeben von den gefährlichsten Viechern der Welt, befand er sich in einem fremden, unzivilisierten Land. Bei jedem Geräusch fuhr er hoch.
Am nächsten Morgen, als Jamie erwachte, war das Maultier tot.


2


Er konnte es nicht fassen. Er suchte nach einer Wunde, dachte, der Maulesel müsse während der Nacht von einem wilden Tier angegriffen worden sein, aber er fand nichts. Das Biest war im Schlaf gestorben. *Mr. van der Merwe wird mich dafür verantwortlich machen,* dachte Jamie. *Aber wenn ich ihm Diamanten bringe, ist es nicht so schlimm.*
Er würde ohne das Maultier nach Magerdam weiterziehen. Ein Geräusch in der Luft ließ ihn aufblicken. Riesige schwarze Geier zogen hoch über ihm ihre Kreise. Jamie zitterte. So schnell wie möglich suchte er seine Sachen zusammen, entschied dabei, was er zurücklassen mußte, packte alles, was er tragen konnte, in einen Rucksack und brach auf. Als er fünf Minuten später noch einmal zurückschaute, hatten sich die großen Vögel bereits auf dem toten Tier niedergelassen. Ein langes Ohr war alles, was man noch von ihm sah. Jamie beschleunigte seinen Schritt.
Es war Dezember, also Sommer in Südafrika, und der Marsch durch die Grassteppe unter der riesigen orangeroten Sonne war ein einziger Alptraum.
Jamie kampierte immer dort, wo er ein Wasserloch fand, und

seinen Schlaf begleiteten die unheimlichen nächtlichen Laute der wilden Tiere. Er hatte sich an sie gewöhnt. Sie waren ein Beweis dafür, daß es Leben in dieser elenden Hölle gab, und mit ihnen fühlte er sich weniger einsam.

Er brauchte fast zwei Wochen, um das Veld zu durchqueren. Mehrmals war er drauf und dran aufzugeben. Er fragte sich, ob er die Strapazen überhaupt überleben würde. *Ich bin ein Idiot. Ich hätte nach Klipdrift zurückgehen und Mr. van der Merwe um ein neues Maultier bitten sollen. Aber wenn van der Merwe dann den Handel rückgängig gemacht hätte? Nein, ich hab's schon richtig gemacht.*
Jamie stapfte also weiter. Eines Tages sah er aus der Ferne vier Gestalten auf sich zukommen. *Ich spinne ja,* dachte Jamie. *Das kann nur eine Fata Morgana sein.* Aber die Gestalten kamen näher, und vor Schreck fing Jamies Herz an, wie wild zu schlagen. *Menschen! Es gibt tatsächlich Menschen hier!* Er bezweifelte, ob er überhaupt noch einen Ton herausbrachte. Er probierte seine Stimme aus, und in der Nachmittagsluft klang sie, als gehöre sie einem längst Verstorbenen. Die vier Männer erreichten ihn. Es waren Digger, die sich müde und geschlagen nach Klipdrift zurückschleppten.

»Hallo«, sagte Jamie.

Sie nickten nur. Dann sagte einer von ihnen: »Da vorne ist nichts, Junge. Wir ham's gesehen. Du verschwendest bloß deine Zeit. Kehr lieber um.«

Und fort waren sie.

Jamie ließ keinen Gedanken mehr an sich heran. Er konzentrierte sich nur noch auf die unwegsame Einöde. Die grelle Sonne hatte Jamie schon fast blind gemacht. Seine helle Haut war verbrannt und wund, und ihm war ständig schwindelig. Bei jedem Atemzug schienen seine Lungen bersten zu wollen. Er ging nicht mehr, er stolperte nur noch, setzte einen Fuß vor den anderen, taumelte kopflos vorwärts. Eines Nachmittags, als die Sonne auf ihn niederbrannte, streifte er seinen Rucksack ab und stürzte zu Boden, zu erschöpft, um auch nur noch einen Schritt zu tun. Er schloß die Augen und träumte, er befände sich in einem großen Schmelztiegel und die Sonne wäre ein riesiger, heller Diamant, der auf ihn niederflammte, ihn zerschmolz. Mitten in der Nacht erwachte er, zitternd vor Kälte. Er zwang sich, ein paar Bissen Trockenfleisch zu essen, und trank lauwarmes Wasser dazu. Er wußte, daß er aufstehen und sich fortbewegen mußte, bevor die Sonne aufging, solange Erde und Luft noch kühl waren. Er versuchte es, aber die Anstrengung ging über seine Kräfte. Wie leicht wäre es, für immer dort liegenzubleiben und nie mehr einen einzigen Schritt tun zu müssen. *Nur noch ein bißchen weiterschlafen dürfen,* dachte Jamie. Aber eine Stimme in seinem Innersten sagte ihm, daß er dann nie mehr aufwachen würde. Man würde seinen Körper hier draußen finden wie schon Hunderte zuvor. Die Geier fielen ihm ein, und er dachte: *Nein, nicht meinen Körper – meine Knochen.* Langsam und mühselig stand er wieder auf, zwang sich dazu. Sein Rucksack war so schwer, daß er ihn nicht heben konnte. Er setzte sich wieder in Bewegung, schleifte den Rucksack hinter sich her. Er registrierte nicht mehr, wie oft er in den Sand fiel und sich wieder aufrappelte. Einmal, noch vor Morgengrauen, schrie er in den Himmel: »Ich bin Jamie McGregor, und ich werde es schaffen. Ich werde leben. Hörst du mich, Gott? Ich werde leben...« In seinem Kopf dröhnten Stimmen.

Zwei Tage später stolperte Jamie in das Dorf Magerdam. Sein Sonnenbrand hatte sich längst entzündet, und aus seinen Wunden quollen Blut und Wasser. Beide Augen waren fast völlig zugeschwollen. Mitten auf der Straße brach er zusammen, ein Häufchen Elend, das lediglich an seiner ramponierten Kleidung noch als Mensch zu erkennen war. Als mitleidige Digger versuchten, ihn von seinem Rucksack zu befreien, schlug Jamie mit dem bißchen Kraft, das noch in ihm steckte, wie besessen um sich: »Nein! Hände weg von meinen Diamanten! Bleibt ja weg von meinen Diamanten...«

Drei Tage später kam er in einem kargen Zimmerchen wieder zu sich, nackt bis auf die Verbände, die man ihm angelegt hatte. Das erste, was er sah, als er die Augen aufschlug, war eine dralle Frau mittleren Alters, die neben seiner Pritsche saß.

»W-w-?« Seine Stimme war nur ein Krächzen. Er brachte kein Wort heraus.

»Sachte, mein Lieber. Sie sind noch krank.« Behutsam hob sie seinen verbundenen Kopf an und ließ ihn aus einer Blechtasse einen Schluck Wasser trinken.

Jamie stützte sich mühsam auf seinen Ellbogen.

»Wo –?« Er schluckte und versuchte es noch einmal. »Wo bin ich?«

»Sie sind in Magerdam. Ich bin Alice Jardine. Ich habe ein Lo-

gierhaus. Sie werden bald wieder wohlauf sein. Sie müssen sich nur ordentlich ausruhen. Legen Sie sich wieder hin.«
Jamie fielen die Fremden ein, die ihm seinen Rucksack hatten wegnehmen wollen, und panische Angst überkam ihn. »Wo – meine Sachen –?« Er versuchte aufzustehen, aber die sanfte Stimme der Frau ließ ihn innehalten.
»Keine Sorge, mein Sohn, es ist alles in Ordnung.« Sie deutete auf eine Ecke, in der der Rucksack stand.
Jamie legte sich zurück auf die sauberen weißen Laken. *Ich bin angekommen. Ich hab's geschafft. Jetzt kann nichts mehr schiefgehen.*

Alice Jardine war ein wahrer Segen, nicht nur für Jamie McGregor, sondern für halb Magerdam. Für die Abenteurer, die diese Minenstadt bevölkerten und die alle dem gleichen Traum nachhingen, war sie Köchin, Pflegemutter und Seelentrösterin.
Sie hielt Jamie weitere vier Tage im Bett, fütterte ihn, wechselte seine Bandagen und half ihm, wieder zu Kräften zu kommen. Am fünften Tag konnte Jamie endlich aufstehen.
»Ich möchte, daß Sie wissen, wie dankbar ich Ihnen bin, Mrs. Jardine. Ich kann Ihnen nichts dafür bezahlen – noch nicht. Aber eines Tages, bald schon, werden Sie einen großen Diamanten von mir bekommen. Das verspreche ich Ihnen, so wahr ich Jamie McGregor heiße.«
Sie lächelte über die Unbeirrbarkeit dieses netten Jungen. Er hatte immer noch zwanzig Pfund zuwenig auf den Knochen, und in seinen grauen Augen spiegelten sich noch immer die Schrecken, die er durchgemacht hatte. Gleichzeitig aber steckte eine Kraft in ihm, eine Entschlossenheit, vor der einem angst und bange werden konnte. *Er ist anders als die anderen,* dachte Mrs. Jardine.

In seinen frischgewaschenen Kleidern ging Jamie aus, um den Ort zu erkunden. Er war wie Klipdrift, nur kleiner: die gleichen Zelte und Wagen und staubigen Straßen, die irgendwie zusammengeschusterten Läden und die Massen von Diggern. Als Jamie an einem Saloon vorbeikam, hörte er brüllendes Gelächter von drinnen und ging hinein. Eine lärmende Menge hatte sich um einen rotbehemdeten Iren geschart.
»Was ist denn los?« fragte Jamie.
»Er will seinen Fund begießen.«
»Er will was?«

»Er hat ganz schön was gefunden, und jetzt hält er den ganzen Saloon frei. Er zahlt alles, was die durstigen Kehlen hier drin schlucken können.«
Jamie kam mit ein paar verdrossenen Schürfern ins Gespräch, die um einen runden Tisch saßen.
»Wo bist'n her, McGregor?«
»Schottland.«
»Na, ich weiß ja nicht, was für 'n Mist sie dir in Schottland erzählt haben, aber die Diamanten in diesem beschissenen Land reichen noch nicht mal fürs Nötigste.«
Alle Digger erzählten die gleiche Geschichte: Von Monaten härtester Knochenarbeit, in der sie Gesteinsbrocken gewälzt, im harten Boden gegraben und am Flußufer gehockt und den Schlamm auf der Suche nach Diamanten durchgesiebt hatten. Die Stimmung im Ort war eine seltsame Mischung aus Optimismus und Pessimismus. Die Optimisten kamen an, die Pessimisten gingen. Jamie wußte, auf welcher Seite er stand.
Er näherte sich dem rotbehemdeten Iren, der jetzt schon triefäugig vor Alkohol war, und zeigte ihm van der Merwes Landkarte.
Der Mann sah sie flüchtig an und warf sie Jamie wieder zu. »Wertlos. Die ganze Gegend ist schon durchwühlt worden. An deiner Stelle würd' ich's mit Bad Hope versuchen.«
Jamie konnte es kaum glauben. Schließlich war es van der Merwes Karte, deretwegen er gekommen war, sein Leitstern, der ihn reich machen würde.

An diesem Abend sagte Alice Jardine beim Essen: »Das ist wie in der Lotterie, Jamie: Ein Ort ist so gut wie der andere. Suchen Sie sich Ihren eigenen Platz aus, hauen Sie Ihre Spitzhacke rein und beten Sie. Etwas anderes machen diese sogenannten Experten auch nicht.«

Nach einer schlaflosen Nacht entschied er sich, van der Merwes Karte außer acht zu lassen. Entgegen jedermanns Rat würde er den Modder River entlang nach Osten gehen. Am folgenden Morgen verabschiedete er sich von Mrs. Jardine und machte sich auf den Weg.
Er marschierte drei Tage und zwei Nächte hindurch, und als er einen Platz fand, der ihm geeignet schien, stellte er sein kleines Zelt auf. Zu beiden Seiten des Flusses lagen große Findlinge,

und Jamie schaffte sie mit Hilfe von dicken Ästen, die er als Hebel ansetzte, mühselig aus dem Weg, um an den Kies unter ihnen zu gelangen.

Von Sonnenaufgang bis Sonnenuntergang grub er, auf der Suche nach gelber Tonerde oder blauem, diamantenträchtigem Boden. Aber der Boden gab nichts her. Eine Woche lang schaufelte er, ohne einen einzigen Stein zu finden. Am Ende der Woche zog er weiter.

Auf seinem Marsch erblickte er eines Tages etwas, das in der Sonne glitzerte und aus der Ferne aussah wie ein silbernes Haus. *Ich werde blind,* dachte Jamie. Aber beim Näherkommen sah er, daß er auf ein Dorf zuging, dessen Häuser alle aus Silber gebaut zu sein schienen. Jamie fielen vor Staunen fast die Augen aus dem Kopf. Die in der Sonne gleißenden silbernen Häuser waren aus Marmeladeblechbüchsen gemacht, die man flachgeklopft, aneinandergefügt und auf die rohen Bretterhütten genagelt hatte. Als er eine Stunde später zurückblickte, konnte er noch immer das Dorf glitzern sehen.

Jamie folgte dem Fluß, an dessen Ufern er Diamanten vermutete, und er grub, bis seine Arme die schwere Hacke nicht mehr heben konnten, dann siebte er den nassen Kies durch ein Handsieb. Wenn es dunkel wurde, schlief er wie betäubt ein.

Am Ende der zweiten Woche zog er weiter flußaufwärts. An einer Flußbiegung rastete er und bereitete sich ein Mahl aus *Karbonaatje,* das er an einem Spieß über dem Holzfeuer briet, und kochte sich Tee. Dann saß er vor seinem Zelt und schaute in den weiten Sternenhimmel. Zwei Wochen lang war er keiner Menschenseele begegnet. *Was, zum Teufel, tu ich eigentlich hier?* fragte er sich. *Da sitze ich wie ein Idiot in dieser verdammten Wüste herum, zerschlage Felsbrocken und schaufle im Dreck und bringe mich fast um dabei. Auf der Farm war ich besser dran. Bis Samstag noch. Wenn ich dann immer noch keinen Diamanten gefunden habe, gehe ich heim.* Er sah zu den gleichgültigen Sternen auf und schrie: »Hört ihr mich, ihr verdammten Dinger?« *Jesusmaria,* dachte er, *ich werde verrückt.*

Da saß Jamie und ließ achtlos den Sand durch seine Finger rinnen. Sie schlossen sich um einen großen Stein, den er einen Moment lang ansah und dann wegwarf. In den vergangenen Wochen hatte er schon Tausende solcher wertlosen Steine gesehen. Wie hatte van der Merwe sie noch genannt? *Schlenters.* Trotzdem. An dem einen da war aber irgendwas gewesen, das im nachhinein Jamies Aufmerksamkeit erregte. Er stand auf und klaubte ihn wieder aus dem Sand. Dieser Stein hier war viel größer als die anderen und merkwürdig geformt. Er wischte ihn an seinem Hosenbein ab und untersuchte ihn genauer. Er *sah aus* wie ein Diamant. Das einzige, was Jamie dabei nicht ganz geheuer vorkam, war seine Größe. Er war fast so groß wie ein Hühnerei. *O Gott. Wenn das ein Diamant ist . . .* Fast blieb ihm die Luft weg. Er griff sich die Laterne und fing an, den Boden um sich herum abzusuchen. Nach einer Viertelstunde hatte er noch vier weitere solcher Steine gefunden. Keiner von ihnen kam an den ersten heran, doch waren sie alle groß genug, um ihn in wilde Aufregung zu versetzen.

Schon vor Morgengrauen war er wieder auf den Beinen, grub wie ein Irrer und hatte bis zum Mittag ein weiteres halbes Dutzend Diamanten gefunden. Die folgende Woche verbrachte er wie im Fieber, grub tagsüber Diamanten aus und verscharrte sie des Nachts an einem sicheren Ort.

Am Ende der Woche machte sich Jamie Zeichen auf seine Karte und steckte sein Claim ab, indem er die Grenzen sorgfältig mit der Hacke markierte. Er grub seinen versteckten Schatz aus, packte ihn umsichtig ganz unten in den Rucksack und machte sich auf den Rückweg nach Magerdam.

Auf dem Schild an dem Häuschen stand
DIAMANT KOOPER.

Jamie ging ins Büro – ein kleiner, stickiger Raum – und fand sich jäh von Zweifeln gepackt. Er hatte Dutzende von Geschichten über andere Digger gehört, deren Diamanten sich als wertlose Steine erwiesen hatten. *Und wenn ich mich nun geirrt habe? Was ist, wenn – ?*

Auf dem Schreibtisch des Gesteinsprüfers in dem winzigen Büro herrschte ein fürchterliches Durcheinander. »Kann ich was für Sie tun?« Jamie holte tief Luft. »Yes, Sir. Ich möchte das hier gern schätzen lassen.«

Unter den wachsamen Augen des Schätzers legte Jamie einen Stein nach dem anderen auf den Tisch. Insgesamt waren es 27 Stück, und der Schätzer starrte sie erstaunt an.

»Wo – wo haben Sie die gefunden?«

»Das erzähle ich Ihnen, wenn Sie mir gesagt haben, ob's echte Diamanten sind.«

Der Gesteinsprüfer pickte sich den größten heraus und sah ihn durch seine Diamantenlupe an. »Mein Gott!« sagte er. »Das ist der größte Diamant, den ich je gesehen habe!« Jetzt erst merkte Jamie, daß er den Atem angehalten hatte. Am liebsten hätte er laut gejuchzt vor Freude. »Woher«, flehte der Mann, »woher haben Sie die?«
Jamie grinste. »Wenn Sie in einer Viertelstunde in die Kantine kommen, erzähl ich's Ihnen.«
Er sammelte die Diamanten wieder ein, steckte sie in seine Taschen und schlenderte hinaus. Zwei Häuser weiter betrat er wieder ein Büro. »Ich möchte ein Claim anmelden«, sagte er. »Auf die Namen Salomon van der Merwe und Jamie McGregor.«
Und der bettelarme Farmjunge verließ das Büro als Millionär.
In der Kantine wartete der Schätzer schon auf ihn. Offenbar hatte er die Neuigkeit bereits verbreitet, denn als Jamie hereinkam, verstummten alle respektvoll. Eine einzige, unausgesprochene Frage beherrschte alle Gemüter. Jamie marschierte zum Tresen und sagte zum Barkeeper: »Ich will meinen Fund begießen.« Dann wandte er sich den anderen zu. »Paardspan«, sagte er.

Alice Jardine trank gerade Tee, als Jamie ihre Küche betrat. Als sie ihn erblickte, strahlte sie übers ganze Gesicht. »Jamie! Oh, Gott sei Dank! Sie sind wohlbehalten zurück!« Dann erst bemerkte sie seinen liederlichen Aufzug und sein rotes Gesicht. »Sie haben kein Glück gehabt, nicht wahr? Na, machen Sie sich nichts draus. Kommen Sie, mein Lieber, trinken Sie eine Tasse Tee mit mir. Danach werden Sie sich besser fühlen.«
Jamie faßte wortlos in seine Tasche und zog einen großen Diamanten heraus, den er Mrs. Jardine in die Hand drückte.
»Ich hab' mein Versprechen gehalten«, sagte er.
Lange starrte sie auf den Stein, und ihre blauen Augen wurden feucht. »Nein, Jamie, nein«, sagte sie leise. »Ich möchte ihn nicht haben. Verstehen Sie denn nicht, mein Kind? Er würde alles verderben . . .«

Jamie bereitete seine Rückkehr nach Klipdrift in großem Stil vor. Einen der kleineren Diamanten tauschte er gegen ein Pferd und eine Kutsche ein. Sorgfältig notierte er seine Ausgaben, um seinen Partner nicht zu hintergehen. Die Reise nach Klipdrift war nun bequem, und Jamie konnte kaum noch glauben, welche

Höllenqualen er auf dem Hinweg durchlitten hatte. *Das ist der Unterschied zwischen arm und reich,* dachte er. *Die Armen gehen zu Fuß, die Reichen fahren mit der Kutsche.*

## 3

Klipdrift hatte sich nicht verändert, aber Jamie McGregor war ein anderer geworden. Als er durch die Stadt fuhr und vor van der Merwes Laden hielt, wurde er angestarrt. Das lag nicht an dem teuren Gespann – es lag an der triumphalen Haltung des jungen Mannes. Er war nicht der erste Digger, der sein Glück gemacht hatte, aber jedes derartige Ereignis erfüllte die Menschen hier mit neuer Hoffnung. Sie standen da und sahen zu, wie Jamie aus der Kutsche sprang.
Der große Schwarze war noch immer da. Jamie grinste ihn an.
»Hallo! Hier bin ich wieder.«
Kommentarlos schlang Banda die Zügel um einen Pfosten und ging in den Laden. Jamie folgte ihm.
Salomon van der Merwe bediente gerade einen Kunden. Er sah auf und lächelte, und Jamie merkte, daß der kleine Holländer die Neuigkeit schon auf irgendeinem Wege erfahren hatte. Die Kunde von einem großen Diamantenfund verbreitete sich gewöhnlich auf unerklärliche Weise wie ein Lauffeuer im ganzen Land. Als der Kunde gegangen war, deutete van der Merwe mit dem Kopf auf den rückwärtigen Raum. »Kommen Sie, Mr. McGregor.«
Jamie folgte ihm.
Van der Merwes Tochter stand am Herd und bereitete das Mittagessen. »Hallo, Margaret.«
Sie errötete und sah weg.
»Ich glaube, Sie bringen mir eine gute Nachricht, was?« Van der Merwe strahlte.
»Das stimmt, Sir.« Stolz zog Jamie einen großen Lederbeutel aus seiner Jackentasche und schüttete die Diamanten auf den Küchentisch. Van der Merwe starrte sie wie hypnotisiert an, nahm einen nach dem anderen in die Hand, schob sie dann zu einem Häufchen zusammen und steckte sie in einen Chamoislederbeutel, den er zu einem großen Stahlsafe im Eck trug und einschloß.

»Sie haben gute Arbeit geleistet, Mr. McGregor. Sehr gute Arbeit, wirklich.« Aus seiner Stimme klang tiefe Befriedigung.
»Danke, Sir. Aber das ist erst der Anfang. Es liegen noch Hunderte dort. Ich wage gar nicht daran zu denken, wieviel sie wert sind.«
»Und Sie haben das Claim ordnungsgemäß abgesteckt?«
»Jawohl, Sir.« Jamie zog den Registerauszug aus seiner Tasche. »Es ist auf uns beide eingetragen.«
Van der Merwe sah den Schein genau an, dann steckte er ihn in seine Tasche. »Sie haben sich eine Prämie verdient. Warten Sie hier.« Er ging zu der Tür, die in den Laden führte. »Komm mit, Margaret.« Unterwürfig folgte sie ihm, und Jamie dachte: *Sie wirkt wie ein verängstigtes Kätzchen.*
Ein paar Minuten später kam van der Merwe allein zurück. »Bitte sehr.« Er öffnete seinen Geldbeutel und zählte genau fünfzig Pfund ab.
Jamie sah ihn verwirrt an. »Wofür ist das, Sir?«
»Das ist für Sie, mein Sohn. Alles für Sie.«
»Ich – ich verstehe nicht.«
»Sie waren 24 Wochen lang unterwegs. Bei zwei Pfund die Woche macht das 48 Pfund, und 2 Pfund kriegen Sie von mir noch als Prämie obendrauf.«
Jamie lachte. »Ich brauche keine Prämie. Ich habe doch meinen Anteil an den Diamanten.«
»Ihren Anteil an den Diamanten?«
»Aber ja, Sir. Meine fünfzig Prozent. Wir sind doch Partner.«
Van der Merwe starrte ihn an. »Partner? Wie kommen Sie denn darauf?«
»Wie ich –?« Bestürzt sah Jamie den Holländer an. »Wir haben doch einen Vertrag gemacht.«
»Das stimmt. Haben Sie ihn auch gelesen?«
»Nun – nein, Sir. Er ist doch auf afrikaans, aber Sie sagten, wir seien Teilhaber auf Halbe-halbe-Basis.«
Van der Merwe schüttelte den Kopf. »Sie haben mich mißverstanden, Mr. McGregor. Sie haben lediglich für mich gearbeitet. Ich habe Sie ausgerüstet und damit beauftragt, für mich Diamanten zu suchen.«
Jamie spürte, wie langsam Wut in ihm aufstieg. »Gar nichts haben Sie mir gegeben. 120 Pfund habe ich Ihnen für diese Ausrüstung gezahlt.«
Der alte Mann zuckte die Achseln. »Ich mag meine kostbare Zeit

nicht mit Wortklaubereien verschwenden. Hören Sie: Ich gebe Ihnen noch einmal fünf Pfund dazu, und die Sache ist erledigt. Ich denke, das ist ein sehr großzügiges Angebot.«

Jetzt kochte Jamie vor Wut. »Damit ist gar nichts erledigt! Ich habe ein Anrecht auf die Hälfte des Claims. Und ich werde sie bekommen. Ich habe es auf Ihren *und* meinen Namen eintragen lassen.«

Van der Merwe lächelte dünn. »Dann haben Sie versucht, mich zu betrügen. Ich könnte Sie dafür einsperren lassen.« Er warf das Geld auf den Tisch. »Nehmen Sie Ihren Lohn und verschwinden Sie.«

»Ich werde Sie verklagen!«

»Haben Sie denn das Geld für einen Rechtsanwalt? Das sind alles *meine* Leute hier, mein Junge.«

*Das darf doch nicht wahr sein,* dachte Jamie. *Das muß ein Alptraum sein.* Die Qualen, die er durchlitten hatte, die Wochen, ja Monate in der heißen Steppe, die körperlichen Torturen von Sonnenaufgang bis Sonnenuntergang – auf einmal war ihm alles wieder gegenwärtig. Er sah van der Merwe in die Augen. »So kommen Sie mir nicht davon. Ich werde Klipdrift nicht verlassen. Jedem hier werde ich erzählen, was Sie getan haben. Und ich werde meinen Anteil an den Diamanten bekommen.«

Van der Merwe wandte sich ab, um nicht die Wut in den blaßgrauen Augen sehen zu müssen. »Sie sollten besser zum Arzt gehen, mein Junge«, murmelte er. »Ich fürchte, die Sonne hat Ihnen das Gehirn ausgedörrt.«

Im nächsten Moment war Jamie auf den Beinen und stand vor van der Merwe, den er drohend überragte. Er packte den dünnen Alten beim Schlafittchen und stierte ihn an. »Sie werden es noch bereuen, daß wir uns begegnet sind. Dafür werde ich schon sorgen.« Er ließ van der Merwe fallen, fegte das Geld vom Tisch und stürmte hinaus.

Der Sundowner Saloon war fast leer, als Jamie hereinkam, denn die meisten Digger hatten sich auf den Weg nach Paardspan gemacht. In Jamie tobten Wut und Verzweiflung. *Es ist unglaublich,* dachte er. *Erst bin ich reich wie ein Krösus und eine Minute später schon total pleite. Van der Merwe ist ein Dieb, und ich muß unbedingt eine Möglichkeit finden, ihn zu bestrafen. Aber wie?* Jamie konnte sich nicht einmal einen Rechtsanwalt leisten. Er war hier fremd, van der Merwe hingegen ein angesehenes Mitglied der Gesell-

schaft. Jamies einzige Waffe war die Wahrheit. Er würde jedermann in Südafrika wissen lassen, was van der Merwe ihm angetan hatte.
Smit, der Barmixer, begrüßte ihn. »Willkommen zu Hause. Ich gebe einen aus, Mr. McGregor. Was darf's denn sein?«
»Ein Whisky.«
Smit schenkte einen doppelten Whisky ein und stellte das Glas vor Jamie hin, der es in einem Zug leerte. Er war keinen Alkohol gewöhnt, und der Schnaps brannte ihm im Magen wie Feuer.
»Noch einen bitte.«
»Sofort. Ich hab' schon immer gesagt, daß die Schotten jeden unter den Tisch trinken können.«
Beim zweiten Whisky ging's schon leichter. Jamie fiel ein, daß es der Barmann gewesen war, der einen Digger zu van der Merwe geschickt hatte. »Wußten Sie, daß der alte van der Merwe ein Betrüger ist? Er will mich um meine Diamanten bringen.«
Smit gab sich mitfühlend. »Was? Das ist ja schrecklich. Das tut mir aber leid für Sie.«
»Aber damit kommt er nicht so ohne weiteres davon.« Jamies Aussprache wurde undeutlich. »Die Hälfte der Diamanten gehört mir. Er ist ein Dieb, und ich werde schon dafür sorgen, daß das alle erfahren.«
»Sachte, sachte. Van der Merwe ist ein einflußreicher Mann hier«, warnte der Barmixer. »Wenn Sie gegen ihn vorgehen wollen, werden Sie Hilfe brauchen. Ich weiß sogar genau den Richtigen. Er haßt van der Merwe ebenso wie Sie.« Er sah sich verstohlen um und vergewisserte sich, daß ihn niemand hören konnte. »Am Ende der Straße ist eine alte Scheune. Überlassen Sie alles mir. Sie brauchen nur heute abend um zehn zu kommen.«
Jamie bedankte sich. »Das werde ich Ihnen nicht vergessen. Danke.«
»Um zehn Uhr. In der alten Scheune.«

Die Scheune war eine notdürftig zusammengeschusterte Wellblechbude in unmittelbarer Nähe der Hauptstraße am Stadtrand. Als Jamie um zehn Uhr dort ankam, war es schon dunkel. Da er draußen niemanden sah, ging er hinein. »Hallo . . .«
Er bekam keine Antwort. Undeutlich nahm er Schatten von Pferden wahr, die sich in ihren Boxen unruhig bewegten. Dann hörte er ein Geräusch hinter sich, und als er sich umdrehen

wollte, krachte eine Eisenstange auf seine Schulterblätter herunter und schlug ihn zu Boden. Knüppelschläge prasselten auf seinen Kopf, und eine riesige Hand zerrte ihn in die Höhe und hielt ihn fest, während Fäuste und Füße seinen Körper malträtierten. Als die Schmerzen unerträglich wurden und er das Bewußtsein verlor, schüttete ihm jemand kaltes Waser ins Gesicht. Er blinzelte nur und glaubte, flüchtig Banda, van der Merwes Diener, zu sehen, bevor die Prügelei von neuem begann. Jamie spürte, wie seine Rippen brachen. Irgend etwas krachte in sein Bein, und er hörte das Splittern seiner Knochen.
Dann verlor er das Bewußtsein.

Sein Körper brannte wie Feuer. Jemand zerkratzte ihm das Gesicht mit Sandpapier, und er versuchte vergeblich, eine Hand zu heben und sich dagegen zu wehren. Mit aller Kraft bemühte er sich, die Augen aufzukriegen, aber sie waren zugeschwollen. Jamie lag da und versuchte sich zu erinnern, wo er war. Jede Faser seines Körpers tat ihm höllisch weh. Er bewegte sich, und das Kratzen begann von neuem. Blind streckte er die Hand aus und bekam Sand zu fassen. Sein zerschlagenes Gesicht lag im heißen Sand. Langsam zog er sich hoch und kam auf die Knie – die kleinste Bewegung war eine Tortur. Mit seinen geschwollenen Augen versuchte er sich umzusehen, nahm jedoch alles nur verschwommen wahr. Er befand sich irgendwo inmitten der unwegsamen Karru, und er war nackt. Es war noch früh am Morgen, aber er spürte, wie die Sonne allmählich seinen Körper zu versengen begann. Blind tastete er um sich, auf der Suche nach etwas zu essen oder nach einer Feldflasche mit Wasser. Nichts. Sie wollten ihn hier verrecken lassen. *Salomon van der Merwe. Und natürlich Smit, der Barkeeper.* Jamie hatte van der Merwe gedroht, und der hatte sich gewehrt und ihn wie ein kleines Kind bestraft. *Aber der soll noch sehen, daß ich kein Kind bin,* gelobte sich Jamie. *Kein Kind mehr. Ich werde mich an ihnen rächen. Das zahle ich ihnen heim. Das sollen sie mir büßen.* Der Haß verlieh ihm die Kraft, sich aufzusetzen. Das Atmen war eine Qual. Wie viele Rippen hatten sie ihm gebrochen? *Ich muß vorsichtig sein, damit sie mir nicht die Lungen durchbohren.* Jamie versuchte, auf die Füße zu kommen, und fiel mit einem Schrei wieder um. Sein rechtes Bein war gebrochen und stand in einem unnatürlichen Winkel von seinem Körper ab. Gehen konnte er nicht mehr.
Aber er konnte noch kriechen.

Jamie McGregor hatte keine Ahnung, wo er sich befand. Sie hatten ihn wahrscheinlich weggeschleppt, irgendwohin in die unwegsame Einöde, wo ihn niemand finden würde. Mit Ausnahme der Wüstenpolizei – der Hyänen und Geier. Die Wüste war ein riesiges Beinhaus. Jamie hatte Skelette gesehen, deren Knochen bis auf den letzten Fetzen Fleisch abgefressen waren. Noch während er daran dachte, hörte er das Rauschen der Schwingen über sich und das durchdringende Gezisch der Geier. Eine Welle von Entsetzen erfaßte ihn. Er war blind. Er konnte sie nicht einmal sehen. Er konnte sie nur riechen. Er fing an zu kriechen.

Er zwang sich, sich auf die Schmerzen zu konzentrieren. Sein ganzer Körper schien in Flammen zu stehen, und die kleinste Bewegung verursachte ihm Höllenqualen. Veränderte er seine Lage auch nur geringfügig, um das gebrochene Bein zu entlasten, so spürte er, wie sich seine Rippen aneinanderrieben. Stillzuliegen war eine unerträgliche Tortur, sich fortzubewegen eine nicht auszuhaltende Pein.
Er kroch weiter.
Er hörte, wie sie über ihm ihre Kreise zogen, mit ihrer uralten, stoischen Geduld auf ihn warteten. Sein Geist irrte ab. Er glaubte sich in der kühlen Kirche in Aberdeen. Er trug seinen sauberen Sonntagsanzug und saß zwischen seinen beiden Brüdern. Seine Schwester Mary und Annie Cord trugen wunderschöne weiße Sommerkleider, und Annie Cord sah ihn lächelnd an. Jamie wollte aufstehen und zu ihr gehen, aber seine Brüder hielten ihn zurück und fingen an, ihn zu kneifen. Die Kniffe verwandelten sich in marternde Pfeilspitzen, und wieder kroch er durch die Wüste, nackt, mit gebrochenen Gliedern. Die Schreie der Geier wurden jetzt lauter und ungeduldig.
Gewaltsam versuchte Jamie seine Augen zu öffnen. Er wollte sehen, wie nahe sie schon waren. Aber er erkannte nur vage schimmernde Gegenstände, die in seiner entsetzten Phantasie zu wilden Hyänen und Schakalen wurden. Den Wind, der über sein Gesicht strich, hielt er für ihren heißen, stinkenden Atem.
Er kroch weiter, weil er wußte, daß sie sich auf ihn stürzen würden, sobald er liegenblieb. In ihm brannten Fieber und Schmerz, und sein Körper wurde vom heißen Sand aufgerieben. Und doch: Er konnte nicht aufgeben. Nicht, solange van der Merwe straflos ausging – solange van der Merwe noch am Leben war.

Er versank in Bewußtlosigkeit und erwachte von einer Pein, so gräßlich, daß sie nicht auszuhalten war. Etwas bohrte sich in sein Fleisch, und Jamie brauchte eine Sekunde, bis ihm einfiel, wo er war und was mit ihm geschah. Er brachte eines seiner geschwollenen Augen auf. Ein gewaltiger Kappengeier hackte in sein Bein, zerrte wild an seinem Fleisch, fraß ihn mit seinem scharfen Schnabel bei lebendigem Leibe auf. Jamie sah seine runden, glänzenden Augen und die schmuddelige Krause um seinen Hals. Er roch den fauligen Gestank, den der auf ihm sitzende Vogel ausströmte. Jamie versuchte zu schreien, doch kein Ton kam aus seiner Kehle. Wild warf er sich vorwärts und spürte, wie das Blut warm an seinem Bein herunterfloß. Schemenhaft sah er die Riesenvögel um sich herum, die nur darauf warteten, ihm den Rest zu geben. Eins war ihm klar: Verlor er wieder das Bewußtsein, so war es das letzte Mal. Im selben Moment, in dem er still liegenblieb, würden sich die Aasgeier wieder auf sein Fleisch stürzen. Kriechend hielt er sich in Bewegung. Im Fieberwahn schwanden ihm die Sinne. Er hörte die lauten Flügelschläge der näherkommenden Vögel, die ihn einkreisten. Er war jetzt zu schwach, sie wegzuscheuchen, hatte keine Widerstandskraft mehr. Er hörte auf zu kriechen und lag still im brennendheißen Sand.
Die Riesenvögel versammelten sich um ihr Mahl.

4

Der Sonnabend war Markttag in Kapstadt, und die Straßen waren voll von Liebespärchen und Leuten, die auf der Suche nach einem Gelegenheitskauf herumbummelten und sich mit Freunden und Bekannten trafen. Buren und Franzosen, Soldaten in farbenprächtigen Uniformen und englische Damen in Volantröcken und Rüschenblusen spazierten vor den Basaren auf den Marktplätzen in Braameonstein, Park Town und Burgersdorp. Samstags war Kapstadt ein einziger lauter, überfüllter Jahrmarkt.
Banda ging langsam durch die Menge, sorgfältig darauf bedacht, jeden Blickkontakt mit Weißen zu meiden. Es war zu gefährlich. Auf den Straßen wimmelte es von Schwarzen, Indern und anderen Farbigen, aber die weiße Minderheit war an der

Macht. Banda haßte sie. Dies war sein Land, die Weißen waren nichts als *uitlanders*. Es gab viele Stämme im Süden Afrikas: die Basuto, Zulu, Betschuana, Matabele – alles Bantu. Das Wort *Bantu* selbst kam von *Abantu* und hieß »die Menschen«. Die Barolong jedoch – Bandas Stamm – repräsentierten den Adel. Banda erinnerte sich noch an die Geschichten seiner Großmutter über das große schwarze Königreich, das einst Südafrika regiert hatte. *Ihr* Königreich, *ihr* Land. Und nun wurden sie von einer Handvoll weißer Schakale versklavt. Die Weißen hatten sie in immer kleinere Gebiete abgedrängt, bis von ihrer Freiheit fast nichts mehr übrig war. Und nun konnte ein Schwarzer nur noch durch *slim* leben: Indem er sich, insgeheim listig und klug, nach außen hin unterwürfig gab.

Banda wußte nicht, wie alt er war, denn Eingeborene besaßen keine Geburtsurkunde. Ihr Alter wurde an den Stammesüberlieferungen gemessen: an Kriegen und Schlachten, Geburten und Toden großer Häuptlinge, an Kometen und Sandstürmen und Erdbeben, an Adam Koks Treck, am Tod von Chaka und an der Rindermord-Revolution. Aber die Anzahl seiner Lebensjahre spielte keine Rolle: Banda wußte, daß er ein Häuptlingssohn und dazu bestimmt war, etwas für sein Volk zu tun. Er würde dafür sorgen, daß sich die Bantu wieder erhoben und herrschten.

Banda eilte ostwärts zu den Randgebieten der Stadt, die man den Schwarzen zugewiesen hatte. Die großen Wohnhäuser und ansehnlichen Läden wichen allmählich Wellblechhütten, Schuppen und Baracken. Er ging eine staubige Straße entlang, sah dabei über die Schulter zurück und vergewisserte sich, daß niemand ihm folgte. Er erreichte eine Holzhütte, sah sich ein letztes Mal um, klopfte zweimal an die Tür und ging hinein. Eine magere Schwarze saß in der Ecke des Raumes auf einem Stuhl und nähte an einem Kleid. Banda nickte ihr zu und ging weiter in das angrenzende Schlafzimmer.

Nachdenklich betrachtete er die Gestalt auf dem Feldbett.

Sechs Wochen zuvor hatte Jamie McGregor das Bewußtsein wiedererlangt und entdeckt, daß er in einem fremden Haus im Bett lag. Erinnerungen überfluteten ihn: Wieder lag er im Sand, mit gebrochenen Gliedern, hilflos. Die Geier . . .

Dann war Banda in den winzigen Schlafraum getreten. Jamie wußte, daß er gekommen war, um ihn umzubringen. Van der

Merwe hatte irgendwie erfahren, daß Jamie noch lebte, und hatte seinen Diener ausgeschickt, um ihm den Garaus zu machen. »Warum ist dein Herr nicht selber gekommen?« krächzte Jamie.
»Ich habe keinen Herrn.«
»Van der Merwe. Hat er dich nicht geschickt?«
»Nein. Wenn er Bescheid wüßte, brächte er uns beide um.«
Das ergab alles keinen Sinn. »Wo bin ich? Ich möchte gern wissen, wo ich bin.«
»Kapstadt.«
»Unmöglich. Wie bin ich hierhergekommen?«
»Ich habe Sie hergebracht.«
Jamie starrte eine ganze Weile lang in die schwarzen Augen, bevor er fragte: »Warum?«
»Ich brauche Sie. Ich will mich rächen.«
»Du –«
Banda kam näher. »Nicht meinetwegen. Um mich geht's nicht. Van der Merwe hat meine Schwester vergewaltigt. Sie starb, als sie sein Kind gebar. Meine Schwester war elf Jahre alt.«
Jamie fiel aufs Bett zurück. »Mein Gott!« sagte er bestürzt.
»Seit dem Tage, an dem sie starb, suche ich nach einem Weißen, der mir hilft. An dem Abend, als ich half, Sie zusammenzuschlagen, habe ich ihn gefunden, Mr. McGregor. Ich hatte den Auftrag, Sie umzubringen. Den anderen habe ich erzählt, Sie seien tot, und dann bin ich, sobald ich konnte, zurückgegangen, um Sie zu holen. Beinahe wäre ich zu spät gekommen.«
Jamie konnte ein Schaudern nicht unterdrücken. Wieder roch er den Fäulnisgestank, den der Aasgeier ausströmte, als er in sein Fleisch hackte.
»Die Vögel fingen schon an zu fressen. Ich trug Sie zum Karren und versteckte Sie bei meinen Leuten im Haus. Einer unserer Doktoren verband Ihre Rippen, richtete Ihr Bein wieder ein und versorgte Ihre Wunden.«
»Und danach?«
»Verwandte von mir fuhren auf einem Karren nach Kapstadt. Wir haben Sie mitgenommen. Die meiste Zeit über waren Sie ohne Bewußtsein. Jedesmal, wenn Sie einschliefen, fürchtete ich, Sie würden nie mehr aufwachen.«
Jamie sah dem Mann, der ihn beinahe umgebracht hatte, in die Augen. Er mußte nachdenken. Er traute diesem Menschen nicht – und doch hatte er ihm das Leben gerettet. Banda wollte durch

ihn an van der Merwe herankommen. *Das kann für uns beide klappen,* entschied Jamie. Van der Merwe sollte dafür büßen, was er ihm angetan hatte – das war Jamies größter Wunsch.
»In Ordnung«, sagte er zu Banda. »Ich werde herausfinden, wie wir alle beide mit van der Merwe abrechnen können.«
Es war das erste Mal, daß er Banda lächeln sah, ein dünnes Lächeln. »Wird er sterben?«
»Nein«, sagte Jamie. »Er wird leben.«

An diesem Nachmittag verließ Jamie zum erstenmal das Bett, noch benommen und schwach. Sein Bein war noch immer nicht ganz verheilt, und er hinkte leicht.
Banda wollte ihn stützen.
»Laß mich in Ruhe. Das kann ich allein.« Banda sah zu, wie sich Jamie vorsichtig durchs Zimmer bewegte.
»Ich hätte gern einen Spiegel«, sagte Jamie. *Ich muß schauderlich aussehen,* dachte er. *Wie lange habe ich mich eigentlich schon nicht mehr rasiert?*
Banda kam mit einem Handspiegel wieder, den sich Jamie vors Gesicht hielt. Ein völlig Fremder sah ihm entgegen. Sein Haar war schneeweiß geworden, und er hatte einen wirren, weißen Vollbart. Seine Nase war gebrochen gewesen und durch einen hervorstehenden Knochenwulst schief geworden. Er schien um zwanzig Jahre gealtert. Tiefe Furchen zogen sich durch seine hohlen Wangen, eine bläuliche Narbe quer über sein Kinn. Am meisten jedoch hatten sich seine Augen verändert. Diesen Augen war das Zuviel an Schmerz, an Empfindungen und Haß anzusehen.
»Ich gehe ein Stück spazieren«, sagte Jamie.
»Tut mir leid, Mr. McGregor, aber das geht nicht.«
»Warum nicht?«
»In diesen Stadtteil kommen keine Weißen, ebensowenig wie Schwarze in die weißen Gebiete kommen. Meine Nachbarn wissen nicht, daß Sie hier sind. Wir haben Sie in der Nacht hergebracht.«
»Und wie komme ich hier wieder weg?«
»Ich schmuggle Sie heute nacht hinaus.«
Jetzt erst dämmerte Jamie, wieviel Banda für ihn aufs Spiel gesetzt hatte. Verlegen sagte er: »Ich habe kein Geld. Ich brauche Arbeit.«
»Ich habe einen Posten auf der Werft angenommen. Dort su-

chen sie immer Leute.« Er holte etwas Geld aus seiner Tasche. »Hier.«
Jamie nahm das Geld. »Ich werde es dir zurückzahlen.«
»Sie werden es meiner Schwester zurückzahlen«, sagte Banda zu ihm.

Es war Mitternacht, als Banda Jamie aus der Hütte führte. Jamie sah sich um. Sie befanden sich inmitten einer schäbigen Vorstadt. Es hatte geregnet, und von dem matschig gewordenen Boden stieg übler Gestank auf. Jamie fragt sich, wie es solch stolze Menschen wie Banda ertragen konnten, ihr Leben an einem derartigen Ort zu fristen. »Gibt es hier denn nicht irgend –?«
»Bitte sprechen Sie nicht«, flüsterte Banda. »Meine Nachbarn sind neugierig.« Er führte Jamie aus dem Lager hinaus und zeigte ihm den Weg. »Die Stadtmitte liegt in dieser Richtung. Ich treffe Sie dann auf der Werft.«

Jamie mietete sich in dem gleichen Logierhaus ein, in dem er nach seiner Ankunft aus England gewohnt hatte. Mrs. Venster stand an der Empfangstheke.
»Ich hätte gern ein Zimmer«, sagte Jamie.
»Gewiß, Sir.« Sie lächelte und entblößte dabei ihren Goldzahn. »Ich bin Mrs. Venster.«
»Ich weiß.«
»Wie können Sie das denn wissen?« fragte sie kokett. »Haben Ihre Freunde etwa aus der Schule geplaudert?«
»Mrs. Venster, erinnern Sie sich denn nicht an mich? Ich habe voriges Jahr hier gewohnt.«
Prüfend betrachtete sie sein narbiges Gesicht, die gebrochene Nase, den weißen Bart und schien ihn nicht im geringsten wiederzuerkennen. »Ich vergesse niemals ein Gesicht, Herzchen. Und Ihres hab' ich noch nie gesehen. Aber das muß ja nicht gleich heißen, daß wir nicht gute Freunde werden, oder? Meine Freunde nennen mich Dee-Dee. Und wie heißen Sie, mein Lieber?«
Und Jamie hörte sich sagen: »Travis. Ian Travis.«

Am nächsten Morgen ging Jamie auf Arbeitsuche zur Werft. Der vielbeschäftigte Vorarbeiter sagte: »Wir brauchen kräftige Männer. Sie dürften vielleicht ein bißchen zu alt sein für diese Arbeit.«

»Ich bin erst neun – –«, begann Jamie und schwieg rasch wieder. Er erinnerte sich an das Gesicht im Spiegel. »Versuchen Sie's mit mir«, sagte er.

Er arbeitete als Schauermann für neun Shilling am Tag, be- und entlud Schiffe, die im Hafen ankerten. Er erfuhr, daß Banda und die anderen schwarzen Schauerleute sechs Shilling am Tag bekamen.

Bei der ersten Gelegenheit zog Jamie Banda beiseite und sagte: »Wir müssen miteinander reden.«

»Nicht hier, Mr. McGregor. Am Ende der Docks steht ein verlassenes Lagerhaus. Treffen wir uns dort, wenn die Schicht zu Ende ist.«

Banda wartete bereits, als Jamie dort ankam.

»Erzähl mir von Salomon van der Merwe«, sagte Jamie.

»Was wollen Sie wissen?«

»Alles.«

Banda spuckte auf den Boden. »Er kam aus Holland nach Südafrika. Man erzählt sich, seine Frau sei häßlich, aber wohlhabend gewesen. Sie starb an irgendeiner Krankheit, und van der Merwe ging mit ihrem Geld nach Klipdrift. Dort hat er den Laden aufgemacht und ist reich geworden, indem er Digger betrog.«

»So wie er mich betrogen hat?«

»Das ist nur eine von seinen Methoden. Digger, die einen guten Fund machen, bitten ihn um Geld, um ihr Claim zu bearbeiten, und ehe sie noch wissen, wie ihnen geschieht, gehört alles van der Merwe.«

»Hat denn noch nie einer versucht zurückzuschlagen?«

»Wie sollen sie das denn machen? Der Stadtsyndikus steht auf seiner Gehaltsliste. Das Gesetz besagt, daß ein Claim, auf dem 45 Tage lang nicht geschürft wird, wieder frei zugänglich ist. Der Syndikus gibt van der Merwe einen Tip, und der schnappt sich das Claim. Und dann hat er noch einen andern Trick auf Lager. Claims müssen an jeder Grenzlinie mit aufrecht stehenden Pfosten abgesteckt werden. Fallen die Pfosten um, kann jeder andere Anspruch auf das Claim erheben. Na, und wenn van der Merwe ein Auge auf ein bestimmtes Claim geworfen hat, schickt er nachts jemanden hin, und am Morgen liegen die Grenzpfähle am Boden.«

»Jesus!«

»Er ist mit dem Barmixer im Bunde, mit Smit. Der schickt viel-

versprechend aussehende Digger zu van der Merwe, die unterzeichnen einen Teilhabervertrag, und wenn sie Diamanten finden, nimmt ihnen van der Merwe alles ab. Wenn sie Schwierigkeiten machen, hat er eine Menge Leute, die seine Befehle ausführen.«
»Darüber weiß ich Bescheid«, sagte Jamie grimmig. »Und was noch?«
»Er ist ein religiöser Fanatiker. Dauernd betet er für das Seelenheil der Sünder.«
»Was ist mit seiner Tochter?« Die war bestimmt in alles verwickelt.
»Miß Margaret? Die hat eine Todesangst vor ihrem Vater. Wenn sie auch nur einen Mann ansähe, brächte van der Merwe alle beide um.«
Jamie kehrte Banda den Rücken und ging zur Tür, wo er eine Weile stehenblieb und über den Hafen schaute. Er hatte eine Menge zu überlegen. »Wir unterhalten uns morgen noch mal.«

In Kapstadt wurde Jamie klar, wie tief die Kluft zwischen Schwarzen und Weißen war. Die Schwarzen hatten keinerlei Rechte außer den wenigen, die ihnen die Herrschenden zugestanden. Sie lebten zusammengepfercht in Gettos, die sie nur verlassen durften, um für die Weißen zu arbeiten.
»Wie hältst du das nur aus?« fragte Jamie Banda eines Tages.
»Der hungrige Löwe zieht seine Krallen ein. Eines Tages werden wir das alles ändern. Der Weiße akzeptiert den Schwarzen nur, weil er dessen Muskelkraft braucht, aber er muß lernen, auch seine Intelligenz anzuerkennen. Je mehr er uns in die Enge treibt, desto mehr fürchtet er uns, weil er weiß, daß die Diskriminierungen und Demütigungen eines Tages zurückgezahlt werden könnten. Diesen Gedanken kann er nicht ertragen. Aber wir werden überleben, und zwar mit Hilfe von *isiko*.«
»Wer ist *isiko*?«
Banda schüttelte den Kopf. »Kein *Wer,* ein *Was*. Das ist schwierig zu erklären, Mr. McGregor. *Isiko,* das sind unsere Wurzeln. Es ist das Gefühl, zu einer Nation zu gehören, die ihren Namen dem großen Sambesi-Fluß gegeben hat. Vor Generationen sind meine Vorfahren nackt in den Sambesi gestiegen und haben ihre Herden vor sich hergetrieben. Die schwächsten unter ihnen gingen dabei verloren, wurden eine Beute der Wasserstrudel oder der hungrigen Krokodile, aber die Überlebenden gingen

stärker und männlicher aus den Wassern hervor. Wenn ein Bantu stirbt, verlangt *isiko* von seiner Familie, daß sie sich in den Wald zurückzieht, so daß der Rest der Gemeinschaft ihre Trauer nicht teilen muß. *Isiko* ist die Verachtung, die man für unterwürfige Sklaven empfindet, der Glaube, daß ein Mensch jedermann frei ins Gesicht schauen kann, daß er nicht mehr und nicht weniger wert ist als alle anderen Menschen. Haben Sie schon von John Tengo Jabavu gehört?« Voll Ehrfurcht sprach er den Namen aus.
»Nein.«
»Dann werden Sie noch von ihm hören«, versprach Banda. »Bestimmt.« Und dann wechselte er das Thema.

Jamie bewunderte Banda von Tag zu Tag mehr. Zu Beginn waren beide Männer auf der Hut voreinander. Jamie mußte erst lernen, einem Menschen zu vertrauen, der ihn beinahe getötet hätte, und Banda mußte lernen, einem uralten Feind zu trauen – einem Weißen. Er war, im Gegensatz zu den meisten Schwarzen, die Jamie getroffen hatte, gebildet.
»Wo bist du zur Schule gegangen?« fragte Jamie.
»Nirgends. Ich habe schon als kleiner Junge gearbeitet. Meine Großmutter hat mich erzogen. Sie hat bei einem Buren gearbeitet, einem Schullehrer. Bei dem hat sie Lesen und Schreiben gelernt, und das hat sie mir beigebracht. Ihr verdanke ich alles.«

An einem Samstagnachmittag nach der Arbeit hörte Jamie zum erstenmal von der Namib-Wüste im Großen Namaqualand. Er und Banda saßen in dem verlassenen Lagerhaus bei den Docks und aßen gemeinsam Impala-Gulasch, das Bandas Mutter gekocht hatte. Dann legte er sich auf ein paar alte Säcke und fragte Banda aus.
»Wann bist du van der Merwe zum erstenmal begegnet?«
»Als ich an der Diamantenküste in der Namib-Wüste gearbeitet habe. Der Strand gehört ihm und zwei Kompagnons. Er hatte gerade einem armen Digger seinen Anteil gestohlen und war dort, um ihn sich anzuschauen.«
»Wenn van der Merwe so reich ist, warum arbeitet er dann immer noch in seinem Laden?«
»Der Laden ist sein Köder. Damit fängt er neu angekommene Digger ein. Und dabei wird er immer reicher.«
Jamie fiel ein, wie leicht er sich selbst hatte hereinlegen lassen.

Er sah Margarets herzförmiges Gesicht vor sich, wie sie sagte: *Mein Vater könnte Ihnen vielleicht helfen.* Er hatte sie für ein Kind gehalten, bis ihm ihre Brüste aufgefallen waren, und – Jamie sprang plötzlich auf und lächelte, wobei sich die bläuliche Narbe an seinem Kinn verzerrte.

»Erzähl mir, wie du dazu gekommen bist, für van der Merwe zu arbeiten.«

»Er kam eines Tages mit seiner Tochter zum Strand – sie war damals ungefähr elf Jahre alt. Ich nehme an, sie fand es langweilig, nur im Sand herumzusitzen, und so ist sie ins Wasser gewatet, wo sie von der Flut mitgerissen wurde. Ich bin reingesprungen und hab' sie rausgezogen. Ich war damals noch ein Junge, aber van der Merwe hätte mich beinah umgebracht.«

Jamie starrte ihn an. »Warum denn?«

»Weil ich die Arme um sie gelegt hatte. Nicht, weil ich schwarz war – weil ich ein *Mann* war. Den Gedanken, irgendein Mann könne seine Tochter berühren, kann er nicht ertragen. Irgendwer hat ihn damals schließlich beruhigt und daran erinnert, daß ich ihr ja immerhin das Leben gerettet hatte. Dann hat er mich als Diener mit nach Klipdrift genommen.« Banda zögerte einen Moment lang, dann fuhr er fort: »Zwei Monate später hat mich meine Schwester dort besucht.« Seine Stimme war ganz ruhig. »Sie war im gleichen Alter wie van der Merwes Tochter.«

Jamie fiel nichts ein, was er darauf hätte sagen können.

Schließlich brach Banda das Schweigen. »Ich hätte in der Namib-Wüste bleiben sollen. Das war leichte Arbeit. Wir krabbelten den Strand entlang, hoben Diamanten auf und steckten sie in Marmeladenbüchschen.«

»Moment mal. Willst du damit sagen, daß die Diamanten dort so einfach im Sand rumliegen?«

»Genau das, Mr. McGregor. Aber das können Sie gleich wieder vergessen. Niemand kommt an das Feld heran. Es liegt am Ozean, und die Wellen dort sind fast zehn Meter hoch. Eine Menge Leute haben schon versucht, sich vom Meer her einzuschleichen. Sie sind alle an den Wellen oder an den Riffen zugrunde gegangen.«

»Es muß doch noch einen anderen Weg geben.«

»Nein. Die Namib-Wüste reicht bis hinunter an die Meeresküste.«

»Wie steht's mit dem Eingang zum Diamantenfeld?«

»Da gibt's einen Wachtturm und einen Zaun aus Stacheldraht.

Hinter dem Zaun sind Wachen mit Gewehren und Hunden, die jeden Eindringling in Stücke reißen. Und dann haben sie einen neuartigen Sprengstoff, der wird Landmine genannt. Die haben sie auf dem ganzen Feld vergraben. Wenn man keinen Plan hat, auf dem die Landminen verzeichnet sind, wird man in die Luft gesprengt.«
»Wie groß ist das Diamantenfeld?«
»Es dürfte sich so auf 35 Meilen belaufen.«
*Fünfunddreißig Meilen voller Diamanten, einfach so im Sand...*
»Meine Güte!«
»Sie sind nicht der erste, der bei dem Gedanken an die Diamantenfelder im Namib aus dem Häuschen gerät, und Sie werden auch nicht der letzte sein. Ich habe dort zusammengelesen, was von den Leuten übrig war, die versucht haben, mit dem Boot einzudringen, und die an den Riffen zerschellt sind. Ich habe gesehen, was die Landminen anrichten, wenn einer einen falschen Schritt tut, und ich habe zugesehen, wie die Hunde einem die Kehle zerfleischen. Schlagen Sie sich das aus dem Kopf, Mr. McGregor.«

In dieser Nacht konnte Jamie nicht schlafen. Immer wieder stellte er sich die 35 Meilen mit Diamanten übersäten Sands vor, die van der Merwe gehörten. Er hatte keine Angst vor der Gefahr, keine Angst vor dem Sterben. Er hatte nur eine Angst: zu sterben, bevor er mit Salomon van der Merwe abgerechnet hätte.

Am nächsten Montag ging Jamie zu einem Kartographen und erwarb eine Karte vom Großen Namaqualand. Dort lag die Küste, am Südatlantik, zwischen Lüderitz im Norden und der Mündung des Oranje-Flusses im Süden. Das Diamantenfeld war rot gekennzeichnet: SPERRGEBIET.
Ein ums andere Mal unterzog Jamie jede Einzelheit des Gebietes auf der Karte einer genauen Prüfung. Er begriff, warum der Strand nicht bewacht wurde: Die Riffe verhinderten jede Landung.
Jamie wendete seine Aufmerksamkeit dem Eingang vom Land her zu. Banda zufolge war das Gebiet mit Stacheldraht umzäunt, an dem rund um die Uhr bewaffnete Wächter patrouillierten. Direkt am Eingang stand ein bemannter Wachtturm. Und selbst, wenn es einem irgendwie gelang, an diesem Wachtturm vorbei

und auf das Diamantenfeld zu schlüpfen, so gab es immer noch die Landminen und die Wachhunde.
Am nächsten Tag, als Jamie Banda traf, fragte er: »Hast du nicht gesagt, es gäbe einen Plan von den Landminen auf dem Feld?«
»In der Namib-Wüste? Diese Pläne haben die Aufseher, und die führen die Digger zur Arbeit. Sie gehen alle im Gänsemarsch, so daß niemand in die Luft gesprengt wird.« Sein Blick wurde schwermütig bei der Erinnerung. »Eines Tages ging mein Onkel vor mir; er stolperte über einen Stein und fiel auf eine Landmine. Es war nichts von ihm übrig, das man seiner Familie hätte heimbringen können.«
Jamie schauderte.
»Und dann ist da noch der *mis,* Mr. McGregor. Er zieht vom Ozean her und wallt quer durch die Wüste bis zu den Bergen, wobei er alles verschlingt, was ihm in die Quere kommt. Wenn Sie in einen *mis* geraten, wagen Sie nicht, sich zu rühren. Dann taugen auch die Landminen-Pläne nichts, weil man nicht sieht, wohin man tritt. Alle sitzen einfach still, bis der *mis* sich hebt.«
»Wie lange dauert denn so etwas?«
Banda zuckte die Achseln. »Mal ein paar Stunden, mal ein paar Tage.«
»Banda – hast du jemals so einen Landminen-Plan zu Gesicht bekommen?«
»Sie werden streng geheimgehalten.« Sein Gesicht nahm einen besorgten Ausdruck an. »Ich sag's Ihnen noch mal: So, wie Sie sich das denken, klappt das nicht. Hin und wieder versucht ein Arbeiter, einen Diamanten hinauszuschmuggeln. Dann hängen sie ihn an einen extra dafür bestimmten Baum – als Abschreckung für die anderen, damit niemand die Gesellschaft bestiehlt.«
Die ganze Sache schien aussichtslos. Selbst wenn er irgendwie auf van der Merwes Diamantenfeld gelangte, so gab es doch keinen Weg, der wieder hinausführte. Banda hatte recht. Er mußte es sich aus dem Kopf schlagen.

Am nächsten Tag fragte er Banda: »Wie hindert van der Merwe die Arbeiter daran, Diamanten mitgehen zu lassen, wenn sie von ihrer Schicht kommen?«
»Sie werden durchsucht. Man zieht sie splitterfasernackt aus und guckt ihnen von oben bis unten in jede Körperöffnung. Ich hab' Arbeiter erlebt, die sich in die Beine geschnitten haben und

versuchten, in den Wunden Diamanten hinauszuschmuggeln. Manche bohren sich die Backenzähne auf und stecken Diamanten in die Löcher. Sie haben schon alle Tricks ausprobiert, die man sich nur denken kann.« Er sah Jamie an und sagte: »Wenn Sie leben wollen, sollten Sie dieses Diamantenfeld endlich vergessen.«
Jamie versuchte es. Aber der Gedanke daran verfolgte ihn.

In dieser Nacht fiel Jamie die Lösung ein. Er konnte seine Ungeduld kaum bezähmen, bis er Banda traf. Ohne jede Einleitung sagte er: »Erzähl mir von den Booten, mit denen sie probiert haben zu landen.«
»Was ist damit?«
»Was waren das für Boote?«
»Alles, was man sich denken kann. Schoner. Schlepper. Große Motorboote. Segelboote. Vier Männer haben es sogar mit einem Ruderboot versucht. In der Zeit, in der ich dort gearbeitet habe, gab es ein halbes Dutzend Versuche. Die Boote sind einfach an den Riffen zerschellt. Die Leute sind alle ertrunken.«
Jamie holte tief Luft. »Hat es schon mal einer mit einem Floß versucht?«
Banda starrte ihn an. »Einem *Floß*?«
»Ja.« Jamie wurde immer aufgeregter. »Denk nur mal darüber nach. An die Küste ist noch keiner gelangt, weil die Klippen ihren Booten den Kiel weggerissen haben. Aber ein *Floß* – das wird über die Riffe weggleiten und an der Küste landen. Und auf dem gleichen Weg kommt es auch wieder weg.«
Banda sah ihn lange an. »Wissen Sie, Mr. McGregor«, sagte er dann, und seine Stimme klang völlig verändert, »da könnte sogar was dran sein . . .«

Es fing als Denkspiel an, als mögliche Lösung für ein unlösbares Puzzle. Doch je öfter Jamie und Banda darüber sprachen, desto mehr wurden sie von der Idee gepackt. Was als müßiges Gespräch begonnen hatte, nahm allmählich konkrete Formen an, wuchs sich langsam zu einem Plan aus. Da die Diamanten einfach im Sand herumlagen, war keinerlei Werkzeug erforderlich. Sie konnten ihr Floß mit einem Segel bauen, vierzig Meilen südlich des Sperrgebiets an der frei zugänglichen Küste, und bei Nacht unbeobachtet in See stechen.
»Vor Morgengrauen können wir schon wieder auf dem Rück-

weg sein«, sagte Jamie, »die Taschen voll mit van der Merwes Diamanten.«
»Wie kommen wir wieder raus?«
»So wie wir reinkommen. Wir paddeln das Floß über die Riffe auf die offene See, setzen das Segel und kommen unbehelligt heim.«

Jamies überzeugende Argumente ließen Bandas Zweifel verstummen. Er versuchte, den Plan zu durchlöchern, und jedesmal, wenn er einen Einwand fand, hatte Jamie eine Antwort darauf. Ihr Plan *konnte* Erfolg haben. Das Schöne an ihm war, daß er so simpel war und nichts kosten würde – nur starke Nerven.
»Alles, was wir brauchen, ist eine große Tasche für die Diamanten«, sagte Jamie. Seine Begeisterung war ansteckend.
Banda grinste. »*Zwei* große Taschen.«

In der folgenden Woche gaben sie ihre Arbeit auf und bestiegen einen Ochsenkarren nach Port Nolloth, dem Küstendorf vierzig Meilen südlich des Sperrgebiets, in das sie letztendlich wollten.
In Port Nolloth stiegen sie aus und sahen sich um. Das Dorf war klein und primitiv. Der weiße Strand schien bis ins Unendliche zu reichen. Hier gab es keine Riffe, und die Wellen schlugen sanft plätschernd ans Ufer. Genau der richtige Ort, um ihr Floß zu Wasser zu lassen.
Es gab kein Hotel, aber ein kleines Geschäft vermietete Jamie ein Hinterzimmer. Banda fand eine Unterkunft im schwarzen Viertel des Dorfes.
»Wir müssen einen Platz finden, wo wir das Floß heimlich bauen können«, sagte Jamie zu Banda. »Schließlich wollen wir nicht, daß uns irgend jemand bei den Behörden verpfeift.«
Am gleichen Nachmittag fanden sie einen alten, leerstehenden Lagerschuppen.
»Das ist genau das, was wir brauchen«, entschied Jamie. »Fangen wir mit dem Floßbau an.«
»Noch nicht«, sagte Banda zu ihm. »Warten wir noch. Kaufen Sie eine Flasche Whisky.«
»Wozu?«
»Das werden Sie schon sehen.«

Am nächsten Morgen erhielt Jamie den Besuch des Distriktpolizisten, eines rotgesichtigen, schwerfälligen Mannes mit einer großen Nase, deren Säuferadern für sich sprachen.
»Morgen«, begrüßte er Jamie. »Ich hab' gehört, wir haben einen Besucher. Dachte, ich schau mal rein und sag guten Tag. Ich bin Konstabler Mundy.«
»Ian Travis«, antwortete Jamie.
»Soll's nach Norden gehen, Mr. Travis?«
»Nach Süden. Mein Diener und ich sind auf dem Weg nach Kapstadt.«
»Aha. Ich war auch mal in Kapstadt. Ist mir verdammt zu groß, verdammt zu laut.«
»Da haben Sie recht. Darf ich Ihnen was zu trinken anbieten, Konstabler?«
»Ich trinke nie im Dienst.« Konstabler Mundy machte eine Pause, faßte einen Entschluß. »Na ja, dies eine Mal kann ich schon eine Ausnahme machen, denke ich.«
»Schön.« Jamie zog die Whiskyflasche hervor und fragte sich, wie Banda das gewußt haben konnte. Er goß zwei Fingerbreit in ein schmutziges Zahnputzglas und reichte es dem Konstabler.
»Danke, Mr. Travis. Und Sie?«
»Ich darf nichts trinken«, sagte Jamie bedauernd. »Malaria. Deshalb geh ich nach Kapstadt in ärztliche Behandlung. Hier leg ich nur ein paar Tage Pause ein. Das Reisen kommt mich ziemlich hart an.«
Konstabler Mundy musterte ihn prüfend. »Sie sehen doch ganz gesund aus.«
»Sie sollten mich mal erleben, wenn ich meine Fieberanfälle kriege.«
Der Konstabler hatte sein Glas geleert. Jamie füllte es wieder.
»Danke. Sie haben doch wohl nichts dagegen.« Er leerte das zweite Glas in einem Zug und stand auf. »Ich mach mich besser wieder auf die Socken. Sie wollen sich also in ein oder zwei Tagen mit Ihrem Mann wieder auf den Weg machen?«
»Sobald ich mich wieder besser fühle.«
»Dann komm ich am Freitag noch mal und seh nach Ihnen«, sagte Konstabler Mundy.
In dieser Nacht fingen Jamie und Banda in dem verlassenen Lagerschuppen mit dem Floßbau an.
»Banda, hast du schon mal ein Floß gebaut?«
»Na ja, Mr. McGregor – ehrlich gesagt: noch nicht.«

»Ich auch noch nicht.« Die beiden Männer starrten sich an. »Ob das wohl schwierig ist?«

Sie klauten vier leere 200-Liter-Ölfässer aus Holz, die sie hinter dem Markt fanden, schleppten sie in den Schuppen und legten sie zu einem Quadrat zurecht.
Danach suchten sie sich vier leere Kisten, die sie jeweils über einem der Ölfässer anbrachten.
Banda sah sich das zweifelnd an. »Das sieht mir überhaupt nicht nach einem Floß aus.«
»Wir sind ja auch noch nicht fertig«, versicherte Jamie.
Da sie keine Planken fanden, bedeckten sie die oberste Schicht mit allem, was ihnen in die Hände fiel: mit Ästen von Stinkbäumen und Kapbuchen, großen Palmblättern einer Marula. Mit dickem Hanfseil zurrten sie alles zusammen und knüpften jeden einzelnen Knoten sorgfältig und fest.
Als sie fertig waren, betrachtete Banda ihr Werk. »Es sieht noch immer nicht aus wie ein Floß.«
»Wenn wir erst mal das Segel draufhaben, wird es besser aussehen«, versprach Jamie.
Aus einem umgestürzten Gelbholzbaum zimmerten sie einen Mast und nahmen zwei flache Äste als Paddel.
»Jetzt brauchen wir nur noch ein Segel. Und das schnell. Ich möchte heute nacht hier wegkommen. Morgen kommt Konstabler Mundy wieder.«
Banda war es, der das Segel fand. Spät an diesem Abend kam er mit einem großen Stück blauen Tuchs. »Wie wär's denn hiermit, Mr. McGregor?«
»Perfekt. Wo hast du das her?«
Banda grinste. »Fragen Sie mich bloß nicht. Wir haben schon genug auf dem Kerbholz.«
Sie zogen ein quadratisches Segel auf, darunter einen Querbaum, dann eine Topprah – und endlich war das Floß fertig.
»Um zwei Uhr morgens, wenn das ganze Dorf schläft, segeln wir los«, sagte Jamie zu Banda. »Legen wir uns solange noch ein bißchen aufs Ohr.«
Aber keiner von beiden konnte schlafen. Das Abenteuer, das vor ihnen lag, ließ sie vor Aufregung nicht zur Ruhe kommen.

Um zwei Uhr morgens trafen sie sich im Lagerschuppen. Beide waren voller Eifer, voller unausgesprochener Befürchtungen.

Sie traten eine Reise an, die ihnen entweder Reichtum oder den Tod bringen würde. Eine dritte Möglichkeit gab es nicht.
»Es ist soweit«, verkündete Jamie.
Sie gingen hinaus. Nichts rührte sich. Die Nacht war ruhig und friedlich. Ihr Zeitplan wurde dadurch kompliziert, daß sie das Dorf bei Nacht verlassen mußten, damit niemand ihre Abreise bemerkte, an der Diamantenküste aber erst in der nächsten Nacht ankommen durften, damit sie auf das Feld schleichen und noch vor Morgengrauen wieder sicher auf See sein konnten.
»Die Benguela-Strömung dürfte uns irgendwann am Nachmittag zu den Diamantenfeldern treiben«, sagte Jamie. »Aber wir können dort nicht bei Tageslicht rein. Wir müssen uns bis zum Einbruch der Dunkelheit auf See und außer Sichtweite halten.«
Banda nickte. »Wir können uns auf einem der Inselchen vor der Küste solange verstecken.«
»Was für Inseln sind das?«
»Es gibt Dutzende – Mercury, Ichabod, Plum Pudding . . .«
Jamie sah ihn befremdet an. *»Plum Pudding?«*
»Eine heißt sogar Roast Beef Island.«
Jamie zog seine zerknitterte Karte hervor und studierte sie. »Hier ist keine davon drauf.«
»Es sind Guano-Inseln. Die Briten holen von dort Vogelmist als Dünger.«
»Sind die Inseln bewohnt?«
»Geht nicht. Der Gestank ist zu schlimm. Mancherorts liegt der Guano dreißig Meter hoch. Die Regierung läßt ihn von Deserteuren und Strafgefangenen sammeln. Manche sterben auf so einer Insel, und die Leichen werden einfach liegengelassen.«
»Dort werden wir uns verstecken«, entschied Jamie.
Leise öffneten die beiden Männer die Speichertür und versuchten, das Floß zu heben. Es war zu schwer. Schwitzend zerrten und zogen sie – vergeblich.
»Moment mal«, sagte Banda.
Er eilte hinaus. Eine halbe Stunde später kam er mit einem großen, runden Baumstamm zurück. »Den nehmen wir. Ich hebe das Floß am einen Ende an, und Sie schieben den Stamm darunter.«
Als der Schwarze das Floß hochstemmte, staunte Jamie über Bandas Kraft. Rasch schob er den Stamm unter. Gemeinsam hoben sie das andere Floßende an, und nun rollte es leicht über den Stamm. Sobald das Floß am anderen Ende des Baumstamms an-

gelangt war, wiederholten sie die Prozedur. Es war eine mühselige Arbeit, und als sie den Strand endlich erreichten, waren sie beide in Schweiß gebadet. Das Ganze hatte viel länger gedauert, als Jamie vorausberechnet hatte. Es war schon fast Morgen. Sie mußten fort sein, bevor die Dorfbewohner sie entdeckten und meldeten. Jamie brachte schnell das Segel an und vergewisserte sich, daß alles richtig funktionierte. Plötzlich lachte er laut heraus.
Banda sah ihn verwirrt an. »Was ist denn so komisch?«
»Wenn ich bisher auf Diamantensuche ging, hab' ich eine Tonne Ausrüstung mit mir rumgeschleppt. Jetzt hab' ich bloß einen Kompaß dabei. Es kommt mir zu leicht vor.«
Banda sagte ruhig: »Ich glaube nicht, daß wir ausgerechnet damit Probleme haben werden, Mr. McGregor.«
»Allmählich solltest du mich Jamie nennen.«
Banda schüttelte verwundert den Kopf. »Sie kommen wirklich aus einem ganz anderen Land!« Er grinste und zeigte seine ebenmäßigen weißen Zähne. »Ach, zum Teufel – sie können mich nur einmal aufhängen.« Er übte den Namen lautlos mit den Lippen, dann sprach er ihn aus: »Jamie.«
»Los, gehen wir uns die Diamanten holen.«

Sie schoben das Floß vom Sand ins seichte Wasser, dann sprangen sie beide auf und begannen zu paddeln. Sie brauchten ein paar Minuten, bis sie sich an das Schlingern und Schwanken ihres seltsamen Gefährts gewöhnt hatten. Jamie hißte das Segel und steuerte das offene Meer an. Als die Dorfbewohner erwachten, war das Floß schon am Horizont verschwunden.
»Wir haben's geschafft!« sagte Jamie.
Banda schüttelte den Kopf. »Es ist noch nicht vorbei.« Er hielt eine Hand in die kalte Benguela-Strömung. »Es fängt gerade erst an.«
Sie segelten weiter, genau nach Norden, vorbei an der Alexander Bay und der Oranjemündung. Sie hatten Rindfleischdosen, gekochten kalten Reis, Früchte und zwei Kanister Wasser an Bord, waren aber zu aufgeregt zum Essen. Jamie wollte sich in seiner Phantasie nicht mit den Gefahren beschäftigen, die noch vor ihnen lagen, doch Banda konnte nicht anders. Er erinnerte sich an die brutalen Wachtposten mit ihren Gewehren, an die Hunde und an die menschenzerfetzenden Landminen, und er fragte sich, wie er sich hatte überreden lassen können, bei die-

sem verrückten Abenteuer mitzumachen. Er sah zu dem Schotten hinüber und dachte: *Er ist der größere Narr. Wenn ich sterbe, dann für meine kleine Schwester. Aber wofür stirbt er?* Gegen Mittag kamen die Haie. Es war ein halbes Dutzend, und ihre Flossen durchpflügten das Wasser, als sie auf das Floß zuhielten.
»Schwarzflossenhaie«, verkündete Banda. »Das sind Menschenfresser.«
Jamie beobachtete, wie die Flossen näher auf das Floß zuglitten.
»Was sollen wir tun?«
Banda schluckte nervös. »Ehrlich, Jamie, das ist mein allererstes Erlebnis dieser Art.«
Einer der Haie stieß mit dem Rücken an das Floß und brachte es beinahe zum Kentern. Die beiden Männer hielten sich am Mast fest. Jamie packte eins der Paddel und stieß damit nach einem der Tiere. Sekunden später war es in zwei Teile gebissen. Die Haie hatten das Floß jetzt umzingelt, schwammen träge im Kreis, wobei ihre riesigen Körper immer wieder das kleine Gefährt streiften. Bei jedem Stoß kippte das Floß auf einer Seite gefährlich ab.
»Wir müssen sie loswerden, bevor sie uns versenken.«
»Loswerden womit?« fragte Banda.
»Gib mir eine von den Rindfleischdosen.«
»Du machst wohl 'n Witz. Denen reicht doch eine Dose Rindfleisch nicht. Die wollen *uns*!«
Ein neuerlicher Stoß, und das Floß legte sich auf die Seite.
»Das Fleisch!« schrie Jamie gellend. »Mach schon!«
Eine Sekunde später drückte Banda eine Dose in Jamies Hand. Das Floß schlingerte bedenklich.
»Mach sie halb auf. Schnell!«
Banda zog sein Taschenmesser heraus und brach die Dose oben zur Hälfte auf. Jamie nahm sie ihm ab. Er fuhr mit dem Finger über die aufgebrochene, scharfe Metallkante.
»Halt dich fest!« warnte Jamie.
Er kniete sich an den Rand des Floßes und wartete. Einen Augenblick später näherte sich ein Hai dem Floß, das Maul weit offen, lange Reihen bösartig grinsender Zähne entblößend. Jamie zielte auf die Augen. Kraftvoll holte er mit beiden Händen aus, stieß den zackigen Metallrand ins Auge des Hais und riß es auf. Der Hai bäumte sich auf, und sekundenlang stand das Floß auf der Kippe. Jäh färbte sich das Wasser rot. Ein Riesenwellenschlag entstand, als sich die Haie auf ihren verwundeten Ge-

fährten stürzten. Das Floß war vergessen. Jamie und Banda sahen zu, wie die großen Tiere ihr hilfloses Opfer zerfleischten, während sich das Floß immer weiter entfernte.
Banda holte tief Luft und sagte gelassen: »Eines Tages werde ich das meinen Enkeln erzählen. Meinst du, sie werden mir glauben?« Und sie lachten beide, bis ihnen die Tränen übers Gesicht liefen.

Am späten Nachmittag sah Jamie auf seine Taschenuhr. »Um Mitternacht sollten wir an der Diamantenküste sein. Die Sonne geht um 6.15 Uhr auf. Das heißt, daß wir vier Stunden zum Diamantensammeln haben und zwei Stunden, um wieder aufs Meer und außer Sicht zu kommen. Werden vier Stunden reichen, Banda?«
»Das, was wir in vier Stunden auflesen, können hundert Leute in ihrem ganzen Leben nicht ausgeben.« *Ich hoffe bloß, daß wir lange genug leben, um die Dinger überhaupt auflesen zu können . . .*

Den Rest des Tages über segelten sie stetig nach Norden, getragen vom Wind und von der Strömung. Gegen Abend tauchte eine kleine Insel vor ihnen auf. Als sie näher kamen, wurde der ätzende Ammoniakgeruch intensiver und trieb ihnen die Tränen in die Augen. Jamie verstand jetzt, warum niemand hier lebte. Der Gestank war überwältigend. Aber bis zum Einbruch der Nacht würde die Insel ein perfektes Versteck für sie abgeben. Jamie ließ die Leinen los, und das kleine Floß stieß an die felsige Küste der flachen Insel. Banda machte es fest, und die beiden Männer gingen an Land. Die ganze Insel schien mit Millionen von Vögeln bedeckt zu sein: mit Kormoranen, Pelikanen, Tölpeln, Pinguinen und Flamingos. Die schwere Luft war so ekelhaft, daß das Atmen beinahe unmöglich wurde. Nach ein paar Schritten standen sie bis zu den Hüften im Guano.
»Gehen wir aufs Floß zurück«, japste Jamie.
Banda folgte ihm wortlos.
Als sie sich umdrehten, flog eine Schar Pelikane auf und gab ein Stück Boden frei. Drei Männer lagen dort. Es war schwer zu sagen, wie lange sie schon tot waren. Der Ammoniakgehalt der Luft hatte ihre Leichen vollkommen konserviert und ihr Haar hellrot gefärbt.
Eine Minute später waren Jamie und Banda wieder auf dem Floß und stachen in See.

Mit eingeholtem Segel lagen sie vor der Inselküste und warteten.
»Bis Mitternacht bleiben wir hier draußen. Dann gehen wir an Land.«
Schweigend saßen sie beisammen, jeder auf seine Weise damit beschäftigt, sich auf ihr Vorhaben einzustellen. Die Sonne stand niedrig am westlichen Horizont, tauchte den erlöschenden Himmel in die wilden Farben eines besessenen Malers. Und dann waren sie plötzlich in Dunkelheit gehüllt.
Sie warteten zwei Stunden, dann hißte Jamie das Segel. Das Floß fing an, Fahrt zu machen. Schon konnten die beiden Männer in der Ferne einen undeutlichen Fleck erkennen: die Küste. Der Wind wurde stärker, riß an ihrem Segel und jagte das Floß mit ständig zunehmender Geschwindigkeit aufs Land zu. Bald konnten sie deutlich die Küstenlinie ausmachen, eine gigantische Felsenbrüstung. Selbst aus dieser Entfernung war zu hören, wie die großen weißen Wellen auf die Riffe donnerten und sich daran brachen. Es war schon jetzt ein furchteinflößender Anblick, und Jamie fragte sich, wie es wohl aus der Nähe sein würde.
»Weißt du genau, daß die Küste unbewacht ist?« Unwillkürlich flüsterte er.
Banda gab keine Antwort. Er zeigte auf die Riffe vor ihnen.
Jamie wußte, was er meinte: Sie waren tödlicher als jede von Menschen gelegte Falle. Sie waren die Wächter des Meeres, und sie schliefen nie, ließen nie nach in ihrer Wachsamkeit. Sie lagen da und warteten geduldig, bis ihre Beute zu ihnen kam. *Gut*, dachte Jamie. *Wir werden euch übertölpeln. Wir treiben einfach über euch hinweg.*
So weit hatte sie das Floß nun schon getragen. Es würde auch den Rest des Weges schaffen. Die Küste schien nun auf sie zuzufliegen, und sie bekamen die schwere Dünung der gigantischen Brecher zu spüren. Banda hielt sich am Mast fest.
»Wir sind ganz schön schnell.«
»Keine Sorge«, versicherte ihm Jamie. »Wenn wir näher kommen, ziehe ich das Segel ein. Das wird unsere Geschwindigkeit vermindern. Dann gleiten wir ganz sachte über die Riffe.«
Wind und Wellen nahmen an Stärke zu und warfen das Floß gegen die tödlichen Klippen. Jamie schätzte rasch die ihnen bleibende Entfernung ab und schloß, daß die Wellen sie ohne Unterstützung des Segels an die Küste tragen würden. Eilig zog er

es ein, doch ihre Geschwindigkeit nahm nicht im geringsten ab. Das Floß war jetzt gänzlich dem Spiel der Wellen ausgeliefert, schleuderte ziellos von einem Wellenkamm zum anderen. Es schwankte so gewaltig, daß sich die Männer mit beiden Händen festklammern mußten. Jamie hatte erwartet, daß die Landung nicht leicht sein würde, doch auf diesen wilden, brodelnden Strudel vor ihnen war er nicht gefaßt. Erschreckend deutlich türmten sich die drohenden Riffe vor ihnen auf. Sie konnten sehen, wie die Wellen gegen die gezackten Felsen anstürmten und dort in riesigen, wütenden Fontänen explodierten. Der ganze Erfolg des Unternehmens hing letztendlich davon ab, ob sie das Floß heil durch die Klippen bringen würden. Ohne das Floß waren sie so gut wie tot.

Von der entsetzlichen Gewalt der Wellen getrieben, stürzten sie jetzt auf die Riffe zu. Der Wind heulte ohrenbetäubend. Plötzlich wurde das Floß von einer großen Woge in die Luft gehoben und auf die Felsen zu geschleudert.

»Halt dich fest, Banda!« brüllte Jamie. »Wir sind gleich da!«

Der Riesenbrecher hob das Floß, als wäre es eine Streichholzschachtel, und trug es auf die Küste zu, über das Riff hinweg. Beide Männer klammerten sich verzweifelt fest, um die heftigen Stöße abzufangen, die drohten, sie ins Wasser zu fegen. Jamie schaute hinunter und erhaschte einen Blick auf die rasiermesserscharfen Riffe unter ihnen. Im nächsten Moment würden sie darüber hinwegsegeln und an die Küste getragen werden wie in einen sicheren Hafen.

Im gleichen Augenblick jedoch gab es einen heftig zerrenden Ruck, und eines der Fässer am Unterboden des Floßes wurde von einer Klippe erwischt und weggerissen. Das Floß schlingerte hin und her, und ein weiteres Faß ging verloren, dann noch eines. Jamie und Banda spürten, wie das dünne Holz unter ihren Füßen zu splittern begann.

»Spring!« schrie Jamie.

Er tauchte an einer Floßseite ins Wasser, und eine hohe Woge erfaßte ihn und katapultierte ihn auf den Strand zu. Die Elemente hatten ihn in unvorstellbar machtvollem Zugriff gepackt. Er hatte keinerlei Einfluß auf das Geschehen. Er war ein Teil der Woge – sie war über ihm, unter ihm, in ihm. Sein Körper drehte sich und wirbelte herum, und seine Lungen wollten schier bersten. In seinem Kopf explodierten Lichter. Jamie dachte: *Ich ertrinke.* Und dann wurde sein Körper an den Sandstrand ge-

schleudert. Jamie lag da und keuchte, rang um Atem, pumpte die kühle, frische Seeluft in seine Lungen. Brust und Beine hatte ihm der Sand aufgescheuert, und seine Kleider waren nur noch Fetzen. Langsam setzt er sich auf und sah sich nach Banda um, der zehn Meter von ihm entfernt saß und Wasser spuckte. Jamie rappelte sich hoch und ging zu ihm hinüber. »Alles in Ordnung mit dir?«
Banda nickte. Zitternd holte er tief Luft und sah zu Jamie auf. »Ich kann nicht schwimmen.«
Jamie half ihm auf die Füße. Die beiden Männer drehten sich um und betrachteten das Riff. Von ihrem Floß war nichts mehr zu sehen. Das wilde Meer hatte es in Stücke gerissen. Sie waren in den Diamantenfeldern angekommen.
Und es gab keinen Weg mehr hinaus.

## 5

Hinter ihnen tobte die aufgewühlte See. Vor ihnen erstreckten sich, vom Meer bis zu den Ausläufern der in weiter Ferne liegenden zerklüfteten, violett schimmernden Berge des Richterfeld-Hochplateaus, Schluchten, Canyons und bizarre Gipfel im fahlen Licht des Mondes. Am Fuß der Berge befand sich das Hexenkessel-Valley, ein kahler Windfang. Alles in allem eine urzeitliche, öde Wüstenei. Das einzige Anzeichen dafür, daß jemals ein menschliches Wesen dieses Gebiet betreten hatte, war ein in den Sand getriebenes Schild. Im Mondlicht lasen sie die ungelenke Aufschrift:
VERBODE GEBIED
SPERRGEBIET
Ein Zurück aufs Meer war unmöglich. Ihre einzige Chance lag darin, die Namib-Wüste zu durchqueren.
»Wir müssen es riskieren und versuchen, da durchzukommen«, sagte Jamie.
Banda schüttelte den Kopf. »Die Wachen werden uns sofort abknallen oder aufknüpfen. Und selbst wenn wir Glück haben und an den Wachen mit den Hunden vorbeikommen – durch die Landminen sind wir dann immer noch nicht. Wir sind verloren.« Nicht, daß er Angst hatte, aber er hatte sich mit seinem Schicksal abgefunden.

Jamie betrachtete Banda, und Schuldgefühle stiegen in ihm auf. Er hatte den Schwarzen in diese Lage gebracht, und nicht ein einziges Mal hatte Banda sich beklagt.
Jamie drehte sich um und warf einen Blick auf die Brandung, ein Wall sich wütend ans Ufer werfender Wogen; ein Wunder, daß sie überhaupt so weit gekommen waren, ging es ihm durch den Kopf. Es war zwei Uhr morgens, noch vier Stunden bis zum Sonnenaufgang. *Verflucht noch mal, ich geb nicht auf,* dachte er.
»Laß uns anfangen, Banda.«
Banda blinzelte. »Mit was.«
»Diamanten zu holen, wie wir's vorhatten. Also los.«
Banda starrte auf diesen wildentschlossenen Mann, dem das weiße Haar am Schädel klebte und dessen triefende Hosenbeine in Fetzen an ihm herunterhingen. »Wovon redest du eigentlich?«
»Du hast doch gesagt, sie knallen uns sofort ab, oder? Dann kann es uns eigentlich auch egal sein, ob sie uns mit Diamanten oder als arme Schlucker erwischen. Es ist schon ein Wunder, daß wir überhaupt bis hierher gekommen sind. Vielleicht passiert noch eins und wir kommen hier wieder raus. Und wenn wir hier schon wieder rauskommen, dann, verdammt noch mal, nicht mit leeren Taschen.«
»Du bist verrückt«, sagte Banda leise.
»Sonst wären wir nicht hier«, erinnerte ihn Jamie.
Banda zuckte mit den Achseln. »Was soll's. Ich hab' sowieso nichts anderes zu tun, bis sie uns finden.«
Jamie zog sein zerfleddertes Hemd über den Kopf. Banda verstand und tat das gleiche.
»Na also, wo sind denn jetzt die dicken Steinchen, von denen du mir erzählt hast?«
»Überall«, versicherte Banda und fügte hinzu: »Genau wie die Wachen und ihre Hunde.«
»Um die können wir uns später kümmern. Wann kommen sie zum Strand herunter?«
»Wenn es hell wird.«
Jamie dachte einen Moment lang nach. »Gibt es irgendwo ein Stück Strand, wo sie *nicht* hinkommen, irgendwas, wo wir uns verstecken können?«
»Gibt's nicht. Kein Fleckchen Strand, wo sie nicht hinkämen. Hier kannst du nicht mal 'ne Fliege verstecken.«
Jamie klopfte Banda auf die Schulter. »Na denn, auf geht's.«

Er beobachtete, wie Banda langsam auf allen vieren über den Strand zu kriechen begann und dabei den Sand durch seine Finger rieseln ließ. Nach kaum zwei Minuten hielt er einen Stein hoch.
»Ich hab' einen.«
Jamie bückte sich ebenfalls und tat es ihm nach. Die ersten beiden Steine, die er fand, waren klein, der dritte hingegen hatte wohl mehr als fünfzehn Karat. Er setzte sich auf und betrachtete ihn lange. Unglaublich, daß man ein solches Vermögen so einfach aufklauben konnte. Und das alles gehörte Salomon van der Merwe und seinen Kompagnons. Jamie kroch weiter.
In den folgenden drei Stunden sammelten die beiden Männer über vierzig Diamanten im Gewicht von zwei bis dreißig Karat.
»Es fängt an zu dämmern«, sagte Jamie. »Sehen wir zu, daß wir noch mehr Diamanten finden.«
»Wir erleben es sowieso nicht mehr, daß wir *die hier* noch ausgeben können. Du willst wohl *sehr* reich sterben, nicht wahr?«
»Ich will überhaupt nicht sterben.«
Sie nahmen die Suche wieder auf, wühlten, ohne nachzudenken, einen Diamanten nach dem anderen aus dem Sand. Die Diamantenhäufchen wuchsen an, bis sechzig Steine in ihren zerrissenen Hemden lagen.
»Willst du, daß ich sie trage?« fragte Banda.
»Nein, wir können ja beide –« Und dann ging Jamie ein Licht auf, was Banda eigentlich meinte. Derjenige von ihnen, der mit den Diamanten erwischt wurde, würde langsamer und qualvoller sterben. »Ich nehm sie schon«, sagte Jamie. Er wickelte die Steine in den Fetzen Stoff, der von seinem Hemd übriggeblieben war, und verknotete ihn sorgfältig.
Am Horizont graute langsam der Morgen, und im Osten erschienen einzelne Farbflecke, die die aufgehende Sonne ankündigten.
*Was nun? Das ist die Frage! Und die Antwort darauf?* Sie konnten einfach hierbleiben und sterben, sie konnten aber auch landeinwärts gehen, auf die Wüste zu, und dort sterben.
»Gehn wir.«
Jamie und Banda bewegten sich langsam Seite an Seite landeinwärts.
»Wo fängt das verminte Stück an?«
»Ungefähr hundert Meter vor uns.« In der Ferne hörten sie einen Hund bellen. »Ich glaub nicht, daß wir uns noch um die Mi-

nen kümmern müssen. Die Hunde kommen auf uns zu, die Frühschicht geht zur Arbeit.«
»Wie lange brauchen die bis hierher?«
»Eine Viertelstunde, vielleicht zehn Minuten.«
Inzwischen war es fast hell geworden. Was vorher noch kaum auszumachende, schimmernde Formen gewesen waren, verwandelte sich nun in kleine Sanddünen und weit entfernte Berge. Verstecken konnte man sich nirgends.
»Wie viele Wachleute hat eine Schicht?«
Banda dachte einen Moment lang nach. »Ungefähr zehn.«
»Zehn Leute sind nicht gerade viel für einen so großen Strand.«
»*Ein* Wachmann ist schon einer zuviel. Sie haben Gewehre und Hunde. Und außerdem sind sie nicht blind und wir nicht unsichtbar.«
Das Hundegebell kam jetzt näher. »Banda, es tut mir leid«, sagte Jamie. »Ich hätte dich niemals in diese Sache hineinziehen sollen.«
»Hast du nicht.«
Und Jamie verstand, was gemeint war.
Aus der Ferne hörten sie, wie die Wachen sich etwas zuriefen.
Jamie und Banda erreichten eine kleine Düne. »Und wenn wir uns im Sand eingraben?«
»Auch schon probiert worden. Die Hunde finden uns auf jeden Fall und beißen uns die Kehlen durch. Ich will schnell sterben. Die sollen mich zuerst sehen, dann fang ich an zu rennen und sie können mich abknallen. Ich – ich will nicht, daß die Hunde mich kriegen.«
Jamie packte Banda am Arm. »Auch wenn wir sterben müssen, wir werden nicht dem Tod *entgegenrennen,* verdammt noch mal. Die sollen sich anstrengen dafür.«
Jetzt waren aus der Entfernung schon einzelne Wörter zu unterscheiden. »Vorwärts, bewegt euch, faules Pack«, schrie eine Stimme. »Mir nach . . . in der Reihe bleiben . . . Ihr habt genug gepennt . . . Jetzt geht's an die Arbeit . . .«
Jamie merkte, daß er trotz seiner forschen Worte unwillkürlich vor der Stimme zurückwich. Er drehte sich um und schaute noch einmal aufs Meer. *Ist Ertrinken ein angenehmerer Tod?* Plötzlich sah er etwas, das hinter der Brandung lag. Aber er konnte nicht erkennen, was es war.
»Banda, guck mal . . .«
Weit draußen auf dem Meer stand eine undurchdringliche

graue Wand, die sich langsam, vorangetrieben durch starke Westwinde, auf sie zubewegte.

»Das ist der *mis*«, rief Banda. »Der kommt zwei- oder dreimal die Woche vom Meer herein.«

Während sie noch sprachen, kam der *mis* näher, fegte wie ein gigantischer grauer Vorhang über den Horizont und löschte den Himmel aus.

Auch die Stimmen waren näher gekommen. »*Den dousant!* Verfluchter *mis*! Schon wieder eine Verzögerung. Die Bosse werden nicht begeistert sein...«

»Das ist unsere Chance!« meinte Jamie. Er flüsterte nur noch.

»Was für eine Chance?«

»Der *mis*! Jetzt können sie uns nicht mehr sehen.«

»Das hilft uns auch nicht weiter. Irgendwann hebt der *mis* sich wieder, und dann stehen wir immer noch hier rum. Wenn die Wachen nicht durch das verminte Gebiet kommen, schaffen wir es auch nicht. Versuch du mal, bei dem *mis* durch die Wüste zu gehen. Du kommst keine zehn Meter weit – in tausend Stücke wirst du gerissen. Du wartest wohl wieder auf eins deiner Wunder.«

»Da hast du verdammt recht«, sagte Jamie.

Über ihnen wurde der Himmel dunkler. Der *mis* war nähergerückt, bedeckte das Meer, schickte sich an, auch die Küste zu verschlucken. Der Nebel wirkte schaurig und bedrohlich, aber Jamie frohlockte innerlich. *Der wird uns retten!* Plötzlich rief eine Stimme. »He! Ihr zwei! Was, zum Teufel, treibt ihr da?«

Jamie und Banda drehten sich um. Auf dem Kamm einer Düne, ungefähr hundert Meter von ihnen entfernt, stand ein Uniformierter mit einem Gewehr. Jamie schaute zurück zur Küste. Der *mis* kam immer schneller herein.

»He! Ihr zwei da! Herkommen!« schrie der Wachmann. Er hob das Gewehr.

Jamie nahm seine Arme hoch. »Ich hab' mir den Fuß verstaucht«, rief er. »Ich kann nicht mehr gehen.«

»Bleibt, wo ihr seid«, befahl der Wachmann. »Ich komme euch holen.« Er ließ sein Gewehr sinken und kam auf sie zu. Ein flüchtiger Blick zurück zeigte, daß der *mis* den äußersten Rand der Küste erreicht hatte und schnell landeinwärts zog.

»Lauf!« wisperte Jamie. Er drehte sich um und spurtete zum Strand, Banda dicht hinter ihm.

»Halt!«
Sekunden später hörten sie das metallische Klicken des Gewehrschlosses, und der Sand vor ihnen wirbelte auf. Sie rannten weiter, in die große dunkle Nebelwand hinein. Ein weiterer Schuß, näher diesmal, und noch einer, und im nächsten Moment befanden sich die beiden Männer in totaler Dunkelheit. Als wären sie in Watte begraben. Nichts war mehr zu sehen.
Die Stimmen klangen jetzt gedämpft und weiter entfernt, brachen sich am *mis* und kamen aus allen Richtungen. Sie konnten andere Stimmen unterscheiden, die sich etwas zuriefen.
»Kruger!... Ich bin's, Brent... Kannst du mich hören?«
»Ja, Kruger...«
»Es sind zwei«, schrie der erste. »Ein Weißer und ein Schwarzer. Sie sind am Strand. Verteil deine Männer. *Skiet hom!* Scharf schießen.«
»Mir nach«, flüsterte Jamie.
Banda ergriff seinen Arm. »Wohin willst du?«
»Raus hier.«
Jamie hielt sich den Kompaß dicht vor die Augen. Trotzdem konnte er kaum etwas erkennen. Er drehte sich, bis die Nadel ihm zeigte, wo Osten lag. »Hier lang...«
»Warte! Wir können nicht weiter. Selbst wenn wir nicht in einen Wachmann oder in einen Hund reinrennen, können wir immer noch eine Mine hochgehen lassen.«
»Du hast gesagt, es sind noch hundert Meter bis zum Minengürtel. Wir müssen vom Strand weg.«
Sie bewegten sich auf die Wüste zu, langsam und unsicher, Blinde im Niemandsland. Jamie zählte seine Schritte. Jedesmal, wenn sie in dem weichen Sand zu Fall gekommen waren, rappelten sie sich wieder auf und gingen weiter. Alle paar Meter hielt Jamie inne, um die Richtung anhand des Kompasses zu überprüfen. Als sie nach seiner Schätzung ungefähr hundert Meter zurückgelegt hatten, hielt er an.
»Hier müssen die Minen anfangen. Sind die nach einem bestimmten System angeordnet? Fällt dir irgendwas ein, was uns jetzt weiterhelfen könnte?«
»Beten«, antwortete Banda. »Noch nie ist jemand durch diese Minen gekommen, Jamie. Sie sind über das gesamte Gebiet verteilt und ungefähr zwanzig Zentimeter tief vergraben. Bis der *mis* verschwindet, müssen wir schon hierbleiben und uns dann ergeben.«

Jamie lauschte den wattegedämpften, am *mis* abprallenden Stimmen um sie herum.
»Kruger! Bleib in Hörweite...«
»Klar, Brent...«
»Kruger...«
»Brent...«
Körperlose Stimmen, die sich im alles verschluckenden Nebel etwas zuriefen. In Jamies Kopf arbeitete es fieberhaft. Blieben sie stehen, wo sie jetzt waren, würden sie getötet, sobald sich der Nebel lichtete; gingen sie weiter durch das Minenfeld, würden sie in Stücke gerissen.
»Hast du diese Minen jemals gesehen?« flüsterte Jamie.
»Ein paar davon habe ich selber mitvergraben.«
»Was bringt sie zur Explosion?«
»Das Gewicht eines Menschen. Alles, was über achtzig Pfund wiegt, läßt sie hochgehen. Dadurch sind sie keine Gefahr für die Hunde.«
Jamie holte tief Luft. »Banda, vielleicht habe ich doch einen Weg gefunden. Möglich, daß es nicht klappt. Willst du dich drauf einlassen?«
»An was denkst du?«
»Wir werden das Minengebiet auf dem Bauch überwinden. Auf diese Weise können wir unser Gewicht auf den Sand verteilen.«
»O Gott!«
»Was hältst du davon?«
»Daß ich verrückt gewesen sein muß, als ich Kapstadt verließ.«
»Machst du mit?« Im *mis* konnte er Bandas Gesicht kaum ausmachen.
»Es bleibt uns ja kaum was anderes übrig, oder?«
»Na, dann komm.«
Jamie legte sich vorsichtig in den Sand. Banda betrachtete ihn einen Augenblick, holte tief Luft und tat es ihm nach. Langsam begannen die beiden Männer, über den Sand zu robben, auf das Minengebiet zu.
»Verlager dein Gewicht nicht auf die Hände oder Beine, wenn du dich bewegst«, flüsterte Jamie. »Gebrauch deinen ganzen Körper.«
Er bekam keine Antwort. Banda war vollauf damit beschäftigt, sich am Leben zu erhalten.

Sie befanden sich in einem wabernden, grauen Vakuum, das es unmöglich machte, irgend etwas zu erkennen. Jeden Moment konnten sie auf einen Wachmann oder einen Hund stoßen, eine der Minen auslösen. Sie kamen entsetzlich langsam vorwärts. Keiner von beiden trug ein Hemd, und bei jedem Zentimeter scheuerte der Sand an ihren Bäuchen, und selbst wenn es ihnen gelingen sollte, die Wüste zu durchqueren, ohne erschossen oder in Stücke gerissen zu werden, so würden sie auf der anderen Seite auf den Stacheldrahtzaun und die Bewaffneten im Wachtturm am Eingang treffen. Und außerdem war es ungewiß, wie lange der *mis* noch bleiben würde. Er konnte sich jeden Moment lichten und ihnen seinen Schutz entziehen.
Sie krochen weiter, rutschten vorwärts, ohne nachzudenken, verloren dabei jegliches Zeitgefühl. Sie wußten nicht, wie lange sie schon so unterwegs waren. Sie mußten den Kopf dicht über den Boden halten, und Sand drang ihnen in Augen, Ohren und Nase. Atmen wurde zur Anstrengung.
In der Ferne echoten nach wie vor die Stimmen der Wachmänner.
»*Kruger... Brent... Kruger... Brent...*«
Jamie und Banda hielten alle paar Minuten an, ruhten sich etwas aus, überprüften die Richtung anhand des Kompasses, bewegten sich dann weiter, setzten ihre endlose Kriecherei fort. Die Versuchung, sich schneller zu bewegen, war nahezu überwältigend; aber das würde auch heißen, mehr Druck auf den Boden auszuüben, und Jamie konnte sich nur zu gut vorstellen, wie die Stahlfragmente unter ihm explodieren und sich in seinen Leib fressen würden. Er behielt das langsame Tempo bei. Von Zeit zu Zeit konnten sie Stimmen anderer Leute um sich herum wahrnehmen, aber der Nebel dämpfte die Laute, und es war unmöglich festzustellen, woher sie kamen.
Aus dem Nichts sprang ihn plötzlich ein gewaltiges, haariges Etwas an. Es ging so schnell, daß es Jamie völlig unvorbereitet traf. Er fühlte, wie sich die Zähne des riesigen Schäferhundes in seinen Arm schlugen. Er ließ das Bündel mit den Diamanten fallen und versuchte, die Kiefer des Hundes aufzustemmen, aber da er nur eine Hand frei hatte, war es unmöglich. Er spürte, wie ihm das warme Blut den Arm herunterlief. Der Hund senkte seine Zähne noch tiefer in sein Fleisch, lautlos und tödlich. Jamie fühlte, wie ihm langsam die Sinne schwanden. Er hörte einen dumpfen Schlag, dann noch einen, der Zugriff des Hundes löste

sich. Betäubt vom Schmerz sah Jamie, wie Banda mit dem Diamantensack auf den Schädel des Hundes einschlug, der noch einmal aufwimmerte und dann still liegenblieb.

»Alles in Ordnung?« flüsterte Banda besorgt.

Jamie konnte nicht sprechen. Er lag nur da, wartete, daß die Schmerzen, die ihn in Wellen überfielen, nachlassen würden. Banda riß einen Streifen aus seiner Hose und band ihn fest um Jamies Arm.

»Wir müssen weiter«, sagte Banda warnend. »Wenn schon einer hier ist, sind auch noch mehr da.« Jamie nickte. Langsam ließ er seinen Körper nach vorne gleiten, kämpfte gegen den fürchterlich pochenden Schmerz in seinem Arm.

Später konnte er sich nicht mehr daran erinnern, wie er den Rest der Strecke bewältigt hatte. Er bewegte sich nur noch automatisch. Die Qualen schienen kein Ende nehmen zu wollen. Banda hatte nun den Kompaß übernommen, und sobald Jamie die falsche Richtung einschlug, brachte er ihn auf den richtigen Weg zurück. Sie waren von Wachmännern, Hunden und Minen umzingelt, und der *mis* bedeutete ihre einzige Sicherheit. Sie machten weiter, krochen um ihr Leben, bis keiner mehr die Kraft hatte, sich auch nur noch einen Zentimeter weiterzubewegen. Sie schliefen ein.

Als Jamie die Augen öffnete, hatte sich etwas verändert. Steif und schmerzgepeinigt lag er im Sand und versuchte, sich daran zu erinnern, wo er war. Zwei Meter weiter entdeckte er den schlafenden Banda, und dann fiel ihm alles wieder ein. Das an den Riffen zerschellende Floß ... der *mis* ... Aber irgend etwas stimmte nicht. Jamie setzte sich auf, bemühte sich herauszufinden, was es war. Und dann drehte sich ihm beinahe der Magen um. *Er konnte Banda sehen! Das war es, was nicht stimmte. Der mis lichtete sich.* Jamie vernahm Stimmen in der Nähe und äugte durch die dünnen Schleier des davonziehenden Nebels. Sie waren bis nahe an den Eingang des Diamantenfeldes gekrochen, und er konnte den hohen Wachtturm und den Stacheldrahtzaun ausmachen, von denen Banda erzählt hatte. Ungefähr sechzig schwarze Arbeiter bewegten sich von den Diamantenfeldern her auf das Tor zu. Sie hatten ihre Arbeit beendet, und die nächste Schicht war im Anmarsch. Jamie rutschte auf den Knien hinüber und schüttelte Banda, der sofort wach wurde und sich aufrichtete. Er ließ seine Augen über den Wachtturm und das Tor wandern.

»Verdammt noch mal!« sagte er ungläubig. »Fast hätten wir's geschafft.«
»Wir *haben* es geschafft! Gib mir die Diamanten!«
Banda reichte ihm das zusammengeknotete Hemd. »Was willst du –«
»Komm mit.«
»Die Wachmänner da am Tor mit ihren Gewehren«, sagte Banda leise, »die wissen schon, daß wir hier nichts verloren haben.«
»Das will ich hoffen«, erwiderte Jamie.
Die beiden Männer gingen auf die Wachen zu, schlängelten sich durch die Reihen der ankommenden und weggehenden Arbeiter, die laut und fröhlich miteinander flachsten.
»Mann, o Mann, ihr müßt jetzt schuften, daß die Schwarte nur so kracht. Bei dem *mis* haben wir erst mal 'n Nickerchen gemacht...«
»Ihr habt euch den *mis* wohl bestellt, ihr Halunken...?«
»Wir haben 'nen guten Draht zum lieben Gott. Auf euch hört er ja nicht. Dazu habt ihr zuviel auf dem Kerbholz...«
Jamie und Banda hatten sich bis zum Tor vorgearbeitet. Zwei bullige, bewaffnete Wachmänner dirigierten die Arbeiter, die ihre Schicht beendet hatten, zu einer kleinen Blechhütte, wo sie genauestens durchsucht werden sollten. *Man zieht sie splitterfasernackt aus und guckt ihnen von oben bis unten in jede Körperöffnung.* Jamie drängte sich durch die Reihe der Arbeiter und ging auf einen der Wachleute zu. »Entschuldigung, Sir«, sagte Jamie, »an wen müssen wir uns wenden, wenn wir hier arbeiten wollen?«
Banda starrte ihn an, wie versteinert vor Schreck.
Der Wachmann drehte sich zu Jamie um. »Was, in Teufels Namen, habt ihr innerhalb der Absperrung verloren?«
»Wir sind reingekommen, weil wir Arbeit suchen. Ich habe gehört, daß eine Stelle als Wachmann frei ist, und mein Diener hier könnte graben. Ich dachte –«
Der Wachmann betrachtete die beiden abgerissenen, nicht eben vertrauenerweckenden Gestalten. »Verpißt euch!«
»Das geht aber nicht«, protestierte Jamie. »Wir brauchen einen Job, und man hat mir gesagt –«
»Das ist Sperrgebiet hier, Mister. Habt ihr die Schilder nicht gesehen? Raus! Alle beide!« Er deutete auf einen großen Ochsenkarren außerhalb der Umzäunung, der sich langsam mit Arbeitern füllte, die ihre Schicht beendet hatten. »Der Wagen dort

bringt euch nach Port Nolloth. Wenn ihr einen Job sucht, dann müßt ihr euch dort im Firmenbüro bewerben.«
»Ach so. Danke, Sir«, sagte Jamie. Er gab Banda ein Zeichen, und die beiden Männer traten durch das Tor in die Freiheit.
Der Wachmann glotzte ihnen nach. »Vollidioten.«

Zehn Minuten später waren Jamie und Banda unterwegs nach Port Nolloth. Bei sich trugen sie Diamanten im Wert von einer halben Million Pfund.

6

Die teure, von einem Gespann prächtig aufeinander abgestimmter Rappen gezogene Kutsche rollte langsam über die staubige Hauptstraße von Klipdrift. Die Zügel hielt ein schlanker, athletisch gebauter Mann mit schneeweißem Haar und weißem Vollbart. Er trug einen modischen, maßgeschneiderten grauen Anzug, ein Rüschenhemd und eine schwarze Krawatte mit Diamantnadel. Auf dem Kopf hatte er einen grauen Zylinder, an seinem kleinen Finger einen großen, blitzenden Brillantring. Er schien fremd in der Stadt, aber der Eindruck täuschte. Klipdrift hatte sich, seit Jamie McGregor den Ort vor einem Jahr verlassen hatte, stark verändert. Man schrieb das Jahr 1884, und aus dem ehemaligen Lager war ein richtiges Städtchen geworden. Die Stadt war noch belebter als in Jamies Erinnerung, und auch die Bewohner schienen sich geändert zu haben. Zwar gab es immer noch viele Digger, doch dazu waren jetzt Geschäftsleute und gutgekleidete Matronen gekommen, die in den Läden ein und aus gingen. Klipdrift hatte sich eine Aura von Respektabilität zugelegt.
Jamie passierte drei neue Tanzhallen und ein halbes Dutzend neuer Saloons, fuhr an einer neu gebauten Kirche und einem Friseurladen vorbei und kam schließlich zu einem großen Hotel, dem Grand. Er hielt vor einer Bank, stieg ab und drückte die Zügel einem kleinen einheimischen Jungen in die Hand.
»Gib ihnen Wasser.«
Jamie betrat die Bank und teilte dem Direktor laut und vernehmlich mit: »Ich möchte hier einhunderttausend Pfund einzahlen.«

Wie Jamie richtig vorausgesehen hatte, verbreitete sich die Nachricht in Windeseile, und als er schließlich die Bank verließ und den Sundowner Saloon betrat, war er schon zum Mittelpunkt des allgemeinen Interesses geworden. Die Einrichtung des Saloons war unverändert. Er war voll, und neugierige Blicke begleiteten Jamie auf seinem Weg zur Bar. Smit nickte dienstbeflissen. »Was darf es sein, Sir?« Nichts in seinem Gesicht deutete darauf hin, daß er Jamie erkannte.
»Whisky. Den besten, den Sie haben.«
»Bitte sehr, mein Herr.« Er schenkte ein. »Sie sind neu hier?«
»Ja.«
»Auf der Durchreise, ja?«
»Nein. Ich habe gehört, daß man in dieser Stadt sein Geld gut anlegen kann.«
Das Gesicht des Barkeepers hellte sich auf. »Eine bessere können Sie nicht finden! Ein Mann mit hundert-, ein Mann mit Geld ist hier am richtigen Platz. Übrigens, ich könnte Ihnen vielleicht behilflich sein, Sir.«
»Wirklich? Wie denn?«
Smit beugte sich vor, seine Stimme bekam einen verschwörerischen Klang. »Ich kenne den Mann, der hier in der Stadt das Sagen hat. Er ist Kreisratsvorsitzender und leitet das Bürgerkomitee. In dieser Gegend ist er der wichtigste Mann. Er heißt Salomon van der Merwe.«
Jamie trank einen Schluck. »Nie von ihm gehört.«
»Er ist der Besitzer des großen Geschäfts gleich gegenüber. Von dem können Sie ein paar wirklich gute Tips bekommen. Wäre bestimmt nicht schlecht, sich mit ihm in Verbindung zu setzen.«
Jamie McGregor nahm noch einen Schluck Whisky. »Lassen Sie ihn rüberkommen.«
Der Barkeeper warf einen verstohlenen Blick auf den großen Brillantring an Jamies Hand und seine Diamantnadel. »Jawohl, Sir. Und welchen Namen darf ich nennen?«
»Travis. Ian Travis.«
»Gut, Mr. Travis. Ich bin sicher, daß Mr. van der Merwe erfreut sein wird, Sie kennenzulernen.« Er schenkte noch einmal nach. »Das wird Ihnen die Wartezeit verkürzen. Geht auf Rechnung des Hauses.«
Jamie saß an der Bar und nippte an seinem Whisky in dem Bewußtsein, daß jeder im Saloon ihn beobachtete. Es hatte man-

chen gegeben, der Klipdrift als reicher Mann verlassen hatte, aber niemals war einer mit solch offensichtlichen Reichtümern hier angekommen. Das war eine völlig neue Erfahrung für sie.
Eine Viertelstunde später kehrte der Barmixer in Begleitung von Salomon van der Merwe zurück.
Van der Merwe trat auf den bärtigen, weißhaarigen Fremden zu, streckte seine Hand aus und lächelte. »Ich bin Salomon van der Merwe, Mr. Travis.«
»Ian Travis.«
Jamie wartete auf ein Zeichen des Wiedererkennens. Nichts. *Aber warum auch?* dachte Jamie. Nichts war von dem naiven, idealistischen achtzehnjährigen Jungen, der er einmal gewesen war, übriggeblieben. Smit führte die beiden Männer dienernd zu einem Ecktisch.
Sobald sie Platz genommen hatten, begann van der Merwe: »Wenn ich richtig verstanden habe, suchen Sie nach Anlagemöglichkeiten in Klipdrift, Mr. Travis.«
»Vielleicht.«
»Ich könnte Ihnen eventuell behilflich sein. Es ist besser, Vorsicht walten zu lassen. Es gibt hier eine ganze Menge unehrlicher Leute.«
Jamie schaute ihn an und sagte: »Davon bin ich überzeugt.«
Es hatte etwas Unwirkliches an sich, wie er hier höflich plaudernd mit dem Mann an einem Tisch saß, der ihn um ein Vermögen betrogen und dann versucht hatte, ihn umzubringen. Sein Haß auf van der Merwe hatte ihn im vergangenen Jahr fast aufgefressen, allein sein Durst nach Vergeltung hatte ihn am Leben erhalten. Und jetzt sollte van der Merwe seine Rache zu spüren bekommen.
»Nehmen Sie es mir nicht übel, Mr. Travis, aber wie hoch ist die Summe, die Sie investieren wollen?«
»Ach, ungefähr hunderttausend Pfund für den Anfang«, sagte Jamie obenhin. Er sah zu, wie van der Merwe sich die Lippen leckte. »Und später vielleicht noch einmal drei- oder vierhunderttausend.«
»Äh – damit sollten Sie schon gute Geschäfte machen können, in der Tat, sehr gute. Bei richtiger Beratung, natürlich«, fügte er schnell hinzu. »Wissen Sie schon, wo Sie investieren wollen?«
»Nun, ich dachte, ich sehe mich erst einmal um, was es hier für Möglichkeiten gibt.«
»Das ist sehr klug von Ihnen«, van der Merwe nickte weise mit

dem Kopf. »Würden Sie vielleicht heute abend zu mir zum Essen kommen, damit wir darüber reden können? Meine Tochter ist eine ausgezeichnete Köchin. Es wäre mir eine Ehre, Sie bei uns begrüßen zu dürfen.«
Jamie lächelte. »Gerne, Mr. van der Merwe.« *Du weißt gar nicht, wie gerne,* dachte er bei sich.
Das Spiel hatte begonnen.

Die Reise von den Diamantenfeldern im Namib nach Kapstadt war ohne weitere Zwischenfälle verlaufen. Jamie und Banda hatten sich ins Landesinnere durchgeschlagen, wo ein Arzt in einem kleinen Dorf Jamies Arm versorgte, und schließlich waren sie von einem Wagen mitgenommen worden, der nach Kapstadt unterwegs war. In Kapstadt ging Jamie ins protzige Royal-Hotel in der Plein Street – *Unter der Schirmherrschaft Seiner Königlichen Hoheit, des Herzogs von Edinburgh* – und wurde in die königliche Suite geleitet.
»Schicken Sie nach dem besten Friseur der Stadt«, befahl Jamie dem Hoteldirektor. »Und dann brauche ich noch einen Schneider und einen Stiefelmacher.«
»Sofort, Sir«, sagte der Direktor.
*Phantastisch, was Geld alles bewirkt,* dachte Jamie.

Das Bad in der königlichen Suite war himmlisch. Jamie legte sich im heißen Wasser zurück. War es wirklich erst Wochen her, seit er und Banda das Floß gebaut hatten? Es kam ihm vor, als seien es Jahre gewesen. Er dachte an das Gefährt, mit dem sie zum Sperrgebiet gesegelt waren, an die Haie, die tödlichen Wogen und die Riffe, an denen ihr Floß zerschellt war; an den *mis* und die Kriecherei durch den Minengürtel, den Riesenhund über ihm ... die unheimlichen, gedämpften Rufe, die er bis an sein Lebensende im Ohr haben würde: *Kruger... Brent... Kruger... Brent...*
Vor allem aber dachte er an Banda, seinen Freund.
Als sie in Kapstadt angekommen waren, hatte er Banda gedrängt, bei ihm zu bleiben.
Banda hatte gelächelt, seine strahlend weißen Zähne gezeigt.
»Das Leben ist zu langweilig mit dir, Jamie. Ich will irgendwo was Aufregenderes finden.«
»Was hast du jetzt vor?«
»Nun ja, dank dir und deiner wundervollen Idee, daß es eigent-

lich ganz einfach sein müßte, mit einem Floß über die Riffe zu kommen, werde ich jetzt eine Farm kaufen, eine Frau suchen und einen Haufen Kinder in die Welt setzen.«
»Na gut. Dann laß uns zum *dimant kooper* gehen, damit ich dir deinen Anteil auszahlen kann.«
»Nein«, sagte Banda. »Will ich nicht.«
Jamie runzelte die Stirn. »Was redest du denn da? Die Hälfte der Diamanten gehört dir. Du bist Millionär.«
»Nein. Vergiß meine Hautfarbe nicht, Jamie. Sobald ich Millionär bin, ist mein Leben keinen Pfifferling mehr wert.«
»Du kannst ja ein paar von den Diamanten verstecken. Du kannst –«
»Ich brauche nur genug, um einen Morgen Farmland und zwei Ochsen kaufen zu können, die ich dann für eine Frau eintausche. Zwei oder drei kleine Diamanten reichen, um alles zu kriegen, was ich mir je wünschen kann. Der Rest gehört dir.«
»Das ist unmöglich. Du kannst mir nicht einfach deinen Anteil schenken.«
»Freilich kann ich das. Denn du wirst mir Salomon van der Merwe schenken.«
Jamie sah Banda eine ganze Weile lang an. »Das verspreche ich dir.«
»Dann also auf Wiedersehen, mein Freund.«
Die beiden Männer wechselten einen festen Händedruck.
»Wir hören voneinander«, sagte Banda. »Aber fürs nächste Mal solltest du dir etwas *wirklich* Aufregendes einfallen lassen.«
Dann ging er, mit drei kleinen Diamanten in der Tasche, fort.
Jamie schickte eine Geldanweisung über zwanzigtausend Pfund an seine Eltern, kaufte die schönste Kutsche samt Gespann, die er finden konnte, und machte sich auf nach Klipdrift.
Die Zeit der Rache war gekommen.


Als Jamie McGregor an jenem Abend van der Merwes Laden betrat, ergriff ihn ein derartiger Widerwille, daß er innehalten mußte, um seiner wieder Herr zu werden.
Van der Merwe eilte ihm aus dem hinteren Teil des Geschäftes entgegen, und als er sah, wen er vor sich hatte, setzte er ein breites Lächeln auf. »Mr. Travis!« sagte er. »Seien Sie mir willkommen.«
»Danke sehr, Mr. – äh – es tut mir leid, aber ich habe Ihren Namen vergessen...«

»Van der Merwe. Salomon van der Merwe. Kein Grund, sich zu entschuldigen, ich weiß, daß holländische Namen schwer zu behalten sind. Das Abendessen ist fertig. Margaret!« rief er, während er Jamie in das Hinterzimmer führte. Dort hatte sich nichts verändert.

Mit dem Rücken zu ihnen stand Margaret gerade am Herd und hantierte mit einer Bratpfanne.

»Margaret, dies ist der Gast, von dem ich dir erzählt habe – Mr. Travis.«

Margaret drehte sich um. »Angenehm.«

Kein Anzeichen des Wiedererkennens.

»Ganz meinerseits«, nickte Jamie.

Die Ladenglocke läutete, und van der Merwe entschuldigte sich. »Ich bin gleich zurück. Fühlen Sie sich ganz wie zu Hause, Mr. Travis.« Eilends verschwand er.

Margaret trug dampfende Schüsseln mit Gemüse und Fleisch zum Tisch, und während sie zum Ofen lief und das Brot holte, stand Jamie schweigend da und betrachtete sie. Sie war in dem Jahr, seit er sie zum letztenmal gesehen hatte, aufgeblüht. Sie war eine Frau geworden und strahlte eine Sinnlichkeit aus, die damals noch nicht vorhanden gewesen war.

»Ihr Vater sagt, Sie seien eine ausgezeichnete Köchin.«

Margaret errötete. »Ich – hoffentlich, Sir.«

»Es ist lange her, daß ich in den Genuß guter Hausmannskost gekommen bin. Ich freue mich schon darauf.« Jamie nahm ihr eine große Butterschale ab und stellte sie auf den Tisch. Diese Geste überraschte Margaret so sehr, daß ihr fast die Teller aus der Hand fielen. Das hatte sie noch nie erlebt, daß ein Mann bei der Hausarbeit half. Sie sah ihn verdutzt an. Eine gebrochene Nase und eine Narbe fielen in diesem Gesicht, das ansonsten zu schön gewesen wäre, aus dem Rahmen. Seine hellgrauen Augen waren intelligent und verrieten eine starke Persönlichkeit. Das weiße Haar ließ darauf schließen, daß er nicht mehr der Jüngste war, und doch hatte er etwas sehr Jugendliches an sich. Er war groß und stark und – Margaret drehte sich, durch seinen intensiven Blick in Verlegenheit gebracht, weg.

Van der Merwe kam zurückgehastet und rieb sich die Hände. »Ich habe das Geschäft geschlossen«, sagte er. »Laßt uns zu Tisch gehen und das Essen genießen.«

Jamie bekam den Ehrenplatz am Tisch zugewiesen. »Laßt uns das Tischgebet sprechen«, sagte van der Merwe.

Sie schlossen die Augen. Margaret öffnete die ihren verstohlen wieder, um noch einmal einen prüfenden Blick auf den eleganten Fremden zu werfen, während die Stimme ihres Vaters ertönte. »Wir alle sind Sünder vor Deinen Augen, o Herr, und verdienen unsere Strafe. Schenke uns die Kraft, um auf dieser Erde unser Kreuz zu tragen, so daß wir die himmlischen Früchte des Jenseits genießen können, wenn wir gerufen werden. Dank sei Dir, Herr, daß Du all denen unter uns beistehst, deren Wohlstand verdient ist. Amen.«
Salomon van der Merwe begann, das Essen zu reichen. Diesmal waren die Portionen, die er Jamie zukommen ließ, mehr als großzügig bemessen. Sie unterhielten sich während des Essens.
»Sind Sie zum erstenmal in dieser Gegend, Mr. Travis?«
»Ja«, antwortete Jamie. »Zum erstenmal.«
»Ich nehme an, Ihre Frau ist nicht mitgekommen?«
»Ich habe keine Frau. Ich habe noch keine gefunden, die mich haben wollte.« Jamie lächelte.
*Welche Frau könnte schon so dumm sein, ihm einen Korb zu geben?* fragte Margaret sich.
»Klipdrift ist eine Stadt mit großen Möglichkeiten, Mr. Travis. Sehr großen Möglichkeiten.«
»Ich lasse sie mir gerne zeigen.« Dabei sah er auf Margaret, die errötete.
»Wenn Ihnen diese Frage nicht zu persönlich ist, Mr. Travis, aber darf ich wissen, wie Sie Ihr Vermögen erworben haben?«
Margaret machten die direkten Fragen ihres Vaters verlegen, aber der Fremde schien sich nicht daran zu stören.
»Ich habe es von meinem Vater geerbt«, sagte Jamie leichthin.
»Aha. Aber gewiß verfügen Sie über genügend eigene Geschäftserfahrung.«
»Nur sehr wenig, fürchte ich. Ich brauche eine Menge Hilfestellung.«
Van der Merwe strahlte. »Das Schicksal hat uns zusammengeführt, Mr. Travis. Ich habe ein paar sehr lukrative Verbindungen. Sehr lukrativ, wirklich. Ich kann Ihnen fast garantieren, daß ich Ihr Vermögen in nur wenigen Monaten verdoppeln kann.« Er beugte sich zu Jamie hinüber und tätschelte dessen Arm. »Ich habe das Gefühl, dies ist ein großer Tag für uns beide.«
Jamie lächelte nur.
»Ich nehme an, Sie wohnen im Grand-Hotel?«
»Genau.«

»Sündhaft teuer. Aber ich darf annehmen, daß ein Mann mit Ihrem Vermögen ...« Er strahlte Jamie an.
»Ich habe gehört«, sagte Jamie, »daß die Gegend hier sehr interessant sein soll. Ist es zuviel verlangt, wenn ich Sie darum bitte, daß Ihre Tochter mir morgen etwas davon zeigt?«
Margaret spürte, wie ihr Herzschlag für eine Sekunde aussetzte.
Van der Merwe runzelte die Stirn. »Ich weiß nicht. Sie –«
Es gehörte ja zu Salomon van der Merwes eisernen Regeln, niemals einem Mann zu gestatten, mit seiner Tochter allein zu sein. Im Falle von Mr. Travis jedoch entschied er, daß es nicht zu seinem Schaden sein würde, einmal eine Ausnahme zu machen.
»Ich kann Margaret für kurze Zeit im Geschäft entbehren. Wirst du unseren Gast ein bißchen herumführen, Margaret?«
»Wenn du es wünschst, Vater«, sagte sie ruhig.
»Das wäre also geklärt.« Jamie lächelte. »Sagen wir morgen früh um zehn Uhr?«

Nachdem der hochgewachsene, elegant gekleidete Gast das Haus verlassen hatte, räumte Margaret wie betäubt den Tisch ab und spülte das Geschirr. *Er muß mich für dämlich halten.* Immer und immer wieder rief sie sich ins Gedächtnis zurück, was sie zur Unterhaltung beigesteuert hatte. Nichts. Ihre Zunge war wie gelähmt gewesen. Warum eigentlich? Hatte sie nicht schon Hunderte von Männern im Geschäft bedient, ohne sich dermaßen albern anzustellen? Natürlich hatten die sie nie so angesehen wie dieser Ian Travis. *Die Männer haben alle den Teufel im Leib, Margaret.* Wie aus der Ferne hörte sie die Worte ihres Vaters. War es das vielleicht? Die Schwäche und das Zittern, die sie empfunden, als der Fremde sie angeschaut hatte? Führte er sie in Versuchung? Sie wünschte, ihre Mutter wäre noch am Leben. Ihre Mutter hätte sie verstanden. Margaret liebte ihren Vater, aber manchmal konnte sie sich des Gefühls nicht erwehren, seine Gefangene zu sein. Es beunruhigte sie, daß er nie einen Mann in ihrer Nähe duldete. *Ich kann niemals heiraten,* dachte Margaret. *Nie. Solange er lebt nicht.* Sie bekam ein schlechtes Gewissen ob dieser aufmüpfigen Gedankengänge und verließ eilends das Zimmer, um in den Laden zu gehen, wo ihr Vater an einem Tisch über seinen Büchern saß.
»Gute Nacht, Vater.«
Van der Merwe nahm seine goldgeränderte Brille ab und rieb

sich die Augen, bevor er die Arme ausbreitete, um seine Tochter zum Gute-Nacht-Sagen zu umarmen. Margaret konnte sich nicht erklären, weshalb sie sich ihm entzog.
Als sie schließlich in dem durch einen Vorhang abgetrennten Alkoven, ihrem Schlafplatz, allein war, betrachtete sie ihr Gesicht in dem kleinen, runden Spiegel an der Wand. Sie machte sich keine Illusionen über ihr Aussehen. Hübsch war sie nicht, allenfalls interessant. Ganz nette Augen, hohe Wangenknochen, eine gute Figur. Was hatte Ian Travis gesehen, als er sie betrachtete? Sie begann, sich auszuziehen. Und Ian Travis schien neben ihr im gleichen Zimmer zu stehen, sie zu beobachten, mit brennenden Augen. Sie zog den Schlüpfer und das Leibchen aus und stand nackt vor ihm. Langsam liebkoste sie mit den Händen ihre schwellenden Brüste und spürte, wie sich ihre Brustwarzen versteiften. Ihre Finger glitten hinunter zu ihrem flachen Bauch, und seine Hände trafen sich mit den ihren, vereinigten sich, bewegten sich weiter nach unten. Jetzt waren sie zwischen ihren Beinen, eine sanfte Berührung, streichelnd, reibend, stärker jetzt, und schneller und schneller, bis sie in einem irrsinnigen Strudel von Empfindungen gefangen war, der ihr Inneres explodieren ließ. Schwer atmend stieß sie seinen Namen aus und fiel aufs Bett.

Sie fuhren in Jamies Kutsche aus, und aufs neue überraschten ihn die Veränderungen in der Stadt. Wo früher nur ein Meer von Zelten gestanden hatte, gab es jetzt feste Häuser aus Holz mit Wellblech- oder Strohdächern.
»Klipdrift scheint zu wachsen und zu gedeihen«, sagte Jamie, während sie die Straße entlangfuhren.
»Für einen Neuankömmling ist es sicherlich interessant«, sagte Margaret und dachte: *Bisher habe ich es nicht ausstehen können.*
Sie verließen die Stadt und fuhren hinüber zu den Diggerlagern an den Ufern des Vaal. Die jahreszeitlich bedingten Regenfälle hatten die Landschaft in einen riesigen, bunten Garten mit üppigen Renosterbüschen und Heide- und Diosmaspflanzen verwandelt, die es sonst nirgends auf der Welt gab. Als sie an einer Gruppe von Diggern vorbeikamen, fragte Jamie: »Hat es hier in der letzten Zeit größere Diamantenfunde gegeben?«
»O ja, einige. Und jedesmal, wenn es bekannt wird, kommt ein ganzer Schwarm neuer Diamantenschürfer. Die meisten von ihnen gehen arm und verzweifelt wieder weg.« Margaret hatte das

Gefühl, ihn vor den Gefahren warnen zu müssen. »Vater würde das bestimmt nicht gerne von mir hören, Mr. Travis, aber ich denke, daß es ein schreckliches Geschäft ist.«
»Für manche sicher«, stimmte Jamie ihr zu. »Für manche.«
»Wollen Sie länger bleiben?«
»Ja.«
Margarets Herz jubilierte. »Gut.« Schnell fügte sie hinzu: »Vater wird sich freuen.«

Sie fuhren den ganzen Morgen in der Gegend herum, und von Zeit zu Zeit hielten sie an, und Jamie schwatzte mit den Diggern. Viele von ihnen erkannten Margaret und verhielten sich ehrerbietig.
Margaret strahlte eine Wärme und ungekünstelte Freundlichkeit aus, die ihr zu fehlen schien, solange ihr Vater in der Nähe war.
Als sie weiterfuhren, sagte Jamie: »Jeder scheint Sie hier zu kennen.«
Sie errötete. »Das liegt daran, daß sie mit Vater Geschäfte machen. Er rüstet die meisten Schürfer aus.«
Jamie sagte nichts dazu. Was er sah, interessierte ihn außerordentlich. Die Eisenbahnlinie, die inzwischen fertiggestellt worden war, hatte enorm viel verändert. Ein neues Firmenkonsortium, nach dem Farmer De Beers benannt, auf dessen Feldern zuerst Diamanten gefunden worden waren, hatte den Besitz seines Hauptrivalen Barney Barnato aufgekauft und war nun damit beschäftigt, Hunderte kleiner Schürferanteile unter einem Dach zusammenzufassen. Nicht weit von Kimberley war kürzlich Gold entdeckt worden, außerdem hatte man Mangan- und Zinkfunde gemacht. Jamie war überzeugt, daß dies nur der Anfang war, daß Südafrika eine riesige Schatzkammer voller Mineralien darstellte.
Jamie und Margaret kamen erst am späten Nachmittag zurück. Jamie brachte seine Kutsche vor van der Merwes Laden zum Halten und sagte: »Es wäre mir eine Ehre, wenn Sie und Ihr Vater heute zum Abendessen meine Gäste sein wollten.«
Margaret strahlte. »Ich werde Vater fragen. Ich hoffe sehr, daß er ja sagt. Vielen Dank für den wunderschönen Tag, Mr. Travis.«
Und sie flüchtete.

Die drei trafen sich zum Abendessen in dem großen, quadratischen Speisesaal des neuen Grand-Hotel.
Er war voll, und van der Merwe grummelte:
»Ich verstehe nicht, wie es sich diese Leute leisten können, hier zu essen.«
Jamie warf einen kurzen Blick auf die Speisekarte. Ein Steak kostete ein Pfund vier Shilling, eine Kartoffel vier Shilling und ein Stück Apfelkuchen zehn Shilling.
»Halsabschneider sind das!« klagte van der Merwe. »Wenn man hier ein paarmal ißt, landet man glatt im Armenhaus.«
Jamie fragte sich, was wohl passieren müßte, um Salomon van der Merwe ins Armenhaus zu bringen. Genau das wollte er herausfinden. Als sie bestellten, bemerkte er, daß van der Merwe sich die teuersten Gerichte auf der Speisekarte ausgesucht hatte.
Margaret bestellte nur eine Fleischbrühe. Sie war viel zu aufgeregt, um etwas zu essen. Sie betrachtete ihre Hände, erinnerte sich, was sie am vergangenen Abend getan hatten, und fühlte sich schuldig.
»Ich kann mir das Abendessen hier leisten«, neckte Jamie sie. »Bestellen Sie, worauf Sie Lust haben.«
Sie wurde rot. »Danke, aber ich – ich bin eigentlich gar nicht hungrig.«
Van der Merwe bemerkte ihr Erröten, und sein Blick wanderte mißtrauisch von Margaret zu Jamie. »Meine Tochter ist ein ganz besonderes Mädchen, Mr. Travis, ein ganz besonderes Mädchen.«
Jamie nickte. »Da stimme ich Ihnen voll und ganz zu, Mr. van der Merwe.«
Seine Worte machten Margaret so glücklich, daß sie noch nicht einmal ihre Suppe essen konnte, als serviert wurde.
»Haben Sie heute irgend etwas Interessantes gesehen?« fragte van der Merwe Jamie.
»Nein, eigentlich nicht«, sagte Jamie beiläufig.
Van der Merwe beugte sich vor. »Denken Sie immer an meine Worte, Sir: In dieser Gegend wird es eine der schnellsten Entwicklungen auf der ganzen Welt geben. Ein cleverer Geschäftsmann investiert jetzt. Die neue Eisenbahnlinie wird aus diesem Ort ein zweites Kapstadt machen.«
»Nun, ich weiß nicht so recht«, sagte Jamie zweifelnd. »Ich habe schon von allzu vielen Eintagsfliegen gehört. Ich bin nicht daran interessiert, mein Geld in eine Geisterstadt zu stecken.«

»Aber das gilt nicht für Klipdrift«, versicherte van der Merwe. »Ununterbrochen werden Diamanten gefunden. Und Gold.«
Jamie zuckte mit den Schultern. »Und wie lange wird das anhalten?«
»Nun, das kann natürlich niemand mit Gewißheit sagen, aber –«
»Genau.«
»Fassen Sie keine übereilten Entschlüsse«, drängte van der Merwe. »Ich würde es nicht gerne sehen, wenn Sie eine großartige Gelegenheit verpaßten.«
Jamie dachte darüber nach. »Vielleicht bin ich ein wenig voreilig. Margaret, würden Sie morgen noch einmal meine Fremdenführerin spielen?«
Van der Merwe machte schon den Mund auf, um zu protestieren, schloß ihn dann aber wieder. Die Geldgier trug den Sieg davon. »Natürlich will sie.«

Am nächsten Vormittag zog sich Margaret für die Ausfahrt mit Jamie ihr Sonntagskleid an. Ihr Vater wurde rot vor Wut, als er hereinkam und sie erblickte. »Willst du, daß dieser Mann denkt, du bist ein gefallenes Mädchen – ziehst dich an, um zu kokettieren? Hier geht's um Geschäfte, Mädchen. Zieh das Ding aus und deine Alltagssachen an.«
»Aber, Papa –«
»Tu, was ich dir sage!«
Sie widersprach nicht mehr. »Ja, Papa.«

Van der Merwe beobachtete, wie Margaret und Jamie zwanzig Minuten später wegfuhren. Er fragte sich, ob er nicht im Begriff stand, einen Fehler zu machen.

Dieses Mal lenkte Jamie die Kutsche in die entgegengesetzte Richtung. Überall machten sich vielversprechende Fortschritte bemerkbar. *Wenn weiterhin so viele Bodenschätze entdeckt wurden,* dachte Jamie – und es gab keinen Grund, daran zu zweifeln –, *dann ist hier mehr Geld mit Grund und Boden als mit Diamanten und Gold zu machen. Klipdrift wird mehr Banken, Hotels, Saloons, Geschäfte und Freudenhäuser brauchen . . .* Eine endlose Liste ungeahnter Möglichkeiten.
Jamie wurde sich bewußt, daß Margaret ihn anstarrte. »Stimmt was nicht?« fragte er.

»O nein«, sagte sie und schaute schnell weg.
Jamie betrachtete sie jetzt genauer und erkannte, was in ihr vorgehen mußte. Er erriet ihre Gefühle.
Gegen Mittag verließ Jamie die Hauptstraße und steuerte ein kleines Wäldchen in Flußnähe an, wo er unter einem riesigen Flaschenbaum haltmachte. Vom Hotel hatte er sich für unterwegs einen Lunch mitgeben lassen. Margaret öffnete den Picknickkorb, breitete das Tischtuch aus und packte das Essen aus. Es gab kalten Lammbraten, gebratene Hühnchen, gelben Safranreis, Quittenmarmelade und Mandarinen, Pfirsiche und *soetekoekjes,* Gewürzplätzchen mit Mandelüberzug.
»Das ist ja ein Festmahl!« rief Margaret aus. »Ich glaube nicht, daß ich das verdient habe, Mr. Travis.«
»Sie haben noch viel mehr verdient«, versicherte Jamie ihr.
Margaret wandte sich ab und machte sich an den Schüsselchen zu schaffen. Jamie nahm ihr Gesicht in seine Hände. »Margaret ... sieh mich an.«
»Oh, bitte. Ich –« Sie zitterte.
»Sieh mich an.«
Langsam hob sie den Kopf und schaute ihm in die Augen. Er zog sie in seine Arme, ihre Lippen trafen sich, und er hielt sie fest, preßte ihren Körper an seinen.
Einen Augenblick später befreite sie sich aus seinen Armen, schüttelte den Kopf und sagte: »O Gott, wir dürfen nicht. Oh, wir dürfen es nicht tun. Dafür kommen wir in die Hölle.«
»In den Himmel.«
»Ich habe Angst.«
»Du brauchst vor nichts Angst zu haben. Siehst du meine Augen? Sie können direkt in dich hineinsehen. Und du weißt genau, was ich dort sehe, nicht wahr? Du willst, daß ich mit dir schlafe. Und genau das werde ich tun. Und du brauchst nichts zu befürchten, weil du zu mir gehörst. Das weißt du doch, nicht wahr? Du gehörst zu mir, Margaret. Sag es. Ich gehöre zu Ian. Na los. Ich – gehöre – zu – Ian.«
»Ich gehöre – zu Ian.«
Wieder waren seine Lippen auf ihren, und er begann, die Häkchen im Rücken ihres Mieders zu öffnen. Einen Moment später stand sie nackt in der sanften Brise, und er bettete sie behutsam auf die Erde. *Daran werde ich mein Leben lang zurückdenken,* dachte Margaret. An das Laubbett und die warme, schmeichelnde Brise auf ihrer nackten Haut, an den Flaschenbaum, der bunte Schat-

ten auf ihre Körper zeichnete. *Noch nie hat eine Frau so geliebt, wie ich diesen Mann liebe,* dachte sie.
Dann, als sie erschöpft waren, hielt Jamie sie in seinen starken Armen, und sie wünschte sich, für immer darin bleiben zu können. Sie schaute zu ihm auf und wisperte: »Was denkst du?« Er grinste und wisperte zurück: »Daß ich verdammten Hunger habe.«
Sie lachte, und sie standen auf und aßen ihr Mittagessen im Schatten der Bäume. Danach gingen sie schwimmen und legten sich zum Trocknen in die heiße Sonne. Noch einmal nahm Jamie Margaret, und sie dachte: *Wenn doch dieser Tag niemals zu Ende ginge.*

Am gleichen Abend saßen Jamie und van der Merwe zusammen an einem Ecktisch im Sundowner. »Sie hatten ganz recht«, verkündete Jamie. »Die Möglichkeiten hier sind vielleicht doch größer, als ich ursprünglich gedacht hatte.«
Van der Merwe strahlte. »Ich wußte doch, daß Sie viel zu klug sind, um das nicht früher oder später zu erkennen, Mr. Travis.«
»Was genau würden Sie mir vorschlagen?« fragte Jamie.
Van der Merwe schaute kurz in die Runde und sagte mit gesenkter Stimme: »Gerade heute habe ich von großen Diamantenfunden nördlich von Pniel erfahren. Dort sind noch zehn Claims zu haben, die wir unter uns aufteilen könnten. Ich stelle fünfzigtausend Pfund für fünf Parzellen und Sie ebenfalls fünfzigtausend Pfund für die restlichen fünf zur Verfügung. Wir können Millionen im Schlaf verdienen. Was halten Sie davon?«
Jamie wußte genau, was er davon zu halten hatte. Van der Merwe würde sich die lukrativen Anteile sichern und ihm den Rest überlassen. Außerdem wäre Jamie jede Wette eingegangen, daß van der Merwe keinen schäbigen Shilling einsetzen würde. »Klingt ganz gut«, meinte Jamie. »Wie viele Digger sind daran beteiligt?«
»Nur zwei.«
»Und warum ist es dann so teuer?« fragte er scheinheilig.
»Ja, das ist eine gute Frage.« Van der Merwe beugte sich in seinem Stuhl weit vor. »Sehen Sie, die wissen auch, was das Land wert ist, haben aber nicht das Geld, um es auszubeuten. Genau da stoßen wir beide in die Lücke. Wir geben denen hunderttausend Pfund und überlassen ihnen zwanzig Prozent des Landes.«

Die zwanzig Prozent baute er so geschickt ein, daß man sie kaum bemerkte. Jamie war sicher, daß die Schürfer um ihre Diamanten und ihr Geld betrogen werden sollten. Das alles würde in van der Merwes Tasche wandern.
»Wir müssen uns schnell entscheiden«, sagte van der Merwe warnend. »Sobald irgend jemand davon Wind bekommt –«
»Wir sollten das unbedingt im Auge behalten«, drängte nun auch Jamie.
Van der Merwe lächelte. »Keine Sorge, ich werde die Verträge sofort aufsetzen lassen.«
*In Afrikaans,* dachte Jamie.
»Nun, es gibt da noch ein paar überaus interessante Geschäfte, Ian.«

Da er seinen neuen Partner unbedingt bei guter Laune halten wollte, brachte van der Merwe keine weiteren Einwände vor, wenn Jamie um Margarets Begleitung auf seinen Ausfahrten bat. Margaret liebte ihn von Tag zu Tag mehr. Ihm galt ihr letzter Gedanke am Abend, bevor sie einschlief, und ihr erster am Morgen, wenn sie aufwachte. Es war, als ob sie plötzlich entdeckt hätte, wofür ihr Körper geschaffen war, und all das, dessen sie sich früher hatte schämen müssen, wurde zum wunderbaren und erregenden Geschenk für Jamie und sie selbst. Die Liebe war ein herrliches Land, das darauf wartete, erforscht zu werden.
In der Weite der Landschaft war es einfach, abgelegene Plätze zu finden, wo sie sich lieben konnten, und für Margaret war es immer wieder aufregend wie beim erstenmal.
Allerdings plagten sie die alten Schuldgefühle ihrem Vater gegenüber. Salomon van der Merwe gehörte zu den Kirchenältesten der Holländischen Reformierten Kirche, und Margaret war gewiß, daß er ihr nie verzeihen würde, sollte er je herausfinden, was sie tat. In dieser Welt hier gab es nur zwei Sorten von Frauen: nette Mädchen und Huren. Und ein nettes Mädchen ließ keinen Mann an sich heran, wenn sie nicht mit ihm verheiratet war. Damit wäre sie für alle Zeiten als Hure abgestempelt. *Das ist so ungerecht,* dachte sie. *Liebe zu geben und zu empfangen, ist zu schön, um etwas Schlechtes zu sein.* Aber ihre wachsende Beunruhigung ließ sie schließlich Jamie gegenüber das Thema Heirat anschneiden.
Sie fuhren am Vaal entlang, als Margaret ihn darauf ansprach.

»Ian, du weißt, wie sehr ich –« Sie wußte nicht weiter. »Also, ich meine, du und ich –« Verzweifelt stieß sie hervor: »Was hältst du vom Heiraten?«
Jamie lachte. »Ich habe nichts dagegen, Margaret. Nicht das geringste.«
Sie stimmte in sein Gelächter ein. Es war der glücklichste Moment ihres Lebens.

Am Sonntagmorgen lud Salomon van der Merwe Jamie ein, ihn und Margaret zur Kirche zu begleiten. Die Nederduits Hervormde Kerk war ein großes, imposantes Gebäude in Pseudogotik, mit einer Kanzel am einen und einer riesigen Orgel am anderen Ende. Als sie durch die Tür traten, wurde van der Merwe äußerst respektvoll gegrüßt.
»Am Bau dieser Kirche habe ich mitgewirkt«, erzählte er Jamie stolz. »Ich bin hier Kirchenpfleger.«
Die Predigt war Zeter und Mordio, und van der Merwe saß hingerissen da, nickte eifrig, jede Silbe des Pastors in sich aufnehmend.
*Am Sonntag ist er ein Gottesmann,* dachte Jamie, *und für den Rest der Woche hat er sich dem Teufel verschrieben.*

Am gleichen Abend stattete Jamie dem Sundowner Saloon einen Besuch ab. Smit stand hinter der Bar und schenkte aus. Sein Gesicht erhellte sich, als er Jamie sah.
»Guten Abend, Mr. Travis. Was darf es sein, Sir? Das Übliche?«
»Heute nicht, Smit. Ich muß mit Ihnen sprechen, im Hinterzimmer.«
»Natürlich, Sir.« Smit roch Geld. Er drehte sich zu seiner Aushilfe um und sagte: »Mach du weiter.«
Das Hinterzimmer des Sundowner war nicht viel größer als eine Abstellkammer, gewährleistete jedoch die nötige Diskretion. Um einen runden Tisch herum standen vier Stühle, in der Mitte des Tisches eine Lampe, die Smit anzündete.
»Setz dich«, sagte Jamie.
Smit zog sich einen Stuhl heran. »Ja, Sir. Kann ich Ihnen behilflich sein?«
»Ich wollte dir behilflich sein, Smit.«
Smit strahlte. »Wirklich, Sir?«
»Ja.« Jamie zog ein langes, dünnes Zigarillo hervor und zündete es an. »Ich habe beschlossen, dich am Leben zu lassen.«

Ein Schatten von Unsicherheit huschte über Smits Gesicht. »Ich
– ich verstehe nicht, Mr. Travis.«
»Nicht Travis. Ich heiße McGregor, Jamie McGregor. Erinnerst
du dich jetzt? Vor einem Jahr noch hattest du es auf mein Leben
abgesehen. Vor dem Schuppen. Im Auftrag von van der
Merwe.«
Smit runzelte die Stirn, plötzlich hellwach. »Ich weiß nicht,
was –«
»Halt's Maul und hör mir zu.« Jamies Stimme kam wie ein Peitschenschlag. Jamie sah, wie es in Smits Kopf arbeitete. Smit versuchte, das Bild des weißhaarigen Mannes vor ihm mit dem des eifrigen Jungen von vor einem Jahr in Übereinstimmung zu bringen.
»Ich bin noch am Leben, und ich bin reich – reich genug, um dich
und diese Spelunke von ein paar Leuten niederbrennen zu lassen. Ist dir das klar, Smit?«
Smit wollte schon wieder den Unwissenden spielen, doch als er
in Jamie McGregors Augen sah und die Gefahr darin erkannte,
sagte er vorsichtig: »Ja, Sir . . .«
»Van der Merwe bezahlt dich dafür, daß du ihm Digger rüberschickst, die er dann nach Strich und Faden übers Ohr haut. Interessante kleine Geschäftsverbindung. Wieviel zahlt er dir dafür?«
Keine Antwort.
»Wieviel?«
»Zwei Prozent«, gab Smit widerstrebend zu.
»Ich gebe dir fünf. Von nun an schickst du jeden potentiellen
Digger zu mir. Ich finanziere ihn dann. Mit dem Unterschied,
daß jeder von euch seinen gerechten Anteil kriegt. Denkst du
etwa, van der Merwe hätte dir wirklich zwei Prozent von seinem
Gewinn abgegeben? Du bist ein Dummkopf.«
Smit nickte. »In Ordnung, Mr. Trav-, Mr. McGregor. Ich verstehe.«
Jamie erhob sich. »Nicht ganz.« Er beugte sich über den Tisch.
»Du willst zu van der Merwe gehen und ihm von unserer kleinen Unterhaltung erzählen, damit du bei uns beiden kassieren
kannst. Die Sache hat nur einen Haken, Smit.« Er senkte die
Stimme. »Wenn du das machst, kannst du dich begraben lassen.«

## 7

Jamie zog sich gerade an, als er es vorsichtig an der Tür klopfen hörte. Er horchte. Es klopfte noch einmal. Er ging zur Tür und öffnete. Es war Margaret.
»Komm rein, Maggie«, sagte er. »Ist was passiert?« Es war das erste Mal, daß sie ihn in seinem Hotelzimmer besuchte. Sie trat ein, fand es aber schwierig, jetzt, da sie ihm gegenüberstand, zu reden. Sie hatte die ganze Nacht wachgelegen und sich den Kopf zerbrochen, wie sie es ihm sagen sollte. Sie hatte Angst, daß er sie nie wieder sehen wollte.
Sie schaute ihm in die Augen. »Ian, ich bekomme ein Kind von dir.«
Sein Gesicht blieb unbewegt, und Margaret wurde von der panischen Angst befallen, ihn verloren zu haben. Urplötzlich jedoch hellte sich seine Miene auf und zeigte solche Freude, daß alle Zweifel in ihr schwanden. Er packte sie am Arm und sagte: »Herrlich, Maggie! Wunderbar! Hast du es deinem Vater schon gesagt?«
Margaret wich erschrocken zurück. »O nein! Er –« Sie ging zu dem viktorianischen grünen Plüschsofa hinüber und setzte sich. »Du kennst Vater nicht. Er – er würde das nie verstehen.«
Jamie zog sich schnell ein Hemd über. »Komm, wir sagen es ihm zusammen.«
»Bist du sicher, daß alles in Ordnung kommen wird, Ian?«
»Ich war in meinem ganzen Leben noch nie so sicher.«

Salomon van der Merwe war gerade damit beschäftigt, Trockenfleischstreifen für einen Schürfer abzuwiegen, als Jamie und Margaret zu ihm in den Laden spazierten.
»Ah, Ian. Ich komme sofort.« Er fertigte seinen Kunden rasch ab und kam dann zu Jamie hinüber. »Und wie geht es Ihnen an diesem wunderschönen Tag?« fragte van der Merwe.
»Es könnte mir gar nicht besser gehen«, erwiderte Jamie strahlend. »Ihre Maggie bekommt ein Kind.«
Plötzlich war es ganz still geworden. »Ich – ich verstehe nicht«, stotterte van der Merwe.
»Ganz einfach. Ich habe sie geschwängert.«
Jegliche Farbe wich aus van der Merwes Gesicht. »Das – das ist doch nicht wahr?« Ein Strudel widersprüchlichster Empfindungen packte ihn, ein fürchterlicher Schock darüber, daß seine

kostbare Tochter ihre Jungfräulichkeit verloren hatte ... schwanger geworden war ... Er würde zum Gespött der ganzen Stadt werden. Aber Ian Travis war ja ein sehr reicher Mann. Und wenn sie nur schnell genug heirateten.
Van der Merwe wandte sich an Jamie. »Sie werden sie natürlich sofort heiraten.«
Jamie schaute ihn erstaunt an. »*Heiraten?* Sie würden Maggie wirklich erlauben, einen dummen Jungen zu heiraten, den Sie nach Strich und Faden ausgenommen haben?«
In van der Merwes Kopf drehte sich alles. »Wovon sprechen Sie, Ian? Ich habe niemals ...«
»Ich heiße nicht Ian«, sagte Jamie brüsk. »Ich bin Jamie McGregor. Hast mich nicht wiedererkannt, was?«
Er bemerkte van der Merwes verwirrten Gesichtsausdruck. »Nein, natürlich nicht. Der Junge ist tot. Du hast ihn umgebracht. Aber ich bin nicht nachtragend, van der Merwe. Deshalb schenke ich dir auch was. Meinen Samen im Bauch deiner Tochter.«
Und Jamie drehte sich um und ging, ließ Vater und Tochter, die ihm fassungslos nachstarrten, stehen.
Margaret hatte nur ungläubig zugehört. Das konnte unmöglich wahr sein, was er gerade gesagt hatte. *Er liebt mich doch! Er –*
Salomon van der Merwe drehte sich wutentbrannt zu seiner Tochter um. »Du Hure!« brüllte er. »*Hure! Raus hier! Mach, daß du rauskommst!*«
Margaret stand wie versteinert da, unfähig zu begreifen, was da eigentlich mit ihr geschah. Ian machte sie für etwas verantwortlich, was ihr Vater ihm angetan hatte. Ian dachte, sie sei in etwas Böses verwickelt. *Wer ist Jamie McGregor? Wer –?*
»Raus!« Van der Merwe schlug sie mitten ins Gesicht. »In meinem ganzen Leben will ich dich nicht wiedersehen.«
Margaret stand wie angewurzelt, ihr Herz pochte wild. Ihr Vater war wie ein Wahnsinniger. Sie drehte sich um und rannte fluchtartig aus dem Laden.

Salomon van der Merwe schaute ihr nach, wie sie wegging, von Verzweiflung gepackt. Oft genug hatte er miterlebt, was mit solchen Töchtern geschehen war. Sie hatten in der Kirche aufstehen müssen und waren öffentlich angeprangert und schließlich aus der Gemeinde ausgeschlossen worden. Genau das, was sie verdient hatten. Aber seine Margaret war anständig und gottesfürchtig erzogen worden. *Wie konnte sie mir so etwas antun?* Van der Merwe stellte sich den nackten Körper seiner Tochter vor, sah, wie sie sich mit diesem Mann vereinigte, wie sie sich wie brünstige Tiere wanden; und er bekam eine Erektion.

Er hängte das Schild GESCHLOSSEN an die Eingangstür des Ladens und ließ sich kraft- und willenlos auf sein Bett fallen. Er würde zum allgemeinen Gespött werden, sobald die Geschichte in der Stadt die Runde gemacht hatte. Er mußte dafür sorgen, daß keiner davon erfuhr. Er würde diese Hure für immer aus seiner Umgebung verbannen. Er kniete nieder und betete: *O Gott! Wie konntest Du mir, Deinem gehorsamen Diener, so etwas antun? Warum hast Du mich verlassen? Laß sie sterben, o Herr. Laß sie beide sterben...*

Im Sundowner Saloon herrschte mittägliche Betriebsamkeit, als Jamie hereinkam. Er ging an die Bar und drehte sich dann zu den Anwesenden um. »Ich bitte um Ihre Aufmerksamkeit!« Das Stimmengewirr verebbte. »Eine Runde für alle.«
»Was gibt's?« fragte Smit. »Wieder fündig geworden?«
Jamie lachte. »In gewisser Weise schon, mein Freund. Salomon van der Merwes unverheiratete Tochter ist schwanger. Und Mr. van der Merwe wünscht, daß wir ihm alle helfen, dies gebührend zu feiern.«
»O Gott!« flüsterte Smit.
»Gott hatte nichts damit zu tun. Nur Jamie McGregor.«

Eine Stunde später wußte jeder in Klipdrift Bescheid: Daß Ian Travis in Wirklichkeit Jamie McGregor war, und daß er van der Merwes Tochter geschwängert hatte; daß Margaret van der Merwe die ganze Stadt an der Nase herumgeführt hatte.
»Sie sieht gar nicht wie so eine aus, nicht wahr?«
»Stille Wasser gründen tief, sagt man.«
»Ich würde zu gerne wissen, wer wohl alles noch seinen Docht in dem Brunnen abgekühlt hat.«
»Sie hat 'ne gute Figur. So eine hätte ich gerne selber mal.«
»Warum fragst du sie nicht? Kleinlich ist sie ja nicht.«
Und die Männer lachten.

Als Salomon van der Merwe an jenem Nachmittag seinen Laden verließ, hatte er sich genau überlegt, wie er mit dieser fürchterlichen Katastrophe fertig werden wollte. Mit der nächsten Post-

kutsche würde er Margaret nach Kapstadt schicken. Da sollte sie dann ihren Bastard kriegen, und niemand in Klipdrift würde irgend etwas von seiner Schande erfahren. Van der Merwe trat auf die Straße hinaus.
»Tag, Mr. van der Merwe. Ich habe gehört, Sie haben 'ne Extraladung Babysachen bestellt.«
»Guten Tag, Salomon. Hab' gehört, daß du bald 'ne kleine Hilfe für deinen Laden kriegst.«
»Hallo, Salomon. Ein Vogelkundler erzählte mir gerade, daß er eine neue Art unten am Vaal gesichtet hat. Einen Storch, stellen Sie sich vor!«
Salomon van der Merwe machte kehrt und taumelte wie blind in sein Geschäft zurück, wo er die Tür hinter sich verriegelte.

Im Sundowner Saloon trank Jamie seinen Whisky und lauschte dem Klatsch um sich herum. Dies war der größte Skandal in der Geschichte von Klipdrift, und sämtliche Bewohner weideten sich daran. *Ich wünschte,* dachte Jamie, *Banda wäre hier, er hätte seine Freude daran.* Jetzt bezahlte Salomon van der Merwe für das, was er Bandas Schwester angetan hatte, was er ihm selbst, Jamie, angetan hatte – und wie vielen anderen noch? Aber dies sollte nur der Anfang sein. Jamies Rachezug würde erst vollkommen sein, wenn Salomon van der Merwe am Boden zerstört war.
Was Margaret betraf, so hatte er keinerlei Mitleid mit ihr. Sie war mitschuldig. Was hatte sie noch am ersten Tag ihrer Bekanntschaft gesagt? *Mein Vater könnte Ihnen dabei vielleicht helfen. Er weiß einfach alles.* Sie war schließlich auch eine van der Merwe, und Jamie hatte sich vorgenommen, beide zu vernichten.
Smit kam zu Jamie an den Tisch. »Kann ich mal 'nen Moment mit Ihnen sprechen, Mr. McGregor?«
»Was gibt's?«
Smit räusperte sich verlegen. »Ich kenne da ein paar Digger, die zehn Claims in der Nähe von Pniel haben. Die finden Diamanten da, haben aber nicht das Geld für 'ne richtige Ausrüstung. Die suchen einen Partner. Ich dachte, Sie wären vielleicht daran interessiert.«
Jamie musterte ihn. »Das sind die Leute, über die du mit van der Merwe gesprochen hast, nicht wahr?«
Smit nickt überrascht. »Ja, Sir. Aber ich habe über Ihren Vorschlag nachgedacht und würde lieber mit Ihnen Geschäfte machen.«

Jamie griff nach einem langen, dünnen Zigarillo, und Smit gab ihm eilfertig Feuer. »Erzähl weiter.« Und das tat Smit.

Anfangs war die Prostitution in Klipdrift eine mehr zufällige Begleiterscheinung gewesen. Die Freudenmädchen waren zumeist Schwarze, die in schmuddeligen Puffs in irgendwelchen Nebenstraßen arbeiteten. Die ersten Prostituierten weißer Hautfarbe in der Stadt traten abends als Bardamen auf, aber mit der steigenden Zahl von Diamantenfunden und dem damit verbundenen zunehmenden Wohlstand mehrte sich auch die Zahl der weißen Liebesdienerinnen.
Inzwischen gab es etliche Freudenhäuser am Rande von Klipdrift, hölzerne Eisenbahnhütten mit Wellblechdächern. Die einzige Ausnahme bildete das Etablissement der Madame Agnes, ein ansehnliches, zweistöckiges Haus, so gelegen, daß der weibliche Teil der Stadtbevölkerung nicht daran vorbeigehen und daran Anstoß nehmen mußte. Frequentiert wurde es von den Ehemännern dieser ehrbaren Frauen und vor allem von Fremden, die es sich leisten konnten. Es war nicht gerade billig, aber die Mädchen waren jung und ihr Geld wert. Die Drinks wurden in einem einigermaßen geschmackvollen Empfangsraum serviert, und Madame Agnes hatte es sich zur Regel gemacht, niemals einen Kunden zu drängen oder übers Ohr zu hauen. Sie selbst war ein heiterer, robuster Rotschopf Mitte Dreißig. Früher hatte sie in einem Bordell in London gearbeitet, aber die vielen Geschichten über Städte wie Klipdrift, wo das Geld auf der Straße liegen sollte, hatten sie nach Südafrika gezogen.
Madame Agnes war stolz darauf, daß ihr die Männer nichts vormachen konnten; Jamie McGregor war ihr ein Rätsel. Er kam oft, war großzügig und immer umgänglich, aber er schien in sich zurückgezogen und unerreichbar zu sein. Seine Augen faszinierten Agnes am meisten: helle, unauslotbare Seen, aber kalt. Ganz im Gegensatz zu den anderen Kunden ihres Hauses sprach er nie über sich oder seine Vergangenheit. Madame Agnes hatte vor einigen Stunden gehört, daß Jamie McGregor absichtlich die Tochter Salomon van der Merwes geschwängert und sich dann geweigert hatte, sie zu heiraten. *Dieser Scheißkerl!* dachte sie. Aber sie mußte zugeben, daß er ein recht attraktiver Scheißkerl war. Sie beobachtete, wie er gerade die mit rotem Teppich ausgelegte Treppe herunterkam, höflich gute Nacht wünschte und das Haus verließ.

Als Jamie ins Hotel zurückkam, fand er Margaret in seinem Zimmer. Sie starrte aus dem Fenster, und als er hereinkam, drehte sie sich um.

»Hallo, Jamie«, sagte sie mit zittriger Stimme.

»Was machst du denn hier?«

»Ich muß mit dir reden.« – »Ich wüßte nicht, worüber.«

»Mir ist klar, warum du das tust. Du haßt meinen Vater.« Margaret ging auf ihn zu. »Aber du sollst wissen, daß ich keine Ahnung davon hatte, was er dir angetan hat. Glaub mir, bitte – ich flehe dich an, hasse mich nicht. Ich liebe dich so sehr.«

Jamie musterte sie kalt. »Das ist *dein* Problem.«

»Bitte, guck mich nicht so an. Du liebst mich doch auch...«

Er hörte ihr nicht zu. Noch einmal machte er in Gedanken die fürchterliche Reise nach Magerdam durch, auf der er fast gestorben war... wälzte bis zum Umfallen die schweren Felsbrocken von den Flußufern... und endlich, wie durch ein Wunder, fand er Diamanten... gab sie van der Merwe und hörte ihn sagen: *Sie haben mich mißverstanden, Mr. McGregor. Sie haben lediglich für mich gearbeitet... Ich fürchte, die Sonne hat Ihnen das Gehirn ausgedörrt.* Und dann die wüste Schlägerei... Wieder roch er die Geier, fühlte, wie sich ihre scharfen Schnäbel in sein Fleisch bohrten...

Wie aus weiter Entfernung drang Margarets Stimme an sein Ohr. »Erinnerst du dich nicht? Ich – gehöre – zu – dir... Ich liebe dich.«

Er schüttelte seine Erinnerungen ab und schaute sie an. *Liebe.* Dieses Wort war ihm fremd geworden. Van der Merwe hatte jedes Gefühl aus ihm herausgebrannt. Nur Haß war übriggeblieben. Er lebte vom Haß, er war sein Lebenselixier. Haß hatte ihn am Leben erhalten, als er mit den Haien kämpfte und die Riffe überwand, als er über die Minen in den Diamantenfeldern der Namib-Wüste kroch. Dichter schrieben über die Liebe, Sänger besangen sie, und vielleicht gab es sie ja auch wirklich. Aber Liebe war für andere Menschen da, nicht für Jamie McGregor.

»Du bist Salomon van der Merwes Tochter. Das ist sein Enkel, den du in deinem Bauch trägst. Mach, daß du rauskommst.«

Margaret konnte sich nirgendwohin wenden. Sie liebte ihren Vater und wollte, daß er ihr verzieh, aber sie wußte auch, daß er dies niemals tun würde oder tun könnte. Er würde ihr das Leben zur Hölle machen, aber sie hatte ja keine Wahl.

Margaret verließ das Hotel und ging zum Geschäft ihres Vaters. Sie bemerkte, daß jeder, der ihr begegnete, sie anstarrte. Einige Männer grinsten sie vielsagend an, aber sie ging erhobenen Hauptes an ihnen vorbei. Sie zögerte, bevor sie den Laden betrat. Er war leer, ihr Vater kam aus dem Hinterzimmer.
»Vater...«
»*Du!*« Die Verachtung in seiner Stimme war wie ein Schlag ins Gesicht. Er kam näher, und sie konnte seine Whiskyfahne riechen. »Ich will, daß du aus der Stadt verschwindest. Sofort. Heute nacht noch. Und komm mir nie mehr in die Nähe. Verstehst du mich? Nie mehr!« Er zerrte ein paar Geldscheine aus der Tasche und warf sie auf den Boden. »Nimm das und hau ab.«
»Ich trage dein Enkelkind unter dem Herzen.«
»Das Balg des Teufels trägst du!« Er kam noch näher, seine Hände zu Fäusten geballt. »Jedesmal, wenn man dich irgendwo wie eine Hure herumstreichen sieht, werden die Leute hier an meine Schande erinnert. Wenn du weg bist, vergessen sie es.«
Sie schaute ihn lange an, erkannte, wie aussichtslos alles war, drehte sich dann um und stolperte wie blind aus der Tür.
»Dein Geld, du Hure!« schrie er. »Du hast das Geld vergessen!«

Am Rande der Stadt gab es ein preiswertes Logierhaus, und dorthin machte sich Margaret, immer noch total verwirrt, auf den Weg. Sobald sie angekommen war, schaute sie sich nach Mrs. Owens um, der Besitzerin, eine stämmige, freundlich blikkende Frau in den Fünfzigern, deren Ehemann sie kurz nach ihrer Ankunft in Klipdrift sitzengelassen hatte. Jede andere Frau wäre verloren gewesen, aber Mrs. Owens war zum Überleben geboren. Sie hatte schon eine ganze Menge verzweifelter Menschen in dieser Stadt erlebt, aber niemals jemanden, der so schlimm dran war wie das siebzehnjährige Mädchen, das jetzt vor ihr stand.
»Sie wollten mich sprechen?«
»Ja. Ich wollte fragen, ob – ob Sie vielleicht eine Stelle für mich hätten.«
»Eine Stelle? Als was?«
»Irgend etwas. Ich kann gut kochen. Oder servieren. Oder die Betten machen. Ich – ich würde –« Ihre Verzweiflung war deutlich herauszuhören. »O bitte«, flehte sie, »irgend etwas!«

Mrs. Owens betrachtete das zitternde Mädchen vor ihr, und es brach ihr fast das Herz. »Ich denke schon, daß ich noch eine Hilfe brauchen könnte. Wann könnten Sie anfangen?« Sie sah, wie sich Margarets Miene erhellte. »Sofort.«

»Ich kann Ihnen aber nur –« Sie dachte sich einen Betrag aus und legte noch etwas dazu – »ein Pfund, zwei Shilling und elf Pence im Monat geben, außerdem Unterkunft und Verpflegung.«

»Das wird mir reichen«, erwiderte Margaret dankbar.

Salomon van der Merwe ließ sich nur noch selten auf den Straßen von Klipdrift blicken. Immer häufiger kam es vor, daß seine Kunden das Schild GESCHLOSSEN an seiner Ladentür vorfanden. Es dauerte nicht lange, und sie tätigten ihre Geschäfte anderswo.

Doch nach wie vor ging Salomon van der Merwe jeden Sonntag zur Kirche, nicht, um zu beten, sondern um von Gott zu verlangen, daß Er das schreckliche Unrecht, das über Seinen gehorsamen Diener gekommen war, räche. Hatten die anderen Gemeindemitglieder ihm aufgrund seines Reichtums und seiner Macht immer den gebührenden Respekt gezollt, so merkte er nun, daß hinter seinem Rücken getuschelt wurde. Die Familie im Kirchenstuhl neben dem seinen suchte sich einen anderen, van der Merwe wurde zum Paria. Was ihn endgültig demoralisierte, war eine donnernde Predigt des Pastors, in der dieser kunstvoll den Auszug der Kinder Israel aus Ägypten, den Propheten Hesekiel und ein Zitat aus den Büchern Mose miteinander verknüpfte:

»Ich, der Herr, dein Gott, bin ein eifriger Gott, der da heimsucht der Väter Missetat an den Kindern. Darum, du Hure, höre des Herrn Wort! Weil du denn so milde Geld zugibst, und deine Blöße durch deine Hurerei gegen deine Buhlen aufdeckest... Und der Herr redete mit Moses und sprach: Du sollst deine Tochter nicht zur Hurerei halten, daß nicht das Land Hurerei treibe und werde voll Lasters...«

Von diesem Sonntag an setzte van der Merwe keinen Fuß mehr in die Kirche.

Im gleichen Maße, in dem Salomon van der Merwes Geschäfte zurückgingen, blühten die Jamie McGregors auf. Da die Kosten für das Schürfen von Diamanten sich um so mehr erhöht hatten, je tiefer nach ihnen gegraben werden mußte, war es den Diggern immer weniger möglich, sich die dafür benötigte komplizierte Ausrüstung zu leisten. So sprach es sich schnell herum, daß Jamie McGregor sie im Austausch gegen einen Anteil an den Minen finanzierte. Jamie legte sein Geld in Grund und Boden und Beteiligungen in Gold an.

In der Stadt gab es zwei Banken, von denen eine wegen der Unfähigkeit ihrer Manager in Schwierigkeiten geriet. Jamie kaufte sie auf.

Alles, was er anfaßte, schien vom Erfolg gekrönt – er war erfolgreicher und wohlhabender, als er es sich jemals in seinen Jugendträumen hätte ausmalen können. Doch es bedeutete ihm nicht viel. Der Maßstab, den er dabei anlegte, war der Niedergang Salomon van der Merwes. Seine Rache hatte eben erst begonnen.

Von Zeit zu Zeit begegnete er Margaret auf der Straße. Er nahm keine Notiz von ihr.

Jamie hatte keine Ahnung davon, wie sich diese Zufallsbegegnungen auf Margaret auswirkten. Sein Anblick raubte ihr den Atem, und sie mußte stehenbleiben, um sich wieder zu fangen. Sie liebte ihn noch immer, war ihm verfallen, und nichts konnte daran etwas ändern. Er hatte ihren Körper benutzt, um ihren Vater zu strafen, aber Margaret wußte auch, daß sich das als zweischneidiges Schwert für ihn erweisen konnte. Bald würde Jamies Baby zur Welt kommen, und wenn er es erst einmal sah, sein eigen Fleisch und Blut, würde er sie heiraten und dem Kind seinen Namen geben. Margaret würde Mrs. Jamie McGregor, und das war alles, was sie vom Leben noch erwartete. Jeden Abend vor dem Schlafengehen berührte sie ihren Leib und flüsterte: »Unser Sohn.« So glaubte sie, Einfluß auf das Geschlecht des Kindes nehmen zu können, denn schließlich wünschte sich jeder Mann einen Sohn.

Je mehr ihr Leib an Umfang zunahm, desto ängstlicher wurde sie. Sie war allein, umgeben von Fremden, und weinte nachts um sich selbst und um ihr ungeborenes Kind.

Jamie McGregor hatte ein zweistöckiges Haus mitten in Klipdrift erworben und benutzte es als Zentrale für seine expandierenden Unternehmen, und eines Tages führte sein Hauptbuchhalter, Harry McMillan, die folgende Unterredung mit ihm:

»Wir legen Ihre Firmen zusammen«, teilte er Jamie mit, »und wir brauchen einen Konzernnamen. Haben Sie einen Vorschlag?«

»Ich werde darüber nachdenken.«

Und Jamie dachte darüber nach. Immer noch hörte er im Geiste de lange verwehten Echos, die den *mis* über den Diamantenfeldern in der Namib-Wüste durchdrangen, und er wußte, daß nur ein Name in Frage kam. Er zitierte den Buchhalter zu sich. »Wir werden die neue Gesellschaft Kruger-Brent nennen, Kruger-Brent Limited.«

Alvin Cory, Jamies Bankdirektor, schaute kurz herein. »Es ist wegen Mr. van der Merwes Krediten«, sagte er. »Er ist sehr weit im Rückstand. Bisher war es kein großes Risiko, aber nun hat sich seine Situation drastisch verändert, Mr. McGregor. Ich finde, wir sollten ihm den Kredit kündigen.«
»Nein.«
Cory sah Jamie überrascht an. »Er kam heute morgen, um noch mehr Geld aufzunehmen –«
»Geben Sie es ihm. Geben Sie ihm so viel, wie er will.«
Der Manager erhob sich. »Wie Sie wünschen, Mr. McGregor. Ich werde ihm mitteilen, daß Sie –«
»Sie teilen ihm gar nichts mit. Sie geben ihm nur das Geld.«

Margaret stand jeden Morgen um fünf Uhr auf, backte große Laibe gutriechenden Brotes und Sauerteigplätzchen und bediente die Logiergäste, die zum Frühstück ins Eßzimmer herunterkamen, mit Haferbrei, Schinken und Eiern, Buchweizenkuchen, Brötchen, dampfendem Kaffee und *naartje*. Die meisten der Gäste waren Digger, die zu ihren Claims unterwegs waren oder gerade daher kamen. Normalerweise blieben sie gerade lange genug in Klipdrift, um ihre Diamanten schätzen zu lassen, ein Bad zu nehmen, sich einmal zu besaufen und in den Puff zu gehen, meistens genau in dieser Reihenfolge. Zumeist waren sie rauhe, ungebildete Abenteurer.
In Klipdrift galt das ungeschriebene Gesetz, daß anständige Frauen nicht belästigt werden durften. Wenn ein Mann Sex wollte, ging er zu einer Hure. Margaret van der Merwe war allerdings eine Herausforderung, weil sie in keine der beiden Kategorien paßte. Anständige, unverheiratete Mädchen wurden nicht schwanger, und es ging die Rede, daß Margaret, da sie es ja einmal gemacht hatte, nun eifrig darauf erpicht sei, jeden anderen Mann ebenfalls in ihr Bett zu kriegen. Die Männer brauchten nur zu fragen. Und das taten sie.
Einige Schürfer waren offen und geradeheraus, andere gaben sich eher hinterhältig und lauernd. Margaret behandelte sie alle

mit ruhiger Würde. Aber eines Abends, als Mrs. Owens sich gerade bettfertig machte, hörte sie Schreie aus Margarets Zimmer im hinteren Teil des Hauses. Die Wirtin riß die Tür auf und stürzte in den Raum. Einer der Gäste, ein betrunkener Digger, hatte Margaret das Nachthemd vom Körper gerissen und sich über sie aufs Bett geworfen.
Wie eine Furie stürzte sich Mrs. Owens auf ihn. Mit einem Bügeleisen schlug sie auf ihn ein. Vor Wut bebend schlug sie den Digger bewußtlos, schleifte ihn in die Eingangshalle und von dort auf die Straße. Danach kehrte sie eilends in Margarets Zimmer zurück. Margaret wischte sich gerade das Blut von den Lippen, in die der Kerl sie gebissen hatte. Ihre Hände zitterten.
»Alles in Ordnung, Maggie?«
»Ja. Ich – danke Ihnen, Mrs. Owens.«
Gegen ihren Willen kamen ihr die Tränen. In einer Stadt, in der kaum jemand das Wort an sie richtete, gab es einen Menschen, der sogar freundlich zu ihr war.
Mrs. Owens betrachtete Margarets angeschwollenen Leib und dachte: *Arme Träumerin. Jamie McGregor wird sie niemals heiraten.*

Der Zeitpunkt der Niederkunft rückte näher. Margaret ermüdete jetzt immer sehr schnell, und das Bücken und Aufrichten wurde zur Anstrengung. Ihre einzige Freude war es, wenn sie spürte, wie sich das Baby bewegte. Stunde um Stunde redete sie mit ihm und erzählte ihm von all dem Wunderbaren, das das Leben für es bereithielt.
Eines späten Abends erschien, gleich nach dem Essen, ein junger Schwarzer im Logierhaus und überreichte Margaret einen versiegelten Brief.
»Ich soll auf Antwort warten«, sagte er zu ihr.
Margaret las den Brief, las ihn sehr langsam noch einmal. »Ja«, sagte sie. »Die Antwort lautet ja.«

Am nächsten Freitag erschien Margaret pünktlich zu Mittag vor Madame Agnes' Bordell. Auf einem Schild an der Eingangstür stand GESCHLOSSEN. Margaret klopfte vorsichtig an und übersah die erstaunten Blicke der Passanten. Sie fragte sich, ob es falsch gewesen war, hierherzukommen. Die Entscheidung war ihr nicht leichtgefallen, und sie hatte die Einladung nur angenommen, um dieser fürchterlichen Einsamkeit zu entrinnen.
Der Brief hatte gelautet:

Liebe Miß van der Merwe!
Es geht mich zwar nichts an, aber meine Mädchen und ich haben über Ihre unglückliche und unverschuldete Lage gesprochen und halten es für eine verdammte Schweinerei. Wir möchten Ihnen und dem Baby gerne helfen. Wenn Sie es nicht in Verlegenheit bringt, würden wir uns sehr freuen, wenn Sie zum Mittagessen kämen. Würde Ihnen Freitag mittag passen?

Hochachtungsvoll<br>Madame Agnes

PS. Sie können sich auf unsere Diskretion verlassen.

Margaret fragte sich gerade, ob sie nicht lieber kehrtmachen solle, als Madame Agnes die Tür öffnete.
Sie nahm Margaret am Arm und sagte: »Kommen Sie herein, Liebes. Diese verdammte Hitze ist nichts für Sie.«
Sie führte Margaret in den Salon, der mit viktorianischen Plüschmöbeln und Tischen und Stühlen ausstaffiert war. Der Raum war mit Bändern und Schleifen und sogar mit knallbunten Luftballons dekoriert. Pappschilder hingen von der Decke, auf denen zu lesen stand: WILLKOMMEN, BABY... ES WIRD EIN JUNGE... HERZLICHEN GLÜCKWUNSCH ZUM GEBURTSTAG.
Acht von Madame Agnes' Mädchen, alle unterschiedlich alt, von verschiedener Größe und Hautfarbe, befanden sich im Salon. Sie hatten sich unter der Aufsicht von Madame Agnes dem Anlaß entsprechend gekleidet, trugen schlichte Tageskleider, waren nicht geschminkt.
*Sie sehen anständiger aus,* dachte Margaret verwundert, *als die meisten Frauen in der Stadt.*
Margaret starrte die Prostituierten unschlüssig an. Ein paar der Mädchen, die sie schon im Geschäft ihres Vaters bedient hatte, erkannte sie wieder. Einige waren jung und sehr schön, andere älter und mollig und mit offensichtlich gefärbtem Haar. Aber alle hatten sie eins gemeinsam – sie besaßen *Mitgefühl.* Sie waren freundlich, warmherzig und liebenswürdig und wollten sie glücklich machen.
Unsicher schlichen sie um Margaret herum, ängstlich darauf bedacht, nichts Falsches zu sagen oder zu tun. Sie fühlten sich durch Margarets Kommen geehrt und waren fest entschlossen, diese Party so schön wie möglich für sie zu gestalten. »Wir ha-

ben Mittagessen gemacht, Süße«, sagte Madame Agnes. »Ich hoffe, daß Sie Hunger haben.«
Sie wurde ins Eßzimmer geführt, wo der Tisch festlich gedeckt war, und eine Flasche Champagner auf Margarets Platz stand. Als sie durch den Flur gingen, warf Margaret einen Blick auf die Treppe, die nach oben in den ersten Stock zu den Schlafzimmern führte. Sie wußte, daß Jamie hier verkehrte, und fragte sich, welches Mädchen er sich aussuchte. Vielleicht jedesmal eine andere. Und sie betrachtete die Mädchen noch einmal und fragte sich, was Jamie an ihnen fand, das sie ihm nicht geben konnte.
Das Mittagessen entpuppte sich als regelrechtes Festmahl. Es begann mit einer exquisiten kalten Suppe und Salat, gefolgt von frischem Karpfen. Danach gab es Lamm und Ente mit Kartoffeln und Gemüse, zum Nachtisch weingetränkten Mandelkuchen mit Eiercreme, Käse, Obst und Kaffee. Margaret war selbst überrascht davon, wie herzhaft sie zulangte und wie sehr sie sich amüsierte. Sie saß am Kopf des Tisches, Madame Agnes zu ihrer Rechten und Maggie, ein wunderschönes, blondes Mädchen von höchstens sechzehn Jahren, zu ihrer Linken. Anfangs verlief die Unterhaltung recht gestelzt.
Plötzlich sagte Maggie, die hübsche Blondine: »Jamie hat gerade ein neues Diamantenfeld gefunden in –« Und als es plötzlich still wurde im Raum und sie ihren Fauxpas bemerkte, fügte sie nervös hinzu: »Ich meine meinen Onkel Jamie. Er – er ist mit meiner Tante verheiratet.«
Der heftige Anfall von Eifersucht, der sie überkam, überraschte Margaret; Madame Agnes wechselte schnell das Thema.
Nach dem Mittagessen erhob sich Madame Agnes und sagte: »Hier lang, Süße.«
Die Mädchen und Margaret folgten ihr in einen zweiten Salon, den sie bisher noch nicht gesehen hatte. Dort waren Dutzende von Geschenken aufgebaut, allesamt wunderschön verpackt. Margaret traute ihren Augen kaum.
»Ich – ich bin sprachlos.«
»Schauen Sie ruhig rein«, sagte Madame Agnes zu Margaret.
Zum Vorschein kamen eine Wiege, selbstgemachte Schühchen, Strampelsäcke, bestickte Häubchen, ein langer, bestickter Hausmantel aus Kaschmirwolle, französische Kinderstiefelchen, eine silberne Kindertasse mit Goldrand, ein Kamm und eine Bürste mit Griffen aus massivem Sterlingsilber, dazu Lätzchennadeln

aus solidem Gold mit Perlen an den Enden, eine Kinderrassel sowie ein Schaukelpferd, das wie ein Apfelschimmel angemalt war. Außerdem noch Spielsoldaten, farbige Bauklötzchen und, am schönsten von allem, ein langes, weißes Taufkleidchen.
Es war wie Weihnachten und übertraf alles, was Margaret erwartet hatte, und sie fing an zu schluchzen.
Madame Agnes legte den Arm um sie und sagte zu den Mädchen: »Geht hinaus.«
Still verließen sie den Raum. Madame Agnes führte Margaret zu einem Sofa und hielt sie fest, bis das Schluchzen nachließ.
»Es – es tut mir so leid«, stammelte Margaret. »Ich – ich weiß nicht recht, was über mich gekommen ist.«
»Ist schon recht, Süße. Dieses Zimmer hat schon eine ganze Menge Probleme kommen und gehen sehen. Und wissen Sie, was ich daraus gelernt habe? Irgendwie renkt sich am Ende alles wieder ein. Wird schon alles gut werden für Sie und Ihr Baby.«
»Danke«, flüsterte Margaret. Sie deutete auf den Stapel Geschenke. »Wie kann ich Ihnen und Ihren Freundinnen jemals dafür danken –«
Madame Agnes drückte Margarets Hand. »Ist nicht nötig. Sie glauben gar nich', wieviel Spaß die Mädchen und ich hatten, das alles zusammenzutragen. Wir haben nich' gerade oft Gelegenheit, so was zu tun. Wenn eine von uns schwanger wird, dann ist das 'n beschissenes Drama.« Rasch hielt sie die Hand vor den Mund und sagte: »Oh, entschuldigen Sie!«
Margaret lächelte. »Sie sollen wissen, daß dies einer der schönsten Tage in meinem Leben ist.«
»Wir fühlen uns durch Ihren Besuch sehr geehrt, Süße. Was mich betrifft, so sind Sie mehr wert als alle Frauen dieser Stadt zusammen. Diese verdammten Huren! Dafür, wie sie Sie behandeln, könnte ich sie glatt umbringen. Und nehmen Sie's mir nicht übel, aber Jamie McGregor ist ein verdammter Esel.« Sie stand auf. »Männer! Wie schön wäre die Welt, wenn wir ohne diese Scheißkerle leben könnten. Oder vielleicht auch nicht. Wer weiß?«
Margaret hatte ihre Fassung wiedergewonnen. Sie erhob sich und nahm Madame Agnes' Hände in die ihren. »Solange ich lebe, werde ich Ihnen das niemals vergessen. Eines Tages, wenn mein Sohn alt genug ist, werde ich ihm davon erzählen.«
Madame Agnes runzelte die Stirn. »Glauben Sie wirklich, daß Sie das tun sollten?«

Margaret lächelte. »Ja, das glaube ich wirklich.«
Madame Agnes begleitete Margaret zur Tür. »Ich werde einen Wagen bestellen, der Ihnen die Geschenke in das Logierhaus bringt, und – Ihnen alles Gute.«
»Danke, o danke.«
Madame Agnes stand einen Augenblick da und beobachtete, wie Margaret ein wenig schwerfällig die Straße hinunterging. Dann trat sie wieder ins Haus und rief laut: »Na, denn mal los, Ladys, an die Arbeit.«

8

Es war an der Zeit, die Falle endgültig zuschnappen zu lassen. Während der vergangenen sechs Monate hatte Jamie McGregor stillschweigend die Anteile von van der Merwes Teilhabern aufgekauft. Aber er war besessen von der Idee, van der Merwes Diamantenfelder im Namib an sich zu bringen. Für dieses Land hatte er schon hundertfach mit seinem Fleisch und Blut bezahlt, und um ein Haar sogar mit seinem Leben. Die Diamanten, die er und Banda dort gestohlen hatten, hatte er dazu benutzt, um ein Wirtschaftsimperium aufzubauen, von dessen Höhe herab er Salomon van der Merwe zerschmettern konnte. Jetzt wollte er die Sache zu Ende bringen.
Van der Merwe hatte sich immer mehr verschuldet. Keiner in der Stadt wollte ihm noch Geld leihen – außer der Bank, die Jamie gehörte.
Mittlerweile war der Laden beinahe ständig geschlossen. Van der Merwe fing schon am frühen Morgen an zu trinken und begab sich nachmittags zu Madame Agnes, wo er manchmal auch die Nacht verbrachte.
Eines Tages stand Margaret morgens beim Fleischer, um das Hühnchen abzuholen, das Mrs. Owens bestellt hatte, als sie aus dem Fenster blickte und ihren Vater das Bordell verlassen sah. Sie konnte diesen heruntergekommenen Mann, der da die Straße entlangschlurfte, kaum erkennen. *Das habe ich ihm angetan. O Gott, vergib mir, das habe ich getan!*
Salomon van der Merwe begriff nicht, wie ihm geschah. Er wußte, daß sein Leben irgendwie, ohne eigenes Verschulden, zerstört wurde. So wie Er einst Hiob erwählt hatte, so hatte Gott

nun ihn ausersehen, um seinen Glauben auf die Probe zu stellen. Van der Merwe war sich sicher, daß er am Ende über seine unsichtbaren Feinde triumphieren würde. Alles, was er brauchte, war ein wenig Zeit – Zeit und mehr Geld. Mittlerweile hatte er seinen Laden, die Anteile an sechs kleineren Diamantenfeldern und sogar sein Pferd und seine Kutsche als Sicherheiten verpfändet. Schließlich blieben ihm nur noch die Diamantenfelder im Namib, und am gleichen Tag, da er sie als Sicherheit anbot, schlug Jamie zu.
»Er muß seine gesamten Schuldverschreibungen einlösen«, wies Jamie seinen Bankdirektor an. »Geben Sie ihm vierundzwanzig Stunden Zeit, andernfalls verfallen sie.«
»Mr. McGregor, diese Summe kann er unmöglich aufbringen. Er –«
»Vierundzwanzig Stunden.«
Genau um vier Uhr am folgenden Nachmittag erschien der zweite Direktor zusammen mit einem Vollstreckungsbeamten und einer gerichtlichen Verfügung im Geschäft Salomon van der Merwes, um dessen weltliche Besitztümer zu konfiszieren. Jamie beobachtete, wie van der Merwe aus seinem Laden hinausgewiesen wurde. Der alte Mann blieb draußen stehen, blinzelte hilflos in die Sonne, unschlüssig, was er tun oder wohin er sich wenden sollte. Jamies Rache war vollzogen. *Wie kommt es,* fragte sich Jamie, *daß ich keine Genugtuung verspüre?* Er fühlte sich innerlich leer. Der Mann, den er zerstört hatte, hatte ihn selbst schon lange zuvor zerstört.
Als Jamie an diesem Abend zu Madame Agnes kam, sagte sie: »Haben Sie schon gehört, Jamie? Salomon van der Merwe hat sich vor einer Stunde eine Kugel in den Kopf gejagt.«
Das Begräbnis fand auf dem düsteren, windgepeitschten Friedhof außerhalb des Ortes statt. Außer den Totengräbern nahmen nur zwei Menschen daran teil: Margaret und Jamie McGregor. Margaret trug ein weites, schwarzes Kleid, um ihren unförmigen Leib zu verstecken; sie war blaß und sah schlecht aus. Jamie, groß und elegant, wirkte in sich gekehrt und unnahbar. Die beiden standen an entgegengesetzten Enden des Grabes und beobachteten, wie der einfache Holzsarg in die Grube gelassen wurde. Große Erdklumpen polterten auf den Sarg, und für Margaret hörte es sich an wie *Hure!* . . . *Hure!* . . .
Über das Grab ihres Vaters hinweg schaute sie auf Jamie, und ihre Blicke trafen sich. Seine Augen waren kalt und unpersön-

lich. In diesem Moment haßte ihn Margaret. *Da stehst du und fühlst nichts, dabei bist du genauso schuldig wie ich. Wir haben ihn auf dem Gewissen, du und ich. Vor Gott bin ich deine Frau, aber vor dem Teufel sind wir Komplizen.* Sie schaute in das offene Grab hinab und beobachtete, wie der Sarg mit einer letzten Schaufel Dreck bedeckt wurde. »Ruh dich aus«, flüsterte sie, »ruhe in Frieden.« Als sie wieder aufsah, war Jamie gegangen.

Als die Zeit der Niederkunft heranrückte, engagierte Mrs. Owens für Margaret eine schwarze Hebamme namens Hannah. Die Wehen setzten um drei Uhr morgens ein.
»Nur mitpressen«, instruierte Hannah sie. »Den Rest überlassen wir der Natur.«
Die ersten Schmerzen brachten ein Lächeln auf Margaretes Lippen. Sie würde einen Sohn gebären und ihm einen Namen geben. Sie würde dafür sorgen, daß Jamie McGregor sein Kind anerkannte. Ihr Sohn sollte nicht bestraft werden.
Die Wehen dauerten Stunde um Stunde.
»Wird es ein Junge?« keuchte Margaret.
Hannah wischte Margarets Stirn mit einem feuchten Tuch ab. »Ich sage Ihnen Bescheid, sobald ich seine Ausstattung zu Gesicht kriege. Pressen Sie jetzt. Ganz stark! Kräftig! Noch stärker!«
Die Wehen kamen in kürzeren Abständen, und der Schmerz schien Margarets Körper zu zerreißen. *O mein Gott, irgend etwas stimmt nicht,* dachte Margaret.
»Pressen Sie!« sagte Hannah. Aber plötzlich bekam ihre Stimme einen alarmierenden Klang. »Es liegt verkehrtherum«, rief sie. »Ich – ich kann es nicht holen!«
Wie durch einen roten Nebel sah Margaret, wie Hannah sich herunterbeugte, ihren Körper drehte. Das Zimmer verschwand, und plötzlich hatte sie keine Schmerzen mehr. Sie schwebte durch den Raum und sah am Ende eines Tunnels ein helles Licht und eine Gestalt, die ihr zuwinkte. Es war Jamie. *Ich bin es, Maggie, Liebling. Du wirst mir einen prächtigen Sohn schenken.* Er war zu ihr zurückgekehrt. Sie haßte ihn nicht mehr. Sie wußte, daß sie ihn nie gehaßt hatte. Sie hörte eine Stimme sagen: »Es ist gleich vorbei«, und sie spürte ein fürchterliches Ziehen, das sie laut aufschreien ließ.
»Jetzt!« sagte Hannah. »Es kommt.«
Und Sekunden später hörte Margaret Hannahs triumphieren-

den Ausruf. Sie hielt ihr ein rotes Bündel entgegen und sagte: »Willkommen in Klipdrift. Sie haben einen Sohn, Kleine.«
Sie nannte ihn Jamie.

Margaret wußte, daß Jamie bald von dem Baby erfahren würde, und sie wartete auf seinen Besuch oder eine Einladung von ihm. Nach mehreren Wochen, in denen sie nichts von ihm gehört hatte, schickte sie ihm eine Nachricht. Nach einer halben Stunde war der Bote zurück.
Margaret fieberte vor Ungeduld. »Hast du Mr. McGregor angetroffen?«
»Ja, Ma'am.«
»Und ihm die Nachricht übergeben?«
»Ja, Ma'am.«
»Was hat er denn gesagt?« wollte sie wissen.
Der Junge wurde verlegen. »Er – er sagte, er habe keinen Sohn, Miß van der Merwe.«
Den ganzen Tag und die ganze Nacht schloß sie sich mit dem Baby in ihrem Zimmer ein. »Dein Vater ist im Augenblick ein bißchen böse auf uns, Jamie. Er glaubt, deine Mutter hätte ihm etwas getan. Aber du bist sein Sohn, und wenn er dich sieht, wird er uns in sein Haus aufnehmen und uns beide sehr, sehr liebhaben. Du wirst schon sehen, Liebling, es wird alles gut werden.«

Als Mrs. Owens am nächsten Morgen an die Tür klopfte, öffnete Margaret. Sie schien seltsam ruhig zu sein.
»Alles in Ordnung, Maggie?«
»Ja, danke.« Sie zog Jamie frische Sachen an. »Ich werde ihn heute morgen im Kinderwagen spazierenfahren.«
Dieser Kinderwagen von Madame Agnes und ihren Mädchen war ein Prachtstück aus feinstem Schilfrohr. Die Polsterung war aus importiertem Brokat, und an seiner Rückseite war ein Sonnenschirm mit üppigem Volant befestigt.
Margaret schob den Kinderwagen auf dem schmalen Bürgersteig die Loop Street hinunter. Ab und zu blieb ein Fremder stehen und lächelte das Baby an, nur die Frauen aus der Stadt wandten ihre Augen ab oder gingen vorher auf die andere Straßenseite, um nicht mit Margaret zusammenzutreffen.
Margaret nahm keine Notiz von alldem, sie hatte nur einen Menschen im Sinn. An jedem schönen Tag zog sie dem Baby

nun einen seiner hübschen Anzüge an und fuhr es im Kinderwagen spazieren. Als sie Jamie am Ende der Woche noch nicht ein einziges Mal auf der Straße begegnet war, wurde ihr klar, daß er sie bewußt mied. *Nun ja, wenn er nicht kommt, um seinen Sohn zu sehen, dann wird sein Sohn ihn besuchen,* beschloß sie.
Am nächsten Morgen sagte sie im Salon zu Mrs. Owens: »Ich werde für kurze Zeit verreisen, Mrs. Owens. Ich bin in einer Woche zurück.«
»Das Baby ist noch zu klein für eine Reise, Maggie. Es –«
»Das Baby bleibt in der Stadt.«
Mrs. Owens runzelte die Stirn. »Sie meinen hier?«
»Nein, Mrs. Owens. Nicht hier.«

Jamie McGregor hatte sein Haus auf einem *koppie,* einem der Hügel oberhalb von Klipdrift, erbaut. Das Haus war mit baumbestandenem grünem Rasen und einem üppigen Rosengarten umgeben. Dahinter lagen die Remise und die Dienstbotenquartiere. Als Wirtschafterin fungierte Eugenia Talley, eine energische Witwe gesetzteren Alters, deren sechs erwachsene Kinder in England lebten.
Margaret kam um zehn Uhr morgens mit ihrem kleinen Sohn im Arm dort an, zu einer Zeit, da sie sicher sein konnte, daß Jamie im Büro war.
Mrs. Talley öffnete und starrte Margaret und das Kind überrascht an. Wie jeder andere im Umkreis von hundert Meilen wußte sie, wer die beiden waren.
»Es tut mir leid, aber Mr. McGregor ist nicht zu Hause«, sagte die Wirtschafterin und machte Anstalten, die Tür zu schließen.
Margaret fuhr dazwischen. »Ich bin nicht gekommen, um Mr. McGregor zu besuchen, ich bringe ihm nur seinen Sohn.«
»Es tut mir leid, aber davon weiß ich nichts. Sie –«
»Ich werde nur eine Woche wegbleiben, dann hole ich ihn wieder ab.« Sie hielt Mrs. Talley das Baby hin. »Es heißt Jamie.«
Mrs. Talley sah sie entsetzt an. »Sie können ihn doch nicht hierlassen! Herrje, das wäre Mr. McGregor –«
»Sie haben die Wahl«, teilte Margaret ihr mit. »Entweder nehmen Sie das Baby gleich mit ins Haus, oder ich lasse es hier auf der Türschwelle liegen. *Das* wäre Mr. McGregor bestimmt auch nicht recht.«
Ohne ein weiteres Wort drückte sie der Frau das Baby in die Arme und ging weg.

»Warten Sie! Sie können doch nicht –! Kommen Sie zurück! Miß –!«
Margaret drehte sich nicht einmal mehr um. Mrs. Talley stand da mit dem Bündel im Arm und dachte: *Ach du meine Güte, Mr. McGregor wird fuchsteufelswild werden!*

So hatte sie ihn noch nie erlebt. »Wie konnten Sie nur so *dumm* sein?« brüllte er. »Sie hätten ihr nur die Tür vor der Nase zuschlagen müssen!«
»Dazu gab sie mir keine Gelegenheit, Mr. McGregor. Sie –«
»Ich will ihr Kind nicht in meinem Haus haben!«
Aufgebracht rannte er hin und her, hielt ab und zu inne und baute sich vor der unglücklichen Wirtschafterin auf. »Dafür sollte ich Sie eigentlich rauswerfen.«
»Sie kommt in einer Woche wieder und holt ihn. Ich –«
»Ist mir egal, wann sie zurückkommt«, schrie Jamie. »Raus mit dem Balg. Sofort! Sorgen Sie dafür!«
»Wie soll ich das wohl machen, Mr. McGregor?« fragte sie spitz.
»Bringen Sie es in die Stadt. Irgendwo werden Sie es schon lassen können.«
»Wo?«
»Woher, zum Teufel, soll ich das wissen?«
Mrs. Talley betrachtete das winzige Bündel in ihrem Arm. Das Baby hatte angefangen zu weinen. »In Klipdrift gibt es keine Waisenhäuser.« Sie wiegte das Kind in ihren Armen, aber das Weinen wurde noch lauter. »Irgend jemand muß sich um ihn kümmern.«
Jamie raufte sich die Haare.
»Verdammt! Na gut«, entschied er sich dann. »Da Sie das Baby so großzügig aufgenommen haben, werden *Sie* sich auch darum kümmern.«
»Ja, Sir.«
»Und stellen Sie das unerträgliche Gejammer ab. Und eins muß klar sein, Mrs. Talley: Ich will das Balg nicht sehen, ich will nicht einmal wissen, daß es im Haus ist. Und wenn seine Mutter nächste Woche kommt, um es abzuholen, dann will ich sie auch nicht sehen. Ist das klar?«
Das Baby brüllte erneut aus Leibeskräften.
»Absolut, Mr. McGregor.« Und Mrs. Talley eilte hinaus.
Jamie McGregor saß alleine in seinem Bau, trank Kognak und

rauchte eine Zigarre. *Dieses dumme Weib. Der Anblick ihres Babys soll mir das Herz erweichen, ich soll zu ihr gerannt kommen und sagen: »Ich liebe dich. Ich liebe das Kind. Ich möchte dich heiraten.«* Na schön, er hatte das Kind nicht eines einzigen Blickes gewürdigt. Es hatte nichts mit ihm zu tun. Es war nicht mit Lust und schon gar nicht aus Liebe, sondern aus Rache gezeugt worden. Er würde sich immer daran erinnern, wie Salomon van der Merwe ausgesehen hatte, als er ihm mitteilte, daß seine Tochter schwanger war. Das war der Anfang gewesen. Das Ende war die Erde, die man auf seinen Holzsarg geworfen hatte. Er mußte Banda ausfindig machen und ihm berichten, daß er seinen Auftrag erfüllt hatte.

Jamie fühlte sich leer. *Ich muß mir neue Ziele setzen,* dachte er. Er hatte riesige Ländereien mit Bodenschätzen erworben. Seine Bank verfügte über Hypotheken auf die Hälfte aller Grundstücke in Klipdrift, und sein eigener Landbesitz erstreckte sich vom Namib bis nach Kapstadt. Es verschaffte ihm Befriedigung, aber das reichte ihm nicht aus. Er hatte seine Eltern gebeten, zu ihm zu ziehen, aber sie wollten Schottland nicht verlassen. Seine Schwester und seine Brüder hatten geheiratet. Er schickte seinen Eltern große Geldbeträge, was ihm auch Freude machte, aber sein Leben war auf einem Nullpunkt angelangt. Noch vor kurzem hatte es aus aufregenden Hochs und Tiefs bestanden, er hatte sich lebendig gefühlt. Mit Banda auf dem Floß die Riffe des Sperrgebiets zu überwinden, durch den Minengürtel in der Wüste zu kriechen – das war Leben gewesen. Daß er einsam war, gestand er nicht einmal sich selbst ein.
Er griff wieder nach der Kognakkaraffe und sah, daß sie leer war. Entweder hatte er mehr getrunken, als ihm bewußt geworden war, oder Mrs. Talley fing an, ihre Pflichten zu vernachlässigen. Jamie stand auf, nahm den Kognakschwenker und schlenderte zur Anrichte hinüber, wo die alkoholischen Getränke aufbewahrt wurden. Er öffnete gerade die Flasche, als er ein Kind glucksen hörte. *Der Kleine! Mrs. Talley hat das Baby wohl mit in ihre Räume gleich neben der Küche genommen.* Sie hatte seine Befehle genauestens ausgeführt; er hatte das Kind in den zwei Tagen, seit es als ungebetener Gast in seinem Haus weilte, weder gehört noch gesehen. Er hörte, wie Mrs. Talley mit dem Baby in dem Singsang sprach, in den Frauen meistens verfielen, sobald sie mit Kleinkindern redeten.

»Du bist ein niedliches Bürschchen«, sagte sie. »Du bist ein Engel, ja, das bist du, ein Engelchen.«
Das Baby gluckste wieder. Jamie trat an die offene Tür zu Mrs. Talleys Schlafzimmer und schaute hinein. Seine Wirtschafterin hatte irgendwo eine Wiege aufgetrieben, in der das Baby nun lag. Sie selbst stand über das Kind gebeugt, dessen Faust ihren Finger umklammerte.
»Du bist ein strammer kleiner Teufel, Jamie. Wenn du groß bist, wirst du ein starker –« Sie unterbrach sich überrascht, als sie ihren Arbeitgeber in der Tür stehen sah.
»Oh«, sagte sie. »Ich – kann ich irgend etwas für Sie tun, Mr. McGregor?«
»Nein.« Er ging zur Wiege hinüber. »Der Lärm hier hat mich gestört.« Zum erstenmal betrachtete Jamie seinen Sohn. Er war größer, als er vermutet hatte, und hübsch. Er schien Jamie anzulächeln.
»Oh, das tut mir leid, Mr. McGregor. Er ist so ein liebes Kind. Und gesund. Geben Sie ihm mal einen Finger und fühlen Sie, wie stark er ist.«
Ohne ein Wort zu sagen, drehte Jamie sich um und verließ das Zimmer.

Jamie McGregor beschäftigte mehr als fünfzig Leute für seine verschiedenen Unternehmungen. Ein jeder von ihnen, vom Botenjungen bis zum höchsten Manager, wußte, woher der Name Kruger-Brent, Ltd. kam, und sie alle waren mächtig stolz darauf, für Jamie zu arbeiten. Erst kürzlich hatte er David Blackwell angestellt, den sechzehnjährigen Sohn eines seiner Vorarbeiter, einem Amerikaner aus Oregon, der auf der Suche nach Diamanten nach Südafrika gekommen war. Der junge David war intelligent, anziehend und besaß Eigeninitiative. Jamie wußte außerdem, daß er kein Plappermaul war, und suchte ihn deswegen für eine besondere Aufgabe aus.
»David, ich möchte, daß du zu Mrs. Owens' Logierhaus gehst. Dort lebt eine Frau namens Margaret van der Merwe.«
Wenn David Blackwell den Namen je schon einmal gehört hatte oder mit den Umständen vertraut war, so zeigte er es jedenfalls nicht. »Ja, Sir.«
»Du darfst nur mit ihr selbst sprechen. Sie hat ihr Baby bei meiner Haushälterin gelassen. Sag ihr, daß sie es heute abholen soll, damit es aus meinem Haus verschwindet.«

»Ja, Mr. McGregor.«
Eine halbe Stunde später kam David Blackwell zurück. Jamie sah von seinem Schreibtisch auf.
»Sir, es tut mir leid, aber ich konnte Ihren Auftrag nicht ausführen.«
Jamie erhob sich. »Warum nicht?« wollte er wissen. »So schwer war er doch nicht.«
»Miß van der Merwe war nicht da, Sir.«
»Dann mußt du sie finden.«
»Sie hat Klipdrift vor zwei Tagen verlassen und wird erst in fünf Tagen zurückerwartet. Wenn Sie möchten, daß ich noch mehr Erkundigungen –«
»Nein.« Das war das letzte, was Jamie wollte. »Macht nichts. Das wär's, David.«
»Ja, Sir.« Der Junge verließ sein Büro.
*Verdammtes Weibsbild! Wenn die zurückkommt, dann wird sie was erleben. Die wird ihr Kind schon zurückkriegen!*

An diesem Abend aß Jamie allein zu Hause. Er trank gerade seinen Kognak im Arbeitszimmer, als Mrs. Talley hereinkam, um mit ihm einige Haushaltsangelegenheiten zu besprechen. Mitten im Satz hielt sie plötzlich inne, lauschte und sagte:
»Entschuldigen Sie mich, Mr. McGregor. Ich höre Jamie weinen«, und eilte aus dem Zimmer.
Jamie knallte sein Glas auf den Tisch, wobei der Kognak über den Rand schwappte. *Dieses gottverdammte Kind! Und sie hatte die Frechheit besessen, es Jamie zu nennen. Er sieht überhaupt nicht aus wie ein Jamie. Er sieht nach gar nichts aus.*
Zehn Minuten später kam Mrs. Talley zurück. Sie sah den verschütteten Kognak. »Soll ich Ihnen noch ein Glas holen?«
»Das ist nicht nötig«, sagte Jamie kalt. »Dagegen ist es dringend nötig, daß Sie sich erinnern, für wen Sie arbeiten. Ich habe keine Lust, mich von diesem Bankert stören zu lassen. Ist das klar, Mrs. Talley?«
»Ja, Sir.«
»Je schneller das Kind, das durch Ihre Schuld ins Haus kam, wieder weg ist, desto besser für uns alle. Haben Sie mich verstanden?«
Ihre Lippen waren nur noch eine schmale Linie. »Jawohl, Sir. Noch etwas?«
»Nein.«

Sie drehte sich um.
»Mrs. Talley...«
»Ja, Mr. McGregor?«
»Sie sagten, er weint. Er ist doch nicht krank?«
»Nein, Sir. Nur naß. Die Windeln mußten gewechselt werden.«
Jamie ekelte allein der Gedanke daran. »Das ist alles.«
Jamie wäre wohl sehr wütend geworden, hätte er gewußt, daß sämtliche Bediensteten im Hause stundenlang über ihn und seinen Sohn redeten. Alle waren sich einig, daß ihr Herr sich sehr unvernünftig benahm.

Am nächsten Abend war Jamie noch spät in einer geschäftlichen Besprechung. Er hatte sich an einer neuen Eisenbahnlinie beteiligt, einer kleinen nur, die von den Minen in der Namib-Wüste nach De Aar führte und auf die Kapstad-Kimberley-Linie stieß, die aber den Transport von Gold und Diamanten zum Hafen erheblich verbilligen würde. Eisenbahnschienen würden einmal die Stahladern Südafrikas sein und den ungehinderten Transport von Gütern und Menschen durch das Innere des Landes sicherstellen. Und bei diesem Geschäft gedachte Jamie mitzumischen. Dies sollte aber nur der Anfang sein. *Danach,* dachte Jamie, *kommen Schiffe. Meine eigenen Schiffe, die die Bodenschätze übers Meer transportieren.*
Er kam nach Mitternacht nach Hause, zog sich aus und ging ins Bett. Das große, für einen Mann eingerichtete Schlafzimmer mit einem riesigen Bett war von einem Innenarchitekten aus London entworfen worden. Es enthielt in einer Ecke eine alte spanische Truhe sowie zwei große Schränke mit mehr als fünfzig Anzügen und dreißig Paar Schuhen. Jamie machte sich nicht viel aus Kleidung, aber es war ihm wichtig, daß sie zur Verfügung stand. Zu viele Tage und Nächte hatte er in Lumpen verbracht.
Er war schon fast eingeschlafen, als er meinte, einen Schrei zu hören. Er setzte sich auf und horchte. Nichts. War es das Kind? Vielleicht war es aus der Wiege gefallen. Jamie wußte, daß Mrs. Talley einen gesunden Schlaf hatte. Nicht auszudenken, wenn dem Kind in diesem Haus etwas zustieße. Dafür würde er verantwortlich gemacht werden. *Verdammtes Weibsstück!* dachte Jamie.
Er zog seinen Hausmantel und die Pantoffeln an und ging zu Mrs. Talleys Zimmer. Er lauschte an ihrer geschlossenen Tür,

konnte aber nichts hören. Vorsichtig öffnete er. Mrs. Talley schlief fest, hatte sich unter ihrer Decke zusammengerollt und schnarchte. Jamie ging zu der Wiege hinüber. Das Kind lag mit weit offenen Augen auf dem Rücken. Jamie trat näher und betrachtete es. Herrgott, es sah ihm ja *doch* ähnlich! Auf jeden Fall hatte es seinen Mund und sein Kinn. Die Augen waren zwar blau, aber schließlich kamen alle Kinder mit blauen Augen zur Welt, aber Jamie hätte schwören können, daß es einmal graue Augen haben würde. Das Kind bewegte die Händchen in der Luft, gab glucksende Geräusche von sich und lächelte Jamie an. *Nun, das ist mal ein wackeres Bürschchen, dachte Jamie, liegt nur da, macht keinen Lärm, schreit nicht wie andere Kinder.* Er betrachtete es genauer. *Ja, er ist ein echter McGregor.*
Vorsichtig beugte sich Jamie über die Wiege und streckte einen Finger aus. Der Kleine ergriff ihn mit beiden Händen und drückte ihn fest. *Er ist stark wie ein Bulle,* dachte Jamie. Im gleichen Augenblick sah das Baby plötzlich sehr angestrengt aus, und Jamie stieg ein saurer Geruch in die Nase.
»Mrs. Talley?«
Wie von der Tarantel gestochen fuhr sie hoch. »Was – was ist los?«
»Sie sollten sich um das Baby kümmern. Muß ich denn hier alles selber machen?«
Und Jamie McGregor stolzierte aus dem Zimmer.

»David, kennst du dich mit Babys aus?«
»Wie meinen Sie das, Sir?« fragte David Blackwell.
»Nun, zum Beispiel, womit sie gerne spielen und so.«
»Ich glaube, wenn sie sehr klein sind, spielen sie gerne mit Rasseln, Mr. McGregor«, antwortete der junge Amerikaner.
»Kauf ein Dutzend«, befahl Jamie.
»Ja, Sir.«
Keine unnötigen Fragen. Das mochte Jamie. David Blackwell würde es einmal weit bringen.

Als Jamie an diesem Abend mit einem kleinen Paket nach Hause kam, sagte Mrs. Talley: »Ich möchte mich für heute nacht entschuldigen, Mr. McGregor. Ich verstehe nicht, wie ich weiterschlafen konnte. Das Baby muß ja fürchterlich geschrien haben, daß Sie es bis zu Ihrem Zimmer hören konnten.«
»Machen Sie sich deswegen keine Sorgen«, erwiderte Jamie

großzügig. »Nicht, solange es einer von uns hört.« Er gab ihr das Päckchen. »Das ist für den Kleinen, ein paar Rasseln zum Spielen. Muß nicht gerade angenehm sein, den ganzen Tag wie ein Gefangener in dieser Wiege zu liegen.«
»Oh, er ist kein Gefangener, Sir. Ich gehe mit ihm an die frische Luft.«
»Wohin denn?«
»Nur in den Garten, wo ich ihn im Auge behalten kann.«
Jamie runzelte die Stirn. »Er sah mir nicht gerade sehr gut aus heute nacht.«
»Nein?«
»Nein. Er hat keine gute Farbe. Wäre schlimm, wenn er krank würde, bevor seine Mutter ihn wieder abholt.«
»Ja, das wäre nicht gut.«
»Vielleicht sollte ich ihn mir noch mal ansehen.«
»Ja, Sir. Soll ich ihn hierher bringen?«
»Ja, bitte, Mrs. Talley.«
»Sofort, Mr. McGregor.«
Schon nach wenigen Minuten kam sie mit dem kleinen Jamie, der eine blaue Rassel fest umklammert hielt, zurück. »Ich finde, er hat eine gesunde Farbe.«
»Nun, vielleicht habe ich mich geirrt. Geben Sie ihn mir.«
Vorsichtig reichte sie ihm das Kind, und Jamie nahm seinen Sohn zum erstenmal auf den Arm. Das Gefühl, das ihn dabei überkam, überraschte ihn zutiefst. Dies war sein Fleisch und Blut, das er da im Arm hielt – sein Sohn, Jamie McGregor junior. Was hatte es für einen Sinn, ein Imperium aufzubauen, Diamanten, Gold und Eisenbahnen zu besitzen, wenn niemand da war, dem man das alles vermachen konnte? *Was bin ich nur für ein Idiot gewesen!* dachte Jamie. Sein Haß hatte ihn blind gemacht. Als er nun in das winzige Gesicht schaute, schmolz etwas von der Härte tief in seinem Inneren.
»Bringen Sie Jamies Wiege in mein Schlafzimmer, Mrs. Talley.«

Als Margaret drei Tage später vor Jamies Haus erschien, sagte Mrs. Talley: »Mr. McGregor ist im Büro, Miß van der Merwe, aber er bat mich, ihn zu benachrichtigen, sobald Sie wegen des Babys kommen. Er möchte mit Ihnen sprechen.«
Margaret wartete mit dem kleinen Jamie auf dem Arm im Wohnzimmer. Sie hatte ihn fürchterlich vermißt. Ein paarmal in

der vergangenen Woche hätte sie ihren Plan am liebsten aufgegeben und wäre nach Klipdrift zurückgeeilt, denn sie hatte Angst, daß dem Kind etwas passieren könnte, daß es krank würde oder einen Unfall hätte. Aber sie hatte sich gezwungen wegzubleiben, und ihr Vorhaben war geglückt. Jamie wollte mit ihr sprechen! Alles würde herrlich werden, von nun an würden sie drei zusammenbleiben.
Als Jamie das Wohnzimmer betrat, überkam Margaret das nun schon vertraute Gefühl.
*O Gott*, dachte sie, *ich liebe ihn so sehr.*
»Hallo, Maggie.«
Sie lächelte warm und glücklich. »Hallo, Jamie.«
»Ich möchte meinen Sohn haben.«
Margaret jubilierte innerlich. »Natürlich willst du deinen Sohn haben, Jamie. Ich habe niemals daran gezweifelt.«
»Ich werde mich darum kümmern, daß er eine gute Erziehung erhält. Er wird alles haben, was ich ihm bieten kann, und selbstverständlich werde ich zusehen, daß du entsprechend versorgt bist.«
Margaret schaute ihn verwirrt an. »Ich – ich verstehe nicht.«
»Ich sagte, ich möchte meinen Sohn haben.«
»Ich dachte – ich meine – du und ich –«
»Nein. Ich will nur den Jungen.«
Margaret wurde plötzlich wütend. »Ich verstehe. Aber ich werde es nicht zulassen, daß du ihn mir wegnimmst.«
Jamie musterte sie einen Moment lang. »Nun gut. Wir werden schon einen Kompromiß finden. Du kannst mit Jamie hierbleiben. Du kannst sein – sein Kindermädchen sein.« Er bemerkte ihren Gesichtsausdruck. »Was willst du eigentlich?«
»Ich will, daß mein Sohn einen ehrlichen Namen bekommt«, sagte sie grimmig. »Den Namen seines Vaters.«
»Gut, ich werde ihn adoptieren.«
Margaret sah ihn vorwurfsvoll an. »Mein Kind adoptieren? O nein. Du kriegst meinen Sohn nicht. Du tust mir leid. Der große Jamie McGregor. Bei all deinem Geld und deiner Macht hast du nichts. Du kannst einem leid tun.«
Und Jamie stand auf und sah zu, wie Margaret sich umdrehte und das Haus mit ihrem Sohn auf dem Arm verließ.
Am nächsten Morgen beschloß Margaret, nach Amerika zu gehen.

»Weglaufen wird auch nichts ändern«, schimpfte Mrs. Owens.
»Ich laufe nicht weg. Ich fahre dahin, wo mein Kind und ich ein neues Leben anfangen können.«
»Wann wollen Sie fahren?«
»So bald wie möglich. Ich habe genug Geld gespart, um bis nach New York zu kommen.«
»Bis dahin ist es weit.«
»Die Mühe lohnt sich. Man nennt Amerika das Land der unbegrenzten Möglichkeiten, nicht wahr? Mehr brauchen wir nicht.«

Jamie war immer stolz darauf gewesen, auch unter Druck die Ruhe zu bewahren. Jetzt aber brüllte er jeden an, der in seine Nähe kam. Drei Nächte lang hatte er keinen Schlaf gefunden und mußte dauernd an seine Unterhaltung mit Margaret denken. *Hol sie der Teufel!* Er hätte wissen müssen, daß sie versuchen würde, ihn in eine Ehe zu drängen. Sie war genauso verschlagen wie ihr Vater, und er hatte die Verhandlungen falsch geführt. Er hatte ihr lediglich gesagt, daß er für sie sorgen würde, aber nicht, wie. Natürlich. *Geld.* Er hätte ihr Geld anbieten sollen. Tausend Pfund – zehntausend Pfund – noch mehr, wenn es sein mußte.
»Ich habe eine heikle Aufgabe für dich«, teilte er David Blackwell mit.
»Ja, Sir.«
»Ich möchte, daß du mit Miß van der Merwe sprichst. Sag ihr, daß ich ihr zwanzigtausend Pfund biete. Sie weiß, was ich dafür haben will.« Jamie schrieb einen Scheck aus. »Gib ihr das.«
»Jawohl, Sir.« Und David Blackwell ging.
Eine Viertelstunde später kam er zurück und gab seinem Arbeitgeber den Scheck, der in der Mitte durchgerissen war, zurück. Jamie spürte, wie sein Gesicht rot wurde. »Danke, David. Das ist alles.«
Also war Margaret auf noch mehr Geld aus. Nun gut. Er würde es ihr geben, aber diesmal wollte er sich selbst mit ihr in Verbindung setzen.
Am späten Nachmittag ging er zu Mrs. Owens Logierhaus hinüber.
»Ich möchte Miß van der Merwe sprechen«, sagte Jamie.
»Es tut mir leid, aber das geht nicht. Sie ist auf dem Weg nach Amerika.«
Jamie fühlte sich, als hätte man ihm einen Schlag in die Magen-

grube versetzt. »Das kann nicht sein! Wann ist sie weggefahren?«
»Sie hat mit ihrem Sohn die Mittagskutsche nach Worcester genommen.«

Der Zug im Bahnhof von Worcester war bis auf den letzten Platz besetzt, die Sitze und Gänge quollen über von lärmenden Reisenden, die auf dem Weg nach Kapstadt waren. Händler mit ihren Frauen, Vertreter, Digger, Kaffer, Soldaten und Matrosen, die zum Dienst zurück mußten. Für die meisten war es die erste Zugfahrt, und es herrschte eine festliche Stimmung unter den Passagieren. Margaret hatte einen Sitz am Fenster ergattert, wo sie und der kleine Jamie nicht Gefahr liefen, von der Menge erdrückt zu werden. Sie saß da, hielt ihr Baby fest an sich gedrückt, vergaß die Menschen um sich herum, dachte an das neue Leben, das vor ihr lag. Es würde nicht leicht sein. Wo immer sie auch hinkäme, sie würde doch eine unverheiratete Frau mit Kind sein, eine Beleidigung für die Gesellschaft. Aber sie würde einen Weg finden, der es ihrem Sohn ermöglichte, ein anständiges Leben zu führen. Sie hörte, wie der Schaffner »Alles einsteigen« rief.
Sie sah auf und erblickte Jamie. »Pack deine Sachen«, befahl er. »Du steigst sofort aus.«
*Er denkt immer noch, ich bin käuflich,* dachte Margaret. »Wieviel bietest du dieses Mal?«
Jamie schaute auf seinen Sohn, der friedlich in Margarets Armen schlief. »Ich biete dir die Ehe an.«

# 9

Drei Tage später heirateten Jamie und Margaret. Es war eine kurze, private Feier mit David Blackwell, den sie als Zeugen eingeladen hatten.
Jamie McGregor erlebte die Zeremonie mit gemischten Gefühlen. Er hatte sich daran gewöhnt, andere zu kontrollieren und zu manipulieren, aber diesmal war er derjenige, der manipuliert wurde. Er warf einen Seitenblick auf Margaret, die neben ihm stand und beinahe schön aussah. Er dachte an ihre Leidenschaft und Hingabe, aber das war jetzt nur noch Erinnerung, nichts als

eine Erinnerung ohne Reiz und Gefühle. Er hatte Margaret zum Instrument seiner Rache gemacht, und sie hatte seinen Erben geboren.
Der Geistliche sagte: »Ich erkläre euch hiermit zu Mann und Frau. Sie dürfen die Braut jetzt küssen.«
Jamie beugte sich vor und berührte flüchtig Margarets Wange mit den Lippen. »Laß uns nach Hause gehen«, sagte er, denn dort erwartete ihn sein Sohn.
Zu Hause angekommen, zeigte er Margaret ihr Schlafzimmer in einem der beiden Flügel des Hauses.
»Hier ist dein Schlafzimmer«, teilte er ihr mit.
»Ich verstehe.«
»Ich werde eine andere Wirtschafterin anstellen und Mrs. Talley für Jamie behalten. Wenn du irgend etwas brauchst, sag es David Blackwell.«
Margaret fühlte sich, als hätte er sie geschlagen. Er behandelte sie wie eine Bedienstete, aber das zählte jetzt nicht. *Mein Sohn hat einen Namen. Das genügt mir.*
Jamie kam nicht zum Abendessen heim. Margaret wartete auf ihn und aß schließlich allein. In dieser Nacht lag sie lange wach und hörte jedes Geräusch im Haus. Um vier Uhr morgens schlief sie endlich ein. Ihr letzter Gedanke galt der Frage, welches der Mädchen bei Madame Agnes er wohl genommen hatte.

Wenn Margarets Beziehung zu Jamie sich auch durch die Hochzeit nicht geändert hatte, so machte doch ihre Beziehung zu den Bewohnern von Klipdrift eine wundersame Wandlung durch. Über Nacht war aus der Ausgestoßenen ein einflußreiches Mitglied der Gesellschaft geworden. Die meisten Bewohner der Stadt waren auf die eine oder andere Weise von Jamie McGregor abhängig, und sie waren zu dem Entschluß gekommen, daß Margaret van der Merwe, wenn sie für Jamie McGregor gut genug war, auch gut genug für sie sein müsse. Wenn Margaret jetzt mit dem kleinen Jamie spazierenging, begegnete man ihr lächelnd und grüßte sie freundlich. Sie wurde mit Einladungen zum Tee, zu Wohltätigkeitsveranstaltungen und Dinners überhäuft, und man bedrängte sie, Bürgerkomitees zu leiten. Wenn sie ihre Frisur änderte, wurde sie gleich von Dutzenden von Frauen in der Stadt nachgeahmt; wenn sie ein gelbes Kleid kaufte, kamen gelbe Kleider plötzlich in Mode. Margaret reagierte auf die Schmeicheleien in der gleichen Weise, wie sie schon auf die Feindseligkeiten reagiert hatte: mit ruhiger Würde.

Jamie kam nur nach Hause, um bei seinem Sohn zu sein. Seine Haltung Margaret gegenüber blieb distanziert und höflich. Jeden Morgen am Frühstückstisch spielte sie, ungeachtet der kühlen Gleichgültigkeit des Mannes, der ihr am Tisch gegenüber saß, vor den Bediensteten die Rolle der glücklichen Ehefrau. Doch sobald Jamie das Haus verlassen hatte, flüchtete sie sich in ihr Zimmer. Sie haßte sich selbst. Wo war ihr Stolz geblieben? Sie wußte, daß sie Jamie noch immer liebte. *Ich werde ihn immer lieben,* dachte sie. *Gott steh mir bei.*

Jamie war für drei Tage geschäftlich in Kapstadt. Als er aus dem Royal-Hotel trat, sagte ein livrierter schwarzer Chauffeur: »Kutsche gefällig, Sir?«
»Nein«, antwortete Jamie. »Ich laufe lieber.«
»Banda meinte, Sie würden lieber fahren.«
Jamie blieb stehen und sah den Mann scharf an. »Banda?«
»Ja, Mr. McGregor.«
Jamie stieg ein, der Kutscher knallte mit der Peitsche, und die Fahrt ging los. Jamie lehnte sich zurück. In den letzten beiden Jahren hatte er ein paarmal versucht, Banda ausfindig zu machen, jedoch ohne Erfolg. Und jetzt war er auf dem Weg zu einem Treffen mit seinem Freund.
Der Kutscher schlug die Richtung zum Hafenviertel ein, und Jamie wußte sofort, wohin die Fahrt ging. Eine Viertelstunde später hielten sie vor demselben verlassenen Lagerhaus, in dem Jamie und Banda damals ihr Abenteuer im Namib geplant hatten.
*Was waren wir doch für waghalsige junge Dummköpfe,* dachte Jamie.
Er stieg aus und ging auf das Lagerhaus zu, wo Banda ihn erwartete. Er sah noch genauso aus wie damals, nur trug er jetzt einen Anzug, Hemd und Krawatte.
Sie standen da, grinsten sich an, ohne ein Wort zu sagen, und umarmten sich schließlich.
»Du siehst wohlhabend aus«, sagte Jamie lächelnd.
Banda nickte. »Es ist mir nicht schlechtgegangen. Ich habe die Farm gekauft, von der wir gesprochen haben. Ich habe eine Frau und zwei Söhne, baue Weizen an und züchte Strauße.«
»*Strauße?*«

»Ihre Federn bringen eine Menge Geld.«
»Aha. Ich möchte deine Familie kennenlernen, Banda.«
Jamie dachte an seine eigene Familie in Schottland und daran, wie sehr er sie vermißte. Er war nun schon vier Jahre von zu Hause weg.
»Ich habe versucht, dich zu finden.«
»Ich hatte zu tun, Jamie.« Banda kam näher. »Ich mußte dich treffen, um dich zu warnen. Es wird Ärger für dich geben.«
Jamie betrachtete ihn nachdenklich. »Was für Ärger?«
»Der Mann, der das Namibfeld leitet – Hans Zimmermann –, das ist ein übler Kerl. Die Arbeiter hassen ihn. Sie wollen abhauen. Und wenn sie das tun, werden deine Wachen versuchen, sie daran zu hindern, und es gibt einen Aufstand.«
Jamie wandte den Blick nicht einen Moment lang von Bandas Gesicht.
»Erinnerst du dich – ich habe mal den Namen eines Mannes erwähnt, John Tengo Javabu?«
»Ja. Ein politischer Führer, ich habe über ihn gelesen. Er hat einen *donderstorm* entfacht.«
»Ich bin einer seiner Anhänger.«
Jamie nickte. »Ich verstehe. Ich werde das Nötige veranlassen«, versprach er.
»Gut. Du bist ein mächtiger Mann geworden, Jamie, das freut mich.«
»Danke, Banda.«
»Und du hast einen hübschen Jungen.«
Jamie konnte seine Überraschung nicht verbergen. »Woher weißt du das?«
»Ich bin gern über meine Freunde auf dem laufenden.« Banda erhob sich. »Ich muß zu einer Versammlung, Jamie. Ich werde den Leuten mitteilen, daß die Situation im Namib bereinigt wird.«
»Ja. Ich kümmere mich darum.« Er folgte dem hochgewachsenen Schwarzen zur Tür. »Wann sehe ich dich wieder?«
Banda grinste. »Ich bleibe in der Gegend. Mich wirst du nicht so schnell los.«
Und weg war er.

Sobald Jamie nach Klipdrift zurückgekehrt war, ließ er den jungen David Blackwell zu sich kommen. »Hat es draußen im Namibgebiet irgendwelchen Ärger gegeben?«

»Nein, Mr. McGregor.« Er zögerte. »Aber es gibt Gerüchte, daß es dazu kommen könnte.«
»Der Aufseher dort heißt Hans Zimmermann. Finde heraus, ob er die Arbeiter schlecht behandelt. Wenn ja, unterbinde es. Ich möchte, daß du selbst hinfährst.«
»Ich breche morgen früh auf.«

David verbrachte zwei Stunden damit, sich in Ruhe mit den Wachleuten und den Arbeitern der Diamantenfelder zu unterhalten. Was er zu hören bekam, erfüllte ihn mit kalter Wut, und nachdem er alles erfahren hatte, was er wissen wollte, suchte er Hans Zimmermann auf.
Hans Zimmermann war ein Koloß von einem Mann, wog dreihundert Pfund und maß fast zwei Meter. Mit seinem verschwitzten und stoppeligen Gesicht und den blutunterlaufenen Augen war er einer der abstoßendsten Menschen, die David Blackwell je gesehen hatte. Gleichzeitig war er aber einer der effizientesten Aufseher, die für Kruger-Brent Ltd. arbeiteten. Als David das kleine Büro betrat, saß er hinter seinem Schreibtisch und beherrschte mit seiner Größe den gesamten Raum.
Zimmermann erhob sich und schüttelte David die Hand. »Freut mich, Sie zu sehen, Mr. Blackwell. Sie hätten mir sagen sollen, daß Sie kommen.«
David war sicher, daß Zimmermann schon von seiner Anwesenheit unterrichtet worden war.
»Whisky?«
»Nein, danke.«
Zimmermann lehnte sich in seinem Stuhl zurück und grinste. »Was kann ich für Sie tun? Schaffen wir nicht genug Diamanten für den Boß heran?«
Beide Männer wußten, daß die Diamantenproduktion im Namib exzellent war. »Ich hol aus den Kaffern mehr raus als irgendeiner sonst in der Firma«, pflegte sich Zimmermann zu brüsten.
»Wir haben Beschwerden wegen der Arbeitsbedingungen hier bekommen«, sagte David.
Das Lächeln schwand aus Zimmermanns Gesicht. »Was für Beschwerden?«
»Daß die Leute hier schlecht behandelt werden und –«
Zimmermann sprang mit einer Wendigkeit auf die Füße, die man ihm kaum zugetraut hätte. Sein Gesicht war rot vor Wut.

»Das sind keine Menschen, das sind Kaffern. Ihr sitzt in der Verwaltung auf euren Hintern und –«
»Hören Sie mir zu«, sagte David. »Es gibt keine –«
»Sie hören mir zu! Ich produziere mehr Scheißdiamanten als irgendein anderer in dieser Firma, und wissen Sie auch, warum? Weil ich diese Mistkerle das Fürchten lehre.«
»In unseren anderen Minen«, antwortete David, »bezahlen wir neunundfünfzig Shilling im Monat und die Unterkunft. Sie zahlen Ihren Arbeitern nur fünfzig im Monat.«
»Wollen Sie sich etwa beschweren, weil ich bessere Geschäfte für Sie mache? Hier zählt nur der Profit.«
»Jamie McGregor ist damit nicht einverstanden«, erwiderte David. »Erhöhen Sie die Löhne.«
»Na gut, ist ja das Geld vom Boß«, sagte Zimmermann mürrisch.
»Ich höre, daß hier die Peitsche regiert.«
Zimmermann knurrte. »Um Gottes willen, Mister, Sie können einem Eingeborenen gar nicht weh tun. Die haben so'n dickes Fell, daß sie die Peitsche gar nicht spüren. Sie jagt ihnen nur einen gehörigen Schrecken ein.«
»Dann haben Sie schon drei Arbeiter zu Tode erschreckt, Mr. Zimmermann.« Zimmermann zuckte mit den Schultern. »Wo die herkommen, gibt es noch genug andere.«
*Er ist eine verdammte Bestie,* dachte David, *und eine gefährliche noch dazu.* Er schaute zu dem riesigen Aufseher auf. »Wenn es hier noch einmal Ärger gibt, werden Sie abgesetzt.« Er stand auf. »Sie werden anfangen, Ihre Männer wie Menschen zu behandeln. Ab sofort keine Bestrafungen mehr. Außerdem habe ich die Unterkünfte inspiziert. Das sind Schweineställe. Bringen Sie das in Ordnung.«
Hans Zimmermann glotzte ihn an, kämpfte um seine Beherrschung. »Sonst noch was?« brachte er schließlich heraus.
»Ja. In drei Monaten bin ich wieder hier. Und wenn mir das nicht gefällt, was ich dann sehe, können Sie sich bei einer anderen Firma nach einem Job umsehen. Guten Tag.« David drehte sich um und ging hinaus.
Hans Zimmermann stand noch eine Weile am gleichen Platz, kochend vor Wut. *Diese Idioten,* ging es ihm durch den Kopf. *Uitlanders.* Zimmermann war Bure, und sein Vater war Bure gewesen. Ihnen gehörte das Land, und Gott hatte die Schwarzen erschaffen, damit sie ihnen dienen. Das war es, was Jamie McGre-

gor nicht verstand, aber was konnte man schon von einem *uitlander*, einem Eingeborenenfreund, erwarten? Hans Zimmermann wußte wohl, daß er in Zukunft ein bißchen vorsichtiger sein mußte. Aber er würde denen schon zeigen, wer im Namib der Herr war.

Kruger-Brent Ltd. expandierte, und Jamie McGregor war viel unterwegs. Er erwarb eine Papierfabrik in Kanada und eine Schiffswerft in Australien. Wenn er zu Hause war, verbrachte er die ganze Zeit mit seinem Sohn, der ihm von Tag zu Tag ähnlicher wurde. Jamie war ungeheuer stolz auf seinen Sohn und wollte ihn mit auf seine langen Reisen nehmen, doch dem widersetzte sich Margaret.
»Er ist viel zu jung zum Reisen. Wenn er älter ist, kannst du ihn mitnehmen. Wenn du mit ihm zusammensein willst, dann hier.« Bevor Jamie sich versah, feierte sein Sohn den ersten Geburtstag, und dann seinen zweiten – nicht zu fassen, wie die Zeit raste. Man schrieb das Jahr 1887. Für Margaret hatten sich die vergangenen beiden Jahre dahingeschleppt. Einmal pro Woche lud Jamie Gäste zum Abendessen, und sie spielte die reizende Gastgeberin an seiner Seite. Andere Männer hielten sie für witzig und schlagfertig und unterhielten sich gerne mit ihr, und sie wußte, daß einige von ihnen sie sehr attraktiv und anziehend fanden; aber natürlich ließ das keiner offen erkennen. Schließlich war sie die Frau von Jamie McGregor. Wenn der letzte der Gäste das Haus verlassen hatte, fragte Margaret gewöhnlich: »Ist der Abend in deinem Sinne verlaufen?«
Jamie gab stets die gleiche Antwort: »Ja, sicher. Gute Nacht«, und ging dann, um noch einmal nach dem kleinen Jamie zu sehen. Einige Minuten später hörte sie dann, wie die Eingangstür hinter ihm ins Schloß fiel, und er das Haus verließ.
Nächtelang lag Margaret wach in ihrem Bett und dachte über ihr Leben nach. Ihre Ehe war eine Farce, und ihr Mann behandelte sie schlimmer als eine Fremde. Sie fragte sich, was er wohl täte, wenn sie ihm eines Morgens beim Frühstück den extra aus Schottland importierten Haferbrei über seinen Dickschädel kippte. Sie konnte sich seinen Gesichtsausdruck so gut vorstellen, und das Bild erheiterte sie so sehr, daß sie anfing zu kichern. Doch dann schlug ihr Lachen in herzergreifendes Schluchzen um. *Ich will ihn nicht mehr lieben. Ich will nicht mehr. Ich werde aufhören damit, irgendwie, bevor er mich ganz zerstört . . .*

Im Jahre 1890 hatte Klipdrift die Erwartungen Jamies mehr als erfüllt. In den sieben Jahren, die er nun dort war, hatte es sich zu einer florierenden Stadt entwickelt, und Schürfer strömten aus allen Teilen der Welt herbei. Es war immer die gleiche Geschichte: Sie kamen per Kutsche, in ihren Planwagen und zu Fuß, mit nichts außer den Fetzen, die sie auf dem Leib trugen. Sie brauchten Nahrung, Ausrüstung, Unterkunft und einen Vorschuß. Und Jamie McGregor war es, der sie mit alldem versorgte. Er war an Dutzenden von ertragreichen Diamanten- und Goldminen beteiligt, sein Name war bekannt, und sein guter Ruf verbreitete sich. Eines Morgens erhielt Jamie den Besuch eines Anwalts von De Beers, dem gigantischen Konzern, der die riesigen Diamantenfelder in Kimberley kontrollierte. »Was kann ich für Sie tun?« fragte Jamie.
»Ich bin hier, um Ihnen ein Angebot zu machen, Mr. McGregor. De Beers möchte Sie aufkaufen. Nennen Sie Ihren Preis.«
Es war ein erhebender Augenblick. Jamie grinste und sagte: »Nennen Sie *Ihren.*«

David Blackwell wurde für Jamie immer unentbehrlicher. In dem jungen Amerikaner erkannte er sich selbst wieder, so, wie er einst gewesen war. Der Junge war ehrlich, intelligent und loyal. Jamie machte David zuerst zum Sekretär, dann zu seinem persönlichen Assistenten und schließlich, als er einundzwanzig Jahre alt wurde, zu seinem Geschäftsführer.
Für David Blackwell war Jamie McGregor ein Ersatzvater. Als sein eigener Vater einen Herzinfarkt erlitt, war es Jamie, der für den Krankenhausaufenthalt sorgte und die Ärzte bezahlte, und als Davids Vater starb, kümmerte sich Jamie McGregor um das Begräbnis. Er war sich der problematischen Beziehung zwischen Jamie und Margaret bewußt und bedauerte sie zutiefst, weil er sie beide mochte. *Aber es geht mich nichts an,* sagte David sich. *Meine Aufgabe ist es, Jamie so gut wie möglich zu helfen.*

Jamie verbrachte immer mehr Zeit mit seinem Sohn. Der Junge war jetzt fünf Jahre alt, und als Jamie ihn zum erstenmal mit zu den Minen nahm, sprach er eine Woche lang von nichts anderem. Sie unternahmen gemeinsame Ausflüge, zelteten und schliefen unter den Sternen. Jamie war noch mit dem Himmel über Schottland vertraut; hier in Südafrika waren die Konstellationen für ihn verwirrend. Aber es war für Jamie ein ganz besonderes Gefühl, auf der warmen Erde zu liegen, mit seinem Sohn in den zeitlosen Himmel zu schauen und dabei zu wissen, daß sie beide ein Teil der gleichen Ewigkeit waren.

Sie standen im Morgengrauen auf und jagten Wild für den Kochtopf: Reb- und Perlhühner, Riedböcke und Bleichböckchen. Der kleine Jamie besaß ein eigenes Pony, und Vater und Sohn ritten durch das Grasland, umgingen dabei vorsichtig die von den Ameisenbären gegrabenen Zweimeterlöcher, die tief genug waren, um einen Reiter samt Pferd darin verschwinden zu lassen, sowie die kleineren Löcher, die die Meerkatzen gebuddelt hatten.

Es war nicht ungefährlich draußen im Veld. Auf einem Ausflug zelteten Jamie und sein Sohn an einem Flußbett, wo sie fast von einer Herde wandernder Springböcke zermalmt wurden. Die erste Warnung war eine schwache Staubwolke am Horizont gewesen. Hasen, Schakale und Meerkatzen waren an ihnen vorbeigerannt, große Schlangen kamen aus dem Buschwerk gekrochen, um sich unter Felsen in Sicherheit zu bringen. Jamie hatte noch einmal den Horizont abgesucht. Die Staubwolke rückte näher.

»Wir müssen weg von hier«, sagte er.

»Und unser Zelt –«

»Egal!« Die beiden waren schnell aufgesessen und hielten auf eine Anhöhe zu. Sie hörten schon das Trommeln der Hufe und konnten die vorderen Springböcke ausmachen. Die Tiere rasten in einer Reihe von mehr als drei Meilen Länge dahin – über eine halbe Million Böcke, die alles hinwegfegten, was sich ihnen in den Weg stellte. Bäume wurden umgemäht, und Sträucher zu Pulver getrampelt, und im Kielwasser dieser gnadenlosen Flut blieben die Kadaver Hunderter kleinerer Tiere zurück. Die Luft war nur noch Staub und Donnern, und als schließlich alles vorbei war, hatte es nach Jamies Schätzung mehr als drei Stunden gedauert.

An Jamies sechstem Geburtstag sagte sein Vater: »Nächste Woche nehme ich dich mit nach Kapstadt und zeige dir, wie eine richtige Stadt aussieht.«

»Kommt Mutter auch mit?« fragte Jamie. »Sie mag die Jagd nicht, aber Städte schon.«

Sein Vater fuhr ihm durchs Haar und sagte: »Sie hat hier zuviel zu tun, mein Sohn. Nur wir beiden Männer, ja?«

Daß Vater und Mutter so distanziert miteinander umgingen,

war für den Jungen beunruhigend, aber er wußte nicht, wie er etwas daran ändern könnte.

Sie unternahmen die Fahrt in Jamies privatem Eisenbahnwaggon. Er war zweiundzwanzig Meter lang und verfügte über vier getäfelte Privatabteile für insgesamt zwölf Personen, über einen Salon, der gleichzeitig als Büro benutzt werden konnte, ein Speiseabteil, eine Bar und eine komplett eingerichtete Küche. In den Privatabteilen gab es Messingbetten, Pintschgaslampen und große Panoramafenster.
»Wo sind die Passagiere alle?« fragte der Junge.
Jamie lachte. »Wir sind alle Passagiere. Dies ist dein Zug, mein Sohn.«
Der kleine Jamie schaute fast die ganze Fahrt über aus dem Fenster. »Dies ist Gottes Land«, sagte sein Vater zu ihm. »Er hat es für uns mit kostbaren Mineralien angefüllt. Sie liegen im Boden und warten darauf, entdeckt zu werden. Was bis jetzt gefunden wurde, ist nur der Anfang, Jamie.«

Die Menschenmassen und die riesigen Gebäude in Kapstadt schüchterten den kleinen Jamie ein. Sein Vater nahm ihn mit hinunter zur McGregor Shipping Line und zeigte auf ein halbes Dutzend Schiffe, die im Hafen gelöscht wurden. »Siehst du sie? Sie gehören alle uns.«

Als sie nach Klipdrift zurückkehrten, sprudelte der kleine Jamie seine Eindrücke nur so hervor. »Papa gehört die ganze Stadt!« rief er. »Dir würde es auch gefallen, Mama. Nächstes Mal kommst du auch mit.«
Margaret drückte ihren Sohn fest an sich. »Ja, Liebling.«
Jamie verbrachte viele Nächte außer Haus. Margaret hatte gehört, daß er ein Haus für eines der Mädchen von Madame Agnes gekauft hatte, so daß er sie diskret aufsuchen konnte. Es war ihr unmöglich herauszufinden, ob das Gerücht stimmte. Margaret wußte nur eines: Ganz egal, wer die Frau war, sie hätte sie am liebsten umgebracht.

Um nicht verrückt zu werden, zwang sie sich dazu, sich für das Wohl der Stadt zu interessieren. Sie sammelte Gelder für eine neue Kirche und gründete eine Mission für die Familien von Diggern, die in Bedrängnis geraten waren. Sie verlangte von Ja-

mie, daß er einen seiner Eisenbahnwaggons den Diggern, denen Geld und Hoffnung ausgegangen waren, für die Rückfahrt nach Kapstadt kostenlos zur Verfügung stellte.
»Du bittest mich, gutes Geld aus dem Fenster zu schmeißen, Frau«, brummte er. »Sie können ebensogut zurückgehen, so wie sie hergekommen sind.«
»Sie können nicht mehr laufen«, argumentierte Margaret. »Und wenn sie bleiben, muß die Stadt für ihre Verpflegung und Kleidung aufkommen.«
»Na gut«, grummelte Jamie schließlich. »Aber es ist eine verdammt blöde Idee.«
»Danke, Jamie.« Er beobachtete, wie Margaret aus seinem Büro marschierte, und konnte sich eines Gefühls des Stolzes nicht erwehren. *Für irgendeinen anderen würde sie schon eine gute Frau abgeben,* dachte er.

Das Mädchen, für das Jamie ein Haus gekauft hatte, hieß Maggie. Sie war die hübsche Prostituierte, die bei der Babyparty gleich neben Margaret gesessen hatte. Es war eine Ironie, dachte Jamie, daß sie den gleichen Namen trug wie seine Frau. Sie ähnelten sich überhaupt nicht. Seine Maggie war eine einundzwanzigjährige Blondine mit einem kecken Gesicht und einem üppigen Körper – eine wahre Wildkatze im Bett. Er hatte Madame Agnes dafür, daß sie das Mädchen ziehen ließ, gut bezahlt und gab Maggie ein großzügiges Taschengeld. Er war sehr diskret, wenn er das kleine Haus aufsuchte, was fast nur nachts geschah, und er war sich sicher, daß er unbeobachtet blieb. In Wirklichkeit wurde er von vielen Leuten gesehen, aber keiner hielt es für nötig, darüber zu sprechen. Dies war Jamie McGregors Stadt, und er konnte tun und lassen, was ihm gefiel.
An diesem Abend hatte Jamie keine rechte Freude an seinem Besuch. Er war gekommen, um sich zu vergnügen, doch Maggie hatte schlechte Laune. Sie lag ausgestreckt auf dem großen Bett, und ihr rosenrotes Hausgewand verbarg nur unvollkommen ihre vollen Brüste und das seidige, goldene Dreieck zwischen ihren Schenkeln. »Ich hab' die Nase voll davon, die ganze Zeit in diesem verfluchten Haus eingesperrt zu sein«, sagte sie. »Als wenn ich eine Sklavin oder so was wäre! Bei Madame Agnes war wenigstens immer was los. Warum nimmst du mich nie mit, wenn du verreist?«
»Das hab' ich dir doch erklärt, Maggie. Ich kann nicht –«

Sie sprang aus dem Bett und stand in ihrem klaffenden Hausmantel herausfordernd vor ihm. »Scheißdreck! Deinen Sohn nimmst du überall mit hin. Bin ich weniger wert als dein Sohn?«
»Ja«, sagte Jamie. Seine Stimme war gefährlich ruhig. »Bist du.« Er ging an die Bar hinüber und schenkte sich einen Kognak ein – seinen vierten.
»In deinen Augen bin ich überhaupt nichts«, schrie Maggie. »Nur ein Stück Scheiße.« Sie warf den Kopf in den Nacken und lachte höhnisch. »Großer, spießiger Schottländer.«
»Schotte heißt das – nicht Schottländer.«
»Himmel noch mal, hör endlich auf, an mir herumzumäkeln. Nichts, was ich tue, ist dir gut genug. Was glaubst du eigentlich, wer du bist, zum Teufel? Mein verdammter Vater?«
Jamie reichte es. »Du kannst morgen zu Madame Agnes zurückgehen. Ich werde ihr sagen, daß du kommst.« Er nahm seinen Hut und ging zur Tür.
»So einfach wirst du mich nicht los, du Scheißkerl!« Wutentbrannt ging sie hinter ihm her.
Jamie hielt an der Tür inne. »Ich bin dich gerade losgeworden.« Und er verschwand in der Nacht.
Zu seinem Erstaunen merkte er, daß er unsicher auf den Beinen war. Er fühlte sich benebelt. Es mußten doch mehr als vier Kognak gewesen sein. Er dachte an Maggie, daran, wie sie mit ihrem Leib geprahlt, ihn scharfgemacht und sich ihm dann verweigert hatte. Sie hatte mit ihm gespielt, ihn gestreichelt und war mit ihrer weichen Zunge über seinen ganzen Körper gefahren, bis er ganz wild nach ihr war. Und dann hatte sie diesen Streit vom Zaun gebrochen und ihn erregt und unbefriedigt zurückgelassen.
Jamie betrat die Diele seines Hauses und kam, auf dem Weg zu seinem Zimmer, an Margarets Schlafzimmertür vorbei, unter der ein Lichtstreifen durchschien. Sie war noch wach. Plötzlich stellte er sich Margaret im Bett vor, mit nichts als einem dünnen Nachthemd bekleidet. Oder vielleicht nackt. Er erinnerte sich daran, wie ihr üppiger, voller Körper sich unter ihm im Schatten der Bäume am Oranjefluß gewunden hatte. Vom Alkohol beflügelt, öffnete er Margarets Schlafzimmertür und trat ein.
Sie lag im Bett und las beim Licht einer Kerosinlampe. Überrascht sah sie auf. »Jamie... stimmt was nicht?«
»Weil ich meiner Frau mal'n kleinen Besuch abstatten will?« Die

Worte kamen undeutlich heraus. Sie trug ein durchsichtiges Nachthemd, und Jamie konnte sehen, wie sich der Stoff über ihren vollen Brüsten spannte. *Mein Gott, sie hat einen herrlichen Körper!* Er begann, sich auszuziehen.
Margaret sprang mit einem Satz aus dem Bett, die Augen weit aufgerissen. »Was hast du vor?«
Jamie knallte die Tür mit dem Fuß hinter sich zu und ging zu ihr. In Sekundenschnelle hatte er sie aufs Bett geworfen und lag nackt neben ihr. »Herrgott, ich will dich, Maggie.«
In seiner trunkenen Verwirrung wußte er nicht recht, welche Maggie er eigentlich wollte. Wie sie sich wehrte! Ja, das war seine kleine Wildkatze. Er lachte, als es ihm endlich gelang, ihre hin- und herschlagenden Arme und Beine aufs Bett zu drücken. Und plötzlich war sie offen für ihn, zog ihn an sich und sagte: O mein Liebling, mein geliebter Jamie. Ich brauche dich so sehr.«
Und er dachte: *Ich hätte nicht so gemein zu dir sein sollen. Morgen früh sag ich dir, daß du nicht zu Madame Agnes zurück mußt ...*
Als Margaret am nächsten Morgen erwachte, war sie allein in ihrem Bett. Sie spürte Jamie immer noch in sich und hörte ihn sagen: *Herrgott, ich will dich, Maggie,* und eine wilde, unbändige Freude erfüllte sie. Sie hatte es die ganze Zeit gewußt. Er liebte sie doch. Die Jahre des Wartens, des Schmerzes, der Einsamkeit und der Erniedrigung hatten sich gelohnt.
Den Rest des Tages verbrachte Margaret in Euphorie. Sie nahm ein Bad, wusch sich die Haare und zog sich wohl mehr als ein dutzendmal um, bis sie ein Kleid gefunden hatte, von dem sie annahm, daß es Jamie gefallen würde. Sie gab der Köchin frei, damit sie selbst Jamies Lieblingsgericht zubereiten konnte, und änderte den gedeckten Tisch immer wieder aufs neue, bis sie mit dem Kerzen- und Blumenarrangement zufrieden war.
Jamie kam nicht zum Abendessen nach Hause. Er kam die ganze Nacht nicht nach Hause. Margaret saß in der Bibliothek und wartete bis drei Uhr morgens auf ihn. Endlich ging sie zu Bett. Allein. Als Jamie am nächsten Abend nach Hause kam, nickte er Margaret höflich zu und verschwand im Zimmer seines Sohnes. Margaret starrte ihm wie vom Donner gerührt nach, drehte sich dann langsam um und betrachtete sich im nächsten Spiegel. Sie war niemals schöner gewesen, aber bei näherem Hinsehen konnte sie ihre Augen nicht wiedererkennen. Es waren die Augen einer Fremden.

# 10

»Ich darf Ihnen etwas Erfreuliches mitteilen, Mrs. McGregor«, strahlte Dr. Teeger. »Sie erwarten ein Kind.«
Seine Worte schockierten Margaret, und sie wußte nicht, ob sie lachen oder weinen sollte. *Etwas Erfreuliches?* Unmöglich, noch ein Kind in dieser lieblosen Ehe aufwachsen zu lassen. Margaret mußte einen Ausweg finden, und noch während sie darüber nachdachte, überkam sie plötzliche Übelkeit, und der kalte Schweiß brach ihr aus.
»Morgenübelkeit?« hörte sie Dr. Teeger sagen.
»Ein bißchen.« Er gab ihr ein paar Tabletten. »Nehmen Sie die, sie werden Ihnen helfen. Sie sind bei bester Gesundheit, Mrs. McGregor, es gibt keinen Grund zur Sorge. Sie können beruhigt nach Hause gehen und Ihrem Mann die gute Nachricht überbringen.«
»Ja«, antwortete sie automatisch. »Das werde ich tun.«

Sie aßen gerade zusammen zu Abend, als Margaret sagte: »Ich war heute beim Arzt, ich bekomme ein Kind.«
Ohne ein Wort zu sagen, zerknüllte Jamie seine Serviette, sprang vom Stuhl auf und stürmte aus dem Zimmer. In diesem Moment begriff Margaret, daß sie Jamie McGregor mit der gleichen Intensität hassen konnte, mit der sie ihn liebte.
Die Schwangerschaft verlief schwierig, und Margaret, schwach und müde, verbrachte viel Zeit im Bett. Sie lag da, Stunde um Stunde, gab sich ihren Phantasien hin, stellte sich Jamie zu ihren Füßen vor, wie er sie um Vergebung anflehte und sie wild liebte. Aber das waren nur Traumbilder, in Wirklichkeit saß sie in einer Falle und konnte sich nirgendwohin wenden. Und selbst wenn sie ihn verlassen sollte, würde er ihr doch niemals erlauben, ihren Sohn mitzunehmen.
Jamie war nun sieben, ein gesunder, hübscher Junge, humorvoll und von schneller Auffassungsgabe. Er hatte sich mehr an seine Mutter angelehnt, es war, als ob er fühlte, wie unglücklich sie war. Immer, wenn Jamie sie fragte, warum sein Vater über Nacht wegblieb und niemals mit ihr ausging, antwortete Margaret ihm: »Dein Vater ist ein sehr wichtiger Mann, Jamie, der große Dinge tut und sehr beschäftigt ist.«
*Was zwischen seinem Vater und mir steht, ist mein Problem,* dachte Margaret, *und ich will nicht, daß Jamie seinen Vater deswegen haßt.*

Margarets Schwangerschaft ließ sich immer weniger verbergen, und wenn sie über die Straße ging, wurde sie oft von Bekannten angehalten. »Jetzt dauert's nicht mehr lange, nicht wahr, Mrs. McGregor? Ich wette, es wird genauso ein prächtiger Bursche wie der kleine Jamie. Ihr Mann muß sehr glücklich sein.«
Hinter ihrem Rücken aber sagten sie: »Armes Ding, sie sieht verhärmt aus – sie muß von der Hure gehört haben, die er sich als Geliebte hält . . .«
Margaret bemühte sich, Jamie junior auf den neuen Erdenbürger vorzubereiten. »Du bekommst ein Brüderchen oder Schwesterchen, Liebling. Dann hast du immer jemanden, mit dem du spielen kannst. Freust du dich?«
Jamie umarmte sie und sagte: »Dann hast du wenigstens Gesellschaft, Mutter.« Und Margaret kämpfte gegen die aufsteigenden Tränen an.

Die Wehen begannen um vier Uhr morgens, und Mrs. Talley schickte nach Hannah. Das Baby kam um die Mittagszeit auf die Welt. Es war ein gesundes kleines Mädchen. Margaret nannte sie Kate.
*Das ist ein schöner, starker Name,* dachte sie. *Und sie wird ihre Stärke brauchen, wir alle brauchen sie. Ich muß die Kinder von hier wegbringen. Irgendwie muß ich einen Weg finden.*

David Blackwell stürzte ohne anzuklopfen in Jamie McGregors Büro, der erstaunt aufblickte. »Was, zum Teufel –?«
»Im Namib ist ein Aufruhr ausgebrochen!«
Jamie stand auf. »*Was?* Was ist passiert?«
»Einer von den schwarzen Jungen wurde erwischt, als er versuchte, einen Diamanten zu stehlen. Er hatte sich ein Loch in die Achselhöhle geschnitten und den Stein darin versteckt. Um allen Arbeitern eine Lektion zu erteilen, hat Hans Zimmermann ihn vor versammelter Mannschaft auspeitschen lassen. Der Junge ist tot. Er war zwölf Jahre alt.«
In Jamies Gesicht spiegelte sich Wut. »Jesus Maria! Ich habe doch befohlen, das Auspeitschen in allen Minen sofort einzustellen.«
»Ich habe Zimmermann gewarnt.«
»Schmeiß den Scheißkerl raus.«
»Wir können ihn nicht finden.«
»Wieso nicht?«

»Die Schwarzen haben ihn. Wir sind nicht mehr Herr der Lage.«

Jamie griff nach seinem Hut. »Bleib hier und kümmere dich um alles, bis ich zurückkomme.«

»Sie riskieren Kopf und Kragen, wenn Sie rausfahren, Mr. McGregor. Der Eingeborene, den Zimmermann umgebracht hat, war vom Stamm der Baralong. Die vergessen und vergeben nicht. Ich könnte –«

Aber Jamie war schon weg.

Schon zehn Meilen vor dem Diamantenfeld sah Jamie den Rauch. Alle Hütten im Namib waren in Brand gesetzt worden. *Diese verdammten Dummköpfe!* dachte Jamie. *Brennen ihre eigenen Häuser nieder.* Als seine Kutsche näher heranrollte, hörte er Schüsse und Schreie. Uniformierte Polizisten schossen auf Schwarze und Farbige, die verzweifelt versuchten zu flüchten. Die Weißen waren zahlenmäßig im Verhältnis zehn zu eins unterlegen, aber sie hatten die Waffen.

Als Bernard Sothey, der Polizeichef, Jamie McGregor erblickte, kam er eilends auf ihn zu und versicherte ihm: »Machen Sie sich keine Sorgen, Mr. McGregor, wir werden jeden einzelnen von den Kerlen kriegen.«

»Den Teufel werden Sie!« schrie Jamie. »Befehlen Sie Ihren Männern sofort, das Schießen einzustellen.«

»*Was?* Wenn wir –«

»Tun Sie, was ich Ihnen gesagt habe!« Ohnmächtig vor Wut beobachtete Jamie, wie eine schwarze Frau im Kugelhagel zusammenbrach. »Ziehen Sie Ihre Männer ab.«

»Wie Sie meinen, Sir.«

Der Polizeichef gab den Befehl an einen Untergebenen weiter, und in den nächsten drei Minuten war die Schießerei beendet. Das Gelände war mit Leichen übersät. »Wenn Sie mich fragen«, sagte Sothey, »ich würde –«

»Ich frage Sie aber nicht. Bringen Sie mir den Anführer.«

Zwei Polizisten führten einen blutbespritzten jungen Schwarzen in Handschellen vor. Er zeigte nicht die gringste Spur von Angst, stand da, groß und aufrecht, mit blitzenden Augen, und Jamie erinnerte sich an Bandas Wort für den Stolz der Bantu: *isiko.*

»Ich bin Jamie McGregor.«

Der Mann spuckte aus.

»Ich habe nichts mit dem zu tun, was hier passiert ist. Ich will es an Ihren Männern wieder gutmachen.«

»Sagen Sie das deren Witwen.«

Jamie drehte sich zu Sothey um. »Wo ist Hans Zimmermann?«

»Wir suchen immer noch nach ihm, Sir.«

Jamie sah das Leuchten in den Augen des Schwarzen und wußte, daß man Hans Zimmermann nicht finden würde.

Er sagte: »Ich lasse die Diamantenfelder für drei Tage schließen und möchte, daß Sie mit Ihren Leuten reden. Geben Sie mir eine Liste mit Ihren Beschwerden, und ich schaue mir die Sache an. Ich verspreche Ihnen, fair zu sein und alles hier zu ändern, was nicht rechtens ist.«

Der Schwarze betrachtete ihn skeptisch.

»Es wird hier einen neuen Aufseher geben und anständige Arbeitsbedingungen. Aber ich erwarte Ihre Leute in drei Tagen zur Arbeit zurück.«

Der Polizeichef sagte ungläubig: »Wollen Sie damit sagen, daß Sie ihn gehen lassen? Er hat ein paar meiner Männer auf dem Gewissen.«

»Ich werde eine genaue Untersuchung anordnen und –«

Sie hörten ein Pferd auf sie zugaloppieren, und Jamie drehte sich um. Es war David Blackwell, und sein unerwartetes Erscheinen ließ Jamie das Schlimmste befürchten.

David sprang vom Pferd. »Mr. McGregor, Ihr Sohn ist verschwunden.«

Die Welt war plötzlich kalt.

Halb Klipdrift war auf den Beinen, um sich der Suche anzuschließen. Sie schwärmten in Gruppen aus, suchten in Schluchten und Spalten. Nirgendwo eine Spur von dem Jungen.

Jamie war wie besessen. *Er ist nur irgendwohin gelaufen, das ist alles. Er wird zurückkommen.*

Er betrat Margarets Schlafzimmer. Sie lag im Bett und stillte das Baby.

»Gibt es etwas Neues?« wollte sie wissen.

»Noch nicht, aber ich finde ihn schon.« Er schaute kurz auf seine kleine Tochter, drehte sich um und ging, ohne ein weiteres Wort zu verlieren, hinaus.

Mrs. Talley kam ins Zimmer und knüllte ihre Schürze in den Händen. »Machen Sie sich keine Sorgen, Mrs. McGregor. Jamie ist ein großer Junge und kann schon selbst auf sich aufpassen.«

Margarets Augen schwammen in Tränen. *Es würde doch keiner dem kleinen Jamie etwas zuleide tun, oder? Nein, natürlich nicht.*
Mrs. Talley beugte sich herab und nahm Margaret Kate ab.
»Versuchen Sie zu schlafen.«
Sie brachte das Baby ins Kinderzimmer, Kate sah zu ihr auf und lächelte.
»Und du schläfst besser auch, Kleine. Du hast ein anstrengendes Leben vor dir.«
Mrs. Talley verließ das Zimmer und schloß die Tür hinter sich.
Um Mitternacht wurde das Schlafzimmerfenster leise geöffnet, und ein Mann stieg ein. Er ging zur Wiege hinüber, warf eine Decke über den Kopf des Kindes und barg es in seinen Armen. Banda verschwand ebenso schnell, wie er gekommen war.

Mrs. Talley entdeckte als erste, daß Kate nicht da war. Anfangs glaubte sie, daß Mrs. McGregor in der Nacht hereingekommen wäre und sie zu sich geholt hätte. Sie ging in Margarets Schlafzimmer und fragte:
»Wo ist das Baby?«
An Margarets Gesichtsausdruck erkannte sie sofort, was geschehen war.

Nachdem ein weiterer Tag ohne eine Spur von seinem Sohn verstrichen war, stand Jamie am Rande eines Nervenzusammenbruchs. Er wandte sich an David Blackwell. »Du glaubst doch nicht, daß ihm etwas zugestoßen ist?« Er war kaum Herr seiner Stimme.
David versuchte, überzeugend zu klingen. »Da bin ich ganz sicher, Mr. McGregor.«
Und er war sicher. Er hatte Jamie McGregor gewarnt, daß die Bantu weder vergeben noch vergaßen, und es war ein Bantu, der auf grausame Weise ermordet worden war. David wußte nur eins: Wenn die Bantu den kleinen Jamie in die Hände bekommen hatten, dann war er eines schrecklichen Todes gestorben.
Jamie kam im Morgengrauen nach Hause, vollkommen ausgepumpt. Er hatte einen Suchtrupp aus Stadtbewohnern, Diggern und Polizisten angeführt, und sie hatten die Nacht damit verbracht, an jedem nur denkbaren Ort nach dem Jungen zu suchen – ohne Erfolg.
Als Jamie in sein Arbeitszimmer kam, wartete dort David auf ihn. »Mr. McGregor, Ihre Tochter ist entführt worden.«

Jamie starrte ihn sprachlos und mit bleichem Gesicht an, drehte sich um und ging in sein Schlafzimmer.
Jamie war achtundvierzig Stunden lang auf den Beinen gewesen. Jetzt fiel er total erschöpft auf sein Bett und schlief ein. Er lag im Schatten eines großen Flaschenbaumes, und in der Ferne, von der anderen Seite des unübersehbaren Graslandes, näherte sich ihm ein Löwe. Der kleine Jamie schüttelte ihn. *Wach auf, Papa, da kommt ein Löwe.* Das Tier bewegte sich jetzt schneller auf sie zu. Sein Sohn schüttelte ihn heftiger. *Wach auf!* Jamie öffnete die Augen. Banda stand über ihn gebeugt. Jamie setzte zu sprechen an, aber Banda hielt ihm mit der Hand den Mund zu.
»Still!« Er ließ Jamie sich aufsetzen.
»Wo ist mein Sohn?« verlangte Jamie zu wissen.
»Er ist tot.«
Um Jamie begann sich der Raum zu drehen.
»Es tut mir leid. Ich kam zu spät, um sie daran zu hindern. Eure Leute haben Bantublut vergossen, und meine Leute forderten Rache.«
Jamie vergrub sein Gesicht in den Händen. »O mein Gott! Was haben sie mit ihm gemacht?«
In Bandas Stimme schwang abgrundtiefe Trauer. »Sie haben ihn in der Wüste ausgesetzt. Ich – ich habe ihn gefunden und ihn begraben.«
»O nein! Oh, bitte, nein!«
»Ich habe versucht, ihn zu retten, Jamie.«
Jamie nickte, fand sich langsam damit ab. Und dann dumpf: »Und was ist mit meiner Tochter?«
»Ich habe sie weggebracht, bevor sie sie holen konnten. Sie ist wieder in ihrem Zimmer und schläft. Es wird ihr nichts passieren, wenn du tust, was du versprochen hast.«
Jamie schaute auf, und sein Gesicht war eine Maske aus Haß.
»Ich halte mein Versprechen. Aber ich will die Leute, die meinen Sohn getötet haben. Sie sollen dafür zahlen.«
Banda sagte ruhig: »Dann mußt du meinen ganzen Stamm umbringen, Jamie.«
Und weg war er.

Margaret wußte, daß das alles nur ein Alptraum war, aber sie hielt die Augen fest geschlossen, denn sie war davon überzeugt, daß er Wirklichkeit würde, sobald sie die Augen öffnete, und dann wären ihre Kinder tot. Also hielt sie an diesem Spiel fest:

Sie würde ihre Augen so lange zudrücken, bis sie Jamies kleine Hand auf ihrer fühlte und ihn sagen hörte: »Es ist alles in Ordnung, Mutter. Wir sind da. Wir sind in Sicherheit.«
Sie lag seit drei Tagen im Bett, weigerte sich, mit irgend jemandem zu sprechen oder irgend jemanden zu sehen. Mitten in der Nacht hörte sie plötzlich lautes Krachen aus dem Zimmer ihres Sohnes. Sie öffnete die Augen und lauschte. Neuerliches Krachen. Der kleine Jamie war zurück!
Margaret sprang aus dem Bett und rannte den Korridor entlang bis vor die geschlossene Tür des Kinderzimmers. Merkwürdige animalische Laute drangen an ihr Ohr. Mit wild klopfendem Herzen stieß sie die Tür auf.
Ihr Mann lag mit verzerrtem Gesicht und verdrehtem Körper auf dem Boden. Ein Auge war geschlossen, das andere starrte sie grotesk an. Er versuchte zu sprechen, aber die Worte kamen wie lallende Tierlaute.
»O Jamie – Jamie!« flüsterte Margaret.

»Ich fürchte, ich habe Ihnen nichts Angenehmes mitzuteilen, Mrs. McGregor«, sagte Dr. Teeger. »Ihr Mann hat einen schweren Schlaganfall erlitten. Seine Überlebenschancen stehen fünfzig zu fünfzig – aber wenn er überlebt, wird er nur noch dahinvegetieren. Ich werde dafür sorgen, daß er in einem Privatsanatorium untergebracht wird, wo man sich gut um ihn kümmert.«
»Nein.«
Er sah Margaret überrascht an. »Wie meinen Sie das?«
»Kein Krankenhaus. Ich will ihn bei mir behalten.«
Der Arzt dachte einen Moment lang nach. »Nun gut. Sie werden eine Krankenschwester brauchen. Ich werde dafür sorgen –«
»Ich will keine Krankenschwester. Ich werde mich selbst um Jamie kümmern.«
Dr. Teeger schüttelte den Kopf. »Das geht nicht, Mrs. McGregor. Sie wissen nicht, was da auf Sie zukommt. Ihr Mann ist kein normales menschliches Wesen mehr. Er ist vollständig gelähmt und wird es bleiben, solange er lebt.«
»Ich kümmere mich um ihn«, erwiderte Margaret.
Jetzt gehörte Jamie wirklich und endgültig ihr.

# 11

Von diesem Tage an lebte Jamie noch genau ein Jahr, und es war die glücklichste Zeit in Margarets Leben. Er war vollständig hilflos, er konnte weder sprechen noch sich bewegen. Margaret wich Tag und Nacht nicht von seiner Seite. Tagsüber machte sie es ihm in seinem Rollstuhl bequem und sprach mit ihm. Sie berichtete ihm von all den kleinen Haushaltssorgen, für die er früher nie Zeit gehabt hatte, und erzählte ihm von Kates schnellen Fortschritten.
Nachts trug sie seinen ausgezehrten Körper ins Schlafzimmer und bettete ihn vorsichtig neben sich.
Kruger-Brent Ltd. wurde jetzt von David Blackwell geleitet. Ab und zu kam er ins Haus, um Margaret einige Schriftstücke unterzeichnen zu lassen, und es war immer wieder schmerzlich für ihn zu sehen, wie hilflos Jamie war. *Ich verdanke diesem Mann alles,* dachte er bei sich.
»Du hast eine gute Wahl getroffen, Jamie«, teilte Margaret ihrem Mann mit. »David ist ein wunderbarer Mensch.« Sie legte ihr Strickzeug nieder und lächelte. »Er erinnert mich ein bißchen an dich. Natürlich hat es nie jemanden gegeben, der so klug war wie du, Liebling, und so jemanden wird es auch nie geben. Du sahst immer so gut aus, Jamie, und warst so freundlich und stark. Und du hast es gewagt, große Träume zu haben. Jetzt haben sich alle deine Träume erfüllt, die Firma wird von Tag zu Tag größer.« Sie nahm ihr Strickzeug wieder auf. »Die kleine Kate fängt schon an zu sprechen. Ich könnte schwören, daß sie heute morgen ›Mama‹ gesagt hat . . .«
Jamie saß in seinem Rollstuhl und starrte mit einem Auge vor sich hin.
»Sie hat deine Augen und deinen Mund. Sie wird einmal eine Schönheit sein . . .«
Als Margaret am nächsten Morgen erwachte, war Jamie McGregor tot.
Sie nahm ihn in die Arme und drückte ihn an sich.
»Ruh dich aus, Liebling, ruh in Frieden. Ich habe dich so sehr geliebt, Jamie. Hoffentlich weißt du das. Lebe wohl, meine einzige Liebe.«
Sie war nun allein. Jetzt gab es nur noch sie und ihre Tochter. Margaret ging ins Kinderzimmer hinüber und sah auf die schlafende Kate. *Katherine. Kate.* Der Name kam aus dem Griechi-

schen und bedeutete »klar« oder »rein«. Ein Name für Heilige, Nonnen und Königinnen.
Margaret sagte laut: »Welchen von diesen Wegen wirst du einschlagen, Kate?«

Es war die Zeit großen wirtschaftlichen Aufschwungs in Südafrika, aber auch großer Unruhen. Um den Transvaal schwelte schon lange ein Streit zwischen den Briten und Buren, der schließlich eskalierte. Am Donnerstag, dem 12. Oktober 1899, an Kates siebtem Geburtstag, erklärten die Briten den Buren den Krieg, und drei Tage später wurde der Oranje-Freistaat angegriffen. David machte den Versuch, Margaret dazu zu überreden, mit Kate zusammen Südafrika zu verlassen, aber sie weigerte sich.
»Mein Mann ist hier«, sagte sie.
Es gab nichts, womit David sie hätte umstimmen können. »Ich gehe als Freiwilliger zu den Buren«, teilte er ihr mit. »Werden Sie es allein schaffen?«
»Ja, natürlich«, sagte Margaret. »Ich werde versuchen, die Firma weiterzuführen.«
Schon am nächsten Morgen war David fort.

Die Briten hatten mit einem raschen und leichten Sieg gerechnet, doch stand ihnen eine böse Überraschung bevor. Die Buren kämpften auf heimischem Boden, waren zäh und zu allem entschlossen. Die erste Schlacht fand bei Mafeking statt, das kaum größer als ein Dorf war, und den Briten dämmerte langsam, worauf sie sich da eingelassen hatten. Aus England wurde schnellstens Verstärkung geschickt.
In Klipdrift wartete Margaret ungeduldig auf Nachrichten über den Ausgang jeder Schlacht, sie und ihre Umgebung lebten von Gerüchten. Ihre Stimmung schwankte, je nach Lage, zwischen Verzweiflung und Euphorie. Und dann kam eines Morgens einer von Margarets Angestellten ins Büro gerannt und sagte: »Ich habe gerade gehört, daß die Briten auf Klipdrift marschieren. Die bringen uns alle um!«
»Unsinn. Die werden es nicht wagen, uns anzurühren.«
Fünf Stunden später war Margaret McGregor eine Kriegsgefangene.
Margaret und Kate wurden nach Paardeberg gebracht, eines der Hunderte von Internierungslagern, die überall in Südafrika ent-

standen waren. Die Gefangenen wurden auf einem weiten, offenen Feld gehalten, das von Stacheldraht umzäunt war und von britischen Soldaten bewacht wurde. Die Zustände waren katastrophal.
Margaret nahm Kate in den Arm und sagte: »Mach dir keine Sorgen, Liebling, dir passiert schon nichts.«
Aber keine von beiden glaubte daran. Jeder einzelne Tag war grauenvoll. Sie mußten zusehen, wie die Menschen um sie herum wie die Fliegen am Fieber starben. Es gab weder Ärzte noch Medikamente für die Verwundeten, und Lebensmittel waren knapp. Es war ein nicht endenwollender Alptraum, der drei qualvolle Jahre lang anhielt. Kate war vor Angst wie gelähmt. Sie hatte keine Macht, ihre Mutter oder sich selbst zu beschützen, und dies war eine Lektion, die sie nie mehr vergessen sollte. *Macht.* Wenn man Macht hatte, hatte man zu essen. Man hatte Medikamente, man war frei. *Eines Tages,* dachte Kate, *werde ich Macht haben. Niemand wird jemals wieder in der Lage sein, mir so etwas anzutun.*

Die Schlachten wüteten weiter, aber die tapferen Buren zeigten sich schließlich der Übermacht des britischen Imperiums nicht gewachsen und ergaben sich nach drei Jahren Blutvergießen im Jahre 1902. Fünfundfünfzigtausend Buren waren in den Kampf gezogen, und vierunddreißigtausend Soldaten, Frauen und Kinder hatten den Tod gefunden, achtundzwanzigtausend davon in britischen Konzentrationslagern.
An dem Tag, als sich die Tore des Lagers öffneten, kehrten Margaret und Kate nach Klipdrift zurück. An einem friedlichen Sonntag, einige Wochen später, traf dort auch David Blackwell ein. Er hatte die hinter ihm liegenden höllischen Jahre auf dem Schlachtfeld verbracht und sich immer wieder gefragt, ob Margaret und Kate noch am Leben waren. Als er sie zu Hause in Sicherheit antraf, kannte seine Freude keine Grenzen.
»Ich wünschte nur, ich hätte Sie beide beschützen können«, sagte er zu Margaret.
»Das ist nun vorbei, David. Wir müssen uns auf die Zukunft konzentrieren.« Und die Zukunft war Kruger-Brent, Ltd.

Kate wuchs in den nächsten Jahren fast ohne Beaufsichtigung heran. Ihre Mutter, die zusammen mit David die Geschicke der Firma leitete, war zu beschäftigt, um sich viel um sie zu kümmern. Kate war ein wildes, eigensinniges, widerspenstiges und störrisches Kind. Als Margaret eines Nachmittags von einer geschäftlichen Besprechung nach Hause kam, sah sie, wie sich ihre vierzehnjährige Tochter auf dem Hof einen Faustkampf mit zwei Jungen lieferte. Mit ungläubigem Entsetzen starrte sie auf die Szene.

»Verdammter Mist!« entfuhr es ihr. »Und dieses Mädchen soll eines Tages die Geschicke von Kruger-Brent, Ltd. leiten! Der Herr stehe uns bei!«

# ZWEITES BUCH
# Kate und David
# 1906–1914

## 12

Kate McGregor arbeitete noch spätnachts allein in ihrem Büro im Hauptgebäude von Kruger-Brent International, wie die Firma jetzt hieß, in Johannesburg, als sie Polizeisirenen näher kommen hörte. Sie legte die Papiere beiseite, ging zum Fenster und sah hinaus. Vor dem Gebäude kamen gerade drei Polizeiwagen und ein -transporter mit quietschenden Reifen zum Stehen. Mit gerunzelter Stirn sah Kate zu, wie ein Dutzend Uniformierter aus dem Wagen sprang und eilends die Aus- und Eingänge des Hauses besetzte. Es war Mitternacht, und die Straßen lagen verlassen da. Kate erhaschte einen Blick auf ihr Spiegelbild im Fenster. Mit ihren zweiundzwanzig Jahren war sie eine schöne Frau, hatte die hellgrauen Augen ihres Vaters und die volle Figur ihrer Mutter.
Es klopfte an die Bürotür, und Kate rief: »Herein.«
Die Tür ging auf, und zwei Uniformierte traten ein. Einer trug die Streifen eines Polizei-Superintendenten.
»Was, um Himmels willen, geht hier eigentlich vor?« verlangte Kate zu wissen.
»Es tut mir leid, Miß McGregor, daß wir Sie zu so später Stunde noch stören müssen. Ich bin Superintendent Cominsky.«
»Was gibt es, Superintendent?«
»Man hat uns gemeldet, daß ein entflohener Mörder vor kurzem beim Betreten dieses Gebäudes gesehen wurde.«
Kate sah ihn entsetzt an. »Beim Betreten *dieses* Gebäudes?«
»Ja, Ma'am. Er ist bewaffnet und sehr gefährlich.«
Kate sagte nervös: »Dann würde ich es außerordentlich begrüßen, wenn Sie ihn finden und wegschaffen wollten, Superintendent.«
»Genau das haben wir vor, Miß McGregor. Sie haben nichts Verdächtiges gehört und gesehen?«
»Nein. Aber ich bin allein hier, und es gibt eine ganze Menge Ekken in diesem Haus, in denen sich jemand verstecken könnte. Es

wäre mir lieb, wenn Sie eine gründliche Durchsuchung vornehmen ließen.«
»Wir fangen sofort damit an, Ma'am.«
Der Superintendent drehte sich um und rief seinen Männern auf dem Gang zu: »Verteilt euch. Fangt im Keller an und kämmt bis zum Dach hinauf alles durch.« Er wandte sich wieder Kate zu. »Sind die Büros abgeschlossen?«
»Ich glaube nicht«, sagte Kate. »Wenn doch, dann schließe ich für Sie auf.«
Superintendent Cominsky entging nicht, wie nervös sie war, aber sie hätte noch nervöser reagiert, hätte sie gewußt, wie verzweifelt der Mann war, nach dem sie suchten. »Wir finden ihn bestimmt«, versicherte er Kate.
Kate nahm den Bericht wieder auf, über dem sie gesessen hatte, aber sie war nicht imstande, sich darauf zu konzentrieren. Sie hörte, wie die Polizisten das Gebäude durchsuchten und von Büro zu Büro gingen. Würden sie ihn finden?
Die Polizisten gingen langsam und methodisch vor, suchten nach jedem möglichen Versteck vom Keller bis zum Dachboden. Eine Dreiviertelstunde später erschien Superintendent Cominsky wieder in Kates Büro.
Sie sah ihm ins Gesicht. »Sie haben ihn nicht gefunden.«
»Noch nicht, Ma'am, aber machen Sie sich keine Sorgen –«
»Ich *mache* mir aber Sorgen, Superintendent. Wenn sich in diesem Gebäude wirklich ein entflohener Mörder aufhält, dann müssen Sie ihn auch finden.«
»Werden wir auch, Miß McGregor. Wir haben Spürhunde dabei.«
Einen Augenblick später kam ein Hundeführer mit zwei großen Deutschen Schäferhunden an der Koppelleine ins Büro. »Die Hunde waren schon im ganzen Gebäude, Sir. Bis auf dieses Büro ist alles durchsucht worden.«
Der Superintendent wandte sich an Kate. »Haben Sie Ihr Büro in der vergangenen Stunde verlassen?«
»Ja. Ich war im Archiv. Glauben Sie, er könnte –?« Sie schauderte. »Bitte, durchsuchen Sie mein Büro.«
Der Superintendent gab ein Zeichen, und der Hundeführer ließ die Tiere los und befahl: »Sucht!«
Die Hunde führten sich auf wie verrückt. Sie rasten auf eine geschlossene Tür zu und bellten sie wild an.
»O Gott!« schrie Kate. »Er ist da drinnen!«

Der Superintendent zog seine Pistole. »Aufmachen!«
Zwei Polizisten schlichen, die Pistole im Anschlag, zum Schrank und zogen schnell die Tür auf. Der Schrank war leer. Einer der Hunde raste zu einer anderen Tür und begann aufgeregt daran zu kratzen.
»Wohin führt diese Tür?« fragte Superintendent Cominsky.
»In einen Waschraum.«
Die beiden Polizisten bezogen zu beiden Seiten der Tür Stellung und rissen sie auf. Nichts.
Der Hundeführer war verwirrt. »So haben sie sich noch nie aufgeführt.« Wie außer sich rasten die Hunde kreuz und quer durch den Raum. »Sie haben die Witterung aufgenommen«, sagte der Hundeführer. »Aber wo ist er?«
Beide Hunde rannten zu Kates Schreibtisch und fingen an, wie wild die Schublade anzubellen.
»Da haben Sie Ihre Antwort«, versuchte Kate zu witzeln. »Er ist in der Schublade.«
Superintendent Cominsky war verlegen. »Es tut mir leid, daß wir Sie belästigt haben, Miß McGregor.« Er wandte sich an den Hundeführer und fauchte: »Schaffen Sie die Biester raus.«
»Sie wollen doch nicht etwa gehen?« Kates Stimme klang beunruhigt.
»Ich versichere Ihnen, daß keine Gefahr mehr für Sie besteht, Miß McGregor. Ich fürchte, es war nur ein Fehlalarm. Ich bitte um Entschuldigung.«
Kate schluckte. »Nun, auf jeden Fall verstehen Sie es, einer Frau zu einem aufregenden Abend zu verhelfen.«

Kate stand am Fenster und sah zu, wie auch der letzte der Polizeiwagen abfuhr. Sobald sie außer Sicht waren, öffnete sie ihre Schreibtischschublade und zog ein Paar blutbeschmierte Leinenschuhe heraus. Sie nahm sie mit in den Flur, wo sie durch eine Tür trat, die die Aufschrift trug: PRIVAT. KEIN ZUTRITT FÜR UNBEFUGTE. Der Raum war leer bis auf einen verschlossenen, mannshohen, in die Wand gebauten Safe – den Tresor, in dem Kruger-Bent die Diamanten bis zu ihrer Verschiffung aufbewahrte. Kate stellte rasch die Zahlenkombination ein und zog die riesige Tür auf. Die Seitenwände des Tresors enthielten Dutzende eingebauter Metalldepots, die mit Diamanten gefüllt waren. Auf dem Fußboden in der Mitte des Tresorraums lag, halb bewußtlos, Banda.

Kate kniete neben ihm nieder. »Sie sind fort.«
Banda öffnete die Augen und brachte ein schwaches Grinsen zustande. »Weißt du, wie reich ich jetzt wäre, wenn ich aus diesem Tresor herausgekonnt hätte, Kate?«
Kate half ihm auf die Füße. Als sie seinen Arm anfaßte, zuckte er vor Schmerz zusammen. Sie hatte ihm einen Verband angelegt, doch der war schon wieder blutdurchtränkt.
»Kannst du deine Schuhe anziehen?« Sie hatte sie ihm abgenommen gehabt, war in ihnen durch ihr Büro spaziert und hatte sie anschließend in ihrer Schreibtischschublade versteckt, um die Spürhunde zu verwirren, die die Polizisten, wie sie wußte, mitbringen würden.
Jetzt sagte sie: »Komm. Wir müssen hier raus.«
Banda schüttelte den Kopf. »Ich versuch's besser alleine. Wenn sie dich dabei erwischen, wie du mir hilfst, dann handelst du dir mehr Ärger ein, als du verkraften kannst.«
»Laß das mal meine Sorge sein.«
Banda sah sich ein letztes Mal in dem Tresorraum um.
»Willst du dir ein paar Muster mitnehmen?« fragte Kate. »Bedien dich ruhig.«
Banda sah sie an und merkte, daß sie es ernst meinte. »Dein Vater hat mir dieses Angebot schon einmal gemacht. Aber das ist lange her.«
Kate lächelte verschmitzt. »Ich weiß.«
»Ich brauche kein Geld. Ich muß nur für eine Weile raus aus der Stadt.«
»Und wie wirst du aus Johannesburg herauskommen?«
»Mir wird schon was einfallen.«
»Hör zu. Die Polizei hat inzwischen Straßensperren errichtet. Jeder Ausgang aus der Stadt wird bewacht sein. Alleine hast du keine Chance.«
»Du hast schon genug getan«, sagte er eigensinnig. Mittlerweile war es ihm gelungen, seine Schuhe wieder anzuziehen. Einsam sah er aus, wie er dastand, Hemd und Jacke zerrissen und blutbefleckt. Sein Gesicht war gefurcht und sein Haar ergraut, doch als Kate ihn betrachtete, sah sie in ihm noch immer die stattliche Gestalt, die sie von Kindesbeinen an gekannt hatte.
»Banda, wenn sie dich erwischen, bringen sie dich um«, sagte Kate ruhig. »Du kommst mit mir.«
Sie wußte, daß Bandas Gefangennahme von größter Dringlichkeit war und daß die Beamten Anweisung hatten, ihn herbeizu-

schaffen, tot oder lebendig. Sämtliche Bahnhöfe und Straßen würden überwacht sein.
»Hoffentlich hast du einen besseren Plan als dein Vater damals«, sagte Banda. Seine Stimme klang schwach. Kate fragte sich, wieviel Blut er wohl verloren hatte.
»Red jetzt nicht. Spar dir deine Kräfte. Überlaß einfach alles mir.« Kate sprach zuversichtlicher, als sie sich fühlte. Bandas Leben lag in ihren Händen, und sie hätte es nicht ertragen, wenn ihm irgend etwas zugestoßen wäre. Zum vielleicht hundertsten Male wünschte sie sich, David wäre hier.
»Ich gehe jetzt und bringe meinen Wagen zur rückwärtigen Zufahrt«, sagte Kate. »Warte zehn Minuten und komm dann nach. Ich lasse die hintere Tür am Auto offen. Du brauchst nur einzusteigen und dich auf den Boden zu legen. Es ist eine Decke da, unter der du dich verstecken kannst.«
»Kate, sie werden jedes Auto durchsuchen, das die Stadt verläßt. Wenn –«
»Wir fahren nicht aus der Stadt heraus. Es gibt einen Zug nach Kapstadt, der um acht Uhr morgens abgeht. Ich habe Anweisung gegeben, daß mein Privatwaggon angehängt wird.«
»Du willst mich in deinem privaten Eisenbahnwaggon hier rausbringen?«
»Genau.«
Banda brachte ein Grinsen zuwege. »Ihr McGregors habt wirklich was für Abenteuer übrig.«

Eine halbe Stunde später fuhr Kate aufs Bahnhofsgelände. Banda lag auf dem Boden vor dem Hintersitz, durch eine Decke verborgen.
Beim Passieren der Straßensperren in der Stadt hatten sie keine Schwierigkeiten gehabt, doch jetzt, als Kates Wagen auf die Geleise zufuhr, blitzte jäh eine Lampe auf, und Kate sah, daß sich ihr mehrere Polizisten in den Weg stellten. Eine vertraute Gestalt näherte sich.
»Superintendent Cominsky!«
Er zeigte sich überrascht. »Miß McGregor – was tun Sie denn hier?« Kate schenkte ihm ein rasches, ängstliches Lächeln. »Sie werden mich für ein dummes und schwaches Frauenzimmer halten, Superintendent, doch um die Wahrheit zu sagen: Was in meinem Büro passiert ist, hat mich zu Tode erschreckt. Deswegen habe ich beschlossen, die Stadt zu verlassen, bis Sie diesen

Mörder dingfest gemacht haben. Oder haben Sie ihn schon gefunden?«
»Noch nicht, Ma'am, aber wir kriegen ihn schon noch. Ich hab' so das Gefühl, daß er hier auf dem Bahnhofsgelände Unterschlupf suchen wird. Aber wir werden ihn erwischen.«
»Das will ich schwer hoffen!«
»Und wo wollen Sie hin?«
»Mein Eisenbahnwaggon steht da vorne auf einem Nebengleis. Ich will damit nach Kapstadt.«
»Möchten Sie einen meiner Männer zu Ihrem Schutz mitnehmen?«
»Oh, danke schön, Superintendent, aber das ist nicht nötig. Jetzt, da ich weiß, wo Sie und Ihre Männer sind, fühle ich mich schon sehr viel wohler, glauben Sie mir.«
Fünf Minuten später befanden sich Kate und Banda sicher im Innern des privaten Eisenbahnwagens.
Kate half Banda auf ein Bett. »Bis zum Morgen bist du hier gut aufgehoben. Sobald unser Waggon angehängt wird, mußt du dich im Bad verstecken.«
Banda nickte. »Danke.«
Kate ließ die Rouleaus herunter. »Hast du einen Doktor, der dich verarztet, wenn wir nach Kapstadt kommen?«
Er sah ihr in die Augen. »*Wir?*«
»Du hast doch wohl nicht geglaubt, ich laß dich alleine fahren und verzichte selber auf das Abenteuer?«
Banda warf den Kopf zurück und lachte. *Sie ist ganz ihr Vater.*

Bei Tagesanbruch zog eine Lok den Privatwaggon fort und rangierte ihn ans Ende des Zuges nach Kapstadt.
Pünktlich um acht Uhr verließ der Zug den Bahnhof. Kate versorgte Bandas Wunde, die wieder zu bluten begonnen hatte. Seit dem Abend zuvor, als Banda halbtot in ihr Büro gestolpert war, hatte sie keine Gelegenheit gehabt, in Ruhe mit ihm über alles zu sprechen. Jetzt sagte sie: »Erzähl mir, was passiert ist, Banda.«

Banda sah sie an und dachte: *Wo soll ich anfangen?* Wie sollte er ihr die *trekboers* erklären, die die Bantu von ihrem angestammten Land vertrieben hatten? Und hatte es überhaupt mit denen angefangen? Oder mit dem übermächtigen Oom Paul Krüger, dem Präsidenten von Transvaal, der in einer Rede vor dem Südafrika-

nischen Parlament gesagt hatte: »Wir müssen uns zu Herren über die Schwarzen machen und sie zur Untertanenrasse...«? Oder hatte es mit Cecil Rhodes angefangen, einem der großen Baumeister des britischen Empire, dessen Motto lautete: »Afrika den Weißen!«? Wie war die Geschichte seines Volkes in einem einzigen Satz zusammenzufassen? Schließlich sagte er: »Die Polizei hat meinen Sohn ermordet.«
Dann sprudelte die Geschichte nur so aus ihm heraus. Ntombenthle, sein ältester Sohn, hatte an einer politischen Versammlung teilgenommen, als die Polizei anrückte und sie auflöste. Es wurden Schüsse abgefeuert, und ein Aufruhr entstand. Ntombenthle wurde eingesperrt und am nächsten Morgen erhängt in seiner Zelle aufgefunden. »Sie behaupten, es wäre Selbstmord gewesen«, sagte Banda zu Kate. »Aber ich kenne meinen Sohn. Es war Mord.«
»Mein Gott, er war doch noch so jung«, stieß Kate hervor. Sie dachte an die Zeiten, da sie miteinander gespielt, miteinander gelacht hatten. Ntombenthle war ein so hübscher Junge gewesen. »Es tut mir leid, Banda. Es tut mir so schrecklich leid. Aber warum sind sie jetzt hinter dir her?«
»Nachdem sie ihn umgebracht hatten, fing ich an, die Schwarzen zu sammeln. Ich mußte zurückschlagen, Kate. Ich konnte nicht einfach herumsitzen und die Hände in den Schoß legen. Die Polizei hat mich zum Staatsfeind erklärt. Sie haben mich für einen Raub eingesperrt, den ich nicht begangen habe, und mich zu zwanzig Jahren Gefängnis verurteilt. Ich bin mit drei anderen zusammen ausgebrochen. Dabei wurde eine Wache angeschossen und getötet, und das legen sie mir zur Last. Dabei hab' ich in meinem ganzen Leben noch keine Pistole angefaßt.«
»Ich glaube dir«, sagte Kate. »Erst einmal müssen wir dich an einen Ort bringen, wo du in Sicherheit bist.«
»Tut mir leid, daß ich dich da hineingezogen habe.«
»Du hast mich in gar nichts hineingezogen. Du bist schließlich mein Freund.«
Er lächelte. »Weißt du, wer der erste Weiße war, der mich seinen Freund genannt hat? Dein Vater.« Er seufzte. »Wie willst du mich in Kapstadt aus dem Zug rausschmuggeln?«
»Wir fahren nicht bis Kapstadt.«
»Aber du hast doch gesagt –«
»Ich bin eine Frau. Ich darf meine Meinung ändern.«
Mitten in der Nacht, als der Zug am Bahnhof von Worcester

hielt, ließ Kate ihren Privatwaggon abhängen und auf ein Abstellgleis rangieren. Als sie am Morgen erwachte, ging sie zu Bandas Bett hinüber. Es war leer. Banda war gegangen. Kate fand es bedauerlich, aber sie wußte, daß er jetzt in Sicherheit war. Er hatte viele Freunde, die sich seiner annehmen würden. *David wird stolz auf mich sein,* dachte Kate.

»Es ist nicht zu fassen! Wie konntest du nur so dumm sein!« brüllte David, als Kate wieder nach Johannesburg zurückgekehrt war und ihm die Geschichte erzählte. »Du hast nicht nur deine eigene Sicherheit aufs Spiel gesetzt, du hast auch noch die Firma in Gefahr gebracht. Weißt du eigentlich, was passiert wäre, wenn die Polizei Banda hier gefunden hätte?«
»Ja«, sagte Kate. »Sie hätten ihn getötet.«
David rieb sich die Stirn. »Verstehst du denn gar nichts?«
»Da hast du verdammt recht! Ich verstehe überhaupt nichts! Ich verstehe nur eins: daß du kalt und herzlos bist.« Ihre Augen sprühten vor Zorn.
»Du bist immer noch ein Kind.«
Sie hob die Hand, um ihn zu schlagen, und David packte sie bei den Armen.
»Kate, du mußt dich beherrschen.«
Die Worte hallten in Kates Kopf wider. *Kate, du mußt lernen, dich zu beherrschen . . .*
Es war so lange her. Sie war vier Jahre alt gewesen. Mitten in einem Boxkampf mit einem Jungen, der es gewagt hatte, sie zu hänseln, war David aufgetaucht, und der Junge war weggerannt. Kate wollte ihm nachsetzen, doch David hielt sie fest.
»Halt, Kate. Du mußt lernen, dich zu beherrschen. Junge Damen lassen sich nicht auf Faustkämpfe ein.«
»Ich bin keine junge Dame«, fauchte Kate. »Laß mich gehen.«
David ließ sie los.
Kate sah dem weglaufenden Jungen nach. »Ich hätte ihn verdroschen, wenn du dich nicht eingemischt hättest.«
David sah in das leidenschaftliche kleine Gesicht hinunter und lachte. »Das glaub ich dir gerne.« Beschwichtigt erlaubte ihm Kate, sie aufzunehmen und ins Haus zu tragen. Sie war gern in Davids Armen. Sie hatte alles an David gern. Er war der einzige Erwachsene, der sie verstand. Immer, wenn er in der Stadt war, nahm er sich Zeit für sie. Jamie hatte dem jungen David in freien Stunden von seinen Abenteuern mit Banda erzählt, und nun gab

David die Geschichten an Kate weiter. Sie konnte gar nicht genug davon bekommen.
»Erzähl mir noch mal, wie sie das Floß gebaut haben.«
Und David erzählte es ihr.
»Erzähl mir von den Haien ... erzähl mir von dem *mis* ... erzähl mir von dem Tag ...«
Ihre Mutter bekam Kate selten zu Gesicht. Sie ging darin auf, Kruger-Brent zu leiten. Sie tat es für Jamie.
Jeden Abend sprach Margaret mit Jamie, so wie sie es in dem Jahr vor seinem Tod gehalten hatte. »David ist mir eine große Hilfe, Jamie, und wenn Kate die Firma übernimmt, wird er sie unterstützen. Ich will dich nicht beunruhigen, aber ich weiß einfach nicht, was ich mit diesem Kind anfangen soll ...«
Kate war eigensinnig und halsstarrig und unmöglich. Sie weigerte sich, ihrer Mutter oder Mrs. Talley zu gehorchen. Sie hatte keine Freundinnen. Sie weigerte sich, zur Tanzstunde zu gehen, und verbrachte statt dessen ihre Zeit beim Rugbyspielen mit halbwüchsigen Jungen. Als sie schließlich in die Schule kam, machte sie so viele Dummheiten, daß sie sämtliche Rekorde brach. Margaret fand sich mindestens einmal im Monat bei der Schulleiterin ein, um sie zu überreden, Kate zu verzeihen und an der Schule zu lassen.
»Ich verstehe dieses Mädchen nicht, Mrs. McGregor«, seufzte die Direktorin. »Sie ist außerordentlich gescheit, aber sie lehnt sich einfach gegen alles auf. Ich weiß nicht, was ich mit ihr machen soll.« Margaret wußte es auch nicht.

David war der einzige, der mit Kate zurechtkam. »Ich höre, du bist heute nachmittag zu einer Geburtstagsparty eingeladen«, sagte er.
»Ich hasse Geburtstagspartys.«
David ging vor ihr in die Hocke, damit er ihr in die Augen sehen konnte. »Ich weiß, Kate. Aber der Vater des kleinen Mädchens, das die Party gibt, ist ein Freund von mir. Ich würde schön dastehen, wenn du nicht hingingst oder dich nicht wie eine Dame benähmst.«
Kate starrte ihn an. »Ist er ein *guter* Freund von dir?«
»Ja.«
»Dann geh ich hin.«
An jenem Nachmittag benahm sie sich mustergültig.

Als Kate zehn Jahre alt war, sagte sie zu David: »Ich möchte Banda kennenlernen.«
David sah sie überrascht an. »Ich fürchte, das wird nicht gehen, Kate. Bandas Farm ist sehr weit weg von hier.«
»Wirst du mich hinbringen oder soll ich mich alleine auf den Weg machen?«
In der folgenden Woche nahm David Kate mit auf Bandas Hof. Banda besaß ein ziemlich großes Stück Land, zwei Morgen, auf denen er Weizen pflanzte sowie Schafe und Strauße hielt. Banda betrachtete das ernst dreinschauende, schmächtige Mädchen an Davids Seite und sagte: »Man sieht sofort, daß du Jamie McGregors Tochter bist.«
»Und ich hätte sofort gesehen, daß du Banda sein mußt«, sagte Kate feierlich. »Ich bin gekommen, um dir dafür zu danken, daß du meinem Vater das Leben gerettet hast.«
Banda lachte. »Irgendwer muß dir alte Geschichten erzählt haben. Komm rein und lern meine Familie kennen.«
Bandas Frau war eine schöne Bantu mit Namen Ntame. Sie hatte zwei Söhne: Ntombenthle, sieben Jahre älter als Kate, und Magena, sechs Jahr älter. Ntombenthle war eine zweite Ausgabe seines Vaters. Er besaß die gleiche stolze Haltung und innere Würde.
Kate spielte den ganzen Nachmittag über mit den beiden Jungen. Das Abendessen nahmen sie in der Küche des kleinen Farmhauses ein. David fühlt sich nicht wohl dabei, mit einer schwarzen Familie zu essen. Er hatte Respekt vor Banda, aber es war einfach Tradition, daß die beiden Rassen nicht miteinander verkehrten. Darüber hinaus machte er sich Sorgen wegen Bandas politischer Aktivitäten. Berichten zufolge war Banda ein Anhänger von John Tengo Javabu, der sich für drastische soziale Änderungen einsetzte. Da die Minenbesitzer nicht genügend Eingeborene als Arbeiter verpflichten konnten, hatte die Regierung allen Eingeborenen, die nicht in den Minen arbeiteten, eine Steuer von zehn Shilling auferlegt, und in ganz Südafrika war es zu Aufständen gekommen.
Am späten Nachmittag sagte David: »Wir sollten besser aufbrechen, Kate. Wir haben eine lange Heimfahrt vor uns.«
»Noch nicht.« Kate wandte sich an Banda. »Erzähl mir von den Haien . . .« Von jenem Tag an überredete Kate David jedesmal, wenn er in der Stadt war, mit ihr zu Banda und seiner Familie hinauszufahren.

Davids Versicherung, Kate würde ihrer Kühnheit entwachsen, schien sich nicht bewahrheiten zu wollen. Eher schien sie mit jedem Tag noch halsstarriger zu werden. Sie weigerte sich rundheraus, an irgendwelchen Unternehmungen anderer Mädchen ihres Alters teilzunehmen. Sie bestand darauf, mit David in die Minen zu gehen, und er nahm sie mit zum Jagen, Fischen und Campen. Eines Tages, als sie mit David im Vaal angelte und fröhlich eine Forelle herauszog, die größer war als alles, was er bisher gefangen hatte, sagte er: »Du hättest ein Junge werden sollen.«

Entrüstet drehte sie sich zu ihm um. »Sei nicht albern, David. Dann könnte ich dich doch nicht heiraten.«

David lachte.

»Wir *werden* heiraten, weißt du.«

»Nein, Kate, ich fürchte, nicht. Ich bin 22 Jahre älter als du. Alt genug, daß ich dein Vater sein könnte. Eines Tages wirst du einen Jungen kennenlernen – einen netten, jungen Mann –«

»Ich will keinen netten jungen Mann«, sagte sie böse. »Ich will dich.«

»Wenn du das ernst meinst«, sagte David, »dann werd ich dir verraten, wie man das Herz eines Mannes gewinnt.«

»Verrat's mir«, sagte Kate eifrig.

»Liebe geht durch den Magen. Also nimm die Forelle aus und laß uns essen.«

Kate hegte nicht den geringsten Zweifel daran, daß sie eines Tages David Blackwell heiraten würde. Für sie war er der einzige Mann auf der Welt.

Margaret lud David einmal die Woche zum Dinner ins große Haus. Kate zog es in der Regel vor, ihr Abendessen mit den Dienern in der Küche einzunehmen, wo sie nicht auf ihre Manieren achten mußte. An den Freitagabenden jedoch fand sie sich stets im großen Eßzimmer ein. Meistens kam David allein, nur gelegentlich erschien er in weiblicher Begleitung. Kate haßte jede dieser Frauen auf den ersten Blick.

Als Kate vierzehn Jahre alt war, ließ ihre Direktorin Margaret zu sich bitten. »Ich leite eine angesehene Schule, Mrs. McGregor. Ich fürchte, Kate übt einen schlechten Einfluß auf ihre Mitschüler aus.«

Margaret seufzte. »Was hat sie denn jetzt wieder angestellt?«
»Sie bringt den anderen Kindern Ausdrücke bei, die ihnen völlig neu sind.« Ihr Gesicht nahm einen grimmigen Ausdruck an. »Ich sollte vielleicht hinzufügen, daß selbst mir einige davon völlig neu sind, Mrs. McGregor. Ich kann mir nicht vorstellen, wo das Kind sie aufgeschnappt hat.«
Margaret konnte sich das gut vorstellen: Kate hatte sie von ihren Straßenbekanntschaften. *Nun gut,* schloß Margaret, *es wird Zeit, dem allem ein Ende zu setzen.*
Die Direktorin sagte: »Es wäre mir wirklich lieb, wenn Sie ihr ins Gewissen reden wollten. Wir werden ihr zwar noch einmal eine Chance geben, aber –«
»Nein. Ich habe eine bessere Idee. Ich werde Kate ins Internat schicken.«

Als Margaret David davon erzählte, grinste er. »Das wird ihr aber gar nicht gefallen.«
»Ich kann's aber nicht ändern. Die Direktorin hat sich eben bei mir über die Sprache beklagt, die Kate führt. Meine Tochter fängt an, wie die Digger zu reden, auszusehen, sogar zu riechen. Ehrlich, David, ich verstehe sie überhaupt nicht. Ich weiß einfach nicht, warum sie sich derart aufführt. Sie ist hübsch, sie ist gescheit, sie ist –«
»Vielleicht ist sie zu gescheit.«
»Egal. Zu gescheit oder nicht: Sie kommt ins Internat.«
Als Kate an jenem Nachmittag nach Hause kam, brachte ihr Margaret ihren Entschluß bei.
Kate war wütend. »Du willst mich bloß loswerden!«
»Natürlich nicht, Liebling. Ich denke nur, daß du besser dran wärst –«
»*Hier* bin ich besser dran. Alle meine Freunde sind hier. Du willst mich von ihnen trennen.«
»Wenn du von diesem Gesindel redest, mit dem du –«
»Sie sind kein Gesindel. Sie sind ebenso gut wie jeder andere auch.«
»Kate, ich habe nicht die Absicht, mich mit dir herumzustreiten. Du kommst in ein Internat für junge Mädchen, und damit hat sich's.« »Dann bring ich mich um«, versprach Kate.
»Schön, mein Kind. Oben liegt irgendwo ein Rasiermesser, und wenn du dich umsiehst, findest du bestimmt auch das eine oder andere Gift im Haus.«

Kate brach in Tränen aus. »Bitte, tu mir das nicht an.«
Margaret nahm sie in die Arme. »Es ist doch nur zu deinem eigenen Besten, Kate. Du wirst bald eine junge Frau sein. Dann wirst du heiraten wollen. Kein Mann will aber ein Mädchen heiraten, das so redet, sich so anzieht und sich so benimmt wie du.«
»Das ist nicht wahr«, schluchzte Kate. »David stört es nicht.«
»Was hat denn David damit zu tun?«
»Wir werden heiraten.«
Margaret seufzte. »Ich sage Mrs. Talley, daß sie deine Sachen packen soll.«

Es gab eine ganze Reihe guter englischer Internate für junge Mädchen. Margaret entschied, daß Cheltenham in Gloucestershire am besten für Kate geeignet sei. Die Schule war bekannt für ihre rigorose Disziplin. David unterhielt geschäftliche Kontakte zum Ehemann der Schulleiterin, einer Mrs. Keaton, und er brachte es ohne Schwierigkeiten fertig, Kate dort einschreiben zu lassen.
Als Kate hörte, wo sie hinkommen sollte, explodierte sie erneut.
»Ich habe von dieser Schule gehört! Sie ist fürchterlich. Aus der komme ich zurück wie eine von diesen ausgestopften englischen Püppchen. Ist es das, was du gerne möchtest?«
»Was ich möchte, ist, daß du allmählich Manieren lernst«, sagte Margaret.
»Ich brauche keine Manieren. Ich habe Köpfchen.«
»Das ist nicht das, was ein Mann bei einer Frau an erster Stelle erwartet«, sagte Margaret trocken. »Und du wirst ja mal eine Frau sein.«
»Ich will aber keine Frau werden«, schrie Kate. »Verdammt noch mal, warum kannst du mich nicht in Ruhe lassen?«
»Ich will nicht, daß du dich solch einer Sprache bedienst.«
Und so ging es weiter, bis zu dem Morgen, an dem Kate abreisen sollte. David fuhr geschäftlich nach London.
»Würde es dir was ausmachen, darauf zu achten, daß Kate sicher in der Schule ankommt?« fragte Margaret. »Gott allein mag wissen, wo sie landet, wenn sie alleine fährt.«
»Ich tu's gerne«, sagte David.
»Du! Du bist genauso schlimm wie meine Mutter! Du kannst es gar nicht abwarten, mich loszuwerden.«
David grinste. »Falsch. Ich kann es abwarten.«

Sie fuhren im privaten Eisenbahnwaggon von Klipdrift nach Kapstadt und von dort aus mit dem Schiff nach Southampton. Sie brauchten vier Wochen für die Reise. Kates Stolz erlaubte ihr nicht, es zuzugeben, aber sie fand es aufregend, mit David zu reisen. *Es ist wie Flitterwochen,* dachte sie, *bloß, daß wir nicht verheiratet sind. Noch nicht.*
An Bord des Schiffes verbrachte David viel Zeit in der Kabine über seiner Arbeit. Kate rollte sich auf der Couch zusammen und beobachtete ihn schweigend, zufrieden damit, in seiner Nähe zu sein.
Einmal fragte sie ihn: »Langweilt dich das nicht, David, diese Arbeit mit den vielen Zahlen?«
Er legte den Federhalter aus der Hand.
»Das sind nicht einfach nur Zahlen, Kate. Das sind ganze Geschichten.«
»Was für Geschichten?«
»Wenn man sie richtig zu lesen versteht, sind es Geschichten über Firmen, die wir kaufen und verkaufen, über Leute, die für uns arbeiten. Mit der Gesellschaft, die dein Vater gründete, verdienen sich Tausende von Menschen in der ganzen Welt ihr Brot.«
»Bin ich meinem Vater ein bißchen ähnlich?«
»Ja, in vielem sogar. Er war ein eigensinniger, unabhängiger Mann.«
»Bin ich eine eigensinnige, unabhängige Frau?«
»Du bist ein verzogenes Balg. Der Mann, der dich einmal heiratet, wird die Hölle auf Erden haben.«
Kate lächelte verträumt. *Armer David.*

An ihrem letzten Abend auf See fragte David im Speiseraum: »Warum bist du so schwierig, Kate?«
»Bin ich das?«
»Das weißt du doch selber. Du treibst deine arme Mutter zum Wahnsinn.«
Kate legte ihre Hand auf seine. »Treibe ich dich zum Wahnsinn?«
Davids Gesicht lief rot an. »Laß das. Ich verstehe nicht, was du meinst.«
»Du verstehst es sehr gut.«
»Warum kannst du nicht einfach so sein wie andere Mädchen in deinem Alter?«

»Lieber würde ich sterben. Ich will nicht so sein wie alle anderen.«
»Das bist du ja weiß Gott nicht!«
»Du wirst doch keine andere heiraten, bis ich erwachsen genug für dich bin, nicht wahr, David? Ich werde älter, so schnell ich kann. Ich versprech's dir. Bloß triff bitte keine, die du liebst.«
Ihre Ernsthaftigkeit rührte ihn. Er nahm ihre Hand und sagte: »Kate, wenn ich einmal heirate, dann soll meine Tochter genauso werden wie du.«
Kate sprang auf und sagte mit einer Stimme, die im ganzen Speisesaal deutlich zu vernehmen war: »Von mir aus kannst du, verdammt noch mal, zur Hölle fahren, David Blackwell!« Und als sie aus dem Saal stürmte, starrten ihr alle nach.

Sie verbrachten drei Tage zusammen in London, und Kate genoß jede einzelne Minute davon.
»Ich lade dich ein«, sagte David. »Ich hab' zwei Karten für ›Mrs. Wiggs of The Cabbage Patch‹.«
»Danke schön. Ich möchte lieber ins Gaiety gehen.«
»Das geht nicht. Das – das ist eine Revue. Das ist nichts für dich.«
»Das kann ich nicht beurteilen, bevor ich's nicht gesehen habe, oder?« sagte sie trotzig.
Sie gingen ins Gaiety.

Nach ihrer Ankunft in Cheltenham wurden sie in Mrs. Keatons Büro geführt.
»Ich möchte Ihnen dafür danken, daß Sie Kate hier aufnehmen«, sagte David.
»Ich bin sicher, wir werden sie gern bei uns haben. Und einem Freund meines Mannes tue ich gern einen Gefallen.«
In diesem Augenblick wurde Kate klar, daß sie hereingelegt worden war. Es war *David* gewesen, der sie lossein wollte und die ganze Sache in die Hand genommen hatte.
Sie war so wütend und verletzt, daß sie sich weigerte, ihm adieu zu sagen.

# 13

Cheltenham School war ein Alptraum. Für alles gab es Regeln und Vorschriften. Die Mädchen mußten bis hin zu den Schlüpfern alle die gleichen Uniformen tragen. Mrs. Keaton regierte Schülerinnen und Lehrkörper mit eiserner Hand. Die Mädchen hatten Manieren und Disziplin, Etikette und Schicklichkeit zu lernen, damit sie eines Tages imstande waren, sich einen passenden Ehemann zu angeln.
»Das ist ein verdammtes Gefängnis hier«, schrieb Kate an ihre Mutter. »Die Mädchen sind schrecklich. Sie reden über nichts anderes als über verdammte Kleider und verdammte Jungs. Die Lehrer sind verdammte Ungeheuer. Die können mich hier nicht festhalten. Ich haue ab.«
Dreimal brachte Kate es fertig, aus der Schule wegzulaufen, und jedesmal wurde sie gefunden und zurückgebracht. Reue zeigte sie keine.
Auf einer der wöchentlich stattfindenden Konferenzen sagte einer der Lehrer, als Kates Name fiel:
»Das Mädchen ist unerziehbar. Ich meine, wir sollten sie wieder nach Südafrika schicken.«
Mrs. Keaton antwortete: »Ich neige dazu, Ihnen recht zu geben, aber lassen Sie es uns als Herausforderung betrachten. Wenn wir es schaffen, Kate McGregor Disziplin beizubringen, dann schaffen wir das auch bei jedem anderen Mädchen.«
Kate blieb in der Schule.

Zum Erstaunen ihrer Lehrer begann Kate, sich für die Farm zu interessieren, die die Schule unterhielt. Dort gab es Gemüsegärten, Hühner, Schweine und Pferde. Kate verbrachte so viel Zeit wie möglich auf der Farm, und Mrs. Keaton freute sich, als sie davon hörte.
»Sie sehen also«, sagte die Schulleiterin zu ihren Lehrern, »es war lediglich eine Frage der Geduld. Kate hat endlich herausgefunden, was sie wirklich interessiert. Eines Tages wird sie einen Großgrundbesitzer heiraten und ihm eine große Hilfe sein.«
Am folgenden Morgen suchte Oscar Denker, der Verwalter der Farm, die Direktorin auf. »Sie haben da eine Schülerin«, sagte er, »eine Kate McGregor. Es wäre mir lieb, wenn Sie sie von meiner Farm fernhalten wollten.«
»Worüber, um alles in der Welt, reden Sie eigentlich?« fragte

Mrs. Keaton. »Mir ist zufällig bekannt, daß sie sich sehr dafür interessiert.«
»Gewiß, aber ist Ihnen auch bekannt, wofür sie sich besonders interessiert? Für die – verzeihen Sie den Ausdruck –, für die Kopulation der Tiere.«
»Für *was*?«
»Ja, genau. Sie steht den ganzen Tag herum und beobachtet, wie's die Viecher miteinander treiben.«
»Verdammter Mist!« sagte Mrs. Keaton.

Kate hatte David noch immer nicht verziehen, daß er sie ins Exil geschickt hatte; dennoch vermißte sie ihn fürchterlich. *Es ist mein Schicksal,* dachte sie trübsinnig, *einen Mann zu lieben, den ich hasse.* Sie zählte die Tage, die sie von ihm getrennt war, so wie ein Strafgefangener die Tage bis zu seiner Entlassung. Sie hatte Angst, er könnte etwas Schreckliches anstellen – zum Beispiel eine andere Frau heiraten –, während sie in dieser verfluchten Schule festsaß. *Wenn er das tut, dachte Kate, dann bring ich sie beide um. Nein. Ich bringe nur sie um. Dann werden sie mich einsperren und aufhängen, und wenn ich dann unterm Galgen stehe, wird er erkennen, daß er mich liebt. Aber dann ist es zu spät. Er wird mich um Verzeihung anflehen.* »*Ja, David*«*, werde ich dann zu ihm sagen,* »*ich verzeihe dir, mein Liebling. Du warst zu dumm zu erkennen, daß dir eine große Liebe in die Hand gegeben war. Du hast sie entflattern lassen wie ein kleines Vögelchen. Und nun wird das Vögelchen gehängt. Lebe wohl, David.*« *Doch dann, in letzter Minute, werde ich begnadigt, und David nimmt mich in die Arme und bringt mich in ein exotisches Land, wo es etwas Besseres zu essen gibt als diesen Schweinefraß in diesem verdammten Cheltenham.*

Kate erhielt ein Briefchen von David, in dem er mitteilte, er komme nach London und wolle sie besuchen. Ihre Phantasie überschlug sich. Zwischen den Zeilen glaubte sie alles mögliche lesen zu können. *Warum kommt er nach England? Um mir nahe zu sein, natürlich. Und warum besucht er mich? Weil er endlich erkannt hat, daß er mich liebt, und weil er die Trennung von mir nicht länger ertragen kann. Er wird mich in seine Arme reißen und aus dieser scheußlichen Schule wegbringen.* Ihre Träume waren so real, daß sie sich an dem Tag, da David kommen sollte, von allen ihren Klassenkameradinnen verabschiedete. »Mein Geliebter kommt und holt mich hier heraus«, sagte sie zu ihnen.

Die Mädchen betrachteten sie in ungläubigem Schweigen. Bis auf Georgina Christy, die höhnte: »Du lügst ja schon wieder, Kate McGregor.«
»Wart's nur ab, du wirst schon sehen. Er ist groß und hübsch, und er ist ganz verrückt nach mir.«
Als David kam, registrierte er verwirrt, daß sämtliche Schulmädchen ihn anzustarren schienen. Sie guckten und tuschelten und kicherten, und sobald er in ihre Richtung schaute, wurden sie rot und sahen rasch wieder weg.
»Sie führen sich auf, als hätten sie noch nie einen Mann gesehen«, sagte David zu Kate. Mißtrauisch musterte er sie. »Hast du ihnen irgendwelche Geschichten über mich erzählt?«
»Natürlich nicht«, sagte Kate hoheitsvoll. »Wie käme ich dazu?«
Sie aßen zusammen im Speisesaal der Schule, und David berichtete Kate, was sich zu Hause alles getan hatte. »Deine Mutter läßt dich herzlich grüßen. Sie rechnet damit, daß du in den Ferien heimkommst.«
»Wie geht es ihr?«
»Gut. Sie hat viel zu tun.«
»Was machen die Geschäfte, David?«
Ihr plötzliches Interesse überraschte ihn. »Die laufen bestens. Warum fragst du?«
*Weil die Firma,* dachte Kate, *eines Tages mir gehören wird und wir sie uns teilen werden.* »Ich war bloß neugierig.«
Er sah auf ihren unberührten Teller. »Du ißt ja gar nichts.«
Das Essen war Kate egal. Sie wartete auf den großen Augenblick, da David sagen würde: *»Komm mit mir, Kate. Du bist jetzt eine erwachsene Frau, und ich will dich. Wir werden heiraten.«*
Der Nachtisch wurde serviert – nichts. Der Kaffee kam – nichts. Noch immer hatte David das Zauberwort nicht ausgesprochen. Erst als er einen Blick auf seine Armbanduhr warf und sagte: »Ich denke, ich gehe jetzt besser, wenn ich meinen Zug noch erreichen will« – erst da ging der entsetzten Kate auf, daß er keineswegs gekommen war, um sie von hier wegzubringen. Der Mistkerl wollte sie hier vermodern lassen!
David hatte der Besuch bei Kate gefallen. Sie war ein gescheites, amüsantes Kind geworden. David tätschelte liebevoll ihre Hand und fragte: »Kann ich noch irgend etwas für dich tun, bevor ich gehe, Kate?«
Sie sah ihm in die Augen und flötete: »O ja, David, du kannst mir sogar einen Riesengefallen tun. Verschwinde aus meinem

Leben, verdammt noch mal!« Und dann stakste sie würdevoll und hocherhobenen Hauptes aus dem Saal und ließ ihn mit offenem Mund sitzen.

Margaret wurde klar, daß Kate ihr fehlte. Sie war der einzige Mensch, den sie liebte. *Sie wird einmal eine großartige Frau,* dachte sie voll Stolz. *Aber sie soll die Manieren einer Dame haben.*
In den Sommerferien kam Kate nach Hause. »Wie kommst du in der Schule zurecht?« fragte Margaret.
»Ich hasse sie! Ich komme mir vor, als würden hundert Kindermädchen ununterbrochen um mich herumwuseln.«
Magaret sah ihre Tochter nachdenklich an. »Kommen sich die anderen Mädchen auch so vor, Kate?«
»Was wissen *die* denn schon!« sagte sie verächtlich. »Du solltest die Mädchen in dieser Schule mal *sehen.* Die sind doch ihr Leben lang behütet gewesen. Die haben doch nicht die geringste Ahnung vom wirklichen Leben.«
»Ach, mein Liebes«, sagte Margaret, »das muß ja schrecklich für dich sein!«
»Lach mich nicht aus, bitte. Die waren doch noch nicht mal in Südafrika. Die einzigen Tiere, die die je zu Gesicht bekommen haben, sind im Zoo eingesperrt, und nicht eine von denen hat schon mal eine Diamanten- oder Goldmine gesehen.«
»Die können einem aber leid tun.«
»Na gut«, sagte Kate. »Aber *dir* wird es noch verdammt leid tun, wenn ich so werde wie die.«
»Glaubst du denn, du wirst so?«
Kate grinste spitzbübisch. »Bist du verrückt? Natürlich nicht!«

Kate war kaum eine Stunde zu Hause, da spielte sie auch schon Rugby mit den Kindern der Hausangestellten. Margaret stand am Fenster, sah zu und dachte: *Reine Geldverschwendung. Sie wird sich nie ändern.* Beim Abendessen fragte Kate in beiläufigem Ton: »Ist David da?«
»Er ist in Australien. Ich glaube, er kommt morgen zurück.«
»Kommt er Freitag abend zum Dinner?«
»Wahrscheinlich.« Margaret sah Kate prüfend an und sagte: »Du magst ihn, nicht wahr?« Kate zuckte mit den Achseln. »Ach, er ist soweit ganz in Ordnung.«
»Ich verstehe«, sagte Margaret. Bei der Erinnerung an Kates Schwur, David zu heiraten, lächelte sie in sich hinein.

Als David am Freitagabend zum Dinner kam, flog ihm Kate geradezu entgegen. Sie fiel ihm um den Hals und flüsterte ihm ins Ohr: »Ich verzeihe dir. O David, ich habe dich so sehr vermißt! Hast du mich auch vermißt?«
Er sagte ganz automatisch ja. Und dann dachte er erstaunt: *Herrgott, ich habe sie ja wirklich vermißt.* So jemand wie dieses Mädchen war ihm nie begegnet. Er hatte sie aufwachsen sehen, und jedesmal, wenn er sie wiedertraf, war sie erneut eine Offenbarung für ihn. Jetzt war sie fast sechzehn Jahre alt und zeigte erste weibliche Rundungen. Sie hatte ihr schwarzes Haar wachsen lassen, so daß es weich über ihre Schultern fiel. Ihre Gesichtszüge waren reifer geworden, und sie besaß jetzt eine Sinnlichkeit, die er nie zuvor an ihr wahrgenommen hatte. *Irgendeinem Mann wird sie einmal ganz hübsch zu schaffen machen,* dachte David. Beim Dinner fragte er: »Wie kommst du mit der Schule zurecht, Kate?«
»Ich liebe sie«, schwärmte Kate. »Ich lerne ja soo viel, wirklich. Die Lehrer sind phantastisch, und ich habe eine Menge guter Freundinnen gefunden.«
Margaret verschlug es vor Staunen die Sprache.
»David, nimmst du mich mit zu den Minen?«
»Willst du denn deine Ferien mit so was vergeuden?«
»Ja, bitte schön.«
Ein Ausflug in die Minen dauerte einen ganzen Tag lang, was bedeutete, daß sie ihn mit David verbringen würde.
»Wenn deine Mutter einverstanden ist –«
»Bitte, Mutter!«
»Na gut, Liebling. Solange David dabei ist, weiß ich, daß du gut aufgehoben bist.« Margaret machte sich eher Sorgen um David.

Die Diamantenmine von Kruger-Brent bei Bloemfontein war ein gigantisches Unternehmen, das Hunderte von Arbeitern beschäftigte, die schürften, herumtüftelten, Diamanten wuschen und sortierten.
»Dies ist die ertragreichste Mine des ganzen Unternehmens«, sagte David zu Kate. Sie befanden sich über Tage im Büro des Minendirektors und warteten auf einen Führer, der sie in den Schacht begleiten sollte. An einer der Wände stand eine Vitrine voller Diamanten in allen Farben und Formen.
»Jeder Diamant verfügt über spezifische Merkmale«, erklärte David. »Die Diamanten zum Beispiel, die vom Vaalufer stam-

men, sind angeschwemmte Steine, deren Kanten sich durch die jahrhundertelange Reibung abgeschliffen haben.«
*Er sieht besser aus denn je,* dachte Kate. *Ich liebe seine Augenbrauen.*
»Diese Steine kommen alle aus verschiedenen Minen, sind jedoch leicht an ihrer äußeren Form zu erkennen. Siehst du den hier? An der Größe und der gelben Schattierung kann man erkennen, daß er aus Paardspan kommt. Bei den De-Beers-Diamanten sieht die Oberfläche ölig aus, und sie sind wie Dodekaeder geformt.«
*Er ist brillant. Er weiß einfach alles.*
»Bei diesem hier kannst du erkennen, daß er aus Kimberley stammt, weil er wie ein Oktaeder aussieht. Dort sind die Diamanten rauchglasfarben bis rein weiß.«
*Ich würde gerne wissen, ob der Direktor David für meinen Liebhaber hält. Hoffentlich.*
»Der Wert eines Diamanten hängt von seiner Färbung ab. Die Farben rangieren nach einer Skala von 1 bis 10. An der Spitze stehen Steine mit bläulichweißer Tönung, den geringsten Wert haben Steine mit einer braunen Färbung.«
*Er riecht so gut. Er hat so einen – so einen männlichen Geruch an sich. Ich liebe seine Arme, seine Schultern. Ich wünschte –*
»Kate!«
Schuldbewußt sagte sie: »Ja, David?«
»Hörst du mir eigentlich zu?«
»Selbstverständlich.« Sie legte einen indignierten Ton in ihre Stimme. »Ich habe jedes Wort verstanden.«
Die nächsten zwei Stunden verbrachten sie unter Tage, danach aßen sie zusammen zu Mittag. Das entsprach genau Kates Vorstellung von einem himmlischen Tag.

Als Kate am späten Nachmittag nach Hause kam, fragte Margaret: »War's schön?«
»Es war herrlich. So eine Mine ist einfach faszinierend.«
Eine halbe Stunde später sah Margaret zufällig zum Fenster hinaus. Kate lag am Boden und lieferte sich einen Ringkampf mit dem Sohn eines der Gärtner.

Im folgenden Jahr klang in den Briefen, die Kate aus der Schule schrieb, ein vorsichtiger Optimismus an. Sie war Kapitän der Hockey- und der Lacrosse-Mannschaft geworden, und außerdem war sie Klassenbeste. Die Schule sei gar nicht einmal *sooo* schrecklich, schrieb sie; in ihrer Klasse seien sogar ein paar halbwegs nette Mädchen. Sie bat um Erlaubnis, in den Ferien zwei Freundinnen mitbringen zu dürfen, und Margaret willigte erfreut ein. Sie konnte es kaum abwarten, bis ihre Tochter nach Hause kam. All ihre Träume galten jetzt Kate. *Jamie und ich gehören der Vergangenheit an,* dachte Maggie. *Kate gehört die Zukunft. Und was für eine großartige Zukunft!*

Als Kate in den Ferien nach Hause kam, wurde sie von sämtlichen in Frage kommenden jungen Männern Klipdrifts belagert und um ein Rendezvous bestürmt, doch sie war an keinem von ihnen interessiert. David befand sich in Amerika, und sie wartete ungeduldig auf seine Rückkehr. Als er ins Haus kam, empfing sie ihn an der Tür. Sie trug ein weißes Kleid, um das sie einen schwarzen breiten Samtgürtel geschlungen hatte, der ihren hübschen Busen betonte. Als David sie umarmte, staunte er über ihre herzliche Reaktion. Er trat einen Schritt zurück und betrachtete sie. Sie hatte sich verändert, wirkte irgendwie wissend. In ihren Augen lag ein Ausdruck, der ihm ein etwas unbehagliches Gefühl bereitete.
Die wenigen Male, die er Kate während dieser Ferien zu Gesicht bekam, fand er sie jedesmal von Jungen umringt, und er ertappte sich bei der Frage, welcher von ihnen wohl der Glückliche würde. Unerwartet wurde er nach Australien gerufen, und als er nach Klipdrift zurückkehrte, war Kate schon wieder in England.

Im letzten Schuljahr tauchte David unverhofft eines Abends bei Kate auf.
»David! So eine Überraschung!« Kate umarmte ihn. »Du hättest mir Bescheid geben sollen, daß du kommst. Ich hätte –«
»Kate, ich komme dich abholen.«
Sie trat zurück und sah zu ihm auf. »Ist irgend etwas passiert?«
»Deine Mutter ist krank, fürchte ich.«
Einen Moment lang stand Kate stocksteif. »Ich packe sofort meine Sachen.«

Der Anblick ihrer Mutter ging Kate zu Herzen. Nur wenige Monate waren seit ihrem letzten Zusammentreffen vergangen, und damals schien Margaret bei guter Gesundheit zu sein. Jetzt wirkte sie blaß und abgezehrt, und ihre Augen waren wie erlo-

schen. Es war, als zerfräße der Krebs nicht nur ihren Körper, sondern auch ihre Seele.
Kate saß am Bett ihrer Mutter und hielt ihre Hand. »Ach, Mutter«, sagte sie. »Es tut mir so verdammt leid.«
Margaret drückte die Hand ihrer Tochter. »Ich bin bereit, Liebling. Ich glaube, das bin ich schon, seit dein Vater gestorben ist.« Sie sah zu Kate auf. »Soll ich dir mal ganz was Dummes sagen? Das hab' ich noch keiner Menschenseele erzählt.« Sie zögerte, dann fuhr sie fort: »Es hat mir nie Ruhe gelassen, daß sich keiner richtig um deinen Vater kümmert. Jetzt kann ich es wieder tun.«

Drei Tage später wurde Margaret begraben. Ihr Tod erschütterte Kate zutiefst. Kate fand sich mit achtzehn Jahren plötzlich allein auf der Welt, und schon der Gedanke daran war furchterregend.
David beobachtete sie, wie sie am Grab ihrer Mutter stand und tapfer gegen die Tränen ankämpfte. Doch als sie ins Haus zurückkam, brach Kate zusammen und konnte kaum noch aufhören mit Schluchzen. »Sie war immer so li-lieb zu mir, David, und ich war ihr eine so schle-schlechte Tochter.«
David versuchte sie zu trösten. »Du warst ihr eine wunderbare Tochter, Kate.«
»Ni-nichts als Är-Ärger hab' ich ihr gemacht. Ich würde alles darum geben, wenn ich es wieder gu-gutmachen könnte. Ich wollte nicht, daß sie stirbt, David! Wie kann Gott so etwas zulassen?«
David wartete geduldig, bis Kate sich ausgeweint hatte. Als sie ein wenig ruhiger geworden war, sagte er:
»Du wirst es jetzt nicht wahrhaben wollen, aber glaub mir, eines Tages wird der Schmerz vorüber sein. Und weißt du, was dir dann bleibt, Kate? Lauter glückliche Erinnerungen. Du wirst dich nur noch an all das Schöne erinnern, das du mit deiner Mutter erlebt hast.«
»Wahrscheinlich hast du recht. Aber jetzt, jetzt tut es so verdammt weh.«
Am nächsten Morgen unterhielten sie sich über Kates Zukunft. »Du hast Familie in Schottland«, erinnerte David sie.
»Nein!« erwiderte Kate scharf. »Das ist keine Familie für mich. Das sind bloß Verwandte.« Ihre Stimme war voll Bitterkeit. »Als Vater in dieses Land wollte, haben sie ihn ausgelacht. Keiner

wollte ihm helfen, nur seine Mutter, und die ist tot. Nein. Mit denen will ich nichts zu tun haben.«
David dachte nach. »Hast du vor, die Schule fertig zu machen?« Und ehe sie antworten konnte, fuhr er fort: »Ich glaube, deine Mutter hätte es so gewollt.«
»Dann tu ich's.« Wie blind sah sie zu Boden. »Verdammter Mist«, sagte Kate.
»Ich weiß«, sagte David leise. »Ich weiß es.«

Kate beendete die Schule und durfte als Klassenbeste bei der Abschlußfeier, zu der David gekommen war, die Rede halten.

Im Privatwaggon auf ihrer Zugfahrt von Klipdrift nach Johannesburg sagte David: »Du weißt, daß dies alles in ein paar Jahren dir gehören wird. Dieser Wagen, die Minen, die ganze Firma – es gehört alles dir. Du bist eine sehr reiche junge Frau. Für ein paar Millionen Pfund kannst du den Konzern verkaufen.« Er sah sie an und fügte hinzu: »Du kannst ihn aber auch behalten. Du solltest dir mal Gedanken darüber machen.«
»Ich hab' schon darüber nachgedacht«, sagte Kate zu ihm. Sie sah ihn an und lächelte. »Mein Vater war ein Pirat, David. Ein prächtiger alter Pirat. Ich wünschte, ich hätte ihn noch gekannt. Ich werde den Konzern nicht verkaufen. Und weißt du auch, warum? Weil der Pirat ihn nach zwei Wachen benannt hat, die ihn umbringen wollten. War das nicht eine großartige Idee? Manchmal, wenn ich nachts nicht schlafen kann, denke ich daran, wie mein Vater mit Banda durch den *mis* gekrochen ist, und dann höre ich die Stimmen der Wachen: *Kruger...Brent...*« Sie sah zu David auf. »Nein, nie werde ich die Firma meines Vaters verkaufen. Nicht, solange du dableibst und sie leitest.«
David sagte ruhig: »Ich bleibe so lange, wie du mich brauchst.«
»Ich habe mich entschlossen, auf die Wirtschaftsschule zu gehen.« »Auf die Wirtschaftsschule?« David klang überrascht.
»Wir haben 1910«, erinnerte ihn Kate. »In Johannesburg gibt es Wirtschaftsschulen, an denen schon Frauen zugelassen werden.«
»Aber –«
»Du hast mich gefragt, was ich mit meinem Geld anfangen will.« Sie sah ihm in die Augen und sagte: »Ich will es mir verdienen.«

## 14

Die Wirtschaftsschule war etwas aufregend Neues. Die Jahre in Cheltenham waren unangenehm gewesen, ein notwendiges Übel. Das war jetzt anders. In jedem Kurs lernte Kate etwas Nützliches, etwas, das sie später bei der Leitung der Firma anwenden konnte. Einmal wöchentlich rief David an und erkundigte sich, wie sie zurechtkam.
»Es gefällt mir unheimlich gut«, sagte Kate zu ihm. »Es ist richtig spannend, David.«
Eines Tages würden sie und David gemeinsam, Seite an Seite, ganz allein bis spät in die Nacht hinein arbeiten. *Und an einem dieser Abende wird sich David zu mir herumdrehen und sagen: Kate, Liebling, ich war ja solch ein blinder Narr. Willst du mich heiraten? Und eine Sekunde später werde ich in seinen Armen liegen...*
Die Schule dauerte zwei Jahre lang, und Kate kehrte früh genug nach Klipdrift zurück, um dort ihren zwanzigsten Geburtstag zu feiern. David holte sie vom Bahnhof ab. Kate warf ihm impulsiv die Arme um den Hals und drückte ihn. »Ach, David, ich bin so froh, dich wiederzusehen.«
Er entzog sich ihr und sagte verlegen: »Schön, daß du da bist, Kate.« Er fühlte sich nicht wohl in seiner Haut und wirkte hölzern.
»Stimmt was nicht?«
»Nein. Es ist – ich meine, junge Damen pflegen im allgemeinen nicht in aller Öffentlichkeit irgendwelchen Männern um den Hals zu fallen.«
Sie sah ihn einen Moment lang an. »Ich verstehe. Ich bringe dich nicht wieder in Verlegenheit, das verspreche ich dir.«

Auf der Fahrt zum Haus betrachtete David Kate verstohlen. Sie war geradezu unverschämt schön, unschuldig und verletzlich, und David war fest entschlossen, das niemals auszunutzen.
Am Montagmorgen bezog Kate ihr neues Büro bei Kruger-Brent Limited. Es kam ihr vor, als würde sie plötzlich in eine fremdartige und bizarre Welt mit eigenen Sitten und eigener Sprache gestoßen. Die Liste der Waren, die im Konzern hergestellt oder vertrieben wurden, schien endlos. Da gab es Stahlwerke, riesige Rinderfarmen, eine Eisenbahnlinie, eine Reederei und dann, natürlich, den Grundstock des Familienvermögens: die Minen. Rund um die Uhr produzierten sie Diamanten und

Gold, Zink, Platin und Magnesium und füllten die Schatzkammern der Firma.
*Macht.*
Es war fast zuviel auf einmal. Kate saß in Davids Büro und hörte aufmerksam zu, wie er Entscheidungen fällte, die sich auf Tausende von Leuten auf der ganzen Welt auswirkten. Die Generaldirektoren der verschiedenen Abteilungen kamen mit Vorschlägen, die von David nicht selten abgelehnt wurden.
»Warum tust du das? Verstehen sie denn nichts davon?« fragte Kate.
»Doch, natürlich, aber darum geht es gar nicht«, erklärte David. »Jeder Direktor hält seine eigene Abteilung für den Nabel der Welt, und genauso muß es auch sein. Aber es muß auch einen geben, der alles überblickt und dann entscheidet, was für den Konzern am besten ist. Komm mit zum Lunch. Wir treffen da jemanden, den du kennenlernen sollst.«
David führte Kate in den großzügig angelegten Privatspeisesaal neben ihrem Büro. Ein hagerer junger Mann mit schmalem Gesicht und wißbegierigen braunen Augen erwartete sie dort.
»Das ist Brad Rogers«, sagte David. »Brad, Ihre neue Chefin, Kate McGregor.« Brad Rogers gab ihr die Hand. »Freut mich, Sie kennenzulernen, Miß McGregor.«
»Brad ist unsere Geheimwaffe«, sagte David. »Er weiß ebenso viel über Kruger-Brent wie ich selber. Sollte ich jemals aus der Firma ausscheiden, brauchst du dir keine Sorgen zu machen. Dann gibt es immer noch Brad.«
*Sollte ich jemals aus der Firma ausscheiden.* Allein der Gedanke daran versetzte Kate in Panik. *David wird die Firma natürlich nie verlassen.* Während des gesamten Mittagessens konnte Kate an nichts anderes denken.

Nach dem Essen redeten sie über Südafrika.
»Wir werden bald in die größten Schwierigkeiten geraten«, sagte David warnend. »Die Regierung hat gerade erst eine Kopfsteuer eingeführt.«
»Und was heißt das genau?« fragte Bad Rogers.
»Das heißt, daß Schwarze, Farbige und Inder zwei Pfund für jedes Familienmitglied entrichten müssen. Das ist mehr als ein ganzer Monatslohn.«
Kate dachte an Banda, und eine Vorahnung künftigen Unheils überfiel sie. Man wendete sich anderen Themen zu.

Kate genoß ihr neues Leben außerordentlich. Das *big business* erforderte eine Mischung aus Intelligenz, Risikobereitschaft und instinktivem Wissen, wann es besser war, eine Sache voranzutreiben oder die Finger davon zu lassen.

»Geschäfte sind ein Spiel«, sagte David zu Kate, »in dem es um riesige Einsätze geht und Experten mit dir wetteifern. Wenn du gewinnen willst, mußt du lernen, selber der Spielmacher zu sein.«

Und genau das hatte Kate vor. Also lernte sie.

Von der Dienerschaft abgesehen, lebte Kate allein in der großen Villa. Nach wie vor kam David regelmäßig am Freitagabend zum Dinner, aber wenn Kate ihn für einen anderen Abend einlud, fand er unweigerlich eine Ausrede. Während der Geschäftszeit waren sie zwar ständig zusammen, doch selbst da schien David eine Barriere zwischen ihnen errichtet zu haben, eine unsichtbare Mauer, die Kate nicht durchdringen konnte.

An ihrem 21. Geburtstag gingen sämtliche Anteile an Kruger-Brent auf Kate über.

»Komm heute abend zum Essen, damit wir das Ereignis feiern können«, schlug sie David vor.

»Tut mir leid, Kate. Ich habe noch eine Menge Arbeit aufzuholen.« Kate speiste also allein an diesem Abend und fragte sich, warum. *Liegt es an mir oder an David?* Er mußte blind und taub sein, wenn er nicht merkte, was sie für ihn empfand. Sie würde sich etwas einfallen lassen müssen.

Der Konzern führte Verhandlungen über den Kauf einer Reederei in den Vereinigten Staaten.

»Willst du nicht mit Brad nach New York fahren und das Geschäft abschließen?« schlug David vor. »Das wird eine gute Erfahrung für dich sein.«

Kate hätte Davids Begleitung vorgezogen, doch sie war zu stolz, um es zuzugeben. Sie würde das ohne ihn erledigen. Außerdem war sie noch nie in Amerika gewesen und freute sich darauf.

Der Abschluß des Reedereikaufs ging glatt vonstatten. »Wenn du schon mal drüben bist«, hatte David gesagt, »solltest du dich auch ein wenig im Land umsehen.«

Kate und Brad besuchten Tochterfirmen in Detroit, Chicago, Pittsburgh und New York. Den Höhepunkt ihrer Reise bildete

Dark Harbor im Staate Maine, das auf einer bezaubernden kleinen Insel namens Islesboro an der Penobscot Bay lag. Sie war zum Dinner bei dem Künstler Charles Dana Gibson eingeladen, und von den zwölf Gästen besaßen alle ein Haus auf der Insel – mit Ausnahme von Kate.
»Dieser Ort hat eine interessante Geschichte«, erzählte Gibson Kate. »Vor Jahren konnten die Anwohner nur mit Hilfe kleiner Küstenschiffe von Boston übersetzen. Am Landesteg wurden sie dann von Buggys abgeholt und zu ihren Häusern gebracht.«
»Wie viele Leute leben denn auf der Insel?« fragte Kate.
»Ungefähr fünfzig Familien. Haben Sie den Leuchtturm gesehen, als die Fähre anlegte?«
»Ja.«
»Er wird von einem Leuchtturmwärter mit seinem Hund betrieben. Sobald ein Schiff vorbeifährt, läuft der Hund hinaus und läutet die Glocke.«
Kate lachte. »Sie machen Witze.«
»Aber nein, Ma'am. Das Komischste daran ist, daß der Hund stocktaub ist. Deshalb legt er ein Ohr an die Glocke, um zu spüren, ob sie vibriert.«
Kate lächelte. »Die Insel scheint ja eine Menge Faszinierendes zu haben.«
»Es würde sich bestimmt lohnen, wenn Sie sich morgen vormittag ein wenig umsähen, solange Sie noch hier sind.«
Einer plötzlichen Eingebung folgend, sagte Kate: »Warum eigentlich nicht?«
Die Nacht verbrachte sie im einzigen Hotel der Insel, im *Islesboro Inn*. Am Vormittag mietete sie Pferd und Kutsche, die von einem der Inselbewohner gelenkt wurden. Sie fuhren durch das Zentrum von Dark Harbor, das lediglich aus einem Gemischtwarenladen, einem Eisenwarengeschäft und einem kleinen Restaurant bestand, und wenige Minuten später befanden sie sich schon in einem wunderschönen bewaldeten Gebiet. Kate fiel auf, daß weder die schmalen, kurvenreichen Sträßchen noch die Briefkästen Namen trugen. Sie wandte sich an den Fahrer. »Verirren sich die Leute hier denn nicht, wenn es keine Schilder gibt?«
»Nö. Die Insulaner hier wissen genau, wo alles ist.«
Kate sah ihn von der Seite her an. »Ich verstehe.«

Am Schmalende der Insel passierten sie einen Friedhof.
»Würden Sie bitte anhalten?« fragte Kate. Sie stieg aus und betrat den alten Friedhof, wo sie umherwanderte und die Grabsteine betrachtete.
Hier wehte der Geist aus einem anderen Jahrhundert, aus lange vergangenen Zeiten.
Kate verweilte lange, genoß die Stille und den Frieden. Schließlich stieg sie wieder in die Kutsche, und sie fuhren weiter.
»Wie ist es im Winter hier?« fragte Kate.
»Kalt. Früher ist die Bucht zugefroren, und sie sind mit den Pferdeschlitten vom Festland rübergekommen. Heute gibt's 'türlich die Fähre.«
Sie kamen um eine Kurve, und da stand auf einer Anhöhe gleich am Wasser ein wunderschönes, zweistöckiges Haus mit weißem Schindeldach, umgeben von Rittersporn, Heckenrosen und Klatschmohn. Die acht Fensterläden an der Vorderseite waren grün gestrichen, und neben der Flügeltür standen weiße Bänke und sechs Töpfe mit roten Geranien. Das Ganze wirkte wie aus einem Märchen.
»Wem gehört das Haus?«
»Das ist das ehemalige Dreben-Haus. Die alte Mrs. Dreben ist vor ein paar Monaten gestorben.«
»Und wer wohnt jetzt darin?«
»Niemand, glaub ich.«
»Wissen Sie, ob es verkauft wird?«
Der Kutscher sah Kate an und sagte: »Wenn, dann wird's wahrscheinlich ein Sohn aus einer der Familien kaufen, die sowieso schon hier leben. Fremde sind hier nicht sonderlich beliebt.«
So etwas durfte man nicht zu Kate sagen.
Eine Stunde später sprach sie bei einem Grundstücksmakler vor. »Es geht um das Dreben-Anwesen«, sagte Kate. »Steht es zum Verkauf?«
Der Makler spitzte die Lippen. »Nun – ja und nein.«
»Und was heißt das?«
»Es steht zum Verkauf, aber es gibt schon etliche Interessenten dafür.«
*Die alteingesessenen Inselfamilien,* dachte Kate. »Liegt Ihnen schon ein Angebot vor?«
»Noch nicht, aber –«
»Ich mache Ihnen eins«, sagte Kate.
»Das ist ein sehr teures Objekt«, sagte er herablassend.

»Wieviel wollen Sie haben?«
»Fünfzigtausend Dollar.«
»Sehen wir's uns an.«

Das Hausinnere war sogar noch zauberhafter, als Kate es sich ausgemalt hatte, und es war viel größer, als Kate angenommen hatte. *Doch wenn David und ich erst einmal Kinder haben,* dachte sie, *dann werden wir die Räume alle brauchen.* Das Grundstück reichte bis hinunter an die Bucht und besaß sogar eine eigene Bootsanlegestelle.
Kate wandte sich an den Grundstücksmakler. »Ich nehme es.«
Sie beschloß, es *Cedar Hill House* zu taufen.

Kate konnte kaum erwarten, nach Klipdrift zurückzukommen und David davon zu erzählen.
Auf der gesamten Rückreise nach Südafrika war sie freudig erregt. Das Haus in Dark Harbor war ein Symbol, ein Zeichen dafür, daß David und sie heiraten würden. Sie wußte, er würde sich ebenso in das Haus verlieben wie sie selbst.

Noch am gleichen Nachmittag, als sie in Klipdrift ankamen, eilte Kate in Davids Büro. Er saß an seinem Schreibtisch, über seine Arbeit gebeugt, und sein bloßer Anblick ließ Kates Herz höher schlagen. Sie hatte gar nicht gemerkt, wie sehr er ihr gefehlt hatte.
David erhob sich. »Kate! Willkommen zu Hause!« Und noch ehe sie etwas sagen konnte, fuhr er fort: »Du solltest es als erste erfahren. Ich werde heiraten.«

## 15

Die Geschichte hatte sechs Wochen zuvor eher beiläufig angefangen. An einem hektischen Arbeitstag hatte David die Nachricht erhalten, daß der Freund eines wichtigen amerikanischen Diamantenkäufers, ein gewisser Tim O'Neil, in Klipdrift sei. Ob David so freundlich wäre und ihn empfinge? Und vielleicht sogar zum Dinner einlüde? David mochte seine Zeit nicht mit Touristen verschwenden, aber den Kunden wollte er auch nicht verärgern.

Er rief also das Hotel an, in dem O'Neil wohnte, und lud ihn für den gleichen Abend zum Dinner ein.

»Meine Tochter begleitet mich«, sagte O'Neil zu ihm. »Hätten Sie etwas dagegen, wenn sie mitkommt?«

David hatte keine Lust, den Abend mit einem Kind zu verbringen. Aber er antwortete höflich: »Nicht das geringste.« Er würde zusehen, daß er die Sache so rasch wie möglich hinter sich brachte.

Sie trafen sich im Speisesaal des Grand Hotels. O'Neil und seine Tochter saßen bereits am Tisch, als David eintraf. O'Neil war um die fünfzig, ein gutaussehender, grauhaariger Amerikaner irischer Herkunft. Josephine, seine Tochter, war die schönste Frau, die David jemals gesehen hatte. Sie war etwas über dreißig, besaß eine hinreißende Figur, weiche blonde Haare und klare blaue Augen.

Bei ihrem Anblick stockte David der Atem.

»Ich – bitte entschuldigen Sie die Verspätung«, sagte er. »Ich bin im letzten Moment noch aufgehalten worden.«

Amüsiert beobachtete Josephine ihre Wirkung auf ihn. »Das sind manchmal die aufregendsten Momente«, sagte sie. »Mein Vater hat mir erzählt, Sie seien eine wichtige Persönlichkeit, Mr. Blackwell.«

»Das ist übertrieben – und für Sie bin ich David.«

Sie nickte. »Ein schöner Name. Er läßt auf große Stärke schließen.«

Schon während des Essens kam David zu dem Schluß, daß Josephine O'Neil mehr zu bieten hatte als bloße Schönheit. Sie war intelligent, besaß Humor und verstand es geschickt, ihm seine Befangenheit zu nehmen. David spürte, daß ihr Interesse an ihm echt war. Sie stellte ihm Fragen über sein Leben, die ihm nie zuvor jemand gestellt hatte. Am Ende des Abends war er verliebt in sie.

»Wo kommen Sie her?« fragte er Tim O'Neil.

»Aus San Francisco.«

»Und wann wollen Sie zurückfahren?« Er bemühte sich um einen möglichst beiläufigen Tonfall.

»Nächste Woche.«

Josephine lächelte David an. »Wenn Klipdrift tatsächlich so vielversprechend ist, wie es scheint, könnte ich Vater vielleicht dazu überreden, ein wenig länger zu bleiben.«

»Ich werde mich bemühen, Ihnen den Aufenthalt hier so inter-

essant wie möglich zu gestalten«, versprach David. »Hätten Sie Lust, eine Diamantenmine zu besichtigen?«
»Sehr gerne«, antwortete Josephine. »Das würde uns großen Spaß machen.«
Es hatte eine Zeit gegeben, da David wichtige Besucher persönlich in den Minen herumführte, doch diese Aufgabe hatte er schon längst Untergebenen übertragen. Jetzt hörte er sich selbst sagen: »Würde es Ihnen morgen vormittag passen?« Da standen zwar schon einige Sitzungen auf seinem Terminkalender, doch plötzlich schienen sie ihm alle unwichtig.

Er führte die O'Neils in einen Felsenschacht dreihundert Meter tief unter die Erde.
»Es hat mich schon immer interessiert«, sagte Josephine, »warum Diamanten eigentlich in Karat gemessen werden.«
»Der Name kommt von *carob,* dem Samen des Johannisbrotbaums«, erklärte David, »und es liegt an seinem spezifischen Gewicht. Ein Karat entspricht 200 Milligramm.«
Josephine sagte: »Das ist alles ungeheuer faszinierend, David.«
Und er fragte sich, ob sie damit lediglich die Diamanten meinte. Ihre Nähe machte ihn trunken. Jedesmal, wenn er Josephine ansah, fühlte er, wie ihn eine neue Woge der Erregung überflutete.
»Sie sollten wirklich noch etwas von der Landschaft sehen«, sagte David zu den O'Neils. »Wenn Sie für morgen noch nichts anderes vorhaben, führe ich Sie gerne herum.«
Bevor ihr Vater noch etwas sagen konnte, erwiderte Josephine: »Das wäre herrlich.«

Von da an verbrachte David jeden Tag mit Josephine und ihrem Vater, und mit jedem Tag wuchs seine Liebe zu ihr. Er hatte noch nie eine so bezaubernde Frau kennengelernt.

Eines Abends, als David die O'Neils zum Essen abholen wollte, sagte Tim O'Neil: »Ich bin heute ein wenig müde, David. Würde es Ihnen etwas ausmachen, wenn ich nicht mitkäme?«
David versuchte, seine Freude zu verbergen. »Aber nein, Sir. Ich verstehe vollkommen.«
Josephine schenkte ihm ein schelmisches Lächeln. »Ich werde mir Mühe geben, Sie trotzdem zu unterhalten«, versprach sie.

David führte sie ins Restaurant eines Hotels, das gerade erst eröffnet worden war. Der Raum war überfüllt, aber der Ober erkannte David und gab ihnen umgehend einen Tisch. Ein Terzett spielte amerikanische Rhythmen.
David fragte: »Möchten Sie tanzen?«
»Sehr gerne.«
Sekunden später war er mit Josephine auf der Tanzfläche, zog sie in die Arme. David hielt ihren lieblichen Körper eng umschlungen, und er spürte, wie sie sich an ihn schmiegte.
»Josephine – ich habe mich in dich verliebt.«
Sie legte einen Finger an seine Lippen. »Nicht, David... bitte...«
»Warum?«
»Weil ich dich nicht heiraten könnte.«
»Liebst du mich?«
Sie lächelte zu ihm auf, und ihre blauen Augen strahlten. »Ich bin verrückt nach dir, Liebling, merkst du das nicht?«
»Warum dann –«
»Weil ich niemals in Klipdrift leben könnte. Ich würde hier wahnsinnig.«
»Du könntest es wenigstens versuchen.«
»Es ist sehr verlockend, David, aber ich weiß genau, was passieren würde. Wenn ich mit dir verheiratet wäre und hier leben müßte, würde ich bald zu einer keifenden Xanthippe, und am Ende müßten wir uns gegenseitig hassen. Dann wär's mir schon lieber, wir würden uns gleich adieu sagen.«
»Ich will dir aber nicht adieu sagen.«
Sie schaute zu ihm auf, und David spürte, wie sie in seinen Armen dahinschmolz. »David – meinst du nicht, du könntest dich in San Francisco einleben?«
Das kam ihm unmöglich vor. »Was soll ich denn dort?«
»Laß uns morgen zusammen frühstücken. Ich möchte, daß du mit meinem Vater darüber redest.«

Tim O'Neil sagte: »Josephine hat mir von Ihrer Unterhaltung gestern abend erzählt. Sieht ganz so aus, als hätten Sie ein Problem. Aber ich wüßte vielleicht eine Lösung dafür, wenn es Sie interessiert.«
»Es interessiert mich sehr, Sir.«
O'Neil nahm ein paar Entwürfe aus einer ledernen braunen Aktenmappe. »Verstehen Sie etwas von Tiefkühlkost?«

»Gar nichts, fürchte ich.«
»In den Vereinigten Staaten haben sie schon 1865 angefangen, Nahrungsmittel einzufrieren. Die Schwierigkeit dabei war nur, sie über weite Strecken zu transportieren, ohne daß sie auftauten. Wir haben zwar Kühlwaggons bei der Eisenbahn, aber bisher hat noch keiner eine Lösung für den Transport im Straßenverkehr gefunden.« O'Neil klopfte auf die Zeichnungen. »Bislang. Ich habe sie mir gerade patentieren lassen. Das wird die gesamte Nahrungsmittelindustrie revolutionieren, David.«
David warf einen Blick auf die Zeichnungen. »Es tut mir leid, Mr. O'Neil, aber damit kann ich nichts anfangen.«
»Das macht nichts. Ich suche ja keinen Techniker. Davon stehen mir genügend zur Verfügung. Was ich suche, ist jemand, der die Sache finanziert und geschäftlich in die Hand nimmt. Und das ist nicht irgendein Hirngespinst. Das wird eine große Sache – viel größer, als Sie sich vorstellen können. Und ich brauche so jemanden wie Sie.«
»Die Geschäftsleitung wird ihren Sitz in San Francisco haben«, fügte Josephine hinzu.
David saß eine Weile schweigend da und verdaute das soeben Gehörte. »Sie haben ein Patent darauf, sagen Sie?«
»Richtig. Ich brauche nur den Startschuß zu geben.«
»Hätten Sie etwas dagegen, mir diese Zeichnungen eine Weile lang anzuvertrauen, damit ich sie jemandem zeigen kann?«
»Dagegen habe ich überhaupt nichts.«

Zuerst zog David Erkundigungen über Tim O'Neil ein. Er erfuhr, daß O'Neil in San Francisco einen guten Ruf genoß. Er war Leiter der Wissenschaftlichen Fakultät am Berkeley College gewesen und ein hochangesehener Mann. David verstand zwar nichts von Tiefkühlkost, aber er hatte die Absicht, alles Wissenswerte darüber herauszufinden.
»In fünf Tagen bin ich zurück, Liebling. Ich möchte, daß du mit deinem Vater hier auf mich wartest.«
»Solange du willst. Du wirst mir fehlen«, sagte Josephine.
»Du wirst mir auch fehlen.« Er meinte es ehrlicher, als sie überhaupt ahnen konnte.

David nahm den Zug nach Johannesburg und verabredete sich mit Edward Broderick, dem Besitzer einer der größten Fleischkonservenfabriken Südafrikas.

»Sagen Sie mir bitte, was Sie davon halten.« David gab ihm die Zeichnungen. »Ich muß wissen, ob die Sache funktionieren kann.«
»Ich habe nicht den blassesten Schimmer von Tiefkühlkost und Kühlwagen, aber ich kenne die richtigen Leute. Kommen Sie heute nachmittag wieder, David, dann habe ich ein paar Experten hier.«

Um vier Uhr nachmittags fand sich David wieder in der Konservenfabrik ein. Er merkte, daß er nervös und unsicher war. Noch vor zwei Wochen hätte er jeden ausgelacht, der ihm erzählt hätte, er würde Kruger-Brent jemals verlassen. Der Konzern war ein Teil von ihm. Er hätte sogar noch lauter gelacht, hätte man ihm erzählt, er würde auch nur in Erwägung ziehen, die Geschäftsleitung irgendeiner kleinen Lebensmittelfirma in San Francisco zu übernehmen. Es war alles völlig irrsinnig, bis auf eine Ausnahme. Diese Ausnahme hieß Josephine O'Neil. In Edward Brodericks Büro befanden sich zwei weitere Herren. »Dr. Crawford und Mr. Kaufman – David Blackwell«, stellte er vor.
Sie begrüßten sich, und David fragte: »Haben die Herren sich die Zeichnungen schon ansehen können?«
Dr. Crawford erwiderte: »Gewiß, Mr. Blackwell. Wir haben sie sogar genauestens geprüft.«
David holte tief Luft. »Und?«
»Verstehe ich richtig, daß das US-Patentamt ein Patent darauf erteilt hat?«
»Das ist richtig.«
»Nun, Mr. Blackwell – wer immer im Besitz dieses Patents ist, er wird ungeheuer reich werden.«
David, erfüllt von einander widersprechenden Gefühlen, nickte zögernd.
»Es ist wie bei allen großen Erfindungen – im Prinzip ist es so simpel, daß man sich fragt, warum nicht schon längst jemand draufgekommen ist. Hier kann überhaupt nichts schiefgehen.«

David wußte nicht recht, was er jetzt tun sollte. Halb hatte er gehofft, die Entscheidung würde ihm abgenommen. Hätte sich Tim O'Neils Erfindung als wertlos erwiesen, so hätte eine Chance bestanden, Josephine dazu zu überreden, in Südafrika zu bleiben. Doch nun lag die Entscheidung bei David.

Auf der Rückreise nach Klipdrift dachte er an nichts anderes. Nahm er O'Neils Angebot an, so hieß daß, daß er den Konzern verlassen und mit etwas völlig Neuem beginnen mußte, zu dem ihm jede Erfahrung fehlte. Zwar war er Amerikaner, doch Amerika war ihm fremd. Jetzt hatte er einen wichtigen Posten, den er liebte. Er arbeitete für einen der mächtigsten Konzerne der Welt. Jamie und Margaret McGregor waren gut zu ihm gewesen. Und da war schließlich auch noch Kate. Von ihrer frühesten Kindheit an hatte er sich um sie gekümmert. Er hatte sie heranwachsen sehen, hatte ihre Entwicklung von einem eigensinnigen Wildfang mit schmutzigem Gesicht zur schönen jungen Frau verfolgt. Er konnte in ihrem Leben blättern wie in einem Fotoalbum: Kate mit vier Jahren, mit acht, zehn, vierzehn, einundzwanzig – schutzbedürftig, unberechenbar . . .
Als der Zug in Klipdrift einfuhr, hatte David seine Entscheidung getroffen. Er würde Kruger-Brent verlassen.
Er fuhr direkt zum Grand Hotel und ging zur Suite der O'Neils hinauf.
Josephine öffnete ihm die Tür. »David!«
Er nahm sie in die Arme und küßte sie hungrig, spürte, wie ihr warmer Körper sich an seinen schmiegte.
»Oh, David, du hast mir so sehr gefehlt. Ich möchte nie mehr von dir getrennt sein.«
»Das wirst du auch nicht müssen«, sagte David bedächtig. »Ich gehe mit dir nach San Francisco . . .«

Mit wachsender Sorge hatte David auf Kates Rückkehr aus den Vereinigten Staaten gewartet. Nun, da er seine Entscheidung getroffen hatte, wollte er so bald wie möglich sein neues Leben beginnen, konnte es kaum erwarten, Josephine zu seiner Frau zu machen.
Und nun war Kate zurück, und er stand vor ihr und sagte: »Ich werde heiraten.«
Kate hörte seine Worte wie aus weiter Ferne. Plötzliche Schwäche überkam sie, und sie klammerte sich an der Schreibtischkante fest, um nicht umzufallen. *Ich möchte sterben,* dachte sie. *Bitte, laß mich sterben.*
Irgendwie gelang es ihr, wieder Kraft zu schöpfen und ein Lächeln zustande zu bringen. »Erzähl mir von ihr, David.« Sie war stolz darauf, wie ruhig ihre Stimme klang. »Wer ist es?«
»Sie heißt Josephine O'Neil. Sie ist mit ihrem Vater zu Besuch

hier. Ich bin sicher, daß ihr gute Freundinnen werdet, Kate. Sie ist eine wunderbare Frau.«
»Das muß sie ja sein, wenn du sie liebst, David.«
Er zögerte. »Da ist noch was, Kate. Ich werde dann auch die Firma verlassen.«
Die ganze Welt um sie herum schien einzustürzen. »Du brauchst nicht zu denken, nur weil du heiratest –«
»Darum geht es nicht. Josephines Vater gründet einen ganz neuen Geschäftszweig in San Francisco. Sie brauchen meine Hilfe.«
»Dann – dann wirst du also nach San Francisco ziehen?«
»Ja. Brad Rogers kann mit meinen Aufgaben hier leicht fertig werden, und wir stellen ihm ein Top-Management zur Unterstützung zusammen. Kate, ich – ich kann dir gar nicht sagen, wie schwer mir der Entschluß gefallen ist.«
»Natürlich, David. Du – du mußt sie sehr lieben. Wann lerne ich deine Braut kennen?«
David lächelte, erfreut darüber, daß Kate die Neuigkeit so gut aufnahm. »Heute abend beim Dinner, wenn du nichts anderes vorhast.«
»Nein, ich hab' nichts vor.«
Sie hielt die Tränen zurück, bis sie allein war.

Sie speisten zu viert in der McGregor-Villa. Beim Anblick Josephines wurde Kate bleich. *O Gott! Kein Wunder, daß er sie liebt!* Sie war betörend schön. In ihrer Gegenwart fühlte Kate sich linkisch und häßlich. Und was alles noch schlimmer machte: Josephine war anmutig und charmant. Und offensichtlich sehr verliebt in David. *Verdammter Mist!* Beim Dinner erzählte Tim O'Neil Kate von seiner neuen Firma.
»Das klingt ja überaus interessant«, sagte Kate.
»Mit Kruger-Brent ist es natürlich nicht zu vergleichen, Miß McGregor. Wir werden klein anfangen müssen, aber wenn David die Sache in die Hand nimmt, haben wir bestimmt Erfolg.«
»Wenn David Ihre Firma leitet, kann gar nichts schiefgehen«, bestätigte Kate.
Der Abend war ein Alptraum. In einem einzigen Augenblick war alles für Kate zusammengestürzt: Sie hatte nicht nur den Mann verloren, den sie liebte, sondern gleichzeitig auch noch den einzigen Menschen, der für Kruger-Brent unentbehrlich war.

Auf dem Heimweg ins Hotel sagte Josephine: »Sie liebt dich, David.«
Er lächelte. »Kate? Nein. Wir sind Freunde. Das sind wir schon, seit sie auf der Welt ist. Sie mag dich sehr.«
Josephine lächelte. *Männer sind ja so naiv.*

Am nächsten Morgen saß Tim O'Neil David in dessen Büro gegenüber. »Ich brauche etwa zwei Monate, um meine Angelegenheiten zu ordnen«, sagte David. »Ich habe mir Gedanken über die Anfangsfinanzierung gemacht. Wenn wir uns an einen großen Konzern wenden, dann schluckt er uns und läßt uns kaum noch was übrig. Dann gehört uns die Firma nicht mehr. Ich denke, wir sollten das Geld selber aufbringen. Ich habe mir ausgerechnet, daß wir für den Anfang 80 000 Dollar brauchen werden. Ich habe 40 000 auf der Bank, wir brauchen also noch mal 40 000.«
»Ich habe 10 000«, sagte Tim O'Neil. »Und mein Bruder wird mir noch mal fünftausend dazu leihen.«
»Dann fehlen uns also noch 25 000 Dollar«, sagte David. »Wir werden zusehen, daß wir einen Bankkredit bekommen.«
»Wir fahren umgehend nach San Francisco zurück«, sagte O'Neil zu David, »und bereiten dort alles für Sie vor.«

Josephine und ihr Vater reisten zwei Tage später in die Vereinigten Staaten zurück. »Gib ihnen den Privatwaggon für die Bahnfahrt nach Kapstadt, David«, bot Kate an.
»Das ist sehr großzügig von dir, Kate.«
An dem Morgen, an dem Josephine abreiste, hatte David das Gefühl, als würde ihm ein Stück seines Lebens entrissen. Er konnte es kaum erwarten, zu ihr nach San Francisco zu kommen.

Die folgenden Wochen verbrachten sie mit der Suche nach einem Direktorengespann, das Brad Rogers zur Hand gehen sollte. Sie stellten eine genaue Liste möglicher Kandidaten auf, und Kate, David und Brad verwendeten Stunden darauf, über jeden einzelnen zu diskutieren.
Am Ende des Monats hatten sie die Auswahl auf vier Männer begrenzt, die mit Brad Rogers zusammenarbeiten sollten. Da sie alle vier Auslandsposten innehatten, wurden sie zu Gesprächen herbeizitiert. Die ersten beiden verliefen zufriedenstellend.

»Die kommen beide in Frage«, versicherte Kate David und Brad.
An dem Vormittag, da das dritte Gespräch stattfinden sollte, kam David zu Kate ins Büro. Sein Gesicht war bleich. »Ist mein Posten noch zu haben?« Kate bemerkte seinen Gesichtsausdruck und stand erschrocken auf. »Was ist los, David?«
»Ich – ich –« Er ließ sich auf einen Stuhl fallen. »Es ist etwas passiert.«
In Sekundenschnelle kam Kate hinter ihrem Schreibtisch hervor und stand neben David. »Erzähl's mir!«
»Ich habe gerade einen Brief von Tim O'Neil bekommen. Er hat das Geschäft verkauft.«
»Was soll das heißen?«
»Genau das, was ich sage. Er hat ein Angebot von der Three Stars Meat Packing Company in Chicago angenommen. Sie zahlen ihm 200 000 Dollar und eine Patentgebühr dazu.« Davids Stimme klang erbittert. »Diese Firma will mich angeblich einstellen, um die Sache zu managen. Es täte ihm leid, wenn ich dadurch Unannehmlichkeiten hätte, aber eine solche Summe hätte er nicht ausschlagen können.«
Kate sah ihn durchdringend an. »Und Josephine? Was sagt sie dazu? Sie muß doch wütend auf ihren Vater sein.«
»Sie hat mir auch einen Brief geschrieben. Wir sollen heiraten, sobald ich nach San Francisco komme.«
»Und du fährst nicht?«
»Natürlich fahre ich nicht!« tobte David. »Bisher hatte ich etwas zu bieten. Ich hätte eine große Firma aufziehen können. Aber sie konnten's ja ums Verrecken nicht abwarten, das Geld in die Finger zu kriegen.«
»Es ist nicht fair, ›sie‹ zu sagen, David. Sei doch –«
»Ohne Josephines Zustimmung hätte O'Neil diesen Handel niemals abgeschlossen.«
»Ich – ich weiß nicht, was ich dazu sagen soll, David.«
»Es gibt nichts dazu zu sagen. Außer, daß ich beinahe den größten Fehler meines Lebens begangen hätte.«
Kate ging zu ihrem Schreibtisch zurück und griff nach der Kandidatenliste. Langsam riß sie sie in Stücke.

In den folgenden Wochen vergrub David sich in seine Arbeit und versuchte, seine Enttäuschung und seine verletzten Gefühle dabei zu vergessen. Von Josephine O'Neil kamen mehrere

Briefe, die er alle ungelesen wegwarf. Aber sie ging ihm nicht aus dem Kopf. Kate, die sich seines Leids bewußt war, ließ ihn wissen, sie sei da, wenn er sie brauche.

Sechs Monate waren vergangen, seit David den bewußten Brief von Tim O'Neil erhalten hatte. In dieser Zeit hatten Kate und David eng zusammengearbeitet, waren gemeinsam gereist, waren die meiste Zeit über miteinander allein. Kate versuchte, ihm in jeder Hinsicht zu gefallen. Um ihn glücklich zu machen, tat sie einfach alles. Und alles war, soweit sie es beurteilen konnte, völlig nutzlos. Schließlich verlor sie die Geduld.
Sie und David waren in Rio de Janeiro und inspizierten einen neuen Erzfund. Sie hatten im Hotel gegessen und gingen nun spät am Abend in Kates Zimmer noch ein paar Zahlen durch. Kate hatte sich umgezogen und trug einen bequemen Kimono. Als sie fertig waren, reckte sich David und sagte: »Na, das wär's wohl für heute. Ich glaube, ich geh gleich schlafen.«
Kate sagte ruhig: »Wär's nicht an der Zeit, daß du aufhörst zu trauern, David?«
Er sah sie erstaunt an. »Zu trauern? Um was?«
»Um Josephine O'Neil.«
»Die gibt's in meinem Leben nicht mehr.«
»Dann verhalte dich auch entsprechend.«
»Und was soll ich deiner Meinung nach tun, Kate?« fragte er brüsk.
Kate wurde wütend. »Ich will dir sagen, was du tun sollst. Küß mich.«
»Was?«
»Zum Teufel mit dir, David! Ich bin deine Chefin – verdammt!« Sie näherte sich. »Küß mich.« Sie drückte ihre Lippen auf seine und legte die Arme um ihn. Sie spürte seinen Widerstand, spürte, daß er sich ihr entziehen wollte. Und dann, ganz langsam, schlossen sich seine Arme um sie, und er küßte sie.
»Kate...«
»Ich dachte schon, du würdest mich nie fragen...«, flüsterte sie an seinem Mund.

Sie heirateten sechs Wochen später. Es war die größte Hochzeit, die die Stadt je erlebt hatte und jemals erleben würde. Sie fand in der größten Kirche von Klipdrift statt, und danach gab es einen Empfang im Rathaus, zu dem jedermann geladen war. Die

Feierlichkeit währte bis zum Morgengrauen. Als die Sonne aufging, stahlen sich Kate und David davon.
»Ich gehe heim und packe fertig«, sagte Kate. »Hol mich in einer Stunde ab.«

Im bleichen Morgenlicht betrat Kate allein das große Haus und ging hinauf in ihr Schlafzimmer. Sie stellte sich vor ein Gemälde an der Wand und drückte auf den Rahmen. Das Bild schwang zurück und legte einen Wandsafe frei. Kate öffnete ihn und holte einen Vertrag heraus: Es ging um den Kauf der Three Star Meat Packing Company of Chicago durch Kate McGregor. Im Anhang befand sich ein Vertrag der Three Star Meat Packing Company über den Erwerb der Rechte an Tim O'Neils Erfindung für eine Summe von 200000 Dollar. Kate zögerte einen Moment lang, dann legte sie die Dokumente in den Safe zurück und schloß ihn ab. David gehörte jetzt ihr. Er hatte ihr schon immer gehört, ihr und Kruger-Brent. Zusammen würden sie den größten und mächtigsten Konzern der Welt daraus machen. So wie es sich Jamie und Margaret McGregor gewünscht hätten.

# DRITTES BUCH
# Kruger-Brent Limited
# 1914–1945

## 16

Sie waren in der Bibliothek, in der Jamie einst gerne bei einem Glas Kognak gesessen hatte. David meinte, sie hätten eigentlich keine Zeit für richtige Flitterwochen. »Irgendwer muß sich schließlich um den Laden kümmern, Kate.«
»Jawohl, Mr. Blackwell. Aber wer kümmert sich um mich?« Sie rollte sich in Davids Schoß zusammen, und er fühlte ihre Wärme durch das dünne Kleid, das sie trug. Die Dokumente, die er gelesen hatte, fielen zu Boden. Kates Arme umschlangen ihn, und er spürte, wie ihre Hände an seinem Körper herabglitten. Sie preßte ihre Hüften gegen ihn, und die Papiere auf dem Fußboden waren vergessen. Sie spürte Davids Reaktion, stand auf und schlüpfte aus ihrem Kleid. David sah ihr zu, wie gebannt von ihrer Schönheit. Wie hatte er nur so lange dermaßen blind sein können? Jetzt entkleidete sie ihn, und jähes Begehren stieg in ihm auf. Sie waren beide nackt, und ihre Körper drängten sich aneinander. Er streichelte sie, berührte leicht ihr Gesicht, ihren Hals, ließ seine Finger zu ihren schwellenden Brüsten hinuntergleiten. Sie stöhnte, und seine Hände bewegten sich weiter abwärts, bis sie die samtene Süße zwischen ihren Beinen fanden. Er streichelte sie dort, und sie flüsterte »Nimm mich, David«, und dann lagen sie auf dem dicken, weichen Teppich.
Sie spürte seinen Körper auf ihrem, und dann war da eine plötzliche, triumphale Explosion in ihr, und noch eine und eine dritte, und sie dachte: *Ich bin gestorben und in den Himmel gekommen.*

Sie reisten um die ganze Welt, nach Paris, Zürich, Sydney und New York und kümmerten sich um die Konzernangelegenheiten, doch überall schlugen sie genügend Zeit für sich selbst heraus. Halbe Nächte plauderten sie miteinander, liebten sich und erforschten gegenseitig ihre Herzen und Körper. Kate stellte für

David eine unerschöpfliche Quelle des Entzückens dar. Morgens weckte sie ihn, um ihn wild und ungezügelt zu lieben, und nur wenige Stunden später saß sie bei geschäftlichen Besprechungen neben ihm und gab klügere Kommentare ab als jeder andere. Sie besaß ein natürliches Gespür für Geschäfte, das ebenso unerwartet wie selten war. In den obersten Etagen der Geschäftswelt waren nur wenige Frauen zu finden. Zu Beginn wurde Kate mit toleranter Nachsicht behandelt, die jedoch schnell in vorsichtigen Respekt umschlug. Kate genoß das Spiel, und David sah zu, wie sie Männer mit wesentlich mehr Erfahrung austrickste. Sie war die geborene Siegerin. Sie wußte genau, was sie wollte und wie sie es bekam. Macht.
Die letzten herrlichen Tage ihrer Flitterwochen verbrachten sie in Cedar Hill House in Dark Harbor.

Am 28. Juni 1914 wurde erstmals vom Krieg gesprochen. Kate und David waren auf einem Landgut in Sussex zu Gast. In Landhäusern zu leben, war gerade große Mode, und von den Gästen wurde erwartet, daß sie sich dem Ritual anpaßten. Die Herren erschienen fein gekleidet zum Frühstück, zogen sich zum zweiten Frühstück um, zogen sich zum Lunch erneut um und erschienen zum Tee in Samtjackett mit Satinrevers – und warfen sich am Abend ins Dinnerjackett.
»Verdammt noch mal«, protestierte David bei Kate, »ich komme mir hier schon vor wie ein Pfau.«
»Du bist aber ein sehr schöner Pfau, mein Liebling«, versicherte ihm Kate. »Wenn wir nach Hause kommen, kannst du ja nackt herumlaufen.«
Er nahm sie in die Arme. »Ich kann's gar nicht abwarten.«
Beim Abendessen kam die Nachricht, daß Franz Ferdinand, der Thronfolger der Österreichisch-Ungarischen Monarchie, und seine Frau Sophie umgebracht worden waren.
Lord Maney, der Gastgeber, sagte: »Scheußliche Sache, eine Frau zu erschießen, was? Aber kein Mensch wird wegen eines winzigen Balkanlandes in den Krieg ziehen.« Dann wurde über Kricket gesprochen.
Später im Bett sagte Kate:
»Glaubst du, es gibt Krieg, David?«
»Weil irgendwo ein kleiner Erzherzog ermordet worden ist? Bestimmt nicht.«

Das sollte sich als Irrtum erweisen. Österreich-Ungarn, im Glauben, das Nachbarland hätte den Mord an Ferdinand angezettelt, erklärte Serbien den Krieg, und schon im Oktober waren die meisten Großmächte in diesen Krieg eingetreten. Er wurde mit neuen Mitteln geführt, mit Flugzeugen, Luftschiffen und Unterseebooten.
Am Tage der deutschen Kriegserklärung sagte Kate: »Das kann eine sehr gute Gelegenheit für uns werden, David.«
David runzelte die Stirn. »Wie meinst du das?«
»Die kriegführenden Staaten brauchen Waffen und Munition und –«
»Von uns werden sie die nicht bekommen«, unterbrach David sie streng. »Unsere Geschäfte gehen gut, Kate. Wir haben es nicht nötig, aus anderer Leute Blut Profit zu schlagen.«
»Bist du da nicht ein bißchen sentimental? Irgendwer muß schließlich Rüstungsgüter produzieren.«
»Solange ich diese Firma leite, werden das jedenfalls nicht wir sein. Laß uns nicht darüber streiten, Kate. Das Thema ist erledigt.«
Und Kate dachte: *Einen Scheißdreck ist es.* Zum erstenmal in ihrer Ehe schliefen sie getrennt. Kate dachte: *Wie kann David nur so ein idealistischer Trottel sein?*
David dagegen dachte: *Wie kann sie nur so kaltblütig sein? Die Firma hat sie verändert.*
Die nächsten Tage waren für sie beide schrecklich. David bedauerte die Kluft, die sich zwischen ihnen aufgetan hatte, aber er wußte nicht, wie er sie überbrücken sollte. Kate war zu stolz und zu starrköpfig, um nachzugeben, weil sie wußte, daß sie recht hatte.

Präsident Wilson hatte versprochen, die Vereinigten Staaten aus dem Krieg herauszuhalten, doch nachdem deutsche Unterseeboote begonnen hatten, unbewaffnete Passagierschiffe zu torpedieren, und Berichte über deutsche Greueltaten kursierten, geriet Amerika unter moralischen Druck, es mußte seinen Verbündeten zu Hilfe kommen. »Rettet die Welt für die Demokratie«, lautete die Parole.
David hatte im südafrikanischen Busch fliegen gelernt, und als in Frankreich die Lafayette-Schwadron aus amerikanischen Piloten rekrutiert wurde, kam er zu Kate. »Ich muß mich melden.«

Sie war entsetzt. »Nein! Das ist doch nicht dein Krieg!«
»Er wird's aber bald«, sagte David ruhig. »Die Vereinigten Staaten können sich nicht heraushalten. Und ich bin Amerikaner. Ich will jetzt helfen.«
»Du bist sechsundvierzig!«
»Deshalb kann ich doch immer noch ein Flugzeug steuern, Kate. Sie brauchen jeden Mann.«
Es gelang Kate nicht, ihn davon abzubringen. Die wenigen Tage, die ihnen noch verblieben, verbrachten sie in Ruhe, und sie vergaßen ihre Meinungsverschiedenheiten. Sie liebten sich, und das war das einzige, worauf es ankam.
In der letzten Nacht vor seinem Aufbruch nach Frankreich sagte David:
»Du und Brad Rogers, ihr könnt die Firma ebenso gut führen wie ich, möglicherweise sogar besser.«
»Und wenn dir was passiert? Ich könnte es nicht ertragen.«
Er hielt sie fest. »Gar nichts wird mir passieren, Kate. Du wirst sehen, ich komme mit einem Haufen Orden zurück.«
Am nächsten Morgen war er fort.

Davids Abwesenheit war tödlich für Kate. Sie hatte so lange gebraucht, ihn zu erobern, und nun war jede Minute nur noch eine einzige häßliche, schleichende Angst, ihn zu verlieren. Er war stets bei ihr. Sie fand ihn wieder im Tonfall einer fremden Stimme, im plötzlichen Gelächter, das durch eine stille Straße hallte, in einer Formulierung, einem Duft, einem Lied. Sie schrieb ihm täglich lange Briefe. Und jeden Brief, den sie von ihm erhielt, las sie so oft, bis er in Fetzen zerfiel.
*Gib acht, daß dir nichts geschieht, Liebling. Das würde ich dir nie verzeihen.*
Sie versuchte, ihre Einsamkeit und ihren Schmerz zu vergessen, indem sie sich in die Arbeit stürzte. Zu Beginn des Krieges hatten Frankreich und Deutschland die am besten ausgerüsteten Streitkräfte besessen, doch die Verbündeten insgesamt verfügten über weit mehr Menschen, Rohstoffe und Kriegsmaterialien. Die größte Armee besaß Rußland, doch die war gleichzeitig die am armseligsten ausgerüstete.
»Sie brauchen alle Unterstützung«, sagte Kate zu Brad Rogers. »Sie brauchen Panzer und Geschütze und Munition.«
Brad Rogers fühlte sich unbehaglich. »Kate, David glaubt nicht –«

»David ist nicht da, Brad. Die Entscheidung liegt bei uns.«
Aber Brad Rogers wußte, was Kate wirklich meinte: *Die Entscheidung liegt bei mir.*
Kate konnte Davids Haltung gegenüber der Fertigung von Rüstungsgütern nicht verstehen. Die Alliierten brauchten Waffen, und Kate hielt es für ihre vaterländische Pflicht, sie damit zu versorgen. Sie konferierte mit den Staatsoberhäuptern mehrerer befreundeter Nationen, und innerhalb eines Jahres war Kruger-Brent bereits in die Produktion von Geschützen und Panzern, Bomben und Munition eingestiegen. Die Firma lieferte Züge, Uniformen und Waffen. Kruger-Brent entwickelte sich bald zu einem der am schnellsten expandierenden Mischkonzerne der Welt. Bei Durchsicht der neuesten Bilanz sagte Kate zu Brad Rogers: »Hast du die Zahlen gesehen? David wird zugeben müssen, daß er unrecht hatte.«

Unterdessen befand sich Südafrika in Aufruhr. Die Parteiführer hatten den Alliierten Hilfe zugesagt und die Verantwortung für die Verteidigung Südafrikas gegen Deutschland übernommen. Die Mehrheit der *Afrikander* war jedoch gegen eine Unterstützung von Großbritannien. Sie konnten die Vergangenheit nicht so schnell vergessen.
In Europa stand es schlecht für die Alliierten. An der Westfront waren die Kämpfe zum Stillstand gekommen. Beide Seiten verschanzten sich in Löchern hinter den Schützengräben, die sich quer durch Frankreich und Belgien zogen. Kate war froh, daß David seinen Krieg in der Luft austrug.
Am 6. April 1917 erfüllte sich Davids Prophezeiung:
Präsident Wilson verlas seine Kriegserklärung. Amerika machte mobil.
Am 26. Juni 1917 begannen die ersten amerikanischen Expeditionsstreitkräfte unter General John J. Pershing mit der Landung in Frankreich. Die alliierten Armeen waren nun unschlagbar, und am 11. November 1918 war der Krieg endlich aus. Die Welt war für die Demokratie gerettet.
David war auf dem Heimweg.
Als David in New York vom Schiff kam, war Kate da, um ihn abzuholen. Einen Moment lang, der ihnen wie eine Ewigkeit vorkam, standen sie da und starrten einander an, blind und taub für die Menschen und den Lärm um sie herum, dann fielen sie sich in die Arme. David war abgemagert und sah erschöpft aus, und

Kate dachte: *O mein Gott, wie habe ich ihn vermißt.* Sie hatte ihm tausend Fragen zu stellen, aber das hatte Zeit. »Ich bringe dich ins Cedar Hill House«, sagte sie zu ihm. »Das ist genau der richtige Ort zum Erholen.«

In ihrer Vorfreude auf Davids Heimkehr hatte Kate eine Menge Veränderungen im Haus vorgenommen. Kate führte David munter plaudernd durchs ganze Haus. Er kam ihr seltsam still vor.
Als sie ihre Runde beendet hatten, fragte Kate: »Gefallen dir die Möbel, die ich gekauft habe, Liebling?«
»Es ist alles sehr schön, Kate. Setz dich jetzt, bitte. Ich will mit dir reden.«
Ihr wurde flau. »Stimmt irgendwas nicht?«
»Wir scheinen zum Waffenlieferanten für ein halbes Dutzend Länder avanciert zu sein.«
»Warte nur, bis du die Bücher siehst«, fing Kate an. »Unser Gewinn hat sich –«
»Ich rede nicht vom Gewinn. Der war, soviel ich mich entsinne, schon ganz annehmbar, bevor ich wegging. Ich dachte jedoch, wir seien einer Meinung gewesen, daß wir nichts mit der Rüstungsgüterproduktion zu tun haben wollten.«
»Du warst dieser Meinung, ich nicht.« Kate kämpfte gegen ihren aufsteigenden Zorn an. »Wir müssen mit der Zeit gehen, David, und die Zeiten ändern sich.«
Er sah sie an und fragte ruhig: »Hast du dich geändert?«

In dieser Nacht lag Kate wach und fragte sich, wer von ihnen beiden sich geändert hatte, sie oder David. War sie stärker geworden oder David schwächer? Sie dachte über seine Argumente gegen die Herstellung von Rüstungsgütern nach und fand sie schwach. Irgendwer *mußte* schließlich die Verbündeten mit den erforderlichen Gütern versorgen, und der Handel bot eine enorme Gewinnspanne. Was war aus Davids Geschäftssinn geworden? Sie hatte ihn immer für einen der klügsten Männer gehalten, die sie kannte, und zu ihm aufgeblickt.
Jetzt jedoch hatte sie das Gefühl, der Leitung des Konzerns weitaus besser gewachsen zu sein als David. In dieser Nacht fand sie keinen Schlaf.
Am nächsten Morgen frühstückten Kate und David zusammen und machten einen Spaziergang über das Grundstück.

»Ich bin froh, daß ich wieder da bin«, sagte David zu Kate. »Es ist wirklich schön hier.«
»Was unsere Unterhaltung gestern abend betrifft –« sagte Kate.
»Das ist erledigt. Ich war nicht da, und du hast getan, was du für richtig hieltest.«
*Hätte ich es ebenso gemacht, wenn du hier gewesen wärest?* fragte sich Kate. Aber sie sprach es nicht aus. Bei dem, was sie getan hatte, hatte sie nur das Wohl der Firma im Auge gehabt. *Bedeutet mir die Firma mehr als meine Ehe?* Diese Frage zu beantworten, machte ihr Angst.

## 17

In den nächsten fünf Jahren erlebte die Welt ein unglaubliches Wirtschaftswachstum. Diamanten und Gold waren die Fundamente von Kruger-Brent gewesen, doch mittlerweile hatte sich der Konzern auf so viele andere Gebiete ausgedehnt, daß Südafrika nicht mehr im Mittelpunkt stand. Vor kurzem waren ein Zeitungsimperium, eine Versicherungsgesellschaft und zwei Millionen Hektar Nutzholzländereien erworben worden.
Eines Nachts schüttelte Kate David sanft wach. »Liebling – laß uns den Hauptsitz des Konzerns verlegen.«
Schlaftrunken setzte sich David auf. »Wa– was?«
»Heutzutage ist New York der Nabel der Welt. Dort sollten wir auch unseren Hauptsitz haben. Südafrika ist viel zu weit weg. Außerdem können wir uns jetzt, da es Telefon und einen Telegrafendienst gibt, in Minutenschnelle mit jedem unserer Büros in Verbindung setzen.«
»Wieso bin ich da nicht selber draufgekommen?« murmelte David und schlief wieder ein.

New York war eine aufregende neue Welt. Zwar hatte Kate schon bei ihren früheren Besuchen den raschen Pulsschlag der Stadt gespürt; dort zu leben aber war, als befände man sich im Zentrum eines Strudels. Die Erde schien sich schneller zu drehen, und alles geschah mit doppelter Geschwindigkeit.
Kate und David suchten sich in der Wall Street ein Grundstück für den neuen Hauptsitz des Konzerns, und die Architekten

machten sich an die Arbeit. Kate engagierte noch einen weiteren Architekten, der ihr eine Villa im Stil der französischen Renaissance des 16. Jahrhunderts an der Fifth Avenue entwerfen sollte.
»Diese Stadt ist so verdammt *laut*«, beschwerte sich David.
Er hatte recht. Das Dröhnen der Preßlufthämmer beim Bau der Wolkenkratzer, die sich in den Himmel türmten, erfüllte die Stadt von einem Ende bis zum anderen. New York war zum Mekka des Welthandels geworden. Die Stadt schien vor lauter Geschäftigkeit zu bersten. Kate war begeistert, spürte jedoch, wie unglücklich David war.
»David, das ist die Zukunft. Diese Stadt wächst, und wir werden mit ihr wachsen.«
»Mein Gott, Kate – was willst du eigentlich noch alles erreichen?«
Ohne nachzudenken, antwortete sie: »Einfach alles.«
Sie begriff nicht, warum David die Frage überhaupt gestellt hatte. In diesem Spiel galt es schließlich zu gewinnen, und gewinnen konnte man nur, wenn man alle anderen schlug. David war ein guter Geschäftsmann, aber irgend etwas fehlte ihm – dieser unstillbare Hunger, dieser Trieb zu erobern, zu wachsen, zum Größten und Besten zu werden. Ihr Vater war von diesem Geist beseelt gewesen, und Kate war es ebenfalls. Sie wußte nicht zu sagen, wann es eigentlich passiert war, aber irgendwann in ihrem Leben war der Konzern ihr Herr geworden und sie seine Sklavin.
Als sie versuchte, David ihre Gefühle zu erklären, lachte er und sagte: »Du arbeitest zuviel.« *Sie ist ihrem Vater so ungeheuer ähnlich*, dachte David und wußte nicht genau, weshalb ihn dieser Gedanke irritierte.
Wie konnte man jemals zu viel arbeiten? fragte sich Kate. Jeder Tag bescherte ihr neue Probleme, und jedes einzelne war eine Herausforderung für sie, ein zu lösendes Rätsel, ein neues Spiel, das gewonnen werden mußte. Und auf dieses Spiel verstand sie sich vortrefflich. Sie hatte sich auf etwas eingelassen, das jedes Vorstellungsvermögen übertraf. Und das hatte nichts mit Geld oder Leistung zu tun – es ging um *Macht*.
Solange sie Macht besaß, würde sie niemals irgend jemand wirklich brauchen. Macht war eine Waffe, die Unbesiegbarkeit verlieh.

Im März, ein Jahr nach ihrem Umzug nach New York, fühlte Kate sich nicht wohl. David überredete sie, einen Arzt aufzusuchen.
»Er heißt John Harley. Er ist noch jung und hat einen guten Ruf.«
Widerwillig ging Kate in die Sprechstunde.
John Harley stammte aus Boston. Er war ein magerer junger Mann mit ernstem Blick, Mitte Zwanzig, also etwa fünf Jahre jünger als Kate.
»Ich warne Sie«, ließ Kate ihn wissen, »ich habe keine Zeit zum Kranksein.«
»Ich werde daran denken, Mrs. Blackwell. Aber jetzt schaue ich Sie mir erst mal an.«
Dr. Harley untersuchte sie, machte einige Analysen und sagte: »Es ist bestimmt nichts Ernstes. In ein, zwei Tagen habe ich die Ergebnisse. Rufen Sie mich am Mittwoch an.«

Am Mittwochvormittag telefonierte Kate frühzeitig mit Dr. Harley.
»Ich habe eine gute Nachricht für Sie, Mrs. Blackwell«, sagte er fröhlich. »Sie bekommen ein Baby.«
Es war einer der aufregendsten Augenblicke in Kates Leben. Sie konnte es kaum erwarten, David davon zu erzählen.
Nie hatte sie David so begeistert erlebt. Mit seinen starken Armen hob er sie hoch und sagte: »Es wird ein Mädchen, und sie wird genauso aussehen wie du.« Dabei dachte er: *Das ist genau das, was Kate braucht. Jetzt wird sie öfter zu Hause bleiben und eine richtige Ehefrau werden.*
Kate dagegen dachte: *Es wird ein Junge, und eines Tages wird er Kruger-Brent übernehmen.*

Kate reduzierte ihre Arbeitszeit, als die Geburt näherrückte, doch sie ging weiterhin täglich ins Büro.
»Laß die Geschäfte und entspanne dich«, riet ihr David.
Er begriff einfach nicht, daß die Geschäfte Entspannung für Kate *waren.*
Das Kind sollte im Dezember kommen. »Ich versuche, es zum 25. hinzukriegen«, versprach Kate David. »Er wird unser Weihnachtsgeschenk.«
*Es wird ein vollkommenes Weihnachtsfest,* dachte Kate. Sie stand an der Spitze eines riesigen Konzerns, war verheiratet mit dem

Mann, den sie liebte, und sie würde ein Kind von ihm bekommen. Der Ironie, die in der Reihenfolge ihrer Aufzählung lag, war sich Kate nicht bewußt.

Kate wurde rund und schwerfällig und fand es immer mühsamer, ins Büro zu gehen, doch sobald David oder Brad Rogers vorschlugen, sie solle zu Hause bleiben, antwortete sie stets: »Mein Hirn arbeitet noch.« Zwei Monate vor dem Geburtstermin war David auf Inspektionsreise in der Mine bei Pniel in Südafrika. Er sollte in der darauffolgenden Woche nach New York zurückkommen.
Kate saß an ihrem Schreibtisch, als Brad Rogers unangemeldet hereinkam. Sie bemerkte seinen düsteren Gesichtsausdruck und sagte: »Das Geschäft mit Shannon ist uns durch die Lappen gegangen!«
»Nein. Ich – Kate, ich habe es grade erst gehört. Es hat einen Unfall gegeben. Eine Minenexplosion.« Sie verspürte einen heftigen Stich. »Wo? Ist es schlimm? Ist jemand dabei umgekommen?«
Brad holte tief Luft. »Sechs Leute. Kate – David ist dabei.«
Seine Worte schienen das Zimmer auszufüllen und von den getäfelten Wänden zurückzuprallen, zu immer größerer Lautstärke anzuschwellen, bis sie zu einem einzigen Schrei in Kates Ohren wurden, zum Rauschen eines riesigen Wasserfalls, der sie zu ertränken drohte, und sie fühlte, wie sie in seinen Sog geriet, mitten hinein, immer tiefer, bis sie nicht mehr atmen konnte.
Dann wurde alles dunkel und still.

Das Kind kam eine Stunde später zur Welt, zwei Monate zu früh. Kate nannte ihn nach Davids Vater Anthony James. *Ich werde dich lieben, mein Sohn – um meinetwillen und um deines Vaters willen.*
Einen Monat später war die Villa an der Fifth Avenue fertiggestellt, und Kate zog mit dem Baby und einer Schar Hausangestellten ein. Zur Ausstaffierung hatte das Interieur zweier italienischer Schlösser herhalten müssen. Es gab ein Trophäenzimmer mit Davids Waffensammlung und eine Bildergalerie, die Kate mit Gemälden von Rembrandt, Vermeer, Velasquez und Bellini bestückte. In den weitläufigen, symmetrisch angelegten Gärten standen Skulpturen von Rodin und Maillol. Ein wahrer

Königspalast. *Und der König wächst darin auf,* dachte Kate glücklich.

1928 schickte Kate den vierjährigen Tony in den Kindergarten. Er war ein hübscher, ernster kleiner Junge, der die grauen Augen und das eigenwillige Kinn seiner Mutter geerbt hatte. Er bekam Musikunterricht und mit fünf Jahren Tanzstunden. Die schönsten Stunden verbrachten sie beide im Cedar Hill House in Dark Harbor. Kate kaufte eine Jacht, ein Segelboot mit Motor, das sie Corsair taufte, und sie kreuzte mit Tony in den Küstengewässern vor Maine. Tony war begeistert. Kate jedoch hatte ihre größte Freude an der Arbeit.

Dem Konzern, den Jamie McGregor gegründet hatte, haftete etwas Geheimnisvolles an. Er war etwas Lebendiges, das ihrer Aufmerksamkeit bedurfte. Er war Kates Geliebter, ein Geliebter, der nicht eines schönen Tages plötzlich sterben und sie allein zurücklassen würde. Er war unsterblich, und eines Tages würde sie alles ihrem Sohn vermachen.

Das einzig Beunruhigende in Kates Leben war ihr Heimatland. Sie hing sehr an Südafrika. Die Rassenprobleme dort verschärften sich, und Kate machte sich große Sorgen.

Sie arrangierte ein Treffen mit verschiedenen hohen Regierungsbeamten in Südafrika. »Sie sitzen auf einem Pulverfaß«, sagte Kate zu ihnen. »Was Sie hier machen, ist der Versuch, acht Millionen Menschen in Sklaverei zu halten.«

»Das ist keine Sklaverei, Mrs. Blackwell. Wir tun es nur zu ihrem eigenen Besten.«

»Ach ja? Möchten Sie das bitte näher erläutern?«

»Jede Rasse muß ihren Beitrag leisten. Wenn sich die Schwarzen mit den Weißen vermischen, werden sie ihre Individualität verlieren. Davor versuchen wir sie zu schützen.«

»Das ist ja Schwachsinn«, konterte Kate. »Südafrika ist ein Rassistenloch geworden.«

»Das ist nicht wahr. Schwarze aus anderen Ländern reisen Tausende von Meilen weit, nur um in unser Land zu kommen. Sie zahlen sogar bis zu 56 Pfund für eine gefälschte Zuzugserlaubnis. Hier sind die Schwarzen besser dran als irgendwo sonst auf der Welt.«

»Dann tun sie mir leid«, gab Kate zurück.

»Das sind naive Kinder, Mrs. Blackwell. Es ist zu ihrem eigenen Besten.«

Kate verließ die Konferenz frustriert und voller Befürchtungen um ihr Land.
Sie machte sich auch Sorgen um Banda. Sein Name tauchte häufig in den Nachrichten auf. Die Zeitungen in Südafrika nannten ihn »Heil aller Welt«, und die Geschichten über ihn enthielten einen Unterton widerwilliger Bewunderung. Er entkam der Polizei, indem er sich als Arbeiter, Chauffeur oder Hausmeister verkleidete. Er hatte die Guerilla organisiert und stand an der Spitze sämtlicher Fahndungslisten der Polizei. Ein Artikel der *Cape Times* berichtete, er sei auf den Schultern von Demonstranten im Triumphzug durch ein von Schwarzen bewohntes Dorf getragen worden. Er zog von Ort zu Ort und hielt Reden, doch jedesmal, wenn die Polizei Wind von seiner Anwesenheit bekam, tauchte Banda unter. Man sagte ihm nach, er umgebe sich mit einer Leibwache, die aus Hunderten von Freunden und Anhängern bestünde, und er schliefe jede Nacht in einem anderen Haus. Kate wußte, daß ihm nichts Einhalt gebieten konnte, nur der Tod.
Sie mußte unbedingt Kontakt mit ihm aufnehmen. Sie bestellte einen ihrer ältesten schwarzen Vorarbeiter zu sich, einen vertrauenswürdigen Mann. »William, glauben Sie, Sie könnten Banda finden?«
»Nur, wenn er gefunden werden will.«
»Versuchen Sie's. Ich möchte mit ihm sprechen.«
»Ich werde sehen, was sich tun läßt.«
Am nächsten Morgen sagte der Vorarbeiter: »Wenn Sie heute abend Zeit haben, dann wird ein Wagen auf Sie warten und Sie aufs Land bringen.«

Kate wurde in ein Dörfchen siebzig Meilen nördlich von Johannesburg gebracht. Der Fahrer hielt vor einem kleinen Holzhaus, und Kate ging hinein. Banda erwartete sie. Er sah genauso aus wie damals, als Kate ihn zum letztenmal gesehen hatte. *Dabei muß er doch um die sechzig sein,* dachte Kate. Seit Jahren befand er sich nun schon ununterbrochen auf der Flucht vor der Polizei, und doch wirkte er heiter und ruhig.
Er umarmte Kate und sagte:
»Jedesmal, wenn ich dich sehe, bist du wieder schöner geworden.«
Sie lachte. »Ich werde langsam alt. In ein paar Jahren bin ich vierzig.«

»Man sieht dir die Jahre nicht an, Kate.«
Sie gingen in die Küche, und während Banda Kaffee kochte, sagte Kate: »Was hier passiert, gefällt mir nicht, Banda. Wohin soll das noch führen?«
»Es wird noch schlimmer werden«, sagte Banda nur. »Die Regierung lehnt es ab, mit uns zu sprechen. Die Weißen haben alle Brücken zwischen sich und uns abgebrochen, und eines Tages werden sie entdecken, daß sie diese Brücken brauchen, wenn sie uns erreichen wollen. Wir haben jetzt unsere eigenen Helden, Kate. Nehemiah Tile, Mokone, Richard Msimang. Die Weißen meinen, sie können mit uns umspringen wie mit ihrem Vieh.«
»Nicht alle Weißen denken so«, versicherte ihm Kate. »Du hast Freunde, die sich für Veränderungen einsetzen. Eines Tages wird alles anders sein, Banda, aber das braucht seine Zeit.«
»Zeit ist wie Sand in einem Stundenglas. Sie läuft ab.«
»Banda, was ist mit Ntame und Magena?«
»Meine Frau und mein Sohn verbergen sich«, sagte Banda traurig. »Die Polizei ist immer noch hinter mir her.«
»Wie kann ich dir helfen? Ich kann nicht einfach dasitzen und die Hände in den Schoß legen. Wie steht's mit Geld?«
»Geld ist immer eine Hilfe.«
»Ich werde es veranlassen. Kann ich sonst noch was tun?«
»Beten. Bete für uns alle.«
Am nächsten Morgen kehrte Kate nach New York zurück.

Als Tony alt genug war, nahm Kate ihn in den Schulferien mit auf ihre Geschäftsreisen. Er begeisterte sich für Museen und konnte stundenlang versunken vor den Bildern und Statuen berühmter Meister stehen. Zu Hause fertigte er Kopien von den Bildern an, die dort hingen, aber er war zu unsicher, um sie seiner Mutter zu zeigen.
Er war lieb und gescheit und ein lustiger Kamerad, und die Leute mochten seine schüchterne Art. Kate war stolz auf ihren Sohn. Stets war er der Beste seiner Klasse. »Du hast sie alle geschlagen, Liebling, nicht wahr?« sagte sie zu ihm, und dann lachte sie und drückte ihn in die Arme.
Und der kleine Tony gab sich noch mehr Mühe, den Erwartungen, die seine Mutter in ihn setzte, zu entsprechen.
1936, an Tonys zwölftem Geburtstag, kam Kate von einer Reise in den Mittleren Osten zurück. Sie hatte ihn vermißt und freute sich auf ihn. Er war zu Hause und wartete auf sie. Sie nahm ihn

in die Arme und herzte ihn. »Alles Gute zum Geburtstag, Liebling! Ist es ein schöner Tag für dich?«
»J-ja, Mu-Mutter. Er ist wu-wunderschön.«
Kate trat zurück und musterte ihn. Nie zuvor war ihr aufgefallen, daß er stotterte. »Ist alles in Ordnung mit dir, Tony?«
»Ja, be-bestens, Mu-Mutter.«
»Du sollst nicht stottern«, sagte sie zu ihm. »Sprich langsamer.«
»Ja, Mu-Mutter.«
In den nächsten Wochen wurde es schlimmer. Kate beschloß, Dr. Harley zu Rate zu ziehen. Nachdem er Tony untersucht hatte, sagte er: »Physisch fehlt dem Jungen gar nichts, Kate. Steht er irgendwie unter Druck?«
»Mein Sohn? Natürlich nicht. Wie kommst du auf so eine Idee?«
»Tony ist ein sensibles Kind. Stottern ist häufig ein Anzeichen für inneren Druck und die Unfähigkeit, damit fertig zu werden.«
»Das kann nicht sein, John. Tony bringt in allen Schulfächern Spitzenleistungen. Im letzten Schuljahr hat er drei Preise gewonnen: Er war Bester im Sport, Bester in den wissenschaftlichen Fächern und Bester in Kunsterziehung.«
»Ich verstehe.« Er musterte sie. »Was machst du, wenn Tony stottert, Kate?«
»Dann korrigiere ich ihn natürlich.«
»Ich schlage vor, du läßt das bleiben. Das verstärkt seine innere Anspannung nur noch.«
Das reizte Kates Zorn. »Wenn Tony irgendwelche psychischen Probleme hat, wie du zu glauben scheinst, so kann ich dir versichern, daß sie nicht von seiner Mutter herrühren. Ich bete ihn an. Und er weiß genau, daß ich ihn für das wunderbarste Kind der Welt halte.«
Und genau das war des Pudels Kern. Kein Kind der Welt war diesem Anspruch gewachsen. Dr. Harley betrachtete seine Karteikarte. »Dann laß uns mal sehen. Tony ist jetzt zwölf?«
»Ja.«
»Vielleicht täte es ihm gut, mal eine Weile fortzukommen, in irgendein Internat zum Beispiel.«
Kate starrte ihn nur an.
»Laß ihn ein bißchen in Ruhe. Nur, bis er mit der Schule fertig ist. In der Schweiz gibt's ausgezeichnete Internate.«

*Die Schweiz!* Der Gedanke, Tony so weit weg zu lassen, war entsetzlich. »Ich werde darüber nachdenken«, sagte Kate.
An diesem Nachmittag sagte sie eine Aufsichtsratssitzung ab und ging nach Hause. Tony war in seinem Zimmer und machte Schulaufgaben.
»Ich habe la-la-lauter Einsen heute, Mu-Mutter«, sagte er.
»Was würdest du davon halten, in der Schweiz in die Schule zu gehen, Liebling?«
Seine Augen leuchteten auf, und er sagte: »Da-darf ich?«

Sechs Wochen später brachte Kate Tony zum Schiff. Er war im Institut Le Rosey in Rolle, einer kleinen Stadt am Genfer See, angemeldet. Kate stand am Kai in New York und sah zu, wie der riesige Überseedampfer die Leinen zu den Schleppern kappte. *Verdammter Mist! Er wird mir fehlen.* Dann drehte sie sich um und ging zu der Limousine, die sie ins Büro zurückbringen sollte.

Kate arbeitete gern mit Brad Rogers zusammen. Mit seinen 46 Jahren war er zwei Jahre älter als sie. Im Laufe der Zeit waren sie gute Freunde geworden, und sie mochte ihn aufgrund seiner Ergebenheit für Kruger-Brent. Brad war ledig und hatte ständig wechselnde und immer attraktive Freundinnen, doch allmählich ging Kate auf, daß er in sie verliebt war. Mehrmals ließ er gewollt bedeutsame Bemerkungen fallen, doch sie zog es vor, ihre Beziehung auf einer unpersönlichen, geschäftlichen Ebene zu halten.
Diese Regel durchbrach sie nur ein einziges Mal.
Brad hatte sich eine ständige Freundin zugelegt. Er ging abends lange aus, kam müde zu den morgendlichen Sitzungen, war unkonzentriert und zerstreut. Und das war schlecht für den Konzern. Nachdem das einen Monat so gegangen und sein Verhalten immer auffallender geworden war, beschloß Kate, etwas dagegen zu unternehmen. Ihr fiel ein, wie David einer Frau wegen die Firma beinahe im Stich gelassen hätte. Sie würde nicht zulassen, daß sich das mit Brad wiederholte.
Kate hatte vorgehabt, allein nach Paris zu fahren, um dort eine Import-Export-Firma zu erwerben, doch in letzter Minute bat sie Brad, sie zu begleiten. Den Tag ihrer Ankunft verbrachten sie mit verschiedenen Sitzungen, und am Abend speisten sie zusammen. Danach schlug Kate vor, Brad solle noch in ihre Suite im Hotel George V kommen, um die Berichte über die neue

Firma mit ihr durchzugehen. Als er eintrat, erwartete sie ihn in einem hauchdünnen Negligé.

»Ich habe das revidierte Angebot dabei«, begann Brad, »wir können also –«

»Das kann warten«, sagte Kate leise. Der verführerische Klang ihrer Stimme ließ ihn aufblicken. »Ich wollte allein mit dir sein, Brad.«

»Kate –«

Sie glitt in seine Arme und schmiegte sich an ihn.

»Mein Gott!« sagte er. »Ich begehre dich schon so lange.«

»Und ich dich, Brad.«

Und sie gingen ins Schlafzimmer.

Kate war eine sinnliche Frau, doch schon seit langem waren ihre sexuellen Energien in andere Bahnen gelenkt worden. Die Arbeit bot ihr vollkommene Erfüllung. Brad brauchte sie aus anderen Gründen.

»Ich liebe dich schon so lange, Kate ...«

Er war auf ihr, und sie dachte: *Die verlangen viel zuviel für ihre Firma, verdammt noch mal. Und sie zögern die Verhandlungen hinaus, weil sie genau wissen, wie sehr ich dahinter her bin.*

Brad flüsterte ihr Koseworte ins Ohr.

*Ich könnte die Verhandlungen einfach abbrechen und abwarten, bis sie von alleine kommen. Aber was ist, wenn sie dann doch nicht kommen? Soll ich es wagen und damit riskieren, daß mir die Sache durch die Lappen geht?*

Er bewegte sich jetzt schneller, und Kate preßte sich gegen ihn.

*Nein. Die finden leicht einen anderen Käufer. Besser, ich zahle, was sie verlangen, und gleiche es dadurch aus, daß ich eine von ihren Tochterfirmen verkaufe.*

Brad stöhnte in höchster Verzückung, und Kate bewegte sich rascher, um ihn zum Höhepunkt zu bringen.

*Ich werde ihnen sagen, daß ich ihre Bedingungen akzeptiere.*

Brad gab ein langes, zittriges Keuchen von sich und sagte: »O Gott, Kate, es war phantastisch. War's für dich auch schön, Liebling?«

»Es war himmlisch.«

Die ganze Nacht lag sie in Brads Armen, grübelte und plante, während er schlief. Als er am Morgen erwachte, sagte sie: »Brad – diese Frau, mit der du ausgehst –«

»Mein Gott! Du bist ja eifersüchtig!« Er lachte glücklich. »Vergiß sie. Ich werde sie nie wiedersehen, das verspreche ich dir.«

Kate ging nie wieder mit Brad ins Bett. Als er nicht begreifen wollte, warum sie ihn zurückwies, sagte sie nur: »Du weißt gar nicht, wie gern ich es täte, Brad, aber ich habe Angst, wir könnten dann nicht mehr zusammen arbeiten. Wir müssen beide ein Opfer bringen.«
Und damit hatte er sich gefälligst abzufinden.

Während der Konzern weiter expandierte, rief Kate Wohlfahrtsorganisationen ins Leben, die Universitäten, Kirchen und Schulen unterstützten.
Sie sammelte weiterhin Gemälde und erwarb etliche Bilder von Raffael, Tizian, Tintoretto und El Greco sowie Rubens, Caravaggio und van Dyck.
Die Blackwell-Sammlung stand im Ruf, die wertvollste Privatsammlung der Welt zu sein. Sie stand nur in dem Ruf – denn außer wenigen auserwählten Gästen war sie niemandem zugänglich.
Kate gestattete keine Fotografien und gab auch vor der Presse keinen Kommentar dazu. Der Presse gegenüber wahrte sie strikte, unverrückbare Prinzipien: Das Privatleben der Blackwell-Familie war tabu. Natürlich war es unmöglich, Gerüchte und Spekulationen zu verhindern, denn Kate Blackwell war ein faszinierendes Rätsel – eine der reichsten und mächtigsten Frauen der Welt. Es gab tausend Fragen über sie, aber nur wenige Antworten.

Kate telefonierte mit der Schulleiterin in Le Rosey. »Ich möchte gern wissen, wie es Tony geht.«
»Oh, es geht ihm sehr gut, Mrs. Blackwell. Ihr Sohn ist ein ausgezeichneter Schüler. Er –«
»Das habe ich nicht gemeint. Ich wollte –« Sie zögerte, als weigere sie sich zuzugeben, daß die Blackwell-Familie irgendeinen schwachen Punkt aufzuweisen hatte. »Ich habe sein Stottern gemeint.«
»Es gibt keinerlei Anzeichen für ein Stottern, Madame. Er ist vollkommen gesund.«
Kate seufzte innerlich auf vor Erleichterung. Hatte sie doch die ganze Zeit über gewußt, daß es vorbeigehen würde, daß es nur eine vorübergehende Phase war. Diese Ärzte!
Vier Wochen später kam Tony nach Hause, und Kate holte ihn am Flughafen ab.

Er sah gesund und gut aus, und Kate war stolz auf ihn. »Hallo, mein Lieber. Wie geht's dir?«
»Mir geht's gu-gut, Mu-Mutter. U-und dir?«

Tony freute sich darauf, in seinen Ferien die Gemälde zu studieren, die seine Mutter in der Zwischenzeit erworben hatte. Ehrfürchtig stand er vor den alten Meistern, verzaubert von den französischen Impressionisten. In Tony erweckten sie eine Zauberwelt zum Leben. Er kaufte sich Farben und eine Staffelei und machte sich an die Arbeit. Er hielt seine Bilder für schrecklich und weigerte sich noch immer, sie irgend jemandem zu zeigen. Sie konnten ohnehin keinem Vergleich mit den Meisterwerken standhalten.
»Eines Tages«, sagte Kate zu ihm, »werden all diese Gemälde dir gehören, Liebling.« Dieser Gedanke erfüllte den Dreizehnjährigen mit Unbehagen. Seine Mutter begriff nicht. Sie konnten niemals ihm gehören, weil er nichts getan hatte, um sie sich zu verdienen. Er war finster entschlossen, irgendwie seinen eigenen Weg zu machen. Die Trennung von seiner Mutter löste zwiespältige Gefühle in ihm aus. Alles in ihrer Umgebung war aufregend; sie war der Mittelpunkt eines Wirbelsturms, sie war ehrfurchtgebietend, und Tony war ungemein stolz auf sie; er war überzeugt davon, daß sie die faszinierendste Frau der Welt war. Und er fühlte sich schuldig, weil er ausschließlich in ihrer Gegenwart stotterte.
Kate hatte keine Ahnung, wie sehr ihr Sohn sie verehrte, bis er eines Tages in seinen Ferien fragte: »Mu-Mutter, re-regierst du ei-eigentlich die ga-ganze Welt?«
Sie lachte nur und sagte: »Natürlich nicht. Wie kommst du auf so eine alberne Frage?«
»Weil alle Ju-Jungen in der Schule über dich reden. Mannomann, du bi-bist schon wer!«
»Ich bin wer«, sagte Kate, »nämlich deine Mutter.«
Mehr als alles andere in der Welt wünschte sich Tony, seiner Mutter zu gefallen.
Er wußte, wieviel ihr der Konzern bedeutete, wie sehr sie damit rechnete, daß er ihn eines Tages übernehmen würde, und er hatte ein schlechtes Gewissen, weil ihm klar war, daß er das nicht konnte.
Er wollte mit seinem Leben etwas anderes anfangen.
Wenn er versuchte, das seiner Mutter zu erklären, pflegte sie zu

lachen. »Blödsinn, Tony. Du bist noch viel zu jung, um schon zu wissen, was du mit deinem Leben anfangen willst.«
Und dann stotterte er wieder.
Der Gedanke, Maler zu werden, begeisterte Tony. Fähig zu sein, Schönheit einzufangen und für alle Ewigkeit auf die Leinwand zu bannen – das war das einzige, was sich lohnte. Er wollte nach Europa gehen und in Paris studieren, aber er wußte, daß er dieses Thema seiner Mutter gegenüber nur sehr vorsichtig zur Sprache bringen durfte.

Sie verbrachten schöne Tage miteinander. Kate war Herrin über riesige Güter. Sie hatte Häuser und Grundstücke in Palm Beach und in South Carolina erworben sowie ein Gestüt in Kentucky, und in Tonys Ferien besuchten sie sie alle. Kate interessierte sich für Pferderennen, und ihr Stall wurde prompt einer der besten der Welt. Wenn eines ihrer Pferde an den Start ging und Tony gerade zu Hause war, so nahm Kate ihn mit zum Rennen. Dann saßen sie in ihrer Loge, und Tony beobachtete staunend, wie sich seine Mutter heiser schrie. Er wußte, daß ihre Aufregung nichts mit Geld zu tun hatte.
»Es geht ums Siegen, Tony. Merk es dir. Siegen ist das einzige, was zählt.«
In Dark Harbor verbrachten sie ruhige, faule Tage. Sie kauften bei Pendleton and Coffin ein und aßen Ice-Cream-Sodas im Dark Harbor Shop. Im Sommer segelten sie und wanderten und besuchten Kunstgalerien. Im Winter liefen sie Ski und Schlittschuh und fuhren Schlitten. Danach saßen sie in der Bibliothek vor dem Feuer im großen Kamin, und Kate erzählte ihrem Sohn all die alten Familiengeschichten über seinen Großvater, über Banda und über die Babyparty, die Madame Agnes und ihre Mädchen für seine Großmutter gegeben hatten. Es war eine schillernde Familie, eine, auf die man mit Stolz und Hochachtung blicken konnte.
»Eines Tages wird Kruger-Brent dir gehören, Tony. Du wirst es leiten und –«
»Ich mö-möchte es nicht lei-leiten, Mutter. Ich habe kein Interesse am *big business* oder an der Ma-Macht.«
Und Kate tobte. »Du dummer Grünschnabel! Was weißt du denn schon vom *big business* oder von der Macht? Glaubst du, ich gehe herum und verbreite Böses in der Welt? Verletze Leute? Glaubst du, Kruger-Brent ist irgendeine unbarmherzige Geld-

presse, die alles niederwalzt, was sich ihr in den Weg stellt? Eins laß dir sagen, mein Sohn: Kruger-Brent kommt gleich nach Jesus Christus. Wir sind die Auferstehung, Tony. Wir retten Hunderttausenden das Leben. Wenn wir in irgendeinem armen Land oder einer Stadt eine Fabrik aufmachen, dann können es sich die Leute dort leisten, Schulen zu bauen und Bibliotheken und Kirchen und können ihren Kindern anständiges Essen geben und sie ordentlich anziehen und ihnen Erholungsmöglichkeiten schaffen.« Von ihrem Zorn überwältigt, keuchte sie. »Wir bauen Fabriken dort, wo die Leute hungern oder arbeitslos sind, und nur deshalb sind sie in der Lage, anständig und mit hocherhobenem Kopf durchs Leben zu gehen. Wir sind ihre Retter. Laß mich ja nie wieder etwas Abfälliges über *big business* und Macht hören.«
Tony konnte nichts weiter sagen als: »Es tut mir leid, Mu-Mutter.«
Und er dachte eigensinnig: *Ich werde doch Künstler.*

Als Tony fünfzehn Jahre alt wurde, schlug Kate vor, er solle seine Sommerferien in Südafrika verbringen. Er war noch nie dort gewesen. »Ich kann hier nicht weg, Tony, aber es wird dir garantiert ungeheuer dort gefallen. Ich leite alles für dich in die Wege.«
»Ich ha-hatte eigentlich ge-gehofft, die Ferien in Dark Harbor zu verbringen, Mu-Mutter.«
»Nächstes Jahr«, bestimmte Kate. »Diesen Sommer hätte ich gern, daß du nach Johannesburg gehst.«
Kate bereitete den Konzernbeauftragten in Johannesburg sorgfältig auf Tonys Besuch vor, und sie arbeiteten gemeinsam einen Reiseplan für ihn aus. Jeden Tag gab es etwas anderes zu besichtigen, damit die Reise so interessant wie möglich für Tony würde.
Kate erhielt täglich einen Bericht über ihren Sohn. Und ein paar Tage vor Ende der Ferien telefonierte Kate mit dem Manager in Johannesburg. »Wie gefällt's Tony denn?«
»Oh, es gefällt ihm sehr gut hier, Mrs. Blackwell. Heute morgen hat er mich sogar gefragt, ob er nicht ein wenig länger bleiben könne.«
Kate war hocherfreut. »Das ist ja herrlich! Vielen Dank.«
Als Tonys Ferien zu Ende waren, fuhr er nach Southampton und flog von London aus in die Vereinigten Staaten.

Kate unterbrach eine wichtige Sitzung, um ihren Sohn in La-Guardia, dem neuerbauten Flughafen von New York, abzuholen. Tonys hübsches Gesicht strahlte vor Begeisterung.
»War's schön, Liebling?«
»Südafrika ist ein pha-phantastisches Land, Mu-Mutter. Weißt du, daß sie mich nach Namibia ge-geflogen haben, wo Großvater die Diamanten von Urgroßvater va-van der Merwe ge-gestohlen hat?«
»Er hat sie nicht gestohlen, Tony«, korrigierte ihn Kate. »Er hat sich nur geholt, was ihm zustand.«
»Ja, richtig«, spottete Tony. »Wie auch immer, ich war je-jedenfalls dort. Es war kein *mis,* aber sie haben immer no-noch Wachen und Hunde und so.« Er grinste. »Sie wollten mir keine Pro-Proben geben.«
Kate lachte glücklich. »Sie brauchen dir keine zu geben, Liebling. Eines Tages gehört sowieso alles dir.«
»Das mußt *du* ihnen sa-sagen. Auf mich würden sie nicht hö-hören.«
Sie umarmte ihn. »Dir hat's *wirklich* gefallen, nicht wahr?« Sie war unerhört erfreut, daß Tony endlich doch von seinem Erbe angetan war.
»Weißt du, was mir am mei-meisten gefallen hat?«
Kate lächelte liebevoll. »Was denn?«
»Die Farben. Ich habe do-dort eine Menge Landschaften ge-gemalt. Ich wollte gar nicht wieder weg. Ich möchte wieder hin und ma-malen.«
»Malen?« Kate versuchte, Begeisterung in ihre Stimme zu legen. »Das ist bestimmt ein nettes Hobby, Tony.«
»Nein. Ich mei-meine, es ist kein Hobby, Mutter. Ich möchte Ma-Maler werden. Ich habe viel darüber nachgedacht. Ich gehe nach Pa-Paris, um dort zu studieren. Ich glaube, ich habe wirklich Talent.«
Kate spürte, wie sich alles in ihr zusammenzog. »Du willst doch nicht den Rest deines Lebens mit Malen verbringen?«
»Doch, das will ich, Mu-Mutter. Es ist das einzige, woran mir etwas liegt.«
Und Kate wußte, daß sie verloren hatte.

*Er hat ein Recht auf sein eigenes Leben,* dachte Kate. *Aber ich kann doch nicht einfach zusehen, wie er einen so schrecklichen Fehler macht?*
Im September wurde ihnen beiden die Entscheidung abgenom-

men. In Europa brach der Krieg aus: »Ich will dich an der Wharton School of Finance and Commerce einschreiben«, teilte Kate Tony mit. »Wenn du in zwei Jahren noch immer Maler werden willst, hast du meinen Segen.« Sie war sicher, daß Tony bis dahin seine Meinung ändern würde. Er war doch schließlich ihr Sohn.

Für Kate Blackwell bot der Zweite Weltkrieg wiederum große Gewinnchancen. Es herrschte eine weltweite Verknappung an Militärgütern und Waffen, und Kruger-Brent war in der Lage, sie zu liefern. Ein Teil des Konzerns versorgte die Streitkräfte, während ein anderer Teil für den Zivilbedarf sorgte. In den konzerneigenen Fabriken wurde rund um die Uhr gearbeitet.

Kate war überzeugt, daß die Vereinigten Staaten nicht würden neutral bleiben können. Präsident Roosevelt beschwor die Amerikaner, das Land zur Waffenkammer der Demokratie zu machen, und am 11. März 1941 wurde das Lend-Lease-Abkommen durch den Kongreß gebracht. Auf dem Atlantik bedrohte die deutsche Blockade den alliierten Handel; deutsche U-Boote beschossen und versenkten zahlreiche alliierte Schiffe, indem sie in Achterrudeln angriffen.

Deutschland war ein blutrünstiger Moloch, dem scheinbar niemand Einhalt gebieten konnte.

Als Kate die Nachricht erreichte, daß Juden, die in von den Nazis konfiszierten Kruger-Brent-Fabriken arbeiteten, nun gefangengenommen und in Konzentrationslager deportiert wurden, schritt sie zur Tat.

Sie führte zwei Telefongespräche, und eine Woche später war sie auf dem Weg in die Schweiz. Als sie im Hotel Baur au Lac in Zürich ankam, lag eine Nachricht vor, daß Oberst Brinkmann sie zu sprechen wünsche.

Brinkmann war Manager der Berliner Zweigstelle von Kruger-Brent gewesen. Als die Nazis die Fabrik übernommen hatten, hatte man Brinkmann den Rang eines Obersten verliehen und auf seinem Posten belassen.

Er traf Kate in ihrem Hotel. Er war ein hagerer, korrekter Mann mit sorgfältig über seinen kahl werdenden Kopf verteiltem Blondhaar. »Ich bin entzückt, Sie zu sehen, Frau Blackwell. Ich habe eine Mitteilung meiner Regierung an Sie. Ich bin ermächtigt, Ihnen zu sagen, daß Sie Ihre Fabriken zurückerhalten werden, sobald wir den Krieg gewonnen haben. Deutschland wird die größte Industriemacht werden, die die Welt je erlebt hat,

und wir freuen uns über die Zusammenarbeit mit Leuten wie Ihnen.«
»Was ist, wenn Deutschland verliert?«
Oberst Brinkmann gestattete sich die Andeutung eines Lächelns. »Wir wissen beide, daß das unmöglich ist, Frau Blackwell. Die Vereinigten Staaten sind klug genug, sich aus den europäischen Angelegenheiten herauszuhalten. Ich hoffe, das wird so bleiben.«
»Das glaube ich Ihnen gern, Oberst.« Sie beugte sich vor. »Ich habe Gerüchte gehört, daß Juden in Konzentrationslager gesteckt und dort ausgerottet werden. Ist das wahr?«
»Britische Propaganda, kann ich Ihnen versichern. Es stimmt, daß die Juden in Arbeitslager geschickt werden, aber ich gebe Ihnen mein Ehrenwort als Offizier, daß sie dort behandelt werden, wie es ihnen gebührt.«
Kate fragte sich, was er mit diesen Worten tatsächlich meinte, und sie war entschlossen, es in Erfahrung zu bringen.

Am nächsten Morgen traf Kate eine Verabredung mit einem deutschen Kaufmann namens Otto Büller. Büller war um die Fünfzig, ein distinguierter Herr mit ausdrucksvollem Gesicht und Augen, die viel Leid gesehen hatten. Sie trafen sich in einem kleinen Café in der Nähe des Bahnhofs. Herr Büller wählte einen Tisch in einer ansonsten unbesetzten Ecke aus.
»Mir wurde berichtet«, sagte Kate leise zu ihm, »daß Sie im Untergrund dafür arbeiten, Juden in neutrale Länder zu bringen. Stimmt das?«
»Das stimmt nicht, Mrs. Blackwell. Eine solche Handlungsweise wäre ein Verrat am Dritten Reich.«
»Ich habe außerdem gehört, daß Sie Geld dafür brauchen.«
Herr Büller zuckte mit den Schultern. »Da es keine Untergrundaktivitäten gibt, brauche ich auch kein Geld dafür, oder?«
Sein Blick schweifte unruhig durch das Lokal. Dieser Mann lebte in ständiger Gefahr.
»Ich hatte gehofft, helfen zu können«, sagte Kate vorsichtig. »Kruger-Brent besitzt Fabriken in vielen neutralen und alliierten Ländern. Wenn jemand die Flüchtlinge dorthin bringt, könnte ich dafür sorgen, daß sie eine Anstellung bekommen.«
Herr Büller nippte schweigend an seinem schwarzen Kaffee. Schließlich sagte er: »Davon habe ich keine Ahnung. Politik kann heutzutage gefährlich sein. Wenn Sie aber jemandem hel-

fen wollen, der in Not geraten ist, so habe ich einen Onkel in England, der an einer schrecklichen, kräftezehrenden Krankheit leidet. Seine Arztrechnungen sind überaus hoch.«
»Wie hoch?«
»50 000 Dollar monatlich. Man müßte es so einrichten, daß das Geld in London deponiert und von da aus in die Schweiz transferiert wird.«
»Das kann arrangiert werden.«
»Mein Onkel würde sich sehr freuen.«
Ungefähr acht Wochen später trafen die ersten Juden aus dem kleinen, nicht abreißenden Flüchtlingsstrom in alliierten Ländern ein und wurden in Kruger-Brent-Fabriken eingestellt.

Tony verließ die Business School nach dem ersten Jahr. Er ging in Kates Büro und teilte es ihr mit. »Ich ha-hab's versucht, Mu-Mutter. Wi-Wirklich. Aber ich bin fe-fest entschlossen. Ich will Ku-Kunst studieren. Wenn der Krieg zu E-Ende ist, ge-gehe ich na-nach Paris.«
Jedes einzelne Wort war wie ein Schlag ins Gesicht für Kate.
»Ich wei-weiß, daß du en-enttäuscht bist, aber ich mu-muß mein eigenes Le-Leben führen. Ich glaube, ich kann ein guter Maler werden, ein *wirklich* guter.« Er bemerkte Kates Gesichtsausdruck. »Ich habe getan, worum du mich gebeten hast. Jetzt bist du dran und mu-mußt mir eine Chance einräumen. Ich bin am Art I-Institute in Chicago angenommen worden.«
Kates Gemüt befand sich in einem einzigen Aufruhr. Es war eine so verdammte *Verschwendung,* was Tony da vorhatte. Aber sie sagte lediglich: »Wann willst du abreisen?«
»Einschreiben kann man sich ab 15.«
»Und was haben wir heute für ein Datum?«
»Den 6. De-Dezember.«

Am Sonntag, dem 7. Dezember 1941, griffen mehrere Schwadronen von Nakajima-Bombern und Jagdfliegern der Kaiserlich-Japanischen Marine Pearl Harbor an, und am Morgen darauf befanden sich die Vereinigten Staaten im Krieg. Am gleichen Nachmittag noch meldete sich Tony beim US-Marinekorps. Er wurde nach Quantico, Virginia, geschickt, wo er eine Offiziersschulung absolvierte. Danach wurde er im Südpazifik eingesetzt.
Kate hatte das Gefühl, als lebe sie ständig am Rande eines Ab-

grunds. Ihre Tage waren mit den vielfältigen, dringenden Konzernangelegenheiten ausgefüllt, aber in ihrem Unterbewußtsein befürchtete sie jeden Augenblick, schlechte Nachrichten über Tony zu erhalten.
Der Krieg mit Japan war kein Spaziergang. Kate hatte Angst, Tony würde in Gefangenschaft geraten und gefoltert. Und trotz all ihrer Macht und ihres Einflusses gab es nichts, was sie tun konnte - nur beten. Jeder Brief von ihm war ein Hoffnungsschimmer, ein Zeichen dafür, daß er wenige Wochen zuvor noch am Leben gewesen war. »Sie halten uns draußen im ungewissen«, schrieb Tony. »Halten die Russen noch stand? Die japanischen Soldaten sind brutal, aber man muß ihre Leistung respektieren. Sie haben keine Angst vor dem Tod...«
»Was geht in den Staaten vor? Streiken die Fabrikarbeiter tatsächlich für höhere Löhne?...«
»Die Pazifik-Flotte leistet hier Großartiges. Die Jungs sind alle Helden...«
»Du hast doch so viele Beziehungen, Mutter. Schick uns ein paar neue Flugzeuge für die Marine. Du fehlst mir...«

Am 7. August 1942 starteten die Alliierten ihre erste Offensive im Pazifik. Die US-Marine landete in Guadalcanal auf den Salomoninseln, und von dort aus eroberten sie eine Insel nach der anderen von den Japanern zurück.
Am 6. Juni 1944 landeten amerikanische, britische und kanadische Truppen an den Stränden der Normandie und leiteten die Invasion Westeuropas ein. Ein Jahr später, am 7. Mai 1945, kapitulierte Deutschland bedingungslos.
Am 6. August 1945 fiel in Japan eine Atombombe mit der Zerstörungskraft von über 20000 Tonnen Sprengstoff auf Hiroshima. Drei Tage später machte eine weitere Atombombe die Stadt Nagasaki dem Erdboden gleich. Die Japaner kapitulierten am 14. August. Der lange, blutige Krieg war endlich vorbei.

Drei Monate später kam Tony nach Hause. Er und Kate fuhren nach Dark Harbor, saßen auf der Terrasse und blickten auf die mit weißen Segeln übersäte Bucht.
*Der Krieg hat ihn verändert,* dachte Kate. Tony schien reifer geworden. Er hatte sich einen kleinen Schnurrbart wachsen lassen, war braun gebrannt und sah gesund und gut aus. Um seine Augen gab es ein paar Falten, die vorher noch nicht vorhanden gewesen

waren. Kate war sicher, daß ihm die Jahre im Südpazifik genügend Zeit gegeben hatten, sich seine Entscheidung über den Eintritt in den Konzern noch einmal gründlich zu überlegen.
»Was hast du jetzt vor, mein Sohn?« fragte Kate.
Tony lächelte. »Wie ich schon sagte, ehe ich von den Ereignissen so rüde unterbrochen wurde – ich gehe nach Pa-Paris, Mutter.«

# VIERTES BUCH
## Tony
## 1946–1950

### 18

Tony war nicht zum erstenmal in Paris, aber diesmal war alles anders. In der Stadt der Lichter war es unter deutscher Besatzung dunkler geworden. Viel Leid war über die Bevölkerung gekommen, doch obwohl die Nazis den Louvre geplündert hatten, fand Tony, daß die Stadt den Krieg relativ unbeschadet überstanden hatte. Außerdem würde er dieses Mal hier leben, Teil dieser Stadt werden und kein Tourist mehr sein. Er hätte sich in Kates Penthouse an der Avenue Foche einquartieren können, das in der Besatzungszeit unzerstört geblieben war, zog es aber vor, sich eine unmöblierte Wohnung in einem alten, renovierten Haus gleich hinter dem Bahnhof Montparnasse zu nehmen – ein Wohnzimmer mit Kamin, ein kleines Schlafzimmer und eine winzige Küche ohne Kühlschrank. Zwischen Schlafzimmer und Küche hatte man ein Bad mit einer Badewanne auf Klauenfüßen, einem kleinen, fleckigen Bidet und einer nur sporadisch funktionierenden Toilette mit kaputter Brille gequetscht.
Als die Vermieterin sich dafür entschuldigen wollte, winkte Tony nur ab und sagte: »Schon gut.«
Den ganzen Sonnabend verbrachte er auf dem Flohmarkt, am Montag und Dienstag besuchte er die Altwarenläden an der Rive Gauche, und am Mittwoch war er Besitzer des nötigsten Mobiliars: ein Klappbett, ein etwas mitgenommener Tisch, zwei monströse Polstersessel, ein alter, mit Schnitzereien überladener Kleiderschrank, Lampen, ein wackeliger Küchentisch und zwei Holzstühle. *Mutter wäre entsetzt,* dachte Tony. Er hätte seine Wohnung mit sündhaft teuren Antiquitäten vollstopfen können, aber das hätte bedeutet, einen jungen amerikanischen Künstler zu *spielen*. Er jedoch wollte einer *sein*.
Der nächste Schritt war die Aufnahme an einer guten Akademie. Die Ecole des Beaux Arts in Paris stand im Ruf, die beste Frankreichs zu sein, doch ihre Anforderungen waren sehr hoch, und es wurden nur wenige Amerikaner zugelassen. Tony be-

warb sich dort um einen Platz. *Die nehmen mich niemals,* dachte er. *Aber wenn doch?* Irgendwie würde er seiner Mutter schon beweisen, daß seine Entscheidung richtig gewesen war. Er reichte drei seiner Bilder ein und mußte vier Wochen auf den Bescheid warten. Am Ende der vierten Woche übergab ihm die Concierge einen Brief von der Schule. Er sollte sich dort am folgenden Montag vorstellen.
Die Ecole des Beaux Arts war ein großes, dreistöckiges Gebäude mit zwölf Klassenräumen, in denen es vor Studenten nur so wimmelte. Tony meldete sich beim Direktor der Schule, einem Maître Gessand, einem hochgewachsenen, streng dreinschauenden Menschen, dessen Kopf unmittelbar auf den Schultern saß und dessen Lippen so dünn waren, wie es Tony noch nie gesehen hatte.
»Ihre Bilder sind amateurhaft«, ließ er Tony wissen, »aber nicht direkt schlecht. Unsere Aufnahmekommission hat sie mehr aufgrund dessen ausgesucht, was sie *nicht* ausdrücken. Verstehen Sie mich?«
»Nicht ganz, Maître.«
»Nun, das kommt noch. Ich teile Sie Maître Cantal zu, der in den nächsten fünf Jahren Ihr Lehrer sein wird – falls Sie es so lange aushalten.«
*Ich werde es schon so lange aushalten,* schwor sich Tony.
Maître Cantal war ein sehr kleiner Mann mit Vollglatze, die er unter einer violetten Baskenmütze verbarg, mit dunkelbraunen Augen, einer großen Knollennase und Lippen, die wie ein paar Würstchen aussahen. »Alle Amerikaner sind Dilettanten, Barbaren«, lautete seine Begrüßung. »Warum sind Sie hergekommen?«
»Um zu lernen, Maître.«
Maître Cantal grunzte nur.
Die meisten der fünfundzwanzig Schüler in seiner Klasse waren Franzosen. Ringsherum an den Wänden standen Staffeleien, und Tony suchte sich eine in der Nähe des Fensters aus, von wo der Blick auf eine Arbeiterkneipe fiel. Überall im Raum verstreut standen Gipsabdrücke von griechischen Plastiken, die verschiedene Teile der menschlichen Anatomie darstellten. Tony sah sich nach einem Modell um, konnte aber keines finden.
»Fangen Sie an«, befahl Maître Cantal der Klasse.
»Entschuldigen Sie«, warf Tony ein. »Ich – ich habe meine Farben nicht mitgebracht.«

»Die brauchen Sie nicht. Im ersten Jahr geht es nur darum, richtig zeichnen zu lernen.«
Der Maître zeigte auf die griechischen Plastiken. »Die werden Sie abzeichnen. Das mag Ihnen zu einfach vorkommen, aber ich warne Sie: bis zum Ende des Jahres wird die Hälfte von Ihnen ausgeschieden sein.« Er geriet in Fahrt. »Im ersten Jahr lernen sie Anatomie. Im zweiten Jahr werden diejenigen, die bestanden haben, mit Ölfarben nach lebenden Modellen arbeiten. Im dritten Jahr – und seien Sie versichert, daß Sie dann noch weniger sind – malen Sie mit mir zusammen, und zwar in meinem Stil, wobei Sie selbstverständlich große Fortschritte machen werden. Im vierten und fünften Jahr werden Sie zu Ihrem eigenen Stil finden, Ihrem eigenen Ausdruck. Lassen Sie uns anfangen.«
Die Klasse begann mit der Arbeit.
Der Maître ging durch den Raum, blieb an jedem Zeichentisch stehen, kritisierte und kommentierte. Als er an Tonys Zeichnung herantrat, sagte er nur barsch: »Nein! So geht das nicht. Das ist ein Arm von *außen*. Ich will ihn von *innen* sehen. Muskeln, Knochen und Sehnen. Ich will sehen, daß Blut hindurchfließt. Wissen Sie, wie man das macht?«
»Ja, Maître. Man denkt es, sieht es, fühlt es und zeichnet es dann.«

Die Zeit außerhalb des Unterrichtes verbrachte Tony gewöhnlich in seiner Wohnung und machte Skizzen. Die Malerei schenkte ihm ein Gefühl von Freiheit, das er bisher nicht gekannt hatte. Mit einer Hand erschuf er ganze Welten, einen Baum, eine Blume, einen Menschen, ein ganzes Universum. Es war ein berauschendes Gefühl, und dafür war er geboren. Wenn er nicht malte, schlenderte er durch die Straßen von Paris und erkundete diese phantastische Stadt. Sie war jetzt seine Stadt, der Geburtsort seiner eigenen Kunst. Montparnasse, Boulevard Raspail und Saint-Germain-des-Prés, das Café Flore, Henry Miller und Elliot Paul – das war Tonys Zuhause. Stundenlang konnte er am Boule Blanche oder im La Coupole verbringen und mit seinen Kommilitonen über diese Welt für sich diskutieren.
Tony hatte in Le Rosey Französisch gelernt und freundete sich schnell mit seinen Mitschülern an, waren sie doch alle von der gleichen Idee besessen. Sie wußten nichts über Tonys Familie und akzeptierten ihn als einen von ihnen.

1946 hatten sich in Paris viele Größen der Kunst zusammengefunden. Ab und zu erhaschte Tony einen Blick auf Pablo Picasso, und eines Tages sah er mit einem Freund zusammen Marc Chagall, einen großen, auffallenden Mann in den Fünfzigern mit einer wilden Mähne, die die ersten Spuren von Grau zeigte. Er saß am anderen Ende des Cafés und war in eine ernste Unterhaltung mit einer Gruppe von Leuten vertieft.
»Wir haben Glück, daß er hier ist«, flüsterte Tonys Freund. »Er kommt äußerst selten nach Paris; er lebt in Vence in der Nähe des Mittelmeers.«
Und da war Max Ernst, der in einem der Straßencafés seinen Aperitif schlürfte, und der große Alberto Giacometti, der die Rue de Rivoli hinunterging, eine Inkarnation seiner eigenen Skulpturen, groß und dünn und knorrig. Tony bemerkte überrascht, daß er einen Klumpfuß hatte. Er traf mit Hans Bellmer zusammen, der sich mit seinen erotischen Bildern von jungen Mädchen, die er als verstümmelte Puppen darstellte, gerade einen Namen machte. Aber das aufregendste Erlebnis für Tony war, als er Braque vorgestellt wurde. Der Künstler gab sich jovial, doch Tonys Zunge war wie gelähmt.
Die zukünftigen Geniusse wanderten durch die neuen Kunstgalerien und studierten ihre Konkurrenten. Ihre Freizeit verbrachten sie damit, sich über ihre erfolgreichen Rivalen die Mäuler zu zerreißen.

Als Kate Tonys Wohnung zum erstenmal sah, fiel sie aus allen Wolken. Klugerweise sagte sie nichts, aber sie dachte: *Verdammt noch mal! Wie kann mein Sohn nur in einem solchen Loch hausen!* Laut sagte sie:
»Es hat Charme, Tony. Einen Kühlschrank gibt es hier wohl nicht? Wo bewahrst du denn deine Lebensmittel auf?«
»Draußen auf dem Fe-fensterbrett.«
Kate ging zum Fenster hinüber, öffnete es und nahm einen Apfel. »Ich esse doch nicht etwa eins deiner Sujets, oder?«
Tony lachte. »N-nein, Mutter.«
Kate biß in den Apfel. »Nun«, meinte sie, »erzähl mir von deiner Malerei.«
»Da gi-gibt es ni-nicht viel zu erzählen«, bekannte Tony. »Wir z-zeichnen dieses Ja-Jahr nur.«
»Magst du diesen Maître Cantal?«
»Er ist wu-wunderbar. Aber die Frage ist, ob er *mich* ma-mag.

Nur ungefähr ein Drittel der Klasse wird ins nächste Jahr übernommen.«
Kate erwähnte Tonys möglichen Eintritt in die Firma nicht ein einziges Mal.

Maître Cantal war nicht dafür bekannt, daß er seine Schüler mit Lob überschüttete.
Das größte Kompliment, das Tony von ihm hörte, war ein geknurrtes: »Ich habe schon Schlechteres gesehen«, oder: »Jetzt kann ich fast sehen, was darunter liegt.«
Am Ende des Jahres gehörte Tony zu den acht Studenten, die in die zweite Klasse übernommen wurden. Zur Feier des Tages ging er zusammen mit den anderen überglücklichen Kommilitonen in einen Nachtclub am Montmartre, wo sie sich betranken und schließlich die Nacht mit einer Gruppe junger Engländerinnen verbrachten, die sich auf einer Reise durch Frankreich befanden.

Nach den Ferien begann Tony, in Öl nach lebenden Modellen zu arbeiten, und es war, als sei er aus dem Kindergarten entlassen worden. Jetzt, mit einem Pinsel in der Hand und einem lebenden Modell vor Augen, begann Tony, kreativ zu arbeiten.
Sogar Maître Cantal zeigte sich beeindruckt.
»Sie haben das nötige *Gespür*«, sagte er brummelig. »Jetzt müssen wir an Ihrer Technik arbeiten.«

Fast ein Dutzend Modelle saßen für die Studenten. Diejenigen, die Maître Cantal am häufigsten beschäftigte, waren Carlos, ein junger Mann, der sich damit sein Medizinstudium finanzierte, Annette, eine kleine, dralle Brünette mit auffallenden, roten Schamhaaren und einem Rücken voller Aknenarben, sowie Dominique Masson, eine schöne, grazile junge Blondine mit hohen Wangenknochen und dunkelgrünen Augen. Dominique saß auch einigen bekannten Malern Modell und war jedermanns Liebling. Jeden Tag nach dem Unterricht scharten sich die männlichen Studenten um sie und versuchten, sich mit ihr zu verabreden.
»Ich halte Arbeit und Privatleben fein säuberlich auseinander«, erwiderte sie nur. Und neckte sie dann: »Außerdem ist es nicht fair. Ihr habt alle gesehen, was ich zu bieten habe. Woher soll ich wissen, was ihr zu bieten habt?«

Derart neckische Gespräche waren an der Tagesordnung, aber nie ging Dominique mit einem der Studenten aus.
Eines späten Nachmittags, nachdem die anderen bereits gegangen waren und nur Tony noch ein Bild von Dominique beendete, stand sie urplötzlich hinter ihm. »Meine Nase ist zu lang.«
Tony war verwirrt. »Oh, das tut mir leid. Ich ändere es gleich.«
»Nein, nein. Die Nase auf dem Bild ist schon in Ordnung. *Meine* Nase ist zu lang.«
Tony lächelte. »Ich fürchte, daran kann ich nichts ändern.«
»Ein Franzose hätte jetzt gesagt: ›Ihre Nase ist vollkommen, *chérie*‹.«
»Ich mag Ihre Nase, auch wenn ich kein Franzose bin.«
»Das merkt man. Sie haben mich nie um ein Rendezvous gebeten. Ich wüßte gerne, warum.«
Tony war verblüfft. »Ich – ich weiß nicht. Ich glaube, weil die anderen es dauernd versuchen und Sie nie mit jemandem ausgehen.«
Dominique lächelte. »Jeder geht mit irgendwem aus. Guten Abend.«
Und weg war sie.

Tony bemerkte, daß Dominique sich jedesmal, wenn er länger blieb, anzog und sich hinter ihn stellte, um ihm beim Malen zuzusehen.
»Sie sind sehr gut«, erklärte sie eines Nachmittags. »Aus Ihnen wird einmal ein bedeutender Maler.«
»Danke, Dominique. Ich hoffe, daß Sie recht haben.«
»Sie nehmen die Malerei sehr ernst, *non*?«
»*Oui*.«
»Würde der Mann, aus dem einmal ein bedeutender Maler wird, mich gerne zum Essen einladen?« Sie sah, wie überrascht er war. »Viel esse ich nicht, ich muß auf meine Figur achten.«
Tony lachte. »Natürlich. Es wäre mir ein Vergnügen.«
Sie aßen in einem Bistro in der Nähe von Sacré Cœur und sprachen über Maler und Malerei. Tony hing wie gebannt an ihren Lippen, wenn sie von den berühmten Künstlern erzählte, für die sie posierte. Beim *café au lait* sagte Dominique schließlich: »Ich muß wirklich sagen, Sie sind ebenso gut wie einer von denen.«
Tony war über alle Maßen erfreut, sagte aber nur: »Ich habe noch einen weiten Weg vor mir.«

Vor dem Café fragte Dominique: »Laden Sie mich jetzt in Ihre Wohnung ein?«
»Wenn Sie möchten. Etwas Besonderes ist es allerdings nicht.«
Dort angekommen, schaute Dominique sich in der winzigen, unaufgeräumten Wohnung um und schüttelte den Kopf. »Du hast recht. Nichts Besonderes. Wer kümmert sich denn um dich?«
»Ich habe eine Putzfrau, die einmal die Woche kommt.«
»Schmeiß sie raus. Das ist ein Dreckstall hier. Hast du keine Freundin?«
»Nein.«
Sie betrachtete ihn einen Augenblick lang. »Und du bist nicht andersrum?«
»Nein.«
»Gut. Wäre auch schade drum gewesen. Gib mir mal einen Eimer Wasser und Seife.«
Dominique machte sich an die Arbeit, putzte und schrubbte und räumte schließlich die ganze Wohnung auf. Nach getaner Arbeit sagte sie: »Das reicht für heute. Und jetzt muß ich unbedingt baden.«
Sie ging in das winzige Badezimmer und ließ das Wasser einlaufen. »Wie paßt du überhaupt hier rein?« rief sie.
»Indem ich meine Beine anziehe.«
Sie lachte. »Das möchte ich gerne sehen.«
Eine Viertelstunde später kam sie, mit nichts als einem Handtuch bekleidet, das sie um ihre Hüften geschlungen hatte, aus dem Badezimmer. Ihr blondes Haar war feucht und kringelte sich. Bisher hatte Tony in ihr nicht die Frau gesehen, sondern nur die nackte Figur, die er auf die Leinwand bannte. Es war merkwürdig, aber das Handtuch schien alles zu verändern, und er fühlte, wie ihm das Blut in die Lenden schoß.
Dominique beobachtete ihn. »Möchtest du mit mir schlafen?«
»Sehr gerne.«
Langsam zog sie das Handtuch weg. »Zeig es mir.«

Tony war noch nie einer Frau wie Dominique begegnet. Sie gab alles und verlangte nichts. Fast jeden Abend kam sie und kochte für ihn, und wenn sie essen gingen, bestand sie darauf, nur in die billigsten Bistros und Imbißläden zu gehen. »Du mußt dein Geld sparen«, ermahnte sie ihn. »Es ist auch für einen guten Künstler schwer, sich durchzusetzen. Und du bist gut, *chéri*.«

Das Zusammensein mit Dominique war die reinste Freude; ihr Humor war phantasievoll, und sie brachte es fertig, ihn so lange auszulachen, bis er seine Depressionen vergaß. Sie schien jedermann in Paris zu kennen und nahm Tony auf Partys mit, wo er einige der interessantesten Persönlichkeiten seiner Zeit kennenlernte, den Dichter Paul Eluard zum Beispiel und André Breton, der die angesehene Galerie Maeght leitete.

Außerdem war Dominique ihm ständiger Ansporn und Ermutigung. »Du wirst besser als alle anderen sein, *chéri*. Glaub mir, ich kenn mich da aus.«

Wenn Tony nachts malen wollte, stand Dominique ihm unverdrossen Modell, obwohl sie schon den ganzen Tag lang gearbeitet hatte. *Was bin ich nur für ein Glückspilz,* dachte Tony. Zum erstenmal konnte er sicher sein, daß er nur um seiner selbst und nicht um seiner Herkunft willen geliebt wurde, und er genoß es in vollen Zügen. Er hatte Angst, ihr zu sagen, daß er der Erbe eines der größten Vermögen der Welt war, hatte Angst, daß diese Mitteilung sie verändern würde, Angst, alles zu verlieren. Trotzdem konnte er der Versuchung nicht widerstehen, ihr zum Geburtstag einen Mantel aus sibirischen Luchsfellen zu schenken.

»So etwas Schönes habe ich in meinem ganzen Leben noch nicht gesehen!« Dominique schwenkte den Mantel herum und tanzte damit durch das Zimmer. Plötzlich hielt sie mitten in einer Umdrehung inne. »Wo hast du den her? Tony, wo hast du soviel Geld her, um einen solchen Mantel zu kaufen?«

Auf diese Frage war er vorbereitet. »Heiße Ware – geklaut. Ich hab' ihn von einem Männchen vor dem Rodinmuseum. Der mußte ihn unbedingt loswerden. Hat mich nicht mehr gekostet als ein guter Stoffmantel.«

Dominique starrte ihn einen Moment lang an, dann brach sie in Gelächter aus. »Ich werde ihn tragen, auch wenn wir beide dafür ins Gefängnis kommen!«

Sie schlang ihre Arme um ihn und brach in Tränen aus. »O Tony, du Dummkopf. Du wunderbarer, phantastischer Dummkopf.«

Die Lüge hatte sich gelohnt, stellte Tony fest. Eines Abends schlug Dominique ihm vor, zu ihr in ihre Wohnung zu ziehen. »Du kannst so nicht weiter wohnen bleiben, Tony. Es ist furchtbar hier. Du kannst bei mir wohnen und brauchst keine Miete zu zahlen. Ich mach die Wäsche, koche für dich und –«

»Nein, Dominique, danke.«
»Aber wieso?«
*Wie sollte er ihr das erklären?* Am Anfang hätte er ihr noch sagen können, daß er in Wirklichkeit reich war, aber jetzt war es zu spät dazu. Sie mußte denken, er hätte sie an der Nase herumgeführt. Also sagte er: »Das wäre gerade so, als ob du mich aushieltest. Du gibst mir so schon genug.«
»Dann gebe ich meine Wohnung auf und ziehe zu dir. Ich will bei dir sein.«
Am nächsten Tag zog sie um.
Zwischen ihnen herrschte eine wunderschöne, unkomplizierte Intimität. Sie verbrachten viele Wochenenden auf dem Lande und übernachteten in kleinen Herbergen. Tony stellte seine Staffelei auf und malte Landschaften, und wenn sie hungrig waren, tischte Dominique die Sachen aus dem Picknickkorb auf, den sie mitgebracht hatte, und sie aßen im Grünen. Danach liebten sie sich lang und innig. Tony war noch nie so glücklich gewesen.
Seine Arbeit machte gute Fortschritte. Eines Morgens nahm Maître Cantal eines von Tonys Bildern von der Staffelei und zeigte es der Klasse. »Schauen Sie sich diesen Körper an, man kann sehen, daß er *atmet*.«
Tony konnte es kaum erwarten, am Abend Dominique davon zu berichten. »Weißt du, warum ich das Atmen so gut getroffen habe? Weil ich das Modell jede Nacht in meinen Armen halte.«
Dominique lachte vor Freude, wurde aber gleich wieder ernst. »Tony, ich glaube nicht, daß du noch drei Jahre auf diese Schule gehen mußt. Du hast ausgelernt, und jeder an der Schule weiß das, sogar Maître Cantal.«
Tony fürchtete, nicht gut genug, nur einer von vielen zu sein, deren Werke Tag für Tag zu Tausenden die Welt überschwemmten. Er mochte gar nicht daran denken. *Es geht ums Siegen, Tony. Merk es dir.*
Manchmal, wenn er ein Bild fertiggestellt hatte, überkam ihn ein Hochgefühl, und er dachte: *Ich bin begabt. Ich bin wirklich begabt.* Ein andermal schaute er sein Werk an und dachte: *Ich bin nur ein blöder Stümper.*
Durch Dominiques Zuspruch wuchs sein Vertrauen in die eigene Arbeit. Er hatte fast zwei Dutzend Bilder gemalt, Landschaften und Stilleben. Darunter war ein Bild von Dominique, nackt unter einem Baum liegend, durch dessen Laub die Sonne

Schatten auf ihren Körper malte. Im Vordergrund konnte man die Jacke und das Hemd eines Mannes erkennen, und dem Betrachter wurde klar, daß die Frau ihren Liebhaber erwartete. Als Dominique das Bild sah, rief sie aus: »Du mußt eine Ausstellung machen!«
»Du spinnst, Dominique! Soweit bin ich noch nicht.«
»Da irrst du dich, *mon cher.*«
Als Tony am nächsten Nachmittag nach Hause kam, war Dominique nicht allein. Bei ihr war Anton Goerg, der, von seinem enormen Bauch abgesehen, ein dünner Mann mit hervorstehenden, haselnußbraunen Augen war, Besitzer und Leiter der bescheidenen Goerg-Galerie in der Rue Dauphine. Tonys Bilder waren überall im Zimmer ausgebreitet.
»Was ist denn hier los?« fragte Tony.
»Das einzige, was los ist«, rief Anton Goerg aus, »ist, daß ich Ihre Werke hervorragend finde, Monsieur.« Er klopfte Tony auf die Schulter. »Es wäre mir eine Ehre, wenn Sie in meiner Galerie ausstellen würden.«
Tony sah zu Dominique hinüber, die ihn anstrahlte.
»Ich – ich weiß nicht, was ich sagen soll.«
»Sie haben es schon gesagt«, erwiderte Goerg, »auf diesen Leinwänden haben Sie es gesagt.«
Tony und Dominique blieben bis tief in die Nacht auf und redeten über das Projekt.
»Ich glaube nicht, daß ich schon soweit bin. Die Kritiker werden mich verreißen.«
»Du irrst dich, *chéri*. Diese kleine Galerie ist genau der richtige Rahmen für deine Arbeit. Monsieur Goerg würde dir niemals anbieten, eine Ausstellung zu machen, wenn er nicht an dich glaubte. Er ist vollkommen meiner Meinung, daß aus dir ein sehr bedeutender Künstler wird.«
»Nun gut«, sagte Tony schließlich. »Wer weiß? Vielleicht verkaufe ich sogar ein Bild.«

Das Telegramm lautete: ANKOMME PARIS SONNABEND. WILL MIT DIR ZU ABEND ESSEN. ALLES LIEBE. MUTTER.
Tonys erster Gedanke, als er seine Mutter in das Studio kommen sah, war: *Was für eine gutaussehende Frau sie doch ist.* Sie war Mitte Fünfzig, und ihr ungefärbtes, schwarzes Haar wies nur wenige weiße Strähnen auf. Sie vibrierte nur so vor Energie. Einmal hatte Tony sie gefragt, warum sie nicht wieder geheiratet

hatte. Ruhig hatte sie geantwortet: »Es gab nur zwei Männer in meinem Leben. Deinen Vater und dich.«
Und Tony sagte, als er nun seiner Mutter in der kleinen Wohnung in Paris gegenüberstand: »Sch-schön, dich zu sehen, Mu-mutter.«
»Tony, du siehst einfach blendend aus. Und du hast dir einen Bart wachsen lassen.« Sie lachte und fuhr mit der Hand darüber. »Du siehst aus wie der junge Abraham Lincoln.« Sie sah sich prüfend um. »Gott sei Dank hast du jetzt eine gute Putzfrau. Die Wohnung sieht gleich ganz anders aus.«
Kate ging zur Staffelei hinüber, auf der ein Bild stand, an dem Tony gerade arbeitete, und betrachtete es lange. Er stand da und wartete nervös auf die Reaktion seiner Mutter.
Schließlich sagte Kate mit sanfter Stimme: »Es ist brillant, Tony, wirklich brillant.« Sie versuchte nicht einmal ihren Stolz zu verbergen. In Sachen Kunst konnte ihr keiner etwas vormachen, und sie fühlte eine wilde Freude in sich, daß ihr Sohn so talentiert war.
Sie drehte sich zu ihm um. »Zeig mir mehr.«
Die nächsten zwei Stunden verbrachten sie damit, seine Bilder durchzusehen. Dann sagte Kate: »Ich werde eine Ausstellung arrangieren. Ich kenne ein paar Händler, die –«
»Danke, Mu-mutter, aber d-das ist nicht mehr nötig. Ich habe nä-nächsten Freitag m-meine eigene Ausstellung in einer Galerie.«
Kate warf ihre Arme um ihn. »Das ist ja herrlich! Was ist das für eine Galerie?«
»Die Galerie Goerg.«
»Die kenne ich, glaube ich, nicht.«
»Sie ist nur klein, aber ich bi-bin noch nicht w-weit genug für Hammer oder Wi-wildenstein.«
Kate zeigte auf das Bild von Dominique unter dem Baum. »Du irrst, Tony. Ich glaube, daß –«
Man hörte, wie die Eingangstür aufgeschlossen wurde. »Ich bin ganz schön scharf auf dich, *chéri,* zieh dich –« Dominique erblickte Kate. »*O merde!* Es tut mir leid. Ich – ich wußte nicht, daß du Besuch hast, Tony.«
Einen Augenblick lang herrschte eisiges Schweigen.
»Dominique, m-meine Mutter. Mu-mutter, darf ich dir Do-Dominique Masson vorstellen.«
Die beiden Frauen standen da und musterten einander.

»Angenehm, Mrs. Blackwell.«
Kate sagte: »Ich habe gerade das Bild bewundert, das mein Sohn von Ihnen gemalt hat.«
Der Rest blieb unausgesprochen.
Wieder machte sich peinliches Schweigen breit.
»Hat Tony Ihnen gesagt, daß er eine Ausstellung bekommt, Mrs. Blackwell?«
»Ja, das hat er. Und ich freue mich darüber.«
»Kannst du no-noch so lange hierbleiben, Mutter?«
»Ich würde alles dafür geben, dabei zu sein, aber ich muß übermorgen nach Johannesburg zu einer Aufsichtsratssitzung, die ich auf gar keinen Fall verpassen darf. Wenn ich früher davon gewußt hätte, hätte ich meine Pläne dementsprechend ändern können.«
»Scho-schon in Ordnung«, sagte Tony. »Das verstehe ich.« Er war nervös, weil er befürchtete, daß seine Mutter in Dominiques Gegenwart noch mehr über die Firma reden würde, aber Kates Gedanken waren bei den Bildern.
»Es ist wichtig, daß die richtigen Leute zu deiner Ausstellung kommen.«
»Und wer sind die richtigen Leute, Mrs. Blackwell?«
Kate wandte sich an Dominique. »Meinungsmacher. Kritiker. Jemand wie André d'Usseau – der sollte eigentlich kommen.«
André d'Usseau war der gefürchtetste Kunstkritiker Frankreichs, ein wilder Löwe, der den Tempel der Kunst bewachte. Eine einzige Kritik von ihm konnte einem Künstler über Nacht zu Ruhm oder Ruin verhelfen. D'Usseau wurde zu jeder Vernissage geladen, besuchte aber nur die wichtigsten. Galeriebesitzer und Maler warteten zitternd auf das Erscheinen seiner Artikel.
Tony drehte sich zu Dominique um. »Na, was sagst du zu meiner Mutter?« Und dann zu Kate: »André d'Usseau ge-geht nicht in kleine Galerien.«
»Oh, Tony, er muß einfach kommen. Er kann dich über Nacht berühmt machen.«
»Oder mi-mich kaputtmachen.«
»Glaubst du etwa nicht an dich selbst?« Kate musterte ihren Sohn.
»Natürlich tut er das«, antwortete Dominique. »Aber wir wagen nicht zu hoffen, daß Monsieur d'Usseau kommt.«
»Ich könnte wahrscheinlich ein paar Freunde auftreiben, die ihn kennen.«

Dominiques Miene erhellte sich. »Das wäre phantastisch!« Sie wandte sich an Tony. »*Chéri,* weißt du überhaupt, was das für dich bedeuten würde, wenn er zur Eröffnung käme?«
»Den Untergang?«
»Komm, laß die Witze. Ich kenne seinen Geschmack, Tony. Ich weiß, was er mag. Er wird von deinen Bildern begeistert sein.«
Kate sagte: »Ich werde nicht versuchen, ihn zum Kommen zu bewegen, wenn du es nicht wirklich willst, Tony.«
»Natürlich will er es, Mrs. Blackwell.«
Tony holte tief Luft. »Ich ha-habe Angst, aber was soll's. Ich wi-will's v-versuchen.«
»Mal sehen, was ich tun kann.« Kate betrachtete das Bild auf der Staffelei eine beträchtliche Weile lang und drehte sich dann wieder zu Tony um. Ihre Augen blickten traurig. »Mein Sohn, ich muß Paris morgen wieder verlassen. Können wir zusammen zu Abend essen?«
»Ja, natürlich«, antwortete Tony. »*Wir* haben nichts vor, Mu-mutter.«
Kate wandte sich an Dominique und sagte huldvoll: »Möchten Sie im Maxim oder –«
Und Tony warf schnell ein: »Dominique und ich kennen ein ne-nettes kleines Bi-Bistro ganz in der N-nähe.«
Sie gingen in ein Lokal am Place Victoire. Das Essen war gut und der Wein ausgezeichnet. Die beiden Frauen schienen gut miteinander auszukommen, und Tony war auf beide schrecklich stolz. *Dies ist einer der schönsten Abende in meinem Leben,* dachte er. *Sowohl meine Mutter, als auch die Frau, die ich heiraten werde, sind bei mir.*
Am nächsten Morgen rief Kate vom Flughafen aus an. »Ich habe etliche Telefongespräche geführt«, teilte sie Tony mit. »Keiner konnte mir etwas Definitives über André d'Usseau sagen. Aber was auch passiert, Liebling, ich bin stolz auf dich. Die Bilder sind sehr gut. Ich liebe dich, Tony.«
»Ich li-liebe dich auch, Mu-mutter.«

In der Galerie Goerg wurden fünfundzwanzig von Tonys Bildern in hektischer Eile in letzter Minute vor der Eröffnung an die Wände gehängt. Auf einem Marmortischchen standen Käse, Biskuits sowie Chablis bereit. Außer Anton Goerg, Tony, Dominique und einer jungen Assistentin, die gerade das letzte Bild aufhängte, war noch niemand in der Galerie erschienen.

Anton Goerg schaute auf seine Uhr. »Auf der Einladung heißt es sieben Uhr. Jetzt können jeden Moment die ersten kommen.«
Tony hatte sich vorgenommen, nicht nervös zu sein. *Und ich bin auch nicht nervös,* dachte er bei sich, *ich habe panische Angst.*
»Und wenn nun keiner kommt?« fragte er. »Ich meine, wenn sich wirklich kein Schwein blicken läßt?«
Dominique lächelte und streichelte seine Wange. »Dann können wir den Käse allein essen und den ganzen Wein austrinken.«
Die ersten Besucher kamen; anfangs nur wenige, doch mit der Zeit immer mehr. Monsieur Goerg stand an der Tür und begrüßte sie überschwenglich. *Die sehen nicht wie Käufer aus,* dachte Tony finster. Seine kritischen Augen teilten die Gäste in drei Kategorien ein: Da waren einmal die Künstler und Kunststudenten, die jede Ausstellung besuchten, um die Konkurrenz besser einschätzen zu können; dann gab es die Kunsthändler, die zu jeder Ausstellung kamen, um vernichtende Urteile über jeden hoffnungsvollen Künstler zu verbreiten; und drittens die Leute aus der Kunstschickeria, die meisten von ihnen Homosexuelle und Lesbierinnen, die ihr Leben am Rande der Kunstszene zu verbringen schienen. *Ich werde nicht ein einziges, gottverdammtes Bild verkaufen,* schloß Tony.
Monsieur Goerg winkte Tony von der anderen Seite des Raumes zu sich herüber.
»Ich glaube nicht, daß ich mit irgendeinem von denen wirklich reden will«, flüsterte Tony Dominique zu. »Die sind doch nur hier, um mich in Stücke zu reißen.«
»Unsinn. Die sind hier, um dich kennenzulernen. Sei nett zu ihnen, Tony.«
Also war er zuvorkommend und nett. Er begrüßte jeden einzelnen, lächelte viel und sagte genau das Richtige auf die Komplimente, die man ihm machte. *Aber sind das auch echte Komplimente?* fragte Tony sich. Mit den Jahren hatte sich in Kunstkreisen ein bestimmtes Vokabular eingebürgert, das man auf Ausstellungen unbekannter Künstler hervorkramte.
Es stellten sich immer neue Leute ein, und Tony fragte sich, ob sie wirklich neugierig auf seine Bilder waren oder nur wegen Wein und Käse gekommen waren. Bis jetzt war noch nicht ein einziges Bild verkauft worden, Wein und Käse aber gingen weg wie nichts.
»Sie müssen Geduld haben«, flüsterte Monsieur Goerg Tony

zu. »Interessiert sind sie schon, sie müssen aber erst die Witterung aufnehmen. Sie sehen eins, das ihnen gefällt, und kommen immer wieder zu dem Bild zurück. Bald fragen sie nach dem Preis, und wenn sie erst einmal angebissen haben, *voilà!* Dann haben wir sie schon an der Angel.«
»O Gott! Ich habe das Gefühl, auf Fischfang zu sein«, meinte Tony zu Dominique.
Monsieur Goerg hetzte zu Tony hinüber. »Wir haben eins verkauft!« rief er aus. »Die Normandie-Landschaft. Fünfhundert Francs.«
Tony würde sich zeit seines Lebens an diesen Augenblick erinnern. Er hatte sein erstes Bild verkauft! Irgend jemand hatte eines seiner Werke für wert befunden, dafür Geld auszugeben, es in seinem Haus oder Büro aufzuhängen, es anzuschauen, mit ihm zu leben, es seinen Freunden zu zeigen. Tony fühlte sich, als hätte er den Tempel der da Vinci, Michelangelo und Rembrandt betreten. Er war kein Amateur mehr, sondern ein Professioneller. Jemand hatte Geld für seine Arbeit gezahlt.
Dominique kam strahlend und aufgeregt auf ihn zugeeilt. »Gerade ist noch eins verkauft worden, Tony.«
»Welches?« fragte er eifrig.
»Das mit den Blumen.«
Die kleine Galerie war mittlerweile von Menschen, Stimmengewirr und dem leisen Klirren der Gläser erfüllt, doch plötzlich breitete sich Stille aus. Es wurde nur noch leise geflüstert, und aller Augen richteten sich auf die Tür.
André d'Usseau betrat die Galerie. Er war Mitte Fünfzig, größer als der Durchschnittsfranzose, mit einem ausdrucksstarken, löwenähnlichen Gesicht und dichtem weißem Schopf. Er trug ein weit geschnittenes Cape sowie einen Borsalino und führte im Schlepptau seine Jüngerschaft mit sich. Automatisch machte jeder d'Usseau Platz – kein einziger, der nicht gewußt hätte, wer er war.
Dominique drückte Tonys Hand. »Er ist gekommen!« sagte sie. »Er ist da!«
Eine solche Ehre war Monsieur Goerg noch nie zuteil geworden. Er geriet schier aus dem Häuschen, verneigte und verbeugte sich vor dem großen Mann, und es hätte nur noch gefehlt, daß er ihm die Füße küßte.
»Monsieur d'Usseau«, plapperte er. »Was für eine große Freude! Welche Ehre! Darf ich Ihnen ein Glas Wein anbieten?

Etwas Käse vielleicht?« Insgeheim verfluchte er sich, weil er keinen besseren Wein gekauft hatte.
»Danke«, antwortete der große Mann. »Ich bin gekommen, um meine Augen zu laben. Ich möchte den Künstler gerne kennenlernen.«
Tony stand wie versteinert, und Dominique gab ihm einen Schubs.
»Da ist er«, sagte Monsieur Goerg. »Monsieur André d'Usseau, das ist Tony Blackwell.«
Tony hatte seine Sprache wiedergefunden. »Guten Abend, Monsieur. Ich – ich danke Ihnen, daß Sie gekommen sind.«
André d'Usseau neigte leicht den Kopf und trat zu den Bildern an der Wand. Die anderen Besucher machten ihm ehrerbietig Platz. Langsam ging er von Bild zu Bild, betrachtete jedes einzelne lange und gründlich, bevor er zum nächsten schritt. Tony versuchte, in seinem Gesicht zu lesen, aber das war unmöglich. Weder runzelte d'Usseau die Stirn noch lächelte er. Vor einem Bild, einem Akt von Dominique, verweilte er lange Zeit, bevor er weiterging. Er drehte eine volle Runde in der Galerie und ließ kein einziges Werk aus. Tony war schweißgebadet. Nachdem André d'Usseau seinen Rundgang beendet hatte, trat er zu Tony. »Ich bin froh, daß ich gekommen bin«, war alles, was er sagte.
Minuten nachdem der berühmte Kritiker die Galerie verlassen hatte, war jedes Bild verkauft. Ein neuer Künstlerstern war am Himmel aufgegangen, und jedermann wollte dabei sein.
»So etwas habe ich noch nie erlebt«, rief Monsieur Goerg aus. »André d'Usseau in meiner Galerie! In meiner Galerie! Ganz Paris wird es morgen lesen. ›Ich bin froh, daß ich gekommen bin.‹ André d'Usseau ist kein Mann, der gerne Worte verschwendet. Wir brauchen Champagner, das müssen wir feiern.« Spätnachts feierten Tony und Dominique auf ihre Weise. Dominique kuschelte sich in seine Arme. »Ich habe schon mit etlichen Malern geschlafen«, sagte sie, »aber noch nie mit jemandem, der einmal so berühmt sein wird. Morgen wird jeder in Paris deinen Namen kennen.«
Dominique sollte recht behalten.

Am nächsten Morgen um fünf Uhr zogen Tony und Dominique sich schnell an und gingen hinaus, um sich die erste Ausgabe der Morgenzeitung zu holen. Sie war gerade an den Kiosk ge-

kommen. Tony schlug die Zeitung auf und suchte das Feuilleton. Die Besprechung seiner Ausstellung war der Hauptartikel auf der Seite und mit d'Usseaus Namen gekennzeichnet. Tony las laut vor:
»Gestern abend wurde die Ausstellung eines jungen amerikanischen Malers namens Anthony Blackwell in der Galerie Goerg eröffnet. Für mich als Kritiker war es eine wichtige Lektion. Ich habe so viele Ausstellungen begabter Künstler gesehen, daß ich vergessen hatte, was wirklich schlechte Bilder sind. Gestern abend jedoch wurde ich gewaltsam daran erinnert...«
Tonys Gesicht wurde aschfahl.
»Bitte, lies nicht weiter«, bettelte Dominique und versuchte, ihm die Zeitung abzunehmen.
»Laß los!« befahl er. Und er las weiter.
»Zuerst glaubte ich, man hätte sich einen Scherz erlaubt. Ich hätte nicht gedacht, daß jemand den Nerv besitzt, derart dilettantische Bilder an eine Wand zu hängen und sie als Kunst zu bezeichnen. Ich hielt nach dem kleinsten Zeichen von Talent Ausschau, leider vergeblich. Man hätte besser daran getan, den Maler aufzuhängen und nicht seine Bilder. Ich kann dem verwirrten Mr. Blackwell nur aufrichtig ans Herz legen, er möge zu seinem ursprünglichen Beruf zurückkehren, der der eines Anstreichers gewesen sein muß.«
»Ich kann es nicht fassen«, flüsterte Dominique. »Ich kann einfach nicht glauben, daß er es nicht erkannt hat. Dieser Schweinehund!« Dominique weinte hemmungslos.
Tony fühlte sich, als hätte er ein Bleigewicht auf der Brust. Er konnte kaum noch atmen. »Er hat die Bilder gesehen«, sagte er. »Und er kennt sich aus.« Seine Stimme war voller Schmerz. »Und das tut weh! O Gott! Was für ein Narr war ich doch!« Er löste sich von ihr.
»Wohin gehst du, Tony?«
»Ich weiß nicht.«
Er wanderte durch die kalten, morgendlichen Straßen, merkte nicht, daß ihm die Tränen übers Gesicht liefen. In wenigen Stunden hatte ganz Paris die Kritik gelesen. Er würde zum allgemeinen Gespött. Was ihn jedoch am meisten schmerzte, war die Tatsache, daß er sich etwas vorgemacht hatte. Er hatte wirklich geglaubt, eine Karriere als Maler vor sich zu haben. Wenigstens hatte André d'Usseau ihn vor diesem Fehler bewahrt. *Stücke der*

*Unsterblichkeit,* dachte Tony bitter. *Nichts als Scheiße!* Er ging in die erstbeste Bar, die geöffnet hatte, trank ein Glas nach dem anderen.

Als Tony schließlich in seine Wohnung zurückkam, war es fünf Uhr am nächsten Morgen.
Dominique wartete auf ihn, fast verrückt vor Angst. »Wo bist du gewesen, Tony? Deine Mutter hat versucht, dich zu erreichen. Sie ist krank vor Sorge um dich.«
»Hast du es ihr vorgelesen?«
»Ja, sie bestand darauf. Ich –«
Das Telefon klingelte. Dominique sah Tony an und nahm den Hörer ab. »Hallo? Ja, Mrs. Blackwell. Er ist gerade zurückgekommen.« Sie hielt Tony den Hörer hin. Er zögerte zuerst, nahm ihn dann.
»Hallo, Mu-mutter.«
Kates Stimme klang besorgt. »Tony, Liebling, hör mir zu. Ich kann ihn dazu bringen, einen Widerruf zu schreiben. Ich –«
»Mutter«, sagte Tony müde, »hier geht es nicht um Geschäfte. Er ist K-kritiker und hat se-seine Meinung v-vertreten. Und er m-meint, daß ich aufgehängt gehöre.«
»Liebling, ich kann es nicht mit ansehen, daß man dir so weh tut. Ich kann es nicht aushalten –« Unfähig, weiterzusprechen, brach sie ab.
»Schon in Ordnung, Mu-mutter. Ich habe m-meinen Spaß gehabt. Ich hab's versucht und es hat ni-nicht geklappt. Ich habe eben k-kein Talent, ganz einfach. Ich h-hasse d'Usseau wi-wie die Pest, aber er ist der beste Kunstkritiker der Welt. Da-das muß m-man ihm l-lassen. Er hat mich vor einem fürchterlichen F-fehler b-bewahrt.«
»Tony, ich wünschte, ich könnte dir etwas sagen, das . . .«
»D'Usseau hat sch-schon alles gesagt. Es ist gu-gut, daß ich es jetzt herausgefunden habe und nicht z-zehn Jahre später, n-nicht wahr? Ich m-muß aus dieser Stadt r-raus.«
»Warte auf mich, Liebling. Ich verlasse Johannesburg morgen, und wir können dann zusammen nach New York fliegen.«
»Gut«, sagte Tony. Er legte den Hörer auf und drehte sich zu Dominique um. »Es tut mir leid, Dominique, aber du hast dir den Falschen ausgesucht.«
Dominique antwortete nicht, schaute ihn nur an, und in ihren Augen stand unaussprechlicher Kummer.

Am nächsten Nachmittag saß Kate Blackwell im Büro von Kruger-Brent in der Rue Matignon und schrieb einen Scheck aus. Der Mann auf der anderen Seite ihres Schreibtisches seufzte und sagte: »Es ist jammerschade. Ihr Sohn hat Talent, Mrs. Blackwell. Aus ihm hätte ein bedeutender Maler werden können.«
Kate starrte ihn mit kalten Augen an. »Mr. d'Usseau, es gibt Zehntausende von Malern auf dieser Welt. Es ist nicht die Bestimmung meines Sohnes, in der Masse unterzugehen.« Sie schob den Scheck über den Tisch. »Sie haben Ihren Teil des Handels erfüllt. Ich bin nunmehr bereit, das meine zu tun. Kruger-Brent wird Kunstmuseen in Johannesburg, London und New York finanzieren. Sie werden – gegen eine angemessene Provision, natürlich – die Bilder dafür aussuchen.«
Noch lange nachdem d'Usseau gegangen war, saß Kate an ihrem Schreibtisch und war tieftraurig. Sie liebte ihren Sohn so sehr. Wenn er jemals herausfand ... Sie wußte, daß sie hoch gespielt hatte. Aber sie konnte nicht ruhig danebenstehen und zusehen, wie Tony sein Erbe verschleuderte. Er mußte um jeden Preis beschützt werden. Die Firma mußte geschützt werden. Kate erhob sich und war plötzlich sehr müde. Es war an der Zeit, Tony abzuholen und ihn mit nach Hause zu nehmen. Sie würde ihm helfen, darüber hinwegzukommen, damit er das tun konnte, wofür er geboren war: die Firma leiten.

## 19

Während der nächsten zwei Jahre sollte Tony das Gefühl, in einer nie innehaltenden, überdimensionalen Tretmühle zu stecken, nicht verlassen. Tony lernte, daß ein Name der Schlüssel sein kann, der alle Türen öffnet. Wo immer er hinkam, wurde er hofiert, fühlte sich aber wie ein Eindringling. Nichts war sein eigenes Verdienst. Er stand im alles verdunkelnden Schatten seines Großvaters und hatte das Gefühl, dauernd an ihm gemessen zu werden. Er empfand es als ungerecht, denn es gab keine verminten Felder mehr, durch die er hätte robben können, keine Wachen, die auf ihn geschossen, keine Haie, die sein Leben bedroht hätten. Die alten Abenteuergeschichten hatten mit Tony nichts zu tun. Sie gehörten einem vergangenen Jahrhundert an, einer anderen Epoche, zu einem anderen Ort – heroische Taten, die ein Fremder vollbracht hatte.

Tony arbeitete doppelt so viel wie jeder andere bei Kruger-Brent. Er trieb sich selbst unbarmherzig an, versuchte, sich von Erinnerungen zu befreien, die schmerzlich, ja unerträglich waren. Er schrieb an Dominique, doch seine Briefe kamen ungeöffnet zurück. Er rief Maître Cantal an, aber Dominique saß nicht mehr an der Schule Modell. Sie war verschwunden.

Tony erledigte seine Arbeit fachmännisch und routiniert, ohne Leidenschaft und ohne Liebe, und keiner kam auf den Gedanken, daß er dabei tief in seinem Inneren eine große Leere verspürte. Nicht einmal Kate merkte etwas. Sie war mehr als angetan von den wöchentlichen Berichten, die sie über Tony erhielt.

»Er hat ein angeborenes Talent fürs Geschäft«, teilte sie Brad Rogers mit.

Für Kate waren die vielen Stunden, die Tony arbeitete, der Beweis dafür, daß er es gerne tat. Wenn sie daran dachte, daß er beinahe seine Zukunft aufs Spiel gesetzt hätte, fröstelte sie, und sie war froh, ihn davor bewahrt zu haben.

1948 war die Nationalist Party in Südafrika an der Macht, und in allen Bereichen des öffentlichen Lebens herrschte strengste Rassentrennung. Jeder Schwarze mußte ständig einen *bewyshoek* mit sich führen, der mehr als ein Paß war: Er war Lebensader, Geburtsurkunde, Arbeitserlaubnis und Steuerbescheinigung. Dieses Stück Papier kontrollierte seine Bewegungsfreiheit, ja sein ganzes Leben. Immer öfter gab es Aufstände in Südafrika, doch wurden sie jedesmal von der Polizei brutal niedergeschlagen. Von Zeit zu Zeit las Kate in den Zeitungen über Sabotageakte und Unruhen, und stets stach ihr dabei Bandas Name in die Augen. Trotz seines Alters war er noch immer einer der Führer des Untergrunds. *Natürlich muß er für seine Leute kämpfen,* dachte Kate. *Er ist eben so.*

Kate feierte ihren sechsundfünfzigsten Geburtstag allein mit Tony in ihrem Haus an der Fifth Avenue. Und sie dachte: *Dieser gutaussehende Vierundzwanzigjährige mir gegenüber kann unmöglich mein Sohn sein. Ich bin zu jung dazu.* Er prostete ihr zu. »Auf m-meine ph-phantastische Mu-mutter. Herzlichen Glückwunsch zum Geburtstag!«

»Du solltest ›auf meine phantastische *alte* Mutter‹ daraus ma-

chen.« *Ich werde mich bald aus der Firma zurückziehen,* dachte Kate, *aber mein Sohn wird meinen Platz einnehmen. Mein Sohn!*
Kate hatte darauf bestanden, daß Tony zu ihr in die Villa an der Fifth Avenue zog.
»Das Haus ist mir verdammt zu groß, um allein darin rumzugeistern«, hatte sie gesagt. »Du kannst den ganzen Ostflügel für dich haben und dein eigener Herr sein.« Tony hatte lieber nachgegeben, statt sich mit ihr darüber zu streiten.
Jeden Morgen frühstückten Tony und Kate zusammen, und ihre Gespräche drehten sich unweigerlich um Kruger-Brent. Tony konnte nur immer wieder darüber staunen, wie leidenschaftlich sich seine Mutter für eine gesichts- und seelenlose Masse, eine tote Ansammlung von Gebäuden, Maschinen und Bilanzen einsetzte. *Was fasziniert sie nur so sehr daran?* Wie konnte jemand sein Leben damit verschwenden, Reichtümer über Reichtümer anzuhäufen, Macht und nochmals Macht an sich zu ziehen. Dabei gab es doch unzählige Geheimnisse auf dieser Welt, die zu erkunden sich lohnte. Tony verstand seine Mutter nicht. Aber er liebte sie. Und er versuchte, ihren Erwartungen gerecht zu werden.

Der Flug von Rom nach New York verlief ohne Zwischenfälle. Seit dem Start arbeitete er an einem Bericht über Neuerwerbungen in Übersee, ließ das Abendessen aus und schenkte den Stewardessen, die nicht aufhörten, ihrem attraktiven Passagier Drinks, Kissen oder andere Annehmlichkeiten anzubieten, keine Beachtung.
»Danke, Miß. Ich brauche nichts.«
»Gibt es irgend etwas, Mr. Blackwell, das . . .«
»Nein, danke.«
Neben ihm saß eine Frau in mittleren Jahren und las eine Modezeitschrift. Einmal sah Tony zufällig in ihre Richtung, als sie gerade umblätterte, und er erstarrte. Eine Fotografie zeigte ein Mannequin im Abendkleid. Es war Dominique. Es gab keine Zweifel. Nur allzu gut kannte er die hohen Wangenknochen und die dunkelgrünen Augen, das üppige, blonde Haar. Sein Puls raste.
»Entschuldigen Sie«, sagte Tony zu seiner Nachbarin. »Kann ich diese Seite haben?«
Am nächsten Morgen telefonierte Tony mit dem Couturier und ließ sich den Namen seiner Werbeagentur geben. Dann rief er

dort an. »Ich versuche, eines Ihrer Modelle zu finden«, sagte er zu der Telefonistin. »Könnten Sie –«
»Moment, bitte.«
Am Apparat war jetzt ein Mann. »Kann ich Ihnen behilflich sein?«
»Ich habe in der neuesten Nummer von Vogue ein Foto gesehen, ein Fotomodell im Abendkleid. Würden Sie mir bitte sagen, wie Ihre Modellagentur heißt?«
»Das ist die Carleton-Blessing-Agentur.« Er gab Tony die Telefonnummer.
Minuten später sprach Tony mit einer Frau in der Agentur. »Ich versuche, eines Ihrer Modelle ausfindig zu machen«, sagte er. »Ihr Name ist Dominique Masson.« »Es tut mir leid, aber wir haben es uns zum Grundsatz gemacht, keine persönlichen Informationen weiterzugeben.« Und schon hatte sie aufgelegt.
Tony saß da und starrte auf den Hörer. Es *mußte* einen Weg geben, mit Dominique Kontakt aufzunehmen. Er ging hinüber in Brad Rogers' Büro.
»Morgen, Tony. Kaffee?«
»Nein, danke. Brad, haben Sie schon einmal von der Carleton-Blessing-Modellagentur gehört?«
»Das will ich meinen. Sie gehört uns.«
»Wie bitte?«
»Sie gehört zu einer unserer Tochtergesellschaften.«
»Und wann haben wir sie erworben?«
»Vor ein paar Jahren. Ungefähr zu der Zeit, als Sie in die Firma eintraten. Warum interessiert Sie das?«
»Ich versuche, eines ihrer Modelle zu finden. Sie ist eine alte Freundin von mir.«
»Kein Problem. Ich rufe an und –«
»Schon gut, das mache ich lieber selbst. Danke, Brad.«
Heiße Vorfreude stieg in Tony auf.

Am späten Nachmittag ging Tony in die Stadt zu den Büros der Carleton-Blessing-Agentur und nannte seinen Namen. Eine Minute später befand er sich im Büro des Direktors, eines Mr. Tilton.
»Das ist eine große Ehre für uns, Mr. Blackwell. Ich hoffe, es gibt keine Probleme. Unser Gewinn im letzten Quartal –«
»Kein Grund zur Aufregung. Ich bin an einem Ihrer Mannequins interessiert, an Dominique Masson.«

Tiltons Miene erhellte sich. »Sie ist eines unserer besten. Ihre Mutter hat einen guten Blick bewiesen.«
Tony glaubte zuerst, ihn mißverstanden zu haben. »Wie bitte?«
»Ihre Mutter hat persönlich darum gebeten, daß wir Dominique einstellen. Das war Teil des Abkommens, als Kruger-Brent uns übernahm. Es steht alles in den Akten. Wenn Sie gerne –«
»Nein.« Tony konnte sich keinen Reim darauf machen. *Warum sollte Mutter?* »Kann ich bitte Dominiques Adresse haben?«
»Selbstverständlich, Mr. Blackwell. Sie ist heute in Vermont, aber sie müßte eigentlich –«, er warf einen Blick auf den Terminkalender auf seinem Schreibtisch – »morgen nachmittag zurücksein.«

Tony wartete vor dem Wohnblock, als eine schwarze Limousine vorfuhr und Dominique ausstieg. Sie kam in Begleitung eines großen, athletisch gebauten Mannes, der ihren Koffer trug. Dominique erstarrte zur Salzsäule, als sie Tony erblickte.
»Tony! Mein Gott! Was – was machst du denn hier?«
»Ich muß mit dir sprechen.«
»Ein andermal, Kumpel«, sagte der Athlet. »Wir haben noch viel zu tun heute nachmittag.«
Tony würdigte ihn keines Blickes. »Schick deinen Freund weg.«
»He! Was in drei Teufels Namen denkst du –«
Dominique wandte sich dem Mann zu. »Bitte geh jetzt, Ben. Ich rufe dich heute abend an.«
Er zögerte einen Moment und zuckte dann mit den Achseln. »Okay.« Er warf Tony einen wütenden Blick zu, stieg wieder in den Wagen und fuhr mit Karacho davon.
Dominique drehte sich zu Tony um. »Du kommst besser rauf.«
Das Appartement hatte zwei Wohnebenen und war mit weißen Teppichen, Vorhängen und modernen Möbeln ausgestattet. Es mußte ein Vermögen gekostet haben.
»Es scheint dir nicht schlecht zu gehen«, sagte Tony.
»Ja. Ich habe Glück gehabt.« Sie nestelte nervös an ihrer Bluse. »Möchtest du etwas trinken?«
»Nein, danke. Ich habe versucht, mit dir Kontakt aufzunehmen, nachdem ich Paris verlassen hatte.«
»Ich bin umgezogen.«
»Gleich nach Amerika?«
»Ja.«

»Und wie hast du den Job bei Carleton Blessing bekommen?«
»Ich – ich habe auf eine Anzeige in der Zeitung geantwortet«, erwiderte sie lahm.
»Wann hast du meine Mutter zum erstenmal getroffen, Dominique?«
»Ich – in deiner Wohnung in Paris. Erinnerst du dich? Wir –«
»Schluß mit dem Spielchen«, sagte Tony. Blinde Wut drohte ihn zu überkommen. »Mir reicht's. Ich habe noch nie eine Frau geschlagen, aber wenn du mich noch einmal anlügst, verspreche ich dir, daß du dich mit dem Gesicht nicht mehr fotografieren lassen kannst.«
Dominique wollte etwas sagen, doch angesichts der Wut in Tonys Augen blieb ihr das Wort im Halse stecken.
»Ich frage dich noch einmal: Wann hast du meine Mutter zum erstenmal getroffen?«
Diesmal zögerte sie nicht. »Als du an der Ecole des Beaux Arts angenommen wurdest. Deine Mutter hat mich dort als Modell untergebracht.« Ihm wurde flau im Magen. Er zwang sich weiterzufragen. »Damit ich dich kennenlernen sollte?«
»Ja, ich –«
»Und sie hat dich dafür bezahlt, meine Mätresse zu werden und mir vorzugaukeln, daß du mich liebst?«
»Ja. Es war ja kurz nach dem Krieg – es war schrecklich. Ich hatte kein Geld. Verstehst du nicht? Aber Tony, glaub mir, ich habe dich gemocht. Ich habe dich wirklich gemocht –«
»Du sollst nur meine Fragen beantworten.« Der grausame Ton in seiner Stimme machte ihr Angst. Dieser Mann war ein Fremder für sie, ein Mann, der zu allem fähig war.
»Und wozu das ganze?«
»Deine Mutter wollte, daß ich dich im Auge behalte.«
Er dachte an Dominiques Zärtlichkeiten und an ihre Liebesnächte – alles gekauft und bezahlt, mit herzlichen Grüßen von seiner Mutter –, und er fühlte sich krank vor Scham. Die ganze Zeit war er die Marionette seiner Mutter gewesen, sie hatte ihn kontrolliert und manipuliert. Sie hatte sich nie auch nur einen Deut aus ihm gemacht. Er war nicht ihr Sohn. Er war ihr Kronprinz, ihr vermeintlicher Erbe. Das einzige, was ihr etwas bedeutete, war die Firma. Er sah Dominique ein letztes Mal an, drehte sich um und stolperte aus der Wohnung. Sie blickte ihm mit Tränen in den Augen nach und dachte: *Ich habe nicht gelogen, als ich dir sagte, daß ich dich liebe, Tony. Das war keine Lüge.*

Kate saß in der Bibliothek, als Tony betrunken hereinkam.
»Ich ha-habe mi-mit D-Dominique gesprochen«, sagte er. »Ihr b-beide müßt euch ja prächtig a-amüsiert haben bei dem Spielchen, das ihr hinter meinem Rücken getrieben ha-habt.«
Kate war beunruhigt. »Tony –«
»Von jetzt an halte di-dich gefälligst aus m-meinem Privatleben heraus, v-verstanden?« Er drehte sich um und wankte aus dem Raum.
Kate sah ihm nach, und plötzlich beschlich sie eine schreckliche Vorahnung.

20

Am nächsten Tag nahm Tony sich eine Wohnung in Greenwich Village. Schlagartig hörten die gemeinsamen Dinners mit seiner Mutter auf, und er fror die Beziehung zu ihr auf einer unpersönlichen, geschäftlichen Ebene ein. Von Zeit zu Zeit kamen versöhnliche Gesten von ihr, die Tony jedoch ignorierte.
Kate litt sehr darunter. Dennoch war sie nach wie vor davon überzeugt, das Richtige für Tony getan zu haben. Genauso, wie sie damals das Richtige für David getan hatte. Sie hätte unmöglich mitansehen können, daß einer von ihnen die Firma verließ. Tony war der einzige Mensch auf der Welt, den Kate liebte, und sie mußte sich damit abfinden, daß er sich immer mehr abkapselte, sich tief in sich selbst zurückzog und jedermann zurückwies. Er hatte keine Freunde. Er hatte eine Mauer um sich errichtet, die niemand zu durchbrechen vermochte. *Er braucht eine Frau, die sich um ihn kümmert,* dachte Kate. *Und einen Sohn, der dies alles einmal übernehmen wird. Ich muß ihm helfen. Ich muß ihm unbedingt helfen.*

Brad Rogers betrat Kates Büro und sagte: »Ich fürchte, es gibt noch mehr Ärger, Kate.«
»Was ist passiert?«
Er legte ihr ein Telegramm auf den Tisch. »Das Parlament in Südafrika hat den Natives Representative Council für ungesetzlich erklärt und das Communist Act passieren lassen.«
Kate sagte nur: »Mein Gott!« Das Gesetz hatte nichts mit Kommunismus zu tun, sondern legte fest, daß jeder, der mit der Re-

gierungspolitk nicht einverstanden war und in irgendeiner Weise versuchte, etwas daran zu ändern, im Sinne des neuen Gesetzes schuldig gesprochen und ins Gefängnis geworfen werden konnte.

»Auf diese Weise wollen sie die schwarze Widerstandsbewegung zerschlagen«, sagte sie. »Falls –« Sie wurde durch ihre Sekretärin unterbrochen.

»Ich habe ein Ferngespräch für Sie in der Leitung, Mr. Pierce aus Johannesburg.«

Jonathan Pierce war Manager der Niederlassung in Johannesburg. Kate nahm den Hörer auf. »Hallo, Johnny. Wie geht es Ihnen?«

»Danke, gut, Kate. Hier hat sich etwas ereignet, was Sie meiner Meinung nach sofort erfahren sollten.«

»Was ist passiert?«

»Ich habe eben erfahren, daß die Polizei Banda verhaftet hat.«

Kate nahm den nächsten Flug nach Johannesburg. Sie hatte den Fall ihren Rechtsanwälten in der Firma unterbreitet, um zu sehen, was für Banda getan werden konnte. Womöglich würden nicht einmal das Ansehen und die Macht von Kruger-Brent ausreichen, um ihm zu helfen. Er war zum Staatsfeind erklärt worden, und der Gedanke an die Strafe, die ihn erwartete, ließ Kate erschauern. Zumindest mußte sie ihn besuchen und mit ihm reden und ihm jede erdenkliche Hilfe anbieten.

Nach der Landung in Johannesburg begab sich Kate in ihr Büro und telefonierte mit dem Gefängnisdirektor.

»Er ist in Einzelhaft, Mrs. Blackwell, und darf keinen Besuch empfangen. In Ihrem Fall jedoch ... Ich werde mal sehen, was sich machen läßt ...«

Am nächsten Morgen saß sie Banda im Gefängnis von Johannesburg gegenüber. Er war in Handschellen und durch eine Glasscheibe von ihr getrennt. Sein Haar war schneeweiß geworden. Kate hatte nicht genau gewußt, was sie ewarten würde – Verzweiflung, Abscheu vielleicht –, aber Banda grinste, als er sie sah, und sagte: »Ich wußte, daß du kommen würdest. Du bist genau wie dein Vater und mußt deine Nase in jede Schwierigkeit reinstecken.«

»Das mußt du gerade sagen«, erwiderte Kate. »Verdammt noch mal, wie kriegen wir dich hier wieder raus?«

»In einem Sarg. Anders lassen die mich nicht wieder weg.«

»Ich hab' eine Menge gewiefter Rechtsanwälte, die –«
»Das bringt nichts, Kate. Die haben mich offen und ehrlich erwischt, und offen und ehrlich muß ich hier auch wieder raus.«
»Was meinst du damit?«
»Ich mag keine Käfige, hab' sie noch nie gemocht. Und bis jetzt haben sie noch keinen gebaut, der mich festhalten könnte.«
»Banda, tu's nicht, bitte«, sagte Kate. »Die bringen dich um.«
»Nichts kann mich umbringen«, antwortete Banda. »Du sprichst mit einem Mann, der Haie, Minen und Wachhunde überlebt hat.« In seine Augen trat ein warmer Schimmer.
»Weißt du was, Kate? Manchmal denke ich, daß das die schönste Zeit meines Lebens war.«

Als Kate am nächsten Morgen kam, um Banda zu besuchen, sagte der Polizeidirektor: »Es tut mir leid, Mrs. Blackwell. Wir mußten ihn aus Sicherheitsgründen verlegen.«
»Wo ist er jetzt?«
»Ich bin nicht befugt, Ihnen das zu sagen.«

Als Kate am nächsten Morgen zusammen mit ihrem Frühstück die Zeitung bekam, fiel ihr Blick sofort auf die Schlagzeile. Sie lautete: REBELLENFÜHRER BEI AUSBRUCHSVERSUCH GETÖTET. Eine Stunde später saß sie dem Polizeidirektor in dessen Büro gegenüber.
»Er wurde während eines Ausbruchsversuchs erschossen, Mrs. Blackwell, das ist alles.«
*Das ist nicht alles,* dachte Kate. *Da ist noch viel mehr. Viel mehr.* Banda war tot, aber war auch sein Traum von der Freiheit für sein Volk mit ihm gestorben?
Zwei Tage später, nachdem sie die nötigen Vorbereitungen für das Begräbnis getroffen hatte, war Kate wieder auf dem Rückweg nach New York. Sie sah ein letztes Mal aus dem Flugzeugfenster und warf einen Blick auf ihr geliebtes Land. Dies war Gottes auserwähltes Land. Aber es lag auch ein Fluch über diesem Land. *Ich werde nie mehr hierher zurückkommen,* dachte Kate traurig. *Nie mehr.*

Eine von Brad Rogers' Aufgaben war die Leitung der Abteilung für langfristige Planungen bei Kruger-Brent. Seine Fähigkeit, Geschäftszweige aufzuspüren, deren Erwerb Profit abzuwerfen versprach, war einmalig.

Eines Tages Anfang Mai kam er in Kates Büro. »Ich bin da auf etwas Interessantes gestoßen, Kate.« Er legte zwei Aktenordner auf ihren Tisch. »Es geht um zwei Firmen. Wenn wir nur eine von beiden kriegen können, hätten wir einen Coup gelandet.«
»Danke, Brad. Ich schaue es mir heute abend an.«
Kate aß allein zu Abend und vertiefte sich in Brad Rogers' vertrauliche Berichte über die beiden Firmen – Wyatt Oil & Tool sowie International Technology. Es waren lange und sehr detaillierte Analysen, die beide mit den Buchstaben KIV, dem Firmencode für *Kein Interesse am Verkauf* endeten. Das war eine Herausforderung für Kate, und es war lange her, daß sie sich einer solchen gegenübergesehen hatte. Je mehr sie darüber nachdachte, desto mehr faszinierten sie die Möglichkeiten. Sie ging die vertraulichen Bilanzen noch einmal durch. Wyatt Oil & Tool gehörte einem Texaner, Charlie Wyatt. International Technology gehörte einem Deutschen, dem Grafen Friedrich von Hoffleben. Angefangen hatte es mit einem kleinen Stahlwerk in Essen, und mit den Jahren war daraus ein riesiges Konglomerat aus Schiffswerften, petrochemischen Fabriken, einer Flotte von Öltankern und einer Computerabteilung geworden.

Früh am nächsten Morgen ließ sie Brad Rogers zu sich kommen. »Ich würde zu gerne wissen, wie du an diese vertraulichen Bilanzen herangekommen bist«, grinste Kate. »Erzähl mir mehr über Charlie Wyatt und Friedrich von Hoffleben.«
Brad hatte seine Hausaufgaben gemacht. »Charlie Wyatt wurde in Dallas geboren. Auffallend, lebhaft, regiert sein Imperium selbst, schlau wie ein Fuchs. Fing mit nichts an, hatte Glück bei Ölspekulationen, expandierte weiter und besitzt heute halb Texas.«
»Wie alt ist er?«
»Siebenundvierzig.«
»Kinder?«
»Eine Tochter, fünfundzwanzig. Nach allem, was ich gehört habe, eine hinreißende Schönheit.«
»Ist sie verheiratet?«
»Geschieden.«
»Und Friedrich von Hoffleben?«
»Hoffleben ist um einige Jahre jünger als Charlie Wyatt. Er ist Graf und kommt aus einer angesehenen deutschen Familie, de-

ren Stammbaum bis ins Mittelalter zurückreicht. Er ist Witwer. Sein Großvater fing mit einem kleinen Stahlwerk an. Friedrich von Hoffleben erbte es von seinem Vater und baute es zu einem Riesenunternehmen aus. Er war einer der ersten, die ins Computergeschäft einstiegen. Er besitzt eine Menge Patente für Mikroprozessoren. Immer, wenn wir einen Computer benutzen, streicht Graf Hoffleben seinen Gewinn ein.«
»Kinder?«
»Eine Tochter, dreiundzwanzig.«
»Wie ist sie?«
»Konnte ich nicht herausfinden«, entschuldigte sich Brad Rogers. »Die Familie gibt sich sehr zugeknöpft. Verkehrt nur unter ihresgleichen.« Er zögerte. »Ist wahrscheinlich reine Zeitverschwendung, Kate. Ich habe einigen der Topmanager aus beiden Firmen bei ein paar Drinks ein bißchen auf den Zahn gefühlt. Weder Wyatt noch Hoffleben haben auch nur das geringste Interesse an einem Verkauf, einer Fusion oder Teilhaberschaft. Und wie du aus ihrer finanziellen Situation ersehen kannst, wären sie verrückt, auch nur einen Gedanken darauf zu verschwenden.« Eine solche Herausforderung war für Kate wieder einmal unwiderstehlich.

Zehn Tage später erhielt Kate eine Einladung vom Präsidenten der Vereinigten Staaten zu einer Konferenz führender internationaler Industrieller zu Fragen der Entwicklungshilfe in Washington. Ein Telefonanruf von Kate genügte, und kurz danach erhielten auch Charlie Wyatt und Graf von Hoffleben eine Einladung, an dem Treffen teilzunehmen.
Kate hatte sich sowohl von dem Texaner als auch von dem Deutschen ein Bild gemacht, und beide entsprachen ihrer Vorstellung bis aufs Jota. Noch nie hatte Kate einen schüchternen Texaner getroffen, und Charlie Wyatt bildete keine Ausnahme. Er war ein Hüne – ungefähr einen Meter neunzig groß – mit ausladenden Schultern und dem Körper eines Footballspielers, der etwas in die Breite gegangen war. Sein breites Gesicht war von rötlicher Farbe und seine Stimme laut und vernehmlich. Er erweckte den Eindruck eines gutmütigen Burschen – oder hätte ihn erwecken können –, wenn Kate nicht besser informiert gewesen wäre. Charlie Wyatt hatte sein Imperium nicht auf Glück gegründet, er war ein Geschäftsgenie. Nachdem sie sich kaum zehn Minuten mit ihm unterhalten hatte, war Kate klar, daß die-

ser Mann nicht dazu gebracht werden konnte, irgend etwas zu tun, was er nicht tun wollte. Er hatte seinen eigenen Kopf, und eine seiner Haupteigenschaften war Starrsinn. Niemandem würde es gelingen, ihn durch Schmeicheleien, Drohungen oder mit Tricks aus seiner Firma zu bugsieren. Doch Kate hatte seine Achillesferse entdeckt, und das genügte ihr.
Friedrich von Hoffleben war das genaue Gegenteil von Charlie Wyatt – ein gutaussehender Mann mit aristokratischen Gesichtszügen und weichem, braunem Haar, das an den Schläfen erste Spuren von Grau zeigte. Er gab sich über die Maßen korrekt und hatte sich eine altmodische Höflichkeit bewahrt. Oberflächlich betrachtet, wirkte Friedrich von Hoffleben angenehm und umgänglich, doch in seinem Innersten vermutete Kate einen stahlharten Kern.

Die Konferenz in Washington dauerte drei Tage lang und war ein Erfolg. Jedermann zeigte sich von Kate Blackwell beeindruckt. Sie war eine attraktive Frau mit Charisma, stand einem Wirtschaftsimperium vor, das sie selbst mitaufgebaut hatte. Alle waren fasziniert von ihr, und genau darauf hatte es Kate abgesehen.
Als sie mit Charlie Wyatt einen Augenblick lang allein war, fragte sie scheinheilig: »Ist Ihre Familie auch hier, Mr. Wyatt?«
»Ich habe meine Tochter mitgebracht. Sie hat ein paar Einkäufe zu erledigen.«
»O wirklich? Wie schön.« Keiner hätte vermutet, daß Kate nicht nur wußte, daß seine Tochter ihn begleitete, sonden auch genau darüber im Bilde war, welches Kleid diese am gleichen Morgen gekauft hatte. »Ich gebe Freitag abend eine kleine Dinnerparty in Dark Harbor. Es würde mich sehr freuen, wenn Sie und Ihre Tochter am Wochenende zu uns kämen.«
Wyatt zögerte nicht lange. »Ich habe schon viel von Ihrem Anwesen gehört, Mrs. Blackwell, und würde es gerne einmal sehen.«
Kate lächelte. »Gut. Ich werde dafür sorgen, daß Sie morgen abend dorthin geflogen werden.«
Zehn Minuten später sprach Kate mit Friedrich von Hoffleben.
»Sind Sie allein in Washington, Mr. Hoffleben?« fragte sie. »Oder haben Sie Ihre Frau mitgebracht?«
»Meine Frau ist vor einigen Jahren gestorben«, teilte Friedrich von Hoffleben ihr mit. »Ich bin mit meiner Tochter hier.«

Kate wußte genau, daß die beiden im Hay Adams Hotel in der Suite Nummer 418 wohnten. »Ich gebe eine kleine Dinnerparty in Dark Harbor. Sie würden mir eine große Freude machen, wenn Sie und Ihre Tochter morgen für das Wochenende zu uns kommen könnten.«
»Ich sollte eigentlich nach Deutschland zurück«, antwortete von Hoffleben. Er betrachtete sie einen Moment lang und lächelte. »Aber ich denke, daß es auf ein oder zwei Tage mehr oder weniger auch nicht ankommt.«
»Wunderbar. Ich werde die Reise für Sie arrangieren.«

Kate hatte es sich zur Angewohnheit gemacht, alle zwei Monate auf ihrem Anwesen in Dark Harbor eine Party zu geben, und sie hatte sich vorgenommen, dafür zu sorgen, daß diese Party etwas ganz Besonderes würde. Das einzige Problem dabei war, Tony zum Kommen zu bewegen. Im Laufe des letzten Jahres hatte er sich nur selten die Mühe gemacht, in Dark Harbor zu erscheinen, und wenn er es doch tat, so war es immer nur ein kurzer Pflichtbesuch gewesen. Dieses Mal war es wichtig, daß er nicht nur kam, sondern auch blieb.
Als Kate das Wochenende Tony gegenüber erwähnte, sagte er nur brüsk: »Ich k-kann nicht kommen. Ich fahre M-Montag nach Kanada und habe vorher noch eine M-Menge Arbeit zu erledigen.«
»Aber diesmal ist es sehr wichtig«, erwiderte Kate. »Charlie Wyatt und Graf von Hoffleben werden auch dort sein, und sie sind –«
»Ich weiß, um wen es sich handelt«, unterbrach er sie. »Ich habe mit Brad Rogers d-darüber gesprochen. Es besteht ni-nicht der kleinste Funken Hoffnung, daß wir eine der b-beiden Firmen erwerben können.«
»Ich möchte es trotzdem versuchen.«
Er sah sie an und fragte: »Hinter welcher bist du her?«
»Wyatt Oil & Tool. Es würde unseren Profit um 15% erhöhen, vielleicht sogar um mehr. Wenn die arabischen Staaten erst einmal dahinterkommen, daß wir ihnen auf Gedeih und Verderb ausgeliefert sind, werden sie ein Kartell bilden, und dann schnellen die Ölpreise in schwindelerregende Höhen. Öl ist das flüssige Gold der Zukunft.«
»Und was ist mit International T-technology?«
Kate zuckte die Schultern. »Eine gute Firma, aber die Rosine im

Kuchen ist Wyatt Oil & Tool. Das wäre eine perfekte Ergänzung für uns. Ich brauche dich dabei, Tony. Kanada hat noch ein paar Tage Zeit.«

Tony verabscheute Partys. Er haßte die endlosen, langweiligen Unterhaltungen, die prahlerischen Männer und die gierigen Weiber. Aber hier ging es ums Geschäft. »Einverstanden.«

Kate empfing die Wyatts an der Tür. Brad Rogers' Auskunft über Charlie Wyatts Tochter war richtig gewesen – eine atemberaubende Schönheit, groß, schwarzhaarig, mit goldgesprenkelten braunen Augen und fast perfekten Gesichtszügen. Ihr weich fließendes Kleid betonte ihre schlanke Figur. Sie war, so hatte Brad Kate mitgeteilt, zwei Jahre zuvor von einem reichen italienischen Playboy geschieden worden. Kate stellte sie Tony vor und beobachtete die Reaktion ihres Sohnes. Aber er reagierte nicht, begrüßte beide Wyatts mit gleicher Höflichkeit und führte sie zur Bar, wo ein Barkeeper darauf wartete, die Drinks zu mixen.

»Was für ein herrlicher Raum«, rief Lucy aus.

Ihre Stimme war unerwartet weich und angenehm, ohne die Spur eines texanischen Akzents. »Sind Sie oft hier?« fragte sie Tony.

»Nein.«

Sie wartete darauf, daß er weitersprach. Und dann: »Sind Sie hier aufgewachsen?«

»Zum Teil.«

Kate nahm den Faden der Konversation auf und überspielte geschickt Tonys Einsilbigkeit. »Einige von Tonys glücklichsten Erinnerungen sind mit diesem Haus verbunden. Der arme Junge hat nur zu viel zu tun, um öfter herzukommen und sich hier zu erholen, nicht wahr, Tony?«

Er schaute seine Mutter kühl an und sagte: »Nein, eigentlich sollte ich jetzt in K-kanada sein –«

»Aber er hat die Reise verschoben, um Sie beide kennenzulernen«, beendete Kate den Satz für ihn.

»Das freut mich sehr«, sagte Charlie Wyatt. »Ich habe schon viel von Ihnen gehört, mein Sohn.« Er grinste. »Hätten Sie nicht Lust, bei mir einzusteigen?«

»Ich glaube nicht, daß das in die P-pläne meiner Mutter passen würde, Mr. Wyatt.«

Charlie Wyatt grinste wieder.

»Ich weiß.« Er wandte sich um und sah Kate an. »Ihre Mutter ist einfach eine Wucht. Sie hätten sehen sollen, wie sie bei dem Treffen im Weißen Haus alle um den kleinen Finger gewickelt hat. Sie –«
Er unterbrach sich, als Friedrich von Hoffleben mit seiner Tochter Marianne den Raum betrat. Marianne von Hoffleben war eine blasse Kopie ihres Vaters, hatte die gleichen aristokratischen Gesichtszüge und langes, blondes Haar. Sie trug ein beiges Chiffonkleid, wirkte aber neben Lucy Wyatt wie ein Mauerblümchen.
»Darf ich Ihnen meine Tochter Marianne vorstellen?« sagte der Graf. »Es tut mir leid, daß wir uns verspätet haben«, entschuldigte er sich. »Das Flugzeug wurde aufgehalten.«
»Oh, wie bedauerlich«, sagte Kate. Tony war klar, daß Kate für diese Verspätung verantwortlich war. Sie hatte dafür gesorgt, daß die Wyatts als erste ankommen konnten. »Wir sind gerade beim Aperitif. Was können wir Ihnen anbieten?«
»Einen Scotch, bitte«, sagte Graf von Hoffleben.
Kate wandte sich an Marianne. »Und Ihnen, meine Liebe?«
»Nichts, danke.«
Wenig später trafen die restlichen Gäste ein, und Tony ging von einem zum anderen und spielte die Rolle des höflichen Gastgebers. Niemand außer Kate hätte ahnen können, wie wenig ihm an solchen Festivitäten gelegen war. Nicht, weil er sich gelangweilt hätte, wie Kate wußte, sondern weil nichts von dem, was um ihn herum geschah, ihn wirklich berührte. Tony empfand kein Vergnügen an der Gesellschaft anderer Menschen mehr, und Kate machte sich deswegen Sorgen.
In dem großen Speisesaal waren zwei Tische gedeckt worden. Kate setzte Marianne von Hoffleben zwischen einen Richter vom Obersten Gerichtshof und einen Senator an einen Tisch, Lucy Wyatt zu Tonys Rechten an den anderen. Alle Männer an der Tafel, ob verheiratet oder nicht, sahen immer wieder zu Lucy Wyatt hinüber. Kate hörte zu, wie diese versuchte, Tony in eine Unterhaltung zu ziehen. Es war offensichtlich, daß sie ihn mochte. Kate lächelte in sich hinein. Das war ein guter Anfang.
Am Samstagmorgen sagte Charlie Wyatt beim Frühstück zu Kate: »Sie haben da eine mächtig feine Jacht liegen, Mrs. Blackwell. Wie lang ist sie?«
»Ich weiß es wirklich nicht genau.« Sie wandte sich an ihren Sohn. »Tony, wie groß ist die *Corsair*?«

Seine Mutter wußte genau, wie groß das Boot war, aber Tony sagte höflich: »Zwanzig Meter lang.«
»In Texas haben wir für Boote nicht viel übrig, dafür sind wir immer viel zu sehr in Eile.« Wyatt lachte schallend. »Vielleicht sollte ich es mal versuchen, auch auf die Gefahr hin, daß ich mir nasse Füße hole.«
Kate lächelte. »Ich hatte gehofft, daß Sie mir erlauben würden, Sie auf der Insel herumzuführen. Mit dem Boot können wir morgen hinausfahren.«
Charlie Wyatt sah sie nachdenklich an und sagte: »Das ist mächtig freundlich von Ihnen, Mrs. Blackwell.«
Tony beobachtete die beiden schweigend. Der erste Angriff war soeben gestartet worden, und er fragte sich, ob Wyatt sich darüber im klaren war. Wahrscheinlich nicht. Er war ein kluger Geschäftsmann, aber er hatte sich noch nie an einer Kate Blackwell messen müssen.
Kate wandte sich an Tony und Lucy. »Es ist so schön heute. Warum fahrt ihr zwei nicht ein bißchen mit dem Katboot hinaus?« Bevor Tony noch ablehnen konnte, sagte Lucy: »O ja, das wäre schön.«
»T-tut mir leid«, sagte Tony kurz angebunden. »Ich erwarte ein paar Anrufe aus Übersee.« Er fühlte die mißbilligenden Blicke seiner Mutter.
Kate wandte sich an Marianne von Hoffleben. »Ich habe Ihren Vater heute morgen noch gar nicht gesehen.«
»Er macht einen Streifzug über die Insel, er ist Frühaufsteher.«
»Ich habe gehört, daß Sie gerne reiten. Wir haben ein paar sehr gute Pferde im Stall.«
»Danke, Mrs. Blackwell. Ich werde mich so ein bißchen umsehen, wenn Sie nichts dagegen haben.«
»Natürlich nicht.« Kate wandte sich wieder Tony zu. »Willst du nicht doch noch deine Meinung ändern und mit Miß Wyatt segeln gehen?« Ihre Stimme klang stahlhart.
»K-keine Zeit.«
Es war nur ein kleiner Sieg, aber nichtsdestotrotz ein Sieg. Der Krieg war erklärt, und Tony hatte nicht die Absicht, ihn zu verlieren. Kate wollte die Wyatt Oil & Tool Company, und sie hatte Charlie Wyatts Schwäche entdeckt: seine Tochter. Sollte Lucy in die Blackwell-Familie einheiraten, dann würde so etwas wie ein Firmenzusammenschluß unvermeidlich werden. Tony betrachtete sie über den Frühstückstisch hinweg. Er verachtete sie. Sie

hatte die Falle reichlich gespickt; Lucy war nicht nur schön, sie war auch intelligent und charmant. Aber auch sie war in diesem ekelhaften Spiel nur eine Marionette, und nichts auf der Welt hätte Tony dazu bringen können, sie anzurühren. Dieser Krieg fand zwischen ihm und seiner Mutter statt.
Nach dem Frühstück erhob Kate sich. »Tony, warum zeigst du Miß Wyatt nicht die Gärten, bevor deine Anrufe kommen?«
Diesmal sah Tony keine Möglichkeit, einigermaßen höflich abzulehnen.
»Ja«, sagte er und beschloß, es kurz zu machen.
Kate wandte sich an Charlie Wyatt. »Interessieren Sie sich für seltene Bücher? Wir haben eine schöne Sammlung in der Bibliothek.«
»Ich bin an allem interessiert, was Sie mir zu zeigen haben«, antwortete der Texaner.
Im letzten Moment drehte sich Kate noch einmal zu Marianne von Hoffleben um. »Sie kommen allein zurecht, meine Liebe?«
»Ja, danke, Mrs. Blackwell. Sie brauchen sich keine Gedanken um mich zu machen.«
»Fein«, sagte Kate.
Und Tony wußte, daß sie es genau so meinte. Kate hatte keine Verwendung für Marianne von Hoffleben und ließ sie ziehen – charmant und mit einem Lächeln, und Tony verabscheute die engstirnige Unbarmherzigkeit, die dahintersteckte.
Lucy beobachtete ihn. »Können wir gehen, Tony?«
»Ja.«
Tony und Lucy gingen zur Tür. Sie befanden sich noch in Hörweite, als seine Mutter sagte: »Sind sie nicht ein schönes Paar?«
Die beiden schlenderten durch die weitläufigen, symmetrisch angelegten Gärten zum Dock hinunter, wo die *Corsair* dümpelte.
»Das ist ein himmlisches Plätzchen hier«, sagte Lucy.
»Ja.«
»Solche Blumen gibt es bei uns in Texas nicht.«
»Nein?«
»Es ist so ruhig und friedlich hier.«
»Ja.«
Lucy blieb unvermittelt stehen und sah Tony ins Gesicht. Er merkte, daß sie wütend war. »Habe ich etwas gesagt, womit ich Sie verletzt habe?« fragte er.
»Sie haben überhaupt nichts gesagt. Und das empfinde ich als

Verletzung. Alles, was Sie von sich geben, ist entweder ›ja‹ oder ›nein‹. Sie geben mir das Gefühl, ich wäre hinter Ihnen her.«
»Sind Sie es?«
Sie lachte. »Ja. Wenn ich Sie nur erst einmal zum Reden bringen könnte, würde vielleicht auch etwas zwischen uns laufen.«
Tony grinste.
»Was denken Sie?«
»Nichts.«
Er dachte an seine Mutter und daran, wie sehr sie es haßte zu verlieren.

Kate führte Charlie Wyatt durch die große, eichengetäfelte Bibliothek. Wyatt ging mit glänzenden Augen durch die Regalreihen voller Schätze und verweilte vor einer wunderschön gebundenen Ausgabe von John Keats »Endymion.«
»Das ist eine Roseberg-Ausgabe«, sagte Charlie Wyatt.
Kate sah ihn überrascht an. »Ja. Soweit bekannt ist, gibt es nur zwei Exemplare davon.«
»Ich habe das andere«, teilte Wyatt ihr mit.
»Das hätte ich wissen müssen«, lachte Kate. »Ich bin Ihrer Rolle des netten, einfältigen Texaners auf den Leim gegangen.«
Wyatt grinste. »Ja, wirklich? Sie ist eine gute Tarnung.«
Er betrachtete Kate eine Weile. »Ich habe gehört, daß Sie es waren, die mir die Einladung zu dieser Konferenz im Weißen Haus verschafft hat.«
Sie zuckte die Achseln. »Ich habe nur Ihren Namen erwähnt.«
»Das war mächtig nett von Ihnen, Kate. Da wir gerade unter uns sind, warum erzählen Sie mir nicht, was Sie im Schilde führen?«

Tony arbeitete gerade in seinem Privatbüro, einem kleinen Raum gleich neben der Haupthalle im Parterre, als er hörte, wie die Tür geöffnet wurde und jemand hereinkam. Er drehte sich um. Es war Marianne von Hoffleben. Bevor er noch seinen Mund aufmachen konnte, um seine Anwesenheit zu bekunden, hörte er sie auch schon nach Luft schnappen.
Sie betrachtete die Bilder an der Wand. Es waren Tonys Bilder – die wenigen, die er aus seiner Wohnung in Paris mit zurückgebracht hatte, und dies war der einzige Raum im ganzen Haus, in dem er sie haben wollte. Er beobachtete, wie Marianne von Bild zu Bild ging, und es war zu spät, um jetzt noch etwas zu sagen.

»Nicht zu fassen«, murmelte sie.
Und plötzlich fühlte Tony Wut in sich aufsteigen. Er wußte, daß sie *so* schlecht nun auch wieder nicht waren. Das Leder des Sessels quietschte, als er sich bewegte. Marianne drehte sich um und sah ihn.
»Oh, es tut mir leid«, entschuldigte sie sich. »Ich wußte nicht, daß jemand hier ist.«
Tony erhob sich. »Das macht nichts.« Es klang unfreundlich. Er mochte es gar nicht, wenn man in sein Allerheiligstes eindrang. »Suchen Sie etwas Bestimmtes?«
»Nein. Ich - ich bin nur so herumgegangen. Ihre Bildersammlung gehört in ein Museum.«
»Außer diesen hier«, hörte Tony sich sagen.
Die Feindseligkeit in seiner Stimme verwirrte Marianne. Sie drehte sich wieder zu den Bildern um und sah die Signaturen.
»Die haben *Sie* gemalt?«
»Wie schade, daß ich Ihren Geschmack nicht getroffen habe.«
»Aber sie sind phantastisch!« Sie kam auf ihn zu. »Ich verstehe Sie nicht. Wenn Sie so malen können, warum tun Sie dann überhaupt noch etwas anderes? Sie sind großartig. Ich meine, Sie sind nicht einfach nur gut - Sie sind *großartig.*«
Tony stand da, ohne ihr zuzuhören. Er wollte nur, daß sie ging.
»Ich wollte Malerin werden«, sagte Marianne. »Ich habe ein Jahr bei Oskar Kokoschka studiert und dann aufgegeben, weil ich wußte, daß ich nie so gut sein würde, wie ich sein wollte. Aber Sie!« Sie schaute wieder auf die Bilder. »Haben Sie in Paris studiert?«
Er wünschte, sie würde ihn endlich allein lassen. »Ja.«
»Und haben damit aufgehört - einfach so.«
»Ja.«
»Wie schade. Sie -«
»*Hier* sind Sie also!«
Sie drehten sich um. Kate stand in der Tür, betrachtete die beiden einen Augenblick lang neugierig und ging schließlich zu Marianne hinüber. »Ich habe Sie überall gesucht, Marianne. Ihr Vater sagte mir, daß Sie Orchideen mögen. Sie müssen unbedingt unser Gewächshaus besichtigen.«
»Danke«, murmelte Marianne, »ich bin wirklich -«
Kate wandte sich an Tony. »Tony, du solltest dich vielleicht um deinen anderen Gast kümmern.« Aus ihrer Stimme klang scharfe Mißbilligung.

Sie nahm Marianne am Arm und ging mit ihr hinaus.
Eigentlich war es faszinierend zu beobachten, wie seine Mutter mit Menschen umsprang. Alles geschah so verdammt offensichtlich, und trotzdem mußte Tony sich eingestehen, daß es nur deshalb so offensichtlich war, weil er das Geheimnis kannte. Lucy Wyatt war reizend. Sie würde für irgend jemanden eine wundervolle Frau abgeben, nur nicht für ihn. Nicht mit Kate Blackwell als Vermittlerin. Tony fragte sich, wie ihr nächster Schachzug aussehen würde.
Er brauchte nicht lange darauf zu warten.
Sie saßen beim Cocktail auf der Terrasse. »Mr. Wyatt war so freundlich, uns für nächstes Wochenende auf seine Ranch einzuladen«, teilte Kate ihm mit. »Ist das nicht wundervoll?« Ihr Gesicht strahlte vor Freude. »Ich habe noch nie eine texanische Ranch gesehen.«
Kruger-Brent *besaß* eine Ranch in Texas, die wahrscheinlich doppelt so groß war wie die von Wyatt.
»Sie kommen doch auch, Tony, nicht wahr?« fragte Charlie Wyatt.
Und Lucy sagte:
»O ja, bitte.«
Sie hatten sich gegen ihn verschworen. Es war eine Herausforderung, und er beschloß, sie anzunehmen. »Es wi-wird mir ein V-vergnügen sein.«
»Fein.« Lucy freute sich wirklich darüber. Und Kate ebenfalls.
*Wenn Lucy vorhat, mich zu verführen,* dachte Tony, *verschwendet sie ihre Zeit.*

Am frühen Sonntagmorgen ging Tony zum Swimming-pool hinunter. Marianne von Hoffleben war schon im Wasser. Sie trug einen weißen Badeanzug. Tony stand da und beobachtete, wie sie durch das Wasser glitt und ihre Arme gleichmäßig und anmutig ins Wasser tauchte. Sie erblickte Tony und schwamm zu ihm hinüber.
»Guten Morgen.«
»Morgen. Sie sind gut«, sagte Tony.
Marianne lächelte. »Ich treibe gerne Sport, das habe ich von meinem Vater geerbt.«
Sie zog sich am Beckenrand hoch, und Tony reichte ihr ein Handtuch. Er sah zu, wie sie ungeniert ihr Haar damit trocknete.

»Haben Sie schon gefrühstückt?« fragte Tony.
»Nein. Ich wußte nicht, ob die Köchin schon auf ist.«
»Dies ist ein Hotel mit Vierundzwanzigstundenservice.«
Sie lächelte ihn an. »Wie nett.«
»Wo leben Sie?«
»Meistens bei München. Wir leben in einem alten Schloß außerhalb der Stadt.«
»Wo sind Sie aufgewachsen?«
Marianne seufzte. »Das ist eine lange Geschichte. Während des Krieges wurde ich in die Schweiz zur Schule geschickt, danach war ich in Oxford, habe an der Sorbonne studiert und ein paar Jahre in London gelebt.« Sie sah ihm gerade in die Augen. »So weit, so gut. Und wo sind Sie gewesen?«
»Och, New York, Maine, Schweiz, Südafrika, während des Krieges ein paar Jahre im Südpazifik, Paris . . .« Jäh unterbrach er sich, als hätte er schon zuviel preisgegeben.
»Entschuldigen Sie, wenn ich allzu neugierig erscheine, aber ich kann mir einfach nicht vorstellen, warum Sie mit dem Malen aufgehört haben.«
»Das ist unwichtig«, sagte Tony nur kurz. »Gehen wir frühstükken.«

Sie aßen allein auf der Terrasse und sahen auf die weite, schimmernde Bucht. Marianne war ein angenehmer Gesprächspartner. Sie flirtete und plapperte nicht, sondern schien ernsthaft an seiner Person interessiert zu sein. Tony fühlte sich zu dieser ruhigen, sensiblen Frau hingezogen. Er fragte sich, inwieweit diese Anziehungskraft darauf beruhte, daß sie seiner Mutter mißfallen mußte.
»Wann kehren Sie nach Deutschland zurück?«
»Nächste Woche«, antwortete Marianne. »Ich heirate.«
Ihre Worte trafen ihn unvorbereitet. »Oh«, sagte Tony schwach. »Das ist schön. Wer ist es denn?«
»Ein Arzt. Ich kenne ihn schon mein ganzes Leben lang.« *Warum hatte sie das hinzugefügt? Hat es irgend etwas zu bedeuten?*
Einer Eingebung folgend, fragte er sie plötzlich: »Darf ich Sie zum Essen einladen, wenn Sie in New York sind?«
Sie musterte ihn und überlegte sich ihre Antwort. »Das dürfen Sie.«
Tony lächelte erfreut. »Dann sind wir also verabredet.«

Sie aßen in einem kleinen Restaurant am Meer auf Long Island zu Abend. Tony wollte mit Marianne allein sein, ohne dabei von seiner Mutter beobachtet zu werden. Dies war eine Privatsache zwischen ihm und Marianne, und in der kurzen Zeit, die ihnen vergönnt war, wollte er sich durch nichts stören lassen. Er genoß ihre Gesellschaft viel mehr, als er gedacht hatte. Sie war schlagfertig und humorvoll, und Tony lachte öfter als in der ganzen Zeit, seit er Paris verlassen hatte. In ihrer Gegenwart fühlte er sich unbeschwert und sorglos.
*Wann kehren Sie nach Deutschland zurück?*
*Nächste Woche . . . Ich heirate.*

In den nächsten fünf Tagen war Tony häufig mit Marianne zusammen. Er verschob seine Reise nach Kanada und wußte nicht einmal genau, warum. Er fühlte sich immer stärker zu Marianne hingezogen – er liebte ihre Aufrichtigkeit, eine Eigenschaft, die zu finden er alle Hoffnung aufgegeben hatte.
Da Marianne in New York fremd war, führte Tony sie überall herum. Sie kletterten auf die Freiheitsstatue und nahmen die Fähre nach Staten Island, fuhren auf die Spitze des Empire State Building und aßen in Chinatown. Einen ganzen Tag verbrachten sie im Metropolitan Museum of Art und einen Nachmittag in der Frick Collection. Sie hatten den gleichen Geschmack. Sorgsam vermieden sie es, von persönlichen Dingen zu reden, und doch waren sie sich beide einer starken Anziehungskraft zwischen ihnen bewußt. Die Tage vergingen wie im Flug, und ehe sie sich versahen, war es Freitag, der Tag, an dem Tony zur Wyatt-Ranch aufbrechen mußte.
»Wann fliegen Sie nach Deutschland zurück?«
»Montag morgen.« Ihre Stimme klang freudlos.

Tony flog am gleichen Nachmittag nach Houston. Er hätte die Reise mit seiner Mutter in einer firmeneigenen Maschine machen können, aber er zog es vor, Situationen zu vermeiden, in denen er sich seiner Mutter allein gegenübersah.
Am Flughafen in Houston wartete ein Rolls-Royce mit Chauffeur auf ihn, der ihn zur Ranch bringen sollte.
Der Wyattsche Besitz glich eher einer Stadt als einer Ranch. Das Hauptgebäude war riesengroß, einstöckig und unendlich lang. Auf Tony wirkte es deprimierend häßlich.
Kate war schon eingetroffen. Sie saß mit Charlie Wyatt zusam-

men auf einer Terrasse, von der aus man einen Swimming-pool von der Größe eines kleinen Sees überblickte. Als Tony erschien, waren sie mitten in einer Unterhaltung, die jedoch abrupt abbrach, sobald Wyatt seiner ansichtig wurde. Tony ahnte, daß sie über ihn gesprochen hatten.

»Da ist ja unser Junge! Haben Sie eine gute Reise gehabt, Tony?«

»Ja, d-danke.«

»Lucy hatte gehofft, daß du vielleicht noch eine frühere Maschine nehmen könntest«, sagte Kate.

Tony drehte sich um und sah seine Mutter an. »Wirklich?«

Charlie Wyatt schlug ihm auf die Schulter. »Heute abend gibt es eine Mordsgrillparty, deiner Mutter und dir zu Ehren. Einfach alle Welt kommt dazu hergeflogen.«

»Das ist sehr n-nett von Ihnen«, sagte Tony.

Lucy erschien. Sie trug eine weiße Bluse und engsitzende, verwaschene Jeans, und Tony mußte zugeben, daß sie atemberaubend schön war.

Sie kam auf ihn zu und nahm seinen Arm. »Tony! Ich habe mich schon gefragt, ob Sie überhaupt noch kommen würden.«

»Tut m-mir leid, daß ich mich verspätet habe«, antwortete Tony. »Ich hatte noch w-was zu erledigen.«

Lucy bedachte ihn mit einem Lächeln. »Macht nichts. Was möchten Sie heute nachmittag unternehmen?«

»Was haben Sie denn anzubieten?«

Lucy schaute ihm in die Augen. »Was immer Sie wollen«, sagte sie sanft.

Kate Blackwell und Charlie Wyatt strahlten.

Das Barbecue war selbst für texanische Verhältnisse spektakulär. Es war die augenfälligste Verschwendung, die Tony je erlebt hatte. Das war wohl, so vermutete er, auf den Unterschied zwischen altem und neuem Geld zurückzuführen. Das Motto bei altem Reichtum lautete: *Wenn du es hast, dann verstecke es,* bei Neureichen dagegen: *Wenn du es hast, dann prahle damit.* Und dies war eine derartige Protzerei, daß es kaum zu glauben war. Tony fühlte sich, als nähme er an einem sinnlosen, dekadenten Ritual teil.

Lucy tauchte neben Tony auf. »Sie essen ja gar nichts.« Sie beobachtete ihn aufmerksam. »Stimmt etwas nicht, Tony?«

»Nein, es ist alles in Ordnung. Nette Party hier.«

Sie grinste. »Bisher haben Sie noch gar nichts gesehen, mein Freund. Warten Sie erst mal, bis das Feuerwerk kommt.«
»Feuerwerk?«
»M-hm.« Sie faßte ihn am Arm. »Tut mir leid wegen des Massenauflaufs hier. Es ist nicht immer so, aber Daddy wollte bei Ihrer Mutter Eindruck schinden.« Sie lächelte. »Morgen sind die alle weg.«
*Und ich auch,* dachte Tony finster. Es war ein Fehler gewesen, hierher zu kommen. Wenn seine Mutter unbedingt Wyatt Oil & Tool Company haben wollte, dann mußte sie sich etwas anderes einfallen lassen. Mit den Augen suchte er die Menschenmenge ab und machte sie schließlich inmitten einer Gruppe von Bewunderern aus. Einem unvoreingenommenen Betrachter mußte es vorkommen, als amüsiere sich Kate Blackwell prächtig. Sie schnatterte mit den Gästen, strahlte und lachte. *Sie haßt jede Sekunde dieser Veranstaltung wie die Pest,* dachte Tony. *Aber was würde sie nicht alles auf sich nehmen, um ihr Ziel zu erreichen.* Er dachte an Marianne. Wie sehr sie diese idiotische Orgie hassen würde! Der Gedanke an sie tat ihm weh. *Ich heirate einen Arzt. Ich kenne ihn schon mein ganzes Leben lang.*
Als Lucy eine halbe Stunde später nach Tony suchte, befand er sich bereits auf dem Weg nach New York.

Er rief Marianne von einer Telefonzelle am Flughafen aus an. »Ich möchte dich gerne sehen.«
Ihre Antwort kam ohne zu zögern. »Ja.«
Tony hatte Marianne von Hoffleben nicht aus seinen Gedanken verbannen können. Lange war er allein gewesen, hatte sich aber nicht einsam gefühlt. Von Marianne getrennt zu sein aber war Einsamkeit. Bei ihr zu sein, bedeutete Wärme, Freude am Leben, das Hinter-sich-Lassen der dunklen Schatten, die ihn verfolgten. Er hatte das Gefühl, daß er verloren wäre, wenn er Marianne gehen ließ. Er brauchte sie, wie er noch nie jemanden in seinem Leben gebraucht hatte.
Marianne kam in seine Wohnung, und als Tony sie durch die Tür kommen sah, fühlte er einen Hunger in sich, den er für immer totgeglaubt hatte. Und als er sie anschaute, erkannte er, daß sie den gleichen Hunger empfand und daß es keine Worte gab, um dieses Wunder zu beschreiben.
Sie flog in seine Arme, und sie vergaßen Ort und Zeit, verloren sich in staunender, zauberhafter Freude aneinander. Später la-

gen sie erschöpft, die Arme umeinander geschlungen, nebeneinander. Er spürte ihr weiches Haar an seiner Wange. »Ich werde dich heiraten, Marianne.«
Sie nahm sein Gesicht in ihre Hände und sah ihm in die Augen.
»Bist du sicher, Tony?« Ihre Stimme war sanft. »Es gibt da ein Problem, Liebling.«
»Deine Verlobung?«
»Nein. Die löse ich. Ich mache mir Sorgen wegen deiner Mutter.«
»Sie hat nichts mit . . .«
»Nein. Laß mich ausreden, Tony. Sie will, daß du Lucy Wyatt heiratest.«
»Das ist ihr Plan.« Er nahm sie wieder in seine Arme. »Meine Pläne sind hier.«
»Sie wird mich hassen, Tony. Das will ich nicht.«
»Weißt du, was ich will?« flüsterte Tony.
Und das Wunder begann von neuem.

Es verstrichen achtundvierzig Stunden, bevor Kate Blackwell von Tony hörte. Er war ohne Abschied von der Ranch verschwunden und nach New York zurückgeflogen. Charlie Wyatt fühlte sich zum Narren gehalten, und Lucy war fuchsteufelswild. Kate hatte ein paar verlegene Entschuldigungen vorgebracht und in der gleichen Nacht die Firmenmaschine nach New York bestiegen. Zu Hause angekommen, rief sie in Tonys Wohnung an. Keine Antwort. Auch am nächsten Tag nicht.
Kate saß in ihrem Büro, als der Privatapparat auf ihrem Schreibtisch klingelte. Schon bevor sie den Hörer abnahm, wußte sie, wer dran war.
»Tony, ist alles in Ordnung?«
»Mi-mir geht es gut, Mutter.«
»Wo bist du?«
»Auf m-meiner Hochzeitsreise. Marianne von Hoffleben und ich haben gestern geheiratet.« Es entstand eine lange, sehr lange Pause. »Bist du noch da, Mutter?«
»Ja, doch.«
»Du k-könntest mir gratulieren, oder m-mir vielleicht alles Gute wünschen, oder w-was man sonst so sagt bei diesen Anlässen.« In seiner Stimme schwangen Spott und Bitterkeit.
Kate sagte: »Ja, natürlich, ja. Ich wünsche dir alles Gute, mein Sohn.«

»Danke, M-mutter.« Und er hatte aufgelegt.
Kate legte den Hörer auf und drückte auf den Knopf der Sprechanlage. »Würdest du bitte mal rüberkommen, Brad?«
Als Brad Rogers hereinkam, sagte Kate: »Tony hat gerade angerufen.«
Brad sah Kate an und sagte: »Um Himmels willen, sag nicht, daß du es geschafft hast.«
»Tony hat es geschafft«, lächelte Kate. »Das Imperium derer von Hoffleben ist uns in den Schoß gefallen.«
Brad Rogers ließ sich in einen Sessel sinken. »Das ist ja nicht zu fassen! Ich weiß doch, wie dickköpfig Tony sein kann. Wie um alles in der Welt hast du ihn dazu gebracht, Marianne von Hoffleben zu heiraten?«
»Es war wirklich sehr einfach.« Kate seufzte. »Ich habe ihn in die falsche Richtung gestoßen.«
Aber sie wußte, daß es in Wirklichkeit die richtige gewesen war. Marianne würde Tony eine wunderbare Ehefrau sein. Sie würde die Düsternis von ihm nehmen.
Marianne würde ihm einen Sohn gebären.


## 21

Sechs Monate nach Tonys und Mariannes Hochzeit ging die Firma von Hoffleben in Kruger-Brent auf. Als eine Geste des Zugeständnisses an Friedrich von Hoffleben, der die deutsche Niederlassung leiten würde, fand die offizielle Unterzeichnung des Vertrags in München statt. Tony war überrascht, mit wieviel Nachsicht seine Mutter diese Heirat akzeptierte. An sich war sie keine gute Verliererin, aber als er mit seiner Frau von den Flitterwochen auf den Bahamas zurückkehrte, behandelte sie Marianne außerordentlich nett und ließ Tony wissen, wie sehr sie sich über seine Heirat freue. Was Tony am meisten verwirrte, war die Tatsache, daß ihre Gefühle echt zu sein schienen. Vielleicht verstand er seine Mutter doch nicht so gut, wie er immer gedacht hatte.
Seine Ehe mit Marianne lief von Anfang an blendend. Marianne erfüllte eine alte Sehnsucht in Tony, und jeder in seiner Umgebung – besonders Kate – spürte die Veränderung, die mit ihm vorging.

Marianne gelang es, die Kluft zwischen Tony und seiner Mutter zu überbrücken. Nachdem sie von ihrer Hochzeitsreise zurückgekommen waren, hatte sie gesagt: »Ich möchte deine Mutter zum Abendessen einladen.«
»Nein. Du kennst sie nicht, Marianne. Sie –«
»Ich möchte sie besser kennenlernen. Bitte, Tony.«
Das ging ihm gegen den Strich, aber schließlich gab er nach. Tony hatte sich auf einen eher unerfreulichen Abend eingestellt, doch er erlebte eine Überraschung. Kate war geradezu rührend glücklich darüber, bei ihnen zu sein. In der darauffolgenden Woche lud Kate sie in ihr Haus zum Dinner ein, und von da an wurden die gemeinsamen Essen zum wöchentlichen Ritual.
Kate und Marianne freundeten sich an. Sie telefonierten mehrmals in der Woche miteinander und trafen sich mindestens einmal zum Mittagessen.
Diesmal hatten sie sich bei Lutece zum Essen verabredet, und als Marianne hereinkam, merkte Kate sofort, daß etwas nicht stimmte.
»Einen doppelten Whisky, bitte«, sagte Marianne zum Getränkekellner. »Mit Eis.«
Marianne trank sonst ausschließlich Wein.
»Was ist los, Marianne?«
»Ich war bei Dr. Harley.«
Kate wurde von jäher Sorge gepackt. »Du bist doch nicht krank, oder?«
»Nein. Es ist alles in Ordnung. Es ist nur . . .« Und die ganze Geschichte sprudelte aus ihr heraus.
Es hatte ein paar Tage zuvor begonnen: Marianne hatte sich nicht wohl gefühlt und sich einen Termin bei John Harley geben lassen . . .

»Sie sehen doch eigentlich ganz gesund aus«, sagte Dr. Harley lächelnd. »Wie alt sind Sie, Mrs. Blackwell?«
»Dreiundzwanzig.«
»Irgendwelche Herzgeschichten in Ihrer Familie?«
»Nein.«
Er machte sich Notizen. »Krebs?«
»Nein.«
»Sind Ihre Eltern noch am Leben?«
»Mein Vater. Meine Mutter starb bei einem Unfall.«
»Haben Sie Mumps gehabt?«

»Nein.«
»Masern?«
»Ja, mit zehn.«
»Keuchhusten?«
»Nein.«
»Irgendwelche Operationen?«
»Mandeln. Mit neun.«
»Sonst kein Krankenhausaufenthalt?«
»Nein. Ach ja – doch, einmal, ganz kurz.«
»Weswegen?«
»Ich war in der Hockeymannschaft unserer Schule und wurde während eines Spiels ohnmächtig. Ich wachte im Krankenhaus wieder auf. Ich war nur zwei oder drei Tage da, es war nichts von Bedeutung.«
»Haben Sie sich während des Spiels verletzt?«
»Nein. Ich – ich verlor nur das Bewußtsein.«
»Wie alt waren Sie damals?«
»Sechzehn. Der Arzt sagte, es sei wahrscheinlich eine Drüsensache, die mit dem Wachstum zu tun hatte.«
John Harley beugte sich in seinem Sessel vor. »Als Sie aufwachten, haben Sie sich da auf einer Seite des Körpers schwächer gefühlt als auf der anderen?«
Marianne dachte einen Augenblick lang nach. »Ja, tatsächlich. Auf der rechten Seite. Aber nach ein paar Tagen war es weg, und es ist seitdem auch nicht wiedergekommen.«
»Hatten Sie Kopfschmerzen? Sehstörungen?«
»Ja. Aber das verschwand auch wieder.« Sie wurde unruhig. »Glauben Sie, daß etwas mit mir nicht stimmt, Dr. Harley?«
»Ich weiß nicht. Um ganz sicherzugehen, machen wir ein paar Untersuchungen.«
»Was für Untersuchungen?«
»Ich möchte ein Enzephalogramm machen. Kein Grund zur Aufregung. Das können wir sofort erledigen.«
Drei Tage später erhielt Marianne einen Anruf von Dr. Harleys Sprechstundenhilfe, die sie bat vorbeizukommen. John Harley erwartete sie in seinem Behandlungszimmer. »Nun, wir haben das Rätsel gelöst.«
»Etwas Schlimmes?«
»Eigentlich nicht. Das Enzephalogramm zeigt, daß Sie damals einen kleinen Schlaganfall hatten, Mrs. Blackwell. Wir nennen das in der Medizin Aneurysma, und es kommt bei Frauen sehr

häufig vor – vor allem bei Teenagern. Dabei platzt ein kleines Blutgefäß im Kopf und es entsteht ein Gerinnsel. Der Druck, der dabei auftritt, hat Ihnen die Kopfschmerzen und die Sehstörungen verursacht. Glücklicherweise heilen solche Sachen von selber.«
Marianne saß da, hörte dem Arzt zu und kämpfte gegen die Panik, die sie zu überkommen drohte.
»Was – was hat das alles zu bedeuten? Kann es wieder passieren?«
»Das ist sehr unwahrscheinlich.« Er lächelte. »Außer, wenn Sie vorhaben, wieder Hockey zu spielen. Ansonsten können Sie ein völlig normales Leben führen.«
»Tony und ich reiten gerne und spielen viel Tennis. Ist das –?«
»Solange Sie es nicht übertreiben, ist alles in Ordnung. Von Tennis bis Sex. Kein Problem.«
Sie lächelte erleichtert. »Gott sei Dank.«
Als sie sich erhob, sagte John Harley: »Eins noch, Mrs. Blackwell. Wenn Sie und Tony Kinder haben wollen, dann würde ich Ihnen den Rat geben, sie zu adoptieren.«
Marianne erstarrte. »Sie haben gesagt, daß alles in Ordnung wäre.«
»Ja. Aber unglücklicherweise erhöht eine Schwangerschaft das vaskuläre Volumen erheblich, und während der letzten sechs bis acht Wochen der Schwangerschaft steigt der Blutdruck. Und mit dem Aneurysma wäre das Risiko unannehmbar hoch. Es wäre nicht nur gefährlich – es könnte tödlich ausgehen. Adoptionen sind heutzutage kein Problem mehr. Ich könnte mich darum kümmern, daß –«
Aber Marianne hörte schon nicht mehr zu. Sie hörte nur noch Tonys Stimme: *Ich möchte ein Kind haben. Ein kleines Mädchen, das genauso aussieht wie du.*

». . . länger konnte ich mir das nicht mehr anhören«, sagte Marianne zu Kate. »Ich bin aus der Praxis gerannt und gleich hierhergekommen.«
Es kostete Kate einiges an Anstrengung, ihre wahren Gefühle zu verbergen. Die Nachricht war ein Schlag für sie, aber es mußte einen Ausweg geben. Es gab immer einen Ausweg.
Sie brachte ein Lächeln zustande und sagte: »Nun, und ich dachte schon, es wäre etwas viel Schlimmeres.«
»Aber Kate, Tony und ich wünschen uns so sehr ein Kind.«

»Dr. Harley übertreibt immer, Marianne. Vor Jahren hast du ein kleines Problem gehabt, und er macht gleich eine Mordssache daraus. Du weißt ja, wie Ärzte sind.« Sie griff nach Mariannes Hand. »Du fühlst dich doch gut, oder, Liebes?«
»Ich habe mich gut gefühlt bis –«
»Und umfallen tust du ja auch nicht ständig, oder?«
»Nein.«
»Weil es vorbei ist. Er hat selbst gesagt, daß solche Sachen von allein ausheilen.«
»Er hat gesagt, daß das Risiko . . .«
Kate seufzte. »Marianne, jede Schwangerschaft ist für eine Frau ein Risiko. Das Leben ist voller Risiken, und es geht einzig und allein darum zu entscheiden, welche es wert sind, auf sich genommen zu werden. Findest du nicht auch?«
»Ja.« Marianne saß da und dachte nach. Schließlich hatte sie ihren Entschluß gefaßt. »Du hast ganz recht. Wir wollen Tony nichts davon erzählen, er würde sich nur Sorgen machen. Behalten wir es für uns.«
Kate dachte: *Ich könnte diesen verdammten John Harley glatt umbringen dafür, daß er ihr so einen Riesenschrecken eingejagt hat.* »Es wird unter uns bleiben«, stimmte sie Marianne zu.

Drei Monate später wurde Marianne schwanger. Tony war außer sich vor Freude, Kate triumphierte insgeheim, und Dr. John Harley war entsetzt.
»Ich werde sofort alles Nötige für einen Schwangerschaftsabbruch in die Wege leiten«, teilte er Marianne mit.
»Nein, Dr. Harley, ich will das Kind haben.«
Nachdem Marianne Kate von ihrem Besuch bei Dr. Harley berichtet hatte, stürmte Kate in seine Praxis. »Wie kannst du es wagen, meiner Schwiegertochter eine Abtreibung nahezulegen?«
»Kate, ich habe ihr gesagt, daß es lebensgefährlich für sie ist, das Kind auszutragen.«
»Das weißt du doch gar nicht hundertprozentig. Es wird schon alles gutgehen. Hör auf, sie zu beunruhigen.«

Acht Monate später, Anfang Februar, setzten morgens um vier Uhr vorzeitig die Wehen bei Marianne ein. Ihr Stöhnen weckte Tony.
Er zog sich eilends an. »Kein Grund zur Sorge, Liebling. Ehe du dich versiehst, hab' ich dich in die Klinik gebracht.«

Sie konnte es vor Schmerzen kaum aushalten. »Bitte, beeil dich.«
Sie fragte sich, ob sie Tony von ihren Unterhaltungen mit Dr. Harley hätte erzählen sollen. Nein, Kate hatte schon recht. Es war allein ihre Entscheidung, und das Leben war so schön, daß Gott nicht zulassen würde, daß ihr etwas passierte.
Als Marianne und Tony in der Klinik ankamen, war schon alles vorbereitet. Tony wurde zu einem Wartezimmer begleitet, Marianne brachte man in einen Untersuchungsraum. Der Gynäkologe, Dr. Mattson, nahm Mariannes Blutdruck. Er runzelte die Stirn und kontrollierte ihn noch einmal. Er schaute auf und sagte zu der Krankenschwester: »Bringen Sie sie in den Operationssaal – aber schnell.«

Tony stand vor dem Zigarettenautomaten im Korridor der Klinik, als er plötzlich eine Stimme hinter sich hörte. »Na, wenn das nicht unser Rembrandt ist.« Tony drehte sich um. Er erkannte den Mann, den er zusammen mit Dominique vor deren Wohnung gesehen hatte. Wie hatte sie ihn genannt? Ben. Der Mann starrte Tony feindselig an. Eifersucht? Was hatte Dominique ihm erzählt? Da kam sie auch schon. Sie sagte zu Ben: »Die Schwester sagt, Michèle sei auf der Intensivstation. Wir kommen –« Sie erblickte Tony und unterbrach sich.
»Tony! Was machst du denn hier?«
»Meine Frau kriegt ein Kind.«
»Hat deine Mutter das zustande gebracht?«
»Was soll das denn heißen?«
»Dominique hat mir erzählt, daß deine Mutter alles für dich arrangiert, Kleiner.«
»Ben! Hör auf!«
»Wieso? Stimmt doch, oder, Baby? Das hast du mir doch selbst gesagt.« Tony wandte sich an Dominique. »Wovon redet der eigentlich?«
»Nichts«, sagte sie schnell. »Gehen wir, Ben.«
Aber Ben wollte sein Vergnügen auskosten. »Ich wünschte, ich hätte auch so eine Mutter. Willst du 'n schönes Fotomodell fürs Bett, dann kauft sie dir eins. Willst du 'ne Kunstausstellung in Paris, dann sorgt sie auch dafür. Willst du –«
»Du spinnst wohl!«
»Wirklich?« Ben sah Dominique an. »Weiß er nichts davon?«
»Wovon soll ich nichts wissen?« fragte Tony.

»Nichts, Tony.«
»Er sagt, daß meine Mutter die Ausstellung in Paris arrangiert hat. Das ist eine Lüge, nicht wahr?« Er bemerkte Dominiques Gesichtsausdruck. »Oder nicht?«
»Nein«, erwiderte sie widerwillig.
»Willst du damit sagen, daß sie Goerg dafür – dafür bezahlt hat, meine – meine Bilder auszustellen?«
»Tony, er mochte deine Bilder wirklich.«
»Erzähl ihm von dem Kunstkritiker«, drängte Ben.
»Jetzt reicht's!« Dominique wandte sich zum Gehen, aber Tony packte sie am Arm. »Warte! Was ist mit dem? Hat meine Mutter auch dafür gesorgt, daß er zu der Ausstellung kam?«
»Ja.« Ihre Stimme war nur noch ein Flüstern.
»Aber er konnte meine Bilder nicht *ausstehen*.«
Sie hörte den Schmerz in seiner Stimme. »Nein, Tony. Das stimmt nicht. André d'Usseau hat deiner Mutter gesagt, daß du das Zeug zu einem bedeutenden Maler hättest.«
Er konnte es nicht fassen, es durfte einfach nicht wahr sein.
»Meine Mutter hat ihn dafür bezahlt, mich zu zerstören?«
»Nicht, um dich zu zerstören. Sie glaubte, sie täte das Richtige für dich.«
Ihn schwindelte. *Es war alles gelogen, was sie mir gesagt hat. Sie hat nie die Absicht gehabt, mich mein eigenes Leben führen zu lassen.* Und dann André d'Usseau! Wie konnte ein solcher Mann käuflich sein? Aber natürlich. Kate wußte genau, zu welchem Preis man welchen Menschen kaufen konnte. Oscar Wilde hatte wohl an sie gedacht, als er von Leuten sprach, die zwar den genauen Preis einer Sache kennen, ihren Wert jedoch nicht zu schätzen wissen. Bei allem ging es immer nur um die Firma, und die Firma war Kate Blackwell. Tony drehte sich um und ging wie blind den Flur hinunter.

Im Operationssaal kämpften die Ärzte mittlerweile verzweifelt um Mariannes Leben. Sie erhielt Sauerstoff und eine Bluttransfusion, aber umsonst. Durch eine Gehirnblutung war Marianne bereits bewußtlos, als das erste Baby kam, und drei Minuten später, als das zweite geholt wurde, war sie tot.

Tony hörte, wie er gerufen wurde. »Mr. Blackwell.« Er drehte sich um. Dr. Mattson stand neben ihm. »Sie haben wunderschöne, gesunde Zwillingsmädchen bekommen, Mr. Blackwell.«

Tony sah den Blick in seinen Augen. »Und Marianne – es ist alles in Ordnung, nicht wahr?«
Dr. Mattson holte tief Luft. »Es tut mir leid. Wir haben alles Menschenmögliche versucht. Sie starb auf dem –«
»Sie – was?« Er schrie, griff Dr. Mattson am Revers und schüttelte ihn. »Sie lügen! Sie ist nicht tot.«
»Mr. Blackwell –«
»Wo ist sie? Ich will sie sehen.«
»Sie können jetzt nicht hineingehen, sie wird gerade hergerichtet.«
Tony schrie: »Sie haben sie getötet, Sie elendes Schwein! Sie haben sie getötet.« Er begann, auf den Doktor einzuschlagen. Zwei Assistenzärzte packten Tonys Arme.
»Jetzt mal mit der Ruhe, Mr. Blackwell.«
Tony kämpfte wie ein Irrsinniger. »Ich will meine Frau sehen.«
Dr. John Harley kam auf die Gruppe zugerannt. »Lassen Sie ihn los«, befahl er. »Lassen Sie uns allein.«
Dr. Mattson und die Assistenzärzte verschwanden. Tony schluchzte. »John, sie haben Marianne umgebracht. Sie haben sie getötet.«
»Sie ist tot, Tony, und es tut mir leid. Aber keiner hat sie umgebracht. Ich habe ihr schon vor Monaten gesagt, daß diese Schwangerschaft sie das Leben kosten könnte.«
Es brauchte eine Zeit, bis Tony den Sinn der Worte verstand. »Wovon redest du?«
»Hat Marianne dir nichts gesagt? Hat deine Mutter dir nichts gesagt?«
Tony starrte ihn verständnislos an. »Meine Mutter?«
»Sie war der Meinung, daß ich nur unnötig Alarm schlage, und sie hat Marianne dazu geraten, das Kind zu behalten. Es tut mir so leid, Tony. Ich habe die Zwillinge gesehen. Sie sind sehr schön. Möchtest du sie nicht –?«
Tony war schon gegangen.
Kates Butler öffnete ihm die Tür.
»Guten Morgen, Mr. Blackwell.«
»Guten Morgen, Lester.«
Der Butler nahm Tonys unordentlichen Aufzug wahr. »Ist alles in Ordnung, Sir?«
»Es ist alles in Ordnung. Würden Sie mir eine Tasse Kaffee machen, Lester?«
»Sicher, Sir.«

Tony beobachtete, wie der Butler in Richtung Küche ging. *Jetzt, Tony,* kommandierte die Stimme in seinem Kopf.
*Ja, jetzt.* Tony drehte sich um und ging zum Schrank mit den Gewehren hinüber und starrte die glänzende Kollektion todbringender Instrumente an.
*Mach den Schrank auf, Tony.*
Er öffnete ihn. Er wählte einen Revolver, kontrollierte den Lauf und vergewisserte sich, daß er geladen war.
*Sie wird oben sein, Tony.*
Tony ging aus dem Zimmer und die Treppe hinauf. Er wußte nun, daß seine Mutter nichts für ihre Bösartigkeit konnte. Sie war besessen, und er würde sie heilen. Die Firma hatte ihre Seele aufgefressen; Kate war nicht für ihr Tun verantwortlich. Seine Mutter und die Firma waren eins geworden, und wenn er Kate umbrachte, würde auch die Firma sterben.
Er stand vor Kates Schlafzimmer.
*Mach die Tür auf,* befahl ihm die Stimme.
Tony öffnete die Tür. Kate stand vor dem Spiegel und kleidete sich an, als sie hörte, wie die Tür geöffnet wurde.
»Tony! Was, um Himmels willen –«
Er legte den Revolver sorgfältig auf sie an und drückte ab.


22

Die Primogenitur – das Recht des Erstgeborenen auf Titel oder Familienbesitz – ist in der Geschichte verankert. In den königlichen Familien ist bei jeder Geburt eines potentiellen Thronfolgers ein hoher Beamter zugegen, so daß die Erbfolge im Falle einer Zwillingsgeburt unumstößlich festgestellt wird. Dr. Mattson war umsichtig genug gewesen, darauf zu achten, welcher Zwilling das Licht der Welt zuerst erblickte.
Alle waren sich einig, daß die Blackwell-Zwillinge die schönsten Babys waren, die man je gesehen hatte. Sie waren gesund und über die Maßen lebhaft, und die Krankenschwestern dachten sich andauernd neue Ausreden aus, um in das Säuglingszimmer gehen und sie betrachten zu können. Ein Teil der Faszination lag allerdings, obwohl keine der Schwestern es zugegeben hätte, an den mysteriösen Geschichten, die über die Familie der Zwillinge im Umlauf waren. Ihre Mutter war während der

Entbindung gestorben. Der Vater der Zwillinge war verschwunden, und es gingen Gerüchte um, er habe seine Mutter getötet, aber niemand wußte etwas Genaues. Es stand nichts in den Zeitungen, außer, daß Tony Blackwell wegen des Todes seiner Frau einen Nervenzusammenbruch erlitten und sich aus dem öffentlichen Leben zurückgezogen hatte. Als die Presse versuchte, Dr. Harley auszuquetschen, kam nur ein brüskes »Kein Kommentar«.

Die vorausgegangenen Tage waren für John Harley die reinste Hölle gewesen. Zeit seines Lebens würde er sich an die Szene in Kates Schlafzimmer erinnern, als er dort nach dem Anruf des Butlers ankam. Kate lag im Koma auf dem Boden, mit Schußwunden in Hals und Brust, aus denen das Blut auf den weißen Teppich quoll. Tony machte sich an ihrem Kleiderschrank zu schaffen und zerfetzte die Garderobe seiner Mutter mit einer Schere. Dr. Harley hatte einen kurzen Blick auf Kate geworfen und nach einem Krankenwagen telefoniert. Er kniete neben ihr und fühlte ihren Puls, der schwach und unregelmäßig war. Ihr Gesicht lief blau an. Sie war im Schock. Schnell gab er ihr eine Injektion.

»Was ist passiert?« fragte Dr. Harley.

Der Butler war schweißgebadet. »Ich – ich weiß nicht. Mr. Blackwell hat mich gebeten, ihm Kaffee zu machen. Ich war in der Küche, als ich die Schüsse hörte. Ich bin nach oben gerannt und habe Mrs. Blackwell so auf dem Fußboden gefunden. Mr. Blackwell stand über ihr und sagte: ›Es kann dir nicht mehr weh tun, Mutter. Ich habe es umgebracht.‹ Und dann ging er ins Ankleidezimmer und hat angefangen, ihre Sachen zu zerschneiden.«

Dr. Harley drehte sich zu Tony um. »Was machst du da?« Ein Hieb mit der Schere. »Ich helfe Mutter. Ich mache die Firma kaputt. Sie hat Marianne umgebracht, mußt du wissen.« Er machte sich weiter an Kates Kleidung zu schaffen.

Kate wurde eilends in ein Privatkrankenhaus von Kruger-Brent gebracht. Während der Operation, in der die Kugeln entfernt werden mußten, erhielt sie vier Bluttransfusionen.

Drei Krankenwärter waren nötig, um Tony in eine Ambulanz zu verfrachten, und er beruhigte sich erst, nachdem Dr. Harley ihm eine Spritze gegeben hatte.

Dr. Harley überließ es Brad Rogers, sich mit der Polizei auseinanderzusetzen. Wie er es angestellt hatte, blieb Dr. Harley ein

Rätsel, aber die Schießerei wurde in sämtlichen Medien totgeschwiegen.

Dr. Harley begab sich zum Krankenhaus, um Kate dort auf der Intensivstation zu besuchen. Ihre ersten Worte waren ein geflüstertes »Wo ist mein Sohn?«.

»Man kümmert sich um ihn, Kate. Es geht ihm gut.«

Man hatte Tony in ein Privatsanatorium in Connecticut gebracht.

»John, warum hat er versucht, mich umzubringen? Warum?« Die Qual in ihrer Stimme war unerträglich.

»Er macht dich für Mariannes Tod verantwortlich.«

»Das ist verrückt.« John Harley sagte nichts dazu.

*Er macht dich für Mariannes Tod verantwortlich.*

Noch lange nachdem Dr. Harley gegangen war, lag Kate da und sträubte sich gegen das, was er gesagt hatte. Sie hatte Marianne geliebt, weil sie Tony glücklich gemacht hatte. *Alles, was ich getan habe, habe ich für dich getan, mein Sohn. Alle meine Träume drehten sich um dich. Wie konntest du das nicht sehen?* Er hatte sie so sehr gehaßt, daß er sie hatte umbringen wollen. Der Gedanke daran erfüllte sie mit solcher Verzweiflung, daß sie am liebsten gestorben wäre. Aber das würde sie nicht zulassen. Sie hatte das Richtige getan. Alle anderen waren im Unrecht. Tony war ein Schwächling. Alle waren sie Schwächlinge gewesen. Ihr Vater war zu schwach gewesen, um mit dem Tod seines Sohnes fertig zu werden. Ihre Mutter war zu schwach gewesen, um sich dem Leben allein zu stellen. *Aber ich bin nicht schwach,* dachte Kate. *Ich kann allem die Stirn bieten, ich kann es mit allem aufnehmen. Ich werde leben. Ich werde überleben. Die Firma wird überleben.*

dachte Kate immer wieder, *ist es wirklich ein Segen, daß sie zu zweit sind und sich so sehr lieben.*
In der Nacht vor ihrem fünften Geburtstag versuchte Eve, Alexandra umzubringen.

Es steht geschrieben in Genesis 25:22-23:
Und die Kinder stießen sich miteinander in ihrem Leib ...
Und der Herr sprach zu ihr: Zwei [Völker] sind in deinem Leibe, und zweierlei [Volk] wird sich scheiden aus deinem Leibe; und ein [Volk] wird dem andern überlegen sein, und der Ältere wird dem Jüngeren dienen.

Eve dagegen dachte nicht im Traume daran, ihrer jüngeren Schwester zu dienen.
Sie hatte ihre Schwester gehaßt, solange sie zurückdenken konnte. Insgeheim hatte sie jedesmal eine mörderische Wut gepackt, wenn jemand Alexandra auf den Arm nahm, sie streichelte oder ihr etwas schenkte. Eve hatte das Gefühl, ständig um etwas betrogen zu werden. Sie wollte alles für sich allein haben – die ganze Liebe und all die wunderschönen Sachen, von denen die beiden umgeben waren. Alexandra betete Eve an, und Eve verachtete sie dafür. Alexandra war großzügig und darauf versessen, ihr Spielzeug und ihre Puppen zu teilen, was Eve mit noch mehr Verachtung erfüllte. Eve teilte nichts. Was sie besaß, gehörte ihr, aber es war nicht genug. Sie wollte auch noch das, was Alexandra besaß. Abends beteten beide Mädchen laut unter den wachsamen Augen von Solange Dunas, aber Eve fügte insgeheim immer noch das Gebet hinzu, Gott möge Alexandra umbringen. Als ihre Bitte unerfüllt blieb, beschloß Eve, daß sie die Sache selbst in die Hand nehmen müsse. In ein paar Tagen wurden sie fünf Jahre alt, und Eve konnte den Gedanken, eine weitere Geburtstagsparty mit Alexandra teilen zu müssen, nicht ertragen. Das waren *ihre* Freunde und *ihre* Geschenke, die Alexandra ihrer Schwester da stahl. Sie mußte Alexandra bald töten.

In der Nacht vor ihrem fünften Geburtstag lag Eve hellwach in ihrem Bett. Als sie sicher sein konnte, daß alle Hausbewohner schliefen, ging sie zu Alexandras Bett hinüber und weckte sie. »Alex«, flüsterte sie. »Wir wollen in die Küche hinuntergehen und die Geburtstagstorten anschauen.«

Alexandra antwortete schläfrig: »Aber alle schlafen doch schon.«
»Wir werden schon niemanden aufwecken.«
»Aber Mademoiselle Dunas mag es bestimmt nicht. Warum schauen wir die Torten nicht morgen früh an?«
»Weil ich sie jetzt sehen will. Kommst du nun mit oder nicht?«
Alexandra rieb sich den Schlaf aus den Augen. Eigentlich hatte sie keine Lust, die Geburtstagstorten zu sehen, wollte es sich aber mit ihrer Schwester nicht verderben. »Ich komme schon«, sagte sie.
Alexandra kletterte aus dem Bett und zog ihre Pantoffeln an. Beide Mädchen trugen rosafarbene Nachthemden.
»Komm schon«, sagte Eve. »Und mach keinen Krach.«
»Ich paß schon auf«, versprach Alexandra.
Auf Zehenspitzen verließen sie ihr Schlafzimmer, gelangten auf den großen Flur, schlichen sich an Mademoiselle Dunas' Zimmer vorbei die steile Treppe hinunter. Die Küche war riesig, hatte zwei große Gasöfen, sechs Herde, drei Kühlschränke und einen Kühlraum.
In einem der Kühlschränke fand Eve die Geburtstagstorten, die die Köchin, Mrs. Tyler, gebacken hatte. Auf einer stand ›Happy Birthday, Alexandra‹, auf der anderen ›Happy Birthday, Eve‹.
*Nächstes Jahr,* dachte Eve glücklich, *wird es nur eine Torte geben.*
Eve nahm Alexandras Kuchen aus dem Eisschrank und stellte ihn auf den hölzernen Schneideblock in der Mitte der Küche. Dann öffnete sie eine der Schubladen und entnahm ihr eine Pakkung bunter Kerzen.
»Was machst du da?« fragte Alexandra.
»Ich will sehen, wie es aussieht, wenn die Kerzen an sind.«
Eve begann, die Kerzen in die Glasur zu drücken.
»Ich finde, du solltest das nicht tun, Eve. Du machst die Torte kaputt, und Mrs. Tyler wird sehr böse sein.«
»Sie wird schon nichts sagen.« Eve zog eine weitere Schublade auf und nahm zwei große Schachteln mit Küchenstreichhölzern heraus. »Komm, hilf mir lieber.«
»Ich will wieder ins Bett gehen.«
Eve drehte sich ärgerlich um. »Okay, dann geh ins Bett, du Angsthase. Dann mach ich es eben allein.«
Alexandra zögerte. »Was soll ich denn tun?«
Eve gab ihr eine der Streichholzschachteln. »Fang an, die Kerzen anzuzünden.«

Alexandra hatte Angst vor Feuer, aber sie wollte Eve nicht enttäuschen und begann gehorsam, die Kerzen anzustecken. Eve beobachtete sie eine Weile lang. »Du vergißt die Kerzen auf der anderen Seite, Dummkopf«, sagte sie.
Alexandra lehnte sich hinüber, um die Kerzen auf der anderen Seite der Torte auch noch anzuzünden, und kehrte dabei Eve den Rücken zu, die schnell ein Streichholz anzündete und damit die Schachtel in Brand steckte, die sie in der Hand hielt. Sobald die Schachtel in Flammen stand, ließ Eve sie zu Alexandras Füßen fallen, so daß der Saum ihres Nachthemds Feuer fing. Alexandra begriff nicht sogleich, was geschah. Als sie den schrecklichen Schmerz an ihren Beinen spürte, schaute sie hinunter und schrie: »Hilfe! Hilf mir!«
Eve blickte kurz auf das brennende Nachthemd und staunte über das Ausmaß ihres Erfolgs. Alexandra stand nur da, schreckensbleich und starr vor Angst.
»Beweg dich nicht!« sagte Eve. »Ich hole einen Eimer Wasser.« Mit vor Angst und Freude pochendem Herzen rannte sie zum Anrichtezimmer hinüber.

Ein Horrorfilm rettete Alexandra das Leben. Mrs. Tyler, die Köchin der Blackwells, war in Begleitung eines Polizeisergeanten, mit dem sie ab und an das Bett teilte, ins Kino gegangen. An diesem speziellen Abend tummelten sich auf der Leinwand eine solche Menge Toter und Verstümmelter, daß Mrs. Tyler es endlich nicht mehr aushalten konnte. Mitten in einer Hinrichtungsszene sagte sie: »Dies mag ja für dich alltäglich sein, Richard, aber mir langt es.«
Sergeant Richard Dougherty folgte ihr nur widerwillig aus dem Kino.
Sie kamen eine Stunde früher als erwartet in der Blackwellschen Villa an, und als Mrs. Tyler zum Hintereingang hereinkam und Alexandras Schreie aus der Küche hörte, rannte sie mit Sergeant Dougherty dorthin; beide erfaßten die Situation, die sich ihren Augen bot, mit einem Blick und reagierten schnell. Mit einem Satz war der Sergeant bei Alexandra und riß ihr das lichterloh brennende Nachthemd vom Körper. Ihre Beine und Hüften waren voller Blasen, aber die Flammen hatten weder ihr Haar noch ihre Brust erfaßt. Alexandra fiel bewußtlos zu Boden. Mrs. Tyler füllte einen großen Topf mit Wasser und schüttete es über die Flammen, die sich auf dem Boden weiterfraßen.

»Ruf einen Krankenwagen«, befahl Sergeant Dougherty. »Ist Mrs. Blackwell zu Hause?«
»Sie müßte oben sein und schlafen.«
»Weck sie.«
Als Mrs. Tyler den Anruf erledigt hatte, hörte sie einen Schrei aus dem Anrichtezimmer. Eve kam mit einem Topf voll Wasser angerannt und schluchzte dabei hysterisch.
»Ist Alexandra tot?« schrie Eve. »Ist sie tot?«
Mrs. Tyler nahm Eve in die Arme und beruhigte sie. »Nein, Liebling, sie lebt. Es wird alles wieder gut.«
»Es war mein Fehler«, schluchzte Eve. »Sie wollte die Kerzen auf ihrer Geburtstagstorte anmachen. Ich hätte sie daran hindern sollen.« Mrs. Tyler streichelte Eves Rücken. »Es ist schon in Ordnung. Du kannst nichts dafür.«
»Die St-streichhölzer fielen mir aus der Hand und Alex hat Feuer gefangen. Es war sch-schrecklich.«
Sergeant Dougherty sah Eve mitleidsvoll an und sagte nur: »Armes Kind.«

»Alexandra hat Verbrennungen zweiten und dritten Grades an den Beinen und auf dem Rücken«, teilte Dr. Harley Kate mit, »aber es wird alles in Ordnung kommen. Heutzutage können wir bei Verbrennungen wahre Wunder vollbringen. Glaub mir, das hätte eine schreckliche Tragödie werden können.«
»Ich weiß«, sagte Kate. Sie hatte Alexandras Brandwunden gesehen und war entsetzt gewesen. Sie zögerte einen Augenblick. »John, ich glaube fast, daß Eve mir mehr Sorgen macht.«
»Ist sie verletzt worden?«
»Nicht physisch, aber das arme Kind gibt sich die Schuld an dem Unfall. Sie hat schreckliche Alpträume. In den letzten drei Nächten mußte ich in ihr Zimmer kommen und sie in meinen Armen halten, bevor sie wieder einschlafen konnte. Ich möchte nicht, daß es traumatisch wird. Eve ist sehr sensibel.«
»Kinder kommen schnell über so etwas hinweg, Kate. Sag mir, wenn es noch Probleme geben sollte, ich werde dann einen Kindertherapeuten empfehlen.«
»Lieb von dir«, sagte Kate dankbar.

Eve war wirklich fürchterlich aufgebracht. Die Geburtstagsparty war abgesagt worden. *Alexandra hat mich darum betrogen,* dachte Eve bitter.

Alexandras Wunden verheilten gut, ohne auch nur eine Narbe zu hinterlassen. Eve kam über ihre Schuldgefühle bemerkenswert leicht hinweg. Und Kate versicherte ihr: »Unfälle können jedem zustoßen, Liebling. Du mußt dir keine Vorwürfe machen.«
Das tat Eve auch nicht. Insgeheim machte sie Mrs. Tyler Vorwürfe. Warum mußte die auch kommen und alles verderben? Der Plan war perfekt gewesen.

Das Sanatorium, in dem Tony untergebracht war, lag inmitten einer friedlichen, bewaldeten Gegend in Connecticut. Kate ließ sich einmal im Monat dorthin fahren. Die Lobotomie war erfolgreich gewesen. An Tony gab es nicht mehr das kleinste Anzeichen von Aggressivität. Er erkannte Kate wieder und erkundigte sich jedesmal höflich nach Eve und Alexandra, ließ aber nicht das geringste Interesse daran erkennen, sie einmal zu sehen. Er zeigte überhaupt wenig Interesse an irgend etwas. Er schien glücklich zu sein.
*Nein, nicht glücklich,* verbesserte Kate sich. *Zufrieden. Aber zufrieden womit? Was tat er denn?*
Kate fragte Mr. Burger, den Leiter der Anstalt. »Tut mein Sohn den ganzen Tag lang überhaupt nichts?«
»O doch, Mrs. Blackwell. Er sitzt da und malt, Stunde um Stunde.«
Ihr Sohn, dem die Welt hätte gehören können, saß da und malte den ganzen Tag. »Was malt er denn?«
Der Mann schien verlegen. »Darauf kann sich niemand richtig einen Reim machen.«

## 24

Während der nächsten beiden Jahre machte sich Kate ernstlich Sorgen um Alexandra. Das Kind war ganz ohne Zweifel unfallgefährdet. Während der Sommerferien auf dem Blackwellschen Anwesen auf den Bahamas ertrank Alexandra fast, als sie mit Eve im Swimming-pool spielte; nur die schnelle Reaktion eines Gärtners rettete ihr das Leben. Im darauffolgenden Jahr, als die beiden Mädchen zu einem Picknick in den Palisades waren, rutschte Alexandra irgendwie an einer Felskante aus und konnte sich nur retten, indem sie sich an ein Gebüsch klammerte, das an dem steilen Abhang wuchs.

»Ich wünschte sehr, daß du ein bißchen mehr auf deine Schwester achtgäbest«, sagte Kate zu Eve. »Sie kann wohl nicht so gut auf sich selbst aufpassen wie du.«

»Ja, ich weiß«, sagte Eve feierlich. »Ich werde sie im Auge behalten, Gran.«

Kate liebte ihre beiden Enkeltöchter, jede auf eine andere Weise. Sie waren jetzt sieben Jahre alt und gleich schön, mit langem, weichem, blondem Haar, feingeschnittenen Gesichtszügen und den Augen der McGregors. Alexandras sanftes Wesen erinnerte Kate an Tony, während Eve wie sie selbst war, dickköpfig und eigenwillig.

Ein Chauffeur brachte die Kinder im Rolls-Royce der Familie zur Schule. Alexandra schämte sich vor ihren Klassenkameraden des Wagens und des Fahrers, Eve genoß es in vollen Zügen. Kate gab den beiden Mädchen wöchentlich Taschengeld und befahl ihnen, Buch über ihre Ausgaben zu führen. Jedesmal ging Eve das Geld schon vor Ende der Woche aus, und sie borgte sich welches von Alexandra. Eve verstand es, die Abrechnung so zu fälschen, daß Gran nichts merkte. Doch Kate merkte es sehr wohl und konnte sich ein Lächeln nicht verkneifen. Erst sieben Jahre alt und schon eine gewiefte Buchhalterin!

Anfangs hatte Kate noch davon geträumt, daß Tony wieder genesen, die Anstalt verlassen und zu Kruger-Brent zurückkehren würde. Aber die Zeit verging, und ihr Traum verblaßte allmählich.

Man schrieb das Jahr 1962, und in dem Maße, in dem Kruger-Brent prosperierte und expandierte, wuchs auch das Bedürfnis nach einer neuen Führung. Kate feierte ihren siebzigsten Geburtstag. Ihr Haar war weiß geworden, und sie war noch immer eine ungewöhnliche Frau, stark, aufrecht und vital. Sie wußte, daß der Kampf gegen die Zeit letztlich zu ihren Ungunsten enden würde. Sie mußte vorbereitet sein. Die Firma mußte der Familie erhalten bleiben. Brad Rogers war zwar ein guter Manager, aber er war kein Blackwell. *Ich muß durchhalten, bis die Zwillinge die Firma übernehmen können.* Sie dachte an Cecil Rhodes' letzte Worte: »So wenig getan – so viel zu tun.«

Die Zwillinge waren jetzt zwölf Jahre alt und entwickelten sich langsam zu jungen Damen. Es war an der Zeit, eine wichtige Entscheidung zu treffen.

In der Osterwoche flogen Kate und die Zwillinge nach Dark Harbor. Die Mädchen hatten inzwischen sämtliche Familienanwesen außer dem Johannesburger kennengelernt und liebten Dark Harbor am meisten. Sie genossen die wilde Freiheit und die Abgeschiedenheit der Insel. Sie segelten, schwammen und fuhren Wasserski, und Dark Harbor bot die besten Möglichkeiten dafür. Eve fragte, ob sie wie früher ein paar Klassenkameradinnen mitbringen dürfe, aber diesmal schlug die Großmutter ihr die Bitte ab. Sie wollte mit den beiden allein sein.

Die Mädchen sahen sich immer noch erstaunlich ähnlich, zwei goldene Schönheiten, aber Kate war weniger an ihren Gemeinsamkeiten als an ihren Unterschieden interessiert. Eve hatte die Führungsrolle inne, Alexandra folgte ihr. Eve hatte etwas Widerspenstiges an sich, Alexandra war nachgiebig. Eve war die geborene Sportlerin, Alexandra war nach wie vor in Unfälle verwickelt. Erst vor einigen Tagen, als die beiden allein in einem kleinen Segelboot mit Eve am Ruder hinausgefahren waren, war sie über Bord gefegt worden und fast ertrunken. Ein anderes Boot in der Nähe war Eve bei dem Versuch, ihre Schwester zu retten, zu Hilfe gekommen. Kate fragte sich, ob all dies etwas damit zu tun hatte, daß Alexandra drei Minuten später als Eve auf die Welt gekommen war. Aber die Gründe spielten keine Rolle. Kate hatte ihren Entschluß gefaßt. Sie setzte auf Eve, einen Einsatz von zehn Milliarden Dollar. Sie würde einen passenden Lebensgefährten für Eve finden, und diese würde dann, sobald sich Kate zurückgezogen hatte, Kruger-Brent leiten. Was Alexandra betraf, so könnte diese ein Leben in Reichtum und Komfort genießen. Wahrscheinlich würde sie sich gut um die karitativen Einrichtungen kümmern können, die Kate ins Leben gerufen hatte. Ja, das wäre genau das Richtige für Alexandra, sie war ein solch süßes und teilnahmsvolles Kind.

Der erste Schritt auf dem Weg zur Durchführung ihres Plans bestand darin, die richtige Schule für Eve auszusuchen. Kate entschied sich für Briarcrest, eine ausgezeichnete Institution in South Carolina.

»Meine beiden Enkeltöchter sind bezaubernd«, teilte Kate der Schulleiterin, Mrs. Chandler, mit. »Aber Sie werden bald merken, daß Eve die Klügere ist. Sie ist ein ganz außerordentliches Mädchen, und ich bin sicher, daß Sie dafür sorgen werden, daß es ihr hier an nichts fehlt.«

»Das ist bei allen unseren Schülerinnen der Fall, Mrs. Blackwell. Sie sprachen von Eve. Und was ist mit ihrer Schwester?«
»Alexandra? Ein nettes Mädchen.« Er klang herabsetzend. Kate erhob sich. »Ich werde mich regelmäßig nach ihren Fortschritten erkundigen.« Die Schulleiterin hatte das seltsame Gefühl, dies hätte wie eine Drohung geklungen.

Die Zwillinge liebten die neue Schule, vor allem Eve. Sie genoß die Freiheit, von zu Hause weg zu sein und weder ihrer Großmutter noch Solange Dunas gegenüber Rechenschaft ablegen zu müssen. Die Regeln in Briarcrest waren streng, aber das kümmerte Eve nicht; sie hatte Erfahrung im Umgehen von Bestimmungen. Das einzige, was sie störte, war die Tatsache, daß Alexandra mit ihr zusammen da war. Als sie erstmals von Briarcrest gehört hatte, hatte sie gebettelt: »Kann ich allein hingehen? Bitte, Gran?«
Und Kate hatte geantwortet: »Nein, Liebling, ich finde, es ist besser, wenn Alexandra mit dir geht.«
Eve verbarg ihren Groll. »Wie du willst, Gran.«
Sie benahm sich stets sehr höflich und liebenswürdig in der Nähe ihrer Großmutter. Eve wußte, wo die Macht lag. Ihr Vater war ein Verrückter, der in einer Irrenanstalt saß; ihre Mutter war tot. Großmutter saß auf dem Geld. Eve wußte, daß sie reich waren. Sie hatte keine Ahnung, wieviel Geld sie besaßen, aber es war eine Menge – genug, um all die schönen Dinge zu kaufen, die sie haben wollte. Eve liebte schöne Dinge. Es gab nur ein Problem: Alexandra.

Eine der Lieblingsbeschäftigungen der Zwillinge war die allmorgendliche Reitstunde in Briarcrest. Die meisten Mädchen besaßen eigene Springpferde, und Kate hatte ihren Enkelinnen jeder eins zum zwölften Geburtstag geschenkt. Jerome Davis, der Reitlehrer, sah gerade zu, wie seine Schülerinnen in der Halle übten, ein dreißig Zentimeter, ein sechzig Zentimeter und schließlich ein neunzig Zentimeter hohes Gatter übersprangen. Davis war einer der besten Reitlehrer im Lande; einige seiner ehemaligen Zöglinge hatten inzwischen Goldmedaillen gewonnen. Er besaß die Fähigkeit, einen geborenen Reiter auf Anhieb zu erkennen. Das neue Mädchen, Eve Blackwell, war eine solche Reiterin. Sie wußte instinktiv, wie sie die Zügel zu halten, wie sie im Sattel zu sitzen hatte. Sie war eins mit ihrem Pferd,

und ihr goldenes Haar flatterte im Wind, als sie über die Hürde setzte. Es war ein schöner Anblick. *Die wird nichts aufhalten können,* dachte Mr. Davis.
Tommy, der junge Stallbursche, mochte Alexandra lieber. Mr. Davis beobachtete Alexandra, wie sie gerade ihr Pferd sattelte und darauf wartete, an die Reihe zu kommen. Alexandra und Eve trugen verschiedenfarbige Bänder an ihren Ärmeln, so daß er sie auseinanderhalten konnte. Eve half Alexandra beim Satteln ihres Pferdes, während Tommy sich um eine andere Schülerin kümmerte. Davis wurde ins Hauptgebäude gerufen, um ein Telefongespräch entgegenzunehmen, und was dann passierte, konnte im nachhinein nicht rekonstruiert werden.
Nach allem, was Jerome Davis sich zusammenreimen konnte, war Alexandra aufgesessen, hatte eine Runde gedreht und war dann auf die erste kleine Hürde zugeritten. Aus unerfindlichen Gründen scheute das Pferd, bockte und warf Alexandra gegen eine Wand. Sie verlor das Bewußtsein, und die Hufe des sich wie wild gebärdenden Pferdes verpaßten ihr Gesicht nur um wenige Zentimeter. Tommy trug Alexandra in das Krankenzimmer hinüber, wo der Schularzt eine leichte Gehirnerschütterung feststellte. »Sie hat sich nichts gebrochen, es ist nichts Ernstes«, sagte er. »Morgen früh wird sie wieder springlebendig sein und reiten können.«
»Um ein Haar wäre sie tot gewesen!« schrie Eve.
Eve weigerte sich, von Alexandras Seite zu weichen. Mrs. Chandler meinte, noch nie soviel Hingabe bei einer Schwester gesehen zu haben. Es war wirklich rührend.
Nachdem es Mr. Davis endlich gelungen war, Alexandras Pferd einzufangen und abzusatteln, sah er, daß die Satteldecke voll Blut war. Er nahm sie ab und entdeckte ein großes, unregelmäßig gezacktes Metallstück von einer Bierdose, das sich durch den Druck des Sattels in den Rücken des Pferdes gebohrt hatte. Mrs. Chandler, der er dies mitteilte, ordnete eine sofortige Untersuchung an.
Alle Mädchen, die sich in der Nähe des Stalls aufgehalten hatten, wurden befragt.
»Ich bin sicher«, sagte Mrs. Chandler, »daß diejenige, die es getan hat, nur einen harmlosen Schabernack im Kopf hatte, aber dieser Scherz hätte ernsthafte Konsequenzen haben können. Ich möchte wissen, wer das getan hat.«
Als sich niemand meldete, nahm sich Mrs. Chandler die Mäd-

chen einzeln in ihrem Büro vor. Aber niemand gab zu, etwas gesehen zu haben. Als Eve an der Reihe war, schien sie sich seltsam unwohl in ihrer Haut zu fühlen.
»Hast du eine Ahnung, wer deiner Schwester diesen Streich gespielt haben mag?« fragte Mrs. Chandler.
Eve schaute auf den Teppich. »Das möchte ich lieber nicht sagen«, murmelte sie.
»Du *hast* also etwas gesehen?«
»Bitte, Mrs. Chandler...«
»Eve, Alexandra hätte sich ernsthaft verletzten können. Die Schuldige muß bestraft werden, damit so etwas nicht wieder vorkommen kann.«
»Es war keins von den Mädchen.«
»Was willst du damit sagen?«
»Es war Tommy.«
»Der *Pferdeknecht?*«
»Ja, Ma'am. Ich habe ihn beobachtet. Ich dachte, er wollte nur den Sattelgurt festziehen. Ich bin sicher, daß er nichts Böses im Sinn hatte. Alexandra kommandiert ihn ganz schön herum, und ich glaube, er wollte ihr nur einen Denkzettel verpassen. Oh, Mrs. Chandler, ich wünsche, Sie hätten mich nicht gezwungen, das zu erzählen. Ich will dadurch niemanden in Schwierigkeiten bringen.« Das arme Kind war der Hysterie nahe.
Mrs. Chandler ging um ihren Schreibtisch herum und legte den Arm um Eve. »Es ist schon in Ordnung, Eve. Es war richtig, daß du es mir gesagt hast. Und jetzt vergißt du die ganze Geschichte. Ich werde mich schon darum kümmern.«
Als die Mädchen am nächsten Morgen zum Stall gingen, arbeitete dort schon ein neuer Bursche.

Einige Monate später gab es einen weiteren unangenehmen Vorfall an der Schule. Einige der Mädchen waren beim Kiffen erwischt worden, und eine von ihnen beschuldigte Eve, das Marihuana beschafft und verkauft zu haben. Eve leugnete wütend. Bei einer Durchsuchung, die Mrs. Chandler durchführte, fand sie das Gras in Alexandras Spind.
»Ich glaube nicht, daß sie es getan hat«, sagte Eve energisch. »Jemand hat es da versteckt. Das weiß ich ganz genau.«
Über diesen Vorfall schickte die Schulleiterin einen Bericht an Kate, die Eves Loyalität ihrer Schwester gegenüber bewunderte. Eve war eben eine echte McGregor.

Als die Zwillinge fünfzehn Jahre alt wurden, nahm Kate sie mit auf das Anwesen in Südcarolina und gab dort eine große Party für sie. Es war allmählich an der Zeit, sich darum zu kümmern, daß Eve mit den richtigen jungen Männern zusammenkam. Die Jungen waren zwar noch in dem merkwürdigen Alter, in dem sie sich nicht ernsthaft für Mädchen interessierten, doch Kate machte es sich zur Aufgabe, dafür zu sorgen, daß Bekanntschaften zustande kamen und Freundschaften geschlossen wurden. Irgendwo unter diesen jungen Männern hier konnte Eves Zukünftiger sein – und damit die Zukunft von Kruger-Brent. Alexandra mochte keine Partys, gab aber immer vor, sich zu amüsieren, um ihre Großmutter nicht zu enttäuschen. Eve liebte Partys über alles. Sie ließ sich gerne bewundern. Alexandra las und malte lieber. Sie verbrachte Stunden damit, in Dark Harbor die Bilder ihres Vaters zu betrachten, und sie wünschte sich, ihn gekannt zu haben, bevor er krank wurde. An Feiertagen erschien er mit seinem Begleiter im Hause, aber Alexandra fand es unmöglich, an ihren Vater heranzukommen. Er war ein angenehmer, umgänglicher Fremder, der gefallen wollte, aber nichts zu sagen hatte. Ihr Großvater, Friedrich von Hoffleben, lebte in Deutschland und war krank. Die Zwillinge sahen ihn nur selten.

In ihrem zweiten Jahr in Briarcrest wurde Eve schwanger. Mehrere Wochen schon war sie blaß und teilnahmslos gewesen und hatte einige Frühstunden verpaßt. Als ihr öfter schwindelig wurde, schickte man sie auf die Krankenstation zur Untersuchung. Mrs. Chandler wurde eilends herbeigerufen.
»Eve ist schwanger«, teilte ihr der Arzt mit.
»Aber – das ist unmöglich! Wie konnte das passieren?«
Der Arzt antwortete nachsichtig: »Auf die übliche Art und Weise, würde ich meinen.«
»Aber sie ist noch ein Kind!«
»Nun, dieses Kind wird Mutter werden.«
Eve weigerte sich standhaft, etwas zu sagen. »Ich will niemanden in Schwierigkeiten bringen«, beharrte sie.
Es war dies genau die Antwort, die Mrs. Chandler von Eve erwartet hatte.
»Eve, Liebling, du mußt mir sagen, was passiert ist.«
Und schließlich brach Eve zusammen. »Ich bin vergewaltigt worden«, sagte sie und brach in Tränen aus.

Mrs. Chandler war schockiert. Sie hielt Eves zitternden Körper fest und fragte: »Wer war es?«
»Mr. Parkinson.«
Ihr Englischlehrer.
Hätte eine andere als Eve so etwas behauptet, Mrs. Chandler hätte es nicht geglaubt. Joseph Parkinson war ein ruhiger Mann mit Frau und drei Kindern. Er unterrichtete seit acht Jahren in Briarcrest und war der letzte, den Mrs. Chandler je verdächtigt hätte. Sie ließ ihn zu sich ins Büro kommen und sah sofort, daß Eve die Wahrheit gesagt hatte. Er saß ihr gegenüber, und sein Gesicht zuckte vor Nervosität.
»Sie wissen, warum ich Sie habe kommen lassen, Mr. Parkinson?«
»Ich – ich denke schon.«
»Es betrifft Eve.«
»Ja. Das – das habe ich mir gedacht.«
»Eve sagt, Sie hätten sie vergewaltigt.«
Parkinson schaute sie ungläubig an. »Sie *vergewaltigt?* Mein Gott! Wenn hier jemand vergewaltigt worden ist, dann mir.« In seiner Aufregung sprach er nicht mehr ganz korrekt.
Mrs. Chandler erwiderte voll Verachtung: »Wissen Sie, was Sie da sagen? Das Kind ist –«
»Sie ist *kein* Kind.« Seine Stimme war gallebitter. »Sie ist ein Teufel.« Er wischte sich den Schweiß von der Stirn. »Das ganze Schuljahr über saß sie in meiner Klasse in der ersten Reihe, das Kleid ständig über die Knie hochgezogen. Nach der Stunde kam sie immer nach vorne und stellte eine Menge unsinniger Fragen, wobei sie sich an mich drückte. Ich habe sie einfach nicht ernst genommen. Dann, ungefähr vor sechs Wochen, kam sie eines Nachmittags in mein Haus, als meine Frau und die Kinder weg waren und –« Seine Stimme versagte. »Jesus Maria! Ich war machtlos!« Er brach in Tränen aus.
Man brachte Eve ins Büro. Sie war gefaßt. Sie schaute Mr. Parkinson in die Augen, und er war es, der den Blick zuerst abwandte. Anwesend waren außerdem Mrs. Chandler, der zweite Direktor der Schule und der Polizeichef der kleinen Ortschaft, zu der die Schule gehörte.
»Wollen Sie uns erzählen, was passiert ist?« fragte der Polizeichef milde.
»Ja, Sir.« Eves Stimme klang ruhig. »Mr. Parkinson sagte, er wolle mit mir über meine Leistungen in Englisch sprechen und

bat mich, an einem Sonntagnachmittag zu ihm nach Hause zu kommen. Er war allein. Dann sagte er, er wolle mir etwas im Schlafzimmer zeigen, und ich folgte ihm nach oben. Er zwang mich aufs Bett und er –«
»Das ist gelogen!« schrie Parkinson. »So ist es nicht gewesen. So ist es nicht gewesen...«
Man schickte nach Kate und erklärte ihr die Situation. Man beschloß, daß es in aller Interesse läge, über diesen Zwischenfall Stillschweigen zu bewahren. Mr. Parkinson wurde von der Schule gewiesen, und man gab ihm achtundvierzig Stunden Zeit, den Staat zu verlassen. Für Eve wurde diskret eine Abtreibung arrangiert.
Kate kaufte einer im Ort ansässigen Bank insgeheim die Hypothek auf die Schule ab und erklärte sie für verfallen.
Als Eve die Neuigkeit erfuhr, seufzte sie. »Es tut mir so leid, Gran. Ich habe diese Schule wirklich gemocht.«

Einige Wochen später, nachdem Eve sich von dem Eingriff erholt hatte, wurden sie und Alexandra im Institute Fernwood, einer höheren Schule in der Nähe von Lausanne, angemeldet.

## 25

In Eve brannte ein Feuer von solch elementarer Kraft, daß sie es nicht zu löschen vermochte. Es ging nicht allein um Sex – Sex war nur ein kleiner Teil davon. In ihr steckte eine Lebensgier, ein zwanghaftes Bedürfnis, alles auszuprobieren. Sie wollte Wissenschaftlerin sein, Sängerin, Chirurgin, Pilotin, Schauspielerin. Sie wollte alles können und alles besser können als irgendwer vor ihr. Sie wollte alles auf einmal haben.
Im gleichen Tal gegenüber dem Institute Fernwood befand sich eine Kadettenschule. Eve war noch nicht siebzehn, da hatte sie sich schon mit fast allen Zöglingen und der Hälfte der Ausbilder dort eingelassen. Sie hatte Freude am Sex, aber es war nicht der Akt selbst, den Eve liebte, sondern die Macht, die er ihr verlieh. Sie weidete sich an den bettelnden Blicken der Jungen und Männer, die sie mit ins Bett nehmen und mit ihr schlafen wollten. Sie genoß es, sie zu necken und dabei zuzusehen, wie ihr Hunger wuchs. Sie fand Vergnügen an den erlogenen Versprechen, die

sie ihr machten, um sie besitzen zu können. Aber am meisten genoß sie die Macht, die sie über ihre Körper hatte. Mit einem Kuß konnte sie sie zur Erektion bringen und mit einer einzigen Bemerkung erschlaffen lassen. In Minuten konnte sie die Stärken und Schwächen eines Mannes abschätzen, und sie kam zu dem Schluß, daß alle Männer Dummköpfe seien, alle ohne Ausnahme.
Eve hatte mehr als ein Dutzend ernsthafter Heiratsanträge bekommen. Es lag ihr nichts dran. Interesse zeigte sie nur für die Jungen, die Alexandra mochte.
Alexandra lernte auf einem der samstäglichen Schulbälle einen aufmerksamen, französischen Studenten namens René Mallot kennen. Er war nicht schön, aber intelligent und sensibel, und Alexandra fand ihn wundervoll. Sie verabredeten sich für den nächsten Sonnabend in der Stadt.
»Sieben Uhr«, sagte René.
»Ich freue mich drauf.«
In dieser Nacht erzählte Alexandra Eve von ihrem neuen Freund. »Er ist nicht wie die anderen Jungen. Er ist ziemlich schüchtern und lieb. Wir gehen Sonnabend zusammen ins Theater.«
»Du bist ziemlich verknallt in ihn, nicht wahr, Schwesterchen?« spöttelte Eve.
Alexandra wurde rot. »Ich habe ihn gerade erst kennengelernt, aber er scheint – nun, du weißt schon.«
Eve lag, die Arme hinter dem Kopf verschränkt, auf dem Bett. »Nein, weiß ich nicht. Erzähl's mir. Hat er versucht, dich ins Bett zu kriegen?«
»Eve! So einer ist er nicht. Ich hab' dir doch schon gesagt ... er ist – er ist schüchtern.«
»So, so, meine kleine Schwester ist also verliebt.«
»Natürlich nicht! Ich wünschte, ich hätte dir nichts davon erzählt.«
»Ich bin aber froh, daß du es getan hast«, sagte Eve.
Als Alexandra am darauffolgenden Sonnabend vor dem Theater ankam, war von René weit und breit nichts zu sehen. Alexandra wartete über eine Stunde an der Straßenecke, gab sich Mühe, die neugierigen Blicke der Passanten zu ignorieren und kam sich vor wie eine Idiotin. Schließlich aß sie allein in einem kleinen, nicht sonderlich guten Café zu Abend und kehrte unglücklich in die Schule zurück. Eve war noch nicht auf dem Zim-

mer. Alexandra las bis zum Ausgangsverbot und drehte dann das Licht aus. Es war fast zwei Uhr morgens, als sie Eve hereinschleichen hörte.
»Ich fing schon an, mir Sorgen um dich zu machen«, flüsterte Alexandra.
»Ich habe zufällig ein paar alte Freunde getroffen. Wie war es bei dir – war's toll?«
»Es war furchtbar. Er hat es noch nicht einmal der Mühe wert befunden zu erscheinen.«
»Wie schrecklich!« sagte Eve teilnahmsvoll. »Aber du mußt noch lernen, nie einem Mann zu vertrauen.«
»Du glaubst doch nicht, daß ihm irgend etwas zugestoßen sein könnte?«
»Nein, Alex. Ich denke, daß er wahrscheinlich jemanden getroffen hat, den er lieber mag.«
*Natürlich hat er das,* dachte Alexandra. Sie war nicht wirklich überrascht. Sie wußte nicht, wie schön sie war. Ihr ganzes Leben lang hatte sie im Schatten ihrer Zwillingsschwester gestanden. Sie himmelte sie an, und es schien Alexandra nur zu verständlich, daß es jedermann zu Eve hinzog. Sie fühlte sich Eve unterlegen, aber nie kam es ihr in den Sinn, daß ihre Schwester dieses Gefühl seit frühester Kindheit sorgsam genährt hatte.

Trotz ihrer Überzeugung, über Männer Bescheid zu wissen, war Eve sich doch einer männlichen Schwäche nicht bewußt, und das sollte sie beinahe ins Verderben stürzen. Seit Urzeiten pflegen Männer sich ihrer Eroberungen zu brüsten, und die Zöglinge der Militärakademie bildeten darin keine Ausnahme. Sie sprachen über Eve Blackwell mit verächtlicher Bewunderung. Da mindestens zwei Dutzend Jungen und ein halbes Dutzend Ausbilder Eves amouröse Talente priesen, wurden sie zum schlechtest gehüteten Geheimnis der Schule. Einer der Ausbilder der Militärakademie erwähnte den Klatsch gegenüber einer Lehrerin vom Institute Fernwood, und diese wiederum hinterbrachte ihn der Direktorin, Mrs. Collins. Daraufhin wurde eine diskrete Untersuchung in die Wege geleitet, und das Ergebnis war, daß Eve zur Direktorin gerufen wurde.
»Ich denke, daß es für den Ruf der Schule besser ist, wenn Sie sofort abreisen.«
Eve starrte Mrs. Collins an, als sei diese nicht ganz bei Trost.
»Worüber reden Sie, um Himmels willen?«

»Ich rede von der Tatsache, daß Sie die halbe Militärakademie bedient haben. Und die andere Hälfte scheint schon ungeduldig Schlange zu stehen.«

»In meinem ganzen Leben habe ich noch nie solche fürchterlichen Lügen gehört.« Eves Stimme zitterte vor Empörung. »Glauben Sie nur nicht, daß ich das nicht meiner Großmutter berichten werde. Wenn sie davon hört –«

»Die Mühe können Sie sich sparen«, wurde sie von der Direktorin unterbrochen. »Es wäre mir lieber, wenn ich für das Institute Fernwood Peinlichkeiten vermeiden könnte, aber wenn Sie nicht ohne Aufhebens gehen, werde ich Ihrer Großmutter eine Namensliste schicken.«

»Die Liste möchte ich gerne sehen.«

Mrs. Collins reichte sie Eve wortlos. Sie war lang. Eve studierte sie und bemerkte, daß mindestens sieben Namen fehlten. Sie saß da und dachte nach.

Schließlich schaute sie auf und sagte herrisch: »Es handelt sich hier ganz offensichtlich um eine Verschwörung gegen meine Familie. Da versucht jemand, meine Großmutter durch mich zu desavouieren, und bevor das passiert, gehe ich lieber.«

»Ein sehr weiser Entschluß«, erwiderte Mrs. Collins trocken. »Morgen früh wird ein Auto Sie zum Flughafen bringen. Ich werde Ihrer Großmutter ein Telegramm schicken, daß Sie nach Hause zurückkehren. Sie sind entlassen.«

Eve drehte sich um und ging auf die Tür zu. Plötzlich kam ihr ein Gedanke, und sie sagte: »Was ist mit meiner Schwester?«

»Alexandra darf hierbleiben.«

Als Alexandra nach dem Unterricht in ihr Zimmer kam, sah sie, daß Eve ihre Sachen packte. »Was machst du denn?«

»Ich fahre nach Hause.«

»Nach Hause? Mitten im Schuljahr?«

Eve drehte sich zu ihrer Schwester um. »Alex, hast du wirklich noch nicht gemerkt, was für eine Zeitverschwendung diese Schule ist? Wir lernen hier überhaupt nichts. Alles, was wir tun, ist, die Zeit totzuschlagen.«

Alexandra hörte überrascht zu. »Ich wußte nicht, daß du so darüber denkst, Eve.«

»So habe ich jeden einzelnen verdammten Tag in diesem verdammten Jahr gedacht. Ich habe nur deinetwegen durchgehalten. Anscheinend gefällt es dir hier.«

»Ja, aber –«
»Es tut mir leid, Alex. Ich kann es hier nicht mehr aushalten. Ich will nach New York zurück. Ich will nach Hause, wo *wir* hingehören.«
»Hast du es Mrs. Collins schon gesagt?«
»Ja, gerade eben.«
»Und wie hat sie es aufgenommen?«
»Wie sollte sie es wohl aufnehmen? Sie war kreuzunglücklich – hatte Angst, daß es dem Ruf der Schule schaden würde. Sie wollte unbedingt, daß ich bliebe.«
Alexandra setzte sich auf die Bettkante. »Ich weiß nicht, was ich dazu sagen soll.«
»Du brauchst nichts zu sagen. Dies hat nicht das geringste mit dir zu tun.«
»Natürlich hat es das. Wenn du hier so unglücklich bist –« Sie hielt inne. »Wahrscheinlich hast du recht. Das ist eine verdammte Zeitverschwendung. Wer braucht schon lateinische Verben konjugieren zu können?«
»Richtig. Und wer schert sich schon um Hannibal oder seinen blöden Bruder Hasdrubal?«
Alexandra ging zum Wandschrank hinüber, nahm ihren Koffer heraus und legte ihn aufs Bett.
Eve lächelte. »Ich wollte dich nicht drum bitten, auch hier wegzugehen, Alex, aber ich bin schon froh, daß wir zusammen nach Hause fahren.«
Alexandra drückte die Hand ihrer Schwester. »Ich auch.«
Eve sagte obenhin: »Weißt du was? Während ich fertigpacke, ruf du doch Gran an und sag ihr, daß wir morgen nach Hause fliegen. Sag ihr, daß wir diese Schule nicht ausstehen können. Machst du das?«
»Ja.« Alexandra zögerte. »Ich glaube nicht, daß sie sehr begeistert davon sein wird.«
»Mach dir keine Sorgen wegen der alten Dame«, sagte Eve mit Überzeugung. »Ich werde schon mit ihr fertig.«

Kate Blackwell hatte Freunde, Feinde und Geschäftspartner in den höchsten Positionen, und in den vergangenen Monaten waren ihr unangenehme Gerüchte zu Ohren gekommen. Anfangs hatte sie sie als kleinliche Eifersüchteleien abgetan, doch sie wollten einfach nicht verstummen. Eve wurde häufig mit Jungen von der Militärakademie in der Schweiz gesehen; Eve hatte

eine Abtreibung; Eve wurde wegen einer Geschlechtskrankheit behandelt.
Deswegen nahm Kate die Nachricht, daß ihre Enkeltöchter nach Hause kamen, mit einiger Erleichterung auf und beschloß, den bösartigen Gerüchten auf den Grund zu gehen.

Am Tag nach ihrer Rückkehr wartete Kate zu Hause auf die beiden Mädchen.
Sie nahm Eve mit in ihr Boudoir.
»Man hat mir da besorgniserregende Geschichten zugetragen«, sagte sie. Sie sah ihrer Enkelin durchdringend in die Augen. »Ich möchte wissen, warum ihr von der Schule geflogen seid.«
»Wir sind nicht rausgeschmissen worden«, antwortete Eve. »Alex und ich haben beschlossen, zu gehen.«
»Wegen gewisser Vorkommnisse mit jungen Männern?«
Eve sagte: »Bitte, Großmutter. Ich möchte lieber nicht darüber sprechen.«
»Ich fürchte, daß du nicht umhinkommen wirst. Was habt ihr angestellt?«
»Ich habe überhaupt nichts gemacht. Alex hat –« Sie brach ab.
»Alex hat was?« fragte Kate unnachgiebig.
»Sei ihr bitte nicht böse«, sagte Eve schnell. »Ich bin sicher, daß sie nichts dafür kann. Sie macht gern kindische Spielchen und gibt sich für mich aus. Ich hatte keine Ahnung davon, bis die Mädchen begannen, darüber zu klatschen. Es hat den Anschein, daß sie mit – mit einer Menge Jungens –« Eve unterbrach sich verschämt.
»Und sich für dich ausgibt?« Kate war platt. »Warum hast du sie nicht davon abgehalten?«
»Ich habe es versucht«, sagte Eve zerknirscht. »Sie drohte damit, sich umzubringen. O Gran, ich glaube, Alexandra ist ein bißchen« – nur mit Mühe brachte sie das Wort über ihre Lippen – »labil. Wenn du ihr gegenüber auch nur das geringste erwähnst, fürchte ich, sie könnte sich etwas antun.« Nackte Verzweiflung stand in den tränenerfüllten Augen des Mädchens.
Kate wurde bei Eves großem Kummer schwer ums Herz. »Eve, nicht. Nicht weinen, Liebling. Ich werde Alexandra gegenüber nichts erwähnen. Es wird unter uns bleiben.«
»Ich – ich wollte nicht, daß du es erfährst. O Gran«, schluchzte sie, »ich wußte, wie weh es dir tun würde.«

Später beim Tee musterte Kate Alexandra aufmerksam. *Äußerlich ist sie schön und innerlich verderbt,* dachte sie. Es war schon schlimm genug, daß Alexandra in eine Reihe schmutziger Affären verwickelt war, aber es dann noch ihrer Schwester in die Schuhe zu schieben! Es widerte Kate an.

Während der nächsten beiden Jahre, in deren Verlauf Eve und Alexandra ihre Schulzeit bei Miß Porter beendeten, verhielt Eve sich sehr diskret. Das knappe Entrinnen hatte ihr Angst eingeflößt. Nichts durfte die Beziehung zu ihrer Großmutter gefährden. Die alte Dame würde es nicht mehr lange machen – sie war schließlich schon neunundsiebzig! –, und Eve wollte sichergehen, daß sie Gran beerben würde.

Als die Mädchen einundzwanzig Jahre alt wurden, nahm Kate ihre Enkeltöchter mit nach Paris und kleidete sie bei Coco Chanel neu ein.
Anläßlich einer kleinen Dinnerparty machten Eve und Alexandra die Bekanntschaft des Grafen Alfred du Maurier und seiner Frau, der Gräfin Vivienne. Der Graf war ein distinguierter Herr in den Fünfzigern mit eisgrauem Haar und dem durchtrainierten Körper eines Athleten. Seine Frau war von angenehmem Äußeren und erfreute sich des Rufes, eine ausgezeichnete Gastgeberin zu sein.
Eve hätte beiden keine besondere Aufmerksamkeit geschenkt, wenn sie nicht zufällig eine Bemerkung aufgeschnappt hätte, die jemand der Gräfin gegenüber machte. »Ich beneide Sie und Alfred. Sie sind das glücklichste Ehepaar, das ich kenne. Wie lange sind Sie jetzt verheiratet? Fünfundzwanzig Jahre?«
»Nächsten Monat werden es sechsundzwanzig Jahre«, erwiderte der Graf anstelle seiner Frau. »Und ich bin wahrscheinlich der einzige Franzose in der Geschichte, der seiner Frau nie untreu gewesen ist.«
Alle lachten, außer Eve. Den Rest des Dinners verbrachte sie damit, den Grafen und seine Frau zu beobachten. Eve konnte sich nicht vorstellen, was der Graf an dieser aus der Form geratenen Frau mittleren Alters mit ihrem faltigen Hals fand. Graf du Maurier hatte wahrscheinlich nie die wahre Ekstase im Bett erfahren. Seine Angeberei war dumm. Graf Alfred du Maurier war eine Herausforderung.

Am nächsten Tag rief Eve den Grafen in seinem Büro an. »Hier spricht Eve Blackwell. Wahrscheinlich erinnern Sie sich nicht an mich, aber –«
»Wie könnte ich Sie vergessen haben, mein Kind? Sie sind eine der schönen Enkelinnen meiner guten Freundin Kate.«
»Es ist schmeichelhaft, daß Sie sich an mich erinnern, Graf. Entschuldigen Sie die Störung, aber ich habe gehört, daß Sie ein Weinkenner sind. Ich möchte meine Großmutter mit einer Dinnerparty überraschen.« Sie lachte bekümmert. »Ich weiß zwar schon, was ich auftischen will, aber mit Weinen kenne ich mich nicht aus. Wären Sie vielleicht so freundlich, mir ein paar Ratschläge zu geben?«
»Es ist mir eine Freude«, erwiderte er geschmeichelt. »Das hängt natürlich von den Speisen ab. Wenn Sie mit Fisch anfangen, sollten Sie einen guten, leichten Chablis –«
»Oh, ich fürchte, das kann ich gar nicht alles behalten. Könnte ich Sie vielleicht treffen, damit wir darüber reden können? Falls Sie heute mittag zum Essen frei sind . . .?«
»Für eine alte Bekannte kann ich das schon einrichten.«
»O fein.« Eve legte den Hörer sehr langsam wieder auf. Es sollte ein Mittagessen werden, das der Graf für den Rest seines Lebens nicht vergessen würde.

Sie trafen sich im Lasserre. Ihre Diskussion über Weine dauerte nicht lange. Ungeduldig hörte Eve du Mauriers langweiligem Diskurs zu und unterbrach ihn dann. »Ich liebe Sie, Alfred.« Der Graf hielt mitten im Satz inne. »Wie bitte?«
»Ich habe gesagt, daß ich Sie liebe.«
Er nahm einen Schluck Wein. »Ein guter Jahrgang.« Er tätschelte Eves Hand und lächelte. »Gute Freunde sollten sich immer gerne haben.«
»Ich rede nicht von dieser Art Liebe, Alfred.«
Und der Graf schaute in Eves Augen und wußte genau, von welcher Art Liebe sie sprach. Er fühlte sich nicht wohl in seiner Haut, wie er ihr da gegenübersaß und zuhörte, und er fühlte sich noch unwohler, weil sie wahrscheinlich die schönste und begehrenswerteste junge Frau war, die er je gesehen hatte. Sie trug einen beigen Faltenrock und einen weichen grünen Pullover, der die Konturen ihres vollen Busens nachzeichnete. Sie trug keinen Büstenhalter, und er bemerkte ihre hervorstehenden Brustwarzen. Er sah in ihr junges unschuldiges Gesicht und

wußte nicht, was er sagen sollte. »Sie – Sie kennen mich doch gar nicht.«
»Ich habe von Ihnen geträumt, seit ich ein kleines Mädchen war. Ich habe mir immer einen Mann in schimmernder Rüstung vorgestellt, einen großen und schönen Mann und –«
»Ich fürchte, daß meine Rüstung schon ein bißchen rostig ist. Ich –«
»Bitte, lachen Sie mich nicht aus«, bat Eve. »Als ich Sie gestern beim Abendessen gesehen habe, konnte ich meine Augen nicht mehr von Ihnen wenden. Seitdem konnte ich an nichts anderes mehr denken. Ich habe nicht geschlafen. Ich habe es nicht geschafft, Sie auch nur für einen Moment aus meinen Gedanken zu verbannen.« Und das stimmte sogar beinahe.
»Ich – ich weiß nicht, was ich dazu sagen soll, Eve. Ich bin glücklich verheiratet. Ich –«
»Oh, ich kann Ihnen gar nicht sagen, wie sehr ich Ihre Frau beneide! Sie ist die glücklichste Frau auf der ganzen Welt. Ich frage mich nur, ob sie das weiß, Alfred.«
»Natürlich weiß sie das. Ich sage es ihr dauernd.« Er lächelte nervös und fragte sich, wie er das Thema wechseln könnte.
»Schätzt sie Sie wirklich? Weiß sie, wie sensibel Sie sind? Sorgt sie dafür, daß Sie glücklich sind? Ich würde schon dafür sorgen.«
Dem Grafen wurde es immer ungemütlicher. »Sie sind eine schöne junge Frau«, sagte er. »Und eines Tages werden Sie Ihren Ritter finden – in einer schimmernden Rüstung, die noch nicht angerostet ist, und dann –«
»Ich habe ihn schon gefunden, und ich will mit ihm ins Bett gehen.«
Er schaute sich um, besorgt, ob jemand sie hatte hören können. »Eve! Bitte!«
Sie beugte sich vor. »Das ist alles, was ich will. Die Erinnerung daran wird mir für den Rest meines Lebens genügen.«
»Das geht nicht«, sagte der Graf mit fester Stimme. »Sie bringen mich in eine äußerst peinliche Lage. Junge Frauen sollten nicht herumrennen und sich fremden Männern an den Hals werfen.«
Eves Augen füllten sich langsam mit Tränen. »Das ist es also, was Sie von mir denken? Daß ich herumlaufe und – ich habe in meinem ganzen Leben nur einen Mann gekannt. Wir waren verlobt und wollten heiraten.« Sie wischte nicht einmal mehr ihre

Tränen weg. »Er war nett und liebevoll und sanft. Er starb bei einer Bergtour, und ich war dabei und habe es mitansehen müssen. Es war schrecklich.«
Graf du Maurier legte seine Hand auf die ihre. »Das tut mir leid.«
»Sie erinnern mich so sehr an ihn. Als ich Sie erblickte, war es, als sei Bill zu mir zurückgekommen. Wenn Sie mir nur eine Stunde schenken, werde ich Sie nie mehr belästigen. Sie brauchen mich nicht einmal wiederzusehen. Bitte, Alfred!«
Der Graf schaute Eve lange an und erwog seine Entscheidung gründlich.

Sie verbrachten den Nachmittag in einem kleinen Hotel in der Rue Sainte Anne. Trotz all seiner vorehelichen Abenteuer hatte Graf du Maurier noch nie eine Frau wie Eve im Bett gehabt. Sie war ein Orkan, eine Nymphe, eine Teufelin.
Als sie sich anzogen, sagte Eve: »Wann sehe ich dich wieder, Liebling?«
»Ich rufe dich an«, sagte du Maurier.
Er hatte nicht die Absicht, diese Frau je wiederzusehen. Da war etwas Erschreckendes an ihr, das ihm Angst einflößte – fast etwas Böses.
Die Angelegenheit hätte damit zu Ende sein können, wenn die beiden nicht beim Verlassen des Hotels von Alicia Vanderlake, die mit Kate Blackwell im Jahr zuvor in einem Wohltätigkeitskomitee gesessen hatte, gesehen worden wären. Mrs. Vanderlake war eine Aufsteigerin in der guten Gesellschaft, und dies war eine Leiter, die ihr der Himmel geschickt hatte. Sie hatte von Graf du Maurier und seiner Gattin schon Fotos in den Zeitungen gesehen und kannte Bilder von den Blackwell-Zwillingen. Sie war nicht sicher, welche der Schwestern sie vor sich hatte, aber das war jetzt nicht wichtig. Mrs. Vanderlake wußte, was sie zu tun hatte. Sie schaute in ihr Adreßbuch und fand Kate Blackwells Telefonnummer.
Der Butler nahm den Anruf entgegen. »*Bonjour.*«
»Ich möchte gerne mit Mrs. Blackwell sprechen.«
»Wen darf ich melden?«
»Mrs. Vanderlake. Es handelt sich um eine Privatangelegenheit.«
Eine Minute später war Kate Blackwell am Apparat. »Wer spricht bitte?«

»Alicia Vanderlake, Mrs. Blackwell. Sicher werden Sie sich an mich erinnern. Voriges Jahr haben wir im gleichen Komitee gesessen und –«
»Wenn es sich um eine Spendenaktion handelt, dann rufen Sie –«
»Nein, nein«, sagte Mrs. Vanderlake hastig. »Es geht um etwas Privates. Es handelt sich um Ihre Enkelin.«
Kate Blackwell würde sie zum Tee einladen und sie würden darüber sprechen, von Frau zu Frau. Und damit würde eine innige Freundschaft ihren Anfang nehmen.
»Was ist mit ihr?« fragte Kate Blackwell.
Mrs. Vanderlake hatte nicht die Absicht, die Angelegenheit am Telefon zu besprechen. Kate Blackwells unfreundlicher Tonfall ließ ihr jedoch keine andere Wahl. »Nun, ich hielt es für meine Pflicht, Ihnen mitzuteilen, daß ich sie vor einigen Minuten zusammen mit dem Grafen du Maurier aus einem Hotel schleichen sah. Es handelte sich ganz offensichtlich um ein Stelldichein.«
Kates Stimme war schneidend. »Das kann ich kaum glauben. Welche meiner Enkeltöchter haben Sie denn gesehen?«
Mrs. Vanderlake lachte verlegen. »Ich – ich weiß nicht. Ich kann sie nicht auseinanderhalten. Aber das kann wohl niemand, nicht wahr? Es –«
»Danke für die Information.« Und Kate legte auf.
Sie stand da und versuchte, das, was sie gerade gehört hatte, zu verdauen. Erst am Vorabend hatten sie zusammen diniert. Kate kannte Alfred du Maurier seit fünfzehn Jahren, und was sie jetzt über ihn gehört hatte, paßte überhaupt nicht zu seinem Charakter, es war einfach undenkbar. Und doch, Männer waren schließlich anfällig. Und wenn Alexandra es darauf abgesehen hatte, Alfred ins Bett zu locken . . .
Kate nahm den Telefonhörer ab und sagte zur Vermittlung: »Ich möchte ein Gespräch in die Schweiz anmelden. Geben Sie mir das Institute Fernwood in Lausanne.«

Als Eve am späten Nachmittag zurückkam, glühte sie vor Befriedigung. Nicht, weil sie den Sex mit dem Grafen du Maurier genossen, sondern weil sie den Sieg über ihn davongetragen hatte. *Wenn ich den so leicht rumkriegen kann,* dachte Eve, *dann kann ich einfach jeden haben. Die ganze Welt kann mir gehören.* Sie ging in die Bibliothek hinüber, wo Kate sich aufhielt.

»Hallo, Gran, hast du einen angenehmen Tag gehabt?«
Kate stand da und musterte ihre schöne junge Enkeltochter.
»Nein, leider nicht, und du?«
»Oh, ich habe einen kleinen Einkaufsbummel gemacht. Aber ich habe nichts mehr gefunden, was mir gefiel. Du hast mir schon alles gekauft. Du hast immer –«
»Eve, schließ die Tür.«
Etwas in Kates Stimme ließ Eve aufhorchen. Sie schloß die große Eichentür. »Setz dich.«
»Stimmt etwas nicht, Gran?«
»Das wirst du mir gleich erzählen. Eigentlich wollte ich auch Alfred du Maurier einladen, aber dann beschloß ich, uns allen diese Demütigung zu ersparen.«
In Eves Kopf begann sich alles zu drehen. *Unmöglich! Niemand konnte etwas über sie und Alfred du Maurier wissen.* Es war erst eine Stunde her, daß sie ihn verlassen hatte. »Ich – ich verstehe nicht, wovon du sprichst.«
»Dann laß es mich deutlicher sagen. Du warst heute nachmittag mit Graf du Maurier im Bett.«
Tränen traten in Eves Augen. »Ich – ich habe gehofft, daß du es nie erfahren würdest, was er mit mir angestellt hat, weil er ein Freund von dir ist.« Sie rang um Fassung. »Es war schrecklich. Er hat mich angerufen und mich zum Essen eingeladen, und dann hat er mich betrunken gemacht und –«
»Halt den Mund!« Kates Stimme war wie ein Peitschenschlag. Ihre Augen waren voll Verachtung. »Du bist verdammenswert.«
Für Kate war die letzte Stunde, die Stunde, in der sie sich der Wahrheit über ihre Enkeltochter Eve hatte stellen müssen, die schwerste ihres Lebens gewesen. Sie hatte noch immer die Stimme der Direktorin in den Ohren: *Mrs. Blackwell, junge Frauen sollen junge Frauen sein, und wenn eine von ihnen eine diskrete Affäre hat, dann geht mich das nichts an. Aber Eve hat den Männern so unverschämt dreist nachgestellt, daß ich wegen des guten Rufs der Schule* ...
Und Eve hatte die Schuld auf Alexandra geschoben!
Kate fielen all die Unfälle wieder ein. Das Feuer, der Sturz vom Felsen, Alexandra, die über Bord ging, während sie mit Eve segelte und beinahe ertrunken wäre.
Kate erinnerte sich auch an die Rauschgiftaffäre in Briarcrest, als Eve beschuldigt worden war, Marihuana verkauft zu haben und Alexandra dafür verantwortlich gemacht hatte. Eve hatte

Alexandra nicht *beschuldigt,* sondern sie *verteidigt.* Das war Eves Taktik – der Übeltäter zu sein und die Heldin zu spielen. Oh, sie war so gerissen.
Jetzt betrachtete Kate das wunderschöne, engelsgleiche Monster vor ihr.
*Ich habe alle meine Pläne für die Zukunft auf dich gebaut. Du solltest eines Tages Kruger-Brent übernehmen. Dich habe ich geliebt und behütet.*
Kate sagte: »Du wirst dieses Haus verlassen. Ich will dich nie wiedersehen.«
Eve war sehr blaß geworden.
»Du bist eine Hure. Damit könnte ich mich vielleicht abfinden. Aber du bist auch gemein, hinterhältig und eine notorische Lügnerin. Und damit kann ich mich nicht abfinden.«
Es ging alles viel zu schnell. Eve sagte verzweifelt: »Gran, wenn Alexandra dir Lügen über mich erzählt hat –«
»Alexandra weiß gar nichts davon. Ich habe gerade ein langes Gespräch mit Mrs. Collins geführt.«
»Ist das alles?« Eve zwang sich, erleichtert zu klingen. »Mrs. Collins haßt mich, weil –«
Kate war plötzlich müde. »Es klappt nicht, Eve. Nicht mehr. Es ist vorbei. Ich habe meinen Rechtsanwalt bestellt. Ich werde dich enterben.«
Eve fühlte, wie die Welt um sie herum zusammenbrach. »Das kannst du nicht. Wie – wovon soll ich denn leben?«
»Du bekommst einen Monatswechsel. Von nun an wirst du dein eigenes Leben führen. Mach, was du willst.« Kates Stimme wurde noch härter. »Aber wenn ich je von einem Skandal lesen oder hören sollte, wenn du jemals den Namen Blackwell in den Schmutz ziehst, dann hören auch die monatlichen Zahlungen sofort auf. Ist das klar?« Eve schaute ihrer Großmutter in die Augen und wußte, daß es diesmal keine Gnade geben würde.
Kate erhob sich und sagte mit gebrochener Stimme: »Ich glaube nicht, daß es dir irgend etwas ausmacht, aber dies ist – dies war das Schwerste, was ich je in meinem Leben tun mußte.«
Und sie drehte sich um und ging steif und aufrecht aus dem Raum.

Kate saß allein in ihrem abgedunkelten Schlafzimmer und fragte sich, warum alles schiefgelaufen war.
Wenn David nicht umgekommen wäre und Tony seinen Vater gekannt hätte . . .

Wenn Tony nicht hätte Künstler werden wollen ...
Wenn Marianne noch am Leben wäre ...
*Wenn. Vier Buchstaben, die für Sinnlosigkeit standen.*
Die Zukunft war Ton in ihren Händen, konnte von Tag zu Tag umgeformt werden, aber die Vergangenheit stand fest und unverrückbar wie Stein. *Alle, die ich liebte, haben mich verraten,* dachte Kate. *Tony, Marianne, Eve. Sartre hat es treffend ausgedrückt, als er sagte:* »*Die Hölle – das sind die anderen.*« Sie fragte sich, wann dieser Schmerz nachlassen würde.
Wenn Kate Schmerz empfand, so war Eve voller Wut. Sie hatte sich lediglich ein, zwei Stündchen im Bett vergnügt, und die Großmutter stellte sich an, als hätte sie ein unaussprechliches Verbrechen begangen. *Diese altmodische Ziege.* Nein, nicht altmodisch, *senil!* Das war es. Sie war senil. Eve würde sich einen guten Anwalt nehmen und das neue Testament unter schallendem Gelächter vor Gericht annullieren lassen. Ihr Vater und ihre Großmutter waren beide verrückt. Niemand würde sie enterben. Kruger-Brent gehörte *ihr.* Wie oft hatte Großmutter ihr erzählt, daß sie die Firma eines Tages übernehmen sollte! Und Alexandra! Seit jeher hatte Alexandra sie hintergangen, ihrer Großmutter Gott weiß was für Gift in die Ohren geträufelt. Alexandra wollte die Firma selber haben.
Das Schlimme daran war nur, daß sie sie nun wahrscheinlich auch bekommen würde. Was heute nachmittag geschehen war, war schon schlimm genug, aber der Gedanke, daß Alexandra jetzt ans Ruder kam, war unerträglich. *Das kann ich nicht zulassen,* dachte Eve. *Ich werde es zu verhindern wissen.* Sie ließ die Schlösser an ihrem Koffer zuschnappen und machte sich auf die Suche nach ihrer Schwester. Alexandra war im Garten und las. Sie sah auf, als Eve sich ihr näherte.
»Alex, ich habe beschlossen, nach New York zurückzugehen.« Alexandra schaute ihre Schwester überrascht an. »*Jetzt?* Gran will nächste Woche eine Kreuzfahrt an die dalmatinische Küste unternehmen. Du –«
»Wen interessiert schon Dalmatien? Ich habe lange darüber nachgedacht. Es ist an der Zeit, daß ich meine eigene Wohnung kriege.« Sie lächelte. »Ich bin nämlich groß jetzt. Also werde ich mir eine süße kleine Wohnung suchen, und wenn du brav bist, darfst du ab und zu bei mir übernachten.« *Das ist genau der richtige Ton,* dachte Eve. *Freundlich, aber nicht überschwenglich. Laß sie nicht merken, daß du ihr auf die Schliche gekommen bist.*

Alexandra betrachtete ihre Schwester sorgenvoll. »Weiß Gran Bescheid?«
»Ich habe es ihr heute nachmittag gesagt. Natürlich ist sie dagegen, aber sie hat Verständnis für mich. Ich wollte zuerst arbeiten gehen, aber jetzt hat sie darauf bestanden, mir regelmäßig Geld zukommen zu lassen.«
»Möchtest du, daß ich mit dir komme?« fragte Alexandra.
*Diese gottverdammte, hinterhältige Hexe!* Erst vertrieb sie sie aus dem Haus, und jetzt gab sie vor, mit ihr kommen zu wollen. Aber sie würde ihr eigenes Apartment haben; sie würde irgendeinen tollen Innenarchitekten finden, der es einrichtete; und sie würde endlich die Freiheit haben, zu kommen und zu gehen, wie es ihr paßte. Zum erstenmal in ihrem Leben würde sie wirklich frei sein. Schon allein diese Vorstellung war überwältigend.
Und jetzt sagte sie: »Du bist lieb, Alex, aber ich möchte eine Weile allein sein.«
Alexandra sah ihre Schwester an und bedauerte ihren Verlust zutiefst. Es war das erstemal, daß sie sich trennten. »Wir werden uns oft sehen, nicht wahr?«
»Natürlich«, versprach Eve. »Öfter, als du denkst.«

## 26

Als Eve nach New York zurückgekehrt war, begab sie sich zuerst, wie man es ihr gesagt hatte, in ein Hotel in der Innenstadt. Eine Stunde später rief Brad Rogers sie dort an.
»Deine Großmutter hat von Paris aus angerufen, Eve. Offensichtlich gibt es ein Problem zwischen euch beiden.«
»Eigentlich nicht.« Eve lachte. »Nur ein kleiner Familien –« Sie war drauf und dran, eine ausgefeilte Verteidigung zu erfinden, als ihr plötzlich die Gefahr, die aus dieser Richtung kam, bewußt wurde. Von nun an würde sie sehr vorsichtig sein müssen. Sie hatte niemals einen Gedanken an Geld verschwendet, es war immer dagewesen. Jetzt füllte es ihr ganzes Denken aus, und sie hatte keine Ahnung, wie hoch ihr monatlicher Scheck sein würde. Zum erstenmal in ihrem Leben hatte Eve Angst.
»Sie hat dir gesagt, daß sie ein neues Testament aufsetzen läßt?« fragte Brad.

»Ja, sie hat so etwas in der Richtung angedeutet.« Sie war entschlossen, gleichgültig zu erscheinen.
»Ich denke, daß wir das besser unter vier Augen besprechen. Paßt dir Montag um drei?«
»Das geht in Ordnung, Brad.«
»In meinem Büro, ja?«
»Einverstanden.«

Um fünf vor drei betrat Eve das Gebäude von Kruger-Brent. Respektvoll wurde sie von dem Wachmann, dem Liftboy und sogar vom Fahrstuhlführer begrüßt. *Jeder hier kennt mich,* dachte Eve. *Ich bin eben eine Blackwell.* Wenige Minuten später saß Eve in Brad Rogers' Büro.
Brad war sehr überrascht gewesen über Kates Telefonanruf und die Nachricht, daß sie Eve enterben wolle, denn er wußte, wie sehr ihr besonders diese Enkeltochter am Herzen lag und welche Pläne sie für sie hatte. Brad hatte nicht die leiseste Ahnung, was vorgefallen war. Aber wenn Kate mit ihm darüber sprechen wollte, würde sie es tun. Sein Job war es, ihre Anweisungen auszuführen. Einen Moment lang überkam ihn Mitleid mit der schönen, jungen Frau vor ihm. Kate war nicht viel älter gewesen, als er sie zum erstenmal getroffen hatte. Und er auch nicht. Und jetzt war er ein grauhaariger alter Esel, der immer noch hoffte, daß Kate Blackwell eines Tages merken würde, daß es jemanden gab, der sie innig liebte.
Er sagte zu Eve: »Ich habe einige Papiere hier, die du unterschreiben sollst. Wenn du sie noch einmal durchlesen würdest –«
»Das ist nicht nötig.«
»Eve, es ist aber wichtig, daß du das verstehst.« Er fing an, es ihr zu erklären. »Nach dem Testament deiner Großmutter bist du die Nutznießerin einer unwiderruflichen Stiftung von gegenwärtig mehr als fünf Millionen Dollar. Deine Großmutter hat darüber die Verfügungsgewalt und kann das Geld nach eigenem Gutdünken zu irgendeinem Zeitpunkt zwischen deinem einundzwanzigsten und fünfunddreißigsten Lebensjahr an dich auszahlen lassen.« Er räusperte sich. »Sie hat bestimmt, daß du es mit fünfunddreißig bekommen sollst.«
Das war ein Schlag ins Gesicht.
»Von heute an erhältst du eine wöchentliche Zuwendung von zweihundertfünfzig Dollar.«

Das durfte doch nicht wahr sein! Ein einziges anständiges Kleid kostete ja schon mehr. Damit wollte man sie nur demütigen. Dieser Scheißkerl ihr gegenüber war wahrscheinlich an dem Komplott beteiligt. Sie hätte am liebsten den großen bronzenen Briefbeschwerer genommen und ihm damit den Schädel eingeschlagen.
Brad leierte weiter. »Du darfst kein Kundenkonto, sei es privat oder sonstwie, unterhalten und den Namen Blackwell in keinem Geschäft angeben. Alles, was du kaufst, muß bar bezahlt werden.«
Der Alptraum wurde immer ärger.
»Weiter. Sollte es in Verbindung mit deinem Namen in irgendeiner Zeitung oder Zeitschrift im In- oder Ausland zu Klatschgeschichten kommen, wird die wöchentliche Zahlung an dich sofort eingestellt. Ist das klar?«
»Ja.« Ihre Stimme war nur noch ein Flüstern.
»Für dich und deine Schwester Alexandra wurden Lebensversicherungen für jeweils fünf Millionen Dollar auf den Namen eurer Großmutter abgeschlossen. Deine Police wurde heute morgen storniert. Wenn deine Großmutter nach einem Jahr mit deinem Benehmen zufrieden sein sollte«, fuhr Brad fort, »wird deine wöchentliche Zuwendung verdoppelt werden.« Er zögerte. »Es gibt noch eine letzte Bedingung.«
*Sie will mich in aller Öffentlichkeit an den Haaren aufknüpfen.* »Ja?«
Brad Rogers fühlte sich nicht wohl in seiner Haut. »Deine Großmutter wünscht nicht, dich jemals wiederzusehen, Eve.«
*Aber ich will dich altes Weib noch einmal sehen. Ich möchte dich qualvoll sterben sehen.*
Brads Stimme drang nur mühsam in Eves Bewußtsein vor. »Wenn du irgendwelche Probleme hast, ruf mich an. Sie wünscht nicht, daß du dieses Gebäude je wieder betrittst oder eines der Familienanwesen besuchst.«
Er hatte versucht, mit Kate darüber zu reden. »Mein Gott, Kate, sie ist deine Enkelin, dein Fleisch und Blut. Du behandelst sie wie eine Aussätzige.«
»Sie *ist* eine Aussätzige.«
Jetzt sagte Brad verlegen: »Nun, ich glaube, daß damit alles gesagt ist. Oder hast du noch Fragen, Eve?«
»Nein.« Sie war zutiefst schockiert.
»Wenn du dann noch diese Papiere unterschreiben würdest...«

Zehn Minuten später war Eve wieder auf der Straße. In ihrer Tasche befand sich ein Scheck über zweihundertfünfzig Dollar.

Am nächsten Morgen rief Eve einen Makler an und begann, sich nach einem Apartment umzusehen. In ihrer Phantasie hatte sie sich ein wunderschönes Penthouse mit Blick auf den Central Park vorgestellt, Räume, ganz in Weiß gehalten, mit modernen Möbeln und einer Terrasse, auf der sie Gäste bewirten konnte. Die Realität holte sie mit einem wuchtigen Schlag ein. Was sie bekommen konnte, war eine Einzimmerwohnung in Little Italy mit einer Klappcouch, einer Ecke, die der Makler euphemistisch als »Bibliothek« bezeichnete, einer winzigen Küche und einem noch winzigeren Badezimmer mit fleckigen Kacheln.

Als sie am darauffolgenden Tag einzog, fühlte sie sich wie im Gefängnis. Ihr Ankleidezimmer zu Hause war so groß gewesen wie die ganze Wohnung hier. Sie dachte an Alexandra, die sich in dem riesigen Haus an der Fifth Avenue aalte. *Mein Gott, warum hat Alexandra nicht verbrennen können? Es hatte doch beinahe geklappt!* Dann hätte ihre Großmutter es nicht gewagt, sie zu enterben.
Aber wenn Kate Blackwell gedacht hatte, daß Eve ihre Erbschaft so leicht aufgeben würde, dann hatte sie sich in ihrer Enkeltochter getäuscht. Da schmorten 5 Millionen Dollar, die ihr, Eve, gehörten, auf einer Bank, und diese bösartige, alte Frau enthielt sie ihr vor. *Es muß einen Weg geben, an das Geld heranzukommen. Ich werde ihn schon finden.*
Die Lösung kam am folgenden Tag.

»Und was kann ich für Sie tun, Miß Blackwell?« fragte Alvin Seagram ehrerbietig. Er war Vizepräsident der National Union Bank und in der Tat bereit, fast alles zu tun. Welch gnädige Vorsehung hatte ihm diese junge Frau zugeführt? Wenn es ihm gelänge, das Kruger-Brent-Konto an sich zu ziehen – oder auch nur einen Teil davon –, würde er in Nullkommanichts Karriere machen.
»Ich habe da Geld in einer Stiftung«, erklärte Eve. »Fünf Millionen Dollar. Wegen der Trustbestimmungen bekomme ich sie erst, wenn ich fünfunddreißig bin.« Sie lächelte unschuldig. »Und bis dahin dauert es mir einfach zu lange.«

»In Ihrem Alter kann ich mir das gut vorstellen.« Der Bankier lächelte. »Sie sind – neunzehn?«
»Einundzwanzig.«
»Und sehr schön, wenn Sie mir die Bemerkung gestatten, Miß Blackwell.«
Eve lächelte bescheiden. »Danke, Mr. Seagram.« Es würde einfacher sein, als sie es sich gedacht hatte. *Der Kerl ist ein Idiot.*
Er fühlte, daß sie auf der gleichen Wellenlänge lagen. »Und womit können wir Ihnen genau dienen?«
»Nun, ich dachte, es wäre vielleicht möglich, einen Vorschuß auf das Geld zu bekommen. Wissen Sie, ich bin verlobt und will heiraten. Mein Verlobter arbeitet als Konstruktionsingenieur in Israel und wird erst in drei Jahren zurückkommen.«
Alvin Seagram war voller Mitgefühl. »Ich verstehe Sie sehr gut.« Sein Herz klopfte wild. *Selbstverständlich werde ich ihrem Wunsch entsprechen.* Und wenn er das Geschäft zu ihrer Zufriedenheit erledigt hätte, würde sie ihm andere Mitglieder der Blackwell-Familie schicken, und auch die würde er zufriedenstellend bedienen.
Und danach konnte nichts ihn mehr aufhalten. Er würde Mitglied im Aufsichtsrat der National Union Bank werden, vielleicht sogar einer der Vorsitzenden.
»Das ist überhaupt kein Problem«, versicherte Alvin Seagram. »Dabei handelt es sich um eine ganz einfache Transaktion. Sie werden Verständnis dafür haben, daß wir Ihnen nicht den ganzen Betrag leihen können, aber wir können Ihnen sicherlich, sagen wir einmal, eine Million sofort zur Verfügung stellen. Entspräche das Ihren Vorstellungen?«
»Ganz und gar«, sagte Eve, bemüht, ihr Hochgefühl nicht zu zeigen.
»Gut. Wenn Sie mir dann noch die genauen Daten über die Stiftung geben . . .« Er griff nach seinem Kugelschreiber.
»Wenden Sie sich an Brad Rogers bei Kruger-Brent. Er wird Ihnen die notwendigen Informationen geben.«
»Ich rufe ihn sofort an.«
Eve erhob sich. »Wie lange wird es dauern?«
»Höchstens ein, zwei Tage. Ich werde die Angelegenheit persönlich vorantreiben.«
Sie streckte eine liebliche, zarte Hand aus. »Sie sind sehr zuvorkommend.«

Zwei Tage später stattete Eve der Bank erneut einen Besuch ab und wurde in Alvin Seagrams Büro geführt. Seine ersten Worte waren: »Ich fürchte, ich kann Ihnen doch nicht helfen, Miß Blackwell.«
Eve traute ihren Ohren nicht. »Ich verstehe nicht, Sie haben doch gesagt, es sei ganz einfach. Sie sagten –«
»Es tut mir leid. Damals standen mir noch nicht alle Hintergrundinformationen zur Verfügung.«
Nur allzu gut erinnerte er sich an die Unterhaltung mit Brad Rogers. »Ja, es gibt einen Fünf-Millionen-Dollar-Trust auf Eve Blackwells Namen. Ihre Bank hat natürlich die Freiheit, jeden beliebigen Betrag auf die Gesamtsumme vorzuschießen. Ich glaube jedoch, daß es nur fair ist, Sie davon in Kenntnis zu setzen, daß Kate Blackwell dies als Brüskierung auffassen würde.«
Brad Rogers brauchte nicht einmal die Konsequenzen aufzuzählen. Alvin Seagram wußte, daß Kruger-Brent überall einflußreiche Freunde hatte.
»Es tut mir leid«, versicherte er Eve noch einmal. »Ich kann nichts für Sie tun.«
Eve schaute ihn ratlos an. Aber sie würde diesen Mann nicht wissen lassen, was für einen Schlag er ihr versetzt hatte. »Vielen Dank für Ihre Bemühungen. Es gibt schließlich noch andere Banken in New York. Guten Tag.«
»Miß Blackwell«, sagte Alvin Seagram, »auf der ganzen Welt gibt es keine einzige Bank, die Ihnen auch nur einen Pfennig auf diese Stiftung vorschießen wird.«

Alexandra war verwirrt. In der Vergangenheit hatte ihre Großmutter ihr auf hundert Arten zu verstehen gegeben, daß sie Eve vorzog. Nun war über Nacht alles anders geworden. Sie wußte, daß etwas Schreckliches zwischen ihrer Großmutter und Eve vorgefallen sein mußte, hatte aber nicht die geringste Ahnung, was es sein könnte.
Und Kate sagte immer nur: »Es gibt nichts, worüber zu reden wäre. Eve geht ihren eigenen Weg.«
Auch aus Eve konnte Alexandra nichts herausbringen.
Kate Blackwell begann, einen großen Teil ihrer Zeit mit Alexandra zu verbringen. Und Alexandra war verblüfft. Es war, als ob Gran sie zum erstenmal wirklich wahrnähme. Alexandra hatte das komische Gefühl, daß sie taxiert wurde.
Kate sah ihre Enkeltochter tatsächlich zum erstenmal wirklich.

Sie verbrachte jede freie Minute mit Alexandra, prüfte, fragte, hörte zu und war schließlich zufrieden.
Es war nicht einfach, an Alexandra heranzukommen. Sie war introvertiert, zurückhaltender als Eve. Alexandra war von schneller Auffassungsgabe und lebhafter Intelligenz, und ihre Unschuld, verbunden mit ihrer Schönheit, machten sie nur noch liebenswerter. Sie hatte schon immer unzählige Einladungen zu Partys, Dinners und ins Theater erhalten, aber nun entschied Kate, welche sie ablehnen und welche sie annehmen sollte. Es genügte nicht, daß ein Verehrer akzeptabel war – bei weitem nicht. Kate suchte nach einem Mann, der Alexandra helfen würde, die Dynastie fortzuführen. Manchmal, in den einsamen Stunden des frühen Morgens, wenn Kate nicht schlafen konnte, dachte sie an Eve.

Eve ging es gut. Auf der ersten Party, zu der sie nach ihrem Umzug in das Apartment eingeladen worden war, gab sie sechs Männern – vier von ihnen verheiratet – ihre Telefonnummer, und innerhalb der nächsten vierundzwanzig Stunden hatten sich alle sechs bei ihr gemeldet. Von diesem Tag an wußte Eve, daß sie sich keine Sorgen um Geld machen mußte. Sie wurde mit Geschenken überhäuft: mit teurem Schmuck, Bildern und vor allem mit Bargeld.
»Ich habe gerade einen neuen Schrank bestellt und mein Scheck ist noch nicht angekommen. Würde es dir etwas ausmachen, Liebling?« Und es machte ihnen nie etwas aus.
Wenn Eve sich in der Öffentlichkeit sehen ließ, achtete sie darauf, von unverheirateten Männern begleitet zu werden. Die verheirateten empfing sie nachmittags in ihrer Wohnung. Eve ging sehr diskret vor. Sie achtete darauf, daß ihr Name nicht in den Klatschkolumnen erschien, nicht weil sie sich noch darum gesorgt hätte, daß die Schecks gestoppt werden könnten, sondern weil sie es sich in den Kopf gesetzt hatte, daß ihre Großmutter eines Tages auf den Knien zu ihr gerutscht kommen sollte. Kate Blackwell brauchte einen Erben für Kruger-Brent. *Alexandra taugt zu gar nichts, aus der kann nur eine dämliche Hausfrau werden,* dachte Eve hämisch.
Eines Nachmittags entdeckte Eve beim Durchblättern einer neuen Ausgabe von »Town and Country« ein Bild von Alexandra, die mit einem attraktiven Mann tanzte. Eve interessierte sich nicht für Alexandra, sondern für den Mann, und es ging ihr

auf, daß es eine Katastrophe für sie und ihre Pläne wäre, wenn ihre Schwester heiraten und einen Sohn gebären würde.
Im Verlaufe des Jahres hatte Alexandra regelmäßig bei Eve angerufen und eine Verabredung mit ihr treffen wollen, doch Eve hatte sie jedesmal mit Ausflüchten abgewimmelt. Jetzt aber war es an der Zeit, sich mit ihrer Schwester zu unterhalten, beschloß Eve. Sie lud Alexandra in ihr Apartment ein.
Alexandra hatte die Wohnung noch nicht gesehen, und Eve wappnete sich gegen ihr Mitleid. Doch alles, was ihre Schwester sagte, war: »Hübsch hast du es hier, Eve. Und sehr gemütlich.«
Eve lächelte. »Es ist genau das Richtige für mich. Ich wollte etwas, das *intim* ist.« Sie hatte genug Schmuck und Bilder ins Leihhaus getragen, um sich eine schöne Wohnung leisten zu können, aber Kate hätte davon erfahren und wissen wollen, wo das Geld herkäme. Im Augenblick lautete die Parole: Diskretion.
»Wie geht es Gran?« fragte Eve.
»Es geht ihr gut.« Alexandra zögerte. »Eve, ich weiß nicht, was zwischen euch beiden vorgefallen ist, aber du weißt – wenn ich dir irgendwie helfen kann, werde ich –«
Eve seufzte. »Sie hat dir nichts erzählt?«
»Nein. Sie will nicht darüber reden.«
»Das kann ich ihr nicht verdenken. Die Ärmste macht sich wahrscheinlich die größten Vorwürfe. Ich habe einen tollen jungen Arzt getroffen, wir wollten heiraten. Ich habe mit ihm geschlafen und Gran hat es herausgefunden. Sie befahl mir, das Haus zu verlassen, und sagte, daß sie mich nie wiedersehen wollte. Ich fürchte, unsere Großmutter ist ganz schön altmodisch, Alex.«
Sie beobachtete den bestürzten Gesichtsausdruck ihrer Schwester.
»Das ist ja furchtbar! Ihr müßt beide zu Gran gehen. Ich bin sicher, daß sie –«
»Er kam bei einem Flugzeugunglück ums Leben.«
»O Eve! Warum hast du mir nichts davon gesagt?«
»Ich habe mich zu sehr geschämt, sogar vor dir.« Sie drückte die Hand ihrer Schwester. »Und du weißt, daß ich dir sonst immer alles erzähle.«
»Laß mich mit Gran darüber sprechen. Ich werde ihr erklären –«
»Nein! Dazu bin ich zu stolz. Versprich mir, daß du nie mit ihr darüber sprechen wirst. Nie!«

»Aber ich bin sicher, daß sie –«
»Versprich es mir!«
Alexandra seufzte. »Okay!«
»Glaub mir, ich bin sehr glücklich hier. Ich kann tun und lassen, was ich will. Es ist wunderbar!«
Alexandra schaute ihre Schwester an und dachte daran, wie sehr sie Eve vermißt hatte.
Eve legte den Arm um Alexandra und begann, sie zu necken. »Soviel zu mir. Erzähl mir, was bei dir passiert ist. Ich wette, du hast schon deinen Prinzen getroffen.«
»Nein.«
Eve musterte ihre Schwester. Sie war ihr Ebenbild, und Eve war entschlossen, es zu zerstören. »Du wirst ihm bestimmt bald begegnen, Liebling.«
»Ich habe es nicht eilig. Ich habe mich entschlossen, mir mein Geld selbst zu verdienen, und habe mit Gran darüber gesprochen. Nächste Woche treffe ich den Direktor einer Werbeagentur und werde mit ihm über einen Job sprechen.«
Sie aßen in einem kleinen Bistro in der Nähe von Eves Apartment zu Mittag, und Eve bestand darauf zu bezahlen. Sie wollte sich nichts von ihrer Schwester schenken lassen.
Als sie sich voneinander verabschiedeten, sagte Alexandra: »Eve, wenn du Geld brauchst –«
»Sei nicht so dumm, Liebes. Ich habe mehr als genug.«
Alexandra gab nicht nach. »Trotzdem, wenn du mal einen Engpaß hast – du kannst alles haben, was ich besitze.«
Eve schaute Alexandra in die Augen und sagte: »Ich verlasse mich drauf.« Sie lächelte. Sie wollte sich nicht mit Krümeln abspeisen lassen, sie wollte den ganzen Kuchen. Die Frage war nur: wie drankommen?

In Nassau fand eine Wochenendparty statt.
»Es geht einfach nicht ohne dich, Eve. Alle deine Freunde werden kommen.«
Die Anruferin war Nita Ludwig, ein Mädchen, das Eve in der Schweizer Schule kennengelernt hatte.
Sie würde ein paar neue Männer kennenlernen. Was sie zur Zeit auf Lager hatte, war ihr sowieso schon langweilig geworden.
»Klingt gut«, sagte Eve. »Ich komme.«
Am gleichen Nachmittag versetzte sie ein Smaragdarmband, das sie eine Woche zuvor von einem vernarrten Versicherungs-

manager mit Frau und drei Kindern geschenkt bekommen hatte, kaufte bei Lord & Taylor eine neue Sommergarderobe und buchte schließlich Hin- und Rückflug nach Nassau. Am nächsten Morgen saß sie im Flugzeug.

Der Besitz der Ludwigs war ein großes, weitläufiges Haus am Strand. Eve wurde von einem adrett gekleideten Hausmädchen auf ihr Zimmer geleitet, die ihre Sachen auspackte, während Eve sich frischmachte. Danach ging sie hinunter, um die anderen Gäste zu begrüßen.

Im Wohnzimmer hatten sich sechzehn Leute zusammengefunden, und sie alle hatten eins gemeinsam: sie waren reich. Nita Ludwig war eine Anhängerin des Sprichworts »gleich und gleich gesellt sich gern«. Diese Menschen waren alle auf die gleichen guten Internate und Colleges gegangen, kannten dieselben luxuriösen Anwesen, Jachten und Privatflugzeuge, hatten die gleichen Probleme mit der Steuer. Ein Kolumnist hatte ihnen den Titel »Jet-set« verliehen, eine Bezeichnung, die sie in der Öffentlichkeit von sich wiesen, insgeheim aber genossen. Sie waren die Privilegierten, die Auserwählten, die ein umsichtiger Gott über die anderen erhoben hatte. Der Rest der Welt mochte ruhig glauben, daß man mit Geld nicht alles kaufen kann. Diese Leute wußten es besser. Mit Geld erkauften sie sich Schönheit und Liebe und Luxus und einen Platz im Himmel. Und von alldem war Eve durch die Laune einer engstirnigen alten Frau ausgeschlossen worden. *Aber nicht mehr lange,* schwor sie sich.

Sie betrat das Wohnzimmer, und die Unterhaltung stockte. In einem Raum voll schöner Frauen war sie die allerschönste. Eve gab sich charmant und umgänglich und musterte jeden Mann mit dem Blick einer Kennerin, suchte sich ihre Opfer sachkundig aus. Die meisten der älteren Männer waren verheiratet, doch das erleichterte die Sache nur.

Ein glatzköpfiger Mann in karierten Hosen und schreiend buntem Hemd näherte sich ihr. »Ich wette, daß es Ihnen zum Hals raushängt, wenn man Ihnen dauernd erzählt, wie schön Sie sind, Süße.«

Eve belohnte ihn mit einem warmen Lächeln. »Dessen werde ich niemals müde, Mr. –?«

»Peterson. Nennen Sie mich Dan. Sie sollten nach Hollywood gehen.«

»Ich fürchte, ich habe keinerlei schauspielerische Talente.«
»Aber ich wette, daß Sie jede Menge andere Talente haben.« Eve lächelte rätselhaft. »Wie kann man das wissen, wenn man es nicht ausprobiert hat, Dan?«
Er leckte sich die Lippen. »Sind Sie allein hier?«
»Ja.«
»Ich habe meine Jacht in der Bucht vor Anker liegen. Vielleicht können wir beide morgen einen kleinen Ausflug machen?«
»Das klingt gut«, sagte Eve.
Er grinste. »Ich verstehe nicht, warum wir uns nicht früher begegnet sind. Ich kenne Ihre Großmutter Kate seit Jahren.«
Eve lächelte immer noch, obwohl es ihr einige Anstrengung abverlangte. »Gran ist ein Schatz«, sagte Eve. »Ich glaube, wir gehen jetzt lieber wieder zu den anderen.«
»Klar, Süße.« Er zwinkerte. »Vergessen sie unsere Verabredung morgen nicht.«

Von da an gelang es ihm nicht mehr, Eve allein zu erwischen. Sie mied ihn beim Lunch, und nach dem Essen borgte sie sich eines der Autos, die für die Gäste in der Garage bereit standen, und fuhr in die Stadt. Sie hielt am Hafen an.
Die Bucht lag ruhig, und die See glitzerte wie Diamanten. Jenseits des Wassers erkannte Eve die Sichel von Paradise Island Beach. Ein Motorboot verließ gerade das Dock, und als es an Geschwindigkeit gewann, erhob sich plötzlich die Gestalt eines Mannes in die Luft und bewegte sich im Schlepptau des Bootes. Es war atemberaubend. Er schien an einer Metallstange zu hängen, die an einem blauen Segel befestigt war – sein langer, schlanker Körper streckte sich dem Wind entgegen. *Drachensegeln.* Eve sah fasziniert zu, wie sich das Motorboot brüllend dem Hafen näherte und die Gestalt in der Luft herangefegt wurde. Das Boot fuhr aufs Dock zu, machte eine scharfe Wendung, und einen Moment lang erhaschte Eve einen Blick auf das dunkle, schöne Gesicht des Mannes in der Luft, bevor er wieder aus ihrem Gesichtsfeld verschwand.

Fünf Stunden später spazierte er in Nita Ludwigs Wohnzimmer, und Eve kam es vor, als habe ihre Willenskraft ihn dorthin gezogen. Sie hatte gewußt, daß er wieder auftauchen würde. Von nahem betrachtet, war er noch schöner. Er maß an die zwei Meter, hatte ebenmäßige, gebräunte Gesichtszüge, schwarze Augen, weiße, regelmäßige Zähne und einen schlanken, athletischen Körper. Er lächelte auf Eve herab, als Nita sie einander vorstellte.

»Dies ist George Mellis. Eve Blackwell.«

»Mein Gott, Sie gehören in den Louvre«, entfuhr es George Mellis. Seine Stimme war tief und rauchig, mit der Spur eines undefinierbaren Akzents.

»Komm schon, Liebling«, kommandierte Nita. »Ich stelle dich den anderen Gästen vor.«

Er winkte ab. »Gib dir keine Mühe. Ich habe schon alle getroffen, die ich kennenlernen will.«

Nita schaute die beiden nachdenklich an. »Ich verstehe. Nun, wenn ich noch etwas tun kann, ruf mich.«

Sie entfernte sich.

»Waren Sie nicht ein bißchen grob zu ihr?« fragte Eve.

Er grinste. »Ich bin nicht verantwortlich für das, was ich sage oder tue. Ich bin verliebt.«

Eve lachte.

»Bestimmt. Sie sind das schönste Wesen, dem ich je in meinem Leben begegnet bin.«

»Das gleiche habe ich eben über Sie gedacht.«

Eve war es gleichgültig, ob er Geld besaß oder nicht. Dieser Mann faszinierte sie. Kein Mann hatte sie je so beeindruckt.

»Wer sind Sie?« fragte Eve.

»Das hat Nita Ihnen schon gesagt: George Mellis.«

»Wer sind Sie?« wiederholte Eve.

»Ach so, Sie meinen das philosophisch. Mein Innerstes. Nichts Besonderes, fürchte ich. Ich bin Grieche. Meine Familie baut Oliven und so'n Kram an.«

*Dieser* Mellis also! Die Nahrungsmittel von Mellis konnte man an jeder Ecke in Amerika kaufen.

»Sind Sie verheiratet?« fragte Eve.

Er grinste. »Fragen Sie immer so direkt?«

»Nein.«

»Ich bin nicht verheiratet.«

Die Antwort befriedigte sie über alle Maßen.

»Warum waren Sie nicht zum Abendessen hier?«

»Die Wahrheit?«

»Ja.«

»Das ist aber sehr persönlich.«

Sie wartete.

»Ich war damit beschäftigt, eine junge Dame davon abzuhalten, Selbstmord zu begehen.«
Er sagte das mit solcher Selbstverständlichkeit, als käme so etwas häufiger vor.
»Ich hoffe, daß es Ihnen gelungen ist.«
»Für den Augenblick, ja. Ich hoffe, daß Sie nicht der Typ sind, der Selbstmord begeht.«
»Nein. Ich hoffe, Sie auch nicht.«
George Mellis lachte laut auf. »Ich liebe dich«, sagte er. »Ich liebe dich wirklich.« Er nahm Eves Arm, und seine Berührung ließ sie erschauern.

Er wich den ganzen Abend nicht von Eves Seite. Er hatte lange, feingliedrige Hände, und damit tat er dauernd irgend etwas für Eve: brachte ihr einen Drink, gab ihr Feuer, berührte sie verstohlen. Seine Nähe ließ ihren Körper entflammen, und sie konnte es nicht erwarten, mit ihm allein zu sein.
Kurz nach Mitternacht, als sich die Gäste langsam zur Ruhe begaben, fragte George Mellis: »Wo ist dein Zimmer?«
»Das letzte im Nordgang.«
Er nickte.

Eve entkleidete sich, nahm ein Bad und schlüpfte in ein schwarzes, durchsichtiges Negligé. Um ein Uhr morgens hörte sie es leise an der Tür klopfen. Sie öffnete eilends, und George Mellis trat ein.
Er stand vor ihr, und seine Augen waren voll Bewunderung.
»*Matia mou,* neben dir sieht die Venus von Milo wie eine Vogelscheuche aus.«
»Ich hab' ihr aber etwas voraus«, flüsterte Eve. »Ich habe zwei Arme.«
Und diese beiden Arme legte sie nun um George Mellis und zog ihn an sich. Sein Kuß ließ etwas in ihr explodieren. Er drückte seine Lippen fest auf die ihren, und sie fühlte, wie er ihren Mund mit seiner Zunge erkundete.
»O mein Gott«, stöhnte Eve.
Er legte sein Jackett ab, und Eve half ihm dabei. In Sekundenschnelle stand er nackt vor ihr. Er besaß den schönsten Körper, den Eve je gesehen hatte.
»Schnell«, sagte Eve. »Lieb mich.« Sie legte sich aufs Bett, ihr Körper brannte.

»Dreh dich um«, befahl er. »Ich will deinen Arsch.«
Sie sah zu ihm auf. »Ich – ich mag nicht –«
Und er schlug sie auf den Mund. Schockiert starrte sie ihn an.
»Dreh dich um.«
»Nein.«
Er schlug sie wieder, diesmal härter, und das Zimmer fing an, vor ihren Augen zu verschwimmen.
»Bitte nicht.«
Er schlug sie erneut brutal. Sie fühlte, wie sie von seinen kräftigen Händen umgedreht wurde und wie er sie auf die Knie zwang.
»Um Himmels willen«, keuchte sie, »hör sofort auf, oder ich schreie.«
Er schlug ihr seinen Unterarm in den Nacken, und Eve verlor fast das Bewußtsein. Undeutlich fühlte sie, wie er ihre Hüften anhob. Es war ein plötzlicher, höllischer Schmerz, als er tief in sie eindrang. Sie öffnete ihren Mund, um zu schreien, aber aus lauter Angst, er könne ihr noch Schlimmeres antun, hielt sie sich zurück. »Oh, bitte, du tust mir weh . . .«, bettelte sie.
Sie versuchte, sich ihm zu entziehen, aber er hielt sie fest. Der Schmerz war unerträglich. »O Gott, nein!« flüsterte sie. »Hör auf! Bitte, hör auf!«
Er stieß wieder in sie hinein, tiefer und schneller, und das letzte, an das Eve sich erinnern konnte, war ein wildes Stöhnen, das tief aus seinem Inneren kam und in ihren Ohren zu explodieren schien.
Als sie das Bewußtsein wiedererlangte und ihre Augen aufschlug, saß George Mellis angezogen in einem Sessel und rauchte eine Zigarette. Er kam zum Bett hinüber und streichelte ihr über die Stirn. Ängstlich duckte sie sich unter seiner Berührung.
»Wie fühlst du dich, Liebling?«
Eve versuchte, sich aufzusetzen, aber es tat zu weh. »Du gottverdammtes Tier . . .« Ihre Stimme war nur noch ein krächzendes Flüstern.
Er lachte. »Ich bin doch ganz sanft mit dir umgegangen.«
Sie schaute ihn ungläubig an.
Er lächelte. »Manchmal bin ich wirklich etwas grob.« Er streichelte ihr Haar. »Aber ich liebe dich, und deswegen war ich nett zu dir. Du wirst dich daran gewöhnen. *Hree-se'e-moo.* Ich verspreche es dir.«

Hätte sie in diesem Moment eine Waffe gehabt, hätte sie ihn getötet. »Du bist verrückt.«
Sie sah den Glanz in seinen Augen und bemerkte, daß er eine Hand zur Faust geballt hatte. In diesem Augenblick wußte sie, was Todesangst war. Er war *wirklich* verrückt.
Schnell sagte sie: »Ich hab' das nicht so gemeint. Es ist nur, daß ich – ich habe so etwas noch nie erlebt. Bitte, ich möchte jetzt schlafen. Bitte.«
George Mellis starrte sie lange an und entspannte sich dann. Er ging zur Kommode hinüber, wo Eve ihren Schmuck abgelegt hatte, ein Armband aus Platin und eine wertvolle Diamantenkette. Er ergriff das Halsband, sah es prüfend an und ließ es in seine Tasche gleiten. »Ich behalte es als kleines Souvenir.«
Sie hatte zuviel Angst, um dagegen zu protestieren. »Gute Nacht, Liebling.« Und er kam noch einmal zum Bett zurück, beugte sich über sie und küßte sie zärtlich auf den Mund.
Sie wartete, bis er gegangen war, und kroch dann aus dem Bett. Ihr Körper brannte vor Schmerz. Sie wußte nicht, ob sie es bis zum Badezimmer schaffen würde, und fiel aufs Bett zurück, um darauf zu warten, daß der Schmerz nachließe. Er hatte sie wie ein Tier genommen. Sie fragte sich, was er dem anderen Mädchen, das Selbstmord hatte begehen wollen, wohl angetan hatte.
Als Eve sich schließlich zum Badezimmer schleppen konnte und dort in den Spiegel schaute, traute sie ihren Augen kaum. Ihr Gesicht war voller Flecken, und ein Auge war fast zugeschwollen. Sie ließ sich ein heißes Bad einlaufen, krabbelte wie ein verwundetes Tier in die Wanne, überließ es dem Wasser, ihre Schmerzen wegzuwaschen. Lange Zeit lag sie so, und als das Wasser schließlich kalt wurde, stieg sie aus der Wanne und tat ein paar zögernde Schritte. Der Schmerz hatte nachgelassen, war aber noch immer quälend. Den Rest der Nacht lag sie wach, voller Angst, er könne zurückkehren.

Als Eve am nächsten Morgen aufstand, sah sie, daß die Betttücher voll Blut waren. Sie würde es ihm heimzahlen. Mit vorsichtigen Schritten ging sie ins Badezimmer und ließ sich noch einmal ein heißes Bad einlaufen. Ihr Gesicht war noch mehr angeschwollen, und die Flecken hatten sich blau verfärbt. Sie tauchte einen Waschlappen in kaltes Wasser und legte ihn sich auf die Wangen und das Auge. Dann streckte sie sich in der

Wanne aus und dachte über George Mellis nach. Da war etwas Rätselhaftes an ihm gewesen, das nichts mit seinem Sadismus zu tun hatte. Und plötzlich wurde ihr klar, was es war. Das Halsband. Warum hatte er das Halsband mitgehen lassen?

Zwei Stunden später ging Eve hinunter. Sie mußte dringend mit Nita Ludwig sprechen.
»Mein Gott! Was ist mit deinem Gesicht?« fragte Nita.
Eve lächelte bekümmert. »Was ganz Dummes. Ich bin mitten in der Nacht aufgestanden, um zum Klo zu gehen, und habe dabei kein Licht angemacht. Und dabei bin ich gegen eine eurer tollen Türen gerannt.«
»Möchtest du, daß ein Arzt sich das ansieht?«
»Es ist nicht schlimm«, versicherte Eve ihr. »Nur ein paar blaue Flecken.« Sie schaute sich um. »Wo ist George Mellis?«
»Er ist draußen und spielt Tennis. Er ist ein Spitzenspieler. Er sagte, er würde dich beim Lunch treffen. Ich glaube, er mag dich wirklich, Liebes.«
»Erzähl mir ein bißchen was über ihn«, sagte Eve wie nebenbei. »Wo kommt er eigentlich her?«
»George? Er ist der älteste Sohn eines reichen Griechen und hat Geld wie Heu. Er arbeitet bei einem New Yorker Börsenmakler, Hanson and Hanson.«
»Er ist nicht im Familienunternehmen?«
»Nein. Wahrscheinlich mag er keine Oliven. Wie dem auch sei, bei dem Vermögen der Mellis braucht er nicht zu arbeiten. Ich denke, daß er es nur tut, um sich tagsüber ein bißchen zu beschäftigen.« Sie grinste und sagte: »Seine Nächte sind auf jeden Fall ausgebucht.«
»Wirklich?«
»Liebling, George Mellis ist der begehrteste Junggeselle weit und breit. Die Mädchen können es gar nicht erwarten, für ihn das Höschen runterzulassen. Die sehen sich alle schon in der Rolle der zukünftigen Mrs. Mellis. Und ehrlich gesagt, wenn mein Mann nicht so furchtbar eifersüchtig wäre, hätte ich George auch schon aufs Korn genommen. Ist er nicht unheimlich sexy?« »Unheimlich«, sagte Eve.

George Mellis betrat die Terrasse, auf der Eve allein saß, und obwohl sie sich dagegen wehrte, fühlte sie Angst in sich aufsteigen. Er kam auf sie zu und sagte mit ehrlicher Anteilnahme:

»Guten Morgen, Eve. Ist alles in Ordnung?« Sachte berührte er ihre geschwollene Wange. »Mein Liebling, du bist so schön.«
Es war, als ob die letzte Nacht wie ausgelöscht wäre. Sie hörte George Mellis zu, und wiederum fühlte sie die unwiderstehliche Anziehungskraft dieses Mannes. Sogar nach dem Alptraum, den sie mit ihm erlebt hatte, konnte sie es fühlen. Es war unglaublich. *Er sieht aus wie ein griechischer Gott. Er gehört in ein Museum. Er gehört in eine Irrenanstalt.*
»Ich muß heute abend nach New York zurück«, sagte George Mellis. »Wo kann ich dich erreichen?«
»Ich bin gerade umgezogen«, sagte Eve schnell. »Ich habe noch kein Telefon. Ich werde dich anrufen.«
»Gut, Liebling.« Er grinste. »Das hat dir wirklich gefallen letzte Nacht, nicht wahr?«
Eve traute ihren Ohren nicht.
»Ich kann dir noch viel beibringen, Eve«, flüsterte er.
*Und ich werde dir etwas beibringen, Mr. Mellis,* schwor Eve sich.

Sobald Eve nach Hause gekommen war, rief sie Dorothy Hollister an. In New York war sie die Hauptquelle für alle Informationen. Sie war selbst mit einem Angehörigen der oberen Gesellschaftsschicht verheiratet gewesen, und als dieser sich wegen seiner einundzwanzigjährigen Sekretärin von ihr scheiden ließ, war Dorothy gezwungen gewesen, sich einen Job zu suchen. Sie wurde Klatschkolumnistin. Da sie jeden aus dem Milieu, über das sie schrieb, kannte, und da jeder glaubte, daß man ihr trauen könne, blieb ihr kaum etwas verborgen.
Wenn irgend jemand Eve Auskunft über George Mellis geben konnte, dann war es Dorothy Hollister. Eve lud sie zum Essen ins La Pyramid ein. Dorothy war eine füllige Frau mit vollem Gesicht, rot gefärbten Haaren, lauter, verrauchter Stimme und dröhnendem Lachen. Sie war mit Schmuck – alles Talmi – überladen.
Sobald sie bestellt hatten, sagte Eve obenhin: »Ich war letzte Woche auf den Bahamas. Es war sehr schön da unten.«
»Ich weiß, daß Sie da waren«, sagte Dorothy Hollister. »Ich habe Nita Ludwigs Gästeliste. War es eine amüsante Party?«
Eve zuckte mit den Schultern. »Ich habe eine Menge alter Freunde getroffen. Und einen interessanten Mann namens« – sie hielt inne und runzelte die Stirn – »George irgendwas. Miller, glaube ich. Ein Grieche.«

Dorothy Hollister lachte laut auf. »Mellis, Liebes. George Mellis.«
»Ja, genau. George Mellis. Kennen Sie ihn?«
»Ich habe ihn mal gesehen und dachte, ich würde zur Salzsäule erstarren. Mein Gott, er sieht phantastisch aus.«
»Aus welchem Stall kommt er eigentlich?«
Dorothy Hollister schaute sich um und beugte sich dann vertraulich zu Eve hinüber. »Keiner weiß davon, aber Sie werden es für sich behalten, nicht wahr? George ist das schwarze Schaf seiner Familie. Die sind im Lebensmittelgroßhandel und stinken vor Geld, meine Liebe. George sollte das Geschäft übernehmen, aber da drüben hat er sich, soweit ich weiß, wegen kleiner Mädchen, Jungen und Ziegen soviel Scherereien gemacht, daß sein Vater und seine Brüder schließlich die Nase voll hatten und ihn abschoben.«
Eve hing an ihren Lippen.
»Sie haben ihn ohne eine einzige Drachme rausgeschmissen, deswegen muß er sich sein Brot jetzt selber verdienen.«
*Das war also die Erklärung für das Halsband!*
»Natürlich braucht er sich keine Sorgen zu machen. Eines Tages wird er reich heiraten.«
Sie sah zu Eve hinüber und fragte: »Sind Sie interessiert, Kindchen?«
»Nicht wirklich.«
Eve war mehr als interessiert. George Mellis könnte der Schlüssel sein, nach dem sie gesucht hatte. Der Schlüssel zu ihrem Vermögen.

Früh am nächsten Morgen rief sie ihn in der Maklerfirma an, in der er arbeitete. Er erkannte ihre Stimme sofort.
»Ich habe auf deinen Anruf gewartet, Eve. Laß uns zusammen essen gehen heute abend und –«
»Nein. Morgen mittag.«
Er war überrascht und zögerte. »Gut. Ich sollte eigentlich mit einem Kunden zu Mittag essen, aber ich werde ihn versetzen.«
Eve mochte kaum glauben, daß es ein Kunde und keine Kundin war. »Komm zu mir«, sagte sie. Sie gab ihm ihre Adresse. »Bis halb eins dann.«
»Ich komme.« Sie konnte die selbstgefällige Zufriedenheit aus seiner Stimme hören.

Er kam eine halbe Stunde zu spät, und Eve wußte, daß das zu seiner Masche gehörte. Es war keine absichtliche Unverschämtheit, sondern eine Gleichgültigkeit, das Wissen darum, daß man immer auf ihn warten würde. Bei seinem phantastischen Aussehen und seinem Charme lag ihm die Welt zu Füßen. Es gab nur eine Einschränkung: Er war arm. Und das war seine Achillesferse.

George sah sich in dem kleinen Apartment um und schätzte den Wert des Mobiliars sachkundig ein. »Sehr nett.«

Er kam mit ausgestreckten Armen auf Eve zu. »Ich habe die ganze Zeit an dich gedacht.«

Sie wich ihm aus. »Warte. Ich muß dir etwas sagen, George.«

Mit seinen schwarzen Augen sah er sie durchdringend an. »Wir können später reden.«

»Wir reden jetzt.« Sie sprach langsam und betont. »Wenn du mich noch einmal so behandelst, bringe ich dich um.«

Er sah sie an, und seine Lippen kräuselten sich zu einem vagen Lächeln. »Soll das ein Witz sein?«

»Das ist kein Witz. Ich meine es ernst. Ich will mit dir über Geschäfte reden.«

Auf seinem Gesicht malte sich Erstaunen. »Du hast mich bestellt, um über Geschäfte zu reden?«

»Ja. Ich weiß nicht, wieviel du damit verdienst, daß du einfältige alte Damen dazu bringst, Anteile und Aktien zu kaufen, aber ich bin sicher, daß es nicht genug ist.«

Sein Gesicht wurde dunkel vor Wut. »Bist du verrückt? Meine Familie –«

»Deine Familie ist reich – aber du nicht. Meine Familie ist reich – ich bin es nicht. Wir sitzen beide im gleichen Boot, Liebling, und das hat ein Leck. Und ich weiß, wie wir daraus eine Jacht machen können.« Sie stand da und beobachtete, wie in ihm die Neugier über die Wut siegte.

»Erzähl mir lieber, was du meinst.«

»Es ist ganz einfach. Mir steht ein sehr großes Vermögen zu, und ich bin enterbt worden. Aber meine Schwester Alexandra nicht.«

»Und was hat das mit mir zu tun?«

»Wenn du Alexandra heiratest, dann gehört dir das Vermögen – uns.«

»Tut mir leid. Ich könnte es nicht ertragen, an jemanden gebunden zu sein.«

»Was das betrifft«, versicherte Eve ihm, »gibt es überhaupt kein Problem. Meine Schwester hat nämlich schon immer zu Unfällen geneigt.«

## 27

Die Werbeagentur Berkley and Mathews war die Perle unter den Agenturen auf der Madison Avenue. Allein für Kruger-Brent waren bei Berkley and Mathews mehr als fünfundsiebzig Sachbearbeiter, Werbetexter, Fotografen, Graphiker und andere Künstler und Medienexperten tätig. Deswegen war es auch nicht überraschend, daß, als Kate Blackwell Aaron Berkley anrief und ihn fragte, ob er in seiner Agentur nicht eine Stelle für Alexandra finden könne, dieser Platz sofort zur Verfügung stand. Wenn Kate Blackwell es gewünscht hätte, hätte man ihre Enkeltochter wahrscheinlich zur Präsidentin der Agentur gemacht.
»Ich glaube, daß meine Enkelin gerne Texterin werden möchte«, informierte Kate Aaron Berkley.
Berkley versicherte ihr, daß zufällig gerade ein solcher Posten frei geworden sei und daß Alexandra anfangen könne, sobald sie es wünsche.
Am nächsten Montag trat sie ihre Arbeit an.

Um ein Gehalt einzusparen, hatten Aaron Berkley und sein Partner Norman Mathews beschlossen, daß Alexandra Blackwell den Platz der jungen Texterin einnehmen sollte, die vor sechs Monaten eingestellt worden war. Als die Belegschaft erfuhr, daß die junge Frau, die man gefeuert hatte, durch die Enkeltochter des größten Kunden der Agentur ersetzt werden sollte, herrschte allgemeine Empörung darüber. Ohne Alexandra auch nur gesehen zu haben, kam man einhellig zu der Meinung, daß sie ein verwöhntes Biest und geschickt worden sei, um hier herumzuspionieren.
Als Alexandra zur Arbeit kam, wurde sie in das riesige, moderne Büro Aaron Berkleys geleitet, wo Berkley und Mathews warteten, um sie zu begrüßen. Berkley war groß und dünn, mit dichtem, weißem Haar; Mathews war klein, dicklich und hatte eine Vollglatze. Sie galten als brillante Werbefachleute, die einige

der berühmtesten Werbeslogans der letzten zehn Jahre kreiert hatten; und sie waren beide absolute Tyrannen. Sie behandelten ihre Angestellten wie Leibeigene, und diese hielten es nur aus, weil sie genau wußten, daß jeder, der einmal bei Berkley and Mathews gearbeitet hatte, in jeder beliebigen Werbeagentur der Welt mit Handkuß genommen wurde.

Als Alexandra dort ankam, saß außerdem Lucas Pinkerton im Büro, einer der Vizepräsidenten der Firma, ein lächelnder Mann mit unterwürfigem Gebaren und kalten Augen. Pinkerton war jünger als die beiden Geschäftsführer, aber was ihm an Alter fehlte, machte er durch Rachsucht an den ihm unterstellten Männern und Frauen wett.

Aaron Berkley führte Alexandra zu einem bequemen Sessel.

»Was kann ich Ihnen anbieten, Miß Blackwell? Möchten Sie Kaffee oder Tee?«

»Nichts, danke.«

»Soso, Sie werden hier bei uns als Texterin arbeiten.«

»Ich bin Ihnen sehr dankbar, daß Sie mir diese Chance bieten, Mr. Berkley. Ich weiß, daß ich eine Menge lernen muß, aber ich werde hart arbeiten.«

»Das brauchen Sie nicht«, sagte Norman Mathews schnell. Und korrigierte sich sofort: »Ich meine – ich will damit sagen, daß man einen Lernprozeß wie diesen nicht beschleunigen kann. Nehmen Sie sich soviel Zeit, wie Sie wollen.«

»Ich bin sicher, daß es Ihnen hier sehr gut gefallen wird«, fügte Aaron Berkley hinzu. »Sie werden mit den besten Leuten zusammenarbeiten.«

Eine Stunde später dachte Alexandra: *Die Besten mögen sie ja sein, aber die Freundlichsten sind sie auf keinen Fall.* Lucas Pinkerton hatte Alexandra herumgeführt und sie mit den Angestellten bekannt gemacht, und überall war der Empfang äußerst kühl gewesen. Alexandra fühlte die Ablehnung, hatte aber keine Ahnung, woran das liegen könnte.

Pinkerton führte sie in einen verräucherten Konferenzraum. An einer Wand stand eine Vitrine voller Auszeichnungen. Um den Tisch herum saßen eine Frau und zwei Männer, alles Kettenraucher. Die Frau war klein und untersetzt, mit rostroten Haaren; die Männer, etwa Mitte Dreißig, sahen blaß und gehetzt aus.

»Dies ist das Texterteam, mit dem Sie zusammenarbeiten wer-

den«, sagte Pinkerton. »Alice Koppel, Vince Barnes und Marty Bergheimer. Dies ist Miß Blackwell.«
Alle drei starrten Alexandra an.
»Nun, ich ziehe mich jetzt zurück, damit Sie miteinander Bekanntschaft schließen können.« Er wandte sich an Vince Barnes. »Ich erwarte, daß das Layout für das neue Parfum morgen früh auf meinem Tisch liegt. Sorgen Sie dafür, daß Miß Blackwell alles hat, was sie benötigt.« Und weg war er.
»Was benötigen Sie denn?« fragte Vince Barnes.
Die Frage kam für Alexandra unerwartet. »Ich – ich denke, daß ich eben die Werbebranche kennenlernen muß.«
Alice Koppel zwitscherte: »Dann sind Sie hier am richtigen Platz, Miß Blackwell. Wir können es gar nicht erwarten, Lehrer spielen zu dürfen.«
»Laß das«, erwiderte Marty Bergheimer.
Alexandra war verwirrt. »Habe ich irgend jemanden von Ihnen beleidigt?«
»Nein, Miß Blackwell«, antwortete Marty Bergheimer. »Aber wir stehen ganz schön unter Druck hier. Wir arbeiten an einer Parfumkampagne, und bisher sind Mr. Berkley und Mr. Mathews alles andere als angetan von dem, was wir vorgeschlagen haben.«
»Ich werde versuchen, nicht im Wege zu sein«, versprach Alexandra. »Das wäre süß von Ihnen«, sagte Alice Koppel.

Alexandra war eifrig bemüht, zu lernen und selbst etwas zur Arbeit beizusteuern. Sie nahm an Brainstormings teil, in denen die Texter Ideen en masse produzierten. Sie sah zu, wie Lucas Pinkerton den Text, der ihm zur Absegnung vorgelegt worden war, in der Luft zerriß. Pinkerton war gemein und bösartig, und Alexandra hatte Mitleid mit den Textern, die unter ihm zu leiden hatten. Sie ging von Stockwerk zu Stockwerk, beteiligte sich an Konferenzen mit den Abteilungsleitern, traf Kunden, besuchte Fototermine und Diskussionen über Werbefeldzüge. Sie hielt ihren Mund, hörte zu und lernte. Am Ende der ersten Woche fühlte sie sich, als habe sie schon einen ganzen Monat dort gearbeitet. Wenn sie nach Hause kam, war sie erschöpft, nicht so sehr von der Arbeit, sondern von der Feindseligkeit, mit der die Kollegen auf sie reagierten.
Wenn Kate fragte, wie die Arbeit lief, erwiderte Alexandra: »Gut, Gran. Es ist sehr interessant.«

»Ich bin sicher, daß du es schaffen wirst, Alex. Wenn du mit irgend etwas nicht klarkommst, brauchst du dich nur an Mr. Berkley oder Mr. Mathews zu wenden.«
Das war das letzte, was Alexandra zu tun gedachte.

Am nächsten Morgen ging Alexandra mit der festen Absicht zur Arbeit, einen Weg zur Lösung ihres Problems zu finden. Es gab jeden Tag morgens und nachmittags Kaffeepausen, in denen die Unterhaltung freundlich und zwanglos verlief.
Alexandra kam herein, und die Unterhaltung brach ab.
»Kann ich Ihnen einen Kaffee besorgen, Miß Blackwell?«
»Danke, das mache ich schon selber.«
Es herrschte Stille, während Alexandra eine Vierteldollarmünze in den Kaffeeautomaten warf. Sobald sie gegangen war, wurde die Unterhaltung wieder aufgenommen.

Mittags sagte Alexandra zu Alice Koppel: »Wenn Sie heute mittag noch nichts vorhaben, wäre ich gerne mit Ihnen zusammen zum Mittagessen –«
»Tut mir leid. Ich habe eine Verabredung.«
Alexandra sah zu Vince Barnes hinüber. »Ich auch«, sagte der.
Sie schaute Marty Bergheimer an. »Ich bin total ausgebucht.«
Alexandra war zu aufgebracht, um überhaupt essen zu können. Man gab ihr das Gefühl, ein Paria zu sein, und sie merkte, wie es sie langsam wütend machte. Sie hatte nicht die Absicht, klein beizugeben. Sie würde schon einen Weg finden, sie wissen zu lassen, daß sie im Grunde genommen, sah man von dem Namen Blackwell ab, eine von ihnen war.
Alexandra wartete drei Tage, bevor sie es wieder versuchte. Sie sagte zu Alice Koppel: »Ich habe gehört, daß es hier um die Ecke ein sehr gutes, kleines italienisches Restaurant gibt –«
»Ich esse nicht gern italienisch.«
Sie wandte sich an Vince Barnes. »Ich mache gerade eine Abmagerungskur.«
Alexandra sah Marty Bergheimer an. »Ich gehe heute chinesisch essen.«
Alexandra wurde rot. Man wollte nicht mit ihr zusammen gesehen werden. *Sollen sie doch zur Hölle fahren. Alle miteinander.* Sie hatte die Nase voll. Sie hatte sich fast überschlagen, hatte versucht, Freundschaften zu schließen, war aber jedesmal brüskiert worden. Es war ein Fehler gewesen, hier zu arbeiten. Sie würde

sich irgendwo anders eine Stelle suchen, bei einer Firma, mit der ihre Großmutter nichts zu tun hatte. Am Ende der Woche wollte sie ihnen den Kram hinschmeißen. *Aber ich werde dafür sorgen, daß ihr euch alle daran erinnert, daß ich hiergewesen bin,* dachte Alexandra grimmig.

Am Donnerstag um ein Uhr mittags waren alle außer der Empfangsdame zum Mittagessen gegangen. Alexandra blieb ebenfalls da. Sie hatte beobachtet, daß es in den Büros der Geschäftsleitung Sprechanlagen gab, die die einzelnen Abteilungen miteinander verbanden, jeder der Chefs, der mit einem seiner Untergebenen sprechen wollte, brauchte lediglich auf einen Knopf mit dessen Namen zu drücken. Alexandra stahl sich in die verlassenen Büros von Aaron Berkley, Norman Mathews und Lucas Pinkerton und verbrachte die nächste Stunde damit, sämtliche Namensschilder auszutauschen. So kam es, daß Lucas Pinkerton am frühen Nachmittag den Knopf betätigte, der ihn mit seinem Cheftexter verband, und sagte: »Heben Sie Ihren Arsch und kommen Sie her. Und zwar sofort!«
Es entstand ein kurzes, ungläubiges Schweigen, dann bellte Norman Mathews' Stimme durch die Anlage: »Was haben Sie da gesagt?«
Pinkerton starrte wie gelähmt auf den Apparat. »Mr. Mathews, sind Sie es?«
»Verdammt noch mal, ja, *Sie* Arschloch. Schleppen Sie *Ihren* Hintern sofort hier rüber. *Jetzt gleich!*«
Eine Minute später drückte einer der Texter den Knopf an seiner Anlage auf dem Schreibtisch und sagte: »Ich habe hier eine Vorlage, die Sie sofort runterbringen müssen.«
Aaron Berkleys Stimme dröhnte in seinen Ohren: »Sie haben *was?*«
Damit begann das Tohuwabohu. Es dauerte vier Stunden, bis die Mitarbeiter die Unordnung wieder ausgebügelt hatten. Jedesmal, wenn wieder etwas passierte, brüllten sie vor Lachen. Aaron Berkley, Norman Mathews und Lucas Pinkerton stellten den ganzen Laden auf den Kopf, um herauszufinden, wer der Missetäter war, aber niemand wußte etwas.
Die einzige, die Alexandra beim Gang in die verschiedenen Büros gesehen hatte, war Fran, die Frau am Empfang, aber die haßte ihre Chefs mehr, als sie Alexandra haßte, und sagte nur: »Ich habe keine Menschenseele gesehen.«

Als Fran in der gleichen Nacht mit Vince Barnes im Bett lag, erzählte sie ihm, was passiert war.
Er setzte sich auf. »Die kleine *Blackwell* hat das getan? Das hätt' ich ums Verrecken nicht geglaubt!«
Als Alexandra am nächsten Morgen in ihr Büro kam, warteten dort Vince Barnes, Alice Koppel und Marty Bergheimer auf sie und starrten sie schweigend an. »Stimmt was nicht?« fragte Alexandra.
»Doch, alles okay, Alex«, sagte Alice Koppel. »Die Jungs und ich überlegten nur gerade, ob Sie heute vielleicht mit uns zu Mittag essen wollen. Es gibt da in der Nähe 'ne prima italienische Kneipe...«

## 28

Schon in ihrer frühen Kindheit hatte Eve Blackwell herausgefunden, daß sie die Fähigkeit besaß, andere Menschen zu manipulieren. Bisher war es immer ein Spiel gewesen, jetzt aber wurde es tödlicher Ernst. Man hatte sie schäbig behandelt, ihr ein Vermögen vorenthalten, das ihr rechtmäßig zustand, und schuld daran waren ihre ränkeschmiedende Schwester und ihre rachsüchtige alte Großmutter. Sie würden für das, was sie ihr angetan hatten, büßen müssen.
Eve arbeitete ihren Plan sorgfältig und genauestens aus, wägte jeden Schachzug ab. Am Anfang war George Mellis nur ein widerwilliger Mitverschwörer gewesen.
»Jesus Maria, das ist zu gefährlich. Ich habe es nicht nötig, mich auf so etwas einzulassen«, wandte er ein. »Ich kann auch so an alles Geld herankommen, das ich brauche.«
»Wie?« fragte Eve verächtlich. »Indem du eine Menge fetter Weiber mit blau gefärbten Haaren bumst? Willst du so den Rest deines Lebens verbringen? Und was passiert, wenn du ein bißchen zunimmst und ein paar Falten um die Augen kriegst? Nein, George, so eine Chance kriegst du nie wieder. Wenn du auf mich hörst, können wir uns einen der größten Konzerne dieser Welt unter den Nagel reißen. Verstehst du mich? Wir können ihn *besitzen*.«
»Und woher willst du wissen, daß der Plan funktioniert?«
»Weil ich der einzige Mensch bin, der meine Großmutter und

meine Schwester von A bis Z kennt. Glaub mir, es wird klappen.«
Eve klang zuversichtlich, aber sie hatte Zweifel an George Mellis. Er war labil, und für Fehler gab es keinen Spielraum. Ein Fehler, und der ganze Plan würde in sich zusammenfallen.
Jetzt sagte sie zu ihm: »Entschließ dich. Steigst du nun ein oder nicht?«
Er musterte sie eine Weile lang. »Ich steige ein.« Er näherte sich ihr und streichelte ihre Schultern. Seine Stimme war heiser. »Ich will voll und ganz einsteigen.«
Eve fühlte, wie Erregung sie überflutete. »In Ordnung«, flüsterte sie, »aber wir machen es auf meine Art.«

Sie lagen im Bett. Nackt war es das prachtvollste Tier, das Eve je gesehen hatte. Und das gefährlichste, aber das steigerte ihre Erregung nur noch. Jetzt konnte sie ihn nach ihrer Pfeife tanzen lassen. Sie liebkoste seinen Körper, bewegte sich mit kleinen, neckenden Bissen zu seinen Lenden hinunter.
»Dreh dich um«, sagte George.
»Nein. Auf meine Art.«
»Das macht mir aber keinen Spaß.«
»Ich weiß. Dir wär's lieber, ich wäre ein kleiner Junge, nicht wahr, mein Liebling? Bin ich aber nicht. Ich bin eine Frau. Komm rauf auf mich.«
Sie begann, ihr Becken zu bewegen, drückte sich gegen ihn, fühlte, wie er tiefer und tiefer in sie eindrang. Sie hatte einen Orgasmus nach dem anderen und beobachtete, wie er immer frustrierter wurde.
Er wollte ihr weh tun, sie zu schmerzgepeinigten Schreien bringen, traute sich aber nicht.
»Noch einmal!« kommandierte Eve. Und sie stöhnte vor Lust laut auf. »Ahh-h-h . . . genug jetzt.«
Er zog sich zurück und legte sich neben sie. Er griff nach ihren Brüsten. »Jetzt bin ich an der –«
»Zieh dich an«, sagte sie kurz.
Zitternd vor Frust und Wut, erhob er sich vom Bett. Eve lag da und beobachtete mit einem verkniffenen Lächeln auf den Lippen, wie er sich anzog. »Du warst ein braver kleiner Junge, George. Langsam wird es Zeit, daß du deine Belohnung kriegst. Ich werde dir meine Schwester Alexandra überlassen.«

Über Nacht hatte sich für Alexandra alles geändert. Was ursprünglich ihr letzter Tag bei Berkley and Mathews hätte sein sollen, war zum Triumph für sie geworden. Die Geschichte von ihrem Schabernack verbreitete sich über die ganze Madison Avenue.
»Sie sind schon zu Lebzeiten berühmt«, grinste Vince Barnes.
Jetzt war sie eine von ihnen.
Alexandra hatte Spaß an ihrer Arbeit. Sie wußte, daß es keine Arbeit war, die sie für den Rest ihres Lebens tun wollte, aber schließlich wußte sie überhaupt nicht, was sie eigentlich wollte. Sie hatte mindestens ein Dutzend Heiratsanträge bekommen, und ein oder zwei hatten sie auch gereizt, aber jedesmal hatte da etwas gefehlt. Sie hatte ganz einfach noch nicht den richtigen Mann getroffen.
Am Freitagmorgen rief Eve an, um Alexandra zum Mittagessen einzuladen. »Es gibt da ein neues französisches Restaurant. Das Essen soll himmlisch sein.«
Alexandra war hocherfreut, von ihrer Schwester zu hören. Sie machte sich Sorgen um Eve. Alexandra rief sie zwei- oder dreimal die Woche an, aber Eve war entweder nicht da oder hatte zuviel zu tun, um sich mit ihr zu treffen. Also sagte sie jetzt, obwohl sie eigentlich eine Verabredung hatte: »Ich würde sehr gerne mit dir zu Mittag essen.«

Das Restaurant war chic und teuer, und an der Bar drängten sich die Kunden, die auf einen Platz warteten. Eve hatte den Namen ihrer Großmutter ins Spiel bringen müssen, um einen Tisch zu bekommen. Es verbitterte sie und sie dachte: *Wartet nur ab. Eines Tages werdet ihr darum betteln, daß ich in eurem blöden Restaurant esse.*
Eve hatte schon Platz genommen, als Alexandra eintraf. Sie beobachtete, wie der Oberkellner Alexandra zu ihrem Tisch führte, und hatte dabei das komische Gefühl, sie käme selbst auf den Tisch zu.
Eve begrüßte ihre Schwester mit einem Kuß auf die Wange. »Du siehst ganz phantastisch aus, Alex. Die Arbeit scheint dir gut zu bekommen. Wie klappt es mit deiner Arbeit?« fragte Eve.
Alexandra erzählte Eve alles, was passiert war, und Eve gab ihrer Zwillingsschwester einen sorgfältig gereinigten Bericht von sich. Mitten in der Unterhaltung schaute Eve auf. George Mellis

stand vor ihnen. Er sah sie beide an und war für einen Moment verwirrt.
*Mein Gott,* wurde Eve sich bewußt, *er weiß nicht, welche von beiden ich bin!*
»George«, sagte sie.
Erleichtert wandte er sich ihr zu. »Eve!«
»Was für eine angenehme Überraschung«, sagte Eve und deutete auf Alexandra. »Ich glaube nicht, daß du meine Schwester schon kennst. Alex, darf ich dir George Mellis vorstellen.«
George nahm Alexandras Hand und sagte: »Sehr erfreut.«
Alexandra starrte George fasziniert an.
»Willst du dich nicht zu uns setzen?« fragte Eve.
»Gerne, aber ich habe leider eine Verabredung und bin schon zu spät dran. Ein andermal vielleicht.« Er sah Alexandra an. »Und hoffentlich bald.«
Sie sahen ihm nach, als er hinausging. »Meine Güte!« entfuhr es Alexandra. »Wer war *das* denn?«
»Oh, ein Freund von Nita Ludwig. Ich habe ihn auf ihrer Hausparty kennengelernt.«
»Spinn ich oder ist er wirklich so überwältigend?«
Eve lachte. »Er ist nicht mein Typ, aber andere Frauen scheinen auf ihn zu fliegen.«
»Das kann ich mir denken. Ist er verheiratet?«
»Nein. Aber nicht, weil sie nicht alle nach ihm angeln würden, Liebling. George ist sehr reich. Man könnte sagen, daß er alles hat: blendendes Aussehen, Geld, gute Familie.« Und Eve wechselte geschickt das Thema.
Als sie um die Rechnung bat, teilte der Zahlkellner ihr mit, daß George Mellis schon bezahlt habe.

Alexandra mußte immerzu an George Mellis denken.
Montag nachmittag rief Eve bei ihr an und sagte: »Nun, es sieht ganz so aus, als hättest du eine Eroberung gemacht, Liebes. George Mellis hat mich gerade angerufen und mich nach deiner Telefonnummer gefragt. Willst du, daß ich sie ihm gebe?«
Alexandra ertappte sich dabei, daß sie lächelte. »Wenn du meinst, daß *du* nicht an ihm interessiert bist –«
»Ich habe dir doch schon gesagt, Alex, daß er nicht mein Typ ist.«
»Dann habe ich auch nichts dagegen, daß du ihm meine Nummer gibst.«

Sie schwatzten noch ein paar Minuten lang, und dann legte Eve den Hörer auf die Gabel und sah George an, der nackt neben ihr auf dem Bett lag. »Die Lady hat ja gesagt.«
»Und wann?«
»Wenn ich es dir sage.«

Alexandra versuchte zu vergessen, daß George Mellis sie anrufen wollte, doch je mehr sie versuchte, nicht an ihn zu denken, desto häufiger dachte sie an ihn. Sie hatte sich nie sonderlich für gutaussehende Männer interessiert, weil diese ihrer Erfahrung nach zu ichbezogen waren. Aber George Mellis, dachte Alexandra, schien anders zu sein. Die flüchtige Berührung seiner Hand hatte etwas in ihr in Bewegung gebracht. *Du bist verrückt,* sagte sie zu sich selbst, *du hast den Mann doch nur zwei Minuten lang gesehen.*
Die ganze Woche über rief er nicht an, und Alexandras Gefühle wandelten sich von Ungeduld in Frustration und Zorn.
Als gegen Ende der folgenden Woche das Telefon klingelte und Alexandra seine tiefe, heisere Stimme vernahm, verflog ihr Ärger wie Rauch. »Hier spricht George Mellis«, sagte er. »Wir sind uns kurz begegnet, als Sie mit Ihrer Schwester zu Mittag aßen. Eve meinte, daß Sie nichts dagegen hätten, wenn ich Sie einmal anrufe.«
»Sie hat mir gegenüber erwähnt, daß Sie vielleicht anrufen würden«, sagte Alexandra gleichgültig. »Übrigens, vielen Dank für den Lunch.«
»Sie haben ein Festmahl verdient. Ein Monument.«
Alexandra lachte, freute sich über seine Extravaganz.
»Würden Sie vielleicht mal abends mit mir zum Essen gehen?«
»Wieso – ich – ja. Das wäre schön.«
»Wunderbar. Wenn Sie nein gesagt hätten, hätte ich mich umgebracht.«
»Bitte nicht«, sagte Alexandra, »ich esse nicht gerne allein.«
»Ich auch nicht. Ich kenne da ein kleines Restaurant in der Mulberry Street: Matoon. Ziemlich obskur, aber das Essen ist –«
»*Matoon!* Ich liebe es!« rief Alexandra aus. »Es ist mein Lieblingsrestaurant.«
»Sie kennen es?« Seine Stimme klang überrascht.
»O ja.«
George sah zu Eve hinüber und grinste. Er mußte ihren Einfalls-

reichtum bewundern. Sie hatte ihm von Alexandras Vorlieben und Abneigungen erzählt.
Als George schließlich den Hörer auflegte, dachte Eve: *Es geht los.*

Es wurde der bezauberndste Abend in Alexandras Leben. Eine Stunde, bevor George Mellis sie abholen wollte, wurden ein Dutzend Rosa Luftballons mit einer Orchidee daran für sie abgegeben. Alexandra hatte schon befürchtet, daß ihre Einbildung ihr zuviel vorgegaukelt hätte, aber im selben Moment, in dem sie George Mellis sah, waren alle Zweifel wie weggefegt. Sie nahmen einen Drink im Hause und fuhren dann ins Restaurant.
»Möchten Sie die Speisekarte sehen?« fragte George. »Oder darf ich für Sie mitbestellen?«
Alexandra hatte ihre Lieblingsgerichte in diesem Restaurant, wollte George aber gefallen und sagte deswegen: »Warum bestellen Sie nicht?«
Er wählte jede einzelne ihrer Lieblingsspeisen, und sie hatte das berauschende Gefühl, er könne ihre Gedanken lesen.
»Kochen Sie selbst?« fragte Alexandra.
»O ja, das Kochen ist eine Passion für mich. Meine Mutter hat es mir beigebracht. Sie war eine ausgezeichnete Köchin.«
»Stehen Sie Ihrer Familie sehr nahe, George?«
Er lächelte, und Alexandra hatte das Gefühl, es sei das attraktivste Lächeln, dem sie je begegnet sei.
»Ich bin Grieche«, sagte er einfach. »Ich bin der älteste von drei Brüdern und zwei Schwestern, und wir sind ein Herz und eine Seele.« Ein trauriger Blick huschte über sein Gesicht. »Sie zu verlassen, war das Schwierigste, was ich je getan habe. Mein Vater und meine Brüder haben mich angefleht, doch zu bleiben. Wir haben nämlich ein großes Geschäft, und sie meinten, daß sie meine Hilfe benötigten.«
»Warum sind Sie dann nicht bei ihnen geblieben?«
»Wahrscheinlich wird es Ihnen sehr dumm vorkommen, aber ich muß meinen eigenen Weg gehen. Ich hatte schon immer Schwierigkeiten, Geschenke anzunehmen, egal, von wem, und das Geschäft ist ein Geschenk, das von meinem Großvater auf meinen Vater kam. Nein, ich will nichts von meinem Vater annehmen. Meine Brüder sollen meinen Anteil behalten.«
Wie Alexandra ihn bewunderte!

»Und außerdem«, sagte George sanft, »wenn ich in Griechenland geblieben wäre, hätte ich Sie niemals getroffen.«
Alexandra fühlte, wie sie errötete. »Sie haben nie geheiratet?«
»Nein. Früher habe ich mich einmal pro Tag verlobt«, neckte er, »aber im letzten Moment hatte ich immer das Gefühl, daß irgend etwas daran nicht stimmt.« Er beugte sich vor, und seine Stimme klang ernst. »Schöne Alexandra, vielleicht halten Sie mich jetzt für altmodisch, aber wenn ich einmal heirate, dann soll es für immer sein. Eine Frau reicht für mich, aber es muß die richtige sein.«
»Das ist sehr schön«, murmelte sie.
»Und Sie?« fragte George Mellis. »Waren Sie schon einmal verliebt?«
»Nein.«
»Das haben manche Leute sicher sehr bedauert«, sagte er, »aber wie gut für –«
In diesem Augenblick erschien der Ober mit dem Nachtisch. Alexandra hätte George zu gern gebeten, den Satz zu Ende zu führen, traute sich aber nicht.
Alexandra hatte sich noch nie mit jemandem so unbeschwert gefühlt. George Mellis schien sich ernsthaft für sie zu interessieren, und sie ertappte sich dabei, wie sie ihm über ihre Kindheit erzählte, von ihrem Leben und all den Erfahrungen, die sie für sich behalten und gehütet hatte.
George Mellis wußte, daß schöne Frauen normalerweise die unsichersten waren, weil die Männer auf diese Schönheit flogen und den Frauen das Gefühl mitteilten, Objekte und keine menschlichen Wesen zu sein. Wenn George mit einer schönen Frau zusammen war, erwähnte er niemals ihr Aussehen. Er ließ die Frau spüren, daß er sich für ihr Innerstes, für ihre Gefühle interessierte. Es war eine völlig neue Erfahrung für Alexandra. Sie erzählte George von Kate und von Eve.
»Ihre Schwester lebt nicht mit Ihnen und Ihrer Großmutter zusammen?«
»Nein. Sie – Eve wollte ihre eigene Wohnung haben.«
Alexandra konnte sich nicht vorstellen, warum George Mellis sich nicht zu ihrer Schwester hingezogen fühlte. Was auch immer der Grund sein mochte, Alexandra war dankbar dafür. Während des Essens merkte sie, daß George jeder Frau im Restaurant aufgefallen war, aber er wandte den Blick nicht ein einziges Mal von ihr.

Beim Kaffee sagte George: »Ich weiß nicht, ob Sie Jazz mögen, aber es gibt da einen Club am St. Marks Place, den Five Spot...«
»Wo Cecil Taylor spielt?«
Er sah Alexandra erstaunt an. »Sie sind schon dort gewesen?«
»Oft!« Alexandra lachte. »Ich mag den Club sehr. Es ist kaum zu glauben, wir haben ja in allem den gleichen Geschmack.«
»Es ist wie ein Wunder«, erwiderte George ruhig.
Sie lauschten dem faszinierenden Klavierspiel von Cecil Taylor. Danach gingen sie in eine Bar in der Bleecker Street. Alexandra sah zu, wie George sich mit einem der Stammgäste auf ein Spielchen mit Wurfpfeilen einließ. Der Mann war gut, hatte aber keine Chance. George agierte mit wilder, fast furchterregender Entschlossenheit. Es war nur ein Spiel, aber er benahm sich, als ginge es um Leben und Tod. *Er ist ein Mann, der immer gewinnen muß*, dachte Alexandra.
Es war zwei Uhr morgens, als sie die Bar verließen, und Alexandra konnte sich nicht damit anfreunden, daß der Abend nun zu Ende sein sollte. George saß neben ihr in dem Rolls-Royce mit Chauffeur, den er für diesen Abend gemietet hatte. Er sagte nichts. Er sah sie nur an. Die Ähnlichkeit zwischen den beiden Schwestern war unglaublich. *Ich möchte gerne wissen, ob ihre Körper gleich sind.* Er stellte sich Alexandra im Bett vor, wie sie sich unter ihm winden und vor Schmerz schreien würde.
»Woran denkst du?« fragte Alexandra.
Er schaute weg, so daß sie nicht in seine Augen sehen konnte. »Sie werden mich bestimmt auslachen.«
»Tu ich nicht. Ich verspreche es Ihnen.«
»Ich könnte es Ihnen nicht einmal übelnehmen, wenn Sie es täten. Ich denke, daß man mich wohl für so 'ne Art Playboy hält, Bootspartien, Feten und alles, was dazu gehört.«
»Ja...« Er fixierte sie mit seinen dunklen Augen. »Ich denke, daß Sie die Frau sind, die das alles ändern könnte. Für immer.«
Alexandra fühlte, wie ihr Herz schneller schlug. »Ich – ich weiß nicht, was ich sagen soll.«
»Bitte, sag nichts.« Seine Lippen näherten sich den ihren, und Alexandra wartete. Aber er rührte sich nicht. *Mach keine Annäherungsversuche*, hatte Eve ihn gewarnt. *Nicht am ersten Abend. Wenn du es doch tust, wirst du einer in einer langen Reihe von Romeos, die sich danach verzehren, an sie und ihr Vermögen heranzukommen. Sie muß den ersten Schritt machen.*

Und so hielt George Mellis lediglich Alexandras Hand in seiner, während das Auto dahinglitt und schließlich vor der Blackwellschen Villa anhielt. George begleitete Alexandra zur Eingangstür. Sie drehte sich um und sagte: »Ich kann Ihnen gar nicht sagen, wie sehr ich diesen Abend genossen habe.«
»Es war auch für mich ganz wunderbar.«
Alexandra strahlte. »Gute Nacht«, flüsterte sie und verschwand im Inneren des Hauses.

Eine Viertelstunde später klingelte das Telefon bei Alexandra. »Weißt du, was ich gerade getan habe? Ich habe meine Familie angerufen und ihnen von der wundervollen Frau erzählt, mit der ich den heutigen Abend verbracht habe. Schlaf gut, süße Alexandra.«
Als er aufgehängt hatte, dachte George Mellis: *Sobald ich verheiratet bin, werde ich meine Familie anrufen. Und dann sag ich ihnen, daß sie mich alle am Arsch lecken können.*

## 29

Alexandra hörte nichts von George Mellis, nicht am nächsten oder übernächsten Tag, die ganze Woche nicht. Immer, wenn das Telefon klingelte, rannte sie zum Apparat, wurde aber jedesmal enttäuscht. Immer wieder vergegenwärtigte sie sich den Abend: *Ich denke, daß Sie die Frau sind, die das alles ändern könnte. Für immer.* Und: *Ich habe meine Mutter, meinen Vater und meine Brüder angerufen und ihnen von der wundervollen Frau erzählt, mit der ich den heutigen Abend verbracht habe.* Alexandra reimte sich eine ganze Liste von Begründungen zusammen, warum er sie nicht wieder angerufen hatte.
Als sie es nicht länger aushalten konnte, rief sie Eve an. Sie zwang sich, eine ganze Minute lang über dies und jenes zu sprechen, bis sie schließlich herausplatzte: »Eve, du hast nicht zufällig kürzlich von George Mellis gehört, oder?«
»Wieso, nein. Ich dachte, er wollte dich zum Essen einladen.«
»Wir sind auch zusammen weggewesen – vorige Woche.«
»Und seitdem hast du nichts wieder von ihm gehört?«
»Nein.«
»Er hat wahrscheinlich viel zu tun.«

*Niemand kann so viel zu tun haben,* dachte Alexandra. Und laut sagte sie: »Wahrscheinlich.«
»Vergiß George Mellis, Liebling. Es gibt da einen sehr attraktiven Kanadier, den ich dir vorstellen möchte. Ihm gehört eine Fluggesellschaft und ...«
Als Eve aufgelegt hatte, lehnte sie sich zurück und lächelte. Sie wünschte, sie könnte ihre Großmutter wissen lassen, wie prächtig sie alles eingefädelt hatte.

»He, was frißt dich denn auf?« fragte Alice Koppel.
»Es tut mir leid«, antwortete Alexandra.
Den ganzen Vormittag über hatte sie jeden angeschnauzt. Schon seit zwei Wochen hatte sie nichts von George Mellis gehört, und Alexandra war wütend – nicht so sehr auf ihn, sondern auf sich selbst, weil sie ihn nicht vergessen konnte. Er war ihr gegenüber zu nichts verpflichtet. Sie waren Fremde, die einen Abend zusammen verbracht hatten, und sie benahm sich, als hätte er ihr die Ehe versprochen.
Sogar ihrer Großmutter war aufgefallen, wie reizbar sie geworden war. »Was ist los mit dir, mein Kind? Nehmen sie dich in der Agentur zu hart ran?«
»Nein, Gran. Es ist nur, daß ich – ich schlafe in letzter Zeit nicht sehr gut.« Wenn sie überhaupt schlief, hatte sie erotische Träume von George Mellis. *Zum Teufel soll er sich scheren!* Sie wünschte, Eve hätte ihn ihr nie vorgestellt.

Als sie am nächsten Nachmittag in ihrem Büro saß, kam der Anruf. »Alex? George Mellis.« Als wenn sie seine tiefe Stimme nicht die ganze Zeit über in ihren Träumen gehört hätte!
»Alex? Bist du es?«
»Ja, ich bin's.« Sie wußte nicht, ob sie lachen oder weinen sollte. Er war ein gedankenloser, selbstsüchtiger Egoist, und es war ihr egal, ob sie ihn jemals wiedersah.
»Ich wollte dich schon früher anrufen«, entschuldigte sich George, »aber ich bin erst vor zwei Minuten aus Athen zurückgekommen.«
Alexandras Herz schmolz dahin. »Du warst in Athen?«
»Ja. Erinnerst du dich an den Abend, als wir zusammen essen waren?« Alexandra erinnerte sich nur zu gut.
»Am nächsten Morgen rief Steve, mein Bruder, mich an – mein Vater hatte einen Herzinfarkt.«

»O George!« Sie hatte solche Schuldgefühle, weil sie schlecht über ihn gedacht hatte. »Wie geht es ihm?«
»Er wird, Gott sei Dank, wieder gesund werden. Aber ich hatte das Gefühl, in Stücke gerissen zu werden. Er hat mich gebeten, nach Griechenland zurückzukommen und das Familienunternehmen zu leiten.«
»Und, wirst du es tun?« Sie hielt den Atem an.
»Nein.«
Sie atmete aus.
»Ich weiß jetzt, daß mein Platz hier ist. Es ist kein Tag, keine einzige Stunde verstrichen, ohne daß ich nicht an dich gedacht hätte. Wann kann ich dich sehen?«
*Sofort!* »Ich habe noch nichts vor heute abend.«
Die Versuchung war groß, ein anderes von Alexandras Lieblingsrestaurants vorzuschlagen. Statt dessen aber sagte er: »Wunderbar. Wo möchtest du essen gehen?«
»Irgendwo. Es ist mir egal. Möchtest du bei uns zu Hause essen?«
»Nein.« Er war noch nicht bereit dazu, Kate zu treffen. *Was immer du tust, mach vorerst einen Bogen um Kate Blackwell. Sie ist das größte Hindernis für dich.* »Ich hole dich um acht Uhr ab«, sagte George zu Alexandra.
Alexandra legte auf, fiel Alice Koppel, Vince Barnes und Marty Bergheimer um den Hals und sagte: »Ich gehe jetzt zum Friseur. Bis morgen dann.«

Sie aßen im Maxwell's Plum. Der Empfangschef geleitete sie an der überfüllten Hufeisenbar in der Nähe der Eingangstür vorbei und die Treppe hinauf in den Speiseraum. Sie gaben ihre Bestellung auf.
»Hast du mich auch nicht vergessen?« fragte George.
»Nein.« Sie hatte das Gefühl, diesem Mann gegenüber völlig ehrlich sein zu müssen – er war so offen und verletzlich. »Als ich nichts von dir hörte, dachte ich, daß dir etwas Schreckliches zugestoßen sein müßte. Ich – ich geriet richtig in Panik. Ich glaube nicht, daß ich es noch einen Tag länger hätte aushalten können.«
*Eins zu null für Eve,* dachte George. *Wart es ab,* hatte sie ihm gesagt. *Ich sag dir Bescheid, wenn du sie anrufen kannst.* Zum erstenmal hatte George wirklich das Gefühl, daß der Plan gelingen würde. Bisher war es nur ein Spiel gewesen, das er und Eve gespielt hat-

ten. Als er aber nun Alexandra ansah, die ihm gegenüber saß und in deren Augen unverhohlene Bewunderung lag, wußte George Mellis plötzlich, daß es nun Ernst war. Alexandra gehörte ihm. Damit war der erste Schritt getan. Die weiteren Schritte könnten gefährlich werden, aber mit Eves Hilfe würde er es schaffen.
*Wir stecken alle beide bis zum Hals in der Sache, George, und wir werden alles miteinander teilen.*
George Mellis hielt nichts von Kompagnons. Wenn er alles hatte, was er wollte, wenn er erst einmal Alexandra losgeworden wäre, dann würde er sich um Eve kümmern. Der Gedanke daran erfüllte ihn mit unbändiger Freude.
»Du lächelst«, sagte Alexanda.
Er legte seine Hand auf ihre, und seine Berührung wärmte sie.
»Ich dachte gerade, wie schön es ist, daß wir zusammen hier sind. Wie schön es ist – egal, wo –, mit dir zusammen zu sein.«
Er faßte in seine Tasche und zog eine Schmuckschachtel heraus.
»Ich habe dir etwas aus Griechenland mitgebracht.«
»Oh, George . . .«
»Mach es auf, Alex.«
In dem Kästchen lag ein wunderschönes Diamantenkollier.
»Es ist sehr schön.«
Es war die Halskette, die er Eve abgenommen hatte. *Du kannst sie ihr ruhig geben,* hatte Eve ihm gesagt, *sie hat sie noch nie gesehen.*
»Das ist wirklich zu wertvoll.«
»Es ist nicht annähernd wertvoll genug. Ich würde mich freuen, es an dir zu sehen.«
»Ich –« Alexandra zitterte. »Danke.«
Er sah auf ihren Teller. »Du hast überhaupt nichts gegessen.«
»Ich habe keinen Hunger.«
Er sah wieder den Blick in ihren Augen und verspürte das altbekannte Gefühl von Macht in sich.
»Was möchtest du jetzt machen?« Seine heisere Stimme war eine einzige Einladung.
Und sie akzeptierte, einfach und offen. »Ich möchte bei dir sein.«

George Mellis hatte allen Grund, auf sein Apartment stolz zu sein. Dankbare Liebhaber und Geliebte hatten es ihm eingerichtet, um mit teuren Geschenken seine Zuneigung zu erkaufen. Vorübergehend war es ihnen stets gelungen.

»Was für eine schöne Wohnung«, rief Alexandra aus.
Er kam zu ihr hinüber und drehte sie langsam zu sich herum, so daß das Diamanthalsband im gedämpften Licht des Raumes funkelte. »Es steht dir gut, Liebling.«
Und er küßte sie zärtlich, dann drängender, und Alexandra merkte es kaum, als er sie ins Schlafzimmer führte. Der Raum war in Blautönen gehalten und mit geschmackvollem, maskulinem Mobiliar ausgestattet. In der Mitte des Raumes stand ein großes Doppelbett. George nahm Alexandra wieder in die Arme und bemerkte, daß sie zitterte. »Ist alles in Ordnung, kale'mou?«
»Ich – ich bin ein bißchen nervös.« Sie hatte panische Angst, diesen Mann zu enttäuschen. Sie holte tief Luft und begann, ihr Kleid aufzuknöpfen.
»Laß mich es machen«, flüsterte George. Und er erinnerte sich an Eves Worte: *Beherrsch dich. Wenn du Alexandra verletzt, wenn sie herausfindet, was für ein Schwein du wirklich bist, wirst du sie nie wiedersehen. Hast du kapiert? Spar dir deine Fäuste für deine Huren und deine niedlichen kleinen Jungs auf.*
Also zog George Alexandra liebevoll aus und betrachtete ihren nackten Körper. Sie hatte die gleiche Figur wie Eve: schön, reif und voll. Er verspürte ein unwiderstehliches Verlangen, diese weiße, sanfte Haut zu verletzen; sie zu schlagen, zu würgen, zum Schreien zu bringen. *Wenn du sie verletzt, wirst du sie nie wiedersehen.*
Er entledigte sich seiner Kleidung und zog Alexandra an sich. Sie standen da, sahen einander in die Augen, und dann führte George Alexandra behutsam zum Bett und begann sie zu küssen, langsam und liebevoll. Seine Zunge und seine Hände erkundeten jede Stelle ihres Körpers, bis sie es nicht einen Moment länger mehr aushalten konnte.
»Oh, bitte«, sagte sie. »Jetzt, jetzt.«
Er legte sich auf sie, und sie wurde in eine Ekstase gerissen, die fast unerträglich war. Als Alexandra schließlich ruhig in seinen Armen lag und seufzte: »Oh, mein Liebster, ich hoffe, es war für dich genauso schön wie für mich«, log er und erwiderte: »Ja, das war es.« Sie hielt ihn fest und weinte, und wußte nicht, warum sie weinte, wußte nur, daß sie dankbar für dieses Glück und diese Freude war.
»Na, na«, sagte George beruhigend. »Es ist doch alles in bester Ordnung.«
Und das war es wirklich. Eve wäre so stolz auf ihn gewesen.

In jeder Liebesbeziehung gibt es Mißverständnisse, Eifersüchteleien, kleine Verletzungen – nicht so in der Romanze zwischen George und Alexandra. Unter Eves sorgfältiger Anleitung gelang es George, geschickt auf jedes Gefühl von Alexandra einzugehen. Er war immer da, immer bereit, ihr genau das zu geben, was sie brauchte. Er wußte, was sie zum Lachen und zum Weinen brachte. Seine Art und Weise, sie zu lieben, erregte Alexandra; für ihn hingegen war es frustrierend. Er wäre am liebsten grausam zu ihr gewesen, wollte sie um Gnade flehen hören, um seine eigene Befriedigung zu bekommen. Aber er wußte auch, daß er so alles zerstören würde. Seine Frustration wuchs. Je öfter sie sich liebten, um so mehr verachtete er Alexandra.

Spätnachts strich George durch anonyme Singlebars und Schwulendiskos, nahm einsame Witwen mit, die für eine Nacht Trost suchten, homosexuelle Knaben, die nach Liebe dürsteten, Prostituierte, die auf sein Geld scharf waren. George nahm sie mit in schäbige Hotels in der West Side, der Bowery und in Greenwich Village. Er ging nie ein zweites Mal in das gleiche Hotel, außerdem wäre er wohl kaum willkommen gewesen. Seine Sexualpartner wurden oft bewußtlos mit zerschlagenen Körpern aufgefunden, die manchmal Brandwunden von Zigaretten aufwiesen. George vermied den Umgang mit Masochisten, da diese die Schmerzen, die er ihnen zufügte, genossen, und das wiederum nahm ihm sein Vergnügen. Nein, er mußte sie schreien und um Gnade winseln hören, so wie sein Vater ihn hatte schreien und um Gnade flehen lassen, als er noch ein kleiner Junge war. Als George acht Jahre alt war und sein Vater ihn zusammen mit einem Nachbarsjungen nackt ertappt hatte, schlug der Vater seinen Sohn so lange, bis ihm das Blut aus Nase und Ohren lief; und um sich zu vergewissern, daß sein Sohn nicht wieder sündigte, drückte sein Vater ihm die brennende Zigarre auf den Penis.

George Mellis hatte das wilde, leidenschaftliche Naturell seiner hellenischen Vorfahren. Die Vorstellung, von jemandem beherrscht zu werden, war ihm unerträglich. Er ertrug Eve Blackwells höhnische Demütigungen nur, weil er Eve brauchte. Sobald er das Blackwellsche Vermögen in der Tasche hatte, wollte er sie so bestrafen, daß sie ihn anflehen würde, sie zu töten. Daß er Eve begegnet war, war das glücklichste Ereignis seines Lebens. *Glück für mich,* sinnierte George, *Pech für sie.*

Alexandra begeisterte sich immer aufs neue daran, daß George es fertigbrachte, ihr die richtigen Blumen zu schicken, die richtigen Schallplatten zu kaufen, die Bücher, die ihr gefielen. Wenn er sie mit ins Museum nahm, gefielen ihm dieselben Gemälde wie ihr. Sie suchte nach einem einzigen Fehler an George Mellis, konnte aber keinen finden. Er war einfach vollkommen. Sie konnte kaum erwarten, daß er mit Kate zusammentraf. Aber George fand immer eine Entschuldigung, um Kate Blackwell aus dem Weg zu gehen.
»Wieso, Liebling? Du wirst sie mögen. Außerdem will ich mit dir angeben.«
»Ich bin sicher, daß sie eine wundervolle Frau ist«, sagte George jungenhaft. »Ich habe nur fürchterliche Angst, daß sie denkt, ich sei nicht gut genug für dich.«
»Das ist lächerlich!« Seine Bescheidenheit rührte sie. »Gran wird dich anbeten.«
»Bald«, sagte er zu Alexandra. »Sobald ich all meinen Mut zusammennehmen kann.«

Eines Abends besprach er die Angelegenheit mit Eve.
Sie dachte darüber nach. »In Ordnung. Früher oder später mußt du es sowieso hinter dich bringen. Aber du mußt jeden Augenblick auf der Hut sein. Sie ist eine Hexe, aber eine kluge Hexe. Unterschätz sie nicht eine Sekunde lang. Sobald sie auch nur den geringsten Verdacht hegt, wird sie dir dein Herz aus dem Leib schneiden und es ihren Hunden zum Fraß vorwerfen.«

Alexandra war noch nie so nervös gewesen. Sie würden zum erstenmal zusammen essen, George, Kate und sie, und Alexandra betete darum, daß nichts schieflaufen würde.
Kate hatte ihre Enkeltochter noch nie so glücklich gesehen. Und sie hatte sich vorgenommen, sich diesen Mann, der ihre Enkelin betört hatte, genau anzuschauen. Sie hatte jahrelange Erfahrung mit Mitgiftjägern und beabsichtigte nicht zuzulassen, daß Alexandra von einem solchen hereingelegt würde.
Sie freute sich sehr darauf, Mr. George Mellis zu sehen. Sie hatte das Gefühl, daß er ihr aus dem Weg gegangen war, und fragte sich, warum wohl.
Kate hörte die Türglocke, und eine Minute später führte Alexandra einen großgewachsenen, klassisch schönen Fremden an der Hand ins Wohnzimmer.

»Gran, das ist George Mellis.«
»Endlich«, sagte Kate. »Ich dachte schon, Sie gingen mir aus dem Weg, Mr. Mellis.«
»Im Gegenteil, Mrs. Blackwell, Sie können sich gar nicht vorstellen, wie sehr ich mich auf diesen Moment gefreut habe.« Beinahe hätte er noch hinzugefügt: »Sie sind noch viel schöner, als Alex mir erzählt hat.« Aber er bremste sich.
*Sei vorsichtig. Keine Schmeicheleien, George. Das wirkt wie ein rotes Tuch auf die alte Dame.*
Ein Butler kam herein, schenkte Drinks ein und zog sich diskret wieder zurück.
»Bitte, setzen Sie sich, Mr. Mellis.«
»Danke.«
Alexandra saß neben ihm auf der Couch, ihrer Großmutter gegenüber.
»Ich habe gehört, daß Sie ziemlich oft mit meiner Enkeltochter zusammen waren.«
»Ja, ich hatte das Vergnügen.«
Kate musterte ihn mit ihren blaßgrauen Augen. »Alexandra sagte mir, daß Sie bei einem Börsenmakler angestellt sind.«
»Ja.«
»Offen gesagt, ich finde es merkwürdig, Mr. Mellis, daß Sie sich dafür entschieden haben, als bezahlter Angestellter zu arbeiten, wenn Sie doch ein sehr profitables Familienunternehmen führen könnten.«
»Gran, ich habe dir doch schon erklärt, daß –«
»Das möchte ich gerne von Mr. Mellis selber hören, Alexandra.«
*Sei höflich, aber krieche um Himmels willen nicht vor ihr zu Kreuze. Wenn du auch nur das kleinste Anzeichen von Schwäche zeigst, zerpflückt sie dich.*
»Mrs. Blackwell, es ist nicht meine Art, über mein Privatleben zu sprechen«, er zögerte, als müsse er einen Entschluß fassen. »Unter diesen Umständen jedoch, denke ich ...« Er sah Kate Blackwell in die Augen und sagte: »Ich bin ein sehr freiheitsliebender Mensch. Ich mag keine Almosen. Wenn ich Mellis and Company gegründet hätte, würde ich die Firma auch heute leiten. Aber sie wurde von meinem Großvater gegründet und von meinem Vater zu einem sehr profitablen Unternehmen ausgebaut. Die Firma braucht mich nicht. Ich habe drei Brüder, die bestens in der Lage sind, die Firma zu leiten. Ich ziehe es vor, ein bezahl-

ter Angestellter zu sein, wie Sie es nennen, bis ich etwas gefunden habe, was ich selbst aufbauen und worauf ich stolz sein kann.«

Kate nickte bedächtig. Dieser Mann widersprach ihren Erwartungen völlig. Sie hatte sich auf einen Playboy gefaßt gemacht, einen Mitgiftjäger. Dieser Mann hier schien aus anderem Holz zu sein. Und doch, da war etwas Störendes an ihm, das Kate nicht definieren konnte. Er schien fast *zu* vollkommen.

»Ich habe gehört, daß Ihre Familie reich ist.«

*Alles, was du sie glauben machen mußt, ist, daß du stinkreich und bis über beide Ohren in Alexandra verliebt bist. Sei charmant. Bezähme dein Temperament, und du hast es geschafft.*

»Geld ist natürlich wichtig, Mrs. Blackwell, aber es gibt hundert andere Dinge, die mich mehr interessieren.«

Kate hatte die Höhe des Eigenkapitals von Mellis and Company in Erfahrung gebracht.

Nach dem Bericht von Dun & Bradstreet betrug es mehr als dreißig Millionen Dollar.

»Stehen Sie Ihrer Familie sehr nahe, Mr. Mellis?«

Georges Gesicht erhellte sich. »Vielleicht zu nahe.« Er gestattete sich ein Lächeln. »Wir haben eine Redensart in unserer Familie, Mrs. Blackwell. Wenn einer von uns sich in den Finger schneidet, dann bluten die anderen. Wir stehen ständig miteinander in Verbindung.« Seit mehr als drei Jahren hatte er mit keinem seiner Familienangehörigen auch nur ein Wort gewechselt.

Kate nickte zustimmend. »Ich halte viel von engen Familienbanden.«

Sie blickte auf ihre Enkeltochter und bemerkte den bewundernden Blick auf Alexandras Gesicht. Einen kurzen Moment lang fühlte Kate sich an sich selbst und David erinnert, an die in weiter Vergangenheit liegenden Tage, als sie beide so verliebt gewesen waren.

Während des Essens entspannte sich die Unterhaltung, aber Kates Fragen kamen immer noch gezielt. George war auf die wichtigste gut vorbereitet.

»Mögen Sie Kinder, Mr. Mellis?«

*Sie lechzt geradezu nach einem Urenkel . . . Das wünscht sie sich mehr als alles auf der Welt.*

George wandte sich überrascht an Kate. »Ob ich Kinder mag? Was ist ein Mann schon ohne Söhne und Töchter? Ich fürchte,

daß meine Frau sehr beschäftigt sein wird, wenn ich einmal heirate. In Griechenland mißt man den Wert eines Mannes an der Zahl der Kinder, die er gezeugt hat.«
*Er scheint echt zu sein,* dachte Kate. *Aber man kann nie vorsichtig genug sein. Morgen werde ich Brad Rogers bitten herauszubringen, wie es um seine persönlichen Finanzen steht.*

Bevor Alexandra ins Bett ging, rief sie Eve an, um ihr alles zu erzählen. »Ich glaube, daß Gran ihn ganz gerne mag.«
Wohlige Schauer durchrieselten Eve. »Was hat sie denn gesagt?«
»Sie fragte ihn hundert persönliche Dinge, aber er hat sich sehr gut geschlagen.«
»Aha! Werdet ihr beiden Turteltäubchen heiraten?«
»Ich – er hat mich noch nicht gefragt, Eve, aber ich glaube, er wird es noch tun.«
Sie konnte das Glück aus Alexandras Stimme hören. »Und Gran wird einverstanden sein?«
»Oh, ich glaube schon. Sie will Georges persönliche Finanzlage auskundschaften lassen, aber das ist natürlich kein Problem.«
Eve spürte, wie ihr Herzschlag aussetzte.
Alexandra sagte gerade: »Du weißt ja, wie vorsichtig Gran immer ist.«
»Ja«, sagte Eve langsam. »Ich weiß.«
*Sie waren am Ende.* Wenn ihr nicht ganz schnell noch etwas einfiel.
»Halt mich auf dem laufenden«, sagte Eve.
»Mach ich. Gute Nacht.«
Sobald Eve das Gespräch beendet hatte, wählte sie George Mellis' Nummer. Er war noch nicht zu Hause. Sie versuchte es alle zehn Minuten wieder, und als er sich schließlich meldete, sagte Eve: »Kannst du dir umgehend eine Million Dollar besorgen?«
»Was, zum Teufel, soll das denn heißen?«
»Kate läßt deine Finanzen überprüfen.«
»Sie weiß, was meine Familie wert ist. Sie –«
»Ich rede nicht von deiner Familie. Ich rede von dir. Ich habe dir doch gesagt, daß sie nicht auf den Kopf gefallen ist.«
Beide schwiegen. »Wo soll ich denn eine Million Dollar hernehmen?«
»Ich habe eine Idee«, sagte Eve zu ihm.

Als Kate am nächsten Morgen ins Büro kam, sagte sie zu ihrem Assistenten: »Bitten Sie Brad Rogers, eine persönliche Prüfung von George Mellis' Finanzen durchzuführen. Er arbeitet bei Hanson and Hanson.«
»Mr. Rogers ist bis morgen verreist, Mrs. Blackwell. Hat es solange Zeit oder –«
»Morgen reicht.«

Am Zipfel von Manhattan saß George Mellis an seinem Schreibtisch bei der Maklerfirma Hanson and Hanson in der Wall Street. Er saß wie zur Salzsäule erstarrt, von Panik ergriffen. Was er jetzt vorhatte, würde ihn, wenn es schiefliefe, ins Gefängnis bringen. Wenn es gelänge, würde ihm die Welt gehören.
»Nehmen Sie nicht ab?«
Einer der Chefs stand plötzlich vor ihm, und George bemerkte, daß das Telefon wohl schon eine ganze Zeit geklingelt hatte – wie lange? Er mußte sich normal verhalten, um keinen Verdacht zu erregen. Er griff nach dem Hörer, »George Mellis«, und lächelte den Chef beschwichtigend an.
George verbrachte den Vormittag damit, Anweisungen für Verkäufe und Käufe entgegenzunehmen, aber seine Gedanken wanderten immer wieder zu Eves Plan, eine Million Dollar zu stehlen. *Es ist ganz einfach, George. Du brauchst nur ein paar Aktienzertifikate über Nacht auszuborgen. Das ist alles. Am nächsten Morgen kannst du sie wieder zurückbringen, und keiner wird etwas merken.*
Jede Börsenmaklerfirma hält einen Vorrat von mehreren Millionen Dollar in Aktien und Obligationen in ihren Safes für ihre Kunden bereit. Manche Aktienzertifikate sind auf den Namen der Besitzer ausgestellt, der weitaus größte Teil jedoch besteht aus formlosen Aktien mit einer kodierten CUSIP-Nummer – Committee on Uniform Security Identification Procedures –, anhand derer man die Besitzer identifizieren kann. Die Aktienzertifikate sind nicht bankfähig, aber George Mellis hatte auch nicht die Absicht, sie in Bargeld einzulösen. Er hatte etwas anderes im Sinn. Bei Hanson and Hanson wurden die Aktien in einem riesigen Tresorraum im siebten Stock aufbewahrt, in einer Sicherheitszone, die von einem bewaffneten Polizisten bewacht wurde, und dessen Tür man nur mit einer kodierten Zutrittskarte öffnen konnte. George Mellis besaß keine solche Karte, kannte aber jemanden, der eine besaß. Helen Thatcher war eine

einsame Witwe in den Vierzigern. Sie hatte ein nettes Gesicht und eine einigermaßen gute Figur, und sie war eine ausgezeichnete Köchin. Sie war dreiundzwanzig Jahre lang verheiratet gewesen, und der Tod ihres Mannes hatte eine Lücke in ihrem Leben hinterlassen. Sie brauchte einen Mann, der sich um sie kümmerte.
Sie arbeitete in der Buchhaltung ein Stockwerk höher als George Mellis. Seit Helen George zum erstenmal gesehen hatte, war sie überzeugt davon, daß er einen perfekten Ehemann für sie abgeben würde. Mehrmals hatte sie ihn zu sich nach Hause zu Selbstgekochtem, wie sie es nannte, eingeladen, und darauf angespielt, daß er mehr als nur ein Abendessen erwarten könne, aber George hatte jedesmal eine Ausrede gefunden. An diesem Morgen, als das Telefon klingelte und sie sich mit »Buchhaltung, Mrs. Thatcher« meldete, war George Mellis am anderen Ende der Leitung. »Helen? George hier.« Seine Stimme war warm, und ihr Klang erregte sie. »Was kann ich für Sie tun, George?«
»Ich habe eine kleine Überraschung für Sie. Können Sie in mein Büro runterkommen?«
»Jetzt gleich?«
»Ja.«
»Ich fürchte, daß ich gerade mitten in –«
»Oh, wenn Sie zuviel zu tun haben, macht es auch nichts. Es hat Zeit.«
»Nein, nein. Ich – ich komme sofort.«
Das Telefon auf Georges Schreibtisch klingelte schon wieder. Aber er nahm nicht ab. Er griff sich einen kleinen Stoß Papiere und ging an den Aufzügen vorbei zur Hintertreppe. Als er ein Stockwerk höher angekommen war, sah er sich um, vergewisserte sich, daß Helen ihr Büro verlassen hatte, dann schlenderte er durch die Tür, als hätte er dort etwas zu erledigen. Er öffnete die mittlere Schublade, wo Helen, wie er wußte, die Plastikkarte zum Tresor aufbewahrte. Da lag sie. Er nahm die Karte, ließ sie in seine Tasche gleiten, verließ das Büro und eilte die Treppe hinunter. Als er an seinem Schreibtisch ankam, war Helen schon da und sah sich nach ihm um.
»Tut mir leid«, sagte George. »Ich wurde für einen Moment hinausgerufen.«
»Oh, das macht nichts. Erzählen Sie mir lieber von der Überraschung.«

»Nun, ein Vögelchen hat mir erzählt, daß Sie heute Geburtstag haben«, sagte George. »Und ich möchte Sie zum Mittagessen einladen.«
Er beobachtete ihren Gesichtsausdruck. Sie war hin- und hergerissen, wollte ihm einerseits die Wahrheit sagen und sich andrerseits die Verabredung nicht entgehen lassen.
»Das – das ist sehr nett von Ihnen«, sagte sie. »Ich würde gerne mit Ihnen essen.«
»Gut«, sagte er. »Wir treffen uns bei Tony um eins.« Diese Verabredung hätte er auch telefonisch treffen können, aber Helen Thatcher war viel zu aufgeregt, um darauf zu kommen.
Sobald sie gegangen war, machte George sich an die Arbeit. Er hatte noch viel zu erledigen, bevor er die Plastikkarte zurücklegen konnte. Er nahm den Aufzug zum siebten Stock und ging zur Sicherheitszone hinüber, wo der Wachmann vor dem geschlossenen Eisengitter stand. Mit Hilfe der Codekarte öffnete sich das Tor. Als er hineingehen wollte, sagte der Wachmann plötzlich: »Ich glaube nicht, daß ich Sie hier schon einmal gesehen habe.«
Georges Herz begann, schneller zu schlagen. Er lächelte. »Nein, normalerweise habe ich hier auch nichts verloren. Einer meiner Kunden kam nur plötzlich auf die Idee, seine Aktienzertifikate sehen zu wollen, und deswegen muß ich sie jetzt ausgraben. Ich hoffe nur, daß es mich nicht den ganzen verdammten Nachmittag kostet.«
Der Wachmann lächelte teilnahmsvoll. »Viel Glück.« Er schaute George nach, als dieser den Tresorraum betrat.
Der Raum war aus Beton und ungefähr zehn mal fünf Meter groß. George ging zu den feuersicheren Aktenschränken und öffnete die Stahlschubladen. Sie enthielten Hunderte von Aktienzertifikaten, Anteile von allen Firmen, die an der New Yorker und der amerikanischen Börse gehandelt wurden. George ging schnell und sachkundig vor. Er wählte Zertifikate verschiedener Spitzenfirmen im Gesamtwert von einer Million Dollar, steckte die Papiere in die Innentasche seines Jacketts, schloß die Schublade und ging zu dem Polizisten zurück. »Das ging aber schnell«, sagte der.
George schüttelte den Kopf. »Die Computer haben die falschen Nummern ausgespuckt. Ich werde mich morgen früh darum kümmern müssen.«
»Diese verdammten Computer!« sagte der Wachmann teil-

nahmsvoll. »Die bringen uns noch alle an den Rand des Ruins.«
Als George an seinen Schreibtisch zurückgekehrt war, merkte er, daß er vollkommen durchgeschwitzt war. *So weit, so gut.* Er griff zum Telefon und wählte Alexandras Nummer.
»Liebling«, sagte er, »ich möchte dich und deine Großmutter heute abend gerne sehen.«
»Und ich dachte, du hättest eine Geschäftsbesprechung heute abend, George.«
»Hatte ich auch, aber ich habe abgesagt. Ich muß euch etwas sehr Wichtiges mitteilen.«

Genau um ein Uhr war George wieder in Helen Thatchers Büro und legte die Karte an ihren Platz zurück, während Helen schon im Restaurant auf ihn wartete. Wie gerne hätte er die Karte behalten, denn er würde sie noch einmal brauchen, aber er wußte, daß alle Karten, die abends nicht hinterlegt wurden, am nächsten Morgen vom Computer ungültig gemacht wurden. Um zehn nach eins aß George mit Helen Thatcher zu Mittag.
Er nahm ihre Hand in seine. »Wir sollten das häufiger machen«, sagte er und sah sie durchdringend an. »Haben Sie morgen mittag Zeit für mich?«
Sie strahlte. »O ja, George.«

Er kam genau um sieben Uhr in der Blackwell-Villa an und wurde in die Bibliothek geführt, wo Kate und Alexandra auf ihn warteten.
»Guten Abend«, sagte George. »Ich hoffe, Sie fassen dies nicht als Aufdringlichkeit auf, aber ich muß mit Ihnen beiden sprechen.« Er wandte sich an Kate. »Ich weiß, daß es sehr altmodisch ist, Mrs. Blackwell, aber ich möchte Sie um die Hand Ihrer Enkeltochter bitten. Ich liebe Alexandra und glaube, daß sie mich auch liebt. Aber es würde uns beide sehr glücklich machen, Ihren Segen zu bekommen.« Er griff in seine Jackentasche, zog die Börsenzertifikate hervor und warf sie vor Kate auf den Tisch. »Ich gebe ihr eine Million Dollar als Hochzeitsgeschenk. Sie wird nichts von Ihrem Geld brauchen, aber wir hätten gerne Ihren Segen.«
Kate warf einen Blick auf die Aktienzertifikate, die George nachlässig auf den Tisch geworfen hatte. Sie erkannte die Namen einzelner Firmen wieder. Alexandra war zu George hinüberge-

gangen, ihre Augen glänzten. »Oh, Liebster!« Mit flehendem Blick drehte sie sich zu ihrer Großmutter um. »Gran?«
Kate sah auf die beiden, die dort zusammenstanden, und es war unmöglich, es ihnen abzuschlagen. Einen kurzen Moment lang beneidete sie sie. »Ihr habt meinen Segen«, sagte sie.
George grinste und ging zu Kate hinüber. »Darf ich?« Er küßte sie auf die Wange.

In den nächsten beiden Stunden besprachen sie aufgeregt Heiratspläne. »Ich möchte keine große Hochzeitsfeier, Gran«, sagte Alexandra. »Das muß nicht sein, oder?«
»Ich finde auch«, warf George ein, »Liebe ist eine Privatangelegenheit.«
Schließlich einigten sie sich auf eine Trauung durch einen Richter und eine Feier im engsten Kreise.
»Wird dein Vater auch zur Hochzeit kommen?« wollte Kate wissen.
George lachte. »Keine zehn Pferde könnten ihn fernhalten. Mein Vater wird mitsamt meinen drei Brüdern und meinen beiden Schwestern herkommen.«
»Ich freue mich schon darauf, sie kennenzulernen.«
Kate war den ganzen Abend über sehr gerührt. Sie war überglücklich, daß ihre Enkeltochter einen Mann bekam, der sie so sehr liebte. *Ich muß unbedingt daran denken,* dachte Kate, *Brad zu sagen, daß er sich nicht mehr um den Finanzreport über George Mellis zu kümmern braucht.*
Bevor George das Haus verließ, war er noch kurz mit Alexandra allein und sagte beiläufig: »Ich glaube nicht, daß es gut ist, Wertpapiere für eine Million einfach so im Haus herumliegen zu haben. Ich werde sie fürs erste in meinen Safe tun.«
»Das ist lieb von dir«, sagte Alexandra. George nahm die Papiere und steckte sie wieder in seine Jackentasche.

Am nächsten Morgen wiederholte George die Prozedur mit Helen Thatcher. Während sie auf dem Weg zu ihm nach unten war (»Ich habe da eine Kleinigkeit für Sie«), begab er sich in ihr Büro und holte die Codekarte. Er schenkte ihr einen Gucci-Schal – »ein verspätetes Geburtstagsgeschenk« – und bestätigte seine Verabredung zum Mittagessen mit ihr. Er legte die Börsenpapiere zurück, brachte die Karte wieder an ihren Platz und traf Helen Thatcher in einem nahe gelegenen Restaurant. Sie hielt

seine Hand und sagte: »George, was hältst du davon, wenn ich heute abend für uns beide koche?«
Und George antwortete: »Ich fürchte, das geht nicht, Helen. Ich heirate nämlich.«

Drei Tage vor der Hochzeitsfeier kam George niedergeschlagen zu den Blackwells. »Ich habe soeben eine schreckliche Nachricht erhalten«, sagte er, »mein Vater hat schon wieder einen Herzanfall gehabt.«
»Oh, das tut mir leid«, bemerkte Kate. »Wird er es überstehen?«
»Ich habe die ganze Nacht mit meiner Familie telefoniert. Sie glauben, daß er durchkommen wird, aber natürlich können sie nicht an unserer Hochzeitsfeier teilnehmen.«
»Wir können ja in den Flitterwochen nach Athen fahren und sie dort besuchen«, schlug Alexandra vor.
George streichelte ihr über die Wange. »Ich habe andere Pläne für unsere Flitterwochen, *matia mou*. Keine Familie, nur wir beide.«

Die Hochzeitsfeier fand im Wohnzimmer der Blackwellschen Villa statt. Es waren weniger als ein Dutzend Gäste da, darunter Vince Barnes, Alice Koppel und Marty Bergheimer. Alexandra hatte ihre Großmutter beschworen, auch Eve einzuladen, aber Kate hatte sich nicht erweichen lassen. »Deine Schwester wird nie wieder in diesem Haus willkommen sein.« Alexandra mußte sich fügen.
Ein Fotograf machte Bilder auf der Feier, und Kate hörte, wie George ihn darum bat, ein paar Abzüge mehr zu machen, die er seiner Familie schicken wolle. *Was für ein umsichtiger Mann er ist*, dachte Kate.
Nachdem das Kuchenanschneideritual vorüber war, flüsterte George Alexandra zu: »Liebling, ich muß für eine Stunde oder so weg.«
»Stimmt was nicht?«
»Nein, alles in Ordnung. Aber ich konnte die Firma nur überreden, mir Urlaub für unsere Flitterwochen zu geben, indem ich versprach, für einen wichtigen Kunden noch eine Angelegenheit zu erledigen. Es dauert nicht lange.«
Sie lächelte. »Beeil dich. Ich will nicht ohne dich in die Flitterwochen fahren.«

Als George in Eves Apartment ankam, wartete sie schon in einem dünnen Negligé auf ihn. »Hat dir deine Hochzeit Spaß gemacht, Liebling?«
»Danke, ja. Klein, aber fein. Alles ging glatt über die Bühne.«
»Und weißt du auch warum, George? Weil ich alles arrangiert habe. Vergiß das nie.«
Er sah sie an und sagte langsam: »Das werde ich auch nicht.«
»Wir sind Partner.«
»Natürlich.«
Eve lächelte. »Soso, nun bist du also mit meiner kleinen Schwester verheiratet.«
George sah auf seine Uhr. »Ja, und ich muß jetzt zurück.«
»Noch nicht«, sagte Eve zu ihm.
»Warum nicht?«
»Weil du mich zuerst lieben wirst, Liebling. Ich will mit dem Ehemann meiner Schwester schlafen.

## 30

Eve hatte die Hochzeitsreise geplant. Sie war teuer, aber sie hatte zu George gesagt: »Du darfst nicht knauserig sein.« Sie verkaufte drei Schmuckstücke, die ein eifriger Liebhaber ihr vermacht hatte, und gab George das Geld.
»Ich weiß das zu schätzen, Eve«, sagte er. »Ich –«
»Ich kriege es schon zurück.«

Die Flitterwochen waren perfekt. George und Alexandra wohnten in Round Hill in Montego Bay, im Nordteil von Jamaica. Über den Hügel bis hinunter zum klaren, blauen Meer verteilt lagen etwa zwanzig wunderschöne Privatbungalows. Die Mellis' bewohnten den Noel-Coward-Bungalow mit eigenem Swimming-pool. George mietete ein kleines Boot, und sie gingen segeln und fischen. Sie schwammen, lasen, spielten Backgammon und liebten sich.
Alexandra tat alles Erdenkliche, um George im Bett glücklich zu machen, und wenn sie ihn auf dem Höhepunkt stöhnen hörte, war sie vor Freude außer sich.
Am fünften Tag ihrer Flitterwochen sagte George: »Alex, ich muß geschäftlich nach Kingston fahren. Die Firma hat dort eine

Zweigniederlassung, und sie haben mich gebeten, einmal dort vorbeizuschauen.«

»Gut«, sagte Alexandra, »ich komme mit dir.«

Er runzelte die Stirn. »Das wäre schön, Liebling, aber ich erwarte einen Anruf aus Übersee. Du wirst hierbleiben und die Nachricht entgegennehmen müssen.«

Alexandra war enttäuscht. »Können die das an der Rezeption nicht machen?«

»Es ist zu wichtig.«

»Gut, dann bleibe ich natürlich.«

George mietete ein Auto und fuhr nach Kingston. Er war von einem verzweifelten Verlangen erfüllt, einem Bedürfnis, das sich seit Wochen in ihm aufgestaut hatte und nun unbedingt befriedigt werden mußte. Er betrat die erste Bar, die er sah, und sprach mit dem Barkeeper. Fünf Minuten später folgte er einer schwarzen, fünfzehnjährigen Prostituierten die Treppe eines billigen Hotels hinauf. Er blieb zwei Stunden mit ihr zusammen. Als George das Zimmer verließ, war er allein, bestieg sein Auto und fuhr nach Montego Bay zurück, wo Alexandra ihm mitteilte, daß der dringende Anruf noch nicht gekommen war.

Am nächsten Morgen berichteten die Zeitungen in Kingston, daß ein Tourist eine Prostituierte verprügelt und verstümmelt habe, und daß sie in Lebensgefahr schwebe.

Bei Hanson and Hanson sprachen die Teilhaber über George Mellis. Eine Reihe von Kunden hatte sich über die Art und Weise, wie er ihre Stückekonten handhabe, beschwert. Man war übereingekommen, ihn auf die Straße zu setzen. Jetzt aber kam ein neuer Gesichtspunkt ins Spiel. »Er hat eine von Kate Blackwells Enkelinnen geheiratet«, sagte einer der Partner. »Das läßt alles in einem neuen Licht erscheinen.«

Ein zweiter Teilhaber fügte hinzu: »Ganz bestimmt. Wenn wir das Konto der Blackwells übernehmen könnten ...«

Sie beschlossen, daß George Mellis noch eine Chance verdient habe.

Als Alexandra und George von ihrer Hochzeitsreise zurückkamen, sagte Kate zu ihnen: »Ich hätte gerne, daß ihr bei mir hier einzieht. Das Haus ist riesengroß, und wir würden uns nicht gegenseitig stören. Ihr –«

George unterbrach sie. »Das ist sehr nett von dir«, sagte er.

»Aber ich glaube, es ist besser, wenn Alex und ich unser eigenes Haus haben.«
Er hatte nicht im entferntesten die Absicht, mit der alten Frau, die über ihn wachen und jeder seiner Bewegungen nachspionieren würde, unter einem Dach zu leben.
»Ich verstehe«, erwiderte Kate. »Dann laßt mich ein Haus für euch kaufen. Es soll mein Hochzeitsgeschenk sein.«
George legte die Arme um Kate und drückte sie an sich. »Das ist sehr großzügig von dir.« Seine Stimme bebte. »Alex und ich nehmen es dankbar an.«
»Danke, Gran«, sagte Alexandra. »Wir werden uns nach einem Haus umschauen, das nicht zu weit weg ist.«
»Richtig«, stimmte George ihr zu. »Wir wollen in der Nähe bleiben, so daß wir dich im Auge behalten können. Du bist eine verdammt attraktive Frau, weißt du!«

Innerhalb einer Woche fanden sie ein wunderschönes, altes Sandsteinhaus in der Nähe des Parks, etwa zehn Blocks von der Blackwellschen Villa entfernt.
»Du wirst dich allein um die Einrichtung kümmern müssen, Liebling«, teilte George Alexandra mit. »Ich bin vollauf mit meinen Kunden beschäftigt.«
In Wirklichkeit verbrachte er sehr wenig Zeit im Büro und noch weniger Zeit mit seinen Kunden. Er beschäftigte sich mit interessanteren Dingen.
Bei der Polizei gingen zu dieser Zeit eine Reihe von Anzeigen wegen Grausamkeiten an männlichen und weiblichen Prostituierten und einsamen Frauen, die Singlebars besuchten, ein. Die Opfer beschrieben ihren Angreifer als gutaussehend und kultiviert, von fremder, möglicherweise romanischer Herkunft. Diejenigen von ihnen, die sich bereit erklärten, einen Blick in die Verbrecherkartei zu werfen, konnten ihn nicht identifizieren.

Eve und George aßen in einem kleinen Restaurant in Manhattan zu Mittag, wo sie nicht Gefahr liefen, erkannt zu werden.
»Du mußt Alex dazu bringen, ein neues Testament aufzusetzen, ohne daß Kate etwas davon erfährt.«
»Und wie, zum Teufel, soll ich das anstellen?«
»Das will ich dir erklären, Liebling . . .«

Am nächsten Abend traf George Alexandra im Le Plaisir, einem von New Yorks besten französischen Restaurants, zum Abendessen. Er kam beinahe eine halbe Stunde zu spät.
Pierre Jourdan, der Besitzer, geleitete ihn an den Tisch, wo Alexandra bereits wartete. »Verzeih mir, mein Engel«, sagte George außer Atem. »Ich war bei meinem Rechtsanwalt, und du weißt ja, wie die sind. Die machen alles so kompliziert.«
»Stimmt etwas nicht, George?« fragte Alexandra.
»Doch, es ist alles in Ordnung. Ich habe nur mein Testament geändert.« Er nahm ihre Hände in seine. »Wenn mir jetzt etwas zustoßen sollte, dann gehört alles, was ich besitze, dir.«
»Liebling, ich will nicht –«
»Oh, es ist nicht viel im Vergleich zum Blackwellschen Vermögen, aber es wird dir ein angenehmes Leben ermöglichen.«
»Dir wird nichts zustoßen, niemals.«
»Natürlich nicht, Alex. Aber manchmal spielt das Leben verrückt. Es ist besser, vorauszuplanen und vorbereitet zu sein, findest du nicht auch?«
Einen Augenblick lang saß sie nachdenklich da. »Ich sollte mein Testament auch ändern, nicht wahr?«
»Wozu das denn?« Es klang überrascht.
»Du bist mein Mann, und alles, was ich habe, gehört dir.«
Er zog seine Hand zurück. »Alex, dein Geld interessiert mich nicht.«
»Ich weiß, George, aber du hast recht. Es ist wirklich besser, vorauszuplanen und vorbereitet zu sein.« Ihre Augen füllten sich mit Tränen. »Ich weiß, daß es idiotisch ist, aber ich bin so glücklich, daß ich den Gedanken, daß einem von uns etwas zustoßen könnte, nicht ertragen kann. Ich möchte, daß wir ewig leben.«
»Das werden wir auch«, murmelte George.
»Ich werde morgen mit Brad Rogers über die Änderung meines Testaments reden.«
Er zuckte die Schultern. »Wenn du willst, Liebes.« Und dann, als wäre es ihm gerade erst eingefallen: »Wenn ich so darüber nachdenke, wäre es vielleicht besser, wenn mein Rechtsanwalt die Änderung vornimmt. Er kennt sich mit meinem Besitz aus und kann alles koordinieren.«
»Wie du willst. Gran meint –«
Er tätschelte ihre Wange. »Lassen wir deine Großmutter dabei aus dem Spiel. Ich bete sie an, aber meinst du nicht auch, daß wir unser Privatleben auch privat halten sollten?«

»Du hast recht, Liebling. Ich werde Gran nichts davon sagen. Kannst du mit deinem Anwalt vereinbaren, daß ich gleich morgen zu ihm kommen kann?«
»Erinnere mich daran, ihn anzurufen. Jetzt verhungere ich aber fast. Laß uns mit dem Hummer anfangen ...«
Eine Woche später kam George zu Eve.
»Hat Alex das neue Testament unterschrieben?« fragte Eve.
»Heute nachmittag. Sie erbt ihren Anteil an der Firma an ihrem Geburtstag nächste Woche.«

In der darauffolgenden Woche wurden neunundvierzig Prozent der Anteile an Kruger-Brent auf Alexandra übertragen. George rief Eve an, um ihr die Neuigkeit mitzuteilen. Sie sagte: »Wunderbar! Komm heute abend vorbei. Wir werden es feiern.«
»Ich kann nicht. Kate gibt eine Geburtstagsparty für Alex.«
Schweigen am anderen Ende. »Was gibt es zu essen?«
»Woher soll ich das wissen, verdammt noch mal?«
»Find es heraus.« Sie hatte aufgelegt.

Eine Dreiviertelstunde später rief George noch einmal bei Eve an. »Ich weiß nicht, warum du dich so sehr für die Speisekarte interessierst«, sagte er spitz, »da du ja nicht zur Party eingeladen bist, aber es gibt Jakobsmuscheln, Chateaubriand, Eisbergsalat, Brie, Capuccino und einen Geburtstagskuchen mit Alexandras Lieblingseis. Zufrieden?«
»Ja, George. Bis heute nacht dann.«
»Nein, Eve. Unmöglich, daß ich während der Geburtstagsparty einfach verschwinde –«
»Laß dir was einfallen.«
*Zum Teufel mit der Hure!* George legte auf und schaute auf seine Uhr. Er hatte eine Verabredung mit einem wichtigen Kunden, die er schon zweimal verschoben hatte. Jetzt war er schon wieder zu spät dran. Er wußte, daß die Geschäftsinhaber ihn nur weiterbeschäftigten, weil er in die Familie der Blackwells eingeheiratet hatte. Er konnte sich nichts mehr leisten, was seine Position gefährden würde. Kate und Alexandra mußten schließlich weiter an ihn glauben.
Er hatte seinem Vater eine Einladung zur Hochzeit geschickt, und der alte Mann hatte es noch nicht einmal für nötig befunden zu antworten. Nicht einmal einen Glückwunsch. *Ich will dich*

*nie wiedersehen,* hatte sein Vater zu ihm gesagt. *Du bist tot, hast du verstanden? Tot!* Nun, sein Vater würde sein blaues Wunder erleben. Der verlorene Sohn würde von den Toten auferstehen.

Die Party zu Alexandras dreiundzwanzigstem Geburtstag wurde ein großer Erfolg. Vierzig Gäste waren gekommen. Alexandra hatte George gebeten, einige seiner Freunde einzuladen, aber er war ausgewichen. »Das ist deine Party, Alex«, sagte er, »wir wollen nur deine Freunde einladen.«
In Wahrheit hatte George keine Freunde. Er sah zu, wie Alexandra die Kerzen auf ihrem Kuchen ausblies und sich stillschweigend etwas wünschte. Er wußte, daß er mit diesem Wunsch etwas zu tun hatte, und dachte: *Du hättest dir ein längeres Leben wünschen sollen, Liebling.* Er mußte zugeben, daß Alexandra blendend aussah. Sie trug ein langes, weißes Chiffonkleid, dazu zierliche Silbersandaletten und ein Diamantkollier, Kates Geburtstagsgeschenk. Die großen, birnenförmigen Steine hingen an einer Kette aus Platin und funkelten im Kerzenlicht.
Kate sah die beiden an und dachte: *Ich erinnere mich an unseren ersten Hochzeitstag, als David mir dieses Kollier umlegte und mir sagte, wie sehr er mich liebte.*
Und George dachte: *Dieses Halsband muß hundertfünfzigtausend Dollar wert sein.*
Um eine Minute vor zehn bezog er in der Nähe des Telefons Stellung. Als es um zehn Uhr klingelte, nahm er ab.
»Hallo.«
»Mr. Mellis?«
»Ja.«
»Hier spricht der telefonische Weckdienst. Sie baten mich, Sie um zehn Uhr anzurufen.«
Alexandra stand nicht weit entfernt. Er sah zu ihr hinüber und runzelte die Stirn. »Wann hat er angerufen?«
»Spricht dort Mr. Mellis?«
»Ja.«
»Sie haben einen Auftrag für zehn Uhr gegeben, Sir.«
Alexandra stand neben ihm.
»Gut«, sagte er in die Muschel. »Sagen Sie ihm, daß ich mich sofort auf den Weg mache. Ich treffe ihn dann im PanAm Clipper Club.«
George knallte den Hörer auf die Gabel.
»Was ist los, Liebling?«

Er drehte sich zu Alexandra um. »Einer dieser idiotischen Teilhaber ist unterwegs nach Singapur und hat ein paar Verträge, die er mitnehmen muß, im Büro vergessen. Ich muß sie jetzt holen und zum Flughafen bringen.«

»Jetzt?« Alexandras Stimme klang bestürzt. »Kann das niemand anders machen?«

»Ich bin der einzige, dem sie vertrauen«, seufzte George. »Man sollte fast meinen, ich sei der einzig Fähige in dem ganzen Büro.« Er legte ihr den Arm um die Schulter. »Es tut mir leid, Liebling. Laß dir deine Party durch mich nicht verderben. Ich bin so schnell wie möglich zurück.«

Sie brachte ein Lächeln zustande. »Ich werde dich vermissen.«

Eve öffnete die Tür und ließ George ein. »Du hast es ja doch gedeichselt«, sagte sie. »Was bist du für ein kluger Mann.«

»Ich kann nicht bleiben, Eve. Alex ist –«

Sie nahm ihn bei der Hand. »Komm, Liebling. Ich habe eine Überraschung für dich.« Sie führte ihn in das kleine Eßzimmer. Der Tisch war für zwei gedeckt, mit wunderschönem Silberbesteck und weißen Servietten und brennenden Kerzen in der Mitte des Tisches.

»Was soll das?«

»Ich habe Geburtstag, George.«

»Natürlich«, sagte er lahm. »Ich – ich fürchte, ich habe vergessen, dir ein Geschenk mitzubringen.«

Sie streichelte ihm über die Wange. »Du hast schon eins, Liebes. Du wirst es mir später geben. Setz dich.«

»Danke«, sagte George. »Ich kriege beim besten Willen nichts mehr runter. Ich habe eben groß zu Abend gegessen.«

»Setz dich.« Ihre Stimme war unnachgiebig.

George sah in ihre Augen und setzte sich.

Das Menü bestand aus Jakobsmuscheln, Chateaubriand, Eisbergsalat, Brie, Capuccino und einem Geburtstagskuchen mit Eiscreme.

Eve saß George gegenüber und sah zu, wie er das Essen hinunterwürgte.

»Alex und ich haben immer das gleiche gehabt«, sagte Eve. »Und heute abend habe ich das gleiche Geburtstagsessen wie sie. Aber nächstes Jahr wird nur noch eine von uns eine Geburtstagsparty feiern. Die Zeit ist langsam reif, Liebling. Und nach dem Unfall wird die arme alte Gran an Herzeleid sterben. Und

alles wird uns gehören, George. Jetzt komm ins Schlafzimmer und gib mir mein Geburtstagsgeschenk.«
Diesen Moment hatte er gefürchtet. Er war ein starker, athletischer Mann, aber Eve beherrschte ihn, und er kam sich wie ein Schlappschwanz vor. Sie ließ sich langsam von ihm ausziehen, und dann zog sie ihn aus und erregte ihn geschickt, bis er eine Erektion bekam.
»So ist es gut, Liebling.« Sie setzte sich auf ihn und begann, ihr Becken kreisen zu lassen. »Ah, das fühlt sich gut an ... Und du kannst nicht zum Orgasmus kommen, oder, armes Baby? Und weißt du auch, warum? Weil du total meschugge bist. Du magst keine Frauen, nicht wahr, George? Du genießt es nur, wenn du ihnen weh tun kannst. Du würdest mir auch gerne weh tun, stimmt's? Sag mir, daß du mir gerne weh tun würdest.«
»Ich würde dich am liebsten umbringen.«
Eve lachte. »Aber das wirst du nicht tun, weil du die Firma genauso haben willst wie ich ... Du wirst mir nie weh tun, George, denn wenn mir je etwas zustoßen sollte, wird ein Freund von mir einen Brief bei der Polizei abgeben.«
Er glaubte ihr nicht. »Du bluffst.«
Eve fuhr mit einem langen, spitzen Fingernagel über seine nackte Brust. »Es gibt nur eine einzige Möglichkeit, das herauszufinden, nicht wahr?« spottete sie.
Und plötzlich wußte er, daß sie die Wahrheit sagte. Er würde sie nie wieder loswerden! Sie würde immer da sein, um ihn zu verspotten und zu versklaven. Er konnte den Gedanken, dieser Hure für den Rest seines Lebens auf Gedeih und Verderb ausgeliefert zu sein, nicht ertragen. Ein roter Film legte sich über seine Augen, und von da an wußte er nicht mehr, was er tat. Es war, als ob er die Befehle eines anderen ausführte. Alles spielte sich im Zeitlupentempo ab. Später erinnerte er sich daran, Eve von sich geschoben und ihre Beine auseinandergerissen zu haben, an ihre Schmerzensschreie. Er prügelte auf etwas ein, wieder und wieder, und es war unbeschreiblich schön. Sein Innerstes wurde in einem langen Krampf unbeschreiblichen Glücks erschüttert, und dann folgte noch einer und ein weiterer, und er dachte: *Oh, Gott! Darauf habe ich so lange gewartet.* Aus weiter Ferne schrie jemand. Der rote Schleier hob sich langsam, und er sah herab. Eve lag blutüberströmt auf dem Bett. Ihre Nase war eingeschlagen, ihr Körper voll blauer Flecken und Brandspuren von Zigaretten, und ihre Augen waren zugeschwollen. Ihr Kiefer war gebro-

chen, und aus einem Mundwinkel wimmerte sie stetig: »Hör auf, hör auf, hör auf ...«
George schüttelte den Kopf, um wieder klar zu werden. Als er mit einem Schlag in die Wirklichkeit zurückgeholt wurde, erfaßte ihn Panik. Nie würde er erklären können, was er da getan hatte.
Er beugte sich über sie. »Eve?«
Sie öffnete ein geschwollenes Auge. »Doktor... Hol... einen... Arzt...« Jedes einzelne Wort war eine Qual. »Harley... John Harley.«

Alles, was George Mellis am Telefon sagte, war: »Können Sie sofort kommen? Eve Blackwell hat einen Unfall gehabt.«
Als Dr. John Harley den Raum betrat, warf er einen Blick auf Eve und das blutverschmierte Bett und die Wände und sagte: »Oh, mein Gott!« Er fühlte Eves unregelmäßigen Puls und drehte sich zu George um. »Rufen Sie die Polizei. Sagen Sie ihnen, daß wir einen Krankenwagen brauchen.«
Durch den Nebel von Schmerz hindurch flüsterte Eve: »John...«
John Harley beugte sich über das Bett. »Es wird alles in Ordnung kommen. Wir bringen dich ins Krankenhaus.«
Sie tastete um sich und fand seine Hand. »Keine Polizei...«
»Ich muß das melden. Ich –«
Ihr Griff wurde fester. »Keine... Polizei...«
Er sah auf ihren zerschmetterten Wangenknochen, den gebrochenen Kiefer und die Zigarettenbrandwunden auf ihrem Körper. »Du solltest nicht sprechen.«
Der Schmerz brachte sie fast um den Verstand. »Bitte...« Es dauerte lange, bis sie die Worte hervorbrachte. »Privat... Gran würde mir nie... verzeihen... Keine... Polizei... Unfall... mit Fahrerflucht.«
Die Zeit war zu knapp für Diskussionen. Dr. Harley ging zum Telefon und wählte. »Hier spricht Dr. Harley.« Er gab Eves Adresse an. »Ich brauche sofort einen Krankenwagen. Treiben Sie Dr. Keith Webster auf und bitten Sie ihn, mich im Krankenhaus zu erwarten. Sagen Sie ihm, daß es sich um einen Notfall handelt. Bereiten Sie einen Raum für die Operation vor.« Er hörte einen Augenblick zu und sagte dann: »Ein Unfall mit Fahrerflucht.« Er knallte den Hörer auf.
»Danke, Doktor«, stieß George hervor.

Dr. Harley wandte sich mit haßerfüllten Augen an Alexandras Mann. Seine Kleidung hatte er eilig in Ordnung gebracht, aber seine Fingerknöchel waren wund und seine Hände und sein Gesicht voller Blutflecken. »Danken Sie mir nicht. Ich tue das für die Blackwells. Aber unter einer Bedingung: daß Sie sich einverstanden erklären, einen Psychotherapeuten aufzusuchen.«
»Ich brauche keinen –«
»Dann rufe ich eben die Polizei, Sie Hurensohn. Man darf Sie nicht frei herumlaufen lassen.« Dr. Harley griff noch einmal nach dem Telefon.
»Warten Sie!« George stand da und dachte nach. Er hatte beinahe alles aufs Spiel gesetzt, und nun bot sich ihm wunderbarerweise eine zweite Chance. »In Ordnung. Ich gehe zum Therapeuten.«
Aus der Ferne hörten sie eine Sirene heulen.

Sie wurde eilends durch einen langen Tunnel geschoben, und bunte Lichter gingen an und aus. Ihr Körper fühlte sich leicht und luftig an, und sie dachte: *Ich kann fliegen, wenn ich es nur will,* und sie versuchte, die Arme zu bewegen, aber irgend etwas hielt sie fest. Sie öffnete die Augen, sah, daß sie von zwei Männern in grünen Gewändern und Kappen einen weißen Korridor entlang gerollt wurde. *Ich trete in einem Stück auf,* dachte Eve. *Ich habe meinen Text vergessen. Wie geht der Text?* Als sie die Augen wieder öffnete, lag sie in einem großen weißen Raum auf dem Operationstisch. Ein kleiner, magerer Mann in einem grünen Operationskittel beugte sich über sie. »Ich heiße Keith Webster. Ich werde Sie operieren.«
»Ich will nicht häßlich sein«, flüsterte Eve. Es fiel ihr schwer zu sprechen. »Machen Sie mich nicht . . . häßlich.«
»Keine Sorge«, versprach Dr. Webster. »Ich lasse Sie jetzt schlafen. Entspannen Sie sich.«
Er gab dem Anästhesisten ein Zeichen.

George gelang es, sich in Eves Badezimmer zu säubern und das Blut abzuwaschen, aber als er einen Blick auf seine Armbanduhr warf, fluchte er. Es war drei Uhr morgens. Er hoffte, daß Alexandra schlafen würde, doch als er das Wohnzimmer betrat, wartete sie dort auf ihn.
»Liebling! Ich habe mich zu Tode geängstigt! Ist alles in Ordnung?«

»Alles klar, Alex.«
Sie kam auf ihn zu und umarmte ihn. »Ich wollte gerade die Polizei anrufen. Ich dachte, daß etwas Schreckliches passiert sein müßte.«
*Wie recht du hast,* dachte George.
»Was um alles in der Welt hat dich so lange aufgehalten?«
»Sein Flug hatte Verspätung«, sagte George schlagfertig. »Er wollte, daß ich bei ihm bleibe. Ich dachte, es müsse jeden Augenblick losgehen, und schließlich war es zu spät, um dich anzurufen. Es tut mir leid.«
George dachte an Eve, die auf der Bahre hinausgetragen wurde. Aus ihrem geschwollenen Mund hatte sie gekeucht: »Geh ... nach Hause ... nichts ... passiert ...« Aber wenn Eve sterben würde? Man würde ihn wegen Mordes verhaften. Wenn Eve am Leben blieb, würde alles in Ordnung kommen; dann wäre alles wie zuvor. Eve würde ihm verzeihen, weil sie ihn brauchte.
George lag den Rest der Nacht über wach. Er dachte an Eve und wie sie geschrien und um Gnade gefleht hatte. Er fühlte noch einmal, wie ihre Knochen unter seinen Fäusten zersplitterten, und er roch ihr angesengtes Fleisch und liebte sie in diesem Augenblick beinahe.

Es war ein großer Glücksfall, daß es John Harley gelungen war, sich der Dienste von Keith Webster zu versichern. Dr. Webster war einer der bedeutendsten Schönheitschirurgen auf der Welt. Er war daran gewöhnt, Unfallopfer zu behandeln, aber der erste Blick auf Eve Blackwells zerschlagenes Gesicht hatte ihn schockiert.
Er kannte sie von Fotos in Zeitschriften, und so viel Schönheit mutwillig entstellt zu sehen, erfüllte ihn mit großem Zorn.
»Wer ist dafür verantwortlich, John?«
»Es war ein Unfall mit Fahrerflucht, Keith.«
Keith Webster schnaubte. »Und dann hat der Fahrer angehalten, sie ausgezogen und seine Zigarette auf ihrem Hintern ausgedrückt? Wie war es wirklich?«
»Es tut mir leid, aber ich kann nicht darüber reden. Kannst du sie wieder zusammenflicken?«
»Das ist mein Beruf, John, ich flicke sie alle wieder zusammen.«
Es war fast Mittag, als Dr. Webster schließlich zu seinen Assi-

stenten sagte: »Wir sind fertig. Bringt sie auf die Intensivstation. Ruft mich sofort, wenn die geringsten Anzeichen dafür bestehen, daß etwas nicht stimmt.«


Achtundvierzig Stunden später konnte Eve die Intensivstation verlassen. George besuchte sie im Krankenhaus.
»Ich bin Miß Blackwells Anwalt«, sagte George der diensthabenden Schwester. »Sie wollte mich sehen. Ich bleibe nur einen Moment lang.«
Die Schwester warf einen Blick auf den gutaussehenden Mann und sagte: »Sie darf eigentlich keinen Besuch empfangen, aber ich denke, daß es schon in Ordnung ist, wenn Sie hineingehen.«
Eve hatte ein Zimmer für sich, lag flach auf dem Rücken, von oben bis unten bandagiert; Schläuche waren wie obszöne Extremitäten mit ihrem Körper verbunden. Alles, was man von ihr sehen konnte, waren Augen und Lippen.
»Hallo, Eve ...«
»George ...« Ihre Stimme war nur ein heiseres Krächzen. Er mußte sich dicht über sie beugen, um sie verstehen zu können.
»Du hast ... Alex nichts gesagt?«
»Nein, natürlich nicht.« Er setzte sich auf ihre Bettkante. »Ich bin gekommen, weil ...«
»Ich weiß, warum du gekommen bist ... Wir ... machen weiter wie besprochen ...«
Er fühlte sich unbeschreiblich erleichtert. »Es tut mir leid wegen dieser Sache, Eve. Wirklich. Ich –«
»Jemand soll Alex anrufen ... ihr sagen, daß ich weg bin ... verreist bin ... zurück ... in ein paar Wochen ...«
»Okay.«
Zwei blutunterlaufene Augen schauten ihn an. »George ... Tu mir einen Gefallen.«
»Ja?«
»Wenn du mal ins Gras beißt, sollst du elendig verrecken.« Sie schlief ein. Als sie erwachte, saß Dr. Keith Webster an ihrem Bett.
»Wie fühlen Sie sich?« Seine Stimme war angenehm und beruhigend.
»Sehr müde ... Was ist ... mit mir passiert?«
Dr. Webster zögerte.
»Was?« wiederholte Eve.

Dr. Webster sagte so behutsam wie möglich: »Ein Wangenbein war gebrochen, die Nase auch. Der untere Teil der Augenhöhle war verschoben. Auf dem Muskel, der den Mund öffnet und schließt, lag ein Druck. Und Brandwunden von Zigaretten. Wir haben alles in Ordnung gebracht.«
»Ich will einen Spiegel«, flüsterte Eve.
Das war das letzte, was er zulassen würde. »Es tut mir leid«, sagte er lächelnd. »Die sind uns gerade ausgegangen.«
Sie hatte Angst davor, ihm die nächste Frage zu stellen. »Und wie sehe ich aus – wie sehe ich aus, wenn die Verbände abgenommen werden.«
»Sie werden hinreißend aussehen. Genau wie vor dem Unfall!.«
»Ich glaube Ihnen nicht.«
»Sie werden es selbst sehen. Nun, wollen Sie mir jetzt erzählen, was passiert ist? Ich muß einen Bericht für die Polizei schreiben.«
Es herrschte langes Schweigen. »Ich bin von einem Lastwagen angefahren worden.«
»Ich brauche einen Namen«, sagte er behutsam. »Wer hat es getan?«
»Mack.«
»Und der Nachname?«
»Truck.«
Dr. Webster stand ungläubig vor dieser Mauer des Schweigens. Erst John Harley und jetzt Eve Blackwell.
»Bei Verbrechen«, sagte Keith Webster zu Eve, »bin ich gesetzlich verpflichtet, einen Polizeibericht einzureichen.«
Eve griff nach seiner Hand, drückte sie und hielt sie fest. »Bitte, wenn meine Großmutter oder meine Schwester davon erfahren, bringt es sie um. Wenn Sie es der Polizei sagen ... dann erfahren es auch die Zeitungen. Sie dürfen nicht ... bitte ...«
»Ich kann es nicht als Unfall mit Fahrerflucht melden. Damen rennen normalerweise nicht ohne Kleidung auf der Straße herum.«
»Bitte!«
Er schaute auf sie herab, und Mitleid erfüllte ihn. »Ich nehme an, daß Sie gestolpert und die Treppe in Ihrem Haus heruntergefallen sein könnten.«
Sie drückte seine Hand noch fester. »Genauso ist es passiert ...«
Dr. Webster seufzte. »Das habe ich mir gedacht.«

Dr. Keith Webster besuchte Eve jeden Tag, manchmal schaute er zwei- oder dreimal täglich herein. Er brachte ihr Blumen und kleine Geschenke aus der Krankenhausboutique. Jeden Tag fragte Eve ihn besorgt: »Ich liege hier den ganzen Tag herum. Warum macht niemand etwas?«
»Mein Partner arbeitet an Ihnen«, sagte Dr. Webster zu ihr.
»Ihr Partner?«
»Mutter Natur. Unter all diesen schrecklich aussehenden Verbänden heilt alles sehr gut.«
Alle paar Tage nahm er die Verbände ab und untersuchte sie.
»Ich will einen Spiegel«, bettelte Eve.
Aber seine Antwort war immer die gleiche: »Noch nicht.«
Eve begann, sich auf seine Besuche zu freuen.
»Waren Sie schon einmal verheiratet?« fragte sie.
»Nein.«
»Warum nicht?«
»Ich – ich weiß nicht. Ich glaube nicht, daß ich einen guten Ehemann abgebe. Ich muß häufig Nachtdienst machen.«
»Aber Sie müssen doch eine Freundin haben.«
Er errötete tatsächlich. »Nun, wissen Sie . . .«
»Erzählen Sie's mir«, neckte Eve ihn.
»Ich habe keine feste Freundin.«
»Ich wette, daß alle Schwestern verrückt nach Ihnen sind.«
»Nein, ich fürchte, ich bin kein romantischer Typ.«
*Das auf gar keinen Fall,* dachte Eve. Und doch, wenn sie mit den Schwestern und Assistenzärzten, die hereinkamen und an ihrem Körper hantierten, über Keith Webster sprach, redeten sie von ihm, als sei er ein Gott. »Der Mann vollbringt Wunder«, sagte ein Assistenzarzt. »Nichts, was er aus einem menschlichen Gesicht nicht machen könnte.«
Sie erzählten ihr von seiner Arbeit an mißgebildeten Kindern, aber wenn Eve darüber mit Keith Webster sprechen wollte, wischte er das Thema mit der Bemerkung beiseite: »Leider schätzt die Menschheit Leute nach ihrem Aussehen ein. Ich versuche, denen zu helfen, die mit physischen Mängeln geboren wurden. Dadurch kann sich ihr Leben grundlegend ändern.«
Eve war er ein Rätsel. Er war vollständig selbstlos. Sie hatte noch nie einen solchen Menschen kennengelernt, und sie fragte sich, was ihn antrieb. Aber es war eine müßige Neugier. Sie war nicht an Keith Webster interessiert, nur an dem, was er für sie tun konnte.

Vierzehn Tage nachdem Eve ins Krankenhaus gekommen war, wurde sie in eine Privatklinik weiter nördlich im Staate New York verlegt.
»Sie haben es hier bequemer«, versicherte Dr. Webster ihr.
Eve wußte, daß die Fahrt jetzt viel weiter für ihn war, aber trotzdem kam er jeden Tag, um sie zu besuchen.
»Haben Sie keine anderen Patienten?« fragte Eve.
»Keine wie Sie.«

Fünf Wochen nach Eves Einlieferung entfernte Keith Webster die Verbände. Er drehte ihren Kopf von einer Seite zur anderen und fragte:
»Tut das weh?«
»Nein.«
»Spannt es?«
»Nein.«
Dr. Webster sah zu der Schwester hinüber. »Bringen Sie Miß Blackwell einen Spiegel.«
Plötzlich hatte Eve Angst. Sie wollte ihr eigenes Gesicht, nicht das einer Fremden.
Als Dr. Webster ihr den Spiegel reichte, sagte sie schwach: »Ich habe Angst –«
»Sehen Sie sich an«, sagte er sanft.
Langsam hob sie den Spiegel. Es war ein Wunder! Nichts hatte sich verändert; es war ihr Gesicht. Sie suchte nach Narben. Es gab keine. Ihre Augen füllten sich mit Tränen.
Sie sah auf und sagte:
»Danke«, und beugte sich hinüber, um Keith Webster einen Kuß zu geben. Es sollte ein kurzer Dankeskuß werden, aber sie fühlte seine Lippen hungrig auf ihren. Plötzlich wandte er sich verlegen ab.
»Ich – ich bin froh, daß es Ihnen gefällt«, sagte er.
*Gefällt!* »Sie hatten alle recht. Sie vollbringen wirklich Wunder.«
Und er sagte schüchtern: »Sehen Sie sich das Ausgangsmaterial an.«

# 31

George Mellis hatten die Ereignisse schwer erschüttert. Er war gefährlich nahe daran gewesen, sich alles zu zerstören. Früher hatte er sich mit den Geschenken einsamer Damen zufriedengegeben, doch nun war er mit einer Blackwell verheiratet, und ein Konzern, größer als alles, was sich sogar sein Vater hätte ausmalen können, lag zum Greifen nahe. *Schau her, Papa. Ich lebe wieder. Ich besitze eine Firma, die größer ist als deine.* Es war kein Spiel mehr. Er würde töten, um an sein Ziel zu gelangen.

George konzentrierte sich darauf, den idealen Gatten zu spielen. Er verbrachte soviel Zeit wie möglich mit Alexandra. Sie frühstückten zusammen, er führte sie zum Lunch aus, und er ließ es sich besonders angelegen sein, abends zeitig nach Hause zu kommen. An den Wochenenden fuhren sie zu Kate Blackwells Strandhaus in East Hampton auf Long Island, oder sie flogen in der konzerneigenen Cessna 620 nach Dark Harbor.

George liebte das weitläufige alte Haus mit seinen wunderschönen Antiquitäten und seinen kostbaren Gemälden. Wenn er durch die großen Räume wanderte, dachte er: *Das alles wird schon bald mir gehören.* Es war ein berauschendes Gefühl.

Darüber hinaus war George der ideale Schwiegerenkel. Kate war jetzt 81 und Aufsichtsratsvorsitzende bei Kruger-Brent, eine bemerkenswert starke, tatkräftige Frau. George achtete darauf, daß er einmal wöchentlich mit Alexandra bei Kate zu Abend speiste, und alle paar Tage rief er bei ihr an, um mit ihr zu plaudern. Mit aller Sorgfalt bastelte er an seinem Image als liebenswerter Ehegatte und besorgter Schwiegerenkel.

George Mellis' Selbstzufriedenheit erfuhr jäh einen Rückschlag, als Dr. John Harley bei ihm anrief.
»Ich habe für Sie einen Termin bei einem Psychotherapeuten vereinbart. Es ist Dr. Peter Templeton.«
George legte einen warmen, gewinnenden Ton in seine Stimme. »Das ist wirklich nicht mehr nötig, Dr. Harley. Ich denke –«
»Ich pfeife auf das, was Sie denken. Wir haben eine Abmachung getroffen: Ich zeige Sie nicht bei der Polizei an, und Sie konsultieren dafür einen Therapeuten. Wenn Sie diese Abmachung rückgängig machen wollen –«
»Nein, nein«, sagte George hastig. »Wenn Sie darauf bestehen, dann ist es schon in Ordnung.«

»Die Telefonnummer von Dr. Templeton ist 5553161. Er erwartet Ihren Anruf. Heute noch.« Und Dr. Harley knallte den Hörer auf die Gabel. *Dieser verfluchte Wichtigtuer,* dachte George wütend. Seine Zeit bei einem Seelenklempner zu verschwenden, war das letzte, was er wollte. Aber er würde diesen Dr. Templeton anrufen, ein- oder zweimal bei ihm aufkreuzen, und damit würde sich die Sache haben.

Eve rief George im Büro an. »Ich bin wieder zu Hause.«
»Ist mit dir –?« Er fürchtete sich, die Frage auszusprechen. »– alles in Ordnung?«
»Komm her und sieh's dir selber an. Heute abend.«
»Grade jetzt kann ich nur schlecht weg. Alex und ich –«
»Um acht Uhr.«

Er traute kaum seinen Augen. Eve stand vor ihm und war so schön wie eh und je.
»Es ist unglaublich! Du – du siehst genauso aus wie früher.«
»Richtig. Ich bin immer noch schön, nicht wahr, George?« Sie lächelte ihr Katzenlächeln und dachte dabei an das, was sie mit ihm vorhatte. Er war ein krankes Stück Vieh, das nicht ins Leben paßte. Sie würde ihn grausam büßen lassen für alles, was er ihr angetan hatte, allerdings nicht sofort. Sie brauchte ihn noch. Sie standen da und lächelten sich an.
»Eve, ich kann dir gar nicht sagen, wie leid mir –«
Sie hob die Hand. »Reden wir nicht mehr davon. Es ist vorbei. Es hat sich nichts geändert.«
George fiel ein, daß sich doch etwas geändert hatte. »Dr. Harley hat mich angerufen«, sagte er. »Er hat für mich einen Termin bei irgendeinem verdammten Psychologen vereinbart.«
Eve schüttelte den Kopf. »Nein. Sag ihm, du hättest keine Zeit.«
»Ich hab's versucht. Wenn ich nicht hingehe, wird er Meldung über den – den Unfall bei der Polizei erstatten.«
»Scheiße!«
Sie stand da und grübelte. »Wer ist es?«
»Der Psychologe? Irgendwer namens Templeton, Peter Templeton.«
»Von dem habe ich schon gehört. Der hat einen guten Ruf.«
»Mach dir keine Sorgen. Ich leg mich da eine Stunde lang auf die Couch und sage kein Wort. Wenn –«

Eve hörte gar nicht zu. Ihr war eine Idee gekommen, die sie in Gedanken ausarbeitete.
Sie drehte sich wieder George zu. »Das ist vielleicht sogar das Beste, was uns passieren konnte.«

Peter Templeton war Mitte Dreißig, fast zwei Meter groß, mit breiten Schultern, scharf geschnittenen Gesichtszügen und forschenden blauen Augen. Er wirkte eher wie ein Mittelstürmer denn wie ein Arzt. Im Augenblick las er stirnrunzelnd einen Vermerk in seinem Terminkalender: *George Mellis – Schwiegerenkel von Kate Blackwell.*
Die Probleme der Reichen interessierten Peter Templeton nicht sonderlich. Er hatte schon lange begriffen, daß es nicht diese Art von Problemen war, die sein Interesse und seine Hilfsbereitschaft erweckten.
*George Mellis.* Peter hatte nur widerstrebend zugestimmt, ihn zu sehen, und das nur aus Hochachtung für Dr. John Harley. »Es wäre mir lieber, du würdest ihn zu jemand anderem schicken, John«, hatte Peter Templeton gesagt. »Mein Terminkalender ist wirklich ausgebucht.«
»Tu *mir* den Gefallen, Peter.«
»Was hat er für Probleme?«
»Dafür bist du zuständig. Ich bin bloß ein alter Landdoktor.«
»Na dann«, hatte Peter zugestimmt. »Sag ihm, er soll mich anrufen.« Und nun war er also hier. Dr. Templeton drückte auf den Knopf der Sprechanlage auf seinem Schreibtisch. »Bitten Sie Mr. Mellis herein.«
Peter Templeton hatte Fotografien von George Mellis in Zeitungen und Zeitschriften gesehen, doch das hatte ihn offenbar nicht ausreichend auf die überwältigende Vitalität dieses Mannes vorbereitet. Wenn auf irgend jemanden die Bezeichnung *Charisma* zutraf, dann auf ihn.
Sie schüttelten sich die Hände. Peter sagte: »Setzen Sie sich, Mr. Mellis.«
George blickte auf die Couch. »Da drüben?«
»Wo immer Sie sich wohl fühlen.«
George wählte den Stuhl, der vor dem Schreibtisch stand. Er sah Peter an und lächelte. Zuerst hatte er geglaubt, sich vor diesem Moment fürchten zu müssen, doch nach seiner Aussprache mit Eve hatte er seine Meinung geändert. Er würde Dr. Templeton zu seinem Verbündeten machen, zu seinem Zeugen.

Peter musterte sein Gegenüber. Patienten, die zum erstenmal zu ihm kamen, waren ausnahmslos nervös. Manche überspielten das mit herausforderndem Benehmen, andere verhielten sich schweigsam oder geschwätzig, wieder andere gingen in die Defensive. An diesem Mann jedoch konnte Peter nicht das geringste Anzeichen von Nervosität entdecken – im Gegenteil, er schien sich außerordentlich wohl zu fühlen. *Komisch,* dachte Peter.
»Dr. Harley sagte mir, Sie hätten ein Problem.«
George seufzte. »Ich habe sogar zwei.«
»Wollen Sie mir etwas darüber erzählen?«
»Ich schäme mich. Deshalb habe ich – habe ich darauf bestanden, zu Ihnen zu kommen.« George beugte sich in seinem Stuhl vor und sagte ernst: »Ich habe etwas gemacht, was ich vorher noch nie in meinem Leben getan habe. Ich habe eine Frau niedergeschlagen.«
Peter wartete schweigend.
»Wir haben uns gestritten und ich bin ausgeflippt, und als ich wieder zu mir kam, da hatte . . . hatte ich sie geschlagen.« Er ließ seine Stimme ein wenig brüchig klingen. »Es war entsetzlich.«
Peter Templetons innere Stimme sagte ihm, das Problem, das George Mellis hatte, sei schon geklärt: Er genoß es, Frauen zusammenzuschlagen.
»War es Ihre Frau, die Sie geschlagen haben?«
»Meine Schwägerin.«
Peter war hin und wieder beim Durchblättern von Zeitungen oder Zeitschriften auf die Blackwell-Zwillinge gestoßen, eineiige Zwillinge, fiel ihm ein, und erstaunlich schön. Und dieser Mann hatte also seine Schwägerin geschlagen. Das riß Peter nicht gerade vom Stuhl. Genausowenig wie die Tatsache, daß George Mellis es so darstellte, als ob er ihr nur eine oder zwei Ohrfeigen gegeben hätte. Entspräche das der Wahrheit, so hätte John Harley nicht darauf bestanden, daß er Mellis behandelte.
»Sie sagen, Sie haben sie geschlagen. War sie verletzt?«
»Ja, in der Tat, ich habe sie ganz schön schwer verletzt. Wie ich schon sagte, Herr Doktor, ich war wie von Sinnen. Als ich wieder zu mir kam, da – da konnte ich es kaum glauben.«
*Als ich wieder zu mir kam. Die klassische Ausrede. Ich war's nicht, mein Unterbewußtsein war's.*
»Haben Sie irgendeine Ahnung, was diese Reaktion ausgelöst haben könnte?«

»In letzter Zeit stand ich schrecklich unter Streß. Mein Vater ist schwer erkrankt. Er hat schon mehrere Herzanfälle gehabt, und ich habe mir große Sorgen um ihn gemacht. Meine Familie steht mir sehr nahe.«
»Lebt Ihr Vater hier?«
»Nein, in Griechenland.«
*Dieser* Mellis also. »Sie sprachen von zwei Problemen.«
»Ja. Meine Frau, Alexandra . . .« Er unterbrach sich.
»Haben Sie Eheprobleme?«
»Nicht so, wie Sie glauben. Wir lieben uns sehr. Es ist nur so, daß –« Er zögerte. »Alexandra hat sich in letzter Zeit nicht wohl gefühlt.«
»Körperlich?«
»Seelisch. Sie leidet unter Depressionen. Sie redet ständig von Selbstmord.«
»War sie schon beim Arzt?«
George lächelte traurig. »Sie weigert sich hinzugehen.«
*Wie schade,* dachte Peter. *Da wird wieder mal ein Prominentendoktor von der Park Avenue um ein Vermögen gebracht.* »Haben Sie mit Dr. Harley darüber gesprochen?«
»Nein.«
»Ich schlage vor, daß Sie sich mit ihm darüber unterhalten, da er ja der Hausarzt der Familie ist. Wenn er es für nötig hält, wird er einen Psychotherapeuten empfehlen.«
George Mellis sagte nervös: »Das tue ich nicht. Ich möchte nicht, daß Alexandra das Gefühl bekommt, ich rede hinter ihrem Rücken mit anderen Leuten über sie. Ich fürchte, Dr. Harley würde –«
»Schon gut, Mr. Mellis. Ich werde ihn anrufen.«


»Jetzt sitzen wir in der Tinte, Eve«, fauchte George. »Ganz dick drin.«
»Was ist passiert?«
»Ich habe genau getan, was du mir aufgetragen hast. Ich habe ihm erzählt, ich mache mir Sorgen um Alexandra und daß sie an Selbstmord dächte.«
»Und?«
»Dieser Scheißkerl will jetzt John Harley anrufen und mit ihm darüber reden!«
»Ach du liebe Zeit! Das können wir nicht zulassen.«
Eve fing an, im Zimmer auf und ab zu gehen. Dann hielt sie

plötzlich inne. »Na gut. Um Harley kümmere ich mich. Hast du einen weiteren Termin mit Templeton ausgemacht?«
»Ja.«
»Dann geh auch hin.«

Am nächsten Vormittag suchte Eve Dr. Harley in seiner Sprechstunde auf. John Harley mochte die Blackwells. Er hatte die Kinder heranwachsen sehen, und er hatte die Tragödie um Mariannes Tod miterlebt, den Anschlag auf Kate, Tonys Einweisung in eine Heilanstalt. Kate hatte schon so viel durchgemacht. Und dann der Bruch zwischen Kate und Eve. Er konnte sich nicht vorstellen, was dazu geführt hatte, aber das ging ihn schließlich auch nichts an. Seine Aufgabe war es, die Familie bei körperlicher Gesundheit zu erhalten.
Als Eve sein Behandlungszimmer betrat, sah er sie an und sagte: »Keith Webster hat großartige Arbeit geleistet!« Als einziges Anzeichen für die Operation war eine hauchdünne, kaum sichtbare rote Narbe auf der Stirn übriggeblieben.
»In einem Monat etwa wird Dr. Webster die Narbe entfernen«, sagte Eve.
Dr. Harley tätschelte ihren Arm. »Sie macht dich nur noch schöner, Eve. Ich bin sehr zufrieden damit.« Er führte sie zu einem Stuhl. »Was kann ich für dich tun?«
»Um mich geht's gar nicht, John. Ich bin wegen Alex hier.«
Dr. Harley runzelte die Stirn. »Stimmt was nicht mit ihr? Hat sie Probleme? Mit George vielleicht?«
»Nein, nein«, sagte Eve rasch. »George benimmt sich großartig. Eigentlich ist es sogar er, der sich Sorgen um sie macht. Alexandra verhält sich in letzter Zeit ziemlich komisch. Sie ist dauernd deprimiert und redet sogar von Selbstmord.«
Dr. Harley sah Eve ins Gesicht und sagte geradeheraus: »Das glaube ich nicht. Das klingt nicht nach Alexandra.«
»Ich weiß. Ich hab's ja selber nicht geglaubt, deshalb habe ich sie besucht. Ich war entsetzt zu sehen, wie sehr sie sich verändert hat. Ich habe wirklich Angst um sie, John. Und an Gran kann ich mich nicht wenden – deshalb bin ich zu dir gekommen. Du mußt irgend etwas unternehmen.«
Ihre Augen verschleierten sich. »Ich habe meine Großmutter verloren. Meine Schwester will ich nicht auch noch verlieren.«
»Wie lange geht das denn schon so?«
»Ich weiß es nicht genau. Ich habe sie angefleht, mit dir darüber

zu reden. Zuerst hat sie sich geweigert, aber schließlich hab' ich sie doch noch überreden können. Du mußt ihr helfen.«
»Natürlich werde ich ihr helfen. Schick sie morgen vormittag her. Und versuch, dir nicht allzu große Sorgen zu machen, Eve. Heutzutage gibt es Medikamente, die wahre Wunder vollbringen.«
Dr. Harley begleitete sie zur Tür seines Sprechzimmers. Er wünschte, Kate wäre nicht so unversöhnlich. Eve war doch solch ein liebevoller Mensch.

In ihrer Wohnung wieder angekommen, entfernte Eve sorgfältig die geschminkte rote Narbe auf ihrer Stirn.
Am folgenden Morgen um zehn Uhr meldete Dr. Harleys Sprechstundenhilfe: »Mrs. George Mellis möchte Sie sprechen, Herr Doktor.«
»Schicken Sie sie herein.«
Sie kam langsam herein und wirkte unsicher. Sie war bleich und hatte dunkle Ringe unter den Augen.
John Harley gab ihr die Hand und sagte: »Schön, dich zu sehen, Alexandra. Na, was sind denn das für Sachen, die ich da höre? Du hast Probleme?«
»Ich komme mir albern vor, dich damit zu belästigen, John.« Ihre Stimme klang bedrückt. »Bestimmt ist alles in Ordnung mit mir. Wenn Eve nicht darauf bestanden hätte, wäre ich nie hergekommen. Körperlich fühle ich mich ganz wohl.«
»Und sonst?«
Sie zögerte. »Ich kann nicht richtig schlafen.«
»Ist das alles?«
»Du wirst mich für einen Hypochonder halten...«
»Dazu kenne ich dich viel zu gut, Alexandra.«
Sie senkte den Blick. »Ich fühle mich ständig so niedergedrückt. Irgendwie ängstlich und ... erschöpft. George gibt sich alle erdenkliche Mühe, mich glücklich zu machen, und er läßt sich dauernd was Neues einfallen, wo wir zusammen hingehen, was wir gemeinsam unternehmen können. Das Problem ist nur, daß ich zu nichts Lust habe. Mir kommt alles so – so sinnlos vor.«
Er ließ sie nicht aus den Augen und hörte genau zu. »Ist das alles?«
»Ich – ich denke manchmal daran, mich umzubringen.« Das kam so leise, daß er es kaum hören konnte. Sie sah zu ihm auf und sagte: »Werde ich vielleicht verrückt?«

Er schüttelte den Kopf. »Nein, ich glaube nicht, daß du verrückt wirst. Hast du schon mal was von Anhedonie gehört?«
Sie verneinte stumm.
»Das ist eine vegetative Störung, die eben diese Symptome hervorruft, die du beschrieben hast. Es gibt einige neue Medikamente, mit denen so etwas leicht zu behandeln ist. Ich werde dich erst mal untersuchen, aber ich finde bestimmt nichts Ernstes.«
Nachdem sie untersucht worden war und sich wieder angezogen hatte, sagte Dr. Harley: »Ich werde dir Wellbutrin verschreiben. Das ist ein neues Anti-Depressivum, eins von den neuen Wundermitteln.«
Teilnahmslos sah sie zu, wie er das Rezept ausstellte.
»Heute in einer Woche möchte ich dich wieder hier sehen. Wenn du in der Zwischenzeit irgendwelche Probleme hast, ruf mich an. Ich stehe dir jederzeit zur Verfügung, Tag und Nacht.«
Er reichte ihr das Rezept.
»Danke, John«, sagte sie. »Ich hoffe nur, daß es dadurch auch mit dem Traum ein Ende hat.«
»Mit was für einem Traum?«
»Oh, ich dachte, ich hätte dir davon erzählt. Das ist jede Nacht der gleiche. Ich bin auf einem Boot, und es ist windig, und ich höre die See rufen. Ich gehe an die Reling und sehe hinunter, und da sehe ich mich selber im Wasser ertrinken...«
Sie verließ Dr. Harleys Praxis und trat auf die Straße. Dort lehnte sie sich gegen die Hauswand und atmete tief durch. *Ich hab's geschafft.* Eve frohlockte innerlich. *Er hat es mir abgenommen.* Das Rezept warf sie weg.

32

Die Sitzung hatte lange gedauert, und Kate Blackwell war müde. Sie ließ ihren Blick über die drei Männer und die drei Frauen des Aufsichtsrates schweifen, die um den Konferenztisch saßen. Sie wirkten alle noch frisch und munter. *Es ist also nicht die Sitzung, die zu lange gedauert hat,* dachte Kate. *Ich mache das schon zu lange. Ich werde 82. Ich werde alt.* Der Gedanke deprimierte sie; nicht, weil sie Angst vor dem Sterben gehabt hätte, sondern weil sie noch

nicht bereit dazu war. Sie weigerte sich zu sterben, bevor Kruger-Brent nicht von einem anderen Mitglied der Blackwell-Familie übernommen worden war. Nach der bitteren Enttäuschung über Eve hatte Kate versucht, ihre Zukunftspläne auf Alexandra zu bauen.
»Du weißt, daß ich alles für dich täte, Gran, aber ich kann mich einfach nicht für die Konzerngeschäfte erwärmen. George wäre ein ausgezeichneter Geschäftsführer . . .«
»Bist du einverstanden, Kate?« Das war Brad Rogers. Seine Frage weckte Kate aus ihrer Träumerei. Schuldbewußt sah sie ihn an. »Verzeihung. Was hast du gefragt?«
»Wir haben über die Deleco-Fusion gesprochen«, sagte er geduldig. Er machte sich Sorgen um Kate Blackwell. In letzter Zeit war sie bei Aufsichtsratssitzungen immer öfter nicht bei der Sache gewesen, doch dann bewies sie immer wieder einen solchen Durchblick, daß sich jeder andere fragte, warum er nicht selber draufgekommen war. Sie war einfach unglaublich.

George Mellis suchte Peter Templeton zum zweitenmal auf.
»Sind Sie in Ihrer Vergangenheit viel mit Gewalt in Berührung gekommen, Mr. Mellis?«
George schüttelte den Kopf. »Nein. Ich verabscheue Gewalt.«
*Schreib dir das hinter die Ohren, du eingebildeter Armleuchter. Der Leichenbeschauer wird dich eines Tages danach fragen.*
»Sie haben mir erzählt, Ihre Eltern hätten Sie niemals körperlich gezüchtigt.«
»Das stimmt.«
»Würden Sie sagen, Sie waren ein folgsames Kind?«
*Vorsicht. Das kann eine Falle sein.* »Im allgemeinen schon, denke ich.«
»Im allgemeinen pflegen Kinder dafür bestraft zu werden, daß sie ab und zu die Vorschriften der Erwachsenenwelt brechen.«
George lächelte entwaffnend. »Ich nehme an, ich habe mich an die Vorschriften gehalten.«
*Er lügt*, dachte Peter Templeton. *Die Frage ist nur, warum. Was will er verbergen?* Das Gespräch mit Dr. Harley fiel ihm ein, das er nach Geoge Mellis' erstem Besuch geführt hatte.
»Er sagte, er hätte seine Schwägerin geschlagen, John, und –«
»*Geschlagen!*«
John Harleys Stimme troff geradezu vor Abscheu. »Das war das reinste Schlachtfest, Peter. Er hat ihr den Wangenknochen zer-

trümmert, die Nase und drei Rippen gebrochen und außerdem Fußsohlen und Gesäß mit brennenden Zigaretten malträtiert.«
Peter fühlte sich zutiefst angeekelt. »Das hat er mir gegenüber nicht erwähnt.«
»Das glaube ich«, fauchte Dr. Harley. »Ich hab' ihm gesagt, wenn er nicht zu dir ginge, würde ich ihn anzeigen.«
Peter fiel ein, wie George gesagt hatte: *Ich schäme mich. Deshalb habe ich darauf bestanden, zu Ihnen zu kommen.* Das war also ebenfalls eine Lüge gewesen.
»Mellis hat mir erzählt, seine Frau litte an Depressionen und würde von Selbstmord reden.«
»Ja, das kann ich bestätigen. Alexandra war vor ein paar Tagen bei mir. Ich habe ihr Wellbutrin verschrieben. Ich mache mir ziemliche Sorgen um sie. Was hast du für einen Eindruck von George Mellis?«
Peter sagte bedächtig: »Ich weiß es noch nicht. Ich habe das Gefühl, er ist gefährlich.«

Dr. Keith Webster konnte Eve Blackwell einfach nicht vergessen. Sie war wie eine schöne Göttin, unwirklich, unnahbar. Wo er schüchtern und schwerfällig und langweilig war, war sie extrovertiert und lebhaft und unterhaltsam. Keith Webster hatte nie geheiratet, weil er nie eine Frau gefunden hatte, die er für unwürdig genug hielt, sein Leben zu teilen. Von seiner Arbeit abgesehen, besaß er keinerlei Selbstwertgefühl. Er war bei einer harten, dominierenden Mutter und einem schwachen, herumgestoßenen Vater aufgewachsen. Keith Websters sexuelle Bedürfnisse waren minimal. Doch seit neuestem träumte er von Eve Blackwell, und wenn er sich am Morgen seine Träume in Erinnerung rief, schämte er sich ihrer. Eves Wunden waren mittlerweile vollständig ausgeheilt, und es gab keinen Grund mehr für ihn, sie zu treffen; aber er mußte sie unbedingt wiedersehen.
Er rief sie in ihrer Wohnung an. »Eve? Keith Webster hier. Ich hoffe, ich störe Sie nicht. Ich – äh – ich hab' neulich an Sie denken müssen, und da – da hab' ich mich gefragt, wie's Ihnen wohl so geht.«
»Gut geht's mir, Keith, danke. Und wie geht's *Ihnen*?« Da war wieder diese leise Ironie in ihrer Stimme.
»Ga-ganz gut«, sagte er. Schweigen. Dann nahm er seinen ganzen Mut zusammen.

»Ich nehme an, Sie haben zuviel zu tun, um mit mir zu Mittag zu essen.«
Eve lächelte vor sich hin. Was für ein köstlich schüchternes Männchen er doch war. Das würde lustig werden. »Nein, das würde ich gerne, Keith.«
»Wirklich?« Sie hörte ihm seine Überraschung an. »Wann?«
»Wie wär's mit morgen?«
»Abgemacht«, sagte er schnell, als hätte er Angst, sie könne ihre Meinung noch ändern.

Eve genoß den Lunch. Dr. Keith Webster benahm sich wie ein verliebter Oberschüler. Eve beobachtete ihn und dachte amüsiert: *Kein Mensch käme auf die Idee, ihn für einen großartigen Chirurgen zu halten.*
Nach dem Essen fragte Keith Webster schüchtern: »Könnten wir – könnten wir das bei Gelegenheit wiederholen?«
Ohne eine Miene zu verziehen, sagte Eve: »Lieber nicht, Keith. Ich habe Angst, ich könnte mich in Sie verlieben.«
Er wurde feuerrot und wußte nichts zu erwidern.
Eve tätschelte seine Hand. »Ich werde Sie nie vergessen.«

John Harley aß gerade in der Krankenhauskantine zu Mittag, als Keith Webster sich zu ihm setzte.
»John, es soll unter uns bleiben, aber ich würde mich sehr viel wohler fühlen, wenn du mir die Wahrheit über Eve Blackwells Unfall erzählen würdest«, sagte Keith.
Harley zögerte, zuckte dann mit den Achseln und sagte: »In Ordnung. Es war ihr Schwager George Mellis.«
Keith Webster hatte das Gefühl, jetzt in Eves Geheimnisse eingeweiht zu sein.

George Mellis wurde ungeduldig. »Das Geld ist da, das Testament ist auch geändert – worauf warten wir eigentlich noch, zum Teufel?«
Eve saß auf der Couch. Sie hatte ihre langen Beine untergeschlagen und sah zu, wie er im Zimmer auf und ab ging.
»Ich will das bald hinter mich bringen, Eve.«
*Er verliert allmählich die Nerven,* dachte Eve. Gefährlich. Einmal hatte sie den Fehler begangen, ihn zu sehr zu reizen, und es hatte sie beinahe das Leben gekostet. »Du hast recht«, sagte sie zögernd. »Ich glaube auch, es wird langsam Zeit.«

Mitten im Schritt hielt er inne.
»Wann?«
»Nächste Woche.«

Die Sitzung war fast vorüber, und George Mellis hatte seine Frau kein einziges Mal erwähnt. Jetzt sagte er unvermittelt: »Ich mache mir Sorgen um Alexandra, Dr. Templeton. Heute nacht hat sie ständig vom Ertrinken geredet. Ich weiß einfach nicht, was ich tun soll.«
»Ich habe mit John Harley darüber gesprochen. Er hat ihr ein Medikament verschrieben, von dem er meint, es würde ihr helfen.«
»Hoffentlich, Herr Doktor«, sagte George ernst. »Ich könnte es nicht ertragen, wenn ihr etwas zustieße.«
Und Peter Templeton, dessen Ohr darauf trainiert war, auch Zwischentöne zu hören, hatte das ungute Gefühl, einem Schauspiel beizuwohnen. In diesem Mann schlummerte eine tödliche Gewalt. »Mr. Mellis, wie würden Sie Ihre früheren Beziehungen zu Frauen bezeichnen?«
»Als normal.«
»Sind Sie jemals über eine so wütend geworden, daß Sie die Beherrschung verloren haben?«
George Mellis sah klar, worauf diese Fragen abzielten. »Nie.« *Da mußt du früher aufstehen, Doktorchen.* »Ich habe Ihnen doch schon gesagt, daß ich nichts von Gewalt halte.«
*Es war das reinste Schlachtfest, Peter. Er hat ihr den Wangenknochen zertrümmert, die Nase und drei Rippen gebrochen und außerdem Fußsohlen und Gesäß mit brennenden Zigaretten malträtiert.*
»Manchmal –«, sagte Peter. »Für manche Leute ist Gewalt ein notwendiges Ventil, eine Art emotionelle Befreiung.«
»Ich weiß, was Sie meinen. Ein Freund von mir schlägt Huren zusammen.«
*Ein Freund von mir.* Das war ein Alarmsignal. »Erzählen Sie mir von Ihrem Freund.«
»Er haßt Prostituierte. Er glaubt, sie können ihm das Fell über die Ohren ziehen. Also gibt er ihnen Saures, wenn er mit ihnen durch ist – bloß, um ihnen eine Lektion zu erteilen.« George sah keine Mißbilligung in Peters Gesicht und fuhr ermutigt fort: »Einmal waren wir zusammen in Jamaica. Diese kleine schwarze Nutte nahm ihn mit in ein Hotelzimmer, und als sie ihm die Hosen ausgezogen hatte, verlangte sie mehr Geld von ihm.«

George lächelte. »Er hat sie grün und blau geschlagen. Ich wette, die versucht so was nie wider.«
*Er ist ein Psychopath,* schloß Peter Templeton. Natürlich war das kein Freund. Der diente nur als Vorwand. Der Mann war größenwahnsinnig und gefährlich dazu.
Peter beschloß, so bald wie möglich noch einmal mit John Harley zu sprechen.

Die beiden Männer trafen sich zum Mittagessen im Harvard Club. Peter Templeton brauchte alle Informationen über George Mellis, deren er habhaft werden konnte, doch das möglichst, ohne das Vertrauensverhältnis zwischen Arzt und Patient zu zerstören.
»Was kannst du mir über George Mellis' Frau erzählen?« fragte er Harley.
»Alexandra? Sie ist ein wunderbarer Mensch. Sie und ihre Schwester sind schon von der Wiege an meine Patienten.« Er lachte in sich hinein. »Da hört man ständig von eineiigen Zwillingen, aber was das wirklich bedeutet, erkennt man erst, wenn man die beiden zusammen sieht.«
Peter wiederholte langsam: »Sie sind also eineiige Zwillinge.«
»Kein Mensch kann sie auseinanderhalten. Als sie noch klein waren, haben sie alle möglichen Streiche angestellt. Einmal war Eve krank und sollte eine Spritze verpaßt bekommen, und am Ende hab' ich sie Alexandra verpaßt.« Er nippte an seinem Glas. »Es ist verblüffend. Jetzt sind sie erwachsen, aber ich kann sie immer noch nicht auseinanderhalten.«
Peter dachte darüber nach. »Du hast gesagt, Alexandra sei bei dir gewesen, weil sie sich mit Selbstmordgedanken trägt.«
»Ja, das stimmt.«
»John – woher wußtest du, daß es Alexandra war?«
»Das war nicht schwer«, sagte Dr. Harley. »Eve hat eine kleine Narbe von der Operation zurückbehalten.«
Das war also eine Sackgasse. »Ach so.«
»Wie kommst du mit Mellis zurecht?«
Peter zögerte. Er wußte nicht genau, wieviel er preisgeben sollte. »Ich bin noch nicht so recht an ihn herangekommen. Er versteckt sich hinter einer Fassade.«
»Sei vorsichtig, Peter. Der Mann ist verrückt, wenn du meine Meinung wissen willst.« Er sah wieder Eves Bild vor sich, wie sie in einer Blutlache auf dem Bett lag.

»Die Schwestern werden mal reich erben, nicht wahr?« fragte Peter.
Jetzt war es John Harley, der mit seiner Antwort zögerte. »Nun ja, es ist zwar eine vertrauliche Familienangelegenheit«, sagte er, »aber dir kann ich's ja erzählen. Ihre Großmutter hat Eve ohne einen Pfennig rausgeschmissen. Alexandra erbt alles.«
*Ich mache mir Sorgen um Alexandra, Dr. Templeton. Sie redet ständig vom Ertrinken. Ich könnte es nicht ertragen, wenn ihr etwas zustieße.*
Für Peter Templeton hatte es geklungen wie die klassische Vorbereitung auf einen Mord – nur, daß George Mellis selbst Erbe eines großen Vermögens war. Er hätte also keinen Grund, irgend jemanden des Geldes wegen umzubringen. *Du phantasierst,* schalt sich Peter.

Eine Frau war am Ertrinken, und er versuchte, zu ihr zu schwimmen, aber der Seegang war zu stark. Die Wellen schlugen über ihr zusammen und trugen sie wieder empor. *Ich komme,* rief er. *Halt durch!* Er wollte schneller schwimmen, doch seine Arme und Beine waren wie Bleiklumpen, und er sah, wie sie erneut unterging. Als er die Stelle erreichte, an der sie verschwunden war, sah er sich um und erblickte einen riesigen weißen Hai, der auf ihn zuschoß. Peter Templeton erwachte. Er machte Licht und setzte sich im Bett auf, um über seinen Traum nachzudenken.
Am nächsten Morgen rief er als erstes Kriminalkommissar Nick Pappas an.

Nick Pappas war ein wahrer Goliath. Er maß über zwei Meter und brachte fast 140 Kilo auf die Waage, an denen, wie mancher Verbrecher bezeugen konnte, kein Gramm Fett war. Kommissar Pappas gehörte zur Mordkommission im Viertel der Mondänen und Einflußreichen von Manhattan. Peter hatte ihn vor einigen Jahren kennengelernt, als er in einem Mordprozeß als psychiatrischer Sachverständiger aussagen mußte, und seitdem war er mit Pappas befreundet.
Nick war selbst am Telefon:
»Mordkommission, Pappas.«
»Peter hier, Nick.«
»Mein lieber Freund! Wie geht's deinen Seelenmysterien?«
»Ich fummle immer noch an ihnen herum, Nick. Wie geht's Tina?«
»Prächtig. Und was kann ich für dich tun?«

»Ich brauche eine Auskunft. Hast du noch Verbindungen in Griechenland?«
»Was für eine Frage!« stöhnte Pappas. »Ich hab' mindestens hundert Verwandte dort. Was für 'ne Auskunft brauchste denn?«
»Hast du schon mal was von George Mellis gehört?«
»Die Lebensmittelsippe?«
»Eben die.«
»Mit dem hab' ich hier eigentlich nix zu schaffen, aber ich hab' schon von ihm gehört. Was ist denn los mit ihm?«
»Ich würde gern wissen, ob er Geld hat.«
»Du willst mich wohl auf den Arm nehmen? Seine Familie –«
»Ich meine eigenes Geld.«
»Das kann ich rausfinden, Peter, aber es ist Zeitverschwendung. Die Mellis' schwimmen nur so im Geld.«
»Noch was, übrigens. Wenn du Georges Mellis' Vater ausfragen läßt, sag deinen Leuten, sie sollen behutsam vorgehen. Der alte Mann hat schon etliche Herzanfälle gehabt.«
»Okay. Ich setz es mit aufs Telex.«
Peter dachte an seinen Traum. »Nick – würde es dir was ausmachen, es telefonisch zu erledigen? Heute noch?«
»Willst du mir nicht lieber doch erzählen, was das Ganze eigentlich soll, Peter?« Pappas' Stimme klang plötzlich verändert.
»Es gibt nichts zu erzählen. Ich will bloß meine Neugier befriedigen. Der Anruf geht auf meine Rechnung.«
»Abgemacht.«
Peter legte auf. Er fühlte sich schon ein wenig wohler.

Kate Blackwell ging es nicht gut. Sie saß am Schreibtisch und telefonierte gerade, als sie den Anfall kommen spürte. Das Zimmer schien sich um sie zu drehen, und sie klammerte sich am Schreibtisch fest, bis alles wieder an seinem Platz war.
Brad kam herein. Er bemerkte ihr blasses Gesicht und fragte sofort:
»Irgendwas nicht in Ordnung mit dir, Kate?«
Sie ließ die Schreibtischkante los. »Bloß ein kleiner Schwindelanfall. Nichts Ernstes.«
»Wann warst du das letzte Mal beim Arzt?«
»Für solchen Unsinn hab' ich keine Zeit, Brad.«
»Nimm sie dir. Ich sag Annette, sie soll bei John Harley anrufen und einen Termin für dich vereinbaren.«

»Verdammt noch mal, Brad, hör mit dem Theater auf, ja!?«
»Wirst du hingehen?«
»Wenn ich dich damit loswerde, ja.«

Am nächsten Morgen sagte Peter Templetons Sekretärin zu ihm: »Ich habe Kommissar Pappas auf Apparat eins.«
Peter nahm den Hörer ab.
»Hallo, Nick.«
»Ich glaube, wir sollten uns mal ein bißchen miteinander unterhalten, mein Freund.«
Peter fühlte jähe Furcht in sich aufsteigen. »Hast du mit irgendwem über Mellis gesprochen?«
»Ich hab' mit dem alten Mellis selber gesprochen. Erst einmal hat er in seinem Leben noch keinen Herzanfall gehabt, und zweitens sagt er, daß sein Sohn George für ihn gestorben sei. Er hat ihn schon vor Jahren ohne eine Drachme aus dem Haus gejagt und enterbt. Als ich nach dem Grund fragte, hat er aufgelegt. Dann hab' ich einen meiner alten Kumpels in der Athener Zentrale angerufen. Dein George Mellis ist für die Polizei keineswegs ein unbeschriebenes Blatt. Der geilt sich dran auf, kleine Mädchen und Jungs zusammenzuschlagen. Sein letztes Opfer in Griechenland war ein 15jähriger Strichjunge. Sie haben seine Leiche in einem Hotel gefunden. Die Spur führte zu Mellis. Der Alte hat daraufhin irgendwen geschmiert und Klein George einen Arschtritt verpaßt, daß er im hohen Bogen aus Griechenland rausflog – für immer. Reicht dir das?«
Peter reichte es nicht nur, es versetzte ihn in Furcht. »Danke, Nick. Ich schmeiß dir auch mal wieder 'n Stein in den Garten.«
Peter legte auf. Er hatte eine Menge, worüber er nachdenken mußte. Für zwölf Uhr war George Mellis bestellt.

Dr. John Harley war gerade mit einer Untersuchung beschäftigt, als seine Sprechstundenhilfe meldete: »Mrs. George Mellis ist hier, Herr Doktor. Sie hat keinen Termin, und ich habe ihr gesagt, Sie seien ausgebucht –«
John Harley sagte: »Lassen Sie sie die zweite Tür zu meinem Büro benutzen und dort auf mich warten.«
Ihr Gesicht war noch blasser als beim letzten Besuch, und die Schatten um ihre Augen noch dunkler. »Entschuldige, daß ich so bei dir reinplatze, John, aber –«
»Schon in Ordnung, Alexandra. Was ist los?«

»Alles. Ich – ich fühle mich scheußlich.«
»Hast du das Wellbutrin regelmäßig genommen?«
»Ja.«
»Und du fühlst dich immer noch deprimiert?«
Sie rang die Hände. »Ich bin mehr als deprimiert. Es ist – ich fühle mich katastrophal. Als ob ich überhaupt nichts mehr unter Kontrolle hätte. Ich kann mich nicht mehr ertragen. Ich – ich habe Angst, daß ich etwas ganz Schreckliches anstellen könnte.«
Dr. Harley sagte aufmunternd: »Organisch bist du völlig gesund. Dafür lege ich meine Hand ins Feuer. Es ist seelisch. Ich werde dir was anderes verschreiben. Du wirst dich schon nach wenigen Tagen viel besser fühlen.« Er schrieb das Rezept aus und reichte es ihr. »Wenn es dir bis Freitag nicht bessergeht, ruf mich an. Dann schicke ich dich vielleicht zu einem Psychotherapeuten.«
Eine halbe Stunde später war Eve wieder in ihrer Wohnung. Sie entfernte die helle Make-up-Grundierung aus ihrem Gesicht und wischte die dunklen Flecken unter den Augen weg.

George Mellis saß selbstsicher lächelnd vor Peter Templeton.
»Wie fühlen Sie sich heute?«
»Schon viel besser, Herr Doktor. Diese Sitzungen bei Ihnen haben mir mehr geholfen, als Sie ahnen.«
»Ach ja? Inwiefern denn?«
»Oh, einfach, weil man sich mit jemandem aussprechen kann.«
»Es freut mich, daß die Sitzungen Ihnen geholfen haben. Fühlt Ihre Frau sich besser?«
George runzelte die Stirn. »Leider nicht. Sie war wieder bei Dr. Harley, aber sie redet immer öfter von Selbstmord. Vielleicht bringe ich sie woandershin. Ich glaube, sie braucht mal Tapetenwechsel.« Für Peter klang es wie eine unheilvolle Ankündigung. Oder bildete er sich das nur ein?
»Wie wär's mit Griechenland zur Erholung für sie?« fragte er beiläufig. »Haben Sie sie schon Ihrer Familie vorgestellt?«
»Noch nicht. Sie sind schon unheimlich gespannt auf Alex.« Er grinste. »Die Schwierigkeit ist nur, daß Papa jedesmal, wenn wir uns sehen, davon anfängt, daß ich zurückkommen und die Firma übernehmen soll.«
In diesem Augenblick war Peter sicher, daß Alexandra Mellis sich tatsächlich in Gefahr befand.

Noch lange nachdem George Mellis gegangen war, saß Peter Templeton in seinem Büro und ging seine Aufzeichnungen durch. Schließlich griff er zum Telefon. »Würdest du mir einen Gefallen tun, John, und herausfinden, wo George Mellis und seine Frau ihre Flitterwochen verbracht haben?«
»Das kann ich dir gleich sagen. In Jamaica. Ich hab' sie vor der Reise noch geimpft.«
*Ein Freund von mir schlägt Huren zusammen... Einmal waren wir zusammen in Jamaica, erinnere ich mich. Diese kleine schwarze Nutte nahm ihn mit in ein Hotelzimmer, und als sie ihm die Hosen ausgezogen hatte, verlangte sie mehr Geld von ihm... Er hat sie grün und blau geschlagen. Ich wette, die versucht so was nie wieder.*
Aber das war immer noch kein Beweis dafür, daß George Mellis plante, seine Frau umzubringen. John Harley hatte bestätigt, daß Alexandra Mellis selbstmordgefährdet war. *Das geht mich nichts an,* versuchte Peter sich einzureden. Aber er wußte, daß es ihn eben doch etwas anging.

Peter Templeton hatte sich seine Ausbildung schwer erarbeiten müssen. Er hatte sein Studium an der Nebraska University mit Auszeichnung abgeschlossen und ein Psychologiestudium angehängt. Von Anfang an war er erfolgreich gewesen. Sein Geheimnis lag darin, daß er die Menschen wirklich mochte; es ließ ihn nicht gleichgültig, was mit ihnen geschah. Alexandra Mellis war keine Patientin – dennoch ging sie ihm nicht aus dem Kopf. Sie stellte das fehlende Glied einer Kette dar, und vielleicht konnte er das Problem lösen, wenn er ihr von Angesicht zu Angesicht gegenüber saß. Er rief sie an.
»Mein Name ist Peter Templeton, Mrs. Mellis. Ich bin –«
»Oh, ich weiß, wer Sie sind, Herr Doktor. George hat mir von Ihnen erzählt.«
Peter war überrascht. Er wäre jede Wette eingegangen, daß George Mellis ihn seiner Frau gegenüber nicht erwähnt hatte.
»Ich würde Sie gerne mal treffen, Mrs. Mellis. Vielleicht können wir zusammen zu Mittag essen?«
»Geht es um George? Ist irgendwas nicht in Ordnung?«
»Doch, alles in Ordnung. Ich dachte nur, wir könnten uns mal unterhalten.«
»Ja, sicher, Dr. Templeton.«
Sie verabredeten sich für den nächsten Tag.

Sie saßen an einem Ecktisch im Le Grenouille. Von dem Moment an, da Alexandra das Restaurant betreten hatte, konnte Peter den Blick nicht mehr von ihr wenden.
Er suchte nach Anzeichen für die Erschöpfung und Depression, die Dr. Harley erwähnt hatte, konnte aber nichts entdecken. Wenn Alexandra auffiel, daß er sie anstarrte, so ließ sie sich jedenfalls nichts anmerken.
»Es ist doch alles in Ordnung mit meinem Mann, Dr. Templeton?«
»Ja.« Es würde viel schwieriger werden, als Peter angenommen hatte. Er hatte kein Recht, das geheiligte Vertrauensverhältnis zwischen Arzt und Patient zu durchbrechen, doch gleichzeitig hatte er das Gefühl, Alexandra Mellis warnen zu müssen.
Nachdem sie ihre Bestellung aufgegeben hatten, sagte Peter: »Hat Ihnen Ihr Mann erzählt, weshalb er zu mir kommt, Mrs. Mellis?«
»Ja. Er steht in letzter Zeit stark unter Streß. Seine Teihaber in dem Maklerbüro, in dem er arbeitet, bürden ihm einen Großteil der Verantwortung auf. George ist sehr verantwortungsbewußt. Aber das wissen Sie wahrscheinlich selbst, Herr Doktor.«
Es war unglaublich. Sie hatte keine Ahnung von dem Überfall auf ihre Schwester. *Warum hat ihr niemand etwas davon gesagt?*
»George hat mir erzählt, daß er sich schon sehr viel besser fühlt, seit er jemanden hat, mit dem er über seine Probleme reden kann.« Sie lächelte Peter dankbar an. »Ich bin sehr froh, daß Sie ihm helfen.«
*Sie ist so unschuldig!* Sie war ihrem Mann ganz offensichtlich hörig. Was Peter ihr zu sagen hatte, konnte alles für sie zerstören. Wie sollte er ihr mitteilen, daß ihr Ehemann ein Psychopath war, der einen Strichjungen umgebracht hatte? Der von seiner Familie verstoßen worden war? Der Alexandras eigene Schwester brutal zusammengeschlagen hatte? Aber andererseits: *Durfte* er es ihr wirklich verschweigen?
»Ihr Beruf muß sehr befriedigend sein«, fuhr Alexandra fort. »Sie können so vielen Menschen helfen.«
»Manchmal schon«, sagte Peter vorsichtig. »Manchmal aber auch nicht.«
Das Essen wurde serviert. Während der Mahlzeit unterhielten sie sich und verstanden sich auf Anhieb. Peter merkte, daß er wie verzaubert von ihr war.
»Ich freue mich ja, daß wir uns kennengelernt haben«, sagte

Alexandra schließlich, »aber Sie hatten doch einen bestimmten Grund für dieses Treffen, nicht wahr, Dr. Templeton?«
Der Augenblick der Wahrheit war gekommen. »Ja, eigentlich schon. Ich –«
Peter unterbrach sich.
Er war zu diesem Treffen in der Absicht gekommen, ihr von seinem Verdacht zu berichten und vorzuschlagen, ihren Mann in eine Anstalt einweisen zu lassen. Nun aber, da er Alexandra kennengelernt hatte, fand er das gar nicht so leicht. Wieder fiel ihm ein Satz von George Mellis ein: *Es geht ihr nicht besser. Dieses Selbstmordgerede macht mir Angst.* Peter glaubte, nie einen glücklicheren und normaleren Menschen gesehen zu haben. Lag das an den Medikamenten, die sie einnahm? Wenigstens danach konnte er sie fragen.
»John Harley erzählte mir«, sagte er, »daß Sie –«
Da dröhnte die Stimme von George Mellis dazwischen. »Da bist du ja, Liebling! Ich hab' zu Hause angerufen und gehört, du seist hier.« Er wandte sich an Peter. »Schön, Sie zu sehen, Dr. Templeton. Darf ich mich zu Ihnen setzen?«

»Aber *warum* wollte er Alex sehen?« fragte Eve.
»Ich habe nicht die geringste Ahnung«, sagte George. »Gott sei Dank hatte sie hinterlassen, wo sie zu finden wäre, falls ich nach ihr fragen würde. Ich bin auf dem schnellsten Wege hingefahren.«
»Die Sache gefällt mir nicht.«
»Es ist nichts weiter passiert, glaub mir. Ich hab' sie hinterher ausgefragt, und sie sagte, sie hätten über nichts Besonderes gesprochen.«
»Ich glaube, wir führen die Sache lieber früher durch als geplant.«
George spürte bei ihren Worten beinahe eine sexuelle Erregung. Er hatte so lange auf diesen Augenblick gewartet.
»Wann?«
»Sofort.«

# 33

Die Schwindelanfälle wurden schlimmer, und Kates Geist begann sich zu verwirren. Manchmal saß sie an ihrem Schreibtisch und erwog eine Fusion, bis sie plötzlich merkte, daß die ja schon vor zehn Jahren stattgefunden hatte. Das machte ihr Angst. Schließlich befolgte sie Brad Rogers' Rat und konsultierte John Harley. Es war schon lange her, daß Dr. Harley Kate Blackwell zu einer Untersuchung hatte bewegen können, und so nutzte er diese Gelegenheit weidlich aus. Danach bat er sie, in seinem Büro auf ihn zu warten. Kate Blackwell war für ihr Alter bemerkenswert auf Draht, aber es gab auch beunruhigende Symptome. Ihre Arterien verhärteten sich unwiderruflich, was eine Erklärung für die gelegentlichen Schwindelanfälle und die nachlassende Gedächtnisleistung sein mochte. Sie hätte sich schon vor Jahren zur Ruhe setzen sollen. *Ich hab's nötig*, dachte Harley. *Ich hätte mich auch schon vor Jahren zur Ruhe setzen sollen.* Jetzt, die Untersuchungsergebnisse in der Hand, sagte John Harley: »Ich wünschte, ich hätte deine Kondition, Kate.«
»Spar dir die Blumen, John. Was ist los mit mir?«
»Hauptsächlich das Alter. Eine kleine Verhärtung der Arterien, und –«
»Arteriosklerose?«
»Ach, ist das der medizinische Fachausdruck dafür?« fragte Dr. Harley. »Nun, egal, wie's heißt, jedenfalls hast du das.«
»Wie schlimm ist es?«
»Für dein Alter ganz normal, würde ich sagen.«
»Kannst du mir irgendwas geben, daß diese verdammten Schwindelanfälle aufhören? Stell dir vor, ich falle in einem Zimmer voller Männer in Ohnmacht – wirkt gar nicht gut bei einer Frau.«
Er nickte. »Da finden wir schon was. Wann willst du dich zur Ruhe setzen, Kate?«
»Wenn ich einen Urenkel habe, der die Firma übernehmen kann.«
Die beiden alten Freunde maßen sich mit Blicken über den Schreibtisch hinweg. In den vielen Jahren, die sie sich nun schon kannten, war John Harley oft anderer Meinung gewesen als Kate, doch hatte er stets ihre Courage bewundert.
Als ob sie seine Gedanken lesen könnte, seufzte Kate: »Weißt du, was die größte Enttäuschung meines Lebens war, John? Eve.

Ich habe dieses Kind wirklich gern gehabt. Ich wollte ihr die ganze Welt zu Füßen legen, aber sie hat sich nie auch nur einen Pfifferling um andere gekümmert.«
»Das stimmt nicht, Kate. Eve sorgt sich sehr um dich.«
»Einen feuchten Kehricht tut sie.«
»Ich bin zufällig in der Lage, das zu beurteilen. Vor kurzem –« Er wählte seine Worte sorgfältig, »– hat sie einen schrecklichen Unfall gehabt. Sie wäre fast gestorben.«
Kate spürte, wie ihr Herzschlag aussetzte. »Warum – warum hast du mir nichts davon gesagt?«
»Sie hat es mir nicht erlaubt. Sie war so sehr darauf bedacht, dir keinen Kummer zu machen, daß sie mich schwören ließ, dir keinen Ton davon zu sagen.«
»O mein Gott!« Das war nur ein gequältes Flüstern. »Ist – ist sie wieder gesund?« Kates Stimme war heiser.
»Es geht ihr wieder ausgezeichnet.«
Kate starrte eine Weile lang blicklos ins Leere. »Vielen Dank, daß du's mir erzählt hast, John. Dank dir sehr.«
»Ich stell dir ein Rezept aus.« Als er aufsah, war Kate Blackwell schon gegangen.

Eve öffnete die Tür. Ungläubig starrte sie die Besucherin an. Da stand ihre Großmutter, so steif und aufrecht wie eh und je, ohne sich die geringste Schwäche anmerken zu lassen.
»Darf ich reinkommen?« fragte Kate.
Eve trat beiseite, unfähig, das Geschehen zu begreifen. »Natürlich.«
Kate betrat die kleine Wohnung und sah sich um. »Darf ich mich setzen?«
»Entschuldige – ja, natürlich, bitte. Verzeih – das ist so – Kann ich dir irgendwas anbieten? Tee, Kaffee – irgendwas anderes?«
»Nein, danke. Geht's dir gut, Eve?«
»Ja, danke, ausgezeichnet.«
»Ich komme gerade von John. Er sagte mir, du hättest einen schrecklichen Unfall gehabt.«
Eve beobachtete ihre Großmutter, wartete vorsichtig ab, was noch kommen würde. »Ja . . .«
»Er sagte, du wärst . . . dem Tode nahe gewesen. Und daß du ihm nicht erlaubt hättest, mir etwas davon zu sagen, weil du mir keinen Kummer machen wolltest.« *Das war es also.* Eve fühlte sich jetzt auf sicherem Boden. »Ja, Gran.«

»Für mich heißt das« – Kates Stimme klang plötzlich erstickt –, »daß – ich dir etwas bedeute.«
Eve fing vor lauter Erleichterung an zu weinen. »Natürlich bedeutest du mir etwas. Das hast du immer.«
Sekunden später waren sie sich in die Arme gefallen. Kate hielt Eve ganz fest und flüsterte: »Ich war eine verdammte alte Närrin. Kannst du mir jemals verzeihen? Wenn dir irgendwas passiert wäre, ich hätte es nicht ertragen.«
Eve streichelte tröstend die blaugeäderte Hand ihrer Großmutter und sagte: »Mir geht's gut, Gran. Es ist wirklich alles in Ordnung.« Kate blinzelte, um die Tränen zurückzuhalten. »Wir fangen noch mal von vorne an, ja?« Sie zog Eve hoch und sah ihr in die Augen. »Ich war ebenso eigensinnig und unbeugsam wie mein Vater. Ich werde es wieder gutmachen. Das erste, was ich tun will, ist, dich wieder in mein Testament einzusetzen, so wie es sich gehört.«
*Es ist zu schön, um wahr zu sein!* »Ich – das Geld ist mir egal. Nur du bist mir wichtig.«
»Du bist meine Erbin – du und Alexandra. Ihr beide seid meine ganze Familie, alles, was ich habe.«
»Ich komme sehr gut hin«, sagte Eve, »aber wenn es dich glücklich macht –«
»Es wird mich sehr glücklich machen, Liebling. Wirklich sehr glücklich. Wann kannst du wieder zu mir ins Haus ziehen?«
Eve zögerte nur einen Moment lang. »Ich glaube, es ist besser, wenn ich hier wohnen bleibe, aber ich komme dich besuchen, so oft du willst. Oh, Gran – du weißt ja gar nicht, wie einsam ich gewesen bin.«
Kate nahm die Hand ihrer Enkelin und sagte: »Kannst du mir verzeihen?«
Eve sah ihr in die Augen und sagte feierlich: »Natürlich verzeihe ich dir.«

Sobald Kate gegangen war, goß Eve sich einen doppelten Scotch mit Soda ein und ließ sich auf die Couch sinken, um die unglaubliche Szene, die sich gerade abgespielt hatte, im Geiste noch einmal zu erleben. Sie und Alexandra waren nun die Alleinerben des Blackwell-Vermögens. Alexandra loszuwerden, würde nicht schwer sein. Es war George Mellis, um den Eve sich jetzt kümmern mußte.

»Wir müssen unsere Pläne ändern«, sagte Eve zu George. »Kate hat mich wieder in ihr Testament eingesetzt.«

George, der sich gerade eine Zigarette anzündete, hielt mitten in der Bewegung inne. »Tatsächlich? Herzlichen Glückwunsch.«

»Wenn Alexandra jetzt also etwas zustieße, würde das verdächtig aussehen. Wir werden uns also später um sie kümmern, wenn –«

»Später paßt es mir nicht, fürchte ich.«

»Wie meinst du das?«

»Ich bin kein Dummkopf, Liebling. Wenn Alexandra irgendwas zustößt, werde *ich* ihren Anteil erben. Du willst mich aus dem Rennen werfen, oder?«

Eve zuckte mit der Schulter. »Sagen wir, du stellst eine unnötige Komplikation dar. Ich schlage dir ein Geschäft vor. Laß dich scheiden, und sobald ich das Geld in den Händen habe, geb ich dir –«

Er lachte. »Du bist gut. Aber das nutzt dir nichts, Baby. Nichts hat sich geändert. Alex und ich haben am Freitagabend ein Rendezvous in Dark Harbor. Ich gedenke, es einzuhalten.«

Alexandra war überglücklich, als sie von der Versöhnung zwischen Eve und ihrer Großmutter hörte. »Jetzt sind wir wieder eine richtige Familie«, sagte sie.

Das Telefon klingelte.

»Hallo. Ich hoffe, ich störe Sie nicht, Eve. Keith Webster hier.« Er hatte sich angewöhnt, sie zwei-, dreimal die Woche anzurufen. Anfangs hatte sie sein täppischer Eifer belustigt, doch allmählich wuchs er sich zu einer Plage aus.

»Ich kann mich jetzt nicht mit Ihnen unterhalten«, sagte Eve. »Ich bin gerade im Begriff auszugehen.«

»Oh, dann will ich Sie nicht lange aufhalten. Ich habe zwei Karten für die Pferdeshow nächste Woche. Ich weiß, daß Sie Pferde mögen, und da dachte ich –«

»Tut mir leid. Nächste Woche bin ich wahrscheinlich verreist.«

»Ich verstehe.« Sie hörte ihm die Enttäuschung an. »Vielleicht übernächste Woche dann. Ich werde Karten für ein Theaterstück besorgen. Welches würden Sie denn gerne sehen?«

»Ich habe schon alle gesehen«, sagte Eve kurz angebunden. »Ich muß jetzt laufen.« Sie legte den Hörer auf. Es wurde Zeit, daß sie sich umzog. Sie wollte sich mit Rory McKenna treffen, einem jungen Schauspieler, den sie in einem Off-Broadway-Theater gesehen hatte. Er war fünf Jahre jünger als sie und wie ein wilder, unersättlicher Hengst. Es würde ein aufregender Abend werden, und sie freute sich darauf.

Auf dem Heimweg hielt George Mellis an, um Blumen für Alexandra zu kaufen. Er war gut gelaunt. Nach Alexandras Unfall würde er sich eben um Eve kümmern. Es war schon alles vorbereitet. Am Freitag würde Alexandra ihn in Dark Harbor erwarten. »Nur wir zwei«, hatte er gemurmelt und sie geküßt. »Sieh zu, daß du die Dienerschaft loswirst.«

Peter Templeton wollte es einfach nicht gelingen, sich Alexandra Mellis aus dem Kopf zu schlagen. In Gedanken hörte er noch einmal George Mellis' Worte: *Vielleicht bringe ich sie woandershin. Ich glaube, sie braucht mal Tapetenwechsel.* Alle seine Instinkte sagten Peter, daß Alexandra in Gefahr schwebte, aber ihm waren die Hände gebunden. An Nick Pappas konnte er sich mit seinem Verdacht nicht wenden. Er besaß keinerlei Beweise.

Am anderen Ende der Stadt unterzeichnete Kate Blackwell in den Büros der Geschäftsleitung von Kruger-Brent ihr neues Testament, in dem sie die Hauptmasse ihres Vermögens ihren Enkelinnen hinterließ.

Freitag, 10.57 Uhr.
Am La-Guardia-Flughafen fuhr ein Taxi bei der Eastern-Airlines-Abfertigung vor. Eve Blackwell stieg aus und reichte dem Fahrer einen 100-Dollar-Schein.
»Darauf kann ich nicht rausgeben, meine Dame«, sagte er. »Haben Sie's nicht kleiner?«
»Nein.«
»Dann müssen Sie's drinnen wechseln.«
»Dazu habe ich keine Zeit«, sagte Eve zu ihm. »Ich muß den nächsten Flug nach Washington kriegen.« Sie warf einen Blick auf die Uhr an ihrem Handgelenk und faßte einen Entschluß.
»Behalten Sie den Schein«, sagte sie zu dem verblüfften Taxifahrer.
Eve eilte in die Abfertigungshalle. »Einmal Washington hin und zurück«, sagte sie außer Atem.
Der Mann sah auf die Uhr an der Wand. »Für diesen Flug sind Sie zwei Minuten zu spät dran. Die Maschine hebt grade ab.«

»Ich muß ihn aber unbedingt noch kriegen. Ich treffe mich –
Können Sie denn nichts tun?«
Sie geriet fast in Panik.
»Nehmen Sie's nicht so schwer, Miß. In einer Stunde geht schon
das nächste Flugzeug.«
»Das ist zu – ach, verdammt!«
Er sah, wie sie allmählich ihre Beherrschung wiedererlangte.
»Na gut. Dann warte ich eben. Gibt's hier irgendwo ein Café?«
»Nein, Ma'am. Aber am Ende des Gangs steht ein Kaffeeautomat.«
»Danke.«
Er sah ihr nach und dachte: *Was für eine Schönheit. Der Bursche, den
sie so dringend treffen will, ist zu beneiden.*

Freitag, 14 Uhr.
*Das werden zweite Flitterwochen,* dachte Alexandra aufgeregt. *Sieh
zu, daß du die Dienerschaft loswirst. Ich möchte, daß wir zwei ganz allein miteinander sind, mein Engel. Das wird ein wunderschönes Wochenende.* Und jetzt wollte Alexandra ihr Haus in New York verlassen und sich auf den Weg nach Dark Harbor machen. Sie war
spät dran. »Ich gehe jetzt«, teilte sie dem Mädchen mit. »Am
Montag früh komme ich zurück.«
Das Telefon klingelte gerade, als Alexandra an der Haustür angelangt war. *Du kommst zu spät. Laß es klingeln,* dachte sie und trat
hastig zur Tür hinaus.

Freitag, 19 Uhr.
George Mellis hatte Eves Plan immer wieder aufs neue überprüft. Er wies keinerlei Lücken auf. *In Philbrook Cove wird eine
Barkasse auf dich warten. Fahr damit nach Dark Harbor und vergewissere dich, daß dich niemand dabei sieht. Mach sie am Heck der Corsair
fest. Dann machst du mit Alexandra eine Segelpartie im Mondschein.
Wenn ihr draußen auf dem Meer seid, kannst du endlich mit ihr tun,
worauf du so scharf bist, George – du darfst bloß keine Blutspuren hinterlassen. Schmeiß sie über Bord, steig in die Barkasse und laß die Corsair
driften. Bring die Barkasse nach Philbrook Cove zurück und nimm die
Fähre von Lincolnville nach Dark Harbor. Zum Haus fahr mit einer
Taxe. Bring den Fahrer unter irgendeinem Vorwand dazu, dich bis vor
die Haustür zu fahren, damit ihr beide seht, daß die Corsair nicht am
Steg liegt. Sobald du festgestellt hast, daß Alexandra nicht da ist, rufst du
die Polizei an. Die finden ihre Leiche nie. Die Ebbe wird sie aufs offene*

*Meer rausziehen. Und zwei angesehene Ärzte werden bezeugen, daß es sich höchstwahrscheinlich um Selbstmord handelt.*
In Philbrook Cove fand er das Motorboot vertäut liegen. Ganz nach Plan.
George überquerte die Bucht, ohne die Positionslampen einzuschalten. Das Mondlicht genügte zur Orientierung. Er erreichte, ohne entdeckt zu werden, den Landesteg des Blackwell-Anwesens. Er stoppte die Maschine und machte an der Corsair, dem großen Motorsegler, fest.
Sie erwartete ihn im Wohnzimmer. Als er hereinkam, telefonierte sie gerade. Sie winkte ihm zu und sagte schnell: »Ich muß jetzt aufhören, Eve. Mein Schatz ist gerade gekommen. Ich sehe dich nächste Woche beim Lunch.« Sie legte den Hörer auf, trat rasch zu George und umarmte ihn. »Du bist zeitig dran. Wie schön.«
»Ich hab' mich nach dir gesehnt, also hab' ich alles stehen- und liegenlassen und bin hergekommen.«
Sie küßte ihn. »Ich liebe dich.«
»Ich liebe dich auch, *matia mou*. Bist du die Diener losgeworden?«
Sie lächelte. »Wir zwei sind ganz allein. Weißt du was? Ich hab' dir Moussaka gekocht.«
Mit einem Finger strich er leicht über ihre Brustwarzen, die sich unter der Seidenbluse abzeichneten. »Weißt du, worauf ich mich schon den ganzen Nachmittag in diesem langweiligen Büro gefreut habe? Auf eine Segelpartie mit dir. Draußen ist eine frische Brise. Wollen wir ein, zwei Stunden rausfahren?«
»Wenn du willst? Aber meine Moussaka ist –«
Er legte eine Hand um ihre Brust. »Das Essen kann warten, ich nicht.«
Sie lachte. »Also gut. Ich zieh mich gleich um. Ich werde höchstens eine Minute dazu brauchen.«
»Ich werde mich noch mehr beeilen.«
Er ging in den ersten Stock und wechselte vor seinem Schrank die Kleidung, zog sich Sporthosen, Pullover und Segelschuhe über. Nun, da der große Augenblick gekommen war, erfüllte ihn wilde Vorfreude.
»Ich bin fertig, Liebling«, hörte er sie sagen.
Er drehte sich um. Sie stand in der Tür, in Pullover, schwarze Hosen und Leinenschuhe gekleidet. Ihr langes blondes Haar hatte sie zurückgekämmt und mit einem blauen Band zusam-

mengebunden. *Mein Gott, wie schön sie ist!* dachte er. Es war beinahe eine Schande, so viel Schönheit zu verschwenden. »Ich auch«, sagte George.

Das Motorboot am Heck der Jacht fiel ihr auf. »Wozu brauchen wir das denn, Liebling?«
»Am anderen Ende der Bucht ist eine kleine Insel, die ich schon immer mal erforschen wollte«, erklärte George. »Wir setzen mit der Barkasse über, dann müssen wir nicht so sehr auf die Felsen achten.«
Er ließ den Motor an, richtete die Jacht in den Wind, um Hauptsegel und Klüver zu setzen, und steuerte die offene See an. Als sie sich dem Wellenbrecher an der Spitze der Mole näherten, trafen sie auf eine steife Brise, und das Schiff krängte so stark, daß die Reling auf Lee überspült wurde.
»Es ist wild und aufregend«, rief sie ihm zu. »Ich bin so glücklich, Liebling.«
Er lächelte. »Ich auch.«
Seltsamerweise freute sich George Mellis tatsächlich darüber, daß Alexandra glücklich war, daß sie glücklich sterben würde. Mit den Augen suchte er den Horizont ab, um sicherzugehen, daß sich keine anderen Boote in der Nähe aufhielten. Nur wenige schwache Lichter waren in der Ferne zu sehen. Es war soweit.
Er stellte die automatische Steuerung ein, warf einen letzten Blick auf den leeren Horizont und ging hinüber zur Reling. Sein Herz klopfte heftig vor Aufregung.
»Alex«, rief er, »komm her und schau dir das an.«
Sie turnte zu ihm herüber und sah hinunter in das kalte, dunkle Wasser, das an ihnen vorbeizujagen schien.
»Komm her zu mir«, sagte er befehlend, und seine Stimme war heiser.
Sie glitt in seine Arme, und er küßte sie hart auf den Mund. Seine Arme schlossen sich fest um sie, und er spürte, wie ihr Körper nachgab. Er spannte seine Muskeln an und hob sie hoch.
Plötzlich kämpfte sie gegen ihn an. »George!«
Er hob sie höher und spürte, wie sie sich ihm zu entwinden versuchte, aber er war stärker als sie. Sie saß nun schon fast auf der Reling und stieß wild mit den Beinen um sich, und er machte Anstalten, sie über Bord zu werfen. Im gleichen Moment spürte

er einen jähen, heißen Schmerz in der Brust. Sein erster Gedanke war: *Das ist ein Herzinfarkt,* und er machte den Mund auf, um etwas zu sagen, aber es spritzte nur Blut heraus. Er ließ die Arme sinken und sah ungläubig auf seine Brust hinunter. Aus einer klaffenden Wunde quoll Blut. Er sah auf, und da stand sie, mit einem blutverschmierten Messer in der Hand, lächelte ihn an.
George Mellis' letzter Gedanke war: *Eve* ...


## 34

Es war bereits zehn Uhr abends, als Alexandra beim Haus in Dark Harbor ankam. Sie hatte mehrmals versucht, George dort zu erreichen, aber niemand war ans Telefon gegangen. Eine dumme Verwechslung hatte sie aufgehalten. Als sie gerade nach Dark Harbor aufbrechen wollte, hatte das Telefon geklingelt. *Du kommst zu spät. Laß es klingeln,* hatte sie gedacht und war zum Wagen gegangen. Da kam das Mädchen hinter ihr hergerannt.
»Mrs. Mellis! Es ist Ihre Schwester. Sie sagt, es sei dringend.«
Als Alexandra den Hörer aufnahm, sagte Eve: »Ich bin in Washington, D. C., Liebes. Ich habe ein scheußliches Problem. Ich muß dich unbedingt sehen.«
»Natürlich«, sagte Alexandra sofort. »Ich fahre gleich nach Dark Harbor, aber am Montag früh bin ich zurück und –«
»So lange kann ich nicht warten.« Eve klang verzweifelt. »Holst du mich am La-Guardia-Flughafen ab? Ich komme mit der Fünf-Uhr-Maschine.«
»Das würde ich ja gerne, Eve, aber ich habe George versprochen –«
»Es ist wirklich furchtbar dringend, Alex. Aber wenn du natürlich nicht kannst ...«
»Warte! Also gut, ich komme.«
»Dank dir, Liebes. Ich hab' doch gewußt, daß ich mich auf dich verlassen kann.«
Es kam so selten vor, daß Eve sie um eine Gefälligkeit bat, daß Alexandra sie jetzt nicht zurückweisen konnte. Sie rief George im Büro an, um ihm zu sagen, daß sie aufgehalten würde, aber er war nicht dort. Sie hinterließ eine Nachricht bei seiner Sekretä-

rin. Eine Stunde später fuhr sie im Taxi nach La Guardia und kam rechtzeitig zur Landung der Fünf-Uhr-Maschine aus Washington. Eve war nicht unter den Passagieren. Alexandra wartete zwei Stunden lang. Immer noch keine Spur von Eve. Schließlich bestieg sie, da sie ja doch nichts weiter tun konnte, ein Flugzeug auf die Insel. Nun, da sie sich dem Cedar Hill House näherte, sah sie, daß kein einziges Licht brannte. Sicher war George doch inzwischen angekommen? Alexandra ging von Zimmer zu Zimmer und knipste die Lichter an.
»George –«
Keine Spur von ihm. Sie rief zu Hause in Manhattan an, George hatte sich dort nicht gemeldet.
Es mußte eine logische Erklärung für seine Abwesenheit geben. Wahrscheinlich war ihm wieder einmal in letzter Minute ein Auftrag in die Quere gekommen. Er würde jeden Moment eintreffen. Sie wählte Eves Nummer.
»Eve!« rief Alexandra aus. »Was, um alles in der Welt, war denn los mit dir?«
»Was war mit *dir* denn los? Ich hab' am Kennedyflughafen auf dich gewartet, und als du dich nicht hast blicken lassen –«
»Am *Kennedy!* Du hattest doch *La Guardia* gesagt!«
»Nein, Liebes – Kennedy.«
»Aber –.« Das war nun auch egal. »Tut mir leid«, sagte Alexandra. »Ich muß dich falsch verstanden haben. Ist alles in Ordnung mit dir?«
»Jetzt schon«, sagte Eve. »Ich habe eine höllische Zeit hinter mir. Ich hab' da in Washington was mit einem Mann gehabt, der ein großes Tier in der Politik ist. Er ist wahnsinnig eifersüchtig und –« Sie lachte. »Ich kann dir das nicht alles haarklein am Telefon erzählen. Ich erzähl's dir dann am Montag ausführlich.«
»Na schön«, sagte Alexandra. Sie war ungeheuer erleichtert.
»Ich wünsche dir ein schönes Wochenende«, sagte Eve zu ihr. »Wie geht's George?«
»Er ist noch nicht da.« Alexandra bemühte sich, ihre Besorgnis nicht durchklingen zu lassen. »Ich nehme an, er hat irgend etwas Dringendes im Geschäft zu erledigen.«
»Er wird sich bestimmt bald bei dir melden. Gute Nacht, Liebes.«
»Gute Nacht, Eve.«
Alexandra legte den Hörer auf und dachte: *Es wäre schön, wenn Eve einen wirklich tollen Mann finden würde. Einen, der so gut und lieb ist wie George.* Sie nahm den Hörer wieder auf und wählte die

Nummer der Maklerfirma. Dort meldete sich niemand. Sie rief seinen Club an. Nein, niemand hatte Mr. Mellis gesehen. Um Mitternacht war Alexandra besorgt; um ein Uhr geriet sie allmählich in Panik. Sie wußte nicht, was sie tun sollte. Es war ja möglich, daß George mit einem Kunden ausgegangen war und nicht telefonieren konnte; oder er hatte irgendwohin fliegen müssen und sie vorher nicht erreichen können. Es gab sicher eine ganz einfache Erklärung. Wenn sie jetzt die Polizei anrief und George gleich darauf hereinspazierte, würde sie sich wie eine Idiotin vorkommen.
Um zwei Uhr rief sie doch die Polizei an. Die nächstgelegene Wache befand sich in Waldo County.
Eine verschlafene Stimme sagte: »Polizeistation Waldo County. Sergeant Lambert.«
»Hier spricht Mrs. George Mellis, Cedar Hill House.«
»Ja, Mrs. Mellis.« Die Stimme war sofort hellwach. »Was kann ich für Sie tun?«
»Wenn ich die Wahrheit sagen soll, so weiß ich das selber nicht genau«, sagte Alexandra zögernd. »Mein Mann wollte sich heute abend mit mir im Haus hier treffen, aber er – bis jetzt ist er noch nicht aufgetaucht.«
»Ich verstehe.« Diesen Satz konnte man so oder so auslegen. Der Sergeant kannte mindestens drei Gründe, derentwegen ein Ehemann um zwei Uhr morgens noch nicht zu Hause war. Die Gründe waren blond, brünett oder rothaarig.
Taktvoll sagte er: »Besteht die Möglichkeit, daß er irgendwo geschäftlich aufgehalten wurde?«
»Er – üblicherweise ruft er mich dann an.«
»Nun, Sie wissen ja, wie es ist, Mrs. Mellis. Manchmal gerät man in eine Situation, in der man nicht telefonieren kann. Ich bin überzeugt, daß Sie schon bald von ihm hören werden.«
Nun kam sie sich tatsächlich wie eine Idiotin vor. Natürlich konnte die Polizei nichts unternehmen.
»Sicher haben Sie recht«, sagte Alexandra. »Es tut mir leid, daß ich Sie damit belästigt habe.«
»Keine Ursache, Mrs. Mellis. Ich wette, er kommt mit der ersten Fähre um sieben.«

Er kam weder mit der Fähre um sieben Uhr noch mit der nächsten. Alexandra rief noch einmal zu Hause in Manhattan an, doch George war nicht da.

Allmählich geriet sie in Katastrophenstimmung. George mußte einen Unfall gehabt haben; er lag irgendwo in einem Krankenhaus, war verletzt oder tot. Wenn doch nur nicht diese Verwechslung mit Eve und dem Flughafen passiert wäre. Vielleicht war George im Haus gewesen und wieder gegangen, als er festgestellt hatte, daß sie nicht da war. Aber dann hätte er doch eine Nachricht hinterlassen. Vielleicht hatte er Einbrecher ertappt und war von ihnen überfallen oder verschleppt worden. Alexandra ging durchs ganze Haus, sah in jedes Zimmer und suchte nach irgendeinem möglichen Hinweis; alles war an seinem Platz. Sie ging zum Dock hinunter; die Corsair lag da, sicher vertäut.
Sie rief erneut die Polizeiwache in Waldo County an. Vormittagsdienst hatte Lieutenant Philip Ingram, der schon auf zwanzig Jahre Erfahrung bei der Polizei zurückblicken konnte. Er wußte bereits, daß George Mellis die ganze Nacht über nicht nach Hause gekommen war. »Immer noch keine Spur von ihm, Mrs. Mellis? Gut, ich komme selber zu Ihnen raus.« Er wußte, daß es Zeitverschwendung war. Wahrscheinlich spielte der Alte in irgendeinem verschwiegenen Gäßchen den verliebten Kater. *Aber wenn die Blackwells rufen, kommt das Fußvolk geflitzt,* dachte er sarkastisch. Egal, diese hier war eine nette junge Dame.

Lieutenant Ingram hörte sich Alexandras Geschichte an, überprüfte das Haus und den Landesteg und kam zu dem Schluß, daß die Sache allein Alexandra Mellis' Problem war, aber er wußte, daß es nicht zu seinem Schaden wäre, einem Mitglied der Blackwell-Familie behilflich zu sein. Ingram rief also den Inselflughafen an und die Fährstation in Lincolnville. George Mellis war während der vergangenen 24 Stunden weder da noch dort aufgetaucht. »Er ist gar nicht nach Dark Harbor gekommen«, sagte der Lieutenant zu Alexandra. *Und was, zum Teufel, sollte das bedeuten? Warum sollte der Mann spurlos verschwunden sein?* »Wir werden bei den Krankenhäusern und Lei –« er unterbrach sich eben noch rechtzeitig, »– und anderen Einrichtungen anfragen, und ich gebe eine Vermißtenanzeige heraus.«
Alexandra versuchte sich zu beherrschen, aber er konnte sehen, welche Anstrengung es sie kostete. »Danke schön, Lieutenant. Ich muß Ihnen wohl nicht ausdrücklich sagen, wie dankbar ich Ihnen für Ihre Bemühungen bin.«
»Das ist mein Beruf«, antwortete der Lieutenant Ingram.

Als Lieutenant Ingram zur Polizeiwache zurückkam, machte er sich daran, sämtliche Krankenhäuser und Leichenhallen anzurufen. Nichts.
Er gab eine Vermißtenanzeige mit genauer Personenbeschreibung heraus.
Die Nachmittagszeitungen brachten die Geschichte unter der Schlagzeile: EHEMANN DER BLACKWELL-ERBIN VERMISST.

Peter Templeton erfuhr die Neuigkeit erst durch Kommissar Nick Pappas.
»Peter, erinnerst du dich, daß du mich vor einer Weile gebeten hast, diesen George Mellis zu überprüfen?«
»Ja...«
»Der ist in der Versenkung verschwunden.«
»Der ist *was*?«
»Verschwunden, abgehauen, fort.« Er schwieg, während Peter die Nachricht erst einmal verdaute.
»Hat er irgendwas mitgenommen? Geld, Kleider, Paß?«
»Nix. Der Meldung nach, die wir aus Maine gekriegt haben, hat sich Mr. Mellis schlicht in Luft aufgelöst. Du bist doch sein Seelenklempner. Deshalb dachte ich, du könntest vielleicht irgend 'ne Ahnung haben, warum unser Jungchen so was macht.«
Peter sagte wahrheitsgemäß: »Ich habe nicht die leiseste Ahnung, Nick.«
»Wenn dir noch irgendwas einfällt, sag mir Bescheid. Das gibt eine heiße Sache.«
»Ja«, versprach Peter, »das tu ich.«

Alexandra Mellis rief Peter an, und dem Klang ihrer Stimme entnahm er, daß sie am Rande eines Nervenzusammenbruchs stand. »Ich – George wird vermißt. Kein Mensch scheint zu wissen, was mit ihm passiert ist. Ich habe gehofft, er könnte vielleicht irgend etwas zu Ihnen gesagt haben, das Ihnen einen Hinweis gegeben hätte oder –« Sie brach ab.
»Es tut mir leid, Mrs. Mellis, das hat er nicht getan. Ich habe keine Ahnung, was passiert sein könnte.«
»Ach so.«
Peter wünschte sich, er könnte sie auf irgendeine Weise trösten.
»Wenn mir noch etwas dazu einfällt, rufe ich Sie an. Wo kann ich Sie erreichen?«

»Zur Zeit bin ich in Dark Harbor, aber heute abend werde ich nach New York zurückkehren. Ich bin dann bei meiner Großmutter.«

Alexandra hielt das Alleinsein nicht aus. Sie hatte im Laufe des Vormittags schon mehrmals mit Kate gesprochen.

»O Liebes, ich bin sicher, daß du dir keine Sorgen zu machen brauchst«, sagte Kate. »Wahrscheinlich ist er wegen irgendeines Geschäfts unterwegs und hat nur vergessen, dir Bescheid zu sagen.«

Keine von beiden glaubte daran.

Eve sah die Geschichte über Georges Verschwinden im Fernsehen. Man zeigte Aufnahmen des Cedar Hill House von außen sowie Fotos von Alexandra und George nach ihrer Hochzeitsfeier.

Dann gab es noch eine Nahaufnahme von George, der den Blick nach oben gerichtet hatte, die Augen weit aufgerissen. Sie erinnerte Eve an seinen überraschten Gesichtsausdruck kurz bevor er starb.

Eve lächelte zufrieden. Die würden die Leiche nie finden. Sie war von der Ebbe ins Meer hinausgetragen worden. Armer George. Er hatte ihren Plan haargenau befolgt. Aber sie hatte ihn geändert. Sie war nach Maine geflogen und hatte in Philbrook Cove ein Motorboot gemietet, das für »einen Freund« bereitgehalten werden sollte. Danach hatte sie ein zweites Boot an einem Dock in der Nähe gemietet und es nach Dark Harbor gebracht, wo sie auf George gewartet hatte. Er hatte keinerlei Verdacht gehegt. Sie hatte sorgsam das Deck geschrubbt, bevor sie die Jacht wieder am Landungssteg festmachte.

Danach war es ganz einfach gewesen, Georges gemietetes Motorboot wieder an seinem Platz anzulegen, ihr eigenes Boot zurückzugeben, nach New York zu fliegen und auf Alexandras Anruf zu warten.

Es war das perfekte Verbrechen. Eve stellte den Fernsehapparat ab.

Zu ihrem Rendezvous mit Rory McKenna wollte sie nicht zu spät kommen.

Um sechs Uhr am folgenden Morgen fand die Besatzung eines Fischkutters George Mellis' Leiche am Wellenbrecher an der Mündung der Penebscot Bay. In den Frühnachrichten wurde noch von Unfalltod durch Ertrinken gesprochen, doch aus dem Büro des amtlichen Leichenbeschauers war zu hören, daß das, was man zuerst für Haibisse gehalten hatte, in Wirklichkeit Stichwunden waren. Die Abendzeitungen brachten die Geschichte in großer Aufmachung: MYSTERIÖSER MORD AN GEORGE MELLIS VERMUTET. MILLIONÄR ERSTOCHEN AUFGEFUNDEN.

Lieutenant Ingram studierte den Tidenkalender und suchte die Angaben für den vergangenen Abend heraus. Danach lehnte er sich auf seinem Stuhl zurück, einen verblüfften Ausdruck im Gesicht. George Mellis' Leiche wäre aufs Meer hinausgetragen worden, hätte sie sich nicht am Wellenbrecher verfangen. Was den Lieutenant jedoch am meisten verblüffte, war die Tatsache, daß die Leiche mit der Strömung von Dark Harbor weggetrieben worden sein mußte. Aber dort war George Mellis angeblich nicht gewesen.

Kommissar Nick Pappas flog nach Maine, um sich mit Lieutenant Ingram zu unterhalten.
»Ich denke, mein Dezernat könnte Ihnen in diesem Fall behilflich sein«, sagte Nick. »Wir besitzen einige höchst interessante Hintergrundinformationen über George Mellis, und wenn Sie uns um Kooperation bitten würden, wären wir gerne dazu bereit, Lieutenant.«
In den zwanzig Jahren, die Lieutenant Ingram schon bei der Polizei in Waldo County Dienst tat, hatte er nur eine einzige aufregende Sache erlebt, nämlich, als ein betrunkener Tourist in einem Souvenirladen einen Elchkopf von der Wand geschossen hatte. Mit diesem Fall hier konnte er sich aber vielleicht einen Namen machen. Mit ein wenig Glück konnte das zur Einstellung als Kommissar bei der New Yorker Polizei führen. Daher sah er jetzt Nick Pappas ins Gesicht und sagte: »Ich weiß nicht so recht . . .«
Als ob er seine Gedanken gelesen hätte, sagte Nick Pappas: »Wir sind nicht auf den Ruhm aus. In diesem Fall werden wir höllisch unter Druck gesetzt, und es würde uns das Leben erleichtern, wenn wir ihn rasch lösen. Ich könnte Ihnen ja erst mal die Hintergrundinformationen über George Mellis geben.«
Lieutenant Ingram kam zu dem Schluß, daß er nichts zu verlieren hatte. »Okay«, sagte er, »ich bin einverstanden.«

Eve war verblüfft gewesen über die Nachricht, daß Georges Leiche gefunden worden war. *Aber vielleicht ist das ganz gut,* dachte sie. *Alexandra ist diejenige, die man verdächtigen wird. Sie war dort.*

Lieutenant Philip Ingram befragte den Diensthabenden der Lincolnville-Islesboro-Fähre. »Bist du sicher, daß weder Mr. noch Mrs. Mellis am Freitagnachmittag mit der Fähre übergesetzt sind?«
»Während meiner Schicht sind sie jedenfalls nich rüber, Phil, und ich hab' schon den Kollegen von der Frühschicht gefragt, der hat sie auch nich gesehen. Sie müssen mit dem Flugzeug gekommen sein.«
»Eine Frage noch, Lew. Sind überhaupt *irgendwelche* Fremden am Freitag mit der Fähre rübergefahren?«
»Zum Teufel«, sagte der Fährmann, »du weißt doch, daß wir um diese Jahreszeit keine Fremden hier haben.«
Lieutenant Ingram sprach mit dem Manager des Islesboro-Flughafens.
»George Mellis ist an jenem Abend bestimmt nicht geflogen, Phil. Er muß mit der Fähre auf die Insel gekommen sein.«
»Lew sagt, er hätte ihn nicht gesehen.«
»Ja, zum Teufel, er kann doch nich rüber*geschwommen* sein.«
»Was ist mit Mrs. Mellis?«
»Tjawoll. Sie kam so gegen zehn Uhr. Ich hab' meinen Sohn Charley geschickt, daß er sie vom Flugplatz nach Cedar Hill rüberfährt.«
»In was für einer Verfassung war Mrs. Mellis denn?«
»Komisch, daß du das fragst. Sie war nervös wie ne Katze aufm heißen Blechdach. Is sogar meinem Jungen aufgefallen. Normalerweise ist sie ganz ruhig, hat für jeden ein freundliches Wort übrig. Aber an dem Abend hat sie's rasend eilig gehabt.«
»Noch eine Frage. Sind an jenem Nachmittag oder Abend irgendwelche Fremden mit dem Flugzeug gekommen? Sind dir irgendwelche unbekannten Gesichter aufgefallen?«
Er schüttelte den Kopf. »Nö. Bloß die üblichen.«
Eine Stunde später saß Lieutenant Ingram am Telefon und sprach mit Nick Pappas.
»Was ich bis jetzt rausgekriegt habe«, sagte er zu dem New Yorker Kommissar, »ist verdammt verwirrend. Am Freitagabend kam Mrs. Mellis gegen zehn Uhr am Islesboro-Flughafen an, aber ihr Mann war nicht dabei, und er kam auch nicht mit der

Fähre. Im Endeffekt gibt's nichts, das bewiese, daß er an jenem Abend überhaupt auf der Insel war.«
»Außer der Tide.«
»Ja-ah.«
»Der, der ihn umgebracht hat – wer immer das war –, hat ihn wahrscheinlich von einem Boot aus über Bord geworfen, weil er sich ausgerechnet hat, daß ihn die Ebbe aufs Meer raustragen würde. Haben Sie die Corsair überprüft?«
»Ich hab' sie durchsucht. Keine Anzeichen von Gewalt, keine Blutflecken.«
»Ich würde gerne jemand von der Spurensicherung raufschikken. Würde Ihnen das was ausmachen?«
»Nicht, solange Sie unsere kleine Abmachung nicht vergessen.«

Nick Pappas kam am nächsten Morgen mit einigen Experten. Philip Ingram führte sie zur Anlegestelle der Blackwells, wo die Corsair vertäut lag. Zwei Stunden später sagte einer von ihnen: »Sieht so aus, als hätten wir Dusel, Lieutenant. An der Unterseite der Reling haben wir Blutflecken gefunden.«
Am gleichen Nachmittag identifizierte das Polizeilabor die Flekken als George Mellis' Blutgruppe. Peter Templeton wurde mitten durch das Tohuwabohu der Polizeidienststelle zu Kriminalkommissar Pappas' Büro geführt.
»Hei, Peter. Nett von dir, daß du mal reinguckst.«
Am Telefon hatte Pappas gesagt: »*Du verheimlichst mir was, Kumpel. Wenn du bis sechs nicht in meinem Büro erschienen bist, laß ich dich von der grünen Minna holen, und dann wirst du dein blaues Wunder erleben.*«
Nachdem sein Begleiter das Büro verlassen hatte, fragte Peter: »Was soll das alles, Nick? Was hast du auf dem Herzen?«
»Das will ich dir sagen. Irgendwer hält uns zum Narren. Wir haben einen Toten, der von einer Insel verschwunden ist, auf der er nie war.«
»Das ist doch Unsinn.«
»Das mußt grade du mir erzählen, Freundchen. Der Fährmann und der Kerl, der den Flughafen leitet, die schwören beide, sie hätten George Mellis an dem Abend, an dem er verschwand, nicht gesehen. Die einzige Möglichkeit, nach Dark Harbor zu kommen, ist mit dem Motorboot. Wir haben sämtliche Bootsverleiher in der ganzen Gegend überprüft. Pustekuchen.«

»Vielleicht war er an dem Abend gar nicht in Dark Harbor.«
»Im Labor sagen sie was anderes. Sie haben Beweise gefunden, daß Mellis im Haus war und von einem Straßenanzug in die Segelkluft umgestiegen ist, die er trug, als er gefunden wurde.«
»Ist er im Haus umgebracht worden?«
»Auf der Blackwell-Jacht. Die Leiche ist über Bord geworfen worden. Wer immer das getan hat, hat sich ausgerechnet, daß die Strömung sie bis nach China tragen würde.«
»Wie hat –?«
Nick Pappas hob seine Pranke. »Ich bin zuerst dran. Mellis war dein Patient. Er muß mit dir über seine Frau gesprochen haben.«
»Was hat sie denn damit zu tun?«
»Alles. Sie belegt Platz eins, zwei und drei auf meiner Verdächtigenliste.«
»Du spinnst ja, wie kommst du darauf, daß Alexandra Mellis ihren Mann umgebracht hat?«
»Sie war dort, und sie hatte ein Motiv. Sie kam spätabends auf der Insel an, mit der hanebüchenen Entschuldigung, sie sei aufgehalten worden, weil sie am falschen Flughafen auf ihre Schwester gewartet hätte.«
»Und was sagt ihre Schwester dazu?«
»Nun mach's mal halblang. Was, zum Teufel, erwartest du von ihr? Das sind *Zwillinge.* Wir wissen, daß George Mellis an jenem Abend im Haus war, aber seine Frau schwört, daß sie ihn nicht gesehen hat. Das ist ein großes Haus dort, Peter, aber *soo* groß ist es nun auch wieder nicht. Zweitens: Mistreß M. hat allen Hausangestellten das Wochenende freigegeben. Als ich sie fragte, warum, sagte sie, das sei Georges Einfall gewesen. Georges Lippen sind natürlich versiegelt.«
Peter grübelte eine Weile vor sich hin. »Du sagtest, sie hätte ein Motiv gehabt. Was für eins denn?«
»Du hast vielleicht ein kurzes Gedächtnis. Dabei hast du mich selber auf die Fährte gesetzt. Die Dame ist mit einem Psychopathen verheiratet, der sich dran aufgeilt, alles sexuell zu mißbrauchen, was ihm in die Pfoten fällt. Wahrscheinlich hat er sie auch nicht schlecht malträtiert. Nehmen wir mal an, sie entschließt sich, nicht mehr mitzuspielen. Sie bittet ihn also um die Scheidung. Er willigt nicht ein. Warum sollte er auch? Er hat sein Schäfchen im trocknen. Sie traut sich nicht, ihn vor Gericht zu zerren, das gäbe einen Skandal, der sich gewaschen hat. Es bleibt

ihr keine andere Wahl, sie muß ihn umbringen.« Er lehnte sich in seinem Sessel zurück.

»Und was willst du von mir?« fragte Peter.

»Eine Aussage. Du hast vor zehn Tagen mit Mellis' Frau zu Mittag gegessen.« Er stellte das Tonbandgerät auf seinem Schreibtisch an. »Wir nehmen das jetzt auf, Peter. Erzähl mir von diesem Lunch. Wie hat sich Alexandra Mellis verhalten? War sie nervös? Zornig? Hysterisch?«

»Nick, in meinem ganzen Leben habe ich noch keine so glücklich verheiratete und ausgeglichene Frau gesehen.«

Nick Pappas starrte ihn wütend an und schaltete das Tonbandgerät ab. »Erzähl hier keine Märchen, mein Freund! Ich war heute morgen bei Dr. Harley. Der hat Alexandra Mellis was verschrieben, damit sie nicht Selbstmord begeht, Herrgott noch mal!«

John Harley hatte der Besuch von Kommissar Pappas zutiefst verstört. Der Kommissar war sofort zur Sache gekommen. »Hat Mrs. Mellis kürzlich Ihre Hilfe als Arzt in Anspruch genommen?«

»Tut mir leid«, sagte Dr. Harley. »Ich darf nicht über meine Patienten reden. Ich kann Ihnen leider nicht helfen.«

»Okay, Doktor. Ich verstehe. Sie sind alte Freunde.« Er stand auf. »Aber hier geht's um einen Mordfall. In einer Stunde bin ich wieder hier, mit einem Durchsuchungsbefehl für Ihre Patientenkartei. Wenn ich rausfinde, was ich wissen will, geh ich hin und schmeiß es den Reportern in den Rachen.« Dr. Harley musterte ihn schweigend.

»So können wir's machen. Sie können mir aber auch gleich sagen, was ich wissen will, und ich tu, was ich kann, damit nichts an die Öffentlichkeit dringt. Also?«

»Setzen Sie sich«, sagte Dr. Harley. Nick Pappas setzte sich wieder. »Alexandra hat seit kurzem seelische Probleme.«

»Was für seelische Probleme?«

»Sie leidet unter einer schweren Depression. Sie hat davon gesprochen, Selbstmord zu begehen.«

»Hat sie dabei was von einem Messer gesagt?«

»Nein. Sie hat wiederholt vom Ertrinken geträumt. Ich habe ihr Wellbutrin verschrieben. Sie ist wiedergekommen und sagte mir, es scheine nicht zu helfen, und ich habe Nomifensine verschrieben. Ich – ich weiß nicht, ob es geholfen hat oder nicht.«

Nick Pappas saß da und setzte im Geiste die Mosaiksteinchen zusammen. Schließlich sah er auf. »Sonst noch was?«
»Das ist alles, Herr Kommissar.«

Aber da war noch mehr, und das lastete nun auf John Harleys Gewissen. Er hatte den brutalen Überfall George Mellis' auf Eve Blackwell absichtlich nicht erwähnt. Er hatte keine Möglichkeit zu erfahren, ob es einen Zusammenhang zwischen dem Angriff auf Eve und dem Mord an George Mellis gab, doch sein Instinkt warnte ihn davor, das Thema zur Sprache zu bringen. Er wollte alles in seiner Macht Stehende tun, um Kate Blackwell zu schützen.

Eine Viertelstunde später sagte seine Sprechstundenhilfe: »Dr. Keith Webster ist auf Apparat zwei, Herr Doktor.«
Es war, als wolle ihm sein Gewissen keine Ruhe lassen.
Keith Webster sagte: »John, ich würde heute nachmittag gern mal bei dir reinsehen. Hast du Zeit?«
»Ich werde sie mir nehmen. Wann willst du kommen?«
»Wie wär's mit fünf Uhr?«
»Gut, Keith. Bis dann.«
*Die Sache soll also nicht so einfach ad acta gelegt werden.*
Um fünf Uhr führte Dr. Harley Keith Webster in sein Büro.
»Möchtest du was zu trinken?«
»Nein, danke, John. Ich trinke nicht. Entschuldige, daß ich so bei dir reinplatze.«
»Was kann ich für dich tun, Keith?«
Keith Webster holte tief Luft. »Es geht um diese – du weißt schon –, darum, daß George Mellis Eve Blackwell zusammengeschlagen hat.«
»Was ist damit?«
»Ist dir klar, daß sie fast daran gestorben wäre?«
»Ja.«
»Nun also, es ist nie der Polizei gemeldet worden. Und nach allem, was passiert ist – der Mord an Mellis und so –, da hab' ich mich gefragt, ob ich der Polizei vielleicht nicht doch davon erzählen sollte.«
*Das war's also.*
Es schien kein Entrinnen zu geben.
»Du mußt tun, was du für richtig hältst, Keith.«
Keith Webster sagte bedrückt: »Ja, schon. Es ist nur so, daß ich

absolut nichts tun möchte, was Eve Blackwell weh tun könnte. Sie ist ein ganz besonderer Mensch.«
Dr. Harley betrachtete ihn prüfend. »Ja, das ist sie.«
Keith Webster seufzte. »Aber die Sache ist die, John: Wenn ich jetzt darüber schweige und die Polizei später doch dahinterkommt, sieht die Sache böse aus für mich.«
*Für uns beide,* dachte John Harley. Er sah einen Ausweg. Beiläufig sagte er: »Es ist nicht sehr wahrscheinlich, daß die Polizei dahinterkommt, oder? Eve selbst wird es bestimmt nicht erwähnen, und du hast sie perfekt wieder zusammengeflickt. Von der kleinen Narbe abgesehen, würde kein Mensch vermuten, sie sei mal verunstaltet worden.«
Keith Webster blinzelte. »Was für eine kleine Narbe?«
»Die rote Narbe auf ihrer Stirn. Sie hat mir erzählt, du wollest sie in ein, zwei Monaten entfernen.«
Dr. Webster blinzelte jetzt heftiger. Offenbar eine Art nervöser Tick, schloß Dr. Harley.
»Ich kann mich nicht daran er... – Wann hast du Eve zum letztenmal gesehen?«
»Sie war vor ungefähr zehn Tagen hier, um mit mir über ihre Schwester zu sprechen. Tatsächlich war's sogar so, daß die Narbe das einzige war, woran ich erkannte, daß es sich um Eve und nicht um Alexandra handelte. Sie sind eineiige Zwillinge, weißt du.«
Keith Webster nickte bedächtig. »Ja. Und du sagst, das einzige, woran du sie auseinanderhalten konntest, war die Narbe auf Eves Stirn, die von meiner Operation übrig war?«
»Genau.«
Dr. Webster saß schweigend da und nagte an seiner Unterlippe. Schließlich sagte er: »Vielleicht sollte ich doch nicht gleich zur Polizei gehen. Ich würde gern noch mal darüber nachdenken.«
»Offen gesagt, Keith: Ich glaube, das ist das Klügste. Sie sind beide so nette junge Frauen. Die Zeitungen deuten zwar an, daß die Polizei glaubt, Alexandra hätte George umgebracht, aber das ist unmöglich. Ich erinnere mich noch, als die beiden klein waren...«
Dr. Webster hörte ihm nicht mehr zu.

Keith Webster war völlig in Gedanken versunken, als er Dr. Harley verließ. Er hatte garantiert nicht einmal die Spur einer Narbe in diesem wunderschönen Gesicht hinterlassen. Es war ja

möglich, daß Eve sich diese Narbe nach der Operation bei einem anderen Unfall zugezogen hatte, aber warum hatte sie dann gelogen?
Er erwog es von allen Seiten, prüfte alle Möglichkeiten, und als er endlich zu einem Schluß gekommen war, dachte er: *Wenn das stimmt, wird sich mein ganzes Leben verändern* . . .
Früh am nächsten Morgen rief Keith Webster bei John Harley an. »John«, begann er, »entschuldige die Störung, bitte. Du sagtest, Eve sei zu dir gekommen, um mit dir über ihre Schwester Alexandra zu reden?«
»Genau.«
»Und nach Eves Besuch, ist da zufällig Alexandra zu dir gekommen?«
»Ja. Sie kam tatsächlich schon am nächsten Tag zu mir. Warum fragst du?«
»Reine Neugierde. Kannst du mir sagen, weshalb Eves Schwester dich aufgesucht hat?«
»Alexandra befand sich in einer tiefen Depression. Eve hat versucht, ihr zu helfen.«
Eve war von Alexandras Ehemann zusammengeschlagen und beinahe getötet worden.
Und jetzt war dieser Mann ermordet worden, und Alexandra wurde für schuldig gehalten.

Als er Eve endlich erreichte, waren seine Hände feucht von Schweiß. Sie hob schon beim ersten Klingeln ab.
»Rory?« Ihre Stimme klang leise und erotisch.
»Nein. Keith Webster hier.«
»Oh. Hallo.«
Er hörte, wie sich ihre Stimme änderte. »Wie geht es Ihnen?« fragte er.
»Gut.«
Er konnte ihre Ungeduld geradezu spüren. »Ich – ich würde Sie gern treffen.«
»Ich treffe mich mit niemandem. Wenn Sie Zeitung lesen, werden Sie wissen, daß mein Schwager ermordet wurde. Ich bin in Trauer.«
Er wischte sich die Hände an seiner Hose ab. »Eben deshalb möchte ich Sie sehen, Eve. Ich habe da etwas, von dem Sie erfahren sollten.«
»Worum geht's denn?«

»Darüber würde ich lieber nicht am Telefon reden.« Er konnte beinahe Eves Gehirn arbeiten hören.
»Gut. Wann?«
»Jetzt gleich, wenn's Ihnen paßt.«

Eine halbe Stunde später stand er vor ihrer Wohnung, und Eve öffnete ihm die Tür. »Ich habe viel zu tun. Weswegen wollten Sie mich sprechen?«
»Deswegen«, sagte Keith demütig. Er öffnete einen Umschlag, an dem er sich festzuhalten schien, entnahm ihm ein Foto und überreichte es schüchtern Eve. Es war eine Aufnahme von ihr selbst.
Eve betrachtete sie verwirrt und sagte: »Und?«
»Das ist ein Bild von Ihnen.«
»Das sehe ich«, sagte sie brüsk. »Was ist damit?«
»Es wurde nach Ihrer Operation gemacht.«
»So?«
»Auf Ihrer Stirn ist keine Narbe, Eve.«
Er sah, wie sich ihr Gesichtsausdruck veränderte.
»Setzen Sie sich, Keith.«
Er setzte sich ihr gegenüber, gerade nur auf den Rand der Couch, und konnte sie nur immerzu anstarren. In seiner Praxis hatte er schon viele schöne Frauen gesehen, doch Eve Blackwell hatte ihn total verhext. Noch nie hatte er eine solche Frau kennengelernt.
»Ich glaube, Sie sollten mir sagen, was das zu bedeuten hat.«
Er erzählte von Anfang an, wie er Dr. Harley aufgesucht und von der ominösen Narbe erfahren hatte, und während er sprach, beobachtete er Eves Augen. Sie waren ausdruckslos.
Als Keith Webster mit seiner Geschichte zu Ende war, sagte Eve: »Ich weiß nicht, was in Ihrem Kopf vorgeht, aber auf jeden Fall verschwenden Sie meine Zeit. Was die Narbe betrifft, so habe ich lediglich meiner Schwester einen kleinen Streich gespielt. So einfach ist das. Und wenn das alles ist, dann gehen Sie. Ich habe noch eine Menge zu tun.«
Er blieb sitzen. »Tut mir leid, wenn ich Ihnen lästig gefallen bin. Ich dachte nur, ich sollte mit Ihnen sprechen, bevor ich zur Polizei gehe.«
»Warum, um alles in der Welt, sollten Sie zur Polizei gehen?«
»Ich bin verpflichtet, George Mellis' Überfall auf Sie zu melden. Und dann ist da noch die Sache mit Ihnen und der Narbe. Ich

verstehe das nicht, aber ich bin sicher, Sie können es der Polizei erklären.«
Eve verspürte zum erstenmal so etwas wie Furcht. Dieses dumme, langweilige Männchen vor ihr hatte keine Ahnung, was wirklich geschehen war, aber er wußte genug, um die Polizei auf lästige Fragen zu bringen. George Mellis war ein häufiger Gast in ihrer Wohnung gewesen. Die Polizei fand bestimmt Zeugen, die ihn gesehen hatten. Sie hatte gelogen, als sie behauptete, am Abend des Mordes in Washington gewesen zu sein. Sie besaß kein hieb- und stichfestes Alibi. Sie hatte geglaubt, sie würde nie eines brauchen. Wenn die Polizei erfuhr, daß George sie beinahe getötet hatte, würde sie das als Motiv ansehen. Das ganze kunstvolle Gebäude würde wie ein Kartenhaus in sich zusammenstürzen. Sie mußte diesem Mann das Maul stopfen.
»Was wollen Sie? Geld?«
»Nein!«
Sie sah die Mißbilligung in seinem Gesicht. »Was dann?«
Dr. Webster schaute zu Boden. Sein Gesicht war rot vor Verlegenheit. »Ich – ich mag Sie so sehr, Eve. Es wäre schrecklich für mich, wenn Ihnen irgend etwas Schlimmes widerfahren würde.«
Sie zwang sich zu einem Lächeln. »Mir wird schon nichts Schlimmes widerfahren, Keith. Ich habe nichts Böses getan. Glauben Sie mir, das alles hat nichts mit dem Mord an George Mellis zu tun.« Sie streckte den Arm aus und nahm seine Hand in ihre. »Ich würde mich wirklich sehr freuen, wenn Sie das alles vergessen könnten. Einverstanden?«
Er legte seine Hand über ihre und drückte sie. »Das würde ich gern tun, Eve. Ich würde es wirklich gern tun. Aber am Samstag findet die gerichtliche Leichenschau statt. Ich bin Arzt. Da ist es leider meine Pflicht, bei der Befragung auszusagen und alles zu erzählen, was ich weiß.«
Er merkte, daß sie plötzlich auf der Hut war.
»Das müssen Sie ja nicht tun!«
Er streichelte ihre Hand. »Doch, Eve, das muß ich. Ich habe einen Eid darauf geschworen. Es gibt nur eines, was mich davon abhalten könnte.« Er beobachtete, wie sie auf den Köder anbiß.
»Und das wäre?«
Seine Stimme war sehr sanft. »Ein Ehemann kann nicht gezwungen werden, gegen seine Frau auszusagen.«

# 35

Die Hochzeit fand zwei Tage vor der gerichtlichen Leichenschau statt. Sie wurden von einem Richter in dessen Amtszimmer getraut. Schon der bloße Gedanke daran, mit Keith Webster verheiratet zu sein, verursachte Eve eine Gänsehaut, aber sie hatte keine andere Wahl. *Der Trottel denkt, ich bleibe mit ihm verheiratet.* Sobald die Leichenschau vorüber war, würde sie eine Annullierung beantragen und dem Spuk ein Ende bereiten.

Kriminalkommissar Nick Pappas stand vor einem Problem. Er war sicher, den Mörder von George Mellis zu kennen, konnte es jedoch nicht beweisen. Er sah sich einer undurchdringlichen Mauer des Schweigens um die Blackwell-Familie gegenüber. Er besprach das Problem mit seinem Vorgesetzten, Captain Harold Cohn, einem mit allen Wassern gewaschenen Polizisten, der sich von der Pike auf hochgearbeitet hatte.
Cohn hörte Pappas ruhig zu und sagte: »Das ist alles Rauch ohne Feuer, Nick. Du hast auch nicht die Spur eines Beweises. Das Gericht würde uns nur auslachen.«
»Ich weiß«, seufzte Kommissar Pappas. »Trotzdem habe ich recht.« Er überlegte einen Moment. »Würde es dir was ausmachen, wenn ich mich mal mit Kate Blackwell unterhielte?«
»Jesusmaria! Wozu denn das?«
»Nur so als Schuß ins Blaue. Sie ist immerhin das Familienoberhaupt. Vielleicht weiß sie was, von dem sie gar nicht weiß, daß sie's weiß.«
»Du wirst äußerst behutsam vorgehen müssen.«
»Werde ich.«
»Und sei nett zu ihr, Nick. Vergiß nicht – sie ist eine alte Dame.«
»Eben darauf spekuliere ich«, sagte Kommissar Pappas.
Sie trafen sich noch am gleichen Nachmittag in Kate Blackwells Büro.
»Meine Sekretärin sagt, Sie wollen mich in einer sehr dringenden Angelegenheit sprechen, Kommissar.«
»Ja, Ma'am. Morgen findet die gerichtliche Leichenschau über den Tod von George Mellis statt. Ich habe Grund zu der Annahme, daß Ihre Enkeltochter in den Mordfall verwickelt ist.«
Kate erstarrte. »Das glaube ich nicht.«
»Lassen Sie mich bitte ausreden, Mrs. Blackwell. Jede polizeili-

che Untersuchung beginnt mit der Frage nach einem Motiv. George Mellis war ein Mitgiftjäger und ein Sadist übelster Sorte.«

Er sah, welchen Eindruck seine Worte auf sie machten, fuhr jedoch unbeirrt fort. »Er heiratete Ihre Enkeltochter und fand sich plötzlich im Besitz eines enormen Vermögens. Ich bin der Meinung, er hat Alexandra einmal zu oft verprügelt, und als sie ihn um eine Scheidung bat, hat er abgelehnt. Die einzige Möglichkeit für sie, ihn loszuwerden, war, ihn umzubringen.« Kate starrte ihn kreidebleich an.

»Ich habe mich nach Beweisen für meine Theorie umgesehen. Wir wissen, daß George Mellis vor seinem Verschwinden im Cedar Hill House war. Es gibt nur zwei Möglichkeiten, vom Festland nach Dark Harbor zu gelangen: mit dem Flugzeug oder mit der Fähre. Nach den Ermittlungen der dortigen Polizei hat George Mellis weder das eine noch das andere benutzt. Ich glaube nicht an Wunder und habe mir überlegt, daß Mellis nicht der Typ war, der übers Wasser laufen kann. Es blieb also nur noch eine Möglichkeit, nämlich, daß er sich woanders an der Küste ein Boot genommen hat. Ich fing an, sämtliche Bootsvermieter zu überprüfen, und habe auch prompt ins Schwarze getroffen. Um vier Uhr nachmittags am gleichen Tag, an dem George Mellis umgebracht wurde, hat eine Frau eine Barkasse gemietet und gesagt, ein Freund würde das Boot später abholen. Sie zahlte bar, aber sie mußte das Mietformular unterschreiben. Dazu hat sie den Namen Solange Dunas benutzt. Sagt Ihnen das was?«

»Ja. Sie – sie war die Erzieherin, die sich um die Zwillinge gekümmert hat, als sie noch klein waren. Sie ist schon vor Jahren nach Frankreich zurückgekehrt.«

Pappas nickte zufrieden. »Etwas weiter nördlich mietete dieselbe Frau ein zweites Boot. Sie fuhr damit raus und brachte es drei Stunden später zurück. Wieder unterschrieb sie mit Solange Dunas. Ich habe beiden Vermietern eine Fotografie von Alexandra gezeigt. Sie waren sich ziemlich sicher, daß es sich um sie gehandelt hat, konnten es aber nicht hundertprozentig sagen, weil die Frau, die die Boote mietete, brünett war.«

»Was bringt Sie dann auf den Gedanken –«

»Sie trug eine Perücke.«

Kate sagte steif: »Ich glaube nicht, daß Alexandra ihren Mann umgebracht hat.«

»Ich glaube es auch nicht, Mrs. Blackwell«, sagte Kommissar Pappas zu ihr. »Es war ihre Schwester Eve.«

Kate Blackwell saß wie gelähmt.

»Alexandra kann es nicht getan haben. Ich habe ihr Alibi für jenen Tag überprüft. Sie war am Vormittag mit Ihnen zusammen in New York, danach flog sie direkt von New York aus auf die Insel. Sie hatte gar keine Gelegenheit, diese beiden Motorboote zu mieten.« Er beugte sich vor. »Also blieb mir nur noch Alexandras Ebenbild, das mit Solange Dunas unterschrieben hat. Es mußte Eve sein. Ich fing an, nach einem Motiv zu suchen. Ich zeigte den Mietern des Wohnhauses, in dem sie lebt, ein Foto von George Mellis, und dabei stellte sich heraus, daß er häufig dort verkehrte. Der Hausmeister erzählte mir, daß Eve eines Nachts, als sich Mellis dort aufhielt, beinahe zu Tode geprügelt worden wäre. Haben Sie davon gewußt?«

»Nein«, flüsterte Kate.

»Das war Mellis. Das paßte zu ihm. Und das war auch Eves Motiv: Rache. Sie lockte ihn nach Dark Harbor und ermordete ihn.« Er betrachtete Kate und empfand ein gewisses Schuldgefühl, daß er die alte Dame so überrumpelte. »Eves Alibi lautet, sie sei an jenem Tag in Washington, D. C., gewesen. Dem Taxifahrer, der sie zum Flughafen brachte, gab sie einen 100-Dollar-Schein, um sicherzugehen, daß er sich an sie erinnern würde, und dann hat sie ein großes Theater gemacht, weil sie angeblich den Flug nach Washington verpaßt hatte. Aber ich glaube nicht, daß sie nach Washington geflogen ist. Ich glaube, sie setzte eine dunkle Perücke auf und nahm einen Linienflug nach Maine, wo sie die beiden Boote mietete. Sie tötete Mellis, warf seine Leiche über Bord, machte die Jacht wieder fest und vertäute das zweite Motorboot am Steg des Vermieters, der um diese Zeit schon geschlossen hatte.«

Kate sah ihn eine Weile lang an. Dann sagte sie bedächtig: »Die Beweise, die Sie haben, sind alle nicht stichhaltig, nicht wahr?«

»Ja.« Er war bereit, aufs ganze zu gehen. »Ich brauche einen konkreten Beweis. Sie kennen Ihre Enkeltochter besser als sonst jemand auf der Welt, Mrs. Blackwell. Erzählen Sie mir bitte alles, was mir weiterhelfen könnte.«

Sie saß ruhig da, als ob sie sich nur schwer entschließen könnte. Schließlich sagte sie: »Ich glaube, ich kann Ihnen weiterhelfen.«

Nick Pappas' Herz begann rascher zu schlagen. Es war eine aus-

sichtslose Sache gewesen, aber am Ende hatte es sich doch gelohnt. Er hatte sich nicht getäuscht in der alten Dame. Gespannt beugte er sich vor. »Ja, Mrs. Blackwell?«
»Am Tag des Mordes an George Mellis«, sagte Kate langsam und prononciert, »waren meine Enkeltochter Eve und ich gemeinsam in Washington, D. C., Kommissar.«
Sie sah ihm seine Verblüffung an. *Du Trottel*, dachte Kate Blackwell. *Hast du wirklich geglaubt, ich würde dir zuliebe eine Blackwell opfern? Ich würde der Presse erlauben, auf meine Kosten mit dem Namen Blackwell Schindluder zu treiben? Nein. Ich werde Eve auf meine Weise bestrafen.*
Das Urteil der Jury bei der Leichenschau lautete auf Tod durch einen oder mehrere unbekannte Täter.

Alexandra war überrascht und dankbar, daß sie Peter Templeton bei der Leichenschau im Bezirksgericht antraf.
»Ich bin nur zur moralischen Unterstützung hier«, sagte er zu ihr und dachte bei sich, daß sie sich erstaunlich gut hielt, wenngleich die Anstrengung ihrem Gesicht und ihren Augen anzusehen war. In einer Verhandlungspause lud er sie zum Mittagessen ein.
»Wenn das alles vorbei ist«, sagte Peter, »wäre es meiner Meinung nach gut für Sie, eine Reise zu machen, einfach eine Weile lang von allem wegzukommen.«
»Ja. Eve hat mich schon gebeten, mit ihr wegzufahren.« Alexandras Augen waren schmerzerfüllt. »Ich kann es immer noch nicht glauben, daß George tot sein soll. Ich weiß, daß es geschehen ist, aber es – es kommt mir noch ganz unwirklich vor.«
»Dadurch sorgt die Natur dafür, daß der Schock gemildert wird, bis der Schmerz zu ertragen ist.«
»Es ist so sinnlos. Er war so ein wunderbarer Mann.« Sie sah Peter an und sagte: »Sie haben ihn doch öfter gesehen. Er hat mit Ihnen gesprochen. War er nicht ein wunderbarer Mensch?«
»Ja«, sagte Peter. »Ja, das war er.«

»Keith, ich möchte unsere Ehe annullieren lassen«, sagte Eve.
Keith blinzelte seine Frau überrascht an. »Warum in aller Welt solltest du sie annullieren lassen wollen?«
»Ach, komm schon, Keith. Du hast doch nicht im Ernst geglaubt, daß ich mit dir verheiratet bleibe, oder?«
»Aber natürlich. Du bist meine Frau, Eve.«

»Hinter was bist du her? Hinter dem Geld der Blackwells?«
»Ich brauche kein Geld, Liebling. Ich verdiene ausgezeichnet. Ich kann dir alles geben, was du haben willst.«
»Ich hab' dir schon gesagt, was ich will. Eine Annullierung.«
Er schüttelte bedauernd den Kopf. »Die kann ich dir leider nicht geben.«
»Dann werde ich die Scheidung einreichen.«
»Ich glaube nicht, daß das ratsam wäre. Siehst du, Eve, im Grunde hat sich doch nichts geändert. Die Polizei hat nicht herausgefunden, wer deinen Schwager umgebracht hat, also ist der Fall noch immer ungelöst. Für Mord gibt es keine Verjährungsfrist. Wenn du dich von mir scheiden ließest, so wäre ich gezwungen . . .« Hilflos hob er die Hände.
»Du redest so, als hätte *ich* ihn umgebracht.«
»Das hast du auch, Eve.«
»Woher, zum Teufel, willst *du* das denn wissen?« Ihre Stimme war vorwurfsvoll.
»Deswegen hast du mich doch geheiratet.«
Haßerfüllt sah sie ihn an. »Du Scheißkerl! Wie kannst du mir so etwas antun?«
»Das ist ganz einfach. Ich liebe dich.«
»Ich hasse dich. Verstehst du? Ich verachte dich!«
Er lächelte traurig. »Ich liebe dich so sehr.«

Die Reise mit Alexandra wurde abgesagt.
»Ich fahre nach Barbados in die Flitterwochen«, sagte Eve zu ihr.
Barbados war Keith' Idee gewesen.

Alexandra traf Peter Templeton mittlerweile einmal wöchentlich zum Lunch. Anfangs hatte sie es getan, weil sie über George reden wollte und sonst niemand da war, mit dem sie das konnte. Nach ein paar Monaten jedoch gestand sich Alexandra ein, daß sie Peters Gesellschaft ungeheuer genoß. Er besaß genau die Zuverlässigkeit, nach der sie sich so verzweifelt sehnte. Er nahm Rücksicht auf ihre Stimmungen, und er war intelligent und amüsant.

Eves Flitterwochen entpuppten sich als sehr viel angenehmer, als sie angenommen hatte. Da Keith' blasse Haut sehr empfindlich war, wagte er sich nicht in die Sonne, und so ging Eve jeden

Tag allein an den Strand. Lange blieb sie nie allein. Sie wurde umlagert von liebestollen Rettungsschwimmern, Strandläufern, Wirtschaftsbossen und Playboys. Es war wie ein Schlemmerbuffet, und Eve suchte sich jeden Tag ein anderes Gericht aus. Sie genoß ihre sexuellen Eskapaden sogar doppelt, weil sie wußte, daß oben in der Suite ihr Ehemann auf sie wartete. Sie tat alles, was ihr nur einfiel, um ihn zu beleidigen, zu ärgern, gegen sie aufzubringen, nur damit er sie gehen ließe, aber seine Liebe war unerschütterlich. Schon bei dem Gedanken, sich von Keith lieben zu lassen, wurde Eve übel, und sie war dankbar, daß er es nicht so oft verlangte.

*Meine Zeit läuft allmählich ab,* dachte Kate Blackwell. Es waren so viele Jahre vergangen, und sie waren so ausgefüllt und ereignisreich gewesen.
Kruger-Brent brauchte eine starke Hand am Ruder, jemanden mit Blackwell-Blut in den Adern. *Niemand wird die Firma weiterführen, wenn ich einmal abgetreten bin,* dachte Kate. *All die Arbeit, die Pläne, die Kämpfe für den Konzern. Und für wen eigentlich? Für Fremde, die ihn eines Tages übernehmen werden. Verdammter Mist. Das kann ich nicht zulassen.*

Eine Woche nach ihrer Rückkehr von der Hochzeitsreise sagte Keith entschuldigend: »Ich muß leider wieder an die Arbeit, Liebste. Ich habe eine Menge Operationen auf dem Terminkalender stehen. Wirst du es tagsüber ohne mich aushalten?«
Eve mußte sich anstrengen, ernst zu bleiben. »Ich werd's versuchen.«
Morgens verließ Keith das Haus, lange bevor Eve erwachte, und wenn sie in die Küche kam, hatte er Kaffee gekocht und ihr das Frühstück bereitgestellt. Er eröffnete ein Bankkonto für sie, das er stets großzügig auffüllte. Eve gab sein Geld hemmungslos aus, und solange sie sich amüsierte, war Keith glücklich. Eve kaufte teuren Schmuck für Rory, mit dem sie beinahe jeden Nachmittag verbrachte. Er arbeitete kaum noch. Sie wäre am liebsten Tag und Nacht mit ihm zusammengewesen, aber da war ja noch ihr Mann. Eve kam abends zwischen sieben und acht Uhr nach Hause, und da stand Keith dann schon immer in der Küche, seine Schürze mit der Aufschrift KÜSS DEN KOCH um, und bereitete das Dinner. Er fragte sie nie, wo sie gewesen war.

Während des folgenden Jahres sahen sich Alexandra und Peter Templeton immer öfter. Sie waren einander unentbehrlich geworden. Peter begleitete Alexandra, wenn sie ihren Vater in der Anstalt besuchte, und irgendwie machte das geteilte Leid den Schmerz erträglicher.
Peter lernte Kate eines Abends kennen, als er Alexandra abholen kam.
»Sie sind also Arzt, hm? Ich hab' schon ein Dutzend Ärzte ins Gras beißen sehen, aber mich haben sie immer noch nicht unter die Erde gekriegt. Verstehen Sie was von Geschäften?
»Nicht viel, Mrs. Blackwell.«
»Betreiben Sie Ihre Praxis als Kapitalgesellschaft?«
»Nein.«
Sie schnaubte verächtlich. »Verdammter Mist. Sie wissen ja gar nichts. Sie brauchen einen guten Steuerberater. Ich mache Ihnen mit meinem einen Termin aus.«
»Danke, Mrs. Blackwell. Ich komme sehr gut allein zurecht.«
»Mein Mann war auch so eigensinnig«, sagte Kate und wandte sich Alexandra zu. »Lad ihn zum Dinner ein. Vielleicht läßt er sich ja noch Vernunft beibringen.«
Draußen sagte Peter: »Deine Großmutter mag mich überhaupt nicht.«
Alexandra lachte. »Sie mag dich. Du solltest hören, wie Gran mit Leuten umspringt, die sie *nicht* mag.«
»Was würde sie wohl sagen, wenn ich ihr erzähle, daß ich dich heiraten will, Alex...?«
Strahlend sah sie zu ihm auf. »Wir würden uns beide riesig freuen, Peter!«
Kate hatte die Entwicklung von Alexandras Romanze mit Peter Templeton äußerst interessiert verfolgt. Sie mochte den jungen Arzt und war der Meinung, er würde einen guten Ehemann für Alexandra abgeben. Nun saß sie vor dem Kamin und sah die beiden an.
»Ich muß schon sagen«, schwindelte sie, »daß mich das vollkommen überrascht. Ich habe immer erwartet, daß Alexandra einen Geschäftsmann heiraten wird, der Kruger-Brent einmal übernehmen könnte.«
»Dies ist keine geschäftliche Transaktion, Mrs. Blackwell. Alexandra und ich wollen heiraten.«
»Andererseits«, fuhr Kate fort, als habe er sie nicht unterbrochen, »sind Sie Psychologe. Sie wissen genau, wie menschliche

Köpfe und Seelen funktionieren. Sie würden sicher einen großartigen Unterhändler abgeben. Ich hätte gern, daß Sie in die Firma einsteigen. Sie können –«
»Nein«, sagte Peter bestimmt. »Ich bin Arzt. Ich habe keine Lust, in irgendwelche Geschäfte einzusteigen.«
»Hier geht's nicht um ›irgendwelche Geschäfte‹«, fauchte Kate. »Wir reden nicht von irgendeinem Tante-Emma-Laden. Sie werden zur Familie gehören, und ich brauche jemanden zur Leitung –«
»Tut mir leid.« Peters Tonfall duldete keinen Widerspruch. »Ich will mit Kruger-Brent nichts zu tun haben. Dafür müssen Sie jemand anders finden . . .«
Kate wandte sich an Alexandra. »Und was sagst du dazu?«
»Alles, was ich möchte, ist, daß Peter glücklich ist, Gran.«
»Verdammt undankbar«, grollte Kate. »Selbstsüchtig seid ihr, alle beide.« Sie seufzte. »Na gut. Vielleicht ändert ihr eines Tages ja noch eure Meinung – wer weiß?« Und dann fügte sie naiv hinzu: »Wollt ihr Kinder haben?«
Peter lachte. »Das ist unsere Privatangelegenheit, Mrs. Blackwell. Alex und ich werden unser eigenes Leben führen, und unsere Kinder – wenn wir dann welche haben sollten – werden wiederum *ihr* eigenes Leben führen.«
Kate lächelte süßlich. »Anders möchte ich es auch gar nicht haben, Peter. Ich habe es mir in meinem langen Leben stets zur Regel gemacht, mich niemals in anderer Leute Angelegenheiten zu mischen.«

Zwei Monate später kamen Alexandra und Peter aus den Flitterwochen zurück. Alexandra war schwanger, und als Kate davon erfuhr, dachte sie: *Gut. Es wird ein Junge.*

Eve lag im Bett und beobachtete Rory, der nackt aus dem Badezimmer kam. Er hatte einen schönen Körper, schlank und durchtrainiert. Eve war begeistert von seinen Fähigkeiten als Liebhaber. Sie konnte gar nicht genug von ihm bekommen.
Jetzt trat er ans Bett, ließ seine Finger spielerisch über ihre Haut gleiten, über ihr Gesicht und die Augen, und sagte: »He, Baby, du kriegst ja Falten. Wie niedlich.«
Jedes einzelne Wort war ein Dolchstoß für Eve, eine Mahnung an den Altersunterschied zwischen ihnen und die Tatsache, daß sie beinahe 25 Jahre alt war.

Danach liebten sie sich wieder, aber zum erstenmal war Eve mit ihren Gedanken anderswo.

Es war schon fast neun Uhr, als Eve nach Hause kam. Keith übergoß gerade einen Braten im Backofen.

Er küßte sie auf die Wange. »Hallo, mein Engel. Ich hab' eins deiner Lieblingsgerichte gekocht. Wir werden –«

»Keith, ich möchte, daß du diese Falten wegmachst.«

Er blinzelte. »Was für Falten?«

Sie deutete auf ihre Augenpartie. »Die hier.«

»Das sind Lachfältchen, mein Schatz. Ich liebe sie.«

»Aber *ich* nicht! Ich hasse sie!« schrie sie.

»Eve, glaub mir, die sind nicht –«

»Mach sie weg, um Himmels willen, das ist alles, was ich von dir will. Schließlich verdienst du ja dein Geld damit, oder?«

»Ja, aber – Na gut«, sagte er beschwichtigend, »wenn's dich glücklich macht, mein Engel.«

»Wann?«

»In sechs Wochen etwa. Mein Terminkalender ist gerade vollständig –«

»Ich bin keine von deinen gottverdammten Patientinnen«, giftete Eve. »Ich bin deine Frau. Ich will, daß du das sofort machst – gleich morgen.«

»Samstags ist die Klinik geschlossen.«

»Dann mach sie eben auf!« *Er ist so dumm.* O Gott, sie konnte es kaum erwarten, ihn loszuwerden. Und das würde sie. Irgendwie, auf die eine oder andere Art.

»Komm auf einen Moment mit ins andere Zimmer.« Er nahm sie mit ins Ankleidezimmer.

Sie saß im Sessel unter einer hellen Lampe, während er sorgfältig ihr Gesicht untersuchte. In Sekundenschnelle hatte er sich von einem devoten Tölpel in einen brillanten Chirurgen verwandelt, und Eve konnte die Verwandlung spüren. Diese Operation mochte Keith überflüssig vorkommen, aber er hatte unrecht. Sie war lebensnotwendig. Eve würde es nicht ertragen, Rory zu verlieren. Keith machte das Licht aus. »Kein Problem«, versicherte er ihr. »Das erledige ich gleich morgen früh.«

Am nächsten Morgen fuhren sie zusammen zur Klinik. »Normalerweise assistiert mir eine Schwester«, sagte Keith zu Eve, »aber bei einer solchen Kleinigkeit ist es nicht unbedingt nötig.«

»Wenn du ohnehin schon dabei bist, könntest du dich auch gleich hierum kümmern«. Eve zupfte an ihrem Hals herum.
»Wenn du es wünschst, Liebling. Ich werde dir etwas geben, damit du schläfst, dann wirst du gar nichts spüren. Ich möchte nicht, daß mein Engelchen Schmerzen leidet.« Sie glitt in einen tiefen Schlaf. Als sie erwachte, lag sie im Bett in einem Nebenraum. Keith saß auf einem Stuhl neben ihrem Bett.
»Ist alles gutgegangen?« Ihre Stimme war noch schlaftrunken.
»Wunderbar«, lächelte Keith.
Eve nickte und schlief wieder ein.

Keith war da, als sie zum zweitenmal erwachte. »Wir lassen die Verbände ein paar Tage lang drauf. Ich behalte dich hier, damit du ordentliche Pflege hast.«
»Schön.«
Er untersuchte sie täglich, schaute sich ihr Gesicht an und nickte zufrieden. »Perfekt.«
»Wann kann ich es sehen?«
»Bis Freitag sollte alles verheilt sein.«
Sie wies die Oberschwester an, ihr ein Telefon neben das Bett zu stellen. Ihr erster Anruf galt Rory.
»He, Baby, wo, zum Teufel, steckst du denn?« fragte er. »Ich bin geil.«
»Ich auch, Liebling. Ich sitze immer noch auf dem verdammten Ärztekongreß in Florida rum, aber nächste Woche komme ich zurück.«
»Das will ich schwer hoffen.«
»Vermißt du mich?«
»Ganz wahnsinnig.«
Eve hörte, daß im Hintergrund geflüstert wurde. »Hast du Besuch?«
»Ja-ah. Wir feiern hier 'ne kleine Orgie.« Rory machte gerne Witze. »Muß gehn.« Er hatte aufgelegt.
Ihre Großmutter hatte Eve in der letzten Zeit selten gesehen. Sie konnte sich nicht erklären, warum sich die Beziehung zwischen ihnen abgekühlt hatte. *Die kommt schon von selber wieder,* dachte Eve.
Kate hatte nie nach Keith gefragt, und Eve konnte es ihr nicht verdenken, denn schließlich war er eine Null. Eines Tages würde sie Rory vielleicht bitten, ihr dabei zu helfen, Keith loszuwerden. Das würde Rory auf ewig an sie binden.

Eve erwachte zeitig am Freitag und wartete ungeduldig auf Keith. »Es ist schon fast Mittag«, beschwerte sie sich. »Wo, zum Teufel, hast du gesteckt?«

»Tut mir leid, Liebling«, entschuldigte er sich. »Ich war den ganzen Morgen über im Operationssaal und –«

»Das ist mir scheißegal. Nimm mir endlich diese Verbände ab. Ich will mich sehen.«

»Wie du willst.«

Eve setzte sich auf und hielt still, während er geschickt die Bandagen um ihren Kopf zertrennte. Er trat einen Schritt zurück, um sie prüfend anzuschauen, und sie sah den zufriedenen Schimmer in seinen Augen. »Perfekt.«

»Gib mir einen Spiegel.«

Er eilte aus dem Zimmer und kam umgehend mit einem Handspiegel zurück. Mit stolzem Lächeln hielt er ihn ihr hin.

Eve hob langsam den Spiegel und sah hinein.

Und brach in einen Schreikrampf aus.

# EPILOG
# Kate
# 1982

## 36

Kate kam es vor, als drehe sich das Rad der Zeit immer schneller, treibe die Tage vor sich her, ließe gleichsam übergangslos Winter zu Frühling werden, Sommer zu Herbst, bis alle Jahreszeiten zu einer einzigen verschmolzen. Sie war nun schon Ende Achtzig. Das Altern störte sie nicht. Was sie störte, war, alt und schlampig zu werden, und sie gab sich große Mühe mit ihrer äußeren Erscheinung.

Noch immer ging sie täglich ins Büro, aber es war nur noch eine Geste, ein Trick, dem Tod die Stirn zu bieten. Sie nahm an jeder Aufsichtsratssitzung teil, aber manches war ihr nicht mehr so klar wie einst. Alle anderen schienen viel zu schnell zu sprechen. Das Irritierendste für Kate war jedoch, daß ihr das Gedächtnis Streiche spielte, Vergangenheit und Gegenwart ständig verwechselte.

Ihr Gesichtsfeld wurde immer begrenzter, ihre Welt immer kleiner.

Wenn es eine Leitlinie gab, an die Kate sich klammerte, eine treibende Kraft, die sie am Leben erhielt, so war dies ihre leidenschaftliche Überzeugung, daß irgendein Familienmitglied eines Tages Kruger-Brent übernehmen mußte. Kate hatte nicht die Absicht, all das, wofür Jamie McGregor und Margaret, David und sie selbst so lang und hart geschuftet und gelitten hatten, irgendwelchen Fremden zu überlassen. Eve, auf die sie zweimal all ihre Hoffnungen gesetzt hatte, war eine Mörderin. Und nur noch eine Fratze. Kate hatte sie nicht mehr bestrafen müssen. Sie hatte sie einmal gesehen, und was ihr angetan worden war, war Strafe genug.

An dem Tag, da Eve ihr Gesicht im Spiegel erblickt hatte, hatte sie versucht, sich das Leben zu nehmen. Sie hatte ein ganzes Röhrchen Schlaftabletten geschluckt, doch Keith hatte ihr den Magen ausgepumpt und sie nach Hause gebracht. Wenn er im

Krankenhaus arbeiten mußte, egal, ob tags oder nachts, wachten stets Schwestern bei ihr.

»Laß mich doch sterben, bitte«, flehte Eve ihren Mann an. »Bitte, Keith! Ich will so nicht weiterleben.«

»Du gehörst jetzt mir«, sagte Keith zu ihr, »und ich werde dich immer lieben.«

Der Anblick ihres Gesichtes hatte sich in ihr Gedächtnis eingebrannt. Sie bat Keith, die Krankenschwestern zu entlassen. Sie wollte niemanden um sich haben, der sie sehen konnte. Alexandra rief immer wieder an, doch Eve weigerte sich, sie zu treffen. Der einzige Mensch, der sie je sehen durfte, war Keith. Er war schließlich das einzige, was ihr geblieben war, die einzige Verbindung zur Außenwelt, und mit der Zeit bekam Eve schreckliche Angst, er könne sie verlassen, sie allein lassen mit ihrer Häßlichkeit – ihrer unerträglichen Häßlichkeit.

Keith stand jeden Morgen um fünf Uhr auf, um ins Krankenhaus oder in seine Klinik zu fahren, und Eve war stets vor ihm auf und machte das Frühstück für ihn. Jeden Abend bereitete sie das Dinner für ihn, und wenn er sich verspätete, wurde sie von Ängsten geplagt.

*Was, wenn er eine andere gefunden hätte? Wenn er nie mehr zu ihr zurückkehrte?*

Sobald sie hörte, wie sich der Schlüssel im Schloß drehte, pflegte sie zur Tür zu laufen und in seine Arme zu fliegen, ihn fest an sich zu drücken. Aus Angst, er könne sie zurückweisen, schlug sie nie von sich aus vor, mit ihm zu schlafen, doch wenn er es einmal tat, hatte Eve das Gefühl, er erweise ihr eine unverdiente Gnade.

Einmal fragte sie demütig: »Liebling, hast du mich noch nicht genügend gestraft? Kannst du mein Gesicht nicht wieder reparieren?«

Er sah sie an und erklärte stolz: »Das ist nicht mehr zu reparieren.«

Alexandra und Peter hatten einen Sohn bekommen, den sie Robert nannten, ein gescheiter, hübscher Junge. Er erinnerte Kate an Tony, wie er als Kind gewesen war. Robert war jetzt fast acht und seinem Alter weit voraus.

*Wirklich sehr weit voraus,* dachte Kate. *Er ist wirklich ein bemerkenswerter Junge.*

Sämtliche Familienmitglieder erhielten die Einladung am gleichen Tag. Sie lautete: »Mrs. Kate Blackwell erbittet die Ehre Ihrer Anwesenheit zur Feier ihres 90. Geburtstags im Cedar Hill House, Dark Harbor, Maine, am 24. September 1982 um 20 Uhr. Abendkleidung erwünscht.«
Als Keith die Einladung gelesen hatte, sah er Eve an und sagte: »Wir werden hingehen.«
»O nein! Das kann ich nicht! Geh du. Ich werde –«
»Wir gehen beide«, sagte er.

Tony Blackwell war beim Malen im Garten des Sanatoriums, als sich sein Pfleger näherte. »Ein Brief für dich, Tony.«
Tony öffnete den Umschlag, und ein Lächeln erhellte seine Züge. »Wie nett«, sagte er. »Ich mag Geburtstagspartys.«

Peter Templeton las die Einladung aufmerksam durch. »Kaum zu glauben, daß das alte Mädchen schon neunzig sein soll. Sie ist wirklich erstaunlich.«
»Das ist sie, nicht wahr?« pflichtete Alexandra ihm bei und fügte gedankenvoll hinzu: »Weißt du, was sie Nettes getan hat? Sie hat Robert eine eigene Einladung geschickt, an ihn persönlich adressiert.«

## 37

Die Gäste, die im Cedar Hill House übernachtet hatten, waren längst per Flugzeug oder Fähre abgereist, und die Familie hatte sich in der Bibliothek zusammengefunden. Kate ließ ihren Blick von einem zum anderen schweifen. Tony, der lächelnde, gar nicht unliebenswerte Idiot, der versucht hatte, sie zu töten, der vielversprechende, hoffnungsvolle Sohn. Eve, die Mörderin, der die ganze Welt hätte gehören können, hätte sie nicht diese teuflische Saat in sich getragen. Die reine Ironie, dachte Kate, daß ihre schreckliche Strafe ausgerechnet von diesem mickrigen Nichts, das sie geheiratet hatte, an ihr vollzogen worden war. Und dann Alexandra. Schön, liebevoll, freundlich – die bitterste Enttäuschung von allen. Sie stellte ihr persönliches Glück über das Wohlergehen des Konzerns. War denn all das Leid der Vergangenheit für nichts und wieder nichts gewesen? *Nein,* dachte

Kate. *So werde ich es nicht enden lassen. Es war nicht alles umsonst. Ich habe eine stolze Dynastie errichtet. In Kapstadt ist ein Krankenhaus nach mir benannt. Ich habe Schulen und Bibliotheken gebaut, und ich habe Bandas Volk unterstützt.* Ihr Kopf begann zu schmerzen. Das Zimmer füllte sich allmählich mit Geistern: Jamie McGregor und Margaret, die so schön war; Banda, der Kate anlächelte; und ihr geliebter, wunderbarer David, der die Arme nach ihr ausstreckte. Kate schüttelte den Kopf, um wieder klar denken zu können. Sie war noch nicht bereit für die Welt der Geister. *Aber bald,* dachte sie. *Bald.*

Noch ein weiteres Familienmitglied befand sich in der Bibliothek. Kate wandte sich ihrem hübschen kleinen Urenkel zu und sagte: »Komm her zu mir, mein Lieber.«
Robert trat neben sie und nahm ihre Hand.
»Das war wirklich eine nette Geburtstagsparty, Gran.«
»Danke schön, Robert. Es freut mich, daß sie dir gefallen hat. Wie kommst du in der Schule zurecht?«
»Lauter Einsen, wie du's von mir verlangt hast. Ich bin Klassenbester.«
Kate sah Peter an. »Du solltest Robert an die Wharton School schicken, sobald er alt genug dazu ist. Sie ist die beste –«
Peter lachte. »Um Gottes willen, Kate! Gibst du denn niemals auf? Robert wird genau das tun, was er will. Er ist ausgesprochen musikalisch begabt und will einmal klassische Musik studieren. Er soll seinen Lebensweg selbst bestimmen.«
»Schon gut«, seufzte Kate. »Ich bin eine alte Frau und habe kein Recht, mich einzumischen. Wenn er Musiker werden will, dann soll er es ruhig tun.« Sie wandte sich dem Jungen zu, und in ihre Augen trat ein liebevoller Schimmer. »Hör, Robert, versprechen kann ich dir nichts, aber ich werde versuchen, dir weiterzuhelfen. Ein Bekannter von mir ist ein sehr guter Freund von Zubin Mehta.«

# Sidney Sheldon
# bei Blanvalet

## Diamanten-Dynastie
»100 Karat«
Roman 432 Seiten

## Im Schatten der Götter
Roman 384 Seiten

## Kalte Glut
Roman 416 Seiten

## Die Mühlen Gottes
Roman 384 Seiten

# INTERNATIONALE THRILLER

Brian McAllister
Legionär des Teufels
9091

John Trenhaile
Roter Schnee in der Taiga
9107

William Heffernan
Im Sog der Macht
9118

Tom Clancy
Jagd auf »Roter Oktober«
9122

Philippe van Rjndt
Letzter Aufruf
9152

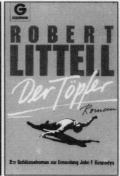
Robert Littell
Der Töpfer
9143

**GOLDMANN**

# INTERNATIONALE THRILLER

Peter O'Donnell
Modesty Blaise – Die
silberne Lady   9189

Robert Merle
Nachtjäger
9242

Stuart Woods
Still ruht der See
9250

Sidney Sheldon
Im Schatten der Götter
9263

William Bayer
Tödlicher Tausch
9265

Andrew Kaplan
Die Tarantel
9257

**GOLDMANN**

# Harold Robbins

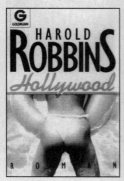
Hollywood
9140

Die Moralisten
9200

Der Pirat
9247

Adieu Janette
8400

Der Seelenfänger
6830

Die Aufsteiger
6407

Die Unsterblichen
8516

Die Unersättlichen
9281

**GOLDMANN**

# John Masters

Dies ist die Nacht
8989

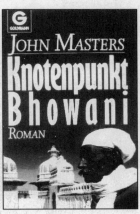

Knotenpunkt Bhowani
9116

Der Täuscher
9226

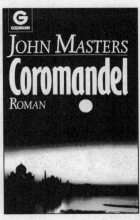

Coromandel
9273

**GOLDMANN**

# V. C. Andrews

V. C. Andrews
Das Netz im Dunkel
6764

V. C. Andrews
Dunkle Wasser
8655

V. C. Andrews
Dornen des Glücks
6619

Schwarzer Engel
8964

Gärten der Nacht
9163

Blumen der Nacht
6617

V. C. Andrews
Wie Blüten im Wind
6618

V. C. Andrews
Schatten der Vergangenheit
8841

# GOLDMANN

# Robert Merle

Robert Merle
Malevil oder Die Bombe
ist gefallen  6808

Robert Merle
Der Tod ist mein Beruf
8388

Robert Merle
Madrapour
8790

Der Tag der Delphine
8863

Die Insel
6864

Moncada
8957

Robert Merle
Die geschützten Männer
8350

Robert Merle
Hinter Glas
8595

**GOLDMANN**

# Goldmann
# Taschenbücher

**Allgemeine Reihe
Unterhaltung und Literatur
Blitz · Jubelbände · Cartoon
Bücher zu Film und Fernsehen
Großschriftreihe
Ausgewählte Texte
Meisterwerke der Weltliteratur
Klassiker mit Erläuterungen
Werkausgaben
Goldmann Classics (in englischer Sprache)
Rote Krimi
Meisterwerke der Kriminalliteratur
Fantasy · Science Fiction
Ratgeber
Psychologie · Gesundheit · Ernährung · Astrologie
Farbige Ratgeber
Sachbuch
Politik und Gesellschaft
Esoterik · Kulturkritik · New Age**

Goldmann Verlag · Neumarkter Str. 18 · 8000 München 80

Bitte
senden Sie
mir das neue
Gesamtverzeichnis.

Name: _____

Straße: _____

PLZ/Ort: _____